골짜기의 백합·고리오 영감

오노레 드 발자크

일신서적출판사

차 례

∎

골짜기의 백합 • 5
왕립 의학 아카데미 회원 J. B 나카르 씨에게 • 7
나탈리 드 마네르빌 백작 부인께 • 8
1. 소년소녀 시절 • 11
2. 첫사랑 • 84
3. 두 여인 • 195
4. 끝맺음 • 289

고리오 영감 • 301
1. 하숙집 • 303
2. 사교계에의 등장 • 395
3. 불사신의 사나이 • 470
4. 노인의 죽음 • 532

감상과 해설 • 593

∎

골짜기의 백합

오노레 드 발자크 지음
권미영 옮김

······골짜기의 중간쯤에서
마을의 교회와 묘지의 광장이 보였을 때
나는 경련처럼 온몸이 떨렸다.
아아! 우리는 모두
우리의 일생 속에 골고다를 가지고 있는 것이다.
우리는 심장을 창으로 한 번 찔리고
머리 위에는 장미관 대신 가시관을 느끼면서
태어난 후의 33년 동안을
거기에 남기는 것이다.
그 언덕은
나로서는 속죄의 산이 되어야 할 것이었다.

―본문 중에서

왕립 의학 아카데미 회원 J·B 나카르 씨에게

　친애하는 박사님, 이것은 천천히 참을성있게 쌓아올린 문학적 건조물의 두 번째 석층 가운데서도 특히 심혈을 기울여 다듬어진 돌의 하나입니다. 지난날 저의 생명을 구해 주신 학자님께 감사드리고, 한결같은 친구를 찬양하기 위해, 저는 여기 선생님의 존함을 적어 놓고 싶습니다.

드 발자크

나탈리 드 마네르빌 백작 부인께

 당신의 뜻을 받아들이기로 하겠습니다. 우리 남성을 사랑하는 것보다 더 많이 우리의 사랑을 받고 있는 여성의 특권은 우리로 하여금 모든 일에서 양식(良識)의 율법을 잊게 하기 마련입니다.
 당신들 이마에 주름이 잡히는 것을 보지 않기 위해, 하찮은 거절에도 슬퍼하는 당신들의 토라진 표정을 지워 버리기 위해, 우리는 기적적으로 거리를 뛰어넘고 피를 바치면서, 우리의 앞날을 망쳐 버립니다. 그런데 오늘, 당신은 나의 지난날을 알고자 하였습니다. 여기 그것이 있습니다.
 그러나 나탈리, 다만 이것만은 명심해 주십시오……. 당신의 말씀을 따르기 위해, 누구의 손도 닿지 못하게 했던 자기 혐오의 감정을 나는 짓밟지 않으면 안 되었다는 사실을 말입니다.
 한창 행복할 때 이따금 내가 갑자기 긴 상념에 사로잡히는 것을 당신은 왜 이상하게 여기십니까? 내가 어떤 일에 대해 잠자코 있다고 해서, 당신은 사랑을 받고 있으면서도 왜 그 예쁜 얼굴로 토라지는 것입니까? 그 원인 따위는 따지지 말고, 나의 변덕스러운 성격을 웃어넘길 수는 없었던가요? 당신의 마음속에도 어떤 비밀이 있어, 그것을 용서받기 위해 나의 비밀이 필요한 것입니까? 결국 당신이 본 것은 옳았습니다, 나탈리. 그리고 아마 당신도 모든 것을 알아 두는 게 더 좋을지도 모르겠군요, 그렇습니다. 내 생활은 환영의 지배를 받고 있기 때문에 몇 마디의 말만으로도 어렴풋이 그 모습을 나타냅니다. 그리고 자주 내 머리 위에서 맴돕니다. 내 영혼의 밑바닥엔 고달픈 추억이 묻혀 있어, 날씨가 좋을 때엔 똑똑히 보이고 물결이 사나울 때엔 여러 조각으로 찢겨 바닷가에 밀려 오는 바닷말〔海藻〕과도 같습니다.
  내 생각을 표현하기 위해 필요한 이 작업은 너무 갑자기 되살리면 나에게 괴로움을 주는 그런 지난날의 감동을 내포하고는 있지만, 혹시 이 고백 속에 당신의 마음을 상하게 하는 부분이 있다 할지라도,『복종하지 않으면』하고 당신이 나를 위협했던 일을 회상하여 당신에게 순종한 나를 나무라지 마십시오. 나의 고백이 당신의 부드러운 마음을 더욱 부드럽게 해드리기를 바라고 싶습니다. 그럼 오늘 저녁에 뵙겠습니다.

                                    1826년 8월 8일 파리에서
                                              펠릭스

1. 소년소녀 시절

　연약한 그 뿌리가 아직 뜰 안의 흙 속에서 굳은 돌덩이에만 부딪치고, 그 새싹은 증오의 손에 찢기며, 꽃은 피자마자 서리를 맞아 멍이 드는…… 그런 영혼들의 말없이 참아 온 수없는 고뇌의 그림과 그 가련한 비가를, 눈물로 자라난 어느 천재가 어느 날 우리에게 그려 주고 들려 줄 것인가? 입술은 쓴 젖을 빨고, 미소는 불길같이 날카로운 눈초리에 짓눌리고 마는 그런 어린아이의 괴로움을, 어떤 시인이 우리에게 이야기해 줄 것인가? 어린애의 감수성을 키워 줘야 할 주위 사람들에게 짓눌린 그들의 가엾은 심정을 묘사한 소설이 있다면, 그것은 바로 내 어린 시절의 이야기를 말하는 것이리라.
　갓난아이였던 내가 부모들의 허영심에 어떤 상처를 주었단 말인가? 육체적으로나 정신적으로 어떤 결점이 있었기에 어머니에게 그렇게 냉대를 받았을까? 나는 우연히 태어났고, 내 삶 자체가 곧 비난의 대상이 될 만큼 귀찮은 어린애였을까? 어느 시골집으로 보내져, 삼 년 동안이나 가족으로부터 버림받았다가 부모의 집으로 다시 돌아오게 되었을 때, 나는 하인들의 동정을 받을 만큼 거의 거들떠보는 사람이 없었다. 이와 같은 최초의 불행을 이겨낼 수 있었던 것이 어떤 감정의 덕분인지, 어떤 행운 덕택이었는지 모른다. 어려서도 몰랐고, 어른이 되어서도 몰랐다.
　형과 두 누이는 나의 운명을 위로해 주기는커녕, 나를 못살게 구는 것을 재미있어 했다. 어린아이들이 서로의 잘못을 숨겨 주고, 그것을 통해 일찍부터 신의를 터득하는, 그런 어린아이들끼리의 묵계 같은 것이 나에게는 전혀 적용되지 않았다. 그뿐 아니라 형이 저지른 잘못 때문에 나는 곧잘 벌을 받았고, 그런 불공평한 처사에 대해 항의하지도 못했다. 그들은 어린아이에게 싹트고 있는 아첨 근성으로, 모두 한결같이 무서워하고 있던 어머니의 비위를 맞추기 위해 나를 괴롭히는 일에 협력했던 것이었을까? 흉내내고 싶어하는 어린아이다운 경향. 탓이었을까? 자기 힘을 시험해 보고 싶어서였을까, 아니면 동정심의 결핍 때문이었을까? 모르긴 하나 그런 원인들이 얽혀, 나에게서 형제애의 즐거움을 빼앗아 갔을 것이다.

나는 일찍부터 모든 애정을 빼앗겨 아무것도 사랑할 수 없었으나, 자연은 나를 애정이 깊은 인간으로 만들었다! 끊임없이 외면당한 이 감수성의 탄식을 천사가 받아들여 주었을까? 어떤 사람들의 영혼 속에서는 감정이 무시당하면 증오로 변하지만 내 영혼 속에서는 이 감정이 엉겨서 강물의 밑바닥을 팠고, 나중에 그 밑바닥에서 나의 생활로 다시 솟아올랐다. 성격에 따라서는, 두려워하는 습관은 신경을 약하게 하고, 공포를 자아내며, 그리고 그 공포는 언제나 굴욕을 강요한다. 거기서 인간을 타락시키며 노예적 근성을 만드는 약한 기질이 생긴다. 그러나 그와 같은 끊임없는 폭풍은 나로 하여금 힘을 발휘하는 데 익숙하게 해주었고, 그 힘은 행사함에 따라 강해졌으며, 나의 영혼을 정신적인 저항에로 이끌어 갔다. 마치 순교자들이 새로운 고문을 기다리듯, 나의 온 존재는 언제나 새로운 괴로움을 기다리면서, 음산한 체념의 빛을 보이지 않을 수 없었기 때문에, 나는 어린아이다운 귀여움이나 발랄함을 완전히 잃어버렸다.

그러나 나의 이러한 태도는 백치의 증상으로 보여져서, 어머니의 불길한 예측을 정당화해 주었다. 그런 예측이 부당하다는 나의 확신은 조숙하게도 내 영혼 속에서 자존심이라는 이성의 열매를 자극하여, 그 때문에 그런 교육으로 생기는 나쁜 경향들을 저지시켰음에 틀림없다. 나는 어머니로부터 버림받고 있었으나, 때로는 그 어머니의 배려의 대상이 되기도 하고, 때로는 어머니가 나에 대한 교육을 직접 해보고 싶다는 뜻을 나타낼 때도 있었다. 그런 때 나는 어머니와 매일 접촉함으로써 생길 괴로운 일들을 생각하고 소름이 끼쳤다. 나는 내가 어머니의 관심 밖에 있다는 사실을 감사하게 생각했고, 정원에서 돌멩이를 가지고 놀며, 벌레를 관찰하기도 하고, 푸른 하늘을 바라볼 수 있는 것을 행복하게 여겼다.

고독이 나를 명상에로 이끌어 갔겠지만, 명상하는 나의 취미는 어떤 사건에서 비롯된 것이며, 그것이야말로 내 어린 시절의 불행을 설명해 주는 것이 될 것이다. 나는 아무도 거들떠보지 않는 존재였기 때문에, 가정부가 나를 잠재우는 것을 잊어버리는 일조차도 흔히 있었다. 어느 날 저녁때 나는 무화과나무 밑에 웅크리고 앉아, 어린아이를 사로잡는 그런 호기심으로 하나의 별을 바라보고 있었는데, 나의 조숙한 우울증은 일종의 감상적인 지성을 곁들이고 있었다. 누이들은 장난을 하며 떠들고 있었다. 그녀들의 대수롭지 않은 소란이 나에게는 내 사색에 대한 반주처럼 들렸다. 소음이 멎고 밤이 되었을 때 어머니는 내가 없다는 것을 우연히 알았다. 우리집 가정부인 카롤린은 무서운 꾸지람을 듣지 않으려고, 내가 집을 싫어한다느니 하면서 어머니의 그릇된 걱정을 부채질했다. 자기가 나를 주의깊게 감시하지 않았다면 벌써 집을 뛰쳐나갔을 것이고, 바보는 아니지만 엉큼스러우며, 자기가 보살핀 아이들 중에서 나만큼 성질이 고약한 아이는 처음 보았다고 주장했다. 그렇게 말하고서 그녀는 나를 찾는 체하면서 내 이름을 불렀다. 내가 대답을 하자, 그녀는 무화과나무 밑으로 왔다. 내가 그곳에 있다는 사실을 그녀는 이미 알고 있었던 것이다.

「대체 넌 거기서 뭘 하고 있었니?」하고 그녀는 물었다.

「별을 보고 있었어.」

「별을 보고 있었던 게 아냐.」자기 방의 발코니에서 우리 얘기를 듣고 있던 어머니가 말했다.「네 나이에 천문학을 안단 말이냐?」

「그래요, 마님!」카롤린은 소리쳤다.「얘가 물탱크의 수도꼭지를 틀어 놓아서 정원이 물벼락을 맞은 것 같지 뭐예요.」

일은 크게 벌어졌다. 물이 나오는 것을 구경하려고 누이들이 장난삼아 수도꼭지를 틀어 놓은 것이다. 그러나 물이 세차게 흘러나오자 누이들은 당황하여 꼭지를 잠그지 않은 채 달아나 버렸다. 나는 그런 나쁜 장난을 한 장본인으로 몰려, 그렇지 않다고 주장해도 거짓말이라고 꾸중 들으며 호된 벌을 받았다. 더욱이 어머니는 내가 별을 좋아하는 것을 빈정대며, 저녁때 정원에 나가는 것을 금지했다. 그러나 폭군적인 금지는 어린아이에게 있어 어른의 경우보다도 더욱 정열을 자극하는 법이다. 어린아이들은 금지된 일을 생각하는 데는 어른보다도 뛰어나며, 그렇게 되면 금지된 것에 대해 저항하기 어려운 매력이 생겨난다. 그래서 나는 나의 별 때문에 자주 매를 맞았다.

나는 아무에게도 내 심정을 털어놓을 수 없었기 때문에 별을 보고 나의 슬픔을 이야기했다. 어린아이가 처음 말을 배울 때 그러하듯이, 소년이 처음 움트난 생각을 더듬거리며 말할 때의 그 달콤한 마음속의 중얼거림으로. 열두 살부터의 중학시절까지도 나는 그 말할 수 없는 즐거움을 별을 바라보는 것에서 느끼곤 했었다. 인생의 아침에 받은 인상은 그처럼 깊은 감명을 마음속에 남기는 것이다.

　형 샤를르는 나보다 다섯 살 위였는데, 지금도 잘 생겼지만 어렸을 때는 몹시 예쁜 소년이었다. 그는 아버지와 어머니의 사랑을 독차지했으며, 우리 집안의 왕 같은 존재였다. 체격도 건장했다. 그에게는 가정교사까지 있었다. 나는 초라하고 약해 보였는데도 다섯 살 때부터 마을 기숙학교에 통학생으로 다녀야 했다. 아버지의 하인이 아침저녁으로 나를 데려다 주었다. 나는 보잘것없는 도시락을 들고 다녔으나, 다른 아이들은 푸짐한 음식을 가지고 왔다. 궁핍한 나와 풍성한 그들과의 대조는 숱한 고통을 안겨 주었다. 투르 지방(프랑스 중부의 도시로 발자크의 고향임)의 명산물인 리예트(잼처럼 다져 만든 돼지고기)와 리용(기름을 뺀 돼지고기)은 조반과 집에 들어가서 들게 되는 저녁(우리가 집에 돌아오는 것은 저녁때였음) 사이의 정오경에 먹는 중요한 요리였다. 미식가들이 즐기는 이 요리가 투르의 귀족 식탁에는 거의 나오는 법이 없다. 나는 학교에 다니기 전 이 요리에 대한 이야기를 들은 적이 있지만, 나를 위해 그 갈색의 잼이 빵에 발려지는 것을 보는 행복은 한 번도 가져 보지 못했다. 설사 그것이 학교에서 유행되지 않았더라도, 부러워하는 내 마음은 조금도 가셔지지 않았을 것이다. 그것은 하나의 고정관념처럼 되어 버렸기 때문이다. 그것은 마치 파리에서 가장 점잖은 공작 부인들 중 한 사람이 문지기 여자들이 만든 스튜를 먹고 싶어서, 자기도 여자라는 것을 내세워 그 갈망을 충족시켰던 것과 같은 욕망이다. 당신들이 이성의 눈길 속에서 사랑을 읽을 수 있는 것과 마찬가지로 어린아이들은 부러워하는 마음을 잘 알아차릴 수 있는 법이다. 그래서 나는 다시없이 좋은 놀림감이 되고 말았다. 대부분 소시민 계급에 속했던 내 친구들은 그들의 훌륭한 리예트를 나에게 보이면서, 만드는 법이며 팔고 있는 데를 알고 있느냐, 너는 왜 이런 걸 갖고 오지 않느냐고 물었다. 그들은 구운 송로(松露) 비슷한 튀긴 돼지고기 토막인 리용을 자랑하면서 혀로 입술을 핥았다. 그리고 내 도시락을 살피며 올리베 치즈와 마른 과일밖에 없는 것을 보고는 『아무것도 없구나.』 하고 떠들어댔다. 그런 일 때문에 나는 형과 나 사이의 차별 대우를 생각하게 되었다.

버림받은 나와 행복한 다른 친구들과의 이러한 대조는 장미꽃 같은 나의 어린 시절을 더럽혔고, 나의 싱싱한 소년기를 멍들게 했다. 시치미를 떼며 내 앞에 내민 그토록 먹고 싶던 빵을 내가 너그러운 마음씨로만 알고 받으려고 손을 내밀었을 때, 사기꾼 같은 친구는 빵을 도로 가져가 버렸고, 그런 결과를 미리 알고 있던 다른 아이들은 웃음을 터뜨렸다. 가장 고귀한 정신을 지닌 사람들도 허영에 이끌리는 법인데, 경멸과 놀림을 받고 우는 어린아이인들 어찌 용서할 수 없을 것인가? 그런 짓궂은 장난 때문에 얼마나 많은 어린아이들이 음식을 탐내고 손을 내밀며 비굴해졌을까? 나는 박해를 피하려고 싸웠다. 필사적인 용기가 나에게 무서운 힘을 주었다. 그렇지만 나는 증오의 대상이 되었기 때문에 비겁한 공격을 막아낼 길이 없었다. 어느 날 저녁 집으로 돌아가는 길에 돌멩이를 가득 싼 손수건을 내 등에 던진 아이가 있었다. 이에 대해 단단히 앙갚음을 해준 하인이 그 일을 이야기했더니 어머니는 이렇게 소리쳤다.

「이 못난 녀석은 심술궂은 짓만 하는 게지!」

집안에서 나를 싫어한다는 것을 알고, 나는 심한 자기 혐오에 빠졌다. 학교에서도 집에서처럼 자신의 껍질 속에 갇혀 버렸다. 이 두 번째의 된서리는 내 가슴속에서 움트던 씨앗이 꽃피는 시기를 또 늦춘 셈이다. 귀여움을 받고 있는 친구들을 보면 개구쟁이들뿐이었다. 내 자존심은 이런 관찰의 뒷받침을 받아 더욱 외토리가 되었다. 이리하여 내 가엾은 마음속의 감정들을 어디에서도 풀 수 없는 생활이 계속되었다. 선생님은 내가 늘 우울하고 미움을 받고 있으며 외토리인 것을 보고, 가족들이 나의 나쁜 성질에 대해 품고 있던 그릇된 추측을 그대로 인정해 버렸다. 내가 읽고쓰기를 할 줄 알게 되자, 어머니는 곧 퐁르봐로 나를 전학시켰다. 그곳은 오라토리오 종파에서 경영하는 중학교인데, 나와 같은 또래의 아이들은 라틴어를 아직 익히지 못한 학급에 편성됐다. 또한 그 학급에는 기초가 변변치 못한 열등생들도 있었다. 나는 그곳에서 팔 년 동안 공부했는데, 아무도 찾아오는 사람 없이 매달 삼 프랑의 용돈밖에 없었으며, 그 돈으로는 펜이나 칼, 자, 잉크, 종이 따위를 겨우 사 쓸 수 있었다. 그래서 죽마나 줄넘기 줄 같은, 학교에서 하는 놀이에 끼기 위해 필요한 것은 아무것도 살 수 없었기 때문에, 나는 모든 놀이에 끼여 들지 못했다. 놀이에 끼려면 힘센 친구들에게 아첨해야 했다. 아이들은 그런 비겁한 짓을 태연하게 하는 법이지만, 나는 생각만 해도 그런 행동이 싫었다.

　나는 나무 밑에 앉아 쓸쓸히 생각에 잠기거나, 도서계원이 달마다 나누어주는 책들을 읽었다. 그 괴상한 고독의 밑바닥엔 얼마나 많은 고통이 숨겨져 있고, 또 그것이 버림받은 나에게 얼마나 많은 괴로움을 간직하게 했던가! 가장 명예로운 라틴어 작문과 번역의 두 가지 상을 타게 된 최초의 상장 수여식에서, 나의 다감한 영혼이 무엇을 느꼈는지를 상상해 보라. 박수 갈채와 찬사가 터지는 가운데 상을 받으러 단 위로 올라가는 나에게는 축하해 줄 아버지도 어머니도 오시지 않았다. 그러나 식장에는 학우들의 부모들로 꽉 차 있었다. 관례대로 수여자에게 입맞춤을 해야 했는데, 나는 그 사람의 가슴에 매달려 울음을 터뜨리고 말았다. 그날 밤 나는 상장을 난로불에 태워 버렸다. 상장 수여식 전의 한 주일 예행연습 기간 동안, 모든 부모들은 벌써 그 마을에 와서 묵고 있었으므로, 친구들은 모두 아침부터 즐겁게 외출을 했었다. 그러나 나는 부모가 불과 수십 리 떨어진 곳에 있었는데도, 해외 유학생들(가족이 섬이나 외국에 살고 있는 학생들)과 함께 교정에 남아 있었다. 저녁때 기도하는 시간이면, 개구쟁이들은 부모와 함께 나눈 성대한 만찬 자랑을 늘어 놓았다. 내가 들어가는 사회의 범위가 넓어질수록 내 불행도 더욱 커지는 것을 당신은 이제 알게 되리라.

　자신의 내부에서만 살아야 한다고 선고받은 판결을 내동댕이치기 위해 나는 얼마나 노력했던가! 설레는 가슴에 오랫동안 품고 있었던 희망이 하루 아침에 깨진 것이 얼마나 많았던가! 양친을 학교에 오게 하려고 나는 정이 담뿍 담긴 편지를 여러 번 썼다. 그것은 아마도 표현이 너무 과장되어 있었는지도 모른다. 그러나 그 편지들이 어머니의 비난을 받을 만한 것이었을까? 어머니는 내 문체를 빈정대며 나무랐으니 말이다. 그래도 나는 부모들이 학교에 와주기만 하면 무슨 조건이든 이행할 것을 약속했고, 누이들의 힘을 빌리려고 버림받은 가엾은 어린아이의 고지식한 마음으로 그들의 생일에는 꼬박꼬박 편지를 써보냈다. 그러나 아무리 애써 보아도 헛수고였다.

상장 수여식이 다가오자 나는 애원에 애원을 거듭했고, 우등할 것임을 알렸었다. 양친에게서 답장이 없는 것을 오해하여 나는 설레는 마음으로 그들을 기다리고, 친구들에게도 부모가 올 것이라고 미리 얘기해 두었었다. 그리고 부모들이 도착하여 학생을 부르러 오는 늙은 수위의 발자국 소리가 교정에 울릴 때마다, 나는 병에라도 걸린 사람처럼 가슴이 방망이질침을 느꼈다. 그러나 그 노인은 한 번도 내 이름을 부르지 않았다. 내가 인생을 저주했음을 참회하던 날, 고백을 들어 준 신부님은 구세주의 『슬퍼하는 자는 복이 있나니』란 말씀으로, 약속된 영광의 종려나무가 꽃피는 천국을 가르쳐 주었다. 그래서 나는 최초의 영성체(領聖體, 가톨릭 교도가 예수의 육체를 상징하는 빵을 신부로부터 받는 의식) 때, 어린 영혼을 매혹시키는 종교적 사상에 이끌려, 신비로운 기도의 숲속에 뛰어든 것이다. 열렬한 신앙에 고무된 나는 순교자들의 전기에서 읽은 그 매혹적인 기적을 나를 위해 다시 베풀어 주시기를 하느님께 빌었다. 다섯 살 적에 별나라로 날아갔던 나는, 열두 살적엔 성소의 문을 두드리러 갔던 것이다.

  법열은 나의 내부에 말로 표현할 수 없는 꿈들을 꽃피게 했고, 그것이 나의 상상력을 키워 주고 애정을 풍부하게 했으며 사고력을 강화시켰다. 나는 흔히 그런 숭고한 환상을, 내 영혼으로 하여금 성스러운 운명으로 향하게 해주는 천사들의 은덕으로 돌렸었다. 그 환상들은 내 눈에 사물 속의 정신을 보는 능력을 가져다 주었다. 그리고 내 마음속에는 마술의 터전을 마련해 주었다. 자기가 느끼는 것과 현실, 바라던 큰 소망과 실제로 얻은 작은 것과를 비교할 수 있는 숙명적인 능력을 지녔을 때, 이 마술은 인간을 불행한 시인으로 만드는 법이다. 환상들은 또 내 머릿속에 내가 표현해야 할 것을 읽을 수 있도록 한 권의 책을 써놓았고, 내 입술에는 즉흥 시인의 정열을 주었다.

  아버지는 오라토리오 종파의 교육 효과를 다소 의심했기 때문에, 나를 퐁르봐에서 빼내어 파리의 마레 거리에 있는 학교에 넣었다. 나는 열다섯 살이었다. 학력 시험을 치른 결과 퐁르봐의 최상급 학생이었던 나는, 이학년 아래로 편입할 수 있다는 인정을 받았다. 나는 집과 국민학교와 중학교에서 느낀 고통을 르피트르의 기숙학교 생활에서 다시금 새로운 형태로 맛보았다. 아버지는 나에게 조금도 돈을 주지 않았던 것이다. 내게 입을 옷과 먹을

음식이 주어지고, 라틴어와 그리스어를 실컷 배울 수 있게 되었다는 것을
부모가 알았을 때, 만사는 해결된 것으로 알았던 것이다. 학창 생활의 전기간
동안 나는 거의 일천 명의 친구들을 알게 되었으나, 누구에게서도 나와 같은
무관심한 부모가 있는 경우는 한 번도 보지 못했다. 리피트르 선생은 부르봉
왕가에 열광적인 애착을 느끼는 사람으로, 헌신적인 왕당파 사람들이 마리
앙트와네트 왕비를 파리의 탕블르 수도원에서 빼내려 했을 무렵, 우리 아
버지와 교제가 있었다. 그들은 옛정을 새롭게 했다. 그래서 르피트르 선생은
나에 대한 아버지의 냉담한 처사를 보충해 주어야겠다고 생각했는지 매월
나에게 돈을 주었으나 그 액수는 아주 적은 것이었다. 우리 부모의 의도를
그는 알지 못하고 있었으므로 어쩔 수 없는 일이었다.

　그 기숙학교는 옛날 즈와이외즈 저택에 위치하고 있었는데, 거기에는 모든
귀족들의 저택과 마찬가지로 문지기의 오두막집이 있었다. 조교의 인솔로
샤를르마뉴 고등학교에 가기 전의 노는 시간에, 호주머니 사정이 좋은 친
구들은 두아지라는 이름의 수위에게로 아침을 먹으러 다녔었다. 흡사 밀수
업자 같은 두아지의 이런 장사를 르피트르 선생은 모르고 있었거나 못 본
체하고 있었겠지만, 학생들은 그를 소중하게 다루는 것이 이익이라고 생각
했었다. 왜냐하면 그는 우리 실수의 은밀한 보호자였고, 지각했을 때는 꾀를
빌려 주었으며, 금지된 책을 빌려 주는 중개인이기도 했으니 말이다. 우유를
넣은 커피로 아침을 먹는 것은 당시 귀족적인 취미에 속했었는데, 이것은
나폴레옹 치세 때 식민지 산물이 엄청나게 비쌌던 사실로써 설명할 수 있다.
설탕이나 커피의 사용이 부모들의 사치였다면 우리들 사이에서는 허영에
찬 우월성을 나타내는 일이었다. 그것은 우리의 욕망을 부채질하고, 모방에의
경향과 음식에 대한 탐욕, 유행의 전염까지도 가져왔던 것이다. 두아지는
신용 하나만으로 돈을 빌려 주고 있었다. 그는 우리에겐 모두 누이나 숙모가
있어, 학생의 체면을 생각해서라도 빚을 갚아 주리라 생각했던 것이다. 나는
오랫동안 그 간이 식당의 유혹에 저항했다. 만일 나를 심판하는 사람들이
유혹의 힘과 금욕주의에 대한 내 영혼의 영웅적인 열망과 오랜 저항 기간
동안 참고 있었던 분노를 이해했더라면, 그들은 나에게 눈물을 흘리게 하는
대신 내 눈물을 닦아 주었으리라. 그러나 어린 내가 남의 경멸을 멸시해
버릴 만한 위대한 영혼의 힘을 지닐 수 있었을까? 게다가 나는 온갖 사회적

악덕의 영향을 느끼고 있었고, 그 영향은 물건을 탐내는 나의 욕망에 의해 더욱 증대되었다.

두 번째 해가 거의 끝날 무렵 아버지와 어머니가 파리에 오셨다. 그들이 도착하는 날은 형이 알려 주었다. 형은 파리에서 살고 있었으나, 나를 한 번도 찾아오지 않았다. 누이들도 함께 오게 되어 있어, 우리는 모두 파리 구경을 하기로 했다. 첫날은 프랑스 극장으로 구경가기에 편하도록 팔레 르와이얄(파리 중심부의 번화가)에서 저녁을 먹기로 했다. 그러나 이 뜻밖의 즐거운 계획에 도취된 나의 기쁨은, 불행에 익숙해진 자들을 삽시간에 때려눕히는 폭풍에 의해 속절없이 무너지고 말았다. 나는 두아지에게 백 프랑의 빚을 지고 있다는 것을 고백하지 않을 수 없었다. 그는 부모에게 직접 청구하겠다면서 나를 위협했던 것이다. 나는 두아지의 대변자 노릇을 형에게 부탁하여 내가 참회하고 용서를 빈다는 뜻을 전하게 했다. 아버지는 너그럽게 용서해 줄 듯했으나, 어머니는 무자비했다. 그녀는 서슬이 시퍼런 눈으로 나를 노려 보며 무서운 폭언을 퍼붓는 것이었다.

「겨우 열일곱 살밖에 안 된 녀석이 벌써부터 그 따위 짓을 하다니, 장차 무엇이 될지 모르겠구나! 이게 내 자식이냐? 집을 망쳐 버릴 셈이냐? 넌 외아들인 줄 아니? 장남인 샤를르가 제대로 행세하기 위해서는 독립적인 재산을 물려 줄 필요가 있고, 벌써 집안의 명예가 될 만한 행동을 하니 그럴 만한 자격이 있지만, 너는 우리 집의 수치로구나. 누이들은 지참금도 없이 시집가겠니? 대관절 넌 돈의 가치도, 생활비가 얼마나 드는지도 모르느냐? 설탕이나 커피가 교육에 무슨 도움이 된다는 거냐? 그런 행동을 하는 걸 보면 나쁜 짓만 배우고 있는 게 아니냐?」

나와 비교하면 마라(프랑스 혁명 때 과격파의 거물로 많은 사람을 학살했음)도 천사인 셈이었다. 쏟아지는 비난과 질책의 강물이 내 영혼 속에 거대한 공포로 휘몰아치는 가운데 형은 나를 기숙학교로 데려다 주었다. 이렇게 되어 후렐 프로방스(팔레 르와이얄에 있는 유명한 레스토랑)에서의 저녁식사도 놓치고, 《브라타니퀴스》(라신느의 운문)에 출현하는 타르마(프랑스 극장의 인기 배우)도 구경하지 못하게 되었다. 이것이 십이 년 동안 떨어져 있다가 만난 어머니와의 재회였다.

고등과를 마치고도 아버지는 나를 계속 르피트르 선생의 감독하에 남겨 두었다. 나는 고등수학을 배우고, 법과 일년생의 고등 학문을 시작해야 했다. 교실에서 해방된 연구생으로서, 빈곤과 나 사이엔 휴전이 성립될 줄로 알았다. 그러나 열아홉 살이 되었는데도, 아니면 열아홉 살이 되었기 때문인지, 아버지는 옛날에 먹을 것도 없이 국민학교에 보내고, 용돈도 안 주고 중학교에 보내어 두아지에게 빚을 지게 했던 때의 수법을 고수했다. 내가 마음대로 쓸 수 있는 돈은 거의 없었다. 파리에서 돈 없이 무슨 일을 할 것인가? 게다가 내 자유는 교묘하게 속박당했다. 르피트르 선생은 내가 법과대학에 갈 때에 조교를 딸려 보냈고, 돌아올 때도 조교가 데리러 왔다. 어떤 처녀도 어머니가 나를 보호하기 위해 베푼 배려만큼 주의깊은 보호는 받지 않았으리라. 부모들이 파리를 두려워한 것도 무리는 아니다. 남학생들은 몰래 기숙사 여학생들의 마음을 사로잡는 일에 열중하고 있었으니 말이다. 아무리 단속이 심해도, 여학생들은 항상 애인 이야기를 했고, 남학생들은 여자 이야기를 했다. 그러나 그 당시 파리 학생들의 화제는, 팔레 르와이알의 동양적이며 회교적인 분위기에 지배되고 있었다. 팔레 르와이알은 밤이면 금덩이가 온통 금화가 되어 흐르는 연애의 엘도라도(스페인 탐험가들이 남미 아마존 강과 오리노코 강 사이에 있다고 믿었던 전설적인 황금향)였다. 거기서는 가장 순결한 의혹도 사라지고, 우리들의 불타는 호기심도 가라앉힐 수 있었다. 팔레 르와이알과 나는 서로 마주보고 달리지만 결코 만날 수 없는 두 개의 점근선이었다. 운명이 어떻게 나의 기도를 좌절시켰는가는 다음과 같다.

아버지는 나를 생 루이 섬(파리의 세느 강에 있는 섬 이름)에서 살고 계시는 백모 한 분께 소개시켜 주었는데, 나는 매주 목요일과 일요일, 르피트르 선생 내외를 따라 거기로 저녁 식사를 하러 가야만 했다. 그날은 선생 내외의 외출일로서, 그들은 밤에 집으로 돌아가는 길에 나를 데리러 왔었다. 기묘한 오락이었다. 백모 리스토메르 후작 부인은 격식을 존중하는 귀부인으로 나에게는 돈 한 푼 주려 하지 않았다. 얼굴은 미니아튀르처럼 잔뜩 화장하고 사치스런 옷차림을 한 그녀는 루이 15세가 생존해 있는 듯한 모습으로 큰 성당처럼 낡은 저택에서 생활하고 있었다. 그녀가 만나는 사람은 늙은 부인이나 귀족들뿐이어서, 나는 그 화석체 같은 사교계 속에서 마치 무덤에 있는 것 같은 기분을 맛보았다. 아무도 나에게 말을 건네 주지 않았고, 나도 먼저 이야기를 꺼낼 용기가 없었다. 그들의 적의가 깃든 냉담한 시선에 접할 때면, 그들에게 방해물같이 보일 나의 젊음이 부끄러워지는 것이었다. 언제든 저녁 식사가 끝난 뒤 갈르리 드 보아로 도망치기만 하면 성공할 것이라고 생각한 것은 그들의 이런 무관심에 근거를 두었던 것이다. 백모는 휘스트 놀이(영국에서 건너온 트럼프 놀이의 일종)를 시작하기만 하면 나를 거들떠 보지도 않았다. 그녀의 하인인 쟝 도 르피트르 선생 따위에 대해서는 별로 주의를 기울이지 않았다. 그러나 그 불쾌한 저녁 식사는 턱뼈가 노후했거나 불완전한 의치 탓으로 불행히도 오래 끌었다. 드디어 어느 날 저녁 여덟 시와 아홉 시 사이에, 흡사 도망치는 날의 비앙카 카펠로(16세기 베니스 명문의 딸로, 플로렌스로 사랑의 도피를 했다가 뒷날 토스카나 대공비가 된 여인)처럼 가슴을 두근거리며 층계에까지 나갔다. 그런데 문지기가 나를 위해 문의 빗장끈을 잡아당겼을 때, 한길에 르피트르 선생의 마차가 보였다. 르피트르 선생은 쉰 목소리로 나를 불렀다. 우연은 또 한 번 팔레 르와이얄의 지옥과 내 청춘의 낙원 사이에 숙명적으로 끼여든 것이다. 스무 살이나 되었으면서도 아무것도 모르는 자신을 부끄럽게 여기고 끝장을 내기 위해서 온갖 위험을 무릅쓰려고 결심한 그날, 르피트르 선생이 마차에 타는 동안——그는 루이 18세처럼 뚱뚱보인데다 절름발이여서 그것은 쉬운 일이 아니었다——달아나려고 한 그 순간, 어머니가 역마차를 타고 나타난 것이었다! 어머니에게 들킨 나는, 마치 뱀 앞의 새처럼 꼼짝할 수가 없었다. 대관절 어떤 우연으로 나는 어머니를 만나게 되었을까? 그것은 지극히 자연스러운 일이었다.

당시 나폴레옹은 그의 마지막 공격을 시도하고 있었다. 부르봉 왕가의 복귀를 예감하고 있던 아버지는, 이미 제정하의 외교계에서 일하고 있던 형을 깨우쳐 주기 위해 어머니와 함께 투르를 떠났던 것이다. 적군의 진격을 총명하게 주시하고 있던 사람들은 파리가 위기에 빠질 것이라고 생각했다. 그래서 나를 투르로 다시 데려갈 역할을 어머니가 맡은 것이었다.

파리에 머물러 있는 일이 나에게 운명적인 판가름이 되려고 한 그 순간, 나는 곧 파리에서 시골로 끌려 내려가고 말았다. 짓눌린 욕망 때문에 끊임없이 일깨워진 상상력의 괴로움과 부단한 궁핍 때문에 슬픔을 맛본 생활의 고달픔을 잊기 위해 공부에 열중했다. 그것은 마치 자기의 운명에 싫증난 사람들이 그 옛날 수도원에 은둔했던 것과도 같았다. 나에게 있어 공부란 하나의 정열이었다. 젊은이들이 청춘의 본성인 매혹적인 활동에 몰두해야 할 그런 시기에 이 정열은 나를 가두어 둠으로써 치명적이 되었는지도 모른다.
 이 간단한 청춘의 스케치에서 당신은 무수한 비가를 짐작할 텐데, 이것은 청춘이 내 앞날에 끼친 영향을 설명하기 위해 필요한 것이다. 나는 스무 살이 넘었는데도 온갖·병적인 요소의 해독으로 여전히 키가 작고 여위고 창백했다. 욕망으로 가득찬 내 영혼은 겉으로 보기엔 무르고 약한, 그러나 투르의 늙은 의사 말을 빌면 무쇠 같은 체질이 마지막 용해작용을 치르고 있는 육체와 싸우고 있었다. 몸은 어린애지만 사고는 늙은이 같았던 나는 많은 책을 읽고, 많은 명상을 했기 때문에, 인생 행로의 험한 길이며 평원의 모래밭을 이미 상당한 높이에서 형이상학적으로 이해하고 있었다. 기이한 우연들이 나를 그 달콤한 시기에 머물러 있게 한 셈이었다. 그러한 나의 영혼에 최초의 혼란이 나타나고, 관능이 쾌락에 눈을 뜨며, 모든 것이 달고 신선한 그런 시기에, 나는 공부 때문에 길어진 사춘기와 늦게나마 푸른 가지를 뻗은 성년기 사이에 있었다. 젊은 남자로서, 느끼거나 사랑하는 일에 나보다 더 잘 준비된 사람은 없었다. 그러니만큼 내 이야기를 잘 이해하려면, 입술은 거짓말에 더럽혀지지 않고, 눈은 욕망에 모순되는 수줍음으로 눈까풀이 무겁게 드리워져 있으나 솔직하며, 정신은 세상의 위선에 굴복하는 일이 없고, 겁많은 마음은 최초 충동의 고결함과 그 힘이 비등했던 그 아름다운 시절의 나이를 생각해 주어야만 한다.
 어머니와 함께 한, 파리에서 투르까지의 여행에 대해서는 이야기하고 싶지 않다. 어머니의 쌀쌀한 태도는 어머니에 대한 내 애정을 억눌러 버렸다. 새 역을 떠날 적마다 나는 말을 건네리라 마음먹었다. 그러나 순간적인 시선이나 한두 마디 말 때문에, 입을 열려고 조심스레 생각해 둔 말이 쑥 들어가 버리곤 했다. 오를레앙에서 잠자리에 들게 되었을 때 어머니는 나의 침묵을 비난했다. 나는 어머니의 발밑에 몸을 내던지고 뜨거운 눈물을 흘리면서, 어머니의 무릎을 안고 애정에 부푼 내 마음을 털어놓았다. 사랑에 굶주린 웅변 같은 변설로 어머니의 마음을 움직이려 했다. 열띤 나의 말투는 계모의 뒤틀린 마음이라도 흔들어 놓았을 것이다. 어머니는 내가 연극을 하고 있다고 대답했다. 내가 어머니로부터 버림받고 있음을 한탄하자, 어머니는 나를 불효자식이라고 했다. 나는 너무나 슬퍼, 블루아에 이르렀을 때 르아르 강에 몸을 던지려고 다리 위로 뛰어내렸다. 그러나 난간이 너무 높았기 때문에 자살에 성공하지 못했다.
 집에 도착하자 나를 기억하지 못하는 두 누이는 애정보다는 놀라움을 표시했다. 그러나 얼마 후엔 비교적 나에게 호의를 품고 있는 것같이 보였다. 나는 사층의 방 하나를 차지했다. 어머니가 스무 살 난 청년인 나를 기숙학교 때의 초라한 옷과 파리에서 입던 옷가지 이외엔 아무것도 없는 채 내버려 두었다는 사실을 이야기한다면 내가 얼마나 비참했던가를 알 수 있을 것이다. 혹 어머니가 떨어뜨린 손수건을 내가 객실 이 구석에서 저 구석으로 뛰며 주워 주었을 때도, 어머니는 마치 하인에게 말하듯이, 쌀쌀하게 『고맙다』라고밖에 말해 주지 않았다. 어머니의 마음속에 애정의 가지를 꽂을 만한 무른 부분이 있는가를 관찰한 나는, 오만함을 지참금의 하나로 꼽는 리스토메르 집안의 모든 여자들과 마찬가지로, 어머니 역시 오만하고 이기적이며 내기를 좋아하는, 키 크고 여윈 여자라는 것을 알았다. 어머니는 인생에서, 지켜야 할 의무밖에는 보지 않았다. 내가 만난 냉정한 여자들은 모두 어머니와 마찬가지로 의무를 종교로 삼고 있었다. 어머니는 사제가 미사 때 향을 받듯이 우리들의 존경을 받고 있었다. 어머니의 마음속에 있었던 약간의 모성애는 형이 고스란히 빨아먹은 듯이 보였다. 그녀는 신랄한 야유의 화살로 끊임없이 우리를 찔렀고, 그녀가 우리들에게 사용한 인정없는 사람들의 이 무기에 우리는 전혀 응수할 수가 없었다. 그런 가시투성이의 울타리에도 불구하고 본능적인 감정은 쉽게 사라지지 않아 어머니에 대한 우리의 숭고한 사랑의 오류는 어느 날 마지막 심판을 받는 날까지 계속되었다. 그날 어린아이들의 복수는 시작되고, 지난날의 환멸에 의해 생긴 그들의 무관심은 그들이 거기서 가져오는 흙투성이의 파편으로 불룩해져, 묘석 위에까지 번져 가는 것이다.
 이 무서운 압제는 내가 투르에서 만족시키려고 골똘히 생각하고 있었던 쾌락적인 관념을 쫓아 내고 말았다. 나는 절망한 나머지 아버지의 서재에 파묻혀 내가 알지 못했던 온갖 책들을 읽기 시작했다. 나는 오랫동안 앉아서 공부했기 때문에 어머니와의 접촉을 모면할 수가 있었다. 그러나 내 정신 상태는 악화되어 갔다. 때로는 나의 누이, 사촌인 리스토메르 공작과 결혼한 누이가 위로하려 했으나, 나를 사로잡고 있는 홍분을 가라앉힐 수는 없었다. 나는 죽고 싶었다.
 그 무렵 나와는 관계가 없는 몇 가지 큰 사건들이 일어나려 하고 있었다.

파리에서 루이 18세와 만나기 위해 보르도를 출발한 앙굴렘 공(루이 18세의 조카로 루이 16세의 딸과 결혼했음)은 여러 도시를 지날 때마다, 부르봉 왕가의 복귀로 낡은 프랑스를 들뜨게 한, 준비된 열광으로 뒤덮인 환영을 받고 있었다. 정통파 왕자들을 환영하느라 들뜬 투레느 지방, 떠들썩한 거리, 깃발을 단 창문, 나들이옷으로 단장한 시민들, 축하 준비, 그리고 무언지 모르게 허공을 떠돌며 사람들을 취하게 하는 것, 그런 것들이 나로 하여금 왕자를 위해 베풀어지는 무도회에 참석하고 싶은 마음을 일으키게 했다. 그때 축제에 참가할 수 없을 만큼 몸이 불편했던 어머니에게 나로서는 대담하게도 그런 희망을 말했더니 어머니는 뜻밖의 이유로 노발대발했다. 그렇게 아무것도 모르다니, 대관절 콩고에서라도 왔느냐? 그 무도회에 우리집 대표가 참가하지 않으리라고 생각했더냐? 아버지와 형이 집에 없으니 응당 가야 할 사람은 네가 아니냐? 너에게는 어미도 없느냐? 어머니는 자식들의 행복을 생각지 않는다더냐? 이리하여 자식 취급도 거의 못 받던 이 아들은 갑자기 큰 인물이 되어 버렸다. 나는 어머니가 내 소망을 받아들여 주기 위해 비꼬며 늘어놓은 이론들의 전개와 중요해진 내 위치에 몹시 놀랐다.

누이들을 통해, 연극 같은 그런 일을 좋아하는 어머니가 당연히 내 옷차림에까지 주의를 기울이고 있다는 사실을 알게 되었다. 어머니가 너무나 까다롭게 굴어서, 투르의 재단사는 아무도 내 양복을 맡을 수가 없었다. 어머니는 바느질하는 품삯군을 불렀는데, 그 여자는 시골의 관습대로 모든 종류의 바느질을 할 줄 알았다. 어느새 엷은 남색의 연미복이 그럭저럭 완성되었다. 비단 양말과 새 무도화는 어렵지 않게 구할 수 있었다. 남자 조끼는 짧게 입는 것이 유행이었기 때문에 아버지의 조끼를 하나 얻어 입을 수 있었다. 나는 난생 처음으로 가슴에 요란한 장식이 달린 웃옷을 입었다. 그 둥근 주름은 나의 가슴을 불룩하게 했고, 넥타이의 매듭에 감겼다. 옷을 모두 입고 나니 나는 다른 사람같이 되었고, 누이들의 재잘거리는 찬사를 들으면서 투레느의 모든 사람들이 모이는 곳으로 나갈 용기가 생겼다. 어려운 모험이었다 !

그 축제에는 너무나 많은 사람들이 초대를 받았기 때문에 뛰어난 사람은 그리 많지 않았다. 나는 키가 작은 덕택에 빠삐옹 집안의 정원에 설치된 천막 안으로 들어가, 왕자가 당당히 자리잡고 있는 안락의자 곁에까지 나아갔다. 나는 뜨거운 흥분 때문에 대번에 숨이 막힐 지경이었고, 내가 처음 참석한 공식적인 축제의 등불과 빨간 포장이며 금빛 장식, 그리고 화려한 옷차림과 다이아몬드로 눈이 부셨다. 나는 자욱한 먼지 속에서 부딪치고 있는 남녀의 군중 틈에 끼여 서로 밀치며 이리저리 밀려다녔다. 부르봉 왕조를 찬양하는 군악대의 열띤 연주도『앙굴렘 공 만세! 국왕 만세! 부르봉 왕가 만세!』라는 군중의 환호 소리에 압도되었다. 이 축제는 떠오르는 해와 같은 부르봉 왕가를 향하여 모든 사람이 저마다 서로 다투어 달려가는 열광의 홍수였다. 완전한 당파적인 이기주의에 나는 냉정한 태도를 취하면서, 위축된 채 자신 속으로 움츠러들었다.

그런 소용돌이 속에 한 오라기 지푸라기처럼 말려든 나는, 왕자들 사이에 끼인 앙굴렘 공이 되어서, 경탄해 마지않는 군중들 앞을 당당히 걸어가고 싶다는 어린애 같은 욕망을 품었다. 투레느 사람다운 이 어리석은 욕망은 나의 성격과 환경이 고귀하게 해준 야심의 꽃을 피게 했다. 그런 영광을 부러워하지 않는 사람이 어디 있을까? 몇 달 후 엘바 섬에서 돌아온 나폴레옹 황제 앞으로 파리 전체가 달려갔을 때, 그와 같은 장대한 의식이 다시 내 눈앞에서 벌어졌으니 말이다. 자기들의 감정과 생명을 오직 한 사람에게 바치는 대중 위에 군림하는 그 위력은, 그 옛날 드루이드 교(敎)의 무녀들이 고을 사람들을 제물로 바쳤던 것처럼, 오늘날 프랑스 사람들의 목을 죄는 무녀와도 같은 영광에 돌연 내 몸을 바치게 한 것이다. 그리하여 갑자기 나의 야심을 끊임없이 자극하고, 나를 왕권의 위세 한복판에 던져 넣음으로써 그 욕망을 충족시켜 주게 되는 한 부인을 만나게 되었다.

함께 춤을 추자고 여자에게 청하기엔 너무 소심하며, 대열이 틀어져 실수하는 것도 걱정스러워서 나는 자연히 시무룩해졌고, 어떻게 몸을 움직여야 할지 모르고 있었다. 사람들 속에서 어쩔 수 없이 서성거리며 거북해하고 있을 때, 가죽 구두의 압박과 더위 탓으로 부어오른 내 발을 어느 장교가 밟아 버렸다. 그 때문에 나는 축제에 싫증이 났다. 그러나 밖으로 나가기도 어려웠기 때문에 나는 구석으로 피해 가 의자 끝에 앉아서 한 곳을 주시하며 불쾌한 기분으로 가만히 있었다. 그때 한 부인이 빈약한 내 체격을 잘못 보고, 어머니가 돌아와 주기를 기다리며 졸고 있는 어린애인 줄 알았던지, 마치 둥우리에 내려앉는 새처럼 춤추듯 내 곁에 사뿐 앉았다. 나는 곧 여성의 향기를 느꼈고 그 향기는 내 영혼 속에서, 그후 동방의 시의 아름다움이 빛나듯이 찬연한 빛을 뿌렸다. 나는 옆에 앉은 여자를 바라보았고, 축제만큼이나 그 여자에게 현혹되었다. 그녀는 곧 나의 모든 축제가 되었다. 나의 과거 생활을 잘 이해했다면, 당신은 내 마음속에 솟아난 감정을 추측할 수 있을 것이다. 내 눈은 곧 둥글고 하얀 그녀의 두 어깨를 보고 경탄했다. 그 위에서 몸을 딩굴리고 싶을 정도로 아름다운 그 어깨는 마치 처음 벌거벗어 수줍은 듯 연분홍빛이었고, 영혼이 숨어 있는 듯 정숙했으며 비단결 같은 살갗은 빛을 받아 눈부시게 빛나고 있었다. 그 어깨는 하나의 선으로 양분되어 있었는데, 나의 눈길은 손보다 더 대담하게 그 선을 따라 흘렀다. 그녀의 가슴을 보려고 숨가쁘게 허리를 꼿꼿이 편 나는 완전히 매혹되고 말았다. 젖가슴은 소중하게 얇은 속옷으로 싸여 있었지만, 완전히 둥글고 하늘빛을 띤 두 개의 유방이 레이스의 물결 속에 부드럽게 드러나 있었다. 그녀 얼굴의 어떤 조그만 점까지도 내 마음엔 무한한 환희를 일깨워 주는 도화선이었다. 소녀의 그것처럼 미끈하고 부드러운 목 위로 빗어올린 머리털의 윤기, 그리고 빗이 그려 놓은 하얀 선들은 신선한 오솔길처럼 생각되어 내 상상력은 그것을 따라 달렸다. 이 모든 것이 나를 아찔하게 했다. 아무도 보고 있지 않음을 확인하고 나서, 나는 마치 어머니의 젖가슴에 매달리는 어린아이처럼 그녀의 어깨에 기대어 고개를 비틀면서 어깨 여기저기에 키스했다. 그녀는 날카롭게 소리쳤으나, 음악 소리 때문에 잘 들리지 않았다. 그녀는 나를 돌아보고 말했다.

「당신은 누구예요?」

아아! 만일 그녀가 『얘가 왜 이래?』라고 말했더라면, 나는 아마 그녀를 죽였을지도 모른다. 그러나 당신이라는 말을 들으니 뜨거운 눈물이 내 눈에서 솟아올랐다. 성스러운 노여움에 떠는 그녀의 시선과, 사랑스런 등과 잘 조화된 회색 머리 장식이 얹힌 고귀한 얼굴을 보자 나는 돌처럼 굳어 버렸다. 상처 입은 순결의 부끄러운 빛이 그녀의 얼굴에 떠올랐으나, 내 광기의 원인이 자기에게 있음을 이해하고, 내 참회의 눈물 속에서 무한한 숭배의 뜻을 깨닫자, 곧 용서의 빛을 띠고 부드러워졌다. 그녀는 여왕 같은 동작으로 물러갔다. 그때 나는 우스꽝스런 내 입장을 느꼈다. 그때에야 비로소 내가 사보아 사람이 데리고 다니는 원숭이(스위스에 가까운 사보아 지방의 산에서는 굴뚝을 소제하는 인부나 원숭이의 재롱을 보여 주며 순회하는 사람들이 많이 나옴)처럼 괴상한 꼴을 하고 있다는 것을 알았던 것이다. 나는 자신이 부끄러웠다. 방금 훔친 사과의 맛을 음미하며, 빨아들인 피의 따스함을 입술에 남긴 채, 하늘에서 떨어진 것 같은 그 부인을 바라보면서 아무 뉘우침도 없이 나는 우두커니 앉아 있었다. 처음으로 가슴속 열기의 관능적인 발작에 사로잡힌 나는 텅 빈 무도장을 서성거렸지만, 그 미지의 여인을 찾을 길은 없었다. 나는 딴 사람처럼 되어 집으로 돌아가 잠자리에 들었다.

새로운 영혼, 다채로운 색깔의 날개를 지닌 영혼이 유충의 껍질을 벗어나 깨어나고 있었던 것이다. 나의 소중한 별은 내가 찬탄하고 있던 하늘에서 떨어져 그 빛과 반짝임과 신선함을 간직한 채 여성으로 변한 것이다. 나는 사랑에 대해 아무것도 모르면서 별안간 사랑을 하게 되었다. 남성의 가장 격렬한 감정인 이 최초의 범람은 불가사의한 것이었다. 나는 백모의 살롱에서 아름다운 부인을 여러 명 본 적이 있지만, 누구도 나에게 깊은 인상을 주지는 못했었다. 그러고 보면 정열이 남성의 모든 것을 점유할 때, 외곬의 정열을 결정하기 위해, 하나의 시기, 별들의 결합, 특별한 상황의 일치, 모든 여자들 중 특정한 한 여인이 존재해야 하는 것일까? 나는 내가 선택한 여자가 투레느에 살고 있으리라 생각하면서 황홀하게 공기를 호흡했고, 다른 어느 곳에서도 볼 수 없었던 푸른 하늘의 빛깔을 투레느의 하늘에서 발견했던 것이다. 마음속은 기쁨으로 넘쳐 있었지만, 겉으로는 몹시 아픈 것같이 보였으므로 어머니는 뉘우침이 섞인 걱정을 했다. 불행이 오는 것을 예감하는 짐승처럼 나는 정원 한구석에 웅크리고 앉아서, 내가 훔친 그 키스에 대해 공상하고 있었다. 그 잊을 수 없는 무도회 며칠 후, 내가 공부도 않고, 어머니의 위압적인 눈초리에도 무관심하며, 빈정거리는 말도 못 들은 체하고 음울한 기분에 빠져 있는 것을 보고, 어머니는 내 또래의 젊은이들이 반드시 겪게 마련인 자연적인 위기 탓이라 생각했다. 그녀는 의학으로도 고칠 수 없는 그런 병에 대해서는 영원한 영약인 시골이 나를 허탈 상태에서 구해 내는 가장 좋은 수단이라고 생각했다. 어머니는 나를 프라펠르로 보내어 며칠 묵게 하기로 결정했다. 그곳은 엥드르 강가로 몽 바종과 아제르리도 사이에 있는 어머니 친구의 저택이었다. 모르긴 하지만 어머니는 그 친구에게 어떤 은밀한 지시를 해두었음이 분명했다. 그리하여 마음대로 돌아다닐 수 있도록 허락된

날, 나는 사랑의 바다에서 너무나 힘차게 헤엄을 쳤기 때문에 그 바다를 횡단해 버렸을 정도였다.

나는 그 미지의 부인의 이름을 몰랐었다. 이름을 뭐라고 하는지, 어디서 찾아야 하는지도 알지 못했다. 더욱이 누구에게 그 여인에 대한 이야기를 할 수 있었겠는가? 내성적인 내 성격은, 사랑을 시작했을 때 젊은 마음을 사로잡는 그 설명할 수 없는 불안을 더욱 증대시켰고, 희망 없는 정열에 종지부를 찍게 하는 우울증에 빠지게 했다. 나는 그저 들판을 돌아다니거나 달려 보기로만 마음먹었다. 아무것도 의심함이 없이 무언지 모를 기사도적인 면을 내포하고 있는 그 어린애와도 같은 용기로, 아름답고 작은 탑이 보일 적마다 『여기로구나!』하고 중얼거리면서 걸어서 여행하며 투레느의 모든 저택들을 찾아보기로 했다.

그래서 어느 목요일 아침 나는 생 텔루아 문으로 투르 거리를 나와서, 생 소베르의 다리를 건너 집집마다 일일이 쳐다보며 퐁세르까지 이르러 쉬농으로 가는 길에 도착했다. 난생 처음으로 나는 누구의 질문도 받는 일 없이 마음 내키는 대로 나무 밑에서 쉬기도 하고 천천히 또는 빨리 걸을 수도 있었다. 모든 젊은이들에게 다소간 가해지는 온갖 압제에 짓눌린 가엾은 인간에게 있어서는, 하찮은 일에 대해서일지라도 처음으로 자유 의사를 행사한다는 것은, 영혼에 대해 무언가 꽃피우는 듯한 기분을 가져다 주는 것이다. 많은 이유들이 모여서 그날을 매혹에 넘친 축제일같이 만들어 주었다. 어렸을 적엔 기껏해야 거리에서 사 킬로 정도도 산책을 나가지 못했던 나였다. 퐁르봐 부근에서의 산책이나 파리에서의 산책도, 전원의 자연스러운 아름다움을 감상하는 내 마음을 북돋아 주지는 않았었다. 그렇지만 내 일생의 최초의 추억 속에는, 내가 가까이 대하고 있었던 투르의 풍경에서 맛볼 수 있는 아름다움의 감정이 남아 있다. 따라서 풍경의 시정(詩情)에 대해서는 완전히 풋나기였음에도 불구하고, 나도 모르게 상당히 까다로웠던 것이다. 그것은 마치 어떤 예술에 대해 실제 경험이 없이 우선 그 예술의 이상만을 상상하는 사람들과도 같았다.

걷거나 말을 타고서 프라펠르의 저택으로 가려면, 사람들은 샤를마뉴 황야라는 벌판을 지나 지름길을 택하게 된다. 그것은 세르 강 분지와 엥드르 강 분지를 갈라 놓는 고원의 꼭대기에 있는 황무지로서, 샹피에 이르는 지름길이 거기를 통과한다. 평탄하고 모래투성이인 그 벌판은 약 사 킬로로 사방이 황량하며, 숲을 지나서 프라펠르가 있는 사세 마을로 연결되어 있다. 그 길은 발랑 저쪽에서 쉬농 가도로 이어지는데, 아르탄느 마을까지 큰 기복 없이 평원을 이루고 있다. 거기에선 몽 바종에서 시작하여 르와르 강까지 계속된 골짜기가 열려, 양쪽 언덕에 세워진 저택들 밑을 줄달음치고 있는 것같이 보인다. 이 골짜기는 훌륭한 에머랄드 술잔 같으며, 그 바닥을 엥드르 강이 뱀처럼 구불구불 흐르고 있다. 이런 광경을 보자, 나는 황야와 길을 걸으면서 느낀 권태와 피로의 반동으로 일종의 관능적인 경탄에 사로잡혔다. 『여성 중의 꽃이라고도 할 만한 그 여인이 이 세상의 어디엔가 살고 있다면, 이곳이야말로 바로 그런 곳이리라.』 이렇게 생각하면서 나는 한 호도나무에 몸을 기대었다. 그날 이후로 나는 그 그리운 골짜기를 찾아갈 때마다 그 나무 아래서 쉬었다. 내 생각들을 털어놓을 수 있는 상대인 그 나무 아래에서, 그곳을 떠난 마지막 날 이후 내가 겪은 변화에 대해 마음속으로 스스로 묻곤 했다.

  그 여인은 그곳에서 살고 있었다. 내 마음의 짐작은 틀리지 않았다. 내가 벌판의 비탈에서 제일 먼저 본 저택이 그녀의 집이었다. 내가 나의 호도나무 아래 앉았을 때 정오의 태양은 그 저택의 슬레이트와 유리창을 빛나게 하고 있었다. 그녀의 고급 의상은 포도밭의 복숭아나무 아래에서 흰 점처럼 보였다. 당신이 아직 아무것도 모르고 있으면서도 벌써 짐작하는 것처럼, 그녀는 『그 골짜기의 백합』이었다. 그녀는 그 골짜기를 미덕의 향기로 가득 채우면서 하늘을 향하여 퍼지고 있었다. 겨우 한 번 보았을 뿐 다른 도움 없이 내 영혼을 가득 채우고 있었던 무한한 사랑이 눈앞에 표현되고 있음을 나는 발견했다. 푸른 강변 사이에서 햇빛에 번쩍이며 흐르는 그 긴 강물, 흔들리는 레이스로 사랑의 골짜기를 장식하는 듯한 미루나무들, 끊임없이 굴곡을 이루며 흐르는 강물이 둘러싸고 있는 언덕 위의 포도밭 사이에 끼여든 떡갈나무 숲 그리고 색조의 대조를 이루며 멀어져 가는 아련한 지평선, 이런 모든 것들에 의해 이 사람은 표현되고 있었다. 만일 당신이 약혼녀처럼 아름답고 청순한 자연을 보고 싶다면, 어느 봄날 그곳에 가보라. 피가 흐르는 듯 아픈 마음의 상처를 달래고 싶으면, 늦가을 어느 날 그곳을 찾는 것이 좋으리라. 봄이면 사랑이 거기서 하늘 가득히 날개를 퍼덕이고, 가을이면 이미 가버리고 없는 사람들을 생각게 한다. 병든 폐는 그곳에서 자비로운 상쾌함을 들이키며, 눈은 사람들의 영혼에 차분한 달콤함을 전해 주는 금빛 숲에서 쉰다. 그때 엥드르 강의 폭포에 있는 물레방아는 소곤거리는 그 골짜기에 하나의 소리를 주었고, 미루나무는 웃는 듯 몸을 흔들었으며, 하늘엔 구름 한 점 없고, 새들은 노래하고, 매미는 울어, 그곳에서는 모든 것이 멜로디였다. 내가 왜 투레느를 사랑하느냐고 이제는 더 묻지 말라. 내가 그 고장을 사랑하는 것은 남들이 고향을 사랑하거나, 사막 속에서 오아시스를 사랑하는 것과는 다르다. 예술가가 예술을 사랑하듯 나는 그곳을 사랑하는 것이다. 나는 당신을 사랑하는 것만큼은 그곳을 사랑하지 않지만, 만일 투레느가 존재하지 않았다면 나는 이제껏 살아 있지 못했을 것이다. 내 눈은 왠지 모르게 그 흰 점, 즉 넓은 정원에서 번쩍이고 있는 여인에게로 되돌아 가는 것이었다. 그것은 마치 푸른 숲 한가운데 만지기만 해도 시드는 메꽃이 피어 있는 것 같았다. 감동어린 가슴을 안고 그 골짜기 아래로 내려가니, 곧 마을이 보였다. 내 가슴에 넘치는 시정은 그 마을을 비길데없이 아름답게 보이게 했다. 숲으로 덮인 채 넓은 물 위에 우아하게 떠 있는 여러 섬 사이에 놓인 세 개의 물레방아를 상상해 보라. 생기에 넘쳐 빛깔도 아름답게 강물을 덮고, 때로는 물 위에 떠오르고, 물결을 따라 흐르기도 하고, 물레방아 바퀴에 뿌려지는 폭풍 같은 물살에 몸을 움츠리기도 하는 그런 수생 식물들이야말로 물의 풀밭이라 하지 않고 무어라 부르겠는가! 여기저기에 자갈이 쌓여 있어, 거기서 물이 부서지면서 물방울이 햇빛에 반짝인다. 아마릴리스·황수련·백수련·골풀·플록스 등이 보기좋게 양쪽 강가를 장식하고 있다. 썩기 시작한 들보에 받쳐진 흔들거리는 다리의 교각은 꽃에 덮여 있고, 무성한 잡초며 빌로도 같은 이끼가 낀 난간은 강물 위로 기울어져 있었으나 떨어지지는 않았다. 낡은 조각배, 어부의 그물, 양치는 목동의 단조로운 노래, 섬 사이를 헤엄치거나 르와르 강에 운반되어 온 굵은 모래 위에서 몸을 터는 오리들, 차양 없는 모자를 비스듬히 쓰고서 노새에 짐을 싣는 방앗간 소년들, 이런 자질구레한 것들이 이 정경을 놀랍도록 소박한 것으로 만들고 있었다. 다리 건너에는 두세 채의 농가와 비둘기집, 멧비둘기들, 인동덩굴과 재스민, 그리고 미나리아재비 울타리와 정원이 사이사이에 놓인 삼십여 채의 오두막집을 상상해 보라. 어느 집 문어귀에나 퇴비가 쌓여 있고 길에는 암탉, 수탉 들이 거닐고 있었다.

이것이 바로 퐁드 류앙 마을, 운치있는 낡은 성당…… 화가가 그림의 소재를 찾으러 올 만한 십자군 시대의 성당이 솟아 있는 아름다운 마을이다. 그 전체를 오래된 호도나무 숲과 엷은 금빛의 어린 미루나무로 둘러싸고, 따스하게 아지랭이가 피어오른 하늘 아래 끝이 안 보이도록 펼쳐진 풀밭 속에 우아한 건물을 놓으면, 그 아름다운 고장의 무수한 조망 중의 하나를 상상할 수 있을 것이다.

 나는 건너편 강가에 줄지어 있는 언덕들을 세밀히 관찰하면서, 강 왼쪽에 놓인 사세 가도를 걸어갔다. 그러다 마침내 백 년도 더 된 나무들이 우거진 정원에 닿았고, 그것이 프라펠르의 저택이라는 것을 알았다. 내가 도착했을 때 마침 점심을 알리는 종소리가 울렸다. 식사 후 그 집 주인은 내가 투르에서부터 걸어온 줄도 모르고, 자기 소유지의 주변을 이리저리 안내했는데, 나는 이곳에선 골짜기의 일부를 저곳에선 골짜기의 전부를 보는 등, 도처에서 골짜기의 모든 모습을 관찰했다. 내 눈은 르와르 강의 아름다운 은빛 물결을 따라 여러 번 먼 지평선 쪽으로 끌렸다. 거기서는 뱀장어를 잡는 그물 사이로 흰 돛을 단 배들이 제멋대로 움직이며 바람을 따라 달리고 있었다. 나는 언덕 꼭대기에 올라가 비로소 아제이의 성관(城館)을 보며 감탄했다. 그것은 흡사 꽃에 뒤덮인 말뚝 위에 얹혀서 엥드르 강에 박혀 있는 세밀히 다듬어진 다이아몬드처럼 보였다. 그리고 골짜기 안쪽에는 사세 성관의 낭만적인 위용이 보였다. 그것은 조화의 극치를 이룬, 애수에 잠긴 저택으로 경박한 인간들에게는 너무 엄숙하고 영혼에 상처를 입은 시인에게는 그리움을 주는 건물이었다. 때문에 후일 나는 그곳의 고요함이며 가지 꺾인 고목과 적막한 골짜기에 감도는 신비로운 모습을 사랑하게 되었다. 그러나 그 옆의 언덕 비탈에서 내가 첫눈에 보고 반한 그 귀여운 저택이 보일 적마다, 나는 기쁨에 가슴을 떨며 그 저택에서 눈을 떼지 않았다.

 「이상한 일이구려!」 내 나이에서는 극히 순진하게 표현되는 그 발랄한 욕망의 빛을 내 눈빛에서 알아차린 집주인이 말했다. 「아름다운 부인의 일은 멀리서도 알게 되는 모양이지요, 사냥개가 냄새로 짐승을 알아내는 것처럼 말이오.」

 그 마지막 말이 귀에 거슬렸지만, 나는 그 저택의 이름과 소유자의 이름을 물었다.

「저건 클로슈구르드로서, 모르소프 백작이 차지하고 있는 아담한 집이지요, 투렌느에선 루이 11세 시대부터 내려온 유서깊은 집안의 후예인데, 모르소프라는 성(모르는 죽음, 소프는 안전을 뜻함)은 그 성의 유래와 문장(紋章)과 명성이 비롯된 사건을 가리키는 것이오. 그의 선조가 교수대에서 살아 남았기 때문이지요. 그래서 모르소프 집안의 문장은,『황금 바탕에 검은 색 T자 형의 십자가를 짝짓고, 그 한가운데 백합꽃을 놓은 것』인데,『신이여, 우리의 주인이신 국왕을 구하소서』라는 글이 새겨져 있소. 백작은 망명에서 돌아와 저곳에 들어앉았소. 저 땅은 르농쿠르 지브리 집안의 영양이던 부인의 것인데, 르농쿠르 집안도 오래지 않아 대가 끊어질 거요. 모르소프 부인은 외동딸이니 말이오. 저 집의 조그만 재산은 이름난 집안치곤 어울리지 않는 것이지만, 기품이 높아서 그런지, 아니면 그럴 필요가 있어서 그런지, 그들 내외는 늘 클로슈구르드에만 들어앉아서 누구와도 만나지 않소. 지금까지는 부르봉 왕가에 대한 충절을 내세워 은둔 생활의 명분으로 삼았지만, 이번 국왕의 귀환이 그 사람들의 생활에 변화를 주게 되는지 나는 의심스럽소. 나는 작년에 이곳으로 이사왔을 때 인사하러 갔지요. 그들 내외도 답례차 찾아오고. 우리를 저녁식사에 초대해 주더군요. 겨울이 되면서 여러 달 동안 서로 못 만났는데, 그 후에도 이번 정변 때문에 우리가 돌아오는 게 늦어졌지요. 아무튼 내가 프라펠르로 돌아온 건 최근이니까요. 모르소프 부인은 어디에 가나 으뜸가는 부인입니다.」

「그 부인은 투르에 자주 가나요?」

「통 안 갑니다. 하지만」하고 그는 말을 이었다.「최근 앙굴렘 공이 오셨을 때 갔지요. 공은 모르소프 씨에게 아주 상냥한 태도로 대했답니다.」「바로 그 여자구나!」무심코 나는 소리쳤다.「그 여자라니 누굽니까?」

「아름다운 어깨를 가진 부인이오.」

「투레느에는 어깨가 아름다운 여자들이 수없이 많소. 하지만 당신이 피로하지 않다면 강을 건너 클로슈구르드에 가봅시다. 당신이 말하는 그분인지 알아볼 수도 있겠죠.」

기쁨과 부끄러움에 얼굴을 붉히면서도 나는 반대하지 않았다. 그토록 오래 전부터 내 눈이 애무하고 있던 그 자그마한 저택에 도착한 것은 오후 네 시경이었다. 풍경 속에서 몹시 훌륭하게 보이던 그 집은 실제로는 검소했다.

1. 소년소녀 시절   33

정면에 창문이 다섯 개 있고, 남쪽을 향한 정면의 양쪽 끝에 있는 창문들은 저마다 사 미터 가량 앞으로 나와 있어서 두 개의 사랑채처럼 보이게 하는 건축상의 기교를 부렸기 때문에 전체적으로 우아한 느낌을 주고 있었다. 가운데 창문은 현관 구실을 하며, 두 층으로 된 섬돌을 지나 정원에 이르게 되어 있었다. 계단식 정원은 엥드르 강변의 좁은 초원에까지 연결되고 있었다. 아카시아와 동백나무 가로수가 그림자를 던지고 있는 정원의 마지막 층과 그 초원 사이에 시골길이 놓여 있었으나 그 초원은 정원의 일부를 이루고 있는 것처럼 보였다. 왜냐하면 그 길은 움푹 들어가 있어, 한쪽은 높은 정원 아래 깔려 있고, 다른 쪽은 노르망디 식 나무울타리가 둘러쳐져 있었기 때문이다. 적당히 비탈이 져 있어 저택과 강물 사이에는 상당한 간격이 있었으나, 물의 경치에서 오는 즐거움도 살리는 동시에 물이 가까운 경우의 불편도 모면하고 있었다. 저택 아래쪽에는 마차 차고와 마구간이며 곳간과 부엌이 있어, 그것들의 잡다한 출입문들이 아치형을 이루고 있었다. 지붕 모서리는 우아한 윤곽을 드러냈고, 한쪽 옆이 조각된 다락방 창문과, 지붕 끝의 납으로 만든 꽃다발이 얹힌 박공으로 장식되어 있었다. 지붕은 대혁명이 터지는 바람에 제대로 손질을 못 했던 모양인지, 남향 집에 끼는 불그스름하고 납작한 이끼 때문에 생기는 녹이 슬어 있었다. 섬돌 앞의 출입 창문 위에는 종이 달려 있고, 거기에는 블라몽 쇼블리 집안의 문장이 새겨져 있었다. 빨간 바탕은 네 줄의 청백색 무늬로 나뉘고 살색과 흑색의 손이 산 모양의 검은 창 두 개를 쥔 것이었다. 그리고 『사람들이여, 모두 보라, 그러나 아무도 만지지 말라!』라는 글이 씌어 있어서, 내 마음에 큰 감명을 주었다. 방패형의 문장을 받들고 있는 장식은 입에 황금 사슬을 물고 있는 그리퐁(머리는 독수리이고 몸은 사자인, 그리스 신화에 나오는 괴물)과 용으로 아름다운 조각의 효과를 살린 것이었다. 공작의 관과 황금 열매가 달린 녹색 종려나무로 만들어진 윗부분의 장식은 대혁명 때 파손되어 있었다. 공안위원회의 서기 스나르가 1718년 이전에는 사세의 법관이었다는 사실이 이런 황폐를 설명해 주는 것이다.

이런 구조가, 꽃처럼 단장되어서 도저히 땅을 무겁게 누르고 서 있는 것 같지 않아 보이는 이 저택에 우아한 인상을 주고 있었다. 골짜기 쪽에서 보면 아래층이 이층인 것처럼 보였는데, 앞마당 쪽에서 보면 그것은 여러 개의 화단으로 화려해진 잔디밭으로 향한 넓은 모랫길과 같은 평면에 서 있다. 저택 좌우에는 포도밭과 과수원, 그리고 호도나무가 심어진 몇 군데 경작이 가능한 토지가 가파른 비탈을 이루고 있어, 그 우거진 숲으로 집을 둘러싸면서 엥드르 강기슭에까지 뻗어 있다. 강기슭에는 수풀이 있으며, 그 푸르름은 자연 그대로의 빛깔을 띠고 있는 것이었다. 클로슈구르드의 옆길을 올라가면서 나는 보기 좋게 배치된 그곳 경치에 감탄하며 행복이 넘치는 듯한 공기를 들이마셨다. 그러고 보면 정신적인 자연에도 물질적인 자연과 마찬가지로, 그 나름의 전기적(電氣的)인 교감이나 온도의 급격한 변화가 있는 것일까? 내 마음은 짐승들이 맑은 날씨를 예감하고 기뻐하듯, 내 마음을 영구히 변화시킬 은밀한 사태들이 다가옴에 따라 두근거렸다. 내 생애에서 특기할 만한 그날을 엄숙하게 해주는 상황들이 빠짐없이 갖춰져 있었다. 자연은 사랑하는 남자를 만나러 가는 여인처럼 예쁘게 단장했었고, 내 영혼은 비로소 자연의 목소리를 들었으며, 내 눈은 중학 시절의 상상력이 몽상 속에서 그렸었던 것과 똑같은 풍성하고 변화 많은 자연을 보고 찬양했다. 몽상이 내게 미친 영향에 대해서는 졸렬한 표현으로 이미 설명했지만, 아무튼 그 몽상은 하나의 묵시록 같은 것으로, 내 생애가 상징적으로 예언되고 있었다. 행복한 또는 불행한 사건의 하나하나가 기괴한 형상으로 그것에 연결되어 있고, 그 형상은 오직 영혼의 눈에만 보이는 것이다. 우리는 농사에 필요한 건물들, 헛간·포도 압착실·외양간·마구간 등에 둘러싸인 첫번 마당을 건너질렀다. 개 짖는 소리를 듣고 하인이 우리를 맞으러 나와 백작님은 아침부터 아제이에 가셨는데 아마 밤에나 돌아오실 것이며, 부인은 집에 계시다고 말했다. 프라펠르의 주인은 나를 바라보았다. 나는 그가 남편이 없는 사이에 모르소프 부인을 만나는 것을 꺼리는 듯싶어 불안스러웠다. 그러나 그는 하인에게 우리가 찾아온 것을 알리라고 말했다. 어린애 같은 욕망에 사로잡혀, 나는 저택을 가로질러 있는 긴 응접실로 급히 들어갔다. 「어서 들어오세요!」 그때 황금방울을 울리는 듯한 목소리가 들려왔다.

　모르소프 부인은 무도회에서 한 마디밖에 말하지 않았었지만, 나는 곧 그 목소리를 알아들을 수 있었다. 그 목소리는 내 영혼 속으로 꿰뚫고 들어와 마치 한 줄기 햇살이 죄수의 감방을 금빛으로 물들이는 것처럼 나의 영혼 속에 가득 찼다. 부인이 내 얼굴을 기억하고 있을지도 모른다고 생각하니 나는 도망치고 싶었다. 그러나 때는 이미 늦었다. 부인이 문어귀에 나타나고, 우리의 시선이 부딪쳤으니 말이다. 누구의 얼굴이 더 붉어졌는지 나는 모른다. 부인은 당황한 나머지 아무 말도 못 했고, 하인이 안락의자를 두 개 가까이 놓자, 얼른 자수대 앞의 자기 자리에 자리잡은 채 그 침묵의 구실을 만들려고 바늘을 뽑아드는 것이었다. 그리고 곧 상냥하면서도 엄숙한 얼굴을 세셀 씨에게로 돌리면서, 무슨 좋은 일이라도 있기에 찾아왔느냐고 물었다. 내가 나타난 데 대한 진상을 알고 싶었을 텐데도, 그녀는 우리 두 사람 쪽은 쳐다보지 않고 끊임없이 강물 쪽으로 시선을 던지고 있었다. 그렇지만 그녀가 듣고 있는 태도로 보아 장님이 자각하기 어려운 억양 속에 나타나는 영혼의 동요를 느끼듯, 그녀 역시 깨닫고 있는 것 같았다. 그리고 그것은 사실이었다.

세셀 씨는 내 이름과 경력을 얘기했다. 전쟁중이라 파리가 위험해졌기 때문에, 부모를 따라 고향인 투르에 몇 달 전부터 와 있노라고 얘기했다. 투렌느 태생이면서도 투르느를 전혀 모르는 청년인 내가 공부를 지나치게 하여 몸이 약해졌기 때문에 프라펠르로 휴양하러 왔는데, 처음 와보는 이곳을 자기가 안내하게 되었다는 것이었다. 그러나 이 언덕까지 와서야 내가 투르에서 프라펠르까지 걸어왔다는 사실을 알고, 이미 어지간히 허약해진 내 건강이 걱정되어, 부인께 부탁드려 잠시 쉬어 가려고 클로슈구르드에 들른 것이라고 말했다. 세셀 씨가 한 말은 사실이었다. 그러나 행운의 우연이란 흔히 조작된 것같이 보이는 법인지라, 모르소프 부인은 반신반의하는 듯했다. 부인이 쌀쌀하고 준엄한 눈을 내게 던지는 바람에, 나는 말할 수 없는 굴욕을 느끼면서 속눈썹에 맺힌 눈물을 숨기기 위해 눈을 내리깔지 않으면 안 되었다. 위엄있는 그 여주인은 내 얼굴이 땀에 젖어 있는 것을 보았고, 어쩌면 내 눈물까지도 보았을 것이다. 부인은 필요한 것이 있으면 서슴지 말고 말하라면서 위로하는 친절을 보여 주었기 때문에 나는 겨우 입을 열 수 있었다. 나는 잘못을 저지른 소녀처럼 얼굴을 붉히고, 늙은이같이 떨리는 목소리로 고맙지만 아무것도 필요없노라고 대답했다.

「제 소원은 다만」나는 부인의 눈을 쳐다보면서 이렇게 말문을 열었다. 시선이 마주친 것은 이로써 두 번째였지만 그것도 번갯불처럼 빠른 한순간에 지나지 않았다.「여기서 쫓겨나지 않는 것뿐입니다. 한 발짝도 더 걷지 못할 만큼 지쳐 버렸습니다.」

「우리들의 이 아름다운 지방의 환대를 왜 의심하시는가요?」그녀는 이렇게 말했다.

「클로슈구르드에서 저녁 식사를 하실 수 있겠지요?」그녀는 세실 씨를 돌아보며 덧붙였다.

내가 간청이 가득 담긴 시선을 내 보호자에게 던졌기 때문에, 사양을 예상하는 그런 예의적 문구의 초대를 세셀 씨는 받아들이려는 듯하였다. 세셀 씨는 세상 물정을 잘 알고 있었기 때문에 그런 눈치쯤은 쉽게 알아차릴 수 있었겠지만, 나는 경험이 없는 청년이어서, 아름다운 여인의 얘기와 본심은 일치하는 것이라고 굳게 믿고 있었으므로, 그날 밤 돌아오는 길에서 세셀 씨가 이렇게 말했을 때 몹시 놀라고 말았다.「내가 그 집에 머물러 있었던 건 당신이 너무도 그러고 싶어했기 때문이오. 그러나 당신이 앞으로 잘 해주지 않으면 나는 아마 그 사람들과 의를 상하게 되는지도 모르오.」

『당신이 앞으로 잘 해주지 않으면』이라는 말은 나를 오랫동안 생각에 잠기게 했다. 만일 내가 모르소프 부인의 마음에 들면 부인에게로 나를 데리고 간 사람을 나쁘게 여길 리는 없을 것이리라. 그렇다면 세셀 씨는 내게 부인의 관심을 끌 만한 힘이 있다고 생각한 것으로 해석할 수 있다. 그것은 곧 나에게 그런 힘을 준 셈이 아니겠는가? 이런 해석은, 도움이 필요한 이 순간에 나에게 내 희망을 북돋아 주었던 것이다.

「그건 어려울 것 같습니다.」아무튼 그는 부인에게 그렇게 대답했다. 「아내가 기다리고 있을 테니까요.」

「부인과는 매일같이 함께 계실 텐데 뭘 그러세요. 부인께 알려 드릴 수도 있어요. 댁에 혼자 계시나요?」

「케일뤼스 신부님이 찾아와 계십니다.」

「그렇다면!」그녀는 초인종을 울리러 일어서면서 말했다.

「저희와 함께 식사하세요.」

이번에는 세셀 씨도, 부인이 진심으로 말한 것이라 믿고 아첨이 깃든 눈길을 내게 던졌다. 그 집 지붕 밑에서 하루 저녁나절을 보낼 수 있게 되었다는 확신이 생기자, 나는 그녀의 영혼을 내 것으로 만든 것 같은 기분이 되었다. 많은 불행한 인간들에게 있어서는 내일이란 단어는 아무런 의미도 없는 것이다. 그리고 나 역시 그 무렵엔 내일이라는 것을 조금도 믿지 않는 인간들

중의 하나였다. 그래서 몇 시간이 내것이 되자 거기에 전생애의 쾌락을 걸었던 것이다.

모르소프 부인은 그 고장의 일이며, 수확과 포도밭에 관한 이야기를 꺼냈지만, 나와는 아무 관계가 없는 화제였다. 한 가정의 여주인으로서 그런 태도는 교양이 없는 증거이거나, 혹은 대화에서 따돌림으로써 상대방에 대한 경멸감을 보여 주는 것이지만, 백작 부인의 경우는 입장이 난처했기 때문이었다. 처음에는 부인이 나를 어린애로 취급하는 줄 알았고, 나로서는 통 이해할 수 없는 중요한 일들에 대해 이웃집 부인과 이야기를 주고받을 수 있는 세셀 씨의 삼십 대 남자로서의 그런 특권을 부러워했으며, 모든 것이 그를 위한 것이라고 생각하고 분하게 여겼지만, 그로부터 몇 달 후, 여성의 침묵이 얼마나 의미심장한 것이며, 시시한 대화 속에 얼마나 많은 생각이 숨어 있는가를 알게 되었다. 처음에 나는 안락의자에 앉아 편히 쉬려고 했다. 그러다가 백작 부인의 목소리를 듣는 기쁨을 맛보면서 내 위치가 유리함을 깨달았다. 부인의 영혼의 숨결은, 마치 플루트의 키 밑에서 소리가 분리되는 것처럼 음절의 굴곡 속에 퍼져 왔다. 이(i)로 끝나는 말은 지저귀는 새소리를 연상케 했으며, 슈(ch) 발음은 마치 애무와 같았으며, 강하게 떼(t)를 발음할 때는 사랑할 때 독재적일 것이라는 성격을 드러내고 있었다. 부인은 그렇게 하여 자기도 모르는 사이에 언어의 의미를 넓혀 갔고, 듣는 사람의 영혼을 초인간적인 세계로 끌고 가는 것이었다. 그 인간적인 목소리의 합창을 듣기 위해, 부인의 영혼이 깃든 입술에서 나오는 공기를 호흡하기 위해, 또 부인을 내 가슴에 꼭 끌어안는 것 같은 정열로 그 말의 빛을 끌어안기 위해, 나는 여러 번 끝내 버릴 수 있는 부인의 이야기를 계속하게 내버려 두었고, 몇 번이나 일부러 나를 꾸짖는 말을 하게 했던가! 부인의 웃음소리는 즐거운 제비의 노랫소리 같았고, 우울한 이야기를 할 때엔 짝을 부르는 백조의 목소리 같았다.

부인이 내게 주의를 기울이지 않았기 때문에, 나는 부인을 세밀히 관찰할 수 있었다. 내 시선은 얘기를 하고 있는 아름다운 여인을 어루만지며 즐겼고, 그 가슴을 안고, 발에 키스하고, 그 고수머리 속에서 노닐고 있었다. 그러면서 나는 공포에 사로잡혀 있었다. 이 공포는 참된 정열의 끝없는 환희를 경험한 사람들이라면 누구든 이해할 수 있을 것이다. 내가 그처럼 열렬하게 키스했던 어깨를 바라보고 있는 것을 부인이 문득 발견하지나 않을까 두려웠던 것이다. 그러나 두려움은 동시에 유혹을 일깨웠으므로 끝내 나는 유혹을 뿌리치지 못한 채 그 어깨를 바라보게 되었다. 내 눈은 옷을 꿰뚫고 들어가, 등을 양쪽으로 갈라 놓고 있는 아름다운 선의 출발점을 나타내는 까만점을 다시 보았다. 그것은 마치 우유 속에 떨어진 파리 같아서, 그 무도회 이후, 상상력은 열렬하고 생활은 순결한 젊은이들의 잠 속에 넘쳐흐르는 암흑 속에서, 밤마다 항상 뚜렷이 빛나던 점이었다.

어디서나 사람들의 눈을 끌었을 백작 부인의 아름다운 모습의 중요한 윤곽을 나는 대강 그릴 수 있지만, 아무리 정확한 묘사도, 아무리 눈부신 색채도 진정한 그녀를 표현할 수는 없을 것이다. 부인의 진정한 모습을 그리려면, 마음속에 타오르는 불길의 반영을 그릴 수 있는 예술가로서, 과학에서는 부정되고 말로는 표현할 길이 없으며, 오직 연인에게만 보이는 그 빛의 증기를 그릴 수 있는 예술가가 있다면 가능하겠지만, 세상에는 그런 예술가가 있을 리 없으니 불가능한 일일 것이다. 회색빛 도는 그녀의 아름다운 머리털은 자주 부인에게 두통을 일게 했는데, 아마도 피가 갑자기 머리로 올라오기 때문인 듯했다. 모나리자의 두드러지고 둥근 이마에는 입 밖으로 표현되지 않은 생각과 짓눌린 감정이며, 쓰디쓴 물에 적셔진 꽃다발이 가득 담겨 있는 것 같았다. 갈색의 반점이 점점이 있는 초록빛 도는 눈은 언제나 창백해 보였으나 자식들의 일에 대해서나, 또는 체념한 부인의 생활에서는 보기 드문, 기쁨과 슬픔의 정이 세차게 터져나오는 경우에는 생명의 샘에서 불타는 것 같고, 그 샘을 마르게 하고야 말 것 같은 미묘한 빛을 던지는 것이었다. 또한 그것은 내게 무서운 경멸의 정을 던져 내 눈에서 눈물이 나오게 하고, 아무리 대담한 인간이라도 눈을 내리깔게 할 번갯불 같은 것이었다. 피디아스가 조각한 듯한 두 개의 활처럼 우아하게 휘어진 입술 위의 그리스형 코는 갸름한 얼굴에 영혼을 불어넣는 듯 보였다. 흰 동백꽃과도 같은 얼굴빛은 사랑스런 장미빛으로 볼을 붉히었다. 풍만한 육체는 늘씬한 키의 우아함도, 체격이 좋으면서도 모습이 아름답게 보이는 데에 필요한 토실토실한 부드러움도 흐트러뜨리지 않았다. 나를 사로잡은 그 눈부신 어깨와 팔 사이에 주름살 하나 없다는 것을 알게 된다면, 당신도 그런 종류의 완벽한 아름다움을 이해할 수 있을 것이다. 뒷목이 좀 들어가면 나무의 줄기처럼 보이는 목덜미를 가진 여성이 세상에는 많지만, 그녀는 전혀 그렇지 않았으며, 근육도 끈처럼 꼬여 있지 않아서, 어느 부분의 선도 둥글게 굴곡을 이루고 있었으며, 그것을 보는 사람의 눈으로나 화가의 붓으로나 다시 없이 표현하기 힘든 모습이었다. 비단결 같은 광택을 지닌 솜털이 뺨을 따라 내려오다가 목덜미에서는 없어졌다. 보기좋은 자그마한 두 귀는, 부인의 말에 의하면, 노예의 귀이며 또한 어머니의 귀였다. 얼마 후 내가 그녀의 마음을 차지했을 때 부인은 『아, 모르소프가 돌아오는 모양이에요!』하고, 귀가 예민하다고 자부하던 내가 미처 아무것도 듣기 전에 말하곤 했는데, 그 말은 언제나 들어맞았다. 부인의 팔은 아름답고, 손은 길었으며, 손가락은 밖으로 휘어져 고대 조각에서처럼 손톱 끝에 살이 약간 볼록하게 나와 있었다. 둥근 허리보다는 편평한 허리가 더 좋다고 한다면 당신 마음엔 들지 않겠지만, 그녀는 예외일 것이다. 둥근 허리는 힘을 상징하지만, 그런 여자는 억척스럽고 고집이 세며, 애정이 깊다기보다는 차라리 향락적이다. 그와 반대로 허리가 편평한 여자는 헌신적이며 섬세하고 감상적이다. 다른 여자들보다 더욱 여자다운 것이다. 편평한 허리는 포근하고 부드러우며, 둥근 허리는 딱딱하고 질투심이 강하다. 이로써 그녀의 체격이 어떠한지 당신은 알았을 것이다.

그녀의 발은 나무랄 데 없는 여인의 발로서, 조금만 걸어도 곧 피로해졌으나, 옷자락 밑으로 드러났을 때엔 보는 눈에 즐거움을 주었다. 두 아이의 어머니이긴 하지만, 나는 그녀보다 더 소녀 같은 여성을 아직 본 적이 없다. 그녀의 태도는 부드러웠고, 표현하기 어려운 어떤 당황함과 생각에 잠긴 모습이 얽혀 있어서, 마치 화가가 그 재주에 의해 감정의 세계를 그려 낸 인물에게로 우리 마음을 끌어들이듯 사람들을 매혹하는 것이었다. 그리고 눈에 보이는 그녀의 명백한 장점도 비유에 의해서만 표현될 수 있는 것이었다. 우리가 디오다티 산장(주네브 호수가에 있는 옛날 바이런의 집으로, 발자크는 한스카 부인과 함께 1834년 1월에 그곳을 방문했음)에서 돌아오는 길에 꺾었던 그 히이드꽃의 청순하면서도 야성적인 향기를 생각해 보라. 당신은 그 꽃의 검은 색과 장미빛을 몹시 찬양했었다. 그러니만큼 백작 부인의 표정이 자연스러우며, 몸에 지닌 독특한 것이 어찌 그리 잘 어울리는지, 즉 장미빛인 동시에 검은 빛이기도 해서, 사교계에서 멀리 떨어져 있으면서도 어떻게 그리 우아할 수 있는지 당신은 추측할 수 있을 것이다. 그녀의 육체에는 우리가 찬양하는 새싹의 신선함이 있었고, 그녀의 정신에는 야성적인 사람들의 그 심오하고도 간결함이 있었다. 감정 면에서는 어린애 같았고, 고뇌할 때는 심각했으며, 집안의 여주인인 동시에 어린 소녀였다. 그래서 앉거나 일어서거나 침묵을 지키거나 한 마디 말을 던지거나 할 때의 그녀의 태도에는 아무 꾸밈도 없어서 사람의 마음에 기쁨을 주는 것이었다. 모든 가족의 안녕을 도맡고 불행을 감시하는 파수꾼처럼 언제나 침착하게 주의를 기울이고 있는 그녀였지만, 때로는 미소짓는 때도 있어서, 생활에 의해 요구된 체면 속에 묻혀 있는 쾌활한 천성을 엿볼 수 있었다. 그녀의 애교는 신비스러운 것이어서, 많은 여자들이 남자에게 달콤한 관심을 일으키게 하는 것과는 달리 그녀는 사람에게 꿈을 꾸게 했고, 구름 사이로 푸른 하늘이 보이듯 그녀의 어린 시절의 발랄한 성격과 젊은 날의 불타던 푸른 꿈을 드러내는 것이었다. 그 무의식적인 계시는 마음속의 눈물이 욕정의 불길로 말랐다고 느끼지 않는 사람들을 깊은 생각에 잠기게 하는 것이었다. 제스처도 드물고, 특히 사람을 정면에서 쳐다보는 일이 드물기 때문에(부인은 자기 자식 이외엔 누구도 쳐다보지 않았다) 여자들이 비밀을 털어놓아 품위를 떨어뜨릴 때 취하는 것과 같은 태도라도, 그 말이나 동작에는 말할 수 없을 만큼 위엄이 있었다. 그날, 모르소프 부인은 자잘한 줄무늬가 있는 장미빛 옷에 단을 넓게 댄 깃장식을 달고, 검은 벨트에 같은 색의 반장화를 신고 있었다. 머리 위로 아무렇게나 빗어올린 머리털에는 별갑 빗이 꽂혀 있었다.

   이것이 불충분한 대로나마 당신에게 약속했던 부인의 스케치다. 그러나 가족에게로 향한 영혼의 끊임없는 방사(放射)와, 태양이 빛을 쏟듯 넘쳐 나오는 자애에 가득찬 그녀 내부의 본성이며 명랑할 때의 태도, 울적할 때의 체념 등 드러나는 성격인 그와 같은 모든 생활의 소용돌이는 날씨의 변화처럼 뜻하지 않은 상황들과 결부되어 있는 것이며, 그 사정은 본바탕에 의해서만 이해될 수 있기 때문에 그 본바탕을 그리는 일은 필연적으로 이 이야기 속의 온갖 사건과 얽히게 될 것이다. 이 얘기는 진정한 가정의 서사시로서, 비극이 대중의 눈에 위대하게 보이는 것과 마찬가지로, 현인의 눈에도 위대하게 보이는 그런 위대한 서사시이다. 이 이야기는 내가 거기서 맡은 역할 때문에도, 또한 여성들 대부분의 운명과 흡사하다는 점에서도 당신의 관심을 끌 것이 틀림없다.

클로슈구르드에선 모든 것이 진정한 영국적인 청결함을 보여 주고 있었다. 부인이 거처하는 객실은 목조였는데, 짙고 연한 두 가지 회색으로 칠해져 있었다. 벽난로 위의 장식으로는 마호가니 재목에 박아 넣은 시계가 있었고, 그 위에 컵이 씌워져 있었으며, 금빛 망사 무늬가 있는 두 개의 큼직한 흰 사기 꽃병에는 희망봉 원산의 아프리카 히이드꽃이 꽂혀 있었다. 장식용 테이블에는 램프가 있었고, 벽난로 맞은쪽에는 주사위놀이판이 있었다. 술 장식이 달리지 않은 흰 무명 커튼은 두 가닥의 넓은 무명줄로 묶여 있었다. 의자에는 초록색 장식 줄이 가장자리에 있는 회색 커버가 씌워져 있었는데, 백작 부인의 자수대 위에 펼쳐진 자수를 보면 가구에 그렇게 커버를 씌운 이유를 알 수 있으리라. 그 간소함은 위대하게까지 보였다. 그후 내가 본 어떤 저택에서도, 클로슈구르드의 그 객실에서 받은 것만큼 풍요하고 복잡한 인상을 받은 적은 없었다. 그것은 부인의 생활과 마찬가지로 조용하고 차분해서, 부인이 하는 일에서 수도원과 같은 규칙성을 엿볼 수 있었기 때문이다. 내 사상의 대부분은, 학문과 정치상의 가장 대담한 사상까지도, 꽃에서 향기가 발산되듯 거기서 생겨난 것이다. 그곳에는 내 영혼에 열매를 맺게 하는 수많은 꽃가루를 머금은 낯선 식물이 우거져 있어 나의 좋은 성질을 길러 주고, 나쁜 성질을 말라 버리게 하는 뜨거운 태양이 찬란하게 빛나고 있었다. 창문에서는 퐁드 류앙 마을이 펼쳐져 있는 언덕에서부터 아래에 있는 저택까지의 골짜기를 한눈에 바라볼 수 있었으며, 반대편 골짜기에선 프라펠르의 탑과 사세의 성당과 마을, 그리고 옛날의 별장들이 목장을 굽어보고 있는 듯했다. 가족 때문에 생기는 일 말고는, 아무런 동요도 없는 이 평온한 생활과 어울려, 사람의 영혼 속에 자신의 평온을 넣어 주고 있었다. 만일 내가 무도복을 입은 찬란한 부인을 본 것이 아니라, 백작과 두 아이에게 둘러싸인 부인을 여기서 처음 만났더라면, 그 광란의 키스를 그녀로부터 빼앗지는 않았을 것이다. 따라서 내 사랑의 장래가 파괴되리라고 믿는 회한도 없었을 것이리라! 그렇다, 불행 때문에 어두운 심정이 되어 있었던 나는 키스를 빼앗기는커녕, 무릎을 꿇어 부인의 반장화에 키스를 하며, 거기에 몇 방울 눈물을 떨어뜨리고 엥드르 강으로 몸을 던지러 갔을 것이다. 그러나 신선한 재스민 같은 부인의 살갗을 만지고, 사랑에 가득 넘친 한 잔의 우유를 마신 나에게는, 이 세상의 것이라고 생각되지 않는 쾌락에 대한 집착과 희망이 영혼 속에서 용솟음쳤었다. 나는 살고 싶었고, 미개인이 복수의 기회를 노리듯, 쾌락의 순간을 기다리고 싶었다. 나는 나무에 매달리고 포도밭을 두루 헤매며 엔드르 강변에 몸을 웅크린 채 앉아 있고 싶었다. 이미 입자국을 낸 그 달콤한 사과를 마저 먹어치우기 위해서는, 밤의 정적과 삶의 권태와 태양의 열까지도 내 공범자로 만들고 싶었다. 설령 그녀가 노래하는 꽃이나, 학살자 모건(17세기 유명한 해적으로, 아메리카에서 스페인 군과 싸워 영토를 넓힌 공로로 뒤에 자마이카 총독에 임명되었음) 일당이 숨겨둔 보물을 원했더라도, 그처럼 내가 원하던 침묵의 꽃과 확실한 내 보물을 얻기 위해서, 나는 그것을 그녀에게 갖다 바쳤을 것이다.

오랫동안 내 우상을 바라보느라고 명상에 잠겨 있던 나는, 그녀의 하인들이 들어와서 백작에 관한 이야기를 그녀에게 했을 때에야 비로소 꿈에서 깨어났다. 겨우 그때에야 아내란 남편의 소유물이라는 것을 생각했고, 그 생각 때문에 현기증이 났다. 그리고 이 보물의 소유자를 보고 싶다는 엉큼한 호기심이 팽배하였다. 미움과 두려움의 두 가지 감정이 나를 지배했다. 어떠한 장애도 겁내지 않으며, 두려움 없이 모든 장애를 직시하는 미움, 막연하지만 투쟁과 그 투쟁의 결과, 그리고 특히 그 사람에 대한 막연하나마 현실적인 두려움이었다. 말로 다 표현할 수 없는 예감에 사로잡힌 나는 그와의 악수를 굴욕적으로 생각했다. 아무리 굳센 의지라도 거기에 부딪히면 무뎌져 버리고 마는 그 팽팽한 곤란성을 나는 이미 엿보고 있었다. 정열적인 영혼들이 추구하는 해결들을 오늘날 사회 생활에서 빼앗아 가는 그 타성의 힘을 나는 두려워했다.

「주인이 오셨어요.」 부인이 말했다.

나는 놀란 말처럼 우뚝 일어섰다. 그 당황한 동작을 세셀 씨와 부인이 놓치지 않고 보았으나, 그들의 무언의 꾸지람은 아무 소용도 없었다. 그것은 여섯 살쯤 돼 보이는 소녀가 「아빠가 오셨어.」 하며 들어서는 데 눈이 팔려 있었기 때문이었다.

「그래서? 그런데 왜 그러니, 마들레느?」 하고 어머니는 말했다.

그 소녀는 악수를 청한 세셀 씨에게 손을 내밀었고, 나를 보자 몹시 놀라면서 가볍게 고개를 숙이고는 뚫어져라 바라보았다.

「따님 건강은 좋습니까?」 세셀 씨가 백작 부인에게 물었다.

「차차 나아가고 있어요.」 이미 엄마의 무릎에 고개를 파묻은 소녀의 머리를 쓰다듬으면서 부인은 대답했다.

세셀 씨가 묻는 말을 듣고 나는, 마들레느가 아홉 살이라는 것을 알았다. 내가 그때까지 잘못 알고 있었음을 깨닫고 놀라는 것을 보더니, 어머니의 얼굴에 우울한 기색이 나타났다. 내 소개자인 세셀 씨는 뜻있는 눈길을 나에게 던졌는데, 사교계의 사람들은 그런 시선으로 우리를 다시 교육시켜 주는 것이다. 거기에는 틀림없이 어머니의 깊은 상처가 있어, 그 상처를 건드리지 않았어야 했었다. 눈에는 기운이 없고 빛을 받은 오지그릇처럼 살결이 흰, 허약해 보이는 마들레느는 도시의 대기 속에서는 아마 살아 남을 수 없었을 것이다. 시골 공기와 어머니의 따뜻한 정성이, 이국의 무서운 기후 속에서도 온실에 옮겨진 식물처럼 약한 그 육체 속에 생명을 보존하고 있었다. 마들레느는 조금도 어머니를 닮지 않았지만 성격만 물려받은 것 같았고 또한 그것이 그 소녀를 지탱해 주는 것 같았다. 엷고 검은 머리, 움푹 꺼진 눈, 여윈 뺨, 가느다란 팔, 좁은 가슴 따위가 삶과 죽음의 싸움에서 그때까지 부인이 이겨 온 휴식 없는 결투를 말해 주고 있었다. 마들레느는 어머니에게 슬픔을 주지 않으려고 쾌활한 체하고 있는 듯이 보였다. 왜냐하면 아무도 그애를 보고 있지 않을 때면 수양버들처럼 축 늘어진 채 기운이 없어 보였기 때문이다. 그 모습은 고향을 떠난 집시 소녀가 구걸을 하며 배가 고파 기진맥진하건만, 구경꾼들 앞에서는 기운이 있는 듯 허세를 부리는 것과 같았다.

「자크는 어디 두고 왔니?」 부인은 까마귀 날개처럼 양쪽으로 나누어진 흰 가리마에 키스하며 물었다.

「아빠와 같이 와요.」

그때 백작이 아들의 손을 붙잡고 들어왔다. 자크도 누이와 꼭 닮아서 역시 허약체질이었다. 그처럼 굉장한 미인인 어머니와 나란히 선 가냘픈 두 아이를 보니, 부인의 관자놀이를 그늘지게 하고 있는 슬픔의 원인을 추측할 수 있었다. 그 슬픔을 털어놓을 상대는 하느님밖에 없다는 생각으로 입을 다물고 있지만 그 생각은 그녀의 얼굴에 슬픈 빛을 띠게 했다.

모르소프 백작은 나에게 인사하면서, 관찰한다기보다는 어색하게 불안한 듯한 눈길을 흘깃 던졌는데, 그것은 분석하는 일에 서툴기 때문에 불신감을 품는 사람의 눈길이었다. 부인은 남편에게 사정 이야기를 하고, 내 이름을 알려 주고 나서, 남편에게 자리를 양보하고 거기서 물러났다. 마치 어머니의 눈에서 자기들의 빛을 끌어내고 있는 듯 어머니의 눈을 지켜보고 있던 아이들이 따라나가려 하자, 어머니는 「너희들은 여기 있어요, 그래야 착하지.」하고 자기 입술에 손가락을 댔다. 아이들은 순종했으나 그들의 시선은 흐려졌다. 아마 『착하지』라는 말을 들으면 사람들은 어떤 짓이라도 할 생각이 들 것이다. 아이들과 마찬가지로 나도 부인이 사라지자 좀 쓸쓸해진 듯한 기분이었다.

내 이름을 듣자 백작의 태도는 달라졌다. 냉담하고 불안해하던 태도에서 상냥할 정도는 아니지만 적어도 정중하게 경의를 나타내면서, 나를 손님으로 맞게 된 것을 기쁘다고 말했다. 한때 우리 아버지는 국왕들을 위해 몸을 바쳐, 위대하지만 은밀하고, 위험하지만 효과가 큰 역할을 맡았던 적이 있었다. 그 역할이 최고조에 달하여 성사되려는 즈음 나폴레옹이 나타나 모든 것이 틀어졌고, 많은 숨은 음모가들처럼 아버지도 가혹하고 부당한 비난을 달게 받으며, 시골의 평온한 생활 속으로 도피했었다. 그것은 모든 것을 위해 모든 것을 거는 도박사나 음모적인 기관의 주축 역할을 하다가 몰락한 사람들이 받는 불가피한 보상이었다. 나는 우리 집안의 신분이나 선조, 또는 장래에 대해서 조금도 알지 못했으며, 모르소프 백작이 기억하고 있는 그 파탄된 운명의 우여곡절에 대해서도 역시 모르고 있었다. 그러나 오래된 집안이 인간의 가장 고귀한 장점이라고 생각하고 있는 백작이므로 나를 어리둥절케 한 환대의 이유는 설명될 수 있었지만, 그 진짜 이유를 알게 된 것은 그후의 일이었다. 백작의 태도가 급변한 것은 우선 나의 마음을 편하게 해주었다. 두 아이는 우리 세 사람이 다시 얘기를 나누기 시작하는 것을 보고, 마들레느는 아버지의 품에서 벗어나 뱀장어처럼 몰래 밖으로 빠져나가 버렸는데, 문이 열려 있는 것을 보자 자크도 그 뒤를 따라갔다. 둘 다 어머니에게 간 것이다. 벌집 가까이에서 즐겁게 노닐고 있는 꿀벌 소리와도 같은 그들의 목소리와 기척이 멀리서 들려왔다.

나는 백작의 성격을 추측해 보려고 애쓰면서 그를 주시했다. 그러나 그의 외관상의 특징 때문에 표면적인 관찰밖에는 못 하고 말았다. 겨우 사오 십 세밖에 되지 않았는데 거의 예순이 다 된 것같이 보였다. 18세기의 종말을 고하게 한 그 대파탄(1789년에 시작된 프랑스 대혁명을 가리키는 것임)의 와

중에서 그토록 급작스럽게 늙어 버린 것이다. 머리털이 빠진 뒷머리를 수도승처럼 반원형으로 둘러싼 머리는, 반백이 된 관자놀이를 스쳐 귀 언저리에서 끝나 있었다. 그의 얼굴은 콧등에 핏기가 솟은 흰 늑대의 얼굴처럼 보였다. 생명의 근원이 변질되고, 위장이 쇠약해지고, 숙환으로 체액이 오염된 인간처럼 그의 코는 빨갛게 물들어 있었다. 이마는 편평해서 턱이 뾰죽한 얼굴에 비해 너무 넓은데다 고르지 못한 주름이 잡혀 있어서, 정신적인 피로라기보다 전원 생활에서 오는 습관을 보여 주었고, 계속적인 불행을 극복하기 위한 노력이라기보다 그 불행의 무거운 짐을 말해 주고 있었다. 창백한 얼굴이지만 튀어나온 광대뼈는, 그에게 장수(長壽)를 보장하는 것 같았다. 누렇고 엄격한 그의 밝은 눈은 겨울날의 햇빛처럼 밝아서, 생각은 없으나 불안하고, 대상도 없는데 의심스럽게 보는 눈이었다. 입은 거만하고 난폭하게 생겼으며 턱은 곧고 길쭉했다. 여위고 키가 큰 그는 인습의 가치에만 의존하고 있는 귀족으로서, 권리상으로는 남들 위에 있지만 실제로는 그 밑에 있음을 아는 귀족의 태도를 간직하고 있었다. 시골에서의 편안한 생활의 마음가짐이 그로 하여금 옷차림에 신경을 쓰지 않도록 만들었다. 그의 차림새는 농부이건 이웃사람이건 그들의 토지 재산에 경의를 표하는 시골 사람의 그것이었다. 볕에 그을어 거칠어진 손은 말을 탈 때나 일요일 미사에 갈 때 이외엔 장갑을 끼지 않는다는 사실을 증명하고 있었다. 그는 구두도 초라했다. 십 년 동안의 망명 생활과 십 년 동안의 농사 생활이 그의 외모에 영향을 주고 있었으나, 귀족의 흔적은 남아 있었다. 가장 집요한 자유주의자 (당시 입헌군주제를 주창하던 사람들)——당시 아직 이런 단어는 쓰이고 있지 않았지만——가 있다면, 백작에게서 기사적인 충성심과 〈라코티디엔느〉 지 (1792년부터 1847년까지 단속적으로 발행된, 당시 왕당파를 옹호하던 가톨릭 계열의 신문)가 영구히 차지할 독자의 불후의 신념을 쉽사리 발견할 수 없었으리라. 자신의 주의(主義)에 대해서는 정열적이고, 정치적 반감을 표시하는 데도 솔직하지만, 자기 당파에 개인적으로 봉사하는 데는 무능하고, 자기 당파가 파멸되어도 속수무책이며, 프랑스 국내 사정은 잘 모른다고 하는 신념에 가득찬 인물이란 것을 알고 감탄했을 것이다. 사실 백작은 어떤 일에도 협력하지 않고, 모든 일을 완고하게 방해하며, 지정된 부서에서 무기를 들고 죽음을 무릅쓰지만, 돈 한 푼을 내놓기보다는 목숨을 내놓을 만큼 인색한,

그런 강직한 사람의 하나였다. 나는 식사하는 동안 그의 여윈 볼과 어린 애들에게 슬쩍 던지는 그의 시선 속에서, 표면에 나오면 꺼져 버리는 끈질긴 상념의 흔적을 읽을 수 있었다. 그를 보는 사람이라면 누가 그것을 이해하지 못하겠는가? 생기 없는 육체를 아이들에게 숙명적으로 물려 준 데 대해 누가 그를 비난하지 않겠는가? 그는 스스로 자신의 죄를 단죄하고 있었지만 다른 사람이 자기를 비난하는 권리는 용납하지 않았다. 자기의 잘못을 아는 권력자처럼, 쓰라리지만 자신의 고뇌의 전부를 저울에 달았을 때, 그것을 상쇄할 만한 위대함이라든가 매력도 백작에게는 전혀 없어서, 그의 내적인 생활은 괴팍한 성격을 낳게 했는데, 그것은 앙상한 그의 얼굴과 끊임없이 불안해하는 그의 시선 속에서 읽을 수 있었다.

그래서 그의 아내가 두 아이를 양 옆구리에 끼고 다시 돌아왔을 때, 나는 흡사 지하실의 둥근 천장 위를 걸을 때 발이 어떤 깊이를 의식하듯, 어떤 불행을 추측할 수 있었다. 그 네 사람의 가족이 모인 것을 보고, 그들의 얼굴 모습이며 태도를 하나하나 관찰하던 나는, 아름답게 해가 떠오른 후 잿빛 보슬비가 아름다운 풍경을 흐리게 하는 것처럼, 근심에 젖은 서글픈 생각이 내 가슴에 솟아오름을 느꼈다. 화제가 없어지자 백작은 세셀 씨를 젖혀 놓고 나를 무대에 등장시켜 우리 집안에 대해 내가 모르는 여러 가지 일들을 부인에게 얘기해 주었다. 그는 내 나이를 물었다. 내가 대답하자, 이번에는 백작 부인이 내가 마들레느에 대해 보였던 놀라움을 나타냈다. 아마 나를 열네 살쯤으로 보았던 모양이었다. 나중에 안 일이지만, 그것이 강하게 그녀를 내게 얽어 놓은 두 번째 굴레였다. 나는 그녀의 마음속을 읽을 수 있었다. 희망이 그녀에게 던진 때늦은 햇빛으로 그녀의 모성은 기쁨에 떨고 있었다. 내가 스무 살이 지났는데, 그렇게 허약하고 가냘프지만 그토록 원기가 있는 걸 보고, 아마 어떤 목소리가 부인에게 이렇게 외친 듯 싶었다······.『이애들도 살아날 것이다.』 순간, 두 사람 사이의 두꺼운 얼음이 풀리는 것을 느꼈다. 부인은 내게 여러 가지를 물어 보고 싶은 기색이었지만, 그것을 모두 마음속에만 간직해 두었다.

「너무 공부를 많이 해서 건강이 나빠졌다면 이 골짜기의 공기로 나아질 수 있을 거예요.」라고 부인은 말했다.

「요즘 교육은 어린애들에게 치명적이지.」 하고 백작이 말을 받았다. 「수

학으로 들볶고, 과학으로는 못 살게 굴어서, 제대로 성장하기도 전에 녹초를 만들어 버린단 말이오. 당신은 여기서 휴양할 필요가 있어요. 당신은 관념의 사태에 말려 들어 억눌려 버린거요. 공공교육을 종교단체에 반환함으로써 이런 폐해를 예방하지 않으면, 누구나 받을 수 있는 그런 교육은 어떤 세상을 만들어 버릴지 모를 일이오!」

그런 말을 들으니, 그가 어느 날 선거 때 왕당파를 위해 이바지할 수 있는 재능을 지닌 어느 후보자에게 투표하기를 거부하면서『나는 언제나 재능있는 사람에 대해선 조심합니다』라고 선거 운동원에게 대답했다는 말이 이해되었다. 백작은 정원을 한 바퀴 돌자고 제의하면서 일어섰다.

「이분은……」 백작 부인이 그에게 말했다.

「왜 그러오?」 백작은 그렇게 대답하면서 돌아다보았는데, 그 건방지고 퉁명스러운 태도에는, 그가 자기 집에서 얼마나 절대적인 존재가 되고 싶어하는가를, 그러나 실은 전혀 그렇지 못하다는 것을 잘 나타내고 있었다.

「이분은 투르에서 걸어오셨대요. 세셀 씨도 그걸 모르고 프라펠르를 안내하고 돌아다니셨다는군요.」

「그것 참, 무리한 일을 하셨군. 아무리 젊은 나이지만……」 그렇게 말하고 백작은 유감스럽다는 듯이 고개를 흔들었다.

다시 이야기가 계속되었다. 그의 왕당주의가 얼마나 고집스러운 것이며, 또 그의 세력권에서 충돌 없이 지내려면 얼마나 신중해야 하는지 나는 오래지 않아 깨달았다. 재빨리 백작 집안의 하인 제복으로 갈아입은 하인이 식사를 알렸다. 세셀 씨는 모르소프 부인에게 팔을 내밀었고, 백작은 쾌활하게 내 팔을 잡고 식당으로 인도했다. 식당은 아래층의 객실 맞은쪽에 있었다.

식당에는 투레느에서 만든 흰 타일이 깔려 있고, 팔꿈치 높이까지 판자가 둘러쳐져 있었는데, 거기엔 꽃과 과일에 둘러싸인 큰 널빤지 모양의 니스 칠을 한 종이가 붙어 있었다. 벽에는 빨간 장식용 끈이 달린 카네킨 커튼이 걸려 있었고 찬장은 불르(17세기 프랑스의 유명한 가구 만드는 사람으로, 특히 조개껍데기와 구리를 박은 목재 가구들로 이름났다) 제품인 오래된 가구였으며, 손으로 수를 놓은 천이 씌워진 의자들은 조각이 된 떡갈나무였다. 식탁에는 여러 가지 그릇이 많이 놓여져 있었으나 사치스러운 것은 하나도 없었다. 모양이 서로 다른 대대로 물려받은 은그릇들, 그 무렵엔 그다지 유행되지 않았던 작센 사기, 팔각형의 주전자, 손잡이가 마노로 된 나이프, 그리고 포도주병 밑에는 옻칠을 한 동그란 받침이 깔려 있었다. 그리고 윗부분이 늑대의 이빨처럼 들쭉날쭉한 황금빛 꽃병에는 꽃이 꽂혀 있었다. 나는 이처럼 낡은 집기들이 무척 좋았고, 레베이용 벽지와 그 가장 자리의 꽃무늬가 훌륭하게 생각되었다. 모든 돛이 세찬 바람에 부푼 듯한 내 기쁨은, 고독과 전원에 그처럼 밀접하게 맺어진 생활에 의해 부인과 나 사이에 놓인 넘어서기 어려운 장애물을 보지 못하게 만들었다. 나는 부인의 오른쪽 곁에 앉아 부인에게 마실 것을 따라 주었는데 그것은 정말로 뜻하지 않은 행복이었다. 나는 그녀의 옷을 스쳤고 그녀의 빵을 함께 먹었다. 세 시간 뒤에는 내 생활과 그녀의 생활이 한데 뒤섞여 버렸다. 요컨대 우리는 그 무서운 키스, 서로 부끄러움을 맛본 일종의 비밀에 의해 이미 맺어져 있었던 것이다. 나는 의기양양한 비열함을 마음속에 간직하고 있었다. 나는 백작에게 잘 보이려고 노력했고 그는 나의 모든 아첨을 받아들여 주었다. 나는 그 집 개까지도 쓰다듬어 주고 싶은 심정이었고, 어린아이들의 하찮은 소원에 대해서도 귀를 기울여 환심을 사고 싶었다. 굴렁쇠라든가, 마노의 구슬이라도 가져다 주고, 말이 되어 그들을 등에 태워 주기라도 했으리라. 그리고 어린아이들이 빨리 나를 자기들의 물건처럼 독점하지 않는 것이 원망스러웠다. 천재에게 천재의 직관이 있듯이 사랑에도 그런 직관이 있는 법이다. 그리하여 나는 격렬하고 침울한 태도와 증오감은 나의 희망을 파멸시키리라는 것을 막연하게나마 느끼고 있었다.

　식사는 나에게 있어 완전히 기쁨 속에 끝이 났다. 내가 그녀의 집에 있다고 생각하니, 그녀의 냉담함에도, 예의바른 백작의 태도 뒤에 숨은 무관심에도 생각이 미치지 않았다. 사랑에도 인생과 마찬가지로 사춘기가 있어, 그동안에는 사랑은 사랑 그것만으로도 충분한 것이다. 나는 숨은 정열의 동요 때문에 여러 번 서툰 대답을 했으나 아무도, 사랑에 관해서 아무것도 모르는 『그녀』조차도 그것을 눈치채지 못했다. 식사 후의 시간은 꿈결 같았다. 그 아름다운 꿈이 깨어졌을 때, 나는 따뜻하고 향기로운 저녁, 달빛이 초원과 강변과 언덕을 물들이고 있는 그 하얀 환상 속에서 엥드르 강을 건너고 있었다. 이름을 모르는 개구리가 쉴새없이 같은 소리로 울고 있는, 애수에 넘친 맑은 노랫소리의 독특한 곡조가 밤의 정적을 깨고 들려오고 있었다.

그 장엄한 날 이후 나는 그 울음소리를 들을 적마다 무한한 기쁨을 느끼는 것이다. 얼마 후 이것도 다른 경우와 마찬가지로, 나의 감정이 거기에 부딪쳐 이미 무디어졌던 그 대리석과도 같은 무감각을 맛보았다. 나는 언제나 그런 것인가 하고 스스로 물었다. 숙명적인 듯한 생각이 들었다. 지난날의 꺼림칙한 일들이 내가 맛본 순수한 개인적인 쾌락과 더불어 다투었다. 프라펠르로 돌아가기 전에 클로슈구르드를 바라다보니, 투레느에서는 투우라고 부르는 조각배가 밑에서 물푸레나무에 매인 채 물결에 흔들리고 있었다. 그 조각배는 모르소프 씨의 것인데 고기잡이에 사용되고 있었다.
 「그런데!」 세셸 씨는 남이 엿들을 염려가 없어졌을 때 입을 열었다. 「당신의 아름다운 그녀를 만났는지 어쩐지 물을 필요도 없겠구려. 모르소프 씨가 당신을 환대한 데 대해선 축하의 말씀을 드려야겠어요. 아닌게아니라 대번에 사태의 핵심을 건드린 셈이지요.」
 이 말에 잇대어 앞에서 한 말을 들었으므로 타격을 받은 내 마음은 원기를 되찾았다. 클로슈구르드에서 물러난 뒤, 나는 한 마디도 말하지 않았다. 그런데 세셸 씨는 그 침묵을 나의 행복감 때문인 줄 알고 있었던 것이다.
 「왜 그렇게 생각하세요?」 나는 짓궂은 말투로 되물었거니와 그것은 짓눌린 정열 때문에 나온 말이라고 여겨졌을는지도 모른다.
 「그는 누구든지 그만큼 따뜻하게 맞아들인 적은 없거든요.」
 「솔직히 말하면 저도 그런 환대에 놀랐습니다.」 세셸 씨의 마지막 말이 내심의 탐탁치 않은 생각을 드러냈음을 느끼고 나는 그렇게 대답했다.
 세셸 씨가 느끼고 있었던 기분의 원인을 이해하기에는 나는 사교적인 일을 너무나 모르고 있었지만, 그래도 그가 그런 기분을 비친 그 표현에 대해서는 감탄했다. 그 사람에게는 뒤랑이라는 성(姓)을 갖고 있다는 약점이 있었다. 대혁명 때 막대한 돈을 번 유명한 공업가인 아버지의 성을 부인하는 우스꽝스런 짓을 한 것이다. 그의 아내는 세셸 집안의 유일한 상속인인데, 파리의 대부분의 법관들과 마찬가지로 앙리 4세 치하의 시민 계급 출신이었다. 세셸 씨는 큰 야심가로서 자신이 꿈꾸고 있던 지위를 차지하기 위해서 원래의 뒤랑이라는 성을 아주 없애려 한 것이다. 처음에는 뒤랑 세셸, 다음에는 D 드 세셸이라고 하다가 그 무렵에는 그냥 세셸 씨로 불리게 되었다. 왕정복고(제1 왕정복고는 1814년 4월부터 1815년 3월까지, 제2 왕정복고는 1815년

7월부터 1830년 7월까지) 당시에는 루이 18세의 칙허 덕에 백작의 칭호까지 딸린 세습 재산을 이룰 수 있었다. 그의 자식들은 그의 용감한 열매를, 그 위대함을 모르는 채 따게 될 것이다. 어느 입바른 공작의 말이 자주 그의 머리에 되살아나곤 했다.『세셀 씨는 뒤랑 집안 출신이란 걸 거의 나타내지 않는다』고 말했던 것이다. 이 말은 오랫동안 투레느 지방의 모든 사람들을 즐겁게 해주었다. 갑자기 출세한 자들은 마치 원숭이와 같은 재치를 지니고 있다. 사람들은 그가 높은 곳으로 기어오를 때의 민첩한 동작에 감탄한다. 그러나 꼭대기에 닿으면 그의 추악한 면밖에 보지 못하게 된다. 세셀 씨의 이러한 면은 부러움에 의해 확대된 비열한 모든 것으로 구성되어 있었다. 작위와 그는 그때까지 만날 수 없었던 기괴한 연선(連線)이었다. 어떤 자부심을 가지고 그것을 정당화하는 것은 무례한 짓이다. 그러나 공공연히 내세운 자부심 밑에 머물러 있다는 것도 끊임없는 웃음거리이자, 하찮은 사람들의 놀림감일 뿐이다. 그런데, 세셀 씨에게는 강한 인간의 직선적인 지름길이 없었다. 국회의원에 두 번 당선됐고 두 번 낙선했다. 어제는 장관이었으나 오늘은 무명 인사로서 군수조차 못 된다. 성공이나 실패는 그의 성격을 이지러뜨려 쓸모없는 야심가의 고집과 까다로운 버릇만 그에게 주었다. 신사인 동시에 재사이기도 하며 큰 사업을 할 능력도 있었다. 그러나 만사를 시기하는 데 머리를 쓰는 투레느 고장 사람들의 생활에서는 부러움이 곧 생활에 활기를 준다. 상류사회에서의 그에 대한 부러움은 오히려 그에게 해로웠다. 상류사회에서는 남의 성공을 시기해서 얼굴을 찡그리고 아첨에는 반항적이며 경구가 나오기 쉬운 삐죽거리는 입술은 대개 성공하지 못하는 법이다. 좀더 욕심이 적었더라면 아마 그는 더 많은 것을 얻을 수 있었을 것이다. 그러나 불행하게도 그는 우월감을 강하게 가지고 있었기 때문에, 항상 거드럭거리며 전진할 수 없었던 것이다.

 그 무렵 세셀 씨는 그의 야심의 여명을 만났고, 왕당정부는 그에게 추파를 던지고 있었다. 그는 어지간히 점잔을 빼고 있었겠지만, 나로서는 그런 태도가 과히 나쁘게 보이지 않았다. 그리고 또 극히 단순한 이유로 그는 내 마음에 들었다. 나는 그의 집에서 처음으로 안식을 발견한 것이다. 그가 나에게 보여준, 아마 대단한 것은 아니었으리라 짐작되는 관심은 주위에서 따돌림을 당한 불행한 자식인 나로서는 부성애의 모습같이 보였던 것이다. 그 친절한 마음씨는 그때까지 나를 짓밟고 있었던 무관심과 극단적인 대조였기 때문에, 나는 아무런 속박도 없이 거의 귀여움을 받다시피하며 생활하는 데 대해 어린애 같은 고마움을 표명했던 것이다. 그래서 프라펠르의 주인 내외는 나의 행복의 새벽에 깊이 끼여 들어 그리운 추억 속에서 내 생각은 그 두 가지를 혼동하고 마는 것이다.

 후일 그 인가칙서(認可勅書) 건으로 그 집 주인에게 다소나마 도움을 줄 수 있었던 일은 나로서도 퍽 기뻤다. 세셸 씨는 이웃 사람들이 아니꼽게 볼 만큼 사치스런 생활을 하면서 재산을 낭비하고 있었다. 훌륭한 말이며 멋진 마차를 새로 사는가 하면 부인은 옷치레에 온 정신을 쏟고 있었다. 화려하게 손님을 맞았으며 하인들을 그 고장의 관습보다 많이 고용했고 마치 왕후처럼 행세하려 했다. 프라펠르의 소유지는 굉장히 넓었다. 모르소프 백작은 이 이웃사람과 비교해 볼 때 투레느 주에서는 짐마차와 역마차의 중간인, 한 마리의 말이 끄는 이륜마차밖에 가지고 있지 않았고, 재산이 넉넉지 못하기 때문에 클로슈구르드를 개발하지 않으면 안 되었으며, 그런 까닭에 국왕의 은총으로 그들 일가가 생각하지도 않았던 영광을 되찾은 그날까지는 단순한 투레느 사람이었던 것이다. 십자군 이후의 문장을 가진 영락한 귀족의 차남인 나를 그처럼 환대한 것도, 귀족이 아닌 이웃의 막대한 재산을 모욕하고 그 산림과 밭과 목장을 멸시하는 한 방법이 됐던 것이다. 세셸 씨는 백작을 잘 이해하고 있었다. 그래서 그들은 언제나 예의바르게 사귀고 있었으나, 클로슈구르드주 프라펠르라고 하는, 엥드르 강을 사이에 두고 양쪽 여주인들이 창문에서 손짓할 수 있을 만한 두 저택 사이에서 마땅히 있어야 할 그 일상적인 관계, 그 흐뭇한 친밀감이 조금도 없었던 것이다.

 모르소프 백작이 외로운 생활을 하고 있는 것은 선망이 유일한 이유는 아니었다. 그가 받은 최초의 교육은 상류 가정의 자제들 대부분이 받은 그것이었고, 사교계의 가르침이나 궁중의 관습이며, 왕실의 중책이나 요직의 관례 등으로 보충되어야 하는 불완전하고 천박한 교육이었다. 모르소프 씨는 바로 그 제이의 교육이 시작되는 시기에 망명했기 때문에 그것이 없었다. 백작은 프랑스에서의 군주제의 조속한 부흥을 믿은 자들 중의 한 사람이었다. 그런 신념을 가지고 있었던 그의 망명은 한적한 생활치고도 최악의 것이었다.

그는 그 용감성 때문에 콩데(프랑스의 군인. 루이 18세를 섬겼다) 공의 군대에서도 가장 충성스러운 사람으로 꼽히고 있었으나, 그 군대가 해산되었을 적엔 오래지 않아 흰 깃발 아래로 돌아가리라 믿고, 일부러 망명객들처럼 부지런한 생활을 시작하려 하지 않았다. 또한 짐작건대, 땀 흘려 빵을 얻기 위해 천한 일을 하면서까지 가명(家名)을 버릴 만한 용기는 없었을 성싶다. 언제나 내일에 희망을 걸었고, 또 얼마간 명예심도 있고 해서 외국의 녹도 먹지 못했다. 고민이 그의 용기를 위축시켰다. 항상 희망이 배신당했고, 넉넉한 식량도 없이 먼 길을 걸었던 탓으로 건강이 나빠지고 영혼마저 이지러졌다.

그의 궁핍은 차차 극도에 이르렀다. 많은 사람들에게 있어 가난은 강장제이기도 하지만, 어떤 사람들에게 있어서는 용해제일 수도 있는데 백작은 그중 한 사람이었다. 이 불쌍한 투레느의 귀족은 헝가리의 길을 걷기도 하고 길가에서 자기도 하면서, 에스테르하지 공의 양치기들로부터 양다리 고기를 얻어먹기도 했고, 길 가는 나그네로서 빵을 구걸하기도 했다. 귀족의 체면으로선 양치기들의 주인에게서 빵을 얻지 않았을 것이며, 프랑스의 적에 대해서도 여러 번 그것을 거절했을 것이다. 그것을 생각하면, 나는 그 망명객에 대해 승리 속에서의 그의 우스꽝스런 꼴을 봤을 때조차도, 한 번도 마음속에 악의를 느낄 수가 없었다. 모르소프 씨의 백발은 나에게 무서운 고통을 얘기해 주었다. 그리고 나는 망명객들을 동정한 나머지 그들을 비판할 수가 없었다.

프랑스적이며 투레느적인 명랑함은 백작에게서 완전히 없어졌다. 그는 우울해지고 병에 걸려 쓰러졌다가, 독일의 어느 구호원에서 치료를 받기도 했다. 그의 병은 장간막염이었는데, 이것은 목숨을 빼앗는 수가 흔히 있었고, 나아도 기질의 변화를 가져와 대개 우울증을 일으키게 한다. 백작의 연애는 그의 영혼의 가장 깊은 곳에 묻혀 있어 나만이 그것을 발견했지만, 그것은 저속한 연애여서 그의 생활을 침범했을 뿐 아니라 또한 앞날마저 파멸시켰다.

십이 년 동안의 가난을 겪고 나서, 그는 나폴레옹 정령(政令)이 귀족 복귀를 허용해 준 프랑스에 다시 눈을 돌렸다. 그 고달픈 보행자는 어느 갠 날 초저녁 라인 강을 건너면서 스트라스부르의 종루를 발견했을 때, 기절하고 말았다. 「프랑스여! 프랑스! 여기야말로 프랑스다! 나는 어린애가 다쳤을 때 어머니를 찾듯이 그렇게 불렀던거요.」 그는 나에게 그런 말을 했다. 태어나기 전부터 유복했던 그는 이미 가난해져 있었다. 연대를 지휘하거나 국가를 지배할 만했던 그에겐 권위도 없고 장래도 없었다. 건전하고 튼튼한 몸으로 태어났던 그는 병약하고 수척해져서 돌아왔다. 인간이며 모든 사물이 이미 성장한 이 나라에서 교육조차 미비했던 그는 자연히 동요되었고, 모든 것을 빼앗겼으며 체력과 정신력마저 뺏기고 말았다. 재산이 없다는 사실은 가명을 짐스럽게 느끼게 했다. 그의 흔들리지 않는 주관, 콩데 공의 군대에서의 경력・비애・추억・잃어버린 건강 등이 그를 일종의 신경과민으로 만들었으나, 조롱의 나라인 프랑스는 그를 위로할 수 없었던 것이다.

반죽음이 되어서 메느 강에 도달했을 때, 내란기의 우연 탓인지 혁명정부에선 그의 광대한 농토를 팔아치우게 할 것을 잊고 있었다. 그리고 그것을 그의 소작인이 자기 소유인 것처럼 꾸며 그를 위해 보존해 두고 있었다. 그 농토 가까이에 있는 지브리 저택에서 살고 있었던 르농쿠르 집안에서 모르소프 백작의 도착을 알았을 때, 르농쿠르 공작은 백작을 찾아와, 주택준비가 될 동안 지브리에 묵으라고 권했다. 르농쿠르 집안 사람들은 백작에 대해 귀족답게 선심을 썼기 때문에 백작은 그곳에 묵고 있는 몇 달 동안 심신의 건강이 회복됐고, 그 최초의 휴양을 즐기는 동안 자기의 고뇌를 숨기려고 애썼다. 르농쿠르 집안에서는 당시 막대한 재산을 잃고 있었다. 집안으로 볼 때 모르소프 씨는 그들의 딸에 어울리는 신랑감이었다. 르농쿠르 양은 몸이 쇠약하고 늙은 35세나 되는 남자와의 혼담을 반대하기는커녕 기뻐하고 있는 눈치였다. 결혼하면 큰어머니인 베르뇌이유 공작 부인과 같이 살 권리를 얻을 수 있게 되어 있었다. 그 부인은 블라몽 쇼블리 공작의 누이동생인데 르농쿠르 양의 수양 어머니였다.

베르뇌이유 부인은 부르봉 공작 부인의 친구이며, 투레느 태생으로 『알려지지 않은 철인(哲人)』이라는 별명이 붙은 생 마르탱 씨가 중심인 종교적인 단체에 가입하고 있었다. 그 철학자의 제자들은 신비적인 천계설(天計說)의 차원높은 사변에 의해 가르침을 받은 미덕을 실천하고 있었다. 그 교의는 신의 세계를 해결할 열쇠를 사람들에게 주어, 인생이란 개인이 숭고한 경지에까지 이르는 일련의 변신 과정이라고 설명하며, 의무를 합법이라고 하는 타락에서 구원해 주며, 삶의 고통에 대해선 퀘이커의 평정을 적용하며, 천상의 천사를 어머니처럼 여기며 고뇌를 멸시할 것을 가르치는 것이다. 그것은 앞날을 바라보는 스토아 철학이었다. 적극적인 기도와 순수한 사랑은 로마 가톨릭에서 벗어나서 원시 기독교로 돌아가려 하는 그 신앙적 요소다. 그렇지만 르농쿠르 양은 로마 교황의 교회 안에 머물러 있었고, 큰어머니 역시 그 교회에 여전히 충실했다. 대혁명의 폭풍에 의해 가혹한 시련을 겪은 베르뇌이유 공작 부인은 늘그막에는 몹시 경건해져서, 생 마르탱의 표현대로 말하면, 사랑하는 소녀의 영혼 속에『천상의 사랑의 빛과 내심의 환희의 향유』를 불어넣었던 것이다. 백작 부인은 큰어머니를 자주 찾아온 그 평안과 양식을 갖춘 사람을 큰어머니가 세상을 떠난 후 여러 번 클로슈구르드에 맞아들였다. 생 마르탱은 투르의 르투르미 서점에서 출판하는 만년의 저작을 클로슈구르드에서 감독했던 것이다.

  인생의 거친 바다를 경험한 늙은 부인들의 가르침을 받고 베르뇌이유 부인은 클로슈구르드를 신혼의 조카딸에게 주어 안정된 보금자리를 마련해 주었다. 노인이 상냥할 때와 마찬가지로 공작 부인은 완벽할 정도의 상냥한 마음씨로 모든 것을 조카딸에게 양보했고 자기가 거처하던 방도 백작 부인에게 주고 자기는 그 바로 위의 방 하나만으로 만족했다. 그러나 갑작스러운 큰어머니의 죽음은 결혼의 기쁨 위에 상장(喪章)의 베일을 던졌고, 클로슈구르드의 저택에도 미신을 믿는 신부의 영혼 위에도 지우기 어려운 슬픔을 새겨 놓았다. 투레느에서 살기 시작한 첫살림이 백작 부인의 일생 중에서 행복하지는 않더라도 마음에 고민이 없었던 유일한 한때였다.

  외국에서 모진 고난을 겪은 모르소프 씨는 평온한 앞날을 잠시 바라본 데에 만족하여, 말하자면 영혼의 회복기에 접어 들었다. 그는 그 골짜기에서 활짝 핀 희망의 취할 듯한 향내를 맡았다. 재산을 생각지 않을 수 없었다. 때문에, 그는 농사지을 준비를 서둘러 처음 얼마 동안은 다소 기쁨을 맛보았다. 그러나 자크의 탄생은 현재와 장래를 파멸시킨 너무도 빠른 타격이었다. 의사는 그 아기가 제대로 자라지 못할 것이라고 진단했다. 백작은 그런 판결을 산모에게는 조심스럽게 숨겼다. 그는 또한 자신의 진찰에서도 절망적인 진단을 선고받았고, 그것은 마들레느의 탄생으로 확인되었다. 치명적인 판결에 관한 일종의 내적 확신인 그 두 가지 사건은 망명객의 병적 성향을 더욱 짙게 했다. 영원히 없어질 그의 집안, 불행히도 모성의 기쁨도 없이 모성의 고뇌에 몸을 바치는, 순결하고 나무랄 데 없는 불행한 젊은 아내, 그의 지난날 생활의 그 부식토는 새로운 번민이 싹트는 그의 심장 위에 무너져 내려와 그를 완전히 파괴해 버렸다. 부인은 현재로써 과거를 뚫어보고 미래를 짐작했다. 자신의 죄를 느끼고 있는 사나이를 행복하게 하는 것보다 어려운 일은 없었으나, 부인은 천사답게 그것을 이루려고 노력했다. 그녀는 하루 아침에 금욕주의자가 되었다. 아직 푸른 하늘을 볼 수 있었던 심연에 빠진 후에도, 부인은 오직 자선병원의 수녀들이 만인을 위해 간직한 사명처럼 헌신했다. 그리고 남편의 마음을 편하게 해주기 위해, 용납하지 않았던 일도 스스로 용납했다. 백작은 인색해졌다. 부인은 강제적인 궁핍을 참고 견디었다. 사교계의 생활을 알고 거기서 혐오만을 가지고 돌아온 모든 사람들과 마찬가지로, 백작은 부인이 자기를 속이지나 않을까 근심하고 있었다. 부인은 고독 속에서, 그의 짜증에 불평 한마디 없이 복종했다. 여자다운 지혜로 그가 좋은 일을 바라게끔 했다. 그리하여 그로 하여금 자기에겐 사상이 있으며 아무 데서도 지녀 보지 못한 우월감을 자기 집에서 맛보도록 했던 것이다. 결혼생활이 오래 되자 부인은 결코 클로슈구르드에서 나가지 않으리라 결심했다. 백작에게는 신경질이 있으니, 악담과 험담의 고장에서는 자칫 탈선하면 아이들에게 해로울 것을 염려했기 때문이다. 따라서 모르소프 씨의 무능을 알아차린 사람은 하나도 없었고 부인은 남편의 상처를 두꺼운 코트로 가리웠던 것이다. 유덕해 보이면서도 까다로운 백작의 변덕은 부인에게서 차분하고 마음 편한 장소를 찾아 내어, 거기에 누워 남모를 고통이 상쾌한 향유로 누그러지는 것을 느끼고 있었던 것이다.

　이상과 같은 이야기는 세셀 씨가 은근히 원망을 품고 들려 준 얘기를 가장 간단하게 표현한 것이다. 그는 세상 물정을 알고 있었기 때문에, 클로슈구르드에 숨어 있는 몇 가지 비밀을 들여다볼 수 있었던 것이다. 그러나 모르소프 부인은 그 숭고한 태도로 세상 사람들을 속이고 있었더라도, 사랑의 총명한 감각만은 속이지 못했다. 내가 조그만 내 방에 들어앉아 무심코 부인의 방 창문을 보았을 때 일의 진상을 알게 된 나로서는 더 이상 침대에 누워 있을 수 없었다. 프라펠르에 머물러 있다는 것은 견딜 수 없는 일이었다. 나는 옷을 입고 아래층으로 몰래 내려가, 나선 충계가 있는 탑의 문으로 해서 바깥으로 나갔다. 밤의 찬 공기가 시원했다. 빨간 물레방아 다리를 건너

엔드르 강 저쪽으로 가서, 클로슈구르드 바로 앞의 그 고마운 조각배가 있는 데까지 갔다. 아제이 쪽의 제일 끝 창문에는 불빛이 반짝이고 있었다. 나는 또 그전처럼 명상에 잠겼다. 그러나 그것은 사랑의 밤을 노래하는 사람의 가락과 나이팅게일의 독특한 노랫소리가 뒤섞인 평온한 명상이었다. 내 마음에는 갖가지 관념이 눈뜨고, 그것은 나의 아름다운 앞날을 그날까지 숨기고 있었던 베일을 헤치면서 유령처럼 미끄러져 갔다. 영혼도 감각도 모두 현혹되고 있었다. 나의 욕정은 얼마나 세차게 부인에게로 향했던가! 미친 사람이 같은 말을 되풀이하듯 나는 몇 번이나 『그 사람을 차지할 수 있을까?』하고 중얼거렸던가! 그전의 며칠 동안 나에게 있어 우주가 확대되었다고 하면, 하룻밤 사이에 그 우주에는 중심이 생긴 것이다. 나의 의욕과 야심이 부인에게 결부되어, 부인의 고달픈 마음을 어루만져 주기 위해서 나는 완전히 부인의 마음을 사로잡고 싶었다. 물레방아의 수문을 흘러내리는 물소리는 사세의 종각에서 시간을 알리는 종소리 때문에 구절구절 끊겼지만 부인의 창문 밑에서 보낸 그날 밤은 얼마나 아름다웠던가? 나의 생명이 벌의 꽃에 비쳐진 그 광명에 넘친 밤 사이에, 나는 세르반테스가 묘사한 저 카스티리아의 기사(돈키호테)처럼 신념을 갖고 나의 영혼을 부인과 약혼시켰던 것이다. 사람들은 그 불쌍한 기사를 비웃는다. 그러나 사랑이란 그 기사의 견고한 신념을 가져야만 이루어질 수 있는 것이다. 하늘에 아침 햇빛이 비치고 새들이 지저귀기 시작했기 때문에, 나는 프라펠르의 뜰로 달아났다. 나는 아무에게도 들키지 않았다. 아무도 나의 탈출을 눈치채지 못했다. 그리고 나는 조반을 알리는 종소리가 들릴 때까지 잤다.

식사가 끝나자 더위를 무릅쓰고 목장으로 내려가 엔드르 강과 그 섬들이며 골짜기와 언덕을 구경하러 갔는데, 마을 사람들은 내가 전원의 열렬한 찬미가라고 생각했을 것이다. 그러나 나는 도망치는 말보다도 더 빠른 걸음으로 나의 조각배와 버드나무며 클로슈구르드를 보러 갔다. 거기서는 모든 것이 한낮의 전원답게 조용히 흔들리고 있었다. 움직이지 않는 숲이 푸른 하늘을 등지고 있고, 푸른 잠자리며 가뢰 등, 햇빛 속에 살고 있는 곤충들은 물푸레나무나 갈대가 있는 데로 날아가며, 가축들은 떼를 지어 그늘에서 되새김을 하고, 포도밭의 빨간 땅바닥은 불타는 듯하며, 율모기가 뚝을 따라 미끄러져 가고 있었다. 내가 자기 전까지만 해도 그토록 상쾌하고 아름다웠던 그 경치가 그토록이나 변한 것이다. 갑자기 나는 조각배 밖으로 뛰어나가, 클로슈구르드의 주위를 돌기 위해 길을 올라갔다. 백작이 저택에서 나오는 것을 본 것같이 생각했기 때문이다. 사실 그랬다. 백작은 울타리를 끼고 돌고 있었다. 그리고 아제이로 가는 강가의 길을 향한 문께로 가는 길이었음이 틀림없다.
「안녕하십니까, 백작님?」
그는 기쁜 듯이 나를 바라보았다. 그렇게 불린 적은 별로 없었던 것이다.
「고마워요.」 그는 말했다. 「하지만 이렇게 더운데 산책을 하는 걸 보니 시골을 무척 좋아하는 모양이군요.」
「밖에서 살려고 이리로 왔으니까요.」
「그럼 우리집 호밀을 거두는 걸 보러 갈까요?」
「그러겠습니다.」 나는 대답했다. 「솔직히 말해서 저는 아무것도 모릅니다. 호밀과 참밀, 미루나무와 실버들도 분간할 줄 모릅니다. 밭갈이도, 토지를 개간하는 여러 가지 방법도 전혀 모른답니다.」
「그럼 이리로 와요.」 그는 유쾌한 듯이 말하면서 뒤로 되돌아섰다. 「저 위의 작은 문으로 들어와요.」
그는 울타리를 따라 안쪽으로, 나는 바깥쪽으로 올라갔다.
「세셀 씨 댁에서는 아무것도 배우지 못할 거예요.」 그는 다시 입을 열었다. 「그 사람은 대지주이기 때문에, 관리인으로부터 소작료를 받는 것밖엔 하는 일이 없거든요.」
거기서 그는 나에게 안뜰의 건물과 정원, 과수원과 채소밭을 보여 주었다. 마지막에는 강을 따라 길게 뻗어 있는 아카시아와 옻나무의 가로수길 쪽으로 데리고 갔다. 거기선 저만큼 떨어진 벤치에 앉아 두 아이들과 같이 놀고 있는 모르소프 부인이 보였다. 푸르게 솟아 무리져 떨고 있는 자잘한 잎사귀 아래서는 부인의 모습이 더욱 아름다웠다. 순진한 나의 열의를 짐작하고 놀랐는지, 부인은 우리가 그쪽으로 가는 것을 알면서도 움직이지 않았다. 백작은 나에게 골짜기의 경치를 보여 주었다. 거기서 보이는 골짜기는 우리가 지나온 길의 높이에 따라 전개된 풍경하고는 아주 딴판인 다른 모습을 나타내고 있었다. 거기는 흡사 스위스의 한구석 같았다. 엥드르 강으로 흘러드는 여러 개울에 의해 구분된 풀밭이 기다랗게 보이면서 아득하게 멀리로 사라져 간다. 몽 바종 쪽으론 광대한 푸른 벌판이 보이고, 다른 쪽은 언덕과 숲과 바위에 가로막혀 있다. 우리가 모르소프 부인에게 인사하려고 걸음을 재촉했을 때, 부인은 마들레느에게 읽히고 있던 책을 갑자기 떨어뜨리고, 기침을 하기 시작한 자크를 바싹 끌어안아 무릎에 올려 놓았다.
「갑자기 왜 그래 ?」 백작은 몹시 놀라서 소리쳤다.
「목이 아픈 모양이에요.」 부인은 나 같은 사람은 보이지도 않는다는 것처럼 대답했다. 「아무렇지도 않아요.」
부인은 자크의 머리와 등을 동시에 안고 있었다. 그리고 그 눈에서는 그 가엾은 약한 몸에 생명을 불어넣는 두 줄기 광선이 뿜어나오고 있었다.
「너무 경솔한 짓이야.」 하고 백작은 못마땅하다는 듯이 말을 이었다.
「강바람을 쐬고 돌 벤치에 앉히다니 !」
「그렇지만 아빠, 벤치는 굉장히 뜨거워요.」 마들레느가 그렇게 외쳤다.
「위에선 아이들이 숨막힐 지경이었거든요.」 부인이 말했다.
「여자들은 늘 고집을 세우려 든단 말야.」 백작은 나를 돌아다보고 말했다.
나는 나의 시선으로 의견을 나타내기가 싫어 자크를 물끄러미 바라보고 있었다. 그는 목이 아프다고 안달을 하면서 어머니와 함께 갔다. 부인은 물러가기 전에 남편으로부터 이런 말을 들었다.
「이렇게 약한 애를 낳았으면 키우는 법쯤은 알아야지 !」
몹시 부당한 말이다. 그러나 백작의 자존심은 아내를 희생시켜서라도 자기를 멀쩡한 사람같이 보이게 하고 싶었던 것이다. 부인은 비탈과 층층대를 뛰어올라갔다. 창문을 통해 부인이 집안에 들어가는 것이 보였다. 모르소프 씨는 벤치에 앉아 고개를 숙이고 생각에 잠겨 있었다. 내 입장은 따분해졌다. 그는 나를 보지도 않았고 얘기하지도 않았다. 내가 그를 가까이 사귀려고 했던 이 산책도 이제는 끝난 셈이다. 나는 여태까지 그렇게 괴로운 십오 분 동안을 겪어 본 적이 없다. 나는 땀을 흘리다시피 하면서 『가버릴까 ? 가지 말까 ?』 하고 생각하고 있었다. 백작이 자크를 보러 가는 것도 잊고 있었으니, 얼마나 많은 슬픈 생각이 그의 마음속에 떠올랐을까 ! 그는 느닷없이 일어서서 내 곁으로 왔다. 우리는 돌아서서 즐거움에 넘친 듯한 골짜기를 바라보았다.
「산책은 요 다음에 하기로 하시죠, 백작님.」 나는 부드럽게 말했다.
「갑시다 !」 하고 그가 대답했다. 「나는 불행하게도 그런 발작을 자주 보아

왔습니다. 그애를 살리기 위해서라면 내 목숨을 내던져도 조금도 아깝지 않지만……」
「자크는 이제 많이 나아서 자고 있어요.」 하는 방울 같은 목소리가 들려왔다. 모르소프 부인이 별안간 가로수길 저쪽에 나타난 것이다. 아무런 불만도 괴로움도 없다는 듯이 다가와서 내 인사를 받았다.
「클로슈구르드가 마음에 드신 모양이니 기쁩니다.」 부인은 나를 보며 말했다.
「내가 말을 타고 델랑드 씨를 데리러 가볼까?」 백작은 자기의 지나친 말을 사과하고 싶은 기색을 보이며 말했다.
「걱정 마세요.」 부인이 대답했다. 「자크는 간밤에 잘 자지 못했을 뿐이에요. 그애는 아주 신경이 예민해서 무서운 꿈을 꾼 거예요. 그애를 재우느라고 나는 여러 가지 애길 해줬어요. 기침도 신경성인데 기침약을 먹였더니 가라앉았어요. 잠이 들었으니 괜찮을 거예요.」
「안됐구려!」 백작은 그렇게 말하면서 두 손으로 부인의 손을 잡고 눈물어린 눈길을 던졌다. 「난 조금도 몰랐지.」
「쓸데없는 일을 걱정하실 건 없어요. 어서 호밀을 보러 가세요. 당신이 안 가시면 호밀단을 치우기 전에 소작인들이 이삭을 줍는 다른 데 여자들을 밭에 끌어들일 거예요.」
「부인, 저는 농사의 초보를 배우러 가는 길입니다.」 나는 그렇게 말했다.
「좋은 선생이 있어요.」 그러면서 부인이 백작을 가리키자, 백작은 입을 오므리면서 만족스런 미소를 보였다.
나는 두 달 후에 처음 알았지만, 부인은 그날 밤을 무서운 불안 속에서 보냈다 한다. 아들이 후두염에 걸리지 않았나 하고 걱정한 것이다. 그런데도 나는 흐뭇한 연정에 취해 그 촛불을 그리워하는 내 모습을 부인이 창문에서 봐주리라 상상하면서 그 조각배 안에 있었던 것이다. 그때 그 촛불은 시름에 지쳐 수척해진 부인의 이마를 비추고 있었던 것이다. 당시의 투르에선 후두염이 번져 사납게 위세를 떨치고 있었다. 문께로 왔을 때 백작은 나를 보고 차분한 목소리로 말했다. 「안사람은 천사예요!」
그런 말은 내 마음을 뒤흔들어 놓았다. 나는 아직 그 가정을 표면적으로밖에 알지 못했다. 그리고 그런 경우에 젊은 영혼을 사로잡는 극히 자연스러운 뉘우침이 나를 향해 외쳤다.『너는 어떤 권리가 있어 그처럼 깊은 평화를 휘저어 놓으려 하는가?』

백작은 얘기 상대로 쉽게 다룰 수 있는 청년을 만난 것을 기뻐하면서, 나에게 부르봉 왕가의 복귀가 프랑스를 위해 마련하고 있는 앞날에 대해 얘기했다. 우리는 두서없이 여러 가지 얘기를 했지만, 그러는 가운데 나는 유치하기 짝이 없는 얼토당토 않는 말을 그에게서 듣고 적이 놀랐다. 그는 기하학적으로 증명되는 명백한 사실들을 모르고 있었다. 그는 교육받은 사람들을 두려워했으며 우수한 인간을 부정했다. 그리고 진보를 조롱했는데 그것은 옳을지도 모른다. 급기야 나는 백작에게는 적지않은 불행한 소질이 있어 그의 기분을 상하게 하지 않기 위해서는 매우 조심할 필요가 있기 때문에 오래 이야기를 나누면 정신적으로 피로해진다는 것을 깨달았던 것이다. 백작의 결점을 어렴풋이 알았을 때, 나는 부인에 못지않을 만큼 부드럽게 그의 비위를 맞춰 줄 수 있었다. 내 생애의 다른 시기 같았으면 나는 틀림없이 그의 감정을 건드렸을 것이다. 그러나 어린애처럼 내성적이이서 자신은 아무것도 모르지만 어른은 무엇이든 잘 알고 있으리라고만 생각했기 때문에, 나는 그 끈질긴 경작자가 클로슈구르드에서 얻은 훌륭한 성과를 보고 자못 감탄했던 것이다. 나는 감탄하면서 그의 계획에 귀를 기울였다. 결국 무의식적인 아첨으로 늙은 귀족의 호감을 얻은 셈이다. 나는 그 근사한 토지와 그의 지위, 그 지상의 낙원을 프라펠르보다 훨씬 뛰어나다고 보고 부러워했던 것이다.

「프라펠르는」 하고 나는 그에게 말했다. 「말하자면 은으로 만든 단단한 공예품입니다. 그렇지만 클로슈구르드는 보석 상자예요!」

그는 그뒤 그런 말을 한 사람의 이름을 인용하면서 그 말을 자주 되풀이했다.

「그렇지만 우리가 여기 오기 전엔 형편 없었어요.」 그는 말했다.

그가 파종이나 모판에 대한 이야기를 할 때면 나는 정신을 바짝 차리고 들었다. 농사 경험이 없었던 나는 물건 값이며 개간 방법에 관해 끊임없이 질문했다. 그러면 그는 여러 가지 일들을 자세히 나에게 가르쳐 주면서 기뻐하는 것같이 보였다.

「대관절 당신은 뭘 배우고 있는가요?」 백작은 놀라서 묻는 것이었다.

1. 소년소녀 시절   61

그 첫날부터 백작은 집에 돌아가면 부인을 보고 말했다. 「펠릭스 군은 매력적인 젊은이야!」

그날 밤 나는 어머니에게 편지를 썼다. 프라펠르에 와 있다는 것을 알리고, 옷과 속옷들을 보내 달라고 부탁했다. 그 무렵 진행되고 있었던 커다란 변혁도 모르고, 그 변혁이 나의 운명에 끼칠 영향도 이해하지 못한 채, 다만 법과를 마치기 위해 파리로 돌아갈 작정이었다. 그러나 학교는 십이 월 초순에야 강의가 시작되므로 아직 두 달 반의 여가가 있었다.

처음 얼마 동안 나는 백작과 가까이 지내려고 했는데, 그 기간이야말로 괴로운 것이었다. 나는 그 사람에게서 이유도 없이 화를 잘 내는 버릇과, 절망적인 경우의 걷잡을 수 없는 행동을 발견하고 무서워졌다. 그에게선 콩데 군의 자못 용감한 귀족이 돌연 되살아날 때가 있었고, 위급할 적엔 폭탄처럼 정치에 돌입할 수 있었으며, 그 강직한 성미와 용기의 변덕 때문에 시골의 귀족 저택에서나 살아야 할 인간, 엘베 봉샹 또는 샤레트(세 사람 다 방데파의 장군) 같은 인물처럼 만드는, 그 의지의 포물선적인 섬광이 번쩍였던 것이다. 어떤 종류의 추측 앞에서는 코가 비뚤어지고 이마가 번쩍였고 눈은 번갯불을 뿜었으나, 그것은 이내 누그러졌다. 나는 모르소프 씨가 내 눈의 표정을 별안간 깨닫고 분별없이 나를 죽이지나 않을까 겁났다. 그 무렵의 나는 한없이 온순했다. 인간에게 야릇한 변화를 주는 의지가 나에게 겨우 싹트기 시작한 무렵이었다.

나의 엄청난 욕망은 마치 공포의 진동과도 같은 급속한 동요를 나에게 전해 주었다. 투쟁은 나를 겁나게 하지 않았으나, 서로 사랑하는 행복을 맛보지도 못한 채 목숨을 잃고 싶지는 않았다. 곤경과 나의 욕망은 두 개의 평행선 위에서 차차 불어났다. 이런 나의 감정을 어떻게 말하면 좋을까, 나는 비통한 고민에 시달리고 있었다. 나는 우연에 기대를 걸고 관찰하면서, 아이들과 친숙해져서 그들에게서도 사랑받기를 원했으며, 그 집의 모든 것과 동화되려고 애썼다. 어느새 백작은 나에 대해 자신을 억제하는 일이 적어졌다. 그래서 나는 그의 기분의 돌발적인 변화와 이유없는 깊은 슬픔, 갑작스런 흥분과 당치않은 고집스런 불평, 증오에 넘친 냉담함과 참았던 광적인 태도, 어린애 같은 신음과 절망한 사나이의 부르짖음, 뜻하지 않았던 분노 등을 알 수 있었던 것이다. 정신적인 본성에 있어서는 아무것도 절대적이 아니라는 점에서 그것은 물리적인 본성과 구별된다. 강한 인상은 성격이나 또는 한 가지 사실에 주의를 집중시키는 관념의 효력에 비례한다. 클로슈구르드에서의 나의 태도나 생활의 미래는 그의 변덕스러운 의지에 달려 있었다. 그 무렵, 내 마음은 부풀기도 쉬웠고, 시들기도 쉬웠지만, 그 저택에 들어가면서 『그 사람은 어떻게 나를 맞아 줄까?』하고 생각할 때마다 내 마음을 억눌렀던 그 고민을 나는 표현할 수 없다. 돌연 그 눈같이 흰 이마에 폭풍이 일 때, 어떤 마음의 불안이 나를 분쇄했던가! 그것은 끊임없는 경계였다. 그래서 나는 그 사나이의 전제적인 태도에 복종했다. 나의 괴로움은 나로 하여금 모르소프 부인의 괴로움을 잘 알 수 있게 했다. 우리는 서로의 마음이 통하는 눈길을 주고 받기 시작해서, 부인이 눈물을 참고 있을 때는 때로 내가 눈물을 흘렸다. 그리하여 백작 부인과 나는 번민에 의해 서로 공감했다. 현실의 고뇌와 말없는 기쁨, 때로는 부풀고 때로는 사라지는 희망의 나날, 그 최초의 사십 일 동안, 나는 얼마나 많은 발견을 하였던가! 어느 날 저녁때 나는 부인이 석양 앞에서 경건하게 생각에 잠겨 있는 것을 보았다. 저녁 해는 봉우리들을 사뭇 관능적으로 붉게 물들이고 있어, 골짜기를 잠자리처럼 보이게 하면서 자연이 만물을 사랑으로 이끄는 그 영원한 노랫소리에 귀를 기울이지 않고는 배길 수 없게 하였다. 처녀 시절의 사라진 환영을 다시 찾고 있었을까? 아니면 아내로서, 무언가 은밀한 비밀에 번뇌하고 있을까? 나는 부인의 자태에서 나의 최초의 고백에 알맞은 방심 상태를 발견한 것 같아서, 부인을 보고 말했다.

「괴로운 나날이군요!」

「내 마음을 짐작했군요.」 부인은 말했다. 「하지만 어떻게 알았어요?」

「우리는 여러 가지 점에서 비슷합니다!」 나는 대답했다. 「우리는 고민에 대해서나 쾌락에 대해서나 특별한 천성을 지니고 있는 소수의 사람들 중의 한 사람이 아닐까요? 그 사람들의 감수성은 큰 내부적인 반향을 일으키면서 일제히 진동하며, 신경의 본질은 사물의 원리와 항상 조화를 이루고 있는 겁니다. 그런 사람들을 모든 것이 조화를 잃어버린 환경에 둬보세요. 그들은 무섭도록 괴로워할 거예요. 그건 또 그들이 자기들에게 공감을 주는 관념이나 감각이나 인간을 만나면 흥분할 만큼 기뻐하는 것과 마찬가지지요. 그렇지만 우리에겐 제삼의 상태가 있고, 그 불행은 같은 병에 걸린 형제처럼 서로 이해할 수 있는 영혼들만이 알 수 있는 것입니다. 우리에게는 선악을 불문하고 아무런 느낌도 받지 않는 일이 있습니다. 그런 때엔 우리들 내부의 자동 오르간은 내부에서 연주되고, 목적도 없이 열중해서 소리를 내도 멜로디가 없고, 아무리 세게 연주해도 침묵 속에 사라져 버리는 거예요! 어쩌지 못하는 허무에 대해 반항하는 영혼의 무서운 모순 같은거지요. 알 수 없는 상처에서 피가 흘러 나오는 것처럼 우리 힘이 양분이 없어서 고스란히 빠져 버리는 그렇게 따분한 싸움이에요. 감수성은 세차게 흘러 그 결과는 무서운 쇠약이 아니면 말할 수 없는 우수입니다. 그것에 대해선 성당의 고해실도 귀를 기울이지 않을 거예요. 어떻습니까, 이런 것이 우리의 공통된 괴로움 아닐까요?」

부인은 몸을 떨면서 석양을 지켜본 채 대답했다.「그렇게 젊은 나이에 어떻게 그런 일을 아세요? 그럼 당신은 여자였던 적이 있었던가요?」

「아아!」 나는 흥분한 목소리로 대답했다.

「나의 소년 시절은 오래 앓는 병 같은 것이었습니다.」

「저런, 마들레느의 기침소리가 들리는군요.」 부인은 그렇게 말하면서 서둘러 물러갔다.

내가 자주 찾아가는 것을 백작 부인이 의심하지 않은 것엔 두 가지 이유가 있다. 첫째로 부인은, 어린애처럼 순진해서 이상한 생각을 품는 일이 없었다. 그리고 나는 백작에게 즐거움을 주었고, 발톱도 갈퀴도 없는 그 사자의 먹이였던 것이다. 결국 나는 누구든지 수긍할 만한 방문의 이유를 발견했다. 나는 장기를 둘 줄 몰랐다. 모르소프 씨는 나에게 가르쳐 주겠다고 말했다. 나는 승낙했다. 우리가 합의했을 때 부인은 동정의 눈길을 나에게 던지지 않을 수 없었는데 그것은 『당신은 승냥이의 입에 뛰어드는 거나 다름없어요!』라는 뜻이었다. 처음에 나는 그 뜻을 조금도 알지 못했지만, 사흘도 못 되어 어떤 일에 걸려 들어서야 알았다. 어떤 일에도 끝까지 버티는 인내라고 하는 나의 소년 시절의 열매는, 그 시련기에 성숙했던 것이다. 백작이 나에게 설명한 원리나 규칙을 내가 응용하지 못할 때 백작은 거친 말로 욕설을 퍼부었는데, 그것은 백작으로서는 하나의 행복이었다. 내가 오래 생각하면 그는 승부가 지리하다고 투덜댔고, 내가 빨리 하라면 재촉하지 말라고 화를 냈다. 또 내가 실수를 하면 그 기회를 놓치지 않고, 너무 성급하게 한다고 말하는 것이었다. 그것은 교사의 압제와 회초리의 횡포여서, 그것을 설명한다면 심술궂은 어린애의 쇠사슬에 끌려다니는 에픽테토스(노예에서 해방된 고대 그리스의 철학자로 로마에서 강의한 적도 있다)의 신세라고 하는 수밖에 없다. 돈내기를 하면 언제나 그가 이겨서, 부끄러운 줄도 모르고 인색하게 기뻐했다. 그의 아내의 한 마디가 어떤 일에서도 나를 위로해 주었고, 또한 그로 하여금 예절을 지키게 했다. 이윽고 나는 생각지도 않던 고통 속에 빠졌다. 그런 장난으로 돈이 없어진 것이다. 때로는 퍽 늦어지는 수도 있었지만 내가 물러갈 때까지 백작은 늘 부인과 나 사이에 머물러 있었는데, 나는 항상 부인의 마음속에 기어들 기회를 발견하려고 부단한 희망을 품고 있었다.

 그러나 사냥꾼처럼 괴로운 인내를 가지고 기다린 그 순간을 포착하기 위해서는, 나의 영혼은 끊임없이 찢어지고, 내 돈을 빼앗아 버리는 그 고약한 놀음을 계속하지 않으면 안 되었던 것이다. 우리는 목장의 햇볕이나 잿빛 하늘의 구름, 아스라한 언덕이나 보석 같은 물결에 반짝이는 달을 바라보면서 입을 다물고 있은 적이 벌써 몇 번이나 있었던가! 우리는 그저 이런 말밖에 하지 않았다.

「아름다운 밤이군요!」

「밤은 부인 같군요, 부인.」

「정말 조용하군요!」

「그렇군요, 여기서는 정말 불행 따윈 있을 수 없습니다.」

 그런 대답을 들으면 부인은 또 수를 놓기 시작했다. 나는 마지막엔 부인의 마음을 차지하려 애쓰는 애정의 움직임을 들었다. 돈이 없으면 밤에 주고받는 이야기도 끝장난다. 나는 어머니에게 돈을 보내 달라는 편지를 보냈다. 어머니는 나를 꾸짖고 한 주일치도 보내 주지 않았다. 그럼 누구에게 부탁해야 할까? 더구나 나로서는 생사를 건 큰일이다. 그리하여 처음 맛본 커다란 행복 속에서, 그전에 여기저기서 나를 괴롭혔던 고민이 다시 고개를 쳐들었다. 그러나 파리나 중학교나 학원에서는 쓸쓸한 절제로써 뚫고 나갔으며, 나의 불행은 소극적인 것이었다. 프라펠르에선 그것은 적극적인 것이 되었다. 그때 나는 훔치고 싶은 욕망을 알았다. 범죄를 상상하게 하는 무서운 열망은 영혼에 흔적을 새겨 놓는 것이며, 신성한 자존심을 걸고 그것을 으깨어 버리지 않으면 안 되는 것이다. 어머니의 인색이 나에게 떠맡긴 잔혹한 생각이나 괴로움의 추억은, 청년들에 대한 신성한 관용을 나에게 불어넣었다. 그것은 몸을 그릇치게 하지는 않았으나, 심연의 깊이를 재기라도 할 것처럼 그 아슬아슬한 가장자리에까지 간 적이 있는 사람들의 너그러움이다. 식은땀으로 키워진 나의 성실성은 삶이 반쯤 열리고 그 밑바닥의 거친 자갈을 드러내는 그 시기에 강화되었지만, 무서운 인간적인 정의가 그 칼을 한 개인의 목에 들이댈 때마다 나는 생각했다.『형법이란 불행을 경험하지 못했던 사람들에 의해 만들어진 것』이라고. 그런 따분한 판국에 나는 세셀 씨의 서고에서 장기 책을 찾아 내어 그것을 연구했다. 그리고 그 집 주인도 나를 가르쳐 주었다. 다소 친절한 지도를 받아 나는 실력이 늘었고, 암기한 정석이나 계산을 응용할 수 있었다. 나는 오래지 않아 스승을 이길 만큼 됐다. 그러나 내가 이기면 그의 기분은 몹시 나빠져 눈은 호랑이처럼 불을 뿜었고, 얼굴은 이지러졌으며, 눈썹은 어느 누구한테서도 보지 못했을 만큼 꿈틀거렸다. 그의 불평은 떼를 쓰는 철부지 어린애의 그것이었다. 때로는 장기 말을 던져 버리기도 하고, 핏대를 세우며 발버둥치기도 하고, 주사위 통을 씹기도 하면서 나에게 욕설을 퍼부었다. 시간이 지나자 그처럼 사나운 짓도 멎었다. 내 솜씨가 늘었을 때 나는 승부를 내 마음대로 끌고 갔다. 전반에서는 백작이 이기게 하고 후반에서 균형을 회복해서, 마지막에는 거의 비기게끔 처리했다. 세계의 종말이 온다 해도 제자의 갑작스런 우월만큼 백작을 놀라게 하지는 않았을 것 같다. 그러나 그는 결코 그것을 인정하지 않았다. 두 사람의 승부의 결과가 항상 같다는 사실이 그의 마음을 사로잡는 새로운 먹이였다.

「바로 그거야.」 하고 백작은 말한다. 「가엾은 내 머리가 지치기 때문이지. 당신이 언제나 막판에 이기는 건, 그때쯤 되면 내 수가 제대로 안 나오기 때문이야.」

장기를 알고 있었던 백작 부인은 내 수를 처음부터 눈치채고 있어, 애정의 큰 표시를 알아차렸다. 그런 자질구레한 일은 어려운 장기를 실제로 알고 있는 사람들밖엔 평가할 수 없다. 그 작은 일은 의미심장했다! 어쨌든 사랑이란 보쉬에(17세기 프랑스의 성직자이자 작가로 엄숙하고 정연한 설교로 유명함)의 신과 마찬가지로 가난한 사람의 한 그릇 물이나 이름도 없이 죽는 한 병사의 노력을 어떤 훌륭한 승리보다도 더 귀중히 여기는 것이다. 백작 부인은 젊은 가슴을 설레게 하는 그 말없는 감사를 나에게 던졌다. 자기 자식들을 위해 아껴 둔 그 시선을 나에게 던져 주었던 것이다. 그 행복했던 밤 이후로 부인은 나에게 말을 걸 때면 언제나 나를 똑바로 바라보았다. 돌아오는 길에 내가 어떤 상태였는지는 설명할 수도 없다. 나의 영혼은 육체를 흡수해 버리고 몸은 무게가 없어져, 걷는 것이 아니라 날고 있었다. 나는 자신의 내부에 그 시선을 느꼈고, 그것은 나를 빛으로 가득 채워 주고 있었다. 그것은 부인의 『잘 가세요!』란 인사말이 마치 부활제의 『오오, 아들들이여, 오오, 딸들이여!』라는 노래가 지닌 곡조를 나의 영혼에 울리게 했던 것과 마찬가지였다. 나는 하나의 새로운 생명체로 태어나고 있었다. 그렇다면 나도 부인에게 무엇인가가 되어 있다! 나는 주홍 강보에 감싸여 잠들었다. 마치 타버린 종이의 재에서 점점이 작은 벌레같이 달리는 아름다운 작은 불똥처럼 이리저리 작은 불꽃들이 어둠속 감은 눈앞을 지나갔다. 꿈속에서 부인의 목소리는 무언가 손으로 만질 수 있는 것이 되어 나를 둘러싼 대기, 나의 정신을 빛과 향기로 애무해 주는 선율이 되었다. 이튿날 나를 대하는 부인의 태도에는 마음으로부터 허락하는 감정이 역력히 나타나 있었다.

그리하여 나는 그때부터 부인 목소리의 신비를 알게 되었다. 그날은 나의 생애에서 가장 특기할 만한 날이 되었다. 저녁을 먹고 나서 우리는 언덕 위를 산책하며 풀 한 포기 없는 벌판으로 나갔다. 땅바닥은 돌투성이여서 건조하고 부식토도 없었다. 그래도 몇 그루의 떡갈나무와 오배자(五倍子) 열매가 많이 달린 덤불이 있었다. 그러나 풀밭 대신에 엷은 갈색의 곱슬곱슬한 이끼가 햇빛을 받고 펼쳐져 있어, 그 위는 제법 미끄러웠다. 나는 마들레느의 손을 잡아 주었고, 모르소프 부인은 자크의 팔을 끼고 있었다. 앞서서 걷고 있던 백작이 뒤를 돌아다보고 지팡이로 땅바닥을 두드리면서 사나운 말투로 말했다.「이게 내 인생이란 말야! 오오, 하긴 당신을 알게 되기 전이지만.」 하고 그는 아내에게 변명의 눈길을 보내면서 고쳐 말했다. 변명은 이미 늦었다. 백작 부인의 얼굴에서 핏기가 가셨다. 그런 충격을 받고 부인만큼 동요하지 않을 여자가 있을까?

「참 좋은 냄새가 풍겨 오는군요. 그리고 이 광선의 조화는 얼마나 아름다운지 모르겠어요!」 나는 그렇게 외쳤다.「저는 이 벌판을 차지해 보고 싶어요, 잘 조사하면 보석이 나올지도 모르지요. 그렇지만 제일 확실한 이점은 댁의 옆에 있다는 점일 거예요. 그리고 눈을 즐겁게 하는 이 경치, 물푸레나무와 개암나무 사이에서 영혼이 씻겨지는 이 구불구불한 강을 위해서라면, 누구든지 많은 돈을 지불할 거예요. 사람취미는 갖가지입니다. 이 지역은 백작님에겐 황무지이지만, 저에겐 낙원입니다.」
 부인은 감사의 눈길을 나에게 보냈다.
「그건, 꿈 같은 얘기군!」백작은 언짢은 말투로 말했다.「여기는 당신 같은 훌륭한 집안의 사람이 살 곳은 못 돼.」그는 잠깐 입을 다물었다가 또 말했다.「아제이의 종소리가 들리오? 내게는 종 울리는 소리가 확실히 들리는데.」
 모르소프 부인은 겁이 난 듯한 얼굴로 나를 바라보았다. 마들레느는 내 손을 꽉 잡았다.
「돌아가서 장기를 두시지 않겠어요?」 내가 말했다.「주사위 소리가 종소리를 들리지 않게 해줄 겁니다.」
 우리는 간간이 얘기를 나누면서 클로슈구르드로 돌아갔다. 백작은 어디가 어떻게 아프다는 말도 없이 몹시 고통스러워 했다. 객실에 들어갔을 때 우리들 사이엔 무어라 말할 수 없는 불안감이 감돌았다. 백작은 안락의자에 깊숙이 앉아 묵상에 잠기고 있었다. 부인은 병의 징조를 잘 알고 있어, 발작을 짐작할 수 있었기 때문에 남편이 묵상하게 가만히 두었다. 나는 부인과 마찬가지로 침묵을 지키고 있었다. 부인이 내가 돌아가는 것을 원하지 않은 것은, 장기를 두면 백작의 기분이 좋아져서, 부인을 진저리나게 하는 그 발작의 원인인 신경과민을 가라앉힐 수 있다고 생각했기 때문인지도 모른다. 백작에게 장기를 두게 하기보다 어려운 일은 없었다. 그렇지만 그는 노상 몹시 두고 싶어했다. 그는 뽐내는 여자처럼 남이 자기에게 졸라대거나 억지를 부리게 하고 싶어했다. 실은 고마웠으면서도 전혀 고마워하는 기색을 보이려 하지 않았다. 이야기가 무르익었을 때 내가 조금이라도 아첨하는 말을 잊거나 하면, 그는 금방 우울해지고 표독하게 공격적인 태도를 취하며, 이야기에 짜증을 내고는 무엇이든 반대하는 것이었다. 그의 저기압을 깨닫고 한 판 두기를 청하면 그는 괜히 거드름을 피우면서, 우선 시간이 늦고 또 두고 싶지도 않고 어쩌고 했다. 요컨대 본심을 상대방이 모르게 하려는, 여자들에게서 흔히 보이는 쓸데없는 허세인 것이다. 나는 절을 하다시피 하면서, 자주 연습을 안 하면 실력이 떨어지니 제발 뒤달라고 간청하는 것이었다. 그런 때엔 그의 결단을 촉구하기 위해 나는 수다스럽게 떠들지 않으면 안 되었다. 그는 눈이 어질어질해서 계산을 잘 못할 것이라고 엄살을 부렸고, 머리가 죄어드는 것 같고 귀가 울리고 숨이 찬다면서 큰 한숨을 쉬고 있었다. 결국 그는 장기판 앞에 앉았다. 모르소프 부인은 아이들을 재우거나, 하인들에게 기도할 것을 권하거나 하기 위해 나갔다. 부인이 없는 동안에는 만사가 잘 되어 나도 모르소프 씨가 이기게끔 해주었기 때문에, 행복감이 갑자기 그의 얼굴을 밝게 했다. 그 자신에 관한 불길한 예언을 자아내게 한 슬픔이 술취한 사람의 기쁨으로, 거의 이유가 없는 미친 듯한 웃음으로 다시 급변한 일이 나를 불안하게 했고, 소름이 끼치게 했다. 그가 그처럼 뚜렷하게 갑자기 변하는 것을 나는 한 번도 본 적이 없었다. 우리들의 친근한 교제가 열매를 맺어, 그는 이제 내 앞에서 조심하지 않았던 것이다. 그는 날마다 나를 그의 압제 속에 휩싸 넣고, 자기의 기분에 알맞는 새로운 먹이로 확보해 두려고 애쓰고 있었다. 아무튼 정신적인 질환은 그 병 나름대로의 식욕이나 본능을 지니고 있어, 마치 지주가 땅을 넓히려 하는 것처럼 자기의 지배권을 확대하고 싶어하는 생물과 마찬가지인 모양이다. 백작 부인이 내려와서 수놓는 천을 밝게 보기 위해 장기판 곁에 다가와 숨길 수 없는 걱정을 간직한 채 일하기 시작했다. 백작은 어쩌다가 완전히 치명적인 한 수를 두었는데 이것만은 나도 어쩔 수 없었다. 백작은 밝던 얼굴이 어두워지고 빨갛던 것이 이내 노랗게 되어 눈을 껌벅거렸다. 그러다가 내가 미리 예측도 못 했고 수습할 수도 없었던 마지막 불행이 생겼다. 모르소프 씨는 자기의 패배를 결정한 무서운 한 수를 제 손으로 선택한 것이다. 그는 이내 일어서서 장기판을 나에게 던지고 램프를 떨어뜨리는가 하면, 탁자를 주먹으로 치며 객실을 함부로 뛰어다녔다. 뛰었다고는 도저히 말할 수 없는 난동이었다. 그의 입에서 튀어나온 욕설과 저주와 꾸짖음과 두서없는 불평들은 흡사 중세기에 있었다는 귀신 붙은 유령의 그것과 같았다. 그때의 나의 태도가 어떠했는가는 짐작에 맡긴다.

「뜰로 나가세요.」 부인이 내 손을 꼭 쥐며 말했다.

나는 백작이 눈치 못 채게 살짝 사라졌다. 천천히 걸어간 동산에서도 식당 옆 그의 방에서 터지는 그의 고함소리와 신음소리가 들렸다. 그 폭풍에 섞여,

구름이 걷히려 하는 순간의 밤꾀꼬리의 노랫소리처럼 간간이 천사의 목소리도 들렸다. 팔월 그믐께의 자못 아름다운 밤에, 나는 아카시아 밑을 돌아다니면서 부인이 오기를 기다리고 있었다. 부인의 몸짓은 곧 오겠다는 것을 나에게 약속하고 있었다.

며칠 전부터 우리들 사이에는 무언가 한 번 이야기해야 할 공기가 감돌고 있어, 틀림없이 우리들 영혼의 터질 것 같은 샘을 분출시킬 최초의 한 마디가 폭발할것이라고 생각되고 있었다. 우리들의 완전한 이해의 시기를 어떤 수치심이 늦추고 있었던가? 넘쳐나올 듯한 생명을 누르고 있을 때, 사랑하는 남편에게 자신을 드러내 보이기 전에 젊은 여자들을 떨리게 하는 그 부끄러움 때문에 사랑이 자기의 내부를 드러내기를 망설일 때──그동안에 감수성을 해치는 공포의 흥분과도 흡사한 그 전율을 내가 사랑하고 있었던 만큼 부인도 사랑하고 있었을까? 우리는 우리들의 생각을 쌓아올림으로써, 지금은 필요해진 이 최초의 고백을 스스로 더욱 소중하게 했던 것이었다. 한 시간이 지났다. 벽돌 난간에 앉아 있으니 옷자락 스치는 소리와 함께 부인의 발자욱 소리가 초저녁의 공기를 흔들었다. 그것은 말로 표현할 수 없는 다시없이 흐뭇한 감각이었다.

「주인은 이제 잠드셨어요.」 부인이 말했다. 「그런 때에는 양귀비를 달인 물을 한 잔 드립니다. 발작은 상당한 간격을 두고 일어나기 때문에 그런 간단한 약도 늘 잘 들어요.」 부인은 말투를 바꾸어 매우 설득조로 말했다.

「운이 나쁘게도 여태까지 조심스레 숨겨 온 비밀을 보이고 말았군요. 그런 광경은 마음속에만 간직해 두겠다고 약속해 주세요. 나를 위해 그래 주기를 부탁하고 싶어요. 서약까지 바라진 않지만, 신사로서 그러마고만 말해 주면 좋겠어요.」

「꼭 그렇게 말할 필요가 있습니까?」 나는 말했다. 「우리는 서로 이해하고 있지 않았던가요?」

「주인을 나쁘게 생각진 마세요. 망명중에 너무 오랫동안 고생한 탓이에요.」 부인은 말을 이었다. 「내일은 자기가 한 말을 전혀 모른답니다. 그리고 당신은, 훌륭하고 인정이 깊은 사람이라 생각할 거예요.」

「그만두세요, 부인.」 하고 나는 대답했다. 「백작을 변명하지 마세요. 나는 부인이 원하는 일이라면 뭐든지 하겠어요. 모르소프 씨를 낫게 하고 부인에게 행복한 생활을 다시 마련해 줄 수 있다면, 당장 엔드르 강에 뛰어들기라도 할 거예요. 내가 마음대로 바꿀 수 없는 유일한 것은 내 견해입니다. 내 마음속에 그보다 더 굳게 자리잡은 것은 없습니다. 내 목숨은 드릴 수 있지만 양심은 드릴 수 없어요. 양심의 목소리를 듣지 않을 수는 있어도, 양심이 얘기하는 걸 막을 수 있을까요? 그런데 내 생각으론 모르소프 씨는……」

「알겠어요.」 부인은 유난히 쌀쌀하게 내 말을 가로막았다. 「그렇게 생각하는 건 당연하죠. 백작은 마치 첩살이하는 여자처럼 신경질적이니까요.」 부인은 다시 부드러운 말투로 미친 사람이란 생각을 사라지게 하기 위해 말했다. 「하지만 그 분이 그렇게 되는 건 기껏해야 일 년에 한 번쯤이고 몹시 더운 때뿐이에요. 망명은 얼마나 많은 해독을 가져왔는지, 훌륭한 생활을 얼마나 많이 잃게 했는지! 나는 그분도 훌륭한 군인이 돼서 나라의 명예를 빛낼 수 있었을 거라고 믿고 있어요.」

「그건 알고 있습니다.」 이번에는 내가 부인의 말을 가로막으면서, 나를 속이진 못한다는 것을 알려 주었다.

부인은 입을 다물고 한 손을 이마에 가져가며 말했다. 「대관절 무엇이 당신을 우리집에 오게 했을까요? 하느님이 나에게 도움을, 나에게 힘이 되는 강한 우정을 보내 주신 것일 거예요.」 부인은 자기 손으로 내 손을 힘껏 잡으면서 말을 이었다. 「당신은 다정하고 친절하니 말이에요……」 부인은 자기의 은근한 희망을 이루어 줄 것을 비는 듯이 지긋이 하늘을 올려다보았다. 그리고 눈길을 내게로 돌렸는데 하나의 영혼을 나의 영혼 속에 던진 그 눈길에 충격을 받은 나는 사교적인 아름다운 말을 그만 잊어버렸다. 그러나 어떤 종류의 영혼에 있어선 그것은 흔히 위험에 대비한 고결한 충동이며, 충격을 막으려 하는 열망, 미래의 불행에 대한 불안이 아닐까? 또 그 이상으로 어떤 마음에 던져진 당돌한 질문, 그 마음이 공명해서 울리는지 어떤지를 알기 위해 던져진 충격이 아닐까? 지금이야말로 서로의 마음이 맺어지려는 순간에, 가지가지 생각이 섬광처럼 내 속에 떠올라 나의 순결성을 더럽히고 있는 그 오점을 씻어 버리라고 충고했다.

「우선 얘기의 순서로서 여기서」 하고 나는 말했다. 주위의 깊은 고요 속에서 쉽사리 들을 수 있는 가슴의 고동 때문에 내 목소리는 떨리고 있었다. 「과거의 추억을 씻어 버리게 해주세요.」

「그런 말은 그만두세요.」부인은 내 입술 위에 손가락을 대면서 힘차게 말하고는, 얼른 그 손가락을 떼었다. 부인은 어떠한 모욕도 더럽힐 수 없을 만큼 높은 곳에 있는 여인처럼 의젓하게 나를 바라보다가, 이윽고 불안스러운 듯한 목소리로 말했다.「무슨 말인지 알고 있어요. 그건 내가 받은 처음이자 마지막의 유일한 모욕적인 일이었어요! 그 무도회의 일은 절대로 입 밖에 내지 마세요. 기독교 신자로선 당신을 용서해도 여자로선 지금도 괴로워하고 있답니다.」

「하느님보다 무자비하겐 굴지 말아 주세요.」나는 솟구치는 눈물을 속눈썹에 담은 채 말했다.

「나는 좀더 엄해지지 않으면 안 되는 거예요. 내가 더 약하니까요.」부인은 그렇게 대답했다.

「그렇지만」나는 어린애처럼 반항하면서 말했다.「당신에겐 처음이자 마지막인 단 한 번의 일이더라도 들어 주세요.」

「그럼 얘기해 보세요! 그렇지 않음 얘길 듣는 걸 무서워하는 줄 알 테니까요.」

그래서 나는 이 순간이야말로 우리 생애에 다시 없을 기회임을 느끼고, 조심스러운 말투로 말했다.「그 무도회의 부인들도 그때까지 내가 본 부인들과 마찬가지로 나에게는 전혀 관심이 없었지요. 그러나 부인을 보자, 그때까지는 공부만 하는 생활을 했던, 대담하지도 않던 나는 걷잡을 수 없는 충동에 사로잡혔습니다. 그 충동은 그것을 한 번도 겪어 보지 못한 사람만이 비난할 수 있는 것이며, 남자의 마음을 그토록 가득 채우는, 누구도 저항할 수 없고 모든 것을, 죽음마저도 두려워하지 않는 욕망에 의하여……」

「그럼 경멸은 어떻게?」부인은 내 말을 가로막고 말했다.

「그럼 부인은 저를 경멸했군요?」나는 그렇게 물었다.

「인제 그런 얘긴 그만둬요.」부인이 말했다.

「아뇨, 더 얘기하도록 해요!」나는 초인간적인 고통으로 흥분해서 대답했다.「내 모든 것, 남에게 알려지지 않은 내 생활, 당신이 꼭 알아 줘야 할 비밀입니다. 그렇지 않으면 나는 절망한 나머지 죽어 버릴 거예요! 또 당신에게도 관계가 없는 일일까요? 당신 자신은 모르고 있었어도, 당신은 기마시합의 승리자에게 약속된 그 빛나는 영관을 씌워 줄 귀부인이었던 겁니다.」
 나는 부인에게 나의 어린 시절을 얘기해 주었다. 당신에게 얘기했던 것처럼 멀리서 비판을 하면서 얘기한 것이 아니라, 여태까지 피를 뿜고 있는 상처에서 젊은이의 열렬한 말로 얘기했다. 내 목소리는 숲속 나무꾼의 도끼소리처럼 울렸다. 부인 앞에는 말라죽은 세월이나, 그 세월에 잎사귀도 없는 나뭇가지를 거꾸로 박아 놓은 오랜 고뇌가 큰소리를 내면서 하나씩 쓰러졌다. 당신에게도 말하지 않은 무서운 일들을 열띤 어조로 상세히 말해 주었다. 눈부신 나의 기원의 보배를, 나의 욕망의 순수한 금덩이를, 만년설에 의해 쌓여진 알프스의 얼음 밑에 보존된 불타는 온갖 심정을 남김없이 털어놓았다. 이사야의 숯불 (보라, 이 불이 그대의 입술에 닿았으므로 이미 그대의 악은 걷혀지고 그대의 피는 씻기었도다. 〈이사야서〉 제 6 장)로써 얘기한 고뇌의 무게에 짓눌린 내가, 고개를 숙이고 듣고 있던 그 여인의 한 마디를 기다리고 있었을 때, 부인은 그 어둠을 비추는 듯한 시선을 던지며 딱 한 마디로 지상과 천상 세계에 생기를 주었다.
 「우리의 어린 시절은 같았군요!」 부인은 그렇게 말하면서 순교자처럼 후광이 빛나고 있는 얼굴을 내게로 돌렸다. 잠시 침묵이 흐르는 동안, 우리들의 영혼은 자기 혼자만이 괴로웠던 것이 아니라는 생각 속에서 맺어졌다. 그리고 부인은 사랑하는 자식들에게만 얘기할 때의 목소리로, 형제가 모두 죽고 외딸로 남게 된 불운이 어떤 것인지를 얘기해 주었다. 항상 어머니 곁에서 떠날 수 없었던 소녀의 고통과 학교 생활 속에 던져진 소년의 고통과의 차이를 나에게 설명하기 시작했다. 부인의 영혼에 끊임없이 상처를 준 돌절구와의 접촉에 비기면, 나의 고독은 천국과 같은 것이었다. 그 고통은 부인에겐 친어머니와 다름없는 큰어머니가 구해 준 날까지 계속되었다. 부인은 지금까지도 되살아나는 그 괴로움을 나에게 얘기했다. 단도의 일격에는 물러서지 않으나, 다모클레스의 칼 밑에서는 공포에 사로잡혀 죽어 버릴 듯한 신경질적인 사람들에게 있어선 그것은 말할 수 없이 견디기 어려운 극심한 형벌이었다. 풍성한 감정의 발로도 쌀쌀한 명령에 막혀 버리고, 키스마저도 냉담하게 맞아 준다. 침묵을 강요당하는가 하면, 비난받기도 한다. 마음속에 괴어 있는 눈물을 참았다. 요컨대 수도원의 무수한 압제가 이것 보라는 듯이 모성애의 겉치레 밑에서 남의 눈에 띄지 않고 있었던 것이다. 어머니는 입이 모자랄 정도로 딸을 자랑하면서 칭찬했다. 그러나 다음날에는 버릇을 잘 가르치는 어머니라는 것을 보이기에 필요했던 그런 아침에 대해, 딸은 값진 대가를 치러야 했던 것이다. 복종과 부드러움 덕에 그녀가 어머니의 마음을 이긴 것이라 생각하고 자기 마음을 털어놓거나 하면 폭군은 그런 고백을 무기삼아 다시 나타난다. 간첩이라도 그토록 비겁하거나 엉큼하지는 않았을 것이다. 젊은 처녀로서의 모든 즐거움이나 축제도 높은 대가로 강매당하는 판이었다. 아무튼 행복했었다는 것 때문에 마치 잘못을 저지른 것처럼 꾸중을 들었던 것이다. 그녀는 결코 애정으로써가 아니라 마음에 상처를 주는 빈 정거림으로, 귀족의 딸로서의 교육을 받았다. 딸은 어머니를 조금도 원망하지 않았고, 그저 어머니에 대해 사랑보다도 두려움을 느끼는 데서 자신을 꾸짖었다. 그 천사는 이렇게 생각하고 있었다.『아마 그렇게 엄격한 태도는 꼭 필요한 것일거야.』 그것은 현재와 같은 생활에 대비해서 그녀에게 인내심을 길러 주었던 것이 아닐까? 나는 부인의 얘기를 들으면서, 이전에 내가 딱딱한 곡조를 타던 욥의 하프가 지금은 기독교도의 손가락으로 연주되며, 십자가 아래서 성모의 연도(連禱)를 부르면서 대답하고 있는 것같이 생각했다.

「우리는 여기서 다시 만나기 전에 같은 세계에서 살고 있었습니다. 당신은 동쪽에서 나는 서쪽에서 출발했던 셈이지요.」

부인은 절망적인 태도로 고개를 내저으며「당신은 동쪽이고 나는 서쪽이에요」라고 말했다.「당신은 행복하게 살겠지만 나는 괴로움 속에서 죽을 거예요. 남자들은 자신의 생애를 자기 힘으로 만들지만, 내 일생은 영원히 결정되어 버렸어요. 어떤 힘도 그 무거운 쇠사슬을 끊어 버리지 못할 거예요. 여자는 그 쇠사슬에 남편 있는 몸으로서의 정절의 상징인 금고리로 얽매여 있는 거예요.」

그때 부인은 우리가 같은 배에서 태어난 쌍둥이로 느끼면서, 같은 샘물로써 키워진 남매 사이에서 고백이 흐지부지 중단되리라고는 조금도 생각할 수 없었던 것이다. 맑은 마음이 열릴 때 자연히 새어나오는 그 한숨 뒤에, 부인은 결혼 초의 일과, 최초의 환멸, 불행의 연속 등 모든 것을 얘기했다. 부인도 나와 마찬가지로 온갖 사소한 일들을 겪고 있었다. 그것은 호수에 던져진 돌이 수면도 물 속도 동시에 흔들어 놓는 것과 마찬가지로, 작은 충격에도 온통 흔들리는 해맑은 실체를 지닌 영혼에게 있어서는 큰일이었다. 결혼할 때 부인은 자신의 저금을 가지고 있었다. 즐거웠던 때나 젊은날의 무수한 욕망을 대변하는 그 약간의 돈을 군색할 적엔 아낌없이 내놓았으면서도, 그것이 단순한 돈이 아니라 추억이라고 말하지도 않았다. 남편은 그런 일은 예사로 여겼고, 자기가 아내에게 약점이 있다는 것도 알지 못했다! 부인은 망각의 물 속에 가라앉은 그 보석 대신, 모든 것을 씻어 주는 눈물어린 눈길조차 얻지 못했다. 그 눈길은 고결한 영혼에게 있어서는 고통스러운 날에 빛을 뿜는 영원한 보석 같은 것이다. 고뇌의 가시밭길을 얼마나 걸었던 것일까! 모르소프 씨는 필요한 생활비를 내놓는 것도 잊고 있었다. 여자의 부끄러운 마음을 채찍질하며 부인이 마지못해 청구하면, 그는 꿈에서 깨어나는 듯한 표정을 지었다. 그러나 그는 가슴이 죄어드는 듯한 그런 괴로움을 아내를 위해 덜어 주려고 했던 적은 한 번도 없었다! 그 파탄된 사나이의 병적인 성질이 드러났을 때 부인은 얼마나 공포에 사로잡혔던가! 남편의 광적인 분노가 최초로 폭발했을 때 완전히 두 손을 들고 말았던 것이다. 한 여자의 생활을 지배하는 점잔을 빼던 얼굴의 그 남편을 무능하다고 생각하기 전에 부인은 얼마나 괴로운 반성을 되풀이했던가! 두 번의 출산 후에는 얼마나 무서운 고난이 잇따랐던가! 거의 죽은 듯한 모습으로 태어난 아기를 보고 얼마나 큰 충격을 받았던가!『내가 생명을 불어넣어 주어야겠다! 날마다 새로 다시 낳는 것 같은 각오를 하자!』그렇게 생각하기 위해서는 어떤 용기가 필요했던가! 그리고 여자들이 원조를 찾는 그 가슴과 손에서 장애물을 느끼고는 얼마나 절망했던가! 곤란을 한 가지 극복할 때마다 그 무한한 불행이 가시밭을 펼쳐 놓고 있는 것을 보았던 것이다. 바위를 하나 기어오를 때마다 건너야 할 새로운 사막을 보았다. 그런 일이 남편이나 자식들의 체질이나, 자기가 살아가지 않으면 안 될 고장을 잘 알게 된 날까지 계속되었다. 가정의 따뜻한 품속에서 나폴레옹 때문에 끌려간 아들처럼, 발이 흙탕이나 눈 속을 걷는 데 익숙해지고, 이마는 총알과 친숙해지고, 온몸에 군인의 피동적인 복종이 밴 그날까지. 내가 설명한 이상과 같은 일을 부인은 그때까지의 슬픈 일과 무익한 부부싸움, 성과도 없는 시도 등과 함께 그 암담한 넓은 범위를 얘기해 주었다.

「결국」부인은 마지막으로 말했다. 「클로슈구르드를 뜯어고치려고 내가

1. 소년소녀 시절   75

얼마나 애쓰고 있는지, 그건 몇 달 여기서 묵지 않으면 알 수 없을 거예요. 그분에게 이로운 일을 하게 하려면 얼마나 비위를 잘 맞춰 줘야 하는지 몰라요. 내가 권해서 시킨 일이 처음부터 잘 되지 않을 적엔, 그 사람은 정말 어린애 같은 악의에 사로잡히고 말아요! 잘 된 일은 자기 때문인 줄 알고 기뻐하거든요! 그분을 지리하지 않게 해주고, 공기도 신선하게 해주며, 그분이 돌멩이를 던져 놓은 길에 모래를 깔거나 꽃이 피게 하려고 열심히 일할 때 노상 불평만 듣는다는 건 여간 견디기 어려운 일이 아니예요! 내가 듣는 건 『나는 금시 죽을 것 같군. 생활이 고달파서 견딜 수 없어!』하는 무서운 말이에요. 운좋게 손님이 오면 딴 사람같이 점잖고 예의바르게 되지요. 왜 가족에 대해선 안 그러는지 모르겠어요. 때로는 정말 기사다운 사람이 그렇게 성실성이 없어지는 걸 어떻게 설명하면 좋을지 모르겠군요. 얼마 전에 거리의 무도회 때 그랬던 것처럼, 나를 위해 몰래 말을 타고 파리에 장신구를 사러 갔던 적도 있어요. 집의 일에 대해선 돈을 아끼면서도, 내가 원하기만 하면 나를 위해서는 낭비도 서슴지 않아요. 차라리 반대로 됐으면 좋을 텐데요. 나는 아무것도 필요없지만 집안 일에는 비용이 많이 들거든요. 그분을 행복하게 해주려고 나는 나 자신이 어머니가 되리라는 건 생각지 않고, 아마 그분에게 나를 제물같이 생각하는 버릇을 굳혀 주었던가봐요. 만일 남부끄러운 짓을 할 만큼 아무렇게나 살 수 있다면, 다소 아첨도 하면서 그분을 어린애처럼 구스를 수 있었을 내가 말이에요! 하지만 내가 정의의 여신상처럼 냉정하고 엄격해야 우리집엔 이로워요. 그렇지만 나도 역시 외향적이며 부드러운 마음을 가지고 있어요!」

「왜」나는 말했다. 「주인님을 지배하기 위해 그 영향력을 이용하지 않지요?」

「나 혼자 힘으로는 그분의 완고한 침묵을 도저히 이겨낼 수 없고, 터무니없는 말이나 어린애 같은 어거지에 대해서도 대답할 수 없어요. 약하고 어린애 같은 태도에 대해선 나는 용기가 없어요. 그런 사람이 나를 못살게 굴어도 대들고 싶지 않아요. 나 역시 힘에는 힘으로 대항하긴 하겠지만, 불쌍한 사람들에 대해선 그럴 기력이 없는 거예요. 마들레느를 살리기 위해 그애에게 무슨 일을 억지로 시켜야 한다면 나는 차라리 그애와 함께 죽어버릴 거예요. 연민은 모든 내 기력과 신경을 약하게 만들어요. 그래서 내 감수성은 어느 때는 갈피를 잡을 수 없이 될 때가 있죠. 도저히 회복되지 않아요. 폭풍을 견디던 기력도 없어질 때가 있어요. 정말 어떤 때는 견딜 수 없어요. 휴식이나 해수욕으로 기력을 회복하지 않으면 난 죽어 버릴 거예요. 주인 때문에 나는 죽은 셈이 되고, 주인은 나의 사망 때문에 죽을 거예요.」

「왜 몇 달 동안만이라도 다른 데 가 있지 않아요? 왜 애들을 데리고 바닷가에라도 가지 않는 거예요?」

「내가 멀리 가면 첫째로 주인은 이제는 만사가 끝난 줄 알거예요. 그분은 자기 입장을 믿으려고는 안 하지만, 의식하곤 있거든요. 그분에겐 남자와 환자라는 두 가지 다른 성질이 있는데, 그런 모순 때문에 괴상한 여러 가지 행동이 나오는 거예요! 그리고 그분이 걱정하는 것도 당연할 거예요. 여기선 모든 일이 뒤틀릴 거예요. 내가 어머니로서 머리 위에서 날뛰고 있는 사나운 날짐승을 물리치려 노력하고 있는 걸 아마 당신은 봤을 거예요. 그런 어려운 일이 있는데다 주인이 요구하는 시중들기가 있어요. 주인은 노상 내가 어디 있느냐고 묻고 다녀요. 그뿐이라면 아무것도 아니에요. 나는 또 자크의 가정교사이기도 하고 마들레느의 보모이기도 합니다. 그 정도까지도 그리 대단한 일은 아니예요! 나는 청지기이자 관리인이에요. 여기서는 농장 경영이 사업 중에서 가장 힘드는 일이라는 걸 알게 되면, 어차피 내가 말하는 뜻을 이해해 줄 거예요. 현금 수입은 적고 농장은 반타작인데, 그런 제도는 항상 감독하지 않으면 안 됩니다. 곡식이건 가축이건, 어떤 종류의 수확물이건 직접 자기 손으로 팔아야 하거든요. 경쟁자는 소작인들인데, 그들은 선술집에서 손님과 흥정을 해서 제 것을 먼저 팔아치우고 나서 우리 걸 흥정하는 거예요. 우리 농사가 얼마나 번거로운가 하는 걸 설명하면 당신도 진저리날 거예요. 내가 아무리 애써도 소작인들이 우리 퇴비를 그들의 밭에 사용하지 않도록 감시할 순 없어요. 수확물을 나눌 때 우리 몫이 소작인들의 것과 공평하게 셈이 됐는지를 보러 갈 수도 없고, 파는 데 적당한 시기인지를 알 수도 없어요. 그리고 주인의 신통치 못한 기억력이나 그분에게 일을 시키기 위한 내 괴로움을 생각해 보면, 내가 짊어진 무거운 짐을 한시도 뗄 수 없다는 걸 알게 될 거예요. 내가 집을 비우기라도 하면 우리집은 파산할 거예요. 아무도 주인 말을 듣지 않을 거예요. 대개의 경우 그분의 명령은 얼토당토 않거든요.

그리고 아무도 그분을 좋아하지 않아요. 너무 잔소리가 많은데다 완고하니까요. 그리고 마음이 약한 사람은 모두 그렇지만, 그분은 아랫사람의 말을 너무 잘 들어서, 많은 가족을 맺어 주는 애정을 주위 사람들에게 베풀지 못하는 거예요. 만일 내가 떠나 버리면 하인들은 우리집에 한 주일도 남아 있으려고 하지 않을 거예요. 우리집 지붕에 납으로 만든 꽃다발이 달려 있는 것처럼, 내가 이 클로슈구르드에 얽매여 있다는 건 잘 알겠지요. 당신에게는 아무것도 숨기지 않았어요. 이 지방의 누구도 클로슈구르드의 비밀을 모릅니다. 그러나 지금 당신은 그걸 알고 있어요. 그렇지만 우리집의 좋은 점과 친절한 점 이외엔 아무 말도 하지 마세요. 그렇게 해주면 나는 당신을 존경하고 고맙게 생각할 거예요.」 부인은 상냥한 목소리로 다시 덧붙였다.「그 대신 당신은 언제든지 클로슈구르드에 오셔도 좋고, 예전과 다름없는 우정도 기대할 수 있을 거예요.」

「그렇지만」 나는 말했다.「나는 한 번도 괴로워한 적이 없고 ! 당신만이……..」

「아니예요.」 부인은 화강암이라도 부숴 버릴 듯한 체념한 여인의 미소를 지으며 말했다.「그런 얘길 듣고 놀라진 마세요. 이게 제 인생의 숨김없는 모습이에요. 당신의 상상이 희망을 품게 했던 것 같진 않아요. 사람은 누구에게나 결점도 있고 장점도 있어요. 혹시 내가 낭비벽이 있는 사람과 결혼했더라면 나는 파멸당하고 말았을 거예요. 혹시 정열적인 젊은 난봉꾼의 아내가 됐더라면, 나는 사랑받았겠지만 아마 그 남자를 붙들어 두지 못했을 거예요. 버림받고 질투 때문에 죽어 버렸을 거예요. 나는 질투가 많은 여자예요 !」 부인은 지나가는 폭풍우의 천둥 소리와도 같은 흥분한 말투로 말했다.

「그런데 주인은 주인대로 최대한으로 나를 사랑하고 있어요. 가슴에 넘치고 있는 애정을 남김없이 내 발밑에 쏟아 준답니다. 막달라 마리아(예수의 여자 제자이며 죄를 회개한 여자.〈누가 복음〉제 7 장)가 남아 있던 향유를 구세주의 발에 쏟은 것처럼 말이에요. 믿어 주세요 ! 애정 생활은 지상의 율법으로는 어쩔 수 없는 예외인 거예요. 어떠한 꽃도 시드는 법이며, 큰 기쁨에 내일이라는 것이 있다면 그건 좋지 않은 내일이에요. 현실의 생활은 고난의 생활이죠. 그 모습은 동산 밑에 돋은 저 쐐기풀에서 볼 수 있죠. 저것은 응달진 줄기 위에서 푸르게 자라고 있어요. 여기도 북쪽 나라와 마찬가지로 갤 때가 있어요. 아닌게아니라 그건 드문 일이지만, 그래도 많은 고통을 덜어 주거든요. 결국 한결같이 모성적인 여자는 쾌락보다 오히려 희생에 의해 얽매이는 게 아닐까요? 여기서 나는 일꾼들이나 아이들에게 덮치는 폭풍을 내가 가로맡아서 폭풍의 방향을 돌려 놓으면, 말할 수 없이 흐뭇해지고 숨었던 힘이 다시 솟아나는 거예요. 전날의 체념이 항상 이튿날의 체념을 미리 대비하게 해주었어요. 하느님은 나를 희망도 없게 내버리시진 않았어요. 처음엔 아이들의 건강 때문에 절망했지만, 지금은 커가면서 튼튼해지고 있어요. 결국 집도 깨끗해지고 재산도 회복되었어요. 나 때문에 주인의 만년이 행복해지지 않으리라곤 할 수 없지요. 믿어 주세요! 인생을 저주하고 있던 사람들에게 위안을 주고, 풀빛 종려나무 가지를 손에 들고 『위대한 심판자』 앞에 나타나는 사람, 그 사람은 자기의 괴로움을 기쁨으로 바꿔 놓았던 거예요. 내 고통이 가족의 행복에 도움이 된다면 그게 과연 고통일까요?」

「그렇습니다.」하고 나는 말했다. 「그렇지만 그 고통은 내 고통과 마찬가지로, 우리들의 바위 사이에서 익은 나무 열매를 맛보기 위해 필요했던 거예요. 이제는 아마 우리가 함께 그것을 맛보고 그 기적을 감탄해야 할 겁니다. 그건 애정이 넘쳐 흘러 영혼을 적시고, 그 수액은 누렇게 퇴색한 잎을 되살립니다. 그때가 되면 인생은 이미 무거운 짐이 아니고 우리 것도 아닙니다. 신이여! 들어 주십니까?」나는 종교 교육 탓으로 익숙해진 신비적인 말을 사용하여 이어 나갔다. 「우리가 어떤 경로로 서로 접근했는지 생각해 보세요. 어떤 자석이 그 거친 대양 위에서 산기슭과 꽃피는 양쪽 강가 사이의 사금(砂金)이 흩어진 모래에 흐르는 달콤한 샘터로 우리를 이끌어 갔을까요? 베들레헴의 박사들(예수가 베들레헴에서 태어났을 때, 동방 박사들이 예물을 바치러 갔다. 〈마태 복음〉 제 2 장)처럼 하나의 별에 이끌렸던 것이 아닐까요? 우리는 지금 하느님의 아들이 눈뜨려고 하는 말구유 앞에 있는 겁니다. 하느님의 아들은 잎사귀가 떨어진 나뭇가지에 화살을 쏘고, 기쁨에 넘친 함성으로 세계를 소생시키며, 끊임없는 즐거움으로 생활에 구수한 맛을 곁들이고, 밤에는 잠을, 낮에는 환희를 돌려 줄 거예요. 대관절 누가 해마다 우리들 사이의 새로운 매듭을 단단하게 죄어 줬던가요? 우리는 남매간 이상이 아닐까요? 하늘이 맺어 준 걸 절대로 풀지 마세요. 부인이 얘기한 숱한 괴로움은 하느님이 뿌린 보리알이었어요. 그건 벌써 가장 아름다운 태양의 은총으로 황금의 열매가 돼 있습니다. 자, 우리 같이 가서 조금씩 죄다 땁시다. 이런 얘길 하다니, 내 속에도 큰 힘이 있는 모양이군요. 그러니 대답해 주세요. 그렇지 않으면 나는 두 번 다시 엥드르 강을 건너지 않을 거예요.」

「당신은 사랑이라는 말을 피했군요.」 부인은 날카로운 목소리로 말했다. 「하지만 당신 말은 내가 모르는, 그리고 내게는 용납되지 않는 감정에 대한 얘기예요. 당신은 어린애니까 용서해 주겠어요. 그렇지만 이게 마지막이에요. 내 마음은 모성애에 도취되어 있다는 걸 알아야 해요! 나는 사회적인 의무나, 영원한 행복을 얻으려 하는 속셈 따위로 모르소프를 사랑하고 있는 건 아니예요. 다만 내 마음의 구석구석에까지 맺어져 있는 그분과의 어쩔 수 없는 감정 때문이에요. 나는 억지로 결혼한 것이 아니예요. 불행한 사람들에 대한 동정심 때문에 그랬던 거예요. 시대의 폐해를 메우거나, 싸움터에서 부상당해 돌아오는 사람들을 위로하는 건 부인들의 임무가 아닐까요? 뭐라고 말할까요? 당신이 그분에게 즐거움을 주는 걸 보고, 나는 말할 수 없이 이기적인 만족을 느꼈습니다. 이건 순수한 모성애가 아닐까요? 지금까지 얘기한 고백으로 충분히 알았겠지만, 나에겐 나를 절대로 필요로 하는 자식들이 셋이나 있어서, 그들을 격려하는 이슬을 주지 않으면 안 되며, 조금도 흐리지 않은 내 마음의 그 빛으로 비추어 주지 않으면 안 되는 거예요. 그래서 나는 내 영혼의 아주 조그만 부분이라도 더럽힐 수는 없어요. 한 어머니의 젖을 시큼하게 하지 마세요! 나는 유부녀로서, 절대로 마음이 흔들리진 않지만, 이제 그런 말은 하지 마세요. 그런 간단한 약속도 지켜 주지 않는다면 미리 말해 두지만, 다시는 우리집에 오지 마세요. 나는 강요된 우애보다도 더욱 확실하고 자발적인 우애, 순수한 우정을 믿고 있었습니다. 잘못이었어요! 나는 재판관이 아닌 친구, 마음이 약해졌을 때, 내 얘기에 귀를 기울여 주는 친구를 바라고 있었던 거예요. 그럴 적의 꾸짖는 목소리는 살인자의 목소리거든요. 아무것도 두려워할 필요 없는 성자 같은 친구를 바랐던 거예요. 젊음이란 고귀하고 거짓이 없고, 희생을 잘 견디고 욕심이 없는 거예요. 당신이 참을성이 많은 걸 보고 나는 사실 뭔가 하늘의 뜻인 줄 알았어요. 사제가 만인의 것인 것처럼 나 혼자만의 것인 하나의 영혼을 얻을 수 있다고 생각했던 거예요. 괴로움이 넘칠 때 그 괴로움을 털어놓을 수 있고, 울음을 줄곧 참을 수 없거나 숨이 막혀서 견딜 수 없을 때 실컷 울어 호소할 수 있는 영혼 말이에요. 그렇게 해서 자식들에게 매우 소중한 내 목숨은 자크가 어른이 되기까지 꺼지지 않을 거라고 생각했어요. 그렇지만 그건 너무 이기적인 생각이 아닐까요? 페트라르카의 로르(이탈리아의 시인 페트라르카가 사랑했던 여자)가 되풀이될까요? 나는 잘못 생각했던 거예요. 하느님은 어떤 일도 바라시지 않아요. 나는 전우가 없는 병사처럼 내 위치에서 죽지 않으면 안 될 거예요. 내 고해 신부는 가혹하고 준엄합니다. 그리고…… 이제는 큰어머니도 안 계세요!」

두 방울의 눈물이 달빛에 빛나며 부인의 눈에서 뺨으로 흘러 떨어지려는 찰나 나는 재빨리 손을 내밀어 그것을 받아, 허기진 사람처럼 조심스레 삼켰다. 십 년 동안의 남모를 눈물, 잃어버린 감수성, 끊임없는 마음의 고통, 쉴새없는 경계, 당신들 여성의 숭고한 극기심이 어려 있는 그런 말을 듣고 흥분한 것이다. 부인은 어리둥절한 기색으로 부드럽게 나를 바라보았다.

「이것이야말로」 나는 말했다. 「신성한 사랑의 최초의 영성체입니다. 그렇습니다, 성체를 배수하고 예수와 한 몸이 되는 것처럼, 나는 지금 당신과 괴로움을 같이 나누고, 당신의 영혼에 결합된 거예요. 아무 희망없이 사랑하는 것도 역시 하나의 행복입니다. 아아! 이 세상의 어떤 부인이 지금 이 눈물을 마신 것만큼 큰 기쁨을 내게 줄 수 있겠습니까! 틀림없이 나에게 괴로움이 될 이 계약을 나는 받아들이겠어요. 나는 아무런 다른 마음 없이 이 몸을 당신에게 바치겠습니다. 그리고 당신이 바라는 사람이 되겠습니다.」

부인은 몸짓으로 내 말을 막고 가라앉은 목소리로 말했다. 「우리들을 맺는 굴레를 절대로 죄지 않는다면 이 약속에 동의하겠어요.」

「알겠습니다.」 나는 말했다. 「그렇지만 허락해 주는 것이 적을수록 나는 더욱 확실하게 소유하지 않으면 안 됩니다.」

「처음부터 의심하는군요.」 부인은 의혹의 눈길로 바라보며 말했다.

「아닙니다, 순수한 기쁨인 거예요. 들어 주세요! 나는 누구한테도 알려지지 않은 이름으로 당신을 부르고 싶은 겁니다. 우리가 서로 바치는 감정이 그렇지 않으면 안 되는 것처럼.」

「그건 큰일이군요. 하지만 나는 당신이 생각하는 것만큼 어린애는 아니예요. 주인은 나를 블랑슈라고 부릅니다. 이 세상에서 내가 제일 사랑하고 존경했던 큰어머니만은 나를 앙리에트라고 불렀죠. 그러니 당신을 위해 다시 한 번 앙리에트가 되겠어요.」

 나는 부인의 손을 잡고 키스했다. 부인은 나를 신뢰하고, 그 손을 맡겼다. 그런 신뢰야말로 부인을 우리보다 뛰어난 사람같이 보이게 하고, 우리를 압도하는 것이다. 부인은 벽돌 난간에 몸을 기대곤 앵드르 강을 바라보았다.

「당신은 잘못이 아닐까요?」 부인이 말했다. 「처음부터 결승점에 가버렸으니 말이에요. 순진하게 드린 술잔을 당신은 한 모금에 마셔 버렸어요. 그렇지만 참된 감정은 분할되지 않아요. 전부가 아니면 아무것도 없는 거예요. 모르소프는……」 부인은 잠깐 입을 다물었다가 다시 말을 이었다. 「누구보다도 성실하고 자존심이 강하답니다. 아마 당신은 나를 위해 그분이 한 말을 잊으려고 할 거예요. 그분이 아무것도 기억하고 있지 않으면, 내일 내가 알려주겠어요. 얼마 동안 클로슈구르드에 오지 마세요. 그러면 그분은 더욱 당신을 존경할 거예요. 다음 일요일에 교회에 갈 때, 그분이 당신을 찾아가게 될 거예요. 나는 주인을 잘 알고 있습니다. 잘못을 뉘우치고, 자기의 언행을 책임지는 사람으로 생각해 주었다는 점에서 당신을 사랑할 거예요.」

「닷새 동안이나 만나지 못하고 얘기도 듣지 못한다는 건 큰 고통입니다!」

「그렇게 열띤 말투는 삼가해 주세요.」 부인은 말했다.

 우리는 말없이 동산을 두 번 돌았다. 그리고 부인은 나의 영혼을 사로잡고 있음을 증명해 주는 명령적인 말투로 말했다.

「이제는 늦었으니 헤어져요.」

 부인의 손에다 키스하려고 하자, 부인은 망설이다가 손을 내놓고 애원하는 것 같은 목소리로 말했다. 「내가 손을 내놓을 때외엔 손을 잡지 마세요. 내 자유 의사를 건드리지 말아 주세요. 그렇지 않으면 나는 당신의 소유물처럼 되고, 그렇게 되면 그건 나쁜 일이에요.」

「안녕히 주무세요.」 나는 말했다.

 부인이 열어 준 아래쪽 작은 문으로 해서 밖으로 나갔다. 부인은 문을 잠그다가 다시 열고, 나에게 손을 내밀면서 말했다. 「정말 오늘 밤엔 고마웠어요. 내 앞날을 위로해 주셨어요. 자, 어서 이 손을 잡으세요!」

나는 여러 번 그 손에다 키스했다. 그러고 눈을 들었더니 부인의 눈에는 눈물이 괴어 있었다. 부인은 또 동산에 올라가, 목장을 지나가는 나를 잠시 바라보았다. 프라펠르로 가는 길로 나섰을 때, 달빛 속에 그 흰 옷이 여전히 보였다. 그리고 얼마 후 부인의 방에 불이 켜졌다.
　「오오, 나의 앙리에트!」하고 나는 중얼거렸다. 「이 지상에서 지난날 빛났던 가장 맑은 사랑을 당신에게!」
　나는 수없이 뒤돌아보면서 프라펠르로 돌아갔다. 나의 마음속에는 말할 수 없는 기쁨이 가득찬 것 같았다. 젊은 마음에 넘치고 있는, 그리고 내 경우에는 오랫동안 활기를 얻지 못한 힘이었던 그 헌신에 마침내 눈부신 미래가 열린 것이다. 오직 한 걸음으로 새로운 삶에 뛰어든 사제처럼 나는 축복을 받았고, 하느님에게 바쳐졌다. 『알았습니다. 부인!』이 한 마디가 견디기 어려운 사랑을 다만 가슴 속에만 간직해 두도록, 그 부인을 조금씩 사랑 속으로 끌어 가기 위해 우정을 남용하지 않도록 나를 구속해 버린 것이다. 눈뜬 모든 고귀한 감정이 나의 내부에서 그 착잡한 목소리를 들려 주고 있었다. 나의 좁은 방에 갇혀 버리기 전에 나는 별이 깜박이는 하늘 아래 즐겁게 머물며, 그 상처 입은 산비둘기의 노래, 그 순진한 고백의 소박한 말투를 내 마음속에서 더 듣고 싶어, 나에게로 틀림없이 고스란히 흘러오고 있을 그 사람의 영혼의 광선을 사방의 공기 속에서 모으려 했다. 그 부인은 내 눈에 얼마나 위대하게 보였던가! 그 사람의 심오한 자기포기, 상처입고 약하거나 또는 괴로워하고 있는 사람들에 대한 자비심, 법률의 사슬을 벗어난 헌신 때문이리라. 그녀는 성녀와 순교자의 화형대 위에 의젓하게 서 있었다. 어둠 속에 나타난 부인의 모습을 정신없이 바라보고 있노라니, 돌연 나는 부인이 한 말의 뜻을, 신비적인 뜻을 이해한 것 같아서 부인을 완전히 숭고한 존재로 생각하게 되었다. 부인은 아마도 내가 부인에게 있어, 마치 어린애들에 대한 그녀 같은 사람들이 되어 주기를 바라고 있는 것이리라. 아마 나를 부인과 같은 지위나 또는 윗자리에 놓고, 나에게서 힘과 위안을 얻기를 바라고 있을 것이다. 대담한 우주 과학자들은 천체는 그렇게 해서 운동과 빛을 서로 전해 주고 있다고 말한다. 그런 생각은 대번에 나를 하늘만큼 높이 끌어 올렸다. 나는 나의 지난날의 꿈나라로 돌아가, 소년 시절의 고통도 내가 지금 맛보고 있는 무한한 행복을 위한 것이었다고 생각했다.

눈물 속에서 사라져 버린 천재들, 인정받지 못한 마음의 소유자들, 알려지지 않은 거룩한 클래리스 할로우(18세기 영국의 작가 리처드슨의 소설에 나오는 주인공. 탕아 러브 레이스와 함께 달아났다가 불행하게 죽는다)들, 부모의 사랑을 받지 못한 어린이들, 죄없는 망명객들, 인생의 입구에서 사막을 겪은 나그네들, 도처에서 쌀쌀한 얼굴과 닫혀진 마음과 막혀 버린 귀를 발견한 나그네들이여, 단연코 한탄하지 말라! 그대들에게 마음이 열리고 귀가 기울여지며 눈길이 대답해 주는, 무한한 기쁨을 알 수 있는 사람은 오직 그대들뿐인 것이다. 오직 하루가 고된 나날을 지워 버린다. 온갖 고뇌, 묵상, 절망, 지나갔으나 잊혀지지 않는 우수는 영혼을 친밀한 다른 영혼에 결합시키는 굴레가 되는 것이다. 억제되었던 욕망으로 아름다와 보이던 여성은 그때 탄식이나 실연을 경험하고 배신당한 모든 애정을 확대하여 우리에게 돌려 준다. 지난날의 슬픔도, 영혼의 약혼날에 그 사람이 주는 영원한 지복을 위해 행복이 요구하는 추징금이었다는 것을 알게 되는 것이다. 그 신성한 사랑을 뭐라고 이름지어야 할지 그 새로운 이름을 아는 것은 천사들뿐이다. 그와 마찬가지로, 가엾고 외로운 나에게 있어 모르소프 부인이 갑자기 어떤 존재가 되었는가를 알 수 있는 사람은, 친애하는 순교자들이여, 그대들뿐인 것이다.

2. 첫 사 랑

 그런 일은 화요일에 있었는데, 나는 산책하러 나가도 엥드르 강을 건너지 않고 일요일까지 기다렸다. 그 닷새 동안 클로슈구르드에서는 몇 가지 큰 사건이 벌어졌다. 백작은 소장(少將)으로 임명되어 생 루이 십자 훈장과 사천 프랑의 연금을 받게 되었다. 르농쿠르 지브리 공작은 귀족원 의원이 되었으며 두 개의 삼림을 되찾았고 궁중의 직위에 복귀했다. 그리고 그의 부인은 황실 소유지로 편입되어 있어 미처 매각되지 않았던 토지를 되찾았다. 그리하여 모르소프 백작 부인은 메느 주에서도 가장 많은 유산을 상속하게 된 사람 중의 한 사람이 되었다. 부인의 어머니는 지브리의 수입으로 모아 둔 십만 프랑을 딸에게 가져왔다. 그것은 아직 지불되지 않았던 딸의 지참금의 전액인데, 백작은 궁핍했는데도 불구하고 거기에 대해서는 한 번도 얘기하지 않았던 것이다. 외면적인 생활에 대한 그 사람의 태도는 온갖 무사무욕 중에서도 가장 고결한 태도를 보여 주고 있었다. 백작은 그 돈에다 자기의 저금을 보태어, 이 년 동안 구천 프랑의 수입을 올릴 수 있는 근처의 토지를 두 군데 살 수 있었다. 그의 아들이 할아버지의 작위를 물려 받기로 되어 있었기 때문에, 그는 별안간 양가문의 영지로 이루어지는 귀족 세습 재산을 설정해 둔다 해도, 마들레느에게는 그리 손해되지 않으리라 생각했다. 마들레느가 르농쿠르 공작의 총애를 받으면 틀림없이 훌륭한 결혼을 할 수 있으리라 믿었기 때문이다. 이와 같이 여러 가지 사정의 호전과 그 행운은 망명 귀족의 상처를 다소 달래 주었다.
 르농쿠르 공작 부인의 클로슈구르드 방문은 이 지방에서는 심상치 않은 큰 사건이었다. 나는 그 사람이 대단한 귀부인이라는 사실을 괴로운 기분으로 생각했다. 그리고 그때 그 사람의 딸에게는, 지금까지 그 의젓하고 기품있는 감정 뒤에 숨어 내 눈에 보이지 않던 문벌 의식이 있다는 것을 깨달았다. 이렇게 가난하고 용기와 능력밖엔 아무 장래도 없는 불쌍한 나는 대관절 무엇이었을까. 나는 왕정 복고의 결과에 대해 나를 위해서도 남을 위해서도 아무것도 생각하고 있지 않았다.

일요일에는 세셀 씨 내외와 캐일뤼스 신부와 함께 교회에 갔는데 예약된 예배석 옆의 공작 부인과 그녀의 딸, 그리고 백작과 아이들이 있는 쪽으로 나는 끈질긴 시선을 던졌던 것이다. 나의 우상을 가리고 있는 맥고모자가 미동도 하지 않았기 때문에 그녀가 나를 완전히 잊어버린 것 같은 그런 태도는, 과거의 그 어느 때보다도 몹시 내 마음을 끄는 것이었다. 지금은 나의 사랑하는 앙리에트이며, 내가 그 생활을 꽃처럼 아름답게 장식하려 하고 있었던 그 의젓한 앙리에트 드 르농쿠르는 열심히 기도만 하고 있었다. 신에 대한 신앙이 부인의 태도에 무어라 말할 수 없는 침통하고 경건한, 마치 종교적인 조상(彫像) 같은 자태를 주어, 그것이 갑작스레 나를 감동하게 했다.

시골 성당에서 하는 습관대로, 만도(晚禱)는 미사가 끝난 조금 후에 부르기로 되어 있었다. 성당을 나서자 세셀 부인은 매우 자연스럽게, 이렇게 더운데 두 번이나 엥드르 강과 목장을 건널 것 없이 프라펠르에서 두어 시간 기다리라고 이웃사람들에게 권했다. 모두들 그렇게 하기로 했다. 세셀 씨는 공작 부인에게 팔을 맡겼고 세셀 부인은 백작의 팔을 끼었으며, 나는 백작 부인에게 팔을 내밀어 그 싱싱한, 아름다운 팔을 처음으로 옆구리에 느꼈다. 교회에서 프라펠르에 이르는 길은 사세의 숲속으로 나 있는데, 잎 사이로 비쳐드는 햇빛이 오솔길의 모래 위에 그림을 그린 비단과도 같은 그 아름다운 밝은 빛을 사뭇 보여 주고 있었다. 돌아가는 그 길에서 나는 자랑스러운 감개를 느꼈고, 또 여러 가지 상념들이 한꺼번에 나를 엄습하여 그것이 내 가슴을 몹시 설레게 했다.

「왜 그러세요?」 부인은 말없이 잠시 걷고 나서 그렇게 말했다. 나는 그 침묵을 깨뜨리고 싶지 않았다. 「가슴이 많이 뛰는 것 같네요……」

「당신을 행복하게 하는 사건이 일어났다는 걸 알았기 때문이에요.」 나는 그렇게 대답했다. 「진심으로 사랑하고 있는 사람들과 마찬가지로, 나는 막연한 불안을 느끼는 거예요. 그렇게 훌륭하게 되셨다는 것이 당신의 우정을 변하게 하지 않을까요?」

「내가요!」부인은 말했다.「어머나! 또 그런 생각을 하면 나는 당신을 경멸하는 정도가 아니라, 영원히 잊어버릴 거예요.」

나는 몽롱한 기분이 되어 물끄러미 부인을 바라보았다. 이와 같은 기분을 부인도 역시 느끼는 모양이었다. 이런 감정은 전염되는 것 같았다.

「우리는 법률상의 특권으로 이득을 보았지만, 그건 운동하거나 요구해서 얻은 건 아니예요. 구걸하거나 욕심 부리진 않아요. 그리고 당신도 잘 알고 있지요.」부인은 말을 이었다.「모르소프도 나도 클로슈구르드에서 빠져 나가진 못해요. 내가 권했기 때문에 주인은 정당한 권리가 있는 근위대의 지휘관 자리를 사퇴하기로 했어요. 우리들로서는 아버지가 직위를 가지면 그것으로 만족해요! 지금까지 어쩔 수 없었던 검소한 우리 생활은」부인은 쓴웃음을 지으며 말했다.「이미 우리 아이들에게 적지 않은 도움이 됐어요. 아버지가 가까이 모시고 있는 국왕께선 황공하게도 우리가 사양한 은총을 자크에게 돌려 주시겠다고 말씀하셨어요. 자크의 교육문제도 생각지 않으면 안 되지요. 그건 지금 중대한 문제예요. 그애는 르농쿠르 집안과 모르소프 집안 양쪽을 대표하게 되거든요. 내 소원은 그애가 잘 되기를 바라는 것뿐인데 걱정이 더욱 커졌지요. 자크는 건강하게 자라야 할 뿐 아니라 가문에 어울리는 사람이 돼야 해요. 이건 양립하는 두 가지 의무예요. 지금까진 그애의 힘에 알맞는 공부를 시키기 위해서 내가 가르치는 것만으로도 만족했어요. 그렇지만 첫째 내 마음에 드는 가정교사를 어디서 구할 수 있겠어요? 그리고 더 큰 다음에는 모든 것이 영혼에는 함정이고 육체에는 위험한 그 무서운 파리에서, 어떤 친구가 그애를 지켜 주겠어요?」부인은 감동한 목소리로 또 이렇게 말했다.「당신 이마와 눈을 보고 출세할 사람이라고 짐작 못 할 사람이 있을까요? 제발 노력해 주세요. 혹시 형님이나 아버님이 조금도 도와 주지 않는다면 우리 친정, 특히 어머니가 비상한 재주를 갖고 있으니까, 틀림없이 크게 도움이 될 거예요. 우리 가문의 신용을 이용하세요! 그렇게 하면 당신이 선택하는 어떠한 일에서든 찬성과 적극적인 원조를 얻을 수 있을 거예요! 그러니 고상한 야심을 위해 그 넘쳐흐르는 힘을 기울이세요……」

「알았습니다.」나는 부인의 이야기를 가로막으며 말했다.「내 연인의 대상을 야심으로 바꾸라는 말씀이군요. 하지만 나는 완전히 당신 것이 되기 위해 그렇게 할 필요가 없습니다. 아니예요. 얌전히 지내는 대신 거기서 보답받고 싶진 않아요. 나는 가겠습니다. 그리고 내 힘으로 성장할 거예요. 당신으로부터는 뭐든지 받겠지만, 다른 사람에게서는 아무것도 바라고 싶지 않아요.」

「어린애 같은 소리!」 부인은 그렇게 중얼거렸지만, 만족스런 미소를 감추지 못했다.

「더구나 나는 몸을 바친 겁니다.」 나는 말했다. 「두 사람의 입장을 깊이 생각하여, 결코 풀리지 않는 굴레로 나 자신을 당신에게 결합시키려고 마음먹었습니다.」

부인은 약간 몸을 떨더니 멈춰서서 나를 바라보았다.

「그건 무슨 뜻이에요?」 부인은 앞서 가고 있는 두 쌍의 사람들을 그대로 내버려 두고 아이들을 옆에 둔 채 말했다.

「그럼」 하고 나는 말했다. 「내가 어떻게 당신을 사랑하면 좋을지 솔직히 말해 주세요.」

「큰어머니가 사랑해 주셨던 것처럼 사랑해 주세요. 내 이름 중에서 큰어머니가 특별히 선택한 이름으로 당신이 나를 부르게 한 건, 큰어머니의 권리를 당신에게 드린 거예요.」

「그럼 나는 완전히 몸을 바치고 희망도 없이 사랑하겠습니다. 그렇지요, 인간이 하느님에 대해 하는 일을 당신을 위해 하겠습니다. 당신은 그걸 원했지요? 나는 신학교에 들어가 신부가 되어 자크를 키우렵니다. 당신의 자크는 나의 분신같이 될 거예요. 정치적 견해나 사상, 정력이나 인내 따위의 모든 것을 자크에게 줄 겁니다. 그렇게 해서 나는 수정 속에 박힌 은상(銀像)처럼, 종교 속에 갇혀 나의 사랑도 의심받는 일 없이 당신 곁에 머물러 있을 수 있을 겁니다. 남자를 사로잡는 엉뚱한 열정을 당신은 조금도 두려워할 필요는 없습니다. 나도 한 번 그걸 이겨 내지 못한 적이 있어요. 나는 불길로 나 자신을 불태워 버리고, 깨끗해진 사랑으로 당신을 사랑할 겁니다.」

부인은 창백해지면서 황급히 말했다. 「펠릭스, 그런 굴레로 자기를 얽매어 두지 마세요. 그건 언젠가 당신의 행복을 방해할 거예요. 내가 그런 자살 행위의 원인이 된다면, 나는 슬픔을 견디지 못하고 죽어 버릴 거예요. 어린애처럼, 사랑의 절망이 금방 신에의 헌신이 되는 줄 아세요? 인생을 비판하려면 인생의 시련을 기다려야 해요. 난 그걸 바라고 그걸 명령합니다. 교회하고도 여자하고도 결혼하지 마세요, 어떠한 결혼도 부당합니다. 자유롭게 살도록 하세요. 당신은 스물한 살이에요. 어떤 앞날이 기다리고 있는지 모르고 있어요. 어머나! 난 당신을 잘못 판단했을까요? 그렇지만 두 달 동안이면 사람의 마음을 알기엔 충분하다고 생각해요.」

「당신은 어떤 희망을 갖고 있습니까?」 나는 눈에 불꽃을 튀기며 말했다.

「제발 내 원조를 받아 주세요. 출세해서 재산을 만드세요. 그렇게 하면 내 희망이 어떤 것인지 알게 될 거예요.」 부인은 비밀이라도 털어놓는 듯한 말투로 말했다. 「지금 당신이 쥐고 있는 마들레느의 손을 절대로 놓지 마세요.」

부인은 내 귀에 입을 가까이 대고 그렇게 말했는데, 그것은 부인이 얼마나 나의 앞날을 걱정하고 있는가를 입증하고도 남았다.

「마들레느라구요?」 나는 말했다. 「분부대로 하지요!」

그 두 마디는 우리를 가슴 설레는 침묵 속에 던져넣었다. 우리들의 영혼은 영원한 흔적을 남길 듯싶은 동요에 휩싸였다. 프라펠의 정원으로 들어가는 나무 문이 보이는 데까지 우리는 와 있었다. 덩굴이며 이끼며 잡초와 가시덤불 따위에 뒤덮인 두 개의 문 기둥이 지금도 눈앞에 보이는 것 같다. 순간 한 가지 생각이, 백작이 죽으면 어떻게 될까 하는 생각이 번개처럼 머리를 스쳤다.

「알았습니다.」 이윽고 그렇게 말했다.

「그렇다면 다행이에요.」 하고 부인은 대답했는데, 그 말투로 나는 부인이 마음먹지 않았던 생각을 내가 추측하고 있었음을 알았다.

청순한 부인의 태도는 나로 하여금 감탄의 눈물을 흘리게 했으나, 그 눈물은 정열적인 이기주의에 의해 씁쓸한 것이 되었다. 나는 나 자신을 돌이켜보고 부인이 자기 자신의 자유를 바라는 만큼은 나를 사랑하고 있지 않으리라 생각했다. 사랑이 죄 앞에서 흔들리는 한, 한계가 있는 것같이 보였다. 그러나 사랑은 무한하지 않으면 안 된다. 나의 가슴은 무섭게 죄어들었다.

『이 사람은 나를 사랑하고 있지 않다.』 나는 그렇게 생각하였다.

마음속을 감추려고 나는 마들레느의 머리에 키스했다.

「나는 당신 어머니가 두렵습니다.」 나는 얘기를 계속하기 위해 백작 부인에게 말했다.

「나도 그래요.」 부인은 어린애 같은 몸짓을 하면서 대답했다.「그렇지만 어머니에 대해선 언제나 공작 부인이라고 부르고, 삼인칭으로 얘기해야 한다는 걸 잊지 마세요. 요즘 젊은 사람들은 그런 정중한 예절을 잊고 있지만, 당신은 그걸 되찾아 주세요. 나를 위해서도 그렇게 해주세요. 그리고 상대방의 나이가 몇 살이건 부인을 존경하고, 사회적인 신분을 순순히 인정한다는 건 점잖은 취미예요. 웃사람에게 경의를 표명한다는 건 당신이 마땅히 받을 경의의 보증이 되는 거예요. 사회에선 모든 것이 서로 연관되지요. 로베르 추기경과 우르비노의 라파엘로는 옛날 다같이 존경받던 유력자였어요. 당신은 학교에서 대혁명의 젖을 마셨고, 그로 인해 당신의 정치 사상도 그 영향을 받았을지도 모르죠. 그렇지만 사회에 나가면, 변변치도 못한 자유의 원리가 민중에게 행복을 주기에 얼마나 무력한지 알게 될 거예요. 나는 르농쿠르 집안의 한 사람으로서 귀족 계급이 어떤 것인지, 어떤 것이어야 하는지를 생각하기 전에, 시골 여자로서의 나의 양식이『사회』는 계급제도가 있기 때문에 존재한다고 나에게 가르쳐 주는 거예요. 당신은 잘 선택하지 않으면 안 될 생애의 한 전환기에 있는 거예요. 자기 자신의 당파에 속하도록 하세요.」 마지막으로 부인은 웃으면서 「특히 기세가 좋을 적엔.」이라고 덧붙였다.

애정의 따스함 밑에 정치적인 심각성을 숨긴 그 말에 나는 매우 감동했다. 이 결합은 자못 큰 매력을 부인들에게 주는 것이다. 그런 부인들은 가장 날카로운 추론에다 감정의 겉옷을 입힐 줄 알고 있다. 앙리에트는 백작의 행동을 정당화시키고자 하는 생각에서 내가 처음으로 아부 근성의 참된 모습을 봤을 때, 내 마음에 틀림없이 생길 여러 가지 생각을 예견한 모양이다. 자기의 성 안에선 임금이며 역사적인 후광에 둘러싸인 모르소프 씨가 내 눈에는 장대하게 보이고 있었으나, 솔직히 말하면 그가 공작 부인과 자신과의 사이에 아첨하는 태도로 간격을 둔 것을 보고 나는 몹시 놀랐던 것이다. 노예에게도 허영심이 있어, 폭군들 중의 최대의 폭군에게만 복종하려 한다. 내가 사랑하는 사람의 모든 것을 지배하여 나를 떨게 하던 그 사람의 비굴한 태도를 보고 나 자신이 굴욕을 당한 것같이 느꼈다. 이 내면의 움직임은 고결한 영혼을 한 사나이의 영혼에 얽매여, 그 사나이의 비겁한 행위를 날마다 장송(葬送)하고 있는 부인의 고통을 내가 이해하게 해주었다. 존경이라는 것은 귀천을 불문하고 한결같이 보호해 주는 장벽이며, 사람들은 저마다 자기 쪽에서 똑바로 자신을 응시할 수 있다. 나는 내가 젊기 때문에 공작 부인에 대해 공경하는 태도를 취했다. 그러나 다른 사람들이 공작 부인으로 보고 있는 여성을 나는 앙리에트의 어머니로 보면서 나의 존경 속에 일종의 신성함을 곁들였던 것이다.

우리가 프라펠르의 넓은 안뜰에 들어가니 거기에는 그들 일행이 먼저 와 있었다. 모르소프 백작이 매우 정중하게 나를 공작 부인에게 소개하자, 부인은 냉담하고 점잔을 빼는 태도로 나를 바라보았다. 르농쿠르 부인은 그 당시에 오십육 세였으나 아직 젊어 보였고 태도도 의젓했다. 사나운 듯싶은 파란 눈, 메마른 관자놀이, 여위고 시든 얼굴, 위엄있는 꼿꼿한 몸매, 좀처럼 움직이지 않는 조신한 동작, 딸에게 유전되어 눈부실 만큼 재현되어 있는 옅은 황갈색의 흰 살결 등을 보고, 나는 광물학자가 스웨덴의 철을 감정할 때만큼 재빨리 자신의 어머니를 낳은 그 냉담한 종족을 인식했던 것이다. 부인의 말투는 오랜 궁중의 그것이어서,『우아』를『에』라고 발음했고,『프루아』(추위)를『프레』,『포르퇴르』(지참인)를『포르퇴』라고 말했다. 나는 아첨하지도 않았고 점잔을 빼지도 않았다. 내 태도가 좋았기 때문에 저녁 기도 하러 갈 때, 백작 부인은 내 귀에다 속삭였다.「완벽한 태도였어요!」

백작은 나에게 와서 내 손을 잡고 이렇게 말했다.「기분 나쁘게 여기고 있는 건 아니겠지요, 펠릭스 군? 내가 아무리 성급한 짓을 했더라도 늙은 친구니 너그럽게 봐줘야지. 우리는 아마 여기 남아서 저녁을 먹게 될 거니까, 공작 부인이 떠나시기 전날인 목요일에 당신들을 초대할 생각이에요. 나는 볼일이 좀 있어서 투르에 다녀오겠어요. 클로슈구르드를 버리지 말아요. 그리고 우리 장모하고는 가까이 지내길 권하고 싶어요. 장모의 살롱은 생제르맹 거리(귀족의 주택지)의 훌륭한 견본을 보여 줄 거예요. 장모는 상류사회의 전통을 물려 받았고 넓은 교양도 있어, 유럽 귀족들의 문장(紋章)을 옛날 것에서부터 요즘 것까지 죄다 알고 있지요.」

백작의 점잖은 취미는 모름지기 그 집안 수호신의 조언 덕이겠지만, 그들 당파의 승리 때문에 그가 놓인 새로운 정황 속에서 더욱 뚜렷이 나타났다.

오만한 데도 없고 무례한 데도 없으며 과장하는 버릇도 없었다. 그리고 공작 부인에게도 보호자인 체하는 태도가 없었다. 세셀 씨 내외는 다음 목요일의 저녁 식사 초대를 고마운 마음으로 승낙했다. 나는 공작 부인의 마음에 들었고, 그녀의 눈길은 자기 딸이 얘기하고 있었던 사람으로서의 나를 관찰하고 있음을 보여 주었다. 저녁 기도에서 돌아왔을 때 공작 부인은 우리 가족에 대해 물었고, 이미 외교관으로 활약하고 있는 방데라는 사람은 친척이냐고 물었다. 「저의 형입니다.」 하고 나는 대답했다. 그러자 부인은 다소 상냥해졌다. 부인은 나의 큰어머니 뻘 되는 리스토메르 후작 부인이 그랑리외 집안의 출신임을 가르쳐 주었다. 부인의 태도는 나와 처음 만났을 때의 모르소프 씨와 마찬가지로 정중했다. 공작 부인의 시선은 이 세상의 왕후들이 그들과 상대방 사이의 간격을 인식하게 하는 그 오만한 표정을 잃고 있었다. 나는 우리 집안의 일을 거의 아무것도 모르고 있었다. 내가 이름도 모르는 증조부 뻘 되는 늙은 신부가 추밀원 의원이 되고, 형이 승급했다는 얘기며, 또 내가 아직 몰랐던 헌장의 어떤 조항에 의해 아버지가 다시 방데 후작이 되었다는 사실을 나에게 알려 주었다.

「저는 그저 클로슈구르드의 농노일 뿐입니다.」 나는 백작 부인을 보고 나직이 말했다.

왕정복고라는 마법 지팡이는 제정체제하에서 자란 어린이들을 깜짝 놀라게 할 만큼 신속히 휘둘러지고 있었다. 그러나 그 변동은 나에겐 아무것도 아니었다. 모르소프 부인의 일언반구와 일거일동이 내가 무엇보다도 중시한 사건이었다. 나는 추밀원이 무엇인지 알지 못했고 정치도 세상 물정도 전혀 몰랐다. 나는 페트라르카가 로르를 사랑했던 것 이상으로 앙리에트를 사랑하는 일밖엔 다른 야심이 없었다. 그런 무관심 때문에 공작 부인은 나를 어린애로 생각했던 것이다. 프라펠르에는 많은 사람이 와서 저녁식사 때에는 삼십 명이나 되었다. 자기가 사랑하는 여인이 다른 부인들 중에서 제일 미인이며, 정열적인 시선을 한몸에 받고 있는 것을 보고, 또 자기만이 그 사람의 맑고 조심스러운 눈빛을 받을 수 있다는 것을 아는 경우 사람들의 환락에 대해 가슴이 메어지는 듯한 질투를 느낄 때조차도, 외견상으로는 경박하거나 빈정거리는 말 속에 변함없는 사랑의 증거를 발견할 만큼 그 사람의 목소리의 뉘앙스를 알고 있는 경우, 그것은 젊은 남자에게 있어 얼마나 달콤한 도취인가.

　백작은 자기가 주목의 대상이 되어 있는 것을 알고 기뻐했는데 마치 어린애처럼 보였다. 부인은 남편의 기분이 다소 달라지기를 기대했다. 나는 마들레느를 데리고 웃으며 놀고 있었다. 마들레느는 육체가 영혼에 눌려 버리는 어린애들과 마찬가지로, 악의는 없으나 누구에 대해서도 용서없는 조소적인 에스프리에 넘친 놀라운 관찰로 나를 웃기는 것이었다. 그것은 즐거운 하루였다. 아침에 생긴 하나의 낱말, 하나의 희망이 자연을 빛나게 했다. 그리고 자못 즐거워하는 나를 보고 앙리에트도 즐거워하는 것 같았다.
「잿빛으로 흐린 생활 속에서의 그런 행복은 그이에게 아주 즐겁게 생각됐던 모양이에요.」 이튿날 부인은 나에게 말했다.

　이튿날 나는 물론 클로슈구르드에서 하루를 보냈다. 닷새 동안 출입을 못했기 때문에 나는 나 자신의 생명에 굶주리고 있었던 것이다. 백작은 공정증서를 작성하러 투르로 가기 위해 여섯 시에 떠나고 없었다. 어머니와 딸 사이에는 중대한 불화의 싹이 트고 있었다. 공작 부인은 백작 부인이 파리로 따라오기를 바라고 있었다. 딸은 궁중에서 어떤 자리를 차지하게 되고 백작은 사퇴를 취소하면 높은 관직을 얻을 것이 틀림없다는 것이다. 행복한 아내로 통하고 있던 앙리에트는 자기의 무서운 괴로움을 어머니에게조차 고백하고 싶지 않았고, 남편의 무능을 알리고 싶지 않았다. 어머니에게 가정의 비밀을 알리지 않기 위해, 일부러 모르소프 씨를 공증인과 교섭해야 한다는 구실로 투르에 보냈던 것이다. 부인이 말한 것처럼 나만이 클로슈구르드의 비밀을 알고 있었다. 이 골짜기의 맑은 공기며 푸른 하늘이 초조한 마음이나 괴로운 병고를 얼마나 달래 주며, 또 클로슈구르드의 집이 아이들의 건강에 어떤 영향을 주는가를 잘 알고 있어 부인은 이유있는 거절로 대항했으나, 딸의 행복치 못한 결혼 때문에 슬퍼하기보다는 굴욕을 느끼고 있던 까다로운 공작 부인은 끝끝내 고집을 세웠다. 앙리에트는 어머니가 자크와 마들레느를 별로 걱정하지 않는다는 것도 알았다. 무서운 발견이었다 ! 어린 딸에 대해 휘둘렀던 횡포를 결혼한 지금에 와서도 계속하는 버릇이 몸에 밴 모든 어머니와 마찬가지로 공작 부인은 결코 말대답을 용납하지 않는 엄격한 자세를 고수했다. 어떤 때는 자기 의견에 동의시키기 위해 어르기도 하고, 또 어떤 때는 부드럽게 대해 주다 실패했기 때문에 반대로 위협을 주려고 가혹하게 냉담한 태도를 취하기도 했던 것이다. 그러다가 자기의 노력이 헛수고라는 것을 알게 되자, 나의 어머니에게서 볼 수 있었던 빈정거리는 언동을 보였다. 열흘 동안에 앙리에트는 자신의 독립을 확립하는 데 필요한 반항이 젊은 여자에게 가져다 주는 모든 비통함을 알았다. 행복하게도 가장 훌륭한 어머니를 가지고 있는 당신은 그런 일을 이해하지 못할 것이다. 거칠고 냉정하고 타산적이며 야심적인 부인과 결코 마르는 일이 없을, 그 차분하고 상쾌하고 선량하기 이를 데 없는 딸과의 그런 싸움을 상상하기 위해서는, 내 마음이 끊임없이 그 사람을 비유하고 있었던 백합꽃이 번쩍이는 강철 기계의 톱니바퀴 속에서 짓눌리고 있는 광경을 그려볼 필요가 있을 것이다. 그 어머니는 그 딸과 일치하는 것은 아무것도 가지고 있지 않았다. 딸이 왕정복고의 혜택을 이용하지도 않고 고독한 생활을 계속하지 않을 수 없었던 그 곤란한 처지를 하나도 알아내지 못했다. 어머니는 딸과 나 사이에 어떤 정사라도 있는 줄 알았다. 그런 의심을 표현하기 위해 그 사람이 입 밖에 낸 그 낱말은 두 여자 사이에, 그후 어떤 것으로도 메울 수 없는 심연을 파놓았다. 여러 가정에서 견디기 어려운 그런 불화를 조심스럽게 메우고 있지만, 직접 그 속에 들어가 보라. 거의 모든 가정엔 아물기 어려운 깊은 상처가 있어 그것이 자연적인 감정을 해치고 있다는 것을 알게 될 것이다. 그것은 어쩌면 감동적인 참된 정열이며 성격의 일치에 의해 영원한 것이 되고, 그 반동이 죽는 순간까지 지워지지 않는 검은 상흔을 남기는 것이다. 또는 눈에 보이지 않는 증오여서, 그것은 점점 마음을 얼어붙게 하고 영결의 날에도 눈물을 마르게 해버리는 것이다. 어제도 시달리고 오늘도 시달리며 모든 사람들에게서 얻어맞고 번민하는 두 사람의 천사들에게서까지도 자신들은 자신들이 참고 있었던 불행에서도, 그들이 일으킨 불행에서도 공범은 아니었다. 괴로움을 당하고 있는 이 가엾은 영혼이, 조금도 자신을 괴롭히지 않고 세 겹의 가시덤불 울타리를 둘러, 폭풍으로부터 모든 접촉으로부터 온갖 상해로부터 자기를 지켜 주는 한 인간을 어찌 사랑하지 않을 수 있겠는가. 나는 그런 싸움을 괴롭게 생각하긴 했어도 앙리에트가 내 마음속에 뛰어드는 것을 느끼고 때로는 행복했던 것이다. 그것은 앙리에트가 그 새로운 고통을 고백해 주었기 때문이다. 그런 때 앙리에트가 고통 속에서도 침착하게 끈질긴 인내를 발휘하는 것을 보고 나는 감탄했던 것이다. 큰어머니가 사랑해 주었던 것처럼 사랑해 달라는 말의 뜻을 나는 날이 갈수록 더욱 잘 이해했다.
「그럼 당신은 전혀 야심을 갖고 있지 않은 모양이군요?」 공작 부인은 저녁 식사 때 매서운 눈초리로 나를 보며 말했다.
「부인」 나는 진지한 시선으로 그녀를 보며 대답했다. 「저는 세계를 정복할 만한 힘을 제 속에서 느끼고 있습니다. 그렇지만 이제 겨우 스무 살이고 또 아주 고독하답니다.」
부인은 놀랍다는 듯이 딸을 바라보았다. 딸이 나를 곁에다 붙들어 두기 위하여 나의 모든 야심을 몰아낸 것이라 생각하고 있었던 것이다. 르농쿠르 공작 부인이 클로슈구르드에 있는 동안은 끊임없는 속박의 나날이었다. 백작 부인은 나에게 예절을 권장했고, 부드럽게 얘기한 몇 마디 말에도 늘 겁을 내고 있었다.
그리고 앙리에트의 마음에 들기 위해서는 허위의 갑옷을 입고 있지 않으면 안 되었다. 중대한 목요일이 되었다. 그것은 지리한 의식의 하루였다. 매일같이 되풀이한 버릇이 몸에 배어, 자기 의자가 여느 때와 같은 자리에 있고, 저택의 여주인이 자기만을 상대해 주고 있는 것을 늘 보아온 연인들로서는 견디기 힘든 하루였다. 사랑이라는 것은 그 자체가 아닌 모든 것을 싫어하는 법이다. 이윽고 공작 부인은 궁중의 화려한 생활을 즐기러 돌아갔고, 클로슈구르드에서는 모든 것이 질서를 되찾았다.
백작과 나와의 하찮은 불화는 나를 그전보다 더욱 깊이 그곳에 관여하게 하는 결과가 되었다. 내가 언제 어느 때 가도 조금도 의심하는 기색이 없었다. 그리고 나의 그런 생활 경험은 나로 하여금 그 아름다운 영혼 속에 덩굴처럼 뻗어나가게 했던 것이다. 거기서는 사랑하고 사랑 받는 꿈결 같은 매력의 세계가 펼쳐지는 것이었다. 신뢰 위에 쌓여진 우리들의 남매 같은 결합은 시시각각으로 더욱 긴밀한 것이 되었다. 우리는 저마다 자기 입장에서 안정을 얻는 것이었다. 부인은 나를 유모처럼 보호하면서 전적으로 모성적인 사랑의 흰 천으로 감싸 주었다. 한편, 부인 앞에서는 천사처럼 청순한 나의 사랑도 부인에게서 멀어지면 맹렬해져서, 시뻘겋게 달아오른 쇳덩이로 변하는 것이었다. 나는 부인을 이중의 감정으로 사랑했고, 욕망의 무수한 활을 쉴새없이 쏘고 있었으나, 그 화살은 뚫을 수 없는 영적인 기운에 걸려 허공에서 사라져 버리는 것이었다.

2. 첫사랑

젊고 혈기에 넘친 의욕에 가득차 있었던 내가 어찌하여 플라토닉한 사랑이라는 그릇된 신앙 속에 머물러 있었느냐고 묻는다면, 나는 아직 그 부인을 괴롭힐 만큼 어른이 아니었다고 고백할 것이다. 그 부인은 어린애들 때문에 늘 걱정했고, 남편에게 발작이나 기분의 격변이 일어나지 않나 하고 초조하게 기다려야 했으며, 자크나 마들레느의 병 때문에 슬퍼하지 않을 때면 남편에게 시달렸고, 남편의 기분이 가라앉아 좀 쉬려고 하면 어린애들의 병상 머리맡에 앉아야 하는 판이었다. 지나치게 격정어린 말의 반향도 부인의 마음을 온통 뒤흔들었고, 욕망은 부인을 몹시 해쳤던 것이다. 부인에 대해서는 베일에 싸인 사랑이나 부드러움을 곁들인 힘, 요컨대 다른 사람들을 대할 적의 부인과 같은 태도를 취하지 않아서는 안 되었다. 그리고 아주 여자다운 당신이니 말하지만, 그와 같은 상태에는 매혹적인 우수와 다시없이 달콤한 순간, 그리고 무언의 자기 희생에 따르는 만족이 있는 법이다. 부인의 양심은 전염되기 쉬운 것이었고, 이승에서 보상받지 못하는 헌신은 그 끈덕진 힘으로 사람들을 감동하게 했다. 그 열렬하면서도 은근한 경건함은 부인의 그 밖의 미덕을 엮어 주는 역할을 했고, 신비로운 향기처럼 주위에 작용했던 것이다. 그리고 나도 젊었다! 부인이 어쩌다 한 번씩 용납하는, 그 손에 하는 키스에 나의 모든 신경을 집중시킬 만큼 젊었다. 부인은 내 앞에 손등밖에는 내밀지 않았고 손바닥은 한사코 보이지 않았다. 모르긴 하지만 그것은 부인에게 있어 관능적인 쾌락이 시작되는 한계였던 모양이다. 두 개의 영혼이 그 이상의 열의로 서로 껴안은 적이 없다고 하면, 육체가 그보다 용감하게, 그보다 의기양양하게 억제되었던 일도 없다. 그리고 그 후에 나는 그 만족했던 행복의 원인을 알았다. 나 정도의 나이에서는 어떠한 이해(利害)도 마음을 빼앗아가지 못하고, 어떠한 야심도 세찬 물결처럼 둑을 뚫고 모든 것을 휩쓸어 버리는 그 감정을 막지 못한다. 그렇다, 후일에 우리는 여인 속에 있는 여성을 사랑한다. 그러나 첫사랑의 여자에 대해서는 그 전부를 사랑하는 것이다. 그 여자의 자식은 자기 것, 여자의 집도 자기 것, 여자의 이해는 자기의 이해이며 여자의 불행은 자기의 최대의 불행이다. 여자의 옷도 가구도 사랑한다. 자기 돈이 축났음을 알았을 때보다도, 여자의 밀이 바람에 쓰러진 것을 보고 화를 낸다. 맨틀피스 위의 골동품을 건드리는 손님도 꾸짖어 주고 싶을 정도다. 그처럼 신성한 사랑은 우리를 다른 사람 속에서 살게 하지만, 그러나 더 후에는 아아! 우리는 다른 생명을 자기 속에 끌어넣어, 여자에 대해 그 젊은 감정으로 우리들의 약해진 능력을 강화해 주기를 요구하는 것이다.

　나는 곧 그 집의 가족의 한 사람처럼 되었다. 그리고 피로할 때 목욕하고 난 것처럼 괴로운 나의 영혼도 생전 처음 그지없는 부드러움을 비로소 맛보았다. 그때 영혼은 그 표면 전체에 걸쳐 상쾌해지고, 그 제일 깊은 곳까지 애무를 받는다. 당신은 여성이기 때문에 나를 이해하지 못할는지도 모른다. 더구나 문제는, 주기만 하고 결코 같은 종류의 것을 받지 않는 행복이라는 데 있다. 남의 집안에서 그 집 여주인의 특별 대우를 받고, 그 애정의 숨은 핵심인 달콤한 기쁨을 맛보는 것은 남자뿐이다. 개도 이제는 짖지 않으며, 하인들도 개와 마찬가지로 그 손님이 지니고 있는 숨은 특징을 알아본다. 이지러진 데가 전혀 없는 어린이들은 자기가 받는 사랑의 몫이 결코 적어지지 않는다는 것을, 또 그들 생명의 빛으로 이쪽이 유익하리라는 것을 알고 있었다. 그런 어린아이들은 마음을 꿰뚫어 보는 재능을 가지고 있다. 그들은 고양이처럼 재롱을 피우며, 존경하는 사람이나 귀여워해 주는 사람에게는 유난히 어리광을 부리는 조심스런 재치가 있고, 또한 순진한 공범자이기도 하다. 발자국 소리를 죽이며 다가와서는 웃음을 던지고, 그리곤 소리도 없이 물러간다. 모두들 나를 위해 주고 사랑해 주며 웃어 준다. 참된 정열이라는 것은 아름다운 꽃과도 같아서, 꽃이 피어 있는 땅이 메마를수록 바라보기가 더욱 즐겁다.

　그러나 내 마음에 드는 가정에 귀화한다는 즐거운 이익을 얻는 한편 나는 또 그 무거운 짐을 짊어졌다. 그때까지 모르소프 씨는 내 앞에서 조심하고 있었기 때문에 나는 그의 결점을 대충 봤을 뿐이었다. 마침내 나는 모든 범위에 걸쳐 그의 결점을 느꼈고, 부인이 날마다 반복되는 싸움을 얘기해 줬을 때 부인이 얼마나 숭고하고 자비로웠던가를 깨달았다. 그래서 나는 그 다루기 어려운 고약한 성격의 온갖 경향을 샅샅이 알았다. 하찮은 일에 대한 끊임없는 잔소리, 외부적으로 아무 증상도 없는 병에 대한 한탄과 하소연, 생활의 기쁨을 잃게 만드는 타고난 불평, 해마다 새로운 제물이라도 잡아먹고 싶은 듯한 쉴새없는 압제의 요구를 나는 들었다. 저녁때 우리가 산책할 적에도 그는 자신이 직접 길을 지시하곤 했다. 그러나 어떤 산책이건 그는 어김없이 싫증을 냈다. 집에 돌아가면 자기는 가고 싶지 않았는데 아내가 제멋대로 끌고 다녔기 때문이라면서, 자기가 우리를 끌고 간 것은 아예 잊어버린 양, 자기가 피로한 데 대한 책임을 남에게 뒤집어씌웠다. 또 어떤 사소한 일에 대해서도 자기는 부인의 지배를 받고 자기의 의지도 사상도 가질 수 없으며, 집안에서 무시당하고 있노라고 투덜거렸다. 그의 냉혹한 말이 무언의 인내에 부딪치면, 그는 자기 힘의 한계를 느끼고 화를 냈다. 종교는 아내가 남편에게 기쁨을 주는 것을 명령하고 있지 않느냐, 아이들이 아버지를 경멸해도 좋으냐고 꼬치꼬치 캐묻기도 했다. 마지막에는 반드시 아내가 눈물을 흘리도록 공격하고, 그것을 휘저어 놓았을 적엔 고압적인 무능자 특유의 쾌감을 맛보는 모양이었다. 때로는 음울하게 침묵을 지키기도 하고, 병적인 쇠약을 가장하기도 하면서 별안간 아내를 위협하여, 아내의 민망할이만큼 눈물겨운 간호를 받았다. 어머니의 근심 같은 것은 아랑곳없이 투정을 부리는 어린애 같아서, 그는 자크나 마들레느처럼 제멋대로 굴었고, 그 아이들을 질투하고 있었다. 아무튼 아무리 하찮은 경우에도 또 중대한 경우에도 백작은 장기를 둘 때 내게 대하는 것처럼 하인이나 어린애나 아내에 대해서 행동한다는 것을 나도 마지막에야 발견했던 것이다. 겨우살이처럼 그 가족의 동작이나 호흡을 질식케 하고 압박하며 가늘기는 하지만 무수한 실로 생활을 얽매어, 어떤 행위가 가장 필요한 시기를 혼란하게 해서 재산이 늘어나는 것을 더디게 했던 그와 같은 곤란을 송두리째 이해했을 때 나는 놀람을 금치 못했고, 연정도 짓눌려 그것은 마음속 깊숙이 숨어 버렸다. 대관절 나는 어떤 인간이었던가? 얼마 전에 내가 마신 그녀의 눈물은 나의 내부에 숭고한 감정을 싹트게 했고, 나는 그 여자의 고뇌를 알게 됨으로써 행복을 발견했다. 밀수업자가 벌금을 물듯이 나는 얼마 전부터 백작의 압제에 굴복하고 있었다. 그후론 앙리에트 곁에 좀더 가까이 있기 위해 자진해서 폭군의 회초리에 몸을 맡겼다. 부인은 내 심정을 알고 자기 곁에 나를 앉혀 주었고, 자기의 고통을 기꺼이 나누어 줌으로써 나에게 보답해 주었다. 그 옛날, 죄를 회개한 배교자가 신자들과 함께 천국으로 날아갈 것을 열망하여, 투기장에서 살해 당하는 은혜를 구했던 것과도 같은 경우다.

「당신이 없었더라면 나는 이런 생활을 이겨내지 못할 뻔했어요.」앙리에트는 어느 날 밤 나를 보고 말했다. 그때 백작은 몹시 무더운 날의 파리처럼 여느 때보다 더욱 심술궂고 신랄했으며 변덕스러웠다.

백작은 잠자리에 들어 있었다. 앙리에트와 나는 초저녁의 한때를 아카시아 나무 그늘에서 보냈다. 아이들은 저녁 볕을 받으며 우리 주변에서 뛰놀고 있었다. 어쩌다 한 번씩 입 밖에 나오는 순수하고 감탄하는 듯한 우리들의 말이 고통의 괴로움을 해방시켜 주어 서로 생각이 통함을 나타내고 있었다. 말이 끊어지면 침묵이 우리 영혼을 충실하게 섬겨, 두 사람의 영혼은 아무런 방해도 받지 않고 서로 상대방 속으로 들어갔지만, 그것은 키스에까지 이르지는 않았다. 두 사람 다 황홀한 상념의 즐거움을 맛보면서 같은 몽상의 물결을 탔으며, 함께 강물에 뛰어들고는, 어떠한 질투심도 그걸 만족해할 만큼 완전히 맺어졌는데, 마치 이 세상의 굴레를 벗은 두 인어처럼 상쾌하게 되살아나 그 물 속에서 나오는 것이었다. 우리는 바닥이 없는 심연에 들어갔다가 빈손으로 물 위로 나오면서 『수많은 날들 중에 하루만이라도 우리들의 날이 있을까요?』하고 서로 눈으로 물었다. 쾌락이 우리를 위해 뿌리가 없는 그런 꽃을 따줄 때, 어찌하여 육체는 불평하는 것일까? 간간이 벽돌에 차분하고 맑은 오렌지빛을 곁들이는 황혼의 저 구슬픈 풍경에도 불구하고 두 아이들이 부르짖는 소리가 조용한 가락을 우리에게 전해 주고, 우리 마음을 가라앉혀 주었던 그 종교적인 분위기에도 불구하고 욕망은 환희의 횃불처럼 나의 혈관 속에서 날뛰었다. 삼 개월이 지난 후, 나는 그때까지와 같은 기쁨만으로는 만족하지 못하고, 앙리에트의 손을 정답게 애무해 주면서 내 몸을 불태우고 있었던 넘치는 관능을 터뜨리는 분화구를 찾으려 했다. 앙리에트는 이내 모르소프 부인이 되어 손을 움츠렸다. 몇 방울의 눈물이 내 눈을 적시는 것을 보자, 부인은 내 입술에 손을 맡기면서 눈물어린 시선을 던졌다.

「이해해 주세요.」 부인은 말했다. 「나는 울고 싶을 지경으로 괴로워요! 이렇게 큰 호의를 요구하는 우정은 아주 위험한 거예요.」

나는 그만 분통을 터뜨리고 말았다. 비난하는 말을 늘어 놓고 나의 고통에 대해 얘기하면서, 그것을 참기 위한 약간의 위안을 요구했다. 나 같은 나이에는 감각이 영혼 자체라고 하더라도 영혼에 성(性)이 있으며, 나는 죽어도 좋지만 입술을 다문 채 죽는 것은 싫다고까지 말했다. 부인은 억압적인 강한 시선으로 내 말을 막아 버렸다. 나는 그 시선에서『그럼 나는 장미꽃 위에라도 있는가?』라고 한, 어느 인디언 추장의 말(스페인 인의 포로가 된 멕시코 추장이

같이 잡힌 부하가 처형의 고통을 하소연하는 데 대해 대답한 말)을 연상했다. 내가 잘못 생각했는지도 모른다. 프라펠르의 문 앞에서 우리들의 행복은 죽어야만 얻어지는 것으로 부인이 생각하고 있다고 내가 오해한 그날부터, 나는 거칠고 따뜻한 마음이 뒤섞인 소망을 가지고 부인의 영혼을 더럽히는 것을 부끄러워하고 있었다. 부인은 입을 열었다. 그리고 달콤하고 부드러운 목소리로, 나는 당신을 위해 존재할 수는 없고 당신도 그것은 잘 알고 있을 거라고 말했다. 나는 그 말을 듣는 순간, 만일 그렇게 된다면 두 사람 사이에 깊은 못을 파게 될 거라는 것을 알았다. 나는 고개를 숙였다. 부인은 다시 말을 이어, 하느님도 인간도 배반하는 일 없이 형제를 사랑할 만한 종교적인 확신이 있으며, 그 다정한 생 마르탱에 의하면, 그런 신앙을 세계의 생명인 신에 대한 성스러운 사랑의 실현된 표징이 되게 함으로써 약간의 즐거움을 느낄 수 있다고 말했다. 만일 내가 부인에게 있어 부인의 고해 신부 같은 사람이나, 애인 정도는 아니지만 남매간 이상의 사람이 될 수 없다면 더 만나서는 안 된다. 부인은 눈물과 단장을 에는 아픔으로 참아 온, 늘어나는 그 벅찬 고뇌를 하느님에게 바치면서 죽으리라 싶었다.

「나는 바쳐야 할 것 이상으로 바쳤어요.」 부인은 마지막에 말했다. 「이제는 아무것도 뺏길 건 없어요. 그리고 이미 벌도 받고 있는 중예요.」

나는 부인을 달래고, 결코 고민을 주지 않을 것이며, 스무 살의 젊은 나이이지만 노인이 막내 자식을 귀여워하듯 부인을 사랑할 것을 약속하지 않으면 안 되었다.

이튿날 나는 일찌감치 갔다. 부인의 잿빛 살롱에 있는 꽃병에는 꽃이 꽂혀 있지 않았다. 나는 뛰어나가 들과 포도밭에 가서, 부인에게 꽃다발을 두 개 만들어 주기 위해 꽃을 찾았다. 그런데 꽃을 뿌리 쪽에서 잘라내며 하나하나 살펴보다가, 나는 빛깔이나 잎사귀에 조화와 아울러 시가 있어, 그것이 눈을 즐겁게 해주면서 오성(悟性) 속에 나타나리라는 것을 생각했다. 마치 음악의 악장이 사랑을 주고받는 마음들의 밑바닥에서 무수한 추억을 불러일으키는 것처럼. 색채를 꾸며 놓은 빛이라면 악곡의 구성에 의미가 있듯 빛깔에도 의미가 있을 것이 아닌가?

나는 자크와 마들레느를 데리고 셋이서, 그리운 사람을 깜짝 놀라게 해주기 위해 우리가 꽃의 본부로 설정한 현관의 맨 위에 두 개의 꽃다발을 만들어,

그것으로 어떤 감정을 그려내려 했다. 두 개의 꽃병에서 넘쳐나와 수술을 늘어뜨리며 물결처럼 떨어지는 꽃의 샘을 상상해 보라. 그 한가운데는 백장미와 은컵에 있는 백합 같은 모습을 한 나의 소망이 솟아 있었다. 그 신선한 바탕 위에 들국화와 물망초와 지치꽃 등 온갖 푸른 꽃이 빛나고 있었다. 하늘에서 따낸 것 같은 그 빛깔은 흰색과 아주 잘 어울린다. 그것은 두 가지 순진함, 아무것도 모르는 사람과 모든 것을 알고 있는 사람, 어린이의 생각과 순교자의 생각이 아닐까 ? 사랑에는 그 표지가 있다. 그래서 백작 부인은 그것을 은연중에 간파했다. 부인은 상처를 건드렸을 때의 부상자의 비명과도 같은 그 찌르는 듯한 눈길을 나에게 던졌다. 부끄러운 동시에 기쁘기도 했던 것이다. 그 눈길에는 얼마나 따뜻한 보답이 있었던가 ! 부인을 행복하게 하고 그녀의 마음을 위로한다는 것은 얼마나 큰 격려인가 ! 그래서 나는 사랑을 위한 카스텔 신부의 이론(18세기의 제수이트 회 회원인데 색채와 음향과의 대응 관계를 연구했다고 한다)을 창안해내어 유럽에서 잊혀졌던 과학을 부인을 위해 다시 발견했다. 동양에서는 향기가 좋은 빛깔로 씌어진 책을 놓는 것을 유럽에서는 잉크병에 꽃을 꽂는 것으로 대신했다. 그 태양의 딸들, 사랑의 광선 아래 핀 꽃의 형제들을 동원해서 자기의 감각을 표현한다는 것은 얼마나 큰 매혹인가 ! 나는 얼마 후 들꽃의 여신의 산물과 마음이 통하게 되었거니와, 그것은 후일 그랑리외에서 만난 어떤 사나이가 꿀벌과 마음이 통한 것과 같은 일이다.

    프라펠르에 머물러 있었던 나머지 기간 동안, 나는 일주일에 두 번씩 그 시적인 작품을 만드는, 시간이 오래 걸리는 일을 되풀이했는데, 그 마지막 손질에는 온갖 종류의, 잎이 많이 달린 종류의 식물이 필요해서, 나는 식물학자라기보다는 시인으로서 깊은 연구를 했고, 그 형태보다도 그 정신을 연구했다. 나는 한 포기 꽃을 발견하기 위해 물가와 골짜기, 바위산 꼭대기, 들판의 한복판 등 먼 곳으로 자주 갔고, 숲이나 히이드의 풀밭에서 꼬까오랑캐꽃을 따기도 했다. 나는 그렇게 돌아다니는 동안 명상 속에 사는 학자나 땅을 벗삼고 있는 농민, 도회에 붙박여 있는 직공, 계산대에 매달려 있는 상인들은 모르는 즐거움을 맛볼 수 있었다. 그러나 산림간수나 나무꾼 몽상가 중에는 그것을 알고 있는 사람이 있다. 자연 속에는 무한한 의미가 간직되어 있으며 최대의 도덕관의 높이에까지 솟은 경치가 있다. 이슬의 다이아몬드에 싸여 핀 히이드 같은 것이 그렇다. 그 이슬 속에서 희롱하는 햇빛과 문득 거기에 쏠린 시선만을 위해 단장한 광대무변함을 보라! 또는 무너진 바위에 둘러싸인 숲의 한모퉁이, 모래로 구분되고 이끼에 뒤덮였으며, 노가주나무가 우거진 곳은 어쩐지 황량하고 까칠해서 소름끼치는 것이 있어, 그곳에서 흰꼬리독수리의 울음소리가 들린다. 또는 초목도 없고 돌투성이여서 비탈은 가파르고 지평선은 사막의 그것과도 같은 혹서의 황무지, 거기서 나는 숭고하고 외로운 한 포기의 꽃, 금빛 꽃술에 자줏빛 비단 덮개를 펼친 아네모네를 보았다. 그것은 골짜기에 있는 고독한 나의 흰 우상의 감동적인 영상이다. 또는 큰 연못도 있는데, 자연은 금세 그 수면에 풀빛 반점을 던진다. 그것은 식물과 동물의 중간 같아서, 며칠 안에 거기서 생명이 싹터 식물이나 곤충이 떠도는데, 그것은 마치 하늘 위의 세계 같다. 그리고 또 배추밭이나 포도밭이 있고, 울타리에 둘러싸여, 습지 위에 걸터앉아 있거나 호밀의 메마른 밭에 있는 초가집은, 사람들의 가난한 생활 모습이다. 또는 본당(本堂) 옆길 같은 숲속의 오솔길, 거기서는 나무들은 기둥이 되고 나뭇가지는 둥근 천장의 아치를 이루며, 멀리 빈 터에는 빛에 그림자가 섞이거나, 또는 나뭇잎 사이로 비쳐드는 저녁 해에 빨갛게 물들어, 노래하는 새들이 가득히 그려진 찬양대석의 색유리창 같다. 그리고 그 상쾌하고 우거진 숲을 나서면 석회질의 빈터가 있어, 햇볕에 말라 소리가 나는 이끼 위를 율모기들이 날씬한 목을 쳐들고 제 집으로 돌아간다. 그런 광경에다 단비처럼 쏟아지는 햇살이나 노인의 이마 주름살처럼 줄지은 잿빛 구름덩이나 또는 연한 오렌지빛의 창백한 줄무늬를 섞은 하늘의 차가운 색채를 곁들여 보라. 그리고 귀를 기울이라. 카오스적인 정서 속에서 말할 수 없이 야릇한 화음이 들려올 것이다. 구월과 시월 사이 내가 만든 꽃다발 중에서 세 시간 이내의 노력으로 끝난 것은 하나도 없다. 나는 시인들의 그토록 감미로운 탐닉 속에서 그런 풍경의 변하기 쉬운 비유를 감상했던 것이다. 거기에는 나의 인생의 가장 대조적인 국면이 그려져 있는 것이다. 그것은 나의 기억이 지금도 찾아나서는 장엄한 그림이다. 나는 지금도 자주 그런 위대한 정경에, 그 무렵 자연 위에 펼쳐진 영혼의 추억을 결부시키는 수가 있다. 나는 아직도 그 여왕이 그곳에서 산책하는 것을 본다. 그 사람의 흰옷은 잡목림 속에서 흔들리고, 잔디밭 위에 물결쳤다. 그리고 그 사람의 상념은 마치 사랑의 꽃술이 무수히 달린 꽃받침

하나하나로부터 약속을 받은 과일처럼 높이 솟았던 것이다.
　어떠한 고백도, 분별없는 정열의 어떠한 증거도 그와 같은 꽃의 교향악보다 강한 감염력을 지니고 있는 것은 없다. 배신당한 나의 욕망은 베토벤이 음부(音符)로 표현한 지극한 자기 반성의 노력과 천상에의 놀라운 비약을 거기서 전개했던 것이다. 꽃다발을 볼 때면 모르소프 부인은 오직 앙리에트일 뿐이었다. 뻔질나게 거기서 돌아와서는 그것으로 위안을 삼고『어머나, 정말 아름답군요!』하면서 자수대 위로 고개를 쳐들고, 내가 꽃다발에 불어넣은 모든 마음을 받아들였던 것이다. 시의 단편으로 사디(13세기 페르시아의 시인, 그의 작품으로《장미원》등이 있음)를 이해할 수 있듯이, 꽃다발의 세부에 의해 그 감미로운 교감을 이해할 수 있으리라. 당신은 오월의 초원에서 모든 생물에게 풍요함의 환희를 주는 그 향기와, 두 손을 물에 담근 채 머리카락을 바람에 나부끼며 배를 타고 있을 때 가슴에 품은 생각을 수풀의 우거진 나무처럼 싱싱하게 해주는 그 향기를 느낀 적이 있는가? 하찮은 잡초인 띠[茅草]는 그 숨은 조화의 가장 강력한 원동력의 하나이다. 그래서 누구든지 그 풀숲에 있으면 무사할 수 없다. 흰색과 풀빛의 가는 줄무늬 옷처럼 줄이 있는 그 빛나는 잎을 꽃다발에 곁들여 보라. 그러면 수치심이 억누르고 있는 장미의 꽃망울을 끝없는 발산이 마음 깊숙이에서 흔들어 놓을 것이다. 도자기 꽃병의 넓은 아가리 둘레에, 투레느 포도밭의 꿩비듬풀의 특유한 흰 수술만으로 만든 탐스러운 여백을 상상해 보라. 그것은 복종하는 여자 노예의 엎드린 모습처럼 그럴 듯한 모습의 희미한 그림자다. 그것을 바탕으로 종 같은 흰 메꽃이 나선형으로 뻗어나오고, 장미빛 금작화의 작은 가지가 나오며, 거기에 몇 가지의 고사리와 훌륭한 색채의 잎이 달린 잣나무의 어린 가지를 다소 섞어 놓으면 된다. 모든 것이 수양버들처럼 다소곳이 고개를 숙여 빌고 있는 것같이 조심스레 애원하는 모습이다. 그 위에는 끊임없이 흔들리고 있는 자주빛 은방울꽃의 가는 줄기가 노란색 꽃가루를 흩뿌리고 있다. 들판과 물가에서 따온 포아풀의 눈처럼 흰 피라밋, 열매를 맺지 않은 귀리의 풀빛 머리털, 바람의 이삭이라고 불리는 겨이삭의 가는 깃털 같은 장식, 그런 것들은 청춘의 꿈을 장식하는 자주빛 희망이며, 아마빛 바탕에 뚜렷이 떠올라 꽃 둘레에 찬란히 반짝이고 있다. 그러나 그 위에는 인삼의 헝클어진 레이스, 사초(莎草)의 솜털, 들국화의 얇은 리본, 산삼의 산형화(繖形花), 열매 달린

2. 첫사랑

크레마티스의 금발, 젖같이 흰 두메갈퀴나물의 귀여운 십자형, 잎이 많은 들국화 산방화(繖房花), 붉고 검은 꽃이 피는 양귀비의 뒤얽힌 줄기, 포도 덩굴, 인동덩굴의 꾸불꾸불한 새싹 등. 요컨대 그 소박한 식물이 지닌 가장 헝클어지고 찢어진 것, 불길이나 삼각 또는 창 끝이나 꺼칠한 잎, 영혼의 밑바닥에서 또아리를 틀고 있는 욕망처럼 헝클어진 줄기 등, 이 모든 것이 한데 얽혀 있다. 그리고 넘쳐 나오는 그 사랑의 급류에서 훌륭하게 겹쳐 핀 빨간 양귀비 한 송이가 금세 터질 듯한 열매를 달고 솟아, 그 타오르는 듯한 불가루를 별 같은 재스민 위에 펼쳐, 쉴새없이 떨어지는 꽃가루를 보고 있다. 이것은 아름다운 구름처럼 무수한 작은 알맹이가 햇빛에 반짝이며 날아가는 것이다. 띠 속에 숨은 묘약의 향기에 취한 부인 가운데서, 그 다소곳한 풍요한 이념이나, 억제하기 어려운 충동으로 어지러워진 밝은 애정이나, 억누르면 억누를수록 수없이 되풀이되는 정열의 투쟁 속에서 거부당한 행복을 찾는 사랑의 불타는 욕망을 이해하지 못할 사람이 있을까? 이런 얘기가 담긴 꽃을 밝은 창가에 놓고 그 상쾌한 세부나 미묘한 대립, 아라비아 장식을 보이며, 활짝 피어 있는 한 송이의 꽃에서 한 방울의 눈물이 떨어지는 것을 감동한 그 여왕에게 보이도록 해보라. 그 사람은 곧 몸을 맡길 듯이 될 것이다. 깊은 못가에서 그 여인을 붙잡아 두려면 천사나 그의 어린애의 목소리가 없으면 안 될 것이다. 사람은 신에게 무엇을 바치는가? 향기와 빛과 노래로, 이것은 우리들 본성의 가장 순화된 표현이다. 그런데 사람이 신에게 바치는 모든 것이 빛나는 이 꽃의 시 속에서 사랑에 바쳐진 것이 아닐까? 그 시는 끊임없이 멜로디를 마음에 속삭이고 숨겨진 쾌락이나 남에게는 말 못 할 희망이나, 더운 밤의 거미줄처럼 불타오르다 꺼지는 환영을 애무하고 있었던 것이다.

그와 같은 어중간한 즐거움은 우리에게 큰 도움이 되어, 사랑하는 사람을 오래도록 바라보거나, 상대방의 모습 속까지 비춰 내어 즐기거나 하는 일에 의해 자극을 받는 본성을 속일 수 있었다. 부인은 어떠했는지 모르지만, 나에게 있어서 그것은 튼튼한 둑 속에 가득찬 물이 새어나오는 틈새기 같은 것으로서, 필연적인 힘에 하나의 분출구를 주어 여러 번 불행을 방지했던 것이다. 단념은 치명적인 초췌함을 가져오지만, 단(팔레스티나의 도시로서 라이스 또는 레셈이라고도 불린다)에서 사하라에 이르기까지 행인들에게 주어지는, 똑똑 떨어지는 하늘의 양식인 만나[神食]처럼 그것을 막아 준다. 그러나 그런 꽃다발을 보고 앙리에트가 두 팔을 드리운 채 시름 많은 몽상에 잠겨 있는 것을 나는 자주 보았다. 여러 가지 생각이 앙리에트의 가슴을 부풀게 하고 이마를 빛나게도 하면서 물결처럼 밀려들어, 거품을 튀기고 위협하곤 하면서 무기력한 권태를 남기는 것이다. 그뒤 나는 누구를 위해서도 꽃다발을 만들어 본 적이 없다. 우리들에게만 통하는 그런 꽃다발을 만들었을 때, 우리는 주인을 속이는 노예의 그것과도 같은 만족을 느꼈던 것이다.

그로부터 월말까지의 사이에 나는, 뜰을 지날 때 부인이 유리창에 얼굴을 대고 있는 것을 간혹 보았다. 그리고 내가 살롱에 들어가면 부인은 자수대 앞에 앉아 있었다. 두 사람은 시간 약속을 한 것은 아니지만, 내가 제 시간에 도착하지 않으면 부인의 흰 모습이 동산 위를 거닐고 있는 때도 있었다. 그리고 내가 불쑥 나타나면 부인은 이렇게 말했다.「마중하러 왔어요. 막내둥이에게는 애교를 좀 부리지 않으면 안 되겠죠?」

백작과 나 사이에는 주사위 놀음의 괴로운 일이 중단되어 있었다. 백작은 요즘 사들인 토지 때문에 조사하고 확인하고 경계를 설치하고 측량하는 일들을 하느라 분주히 돌아다니지 않으면 안 되었다. 명령을 하거나, 주인으로서 봐야 할 밭일에도 신경을 써서 부부가 의논해서 결정하거나 하면서 무척 분주했다. 부인과 나는 두 아이들과 함께 백작이 있는 새 토지에 자주 가보았다. 아이들은 도중에 하늘가재나 땅강아지 같은 벌레를 쫓기도 하고, 꽃다발을 만들 듯이 그저 꽃을 묶어 보기도 했다. 사랑하는 여자와 함께 산책하면서 팔을 잡아 주기도 하고 길을 선택해 주기도 하는 기쁨! 그와 같은 무한한 기쁨만으로도 한평생 만족할 것이다. 그런 때의 이야기는 얼마나 정다운 것인가! 갈 적에는 우리뿐이었으나 돌아올 적엔 장군과 같이 왔다. 장군이란 기분 좋을 때의 백작을 다정하게 놀려 주려고 우리가 지은 별명이다. 같은 길을 오고갈 때의 두 가지 행동은 서로 대조되는 것이어서, 우리들의 즐거움에 미묘한 색채를 주었지만, 그 대립의 비밀은 결합을 방해당하고 있는 마음만이 알고 있는 것이다. 돌아올 때에는 같은 행복감이나 시선이나 악수에도 불안이 섞여 있었다. 갈 때에는 그처럼 자유로웠던 말이 돌아올 적엔 신비적인 뜻을 띠었다. 한 사람이 남에게 올가미를 씌우려는 듯한 질문을 한 데 대해 얼마 있다가 상대방이 대답하기도 하고, 또는 한 번 시작된 토론이

수수께끼 같은 식으로 계속되기도 했다. 그러는 데에는 프랑스어가 가장
적합하며 부인들은 그런 말을 재치있게 만들어 낸다. 영혼이 대중으로부터
분리되어 속된 율법을 속이면서 결합하는 미지의 세계에서처럼, 그렇게 해서
서로 이해하는 기쁨을 맛보지 않은 사람이 있을까? 어느 날 우리들의 화제를
알려고 한 백작에게 앙리에트는 이중의 의미를 가진 말로 대답해서 얼버
무렸다. 그 희망은 이내 꺼졌지만, 나는 터무니없는 희망을 품었었다. 그
죄없는 조롱은 마들레느를 기쁘게 했으므로 부인은 이내 부끄러워져 저
정숙한 유부녀로 머물러 있기 위해, 그전에 내앞에 내놓은 손을 도로 움츠렸던
것처럼, 영혼을 내게서 도로 가져갈지도 모른다는 것을 심상치 않은 눈
초리로 나에게 알렸다. 그러나 그 순수하게 정신적인 결합에는 큰 매력이
있는 것이므로, 이튿날 우리는 또 그전처럼 되었다.

　이리하여 되살아나는 행복에 넘친 시간이, 나날이, 주일들이 지나갔다.
이윽고 포도를 딸 무렵이 되었는데, 그것은 투레느에선 진짜 축제다. 구월
그믐께에는 태양이 밀베기할 때만큼 뜨겁지 않으므로 볕에 타거나 피로해질
걱정없이 밭에 있을 수 있다. 포도를 따는 일은 밀을 베는 일보다 쉽다. 과일이
모두 익고, 추수가 끝났기 때문에 빵값도 싸져서 그 풍족함이 생활을 행복하게
만드는 것 같았다. 마지막에, 땀과 돈을 다같이 밀어넣은 농사의 결과에 대한
걱정도 가득찬 곡창과 이윽고 채워지려 하고 있는 포도주 창고 앞에서 가셔
버렸다. 그래서 포도를 따는 일은 수확이라는 향연의 즐거운 디저트 같은
것이어서, 유독 가을이 아름다운 투레느에서는 하늘도 어김없이 미소를 던져
준다. 인심좋은 그 고장에서는 일하러 온 사람들에게 식사를 제공한다. 그것은
가난한 그들이 영양도 있고 맛있는 요리를 먹을 수 있는, 한 해의 한 번뿐인
기회이기 때문에, 그들은 가장 제도의 가정에서 어린애가 기념일의 축제를
기다리듯 그것을 큰 즐거움으로 여기고 있다. 그래서 주인이 인색하지 않게
잘 대접해 주는 집으로 그들은 떼를 지어 몰려간다. 그러면 그 집은 음식과
사람으로 가득 차고, 압착기는 쉴새없이 움직이고 있다. 술통을 만드는 일
꾼이며 웃으며 떠드는 처녀들을 태운 짐마차나, 노래부르는 사람들의 움직
임으로 모든 것이 활기있어 보인다. 그리고 즐거움의 또 다른 원인으론
그날만은 신분의 차별이 없다는 점이다. 여자도 어린이도 주인도 일꾼도 모두
포도를 따는 일에 참가한다. 대대로 전해 온 명랑한 분위기는 그와 같은

여러 가지 사정으로 설명할 수 있다. 그것은 한 해의 마지막을 장식하는 제일 좋은 계절에 벌어지며, 그리고 그 추억이 지난날 라블레(16세기 프랑스의 의사, 문학가. 작품으로 《가르강튀아와 팡타그뤼엘》이 있음)로 하여금 그의 위대한 작품의 바쿠스적인 형식을 착상하게 했던 것이다. 어린애들은, 다시 말해 항상 병약하기만 한 자크와 마들레느는 한 번도 포도를 따러 간 일이 없었다. 나도 그랬다. 어머니가 우리를 데려가 주겠다고 약속하는 바람에 나와 같이 감동을 나눌 수 있었고, 어린이답게 말할 수 없이 기뻐했다. 우리는 그 지방의 바구니를 만들고 있는 빌레느에 가서 매우 예쁜 바구니를 주문했다. 우리 네 사람은 가위로 수십 미터의 포도를 따기로 되어 있었다. 그러나 너무 포도를 많이 먹어서는 안 된다고 약속했었다. 투레느의 포도밭에는 알맹이가 크고 검은『꼬』라는 종류가 있는데, 먹으면 아주 맛이 좋아 식탁에 나오는 제일 좋은 포도마저 얕보게 될 지경이라 했다. 자크는 나에게서 다른 데 포도 따는 걸 보러 가지 말고, 클로슈구르드의 포도밭으로 꼭 와야 한다는 다짐을 단단히 받았다. 언제나 건강이 좋지 못해 창백하기만 한 그들 남매가 그날 아침처럼 혈색 좋고 발랄하게 돌아다닌 적은 없었다. 그저 지껄이기 위해 지껄이고 무턱대고 왔다갔다하면서 뛰어다녔다. 어쨌든 그들은 다른 아이들과 마찬가지로 기운이 넘치는 것같이 보였다. 모르소프 씨 내외는 그런 그들을 본 적이 없었다. 나도 그들과 함께 어린애로 돌아갔다. 어쩌면 나 역시 나의 수확을 기대했기 때문인지도 모른다. 다시없는 좋은 날씨에 포도밭에 가서 거기서 반나절을 보냈다. 남보다 먼저 제일 탐스러운 포도송이를 찾아내어 남보다 먼저 자기 바구니를 채우려고 얼마나 경쟁했던가! 아이들은 포도나무와 어머니 사이를 왔다갔다하면서 한 송이를 딸 적마다 어머니에게 보이는 것이었다. 내가 마들레느를 따라 내 바구니를 가지고 가서 딸과 마찬가지로「어머니, 내건 어때요?」했을 때, 부인은 젊음에 넘쳐 쾌활하게 웃음을 터뜨렸다. 그리고 이렇게 대답했다.「너무 익살을 떨면 안 돼요!」그리고 내 목과 머리를 만지고 내 뺨을 가볍게 건드리고는 이렇게 덧붙였다.「당신, 땀을 흠뻑 흘렸군요!」내가 그런 목소리의 애무, 연인들 특유의『당신』소리를 들은 것은 그때뿐이다. 나는 아가위나 나무딸기의 빨간 열매로 뒤덮인 아름다운 나무 울타리를 바라보고, 아이들의 고함소리에 귀를 기울이고, 포도를 따는 숱한 여자들이나 술통을 가득 실은 짐마차나 바구니를 짊어진 남자들을 바라보았다. 아아! 나는 모든 것을 기억 속에 아로새겼다. 부인이 양산을 들고 밝고 생기있게 웃는 얼굴로 어린 은행나무 아래 서 있었던 일까지 모든 것을. 그리고 포도를 따서 바구니에 채우고는 그것을 술통에 넣으러 가기로 했다. 그것은 말없이 하는 지속적인 육체 노동이지만, 천천히 규칙적으로 걸으면서 나의 영혼은 자유를 만끽했다. 그러한 기계적인 움직임이 없으면 모든 것을 불살라 버릴는지도 모를 정열의 흐름을 억제하면서, 생활을 꾸려나가는 외면적인 일의 말할 수 없는 즐거움을 나는 맛보았다. 획일적인 노동이 얼마나 지혜를 내포하고 있는가를 알았고, 수도원의 규칙을 이해할 수 있었다.

 백작은 오랜만에 불쾌한 기분이나 냉혹한 모습도 나타내지 않았다. 미래의 르농쿠르 모르소프 공작인 아들의 건강이 매우 좋아, 흰 뺨을 장미빛으로 물들인 채 포도껍질을 여기저기에 바르고 있는 것이 백작에게 기쁨을 주었다. 그날은 추수의 마지막 날이었기 때문에, 장군은 그날 밤 부르봉 왕가의 복귀를 축하하여 클로슈구르드 앞에서 춤을 추게 하겠다고 약속했다. 그리하여 축제는 누구에게나 만족을 준 완벽한 것이 되었다. 돌아가는 길에 부인은 내 팔을 잡았다. 부인은 심장의 무게를 송두리째 느끼게 할 만큼 내 심장에 가까이 기대었다. 자기의 기쁨을 전하려고 하는 어머니 같은 태도였다. 부인은 내 귀에다 속삭였다.

「당신은 우리에게 행복을 가져다 주셨어요!」

 부인의 잠이 없는 밤들과 불안, 하느님의 손으로 받쳐져 있기는 했으나, 모든 것이 고달프고 괴로웠던 지난날의 생활을 알고 있었던 나로서는, 여유있는 목소리로 힘주어 발음된 부인의 그런 말은 확실히, 이 세상의 어떠한 부인도 이제 나에게 줄 수 없는 기쁨을 가져다 주었다.

「불행했던 날마다의 단조로운 생활에 변화가 왔어요. 생활은 희망과 함께 아름답게 될 거예요.」잠시 후 그렇게 말했다.「오오! 나에게서 떠나지 마세요! 나무랄 수 없는 내 미신을 배반하지 마세요! 형이 되어 동생들을 지켜 주세요!」

 나탈리, 여기에는 소설 같은 환상적인 것은 조금도 없소. 이것을 진정으로 깊이 이해하기 위해서는, 젊어서 그런 감정의 호숫가에 살며 큰 호수 속의 깊이를 재기 위해 돌멩이를 던져 본 일이 없어서는 안 된다. 사람들에게 있어 정열이란 메마른 양쪽 강가 사이를 흐르는 용암의 분류와 같다 할지라도, 극복할 수 없는 곤란에 짓눌린 정열이 화산의 분화구를 맑은 물로 채운 것 같은 영혼도 있지 않은가?

우리에게는 또 한 번 그와 같은 축제가 있었다. 모르소프 부인은 아이들에게 세상 일에 익숙해지게 하고, 돈을 벌기 위한 괴로운 노동을 알게 하려고 생각하고 있었다. 그래서 농작물의 수확에 따라 좌우되는 수입을 아이들을 위해 정해 두었다. 호도나무의 수확은 자크, 밤나무의 수확은 마들레느의 차지였다. 그로부터 며칠 후 우리는 밤과 호도를 땄다. 마들레느의 밤나무를 막대기로 두들기러 가서, 밤송이에서 비죽이 나온 밤이 밤숲의 메마른 빌로도 같은 마른 땅 위에 떨어지는 소리를 들었다. 소녀가 어른스럽게 정색을 하고 밤더미를 살펴보며 평가하고 있었다. 그 금액은 소녀가 마음대로 쓸 수 있는 즐거움을 의미한다. 어린애들을 백작 부인 대신 돌봐 주는 유일한 가정부 마네트가 그것을 축하했다. 기후의 변화로 흔히 위험을 맞는 하찮은 재산을 모으는 데 필요한 고생을 보는 일이 교훈을 마련해 주었다. 그것은 초가을의 가라앉은 색채 속에서 어린 시절의 순결한 행복이 매혹적으로 보이는 정경이었다. 마들레느는 자기의 광을 가지고 있었기 때문에, 나는 기쁨을 같이 나누면서 그 갈색의 재산을 저장해 두는 것이 보고 싶었다. 그런데 밤이 들어찬 바구니가 마룻장 대신 깔려 있는, 흙이 섞인 누런 말털 위에 뒹굴면서 내는 소리를 생각하면, 나는 지금도 가슴이 설렌다. 백작이 그 일부분을 집에서 쓰기 위해 가져갔고, 일꾼들과 클로슈구르드 주변의 사람들이 그 귀여운 애를 위해 살 사람을 물색했다. 귀여운 애라는 것은 그 지방에서 농민들이 외부 사람에 대해 흔히 쓰는 친밀감을 나타내는 말이지만 유독 마들레느에 대한 호칭인 것 같았다.

자크는 호도 수확에서 그리 재미를 보진 못했다. 비가 며칠 동안 줄기차게 내린 것이다. 그러나 나는 호도는 넣어 두었다가 조금 후에 팔라면서 위로했다. 블레몽에서도 앙부아즈 지방에서도 부브레이에서도 호도가 잘 되지 않았다는 얘기를 나는 세셀 씨에게서 듣고 있었던 것이다. 호도 기름은 투레느에선 많이 사용된다. 자크는 한 그루의 호도나무에서 적어도 사십 수우는 벌 수 있을 것인데, 이백 그루면 그 금액은 상당한 것이다! 그는 승마용 장비를 살 생각이었다. 그의 희망은 여러 사람들의 토론 대상이 되었고, 아버지는 수입이 불안정하며, 흉년이 들 때를 위해 저축을 해두고 해마다 일정한 수입을 얻을 수 있게 할 필요가 있다는 것을 설명하면서 아들의 반성을 촉구했다. 나는 잠자코 있는 부인의 심정을 알 수 있었다. 부인은 자크가 아버지의 얘기에 귀를 기울이고, 아버지도 부인이 꾸민 그 숭고한 허위 때문에 그에게 없었던 신성함을 다소 되찾는 것을 보고 기뻐하고 있었다. 나는 부인에 대해서 당신에게 얘기할 때, 지상의 언어는 부인의 특징이나 천성을 표현할 수 없다고 말했었지! 그런 종류의 정경이 생기면, 영혼은 그 즐거움을 분석하지 않고 맛보는 것이다. 그러나 뒷날 그 기쁨은 격동하는 생활의 어두운 배경 위에 얼마나 힘차게 떠오르는 것인가! 다이아몬드처럼, 꺼져 버린 행복의 추억 속에 용해된 아쉬움이란 불순물이 상념 속에 끼여 들어 빛나는 것이다! 모르소프 내외가 최근에 사들여 크게 걱정하고 있는 두 군데 소유지의 이름, 즉 카씨느와 레토리에르가 성지나 그리스와 같은 가장 아름다운 지명 이상으로 나를 감동시키는 것은 무엇 때문일까?『사랑하는 자는 얘기하라!』고 라 퐁텐느(17세기 프랑스의 대표적 시인.《우화시》로 유명하다)는 부르짖었다. 그런 이름들은 강신술에서 사용되는 화려한 언어의 마술적 효험을 지녔고, 마술을 해명해 주며, 잠든 모습을 깨워 이내 일으키고, 말을 하게 하며, 나를 그 행복한 골짜기에 밀어넣고, 하늘과 풍경을 만들어낸다. 그러나 강신술은 언제든지 영계(靈界)의 여러 지역에서 행해지지 않았는가? 그러니 내가 그런 가정적인 정경을 얘기해도 놀라진 말라. 그 단순하고 평범하기 이를 데 없는 자질구레한 일도 겉으로 보기엔 약하지만 나를 부인에게 밀접하게 결합시킨 쇠사슬이었던 것이다.

어린애들의 이해(利害)는 그들의 약한 건강과 같을 정도로 부인을 서글프게 하였다. 그 집의 여러 가지 문제 속에서 부인이 하는 숨은 역할에 대해 부인이 나에게 들려 준 말의 진실성을 얼마 후 나도 알게 되었다. 그 지방에 대해 정치가가 알아야 할 상세한 실정을 알게 됨에 따라, 나는 차차 여러 가지 사정을 파악했던 것이다. 모르소프 부인은 십 년 동안의 노력 끝에 그 토지의 경작제도를 뜯어 고쳤다. 부인은 토지를 네 군데로 나누었다. 이것은 그 지방에서 새로운 방법의 결과를 설명하는 데 사용하는 표현인데, 그런 방법에 의하면 경작자는 밀을 사 년에 한 번밖에 뿌리지 않는다. 그것은 토지에서 해마다 한 가지 종류의 농작물만 수확하기 위해서다. 농민의 고집을 껵기 위해서는 그때까지의 계약을 해소하고 소유지를 네 개의 큰 소작지로 나누어 반타작을 주지 않으면 안 되었다. 이것은 투레느와 그 주변의 특유한 소작 제도다. 지주는 선의의 소작인에게 살림집과 종자를 주고 경작비와 수확물을 반씩 나눈다. 그 분할은 지주의 몫을 받으러 다니는 일을 맡은 마름이 감독한다. 분배되는 현물에 따라 항상 변하는 계산법 때문에 복잡해지고 비용도 드는 방법이다. 부인은 클로슈구르드 주위에 남겨 놓은 토지에 제5의 농지를 만들어, 그것을 모르소프 씨가 경작하게 해두고 있었다. 그것은 그에게 일을 시키기 위해서이기도 하며, 또한 새로운 방법의 우수함을 명백한 사실로써 소작인들에게 증명하기 위해서이기도 했다. 경작법 지도에 능통해 있었던 부인은 서서히, 또 여자다운 끈기로 반타작 농지 중의 두 군데를 아르투아나 플랑드르 지방의 농지 계획을 모방해서 재건시킨 것이다. 그 의도를 짐작하기는 쉽다. 소작 계약 만기가 되면, 네 군데의 소작지를 두 곳의 훌륭한 농장으로 개조해서, 클로슈구르드의 수익을 간단하게 하기 위해 일 잘 하고 머리가 좋은 사람들에게 현금 계약으로 빌려 주고 싶었던 것이다. 자기가 먼저 죽을 것을 염려해서, 징수하기 쉬운 수입을 백작에게 남기고 어린애들에게는 아무리 무능한 인간이라도 위험에 빠뜨리지 않을 재산을 남겨 주려고 애썼던 것이다.

그 당시에는 십 년 전에 심은 과일나무가 많은 수확을 올려 주고 있었다. 그것은 소유지를 앞날의 분쟁에서 지켜 줄 나무 울타리로 성장하고 있었다. 미루나무도 느릅나무도 잘 자랐다. 새로 사들인 땅도 있고 모든 토지에 새로운 경영 방법을 주입하면 네 군데의 대소작지로 나눈 클로슈구르드의 토지는, 그 중에서 두 군데는 아직 건설중이었으나, 각 농지에서 사천 프랑이 나온다 치고, 도합 일만육천 프랑의 현금 수익을 가져올 수 있는 것이었다. 포도밭도, 농지에 잇단 이백 아르팡(일 아르팡은 약 일 에이커)의 산림도, 모범 농장도 제쳐놓고 말이다. 네 군데 농지의 길은 모두 넓은 가로수길에 통하며, 가로수길은 클로슈구르드에서 곧바로 쉬농 가도에 연결된다. 그 가로수길과 투르 사이의 거리는 오 킬로였으나 소작인을 구하기가 어려울 리는 없었다. 하물며 너나없이 백작의 개량 사업과 그 성공과 토지 개량에 대해 얘기하고 있던 때다. 사들인 두 군데 토지에는 각각 약 일만오천 프랑을 투입했고, 그전 소유자의 집을 큰 농가로 고쳐 마르티노라는 마름을 거기에 보내어 한두 해 경작한 후에, 좋은 값으로 빌려 주려는 생각이었다. 그 사람은 마름들 중에서도 제일 사람이 좋고 정직한 사내였으나 일자리를 잃을 판국에 놓여 있었다. 네 군데 소작 계약이 만기에 가까워서, 그것을 두 군데로 정리해서 현금 계약으로 빌려 줄 시기가 다가왔기 때문이다. 부인의 생각은 극히 간단한 것이었지만, 삼만 몇천 프랑인가 하는 돈을 쓰는 문제가 골치아파, 그 무렵엔 백작과 더불어 그 문제를 가지고 다투곤 했다. 무서운 싸움에서 부인은 두 아이들의 이익을 위한다는 한마디의 부축만을 받고 있었다.

『내가 내일에라도 죽으면 어찌 될까?』 이렇게 생각하기만 해도 부인의 가슴은 공포로 설레었다. 노여움을 모르며 주위 사람들에게 자기의 깊은 내면적인 평화를 주고 싶어하는 부드럽고 조용한 영혼을 가진 사람만이, 그런 투쟁을 위해서 어느 정도의 힘이 필요한지, 싸움을 시작하기 전에 얼마나 많은 피가 심장에 흘러드는지, 싸움 뒤에 아무것도 얻지 못했을 때 어떠한 피로에 사로잡히는지를 알고 있다. 추수의 계절이 어린애들에게 영향을 주었는지 안색이 좋아지고 약간 살쪄 그전보다 활발해졌을 때, 눈물이 글썽한 눈으로 아이들의 노는 것을 보고 만족을 느끼면서 마음도 기력도 회복됐을 때, 가엾게도 부인은 매서운 반대의 부당한 잔소리와 뼈저린 공격을 받고 있었던 것이다. 백작은 그러한 개혁에 겁을 집어 먹고, 그 이익도 가능성도 끈질긴 고집으로 부정했다. 결정적인 의견에 대해 그는 여름철 태양의 영향력을 의심하는 어린애 같은 고집으로 반대했다. 부인이 이겼다. 광증에 대한 양식(良識)의 승리가 부인의 상처를 달래고 서글픔을 잊게 했다. 그날 부인은 건축 문제를 결정하려고 카씨느와 레토리에르에 산책하러 갔다. 백작은 혼자 앞섰고 아이들이 그 사이에 끼였으며, 우리 두 사람은 그 뒤를 천천히 따라가다가 뒤에 처졌다. 부인이 그 부드럽고 나직한 목소리로 나에게 얘기하고 있었기 때문이다. 그것은 잔 모래 위에 바다의 속삭임을 실어 오는 잔물결 같았다.

「성공은 틀림없을 거라고 생각해요.」 부인은 그렇게 말했다. 투르와 쉬농 사이의 교통 사업을 둘러싸고 경쟁이 벌어지려 하고 있다, 마네트의 사촌이며 부지런한 일꾼인 마차업자가 획책하고 있는 일인데, 그 사나이는 한길가에 큰 농장을 차지하고 싶어한다고 한다. 가족이 많아서, 장남은 마차를 맡고 차남은 운송업을 한다. 아버지는 임대 농장 한가운데에 있는 라블레를 빌어

길가를 차지하면 역마차를 감독할 수도 있고 마구간에서 나오는 비료로 토지를 개량하면서 경작을 할 수 있다. 클로슈구르드 바로 옆에 있는 보드라는 제이의 농장은 네 사람의 소작인들 중의 한 사람인 정직하고 영리한 사람이 새로운 농경법의 장점을 알고 있어, 이미 임대차 계약을 요청해 오고 있다. 카씨느와 레토리에르는 그 지방에서 제일 좋은 토지다. 농장이 세워지고 경작이 잘 돼 가면 투르에 광고를 내기만 하면 된다. 이 년 안에 클로슈구르드는 연수입 이만 사천 프랑을 올릴 수 있을 것이다. 모르소프 씨에게 되돌아온 메느 주의 농장 그라블로트는 칠천 프랑으로 구 년 동안 빌려주기로 계약되었다. 육군 소장의 연수입은 사천 프랑이다. 그와 같은 수입은 큰 금액이랄 수는 없지만, 생활하는 데는 넉넉하고도 남는 돈이다. 그 보다도 더 후에 여러 가지로 사정이 좋아지면 아마 자기도 어차피 파리에 가서 자크의 교육을 감독하며 살게 될 것이란다. 이 년쯤 지나 그 예정 상속인의 몸이 튼튼해졌을 때의 일이긴 하지만……. 파리라는 말을 부인은 얼마나 떨면서 발음했던가! 그런 계획의 밑바닥에는 내가 있어, 부인은 친구인 나에게서 되도록 떨어지고 싶지 않았던 것이다. 그런 말을 들으니 내 마음은 불같이 타올랐다. 부인은 나를 모르고 있다고 나는 말했다. 잠자코 있었지만, 자크의 가정교사가 되기 위해 밤낮으로 공부해서 자신의 교양을 완성시키려고 생각하고 있었던 것이다. 아무튼 이 집 안에 다른 젊은 남자가 온다는 건 나로선 생각만 해도 견딜 수 없는 일이기 때문이라고 말했다.

그런 말을 듣자 부인은 정색했다.

「그러면 안돼요, 펠릭스.」부인은 말했다. 「그러면 사제가 되는 거나 다름없어요. 어머니로선 당신 말 한 마디에 감동되더라도, 여자로선 당신을 정말 진지하게 사랑하고 있으니, 당신이 자신의 애착에 희생당하는 걸 예사로 볼 수가 없어요. 그런 헌신에 따르는 보상은 되돌릴 수 없는 나쁜 소문만 남길 거예요. 그리고 그건 나로서는 어쩔 수도 없을 거예요. 오오! 안 됩니다. 나는 조금도 당신을 방해하고 싶지 않은 거예요. 방드네쓰 자작이기도 한 당신이 가정교사가 되다뇨? 지조를 팔지 않는다는 걸 고귀한 좌우명으로 삼고 있는 당신이! 당신이 리셜리외(루이 13세 시대의 재상) 같은 분이더라도 출세할 길이 영원히 막혀 버릴 거예요. 가정에도 더없이 큰 슬픔을 주게 될 거예요. 우리 어머니 같은 여자가 보호자인 체하는 눈길에 무례함을, 말

속에 오욕을, 인사 속에 경멸을 곁들일 수 있다는 걸 모르는군요.」
 「그렇지만 당신만이 날 사랑해 준다면 세상 사람들이 하는 소리가 무슨 상관이겠어요?」
 부인은 못 들은 체하고 말을 계속했다.「아버지는 훌륭한 분이니 내가 부탁하는 일에 찬동해 주실 테지만, 당신이 사회에서 보잘것없는 지위를 차지하는 건 용납하지 않을 거고, 뒷받침이 되려고도 안 하실 거예요. 나는 당신이 황태자의 가정교사가 되는 것도 바라고 싶지 않아요. 사회를 있는 그대로 받아들여 인생에서 결코 잘못을 저지르지 않도록 조심해 주세요. 당신이 말한 제안은 분별 없고……」
 「사랑 때문이에요.」 나는 나직이 말했다.
 「아니예요, 자비심 때문이에요.」 부인은 울음을 참으며 말했다.「그런 터무니없는 생각은 당신 성격을 드러내는 거예요. 당신 마음은 당신을 해칠 거예요. 나는 지금부터 당신에게 여러 가지로 가르쳐 줄 권리를 요구할 테예요. 때로는 여자의 눈으로 당신을 대신해서 사물을 보게 해주세요. 그래요. 저 클로슈구르드 안에서 당신이 성공하는 날을 가만히 기쁘게 보고 싶은 거예요. 가정교사 문제에 대해선 안심하세요. 마음 좋은 늙은 신부를 구하도록 합시다. 제수이트회의 늙은 학자라도 말이에요. 그리고 아버지도 가명(家名)을 이을 어린애의 교육을 위해선 기꺼이 돈을 대줄 거예요. 자크는 내 자랑이에요.」 그리고 잠시 입을 다물었다가 말했다.「이제 겨우 열한 살이에요, 하지만 당신과 같이 뭐예요. 당신을 처음 봤을 때 난 열세 살쯤 되는 줄 알았거든요.」
 우리는 카씨느에 닿았다. 자크와 마들레느와 나는 철없는 어린것들이 어머니에게 매달리듯 부인을 따라갔다. 그러나 그것은 부인을 거북하게 했다. 나는 잠시 부인 곁에서 떨어져 과수원 안에 가보았다. 거기서는 과수원을 지키는 마르티노가 마름 노릇을 하고 있는 동생과 함께 나무를 베어 버리느냐 남겨 두느냐 하는 것을 검토하고 있었다. 그들은 그런 일을 마치 자기 재산같이 의논하고 있었다. 그래서 나는 백작 부인이 사람들로부터 얼마나 사랑받고 있는가를 알았다. 한 사람의 어수룩한 품팔이꾼이 괭이에 한쪽 발을 올려 놓고 팔꿈치를 기댄 채 두 전문가들의 이야기에 귀를 기울이고 있었는데, 나는 그 사람에게 내 생각을 말해 보았다.

「그렇지요!」그는 대답했다.「훌륭한 부인이에요. 아제이의 아주머니들처럼 건방지지도 않고, 그 여자들은 도랑을 파는데 한 푼 더 주는 것보다 우리가 개처럼 뒈져 버리는 게 더 좋다고 생각하거든요. 그분이 다른 데로 가시는 날엔 성모님도 우실 게고 우리도 그래요. 그분은 자기가 찾아야 할 당연한 권리도 알고 계시지만 우리가 고생하는 것도 알고 계셔서, 그걸 늘 고려해 주시거든요.」

나는 기쁨에 넘쳐 그 사람에게 갖고 있던 돈을 몽땅 털어 주었다!

며칠 뒤 자크를 위해 망아지가 한 마리 왔다. 뛰어난 기수(騎手)인 아버지는 아들을 조금씩 승마에 익숙해지게 하려고 생각하고 있었다. 소년은 호도 수입으로 산 아름다운 승마복을 가지고 있었다. 아버지를 따라 처음 연습한 날 아침에 몹시 놀란 마들레느는 소리를 지르면서 자크가 달리고 있는 잔디밭으로 뛰어나갔다. 그것은 부인에게 있어 모성으로서의 최초의 대축전이었다. 자크는 어머니가 수놓아 준 장식을 옷깃에 달았고 하늘색의 작은 프록코트를 입었다. 그리고 에나멜 칠을 한 가죽 띠를 매었고 주름잡은 흰 바지를 입었는데, 스코틀란드식 기사모 밑으로는 잿빛 머리카락이 탐스럽게 나와 있어 무척 귀엽게 보였다. 또한 하인들도 모두 모여 그 가족적인 기쁨을 함께 나누었다. 어린 상속인은 지나가다가 어머니에게 웃음을 던졌고, 무서워하는 기색도 없이 허리를 펴고 있었다. 여러 번 죽을 고비를 넘긴 아이의 최초의 의젓한 행위, 아름답고 귀엽고 씩씩하게 보인 그 승마하는 자세에 의해 보증된 훌륭한 앞날의 희망, 얼마나 흐뭇하고 달콤한 보수인가! 오랜만에 젊어져서 미소짓는 아버지의 기쁨, 모든 일꾼들의 눈 속에 그려진 행복, 투르에서 돌아온 르농쿠르 집안의 늙은 조마사(調馬師)가 고삐를 다루는 자크의 솜씨를 보고『부라보, 자작님!』이라고 한 외침, 감격에 넘쳐 모르소프 부인은 눈물에 젖었다. 고뇌 속에서 그처럼 냉정한 부인도 모래밭에서 말을 타고 돌아다니는 자기 아들을 바라볼 때는 기쁨을 참지 못할 만큼 약했던 것이다. 그 모래밭에서, 부인은 아들을 햇볕에서만 걷게 하면서 부질없는 근심 때문에 툭하면 울기도 했던 것이다.

그때 부인은 아무런 뉘우침도 없이 내 팔에 기대면서 말했다.「나는 한 번도 괴로워해 본 적이 없는 것 같은 생각이 드는군요. 오늘은 내내 곁에 있어 주세요.」

2. 첫사랑   115

　연습이 끝나자 자크는 어머니의 품속으로 뛰어들었고, 어머니는 넘치는 기쁨에 힘껏 껴안으면서 수없이 키스하고 애무해 주었다. 나는 어린 기수를 축복하는 식탁을 장식하기 위해, 마들레느와 함께 두 개의 훌륭한 꽃다발을 만들어 갔다. 살롱에 돌아왔을 때 부인은 말했다. 「틀림없이 시월 십오일은 중요한 날이 될 거예요! 자크가 처음 말 타는 연습을 했고, 나는 방을 장식할 마지막 바느질을 방금 끝냈으니까요.」
　「그럼 블랑슈」하고 백작이 웃으며 말했다. 「내가 그 대가를 지불해 주지.」
　그는 아내에게 팔을 내밀어 첫번째 앞마당으로 데리고 갔다. 거기서 부인은 아버지가 보내 준 사륜마차를 보았다. 백작은 그것 때문에 영국에서 말을 두 마리 샀는데, 그것은 르농쿠르 공작의 말과 함께 와 있었다. 늙은 조마사는 연습하는 사이에 앞마당에 모든 준비를 해놓았다. 우리는 그 마차를 타고, 클로슈구르드에서 쉬농 가도로 곧게 뻗은 가로수 길의 공사장을 보러 갔다. 새로 토지를 샀기 때문에 그 새로운 소유지를 횡단해서 도로가 만들어지는 것이었다. 돌아오는 길에서 부인은 근심스러운 태도로 나를 보고 말했다. 「나는 너무 행복한 것 같아요. 나에겐 행복은 질병 같은 거예요. 지쳐 버릴 것 같군요. 그것이 꿈처럼 사라져 버리지나 않을까 싶어서 두려운 거예요.」
　나는 샘을 낼 만큼 정열적으로 부인을 사랑하고 있었지만 아무것도 부인에게 줄 수 없었던 것이다! 나는 몹시 짜증이 나서 부인을 위해 죽는 방법을 찾고 있었다. 부인은 나더러, 무슨 생각을 하기에 그렇게 어두운 눈을 하고 있느냐고 물었다. 나는 내 심정을 솔직히 말했다. 부인은 어떠한 선물보다도 그런 말을 듣고 감동했다. 그리고 나를 현관의 층계로 데리고 가서 이렇게 소곤거리며 내 마음을 위로해 주었다. 「큰어머니가 사랑해 준 것처럼 사랑해 주세요. 그렇게 하면 당신 목숨을 나에게 주는 셈이 되지 않아요? 그리고 그렇게 사랑을 받으면 나는 언제나 당신 신세를 지고 있는 셈이 아니겠어요?」
　함께 살롱으로 돌아가면서 나는 다시 맹세를 하기 위해서인 것처럼 부인의 손에 키스했는데, 부인은 또 말했다. 「수놓는 일도 끝낼 만한 때였어요. 당신은 아마 모를 거예요, 펠릭스. 왜 내가 그렇게 시간이 오래 걸리는 일을 시작했는지를. 남자는 평생의 일 속에서 슬픔을 극복하는 수단을 찾아냅니다. 일이 기분을 전환시켜 주는 겁니다. 그렇지만 여자들의 영혼 속엔 괴로움에 대항할 거점(據點)이 전혀 없습니다. 나는 슬픈 생각에 사로잡혀 있을 때, 어린애들이나 남편에게 웃는 얼굴을 보일 수 있게끔, 몸을 움직여서 괴로움을 조절할 필요를 느꼈던 거예요. 그리고 너무 일을 많이 하고 난 뒤의 무기력이나 흥분의 발작을 피했던 거예요. 같은 간격을 두고 팔을 드는 동작은 내 생각을 조용히 어루만져 주고, 폭풍이 휘몰아치고 있는 영혼에 썰물과 밀물의 조용함을 전해 주어 동요를 조절해 줍니다. 한 바늘 땀마다 내 비밀의 고백이었어요. 알겠어요? 안락의자의 마지막 자수를 하면서 당신 생각만을 너무 하고 있었던 거예요! 정말 너무 생각했어요. 당신이 꽃다발에 담은 심정을 나는 그 자수의 바탕 그림에 하소연하고 있었지요.」

 만찬은 명랑한 분위기였다. 자크는 내가 왕관 모양으로 모아 준 꽃을 보자, 귀염을 받고 있는 어린애답게 내 목에 매달렸다. 그의 어머니는, 그것을 보고 토라진 체했다. 가장 사랑하는 아들이 질투당한 그 꽃다발을 얼마나 정답게 어머니에게 바쳤는지 짐작할 수 있으리라 생각한다. 그날 저녁, 우리는 셋이서 주사위놀음을 했다. 모르소프 내외와 대항해서 나는 혼자였다. 백작의 기분은 매우 좋았다. 해가 저물자 그들 내외는 나를 프라펠르로 가는 길에까지 전송해 주었다. 다소 활발한 데가 없는 감정에 분위기가 깊이를 곁들여 주는 듯한 고요한 초저녁이었다. 그것은 그 불쌍한 부인의 일생에 다시 없는 하루, 괴로울 때 추억이 애무하러 와준 눈부신 한 점이었다. 사실 승마 연습은 얼마 후 불화의 원인이 되었다. 부인이 아들에 대한 백작의 가혹한 질책을 염려한 것도 무리는 아니었다. 자크는 벌써 여위고 아름다운 푸른 눈 가장자리가 거무스레해졌다. 그는 어머니에게 슬픔을 주지 않기 위해 잠자코 참는 게 좋을 것이라 생각하고 있었다. 나는 백작이 성을 내기 시작하면 피곤하다고 말하는 게 좋다고 일러 줌으로써, 그의 불행의 구제책을 발견했다. 그러나 그러한 응급 대책으로는 해결할 수 없었다. 늙은 조마사에게 아버지 대신의 역할을 맡기지 않으면 안 되었는데 아버지는 잔뜩 못살게 굴기 전엔 절대로 제자를 놔주지 않는 스승이었다. 고함소리나 말다툼이 되풀이되었다. 백작은 여자에게는 감사하는 마음이 적다는 말을 수없이 뇌까렸다. 날마다 심심하면 마차나 말이나 옷에 대한 불평을 아내에게 뱉어내는 것이었다.

 마침내 그와 같은 종류의 성격이나, 환자가 걸리기 쉬운 한 가지 사건이 생겼다. 카씨느와 레토리에르에서 허술한 마루와 벽이 무너졌는데, 비용은 예상보다 절반이나 더 들었다. 일꾼이 와서 백작 부인에게 얘기한 것이 아니라, 서투르게도 모르소프 씨에게 알렸던 것이다. 처음에는 조용한 말다툼거리였던 것이 악화되어, 며칠 동안 잠잠하던 백작의 히포콘드리(신경병인데 그 특징은 우울해지는 것이다)는 가엾은 앙리에트를 향해 터져 부인을 더욱 못살게 했다.

그날 나는 조반을 먹고 나서 열 시 반에 프라펠르를 떠나 클로슈구르드에 가서, 마들레느와 함께 꽃다발을 만들 작정이었다. 마들레느는 테라스의 난간 위에 꽃병을 하나 가져다 놓았다. 그리고 나는 아름답지만 흔치 않은 가을 꽃을 찾으러 주위의 마당을 뛰어다녔다. 마지막에 돌아오니 장미빛 띠를 매고 아랫자락이 톱니처럼 된 케이프를 걸친 작은 조수의 모습이 보이지 않았고, 클로슈구르드 쪽에서 부르짖는 소리가 들렸다.

「장군이」하고 마들레느가 울며 말했다. 「장군이 어머니를 꾸짖고 있어요. 그러니 말리러 가줘요.」

나는 층계를 뛰어 올라가 살롱으로 들어갔다. 백작도 부인도 내가 들어간 것을 알지 못했고 인사도 안 했다. 나는 미치광이의 날카로운 부르짖음을 들으면서 온 집안의 문을 닫으러 갔다가 돌아왔을 때 앙리에트가 그녀의 옷처럼 창백한 얼굴을 하고 있는 것을 보았다.

「결혼 따윈 절대로 할 짓이 아니오, 펠릭스.」백작은 나를 보고 말했다. 「여자에겐 악마가 딸려 있어. 아주 정숙한 계집도 악이 존재하지 않으면 악을 발명할거야. 여자는 모조리 변변치 못한 짐승이지.」

거기서 나는 말도 되지 않는 소리를 들었다. 모르소프 씨는 그전의 반대론을 내세워 새로운 경작법을 거부하는 농민들의 어리석은 말을 되풀이했다. 자기가 클로슈구르드를 경영했더라면 지금보다 곱절은 부유해졌을 것이라고 주장했다.

사납게 함부로 욕하면서 여기저기로 뛰어다니며 가구를 옮기기도 하고 두드리기도 했다. 그렇게 지껄이다가도 골수가 타는 것 같다느니, 머릿골이 돈과 같이 흘러 나가느니 하고 떠들어대는 것이었다. 아내 잘못으로 파산할 지경이라는 것이다. 딱한 인간! 그의 삼만 몇천 프랑의 일 년 수입 중에서 부인이 늘려 준 액수는 이미 이만 프랑 이상이 되어 있었다. 공작과 공작 부인의 재산은 연수입 오만 프랑 이상이 되었고, 그것은 자크를 위한 것이다.

부인은 침착하게 미소를 띤 채 하늘을 쳐다보고 있었다.
「그렇구말구!」백작은 소리쳤다.「블랑슈, 당신은 우리집 망나니야. 당신은 나를 죽일거야. 내가 귀찮은 존재일걸. 당신은 나를 아주 없애 버리고 싶은거야. 당신은 위선의 도깨비야. 웃고 있구나! 이 여자가 왜 웃는지 펠릭스, 당신은 알고 있소?」
나는 아무 말도 안 하고 고개를 숙였다.
「이 여자는」백작은 자문자답하면서 말을 이었다.「이 계집은 나에게서 모든 행복을 뺏어버리려는 거야. 이건 내 것인 동시에 당신 것이기도 하지. 그리고 내 아내라고 말하고 있단 말야! 내 성을 내세우면서 하느님의 율법과 인간의 율법이 명령하는 의무를 하나도 지키지 않는거야. 그렇게 해서 하느님도 인간도 속이고 있지. 혼자 있고 싶어서 나를 분주히 돌아다니게 하고 나를 지치게 하지. 이 여자는 내가 마음에 들지 않을거야. 나를 미워하고 있어. 그리고 처녀로 있으려고 온갖 발악을 다하지. 나를 곤궁에 빠뜨리고 미쳐 버리게 해. 아무튼 그럴 적엔 모든 일이 내 머리를 어지럽히고 마는 거요. 이 여자는 나를 미지근한 불로 태워 죽이고 있으면서도, 자기는 성녀가 된 것처럼 날마다 영성체하고 있어.」
부인은 그 사나이의 치사한 심술에 굴욕을 느끼면서 뜨거운 눈물을 흘리고 있었지만, 그저 이렇게밖엔 대답하지 않았다.「여보!…… 여보!…… 여보!……」
나는 백작의 말을 듣고 그를 위해서도, 또 앙리에트를 위해서도 낯을 붉히기는 했으나, 그런 말은 몹시 내 마음을 흔들어 놓았다. 말하자면 거기에는 첫사랑의 바탕인 정결(貞潔)과 미묘한 감정이 있었기 때문이다.
「이 여자는 나를 희생시키면서 숫처녀 행세를 하고 있지.」백작은 그렇게 말했다.
그런 말을 듣고 부인은 외쳤다.「여보!」
「뭐야」백작이 말했다.「그 건방진 여보 소리는? 나는 주인이 아니라는 말인가? 새삼스럽게 그걸 당신한테 가르쳐야 하나?」
그는 흰 승냥이 같은 얼굴을 흔들면서 부인에게로 다가갔다. 누런 두 눈의 표정이 숲속에서 갓 나온 굶주린 짐승을 연상하게 했다. 앙리에트는 맞을 각오를 단단히 하고 있었는지 의자에서 떨어져 마룻바닥 위에 쓰러지면서

의식을 잃었다. 백작은 희생자가 뿌린 피가 튀어올라 자기 얼굴을 더럽히는 것처럼 어리둥절했다. 나는 불쌍한 부인을 안아서 일으켰다. 백작은 부인을 부축할 자격이 없다고 생각한 것처럼 내가 하는 대로 내버려 두고 있었으나, 그래도 먼저 가서 살롱 옆의 방문을 열어 주었다. 그것은 내가 한 번도 들어가 본 일이 없는 신성한 방이었다. 나는 부인을 세우고 한 손으로 허리를 안으면서 다른 손으로 잠시 붙들고 있는 동안에 모르소프 씨는 침대 커버며 깃털이불과 부속품들을 치워 놓았다. 그리고 둘이서 부인을 안아올려 옷을 입은 채로 부인을 눕혔다. 앙리에트는 의식을 회복하고 띠를 풀어 줄 것을 몸짓으로 청했다. 모르소프 씨는 가위를 가져와서 모조리 잘라 버렸다. 나는 각성제를 코에 가져갔다. 부인은 눈을 떴다. 백작은 슬퍼서가 아니라 창피해서 물러갔다.

깊은 정적 속에 두 시간이 지났다. 앙리에트는 손을 나에게 맡기고, 아무 말 없이 내 손을 꼭 잡고 있었다. 이따금 눈을 뜨고는 소리 내지 않고 조용히 있고 싶노라고 눈짓으로 알렸다. 그러다가 좀 나아져서, 한쪽 팔꿈치를 대고 몸을 일으켜 내 귀에다 속삭였다. 「정말 딱한 사람이에요! 혹시 당신이……」

부인은 또 머리를 베개에 묻었다. 지난날의 여러 가지 괴로움에 대한 추억이 현재의 고통과 결부되어 신경성 경련을 일으켰는데, 나는 그것을 오직 사랑의 최면술로써 가라앉혔던 것이다. 나는 아직 그 효능을 알지 못했지만, 본능적으로 그것을 사용했던 것이다. 나는 부인을 부드럽게 달래 주는 힘으로 간호했다. 그리고 그 마지막 발작이 일어나는 동안, 부인이 나에게 던진 눈길은 나를 울렸다. 그 신경 발작이 멎었을 때, 나는 부인의 헝클어진 머리를 바로잡아 주었고, 평생 꼭 한 번 그것을 만졌던 것이다. 그리고 또 부인의 손을 잡고 갈색과 회색의 그 방을 오랫동안 바라보았다. 페르샤의 커튼이 달린 간소한 침대, 구석으로 장식된 경대를 올려 놓은 탁자, 수놓은 쿠션이 있는 초라한 긴 의자, 거기에는 형언하기 어려운 시정이 깃들어 있었다. 그리고 자기 몸의 사치를 포기한 겸손! 부인의 사치란 비길 데 없는 청결뿐이었다. 신성한 체념에 넘친 기혼 수녀의 고귀한 암실, 그 방의 장식은 머리맡의 십자가 상과 그 위에 보이는 큰어머니의 초상화뿐이다. 그리고 성수반(聖水盤) 양쪽에는 부인이 연필로 그린 두 어린애의 초상화, 그애들의 어렸을 적의 머리카락이 있었다. 사교계에 나가면 어떤 미인도 무색하게 할 만한 부인으로서 이것은 또 상상도 할 수 없는 은둔이 아닌가! 지체 높은 가문의 딸이 항상 울고 있었던 규방의 정경이었던 것이다. 그때에도 비통한 생각을 주체 못해 위안이 되었을 사랑마저 거부하고 있었다. 되돌릴 수 없는 남모를 불행! 그리고 희생자는 망나니 때문에 울고, 망나니는 희생자 때문에 울고 있었다. 어린애들과 하녀가 들어왔을 때 나는 밖으로 나갔다. 백작은 나를 기다리고 있었다. 그는 이미 나를 그와 아내와의 사이의 조정자로 인정하고 있었다. 그래서 내 손을 쥐면서「돌아가지 마시오, 제발 돌아가지 말아요. 펠릭스!」하고 소리쳤다.

「죄송합니다마는」나는 말했다.「세셀 씨 댁에 손님이 오시기로 돼 있습니다. 손님이 제가 없는 까닭을 물으면 난처할 거예요. 그렇지만 식사를 끝내고 또 오겠어요.」

그는 나하고 같이 나가 한마디도 말하지 않고 아래쪽 문에까지 바래다 주었다. 그러고는 자기도 모르게 프라펠르까지 따라왔다. 마침내 거기서 나는 말했다.「백작님, 제발 부탁합니다. 부인이 원하신다면 댁의 일은 부인에게 맡겨 주세요. 그리고 그분을 이제는 더 괴롭히지 말아 주세요.」

「나는 이젠 오래 살진 못할거요.」그는 정색을 하며 그렇게 말했다.「그러니 아내도 나에게 오래 시달리진 않을거요. 머리가 터질 것 같구먼.」

그리고 그는 무의식적으로 에고이즘의 발작을 일으키고는 돌아가 버렸다. 내가 식후에 모르소프 부인이 걱정스러워 가보니, 이제는 회복된 것 같았다. 만일 그런 것이 부인에게 있어 결혼 생활의 기쁨이며, 그런 장면이 자주 되풀이된다면, 부인은 어떻게 살아갈 수 있었겠는가? 얼마나 끈질긴, 벌받지 않은 암살행위였을까! 백작이 얼마나 무서운 고문으로 그의 아내를 괴롭히고 있는가를 나는 그날 밤에 알게 되었던 것이다. 그런 싸움은 어떤 재판소에 호소해야 하는가? 그런 생각을 하고 있자니 머리가 흐리멍덩해져서, 앙리에트에게 아무 말도 못했다. 그러나 그날 밤에는 편지를 쓰면서 시간을 보냈다. 세 통인가 네 통 쓴 편지 중에 지금 남아 있는 것은, 내가 만족할 수 없었던 이 첫머리 부분뿐이다. 그러나 아무것도 제대로 표현하지 못했으며, 또 부인의 일만을 생각해야 할 때에 자신에 대해 너무 많이 얘기한 것 같은 그 편지를 보고, 나의 영혼이 어떤 상태에 있었는가를 당신은 짐작할 수 있을 것이다.

2. 첫사랑

모르소프 부인에게

댁에 가면 얘기하려고 도중에서 생각하고 있었는데, 막상 만나면 잊어버리는 수가 얼마나 많았는지 모릅니다! 그렇습니다. 그리운 앙리에트, 나는 만나자마자, 당신을 더욱 아름답게 해주는 당신 영혼의 반영에 어울리는 내 말을 찾지 못하게 되는 것입니다. 그리고 당신 곁에서는 너무나 한없는 행복을 느껴, 현재의 감정이 이전 생활의 감정을 지워 버리는 것입니다, 그럴 때마다 나는 보다 넓은 인생의 터전에 태어나, 무슨 커다란 바위를 올라가면서 한 걸음마다 새로운 지평선을 발견하는 여행자 같은 기분을 맛보는 것입니다. 새로운 대화를 할 때마다 나는 나의 방대한 보배에 새로운 보배를 더 보태는 것이라 느껴집니다. 그것이야말로 오래도록 가시지 않는 애착의 비밀이라고 생각합니다. 때문에 나는 당신과 떨어져 있지 않고서는 당신에 대한 이야기를 할 수 없는 것입니다. 당신 앞에서는 너무나 눈부셔 앞이 보이지 않으며, 너무나 행복하여 자신의 행복을 생각할 수가 없으며, 당신 생각만을 하고 있어 내 자신을 잊어버리며, 당신의 존재 자체가 웅변이어서 얘기할 수 없으며, 현재의 순간을 잡는 데 열중하여 과거를 회상할 수가 없는 것입니다. 이 끊임없는 도취를 잘 이해하시어 나의 잘못을 용서해 주십시오. 나는 당신 곁에서는 그저 느끼기밖엔 할 수 없는 것입니다. 그래도 나는 감히 말하렵니다. 그리운 앙리에트. 당신이 주신 수많은 기쁨 중에서도, 어제 나의 영혼에 가득차게 해준 환희와 같은 행복을 나는 여태까지 느껴 본 적이 없습니다. 그때 당신은, 초인적인 용기로 악과 더불어 싸운 그 무서운 폭풍 뒤, 그 불행한 장면이 나를 끌어들인 당신 방의 옅은 어둠 속에서야 비로소 나에게 돌아오셨던 것입니다. 죽음의 문에서 삶의 문에 당도한 부인의 이마를 재생의 서광이 물들일 때, 당신이 어떤 빛으로 빛났는지 오직 나만이 알았던 것입니다. 당신의 목소리는 마치 아름다운 노랫가락 같았으니까요! 당신의 그리운 목소리 속에 당신의 순수한 감정을 곁들여서 겨우 나를 안심시켜 주신 훌륭한 위안 속에, 지난날 고통의 막연한 흔적이 나타났을 때 모든 말은, 당신의 말조차도 얼마나 사소한 것으로 생각되었는지 모릅니다. 나는 인간적인 온갖 광휘에 빛나는 당신을 알고 있었습니다. 그러나 어제는, 만일 하느님이 원하신다면 내 것이 될 성싶었던 새로운 앙리에트를 잠깐 보았던 것입니다. 어제 나는 영혼의 불 같은 동요를 가로막는 육체적인 속박에서 해방된 무어라 말할 수도 없는 존재를 잠깐 보았던 것입니다. 당신은 낙담 속에서 참으로 아름다웠고, 나약함 속에서 참으로 장엄했습니다. 어제 나는 당신의 아름다움보다도 더 아름다운 무엇인가를, 당신의 목소리보다도 더 부드러운 무엇인가를, 당신의 눈빛보다도 더 반짝이는 빛을, 표현할 말도 없는 향기를 발견했던 것입니다. 어제 당신의 영혼은 눈으로 볼 수 있었고 손으로 만질 수 있었던 것입니다. 아아, 당신을 위해 내 마음을 열어젖히고 당신을 그 속에서 소생시키지 못하는 것이 나는 몹시 괴로웠습니다. 겨우 어제 나는 당신이 불어넣어 준 두려움을 버렸습니다. 그 기절이 우리를 더욱 접근시켰던 것이 아닐까요? 발작이 당신으로 하여금 나와 같은 공기를 호흡하게 했을 때, 그때 나는 당신과 함께 호흡하면서 산다는 것이 어떤 것이라는 것을 알았습니다. 한순간에 얼마나 많은 기도를 드렸는지 모릅니다! 당신을 내 곁에 더 있게 남겨 두십사 하고 하느님에게 빌러 가기 위해 내가 뛰어넘은 그 긴 공간을 횡단하면서 내가 숨지지 않았다고 하면, 인간은 기쁨이나 슬픔 때문에 죽는 것은 아니라 하겠습니다. 그 순간이 나에게 남겨 준 추억은 나의 영혼 속에 묻혀, 그것이 영혼의 표면에 나타날 때에는 내 눈은 반드시 눈물에 젖을 것입니다. 기쁨을 느낄 때마다 그 추억의 물결은 불어나고, 슬픔을 느낄 때마다 그 물결은 깊어질 것입니다. 어제 나의 영혼을 뒤흔든 공포야말로 앞으로 나의 모든 고통과 비교의 대상이 될 것입니다. 마치 당신이 아낌없이 나에게 주신 기쁨이, 그것은 일생의 그리운 추억이 될 것입니다마는! 하느님의 손이 나에게 가져다 준 모든 기쁨을 지배할 것이 틀림없을 것처럼, 당신은 나에게 거룩한 사랑을, 힘과 지속에 넘쳐 의혹도 질투도 모르는 그 확실한 사랑을 이해하게 해주었던 것입니다.

깊은 우수가 나의 영혼을 좀먹고 있었다. 내적인 생활의 광경은 세속적인 격동을 모르는 젊은 마음으로는 비통한 것이었다. 인생의 문턱에서 그와 같은 심연, 밑바닥 없는 연못이나 죽음의 바다를 발견할 줄이야. 수없는 불운의 그 무서운 합주는 나에게 끝없는 생각을 암시했다. 그리고 나는 사회생활의 첫걸음에서 거대한 자를 얻어, 그것으로 모든 것을 재면 다른 여러 광경은 이미 하찮은 작은 것일 수밖에 없었다. 세셀 씨 내외는 나의 슬픔을 눈치채고 나의 사랑을 불행한 것이라 판단했다. 그런데 나는 다행히도 나의 훌륭한 앙리에트를 나의 정열로 조금도 해치지 않아도 되었다.

이튿날 내가 살롱에 들어갔을 때, 부인은 거기에 혼자 있었다. 나에게 손을 내밀면서 잠시 나를 바라보다가 말했다.

「그럼 언제나 이렇게 다정한 친구가 된단 말인가요?」부인은 눈물에 젖은 눈을 들고 일어서더니 절망적인 애원의 말투로 말했다.「다시는 그런 편지를 쓰지 마세요!」

모르소프 씨는 상냥했다. 부인은 많이 회복되어 얼굴은 밝았다. 그러나 며칠 전의 고뇌를 감추지 못했다. 다소 가라앉기는 했으나 지워지지는 않았다. 그날 저녁 우리가 발밑에서 바스락거리는 가을의 낙엽 속을 산책했을 때, 부인은 이렇게 말했다.「고통은 무한하고 기쁨은 한도가 있어요.」잠시 동안의 행복과 비교하여 부인의 고뇌를 나타내는 말이었다.

「인생을 나쁘게만 보지 마세요」하고 나는 말했다.「당신은 사랑을 잘 모르고 하는 말이에요. 그리고 사랑엔 하늘까지 빛나는 쾌락이 있습니다.」

「그런 말은 그만두세요.」부인은 그렇게 말했다.「그런 건 조금도 알고 싶지 않아요. 그린란드 사람은 이탈리아에선 죽어 버릴 거예요! 나는 당신 곁에 있으면 마음이 가라앉고, 행복해요. 생각하고 있는 일을 당신에게는 뭐든지 말할 수 있어요. 가라앉은 내 마음을 산란하게 하지 말아 줘요. 신부님의 미덕과 자유의 매력을 왜 아울러 지니지 못해요?」

「원한다면 독약이라도 마시겠어요.」나는 그렇게 말하면서 몹시 뛰노는 심장에 부인의 손을 갖다 댔다.

「또 그런 말을 하세요!」부인이 그렇게 외치고는 무언가 심한 고통이라도 받는 것처럼 손을 뺐다.「그럼 당신은 나의 상처의 피를, 친구의 손이 멎게 해주길 바라는 서글픈 기쁨도 나한테서 빼앗아 버리고 싶으세요? 내 괴로움을 자꾸 부풀게 하진 마세요. 그 괴로움을 당신은 죄다 알고 있진 못해요! 남의 눈에 띄지 않는 괴로움이 제일 견디기 어려운 거예요. 만일 당신이 여자라면, 자기에겐 아무 보상도 되지 않는데 상대방은 그것으로 모든 것을 보상할 수 있다고 생각하는, 그런 친절의 대상이 된다는 것을 알았을 때, 자존심이 있는 영혼으로선 미움이 뒤섞인 어떤 우수에 빠지는지를 알게 될 거예요. 며칠 동안 나는 귀염을 받고 대접도 받을 거예요. 상대방은 자기가 저질렀다고 생각하는 죄를 용서받고 싶어할 거예요. 그런 때 내가 아무리 억지 의견을 내세워도 찬성받을 거예요. 나는 그런 타락이나 내가 숫제 잊어버렸다고 상대방이 생각했을 적엔 그만두고 마는 감언 따위에는 오욕을 느낍니다. 주인에게 잘못이 있을 때만 주인이 상냥해진다는 건……」

「잘못 정도가 아니고 죄악입니다.」 나는 거칠게 말했다.

「정말 처량한 신세가 아니예요?」 부인은 쓸쓸한 미소를 지으며 말했다. 「그리고는 나는 그런 일시적인 힘을 잘 이용할 줄 모릅니다. 지금까진 나는 쓰러진 적에겐 공격하지 않는 기사들과 같아요. 존경할 만한 상대방이 쓰러져 있는 걸 보고 그 사람의 새로운 공격을 받기 위해 그 사람을 부축해 일으켜서, 그 사람 자신이 괴로워하는 이상으로 그 사람이 쓰러진 걸 괴롭게 생각하고, 설사 유리한 목적을 위해서도 일시적인 영향을 이용한다면 자신이 타락한 것같이 여겨져요. 그런 점잖지 못한 싸움에서 힘을 낭비하고 영혼의 보배를 소모해서 겨우 이긴다면, 그건 치명상을 받은 거나 같아요! 차라리 죽는 게 나아요. 만일 아이들만 없다면 이런 생활은 되는 대로 하겠어요. 그나마 남모를 용기마저 내게 없다면 아이들은 어떻게 될까요?…… 인생이 아무리 괴롭더라도 나는 그들을 위해 살아가지 않으면 안 돼요. 당신은 사랑에 대해 말하는 건가요? 생각해 보세요. 약한 사람들은 모두 무정한 법인데, 그런 무정한 사람들에게 나를 경멸할 권리를 준다면 내가 어떤 지옥에 빠지겠는가를요. 나는 도저히 견딜 수 없을 거예요! 나의 그 흠 없는 행실이 내 힘인 거예요. 미덕에는 신성한 물이 있어 사람은 거기에 마음을 적시고, 하느님의 사랑에 의해 거듭 나서 거기서 나오는 거예요.」

「내 말을 들어 주세요, 정다운 앙리에트. 나는 이제 한 주일밖에 여기 있지 못해요. 내 부탁은……」

「어머나, 떠나 버리시려고요?……」 부인은 내 말을 막으며 말했다.

「그렇지만 아버지가 나를 어떻게 할 생각인지 알아야 하지 않겠어요? 이제는 석 달 가까이 됐으니……」

「나는 날짜를 세어 보진 않았어요.」 부인은 여자가 감격했을 때의 방심한 것 같은 말투로 대답했다. 「그럼 걸읍시다. 그리고 프라펠르에 갑시다.」

부인은 백작과 아이들을 부르고 숄을 가져오게 했다. 그리고 채비를 끝내자 그렇게 조용하기만 하던 부인이 파리 여자처럼 활발해졌다. 우리는 함께 프라펠르를 향해 걸음을 옮겨 놓았다. 부인은 찾아가야 할 의무가 있었던 것은 아니지만, 짐짓 세셀 부인을 보고 얘기했다. 다행히도 세셀 부인은 수다스럽게 잘 대답했다. 백작과 세셀 씨는 농사 일에 대해 이야기를 나누었다. 나는 모르소프 씨가 그의 마차나 말 자랑을 하지 않을까 싶어 걱정스러웠으나, 그는 나무랄 데 없이 점잖은 태도를 지켰다. 세셀 씨는 백작이 카씨느와 레토리에르에서 착수하고 있는 공사에 대해 물었다. 그런 말을 듣고 나는 백작이 그처럼 못마땅한 추억이 있는, 냉혹할이 만큼 비위에 거슬리는 화제를 피할 것이라 짐작하고 그를 지켜보았다. 그러나 그는 군내의 농업 상태를 개선하고, 장소가 안전하고 위생적인 훌륭한 농장을 건설하는 것이 얼마나 긴급한 일인가를 역설했다. 마지막에는 부인의 의견을 자기 생각인 것처럼 자랑스럽게 얘기했다. 나는 낯이 간지러워져서 부인을 바라보았다. 때로, 그토록 깐깐한 면을 보였던 그 사람이 이렇게 둔한 신경으로 게다가 그 심각했던 장면을 잊고, 그처럼 기를 쓰고 반대했던 의견을 자기 의견처럼 그렇게 자신 있게 말하고 있는 사실은 나를 아연하게 했다.

세셀 씨가 「지출을 만회할 수 있다고 생각합니까?」라고 물었을 때 그는 「그 이상의 이득이 있습니다.」 하고 확신한다는 듯한 몸짓으로 대답했다.

그와 같은 엉뚱한 발작은 미친 수작이라는 말로밖에는 설명할 수 없었다. 천사 같은 앙리에트는 기쁨에 넘쳐 있었다. 백작은 분별 있는 사람이며 좋은 관리자이며 뛰어난 농학자같이 보이지 않았던가? 부인은 즐거운 듯이 자크의 머리를 쓰다듬어 주면서, 자기를 위해서도 아들을 위해서도 행복해했다. 얼마나 무서운 희극이며 얼마나 어처구니없는 비극이랴! 나는 소름이 끼쳤다. 뒷날 내 앞에 사회라고 하는 무대의 막이 올랐을 때, 나는 얼마나 많은 모르소프 씨를 보았던가! 더구나 성실성도 없었고 신앙심도 적은 미치광이에게 천사를, 성실하고 시적인 사랑을 지닌 사나이에게 악녀를, 작은 사나이에게 큰 여자를, 추남에게 숭고한 미녀를, 고귀한 쥐아나에겐 보르도 사건(이하는 발자크의 작품 《레 마라나》《고리오 영감》《버림받은 여자》 등에 나오는 인물의 이름이다)으로 알려진 디아르 대위를, 보세앙 부인에게는 다 쥐다 같은 사나이를, 레글르몽 부인에게는 그 남편을, 데스파르 후작에게는 그 아내를 짝지어 주는 것 같은 힘은 얼마나 야릇하고 심술궂은가! 나는 오랫동안 그와 같은 수수께끼의 의미를 찾았다는 것을 고백한다. 많은 신비를 탐구하고 자연 법칙의 이유며 몇 가지 훌륭한 상형문자의 뜻을 발견했다. 그러나 그것에 대해서는 전혀 모른다. 바라문 교의 승려만이 알고 있는 그 상징적인 구성과 인도의 수수께끼 같은 그림처럼, 나는 그것을 끊임없이 연구하고 있다. 거기서는 악령이 지배자라는 것이 너무 뚜렷한 사실이어서 나는 신을 비난할 용기가 없다. 바로잡을 도리 없는 불행이여, 대관절 어떤 자가 이처럼 장난으로 너를 엮어서 만들어냈는가? 그러면 앙리에트와 그 알려지지 않은 철인(앞에 나온 생 마르탱의 별명이다)이 한 말이 옳다는 말인가? 그들의 신비주의는 인간성의 일반적인 의미를 내포하고 있는 것일까?

　내가 그 지방에서 지낸 마지막 며칠 동안은 나뭇잎이 떨어지는 가을이어서, 그 아름다운 계절에는 언제나 맑게 개어 따뜻한 투레느의 하늘도 가끔 구름에 뒤덮이는 우중충한 며칠이었다. 떠나기 전날, 부인은 저녁 식사 전에 나를 테라스로 데리고 갔다.

　「정다운 펠릭스」 부인은 나뭇잎 떨어진 가로수 밑을 말없이 한 바퀴 돌고 나서 말했다. 「당신은 이제부터 세상에 나가는 거예요. 그리고 나도 마음 속으로 당신을 따라가고 싶어요. 괴로움을 많이 겪은 사람은 그만큼 많이 산 셈이에요. 고독한 영혼은 세상 일을 조금도 모른다고 생각해선 안 돼요. 그런 영혼일수록 세상 일을 잘 판단하는 거예요. 만일 내가 친구로서의 당신을 의지하고 살아가지 않으면 안 된다면, 그야말로 아무 불안도 없이 당신의 애정이나 양심에 의지해야 할 거예요. 전투중에는 모든 규칙을 생각해내기가 무척 어려운 법이에요. 어머니가 자식에게 줄 만한 몇 가지 교훈을 당신에게 드리고 싶어요. 떠나는 날에 당신에게 긴 편지를 드리겠어요. 그 속에는 당신이 살아 갈 세상이나 인간에 대한 일이며, 이해 타산이 심한 소용돌이 속에서 곤란을 극복하는 방법 등에 관한 여자로서의 내 생각을 보게 될 거예요. 파리에 도착하기 전엔 뜯어 보지 않겠다고 약속해 주세요. 이런 부탁은 우리 여자들만의 비밀인 변덕스러운 버릇의 한 가지 표현입니다. 그걸 이해하지 못하리라고는 생각되지 않아요. 그렇지만 우리는 아마 그걸 남이 이해한 걸 알면 슬퍼할 거예요. 여자가 혼자 거닐기를 좋아하는 그런 오솔길을 건드리지 말아 주세요.」

「약속하겠습니다.」하고 나는 부인의 두 손에 키스하면서 말했다.
「아, 그리고!」부인이 말했다.「또 한 가지 당신에게 다짐할 일이 있어요. 하지만 동의하겠다고 미리 약속해 주세요.」
「약속하지요.」나는 성실성의 문제일 것이라 짐작하고 서슴지 않고 대답했다.
「나 자신에 대한 일은 아니예요.」부인은 쓴웃음을 지으며 말을 이었다.「펠릭스, 어떤 살롱에서도 도박은 절대로 하지 마세요. 어느 분의 살롱이건 마찬가지예요.」
「절대로 안 하겠어요.」나는 대답했다.
「좋아요.」부인은 말했다.「나는 도박 같은 짓으로 낭비하는 시간을 더 유익하게 사용하는 방법을 당신을 위해 발견했어요. 조만간에 다른 사람들이 질 때 당신은 반드시 이길 것이라는 걸 알게 될 거예요.」
「어떻게 알게 됩니까?」
「편지에 씌어 있죠.」하고 부인은 쾌활한 어조로 대답했다. 그런 태도는 부인의 충고가 할아버지나 할머니의 잔소리같이 고리타분할 것 같은 느낌을 주었다.
백작 부인은 한 시간 남짓 얘기했는데, 그것은 요즘 석 달 동안 얼마나 자상하게 나를 관찰해 왔는가를 보여 줌으로써 나는 부인의 깊은 애정을 알 수 있었다. 부인은 자기 마음을 내 마음에 적응시키려고 애쓰면서 내 마음 속의 심층까지 파고들었다. 그녀의 말투는 변화가 있고 설득력이 있었다. 그 말은 인자한 어머니 입에서 나는 것처럼 말투에서나 내용에서도 우리가 이미 얼마나 많은 굴레로 서로 결합되어 있는가를 보여 주었다. 마지막으로 부인은 이렇게 말했다.
「내가 얼마나 애태우면서 당신이 살아가는 걸 지켜보고, 곧바로 가면 얼마나 기뻐하고 길 모퉁이의 장애물에 부딪치면 얼마나 슬퍼할는지를 당신이 알아 주시면 그것으로 족해요! 믿어 주세요, 내 애정엔 비길 것이 없어요. 그저 무의식적인 것인 동시에 나 자신이 선택한 것이기도 하죠. 아아! 당신이 행복해지고 크게 존경받는 걸 정말 보고 싶어요. 나에게 그건 살아 있는 꿈이 될 거예요.」
부인은 나를 울렸다. 부인은 부드러운 동시에 두렵기도 했다. 감정이 너무나 대담하게 드러났고, 쾌락에 굶주린 젊은이에게 조그마한 기대도 용납하지 않을 만큼 너무나 순수했다. 부인의 마음속에서 조각난 채 남은 내 육체 대신, 영혼에만 만족을 주는 그 신성한 사랑의 끊임없고 가시지 않는 무한한 빛을 나에게 쏟아 주었다. 부인은 하늘 높이 너무 올라가 있어서 나로 하여금 부인의 어깨에 키스를 하게 했던 그 사랑의 다채로운 날개도 나를 거기에 실어다 주지 못했다. 그 곁에 도달하기 위해서는 대천사(세 쌍의 날개를 지닌 가장 높은 천사)의 흰 날개를 가지고 있지 않으면 안 되었다.

「어떤 일을 하든지」 하고 이윽고 나는 말했다. 「나의 앙리에트는 무어라 말할까 하고 생각하겠어요.」

「좋아요, 그럼 나는 당신의 별이나 신전이 되겠어요.」 부인은 어렸을 적의 나의 꿈을 회상시키려고 그렇게 말했다. 욕망을 잊게 하기 위해 그 꿈을 실현시키려고 애쓰면서.

「당신은 나의 신앙, 나의 광명, 또 나의 모든 것이 될 거예요.」 나는 그렇게 외쳤다.

「아니예요.」 부인은 대답했다. 「당신의 쾌락의 원천은 되지 못해요.」

부인은 한숨을 쉬었다. 그리고 은밀한 고뇌의 미소, 일시적으로 반항한 노예의 그 미소를 나에게 던졌다. 그날 이후로 부인은 나의 그리운 사람이 아니라 가장 사랑하는 사람이 되었다. 내 마음 속에서 자리를 차지하려고 생각하거나, 헌신이나 지나친 쾌락에 의해 거기에 붙박이거나 할 여자는 아니었다. 그렇지 않다. 부인은 내 마음을 모조리 차지했으며, 심장의 운동에 필요한 그 무엇이었던 것이다. 플로렌스의 시인에게 있어서의 베아트리체, 베네치아의 시인에게 있어서의 청순한 로르(플로렌스의 시인은 단테. 베네치아 (사실은 토스카나)의 시인은 페트라르카. 베아트리체는 전자의, 로르는 후자의 애인이다)가 되었던 것이다. 위대한 사상의 어머니, 영혼을 구제하려는 결의에 찬 숨은 원인, 앞날의 주춧돌, 어두운 골짜기의 백합처럼 암흑 속에서 빛나는 광명이었다. 그렇다. 부인은 불길을 막아, 위험에 직면한 것을 복구시키거나 하는 고매한 결단을 말로 표현한 것이다. 승리자에 대해 승리하기 위해, 패배에서는 재기하기 위해, 강한 투사들마저 지쳐 버리게 하는 콜리니(16세기 프랑스의 제독인데 준엄하기 짝이 없는 것으로 유명했다) 식의 그 불굴의 정신을 나에게 주었던 것이다.

2. 첫사랑   129

 이튿날 프라펠르에서 조반을 마치고, 내 사랑의 에고이즘에 대해 매우 호의적이었던 주인 내외에게 작별인사를 하고 나서, 나는 클로슈구르드로 갔다. 모르소프 씨 내외는 나를 투르까지 전송해 줄 계획이었다. 나는 거기서 그날 밤 안으로 파리를 향해 떠날 작정이었다. 가는 도중 부인은 내내 정답게 침묵을 지키고 있었다. 처음에는 머리가 아프다고 말하더니 이윽고 거짓말한 것이 부끄러워 낯을 붉히고는, 내가 떠나는 걸 보는 것이 슬프다면서 별안간 얼버무렸다. 백작은 세셀 집안의 사람들이 없을 때, 엥드르의 골짜기를 보고 싶어질 적에 자기 집에 오라고 권했다. 우리는 겉으로는 눈물을 보이지 않고 태연하게 작별했다. 그러나 자크는 몸이 약한 어린애들이 흔히 그러는 것처럼 흥분해서 조금 눈물을 흘렸다. 한편, 마들레느는 의젓한 어른이 된 것처럼 어머니의 손을 잡고 있었다.
 「아가야!」 부인은 그렇게 말하면서 정열적으로 자크에게 키스했다.
 투르에서 혼자 남게 되자 나는 저녁을 먹고 나서, 젊었을 때에만 느낄 수 있는 그 까닭 모를 격정에 사로잡혔다. 그리하여 말을 빌어 타고, 투르와 퐁 드 류앙 사이를 한 시간 십오 분만에 달렸다. 거기에서 미친 듯한 자신의 행동이 들킬까 싶어 살금살금 걸어서 오솔길로 들어가, 스파이처럼 소리없이 테라스 아래에 닿았다. 백작 부인은 거기에 없었다. 나는 부인의 몸이 불편한 모양이라고 상상했다. 작은 문 열쇠를 갖고 있었기 때문에 안으로 들어갔다. 그때 부인은 두 아이를 데리고 돌층계를 내려왔다. 황혼의 풍경 위에 감도는 달콤한 멜랑콜리를 맛보기 위해 쓸쓸하게 다가오는 것이었다.
 「어머니, 펠릭스 아저씨예요.」 마들레느가 말했다.
 「그렇습니다. 나예요.」 하고 나는 부인의 귀에 속삭였다. 「아직 얼마든지 만날 수 있는데 뭣 때문에 투르에 있어야 하나 하는 생각이 들었던 거예요. 한 주일 후엔 실현 불가능한 소원을 왜 이루지 못하느냐고 생각한 거지요.」
 「이 아저씨는 가버리지 않지요, 어머니!」 자크는 좋아서 깡총깡총 뛰면서 그렇게 말했다.
 「가만 있어.」 마들레느가 말했다. 「장군님이 듣고 이리로 오실거야.」
 「철없는 짓이로군요.」 부인이 입을 열었다. 「미친 사람 같은 어리석은 짓이에요!」
 눈물을 머금은 그 화음은 사랑에 대한 고리대금과도 같은 보상이었다.

「이 열쇠를 돌려드리는 걸 그만 잊어버렸거든요.」 나는 미소를 지으며 부인에게 말했다.
「그럼 다시는 오지 않겠군요?」 부인이 말했다.
「우리는 작별하는 것입니까?」 내가 그렇게 물으면서 바라보니, 부인은 무언의 대답을 감추려는 것처럼 눈을 아래로 내리깔았다.

흥분이 가라앉고, 광증과도 같은 도취가 시작될 때 생기는 영혼의 행복한 마비상태 속에서 잠시 시간을 보낸 뒤 나는 떠났다. 끊임없이 돌아다보면서 천천히 걸어갔다. 고원의 꼭대기의 마지막으로 골짜기를 바라보았을 때, 처음에 왔을 때와 비교해서 지금은 엄청나게 큰 대조를 보여 주고 있음을 깨닫고 새삼 놀랐다. 그때에는 내 욕망과 희망이 초록색으로 물들어 있었던 것처럼 저 골짜기가 온통 불타고 있지 않았던가? 지금은 한 가정의 어둡고 슬픈 비밀을 알고 있으며, 기독교도적인 니오베(그리스 신화 속의 어머니. 자기의 어린애가 살해된 것을 슬퍼하여 돌이 되었다고 한다. 니오베는 어머니의 괴로움의 화신이다)의 고뇌를 함께 나누어 그 사람과 같이 슬퍼하고, 더욱 어두워진 내 영혼의 눈에는 그 순간 골짜기도 내 심정과 같이 어둡게 보였다. 이제 들판은 황량해졌고, 미루나무 잎은 떨어져, 남아 있는 잎은 녹슨 빛깔이었다. 포도나무 가지는 불살라졌으며, 숲속 나뭇가지는, 옛날 임금들이 그 옷 빛깔로 삼은 권력의 주홍빛을 슬픔의 갈색 밑에 숨긴, 볕에 그을린 빛깔의 무거운 색채로 물들어 있었다. 흐릿한 태양의 노란 광선이 가시려 하고 있는 그 골짜기는 나의 심정과 언제나 조화를 이루었고, 다시금 나의 영혼의 살아 있는 영상을 나에게 보여 주고 있었던 것이다.

사랑하는 여자와 헤어진다는 것은 사람의 천성에 따라 무섭기도 하고 간단하기도 한 일이다. 나는 갑자기 말도 통하지 않는 이국 땅에 와 있는 듯한 기분이었다. 마음이 끌리지 않는 사물을 보니 모두가 내겐 낯선 것만 같았다. 그러자 나의 사랑의 영역이 넓어지면서 그리운 앙리에트는 내가 그 사람의 추억에 의지해서만 살고 있었던 그 사막 속에 높직이 솟아올랐던 것이다. 그것은 너무도 거룩하게 공경받는 모습이어서, 나는 신비스러운 신 앞에 깨끗하게 머물러 있기를 결심했고, 마음속으로 레비 족의 신관이 흰옷을 입듯, 그렇게 흰옷으로 단장하기 전에는 노브의 로르 앞에 결코 나타나지 않았던 페트라르카를 모방했다. 아버지의 집으로 돌아가 그 편지를 읽을 수 있게 될 첫날밤을 얼마나 초조하게 기다렸던가 ! 수전노가 늘 지니고 다니는 돈뭉치를 만지듯, 나는 여행하는 동안 내내 그 편지를 만지작거리고 있었다. 밤에 나는 앙리에트가 의견을 적어 둔 편지에 수없이 키스했다. 나는 거기서 앙리에트의 품에서 떠난 신비스런 발산물을 포착할 셈이었다. 부인 목소리의 억양이 거기서 나의 명상에 잠긴 오성 속에 뛰어들어올 것만 같아서 나는 그 최초의 편지를 읽었을 때처럼 언제나 침대에서, 절대적인 정적 속에서만 부인의 편지를 읽곤 했던 것이다. 사랑하는 사람이 쓴 편지를 사람들은 어찌하여 다른 방법으로 읽을 수 있는지 나는 상상할 수도 없었다. 그러나 그런 편지를 낮에 일하다가도 읽거나, 냉정한 태도로 제멋대로 중단했다가 다시 읽기 시작하거나 하는, 사랑 받을 자격이 없는 남자들도 있다. 다음의 글이, 나탈리여, 밤의 고요 속에서 돌연 울려온 다정한 목소리다. 내가 도달한 십자로에서 나에게 올바른 길을 가리켜 주기 위해 일어선 숭고한 모습인 것이다.

나의 경험의 조각난 여러 가지 요소를 모아 그것을 당신에게 전해 드리고, 당신이 조심스럽게 더듬어 가지 않으면 안 될 이 세상의 위험에 대비하도록 하는 것은 얼마나 큰 행복인지 모르겠습니다 ! 나는 요즘 며칠 밤 동안 당신 걱정을 하면서 어머니 같은 애정이 허용한 즐거움을 맛보았습니다. 당신이 앞으로 살아갈 미래의 생활 속에 미리 잠겨 보면서 이 편지를 한 줄 한 줄 쓰는 동안, 나는 이따금 창가로 가서 거기서 달빛을 받고 서 있는 프라펠르의 탑을 바라보며 여러 번 중얼거렸던 것입니다. 「그 사람은 자고 있을거야. 그렇지만 나는 그 사람을 위해 지금 자지 않고 있구나 ! 」하고. 그것은 아름다운 감정이어서, 요람 속에서 자고 있는 자크에게 젖을 물리기 위해 그애가 깨기를 기다리고 있었던, 인생에 있어 최초의 행복했던 시절을 연상하게 해주었습니다. 당신도 어린애인 어른이 아닙니까 ? 그래서 몇 가지 교훈으로 영혼을 무장하지 않으면 안 됩니다. 당신이 그토록 시달렸던 그 지긋지긋한 학교에서는 그런 교훈으로 자신을 배양하지 못했겠지만 우리 여자에게는 그걸 당신에게 가르쳐 드릴 특권이 있는 것입니다 ! 하찮은 것이 당신의 성공을 좌우하고 성공의 기초가 되며 그것을 견고하게 하는 것입니다. 남자가 일상 생활의 행동 원칙으로 삼아야 할 방식을 만들어내는 것은 정신적인 모성, 어린애가 잘 이해할 수 있는 모성이 아닐까요? 정다운 펠릭스, 내가 여기에서 다소 잘못을 저질렀더라도, 우리의 우정을 성스럽게 할 무사무욕에 낙인을 찍게 해주세요. 그것은 우정을 신성한 것으로 만들 것입니다. 당신을 사회에 맡긴다는 것은 당신을 단념하는 일이 아닐까요? 그러나 나는 당신을 사랑하고 있기에, 당신의 아름다운 미래를 위해 나의 향락을 희생시키렵니다. 벌써 사 개월이 가까워오는 동안, 당신은 나로 하여금 현대를 지배하고 있는 율법이나 풍습에 대해 이상할 만큼 깊이 생각하게 해주었습니다. 내가 큰어머니와 나눈 이야기, 그 감명도 이제 큰어머니의 역할을 하는 당신의 것이지만, 그리고 남편이 얘기해 준 자기 일생 동안의 가지가지 사건, 왕실과 친밀했던 아버지의 얘기, 크고작은 여러 가지 정황, 이 모든 것이 나의 양자에게 유익해지도록 나의 기억 속에 떠올랐습니다. 나는 그 양자가 거의 홀몸인 채 사회에 나가려 하고 있는 것을 보고 있습니다. 자기의 장점을 경솔하게 발휘한 탓으로 파멸하는 사람도 있고 개중에는 단점을 교묘하게 이용하여 성공하는 사람도 있는 사회에, 조언도 없이 나가려 하고 있는 것을.

무엇보다도 먼저 전체적으로 본 사회에 대한 나의 의견의 간결한 표현을 잘 생각해 주세요. 당신에게라면 적은 말을 가지고도 충분하니까요. 사회의 기원이 신에게 있는지, 아니면 인간에 의해 만들어졌는지 모릅니다. 또한 그것이 어떤 방향으로 움직이는지도 모릅니다. 확실하다고 생각되는 것은 그것이 존재하고 있다는 사실뿐입니다. 당신이 혼자 떨어져 살지 않고 사회의 일원으로서 사회를 받아들이려면, 사회를 구성하고 있는 온갖 조건을 좋은 것이라고 생각지않으면 안 됩니다. 그리 되면 사회와 당신 사이에 내일이라도 계약 같은 것이 맺어질 것입니다. 오늘날의 사회는 인간에게 이익을 주기보다는 오히려 인간을 이용하고 있습니다. 나는 그렇다고 생각합니다. 그러나 인간이 사회에서 이익보다도 부담을 많이 얻는다거나 사회에서 얻은 이익의 값을 너무 비싸게 치른다는 문제는 입법자가 생각할 일이며, 개인과는 관계가 없습니다. 내 생각으로는 일반적인 법칙이 당신에게 이익이 되건 말건, 군소리 없이 거기에 복종하지 않으면 안 됩니다. 그런 원리가 단순한 것같이 보일지라도 그 적용은 어려운 것입니다. 그것은 나무에게 활기를 주어 푸른 빛을 보존하게 하고 꽃을 피게 하며, 일반

2. 첫사랑   133

사람들이 감탄할 만큼 훌륭하게 과실을 개량하고, 아무리 작은 모세관 속에라도 스며드는 수액과도 같은 것입니다. 법칙이 모두 책자에 씌어 있는 것은 아닙니다. 풍습 또한 법칙을 만들며, 가장 중요한 법칙은 가장 알려져 있지 않은 것입니다. 당신의 행동과 언어며 외부 생활, 그리고 사회에 나가거나 행운에 접근하거나 하는 방법, 그런 것들을 규제하는 법률을 위해서는, 교사도 교과서도 학교도 없습니다. 그와 같은 숨은 법칙을 어기면 사회라고 하는 신을 지배하지 못하고 그 밑바닥에 처져 버리게 됩니다. 이 편지에 당신의 생각과 중복되는 부분이 많이 있더라도, 여자로서의 내 정치 견해를 말하게 해주세요.

많은 사람들에게 폐를 끼쳐서라도 교묘하게 얻는 개인의 행복이 으뜸이라는 식으로 사회를 생각하라는 것은 상서롭지 못한 견해이며, 그런 생각을 발전시키면, 법률이나 사회나 개인도 모르게 감쪽같이 침해 행위를 하는 것으로서, 차지하는 모든 것을 모두 정당하게 획득했다고 믿기에 이릅니다. 그와 같은 헌장에 의하면 교묘한 도둑은 무죄가 되고, 남모르게 부정한 짓을 한 유부녀는 행복하고 현명한 사람이 되는 것입니다. 사직 당국에 증거 하나 잡히지 않고 사람을 죽이고, 그렇게 해서 맥베드(셰익스피어의 비극 《맥베드》의 주인공) 식으로 왕관을 차지한다면 그것은 잘한 행동이며, 개인의 이익이 최고의 법이 되어, 요컨대 풍습이나 법률에 의해 설정한 장애를 목격자도 증거도 없이 교묘하게 뚫고 나가 자기의 욕망을 만족시키기만 하면 되는 것입니다. 사회를 그렇게 보는 사람에게 있어서는 재산을 모으는 문제란, 백만금이냐 감옥이냐, 정치적인 지위냐 불명예냐 하는 도박일 뿐입니다. 그렇지만 도박대는 모든 도박꾼을 위해서는 충분히 넓지 못하며 한 번 승부를 하려는데도 일종의 재능이 필요합니다. 신앙이나 감정에 대해서는 말하지 않으렵니다. 여기서 문제가 되는 것은 황금과 쇠로 되어 있는 기계의 구조입니다. 그리고 또 사람들이 걱정하고 있는 그 직접적인 결과입니다. 내 마음속의 그리운 아들이여, 범죄자들의 이론에 대해 나처럼 혐오감을 느낀다면, 사회를 의무의 이론으로밖에는 설명할 수 없다는 것을 알게 될 것입니다. 건전한 이성에는 그렇게밖에 보일 수 없는 것입니다. 그렇습니다. 사람들은 여러 가지 형태로 서로 의무를 짊어지고 있는 것입니다. 내 생각으론 공작이며 귀족원 의원이기도 한 사람은 노동자나 가난한 사람들이 그들에 대해 짊어진 것보다 훨씬 많은 의무를 짊어지고 있습니다. 의무의 중대성이란 어디에서든 이익의 정도에 비례한다고 하는, 상업상으로나 정치에서나 다같이 진실한 원칙에 따라, 계약한 의무는 사회가 인간에게 주는 이익에 비례하여 증대하는 것입니다. 각자가 저마다의 방법으로 자기가 부담한 몫을 지불합니다. 레토리에르의 불쌍한 소작인이 온종일 일에 지쳐 잠을 자려고 돌아올 때, 의무를 다하지 않았다고 생각합니까? 그는 확실히 지체가 높은 많은 사람들보다도 자기의 의무를 더욱 잘 이행한 것입니다. 당신이 자신의 지성이나 능력에 알맞은 지위를 얻고자 하는 이 사회를 그런 식으로 생각한다면, 이러한 원리를 근본 원칙으로 삼지 않으면 안 될 것입니다.『자기의 양심에 어긋나고 공공(公共)의 양심에 어긋나는 것은 무엇이건 스스로 용납하지 말 것』, 내가 잔소리하는 것을 부질없는 일이라고 생각하는지 모르지만, 부탁합니다. 당신의 앙리에트는 그 한 마디의 의미를 숙고해 줍시사 하고 부탁합니다. 얼핏 보기엔 단순하기 그지없는 청렴·명예·성실·예절이 당신이 출세할 가장 확실하고 신속한 수단임을 뜻하는 것입니다. 이기적인 세상에는 감상(感傷)으로는 길은 트이지 않는다, 도덕적인 고려를 너무 존중하면 출세가 늦어진다고 말하는 사람이 많을 것입니다. 당신은 상스럽게 자라나 교육도 받지 못한, 또는 선견지명이 없는 사람들이 자기에게 어떤 도움도 주지 않는다는 구실로, 약자를 못 살게 굴고, 노파에게 실례되는 짓을 하며, 사람 좋은 할아버지와는 잠시라도 함께 지리한 시간을 보내기를 싫어하는 것을 보게 될 것입니다. 그런 사람들은 뒷날 반드시 자신들이 가꾸어 놓은 가시밭에 걸려 하찮은 일로 행운을 놓쳐 버린다는 것을 당신은 알게 될 것입니다. 그러나 일찍부터 그와 같은 의무 관념이 몸에 밴 사람은 조금도 장애에 부딪치지 않을 것입니다. 아마 출세는 늦어질 것이지만 그 행운은 견고해서 다른 사람들의 행복이 무너질 때에도 남을 것입니다.

  그러한 교의(敎義)를 실행하는 데는 무엇보다도 먼저 예의범절의 지식을 필요로 한다고 말하면, 나의 법학에는 다소 궁정과 르농쿠르 집안에서 받은 교육의 냄새가 난다고 당신은 생각할지도 모릅니다. 그렇지만 얼핏 보기에는 하찮은 그 교육일망정 나는 가장 중요시하고 있습니다. 상류사회의 습관은 당신에게 있어, 당신이 가지고 있는 광범하고 다양한 지식과 마찬가지로 필요합니다. 그것이 흔히 지식을 대신한 실례도 적지 않습니다. 사실은 배운 것이 없지만 천성이 재치가 있어 자기의 생각에 체계를 세우는 일에 익숙해진 사람들이, 그들보다 훌륭한 사람들이 얻지 못한 높은 지위를 얻기도 했던 것입니다. 당신이 학교에서 공동으로 받은 교육이 당신에게 해롭지 않았는가 하는 것을 알기 위해, 펠릭스, 나는 당신을 깊이 연구했던 것입니다. 아직은 가지고 있지 않은 약간의 것을 당신이 획득할 수 있으리라는 것을 나는 얼마나 큰 기쁨으로 인정했는지, 그것은 하느님만이 알고 계십니다! 그와 같은 전통 속에서 자라난 많은 사람들에게 있어 예절은 순전히 겉치레인 것입니다. 그렇게 말하는 것도, 전아(典雅)한 예의나 훌륭한 범절은, 마음과 인격적인 존엄이라고 하는 고귀한 감정에서 오는 것이기 때문입니다. 그러므로 교육은 잘 받았는데 상스러운 귀족도 있는 반면, 평민 계급 출신이라도 선천적으로 고상한 품격을 지니고 있고, 조금만 배우면 어설픈 모방이 아닌 훌륭한 범절을 몸에 지니게 되는 사람도 있게 마련입니다. 일생을 결코 이 골짜기에서 나가지 않을 가엾은 여자가 하는 말을 믿어 주세요. 말이나 동작, 옷차림이나 집 안에까지 스며든 그 점잖과 우아한 간소함은 저항할 수도 없는 매력을 지닌 유형의 시 같은 것을 구성하고 있어 그것이 마음속에서 솟아날 적의 힘을 생각해 보세요! 예의라는 것은 남을 위해 자신을 잊고 있는 듯한 태도를 취하는 것을 말합니다. 그런데 많은 사람들의 경우 그것은 사회적인 가면이어서, 이 기심이 짓밟히기만 하면 마각을 드러내고 칠이 벗겨지듯 정체가 드러나게 되어 그런 때면 아무리 고귀한 인물일지라도 천해지는 법입니다. 그렇지만 펠릭스, 당신은 이렇게 되기를 바라고 싶습니까. 참된 예의라는 것은 기독교적인 사상을 내포하고 있습니다. 그것은 자비의 꽃 같은 것이어서, 진정 자기를 잊어버리는 데 있는 것입니다. 그러니 앙리에트의 추억에서 물이 마른 샘이 되지 않기를 바라고 싶습니다. 정신과 격식을 아울러 갖추어 주세요! 사회적인 미덕에 자주 속게 되는 것을 두려워하지 마세요. 얼른 보기에는 쓸모없이 바람에 흩날려 버린 듯한 많은 종류의 열매를 이제 곧 당신은 거둬들일 것입니다. 잘못 알고 있는 예의 중에서도 가장 불쾌한 것의 하나는 약속의 남용이라고 아버님께서 그전에 지적하신 일이 있습니다. 할 수 있을 성싶지 않은 일을 부탁받았을 적엔 공연한 기대를 걸지 않도록 분명히 거절해야 합니다. 그리고 해도 좋다고 생각되는 일은 곧 해드리도록 하세요. 그렇게 하면 거절도 깨끗하고 친절도 깨끗해서, 그 이중의 성실성이 유난히 기품을 높여 줍니다. 사람은 은혜에 대해 감사하기보다도 배신당한 희망을 원망하는 경우가 많지 않을까요? 특히 그와 같은 자질구레한 일은 그야말로 나의 권한 안의 일이기 때문에 알고 있다고 생각하는 일에 대해서는 내가 역설할 수 있는 것이니, 남을 지나치게 믿거나 너무 예사로 대하거나 열중해서는 안 됩니다. 그것은 세 개의 암초입니다! 너무 지나치게 신뢰하면 존경을 받지 못하며, 너무 예사로 대하면 경멸을 당하며, 너무 열중하면 남에게 이용당하기가 쉽습니다. 그리고 첫째, 일생 동안에 두 사람이나 세 사람 이상의 친구를 가지지 않도록 하세요. 당신의 전폭적인 신뢰는 그 사람들의 재산인 것입니다. 많은 사람들을 신뢰한다는 것은 친구를 배신하는 일이 아닐까요? 그러니 혹시 어떤 사람들과 특별히 친해지면 자신에 대해서 신중하게 처신해서, 언젠가는 그 사람들을 당신의 경쟁자나 대항자, 또는 적으로 간주하지 않으면 안 되리라는 생각을 가지고 항상 조심성 있게 교제해야 할 것입니다. 인간 세상의 우연에는 혹시 그렇게 되는 수도 있을 것이기 때문입니다. 그러므로 냉담하지도 않고 열렬하지도 않은 태도를 지키도록 하세요. 아무런 위험성도 없을 듯싶은 그런 중용의 선을 찾아내도록 노력하세요. 그렇습니다. 참된 신사는 필랭트의 비겁한 아첨이나 알세스트(몰리에르의 희극 《인간혐오》의 주인공. 필랭트는 그의 친구)의 신랄한 절조와도 거리가 멀어야 하는 법입니다. 그 희극 시인 몰리에르의 천재는 참된 중용을 보여 줌으로써 더욱 빛나며, 고상한 관객은 그것을 포착하는 것입니다. 아닌게아니라 누구든지 이기주의의 탈을 쓴 친절 밑에 숨겨진 끝없는 경멸보다는 절조가 빚어내는 우스꽝스러움 쪽으로 쏠릴 거예요. 그러나 그들은 그 두 가지에 대해 다같이 자신을 지킬 수 있을 것입니다.

　예사로 대하는 평범한 태도에 대해 말하면, 당신이 그런 태도를 취하면 몇 사람의 어리석은 인간에게서 좋은 사람이라는 말을 들을지 모르지만, 인간의 능력을 통찰하고 평가하는 데 익숙해진 사람들은 당신의 결점을 알아내며, 따라서 당신은 이내 나쁜 평판을 듣게 될 것입니다. 아무튼 평범한 태도라는 것은 무력한 인간들의 수단이니까요. 그런데 그 성원의 한 사람 한 사람을 하나의 기관으로밖에 보지 않는 사회에서 불행히도 약자는 경멸을 당하는 것입니다. 하긴 어쩌면 그런 사회가 옳을지도 모릅니다. 자연도 불완전한 존재에겐 죽음을 선고하는 것입니다. 그렇기 때문에 어쩌면 여자의 눈물겨운 애호란 맹목적인 힘에 맞서 싸우며, 물질의 횡포에 맞서 애정의 지혜를 승리시킴으로써 맛보는 기쁨에 의해 생기는 것일지도 모릅니다. 그러나 어머니라기보다는 차라리 의붓어머니인 사회는 허영심에 아부하는 자식들을 귀여워합니다. 열중에 대해 말하자면, 이것은 자기의 힘을 발휘하는 데서 참된 만족을 발견하여, 우선 남에게 속기 전에 자신에게 속는 청춘이 지니는 첫째의, 그리고 최대의 과실입니다. 그러므로 이것은 당신의 사랑의 감정을 위해 간직해 두세요. 여성과 하느님을 위해 간직해 두세요. 이 세상의 시장이나 정치적인 투기 따위에 이 보물을 가져가서 고물과 바꾸는 것 같은 짓은 하지 마세요. 고귀한 성품이 함부로 인심쓰지 않기를 바라고 있을 때, 무슨 일에서든지 그것이 명령하는 목소리를 믿지 않아선 안 됩니다. 이렇게 말하는 것은 불행하게도 사람들은 당신의 가치 따위는 생각지 않고 당신을 당신의 유용 가치에 비례하여 평가하기 때문입니다. 당신의 시적인 정신에 새겨져 있는 이미지를 활용한다면, 숫자가 엄청나게 크건, 황금으로 그려져 있건 연필로 그려져 있건, 그것은 결국 숫자에 지나지 않습니다. 어느 현대인이 말한 것처럼 『결코 열중하지 말라!』(프랑스의 유명한 외교관 탈레랑이 한 말)입니다. 열중하면 속기 쉽습니다. 그것은 오산의 원인이 됩니다. 당신은 당신의 열의와 조화를 이룬 열의를 당신보다 윗자리에선 결코 찾아내지 못할 것입니다. 국왕들은 여자들과 마찬가지로 모든 것이 자기들의 덕인 줄로만 알고 있습니다. 그런 원칙은 참으로 어이없는 것입니다만 사실입니다. 그러나 이것이 영혼을 모욕하지는 않습니다. 당신의 순수한 감정을 사람 손이 닿지 않는 곳에 두도록 하세요. 그러한 곳에선 그 감정의 꽃이 열렬한 찬사를 받을 것이고, 그리고 그런 곳은 예술가도 연정을 품고 걸작을 꿈꾸는 곳이에요. 의무라는 것은 감정이 아닙니다. 해야 할 일을 한다는 것은 하고 싶은 일을 하는 것과는 다릅니다. 남자란 조국을 위해서는 냉정하게 죽음을 향해 달려가야 하며, 여자를 위해서는 기꺼이 자기의 생명을 던져 줄 수 있어야 하는 것입니다. 예의 중 가장 중요한 규칙의 하나는 자기 자신에 대한 거의 절대적인 침묵이라는 것입니다. 언젠가 한번, 서로 인사만 한 사람들에게 당신 자신에 관해 얘기하는 희극을 벌여 보세요. 당신의 괴로움, 당신의 즐거움, 당신이 하는 일에 대해 얘기해 보세요. 흥미있게 듣는 척하다가 무관심이 꼬리를 무는 것을 보게 될 것입니다. 그리고 만일 그 집 주부가 슬그머니 구실을 만들어 당신이 하는 이야기를 중단시키지 않으면, 권태를 느껴 너나없이 교묘한 핑계를 대고 물러가 버릴 것입니다. 그러나 당신 주위에서 여러 사람들의 공감을 얻고, 교제해도 틀림없을 재치있는 상냥한 사람으로 보이고 싶으면, 얼핏 보면 개개인에 대해선 말할 여지가 없는 문제를 꺼내더라도 그 사람들 자신이 얘기하게 하고, 그들의 입장을 세워 주는 방법을 찾도록 하세요. 그러면 사람들의 얼굴은 빛나고 입은 당신을 향해 미소를 던질 것이며, 그리고 당신이 물러갔을 때 누구든지 당신을 칭찬할 것입니다. 당신의 양심과 마음속의 목소리는 어디서 비굴한 아첨이 시작되고, 어디서 회화의 우아함이 끝나는지 그 한계를 당신에게 알려 줄 것입니다. 사람들 앞에서 얘기하는 경우에 대해 한 마디만 더 하겠습니다. 젊음이라는 것은 흔히 무엇이라고 말할 수 없는 성급한 판단에 치우치기 쉬운 법입니다. 그것은 젊음의 명예이기도 하지만, 그러나 해롭기도 한 것입니다. 그래서 옛날의 교육은 인생 수업을 위해 어른 곁에서 배우고 있는 젊은이에 대해 침묵을 강요하고 있습니다. 옛날에는 『귀족』은 『예술』과 마찬가지로, 먹여 살려 주는 주인을 위한 헌신적인 문하생과 시동을 가지고 있었기 때문입니다. 오늘날엔 청년은 온실에서의 학문, 즉 행동과 사상과 저작을 가혹하게 판단하기 쉬운, 그야말로 미숙한 학문을 가지고 있습니다. 그들은 아직 사용해 본 적이 없는 칼을 서슴지 않고 휘두르는 것입니다. 당신은 그러한 결점을 갖게 되지 않도록 조심하세요. 당신의 판단은 주변의 많은 사람들에게 상처를 입히는 비난이 될 것입니다. 사람들은 당신이 공공연히 던지는 비난보다도 오히려 은근히 가하는 상해를 용서하지 않을 것입니다. 젊은 사람들에게는 관용의 미덕이 없습니다마는, 그것은 그들이 인생에 대해서도 인생의 곤란한 일에 대해서도 아무것도 모르기 때문입니다. 늙은 비평가는 선량하고 온화하며, 젊은 비평가는 신랄하기 짝이 없습니다. 후자는 아무것도 모르며 전자는 모든 것을 알고 있기 때문입니다. 그리고 인간의 행동의 밑바닥에는 반드시 그것을 결정하는 이유들이 얽혀 있어, 하느님만이 그것을 판단할 권한을 가졌습니다. 당신 자신에 대해서만 엄격해야 합니다. 당신의 행운은 당신 눈앞에 있습니다. 그러나 이 세상의 누구든지 남의 도움없이는 출세하지 못합니다. 그러니 우리 친정 아버님 댁에 드나들도록 하세요. 당신은 자유롭게 출입할 수 있을 것입니다. 당신이 거기서 맺는 인간 관계는 여러 가지 기회에 도움이 될 것입니다. 그러나 우리 어머님에 대해서는 한 발짝도 양보하지 마세요. 어머니는 시키는 대로 하는 사람을 짓누르며 저항하는 사람의 자존심을 칭찬하는 사람입니다. 마치 쇠와 같습니다. 쇠는 때리면 다른 쇠와 합쳐지지만 쇠처럼 단단하지 못한 것과 접촉하면 그것을 부숴 버리는 것입니다. 그러니 어머님의 마음을 휘어잡도록 애쓰세요. 만일 어머님이 당신 앞날을 위해 주실 생각이시라면, 어머님은 당신을 여기저기의 살롱에 소개할 것이며, 당신은 거기서 그 불가피한 사교학을 배우게 될 것입니다. 이야기 듣는 법, 얘기하는 법, 대답하는 법, 자기 소개하는 법, 물러가는 법, 그리고 정확한 말, 이런 것들은 옷차림이 천재를 만들어 주지 않는 것과 마찬가지로 우월성은 아닙니다마는, 그러나 그것이 없으면 가장 뛰어난 재능도 결코 인정받지 못하는 무언지 알 수 없는 것이랍니다.

나는 당신을 잘 알고 있으므로, 내가 바라는 당신의 앞날을 미리 상상해도 그것이 조금도 환상이 아니라는 자신이 있습니다. 당신의 태도는 순진하고 말투 또한 부드러우며, 교만하지 않으면서도 자존심이 강하고, 노인에 대해서는 공손하여 비굴하지 않으면서도 친절하며, 무엇보다도 조심성이 많거든요. 그 당신의 재주를 발휘하되 남의 노리개가 되어서는 안 됩니다. 왜냐하면 다음과 같은 일을 명심해 두세요. 만일 당신의 우월성이 범속한 사람의 비위에 거슬리면, 그 사람은 잠자코 있다가 당신에 관해 이렇게 말할 것입니다. 『그는 아주 재미있는 사람이야!』라고. 이것은 경멸하는 말입니다. 당신의 우월성이 항상 사자와 같은 위엄을 지니고 있기를 바라고 싶습니다. 그리고 남자들에게 아첨하려고는 하지 마세요. 그들과의 교제에서는 그들이 화를 내지 못할 정도로, 무례하다고 생각할 만큼 냉담한 태도를 취하기를 권하고 싶습니다. 누구든지 그들 자신을 경멸하는 사람을 존경합니다. 그리고 그런 경멸은 당신에게 모든 부인들의 호의를 얻게 할 것입니다. 부인들은 당신이 남자들을 문제삼지 않는 데 비례해서 당신을 존경할 것입니다. 평판이 좋지 못한 사람들을 가까이하지 마세요. 그 사람들이 소문과는 다르더라도 말입니다. 그렇게 말하는 것은, 세상은 당사자의 우정에 대해서도 증오에 대해서도 다같이 책임을 묻는 법이기 때문입니다. 이런 점에 대해서는 당신의 판단은 오래오래 심사숙고한 것이 아니어서는 안 되지만, 또한 철회할 수 없는 것이어야 합니다. 당신이 물리친 사람들이 당신의 혐오가 옳다는 것을 입증했을 때에는, 당신은 다투어 존경받을 것입니다. 그리되면 당신은 남성 중의 남성으로서 그 말없는 존경을 받을 것입니다. 이로써 당신은 사람들의 마음에 드는 젊음과 사람들의 마음을 끄는 우아함과 승리를 확보하는 지혜로 무장된 셈이 됩니다. 내가 지금까지 얘기한 모든 것은 『귀족에게는 귀족답게 행동할 의무가 있다』는 옛날 격언에 의해 요약될 수 있습니다.

그리고 그와 같은 교훈을, 앞으로 하는 일을 위한 정략에 적용하도록 하세요. 당신은 많은 사람들이, 교활한 수단은 성공의 요소라느니, 군중 속에서 두각을 나타내는 방법은 사람들을 분열시켜 길을 여는 일이라느니 하고 말하는 것을 듣게 될 것입니다. 그와 같은 원리가 중세기엔 통용되었습니다. 그 무렵 왕후들은 서로 타도하는 적대적인 힘을 가지고 있었습니다. 그러나 오늘날에는 모든 일에 비밀이 없으므로 그런 방법은 전혀 소용이 없을 것입니다. 사실 당신 앞에 나타나는 사람이 정직하고 성실한 인간이거나, 비열한 적이거나, 비방과 악담과 사기를 일삼는 인간이라고 합시다. 그런데 이런 것을 알고 계세요? 당신에게는 그때 나타난 그 상대자보다 더 강력한 보조자는 없는 것입니다. 그 사람의 적은 그 자신입니다. 당신은 공정한 무기를 휘둘러 그 사람과 싸울 수 있습니다. 그는 어차피 경멸을 당할 것입니다. 전자의 경우에는 당신의 솔직한 성격이 당신에게 그의 존경을 가져올 것입니다. 그리고 당신들의 이해가 조정되면 (어떤 일이든지 협상을 거치게 마련이니까요) 그 사람은 당신에게 도움이 될 것입니다. 적을 만드는 일을 두려워해서는 아니 됩니다. 앞으로 살아가야 할 세상에서 적을 갖지 않은 사람이야말로 불행합니다. 그러나 웃음거리가 되거나 나쁜 소문의 대상이 되지 않도록 노력하세요. 내가 노력하라고 말하는 것은, 파리에서는 당신은 반드시 자유로운 몸이 아니며 피할 수 없는 상황에 둘러싸이게 되기 때문입니다. 당신은 거기서 도랑 속의 흙이나 떨어지는 벽돌을 피하지 못할 것입니다. 도덕도 도랑이 있어, 더럽혀진 인간들은 자기들이 그 속에서 뒤범벅이 되어 있는 흙을 그 도랑에서 가장 고귀한 사람들에게 끼얹고자 합니다. 그러나 당신은 모든 영역에서 최후의 결의를 견지하고 있음을 보이면 항상 존경받을 수 있습니다. 그러한 야심의 투쟁 속이나, 뒤얽힌 여러 가지 곤란 속에서 곧바로 본론으로 들어가세요. 결연한 태도로 문제를 향해 전진하세요. 그리고 오직 한 가지 점에 대해서만 전력을 다해 싸우도록 하세요. 당신은 모르소프가 얼마나 나폴레옹을 미워하고 있었는지 알고 있지요. 그분은 나폴레옹을 끊임없이 저주하며 사직 당국에서 죄인에게 대해 그러듯이 끊임없이 감시하고 있었습니다. 밤마다 앙지앙 공작(부르봉 왕가의 한 사람. 나폴레옹의 명령으로 총살당했음)을 돌려달라고 청구하고 있었습니다. 앙지앙 공의 처형은 모르소프를 눈물짓게 한 유일한 불행이자 유일한 죽음이었습니다. 그런데도 그분은 나폴레옹을 명장 중의 가장 담대한 사람이라고 찬양했고, 그의 전술을 자주 나에게 설명해 주었습니다. 그런 전법은 이해를 둘러싼 전쟁에도 적용되지 않을까요? 그런 전법을 이용하면, 나폴레옹의 전법이 인간과 공간을 절약했던 것처럼 시간을 절약할 수 있을 것입니다. 그것도 염두에 두기를 바랍니다. 왜냐하면, 여자라는 것은 우리가 본능과 감정으로 판단하는 일에서 흔히 잘못을 저지르기 때문입니다. 나는 다음과 같은 점을 강조하고 싶습니다. 보통 교묘한 술책이나 기만이라는 것은 언젠가는 드러나 마지막에는 해롭지만, 한편 공명정대한 기반 위에 서 있을 적에는 위험이 적어지는 법입니다. 나 자신의 실례를 들어서 설명할 수 있다면 나는 이렇게 말할 것입니다. 클로슈구르드에서는 모르소프의 성격 탓으로, 나는 모든 논쟁을 예방하고, 이의의 제기를 즉석에서 해결하지 않으면 안 됩니다. 그분에게 있어서 이의가 생긴다는 것은 마치 병과도 같은 것이라, 그것에 져도 기뻐하기 때문에 나는 논쟁의 매듭을 일직선으로 파고들어, 문제의 핵심을 찔러 상대방에게 『매듭을 풀든지 잘라 버리든지 하지 않겠습니까?』라고 말하고는 언제나 자신이 완전히 해결하곤 했습니다. 당신에게도 남을 위해 도움이 되거나 봉사하는 일이 적지 않게 생길 것입니다. 하나 그런 일에서 충분한 보답을 받지는 못할 것입니다. 그렇지만 남에 대해 불평을 말하거나, 은공도 모르는 놈들뿐이라고 떠들어대는 사람들의 흉내를 내서는 안 됩니다. 그것은 자기 자랑을 하는 일이 아닐까요? 그리고 자기가 세상 물정을 모른다는 것을 고백하는 결과가 되어 어리석은 짓이 되지요. 당신은 고리대금업자가 돈을 빌려 주는 것처럼 선행을 하겠습니까? 선행 자체를 위해 하는 것이 아닙니까? 귀족에게는 의무가 있다! 그러나 사람들에게 많은을 강요하는 것 같은 도움은 삼가도록 하세요. 그 사람들은 당신에게 있어 불구대천의 원수가 될 것이니까요. 파산 때문에 오는 자포자기가 있듯이 은의(恩義)가 겹친 탓으로 생기는 자포자기도 있어 그것이 무한한 힘을 줍니다. 당신 자신은 될 수 있는 대로 남에게서는 적게 받으세요. 어떤 사람의 부하도 되지 말고 자신만을 의지하도록 하세요. 내가 지금 드리고 있는 말은 인생의 사소한 일에 대한 의견뿐입니다. 정계에서는 양상이 달라집니다. 당신 개인을 제약하는 규칙은 큰 이해 앞에서 꺾이게 마련입니다. 그렇지만 만일 당신이 큰 인물들이 활동하고 있는 영역에 들어간다면 당신은 하느님처럼 당신의 결의의 유일한 판단자가 될 것입니다. 그때에는 이미 당신은 평범한 인간이 아니라 살아 있는 법이 될 것입니다. 그때에는 이미 한 사람이 아니라 국민의 화신이 될 것입니다. 그러나 당신이 심판한다면 당신도 역시 심판받을 것입니다. 먼 후일 당신은 오랫동안 기억될 것입니다. 그리고 당신은 역사를 잘 알고 있으니, 참된 위대함을 낳는 감정과 행위가 어떤 것인지 잘 알았을 줄 압니다.

이번에는 여성에 대한 당신의 태도에 대해서입니다. 당신이 드나들 살롱에서 남의 마음에 들도록 하려고 잔재주를 부리거나 해서 자신을 낭비해서는 안 된다는 원칙을 지키도록 하세요. 지난 세기에서 가장 성공한 어떤 남자는 하룻밤에 한 사람의 여성밖에 상대하지 않으며, 그리고 무시당해 남아 있는 듯한 여자만을 선택하는 습관을 가지고 있었습니다. 그 사람은 한 세상을 주름잡았지요. 그는 때가 되면 사람들이 입을 모아 자기를 찬양하리라는 것을 현명하게도 계산해 두었던 것입니다. 대부분의 청년들은 사회 생활의 절반을 차지하는 교제에 필요한 시간이라고 하는 그들의 가장 귀중한 재산을 모르는 채 지나치고 맙니다. 그들은 젊다는 사실만으로도 남의 마음에 들기 때문에, 남들의 마음에 들기 위해 할 일이란 거의 아무것도 없습니다. 그러나 그와 같은 봄은 재빨리 지나가는 법이며, 그것을 재치있게 이용할 줄 알아야 합니다. 그러니 영향력있는 여성들과 교제하도록 노력하세요. 이런 여성들은 대개 늙은 부인들입니다. 그 사람들은 인척 관계며 모든 가정의 비밀이며, 빨리 목적에 도달하는 지름길을 당신에게 가르쳐 줄 것입니다. 진심으로 친절하게 대해 줄 것입니다. 그 사람들이 신앙에 사로잡혀 있지 않을 때에는, 남의 후원자가 되는 일이 그녀들의 마지막 사랑입니다. 당신을 위해 놀랄 만한 도움을 줄 것입니다. 입이 닳도록 칭찬해서 당신을 호감이 가는 사람으로 만들어 줄 것입니다. 젊은 여성을 피하세요! 내가 하는 말에 조금이라도 개인적인 이해 관계가 있다고는 생각지 마세요. 쉰 살의 부인은 당신을 위해 뭐든지 해줄 것이지만, 스무 살의 부인은 아무것도 해주지 않을 것입니다. 후자는 당신의 모든 생활을 바라며, 전자는 당신에 대해 잠시의 시간과 조그마한 관심밖에 요구하지 않을 것입니다. 젊은 여성에 대해서는 놀려 주세요. 무슨 말을 듣더라도 농담으로만 생각하세요. 그 사람들은 진지한 생각을 가질 수가 없습니다. 젊은 여성이란 마음이 옹졸하고 이기적이며 참된 우정도 없고 자기 자신밖엔 사랑할 줄 모르므로, 자기의 성공을 위해서 당신을 희생시킬지도 모릅니다. 게다가 이런 여성은 모두 자신을 위해 남의 헌신을 요구합니다. 그런데 당신의 입장은 당신을 위해 남이 헌신해 주기를 바랄 것이어서 이 두 가지 요구는 서로 용납되지 않습니다. 젊은 여성은 어느 한 사람도 당신의 이해(利害)를 알아 주지 못할 것입니다. 모두 자기 일만 생각할 것입니다. 모두가 애착으로써 당신을 돕는 게 아니라 허영심으로써 당신을 해칠 것입니다. 당신의 시간을 뺏을 것입니다. 당신의 행운을 놓치게 하고도 손뼉을 치면서 당신 신세를 망쳐 놓을 것입니다. 혹시 당신이 불평하면, 제일 어리석은 여자라도 자기 장갑은 전세계와 맞먹으며 자기에게 봉사하는 것보다 더 영광스런 일이 없다는 것을 당신에게 입증할 것입니다. 모두들 당신에게 행복을 주겠노라고 말하고, 당신의 훌륭한 미래를 잊게 할 것입니다. 그 여자들의 행복은 변하기 쉬운 것이며, 당신의 영화는 확실한 것입니다. 그런 여자들의 변덕스러운 기분을 만족시키기 위해, 또 한 순간의 기분을 위해 지상에서 시작하여 천상에서까지 계속될 사랑으로 바꾸기 위해 얼마나 거짓에 찬 기교를 이용해서 행동하는가를 당신은 모르고 있는 것입니다. 그 여자들은 당신과 헤어지는 날엔, 『나는 사랑하고 있어요』라는 말이 그 여자들의 사랑의 구실이 되었던 것과 마찬가지로, 『이젠 사랑하고 있지 않아요』라는 말로 절교를 정당화하며, 사랑이라는 것은 뜻대로 되는 게 아니라고 말할 것입니다. 터무니없는 어거지지요! 진실한 사랑은 영원하고 무한하며 언제나 변함없는 것입니다. 그것은 변덕이 없고 맑으며, 격렬한 표현 따윈 안 하는 법입니다. 그것은 백발이 되기까지 영원한 것이며, 마음은 항상 젊은 것입니다. 그러나 사교계의 여성들 사이에는 그런 것은 전혀 없습니다. 그 여자들은 모두 연극을 하고 있는 것입니다. 어떤 여자는 자신의 불행을 내세워 당신의 관심을 끌려 할 것입니다. 여자들 중 제일 얌전하고 제일 까다롭지 않은 여자처럼 보일 것입니다. 그러나 자기가 당신에게 필요한 존재가 되었을 적엔 서서히 당신을 지배하고 당신을 움직이려 할 것입니다. 그래도 당신은 외교관이 되어 여러 나라를 두루 다니면서 여러 인간과 이해 관계와 나라들을 연구하고 싶다고 말하겠습니까? 안 됩니다. 당신은 파리나 그렇지 않으면 그 여자의 소유지에 눌러 있게 될 것입니다. 그 여자는 당신을 교활하게 자기의 치맛자락에 감싸둘 것입니다. 그리고 당신이 헌신적으로 대해 주면 줄수록 여자는 더욱더 뻔뻔스러워질 것입니다. 또 다른 여자는 온순한 태도를 보이면서 당신의 관심을 사려고 할 것입니다. 당신의 시녀가 되어 소설에서처럼 세계의 끝까지 당신을 따라갈 것입니다. 당신을 놓치지 않기 위해서는 체면 불구하고 당신의 목에 무거운 돌처럼 매달릴 것입니다. 그러나 당신은 언제나 깊은 물에 빠지고 여자는 떠오를 것입니다. 아무리 교활하지 않은 여자라도 끝없는 함정을 가지고 있습니다. 제일 바보 같은 여자라도 의심을 일으키게 하는 일이 적기 때문에 승리를 거둡니다. 가장 위험이 적은 여성은, 까닭없이 당신을 사랑하고 동기도 없이 당신을 버리고는 허영심 때문에 당신을 되찾으려 하는, 그런 바람둥이 여자일 것입니다. 그러나 모든 여자들이 현재나 미래에 당신을 해칠 것입니다. 사교계에 나가 쾌락과 허영심의 만족을 위해 살고 있는 모든 젊은 여자는 반쯤 타락한 여자여서, 당신마저 타락하게 할 것입니다. 거기에는 당신이 그 마음속을 지배할 만한 정숙하고 침착한 여자는 없을 것입니다. 아아! 당신을 사랑할 여인은 고독할 것입니다. 그 사람에게 가장 즐거운 것은 당신의 시선일 것이고, 당신이 하는 한 마디가 그 여자의 생명 양식이 될 것입니다. 그러니 그 여성은 당신에게 있어 전세계가 되기를 바랍니다.

2. 첫사랑   145

왜냐하면 당신은 그 사람에게 있어 모든 것일 테니까요. 그 사람을 극진히 사랑하세요. 슬픔도 경쟁자도 주어서는 안 됩니다. 질투심을 자극하면 안 됩니다. 사랑을 받는다는 것과 남이 자기를 이해해 준다는 것은 가장 큰 행복이랍니다. 당신이 그것을 맛보게 되기를 빕니다. 그러나 당신 영혼의 꽃을 시들게 하진 마세요. 당신이 애정을 쏟는 그 상대자의 마음을 신뢰하세요. 그 여성은 결코 그 사람 자신이 아니며, 결코 스스로의 일을 생각할 리도 없고, 오직 당신만을 염두에 둘 것입니다. 당신하고는 어떤 일을 가지고도 다투지 않을 것이며, 자기 자신의 이익에는 결코 귀를 기울이지 않고, 당신이 미처 깨닫지 못한 데서 위험을 알아내며, 그러면 자신의 위험을 잊을 것입니다. 혹시 그녀가 괴로워하더라도 불평하는 일도 없이 괴로워할 것입니다. 자기 자신은 조금도 사치스런 생활을 바라서는 안 되며, 이를테면 당신이 그녀에게서 사랑을 느낄 존경심을 지니고 있어야 할 것입니다. 그 사랑보다도 더 큰 사랑으로 보답하도록 하세요. 혹시 당신이 당신의 가엾은 여자친구인 내게서 맛보지 못한 행복, 즉 서로 극진히 사랑하는 사람을 만날 만큼 행복하다면, 그 사랑이 아무리 완전한 것일지라도 이렇게 생각해 주세요. 어느 골짜기에 당신을 위해 한 사람의 어머니가 살아 있는데, 그 사람의 마음은 당신이 그것을 채워 준 감정에 의해 깊이 패어, 당신이 그 밑바닥을 볼 수 없을 지경이라고. 그렇습니다. 나는 당신에게, 그 넓이를, 당신이 결코 알 수 없을 것 같은 애정을 드리겠습니다. 그 애정이 그대로 나타나기 위해서는, 당신은 당신의 훌륭한 지성을 잃어야 할 것입니다. 그리고 그런 때에 당신은 나의 헌신적인 태도가 어디까지 달할 수 있을지 알 수 없을 겁니다. 젊은 여자라는 것은 아무래도 다소 교활하고 조롱적이며, 허영심이 강하고 경박하며 낭비를 좋아하니 되도록 멀리 해야 합니다. 우리 큰어머니처럼 사리에 밝고, 당신에게 도움이 되며, 숨은 비난을 분쇄해서 당신을 지켜 주면서, 당신이 자기 입으로는 하지 못할 말을 해줄 수 있을, 그렇게 의젓한 늙은 부인, 세력 있는 부인과 가까이 지내도록 하세요. 이렇게 말하는 게 딴 마음을 갖고 하는 말이 아닙니다. 결국, 당신의 뜨거운 사랑을 깨끗한 천사를 위해 고이 간직해 두라고 말하는 나는 너그럽지 못한 것일까요? 귀족에게는 의무가 있다고 한 말이 처음 충고의 대부분을 내포하고 있다면, 여성과의 교제를 위해

충고하는 의견 역시, 모든 여성에게 봉사하며 오직 한 사람만을 사랑하라고
하는 기사도의 격언 속에 포함되는 것입니다.
　당신의 교양은 넓고, 고뇌에 의해 보존된 당신의 마음은 때묻지 않은
채로 있습니다. 당신에게 있어서는 모든 것이 아름답고 모든 것이 훌륭
합니다. 이제는 갈구하라! 당신의 장래는 이제 큰 인물들이 말한 이 한
마디 속에 있습니다. 당신은 당신의 앙리에트가 하는 말을 듣겠지요?
앙리에트가, 당신이 할 일이며 세상에 대한 당신의 관계를 생각하면서
앞으로도 당신에게 말하는 것을 허용해 주겠지요? 나는 나의 아이들을
위하는 것과 마찬가지로 당신을 위해서도 앞날을 내다보는 눈을 영혼 속에
지니고 있습니다. 그러니 그런 능력을 당신에게 이익이 되도록 활용하게
해주세요. 그것은 나의 생활과 평화가 가져다 준 신비로운 선물인데, 쇠
퇴하기는커녕 고독과 침묵 속에 굳건히 보존된 것입니다. 그 대신 당신이
나에게 큰 기쁨을 가져다 주기를 부탁합니다. 당신의 성공 중의 단 한
가지라도 내 얼굴을 찡그리게 해서는 안 돼요. 당신이 사람들 속에서
성장하는 것을 보고 싶을 따름입니다. 당신의 행운이 하루 바삐 당신의
가명(家名)에 부끄럽지 않는 높이에 올라가고, 나의 소원 이상으로 훌륭
하게 된 당신을 보고 기뻐하고 싶은 것입니다. 그와 같은 남모를 협력이
내가 스스로 용납할 수 있는 유일한 즐거움이랍니다. 나는 기다리겠습니다.
당신에게 작별 인사는 하지 않으렵니다. 우리는 떨어져 있으니 당신은 내
손에 입술로 키스하진 못합니다. 그렇지만 당신은 앙리에트의 마음속에서
어떤 지위를 차지하고 있는지는 잘 알았을 것입니다.
　　　　　　　　　　　　　　　　　　　당신의 앙리에트

　이 편지를 다 읽었을 때, 나는 어머니의 가혹한 영접에 부닥쳐 소름이
끼치고 있었는데도, 손가락 밑에서는 인자한 어머니의 심장이 고동치는 소
리를 느낄 수 있었다. 백작 부인이 이 편지를 투레느에서 읽지 말라고 한
이유를 나는 알았다. 부인은 아마 내가 부인의 발밑에 꿇어엎드려 그 발이
내가 흘리는 눈물로 젖는 것을 두려워하고 있었던 것이다.
　그때까지는 나에게 있어 남 같았던 형 샤를르를 나는 겨우 알게 되었다.
그러나 그는 사소한 일에서도 거드름 피우는 태도를 보였고, 그것이 우리

사이에 거리감을 두게 하여 우리는 형제로서 서로 사랑하지 못했다. 무릇 온화한 감정이란 영혼의 평등을 바탕으로 삼는 법이다. 그래서 우리 사이에는 아무런 일치점도 없었다. 그는 이성이나 감정으로 뻔히 들여다볼 수 있는 하찮은 일을 잔뜩 뽐내면서 나에게 설교했다. 어떤 일에서든지 나를 믿지 않는 것 같았다. 만일 내가 마음속에 간직한 나의 사랑에 의지하지 않았더라면, 그는 내가 아무것도 모른다고 생각하는 체하면서 나를 쓸개빠진 못난이로 만들었을 것이다. 그는 나의 변변치 못한 태도가 그의 장점을 틀림없이 돋보이게 할 사교계에 나를 소개했다. 나에게 어렸을 때의 불행이 없었다면 보호자 행세를 하려 드는 그의 허영심을 형제간의 우애로 착각했을 것이다. 그러나 정신적인 고독은 지상의 고독과 같은 결과를 자아내는 법이다. 거기에서 침묵은 가장 작은 반향도 분간할 수 있게 하며, 자기속으로 도피하는 버릇은 감수성을 발달시켜, 그 섬세한 감정은 우리에게 던져지는 애정의 아주 작은 음영마저 밝혀 주는 것이다. 모르소프 부인을 알기 전의 나는 매서운 눈초리에 마음이 상했고, 사나운 말투에 겁을 집어먹곤 했다. 나는 그런 일 때문에 한탄했지만 애무의 생활에 대해서는 전혀 몰랐던 것이다. 그러던 것이 클로슈구르드에서 돌아오자 나는 온갖 경우를 비교할 수 있었고, 그런 능력이 나의 조숙한 지식을 개선해 주었다. 고뇌의 체험을 기초로 한 관찰은 불완전하다. 행복도 독자적인 빛이 있다. 나는 샤를르한테 속지 않았던 만큼 더욱 태연하게 기꺼이 장남의 우위 밑에 짓눌린 채 있었다.

나는 혼자 르농쿠르 공작 부인을 찾아갔으나, 거기서는 앙리에트에 대한 이야기는 조금도 듣지 못했고, 단순하기 짝이 없는 호인인 공작 이외에는 아무도 나에게 앙리에트에 관해 얘기하는 사람이 없었다. 그러나 나는 공작이 나를 맞아 들인 태도를 보고, 그의 딸이 은근히 추천했다는 것을 알아차렸다. 모든 젊은이가 상류사회를 처음 보고 느끼는 어리석은 놀라움에서 내가 차차 깨닫기 시작했을 때, 상류사회가 야심가에게 제공하는 갖가지 술책을 이해하는 데서 즐거움을 발견했고, 앙리에트가 준 교훈의 깊은 진실성을 감탄하면서 그것을 활용하는 것을 기뻐하고 있었던 그때, 삼월 이십일의 사건(엘바섬에서 탈출한 나폴레옹의 귀환)이 일어났다. 형은 궁정 사람들을 따라 강(벨지움의 도시, 파리에서 오백 킬로)까지 갔다. 내 편에서만 적극적인 편지를 계속해서 보내고 있었던 백작 부인의 충고로, 나는 르농쿠르 공작을 모시고 강에 갔다. 공작은 내가 몸도 마음도 부르봉 왕가에 끌려 있는 것을 보고, 평소에 호의를 베풀던 태도에서 이젠 나를 두둔하기에 이르렀다. 그는 직접 나를 폐하에게 소개해 주었다. 불행할 때에 신하는 적은 법이다. 젊음이라는 것은 순박한 감탄과 타산없는 충성심을 가지고 있다. 국왕은 인간을 판단할 줄 알고 있었다. 튀일르리 궁전에서는 눈에 띄지 않았던 일이 자연히 강에서는 크게 인정받았다. 그리고 나는 다행히도 루이 18세의 마음에 들었다. 자기 아버지에게 보낸 모르소프 부인의 편지가 방데 군(프랑스 대혁명 시대부터의 왕당파)의 밀사 편으로 공문서와 함께 닿았는데, 그 편지에는 나한테 전하는 말도 있었고 자크가 앓고 있다는 기별도 있었다. 모르소프 씨는 그의 아들의 건강이 나빠진 데다 자기를 빼놓고 두 번째 망명이 시작되는 것을 보고 절망했다는 것이며, 몇 마디 덧붙인 글귀로 나는 사랑하는 부인의 형편을 짐작할 수 있었다. 부인은 자크의 머리맡에 노상 붙어 있을 땐 모르긴 하지만 남편에게 시달려 한시도 쉬지 못했을 것이다. 귀찮게 구는 조그마한 일에는 초연할 수 있어도, 아들의 간호에 정성을 쏟고 있을 적에는 그것을 극복할 힘이 없어, 생활의 고달픔을 덜어 주었던 우정의 도움을 틀림없이 바랐을 것이다. 모르소프 씨의 기분을 전환시키기 위해 그 도움을 이용하려는 목적만으로도 그랬을 것이다. 백작이 부인을 괴롭힐 염려가 있었을 때, 나는 여러 번 그를 바깥으로 데리고 나간 적이 있었다. 선의의 계략이어서 그것이 성공한 덕분에, 사랑이 거기에서 약속을 알아보는, 정열적인 감사의 뜻이 담긴 시선을 그녀는 몇 번인가 나에게 던져 주었던 것이다. 나는, 최근 비인국제회의(1814년 11월 1일에 열렸으며 탈레랑이 활약했다)에 파견된 샤를르가 활약해 온 외교관 생활을 해보려고 초조하게 애쓰고 있었지만, 또한 생명의 위험을 무릅쓰고라도 앙리에트의 예언을 정당화하여 샤를르의 속박으로부터 자신을 해방시키고자 했지만, 나의 야심도, 독립에의 욕망도, 국왕 곁에서 떨어지지 않는 데서 오는 이익도 모두 모르소프 부인이 고민하는 모습 앞에서는 퇴색했던 것이다. 나는 강의 궁전을 떠나 참된 나의 여왕 앙리에트에게 봉사하러 가리라 마음먹었다. 하느님은 내 소원을 들어 주셨다. 방데 군에서 파견한 밀사는 프랑스에 돌아갈 수 없었기 때문에, 국왕은 칙서를 가지고 가는 데 목숨을 바칠 사람을 찾고 있었다. 르농쿠르 공작은 그런 위험한 일을 맡을 것으로 짐작되는 사나이를 국왕이 잊지 않고 있으리라는 것을 알고 있었다. 그는 나와 의논하지도 않고 나를 국왕에게 천거했다. 그리하여 나는 대의를 위해 봉사하면서 다시 클로슈구르드에 갈 수 있게 되었음을 기뻐하며 그 임무을 맡았다.

나는 스물한 살의 젊은 나이로 국왕께 배알하고 나서 프랑스 돌아갔다. 파리에서도 방데에서도 다행히 폐하의 뜻을 달성할 수 있었다. 오월 말경에 보나파르트 파 당국의 추적을 받고, 나는 자기 저택으로 돌아가는 사람인 것처럼 가장하고 도망하지 않으면 안 되었다. 여기저기의 영지, 여러 곳의 숲을 거쳐 방데 고원과 보카쥬, 포와투 등지를 걸어서 지났고, 때로는 길을 바꾸기도 했다. 나는 소뮈이르에 닿았고 소뮈이르에서 쉬농, 그리고 쉬농에서는 하룻밤 안에 뉘에이유의 숲을 닿았다. 그곳의 황무지에서 말을 탄 백작을 만나, 그 말을 같이 탔다. 그리고 나를 알아볼 만한 사람은 한 사람도 만나지 않고 백작의 집에까지 무사히 갈 수 있었다.

「자크는 낫기 시작했어요.」 이것이 그의 첫마디였다.

나는 짐승처럼 쫓기고 있는 외교적인 보병으로서의 나의 입장을 그에게 고백했다. 그랬더니 그 귀족은 나를 맞아들이는 위험을 세셀 씨로부터 뺏기 위해 왕당주의로 무장했다. 나는 클로슈구르드를 보자, 이미 흘러간 팔 개월이 꿈같이 생각되었다. 백작이 앞서 걸으며 부인에게「누굴 데리고 왔는지 알겠소 ?……펠릭스야.」했을 때, 부인은 두 팔을 늘어뜨린 채 어리둥절한 얼굴로 물었다.「그런 일이 있을 수 있어요 ?」

내가 나타나자 얼마 동안 우리는 꼼짝도 않고 마주보고 우두커니 있었다. 부인은 안락의자에 못박힌 채였고 나는 문턱에 서서, 잃어버린 모든 시간을 한눈으로 되찾으려는 애인끼리의 애절한 시선으로 마주 보았다. 그러나 부인은 자기 심정을 그대로 드러내어 놀라움을 나타낸 것을 부끄럽게 여기고 조용히 일어서서 나에게로 다가왔다.

「나는 당신을 위해 많은 기도를 드렸어요.」 부인은 키스를 받기 위해 손을 내놓고 나서 그렇게 말했다.

부인은 아버지의 소식을 물었다. 그리고 내가 피곤한 것을 짐작하고 내가 잘 방을 치우러 갔다. 한편 백작은 나를 위해 식사 준비를 시켜 주었다. 아무튼 나는 배가 고파 죽을 지경이었던 것이다. 내 방은 부인 방 바로 위에 있었는데, 부인의 큰어머니가 거처하던 방이었다. 부인은 나하고 같이 갈까 하고 망설였던 모양으로, 층계에 발을 한 번 올려 놓고 나서 백작에게 나를 안내하게 했다. 나는 돌아다보았다. 부인은 낯을 붉히며 잘 자라고 말하고는 분주히 물러갔다. 저녁을 먹으려고 아래층에 내려갔을 때, 나는 워털루의 참패와 나폴레옹의 도주, 연합군의 파리 진격과 부르봉 왕가의 복귀가 가능하다는 이야기를 들었다.

 그와 같은 사건은 백작에게 있어서는 이 세상의 모든 것이었으나 우리에게는 아무것도 아닌 일이었다. 어린애들을 껴안아 준 다음 나의 가장 큰 뉴스가 무엇이었는지 알겠는가? 창백하게 여윈 백작 부인을 봤을 때의 나의 근심에 대해서는 얘기하지 않으련다. 나는 놀라움을 나타내는 몸짓 때문에 생길 가능성이 있는 초췌함을 알고 있었기 때문에, 부인을 바라보면서 기쁨만을 표현했다. 우리에게 있어서의 큰 뉴스는 이것이었다. 「당신에게 얼음을 드리죠!」 부인은 지난해에 나를 위해 줄 찬물이 없는 것을 몹시 아쉬워했다. 나는 마실 것이 없을 때면 얼음을 좋아했던 것이다. 부인이 얼마나 애써서 빙고를 마련했는지는 하느님만이 알 일이다! 사랑하는 사람에게 있어서는 오직 한 마디의 말, 한 번 던져 주는 눈길, 목소리의 억양, 그리고 외견상으로는 조그마한 친절로 충분하다는 것을 당신은 누구보다도 잘 알고 있을 것이다. 사랑의 가장 아름다운 특권은 그 자체로 스스로를 증명하는 것이다. 그런데 부인이 던져 주는 말과 눈길과 즐거움은, 내가 그전에 장기를 둘 때의 행동으로 나의 모든 감정을 얘기했던 것처럼 부인의 깊은 감정을 나에게 보여 주었다. 그러나 부인의 상냥한 마음씨와 소박한 애정의 증거는 무수히 있었다.

 내가 도착한 지 이레 만에 부인은 원기를 회복했다. 건강과 환희와 젊음이 넘쳐 흘렀다. 나는 나의 마음속의 보배가 증대한 것을 발견한 것과 마찬가지로 나의 그리운 백합이 아름다워졌고 더욱 탐스럽게 꽃핀 것을 다시 보았다. 서로 떨어져 있는 동안 감정이 빈약해지고 영혼의 윤곽이 흐릿해져서 사랑하는 사람의 아름다움이 감소하는 것은, 다만 비소한 정신이나 저속한 심정에서만 그런 것이 아닐까? 열렬한 상상력을 가지고 있는 경우에는 열광이 핏속에 옮겨져 그 피를 새로운 주홍빛으로 물들이며, 정열이 정절의 형태를 취하는 그런 사람들에게 있어서는, 서로 떨어져 있다는 것은 원시적인 기독교도들의 신앙을 더욱 깊게 하여 그들에게 신을 보여 줄 그 형벌의 효과와 같은 효과를 가지고 있는 것이 아닐까? 사랑에 넘친 마음속에는 끊임없는 소망밖에 없어서, 그리워하는 모습을 꿈속의 불빛으로 채색하여 잠깐 보이면서, 그 모습에 더많은 가치를 주는 것이 아닐까? 동경하는 모습을 관념으로 채워 그 모습에 이상적인 아름다움을 연결시켜 그 흥분을 사람은 느끼는 것이 아닐까? 과거는 추억이 추억의 꼬리를 물고 나와 더욱더 커진다. 미래는 희망으로 장식된다. 그때 우뢰를 머금은 구름으로 가득찬 두 사람의 마음 사이에서는, 첫만남이 별안간 번갯불을 번뜩이며 대지를 소생시키고 살찌게 하는 고마운 폭풍우 같은 것이 됐다. 우리에게 있어 그런 생각, 그런 회상이 공통의 것임을 보고, 나는 얼마나 달콤한 쾌락을 맛보았는지 모른다. 얼마나 나는 황홀한 눈초리로 앙리에트의 행복이 더욱 불어나는 것을 지켜보았으랴! 사랑하는 남자의 눈길 밑에서 소생하는 여자는, 의혹 때문에 살해당하거나 수액이 부족해서 말라 버리거나 하는 여자보다도 더 큰 감정의 표시를 주는지도 모른다. 나로서는 그 두 가지 여자 중에서 어느 쪽이 더 측은한지 모르겠다.

　모르소프 부인의 부활은 초원에 주는 오월의 생기처럼, 시든 꽃에 주는 태양과 물의 생기처럼 자연스러운 것이었다. 우리들의 사랑의 골짜기와 마찬가지로 앙리에트에게도 겨울이 있었던 것이다. 골짜기와 마찬가지로 봄에 소생되었던 것이다. 저녁을 먹기 전에 우리는 그리운 동산으로 내려갔다. 거기서 앙리에트는, 전에 봤을 때보다도 더 약해진 지금도 병을 가지고 있는 것 같은, 아무 말 없이 어머니 곁에서 걷고 있는 그 민망한 아들의 머리를 쓰다듬어 주면서 그 애를 간호하느라고 새운 여러 날 밤의 일들을 얘기했다. 지난 석 달 동안은 아주 내면적인 생활을 해오고 있었다. 어두운 궁전 같은 데서 살면서 호화로운 방에 들어가는 것을 두려워하고 있었던 거나 다름 없었다. 방에는 불빛이 휘황하고 자기에게는 금지되어 있는 축전이 벌어지고 있었다. 그 문 어귀에서 한쪽 눈은 자기 자식에게, 또 다른 눈은 누군지도 모를 모습에게 던지고, 한쪽 귀를 고통에, 또 다른 귀를 어떤 목소리에 기울이고 서 있었다. 앙리에트는 어떤 시인도 지금 껏 지은 적이 없는 것 같은 고독에 의해 암시된 시를 얘기하고 있었다. 그러나 그것을 너무 소박하게 얘기해서, 사랑의 조그마한 흔적도, 쾌락적인 생각의 자취도, 프랑지스탕 (십자군 원정 이래 프랑크 지방을 동방사람들은 프랑지스탕이라고 불렀다)의 장미처럼 동방적이며 감미로운 작시법도 섞을 줄 모르는 채였다. 백작이 우리에게로 왔을 적에도 같은 말투로 이야기를 계속했지만, 그것은 자기 남편에 대해 자랑스러운 시선을 던지고, 또 낯을 붉히지 않고 아들의 이마에 키스할 수 있는 자신을 가진 여자로서였다. 앙리에트는 정성을 다해 기도를 드렸다. 자크의 목숨을 살려 주십사 하고 밤마다 자크 몸 위에서 합장하고 있었다. 「나는 자크를 살려 달라고 빌기 위해 그야말로 하느님 성좌의 문어귀에까지 갔어요.」 앙리에트는 그렇게 말했다. 환영을 봤다는 얘기를 나에게 들려 주었다. 그러나 천사 같은 목소리로 「자고 있는 동안에도 내 마음은 간호하고 있었죠.」라고 훌륭한 말을 했을 때, 백작이 그 말을 가로막으며 말했다.

「다시 말하자면 당신은 거의 미쳤던거야.」

부인은 걷잡을 수 없는 고통에 사로잡혀 입을 다물었다. 그것은 마치 처음으로 상처를 입기나 한 것 같았으며, 또 십삼 년 동안이나 이 사나이가 아내의 심장에 쉴새없이 화살을 쏘아넣고 있었던 일을 부인이 잊고 있는 것 같았다. 부인은 납으로 만든 그 초라한 탄환을 맞고 날아가다가 떨어진 숭고한 새처럼 어리둥절한 낙담의 구렁텅이에 빠졌다.

「그게 무슨 말씀이에요, 여보!」 잠시 후 부인은 입을 열었다. 「제가 말하는 한 마디도 당신 정신의 법정에선 용납하지 않겠다는 말씀인가요? 약한 내 마음에 대한 너그러움도, 여자로서의 생각에 대한 이해도 가져 주시지 못하겠어요?」

부인은 입을 다물었다. 이 천사는 벌써 자기가 한 말을 뉘우치고 과거와 미래를 한눈으로 내다본 것이다. 남편은 이해해 줄까? 지독한 욕설이 튀어 나오지 않을까? 푸른 핏줄이 관자놀이에서 세차게 팔딱거리고 있었다. 눈물은 조금도 흘리지 않았지만, 그러나 푸른 눈은 생기를 잃고 있었다. 그리고 내 눈 속에 확대되어 비친 자기의 고통이나, 드러난 자기의 감정과 나의 영혼 속에서 애무를 받은 자기의 영혼을 보지 않으려고 눈을 내리깔았다. 또한 마치 충성스러운 개처럼, 공격하는 인간의 힘도 자격도 염두에 두지 않은 채 주인을 해치는 자를 물어뜯으려고 노리고 있는, 젊은 사랑의 분노어린 동정을 보지 않으려고 고개를 숙였다. 그런 서글픈 모습을 하고 있었을 때, 백작이 얼마나 거만한 태도를 취하고 있었는가는 본 사람이 아니고는 모를 것이다. 그는 아내를 이겼다고 생각하고 그런 생각만 되씹으면서, 마치 같은 소리를 내는 도끼의 타격 같은 욕설을 우박처럼 퍼부으며 괴롭혔던 것이다.
 백작이 그를 찾으러 온 조마사를 따라 할 수 없이 물러갔을 때, 나는 물었다.
「저분은 여전하시군요?」
「늘 그래요」 하고 자크가 대답했다.
「늘 같은 분이야, 자크.」 부인은 그런 말로 모르소프 씨를 아이들 앞에서 두둔했다. 「너는 지금 같은 일만 알고 그전 일을 모르는거야. 아버지를 비평하거나 하면 틀림없이 무슨 잘못을 저지르게 되는거야. 그렇지만 아버지가 잘못 하는 일을 보는 건 괴롭더라도, 집안의 명예를 위해서는 그런 비밀을 제일 깊은 침묵 속에 묻어 두지 않으면 안돼.」
「카시느나 레토리에르에선 어떤 변화가 생겼습니까?」 나는 부인의 괴로운 심정을 잊게 하려고 그렇게 물었다.
「예상보다 더 좋게 됐어요.」 부인은 말했다. 「건물을 다 지으니 나무랄 데 없는 소작인이 두 사람 나타나서, 한 사람은 세금을 자기네가 부담하는 조건으로 사천 오백 프랑, 또 한 사람은 오천 프랑으로 승낙했어요. 계약 기한은 십오 년으로 얘기가 됐지요. 그리고 우리는 새로 꾸민 두 군데 농장에 벌써 삼천 그루나 되는 나무를 심었어요. 마네트의 친척은 라블레를 얻게 돼서 퍽 기뻐하고 있죠. 마르티노는 보드를 빌어 쓰고 있어요. 그들 네 사람의 재산은 목장과 숲인데, 질이 나쁜 소작인들과는 달라서 우리가 붙이는 땅에 쓸 비료를 자기들 것으로 가져가거나 하진 않아요. 그러니 우리들의 노력은 최고의 성공을 거둔 셈이죠. 클로슈구르드에서는 저택의 밭이라고 부르고 있는 보유지나 삼림과 포도밭을 제쳐 놓고서도 일만 구천 프랑의 수익을 올릴 수 있게 됐고 나무를 심어 놓은 숲에서도 상당한 수입이 들어오게 됐거든요. 나는 우리 집 보유지를 관리인인 마르티노 앞으로 돌리려고 애쓰고 있어요. 관리인이 하는 일은 그 사람 아들이 맡을 수 있으니까요. 모르소프가 코망드리에 농장을 만들어 주면 마르티노는 삼천 프랑을 지불하겠다고 말하고 있어요. 그렇게 되면 클로슈구르드 주변의 땅을 모조리 떼내어 쉬농 가도까지 계획해 둔 우리 집의 가로수길을 완성하면 우리는 포도밭과 삼림만을 돌보면 될 거예요. 국왕께서 돌아오시면 주인의 연금도 도로 타게 될 거예요. 며칠 동안은 여자 마음엔 맞지 않는 내외간의 의견 충돌이 있겠지만 자크의 재산은 확고한 것이 될 거거든요, 이 마지막 성과를 얻게 되면 마들레느를 위한 저금 일을 주인에게 맡길까 해요. 그리고 마들레느에게는 국왕께서 관례에 따라 결혼 자금을 내리실 게고, 그러면 이제 안심이에요. 내가 할 일은 거의 다 한 셈이니까요. 그런데 당신은 어떠세요?」 부인은 나에게 물었다.

나는 나의 사명을 설명했다. 그리고 부인의 충고가 얼마나 효과적이며 현명한 것이었던가를 얘기해 주었다. 그처럼 앞을 내다보았으니 천리안이라도 가지고 있었던가?

「편지에서 말하지 않았아요?」 부인은 말했다.「당신에 대해서만은 나는 놀라운 능력을 발휘할 수 있는 거예요. 그런 능력에 대해 나의 고해 신부 드 라 베르쥐 님에게만은 말씀드렸는데, 그건 하느님이 거들어 주신 덕이라고 말씀하시더군요. 아이들 걱정 때문에 여러 가지로 깊은 생각에 잠기고 난 뒤에는 자주 현세의 것이 보이지 않게 되고 다른 세계가 보이기도 한답니다. 그리고 자크와 마들레느가 눈부시게 보였을 적엔 그애들은 얼마 동안은 건강하죠. 그런데 안개에 싸인 것처럼 보이면 이내 앓곤 하더군요. 당신은 늘 빛나게 보였을 뿐 아니라, 당신이 해야 할 일, 말은 없어도 이심전심으로 설명해 주는 부드러운 목소리가 들렸던 거예요. 어떤 법칙 때문에 그렇게 희한한 선물을 아이들과 당신을 위해서만 사용할 수 있을까요?」 부인은 생각에 잠기며 그렇게 중얼거렸다. 「하느님은 그 세 사람을 위해 아버지 노릇을 해주시는 걸까요?」 잠시 후 그렇게 스스로 물었다.

「나는 지금까지처럼 당신에게만 복종할 생각이니 그렇게 알고 계세요!」 나는 그런 말로 대답했다.

부인은 그전처럼 우아하기만 한 미소를 나에게 보냈다. 그것은 내 마음을 도취하게 했는데, 그때에는 치명적인 타격을 받아도 고통을 느끼지 않았을 것이다.

「국왕께서 파리로 귀환하시면(루이 18세는 1815년 7월 8일에 파리로 귀환했다) 곧 클로슈구르드를 떠나 파리로 돌아가세요.」하고 부인은 말을 이었다. 「지위나 혜택을 바라는 것은 비열한 짓이지만, 그런 걸 받을 줄 모르는 것도 같은 정도로 우스꽝스런 일이에요. 큰 변동이 생길 거예요. 능력있고 신뢰할 만한 사람들이 국왕을 위해 필요해질 거예요. 국왕을 위해 쓸모있는 사람이 되어 주세요. 당신은 젊어서 정계에 들어가면 퍽 유익할 거예요. 왜냐하면 정치가는 배우나 마찬가지로 선천적인 재능만으로는 알 수 없는 직업상의 여러 일들이 있거든요. 그런 건 배워 둬야 합니다 아버지는 그런 일을 슈와쾰르 공작한테서 배웠지요.」 침묵이 흐른 뒤에 또 말했다.「여전히 나를 생각해 주세요. 완전히 내 영혼 속에 있는 한 사람의 우수함을 보는 즐거움을 맛보게 해주세요. 당신은 내 아들이 아니예요?」

「당신 아들이라구요?」 나는 못마땅해서 말했다.

「틀림없이 내 아들이에요.」 부인은 나를 놀려 주며 말했다.「그건 내 마음속에서 상당히 훌륭한 지위를 차지하는 일이 아닐까요?」

종소리가 저녁 식사를 알렸다. 부인은 내 팔을 잡고 기쁘다는 듯이 몸을 기대었다.

「참 이제는 어른이 다 됐군요.」 층계를 오르면서 그렇게 말했다. 섬돌이 있는 데까지 왔을 때, 마치 내 시선에 너무 날카롭게 부딪치기라도 한 것처럼 내 팔을 흔들었다. 부인은 눈을 내리깔고 있었으나 내가 부인만 바라보고 있다는 것을 잘 알고 있었던 것이다. 그때 부인은 사실과는 다르게 안타까운 듯한 몸짓을 하면서 아주 우아하고 다정하게 말했다.「자, 우리들의 그리운 골짜기를 좀 보세요.」 부인은 고개를 돌려 자크를 끌어안으면서, 흰 비단으로 만든 양산을 우리 머리 위에 씌웠다. 그리고 엥드르 강과 조각배며 목장을 척척 가리키는 솜씨는, 그전에 내가 머물러 있었던 때와 우리가 함께 산책한 이후로 부인이 그 아련한 지평선이나 아지랭이 속의 밭이랑과 친숙해진 것을 입증하고 있었다. 자연은 부인의 상념이 그 밑으로 피난한 외투였다. 부인은 이제 밤이면 나이팅게일이 한탄하고 있는 일을, 또한 소택지의 가수가 그 비가를 부르면서 되풀이하고 있는 사연을 알고 있었던 것이다.

저녁 여덟 시에 나는 큰 감동을 주는 정경을 목격했다. 그것은 여태까지 한 번도 볼 수 없었던 정경이다. 나는 늘 모르소프 씨와 주사위놀음을 두고 있었고, 그러는 사이에 아이들이 자기 전에 식당에서 있었던 일이기 때문이다. 종이 두 번 울렸다. 집에서 일하는 사람들이 모두 모였다.

「당신은 우리집 손님이에요. 그러니 수도원의 규칙을 따르세요!」 부인은 정말 경건한 여성의 특징인 그 순진한 빈정거림으로 내 손을 끌면서 말했다.

백작이 우리의 뒤를 따라왔다. 주인 내외와 아이들이며 하인들 전원이 모자를 벗고 저마다 정해진 자리에 앉아 무릎을 꿇었다. 마들레느가 기도문을 욀 차례였다. 귀여운 소녀는 어린애다운 목소리로 그 기도문을 외웠고, 그 순진한 목소리는 전원의 그윽한 정적 속에서 유난히 두드러지게 들려, 순결의 신성한 순진성과 천사들의 우아함이 기도의 글귀에 깃들어 있었다. 그것은 내가 들은 가장 감동적인 기도였다. 자연은 소녀의 목소리에 대해 가볍게 치는 파이프 오르간의 반주라고도 할 초저녁의 무수한 속삭임으로 응답했다. 마들레느는 백작 부인의 오른쪽에, 자크는 왼쪽에 앉았다. 그들의 귀엽고 보드라운 머리털이며, 그 사이에 높이 솟은 어머니의 땋아올린 머리, 그리고 그보다도 높은 모르소프 씨의 백발과 누런빛의 뒷머리, 그것은 한 폭의 그림을 이루고 있어, 그 색채는 기도의 멜로디에 의해 환기된 관념을, 말하자면 정신에 반사하고 있는 성싶었다. 마지막에 명상에 잠긴 이 조용한 모임은 숭고함을 특징짓는 통일성의 조건을 충족시키기 위해 저녁 해의 부드러운 빛에 싸였고, 붉은 놀이 넓은 방을 물들였다. 그리하여 신적이건 미신적이건 간에 성령의 불이 충실한 하느님의 종인 그들을 찾아온 것처럼 그들을 믿게 했다. 하느님의 종들은 지위의 구별없이 교회가 바라는 평등 속에서 무릎을 꿇고 있었다. 나는 머릿속에서 족장사회의 시대를 회상하면서, 그 단순성으로 하여 위대했던 그 정경을 더욱 확대해서 생각했다. 아이들은 아버지에게 안녕히 주무시라고 말했고 하인들은 우리에게 인사를 했으며, 백작 부인은 두 아이의 손을 한 손에 하나씩 잡고 물러갔다. 나는 백작과 함께 살롱으로 돌아갔다.

「저 방에서는 당신을 구원해 주고, 여기선 지옥의 고통을 주는 셈이구료.」 그는 놀음판을 가리키며 그렇게 말했다.

부인은 삼십 분 후에 그 방에 와서 수틀을 우리 탁자 옆에 끌어다 놓았다. 「이건 당신을 위해 하는 일이에요.」 부인은 수놓는 천을 펴놓으면서 말했다. 「그렇지만 요즘 석 달 동안은 일이 통 진척되지 않아요.」 빨간 카네이션을 수놓고 장미꽃을 손대려 했을 때 가엾게도 자크가 앓기 시작했던 것이다.

「인제 그만둬요.」 모르소프 씨가 말했다. 「그런 얘긴 그만 둡시다. 자, 육의 오입니다, 척사님.」

이윽고 나는 침대에 누워, 부인이 침실에서 서성거리는 기척을 들으려고 숨을 죽였다. 부인은 벌써 조용히 자고 있을지도 몰랐지만, 나는 참을 수 없는 욕망에 사로잡혀 몸부림치면서 몹시 괴로운 시간을 보냈다.『그 사람은 나의 것이 아닐까?』나는 그런 생각을 했다.『그 사람도 나와 마찬가지로 이렇게 소용돌이치는 관능의 흥분에 사로잡혀 있을까?』

새벽 한 시경 나는 소리를 죽인 채 아래층으로 내려갔다. 부인의 방문 앞에 이르자 거기에 웅크리고 앉아 문틈에다 귀를 댔다. 어린애와 같이 규칙적이며 조용한 숨소리가 들렸다. 그러나 이내 추워져서 위층으로 돌아가 다시 침대에 누워 아침까지 조용히 잤다. 나는 절벽의 가장자리에까지 나가 악의 심연의 깊이를 재고 그 밑바닥을 살피다가, 추위를 느끼면서 깜짝 놀라 물러서는 데서 맛보는 즐거움이 어떠한 운명, 어떠한 천성 때문인지를 알 수 없었다. 부인의 방문 앞에서 어물거리던 그 밤에 나는 정신없이 울었고, 부인은 이튿날 자기가 나의 눈물과 키스 위를, 파괴와 존경, 저주와 승패를 아울러 받은 부인의 미덕 위를 걸었다는 것을 조금도 알지 못했지만, 많은 사람들의 눈에는 어리석게 보이는 그 시간이란, 그 미지의 감정과도 같은 영감이었다. 어떤 사람들에게서 들은 바에 의하면, 군인들은 그렇게 해서 생명을 걸었으며, 또 자기의 산탄을 피할 수 있는지 어떤지 장바르(17세기 프랑스 해군의 군인으로 용맹하기로 유명했다)처럼 화약통을 깔고 앉아 담배를 태우면서, 확률의 깊은 못을 헤어가는 것이 행복한지 어떤지를 알기 위해 포좌 앞으로 뛰어나가는 것이다. 이튿날 나는 꽃다발을 두 개 만드는 데 쓰려고 풀을 꺾으러 갔다. 백작은 꽃다발을 보고 감탄했다. 그런 종류의 것에는 조금도 관심이 없었으며, 또『그는 공중에 감옥을 짓는다』고 한 샹스네(18세기 프랑스 왕당파 논객)의 말이 꼭 들어맞는 것같이 보이는 그 사람이 말이다.

나는 며칠 동안 클로슈구르드에서 지냈고 프라펠르에는 잠깐 들렀을 뿐이지만, 그래도 세 번이나 저녁을 먹으러 갔다. 프랑스군이 와서 투르를 점령했다. 나는 분명히 모르소프 부인의 생명이며 건강이었지만, 부인은 나더러 샤토루에 가서 이수랑과 오를레앙을 거쳐 급히 파리로 돌아가라고 열심히 권했다. 나는 반대하려고 했으나, 부인은 그것이 수호신의 분부라고 하면서 명령했다. 나는 복종했다. 우리들의 작별은 이번에는 눈물에 젖었다. 부인은 나를 위해, 앞으로 내가 드나들 사교계의 유혹에 대해 걱정했다. 파리란 정결한 사랑에 있어서도 깨끗한 양심에 있어서와 마찬가지로 위험한 바다가 되므로 이해와 정염과 쾌락의 소용돌이 속에 진지하게 들어가야 했던 것이다. 나는 부인에게, 그날 있은 일이나 감상을 아무리 하찮은 일이라도 밤마다 편지로 알리겠다고 약속했다. 그런 말을 듣자 부인은 수척한 얼굴을 내 어깨에 올려 놓으면서 말했다.「어떤 일이든지 잊지 마세요. 나에게는 모든 것이 흥미있을 거예요.」

부인은 공작 내외에게 보내는 편지를 써주었다. 나는 도착한 이튿날 공작 댁으로 찾아갔다.

「자네는 운이 좋은 사람이네.」 공작은 그렇게 말했다.「여기서 저녁을 먹게. 그리고 오늘 밤 나하고 같이 궁정에 들어가도록 하세. 이제는 자네도 출세하게 됐네. 국왕께선 오늘 아침에『그는 젊고 유능하고 충실해』하고 말씀하시면서 자네 이름을 지적하셨거든. 그리고 자네가 그렇게 훌륭하게 사명을 완수한 뒤, 난리통에 생사도 알 길 없이 어디로 가버렸는지도 알 수 없는 걸 못내 서운하게 생각하고 계셨지.」

그날 밤 나는 참사원 청원심리관이 되어, 국왕 루이 18세 곁에서 국왕 재임중에는 해임되지 않는 은밀한 직책을 맡게 되었다. 그것은 국왕의 신뢰를 받을 수 있는 지위여서, 두드러진 은총은 바랄 수 없으나 국왕의 비위에 거슬리게 될 가능성도 없고, 앞으로 정부의 중추에 들어가는 번영의 발판이기도 했다. 모르소프 부인의 전망은 틀리지 않았다. 따라서 모든 것, 권력과 돈과 행복과 지식이 그 여자의 덕이었다. 부인은 나를 이끌어 주고 나를 격려했으며 내 마음을 정화시켰고, 그것 없이는 젊음의 힘도 무익하게 소비될 그 통일성을 나의 의욕에 부여해 주었던 것이다. 얼마 후 나에게는 한 사람의 동료가 생겼다. 우리는 저마다 육 개월씩 근무하기로 되었다. 필요하다면 서로 보좌할 수도 있었다. 궁중의 한 방을 차지했고 마차도 있으며, 여행할 필요가 있을 적에는 그 비용으로 많은 액수의 수당을 받았다. 이상한 지위다. 뒷날 적들까지도 그 정책을 크게 인정한 군주의 은밀한 신봉자가 되어, 그 군주가 내외의 모든 정치를 판단하는 것을 듣고, 공공연한 세력은 갖지 않았으면서도 때로는 몰리에르가 의논했다는 라포네(몰리에르는 작품을 발표하기 전에 하녀인 라포네에게 그것을 읽어 주고 그 의견을 들었다고 한다)처럼 자기 의견을 말할 수 있어 낡은 경험을 가진 사람들의 망설임이 젊음이 지닌 의식에 의해 보강되는 것을 느끼게 됐으니 말이다. 게다가 우리들의 앞날은 야심을 만족시킬 정도로 정해져 있었다. 참사원 예산에서 지불되는 청원심리관으로서의 봉급 외에, 국왕은 자신의 특별회계금에서 매달 일천 프랑을 하사하셨고 이따금 손수 상여금을 내리시기도 했다. 국왕은 이십삼 세의 청년이 그런 까다로운 일을 오래 견디지 못할 것이라고 느끼고 계셨는데도 불구하고, 지금 귀족원 의원이 된 나의 동료를 채용하신 것은 겨우 1817년 8월이었다. 그 채용은 쉬운 일이 아니며, 우리들의 직무는 다방면의 능력이 필요했기 때문에 국왕이 결심하시는 데는 오랜 시간이 걸렸다. 국왕은 황공하게도 자신이 선택을 망설이고 계셨던 청년들 중에서 누구와 제일 잘 협조할 수 있겠느냐고 하문하셨다. 그 중에는 르피트르 기숙학원 출신도 한 사람 있었으나, 나는 그 사람들을 지명하지 않았다. 폐하는 그 까닭을 물으셨다.

「폐하께서는」 나는 말했다. 「한결같이 충성스러운 사람들을 선택하셨습니다마는 그들의 능력에는 차이가 있사옵니다. 신은 그 중에서 가장 유능하다고 믿어지는 사람의 이름을 말씀드렸습니다. 그 사람과는 언제나 일을 잘해 갈 수 있는 것으로 확신하옵니다.」

나의 판단은 국왕의 판단과 일치했다. 국왕은 나의 희생적인 행위에 대해 언제나 만족하셨던 것이다. 그때에도 이렇게 말씀하셨다.「자네는 제일인자가 될 거야.」 국왕은 그런 일이 있었다는 것을 나의 동료에게 은근히 알리신 모양이다. 그래서 동료는 나의 진력에 대한 반례(返禮)로 우정을 보여 주었다. 르농쿠르 공작이 나에게 보여 준 경의는 나를 대접해 준 세상 사람들의 경의의 척도가 되기도 했다.

『국왕께선 이 젊은이에 대해 깊은 관심을 가지고 계시다. 이 청년에겐 빛나는 장래가 있다. 국왕께선 이 사람을 총애하고 계시다.』 이런 말은 나의 재능을 대변하는 찬사이기도 했다. 그러나 그런 말은 젊은이에 대한 우대에 사람들이 권력에 대해 인정하는, 무어라고 말할 수 없는 어떤 것을 연결시켰던 것이다. 르농쿠르 공작의 저택에서도, 그 무렵 사촌 형 리스토메르 후작과 결혼한 우리 누이네 집에서도, 나는 어느새 생 제르맹의 귀족 거리에서 가장 세력있는 사람들과 사귀게 되었다. (리스토메르 후작은 늙은 친척 아주머니의 아들인데, 옛날 나는 생 루이 섬에 있는 그 늙은 부인의 집에는 자주 드나든 적이 있었다.)

앙리에트는 이윽고 나를, 큰어머니 뻘 되는 블라몽 쇼브리 공작 부인의 소개로 『작은 별장』이라고 불리는 사교계의 중심에 끼여들게 해주었다. 나에 대한 이야기를 열심히 편지에 적어 보냈기 때문에, 공작 부인은 나더러 곧 만나러 오라고 초청했다. 나는 공손하게 교제해서 그녀의 마음에 들었고 공작 부인은 나의 비호자일 뿐만 아니라 어쩐지 모성적인 감정을 지닌 친구처럼 되었다. 늙은 공작 부인은 나를 그녀의 딸인 데스파르 부인이나 랑제 공작 부인, 보세앙 자작 부인, 모프리뇌에즈 공작 부인 같은 여성들에게 접근시키려고 애써 주었다. 그 부인들은 끊임없이 유행을 지배했는데, 나는 그 여자들에 대해 언제나 거만하지 않은 좋은 인상을 주려고 했기 때문에, 그녀들은 더욱 나를 상냥하게 대해 주었다. 형 샤를르는 나를 무시하기는커녕 그때부터는 오히려 나를 의지하게 되었다. 그러나 그와 같은 빠른 성공은 형에게 은근히 시기심을 일으키게 하여, 그것은 뒷날 나로서는 적지 않은 슬픔의 원인이 되었다. 아버지와 어머니는 기대하지도 않던 그런 행운을 보고 몹시 놀랐으나 그들의 허영심을 충족시키고도 남았다. 그리하여 급기야 나를 그들의 아들로 인정하기에 이르렀다. 그러나 그들의 감정은 연기라고까지는 말할 수 없더라도 이를테면 가식적인 것이어서, 그런 개심도 원한을 품은 내 마음에는 전혀 영향을 주지 못했다. 더욱이 이기심으로 더럽혀진 애정은 공감을 불러일으킬 수 없는 것이다. 진실한 마음이란 온갖 종류의 타산이나 이익을 혐오하는 법이다.

나는 그리운 앙리에트에게 꼬박꼬박 편지를 보내고 있었다.

앙리에트는 한 달에 한두 번 답장을 보내 주었다. 그녀의 영혼은 항상 내 머리 위에서 맴돌았고, 그녀의 생각은 공간을 가로질러서 나에게 맑고 깨끗한 분위기를 빚어내 주고 있었다. 그리하여 어떤 여자도 내 마음을 사로잡지 못했다. 국왕은 조심성있는 나의 행실을 잘 알고 계셨다. 그런 점에서 국왕은 루이 15세(루이 15세는 탕아형이었던 것으로 유명하다)파에 속하고 있어, 웃으면서도 나를 방드네스 양(孃)이라고 부르셨다. 그러나 나의 품행이 좋다는 점에 대해서는 퍽 기특하게 여기셨던 것이다. 나의 어린 시절과 특히 클로슈구르드에서 몸에 밴 그 인내는, 나를 국왕의 마음에 들게 하는 데 크게 이바지했다고 나는 확신하고 있다. 국왕은 나를 언제나 따뜻하게 대해 주셨다. 그런데 어느 날, 장난삼아 내 편지를 읽어 보셨던 모양이다.

왜냐하면 색시 같은 나의 생활에 언제까지나 속고 계시지는 않았던 것이다. 공작이 근무하고 있던 어느 날 나는 국왕이 구술하시는 말씀을 적고 있었는데, 국왕은 르농쿠르 공작이 들어오는 것을 보시자, 우리를 심술궂은 눈초리로 보셨다.

「그 모르소프 녀석도 여전히 살아 있는 모양이지?」 국왕은 은방울이 구르는 것 같은 풍자를 담으시기를 썩 잘하셨다.

「여전한 모양이옵니다.」 공작이 대답했다.

「모르소프 백작 부인은 천사 같다는데 여기서 만나 보고 싶지만」하고 국왕은 말씀을 이으셨다. 그리고 나를 돌아다보시면서「그러나 내가 아무것도 할 수 없다면 내 서기관은 더욱 행복할걸. 내 자네에게 육 개월의 휴가를 주겠어. 어제 얘기가 있던 청년을 자네 동료로 채용하기로 하겠네. 그러니 자네는 클로슈구르드에서 실컷 즐기게, 카토(고대 로마의 근엄한 정치가이며 웅변가) 군.」 그리고 국왕은 미소를 지으면서 집무실 밖으로 나가셨다.

나는 제비처럼 잽싸게 투레느로 날아갔다. 나는 단순히 좀 나아진 인간으로서가 아니라, 가장 세련된 살롱에서 익힌 범절을 몸에 지녔고 가장 우아한 부인들로부터 교육받았으며, 마침내 오랜 고뇌의 대가를 거둬들여, 하늘이 소년을 지키게 한 가장 아름다운 천사의 경험을 활용한 그런 단아한 청년의 모습으로 비로소 사랑하는 사람 앞에 나타난 것이었다. 내가 프라펠르에 처음으로 머물러 있었던 석 달 동안 어떤 옷차림을 하고 있었는지 당신은 알고 있을 것이다.

방데에서 사명을 띠고 클로슈구르드에 돌아갔을 때, 나는 사냥꾼 같은 옷차림을 하고 있었다. 붉은 기운이 도는 흰 단추가 달린 풀빛 웃옷에 줄무늬 바지, 가죽 각반에 단화를 신고 있었다. 먼 길을 걸었고 덤불과 숲속을 지났기 때문에 초라한 몰골이 되어, 백작은 나에게 속옷을 빌려 주지 않으면 안될 지경이었다. 그러나 이번에는 이 년 동안의 파리 체재와 국왕의 측근으로서의 습관, 행운이 가져다 준 모든 범절, 나의 완전한 성장, 클로슈구르드에서 내 머리 위에 비춰 준 맑은 영혼에 지남철 같은 인력으로 결합된 안정된 영혼의 말할 수 없는 광채를 받고 있었던 싱싱한 젊은 용모, 그러한 모든 것이 나를 변모시키고 있었다. 나에게는 자만심이 없고 자신이 있었다. 젊은 나이에 벌써부터 국무의 정상에 서 있다는 내심의 만족이 있었다. 이 세상에 있는 가장 존경할 만한 부인의 은밀한 뒷받침, 그 부인의 말없는 희망이라는 의식이 있었다.
 아마 나는, 쉬농 가도에서 클로슈구르드로 통하는 새로 만든 가로수길에서 마부의 채찍이 휭 하고 울렸을 때, 다소 허영심이 꿈틀거렸을지도 모른다. 그때 내가 알지 못했던 철문이, 최근에 세워진 원형 울타리 한가운데서 열렸다. 나는 나의 도착을 부인에게 미리 알리지 않았다. 부인을 놀라게 하고 싶어서 그렇게 한 건데, 그것은 이중의 실수였다. 우선, 부인은 오랫동안 바라고 있었지만 불가능하리라 생각하고 있는 즐거움으로 충격을 맛보았다. 다음에, 계산된 불의의 방문은 악취미라는 것을 부인은 나에게 입증했다.
 앙리에트는 늘 어린애같이 생각하고 있었던 사람이 젊은 사나이가 된 것을 봤을 때, 가슴이 쓰린 듯 느린 동작으로 시선을 떨어뜨렸다. 손을 내밀어 키스를 받았으나, 함수초 같은 움직임을 통해 내가 알고 있었던 그 내면적인 기쁨은 드러내지 않았다. 그리고 부인이 좀더 자세히 나를 보기 위해 얼굴을 들었을 때, 그 얼굴은 창백하게 보였다.
 「역시 당신은 옛 친구들을 잊지 않는구려?」 모르소프 씨는 그런 말로 인사했다. 그는 변하지도 않았고 늙지도 않은 것 같았다. 아이들은 뛰어와 내 목에 매달렸다. 문 어귀에 자크의 가정교사인 도미니스 신부의 장중한 모습이 보였다.
 「그렇습니다.」 나는 백작을 보고 말했다. 「앞으로는 한 해에 육 개월의 휴가가 있기 때문에 언제든지 백작님을 거들어 드릴 수 있지요. 그런데 갑자기 왜 그러세요?」 나는 백작 부인에게 그렇게 말하면서, 여러 사람들 앞에서 부인의 허리에 팔을 감고 부축해 주려고 했다.
 「오오! 괜찮아요.」 부인은 소스라치면서 말했다. 「아무것도 아니예요.」
 나는 부인의 마음속을 알아차렸다. 그리고 부인이 남몰래 간직하고 있는 괴로운 심정에 이런 말로 대답해 주었다.
 「그럼 당신의 충실한 노예를 잊으셨다는 말씀입니까?」
 부인은 내 팔을 잡고 백작과 아이들이며 신부와 달려온 하인들 앞에서 물러나, 잔디밭을 돌면서 나를 그들이 보이지 않는 데로 데리고 가려 했다. 그러나 아직 다른 사람들에게서 보이는 곳에 있었다. 그러다가 자기의 목소리가 그들에게 들리지 않으리라 판단됐을 때, 「펠릭스」 하고 부인은 말문을 열었다.「땅속의 미로를 더듬어가는데 한 가닥의 실밖에 갖고 있지 않은, 그리고 그 실이 금세 끊어질 것 같아, 떨고 있는 그런 인간이 두려워하는 걸 용서해 줘요. 나는 그전보다도 더욱더 당신의 앙리에트라는 것을, 당신은 나를 결코 버리지 않겠다는 것을, 나보다 소중한 건 아무것도 없다는 것을, 당신은 언제나 충실한 친구라는 것을 다시 약속해 주세요. 내게 갑자기 앞날의 환상이 보였는데, 당신은 여느 때와 달리 밝은 얼굴로 나에게 눈을 던지고 있지는 않더군요. 나에게서 등을 돌리고 있었어요.」

「앙리에트, 하느님보다도 우러러 받드는 나의 우상 백합, 나의 생명의 꽃, 나의 의식인 당신은, 내가 당신과 한마음이 되어, 몸은 파리에 있을지라도 영혼은 여기 있다는 걸 어째서 모르십니까? 그러면 내가 열일곱 시간이나 걸려서 찾아왔다는 것을, 수레바퀴가 한 번 돌 적마다, 숱한 생각과 희망의 세계를 실어 갔고, 그 세계는 내가 당신을 보자마자 폭풍처럼 폭발했다고 구태여 당신에게 얘기해야 하겠습니까…….」

「말해 주세요, 어서 말해 줘요! 나는 자신 있어요. 당신 얘기를 두려움없이 들을 수 있어요. 하느님은 내가 죽는 걸 바라시진 않아요. 하느님은 살아 있는 모든 생물에게 숨을 불어넣으시는 것처럼, 마른 땅에 비를 뿌려 주시는 것처럼 당신을 나에게로 보내 주신 거예요. 말해 주세요! 나를 청순하게 사랑해 주겠어요?」

「청순하게 사랑하지요.」

「영원히?」

「영원히 사랑하겠어요.」

「베일에 싸여 있는 동정녀 마리아처럼?」

「눈에 보이는 성모 마리아처럼 사랑할 거예요.」

「누이처럼?」

「그리워 견딜 수 없는 누이처럼 사랑하지요.」

「어머니처럼?」

「남몰래 차지하고 싶은 어머니처럼 사랑하겠어요.」

「기사처럼, 희망없이도?」

「기사처럼, 그렇지만 희망을 가지고 사랑하렵니다.」

「마지막으로, 당신이 아직 스무 살이었을 적 초라하고 보잘것없는 그 파란 무도복을 입고 있었을 때처럼?」

「오오, 그 이상으로 사랑합니다. 이렇게 사랑하고 있지만, 게다가 마치……」 부인은 몹시 불안한 눈초리로 나를 지켜보았다.「마치 큰어머님이 당신을 사랑하신 것처럼…….」

「나는 행복해요. 당신은 두려운 내 심정을 말끔히 씻어 주었어요.」 부인은 그렇게 말하면서, 우리들의 비밀 회담에 놀란 가족이 있는 데로 돌아갔다. 「하지만 여기서는 어린애처럼 행동하세요! 사실 당신은 아직 어린애니까요. 국왕에 대해서는 어른 행세를 하는 것이 당신의 정략이더라도, 여기서는 어린애같이 행동하는 게 당신의 정략이에요. 어린애처럼 굴면 당신은 사랑 받을 거예요! 나는 어른의 힘에 대해선 언제나 저항할 작정이에요. 그렇지만 어린애한테는 아무것도 거절할 수 없어요. 어떤 것도 거절할 수 없죠. 어린애는 내가 허락할 수 없는 건 아무것도 바라지 않거든요.」「비밀 얘긴 끝났어요.」부인은 그렇게 말하면서 짖궂게 백작을 바라보았다. 그 모습에 처녀 같은 표정과 원래의 밝은 성격이 있었다.「잠깐 실례해요. 옷을 갈아입고 오겠어요.」

지난 삼 년 동안 나는 한번도 이토록 행복에 넘친 부인의 목소리를 들어 본 적이 없었다. 그전에 얘기한 일이 있던 제비의 그 아름다운 부르짖음, 그 어린애 같은 천진난만한 말투를 나는 처음으로 맛보았던 것이다. 나는 자크에겐 사냥도구 한 벌, 마들레느에게는 어머니가 늘 쓰고 있던 것 같은 자수함을 선물로 가져다 주었다. 말하자면 나는 지난날 우리 어머니의 절약이 나에게 강요하고 있었던 인색함을 앙갚음한 셈이다. 어쩔 줄 몰라하며 서로 선물을 보이는 두 어린이가 나타낸 기쁨은, 누가 상대해 주지 않을 적엔 항상 슬퍼하는 백작에게는 불쾌감을 준 것 같았다. 마들레느에게 눈짓을 하고는 나는 백작을 따라갔다. 백작은 자신의 일에 대해 나와 얘기하고 싶었던 것이다. 그는 나를 테라스 쪽으로 데리고 갔다. 그러나 우리는 그가 중대한 일을 한 가지씩 얘기할 적마다 섬돌 위에 멈춰 섰다.

「펠릭스」그는 말했다.「당신에겐 그들이 모두 행복하고 건강해 보일 테지. 그런데 나는 화면에다 어두운 그림자를 던져 주고 있소. 말하자면 나는 그들의 불행을 빼앗은 셈이야. 그리고 나를 애먹인 하느님을 축복하고 있지. 그전엔 나는 내가 어떠했는지 몰랐어. 그러나 지금은 알고 있어요. 위의 유문(幽門)이

2. 첫사랑   165

잘못된거야. 이제는 아무것도 소화할 수가 없어졌어.」

「어떻게 돼서 백작님은 의과대학 교수 같은 학자님이 되셨습니까?」 나는 웃으며 말했다. 「백작님의 주치의는 백작님에게 그런 얘길 할 만큼 경솔한 사람인가요?」

「의사 따위한테 보이는 줄 아오?」 그는 그렇게 소리치면서, 병을 만들어서 앓는 대부분의 환자들이 의학에 대해 품고 있는 혐오의 감정을 드러냈다.

나는 거기서 터무니없는 이야기를 꾹 참고 들어야만 했다. 얘기를 하면서 그는 나에게 매우 우스꽝스런 것을 털어 놓았고, 아내나 하인들과 어린애들이며 생활에 관해 불평을 말했으며, 날마다 되풀이하는 판에 박은 듯한 이야기를 친구에게 들려 주는 데서 기쁨을 느끼고 있었다. 그 친구가 그러한 실정을 몰랐다면 놀랐을지 모르며, 예의상 관심을 가지고 귀를 기울이지 않을 수 없었을 것이다. 그는 나에 대해서는 틀림없이 만족했을 것 같다. 아무튼 나는 그에 대해 깊은 주의를 쏟았고 그 괴상한 성품을 분석하려 했으며, 또한 그가 아내에게 주고 있는, 그녀가 내게 말하지 않고 있는 새로운 고통을 알아내려 했다. 이윽고 앙리에트가 섬돌 위에 나타나 그의 독백을 중단시켰다. 백작은 부인을 보고 고개를 흔들면서 나에게 말했다. 「당신은 내가 하는 얘길 들어 주니 고맙소, 펠릭스. 하지만 여기선 누구 하나 나를 동정하지 않거든!」

그는 앙리에트와 나와의 대화에 방해가 되는 것으로 생각한 것처럼 물러갔다. 아니면 앙리에트에 대한 기사도적인 너그러운 마음씨로, 우리 둘만이 있게 하면 앙리에트가 기뻐할 것이라고 깨달았는지도 모른다. 그의 성격은 정말 이해할 수 없는 굴절을 나타내고 있었다. 그는 모든 약자가 그런 것처럼 질투심이 강했다. 그러나 또 아내의 신성한 몸가짐에 대한 그의 신뢰는 무한한 것이었다. 어쩌면 그녀가 가진 미덕의 우월성 탓으로 상처 입은 그의 자존심의 고뇌가, 부인의 의사에 대한 그의 변함없는 대립을 가져왔을지도 모른다. 그는 어린애들이 선생이나 어머니에게 대들듯이 부인에게 대들곤 했던 것이다. 자크는 그때 공부하고 있었다. 마들레느는 옷단장을 하고 있었다. 그래서 나는 한 시간쯤 부인과 단둘이 동산 위를 거닐 수 있었다.

「그런데 천사 같은 부인.」 내가 말했다. 「쇠사슬은 무거워지고 발 밑의 모래는 타는 듯하며 가시밭은 더욱 거칠어지는 셈입니까?」

「그런 말은 그만두세요.」 부인은 백작의 이야기가 나에게 암시해 준 생각을 눈치채고 말했다.「당신이 여기 있기 때문에 모든 걸 잊을 수 있어요! 나는 조금도 고통스럽지 않아요. 괴로웠던 일도 없어요!」

부인은 가볍게 몇 걸음을 옮겨 놓았다. 그것은 흰 의상에 바람을 넣고, 눈같이 하얀 망사옷의 옷깃과 한들거리는 소매 끝, 산뜻한 리본, 케이프, 그리고 세비녜 부인(프랑스의 여류문학가.《書翰集》으로 유명하다)과 같은 머리형의 물결치는 고수머리를 산들바람에 흔들거리게 하기 위해서인 듯싶었다. 거기서 나는 본래의 성격대로 쾌활하고 어린애처럼 뛰놀고 싶어하는 듯한, 소녀 같은 부인을 처음으로 보았다. 그때 나는 행복에 겨운 눈물과 또 남자가 쾌락을 주는 데서 느끼는 기쁨을 알았던 것이다.

「내 그리움이 애무하고 내 영혼이 키스하는 아름다운 인간의 꽃이여! 오오, 나의 백합이여!」나는 그렇게 말했다.「언제나 때묻지 않으며 줄기 위에 곧게 편, 항상 희고 깨끗하며 향기로운 의로운 꽃이여!」

「인제 그만해 두세요.」부인은 미소를 지으며 말했다.「당신에 대해 얘기해 주세요. 하나도 빼놓지 말고 얘기하세요.」

그리하여 우리는 나뭇잎이 살랑거리는 둥근 천장 밑에서, 끝없는 여담으로 가득찬 긴 이야기를 했다. 얘기를 시작했다가는 중단하고 또 시작하곤 했는데, 어쨌든 나는 나의 생활과 일에 대해 수다스럽게 지껄였다. 나는 파리의, 현재 내가 살고 있는 집에 대해서도 설명해 주었다. 부인은 아무리 작은 일이라도 죄다 알고 싶어했기 때문이다. 그리고 그때에는 깨닫지 못했던 행복이지만, 나는 부인에 대해 조금도 숨길 것이 없었다. 그리하여 내 마음과 벅찬 일로 가득찬 나의 생활을 샅샅이 알았을 때, 또 엄격한 성실성이 없으면 쉽사리 남을 속여 부자가 될 수 있었지만, 내가 국왕에게서——그렇게 나는 부인에게 말했다——『방드네스 양』이라는 호칭을 받을 정도로 엄정하게 수행하고 있었던 그 직무의 범위를 알았을 때, 부인은 내 손을 잡고 거기에 환희의 눈물을 한 방울 떨어뜨리면서 키스해 주었다. 이 갑작스런 역할의 전환이 굉장한 찬탄, 자못 신속하게 표현되고 더욱 신속하게 이해할 수 있었던 그 생각,『이 사람이야말로 남편으로 모시고 싶었던 사람이며 나의 꿈이다!』라는 생각을 알게 해주었다. 그런 행동 속에 있었던 모든 고백, 거기서는 굴종이 위대성을 지녔고, 사랑하는 마음의 관능이 들어설 수 없는 세계에 처음 들어섰다. 천상의 일과도 같은 그 폭풍은 나의 심장 위에 떨어져 나를 분쇄했다. 나는 자신을 하찮은 존재로 느끼고 부인의 발 밑에서 죽어 버리고 싶었다.

「아아!」 나는 말했다. 「당신은 어떤 일에서든지 언제든지 우리를 능가할 것입니다. 어떻게 나를 의심할 수 있습니까? 아까는 의심했으니 말이에요. 앙리에트!」

「지금은 그렇지 않아요.」 부인은 말할 수 없이 부드러운 눈빛으로 나를 바라보면서 말을 이었다. 그 부드러운 표정은 부인이 나에게만 보여 주는 것이었다. 기쁨에 빛나는 눈을 감추면서 「하지만 당신이 그렇게 훌륭한 걸 보고 나는 이렇게 생각했죠──마들레느에 관한 우리 계획은 당신 마음속에 숨겨져 있는 보배를 알아내는 여자 때문에 틀어지고 말 것 같고 그 여자는 당신을 열렬히 사랑하고 우리에게서 펠릭스를 빼앗아 가며, 이곳의 모든 걸 부숴 버릴 거라고 생각했던 거예요.」

「여전히 마들레느를 내세우는군요!」 나는 놀랍다는 듯이 말했으나, 부인은 별로 슬퍼하진 않았다. 「그럼 나는 마들레느에게나 충실하라는 말입니까?」

우리는 침묵을 지켰으나 공교롭게 모르소프 씨가 와서 끼여들었다. 나는 가슴이 벅차서 어려운 문제가 속출하는 이야기를 참고 있지 않으면 안 되었다. 그러던 중에, 그 무렵 국왕이 시행하고 있었던 정책에 대한 나의 진지한 대답은 백작의 의견과 충돌하고 말았다. 백작은 국왕 폐하의 뜻을 설명해 보라고 나에게 강요했다. 내가 백작이 가지고 있는 말이나 농사 문제를 얘기하면서, 다섯 군데 농장은 잘 돼 가며 그전 가로수길의 나무를 베어 버리겠느냐고 물어도, 그는 여전히 심술궂은 노처녀같이, 또는 끈질긴 어린애같이 다시 정치 문제를 끄집어내는 것이었다. 그런 종류의 정신은 불빛이 빛나고 있는 장소에 기꺼이 부딪치려 하고, 아무것도 모르면서 붕붕 소리를 내면서 항상 그곳에 되돌아오기를 좋아해서 마치 큰 파리가 유리창을 따라 파닥거리면서 귀를 지치게 하는 것처럼 영혼을 지치게 하는 것이었다. 앙리에트는 잠자코 있었다. 젊은 정열이 부채질할지도 모를 그런 이야기의 불을 끄기 위해, 나는 동의하는 짤막한 말로 대답하곤 하면서 부질없는 논쟁을 피하기로 했다. 그러나 모르소프 씨는 너무나 눈치빠른 사람이어서, 예의바른 나의 태도에서 모욕감을 느끼지 않을 리가 없었다. 그가 언제까지나 지당한 말씀이라는 대답만 듣다 보니 기분이 언짢아 화를 냈을 때, 그의 눈썹과 이마의 주름살이 꿈틀거렸고, 누런 눈은 불꽃이 튀었으며 충혈된 코는 더욱 붉어져서, 그 모습은 내가 처음 그의 광증 같은 발작을 목격했던 날과 같았다. 앙리에트는 나에게 애원하는 듯한 눈길을 던지면서, 자기 아이들을 두둔하고 감싸 줄 때 이용하던 권위를 나를 위해 발휘할 수 없음을 내가 이해해 주기를 원했다. 그래서 나는 백작을 진지하게 대해 주고, 그의 의심 많은 성질을 교묘하게 조종하면서 적절히 대답했다.

「가없어라, 가없어라!」 부인은 여러 번 그렇게 중얼거렸는데, 그런 말이 산들바람처럼 내 귀에 와 닿았다. 이윽고 간섭해도 괜찮을 성싶은 기회에 걸음을 멈추면서 우리를 보고 이렇게 말했다.

「이젠 두 분 다 몹시 지루하시지요?」

백작은 그런 말을 듣고 여성에 대해 마땅히 지켜야 할 기사도적인 복종을 나타내면서 정치 이야기를 그만두었다. 이번에는 우리가 부질없는 이야기를 해서 백작을 따분하게 했다. 그러자 백작은 이렇게 쉴새없이 같은 데를 돌아다니면 현기증이 난다고 하며 우리만이 마음대로 산책할 수 있게 내버려 두었다.

나의 우울한 추측은 옳았다. 그윽하고 한적한 풍경, 온화한 대기, 아름다운 하늘, 그리고 십오 년 동안이나 이 환자의 무서운 변덕을 달래 온 그 골짜기의 거나하게 취할 듯한 시정도 오늘날에는 무력했다. 다른 사람들의 경우면, 신랄하던 것도 부드러워지고 모난 성질도 무디어질 늘그막인데도, 이 늙은 귀족의 성격은 지난날보다도 오히려 더 공격적인 것이 되었다. 몇 달 전부터는 그는 까닭도 없이 자기 의견을 정당화하지도 않은 채 반대를 위한 반대를 하고 있었다. 온갖 일에 대해 이유를 묻고, 늦어지거나 손이 안 간 일에 대해 걱정하고, 집안의 일이면 무엇이든지 참견하고, 아무리 작은 일에 대해서도 보고하라고 명령하면서 아내와 하인들을 지치게 했으며, 그들에게 조금도 자유 의사를 허용하지 않았던 것이다. 그전에는 무언가 그럴 만한 동기가 있기 전에는 절대로 짜증을 내지 않았었다. 그러던 것이 이젠 그의 짜증은 항례적인 것이 되었다. 아마 그전에는 재산 관리와 농사 걱정, 변화있는 생활 등이 그의 불안을 얼버무리게 하고 정신을 활동하게 하여, 그의 까다롭고 변덕스런 기분을 전환시켜 주었던 것 같다. 그러나 지금은 할 일이 없어졌기 때문에 자신의 병에 사로잡혀 자신을 괴롭히는 것 같았다. 외부로 발산하지 못하게 된 탓으로 그것은 온갖 고정관념이 되어 나타났고, 정신적인 자아가 육체적인 자아를 좀먹고 있었다. 그리하여 그는 자기자신의 의사가 되어 있었던 것이다. 자기에게는 여러 가지 병이 있을 것으로 지레 짐작하고 의학서적을 뒤적여 그 증세의 설명을 읽고 나서는 자기의 건강에 대해 터무니없고 조리도 없으며 미리 알아낼 수도 없는, 따라서 만족시키기가 불가능한 주의를 하고 있었던 것이다. 어떤 때는 소리를 싫어하면서도 부인이 그의 주변을 완전히 조용하게 해놓으면, 그는 별안간 무덤 속에 있는 것 같다면서 투덜댔고, 소리를 내지 않는다는 것과 트라피스트 수도원의 허무 사이엔 중간상태가 있는 법이라고 말하는 것이었다. 어떤 때는 지상의 사물에 대해 완전히 무관심한 체했다. 그럴 때면 집안 전체가 안도의 한숨을 내쉬었다. 어린애들은 마음대로 뛰놀았고, 집안일은 아무런 말썽없이 진행되었다. 그러다가 느닷없이 무슨 소리를 듣고 비명 같은 소리를 지르는 것이었다. 「나를 죽여 버릴 생각이구나! 아이들 일이라면 아이들에게 해로운 일은 이내 알 수 있을 게 아닌가!」하고 부인에게 까다롭고 냉혹한 말투로 더욱 지독하게 말하는 판이었다. 그는 노상 옷을 입었다벗었다했고, 기온이 조금만 변해도 신경이 쓰여 기압계를 보지 않고는 아무것도 안 하는 것이었다. 아내가 어머니처럼 알뜰히 시중들어 주는데도 불구하고 어떤 음식도 식성에 맞지 않았다. 아무튼 그의 주장에 의하면, 밥주머니가 상해서 소화가 어렵기 때문에 언제나 불면증을 일으킨다는 것이었다. 그러면서도 먹을 것 다 먹고 마실 것 다 마시며, 소화도 잘 시키고 잘 자고 있으니, 아무리 박학한 의사라도 탄복하지 않을 수 없을 것이다. 그의 변하기 쉬운 생각은 집의 하인들을 진저리나게 했으며, 모든 하인들이 다 그렇듯이 그들은 관습을 고수하기 마련이어서 끊임없이 모순되는 방법의 요구에 일일이 적응하기는 불가능했다. 백작은 지금부터 대기가 건강에 필요하다는 구실로 창문을 열어 두라고 명령하기도 했다. 며칠 후면 대기는 습기가 너무 많고 너무 덥거나 해서 견딜 수 없게 된다. 그러면 그는 호통을 쳤다. 싸움을 시작했다. 그리고 자기 주장을 끝까지 내세우기 위해 먼젓번의 명령을 부정하는 때도 한두 번이 아니었다. 그런 건망증과 심술은 모든 경우에 승리했고, 아내가 지적하려 해도 언제든지 그를 유리하게 하는 것이었다. 깊은 교양을 가진 도미니스 신부는 클로슈구르드에서 사는 게 견딜 수 없게 되어 어떤 문제의 해결을 연구하기로 결심하고 일체 그런 일에는 관여하지 않았다. 부인도 이제는 미친 것 같은 그런 분노의 발작을 그전처럼 가정의 테두리 안에 감춰둘 수 있으리라고 기대하지 않았다. 이미 하인들은 그 조로한 사나이의 이유도 없는 격노가 한도를 훨씬 넘는 장면을 목격하고 있었던 것이다. 그들은 부인에 대해 매우 헌신적이었던 까닭에 그런 일은 조금도 외부에 새어 나가지 않았지만, 부인은 사람들 앞에서도 거리 낌없이 터뜨리기 시작한 그 광란이 언젠가 공공의 장소에서 터지지 않을까 싶어 날마다 조마조마한 심정이었다. 아내에 대해 백작이 한 행동의 무서운 내용을 나는 나중에야 자세히 알았다. 그는 아내를 위로하기는커녕 불길한 예언으로 아내를 괴롭혔고, 앞으로 생길는지도 모를 불행을 아내의 책임이 라고 말했던 것이다. 그것은 어린애들에게 강요하려고 한 어리석은 치료를 부인이 거절했기 때문인 것이다. 부인이 자크와 마들레느를 데리고 산책하고 있으면, 하늘이 맑은데도 백작은 폭풍이 불 것이라고 말하는 것이었다. 혹시 그의 예측이 들어맞기라도 하면, 그는 자존심의 만족을 맛보면서, 아이들의 걱정스런 건강에 대해서는 걱정도 않는 것이었다. 어린애 하나가 몸이 아 프기라도 하면, 백작은 그 고통의 원인을 아내가 선택한 간호 방법 속에서 열심히 찾으려 했다. 그리고 그는 그 간호방법의 사소한 문제에 대해서도 트집을 잡으려고 했고, 언제나 다음과 같은 살인적인 말로 결론을 맺었던 것이다. 「애들이 또 앓게 되면 그건 당신 탓이야!」

　그는 집안 일의 조그마한 점에 대해서도 그렇게 행동하여 무슨 일이든지 나쁜 면밖에 보지 않았다. 그의 늙은 마부의 표현에 의하면, 사사건건 『악마의 변호사』 노릇을 했던 것이다. 백작 부인은 자크와 마들레느를 위해 자기와는 다른 식사 시간을 정해 두었다. 그렇게 해서 백작의 병적인 발작의 무서운 영향에서 아이들을 보호하고, 모든 폭풍을 자기자신이 떠맡았던 것이다. 마들레느와 자크는 아버지를 좀처럼 보지 못했다. 백작은 이기주의자에게만 있는 그 환각 탓으로, 자신이 그 직접적인 장본인인 악에 대해서는 티끌만한 의식도 가지고 있지 않았다. 우리가 나눈 은밀한 이야기 속에서 그는 가족에 대해 자기가 사람이 너무 좋다는 것을 특히 비쳤다. 그렇게 생각하고 있기 때문에, 그는 자기 주위에 있는 것을 마치 원숭이가 날뛰듯 도리깨를 휘둘러 때리고 부수고 있었다. 그리고 희생자를 해쳐 놓고도 자기는 손도 대지 않았다고 말하는 것이다.

 그래서 나는 알았다. 백작 부인의 이마에 면도날로 그어 놓은 듯한 선이 어찌하여 생겼는가를. 나는 부인을 다시 만났을 때부터 그것을 깨닫고 있었던 것이다. 고귀한 마음을 지닌 사람들에게는 자기의 괴로움을 표현하는 것을 막는 일종의 정결함 같은 것이 있다. 그런 사람들은 자기가 사랑하는 상대방에 대해, 쾌감이 곁들이는 자비의 감정 때문에 그 괴로움을 자랑스런 마음으로 숨기는 것이다. 때문에 나는 여러 번 졸라 보았지만, 그런 이야기는 앙리에트에게서 끝내 듣지 못했던 것이다. 앙리에트는 나에게 슬픔을 줄 것을 두려워하고 있었다. 고백을 하다가도 별안간 낯을 붉히면서 입을 다물어 버리기도 했다. 그러나 백작의 한가로움이 클로슈구르드의 가정적인 고통을 더욱 악화시켰다는 것을 나는 이윽고 간파했다.

 「앙리에트」 나는 며칠 후, 부인의 새로운 괴로움의 깊이를 알고 있다는 것을 나타내면서 말했다. 「백작이 이제는 할 일이 전혀 없어졌을 만큼 당신이 농토를 잘 정리한 건 잘못이 아니었을까요?」

 「그렇지만」 부인은 미소를 띠며 말했다. 「내 농장은 전력을 기울여서 주의하지 않으면 안 될 만큼 위험한 거예요. 나는 정말 하도 여러 가지 방법을 연구해서, 이젠 생각해낼 방법도 없어요. 사실 귀찮은 일이 커질 뿐이었어요. 모르소프와 나는 늘 같이 있기 때문에 귀찮은 일을 몇 개로 나누어서 그걸 작게 할 수가 없는 거예요. 어느 일이건 모두 나에게는 괴로운 것뿐이거든요. 나는 모르소프의 기분을 전환시키려고 클로슈구르드에 양잠소를 마련하는 게 어떻겠느냐고 권했지요. 거기엔 그전부터 약간의 뽕나무가 있었어요. 그건 투레느의 예전 산업의 흔적이지요. 그렇지만 그 사람은 여전히 집에서 폭군일 게고, 나에게는 그런 일 탓으로 오히려 더 많은 골칫거리가 생기리라는 걸 나는 알았어요. 당신은 무슨 일이든지 잘 관찰하니, 다음과 같은 일을 알아두세요.」 부인은 말을 이었다. 「젊어서는 남자의 나쁜 성질도 세상 사람들 때문에 눌리고 그 약동을 정열의 작용으로 저지당하며 인간을 존중해야 한다는 관념에 속박당하는 게 보통입니다. 그렇지만 그 뒷날의 고독 속에서는, 나이가 많은 남자의 경우엔 작은 결점도 오랫동안 압박당하고 있었던 만큼 더욱 무서운 것으로 나타나는 거예요. 인간의 약함은 본질적으로 비겁한 법인데, 거기엔 평화도 휴전도 없습니다. 그런 약한 마음에 어제 무언가를 허락해 주었다고 하면, 오늘도 내일도 언제나 그걸 요구하게 됩니다. 약한 마음은 양보 속에 들어앉아 더욱 확대시키기만 할 거예요. 참된 힘은 관대해서 명료한 일에는 굴복하고, 언제나 정당하며 조용합니다. 그런데 약한 마음에서 생긴 정열은 무자비한 거예요. 그건 식탁에서 먹을 수 있는 과일보다도 몰래 훔친 과일이 더 좋다고 하는 어린애들 같은 방법으로 행동할 수 있을 때 행복한 거예요. 그러니 모르소프는 나를 놀라게 하는 데서 진짜 기쁨을 느끼는 거예요. 그리고 아무도 속일 수 없으면서도, 속임수만 드러나지 않는다면 기쁜 마음으로 나를 속이는 거예요.」

내가 도착한 지 약 한 달 후의 어느 날 아침, 부인은 조반을 마치고 밖으로 나가면서 내 팔을 잡고, 과수원으로 나가는 울타리문으로 달려가 포도밭에서 성급히 나에게 얘기했다.

「아아! 그 사람이 나를 죽일 것 같아요.」 부인은 그렇게 말했다. 「그래도 난 살고 싶어요. 다만 아이들을 위해서만이라도! 하루도 마음 편할 날이 없으니 어떻게 살겠어요! 노상 덤불 속을 헤매고, 쉴새없이 넘어질 것같이 되면서 균형을 잡으려고 항상 애쓰고 있는 판이니 정말 견딜 수 없군요. 어떤 짐승도 그렇게 정력을 낭비하고서는 견디지 못할 거예요. 혹시 내가 노력을 기울여야 할 지반을 잘 알고 있거나, 내가 단호한 태도로 저항하기라도 한다면, 온 힘을 다해 그렇게 할 수도 있겠지요. 그런데 그렇지는 않거든요. 공격은 날마다 성격을 바꾸어가며 아무 방비도 없는 내게 들이닥치는 거예요. 내 고통은 한 가지만이 아니예요, 이것저것 수없이 많아요, 펠릭스, 펠릭스. 그분의 횡포가 얼마나 심술사납게 됐는지, 의학 서적을 읽고 나서부터 그분이 얼마나 터무니없는 요구를 내게 하기 시작했는지, 당신은 상상도 못할 거예요. 오오! 펠릭스……」 부인은 그런 이야기를 끝내지 않고 내 어깨에 머리를 기대며 말했다. 「어떻게 되는지 모르겠어요. 어떻게 하면 좋을까요?」 하고 미처 말하지 못한 생각을 굳이 뿌리치려는 듯이 되뇌었다. 「어떻게 저항해야 할까요? 그분은 나를 죽일 거예요. 아니에요, 나는 자살이라도 하게 될 거예요. 하지만 그건 죄악이에요! 달아나면 어떨까요? 그러면 아이들은? 이혼한다? 그렇지만 결혼한 지 십오 년이 됐는데, 모르소프하곤 살지 못하겠다는 말을 어떻게 아버지에게 할 수 있겠어요? 아버지나 어머니가 오시면 그분은 마음을 가라앉히고 얌전하게 예의바른 태도로 재치있게 응대하거든요. 게다가 결혼한 여자에겐 아버지가 있습니까, 어머니가 있습니까? 아내는 몸도 재산도 남편의 것이에요. 나는 행복하진 않아도 평온하게 살아 왔어요. 조용한 고독 속에서 다소나마 힘을 기르고 있었죠. 그걸 고백해요. 그렇지만 만일 이런 소극적인 행복마저 뺏긴다면 나 역시 미쳐 버릴 거예요. 나의 저항은 개인적인 것이 아닌 강한 이유에 바탕을 두고 있습니다. 영원한 고통을 받게끔 이미 운명지워진 불쌍한 인간을 낳는다는 건 죄악이 아닐까요? 그렇지만 내 행위는 매우 중대한 문제를 일으키게 되기 때문에 혼자서 그걸 결정할 수는 없어요. 나는 재판관이기도 하고 당자이기도 한 거예요. 나는 내일 새로 바뀐 나의 지도 신부인 비로토 님에게 의논하러 투르에 가겠어요. 덕망 높은 그리운 드 라 베르쥬 신부는 돌아가셨어요.」 잠시 후 부인은 또 이야기를 계속했다. 「엄격한 분이었지만, 그분의 사도 같은 힘을 나는 언제까지나 잊지 못할 거예요. 후임자는 정말 온화한 천사 같은 분이어서, 남을 꾸짖기보다는 자신이 먼저 서글퍼하는 그런 사람이에요, 그래도 신앙의 품에 안기면 어떤 용기가 솟아나지 않을까요? 성령의 목소리를 듣고 더욱 굳세어지지 않는 여성이 있을까요? 하느님!」 부인은 눈물을 닦고 하늘을 우러러보며 말을 이었다. 「무슨 죄가 있기에 저에게 벌을 내리시고 계십니까? 그렇지만 믿지 않으면 안 돼요.」 부인은 내 팔을 손가락으로 누르면서 말했다. 「그래요, 믿습니다, 펠릭스. 우리는 티없이 맑고 완전한 인간으로 천국에 닿기 전에 빨갛게 달아오른 도가니속을 지나지 않으면 안 되는 거예요. 나는 입을 다물고 있어야 하겠습니까? 하느님, 제가 친구의 가슴에 안겨 우는 걸 막으시렵니까? 그 친구를 너무 지나치게 사랑하는 것일까요?」 부인은 나를 잃어버릴까 싶어 겁이 난다는 듯이 나를 힘껏 끌어안았다.

「그런 의문을 누가 나를 위해 풀어 줄까요? 나는 양심에 부끄러울 것이 없어요. 별은 높은 데서 인간을 비추고 있습니다. 그런데 인간의 별인 영혼은 어째서 그 불로 친구를 둘러싸지 않을까요? 그 친구에게는 깨끗한 마음만을 주고 있는데……」

나는 부인의 축축히 땀에 젖은 손을 더 축축한 내 손으로 쥐어 주면서, 그 무서운 부르짖음을 잠자코 듣고만 있었다. 내가 그 손을 꼭 잡자 앙리에트도 내 손을 힘껏 쥐었다.

「거기 있구려?」 백작은 모자도 쓰지 않은 채 우리에게로 오면서 말했다.
　이번에 내가 이곳에 온 이후론 그는 기를 쓰고 우리가 얘기하는 데 끼여들려 하고 있었다. 그것은 그가 무슨 즐거움을 찾고 있었거나, 또는 부인이 나에게 괴로움을 호소하며 내 품에 안겨 한탄하리라고 생각하거나, 아니면 자기가 함께 맛보지 못하는 쾌락을 질투한 때문인지도 모른다.
　「노상 내 뒤를 쫓아다니고만 있어요!」 부인은 절망적인 말투로 말했다. 「채마밭을 보러 가기로 해요. 그렇게 하면 저 분을 피할 수 있을 거예요. 보이지 않게 울타리를 따라 엎드려서 가기로 해요.」
　우리는 우거진 나무 울타리를 따라 허리를 구부리고 채마밭으로 달려갔다. 그리고 얼마 후 백작이 있는 데서 멀리 떨어져 은행나무 가로수길에 가 있었다.
　「정다운 앙리에트.」 그때 나는 부인의 팔을 가슴에 안고, 괴로움에 몸부림치고 있는 부인을 바라보기 위해 멈춰 서면서 말했다. 「당신은 옛날 내가 상류사회의 위험한 길을 걸으려 할 때 훌륭하게 이끌어 주었어요. 이번에는 내가 당신이 입회인 없이 하는 결투를 그만두는 걸 돕기 위해 몇 가지 충고를 주고 싶어요. 당신은 그런 결투엔 지고 말 거예요. 당신은 대등한 무기로 싸우지 않으니 어쩔 수 없지요. 이제는 미친 사람처럼 더 싸우지 마세요……」
　「쉬!」 부인은 흐르는 눈물을 참으면서 말했다.
　「내 얘길 들어 주세요! 당신을 사랑하기 때문에 참고 들을 수밖에 없었던 한 시간에 걸친 백작과의 이야기 뒤엔, 내 생각은 여러 번 흔들려서 머리가 무거워지더군요. 백작 때문에 나는 나 자신의 지성을 의심하지 않으면 안되게 됐어요. 같은 생각을 여러 번 되풀이하면 그게 자신의 의사하곤 상관없이 자기 머릿속에 새겨지게 마련입니다. 뚜렷한 특징이 있는 편집광은 전염성은 아니예요. 그렇지만 항상 사물을 생각하는 데 광증이 작용하고, 평소의 이야기 속에 숨어 있을 적엔, 그 광증이 옆에서 살고 있는 사람들에게 피해가 되는 수가 있지요. 당신의 인내는 숭고합니다. 그러나 그게 당신을 우둔하게 만들어 버리지 않을까요? 그러니 당신과 어린애들을 위해 백작을 대하는 방법을 바꾸도록 하세요. 나무랄 데 없는 당신의 마음씨는 그 사람의 이기주의를 키워 준 거예요. 당신은 어머니가 어린애를 너무 위해 주기만 해서 잘못 기르는 것처럼, 백작을 잘못 다루었던 거예요. 그러나 이제는 당신이 살고 싶다면, 그리고……」 나는 부인을 바라보며 말했다. 「당신은 살기를 바라고 있어요! 당신이 그 사람에 대해 가지고 있는 위력을 발휘하세요. 당신도 알고 있지만, 그 사람은 당신을 사랑하고 당신을 두려워하고 있어요. 더 두려워하게 하세요. 그 사람의 허물어진 의지에 곧은 의지를 대항시키세요. 그 사람이 당신이 해준 양보를 확대할 수 있었던 것처럼 당신의 힘을 확대시키도록 하세요. 그리고 사람들이 미치광이를 독방에 가둬 두는 것처럼 그 사람의 병을 정신세계에 가둬 둬야 하는 겁니다.」

「이것 봐요.」 부인은 비통한 미소를 띠며 말했다. 「매정한 여자만이 그런 짓을 할 수 있는 거예요. 나는 어머니예요. 형리하고는 거리가 멀어요. 그래요, 나 자신이 괴로워할 수는 있죠. 하지만 어떻게 남을 괴롭혀요! 그건 차마 못 할 짓이에요.」 부인은 말을 이었다. 「명예롭거나, 또는 위대한 결과를 얻기 위해서라도 그건 못 할 짓입니다. 더욱이 자기 양심에 거짓말을 하게 하고, 일부러 목소리를 바꾸고, 표정을 딱딱하게 하고, 거짓으로 태도를 꾸며야 하지 않아요? …… 그런 허위를 나에게 요구하지 말아 주세요. 나는 모르소프와 어린애들 사이에 내 몸을 둘 수 있어요. 그 사람의 타격을 우리집의 누구도 받지 않게끔 내 몸에 받도록 하겠어요. 그렇게 많은 상반된 이해를 타협으로 끌고 가기 위해 내가 할 수 있는 일은 그게 전부예요.」

「당신을 우러러보게 해주세요! 그지없이 신성한 성녀여!」 나는 한쪽 무릎을 땅바닥에 꿇고 부인의 옷에 키스하고는, 눈망울에 넘치는 눈물을 그녀의 옷자락으로 닦으면서 말했다.

「그렇지만 그 사람이 당신을 죽이면……」 이윽고 나는 말했다.

부인은 창백해지더니 눈을 하늘로 향하며 대답했다. 「그건 하느님의 뜻이겠지요!」

「국왕께서 당신을 걱정하시면서 아버님께 하신 말씀을 아세요! 『그 모르소프 녀석은 여전히 살아 있는 모양이구나!』 하시더군요.」

「국왕의 말씀으로는 농담이라도, 여기선 그런 말은 죄악이에요.」 부인은 이렇게 대답했다.

우리가 조심했는데도 불구하고 백작은 우리를 따라오고야 말았다. 부인이 그 비장한 말을 나에게 하기 위해 걸음을 멈춘 호도나무 아래까지 그는 땀에 젖어가면서 우리가 있는 데로 다가온 것이다. 나는 그를 보자 포도를 따는 일에 대해 이야기를 시작했다. 그는 부당한 의혹을 품고 있었을까? 그것은 알 수 없다. 그러나 그는 아무 말도 없이 우리를 자세히 살펴보았고, 호도나무 그늘에 선선한 바람이 불어오는 것도 알지 못하고 있었다. 백작은 의미심장한 얼굴로 토막나고 의미도 없는 몇 마디를 지껄이고 나서, 가슴과 머리가 아프다고 말했다. 그는 조용한 어조로 투덜거렸고, 우리들의 동정을 구하지도 않았으며 과장된 표현으로 고통을 늘어 놓지도 않았다. 우리는 그의 말은 귀담아 듣지도 않았다. 집에 돌아가자 몸이 더욱 불편하다면서 침실로 들어가, 그로서는 신기할 만큼, 자연스러운 태도로 말썽없이 잠들었다.

　우리는 그가 우울증에 사로잡힌 덕분에 얻은 휴전을 이용해서 마들레느를 데리고 그리운 동산으로 내려갔다.

　「뱃놀이하러 갑시다.」 잠시 걸어다닌 뒤에 부인이 말했다. 「관리인이 오늘 고기잡이를 하는데 그걸 구경하러 갑시다.」

　우리는 작은 문으로 나가 조각배가 있는 데로 가서, 그것을 타고 이내 엥드르 강을 천천히 거슬러 올라갔다. 우리 세 사람은 흡사 대수롭지 않은 일을 보고 재미있어 하는 어린애처럼, 강가의 풀이며 푸른빛과 초록빛의 잠자리를 바라보았다. 그리고 부인은 자신의 뼈저린 슬픔 속에서도 이렇게 조용한 즐거움을 맛볼 수 있다는 것을 자못 신기하게 여겼다. 그것은 우리들의 투쟁과는 상관없이 펼쳐지는 자연의 정적이 우리에게 위안이 되는 매혹을 주는 것이 아닐까? 억제된 욕망으로 가득찬 사랑의 동요는 찰랑거리는 물과 조화되고, 사람의 손때가 묻어도 조금도 더러워지지 않는 꽃은 가장 은밀한 그 꿈을 표현하며, 조각배의 관능적인 흔들림은 영혼 속에 떠도는 온갖 생각에 까닭없이 맞장구를 친다. 우리는 그 이중의 시정의 간지럽고 짜릿한 감동을 느꼈다. 언어는 자연의 음조만큼이나 고상해져서 신비로운 우아함을 펼쳐 놓았다. 눈길은 불타오르는 듯한 찬란한 초원에 풍성하게 쏟아지는 눈부신 햇빛 속에 끼여들어, 가장 휘황한 빛을 던졌다. 강은 우리가 그 위를 뛰어가는 오솔길 같았다. 그리고 걸을 때 필요한 운동 탓으로 주의가 산란해지지 않기 때문에, 우리들의 마음은 자연에 사로잡혔다. 몸짓은 매우 우아하고 하는 말은 매우 자극적인, 분명 소녀 같은 요란한 기품은 이 역시 자유로운 두 사람의 영혼의 산 표현이 아니었을까? 그 두 사람의 영혼은, 행복한 사랑에 넘친 청춘 시절을 가져 본 모든 사람들이 잘 알고 있는, 플라톤이 꿈꾸었던 그 훌륭한 인간(고대 그리스에 원시적인 인간 중에는 남녀 양성을 아울러 가진 자가 있었고 연애는 그런 형태로 돌아가려는 욕망이라고 하는 학설이 있어 플라톤이 그런 사실을 《향연》 속에 기술했다)을 관념에 의해 즐겨 만들었던 것이다. 그 한때를 말로써 표현할 수 없는 그 세부로써가 아니라, 그 전체로써 당신에게 그려 보이기 위해 나는 이렇게 말하련다. 우리는 우리를 둘러싸고 있는 모든 존재 속에서 모든 사물 속에서 서로 사랑하고 있었던 것이라고. 서로 바라보고 있던 행복을 자신들을 넘어서 느끼고 있었던 것이다. 그 행복은 힘차게 우리에게 스며들기 때문에 부인은 마치 남모를 열을 식히려는 듯이 장갑을 벗고 그 아름다운 손을 물 속에 넣었던 것이다. 그녀의 눈은 얘기하고 있었다. 그러나 입은 대기 속의 장미처럼 반쯤 벌어져 있었으나 욕망에 대해서는 닫혀 있었음이 틀림없다. 당신은 고음과 완전히 결합된 저음의 멜로디를 알고 있을 줄 안다. 그 멜로디는 언제나 나에게, 이제는 결코 찾아볼 수 없을 그때 우리 두 사람의 영혼의 멜로디를 연상하게 해주었던 것이다.

「어디서 고기잡이를 시키고 있어요?」 나는 물었다. 「댁의 영지 안에서 밖에는 고기잡이를 못 한다면서요?」

「퐁 드 류앙 근처예요.」 부인은 말했다. 「지금 퐁 드 류앙에서 클로슈구르드까지의 강이 우리 것이거든요. 모르소프가 최근 이 년 동안의 저금과 밀린 연금으로 약 사십 아르팡의 목장을 샀던 거예요. 놀랍지요?」

「나로서는 이 골짜기 전부가 당신 것이라면 좋겠어요!」 나는 이렇게 외쳤다.

부인은 미소로 대답해 주었다. 이윽고 우리는 퐁 드 류앙의 아래쪽, 엥드르 강이 넓어지고, 고기잡이가 한창 벌어지고 있는 곳에 닿았다.

「어때요, 마르티노?」 부인이 물었다.

「어서 오십시오, 마님! 신통찮은뎁쇼. 물레방아가 있는 데서 여기까지 올라온 지가 벌써 세 시간이나 되는데 조금도 잡히지 않는뎁쇼.」

우리는 마지막 그물을 치는 것을 보려고 배를 강가에 댔다. 그리고 세 사람 다 부이야르 그늘에 자리를 잡았다. 부이야르는 다뉴브나 르아르 등 큰 강의 강가라면 어디서든지 볼 수 있는 수피(樹皮)가 흰 미류나무의 일종인데, 봄이 되면 꽃을 싸고 있는 비단결 같은 흰 솜털을 흩날리는 것이다. 부인은 여느 때의 위엄있는 평온을 되찾고 있었다. 그리고 막달라 마리아

──사랑도 없고 향연도 없고 유흥도 없지만, 그러나 향기와 아름다움이 없지 않은 막달라 마리아──처럼 우는 대신, 자기의 괴로움을 나에게 고백한 것과, 욥처럼 한탄한 것을 거의 뉘우치고 있는 듯했다. 얼마 후 부인의 발밑에 끌려온 그물엔 물고기가 가득차 있었다. 연어·뱅어·열기·농어 그리고 한 마리의 큼직한 잉어가 풀 위에서 몸부림 치고 있었다.

「이거 정말 신기한 일인뎁쇼.」 관리인이 말했다.

고기잡이를 하고 있던 사람들은 마법의 막대기로 그물을 건드리기라도 한, 요정 같은 그 부인을 보고 감탄하면서 눈을 크게 떴다. 그때 말을 타고 초원을 전속력으로 달려오는 조마사가 보였다. 그러자 부인은 무섭게 떨었다. 우리는 자크를 데리고 오지 않았다. 그러한 때에 어머니들이 맨먼저 하는 생각은 베르길리우스(고대 로마 최대의 시인)가 매우 시적으로 잘 말한 것처럼 조그마한 일에도 이내 어린애들을 가슴에 끌어안는 일이다.

「자크!」 부인은 소리쳤다.「자크는 어디 있어요? 그애에게 무슨 일이 생겼어요?」

부인은 나를 사랑하고 있었던 것은 아니다! 만일 나를 사랑하고 있었다면, 나의 고통에 대해서도 그와 같은 절망적인 암사자와 같은 표정을 보여 주었을 게 아닌가.

「마님, 백작님이 몹시 몸이 불편하십니다.」

부인은 크게 한숨을 쉬고 마들레느를 거느린 채 나와 함께 달렸다.

「당신은 천천히 돌아오세요.」 부인은 나에게 말했다.「애가 너무 더워하지 않게 말이에요. 알겠죠? 모르소프는 이렇게 더운 날 뛰어다녔기 때문에 흠뻑 땀을 흘렸어요. 그리고 호도나무 아래 서 있었던 게 불행의 원인이 됐을지도 몰라요.」

혼란 속에서 던진 그런 말은 부인의 순수한 마음을 보여 주고 있었다. 백작의 죽음은 불행한 것이다! 부인은 황급히 클로슈구르드에 당도하여 담장의 틈을 지나 채마밭을 가로질러 갔다. 나는 사실 천천히 돌아갔다. 앙리에트의 얘기는 나를 섬뜩하게 했는데, 그것은 광 속에 넣어둔 곡식을 엉망으로 만드는 번갯불이 번쩍이는 것 같았다. 그 뱃놀이를 즐기고 있는 동안 나는 부인이 나를 극진히 사랑하고 있는 것으로 믿고 있었다. 그래서 나는 부인이 그런 말을 진담으로 한 것을 비통하게 느끼지 않을 수 없었다.

2. 첫사랑

　상대방에게 모든 것이 아닌 것 같은 연인이란 아무것도 아니다. 그러니 나는 사랑 자체가 바라는 그 모든 것을 알고 있는 사랑, 또 바라고 있는 애무로 미리 충족감을 느끼고, 영혼의 쾌락에는 앞날이 마련해 줄 쾌락이 섞여 있는 까닭에 쾌락에 흐뭇하게 젖어 있는 사랑의 욕망을 품고, 짝사랑을 하고 있었던 셈이다. 앙리에트는 사랑하고 있었더라도, 사랑의 즐거움에 대해서도 또한 사랑의 폭풍에 대해서도 아무것도 몰랐던 것이다. 하느님과 함께 있는 성녀처럼 감정 자체로 살고 있었던 것이다. 꿀벌들이 떼를 지어 꽃핀 나뭇가지에 달라붙듯이 나는 그 부인의 무시당한 사상이나 감정이 달라붙는 대상이었던 것이다. 그러나 나는 그 부인 생활의 원리가 아니라 단순한 우발적인 존재였다. 그 사람의 전생활은 아니었던 것이다. 나는 폐위당한 왕으로서, 누가 나에게 나의 왕국을 되찾아 줄까 하고 스스로에게 물었다. 미칠 것만 같은 질투 속에서 나는 아무 일도 감행하지 않았던 것과, 그때에는 진실한 것이라기보다는 빈틈없는 것으로 생각된 사랑의 굴레를, 소유권이 가져오는 실정법의 사슬로 바짝 죄지 않았던 것을 스스로 꾸짖고 있었다.

　백작의 병은 아마 호도나무 그늘의 찬바람이 원인이었겠지만, 몇 시간 동안에 몹시 악화됐다. 나는 오리제라는 유명한 의사를 부르러 투르에 갔으나, 그를 데리고 온 것은 저녁때였다. 그러나 의사는 그날 밤과 그 이튿날까지 클로슈구르드에 있어 주었다. 그는 많은 거머리를 잡으라고 조마사를 보냈으며, 사혈(瀉血)을 급히 시켜야 한다고 판단했는데도 란셋[披針]을 가져오지 않았기 때문에 나는 궂은 날씨를 무릅쓰고 이내 아제이에 달려가서, 외과의 델랑드 씨를 깨워 새처럼 잽싸게 오게 했다. 십 분만 늦게 왔어도 백작은 목숨을 건지지 못했을 것이다. 사혈이 그를 살렸다. 그런 일차적인 성공에도 불구하고 의사는 심한 악성의 염증에서 오는 발열을 예측하고 있었다. 이십 년 동안이나 건강했던 사람들도 잘 걸리는 병의 하나다. 낙담할 대로 낙담한 부인은 자기가 그 운 나쁜 급환의 원인이라고 믿고 있었다. 나에게 노고를 치사할 기력도 없어 그저 몇 번 미소를 던져 주는 것만으로 그치고 있었다. 그 표정은 그전에 내 손등에 해준 키스 못지않은 것이었다. 나는 거기서 불륜의 사랑에 대한 뉘우침을 볼 수 있었으면 했다. 그러나 그것은 그토록 청순한 마음에 있어서는 보기에도 괴로운 회오의 행위이며, 그저 자기 혼자만이 상상한 죄를 꾸짖으면서, 고귀하다고 생각하는 상대방

남성에 대한 감탄을 곁들인 애정의 토로였던 것이다. 확실히 부인은 노브의 로르가 페트라르카를 사랑했던 것처럼 사랑하고 있었다. 프란체스카 다 라미니(11세기 북부 이탈리아의 귀족의 딸로서, 정략 결혼의 희생이 되었으나 시동생과 사랑하는 사이가 되어 살해당했다. 단테의 《신곡》에 등장하여 더욱 유명해졌다)가 파울로를 사랑했던 것과는 다르게 사랑하고 있었다. 그것은 그 두 가지 사랑의 결합을 꿈꾸고 있었던 사나이로서는 무서운 발견이다.

부인은 이리의 소굴과도 같은 방안의 더러운 안락의자 위에 양쪽 팔을 축 늘어뜨린 채 기운없이 누워 있었다. 이튿날 저녁때 의사는 떠나기 전에, 부인더러 병이 틀림없이 오래 끌 것이므로 간호원을 고용하도록 하라고 말했다. 부인이 밤을 꼬박 새웠기 때문이다.

「간호원을요?」 부인은 대답했다. 「아니예요, 아니예요, 우리가 간호할 테예요.」 부인은 나를 바라보면서 그렇게 외쳤다. 「우리는 그분을 살려야 할 의무가 있어요!」

그런 말을 듣더니 의사는 몹시 놀라면서 눈치를 살피는 듯한 눈길을 우리에게 던졌다. 그런 말은 무언가 큰 범죄의 미수를 의심하게 하는 것 같은 성질의 것이었다. 그는 한 주일에 두 번씩 왕진하러 올 것을 약속하고, 취해야 할 조치를 델랑드 씨에게 지시하면서 이러이러한 위험한 증세가 나타나면 투르로 자기를 데리러 올 필요가 있다고 설명했다. 나는 부인에게 적어도 이틀에 하룻밤은 자도록 해야 한다면서 나하고 부인이 교대로 밤을 새우게 해달라고 청했다. 그리하여 나는, 꽤 어렵기는 했지만 사흘째 되는 날 밤에 부인이 잠을 자기로 결심하게 했다. 집안 사람들이 모두 자고 있을 때였다. 백작이 잠깐 잠이 들었을까 했을 때 나는 앙리에트의 방에서 괴로워하는 신음소리가 들려오는 것을 들었다. 나는 몹시 불안해져서 부인을 살펴보러 갔다. 부인은 기도대 앞에 무릎을 꿇고 눈물에 젖은 채 자신을 질책하고 있었다. 「하느님, 만일 이것이 불평을 한 대가라면, 저는 다시는 불평하지 않겠습니다.」하고 부인은 거듭 외치고 있었다.

「그분을 혼자 놔두고 왔군요!」 부인은 나를 보면서 말하였다.

「당신이 울면서 신음하는 소리가 들리기에 당신 일이 걱정스러워서 왔지요.」

「오오! 나는 걱정 마세요.」 부인이 말했다. 「이렇게 아무렇지도 않아요.」

부인은 모르소프 씨가 자고 있다는 것을 확인하고 싶은지 나와 같이 아래층으로 내려가 램프 불빛으로 그를 살펴보았다. 백작은 잠이 든 것은 아니었으나 피를 많이 뽑았기 때문에 정신을 차리지 못하고 있는 것 같았다. 두 손을 힘없이 내저으며 담요를 끌어올리려 하고 있었다.
「이건 위독할 때의 몸짓 같아요.」부인이 말했다. 「아아! 혹시 이분이 우리가 원인이 된 이 병으로 돌아가시기라도 한다면, 나는 절대로 재혼하지 않을 거예요. 맹세하겠어요.」부인은 엄숙한 표정으로 백작의 머리 위에 손을 얹어 놓으면서 말했다.
「나는 백작을 구하기 위해 최선을 다했습니다.」하고 나는 말하였다.
「오오! 당신은 친절하게 할 일을 다 했어요. 그렇지만 나는 큰 죄인이에요.」
부인은 딴 사람같이 수척해진 남편의 이마 위에 고개를 푹 숙이고 자기의 머리털로 땀을 닦아 주고는 천사같이 거기에 키스했다. 그러나 나는 부인이 속죄하려는 것처럼 그런 애무로 할 바를 다하려는 것을 보고 은근히 기뻐했다.
「블랑슈, 물 좀……」하고 백작은 기운없는 목소리로 말했다.
「이것 보세요, 이분은 나밖에는 모른다니까요.」부인은 컵을 가져오면서 말했다.
그리고 부인은 그 말투와 애정에 넘치는 그런 태도로, 우리들을 맺어 주고 있는 감정을 환자에게 희생함으로써 짓밟아 버리려고 했던 것이다.
「앙리에트!」나는 부인을 보고 말했다. 「좀 쉬도록 하세요. 제발 부탁입니다.」
「이제 앙리에트는 없어요.」부인은 당황해서 내 말을 가로막았다.
「앓아 눕기 전에 어서 주무세요. 애들도 이분 자신도 당신이 자신을 아껴야 한다고 명령하고 있어요. 이기주의가 숭고한 미덕이 되는 경우도 있는 법입니다.」
「그렇군요.」부인은 말했다. 부인은 몸짓으로 남편을 나에게 맡기면서 물러갔다. 그 몸짓에 만일 뉘우침에서 오는 애원적인 힘이 뒤섞인 어린애 같은 우아함이 없었더라면, 오래지 않아 머리가 이상해질 것 같은 동작으로 보였을 것이다. 그 정경은 순수한 그녀의 보통 상태와 비교해 볼 때 무서움을 일으켜 나를 공포에 떨게 했다. 나로서는 부인 양심의 흥분이 무서웠다. 의사가 또 왔을 때 나는 그에게 나의 청정한 앙리에트를 괴롭히고 있는, 겁을 먹은 아민(흰 족제비의 일종) 같은 양심의 고통을 얘기했다. 그 이야기는 조심성있는 것이었으나 오리제 씨의 의심을 풀어 주었고, 오리제 씨는, 백작은 어차피 이번의 발병을 피할 수 없었으며 호도나무 그늘에 머물러 있었던 일도 명백히 병을 드러나게 해준 점에서 해로웠다기보다는 유익했다고 말하면서 그 아름다운 마음의 동요를 가라앉혀 주었다.

　백작은 오십이 일 동안이나 삶과 죽음 사이를 방황하고 있었다. 앙리에트와 나는 교대로 저마다 이십육 일 동안씩 밤을 새웠다. 확실히 모르소프 씨는 우리가 정성껏 간호한 덕에, 오리제 씨의 명령을 주의깊게 정확하게 실행한 덕에 살아났던 것이다. 오리제 씨는 아름다운 행동이 의무의 은밀한 수행에 지나지 않을 적에도 날카롭게 관찰할 수 있는 까닭에, 그것을 의심할 권리가 있다고 생각하는 철학적인 의사들처럼, 백작 부인과 나와의 사이에 벌어지고 있었던 히로이즘의 투쟁을 목격하면서, 염탐하는 듯한 시선으로 우리들을 살펴보지 않을 수 없었던 것이다. 그만큼 그는 멋도 모르고 속아서 감탄하지나 않을까 꺼리고 있었다.

　「이런 병이 생겼을 적에는」그는 세 번째 왕진 때 나를 보고 말했다.「죽음은 정신적인 것 속에서 민활한 조수를 발견하는 법입니다. 백작의 경우처럼 정신 상태가 몹시 악화됐을 때일수록 그렇습니다마는, 환자의 생명을 손아귀에 쥐고 있는 것은 의사나 간호원과 그 밖의 주위 사람들입니다. 그럴적엔 말 한 마디라도, 몸짓으로 표현된 큰 불안이라도 독약과 같은 힘을 가지고 있기 때문입니다.」

　오리제 씨는 나에게 그런 이야기를 하면서 내 얼굴이며 태도를 관찰하고 있었다. 그러나 그는 내 눈 속에서 순진한 마음의 맑은 표현밖엔 볼 수 없었다. 사실 그 잔인한 질병이 모든 사람들을 괴롭히고 있는 동안 나의 지성 속에는, 때로는 가장 결백한 양심에도 자극을 주는 수가 있는, 그 무의식적인 사심(邪心)의 티끌만한 그림자도 떠오르지 않았던 것이다. 자연을 달관한 사람들에게 있어서는 자연계의 모든 것이 동화에 의한 통일에로 향하고 있다. 정신계 역시 그와 같은 원리에 의해 지배될 것이다. 순수한 세계에서는 모든 것이 순수하다. 앙리에트 곁에서는 하늘의 방향(芳香)을 숨쉴 수가 있었다. 비난받을 만한 욕망을 품었다면 사람들은 영원히 이 부인에게서 멀리 떨어졌어야 됐을 성싶었다. 그리하여 앙리에트는 비단 행복 자체일 뿐 아니라, 한걸음 더 나아가 덕이기도 했던 것이다. 의사는 우리가 언제나 한결같이 주의깊게 간호하고 있는 것을 보고, 그 언동에 어쩐지 경건하고 정다운 무언가를 보게 되었다. 그는 이렇게 생각하고 있는 모양이었다. 『이 두 사람이야말로 진짜 환자다. 그런데 그들은 자기들의 상처를 감추고 그것을 잊고 있다!』그 훌륭한 사람의 말에 의하면, 그처럼 모든 상태가 엉망이 된 인간에게는 그리 신기한 일이 아닌 모양이지만, 모르소프 씨는 그전과는 대조적으로 인내력이 강해지고 매우 온순해졌으며, 좀처럼 불평도 안 하고 정말 고분고분 말을 잘 들었던 것이다. 그런데 그러한 사람이 건강했을 적엔 어떤 간단한 일을 할 때에도 어김없이 무턱대고 투덜거리곤 했던 것이다. 얼마 전까지는 그렇게까지 부정하고 있었던, 의학에 대한 그런 복종의 비밀은 죽음에 대한 남모를 공포심이었다. 이 역시 더할 나위 없는 용기를 지닌 그에게 있어서 재미있는 대조가 된다. 그의 불행이 그에게 가져다 준 새로운 성격의 여러 가지 괴상한 경향을 그런 공포심이 잘 설명해 줄 것이다.

나탈리여, 내가 이렇게 고백하면 당신은 믿어 줄는지? 그 오십 일 동안과 그뒤의 한 달 동안은 나의 생애의 가장 아름다운 시기였다. 사랑이 영혼의 무한한 세계 속에 있는 것은, 흡사 큰 강물이 아름다운 골짜기에 있는 것과 같은 것이 아닐까? 큰 강물에는 비와 시내와 급류도 흘러들며, 나무와 꽃과 강가의 모래나 바위의 꼭대기 부분도 떨어지는 것이다. 큰 강물은 폭풍을 만나도 불어나지만, 또 맑은 샘물의 잔잔한 선물에 의해서도 불어난다. 그렇다, 사람이 사랑할 때엔 모든 것은 사랑으로 귀착하는 것이다. 최초의 중대한 위기가 지나자, 부인과 나는 병에 익숙해지고 말았다. 백작에게 필요한 간호 때문에 생긴 끊임없는 혼란에도 불구하고, 우리가 그전에는 몹시 어수선하다고 생각했던 그의 방도 산뜻하고 깨끗해졌다. 이윽고 우리는 거기서 무인도에 기어오른 두 사람의 인간처럼 되었다. 왜냐하면, 불행이란 사람을 고립시킬 뿐 아니라, 사회의 까다로운 인습을 무시하게 하기 때문이다. 그리고 환자를 위해 하는 일은 다른 어떤 사건도 용납해 주지 않았을 접촉을 우리에게 가져다 주었다. 그전에는 그렇게 겁이 많았던 우리 손은 백작을 위해 일하며 몇 번이나 부딪쳤던가! 나는 앙리에트를 부축하고 거들어 주지 않으면 안 되었던 것이다. 앙리에트는 보초를 선 병사 같은 임무 때문에,

흔히 식사를 잊어버릴 때가 있었다. 그럴 때에는 내가 시중들었는데, 때로는 무릎 위에서 급히 먹어야 했기 때문에 여러 가지로 잔심부름이 많았다. 그것은 반쯤 열린 무덤 옆에서 소꿉질하는 장면 같았다. 앙리에트는 백작의 고통을 덜어 줄 만한 일을 내게 척척 지시하면서 여러 가지 심부름을 시켰다. 처음 얼마 동안은 위험이 심해서 마치 전투중인 것처럼 일상 생활의 일들을 특징짓는 그 미묘한 차별을 뭉개어 버렸는데, 손님이나 가족 앞에서는 어떤 여자든지, 아무리 달랑거리는 여자라도 말이나 눈길이나 태도에 지니고 있는, 그리고 실내복으로는 통용되지 않는 그 예절의 껍데기를 필연적으로 벗어 버렸던 것이다. 아침에 새가 지저귀기 시작하면 실내복 차림으로 나와 교대하러 오기도 했던 것이다. 그런 실내복을 입고 있을 적에는 내가 어리석은 희망 속에서 내것으로 생각했던 그 눈부신 보배가 가끔 들여다보이는 것이었다.

그런 까닭에 앙리에트는 여전히 의젓하고 자랑스런 태도를 취하고 있으면서도 친밀하지 않을 수 없었던 것이 아닐까? 하긴 처음에는 위험한 증세가 우리들의 친밀하고 스스럼없는 결합에서 정열적인 의미를 고스란히 빼앗아 갔기 때문에, 앙리에트는 거기에서 전혀 꺼림칙한 것을 느끼지 않았던 것이다. 그러다가 반성하게 되었을 무렵에는, 그런 태도를 갑자기 바꾼다는 것이 자기에게도 나에게도 일종의 모욕이 된다고 생각했을지 모른다. 우리는 저도 모르게 더욱 친숙해져서 거의 부부 사이처럼 되어 있었던 것이다. 앙리에트는 자기도 나도 믿고 의젓하게 행동했으며 완전히 안심하고 있었다. 그래서 나는 그 여자의 마음에 더욱 깊이 파고들었다. 백작 부인은 다시 나의 앙리에트가 되었다. 자기의 제이의 영혼이 되고자 노력하고 있는 사나이를 더욱 사랑하지 않으면 안 될 앙리에트가 된 것이다. 얼마 뒤부터 나는 그 사람의 손을 기다리지 않아도 되었다. 그 손은, 조금이라도 그래 주기를 바라는 눈짓을 하면 언제든지 저항없이 나에게 맡겨지는 것이었다. 우리가 환자의 숨소리에 귀를 기울이고 있었던 오랜 시간 동안, 그 여자의 아름다운 몸의 곡선을 내가 황홀하게 더듬어도 그 여자는 내 눈에서 몸을 피하려 하지 않았다. 우리가 서로 허용한 하찮은 쾌락, 감동어린 시선, 백작의 잠을 깨우지 않으려고 나직이 얘기한 말들, 불안, 연거푸 되풀이해서 속삭인 희망, 그리고 오랫동안 헤어져 있었던 두 마음의 그 완전한 융합에서 온 무수한 일들, 그런 것들이 눈앞 장면의 어두운 그림자 위에 유난히 선명하게 떠올랐다. 우리는 그 시련 속에서 서로의 마음속 밑바닥까지 알았던 것이다. 아무리 열렬한 애정을 가지고 있어도 밤낮 얼굴을 마주 보고 있으니 견딜 수 없고, 그런 끊임없는 결합 속에서 생활을 무겁게, 또는 가볍게 느끼면서 서로의 마음이 떨어지기도 하여, 그런 시련을 흔히 이겨내지 못하는 법인데 말이다.

한 가정의 주인의 병이 어떤 피해를 주며 일을 얼마나 중단시키는지 당신도 잘 알 것이다. 무슨 일을 하건 시간이 모자라게 마련이다, 주인의 생활이 암초에 부딪치면 집안 일이나 가족의 움직임에도 혼란이 온다. 모든 일을 모르소프 부인이 짊어져야 했는데, 백작은 앓기 전에는 대외적인 일을 곧잘 해치웠으므로 여전히 백작이 필요했다. 소작인에게 얘기하러 가거나, 마름의 집을 찾아가거나, 공채를 받기도 했다. 부인이 영혼이라면 백작은 육체였다. 나는 부인이 백작을 간호하고 있어도 외부의 일에 조금도 지장이 없도록 집사 역할을 했다. 부인은 별로 고맙다는 인사도 없이 망설이지도 않고 승낙했다. 그렇게 집안 일을 돌봐주고 부인의 이름으로 명령을 전해 주거나 하는 것은 또 하나 더욱 달콤한 공동생활이었다. 밤에는 흔히 부인의 방에서 집안 일이나 어린애들에 대해 서로 얘기했다. 그런 잡담으로 우리들의 일시적이며 정신적인 결혼은 더욱 진짜 결혼다워졌다. 앙리에트는 내가 남편 역할을 하고 식탁에서 남편 자리에 앉고, 마름에게로 볼일 보러 가는 것을 얼마나 기쁜 마음으로 찬성했던가! 더구나 그것은 완전히 순수한 마음에서였지만, 은근한 기쁨이 없는 것은 아니었다. 그것은 이 세상의, 아무리 정숙한 여자라도, 율법의 엄격한 준수와 숨기고 있는 욕망의 만족이 결합되는 수단을 발견하는 데서 느끼는 기쁨이다. 백작은 신병 탓으로 무력해져서, 아내에 대해서도 가족에 대해서도 이제는 까다롭게 굴지 않았다. 그렇게 되자 부인은 자기자신을 되찾아 나에게 집착하는 권리를, 나를 무수한 배려의 대상으로 삼는 권리를 가졌다. 그녀의 인격과 품성의 모든 가치를 나에게 보이고, 만일 자기를 이해해 준다면 자기 내부에 생길 변화를 내가 깨닫게 하려는, 아무튼 막연한 것이긴 하지만 그러나 분명히 드러난 생각을 부인 속에서 발견했을 때, 나는 얼마나 기뻤겠는가! 가정생활의 차가운 분위기 속에서 항상 오므리고 있었던 그 꽃은 나의 시선에 부딪히자 열렸다. 그리고 오직 나를 위해서만 열린 것이다. 내가 사랑의 호기심어린 눈을 던져 느낀 것과 같은 기쁨을, 부인은 자신을 펼쳐 놓음으로써 느낀 것이다. 부인은 나에게, 생활의 온갖 번거로운 일에서도 내가 얼마나 부인의 마음에 자리를 잡고 있느냐 하는 것을 느끼게 해주었다. 내가 환자의 머리맡에서 밤을 새우고 나서 늦게 잔 이튿날 아침이면, 앙리에트는 누구보다도 먼저 일어나 내 주위를 완전히 조용하게 해주었다. 자크와 마들레느는 주위를 듣지 않아도 멀리서 놀았다. 부인은 여러 가지 수단으로 나의 식기를 자기 손으로 식탁에 올려 놓는 권리를 얻었다. 심지어는 식사때 내 시중을 들어 주었는데, 기쁨에 넘쳐 동작은 분주했고 제비와 같고 노루새끼같이 민첩했으며, 두 뺨은 벌겋게 달아올랐고 목소리는 떨렸으며, 눈초리는 파고드는 것같이 예리한 것이었다. 영혼의 그와 같은 표현을 묘사할 수 있을까! 부인은 자주 기진맥진한 모습을 보이고 있었다. 그러나 그렇게 지쳤을 때에도 혹시 나에게 무슨 일이 있기라도 하면, 부인은 자기 애들을 위할 때와 마찬가지로 나를 위해 다시 기운을 내어 민첩하게, 또 활기있게, 그리고 쾌활하게 돌진하는 것이었다. 부인은 자기의 애정을 광선처럼 공중에 던지기를 얼마나 좋아하고 있었던가! 아아! 나탈리, 그렇다, 어떤 부인들은 이 세상에서 천사의 정령의 특성을 받아 가지고 있어, 알려지지 않은 철인 생 마르탱이 지성적이며 음악적이고 향기롭다고 말한 그런 광명을 천사처럼 뿌려 주는 것이다. 앙리에트는 나의 조심스러움을 확인하고, 우리들 앞에서 앞날을 숨기고 있었던 무거운 장막을 기꺼이 걷어올려, 자기 속에 있는 두 사람의 여자를 보여 준 것이다――매정한 데가 있는데도 불구하고 내 마음을 끈 속박당한 여자와, 그 상냥함이 나의 사랑을 틀림없이 영원한 것으로 만들어 줄 자유로운 여자, 그 얼마나 큰 차이인가! 모르소프 부인은, 추운 유럽으로 실려 온 홍작새가 박물학자가 간수하고 있는 새장 속에서, 구슬프게 횃대 위에 앉아 말없이 거의 죽어 가고 있는 것과 같았다. 앙리에트는 간디스 강가의 숲에서 동방의 시를 읊고 있는 새이며, 항상 꽃피어 있는 거대한 볼카메리아의 마편초(馬鞭草) 사이를, 나뭇가지를 따라 여기저기 날아다니는 산 보석과도 같았다. 부인의 아름다움은 더욱 아름다워졌고, 그 정신은 소생했다. 그 끊임없는 기쁨의 불꽃은 우리 두 사람 영혼 사이의 비밀이었다. 왜냐하면 세상 사람들의 대표자격인 도미니스 신부의 눈이 앙리에트로서는 모르소프 씨의 눈보다 훨씬 더 무서웠기 때문이다. 그러나 부인은 나와 마찬가지로 자기의 생각을 교묘하게 빙 돌려서 표현하는 데서 큰 즐거움을 발견하고 있었다. 자기의 만족감을 농담으로 얼버무리고, 게다가 애정의 표명을 감사라고 하는 눈부신 깃발로 덮어 버리고 있었다.
「우리는 당신의 우정을 무서운 시련 속에 몰아넣었군요, 펠릭스! 우리는 자크에 대해서처럼 이 사람에게 너그럽게 대해 줘도 되겠죠, 신부님?」 부인은 식탁에서 그런 말을 하기도 했다.
엄격한 신부는 상냥한 미소로 대답했는데, 그것은 사람들의 마음속을 들여다보고 그 마음이 맑다고 인정하는 경건한 사람의 미소였다. 그리고 그는 부인에 대해, 천사들에 대해서와 같은 숭배가 뒤섞인 경의를 표명하고 있었다. 그 오십 일 동안 부인은 두 번, 우리들의 애정을 가둬 둔 경계를 넘어섰는지도 모른다. 그러나 두 번에 걸친 그런 일도 베일에 싸여 있다가 마지막으로 고백한 날에야 비로소 밝혀졌던 것이다. 백작이 병석에 누운 초기의 어느 날 아침, 부인이 나의 순결한 애정에 대해 주어진 깨끗한 특권을 철회하며 나를 가혹하게 다룬 것을 후회했을 때, 나는 부인을 기다리고 있었다. 부인은 나하고 교대할 예정이었다.
나는 너무 피곤해서 벽에 머리를 기댄 채 잠들어 버렸다. 나는 이마에 장미꽃이라도 댄 것 같은 부드러운 촉감을 느끼고 갑자기 눈을 떴다. 몇 걸음 앞에 부인이 서 있었는데 이렇게 말했다. 「방금 왔어요!」 나는 나가려다가 아침 인사를 하기 위해 부인의 손을 쥐었을 때, 그것이 젖은 채 떨고 있는 것을 알았다.
「몸이 불편하세요?」 나는 물었다.
「왜 그런 걸 물으세요?」 부인은 되물었다.
나는 낯을 붉히면서 얼떨떨해진 채 부인을 바라보았다. 「꿈을 꾸고 있었던 거예요.」 나는 그렇게 말했다.
백작은 틀림없이 회복할 것이라고 말한 오리제 씨의 마지막 왕진이 있었던 무렵의 어느 날 밤, 나는 자크와 마들레느와 함께 현관의 돌층계 아래에 있었다. 우리는 셋이 다 밀짚줄기와 핀을 붙인 갈고리 막대기로 밀짚 낚시놀음에 열중해서, 층계에 넙죽 엎드려 있었다. 모르소프 씨는 자고 있었다. 의사는 말을 준비하는 것을 기다리면서 살롱에서 부인과 낮은 목소리로 얘기하고 있었다. 오리제 씨는 나도 알지 못한 사이에 가버렸다. 앙리에트는 그를 전송하고 나서 창문에 기대어, 모르긴 하지만 얼마 동안 우리를 몰래 바라보고 있었던 것 같다. 그날 밤은 하늘이 구릿빛을 띠고 들판에서는 무수한 잡음이 메아리치는, 그런 더운 밤이었다. 지다 남은 태양의 마지막 광선이 지붕 위에서 꺼지려 했고, 뜰의 꽃은 공기를 향기롭게 했으며, 외양간으로 끌려오는 가축의 방울소리가 멀리서 울려오고 있었다. 우리는 백작이 깰까 싶어, 큰소리를 지르고 싶은 것도 참으면서 그 훈훈한 한때의 정적을 깨뜨리지 않고 있었다. 그런데 돌연 물결치는 것같이 옷자락이 바스락거리는 소리에 섞여, 나오려는 오열을 목구멍에서 억지로 참는 소리가 들렸다. 나는 살롱으로 뛰어갔다. 거기서 부인은 창가의 벽이 조금 들어간 데 앉아 얼굴에 손수건을 대고 있었다. 부인은 내 발소리를 듣고서도 내버려둬 달라고 명령하는 듯한 몸짓을 보였다. 나는 웬일인가 싶어 근심하며 곁에 가서, 억지로 손수건을 치워 버리려 했다. 부인의 얼굴은 눈물로 젖어 있었다. 부인은 자기 방으로 달아났다가 기도 시간까지 나오지 않았다. 그 오십 일 이래, 나는 처음으로 부인을 테라스로 데리고 나가 그렇게 흥분한 까닭을 물었다. 그러나 부인은 터무니없이 쾌활한 체하면서, 오리제에게서 들은 좋은 소식 때문이라고 말했다.

「앙리에트, 앙리에트!」나는 말했다. 「내가 당신이 울고 있는 걸 봤을 때 당신은 소식을 알고 있었죠. 우리 두 사람 사이에선 거짓말은 있을 수 없어요. 당신은 왜 내가 눈물을 닦아 주려고 한 걸 뿌리쳤어요? 그럼 눈물은 나 때문이었던가요?」

「나는 생각했어요.」부인은 말했다. 「주인의 병은 나에겐 고통의 중간 휴식 같은 것이었다고. 모르소프 때문에 겁을 내지 않아도 될 지금은 자신을 위해 걱정하지 않으면 안 되는 거예요.」

사실 그랬다. 백작의 건강이 회복되었다는 것은 변덕이 다시 생기기 시작한 것으로 알 수 있었다. 그는 그의 아내도 나도 의사도 간호하는 방법을 모르며 우리는 모두 그의 병이나 기질도, 그의 괴로움이나 적당한 약도 모르고 있노라고 말하기 시작했다. 오리제는 어떤 학설에 심취하고 있었는지 모르지만 기분의 변화를 눈치채고 있었으나, 백작 자신은 여전히 유문 탓이라고 우겨대고 있었다. 어느 날 백작은 우리를 염탐하고 있었거나, 속셈을 꿰뚫어본 사람처럼 심술궂게 히죽거리며 바라보다가 아내에게 말했다.「그런데 만일 내가 죽었더라면 당신은 물론 슬퍼했겠지. 그러나 솔직히 말해 봐, 아마 금방 체념했을걸…….」

「저는 장미빛과 검정색의 궁중 상복을 입었겠지요.」 부인은 남편의 입을 막기 위해 웃으며 그렇게 말했다.

그런데 의사는 회복기에 있는 환자의 허기증을 만족시키는 걸 반대하여 음식에 대해 세밀히 지시해 주었지만, 특히 그 음식을 둘러싸고 지난날과는 비교도 안 될 만큼 사나운 짓과 잔소리가 되풀이되는 장면이 벌어진 것이다. 백작의 성격은 마치 동면 상태에서 깨어난 것처럼 더욱 무서운 것이 되어 나타났기 때문이다. 부인은 의사의 처방과 하인들의 복종을 의지하고, 또 그런 싸움에서 남편에 대한 지배력을 행사할 수 있는 수단을 발견한 나에게 자극받아 대담하게 저항했다. 광란과 노호에 대해 침착하게 맞설 수 있었다. 남편의 실체를 파악하여 어린애같이 다루었고, 악담패설을 듣는 데도 익숙해 있었던 것이다. 나는 다행히도, 드디어 부인이 그 병적인 정신을 완전히 지배하는 것을 보았다. 백작은 으르렁거렸지만 그러나 순종했다. 더구나 한바탕 크게 고함을 지르고 나서는 더욱 순종을 잘 했다. 결과가 뻔한데도 불구하고 앙리에트는 살이 빠진 그 노인의 모습을 보고 자주 울었다. 노인은 몹시 쇠약해져서 이마는 금시 떨어질 듯한 나뭇잎보다도 더 누르스름했고, 눈은 흐릿했으며 손은 노상 떨고 있었다. 앙리에트는 냉혹한 자기의 처사를 스스로 나무랐고, 백작의 식사량을 의사의 지시를 어겨 약간 늘리거나 했을 때 백작의 눈에 떠오른 기쁨을 보고는 더욱 가슴 아파하는 것이었다. 그리고 나에게 정답게 대해 주었던 만큼, 백작에 대해서는 더욱 부드럽고 따뜻한 태도를 보였다. 그렇지만 거기에는 저절로 차이가 있어, 내 마음을 무한히 기쁘게 했던 것이다. 앙리에트도 싫증을 느끼지 않는 것은 아니었다. 백작의 변덕이 너무 심하게 되풀이되어 자기를 이해해 주지 않는다고 투덜거릴 적에는 하인을 불러 시중들게 하는 수도 있었다.

부인은 모르소프 씨의 회복에 대해 하느님에게 고마운 마음을 아뢰는 기도를 드리고 싶어했다. 미사를 드리기로 하고 교회에 나와 같이 가자고 했다. 나는 부인을 데리고 갔다. 그러나 미사를 드리고 있는 동안, 나는 세셀 씨 내외를 만나러 갔다. 돌아오는 길에 부인은 나를 책망하려 했다.

「앙리에트」 나는 말했다. 「나는 표리가 부동한 짓은 못 하겠어요. 물에 빠지는 적을 구해내기 위해 물에 뛰어들거나, 그 사나이의 몸을 녹여 주기 위해 내 외투를 주거나 할 순 있지요. 요컨대 적을 용서하긴 하겠지만 모욕은 잊지 않을 거예요.」

부인은 입을 다문 채 내 팔을 자기 가슴에다 꼭 대었다.

「당신은 천사예요. 틀림없이 진심으로 하느님에게 감사하는 기도를 드렸을 겁니다.」 나는 그렇게 말을 이었다. 「평화공(18세기 스페인의 유명한 정치가 고도이가 1795년의 바이제르 조약을 맺은 공로로 그 칭호를 받았다)의 어머니는 자기를 죽이려고 덤벼들었던 민중의 손으로 구출됐습니다. 그리고 여왕께서 『당신은 어떻게 하고 있었는가?』하고 물으셨을 때, 『그들을 위해 하느님께 빌고 있었습니다』 이렇게 대답했던 거예요. 여자란 그런 겁니다. 그렇지만 나는 남자니 어쩔 수 없이 불완전하지요.」

「자신에 대해 나쁘게 말해선 안 돼요.」 부인은 내 두 팔을 막 흔들면서 말했다. 「당신은 아마 나 같은 사람보다 훨씬 훌륭할 거예요.」

「그럴는지도 모르지요.」 나는 대답했다. 「왜냐하면 나는 단 하루만의 행복을 위해 영원을 내던질 거니까요. 그런데 당신은!……」

「내가 어떻단 말이예요?」 부인은 늠름하게 나를 바라보면서 말했다. 나는 입을 다문 채 부인의 번갯불 같은 눈길을 피하려고 눈을 내리깔았다.

「내가 어떻다는 거예요?」 부인은 말을 이었다. 「어떤 나를 말하는 거예요? 나는 내 속에 많은 『나』를 느끼고 있거든요! 애들도……」 부인은 마들레느와 자크를 가리키며 덧붙였다. 「『나』예요, 펠릭스」 부인은 비통한 말투로 말했다. 「그럼 당신은 나를 이기주의자라고 생각하세요? 나에게 목숨을 바치는 사람에게 보답하기 위해 내가 영원을 바칠 수 있다고 생각하세요? 그런 생각은 소름이 끼쳐요. 종교적인 감정을 영원히 해치는 거예요. 그렇게 해서 타락한 여자가 온전한 인간이 될 수 있을까요? 그 사람의 행복은 그 사람의 죄를 씻어 버릴 수 있을까요? 당신은 오래지 않아 그런 문제를 결정짓게 해줄 거예요……. 그래요, 나는 결국 내 양심의 비밀을 털어놓고 말 테예요. 그런 생각은 자주 내 마음에 떠올랐던 거예요. 나는 여러 번 그런 생각을 엄격한 회개로 속죄했습니다. 당신이 그저께 나에게 그 까닭을 물었던 눈물은 그런 생각의 원인이었던 거예요…….」

「평범한 여자들의 높은 가치를 인정하는 어떤 종류의 일을 당신은 너무 중요시하는 게 아닙니까? 당신은 차라리……」
「오오!」부인은 내 말을 막으면서 말했다.「당신은 그걸 하찮은 일이라고 생각하세요?」
그런 논리는 말대답을 중단시켰다.
「그렇다면!」부인은 말을 이었다.「들어 보세요! 나를 하늘같이 믿고 있는 불쌍한 노인을 내가 비겁하게도 저버린다고 합시다! 그렇지만 이렇게 약한 아이들은, 우리 눈앞에 있는 마들레느와 자크는 아버지와 함께 남아 있게 되어야 하지 않아요? 그러니 어쩌겠어요? 저애들이 그분의 분별없는 지배하에서 석 달이나마 살 수 있으리라고 생각하세요? 내가 의무를 저버려도 나 혼자만의 문제라면…….」부인은 아름다운 미소를 보였다.「하지만 그건 내 아이들을 죽이는 일이 아닌가요? 죽는다는 건 틀림없는 사실이에요. 어머나!」부인은 별안간 소리쳤다.「우리는 왜 이런 얘길 하지요? 어서 결혼하세요. 그리고 내가 죽는 걸 내버려 두세요!」
부인은 매우 서글픈 듯한 심각한 말투로 그런 말을 했기 때문에, 내 정열의 반발심은 억제되었다.
「당신은 거기, 그 호도나무 그늘에서 불평을 말했습니다. 그리고 나는 이 개암나무 아래에서 투덜거렸어요, 그저 그것뿐이에요. 이제는 아무 말도 안 하겠어요.」
「그렇게 아량을 베풀어 주니 괴로워서 죽을 지경이에요.」부인은 하늘을 우러러보며 그렇게 말했다.
우리는 동산 위에 닿았다. 거기서 백작이 햇빛을 쬐려고 안락의자에 앉아 있는 것이 보였다. 가냘픈 미소가 겨우 생기를 보여 주고 있는 그 수척한 모습을 보니, 잿더미 속에서 피어오른 불길도 대번에 꺼져 버렸다. 나는 난간에 기대어, 여전히 허약한 두 아이들과 계속된 밤샘 때문에 파리해진 부인과의 사이에 있는, 빈사의 그 사나이가 보이는 화면을 물끄러미 바라보고 있었다. 부인은 지나친 노동탓으로 두 달 동안의 무서운 근심 탓으로, 또는 아마 기쁨 탓으로 여위었겠지만, 그런 정경이 주는 감동 때문에 유난히 혈색이 좋았다. 흐린 가을 하늘의 무딘 햇빛이 새어드는 흔들리는 나뭇잎에 둘러싸인 그 고달픈 가족을 보니, 나는 마음속에서 육체를 정신에 결합시키고 있는 굴레가 풀리는 것을 느꼈다. 가장 완강한 투사라도 전투를 벌일 때 맛보게 된다고 하는 그 정신적인 우수를 나는 처음으로 체험했다. 그것은 가장 용감한 자를 비겁자로 만들며, 믿음없는 사람에게 열렬한 믿음을 주며, 모든 것이 가장 생명적인 감정, 명예나 사랑까지도 무관심하게 만들어 버리는 냉정한 광증 같은 것이다. 왜냐하면, 의혹은 우리에게서 자기 인식을 뺏으며, 인생에 대한 혐오감을 일으키게 하기 때문이다. 자기 조직이 복잡한 탓으로 정체를 알 수 없는 정령에게 무방비 상태로 맡겨지는 가엾은 신경질적 존재들이며, 그대들의 동족이나 그대들의 심판자는 어디에 있는가? 용맹한 장군인 동시에 교묘한 중개자이기도 했으며 이미 프랑스 원수의 지휘봉에 손이 닿을 성싶었던 그 담대한 젊은이가 어찌하여 내가 목격한 그처럼 죄없는 암살자가 될 수 있었는지 나는 알았다. 지금은 장미의 화관을 쓰고 있는 나의 온갖 욕망도 언젠가 그런 결말을 볼 수 있을까? 나는 원인에 대해서나 결과에 대해서나 겁을 먹고, 이런 경우에 하느님은 어디에 있느냐고 믿음이 없는 사람처럼 물으면서, 눈물이 뺨을 적시는 것을 막지 못했다.

「왜 그래요, 펠릭스 아저씨?」마들레느가 앳된 목소리로 물었다.

이윽고 앙리에트는 내 마음속에서 태양처럼 빛나는 걱정스러운 시선으로 그런 검은 안개와 암흑을 말끔히 씻어 주었다. 그때 늙은 조마사가 나에게 투르에서 보내온 편지를 가져왔다. 그 편지를 보자 나는 나도 모르게 놀라는 소리를 질렀고, 그러는 바람에 모르소프 부인도 몸을 떨었다. 나는 내각의 인장을 보았다. 국왕께서 나를 부르신 것이었다. 나는 편지를 부인 앞에 내놓았고, 부인은 그것을 단숨에 읽었다.

「가는 건가!」백작이 말했다.

「나는 어떻게 되는 거예요?」부인은 태양이 없는 사막을 비로소 깨달은 듯 그렇게 말했다.

우리는 모두 한결같이 어찌 할 바를 모르고 우두커니 먼 산을 바라보고 있었다. 그것은 우리가 모두 서로에게 필요한 사람이라는 것을 그렇게 뚜렷이 느낀 적이 없었기 때문이다. 부인은 여러 가지 부질없는 얘기를 하고 있었는데, 목소리가 달라져 있었다. 그것은 마치 악기가 몇 개의 줄을 잃어버리고, 남아 있는 줄마저 늘어져 버린 거나 다름없었다. 행동에서는 허탈감이 엿보였고 눈길에도 생기가 없었다. 나는 부인이 품고 있는 생각을 말해 달라고 졸랐다.

「무슨 생각이 있겠어요?」 부인은 그런 말로 얼버무렸다.

부인은 나를 자기 방으로 끌고 가서 긴의자에 앉히고는, 화장대의 서랍 속을 뒤져 내 앞에 무릎을 꿇고 말했다. 「이건 일 년 전부터 빠진 내 머리카락이에요. 이걸 받아 주세요. 당신 거니까요. 당신도 언젠가는 그 까닭을 알게 될 거에요.」

나는 부인의 이마 쪽으로 천천히 몸을 기울였다. 부인은 내 입술을 피하려고 고개를 숙이진 않았다. 나는 죄악감이 섞인, 도취도 없이 감미로운 쾌감도 없이 장중한 감동만을 느끼며 깨끗한 마음으로 입술을 가져갔다. 부인은 모든 것을 희생시키려 하고 있었던가? 내가 그랬던 것처럼 그저 심연의 가장자리에까지 갔던가? 만일 사랑이 부인을 이끌어 몸을 맡기게 했다면, 그렇게 담담한 침착성과 그런 종교적인 시선을 가지지 못했을 것이며, 맑은 목소리로 「이제는 나를 원망하지 않겠지요?」 하고 나에게 말하지 않았을 것이다.

나는 그날 저녁에 떠났다. 부인은 프라펠르로 통하는 길로 나를 전송하러 나오려 했다. 그리고 우리는 호도나무가 있는 데서 걸음을 멈추었다. 나는 그 나무를 가리키면서 사 년 전에 거기서 부인을 봤을 때의 일을 얘기했다.

「골짜기는 정말 아름다웠습니다!」 나는 외쳤다.

「그럼 지금은 어때요?」 부인은 다그쳐 물었다.

「당신은 호도나무 그늘에 서 있고, 골짜기는 우리 거예요.」

부인은 고개를 숙였고 거기서 우리는 헤어졌다. 부인은 마들레느와 함께 부인의 마차, 나는 혼자 내 마차를 탔다. 파리로 돌아가자 나는 다행히도 분주한 일에 쫓기는 바람에 다른 일을 한가이 생각할 겨를도 없었고, 어쩔 수 없이 세상 사람들과 거리가 멀어졌으며, 세상 사람들도 나를 잊어버렸다. 나는 모르소프 부인과 편지를 주고받으면서 매주 나의 일기를 보내 주었고, 부인한테서는 한 달에 두 번씩 답장이 왔다. 그것은 사람들에게는 알려지지 않았으나 충족한 생활이어서, 지난번 마지막 두 주일 동안, 꽃에 대한 새로운 시를 지으면서 숲속에서 감상하고 있었던, 그 남모르게 꽃이 활짝 핀 우거진 수풀과도 같은 것이었다.

오오, 사랑을 하고 있는 당신이여, 그와 같은 아름다운 의무를 스스로 짊어지라. 교회가 기독교도에게 날마다의 규칙을 정해 준 것처럼, 실행해야 할 규칙을 받아들이라. 로마교회가 마련한 엄격한 계율은 원대한 사상에서 나왔다. 그 종교는 희망과 공포를 간직하는 행위의 반복에 의해 영혼 속에 더욱 깊은 의무의 자국을 남긴다. 감정은 깊이 팬 시냇물 속을 언제나 생기 발랄하게 흐르고 있다. 그 시냇물은 물을 모아 그것을 정화하며 끊임없이 마음을 상쾌하게 하여, 유일한 사랑의 유일한 생각이 불어나는 신성한 샘이라고도 할, 숨은 신앙의 보고에 의해 생명을 풍성하게 하는 것이다.

3. 두 여인

중세기를 재현하여 기사도를 되찾은 나의 정열은 어찌된 셈인지 남에게 알려졌다. 아마 국왕과 르농쿠르 공작이 그런 이야기를 한 모양이다. 고독 속에서 훌륭하며 의무의 뒷받침없이 충실하면서, 보는 사람도 없는데 아름다운 부인을 경건하게 열렬히 사랑하는 한 청년의, 마치 소설과도 같으면서도 단순한 이야기가, 상층부로부터 생 제르맹 사교계에 퍼뜨려졌음에 틀림없다. 여기저기의 살롱에서 나는 주목의 대상이 되어 쑥스럽기 짝이 없었다. 아무튼 얌전한 생활에는 여러 가지 이점이 있어, 한 번 그것을 경험하면 항상 무대에 서게 되는 번거로움은 견디기 어려워지는 것이다. 차분한 빛깔만을 항상 보아 온 눈이 대낮의 햇빛 때문에 상하기 쉬운 것처럼, 과격한 대조를 좋아하지 않는 사람들이 있는 법이다. 그 무렵 나는 그런 심정이었다. 지금에 와서는 당신은 그것을 이상하게 여길 것이다. 그러나 참아 주길 바란다. 현재의 방드네스의 괴상한 심정을 오래지 않아 이해하게 될 것이다. 어쨌든 나로서는 부인들은 모두 상냥하고 사교계는 흠잡을 데 없는 것같이 생각되었던 것이다.

베리 공작이 결혼한 뒤로 궁중에는 호화로운 생활이 부활되어 프랑스식 향연도 다시 등장하기 시작했다. 외국 세력의 점령도 끝났고 번영이 되살아나서 쾌락은 얼마든지 가능했다. 신분 때문에 유명한, 또는 부귀로 세력이 있는 사람들이 유럽 각지에서 지성의 도시로 모여들었다. 그 도시에는 다른 나라의 장점과 악덕이 프랑스 정신에 의해 확대되고 노골화되어 있었던 것이다. 클로슈구르드를 떠난 지 오 개월 뒤인 겨울에 나의 알뜰한 천사는 절망적인 편지를 보냈는데 그 속에서 아들이 중병에 걸려 가까스로 위기를 모면하기는 했으나 뒷일이 걱정이라고 얘기했다. 의사는 가슴을 조심하지 않으면 안 된다고 말했는데 그것은 무서운 말이어서, 과학적인 입장에서 그런 말을 하는 것을 들으면 어머니의 모든 시간이 꺼멓게 물들고 마는 것이었다. 앙리에트가 겨우 한숨 돌리고 자크가 간신히 회복되려 하자, 이번에는 마들레느가 그녀에게 걱정을 하게 했다. 어머니가 알뜰히 가꾼 보람으로 그렇게나마 유지하고 있던 가련한 꽃나무가 전부터 걱정하던 발작을 일으킨 것이다. 그 위기는 미리 짐작한 것이었으나, 그렇게 허약한 체질에는 무서운 것이었다. 부인은 자크가 오래 앓는 바람에 지칠 대로 지쳐 있어 그 새로운 타격을 이겨낼 기력이 없었다. 그리고 그 귀여운 어린것들이 병에 시달리고 있는 것을 보게 되니 남편의 괴팍한 성격 탓으로 곱절이나 커진 고통에 대해서도 무감각해졌다. 그리하여 더욱 혼란에 빠져 자갈마저 뒤섞인 폭풍은 그 무서운 물결로써 부인의 마음속 가장 깊이 뿌리를 박은 희망까지 송두리째 앗아갔던 것이다. 게다가 부인은 백작의 압제에 완전히 굴복하고 있었다. 백작은 실지(失地)를 회복하고 있었던 것이다. 부인은 편지에 이렇게 쓰고 있었다.

전력을 다해 어린애들을 감싸 주고 있을 때, 어찌 그런 힘을 모르소프에게 바칠 수 있겠어요? 또한 죽음을 막아 주면서 모르소프의 공격까지 막아낼 수 있겠어요? 지금 나에게 매달리는, 슬픔에 사로잡혀 있는 어린 두 아이들의 사이에 끼여 오직 혼자, 더구나 쇠약해진 몸으로 고달픈 행로를 걸어가노라면 나는 뿌리치기 어려운 인생 혐오에 사로잡힙니다. 지금 동산 위에는 자크가 가만히 서 있습니다마는, 생명이 있는 것같이 보이는 것은 더욱 커지기만 한 아름다운 눈뿐이며, 흡사 노인의 눈처럼 우묵 들어가 조숙한 지성이 허약한 육체와 대조를 이루고 있습니다. 그러니 내가 어떤 타격을 느낄 수 있겠습니까? 어떤 애정에 보답할 수 있겠습니까? 지금 내 곁에는 귀여운 마들레느가 서 있는데, 그렇게 건강하고 그렇게 상냥하고 그렇게 혈색이 좋던 아이가, 지금은 죽은 사람처럼 창백해서 머리에도 눈에도 윤기가 완전히 사라져 버려 마치 마지막 작별이라도 고하고 싶다는 듯이 시들한 눈길을 나에게 던지고 있습니다. 어떤 요리를 해주어도 먹고 싶어하지 않고 혹시 무슨 음식을 먹고 싶어하더라도 찾는 것이란 이상한 음식이어서, 나는 오싹해지지 않을 수 없습니다. 그 순진한 어린애는 내

품에서 자랐는데도, 나한테 가만히 말할 때면 낯을 붉히는 것입니다. 내가 아무리 애써도 어린애들을 즐겁게 해줄 수가 없습니다. 그 애들은 모두 나에게 빙긋 웃어 보이기는 합니다만 그 미소는 내가 억지로 얼러서 보이게 한 것일 뿐, 애들로부터 저절로 나온 것은 아닙니다. 어린애들은 나의 애무에 보답할 수가 없어서 웁니다. 고통은 아이들의 영혼 속에서 모든 것을, 우리를 결합시키는 사슬까지도 헝클어뜨리고 말았습니다. 그러니 클로슈구르드가 얼마나 쓸쓸한지 잘 알 수 있을 것입니다. 모르소프는 더욱 행패가 심해졌습니다. 오오, 모나미(나의 벗)! 나의 영광인 펠릭스! 나를 지금도 사랑해 주려면, 기력도 없고 은혜도 모르며 괴로움 때문에 화석이 된 나를 사랑해 주려면 당신은 더욱더 온갖 고난을 극복하지 않으면 안될 것입니다.

그 무렵, 나는 여느 때보다도 더 뼈저린 슬픔에 싸여 오직 그 사람의 영혼 속에서 살면서, 아침마다의 향긋한 미풍과 진홍빛으로 물든 밤마다의 희망을 그 영혼에게 보내려 하고 있었는데, 마침 엘리제 부르봉의 살롱에서 여왕들이라고 할 만한 명문의 영국 귀부인들 중의 한 사람과 만났다. 막대한 재산에다 노르만의 정복 이후로 조금의 신분 차이라도 있는 결혼을 해본 일이 없는 명문 출신이며, 영국의 귀족 중에서도 가장 탁월한 노귀족 중의 한 사람과 결혼했다는 모든 이점도, 그 부인의 아름다운 인품과 우아한 태도, 재치며 뇌쇄시키기 전에 현혹하는, 무어라 말할 수 없는 광채를 더욱더 빛내주는 부속품에 지나지 않았다. 그 부인은 그 시대의 우상이었고 성공에 필요한 자질인, 베르나도트(베르나도트는 원래 프랑스 장군이었는데 뒤에 스웨덴 왕이 되었다)가 얘기한 그 빌로도 장갑에 싸인 쇠 같은 손을 가지고 있었던 만큼, 더욱더 파리의 사교계에 군림할 수 있었던 것이다. 영국 사람들의 특이한 개성, 그들이 자기들과 인사 없는 사람들과 사이에 두는 넘기 어려운 그 거만한 영불 해협, 그 쌀쌀한 세인트 조지 수로는 당신도 잘 알고 있을 것이다. 그들은 인간을 흡사 그들이 짓밟고 다니는 개미떼로밖엔 생각지 않는다. 그들은 인류 중에 그들이 인정한 자들에 대해서밖엔 모른다. 남의 말 같은 것에 귀를 기울이지 않는다. 틀림없이 입술은 움직이고 눈은 보고 있으나, 목소리도 시선도 그들에게는 닿지 않는다. 그들에게 있어 그런 무리들은 존재하지 않는 거나 다름없다. 영국 사람들은 그렇게 해서 그들의 섬 모습을 그대로 보여 준다. 그 섬에서는 법률이 모든 것을 지배하고, 사회 각층에선 모든 것이 획일적이며, 미덕의 실천은 일정한 시간에 움직이기 시작하는 톱니바퀴 장치의 필연적인 작용처럼 보인다. 영국 여성은 황금의 사슬에 의해, 가정이란 우리에 얽매여 있으나, 그 먹이를 담는 구유와 물통과 올라앉는 횃대와 먹이는 훌륭한 것이며, 그 주위에 높이 솟은 빛나는 강철의 요새는 영국 여성에게 더욱 큰 매력을 곁들여 주고 있다. 기혼 여성을 어떤 일에 서든지 죽음과 사회 생활 사이에 끼워 놓고, 그 위선을 그보다 더 잘 마련한 민족은 없다. 영국 여성에게 있어 치욕과 명예 사이에는 어떠한 매개물도 없다. 과실은 완벽하거나 존재하지 않거나 둘 중의 하나다. 일체냐 무냐, 햄릿의 『죽느냐 사느냐』다. 그 양자택일이 습관에 의해 익숙해진 끊임없는 거만함과 결부되어, 영국 여성을 사교계에서 독특한 존재로 만들고 있다. 그것은 가엾은 생물이며 어쩔 수 없이 정숙하면서도 타락하기 쉽고, 마음속에 감춰진 부단한 허위에 얽매여 있으나 겉으로 보기엔 매혹적이다. 왜냐하면 그 민족은 모든 것을 형식에 쏟아넣었기 때문이다. 그 나라 여자들에게 있는 특유한 아름다움은 그런 데서 온 것이다. 영국 여성에게 있어 필연적으로 인생의 요약이라고 할 만한 고양된 애정, 자기자신에 대한 지나치게 수선스런 배려, 셰익스피어의 천재적인 재능이 붓 한 자루로써 영국 여자를 표현한 그 《로미오와 줄리엣》의 유명한 장면에서, 지극히 우아하게 묘사된 그들의 아기자기한 사랑이, 여러 가지 점에서 영국 여성을 부러워하고 있는 당신에게, 그 흰 인어들에 대해 알지 못하고 있는 일을 내가 어떻게 말할 수 있겠는가? 그 인어들은 얼핏 보기엔 이해할 수 없을 것 같지만 이내 바닥이 드러나며, 사랑에는 사랑만으로 충분하다고 생각하고 있어 우수를 환락 속에 끌어들이면서도 환락에 아무런 변화도 주지 않으며, 그 마음은 단순하고 그 목소리에는 억양이 없다. 사랑의 대양을 한 번도 헤엄친 일이 없는 자는 관능의 시정도 영원히 알지 못하는 것처럼, 마치 바다를 본 적이 없는 자가 자기의 하프에 현 몇 개를 빼먹는 것과 같이 뻔한 일인 것이다 그런 말의 이유를 당신은 알고 있을 것이다. 더들리 후작 부인과 나의 연애 사건은 난처하게도 유명해지고 말았다. 감각이 우리들의 사고에 크게 영향을 주는 나이에 그러한 열렬한 감각이 강력하게 억압당하고 있던 청년에게 있어서는, 클로슈구르드에서 완만한 순교에 시달리고 있었던 성녀의 모습이 힘차게 빛났기 때문에,

3. 두 여인   199

 나는 그런 유혹에 저항할 수 있었다. 그런 충실한 마음가짐이 아라벨 부인의 주목을 끌게 된 광채였다. 나의 저항은 부인의 정열을 부추겼다. 부인이 바라고 있었던 것은 많은 영국 여성들의 소원과 마찬가지로 화려한 행동이었고 색다른 일이었다. 부인은 마음의 양식을 위한 후추나 고추를 바라고 있었던 것이다. 마치 영국 사람들이 미각을 자극하기 위해 강렬한 양념을 바라듯이. 모든 일을 항상 완벽하게 처리하는 버릇과 조직적이며 규칙적인 습관 때문에 자극이 없는 생활을 해온 그런 부인들은, 자연히 소설적인 것이나 어려운 일을 동경하게 되는 법이다. 나는 그런 성격을 어떻게 판단하면 좋을는지 알지 못했다. 내가 냉담한 경멸 속에 도사리고 있으면 있을수록 더들리 부인은 더욱더 정열적인 태도를 보이는 것이었다. 부인이 명예를 건 그 싸움은 몇몇 살롱의 호기심을 자극했다. 그것은 그 부인으로서는 제일 단계의 성공이었고 그녀는 승리를 무슨 의무처럼 생각하게 됐던 것이다. 아아! 누가 모르소프 부인과 나에 대해 더들리 부인이 중얼거린 심술궂은 말을 전달만 해주었던들, 나는 곤경에서 벗어날 수 있었을 것이다.
 「그 두 사람의 한숨은 딱 질색이에요!」 더들리 부인은 그런 말을 한 것이다.
 나는 여기서 내가 지은 죄를 변명하려고는 생각지 않으나, 나탈리여, 나는 당신이 다음과 같은 점을 생각해 주기 바란다. 남자라는 것은 당신들 여성이 남자가 꽁무니를 따라다니는 것을 피할 수단만큼 여자에게 저항하는 좋은 수단을 가지고 있지 못한 것이다. 우리들의 풍습은 남성이 여성을 싸늘하게 멀리하는 것을 금지하고 있으나, 당신들 여성의 경우에는, 그것은 사랑을 하는 남자에겐 유혹이 되며 더구나 세상의 예절이 그것을 당신들에게 강요하고 있는 것이다. 그와 반대로 우리에게는, 어처구니없는 사나이가 거드름 피우며 만든 법률이 우리들의 겸손한 몸가짐을 우스꽝스런 것으로 만들어 버린다. 우리는 겸손의 독점을 당신들에게 일임하고, 사랑의 증거를 상대방에게 주는 특권을 여성들에게 양보하게 되었다. 그러나 그런 역할을 바꾸어 보라. 남자는 조롱을 이겨내지 못한다. 나는 나 자신의 정열로써 나를 지키고는 있었으나, 긍지와 헌신과 미모의 삼중 유혹에 대해서조차 무감각할 수는 없는 나이였다. 아라벨 부인이 여왕처럼 군림했던 화려한 무도회에서 그녀에게 바쳐진 찬사를 내 발 밑에 놓았을 때, 그리고 자기 화장이 나의 취미에 맞는지 어떤지를 알려고 내 눈치를 살피고 있었을 때, 또 그것이 내 마음에 들어 부인이 기쁨에 몸을 떨었을 때 나는 부인의 흥분 때문에 흥분하지 않을 수 없었던 것이다. 더욱이 나는 부인 곁에서 달아나지 못할 만한 입장에 서 있었다. 나로서는 외교상의 초대를 거절하기란 어려운 처지였다. 부인의 자격으로는 어느 살롱에라도 드나들 수 있었고, 자기 마음에 든 것을 차지하기 위해 여자가 발휘하는 그 교묘한 수단으로 그 집 여주인으로 하여금 내 곁의 식탁에 자기 자리를 마련하게 했던 것이다. 그러고는 내 귀에다 속삭였다. 「모르소프 부인에 대해서처럼 사랑해 주신다면 당신에게 모든 걸 바치겠어요.」 부인은 웃으면서 더 겸손한 조건을 꺼내기도 하고, 절대로 비밀을 지키겠다고 약속하는가 하면, 짝사랑이라도 좋으니 자기가 사랑하는 것만 용납해 달라고 애원하기도 했다. 어느 날은 소심한 양심의 온갖 타협과 청년의 억제할 수 없는 욕망을 만족시키는 말을 나에게 하기도 했다. 「언제나 당신의 친구가 되겠지만, 마음 내킬 적엔 애인이 되겠어요!」

마지막에는 나의 성실한 성격을 이용해서 나를 굴복시키려고 계획을 세웠다. 자기의 요염한 자태를 보여 나의 욕망을 자극했다고 확신한 어느 연회가 끝난 뒤, 나의 하인을 매수해서 우리 집에 들어와 있었다. 그런 소문은 영국에도 퍼져, 영국의 귀족 계급은 저희들의 가장 아름다운 천사가 지상에 떨어져 버린 것처럼 당황했다. 더들리 부인은 영국에서의 최고의 생활을 버리고 재산만을 가진 신세가 되어, 그 유명한 파탄을 빚어낸 원인이 된, 미덕을 지닌 『그 여자』를 자기의 희생에 의해 압도하려고 했다. 아라벨 부인은 신전의 지붕 위에 있는 악마처럼, 불타오르는 자기 왕국의 가장 풍요한 지역을 나에게 보이는 데서 쾌락을 느꼈던 것이다.

제발 내 글을 너그러운 마음으로 끝까지 읽어 주시기 바란다. 여기서 문제가 되어 있는 것은 인간 생활의 가장 흥미있는 여러 문제 가운데 하나로, 대부분의 인간들이 경험한 적이 있는 위기인 것이며, 설사 그 암초에 오직 하나의 등대불을 켤 뿐이라도, 나는 그것을 밝혀 두고 싶은 것이다. 날씬하고 화사한 그 아름다운 부인, 새끼사슴 같은 가는 머리털을 얹은 귀여운 이마를 가진, 건드리면 부러질 것같이 가냘프고 부드러운 그 유백색의 부인, 한순간의 인광 같은 광채를 지닌 그 사람은 실은 쇠 같은 조직을 가지고 있었다. 아무리 거친 말〔馬〕이라도 그 부인의 야무진 손목이나, 보기에는 부드럽지만 지칠

3. 두 여인   201

줄 모르는 그 손에는 견디지 못한다. 여위기는 했지만 근육이 단단한 암사슴의 발 같은 그 작은 발은 말할 수 없이 우아한 외피에 싸여 있다. 싸울 때면 아무것도 두려워할 것이 없는 힘을 지녔고, 어떤 남자라도 말을 타고 뒤쫓아갈 수 없는 발이다. 이름난 기수들과의 장애물 경주의 경쟁에서도 상을 차지할 수 있었을 것이다. 달리는 말을 멈추지 않고서도 사슴이나 노루를 잡는다. 육체는 도시 땀을 흘릴 줄 모른다. 그리고 대기 속에서 불을 호흡하고 물 속에서도 태연히 살고 있다. 때문에 그 정열은 그야말로 아프리카적이다. 사막의 선풍처럼 욕망을 발휘하며, 그 광대무변한 사막의 작열이 눈 속에 그려져 있다. 항상 푸르름과 사랑에 넘치는 사막, 그 천공은 변하는 일이 없어 밤이면 별이 반짝이는 상쾌한 하늘이다. 클로슈구르드와는 정반대다! 동양과 서양이다. 한쪽은 약간의 수분을 빨아들여 몸을 지탱하고, 다른 한쪽은 자기의 영혼을 발산시켜 숭배자들을 눈부신 분위기로 휘감아 준다. 후자는 활발하고 날씬하고 전자는 완만하고 차분하다.

그런데 당신은 지금까지 영국적인 풍습의 일반적인 의미를 생각해 본 일이 있는가? 그것은 물질의 신격화, 한정되고, 깊이 생각되어 교묘하게 적용된 쾌락주의가 아닐까? 영국 자체가 무엇을 하건 무슨 말을 하건, 아마 자신도 모르게 물질주의적임을 자인하리라. 영국은 종교적 및 도덕적으로 자부하고 있으나, 거기에는 신성한 정신성이나 가톨릭적인 정신이 결여되어 있으며, 그 풍요한 우아함은 아무리 교묘하게 꾸며진 위선으로써도 대체되지 않을 것이다. 영국은 물질성의 가장 작은 조각까지도 개량하는 그런 생활과학을 최고도로 소유하고 있다. 그 과학은 자기의 슬리퍼를 세계 제일의 슬리퍼로 만들고, 자기의 속옷에다 희한한 장식을 하며, 옷장에는 향수를 발라 냄새를 좋게 하는 것이다. 그것은 또 일정한 시간에 솜씨좋게 끓여진 맛있는 홍차를 따르고, 티끌 하나라도 깨끗이 쓸어내며, 층계의 제일 아래층에서 시작하여 집안의 가장 구석진 데까지 양탄자를 깔고, 지하철 벽에 이르기까지 솔질을 하며, 현관의 빗장을 닦고 사륜마차의 스프링을 부드럽게 하며, 영혼이 그 속에서 쾌감을 느낀 나머지 숨막혀 버리게 할 만큼 물질을 양분이 많고 부드럽고 신선하고 깨끗한 한 조각의 과육으로 만들고, 무섭게 단조로운 안락을 자아내며, 자발성이 없고 대립이 없는 생활을 제공하면서, 요컨대 인간을 기계로 만들어 버리는 것이다. 그리하여 나는 그 영국적인 호사 속에서 느닷없이 다른 여성과 비할 수 없는 독특한 한 부인을 알게 되었다. 그 부인은 임종과 같은 고통에서 되살아나는 사랑의 그물로 나를 감쌌고, 그 윤택한 사랑에 나는 엄격한 금욕으로 보답했다. 그 사랑은 압도하는 듯한 아름다움과 독자적인 전기를 지녀, 사람으로 하여금 흔히 그녀의 반수(半睡) 상태의 상아의 문을 통해 천국으로 들어가게 하거나, 또는 날개 있는 허리에 앉혀 날아오르게 하는 것이었다. 그것은 무서운 망은의 사랑이며 그 사랑은 자기가 죽인 사람들의 시체 위에서 웃는다. 기억을 가지고 있지 않은 사랑, 영국의 정치와도 같은 잔혹한 사랑이며, 거의 모든 남자들이 거기에 빠져 버리는 것이다. 이제 당신은 의문을 풀었으리라. 인간은 물질과 정신으로 구성되어 있다. 동물성은 인간에게 있어 종말에 도달했고, 인간에게서 천사가 비롯된다. 우리가 예감하는 미래의 운명과 우리가 아직 완전히 벗어나지 못한 예전 본능의 추억과의 사이에서 생기는, 누구든지 경험하는 그 투쟁이 거기서 생기는 것이다. 육체의 사랑과 신의 사랑, 어떤 자는 그것을 하나로 융합한다. 또 어떤 자는 기권한다. 종전의 굶주린 욕망의 만족을 찾아 여성 전체를 더듬는 사람도 있고, 오직 한 사람의 부인에게 여성 전체를 이상화하여 거기에 전 우주를 요약하는 사람도 있다. 어떤 사람들은 물질의 쾌락과 정신의 쾌락 사이에서 결단을 내리지 못한 채 정처없이 헤매며, 또 어떤 사람들은 육체가 주지 못하는 것을 육체에서 찾으면서 육체를 정신화한다. 이와 같은 사랑의 일반적인 특징을 생각하면서, 육체 조직의 다양성에서 비롯되는, 서로 시험해 본 적이 없는 사람들 사이에서 맺어진 협정을 파기하는 반발과 친화를 고려한다면, 또 특히 정신과 마음과 또는 행동으로 사는 사람들의 희망에 의해 생긴 과실을 덧붙인다면, 사회가 무자비한 태도를 보이는 불행에 대해 크게 너그럽게 생각할 수 있을 것이다. 그런 사람들은 생각하거나 느끼거나 행동하며, 그 사람들의 천성은 다같이 이중성을 지닌 두 가지 존재를 간직한 결합 속에서 속고 무시당하는 것이다.

그런데 아라벨 부인은 우리를 구성하고 있는 미묘한 물질이 지닌 본능과 기관, 욕망, 악덕과 미덕을 만족시켜 준다. 그 부인은 육체의 애인이었다. 모르소프 부인은 영혼의 아내였다. 애인이 만족시켜 준 사랑에는 한계가 있고 물질은 유한하며, 그 특성은 타산적인 힘을 가지고 있다. 물질은 불가피한 포화를 모면할 수 없다. 나는 파리에서 더들리 부인 곁에서 무언지 알 수

3. 두 여인   203

없는 공허감을 자주 느꼈다. 그것은 끝없는 마음의 영역이다. 클로슈구르드에서는 사랑에 한계가 없었다. 나는 아라벨 부인을 정열적으로 사랑하고 있었다. 그리고 그 부인이 동물적인 감각에서 뛰어나 있었더라도 또한 지성에 있어서도 우수했다는 것은 확실하다. 부인의 조소적인 이야기는 모든 일에 관한 것이었다. 그러나 나는 앙리에트를 열렬히 사랑하고 있었다. 밤에는 행복 속에 울고 아침에는 회한 속에 울었다.

　세상에는 자기들의 질투를 천사와도 같은 친절한 행동 밑에 숨길 만큼 영리한 여자들이 있는 법이다. 그런 여자란 더들리 부인처럼 삼십 세가 넘은 여자들이다. 그런 여자들은 그런 때 느끼고 계산하며 현재의 단물을 모조리 짜내면서도 앞날을 생각할 줄 안다. 흔히 정당한 신음소리도 힘찬 환호성을 갈망하여 부상을 깨닫지 못하는 사냥꾼의 에네르기로써 누를 수 있다. 아라벨은 모르소프 부인에 대한 이야기는 입 밖에도 내지 않았지만 나의 영혼 속에서 모르소프 부인을 죽이려 하고 있었다. 아라벨은 부인이 언제나 나의 영혼 속에 있는 것을 보고, 이겨내기 어려운 그 사랑의 숨결에 부딪쳐 그 정열은 더욱 불타오르는 것이었다. 자기에게 유리하도록 비교를 하고 승리를 얻기 위해 대부분의 젊은 여자들이 그러는 것처럼, 의심하거나 귀찮게 굴거나 캐내거나 하는 태도는 보이지 않았다. 그러나 씹어먹을 먹이를 입에 물고 소굴로 들어온 암사자처럼 자기의 행복이 무엇에 의해서도 헝클어지지 않도록 조심하면서, 나를 복종하지 않는 포로로 감시하고 있었다. 나는 아라벨의 눈앞에서 앙리에트에게 편지를 썼으나 아라벨은 그것을 한 줄도 읽지 않았다. 나의 편지 위에 쓰인 그녀의 주소를 어떠한 수단으로도 알려고 하지 않았다. 그래서 나는 완전히 자유로웠다. 아라벨은 이렇게 생각했던 듯싶다. 만약 이 남자를 잃게 된다면 나는 나 자신밖에 나무라지 않을 것이라고. 그리고 만일 내가 요구하면 서슴지 않고 자기 목숨을 내놓을 것 같은 헌신적인 사랑 위에 버젓이 몸을 도사리고 있었다. 마지막엔 만일 내게서 버림받으면 이내 자살할 것이라고 내가 믿게 했다. 그런 일에 관해서는 남편의 화장터에서 분신 자살하는 인도 과부들의 습관을 아라벨이 찬미한 말을 당신에게 들려주고 싶다.「인도에선 그런 풍습은 귀족 계급에만 국한된 특권이어서, 그 특권의 오만한 위대성을 알아낼 수 없는 유럽 사람들은 그것을 잘 이해하지 못할 것이지만」하고 말했다.「하지만 우리들의 평범한 근대 풍습 속에서 귀족이 특이한 지위를 되찾으려면 비범한 감정에 의지하는 수밖에 없다는 걸 인정해야 할 거예요. 평민들에게 우리 귀족들의 혈관의 피가 그들의 것과 다르다는 걸 가르치려면, 그들이 죽는 방법과는 다르게 죽는다는 걸 보여 주는 수밖에 없잖겠어요? 천한 집에 태어난 여자들도 다이아몬드니 값진 천이니 말 따위를 가질 순 있죠. 우리들만의 것이어야 할 문장(紋章)까지도 가질 수 있어요. 가명은 살 수도 있으니까요! 그렇지만 율법을 어기고 버젓이 사랑한다는 것, 침대의 시트로 수의를 만들면서까지 자기가 선택한 우상을 위해 죽으며, 지상과 천국을 한 사나이에게 종속시킴으로써 전능자에게서 또 하나의 신을 만드는 권리를 뺏는다는 것, 무엇을 위해서도, 미덕을 위해서조차 그 사람을 배반하지 않는다는 것, 의무를 내세워 그 사람을 거역한다는 건 그 사람 아닌 무엇인가에 자기를 주는 일이 아니겠어요?…… 그것이 인간이건 사상이건 간에 배반임에는 틀림없어요! 그런 것이야말로 미천한 여자들이 도저히 도달할 수.없는 위대함이에요. 미천한 여자는 평범한 두 가지 길밖에 몰라요. 미덕의 대로가 아니면 창녀의 진창길뿐이지요!」

아라벨은 이렇게 오만하게 얘기했다. 또 온갖 허영을 하느님같이 떠받들어 그것에 아부하고, 나를 잔뜩 추어 주어 자기는 내 무릎 밑에서밖에 살지 못한다는 것을 보여 주었다. 아라벨의 그러한 재치있는 유혹은 그 여자의 노예 같은 포즈와 전면적인 복종으로 표현되었던 것이다. 아라벨은 온종일 말없이 내 발 밑에 누워 나를 바라보면서 하렘의 여주인처럼 쾌락의 찬스를 엿보았고, 기다리는 체하면서 얄궂은 교태를 부려 그 기회를 재촉할 줄 알았다. 그 최초의 육 개월 동안을 어떤 말로 묘사할 수 있을까? 그 기간 동안 나는 사랑의 자극적인 쾌락에 변화를 주면서도, 그러나 그것을 가르치는 것을 정열의 격동 밑에 숨기고 있었던 것이다. 관능적인 시정의 돌연한 계시인 그와 같은 쾌락은 젊은이를 손위 여자에게 결합시키는 튼튼한 쇠사슬이 된다. 그러나 그 쇠사슬은 죄수의 쇠사슬 같아서 그것은 영혼 속에 지워지지 않는 상처를 남기며, 신선하고 순진하며, 꽃만이 풍부한 사랑에 대해 지레짐작한 혐오감을 품게 하는 것이다. 그런데 그런 사랑은 찬란한 광채로 빛나는 보석으로 장식된, 정묘하게 조각한 황금 술잔으로 알콜을 서비스하는 것 같은 일은 모르는 것이다. 나는 실지로는 모르는 채 꿈꾸면서 나의 꽃다발 속에 표현했던, 그리고 영혼의 결합이 천 배나 더 열렬한 것으로 만들어 준 쾌락을 맛보면서, 그 아름다운 술잔으로 마시는 만족감을 스스로 변명하기 위한 역설은 여러 가지 가지고 있었다. 육체에서 빠져나간 나의 영혼이 무한한 권태 속에 잘못 들어가 지상에서 멀리 날아갈 때면 나는 자주 생각했던 것이다. 그러한 쾌락은 물질을 물리치고 정신을 본래대로 높이 날게 하기 위한 하나의 수단이라고. 더들리 부인은 많은 여성들과 마찬가지로 행복의 과잉이 가져오는 흥분을 이용하여, 자주 나를 맹세에 의해 속박하려 했다. 그리고 욕망의 작용을 빌어 클로슈구르드의 천사에 대해 모독하는 말을 내 입에서 끌어내도록 만들었다. 일단 배반자가 된 나는 사기꾼이 되었다. 모르소프 부인에 대해서는 부인이 좋아했던 초라하고 어색한 작고 푸른 연미복을 입은 소년인 것처럼 여전히 계속해서 편지를 보내고 있었다. 그러나 나는 솔직히 말해, 비밀이 드러나 나의 희망인 아름다운 성 안에 일어날지도 모를 그 재액을 생각하면, 부인이 지니고 있는 천리안의 능력이 두려웠던 것이다. 흔히 나는 환희 속에서도 별안간 고통이 밀려와 온몸이 오싹하곤 했다. 성서에서 『카인아, 아벨은 어디 있느냐?』(구약성서 〈창세기〉)고 한 말처럼, 천상의 목소리가 앙리에트의 이름을 부르는 것을 여러 번 들었던 것이다. 나의 편지에 대해서는 답장이 없었다. 나는 무서운 불안에 사로잡혀 클로슈구르드를 향해 떠나리라 마음먹었다. 아라벨은 그것을 조금도 반대하지 않았으나, 천연스럽게도 투레느까지 같이 가겠다고 말했다. 장애에 부딪쳐 아라벨의 변덕은 날카롭게 자극되고 그 예감은 뜻하지 않은 행운 덕에 입증되어 모든 것이 아라벨의 내부에서 참된 사랑을 싹트게 했는데, 아라벨은 그것을 더없이 기발한 것으로 만들고자 하고 있었다. 그리고 여자로서의 천분을 발휘하여 그 여행에서 나를 모르소프 부인에게서 완전히 떼어 놓기 위한 수단을 찾아낼 수 있으리라고 생각했다. 한편 나는 공포 때문에 눈이 잘 보이지 않아, 소박함과 참된 정열에 끌려 자기가 이제 걸리게 될 함정을 보지 못했던 것이다. 더들리 부인은 가장 겸손하게 양보하겠노라면서 예상되는 모든 반대를 미리 막아 버렸다. 투르 가까운 시골에 남몰래 변장해서 머물러 있을 작정이며, 낮에는 외출하지 않을 것이고, 나와 만나는 것도 남의 눈에 띄지 않을 밤을 선택하겠다고 약속했다.

　나는 클로슈구르드를 향해 말을 타고 투르를 떠났다. 내가 그렇게 간 것은 그럴 만한 이유가 있었다. 밤중의 여행에는 말이 필요했고, 내 말은 에스터

스탠호프 부인(영국의 귀부인인데 특이한 생활과 행동으로 유명했고, 1839년 레바논에서 빈곤으로 죽었다)이 후작 부인에게 선사한 아라비아 말이었다. 그 말을 부인은 훌륭한 렘브란트의 그림과 교환했다. 나는 그 그림을 괴상한 방법으로 손에 넣었던 것이지만 부인은 그것을 지금 런던의 살롱에 간직하고 있다. 나는 육 년 전에 걸어서 지나간 길을 더듬어 가다가 호도나무 그늘에서 걸음을 멈췄다. 거기서 동산 끝에 있는 소복 차림의 모르소프 부인의 모습을 보았다. 나는 이내 부리나케 부인에게로 돌진해서, 마치 들판을 횡단하는 경주라도 하는 것처럼 그 사이를 직선으로 내단 끝에 몇 분 사이에 담장 아래에 닿았다. 부인은 사막의 제비처럼 뛰어내리는 놀라운 소리를 들었고, 내가 동산 한구석에 나타나서 우뚝 서자 말했다.「어머나! 당신이었군요!」

그 한 마디를 듣고 나는 간담이 서늘해졌다. 부인은 나의 연애 사건을 알고 있었던 것이다. 누가 그것을 알렸을까? 부인의 어머니였다. 후일 부인은 어머니가 보낸 그 패씸한 편지를 나에게 보여 준 것이다! 전에는 그처럼 생기에 넘쳤던 그녀의 목소리가 자포자기한 것처럼 약해졌고, 울적한 심정을 그대로 드러낸 어두운 그 목소리는 고통의 무거운 압박을 말해 주었으며, 되살아날 길 없는 꺾인 꽃과도 같은 음산한 향기를 풍기고 있었다. 불신의 폭풍이, 땅을 영원히 모래바닥으로 만들어 버리는 르와르 강의 범람처럼 부인의 마음속을 스쳐가, 짙푸른 풍요한 초원을 사막으로 만들어 버리고 있었다. 나는 말을 끌고 작은 문으로 들어갔다. 말은 내 명령으로 잔디밭 위에 누웠다. 그러자 천천히 다가온 부인이 소리쳤다.「정말 훌륭한 말이군요!」부인은 나에게 손을 잡히지 않으려고 팔짱을 끼고 있었다. 나는 부인의 심중을 알았다.「모르소프에게 알려 드리러 가겠어요.」부인은 내 앞에서 물러서면서 말했다.

나는 우두커니 선 채 부인이 저만큼 걸어가는 것을 보고 있었다. 부인은 여전히 고상하고 의젓하고 점잖았으며, 그전보다 안색이 더 희어진 것 같았으나 이마에는 가장 서글픈 우수를 말해 주는 누른 빛이 엿보였고, 비를 너무 많이 머금은 백합처럼 고개를 숙이고 있었다.

「앙리에트!」나는 죽을 것 같은 생각이 드는 사람처럼 정신없이 불렀다.

부인은 돌아보지도 않았다. 걸음을 멈추지도 않았다. 앙리에트라는 이름은 되찾아가 버렸으니, 그렇게 부르는 소리에는 대답하지 않겠다는 말조차 하기를 꺼리는 것처럼 여전히 걸어갔다. 티끌로 돌아간 몇백만 명의 사람들이 있어 그 영혼이 이제 지구의 표면에 생기를 주고 있을 것이 분명한 그 무서운 골짜기에서, 나는 영광으로 대지를 비춰 줄 눈부신 광대무변함 밑에 짓눌리고 있는 군중 속에서 나 자신을 아주 작은 것이라고 생각할 수도 있다. 그러나 그런 때에도 끈질긴 홍수가 도시의 한길을 휩쓸면서 올라가듯 일정한 걸음으로 클로슈구르드의 저택으로 올라가는 그 흰 모습, 그 기독교적인 디도(그리스 신화에서 카르타고를 건설했다는 여자. 정략결혼을 강요당하고 자살했는데 여기서는 모르소프 부인을 비유했다)의 영광과 가책을 눈앞에 봤을 때만큼은 마음이 짓눌리지 않을 것이다. 나는 아라벨을 오직 한 가지 저주의 말로 원망했는데, 사람이 하느님을 위해 모든 것을 버리는 것처럼, 나를 위해 모든 것을 버린 아라벨이 그런 소리를 들었더라면 죽어 버렸을지도 모른다!

무한한 슬픔을 사방에서 본 나는 시름에 잠긴 채 어찌할 바를 몰랐다. 그때 여러 사람들이 내려오는 것이 보였다. 자크는 어린애답게 맹렬한 기세로 순진하게 달려왔다. 마들레느는 꺼질 듯한 눈을 하고 영양처럼 어머니 곁에 붙어 있었다. 나는 자크를 가슴에 끌어안으면서, 서글픔이 앞서는 마음과 그애 어머니로부터 버림받은 눈물을 그애 위에 쏟았다. 모르소프 씨는 내 곁에 와서 팔을 내밀어 나를 안고는, 내 뺨에 키스하면서 말했다. 「펠릭스, 나는 당신이 내 목숨을 건져 준 은인이라는 걸 알았소!」

모르소프 부인은 몹시 놀라고 있는 마들레느에게 말을 구경시켜 준다는 구실로, 그런 장면이 벌어지고 있는 동안 우리에게 등을 돌리고 있었다.

「이것봐! 한심하군! 이게 여자라는거야.」백작은 그렇게 외쳤다. 「당신 말을 구경하고 있군그래.」

마들레느는 돌아보더니 내게로 왔다. 나는 그 소녀의 손에 키스하면서 부인을 바라보았더니 부인은 낯을 붉혔다.

「마들레느는 몸이 퍽 좋아졌군요.」나는 말했다.

「가엾은 마들레느!」부인은 마들레느의 이마에 키스하면서 그런 말로 대답했다.

「그래, 지금은 모두 건강하다오.」백작이 대답했다. 「다만 나 혼자 무너질 것 같은 낡은 탑처럼 쇠약해 있지, 펠릭스.」

「장군님은 여전히 우울증에 걸려 있는 것 같군요.」 나는 모르소프 부인을 바라보면서 말했다.

「우리는 모두 푸른 악마(blue devils-우울증을 말한다)를 가지고 있어요.」 부인이 그렇게 대답했다. 「영어로는 그렇게 말하지 않아요?」

우리는 함께 산책하면서, 또 모두 무언가 중대한 일이 일어나고 있다는 것을 느끼면서도 채마밭 쪽으로 올라갔다. 부인은 잠시도 나와 단둘이 있고 싶어하지 않았다. 결국 나는 그저 손님이었던 것이다.

「그런데 당신 말은?」 우리가 바깥에 나갔을 때 백작이 말했다.

「그것 보세요.」 부인이 말을 받았다. 「제가 말을 생각해도 나쁘고 생각지 않아도 나쁘군요.」

「그렇구말구!」 백작이 말했다. 「무슨 일이건 때에 맞춰 해야지.」

「제가 갔다 오겠습니다.」 나는 그런 냉담한 접대를 견딜 수 없어 말했다. 「그 말을 끌어내서 적당히 다룰 수 있는 사람은 저뿐이에요. 우리 마부는 쉬농에서 마차로 올 거예요. 그러면 그 사람이 말을 보살필 겁니다.」

「마부도 영국에서 왔나요?」 부인이 말했다.

「거기가 본고장이거든.」 백작은 그렇게 대답했는데, 아내가 서글픈 듯한 기색을 보이자 자기는 유쾌해진 것이다.

부인의 냉담한 태도는 그녀에게 백작이 심술을 부릴 좋은 기회를 준 셈이어서, 백작은 일부러 나를 유난히 따뜻하게 대해 주었다. 나는 집주인의 우정이 얼마나 귀찮다는 것을 깨달았다. 남편의 친절이 고귀한 영혼을 괴롭히는 순간이라고, 그들의 아내가 도둑맞은 듯한 애정을 그들에게 쏟고 있는 순간이라고 생각하면 큰 잘못이다. 그렇지는 않다! 그런 사랑이 날아가 버리는 날 그들은 싫증나고 견딜 수 없게 되는 것이다. 그런 종류의 애착의 본질적인 조건인 깊은 이해는 그런 때엔 수단처럼 되어 버린다. 그러면 그것은 귀찮아지고, 그 목적이 이미 정당화해 주지 않는 모든 수단과 마찬가지로 무서운 것이 된다.

「친애하는 펠릭스!」 백작은 나의 두 손을 잡고 그것을 부드럽게 꼭 쥐어 주면서 말했다. 「모르소프 부인을 용서해 주시오. 여자들에겐 이내 기분이 나빠지는 변덕스런 버릇이 있는거요. 약하니 그럴 법도 하지. 여자는 근본적으로 안정된 기분을 가질 줄 모르거든. 저 사람은 당신을 무척 사랑하고 있지. 난 그걸 알고 있어. 하지만……」
 백작이 그렇게 지껄이고 있는 동안, 모르소프 부인은 어느새 우리가 있는 데서 멀리 떨어져 우리를 단둘이 남게 했다.
 백작은 여기서 두 아이들을 데리고 저택으로 돌아가는 아내를 바라보면서 나에게 나직이 말했다.「펠릭스, 나는 아내의 마음속에서 무슨 일이 일어나고 있는지 도무지 모르겠어. 그렇지만 그 사람의 성격은 요즘 육 주일 이래 완전히 달라지고 말았지. 그전엔 그렇게 부드럽고 헌신적이던 사람이 믿을 수 없을 정도로 무뚝뚝해졌어!」
 나중에 마네트로부터 이야기를 들으니, 백작 부인은 허탈상태에 빠져 백작의 신경질에 대해서도 무감각해졌던 것이다. 그 사나이는 화살을 쏠 부드러운 땅을 발견하지 못하게 됐기 때문에, 자기가 못 살게 굴고 있는 가련한 벌레가 갑자기 움직이지 않는 것을 본 어린애처럼 근심스러워졌다. 그런 때 마치 사형 집행인이 조수를 필요로 하는 것처럼 그는 털어놓고 얘기할 사람이 필요했던 것이다.
 「어디 한 번」그는 잠시 후에 말했다.「모르소프 부인더러 물어 봐요. 여자라는 건 언제든지 남편에 대해 비밀을 갖고 있는 법이야. 하지만 그 사람은 당신에게는 근심거리를 털어놓을거요. 나에게 남아 있는 목숨 절반과 재산 절반을 희생시키지 않으면 안 되는 한이 있더라도, 그 사람을 행복하게 해주기 위해서라면 뭐든지 내던지겠소. 내가 살려면 그 사람은 정말 없어서는 안 되겠거든! 만일 늘그막에 언제나 그 천사를 느끼지 못한다면, 나는 모든 인간 중에서 제일 불행한거요! 나는 조용히 죽고 싶소. 그러니 그 사람한테 말해 줘요. 나 때문에 참아야 하는 것도 그리 오랜 시간이 아닐 거라고. 펠릭스, 나는 오래 살진 못할거요. 내가 잘 알고 있지. 다른 사람들에겐 그런 불길한 사실을 숨기고 있소. 가족을 미리 슬프게 할 필요가 있겠는가? 역시 원인은 유문이야! 나는 결국 병의 원인을 파악했단 말이야. 감수성 때문에 죽게 될거야. 사실 우리들의 모든 감정은 밥주머니의 중추를 건드리거든……」
 「그러면」나는 웃으면서 말했다.「마음이 부드러운 사람들은 위병 때문에 죽는다는 말씀이군요?」
 「농담이 아니야, 펠릭스! 그만큼 틀림없는 사실은 없지. 너무 심한 고통은 교감신경의 작용을 지나치게 만드는 법이거든. 그런 감수성의 흥분이 밥주머니의 점막을 끊임없이 자극하지. 그런 상태가 계속되면, 처음에는 소화 기능에 지장을 느끼지 않을 정도의 장애를 가져오지. 위액의 분비 작용이 악화되고 식욕은 감퇴되어 소화불량이 되는거지. 그러다가 몹시 아픈 증상이 나타나기 시작하면 그게 또 악화하고 날이 갈수록 빈번해진단 말야. 그리고 효력이 완만한 무슨 독약이 음식에 섞여 있기라도 하는 것처럼 조직의 파괴가 극도로 심해지거든. 그러면 점막은 두꺼워지고 유문판막의 경화가 일어나고, 경성암(硬性癌)이 돼서 그게 생명을 뺏어가게 되는거야. 그런데 내가 그렇게 돼 있다오! 경화의 진행은 어떤 방법으로써도 막을 길이 없다오. 보시오, 보릿짚 같은 내 안색과 윤기없이 빛나고 있는 눈, 그리고 이렇게 여윈 꼴을! 나는 바싹 말라 버릴거야. 하는 수 없는 일이지! 망명 생활에서 얻은 것이라곤 이런 병뿐이니까. 그 무렵엔 고생도 몹시 했거든! 망명의 불행을 메워 줬어야 할 결혼은 상처입은 내 마음을 위로해 주기는커녕 더욱 악화시켰어. 내가 여기서 발견한 건 무엇이었나? 아이들 때문에 생긴 끊임없는 걱정, 가정 불화, 재산의 회복, 절약을 위해 무수한 불편을 감수해야 했고, 그걸 아내에게도 강요했지만 제일 많이 고생한 건 나야. 마지막으로, 이런 비밀은 당신에게밖엔 말할 수 없지만, 이건 제일 괴로운 나의 고통이라오. 블랑슈는 천사이긴 하지만 나를 이해해 주지 않아. 내 괴로움을 아무것도 모르는거야. 그래서 오히려 나를 괴롭히지만 나는 용서하고 있거든! 이건 말하기조차 싫은 일이지만, 그 사람보다 정숙하지 않은 여자라면 블랑슈는 흉내도 내지 못할 여러 가지 수단으로 나를 좀더 행복하게 해줬을거야. 아무튼 그 사람은 어린애처럼 천박하단 말야! 게다가 하인들마저 나를 괴롭혀요. 내가 프랑스 말을 하고 있어도 마치 그리스 말이라도 듣는 것처럼 제대로 알아 듣지 못하는 얼간이들이거든. 내 재산이 그럭저럭 회복돼서 시끄러운 일들이 적어졌을 적엔 벌써 불행이 시작되고 있었소. 나는 식욕이 감퇴된 지경에 이르렀어. 그러다가 중병을 만났는데 오리제가 오진하고 말았어. 어쨌든 이제 와선 내 목숨도 반 년을 지탱하기 어려울걸……」

나는 두려움을 느끼면서 백작이 하는 이야기에 귀를 기울이고 있었다. 부인을 다시 만났을 적엔 그녀의 윤기없는 눈빛과 보릿짚 같은 빛깔의 얼굴이 나를 놀라게 했다. 나는 백작을 집 쪽으로 데리고 가면서, 그의 의학론을 섞은 넋두리에 귀를 기울이고 있는 체했다. 그러나 실은 앙리에트만을 생각했고 부인을 관찰하고 싶었던 것이다. 부인은 살롱에 있었다. 그녀는 마들레느에게는 수놓은 법을 가르쳐 주면서, 도미니스 신부가 자크에게 시키고 있는 수학 공부를 참관하고 있었다. 그전 같으면 내가 도착한 날에는 자기가 할 일을 제쳐놓고 나만을 상대해 주던 부인이다. 그러나 나의 사랑은 진실하고 깊은 것이어서, 과거와 현재 사이의 그런 대조가 나에게 준 슬픔을 내 마음 속에서 뭉개어 버렸다. 왜냐하면 나는 그 치명적인 보릿짚 같은 안색을 그 천사 같은 얼굴에서 보고 있었던 것이다. 그것은 이탈리아의 화가들이 성녀들의 모습에다 그린 거룩한 빛의 반영과도 흡사했다. 나는 그때 나의 내부에서 죽음의 싸늘함을 느꼈다. 그리고 전에 부인의 눈길에서 빛나던 맑은 윤기가 사라진 불 같은 시선이 나에게 던져졌을 때 나는 몸을 떨었다. 나는 그때 슬픔에서 온 몇 가지 변화, 바깥에서는 조금도 깨닫지 못했던 변화를 발견한 것이다. 그전에 찾아왔을 적엔 이마에 약간 새겨졌을 뿐이던 가느다란 주름살은 이제는 유난히 깊이 새겨져 있었다. 푸른 기를 띤 관자놀이는 열에 들뜬 것 같고 움푹 패어 있는 것 같았다. 눈은, 부드러운 눈썹 밑의 두 눈은 우묵하고 그 가장자리는 거무스름했다. 겉은 멍들기 시작하고 속을 파먹은 벌레 탓으로 일찍 빨갛게 된 과일처럼 부인은 시들어가고 있었다. 부인의 영혼 속에 행복을 넘치도록 쏟아 넣는 것을 양심의 전부로 생각하고 있었던 나는, 그 사람의 생명이 거기서 쉬고, 그 사람의 용기가 거기서 단련된 샘 속에 쓰디쓴 물을 부어넣은 것이 아닐까? 나는 부인 곁에 가서 앉아 회한의 눈물에 젖은 목소리로 말했다.

「건강은 좋으신가요?」

「그래요.」부인은 내 눈을 물끄러미 들여다보며 대답했다.「내 건강은 여기 있어요.」하며 자크와 마들레느를 가리켰다.

자연과의 싸움에서 이긴 마들레느는 열다섯 살로서 어엿한 한 여성이 되어 있었다. 키도 커졌고, 거무스름한 뺨엔 공작고사리 같은 빛깔이 되살아나 있었다. 모든 것을 똑바로 보는 어린애의 무관심함을 잃고 눈을 내리깔게 되기 시작했다. 동작도 어머니를 닮아 점잖아지고 의젓해졌다. 몸매는 날씬해졌으며 허리 언저리의 우아한 곡선도 벌써 나타나기 시작했다. 스페인 여자처럼 이마 위에서 양쪽으로 가름탄 아름다운 검은 머리는 벌써 향기로운 윤기에 빛나고 있었다. 중세기의 귀여운 작은 조상(彫像)과도 같이 윤곽은 부드럽고 모습은 갸름하였는데 눈으로 만지기만 해도 금시 깨어질까 두려울 정도다. 그러나 그만한 노력 끝에 열매를 맺은 과일인 건강은, 복숭아 같은 뺨의 감촉과, 어머니처럼 목 언저리에 빛이 아롱지는 비단결 같은 솜털로 햇빛에 드러나 보였다. 꼭 살아야 한다! 하느님은 그렇게 판결하신 것이다. 인간의 꽃 중에서 가장 아름다운 꽃봉오리여! 너의 눈꺼풀의 긴 속눈썹 위에도, 어머니를 닮아 거침없이 발달할 성싶은 너의 어깨의 곡선 위에도 하느님은 그렇게 적어 두신 것이다! 미루나무처럼 늘씬한 그 밤색 머리털의 소녀는 자크와는 대조적이었다. 열일곱 살의 허약한 소년은 머리만 커졌고 이마는 나이에 비해 유난히 넓어져서 불안하게 느껴졌으며, 열이 있는 것 같은 피로한 눈은 깊숙한 심연에서 울리는 목소리와 어울리고 있었다. 성대가 너무 강한 음량을 내는 것처럼, 눈길도 너무나 많은 상념을 내뿜고 있었다. 앙리에트를 닮은 지성과 영혼과 마음이 신속한 불길로 아직 굳어지지 않은 육체를 남김없이 핥고 있는 듯했다. 왜냐하면 자크는 강렬한 빛깔이 비친 유백색의 안색을 하고 있었는데, 이것은 일정한 때가 지나면 쓰러지도록 재액신(災厄神)에 의해 낙인이 찍힌 영국의 젊은 여자들에게 있는 특징이기 때문이다. 믿을 수 없는 건강이다! 앙리에트는 나에게 마들레느를 가리켜 보이고 나서 자크를 몸짓으로 가리켰다. 자크는 도미니스 신부 앞에서 흑판에다 기하의 도형이며 대수의 계산을 쓰면서 공부하고 있었는데, 나는 어머니의 손짓을 따라 그를 보고 꽃 밑에 숨겨져 있는 죽음과도 같은 모습을 본 듯 소름이 끼쳤다. 그러나 나는 불쌍한 그의 어머니의 그릇된 생각을 나무라지는 않았다.

「이애들이 이렇게 하고 있는 걸 보면 너무나 기뻐서 나 자신의 괴로움도 잊어버려요. 또 애들이 앓을 때에도 역시 괴로움은 가셔 버리는 거예요.」 부인은 어머니로서의 기쁨에 눈을 반짝이면서 말했다.

「다른 애정에선 배신을 당하더라도 여기선 내 마음이 보답받고, 의무를 다해 그게 성공하면 다른 데서 받은 패배를 메워 줄 거예요. 자크는 당신처럼 높은 교양과 폭넓은 지식을 지닌 어른이 될 거예요. 당신과 마찬가지로 나라의 명예가 되고, 높은 지위를 차지할 당신의 도움으로 아마 나라 일을 맡아 보게 되겠지요. 그렇지만 나는 이 애가 최초의 애정에 충실해지게끔 노력할 테예요. 귀여운 마들레느는 벌써 훌륭한 마음을 갖고 있죠. 알프스 최고봉의 눈처럼 순수해요. 여자로서의 헌신과 우아한 지성을 지니게 될 거예요. 애는 자랑스러운 르농쿠르 집안 출신다운 사람이 될 거예요! 어머니로서의 나는 전엔 무척 괴로워하기도 했지만 지금은 아주 행복해요. 잡스런 것이 없는 무한한 행복에 젖어 있답니다. 그래요, 내 생활은 충족하고 풍요해요. 알겠지요, 하느님은 허용하신 애정 속에서는 나의 기쁨을 꽃피게 하시며, 내가 위험한 경향으로 끌려간 그 애정에는 고통을 섞어 주시는가 봐요……」

「잘 됐어요.」 신부는 기쁜 듯이 외쳤다.
「자작님은 저처럼 잘 알고 계십니다……」
자크는 증명을 마치면서 가볍게 기침을 했다.
「오늘은 이제 그만하세요, 신부님.」 감동한 부인이 말했다. 「특히 화학 공부는 그만두세요. 자크, 인제 말을 타보렴.」 부인은 그렇게 말을 이으면서 아들이 키스하는 것을 어머니로서의 따뜻한 마음에 넘친, 그러나 품위있는 쾌감으로 받아들였다. 그리고 나의 추억을 모욕하려는 것처럼 나에게 눈을 던지고 있었다. 「그럼 조심해라.」
「그렇지만」 나는 부인이 자크가 저쪽으로 가는 것을 언제까지나 바라보고 있는 것을 보고 말했다. 「내 물음에 대답해 주시지 않는군요. 어디 아픈 데라도 있습니까?」
「네, 가끔 위가 아파요. 만일 파리에서 산다면 위 카타르라는 영광을 얻게 될 텐데요. 알 라 모오드의(요즘 유행되는) 병이지요.」
「어머닌 요새 자주 몹시 괴로워하세요.」 마들레느가 그렇게 말했다.
「어머나!」 부인이 말했다. 「내 건강을 걱정하고 있어요?」 마들레느는 의미있게 놀리는 것 같은 그런 말을 듣고 놀라, 우리 두 사람을 번갈아 보았다. 나의 눈은 살롱을 장식하고 있는 잿빛과 풀빛의 마들레느의 의자 쿠션에 있는 장미꽃을 세고 있었다.
「이런 상태는 견딜 수 없습니다.」 나는 부인의 귀에다 대고 그렇게 속삭였다.
「이렇게 된 게 내 탓인가요?」 부인이 물었다. 「귀여운 도련님」 하고 부인은 큰소리로 덧붙였으나, 그 목소리는 여자가 자기의 복수를 윤색하는 냉혹한 명랑함을 가장하고 있었다. 「근대사를 모르세요? 프랑스와 영국은 언제나 적이 아닌가요? 그런 일은 마들레느도 알고 있어요. 넓은 바다, 차가운 바다,

폭풍의 바다가 두 나라 사이에 가로놓여 있다는 걸 알고 있죠.」
 벽난로 위엔 꽃병 대신 가지가 달린 촛대가 놓여 있었는데, 그것은 아마 꽃병에 꽃을 꽂는 즐거움을 나로부터 빼앗기 위해서인 듯싶었다. 훨씬 후에 나는 그 꽃병을 부인의 방에서 보았다. 나의 하인이 도착했을 때 나는 그에게 지시하기 위해 밖으로 나갔다. 하인이 몇 가지 일용품을 가지고 왔기에 나는 그것을 내 방에 두려고 생각했다.
 「펠릭스」부인이 말했다. 「착각을 해선 안 돼요! 그전의 큰어머님 방은 지금은 마들레느의 방으로 돼 있어요. 당신 방은 백작 방의 바로 위예요.」
 죄있는 몸이긴 하지만 나도 심장은 있다. 그러니 그런 말은 마치 부인이 때리기 가장 좋은 곳이라고 생각하여 고른 듯싶은 가장 민감한 부분에 냉정하게 가해진 정신적인 타격이었다. 정신적인 고통은 절대적인 것은 아니다. 그것은 영혼의 민감한 정도에 비례한다. 그리고 부인은 고통의 여러 단계를 괴로운 심정으로 더듬어 오고 있었다. 그러나 바로 그런 이유에서, 가장 선량한 부인은 친절했던 만큼 반드시 더욱 냉혹해지는 법이다. 나는 부인을 바라보았다. 그러나 부인은 고개를 숙였다. 새로 마련됐다는 내 방에 가보니, 그곳은 깨끗하고 희고 푸른 벽에 둘러싸여 있었다. 거기서 나는 울음을 터뜨렸다. 앙리에트는 내 울음소리를 듣고 꽃다발을 들고 들어왔다.
 「앙리에트」나는 말했다. 「당신은 이제 어쩔 수 없었던 실수도 용서해 주지 않으렵니까?」
 「이제 나를 절대로 앙리에트라고 부르지 마세요.」부인은 말했다. 「그 불쌍한 앙리에트라는 여자는 이젠 존재하지 않아요. 그렇지만 당신은 모르소프 부인은 언제라도 볼 수 있어요. 당신 이야기에 귀를 기울이고 당신을 사랑하는 헌신적인 여자 친구를. 펠릭스, 우리 나중에 얘기합시다. 혹시 아직도 나에게 애정을 가지고 있다면, 내가 당신을 만나는 게 자연스러워질 때까지 기다려 주세요. 그리고 얘기를 듣고 가슴이 덜 아프게 될 만할 때, 내가 다소 용기를 되찾을 때, 그래요, 그런 때에 얘기합시다. 이 골짜기를 보세요.」 부인은 엥드르 강을 가리키며 말했다. 「이 골짜기를 보는 건 괴로운 일이에요. 그렇지만 역시 사랑해요.」
 「아아! 영국도, 영국 부인도 죄다 없어져 버려라! 나는 국왕께 사표를 내렵니다. 나는 여기서 당신에게 용서받고 죽을 테요.」

3. 두 여인

「아니예요, 사랑하세요, 그 여자를! 앙리에트는 이제 없으니까요. 이건 농담이 아니예요. 나중에 알게 될 거예요.」

부인은 나갔으나 그 마지막 말투를 듣고 나는 부인의 상처가 얼마나 큰지 알았다. 나는 얼른 방에서 나가 부인을 붙잡고 말했다. 「그럼 당신은 이제 나를 사랑하시지 않는 겁니까?」

「당신은 다른 사람들 전부를 합친 것보다 나를 괴롭혔던 거예요! 지금은 내 괴로움도 다소 적어졌어요. 그러니 당신을 사랑하는 마음도 적어진 거예요. 그렇지만 『결과』라느니 『절대로』라느니 하는 말은 영국에서만 하는 말이고, 여기선 우리는 『언제든지』라고 말합시다. 아무 말도 마세요. 그리고 내 괴로움이 더 심해지지 않도록 해주세요. 그리고 혹시 당신이 괴로우면 이 내가 살아 있다는 걸 생각하세요!」

부인은 내가 쥐고 있던 차가운 손을 슬그머니 뺐다. 그 손은 가만히 있었으나 땀에 젖어 축축했다. 그리고 부인은 참으로 비극적인 그런 장면이 벌어진 복도를 달음질쳐 쏜살같이 달아났다. 이윽고 저녁 식사 때 백작은 내가 생각지도 않았던 고통을 나를 위해 마련했다.

「그런데 더들리 후작 부인은 파리에 없다지?」 그는 불쑥 그런 말을 꺼냈다.

나는 홍당무같이 낯을 붉히면서 대답했다. 「없습니다.」

「투르에 있는 게 아닌가?」 백작은 또 그렇게 물었다.

「그 부인은 이혼하진 않았기 때문에 영국에 갈는지도 모르죠. 부인이 돌아가고 싶어한다면 후작도 기뻐할 겁니다.」 나는 격렬하게 말했다.

「어린애들이 있나요?」 모르소프 부인은 적이 흥분한 목소리로 물었다.

「아들이 둘 있지요.」 나는 대답했다.

「그애들은 어디 있어요?」

「영국에 아버지와 함께 있습니다.」

「펠릭스, 사실대로 말하시오. 남들이 떠드는 것만큼 미인인가?」

「이 사람에게 그런 질문을 할 수 있어요! 좋아하는 부인이니 보나마나 제일 미인이 아니겠어요?」 부인은 그렇게 외쳤다.

「옳은 말씀입니다.」 나는 넉살좋게 말하면서 부인에게 눈길을 던지니 부인은 눈을 내리깔았다.

「당신은 행복하군.」 백작이 또 입을 열었다. 「그래, 당신은 행복한 사람이야.

아아! 내가 젊었을 때 그런 미인을 차지했더라면 얼마나 기뻤을까……」
 「그런 얘긴 그만두세요.」 모르소프 부인은 눈짓으로 마들레느를 가리키며 남편을 보고 말했다.
 「나는 어린애가 아냐.」 백작은 젊은 기분이 되살아나는 것을 기뻐하며 말했다.
 식사를 끝내자 부인은 나를 동산으로 데리고 갔다. 그리고 거기에 닿자 이렇게 소리쳤다.「사내에게 환장을 해서 제 자식을 희생시키는 여자가 있다니 한심한 일이군요! 재산이나 세상을 버리다면 또 몰라요. 영원한 행복이라도 그렇죠! 하지만 자식만큼은! 자식을 버리다니 지독한 여자예요!」
 「그렇지요. 그런 부인들은 더욱 많은 것조차 희생시키려고 하는 거예요. 모든 걸 바치는 겁니다……」
 부인에게는 천지가 뒤집히는 듯했다. 생각은 혼란에 빠졌다. 그런 대담한 행동에 놀라며 그런 희생은 행복이 정당화해 줄 것이 틀림없다고도 생각하며, 자기 내부의 반기를 든 육체의 부르짖음을 들으면서, 헛되이 보낸 일생을 눈앞에 그려 보고 어리둥절해졌다. 그렇다, 부인은 한순간 무서운 의혹을 느꼈다. 그러나 이내 당당하게 고개를 들고 위대하고 신성한 여자로서의 자세를 되찾았다.
 「그럼 사랑하세요, 펠릭스, 그 부인을.」 눈에 눈물을 머금고 그렇게 말했다. 「그 사람은 행복한 내 동생이 될 거예요. 만일 그 사람이 당신이 여기선 결코 찾을 수 없는 것을, 나로부터 얻을 수 없는 것을 당신에게 준다면, 나는 그 사람이 나를 괴롭힌 걸 용서하겠어요. 당신이 옳았던 거예요. 나는 당신을 사랑한다고는 한 번도 말하지 않았죠. 그리고 남들이 이 세상에서 사랑하는 것처럼 당신을 사랑해 본 적도 한 번도 없어요. 그렇지만 만일 그 사람이 참된 어머니가 아니라면 어떻게 사랑할 수 있을까요?」
 「그리운 성녀여」 나는 대답했다.「당신이 그 사람보다 훨씬 높이 의젓하게 솟아 있다는 것, 그 사람은 속세의 부인이고 지상에 떨어진 타락한 종족의 딸이며, 당신은 천국의 딸이며 숭고한 천사라는 것, 당신이 내 마음을 송두리째 차지하고 있는데 그 사람은 나의 육체밖에 가지고 있지 못하다는 것, 그런 걸 당신에게 설명하려면, 이렇게 흥분하고 있지 않아야 할 거예요.

그 사람은 그걸 알고 실망하고 있어요. 그리고 당신의 위치를 뺏는 대가로 가장 참혹한 고통을 겪어야 한대도 서슴지 않고 그럴 겁니다. 그렇지만 모든 일은 판가름이 났어요. 당신에게 영혼을, 당신에겐 깨끗한 사랑을, 청춘과 만년을 바치렵니다. 그 사람에겐 욕망과 한순간의 정열과 쾌락을 줄 뿐이에요. 당신에겐 나의 추억의 모든 영역을, 그 사람에겐 가장 깊은 망각을 줄 겁니다.」

「더 얘길 하세요, 그걸 얘기해 줘요, 펠릭스!」부인은 벤치에 가서 앉아 목멘 소리로 말했다.「정절이나 깨끗한 생활, 그리고 모성애는 그럼 잘못은 아니군요. 오오! 그 향유를 내 상처에 뿌려 줘요! 나를 천국에 보내 주는 말을 되풀이해 줘요! 당신과 함께 천국에 올라가고 싶었던 거예요. 당신의 그 눈길로, 신성한 말로 나를 축복해 주세요. 두 달 동안 꼬박 고통을 겪은 일도 용서해 드리겠어요.」

「앙리에트, 우리 남자들 생활엔 당신이 모르는 비밀이 있습니다. 내가 당신을 처음 만났을 때의 나이에는, 감정은 우리들의 본능적인 욕망을 억누를 수 있었습니다. 그러나 죽음이 찾아올 무렵에 내가 돌이켜 생각해도 온몸이 불타는 것 같은 몇 가지 정경은, 그런 나이가 끝나가고 있다는 걸 당신에게 입증해 줄 겁니다. 그리고 당신의 끊임없는 승리는 그런 나이의 소리 없는 쾌락을 연기시키는 일이었던 거예요. 소유하지 않는 사랑은 욕망의 격화 자체에 의해 뒷받침되는 겁니다. 그러다가 우리들의 내부에서 모든 것이 번민할 때가 옵니다. 우리는 당신들하곤 조금도 비슷하지 않은 거예요. 우리 남성은 버릴 수 없는 힘을 가지고 있어, 그게 없으면 이미 남자가 아닙니다. 마음은 자기를 살려 줄 영양을 빼앗기면 자기자신을 마구 파먹고, 죽음은 아니지만 죽음의 직전과도 같은 고달픔을 느낍니다. 그러니 인간의 본성은 언제까지나 속고 있지 않아요. 조그마한 우연에 부딪쳐도 광증과도 같은 에네르기를 가지고 눈뜨게 마련이지요. 그래요, 난 사랑했던 건 아니예요. 사막 한복판에서 갈증을 느꼈을 뿐입니다.」

「사막이라구요!」부인은 골짜기를 가리키면서 쓰디쓰게 말했다. 그리고 다시 덧붙여,「설명하는 솜씨가 무척 좋군요. 세밀한 분석까지 해보이니 말이에요. 그렇지만 진실성이 있는 사람은 그렇게 재치 있게 머리를 쓰지 못하는 법이에요.」

「앙리에트」나는 말했다.「무심코 말한 표현 가지고 싸우진 맙시다. 아니예요, 정말 내 마음은 흔들리지 않았어요. 그렇지만 자신의 관능을 억제할 수가 없었던 거예요. 그 부인은 당신이 내가 사랑하는 유일한 사람이라는 걸 잘 알고 있습니다. 자신이 내 인생 속에서 이차적인 역할을 하고 있다는 것도 알고 있고, 그래서 체념하고 있거든요. 남자들이 창녀와 헤어지는 것처럼 나는 그 사람과 그렇게 헤어질 수 있어요……」

「그럼 그런 때엔 어떻게 되죠?」

「그 사람은 자살하겠다고 말하더군요.」 나는 그렇게 말하면서, 그런 결심이 앙리에트를 놀라게 할 줄 알았다. 그러나 앙리에트는 그런 말을 듣고 경멸하는 듯한 미소를 지었다. 그것은 그 미소가 보여 주고 있는 생각보다 더욱 표현력이 강한 것이었다. 「이해해 주세요.」 나는 말을 이었다. 「나의 저항과 나를 파멸시키려고 한 유혹을 생각해 보면 알 수 있을 거예요. 이 숙명적인……」

「오오! 그래요, 숙명적이군요!」 부인은 말했다. 「나는 너무 당신을 믿었군요! 신부가 지키고 있는 미덕을 당신이 저버리진 않을 거라고 생각했어요……. 모르소프도 그런 미덕은 갖고 있는데…….」 부인은 신랄하게 비꼬는 목소리로 덧붙였다. 「이젠 모든 것이 끝났어요.」 잠시 후에 또 말을 이었다. 「당신에게는 신세도 많이 졌어요, 모나미(나의 벗). 당신은 내 마음속에서 육체적인 생명의 불길을 꺼줬지요. 제일 어려운 길은 덕택에 지나갔습니다. 나이는 먹을 게고, 이렇게 번민하고 있어요. 얼마 후엔 중병환자가 될 게고, 당신을 위해 애정의 비를 쏟아 줄 눈부신 요정은 되지 못해요. 아라벨 부인에게 충실한 사랑을 바치세요. 그러면 당신을 위해 기른 마들레느는 누구의 사람이 될까요? 가엾은 마들레느, 가엾은 마들레느!」 부인은 비통한 후렴처럼 되풀이했다. 「그애가 『어머니는 펠릭스 씨에게 따뜻하게 대해 주시지 않네요!』라고 한 말을 당신이 들었더라면 어떤 생각이 들었을까요! 귀여운 마들레느!」

부인은 나뭇잎 사이로 새어드는 석양의 어스름한 햇빛 속에서 나를 바라보았고, 우리는 우리들의 잔해에 대한 말할 수 없는 서글픔을 느껴 그토록 깨끗하기만 했던 두 사람의 과거에 잠기면서 서로 말없는 명상에 잠겨 있었다. 우리는 또 추억에 잠겨, 두 사람의 눈은 골짜기로부터 채소밭, 클로슈구르드의 창문에서 프라펠르를 두루 더듬었고, 향기로운 꽃다발인 우리들의 욕망 이야기로 그 몽상을 가득히 채웠던 것이다. 그것은 부인의 마지막 쾌락이어서, 부인은 기독교적인 순백한 영혼으로 그것을 맛보았던 것이다. 우리들에게 있어 자못 위대한 그 정경은 우리 두 사람을 같은 우수 속에 던져 넣고 있었다. 부인은 내 말을 믿고 자기의 모습을 내가 말한 대로 천국 속에서 보았던 것이다.

「모나미」 이윽고 부인은 말했다. 「나는 하느님의 뜻을 모르겠어요. 이런 일은 모두 하느님의 뜻이니까요.」

내가 그런 말의 깊이를 알게 된 것은 그 후의 일이다. 우리는 천천히 동산 위로 올라갔다. 부인은 피를 토하는 것 같은 괴로운 심정으로 어쩔 수 없이 내 팔을 잡고 기대었으나, 그녀 마음의 상처에는 약이 발라져 있는 듯싶었다.

「인생이란 그런 거지요.」 부인은 그렇게 말했다. 「모르소프가 그런 운명이 된 건 무엇을 했기 때문일까요? 그건 더 좋은 세계가 있다는 하나의 증거예요. 좋은 길을 걷고도 거기에 대해 불평하는 사람은 죄를 받아야 해요!」

그때 부인은 인생을 옳게 평가하고 그 잡다한 면을 깊이 고찰하기 시작했기 때문에, 그와 같은 냉정한 계산은 현세의 온갖 사물에 대해 품고 있었던 혐오감을 나에게 보여 주었던 것이다. 현관의 층대에 이르러 부인은 내 팔을 놓고 이런 극단적인 말까지 했다. 「만일 하느님이 우리에게 행복의 감정과 미각을 주셨다면, 이 세상에서 슬픔밖에 보지 못한 죄없는 영혼에 대해선 책임을 져야 하지 않을까요? 그렇다고 하면 하느님은 존재하지 않거나, 아니면 우리 인생은 하나의 비통한 장난거리일 거예요.」

그런 말을 하고 이내 집 안으로 들어갔다. 내가 따라가 보니, 마치 성 바오로를 땅바닥에 쓰러뜨린(신약 〈사도행전〉 제 9 장) 듯한 그 목소리 때문에 정신을 잃은 것처럼 긴의자 위에 누워 있었다.

「왜 그러세요?」 나는 물었다.

「미덕이 뭔지 알 수 없게 됐어요.」 부인은 말했다. 「그리고 나 자신의 미덕에 대한 의식도 없어요!」

우리는 둘 다 화석처럼 되어 있었다. 다음과 같은 말을 깊은 못에 던져진 돌멩이 소리처럼 들으면서.

「만일 내가 살아가는 방법이 틀렸다면 그 여자가 옳을 거예요, 그 여자가.」 모르소프 부인은 그렇게 말했다.

그리하여 부인의 마지막 쾌락에 마지막 투쟁이 뒤따랐다. 백작이 왔을 때, 결코 불평한 적이 없었던 부인이 불평을 했다. 나는 고통을 분명히 말해 달라고 했으나, 부인은 그것을 설명하기를 거절했다. 그리고 내가 잇따라 생기는 회한에 시달리는 것을 버려 둔 채 자러 가버렸다. 마들레느는 어머니를 따라갔다. 그리고 이튿날 마들레느로부터 들으니, 부인은 그날 하루 동안의 흥분 때문에 생긴 구토증에 시달렸다는 것이다. 그리하여 부인 때문이라면 목숨마저 바칠 생각이던 내가 반대로 부인을 죽이고 있었다.

「백작님」장기를 두자고 떼를 쓰는 모르소프 씨를 보고 나는 말했다. 「부인은 심상치 않은 병에 걸린 것 같지만, 아직 늦진 않았습니다. 오리제를 부르세요. 그리고 부인이 오리제의 의견을 따르도록 타이르세요……」

「내 목숨을 뺏은 거나 다름없는 오리제를 또 불러?」 그는 내 말을 막으며 말했다. 「아냐, 난 카르보노에게 진찰을 부탁할 테야.」

그 한 주일 동안, 특히 최초의 며칠 동안 모든 것이 나에게는 고뇌였고, 마음은 마비 상태였으며, 허영심의 상처와 영혼의 상처가 뒤범벅이었다. 공허의 공포를 알기 위해서는 그것이 모든 것의 중심이었다는 것, 눈길이나 탄식의 중심이었으며, 삶의 원리인 동시에 각자가 자신의 광명을 끌어내는 광원(光源)이었다는 것을 경험해야 한다. 같은 사물이 거기에 있기는 있었다. 그러나 그러한 사물에 생명을 주는 정신은 꺼져 버린 불처럼 사라져 가고 있었다. 사랑이 날아갔을 때는 애인끼리 서로 만날 것이 아니라는 무서운 필연성을 나는 이해하게 되었다. 한때 군림했던 장소에서 이제 나는 아무것도 아니다! 한때 생명의 즐거운 광선이 반짝이고 있었던 곳에서 죽음의 조용한 차가움을 본다! 온갖 비교가 괴롭힌다. 이윽고 나는 나의 어린 시절을 어둡게 했던 일체의 행복에 대한 그 뼈저린 무지마저 그리워하기에 이르렀던 것이다. 그래서 나의 절망은 매우 심각한 것이 되어 부인은 그 때문에 부드러워진 것같이 생각되었다. 어느 날 저녁을 먹은 뒤에 모두들 강가를 거닐고 있을 때, 나는 부인에게 용서를 받으려고 마지막 노력을 기울였다. 자크더러 누이동생을 데리고 앞서 가라고 일렀다. 백작은 혼자 가게 했다. 그리고 모르소프 부인을 조각배 쪽으로 이끌면서「앙리에트」하고 나는 말했다. 「한 마디라도 좋으니 용서한다는 말을 해주세요. 그렇지 않으면 엥드르 강에 뛰어들 테에요! 나는 잘못을 저질렀어요. 그래요, 그건 사실입니다. 그렇지만 나는 숭고하게 애착을 갖는 점에서는 개와 꼭 같지 않아요! 개처럼 돌아 왔습니다. 개처럼 부끄러워하면서. 개가 나쁜 짓을 하면 야단맞습니다. 그렇지만 개는 자기를 때리는 손을 숭배하는 거예요. 나를 실컷 때려 주세요. 그러나 당신의 마음은 나에게 돌려 주세요……」

「귀여운 도련님!」부인은 말했다.「당신은 여전히 내 아들이 아니예요?」
부인은 내 팔을 잡고 입을 다문 채 자크와 마들레느를 따라섰다. 그리고 나를 백작 옆에 남겨 둔 채 아이들과 함께 채소밭을 지나 클로슈구르드에 돌아갔다. 백작은 이웃사람들의 일을 얘기하면서 정치담을 시작했다.

「그만 돌아가십시다.」나는 말했다.「백작님은 모자도 안 쓰셨는데, 밤이슬을 맞고 무슨 일이 생길지 누가 압니까?」

「당신은 나를 동정해 주는구먼! 펠릭스.」그는 내가 말하는 의도를 착각하고 이렇게 대답했다.「집의 사람은 한 번도 나를 위로해 주려고 해본 일이 없었어. 아마 그런 주의(主義)를 고수하려는 모양이지.」

그전 같으면 부인은 결코 나를 백작과 단둘이 있게 하지 않았을 것이다. 지금은 부인에게로 가기 위해 나는 구실이 필요했던 것이다. 집에서는 부인이 아이들과 같이 있었는데 자크에게 주사위의 규칙을 설명해 주고 있었다.

「글쎄 이렇다니까.」부인이 두 아이들에게 쏟고 있는 애정을 늘 질투하고 있는 백작이 말했다.「애들 때문에 나는 늘 외토리가 되고 말아. 남편들은 언제나 손해만 보게 되지. 펠릭스, 아무리 정숙한 마누라도 역시 부부의 사랑을 배반하고 싶은 욕구를 만족시킬 수단을 찾아내는 법이야.」

부인은 못 들은 체하고 아이들만 쓰다듬고 있었다.

「자크야」백작이 말했다.「이리 오너라!」

자크는 좀 망설였다.

「아버지가 볼일이 계신 모양이구나. 어서 가봐.」어머니는 아들의 등을 밀며 말했다.

「얘들은 명령을 해야 나를 사랑한다오.」그렇게 말한 이 노인은 때로는 자기의 입장을 아는 것이었다.

「여보」부인은 대답하면서 펠로니에르 형(왕정복고 시대에 유행된 머리형. 머리를 좌우로 갈라붙이고 이마를 쇠고리로 둘러쌌다)으로 땋은 마들레느의 머리를 여러 번 쓰다듬었다.「불쌍한 여자들을 못 살게 굴지 마세요. 여자들에게 인생이 반드시 견디기 쉬운 건 아니예요. 그리고 아마 자식은 어머니의 미덕의 상징일 거예요!」
「그럼」 백작은 논리적으로 따져볼 생각으로 대답했다. 「당신 말은 자식이 없으면 여자에겐 미덕이 없어서 남편을 거들떠보지도 않는다는 뜻이군.」
부인은 별안간 후딱 일어서서 마들레느를 현관의 층대 위로 데리고 갔다.
「이게 결혼이라는거야.」 백작은 나를 보고 말했다. 「저렇게 훌쩍 나가 버리니, 내가 억지를 쓴다고 할 수 있겠어?」 하고 고함을 지르면서 아들의 손을 잡고 층대에 있는 아내에게로 가서 눈을 흘겼다. 「오히려 반대예요. 당신이 저를 겁나게 하셨던 거예요. 당신이 욕하는 소릴 들으면 정말 견딜 수 없어요.」 부인은 허탈한 목소리로 그렇게 말하면서 겁에 질린 눈길을 나에게 던졌다.
「만일 미덕이 자식이나 남편을 위해 몸을 희생시키는 것이 아니라면, 대관절 미덕이란 뭘까요?」
「희·생·시·킨·다·고!」 백작은 희생자의 심장을 막대기로 때리는 것처럼 말을 토막토막 끊어 말했다. 「도대체 당신은 아이들을 위해 뭘 희생하고 있어? 나에게는 뭘 희생하고 있어? 누굴? 뭘! 대답해 봐. 대답할 수 있겠어? 대관절 여기서 무슨 일이 일어나고 있지? 무슨 말을 하고 싶어?」
「여보」 부인은 대답했다. 「그럼 당신은 하느님에 대한 사랑 때문에 사랑받는 것으로 만족하세요, 아니면 당신 아내가 미덕 자체를 위해 정숙하다는 걸 아는 데서 만족을 느끼세요?」
「부인 말씀이 옳습니다.」 나는 감동한 목소리로 그렇게 말했는데, 그 목소리는 두 사람의 마음속에서 동시에 진동했다. 나는 영원히 잃어버린 나의 희망을 그 마음속에 던져, 모든 고뇌의 최고의 표현으로써 두 사람의 마음을 가라앉혔다. 그 무딘 부르짖음은 사자가 포효할 때 모든 것이 조용해지는 것처럼, 그런 말다툼을 말리는 데 성공했던 것이다. 「그렇습니다. 이성이 준 가장 아름다운 특권은 우리들의 미덕을 사람들에게 베풀어서 그 사람들의 행복을 우리가 만들어 주는 데 있습니다. 우리는 타산이나 의무에 의해서가 아니라, 하염없이 자발적인 애정에 의해 행복하게 되는 겁니다.」
앙리에트의 눈에 한 방울 눈물이 맺혔다.

3. 두 여인

「그리고 백작님, 만일 어떤 부인이 사회가 강요하는 감정과는 관계 없는 어떤 감정에 무의식적으로 복종하게 되지 않을 수 없었다면, 그 감정이 저항할 수 없는 것일수록 그 부인이 그것을 누르고, 어린애들이나 남편을 위해 몸을 희생시킴으로써 더욱 정절을 지킨다는 것을 인정해 주세요. 하긴 불행히도 그런 것과는 정반대의 예를 보이고 있는 저에게도, 결코 관계가 없을 백작님에게도 그런 이론은 적용되지 않을 겁니다마는.」

축축하면서도 불타는 듯한 손이 내 손 위에 놓이더니 말없이 힘을 주어 눌렀다.

「당신은 아름다운 마음씨를 갖고 있소, 펠릭스.」 백작은 그렇게 말하고는 자연스럽게 아내의 허리에 팔을 감고 부드럽게 끌어당기면서 말했다. 「용서해 줘요, 여보. 가엾은 환자인 나는 틀림없이 주제넘을 지경으로 사랑받고 싶었던 거니까.」

「정말 고결하기만 한 마음을 가진 사람들도 있는 법이에요.」 부인은 백작의 어깨에 머리를 기대면서 대답했다. 백작은 그 말이 자기에게 던져진 것이라 생각했다. 그런 오해는 부인에게 말할 수 없는 전율을 느끼게 했다. 머리빗이 떨어지고 머리가 헝클어져 얼굴이 창백해졌다. 부인을 부축하고 있던 백작은 부인이 실신하는 것을 보고 고함을 지르는 듯 신음소리를 냈다. 마치 딸이기나 한 것처럼 부인을 안고 살롱의 긴의자 위에 옮겨 놓았다. 우리는 그 주위에 모였다. 앙리에트는 내 손을 잡고 있었는데, 그것은 얼핏 보기엔 극히 단순하면서도, 부인의 구슬픈 심정으로 보면 자못 무서운 그 장면의 비밀을 알고 있는 사람은 우리뿐이라는 것을 나에게 말하기 위해서인 듯싶었다.

「내가 옳지 않았어요.」 부인은 나직이 말했다. 그때에는 백작이 오렌지꽃 물약을 한 잔 가져오라고 이르러 나가고 우리들만 있었다. 「당신에게 퍽 나쁜 짓을 했어요. 기쁘게 맞아야 했을 때 당신을 절망시키려고 했으니 말이에요. 당신은 나만이 진가를 알 수 있는, 훌륭하고 선량한 마음을 갖고 있어요. 그래요, 나는 알고 있어요. 정열이 가져다 주는 선량한 마음이라는 것이 있죠. 인간의 선량한 마음엔 여러 가지가 있어요. 경멸에 의해서도, 유인에 의해서도, 타산에 의해서도, 태평스런 성격에 의해서도 선량해지는 수가 있지요. 그렇지만 당신은 절대적인 선량한 마음을 가졌던 거예요.」

「만일 그렇다면」 나는 말했다. 「내가 내부에 갖고 있을지도 모르는 훌륭한 것은 모두 당신 덕분이라는 걸 알아 주세요. 당신은 내가 당신의 손으로 만들어진 사람이라는 걸 벌써 잊었습니까?」
「여자의 행복을 위해서는 그런 말만으로도 충분해요.」부인은 그렇게 대답했는데 그때 백작이 돌아왔다.「이제는 괜찮아요」하며 부인은 일어섰다.「바깥 공기를 쐬고 싶군요.」
 우리는 모두 아직도 꽃이 피어 있는 아카시아 냄새가 풍기는 동산으로 내려갔다. 부인은 나의 바른팔을 잡고 그것을 자기 가슴에 힘껏 껴안으면서 괴로운 심정을 나타냈다. 그러나 부인의 표현에 의하면 그것은 스스로 사랑하고 있었던 괴로움이었다. 나와 단둘이 있고 싶었을 것이 틀림없다. 그러나 그녀의 상상력은 그런 교활한 꾀가 없어 아이들과 남편을 쫓아 보낼 수단을 도저히 생각해내지 못했다. 그래서 우리는 두서없는 이야기만 했다. 그러면서도 부인은 자기 마음을 나에게 털어놓을 수 있는 시간을 만들어내려고 머리를 짜내고 있었던 것이다.
「마차를 타고 다녀 본 지도 퍽 오래 됐군요.」마침내 부인은 아름다운 저녁 풍경을 바라보며 말했다.「여보, 제가 한바퀴 돌아올 수 있게끔 분부해 주세요.」
 부인은 기도 시간까지는 어떤 설명도 불가능하다는 것을 알고 있었고, 백작이 장기를 두고 싶어하지 않을까 싶어 근심스럽기도 했다. 남편이 자버리면 향기롭고 훈훈한 그 동산에 나와 같이 있을 수 있는 것이다. 그러나 정욕을 부채질하는 듯한 달빛이 새어드는 나무 그늘에 머물러 있거나, 풀밭 속에서 엥드르 강의 흐름을 바라볼 수 있는 난간을 산책하거나 하는 일을 어쩌면 두려워하고 있었던 것 같다. 어둡고 조용한 둥근 천장이 있는 큰 사원이 기도를 권하는 것과 마찬가지로, 달빛을 받아, 가슴에 젖어드는 향기를 풍기는 봄철의 은은한 소리로 생기를 띤 우거진 나뭇잎은 사람의 신경을 건드리고 의지를 약하게 하는 법이다. 전원은 늙은이의 정념은 부드럽게 하지만 젊은이의 그것은 자극한다. 우리는 그것을 알고 있었다! 종이 두 번 울려 기도 시간을 알렸다. 부인은 몸을 떨었다.「그리운 앙리에트, 왜 그래요?」
「앙리에트는 이제 존재하지 않아요.」부인은 대답했다.「그런 여자를 되살려선 안 돼요. 앙리에트는 까다롭고 경박했습니다. 나는 이제 마음 잔잔한 당신 친구예요. 그 여자의 미덕은 하늘이 당신에게 일러 준 말로써 견고해졌습니다. 그런 일에 대해선 우리 나중에 얘기합시다. 기도 시간은 정확하게 지키지 않으면 안 됩니다. 오늘은 내가 기도를 할 차례예요.」
 부인이 인생의 간난을 극복하기 위해 하느님의 가호를 빌었을 때, 그 열렬한 말투에 감동한 사람은 나만이 아니었다. 부인은 내가 아라벨과의 약속을 잊었던 탓으로 생긴 서툰 실책이 부인에게 가져다 줄 굉장한 흥분을, 그 천리안의 재능으로 미리 알고 있기라도 한 것 같았다.
 「마차가 준비될 때까지 세 번은 둘 시간이 있어.」 백작은 그렇게 말하면서 장기를 두기 위해 살롱으로 나를 끌고 갔다. 「나중에 아내와 같이 산책하지요. 나는 일찍 잘 테니까.」
 여느 때와 마찬가지로 그날의 장기도 매우 거친 승부였다. 자기 방에 있었는지 마들레느의 방에 있었는지, 부인은 남편 목소리를 들었던 모양이다.
 「당신이 손님을 대접하는 방법은 이상하게 강압적이군요.」 부인은 살롱에 돌아왔을 때 백작을 보고 말했다.
 나는 멍하니 부인을 바라보았다. 나는 그 여자의 엄격한 태도에는 조금도 익숙해져 있지 않았다. 그전 같으면 틀림없이 백작의 난폭한 태도에 대해 나를 감싸 주려고는 하지 않았을 것이다. 전에는 내가 부인과 함께 고통을 나누며 부인에 대한 사랑 때문에 그 고통을 참는 것을 보고 그녀는 좋아했던 것이다.
 「나는 목숨이라도 내던지겠어요.」 나는 부인의 귀에다 속삭였다. 「당신이 아직도 『가엾은 펠릭스! 가엾은 펠릭스!』 하고 중얼거리는 걸 듣기 위해서라면.」
 내가 암시한 그 당시의 일을 회상하면서 부인은 눈을 내리깔았다. 부인은 눈을 내리깐 채 나를 힐끗 쳐다보았다. 그리고 그 눈길은 자기 마음의 가장 작은 움직임이 다른 사람의 강렬한 쾌락보다도 더 큰 호감을 상대방에게 주는 것을 본 여자의 기쁨을 나타냈다. 그러자 그런 부당한 취급을 당한 모든 경우와 마찬가지로, 나는 나 자신의 마음을 그녀가 이해해 주는 것을 느끼고 부당한 취급을 당한 것도 잊어버리는 것이었다. 백작은 졌고 그만두기 위해 피곤하다고 말했다. 그래서 우리는 마차를 기다리는 동안 잔디밭 주변을 거닐었다. 백작이 없어지기가 무섭게 내 얼굴에 기쁨이 넘쳐 흐르는 것을 보고, 부인은 호기심어린 놀란 듯한 눈길로 나에게 물었다.
「앙리에트는 아직 존재하고 있습니다.」 나는 말했다. 「나는 여전히 사랑받고 있습니다. 당신은 내 마음을 상하게 하려는 뚜렷한 의도로 나를 괴롭히지만, 나는 아직까지는 행복하게 살 수 있어요!」
「이젠 여자의 한 조각밖에 남아 있지 않아요.」 부인은 겁난 사람같이 눈을 크게 뜨면서 말했다. 「그런데 지금 당신은 그것마저 가져가 버리려고 해요. 고맙게도 하느님은 내게 당연한 고통을 견디는 용기를 주셨습니다. 그래요, 나는 당신을 여태 너무 사랑하고 있었어요. 나는 잘못을 저지를 뻔했어요. 그 영국 여자가 나를 위해 심연이 얼마나 깊은가를 비춰 주고 있어요.」
그때 우리는 마차에 몸을 실었다. 마부는 분부 내리기를 기다리고 있었다.
「가로수길을 지나 쉬농 가도로 나가요. 그리고 돌아올 적엔 샤를르마뉴의 벌판과 사세 가도를 지나도록 해요.」
「오늘이 무슨 요일인가요?」 나는 황급히 물었다.
「토요일이에요.」
「그럼 그쪽엔 안 가도록 합시다. 토요일 밤엔 투르로 가는 달걀 장수들이 길을 메우고 있어요. 그리고 그 사람들의 짐마차도 많이 지나갈 테니까요.」
「내가 말한 대로 가요.」 부인은 마부를 바라보면서 그렇게 말했다.
우리는 서로 목소리의 억양을 너무나 잘 알고 있었다. 아무리 세세한 것일지라도. 너무나 잘 알고 있어서 아주 자그마한 흥분조차도 속이지 못했던 것이다. 앙리에트는 모든 것을 알고 있었던 것이다.
「당신은 오늘 밤 산책을 선택할 적엔 달걀장수들을 미처 생각지 못했군요.」 부인은 약간 짓궂은 말투로 말했다. 「더들리 부인은 투르에 있죠? 거짓말은 마세요. 그 사람은 당신을 이 근처에서 기다리고 있겠죠. 그전에 우리가 나다녔을 때 『오늘은 무슨 요일』이냐니 『달걀장수』니 『짐마차』니 하는 말을 당신은 한 번이라도 한 적이 있어요?」
「그건 내가 클로슈구르드에선 모든 걸 잊어버린다는 증거예요.」 나는 간단히 그렇게 대답했다.
「그 사람이 기다리고 있군요?」
「그래요.」
「몇 시에?」

「열한 시와 열두 시 사이에요.」
「어디서요?」
「벌판에서.」
「속이진 말라니까요. 호도나무 그늘이 아니에요?」
「벌판이에요.」
「그럼 갑시다.」 부인은 말했다.「나도 만나 보겠어요.」
 그런 말을 듣자 나는 나의 생애가 이제는 결정적으로 판가름 나고 말았다고 생각했다. 나는 한순간 결심했다. 거듭되는 충격에 의해 감수성을 고갈시키고 과일의 부드러운 솜털 같은 그 섬세한 쾌락을 빼앗길 위험성이 있는 싸움을, 더들리 부인과의 정식 결혼으로써 끝나게 하리라 마음먹은 것이다. 나의 무뚝뚝한 침묵은 앙리에트의 기분을 상하게 했다. 앙리에트의 훌륭한 인품의 전부를 나는 알고 있지 못했던 것이다.
 「나에게 화를 내선 안 돼요.」 부인은 여느 때처럼 금방울 같은 목소리로 말했다.「이 일은 내가 벌을 받는 거예요. 당신은 여기서 사랑받고 있는 것처럼 결코 사랑받을 때가 없을 거예요.」하고 손을 가슴에 대며 말했다.「이건 전에도 아마 고백했지요? 더들리 후작 부인은 나를 구해 주었어요. 더러워진 건 그 사람이에요. 그러니 나는 그 사람을 조금도 원망하지 않아요. 나에게는 천사들의 눈부신 사랑이 있으니까요! 이번에 당신이 온 후로 나는 황량한 들판을 헤맸어요. 그리고 인생이라는 것을 판단했습니다. 당신의 영혼을 좀더 높여 보세요. 그러면 당신은 영혼을 파멸시켜 버릴 거예요. 당신이 높이 올라갈수록 동정받는 일은 더욱 적어질 거예요. 골짜기에서 번민하는 게 아니라, 어느 사나운 목동이 쏜 화살이 심장에 꽂힌 채 날아다니는 독수리처럼 공중에서 괴로워할 거예요. 나는 지금은 하늘과 땅이 양립하지 않는다는 걸 깨닫고 있어요. 그래도 하늘 나라에서 살고 싶은 사람들에겐 하느님만이 있을 수 있는 거예요. 우리들의 영혼은 그때 지상의 모든 것에서 탈각돼 있지 않아선 안 돼요. 자기 자식을 사랑하듯 친구를 사랑하지 않으면 안 돼요. 남을 생각지 않고 자기만을 내세우는 자아라고 하는 것은 불행과 슬픔을 빚어냅니다. 내 마음은 독수리보다도 높이 올라갈 거예요. 거기엔 조금도 나를 저버리지 않는 사랑이 있습니다. 지상 생활을 한다는 것은, 우리들 내부에 있는 천사의 영성(靈性)이 관능의 에고이즘에 지배당하게 되기 때문에 우리들을 너무나 속되게 타락시키는 거예요. 정열이 주는 향락은 굉장히 강렬한 것이며, 영혼의 기력을 파괴하는 초조한 불안이 그 대가로 오는 법이에요. 나는 그런 폭풍이 일고 있는 바닷가에 왔습니다. 그런 폭풍을 너무 가까이서 봤어요. 폭풍은 여러 번 나를 구름으로 둘러쌌습니다. 파도는 반드시 내 발밑에서 부서지는 것이 아니었고, 나는 물결의 거칠고 사나운 포옹을 내 몸에 느껴 본 적도 여러 번이었어요. 그러니 높은 곳으로 되돌아가야 해요. 그 바닷가에선 죽어 버릴 거예요. 나를 괴롭힐 모든 사람들에게서와 마찬가지로, 당신에게서도 나는 자신의 미덕의 수호자를 발견하는 거예요. 내 인생에는 다행히도 내 힘에 어울리는 고뇌가 섞여 있습니다. 따라서 유혹에 끌릴 틈도 없이 항상 하느님 앞에 설 준비가 돼 있어서, 나쁜 정념에서 깨끗이 몸을 지켰던 거예요. 우리들의 애정은 분별 없는 것이었어요. 자기들의 마음과 남들과 하느님을 다같이 만족시키려고 하는 두 사람의 순진한 어린애 같은 노력…… 그건 당치도 않은 허튼 짓이었어요, 펠릭스!」 잠시 후, 「아! 그런데 그 부인은 당신을 뭐라고 부르나요?」

「아메데(로마에선 아메데오. 신의 사랑을 의미함)라고 합니다.」 나는 대답했다. 「펠릭스는 별개의 존재여서 영원히 당신 혼자만의 것입니다.」

「앙리에트는 차마 죽지 못하겠군요.」 부인은 경건한 미소를 지으며 말했다. 「하지만」 하고 말을 이어서 「앙리에트는 겸손한 기독교도, 자랑스런 어머니, 어제는 비틀거렸어도 오늘은 정조가 굳은 아내로서의 마지막 노력 속에서 죽을 거예요. 어떻게 말하면 좋을까? 응, 그래요. 내 생활은 아무리 중대한 상황에서도, 아무리 사소한 상황에서도 늘 마찬가지로 한결같이 내 생활인 거예요. 내가 애정의 최초의 뿌리를 거기에 박아야 했을 그 마음, 우리 어머니의 마음은 내가 기어들어갈 만한 공간을 아무리 찾아도 늘 막혀 있었던 거예요. 나는 아들 셋이 죽은 뒤에 태어난 계집애였어요. 그래서 부모 애정 속에서 아들 대신 자리를 차지하려고 애썼지만 헛수고였어요. 집안의 명예가 입은 상처를 나를 가지고서는 조금도 메우지 못했던 거예요. 그렇게 어두운 어린 시절을 겪은 후 상냥하기 그지없는 그 큰어머니를 알았으나 죽음은 또 이내 큰어머니를 나한테서 뺏어갔습니다. 내가 몸을 바친 모르소프는 쉴새없이 자기도 모르게 나를 괴롭혔던 거예요. 그분은! 그분의 사랑에는 어린애들이 나에 대해 갖고 있는 것 같은 소박한 에고이즘이 있는 거예요.

자신이 나에게 주고 있는 괴로움을 모르고 있기 때문에, 나는 언제나 그분을 용서해 주었어요! 우리 애들, 고뇌에 의해 나의 육체와 연결되어 있는 그 귀여운 애들은 그들의 모든 특질에 의해 나의 영혼에, 그들의 순진한 기쁨에 의해 나의 본성에 연결돼 있습니다. 그애들은 어머니의 가슴에 어느 만큼의 힘과 인내력이 있는가를 보이기 위해 나에게 하늘이 내린 것이 아닐까요? 오오! 그래요, 우리 애들은 나의 미덕인 거예요! 내가 그애들 때문에 그애들 대신 그애들의 의사와는 전혀 관계없이 얼마나 시달렸는지 잘 알 거예요. 어머니가 된다는 건 나로서는 항상 괴로워할 권리를 사들이는 일이었어요! 아가르(〈창세기〉 제 16장)가 사막에서 부르짖었을 때, 이 지나치게 사랑받은 여자노예를 위해 천사가 맑은 샘을 솟아나게 했습니다. 그렇지만 당신이 거기에 인도해 주려고 했던 맑은 샘물이 (기억하고 있어요?) 클로슈구르드 근처에 솟아났을 때, 그건 나에게 쓰디쓴 물밖에 끼얹어 주지 않았어요. 그래요, 당신은 나를 지금까지 맛보지 못한 고뇌에 시달리게 했던 거예요. 고통을 통해서밖엔 애정을 알지 못했던 나를 하느님은 반드시 용서해 주실 거예요. 그렇지만 내가 받은 제일 심한 고통이 당신 때문에 생긴 거라면, 아마 나는 당연한 보복을 받은 셈일 거예요. 하느님은 불공평하진 않으세요. 아아! 그래요, 펠릭스, 이마 위에 몰래 한 키스는 아마 죄가 될 테죠! 저녁때 아이들이나 남편과 함께 산책을 하면서 그 사람들과 관계없는 추억이나 생각에 혼자 잠기기 위해 또 그렇게 걸으면서 마음이 다른 마음에 결합해 있었을 때 자기만 앞서서 걸은 걸음은 아마 엄격하게 속죄하지 않으면 안 될 거예요! 포옹을 받으려고 내민 부분을 차지하려고 마음 조마조마해 한 것, 아마 그건 죄악 중에서도 가장 큰 죄일 거예요! 자기 이마를 남편과 관계없는 것으로 하기 위해 남편의 키스를 머리에 받으려고 아내가 몸을 구부릴 때, 거기에 죄가 있습니다. 남의 죽음을 기대하면서 자기의 앞날을 마음속에 그리는 일에도 죄가 있고, 불안이 없는 어머니의 신세나 훌륭한 어린애들이 앞날을 위해 공상하면서, 초저녁때 그애들이 모든 가족으로부터 존경받고 있는 아버지와 함께 행복한 어머니의 흐뭇한 눈앞에서 놀고 있는 광경을 상상하는 것도 죄예요. 그래요, 나는 죄를 지었습니다. 큰 죄를 지었어요! 나는 성당에서 하는 회개가 마음에 들었지만, 확실히 신부님이 너무 관대했기 때문에 그런 죄를 깨끗이 씻어 버리진 못했어요. 하느님은 그런 잘못을 정당하게 벌 줄 뜻으로 잘못을 저지른 대상인 그 사람의 손을 빌어 징벌을 내리신 거예요. 내 머리카락을 준다는 것은 자신을 약속하는 일이 아니었을까요? 대관절 왜 나는 흰옷을 입는 걸 좋아했을까요? 그렇게 하면 더욱 당신의 백합이 될 줄 알았던 거예요. 당신은 여기서 흰옷을 입은 내 모습을 처음 본 게 아니예요? 슬프게도 나는 내 자식들을 그전만큼 사랑하지 않게 됐어요. 그것도 모든 강렬한 애정이 정당한 애정을 좀먹었기 때문입니다. 알겠지요, 펠릭스? 모든 고통엔 의미가 있어요. 그러니 괴롭혀 주세요. 모르소프나 아이들이 괴롭힌 것보다 더 심하게 나를 괴롭혀 주세요. 그 부인은 하느님의 노여움을 가장하고 나타난 모습이에요. 나는 조금도 증오심을 품지 않고 그 사람 곁으로 갈 수 있어요. 오히려 미소를 보여 주겠어요. 나는 그 사람을 사랑하지 않으면 기독교도도, 아내도, 어머니도 되지 못해요. 당신 말대로 만일 내가 당신의 마음이 더럽혀지는 것을 막아 주는 데 도움이 되었다면, 그 영국 부인도 나를 미워하진 않을 거예요. 여자는 자기가 사랑하고 있는 남자의 어머니를 사랑해야 해요. 어쨌든 난 당신 어머니니까요. 나는 당신의 마음속에서 무엇을 바랐을까요? 당신 어머니가 남겨 놓고 간 공백을 메워 주려고 했던 거예요. 오오! 그래요, 당신은 늘 내가 냉담하다고 불평을 말했지요! 그래요, 난 당신 어머니에 지나지 않았어요. 그러니 당신이 이번엔 왔을 때 무심코 매정한 말을 한 걸 용서해 줘요. 어머니는 자기 아들이 아주 사랑을 받고 있다는 걸 알면 기뻐해야 할 테니 말이에요.」

부인은 내 가슴에 머리를 파묻으면서 이렇게 되풀이했다. 「죄송해요! 정말 죄송해요!」 나는 그때 여느 때와는 다른 유별난 목소리를 들었다. 유부녀로서의 그 독재적인 어미(語尾)의 목소리도 아니었다. 슬픔에 젖은 어머니의 탄식도 아니었다. 그것은 새로운 고통 때문에 생긴 단장(斷腸)의 목소리였다. 「이번엔 당신에 대해 얘기합시다, 펠릭스.」 이윽고 부인은 마음을 가다듬고 말했다. 「당신은 나쁜 짓을 할 줄 모르는 내 친구예요. 아아! 당신은 내 마음속에서 하나도 잃은 게 없어요. 자신을 꾸짖을 건 하나도 없어요. 조금도 뉘우치진 마세요. 있을 수 없는 앞날을 위해 가장 큰 쾌락을 희생시켜 달라고 당신에게 원한다는 건 뻔뻔스럽기 짝이 없는 이기주의가 아닐까요? 그런 쾌락을 맛보기 위해서는 여자는 자식을 버리고 내세마저 단념하거든요. 나는 얼마나 여러 번 당신을 나보다 훌륭한 사람이라고 생각했는지 모릅니다.

당신은 훌륭하고 고귀했지만, 나는 보잘것없는 죄많은 여자였어요! 이젠 결정됐어요. 나는 당신에게 있어 높은 데서 깜빡이고 있는 변함없는 차가운 미광(微光)일 수밖에 없어요. 다만 펠릭스, 내가 스스로 선택한 동생을 나 혼자서만 사랑하는 여자가 되게 하진 마세요. 앞으로도 나를 생각해 줘요! 누이의 사랑은 언짢은 이튿날도, 까다로울 때도 없어요. 그런 너그러운 마음에 대해 당신은 거짓말을 할 필요가 없습니다. 내 마음은 언제나 당신의 훌륭한 생활을 생명같이 여기고 당신의 괴로움을 반드시 자신의 괴로움같이 여길 거예요. 당신의 기쁨으로 즐거워할 거예요. 당신을 행복하게 해주는 여성들을 사랑할 거예요. 그러나 배신에 대해선 분노를 터뜨릴 거예요. 나에게는 그렇게 사랑할 형제가 없었어요. 제발 당신은 훌륭한 사람이 돼줘요. 일체의 자만심을 버리고, 지금까지는 의심스럽고 폭풍에 넘쳤던 우리들의 애착을 이렇게 조용하고 신성한 애정을 가지고 지워 버릴 수 있기를 바라고 싶을 뿐이에요. 나는 그렇게 해서 아직 살 수 있어요. 그럼 내가 먼저 더들리 부인의 손을 잡는 데서 재출발하기로 해요.」

울고 있진 않았다. 그 여자는! 쓰디쓴 지혜에 넘친 그런 말, 부인의 영혼과 고뇌를 내 눈앞에서 감추고 있었던 마지막 베일을 벗으면서, 얼마나 많은 쇠사슬로 나와 맺어져 있었으며 얼마나 강한 사슬을 내가 잘라 버렸는가를 보여 준 그런 말을 하면서도 말이다. 우리는 얘기에 열중하다보니 비가 억수같이 쏟아지고 있는 것도 몰랐다.

「마님은 잠시 여기 들어가 계시지요?」 마부는 발랑의 제일 큰 여관을 가리키며 말했다.

부인은 그러겠다고 고개를 끄덕였다. 그리하여 우리는 입구의 둥근 천장 아래에 삼십 분쯤 머물러 있었다. 여관 사람들은 몹시 놀라면서 무엇 때문에 모르소프 부인이 열한 시경에 이런 데를 돌아다닐까 하고 의심스런 기색을 보였다. 투르로 가는 길일까? 돌아오는 길일까? 하고.

폭풍이 멎고 비는 투르에서 브루에(안개비)라고 불리는 것으로 변했으나 그것은 높은 하늘의 바람에 빠르게 날리는 밤안개를 달이 비추는 것을 막지는 않았다. 마부는 이내 떠나 아까 온 길을 되돌아갔기 때문에 나는 퍽 기뻐했다.

「아까 말한 대로 가도록 해요.」 부인은 조용히 분부했.

그래서 우리는 샤를르마뉴 벌판의 길에 접어들었는데 비가 또 내리기 시작했다. 그 거친 벌판의 가운데쯤에서 아라벨의 개가 짖어대는 소리가 들렸다. 참나무 숲에서 한 마리의 말이 느닷없이 뛰어나오더니, 단숨에 길을 건너고 도랑을 뛰어넘었다. 그 도랑은 경작의 가능성이 있는 것으로 생각되는 그 황무지에 각자의 소유지를 구분하기 위해 지주들이 파놓은 것이었다. 그리고 더들리 부인은 마차가 지나가는 것을 보기 위해 벌판 한가운데로 달려간 것이다.

「저렇게 애인을 기다리는 건 얼마나 큰 즐거움일까요. 죄를 짓지 않고 그럴 수만 있다면야!」 앙리에트가 그런 말을 중얼거렸다.

개가 짖는 바람에 더들리 부인은 내가 마차 안에 있다는 것을 알았던 것이다. 아마 날씨가 나쁘기 때문에 내가 이렇게 데리러 온 줄 알았으리라. 후작 부인이 기다리고 있었던 장소에 우리가 닿자 부인은 길가에 뛰어내렸는데 그 뛰어난 승마 솜씨는 그 사람에게 특유한 것이었다. 앙리에트는 그것을 보고 무슨 기적이라도 본 것처럼 경탄해 마지 않았다. 아라벨은 상냥하게 보이기 위해 내 이름인 아메데의 마지막 철자만을 영어식으로 발음하고 있었거니와, 그런 발음은 그 사람의 입술에서 나오면 요정 같은 매력이 있었다. 그녀는 나밖에 듣는 사람이 없을 줄 알고「나의 디이 마이」라고 불렀다.

「네 여기 왔어요, 부인.」 백작 부인은 밝은 달빛 아래, 기다림으로 초조한 얼굴에 흐트러져 내린 긴 고수머리가 야릇한 인상을 주고 있는 그림자 같은 모습을 지켜보면서 그렇게 대답했다.

두 사람의 부인이 얼마나 재빨리 상대방을 훑어봤을지, 당신도 짐작할 것이다. 영국 부인은 자기의 경쟁자를 보고 영국 부인답게 의젓한 태도를 보였다. 영국적인 경멸에 넘친 눈길로 우리 두 사람을 살펴보고는 쏜살같이 히이드의 숲속으로 자취를 감췄다.

「곧 클로슈구르드로 돌아가요!」 백작 부인은 지체하지 않고 마부에게 말했다. 부인으로서는 그 날카로운 눈길이 심장에 박힌 도끼의 일격과도 같은 것이었다.

마부는 쉬눙 가도로 나가기 위해 방향을 돌렸다. 그쪽으로 가는 편이 사세 가도보다 나았던 것이다. 마차가 다시금 거친 벌판을 따라 길을 재촉하자 아라벨의 말이 달리는 소리와 개의 발자국 소리가 들려왔다. 아라벨과 말과

3. 두 여인

개는 히이드의 숲 너머 저쪽 수풀을 따라 달리고 있었다.

「저 사람은 가버리는군요. 당신은 영원히 저 사람을 잃게 될지도 몰라요.」 앙리에트가 나를 보고 그렇게 말했다.

「상관 없어요!」 나는 대답했다. 「가버리라지요! 저 사람은 뉘우치진 않을 거예요.」

「오오! 여자는 불쌍해요.」 부인은 동정에 넘친 두려움을 드러내며 외쳤다. 「그렇지만 어디로 가는 걸까요?」

「석류 저택(발자크 작품에 《석류 저택》이라는 단편이 있다)으로 갈 거예요. 생 시르 근처의 자그마한 집입니다.」 나는 말했다.

「저 사람은 저렇게 혼자 가버리는군요.」 앙리에트는 또 그렇게 말했는데, 그 말투는 여자들이 사랑에 있어서는 서로 같은 동지로 생각하고 있다는 것을 말해 주고 있었다.

클로슈구르드의 가로수길에 접어들었을 때, 아라벨의 개가 마차 앞으로 달려와 기쁘다는 듯이 짖어댔다.

「그 사람은 앞질러 왔군요.」 부인이 그렇게 외쳤다. 얼마 후 그녀는 또 말했다. 「그렇게 아름다운 여자를 본 적이 없어요. 예쁜 손, 늘씬한 키! 살결은 백합보다도 희고 눈은 다이아몬드처럼 반짝이더군요! 그리고 어쩌면 그렇게 말을 잘 타요? 틀림없이 자기 힘을 마음껏 발휘하길 좋아하는 성격이죠. 활발하고 억센 성격의 여자라고 생각해요. 그리고 너무 대담하게 사회의 인습을 무시하는 것 같아요. 율법을 인정하지 않는 여자는 변덕스런 기분에 따라 행동하기가 일쑤죠. 지나치게 남의 눈에 띄거나 돌아다니길 좋아하는 사람에겐 확실히 성실성이 없는 법이에요. 내 생각으론 사랑은 좀더 조용하기를 바랄 뿐예요. 내가 생각한 사랑은 널따란 호수 같은 것이어서, 깊이를 측량하는 납을 넣어도 밑바닥을 찾을 길 없고, 폭풍이 사납게 불어와도 그건 잠깐뿐이며, 넘지 못할 한계 안에 갇혀, 꽃이 만발한 그 속의 섬에서 두 사람만 살면서, 사치와 화려한 세상은 아랑곳하지 말고 일부러 멀리 떨어져 있는 거예요. 그렇지만 사랑엔 저마다 성격에서 오는 특징이 있어야 할 거예요. 나는 잘못 생각하고 있는지도 모르죠. 만일 자연의 원리가 풍토에 의해 요구되는 형태에 순응한다면 개개인의 감정 역시 마찬가지가 아닐까요? 전체로서는 일반적인 법칙에 속해 있는 감정이라도, 아마 그저 그걸 표현하는 점에서만 온갖 차이를 드러내고 있겠지요. 각자의 마음에는 저마다 저나름의 사고 방식이 있는 법예요. 후작 부인은 간격을 뛰어넘고 남자 같은 힘으로 행동하는 억센 여자예요. 그런 사람은 감옥에 갇힌 애인을 해방시키기 위해 형리나 간수나 사형 집행인까지도 죽여 버릴 수 있을 거예요. 그런데 어떤 종류의 사람들은 자기의 온몸으로 사랑할 줄밖엔 모릅니다. 위험을 만나면 무릎을 꿇고 기도하다가 그대로 죽어 가지요. 그런 두 가지 종류의 부인들 중에서 당신 마음에 드는 여성은 어느 쪽이에요? 문제는 그것뿐입니다. 그렇구말구요, 후작 부인은 당신을 사랑하고 있어요. 당신을 위해 많은 걸 희생시켰어요! 모르긴 하지만 당신이 그 사람을 사랑하지 않게 됐을 적에도 여전히 당신을 사랑할 여자는 그 사람일 거예요!」

「그리운 천사여, 당신이 언젠가 나에게 한 말을 그대로 되풀이하는 셈이지만, 어떻게 당신은 그런 걸 알고 있지요?」

「어떠한 고통에도 저마다 교훈이 있게 마련이거든요. 그리고 나는 여러 가지 일로 고통을 겪었기 때문에 넓은 범위의 지식을 갖고 있어요.」

나의 하인은 아까 마부에게 분부한 부인의 말을 듣고 있었기 때문에, 우리가 동산 쪽에서 돌아올 줄 알고 내 말을 가로수길에 준비해 두고 있었다. 아라벨의 개는 그 말 냄새를 맡았던 것이다. 그리고 개의 여주인도 자연히 호기심에 끌려, 자기가 틀림없이 숨어 있었을 그 숲을 지나 개를 따라온 것이다.

「어서 화해하러 가세요.」 앙리에트는 미소를 지으면서 쓸쓸한 기색도 없이 나에게 말했다. 「그 사람이 내가 거기까지 찾아간 의도를 얼마나 오해했는지 말해 드리세요. 나는 그 사람이 차지하게 된 보배가 얼마나 값진 것인가를 가르쳐 주고 싶었어요. 내 마음 속엔 그 사람에 대해 좋은 감정밖엔 없고, 더구나 노여움이나 경멸따위 품고 있지 않아요. 내가 그 사람의 경쟁자가 아니라 형제라는 걸 설명해 드리세요.」

「나는 안 가겠어요!」 나는 소리쳤다.

「어떤 종류의 동정은 모욕이 될 수도 있다는 걸 한번도 겪어 보지 못했어요?」 부인은 순교자와도 같은 자랑스런 태도로 말했다. 「아무 말 말고 어서 가보세요.」

그래서 나는 더들리 부인이 있는 데로 달려가서 그 여자가 어떤 생각을 하고 있는가를 알려고 했다. 『혹시 불쾌하게 생각하고 가버린다면 나는 클로슈구르드로 돌아가리라.』 나는 그렇게 생각했다. 개가 나를 참나무 아래로 인도했다. 후작 부인이 「저리로 가! 저리 가!」하고 외치면서 거기서 뛰어나왔다. 나는 생 시르까지 따라가는 수밖에 없었다. 자정 무렵에야 그곳에 닿았던 것이다.

「그 부인은 무척 건강이 좋은 것 같더군요.」 아라벨은 말에서 내리며 그렇게 말했다.

그런 말 속에 곁들여 있는 짓궂은 뜻을 죄다 생각해낼 수 있는 사람은 다만 그 여자를 잘 알고 있는 이들뿐이다. 그런 말 속엔 「나 같으면 죽어버렸을 거예요!」라고나 말하듯 짓궂은 조소가 섞여 있었던 것이다.

「모르소프 부인에 대해 그런 농담은 한 마디도 입 밖에 내서는 안 돼요.」 나는 대답했다.

「당신이 진심으로 사랑하고 있는 분이 무척 건강하다고 한 말이 당신에겐 불쾌하게 들리나요? 프랑스 여성들은 애인의 개까지 미워한다지요? 영국에선 우리 낭군이 좋아하는 건 뭐든지 사랑하고, 싫어하는 건 뭐든지 미워해요. 왜냐하면 우리는 완전히 낭군의 내부에 들어가서 살고 있으니까요. 그러니 당신 자신이 부인을 사랑하고 있는 것과 같은 정도로 나도 그분을 사랑하게 해줘요. 그렇지만 여보」하며 비에 젖은 팔로 나를 껴안았다.

「혹시 당신이 나를 저버리기라도 하면 나도 도저히 살아갈 수 없어요. 하인이 딸린 마차도 탈 수 없고, 샤를르마뉴의 벌판은커녕, 어느 세계의 어느 나라의 어느 벌판도 산책할 수가 없어요. 내 침대에도, 조상의 지붕 밑에도 있지 못해요! 그런 때엔 이미 나라고 하는 여자는 이 세상에 없을 거예요. 내가 태어난 곳은 랭카셔인데 거긴 여자가 사랑을 위해 목숨을 바치는 나라예요. 당신을 모처럼 알게 됐는데 어떻게 남에게 당신을 양보할 수 있겠어요! 어떤 권력에 대해서도 죽음에 대해서조차도 당신을 양보하지 않겠어요. 나는 당신과 같이 죽을 작정이니까요.」

여자는 나를 자기 방으로 데리고 들어갔다. 거기에는 벌써 쾌적한 분위기가 그 환락의 손을 벌린 채 기다리고 있었다.

「그 사람을 사랑해 줘요. 마 셰르(나의 그리운 님)」하고 나는 열띤 어조로 말했다. 「그 사람은 당신을 사랑할 수 있어요. 놀리기 위해서가 아니라 진심으로 사랑하고 있는 거예요.」
「진심으로 사랑하고 있다고요?」 여자는 승마복의 끈을 끄르며 되물었다.
나는 애인으로서의 허영심으로, 앙리에트의 기품 높은 성격을 그 건방진 여자에게 보여 주리라 마음먹었다. 프랑스 말을 한 마디도 모르는 하녀가 그 여자의 머리를 가다듬고 있을 동안 나는 모르소프 부인을 설명하기 위해 그녀의 생활을 대충 얘기해 주고, 어떤 여자라도 비굴해지고 사악해질 위기 속에서 오히려 그 부인은 숭고한 생각을 가지게 되었다는 것을 되풀이해서 말했다. 아라벨은 내가 하는 얘기를 조금도 귀담아 듣는 것 같지 않았으나, 실은 내 말을 한마디도 빼놓지 않고 죄다 듣고 있었다.
「그런 얘길 들으니 퍽 기쁘군요.」 하녀가 나가 버리자 여자는 말했다. 「그런 종류의 기독교적인 얘기에 대한 당신 취미를 알게 됐으니 말이에요. 우리집 영지의 어느 한 곳에 누구보다도 설교를 잘 하는 교구 보좌 신부가 한 분 있어요. 그 사람이 지어서 읽는 글은 농부들도 쉽게 이해할 수 있을 만큼 듣는 사람들의 수준에 알맞게 꾸며진 거랍니다. 나는 내일 아버지에게 편지를 보내서 그 신부를 배로 오게 하겠어요. 그러면 당신이 그 사람을 파리에서 만날 수 있을 테니까요. 만약 한 번이라도 그 신부가 하는 얘길 들으면, 그 사람 얘기밖엔 듣고 싶어하지 않을 거예요. 그 사람은 나무랄 데 없이 건강하니까 더욱 잘 됐죠. 그 신부의 설교라면 당신을 울리는 것 같은 충격을 주는 일은 없을 게고, 마치 맑은 샘처럼 잔잔하게 흘러 기분 좋은 잠을 가져다 줄 거예요. 당신만 원한다면 밤마다, 식후에 소화가 잘 되게끔 만족스런 설교를 들을 수 있을 거예요. 영국의 도덕은 투레느의 그것보다 훌륭하다는 걸 알아야 해요. 마치 우리나라의 칼이나 은그릇이나 말 따위가 프랑스의 그런 것들보다 훌륭한 것처럼 우리 보좌 신부가 하는 얘길 꼭 들어 봐요. 약속해 주겠어요. 나는 그저 평범한 여자일 뿐이에요, 귀여운 도련님, 나는 사랑할 줄 알고 있어요. 당신이 원한다면 당신을 위해 죽을 수도 있어요. 그렇지만 난 이튼이나 옥스포드나 에든버러(모두 영국의 명문학교)에서 공부한 건 아니에요. 난 박사도 아니고 보좌 신부도 아니에요. 그러니 당신을 붙잡고 도덕 공부를 가르치진 못해요. 그런 일은 전혀 내 성미에 맞지 않아요. 혹시 시험삼아 해봐도 정말 낙제점 이하일 거예요. 가장 저속한 취미를 갖고 있더라도 나는 맞장구를 치도록 노력하겠어요. 나는 당신을 위해 당신이 좋아하는 거라면 뭐든지 내 곁에 두고 싶거든요. 사랑의 즐거움, 식탁의 즐거움, 성당의 즐거움, 맛좋은 빨간 포도주, 그리고 기독교적인 미덕, 오늘 밤에 웬만하면 고행복이라도 입을까요? 그 부인은 아주 행복하군요, 당신에게 도덕에 관한 설교를 다할 수 있으니 말이에요! 프랑스 여자들은 어느 대학에서 학위를 받나요? 불쌍한 건 나예요! 내가 드릴 수 있는 건 나 자신뿐이니 나는 당신의 노예에 지나지 않지 뭐예요……」

「그럼 내가 당신들 두 사람을 만나게 하려고 했을 때 도대체 당신은 왜 달아났지요?」

「머리가 돌지 않았어요, 여보? 나는 하인 신세가 되어 파리에서 로마에까지라도 가겠어요. 당신 때문이라면 어떤 어리석은 짓이라도 할 테예요. 하지만 소개를 받은 일도 없고, 보자마자 설교를 시작할 것 같은 여자와 길바닥에서 어떻게 얘기할 수 있겠느냔 말이에요. 나는 농부에게는 얼마든지 말을 건넬 수 있어요. 혹시 배가 고프면 노동자를 보고 빵을 나눠 달라고 말할 거예요. 돈을 몇 푼 주면 그것으로 되니까요. 그리고 그런 일은 얼마든지 좋아요. 그렇지만 영국에서 한 길의 신사(강도)가 그러듯이, 남의 마차를 세운다는 건 우리 예절로선 있을 수 없는 일이에요. 그럼 당신은 사랑할 줄밖에 모르는군요, 가엾어요, 생활할 줄은 모르는군요? 그리고 난 아직 완전히 당신을 닮진 못했어요, 내 천사 아저씨! 나는 설교는 좋아하지 않거든요. 하지만 당신이 그걸 좋아한다면 어떤 노력이라도 할 수 있어요, 그럼 가만히 있어요. 시작하겠어요! 설교장이가 되게끔 애쓸 거예요. 나와 비교하면 위대한 예언자 예레미야라도 어릿광대가 돼버릴걸요. 앞으로는 사랑의 속삭임도 반드시 성서의 구절을 인용하도록 하죠.」

여자는 자기의 힘을 발휘했다. 자기요술이 시작되자 이내 내 눈길 속에 그 열렬한 표정이 깃드는 것을 보기가 무섭게 그녀는 그 힘을 발휘했다. 그 여자는 모든 점에서 승리했다. 그리고 자기 신세를 망치고 앞날을 포기하면서까지 사랑을 자기의 미덕으로 삼는 여자의 훌륭함을 나는 기꺼이 가톨릭적인 간책보다 더 고맙게 받아들였던 것이다.

「그럼 그 여자는 당신을 사랑한다기보다 자기 자신을 사랑하고 있군요?」 여자는 나에게 그렇게 말했다. 「그럼 그 사람은 당신보다도 당신이 아닌 무언가를 더 좋아하는군요. 남자들이 인정해 주는 이외의 가치를 어째서 우리가 지니고 있는 것에서 찾으려 하는 걸까요? 아무리 훌륭한 도덕가라도 여자는 누구든지 남자와 대등해지진 못해요. 우리들을 짓밟으세요. 죽여 버리세요. 당신의 생활이 우리들 때문에 방해되지 않도록 하세요. 우리는 죽으면 되고 당신은 훌륭하고 의젓하게 살면 되는 거예요. 당신들은 우리들에게 비수를 주고 우리들은 당신들에게 사랑과 관용을 주는 거예요. 태양이 태양 광선 속에서 태양 덕분에 살고 있는 벌레들을 걱정할까요? 벌레는 살 만큼 살다가 태양이 없어지면 죽는 거예요……」

「그렇지 않으면 날아가지.」 나는 그녀의 말을 막으며 한 마디 했다.

「그렇지 않으면 날아가지요.」 여자도 그렇게 말했으나 그 무관심한 태도는 이 여자가 인정한 남자로서의 기묘한 힘을 한껏 이용하려고 누구보다 굳게 다짐한 사나이의 감정까지도 건드렸을 것이다. 「종교가 연애와 양립하지 못한다는 것을 설득하기 위해 정절이라는 버터를 바른 빵을 남자에게 먹인다는 걸 여자다운 일이라고 생각해요? 그럼 나는 부정한 여잘까요? 사람이란 몸을 바치거나 둘 중의 한 가지는 택하는 법이에요. 그렇지만 거부하고 설교까지 한다는 건 이중의 형벌이에요. 그런 짓은 어느 나라의 법률에도 어긋나는 일이에요. 여기서라면 당신은 시녀 아라벨의 손으로 만든 그럴듯한 샌드위치만을 잡술 수 있지요. 아라벨의 도덕이라는 건 어떤 사내도 아직 맛보지 못한, 그리고 천사들이 나에게 가르쳐 준 그런 애무를 생각해내는 일일 뿐이에요.」

나는 영국 여자가 지껄이는 농담보다 더 파괴적인 것을 듣지 못했다. 영국 여자는 그 농담에 진지한 웅변과 장려한 확신 같은 것을 곁들이지만, 영국 사람들은 그런 가면 밑에 그들의 편견에 넘친 생활의 어리석음을 감추고 있는 것이다. 프랑스의 농담은 여자들이 주는 기쁨이나 자기 자신이 만들어내는 말다툼을 아름답게 하기 위해 이용하는 레이스인 것이다. 그것은 그녀들 화장품과 마찬가지로 우아한 정신적인 장신구다. 그러나 영국의 농담은 산(酸)과 같아서 그것을 받은 인간은 받는 즉시 썩어 버려 그 인간은 깨끗이 씻어낸 해골처럼 되고 만다. 재치있는 영국 여자의 혀는 장난하기 위해 고기를 씹어먹고 뼈만 남겨 놓는 호랑이의 혀를 닮았다. 그 조롱은 코웃음치면서 『겨우 고것뿐이냐?』고 비웃는 듯한 악마의 전능한 무기이며,

장난거리로 비집은 상처에 치명적인 독소를 남기는 것이다. 그날 밤 아라벨은 자기의 교묘한 재주를 증명하기 위해 죄도 없는 사람의 목을 자르면서 좋아하는 회교국의 설탄 왕처럼 자기 힘을 과시하려 했다.
「귀여운 내 사람이여.」 그녀가 그렇게 나를 부른 것은 사람들이 쾌락 이외의 일은 죄다 잊어버리는 그 반수반성(半睡半醒) 속에 나를 몰아넣은 뒤였다. 「나도 나 자신을 보고 그만 설교하고 말았군요. 당신을 사랑하면서 죄를 지었는지 어떤지, 하느님의 율법을 어겼는지 어떤지를 생각했지 뭐예요. 그러고 보니 이보다 더 종교적이며 자연스러운 일은 없다는 걸 알았어요. 하느님이 다른 사람보다 아름다운 인간을 만드신 건, 우리에게 그 인간을 사랑해야 한다는 걸 말해 주기 위해서가 아니라면 뭣 때문이겠어요? 당신 같은 사람을 사랑하지 않는다는 게 오히려 죄일 거예요. 당신은 천사가 아니예요? 그 부인은 당신을 다른 사람들과 혼동해서 당신을 모욕하고 있는 거예요. 도덕률은 당신에겐 적용될 수 없어요. 하느님은 당신을 무엇보다도 윗자리에 놓고 싶으셨던 거예요. 당신을 사랑한다는 건 하느님 앞으로 다가가는 일이 아닐까요? 하느님은 불쌍한 여자가 신성한 걸 탐낸다고 해서 나쁘게 생각하실 수 있을까요? 넓고 밝은 당신 마음은 마치 높은 하늘 같은 것이어서, 축제의 촛불에 몸을 태우는 하루살이처럼 나도 뭐가 뭔지 통 알 수 없게 돼버린 거예요! 그런 걸 잘못을 저질렀다고 해서 벌을 주실까요? 더구나 그게 잘못일까요? 그건 광명을 깊이 숭앙하는 일이 아닐까요? 하루살이는 종교심이 너무 많아서 망해요. 사랑하는 사람의 목에 매달리는 걸 망하는 거라고 한다면 말이예요. 나에게는 당신을 사랑하고 있다는 약점이 있어요. 그런데 그 부인에겐 자신의 가톨릭 성당 안에 갇혀 버린다는 마음 든든한 수단이 있는 거예요! 눈살을 찌푸리진 말아요! 당신은 내가 그 사람을 원망하고 있는 줄 알아요? 아니예요. 도련님! 그 여자의 도덕심을 숭배하고 있어요. 그 도덕심이 그 여자에게 당신을 건드리지 말라고 충고해 줬고, 나에게는 이렇게 당신을 차지하게 해줬으니까요. 당신을 영원히 차지하고 있을 수 있으니까요. 당신은 언제까지나 내것이란 말이예요. 그렇죠?」
「그래요.」
「영원히?」

「그래요.」
「그런데 한 가지 부탁이 있어요, 왕자님. 나만이 당신의 가치를 알아본 거예요! 그 사람은 농사 일을 잘 알고 있다지요? 나 같으면 그런 경작은 소작인에게 맡기겠어요. 나는 당신 마음을 경작하는 걸 더 좋아해요.」
내가 그 여자의 그런 취할 듯한 변설을 회상하려고 애쓰는 것은 그 여자의 일을 당신에게 좀더 뚜렷하게 보여 주고, 내가 얘기한 것이 틀림없다는 것을 입증하는 동시에 그렇게 해서 결말의 비밀을 둘러싼 전모를 당신에게 알리기 위해서다. 그러나 당신도 잘 알고 있는, 그런 달콤한 말에 어쩔 수 없이 끌리게 마련인 일들을 어떻게 묘사할 수 있을까. 그것은 우리들 꿈의 엄청난 환상과도 비길 만한 미친 수작이었다. 어떤 때는 내가 꽃다발을 만든 것과도 같은 창작이었다. 힘과 결합한 우아함, 화산 같은 혈기의 폭발과 대립하는 애정, 그 느릿하고 나긋나긋한 호흡, 어떤 때는 우리들 쾌락의 합주에 맞춘 음악의 가장 교묘한 점층법, 그리고 서로 뒤얽힌 뱀 같은 희롱, 마지막에 가장 즐거운 생각으로 장식된 매우 애무적인 변설, 관능의 쾌락에 영혼이 곁들일 수 있는 시적인 모든 것이 거기에 있었다. 그녀는 앙리에트의 정결하고 차분히 가라앉은 영혼이 내 마음 속에 남겨 준 인상을 자기의 맹렬한 사랑의 뇌격으로 뿌리째 뽑아 버리려 했던 것이다. 후작 부인은 모르소프 부인이 자기를 본 것 못지않게 백작 부인을 잘 봐 둔 것이다. 두 사람은 서로 상대방을 잘 판단하고 있었다. 아라벨의 맹렬한 공격은 경쟁자에 대한 공포심이 얼마나 크며 얼마나 은근히 찬탄하고 있는가를 나에게 보여 주고 있었다. 아침에 일어나 보니 여자의 눈에 눈물이 괴어 있어, 그녀가 자지 않았다는 것을 알았다.
「울긴 왜 울어?」 나는 말했다.
「너무 지나치게 사랑하는 게 오히려 나에게 해롭지 않을까 걱정이 되는군요.」 부인은 그렇게 대답했다. 「난 모든 걸 바쳐 버렸어요. 그렇지만 그 부인은 나보다 훨씬 단수가 높아서 당신이 탐낼 만한 무언가를 자기 속에 간직하고 있는 거예요. 당신이 그 사람을 더 좋아한다면 이젠 나 같은 사람은 생각하지 말아요. 나의 고통, 나의 뉘우침, 나의 번민 같은 것 때문에 당신을 귀찮게 굴진 않을 테니까요. 나는 당신으로부터 멀리 떨어진 곳에 가서 죽어 버리겠어요. 생명을 주는 태양이 없어진 식물처럼.」

3. 두 여인

 여자는 내게서 사랑의 맹세를 끄집어낼 수 있었기 때문에 환희에 넘쳤다. 대체 아침에 울고 있는 여자를 보고 무슨 말을 할 수 있겠는가? 그런 때 매정하게 군다는 것은 수치스러운 짓일 것 같다. 지난 밤에 여자를 거절하지 않았다면 이튿날엔 거짓말을 할 수밖에 없지 않은가. 아무튼 『남성 법전』에서는 여자에 대한 남자 예절의 하나로 거짓말의 의무를 지적하고 있는 것이다.
 「좋아요, 나도 그렇게 속이 좁은 여자는 아니예요.」 그녀는 눈물을 닦으며 말했다. 「그 사람 곁으로 돌아가요. 내 사랑의 힘으로 당신을 붙들어 두고 싶진 않아요. 당신 자신의 의사로 모든 걸 처리해 주길 바라고 싶어요. 혹시 여기에 돌아오면 내가 당신을 사랑하고 있는 것만큼 당신도 나를 사랑하고 있는 것으로 알겠어요. 여태까진 그런 일이 있으리라곤 생각지도 못했던 일이긴 하지만.」
 여자는 나를 설득해서 클로슈구르드로 돌아가게 했다. 내 입장이 거북하게 되리라는 것은 행복에 넘쳐 있는 사람으로서는 미처 예기치 못했다. 내가 클로슈구르드로 가기를 거절하면 앙리에트에 대해 더들리 부인의 입장을 유리하게 하는 셈이었다. 그러면 아라벨은 나를 파리로 데리고 갈 것이다. 그러나 클로슈구르드에 간다는 것은 모르소프 부인을 모욕하는 일이 아닐까? 그런 경우에 나는 더욱 확정적으로 아라벨에게 돌아오게 된다. 여자가 사랑에 대한 그와 같은 반역죄를 용납한 적이 지금까지 있었을까? 하늘로 올라가는 정화된 정령이 아니며 하늘에서 내려온 천사가 아닌 이상 사랑하고 있는 여자는 애인이 다른 여인 옆에서 행복한 것을 보기보다는 단말마의 괴로움에 시달리고 있는 것을 보기 좋아할 것이다. 여자가 사랑하면 사랑할수록 더욱더 상처를 입을 것이다. 그렇게 두 가지 면으로 볼 때 나의 입장은, 한 번 클로슈구르드를 떠나 석류 저택에 와버린 이상, 우연한 사랑에 유리했던 것과 같은 정도로 우리의 이상적인 사랑에는 치명적인 것이었다. 더욱이 후작 부인은 그런 일을 깊이 생각해서 계산하고 있었던 것이다. 나중에 나에게 고백한 바에 의하면, 만일 벌판에서 모르소프 부인을 만나지 않았더라면 클로슈구르드 주변을 헤매면서 나에 대해 좋지 못한 소문을 퍼뜨리려 했다는 것이다.
 백작 부인에게로 가보니, 부인은 괴로운 불면증에 시달린 사람처럼 수척해져 있었거니와, 창백하게 축 늘어져 있어 나는 돌연 기지 대신 후각을 발동시켰다. 그것은 대중의 눈으로 보면 아무것도 아니지만 위대한 영혼의 법률에 의하면 필시 범죄적이라고 여길 그와 같은 행동의 영향을 아직 젊고 고매한 나의 마음에는 생생하게 느껴졌던 것이다. 아무 생각없이 뛰놀면서 꽃을 따다가 깊은 못으로 내려간 어린애가 이제는 위로 올라오지 못하게 되어 안타까워 하듯이, 넘어갈 수 없는 간격의 저쪽 밖엔 인간의 땅이 보이지 않아서 밤이면 무서운 고독을 느끼고 짐승 소리를 듣는 것과 마찬가지로, 우리는 우리가 하나의 세계에 의해 막혀 있다는 것을 이내 알았다. 우리 두 삶의 영혼 속에서 큰 부르짖음이, 『다 이루어졌도다!』(〈요한복음〉 제16장 제30절)의 반향 같은 것으로 일어났다. 그런 말은 교회에서 성금요일에 구세주가 숨진 시간에 외치는 것이며, 그때의 무서운 정경은 종교를 첫사랑으로 생각하는 젊은이들의 가슴을 섬뜩하게 하는 것이다. 앙리에트의 환상은 대번에 무너지고 그녀의 마음은 수난에 시달린 것이었다. 쾌락에서 멀어져 그 마비되는 듯한 감정에 사로잡혀 본 적이 한 번도 없었던 부인이, 그날 나에게 시선을 돌리려고도 하지 않은 것은 행복한 사랑의 쾌락을 짐작했기 때문일까? 부인은 육 년 동안 내내 나의 생명 위에 빛나고 있었던 빛을 내게서 꺼버린 것이다. 그러고 보면 우리들의 눈에서 나온 빛의 원천은 우리들의 영혼 속에 있어서, 허물없이 뭐든지 서로 얘기하는 두 사람의 여자처럼 서로 마음을 주고받기도 하고, 또는 일심동체가 되었다가도 헤어지고, 희롱하기 위한 통로로서의 역할을 다하고 있었다는 것을 부인은 알고 있었던가? 쾌락의 날개가 그 잡다한 빛깔의 먼지를 뿌려 놓은 얼굴을 애무와는 관계없이 이 지붕 밑으로 가져온 잘못을 나는 쓰디쓴 기분으로 느꼈다. 만일 전날 밤에 더들리 부인을 혼자 가게 했던들, 또는 앙리에트가 기다리고 있었던 클로슈구르드에 돌아와 있었던들 아마…… 결국, 아마 모르소프 부인은 내 누이가 되겠다는 말을 그처럼 냉혹하게 입 밖에 내지는 않았을 것이다. 부인은 일부러 수선을 떨면서 상냥한 태도를 보였고, 무턱대고 자기 자신의 역할 속에만 갇혀 한 걸음도 거기서 나오려 하지 않았다. 점심을 먹는 동안 나를 위해 두루 시중들었으나 그것은 굴욕적인 친절로 불쌍하게 여기는 환자를 대하는 듯한 태도였다.

「일찍부터 산책을 했군그래.」 백작이 나를 보고 말했다. 「그러면 반드시

3. 두 여인   243

식욕이 왕성해질거야. 당신은 위도 나쁘지 않으니!」
 그런 말은 부인의 입술에 교활한 누이로서의 미소를 띠게 하지는 않았고, 우스꽝스런 내 입장만을 증명하고 말았다. 낮에는 클로슈구르드에 있고 밤에는 생 시르에 있다는 것은 불가능한 일이었다. 아라벨은 섬세한 내 마음과 모르소프 부인의 훌륭한 태도에 기대를 걸고 있는 것이었다. 그 긴 하루 동안, 오래 전부터 사모하고 있던 여자의 친구가 된다는 것이 얼마나 어려운 일인가를 나는 느꼈다. 그런 추이는 흐르는 세월이 마련해 주는 예비 공작이 있을 경우에는 지극히 간단한 일이지만, 젊은 나이의 사람들에겐 몹쓸 질병 같은 것이다. 나는 부끄러워져서 쾌락을 저주했고, 정말 모르소프 부인이 내 목숨을 빼앗아 주기를 바라고 싶은 심정이었다. 나는 부인의 연적을 한껏 나쁘게 말할 수도 없었다. 부인은 그런 이야기를 하고 싶어하지 않았고, 아라벨을 나쁘게 말한다는 것은 마음 구석구석까지 의젓하고 고귀한 앙리에트 자신을 경멸하게 될 성싶은 부끄러운 행위였다. 오 년 동안 맺어 온 달콤하고 친밀한 접촉 끝에 우리는 무슨 이야기를 하면 좋을는지 알 수 없었다. 입 밖에 내놓는 말이 생각과 조금도 일치하지 않았다. 서로 뼈를 에는 듯한 고통을 감추고 있었다. 우리에게 있어 고뇌는 항상 충실한 대변자 구실을 했는데도 말이다. 앙리에트는 자기 자신을 위해서도 짐짓 행복한 듯한 기색을 가장하고 있었다. 그러나 그녀는 슬펐던 것이다. 말끝마다 내 누이라고 자칭하면서도, 또 천성적으로 구변이 좋은 여자이면서도 이야기를 계속하기 위해 어떤 생각도 머리에서 찾지 못하고 있었다. 그리하여 우리는 어색한 침묵 속에 대부분의 시간을 보내고 말았다. 앙리에트는 자신이 그 영국 부인에게 있어 오직 한 사람의 희생자라고 생각하는 체하면서 나의 마음속의 고민을 더욱 크게 했다.
 「나는 당신보다 더 괴로워요.」 그 『누이』가 무심코 여자답게 비꼬는 말을 했을 때 그렇게 나는 말했다.
 「뭐라구요?」 부인은 대답했지만, 그 고압적인 말투는 여자들이 상대방 보다 자기들의 감각을 낮게 평가받을 때 흔히 보이는 반응 같은 것이었다.
 「그렇지만 모두 내가 나빴기 때문이에요.」
 백작 부인이 나에 대해 냉정하고 무관심한 태도를 보인 순간이 있어 나는 낙심했다. 나는 떠나기로 결심했다. 그날 밤 동산에서 나는 거기에 모인 가족에게 작별 인사를 했다. 그들은 모두 잔디밭이 있는 데까지 나와 전송해 주었다. 그리고 내 말이 사납게 발길질을 하고 있었기 때문에 그들은 멀리 물러섰다. 내가 고삐를 잡았을 때 부인이 나에게로 다가왔다.

「우리 둘이서 가로수길을 걸어갑시다.」 부인은 그렇게 말했다.

내가 내민 팔을 부인이 잡고 두 사람은 천천히 안뜰을 지나 바깥으로 나갔다. 마치 두 사람의 착잡하게 가라앉은 감정을 음미하고 있는 것 같았다. 그리하여 바깥쪽 울타리 한 구석을 둘러싸고 있는 나무 그늘에 닿았다.

「이제는 정말 이별이군요.」 부인은 멈춰서서 머리를 내 가슴에 대고 팔을 내 목에 걸면서 말했다. 「안녕히 가세요. 이젠 다시 만날 수 없겠군요. 하느님은 나에게 앞날을 내다보는 슬픈 힘을 주셨어요. 언젠가 당신이 퍽 아름답고 싱싱해진 모습으로 돌아왔을 때, 내가 몹시 두려움을 느꼈던 일이 생각나세요? 그때에도, 오늘 당신이 클로슈구르드를 떠나 석류 저택으로 가는 것과 마찬가지로, 나를 등지고 가는 당신의 모습이 내 눈엔 얼핏 보였던 거예요. 그런데 나는 어젯밤에 다시 한 번 우리 운명을 엿볼 수 있었어요. 우리가 이렇게 얘기하는 것도 이게 마지막일 거예요. 겨우 몇 마디밖에 말할 수 없군요. 앞으로는 당신에게 얘기하는 것이 나의 전부는 아닐 테니까요. 나의 일부분은 이미 죽음을 눈앞에 두고 있어요. 앞으로 만나뵐 때에는 당신은 우리 아이들로부터 어머니를 빼앗아간 셈이 될 거예요. 아이들을 위해 대신 어머니가 돼주세요! 당신은 그럴 수 있을 거예요! 자크와 마들렌느는 마치 당신이 늘 그애들을 괴롭힐 것같이 당신을 사랑하고 있으니 말이에요.」

「죽다니 그게 무슨 말이에요!」 나는 부인을 바라보면서 또 부인의 빛나는 눈의 윤기없는 광채를 자꾸 보면서 덜컥 가슴이 내려앉음을 느끼며 외쳤다. 그 눈이 어떤 것이었는지는, 그리운 사람이 이러한 무서운 병에 걸려 보지 못한 사람은 도저히 알 수 없으며, 부인의 눈은 잘 닦아 놓은 은구슬에 비길 수밖에 없었다. 「죽다니! 앙리에트, 나는 당신이 살아야 한다고 명령하겠소. 당신은 전에 내게 맹세를 요구한 적이 있었어요. 그러니 나는 오늘 당신이 맹세하길 요구합니다. 오리제의 진찰을 받고 그가 지시하는 대로 하겠다고 맹세하세요……」

「그럼 당신은 하느님의 자비로운 처사를 반대할 생각이에요?」 부인은 자기의 깊은 절망을 이해해 주지 않는 데 대한 불만이 깃든 절망의 부르짖음으로 내 말을 막았다.
 「그럼 당신은 그 보잘것없는 영국 부인과는 달라서, 나의 모든 것을 맹목적으로 따를 만큼은 나를 사랑하고 있지 않군요……」
 「뭐든지 당신이 하라는 대로 하겠어요.」 부인은 질투에 사로잡혀 그렇게 말했는데, 급기야 그녀는 그때까지 잘 지켜온 간격을 눈 깜박할 사이에 넘어 버린 것이다.
 「나는 여기에 머물러 있겠어요.」 나는 부인의 눈 위에 키스하며 말했다.
 부인은 뜻하지 않았던 그런 말을 듣고 몹시 놀라, 내 팔에서 빠져 나가더니 나무가 있는 데로 가서 기대었다. 그러고는 뒤돌아보지도 않고 분주히 집으로 돌아갔다. 그러나 나는 그녀를 따라갔다. 부인은 울면서 기도를 드리고 있었다. 나는 잔디밭에까지 가서 부인의 손을 쥐고 거기에 공손하게 키스했다. 생각지도 않았던 그런 복종이 부인의 마음에 감동을 주었다.
 「영원히 나는 당신 겁니다!」 나는 말했다. 「나는 당신 큰 어머님이 사랑하셨던 것처럼 당신을 사랑하고 있으니까요.」
 부인은 그때 힘차게 내 손을 움켜쥐면서 몸을 떨었다.
 「나를 보세요.」 나는 또 말했다. 「그전의 우리들처럼 나를 보세요!」 부인이 힐끗 던진 시선이 내 마음 속까지 비춰 주고 있는 것을 느끼면서 나는 소리쳤다. 「자기 일신의 모든 것을 다 바쳐 주는 여자라도 내가 지금 받고 있는 것 같은 생명과 영혼을 주지 못해요. 앙리에트, 당신은 제일 사랑하는 사람, 하나밖에 없는 제일 사랑하는 사람이에요.」
 「나는 살아가기로 하겠어요!」 부인은 말했다. 「그렇지만 당신도 모든 악몽을 잊어버려야 해요.」
 그녀의 눈길은 아라벨이 던진 짓궂은 말이 준 인상을 말끔히 지워 버리고 있었다. 그런데 나는 서로 용납되지 않는 두 가지 정열 사이에 끼여 몸부림치고 있었던 것이다. 그 정열에 대해서는 이미 말했지만, 나는 그 영향을 번갈아 받고 있었다. 나는 천사와 악마를 사랑하고 있었던 것이다. 다 같이 아름다운 두 사람의 여자지만, 한 사람은 자신의 불완전함을 저주한 나머지 자주 자기 자신을 해치는 모든 미덕을 갖추고 있었고, 또 한 사람은 이기주의에서 자신의 불완전함을 하느님처럼 떠받들고 싶어하는 온갖 악덕을 갖추고 있었다.

내가 자주 돌아다보니, 손수건을 흔들고 있는 아이들에게 둘러싸여 나무에 기대고 있는 모르소프 부인이 보였는데, 그 가로수길을 지나면서 나는 느닷없이 내 마음속에 어떤 자랑스런 기분이 싹트는 것을 느꼈다. 그것은 자기가 그토록 아름다운 두 여인의 운명의 지배자이며, 그처럼 뛰어난 두 여성에게 있어서 매우 여러 가지 자격을 지닌 영광이어서 만일 내가 없어지면 두 사람 다 죽지 않을 수 없을 만큼 큰 정열을 불어넣어 주었다는 자만이었다. 그 잠시 동안의 자만심은 그야말로 이중으로 벌을 받았다! 아라벨의 곁에 있으면서 어떤 비참한 일이, 백작의 죽음이 앙리에트를 나에게 넘겨 줄 기회를 기다리도록 하라고, 정체를 알 수 없는 악마가 나에게 수군거렸던 것이다. 아무튼 앙리에트는 여전히 나를 사랑하고 있었기 때문이다. 앙리에트의 매정한 말과 그 눈물과 그 회한과 그 기독교적인 체념은, 내 마음에서와 마찬가지로 앙리에트의 마음에서도 지울 수 없는 감정의 뚜렷한 흔적이었다. 그 아름다운 가로수길을 천천히 가면서 그런 생각에 잠기고 있으려니까, 나는 이제 스물다섯 살이 아니라 쉰 살이었다. 한순간에 서른 살에서 예순 살로 비약하는 것은 여자보다도 역시 남자가 아닐까?

나는 그런 좋지 못한 생각을 이내 뿌리쳤지만, 그러나 그런 생각은 역시 나에게서 떠나지 않았다는 것을 고백하지 않을 수 없다. 모르긴 하지만 그런 생각의 근원은 튀일르리 궁전에, 왕실 안에 있었던 듯싶다. 여자의 순정을 빼앗아 버리는 루이 18 세의 취미에 대해 누가 감히 저항할 수 있었겠는가? 루이 18 세는 이렇게 말하고 있었던 것이다. 사람은 중년이 되기 전에는 참된 정열을 가지지 못하는 법이다. 왜냐하면 정열은 거기에 무력이라는 것이 섞여 있을 적에만 아름답고 맹렬해지며, 그런 때 사람은 저마다의 쾌락에 대해 마지막 판돈에 거는 도박꾼처럼 되는 것이다. 가로수길 끝에까지 왔을 때 나는 돌아다보았다. 그리고 앙리에트가 아직도 거기에, 더구나 혼자 있는 것을 보고 나는 단숨에 되돌아갔다. 나는 앙리에트로서는 원인을 알 수 없는 속죄의 눈물에 젖으면서 마지막 작별을 고하러 온 것이다. 진심으로 우러난 눈물, 영원히 잃어버린 그 아름다운 사랑, 청순한 감동, 이제는 되살아날 길 없는 생명의 꽃에 나도 모르게 뿌려진 눈물이다. 왜냐하면 세월이 더 흐르면 남자는 주지 않고 받기만 하는 것이다. 남자는 애인 속에서 자기 자신을 사랑한다. 그런데 젊었을 적엔 자기 속의 애인을 사랑하는 것이다. 세월이

가면 남자는 자신을 사랑해 주는 여자에게 자기의 취미를, 경우에 따라서는 자기의 악덕까지도 접종하는 것이다. 그런데 인생의 초기에 있어서는 우리가 사랑하는 여자가 자기의 미덕을, 자기의 섬세한 감각을 우리에게 떠맡긴다. 미소로써 우리를 아름다움에로 불러들이고 자기의 본보기로 헌신을 가르친다.

자기의 앙리에트를 가져 보지 못한 자는 불행한 인간이다! 더들리 부인 같은 여자를 알지 못한 자는 불행한 인간이다! 만일 결혼한다면 후자는 자기 아내를 잘 거느리지 못하며, 전자는 미상불 애인으로부터 버림받을 것이다. 그러나 그 두 여자를 한 사람의 여자에게서 발견할 수 있는 자는 그야말로 행복하기 짝이 없는 인간이라 하겠다. 나탈리여, 당신이 사랑하는 남자는 정말 행복할 것이다.

파리로 돌아가자 아라벨과 나는 전보다 더 친밀해졌다. 나는 스스로 지키고 있던 예의범절의 규칙을 자신도 모르게 던져 버렸다. 그 규칙을 엄격하게 지켰더라면 더들리 부인이 놓여 있는 그릇된 입장을 세상 사람들은 너그러이 보아 줄 것이었는데. 대체적으로 세상 사람들이란 외관보다도 그 속에 숨어 있는 것을 알아내기를 퍽 좋아하는 법이며, 그 속에 싸여 있는 비밀을 알게 되면 외관을 정당하게 평가해 주는 것이다. 상류사회 한복판에서 살아야 하는 애인들은 살롱의 관례에 의해 마련된 그런 울타리를 쓰러뜨리려 하면 언제나 비난받지 않을 수 없는 것이다. 풍습에 의해 자연히 맺어진 약속을 세심하게 지키지 않는다는 것은 잘못인 것이다. 그런 경우에 문제는 남보다도 애인들 자신인 것이다. 넘어야 할 간격, 지켜야 할 외면적인 존경, 보여 주어야 할 연극, 숨겨야 할 비밀, 그와 같은 행복한 사랑의 모든 전략이 생활을 점령하고 욕망을 새롭게 하며, 습관의 이완에 대해 우리들의 마음을 보호하는 것이다. 그러나 초기의 정열은 젊은이들과 마찬가지로 본질적으로 낭비를 좋아해서, 숲속의 나무를 조금씩 베지 않고 한꺼번에 잘라내고 만다. 아라벨은 그와 같은 부르조아적인 사고방식을 선택한 것은 아니다. 내 마음에 들어야 하겠다는 생각으로 순응한 것이다. 먹이를 완전히 차지하기 위해 미리 거기에 표를 해놓는 냉혈 인간처럼 아라벨은 나를 자기의 『낭군』으로 삼기 위해 파리의 모든 사교계에서 내 소문이 나빠지게 하려고 생각했다. 그래서 나를 집에 붙들어 두려고 갖은 아양을 다 떨었던 것이다. 아무튼 확실한 증거가 없어, 부채를 입에 대고 쑥덕거리는 소문의 대상이 될 뿐인 정도의 점잖은 사랑의 행위만으로는 만족하지 않았던 것이다. 여자가 자기 입장을 솔직히 내보이는 것 같은 경솔한 짓을 하면서 아주 행복한 듯한 것을 보고, 나는 그 사랑을 어떻게 믿지 않을 수 있었겠는가? 일단 패륜의 부부 생활의 즐거움 속에 빠지자, 나는 절망에 사로잡혔다. 그것은 나의 생활이 일반 사람들의 생각이나 앙리에트의 권고와는 반대로 정해진 것을 보았기 때문이다. 그래서 나는 폐결핵 환자가 자기의 최후를 짐작하고, 호흡 소리를 검사하는 것을 꺼려할 때 느끼는 것 같은 걷잡을 수 없는 초조감 속에서 살았다. 내 마음속에는 고통을 겪지 않고서는 거기에 갇혀 버릴 수 없는 한 구석이 있었다. 복수심이 끊임없이 여러 가지 생각을 나에게 던져 주었으나, 나는 굳이 그런 생각을 깊이 더듬지 않았다.

　앙리에트에게 보낸 편지는 그런 정신적인 질병에 대해 얘기했고, 앙리에트는 그 때문에 한없이 번민하고 있었다. 내가 받은 오직 한 번뿐인 답장 속에서 앙리에트는 이렇게 말했다. 『그렇게 많은 보배를 잃은 대가로 부디 당신이 행복 하기를 빌었습니다만!』 그러나 나는 행복하진 않았던 것이다! 친애하는 나탈리, 행복이란 절대적인 것이다. 그것은 비교를 용납하지 않는다. 나는 최초의 열정이 가시자, 자연히 그 두 사람의 부인을 비교했다. 그 대조를 나는 아직 연구하지 못하고 있었던 것이다. 사실 모든 위대한 정열이라는 것은 우리들의 성격을 힘차게 눌러 버리는 법이어서, 우선 성격의 규각을 무너뜨리고 우리들의 결점이나 장점을 이루는 습관의 흔적을 메워 버리는 것이다. 그러나 더 후에는 더욱 친숙해진 두 애인들 사이에 정신적인 용모의 윤곽이 다시 나타나면 그때에는 둘 다 비판하고 정열에 대한 성격의 그런 반응 사이에 흔히 반감이 고개를 드는 수가 있다. 그런 반감은 분열의 바탕이 되며, 천박한 인간들은 그 분열을 내세워 사람의 마음은 변하기 쉬운 것이라고 비난한다. 그런데 나로서도 그런 시기가 시작된 것이다. 나는 유혹에 의해 장님이 되는 횟수도 적어지고, 말하자면 자신의 쾌락을 잘게 나누어 스스로는 미상불 의식하지 않은 채 검토를 꾀했는데, 그것으로 더들리 부인의 단점을 보게 되었다.

　나는 우선 더들리 부인에게 재치가 없다는 것을 깨달았다. 그 재치야말로 모든 여성들 중에서 프랑스 여성에게 이채로운 것이며, 우연한 사정에 의해

각국의 애정 표현 방법을 체험할 수 있었던 사람들이 고백한 바에 의하면 사랑하는 사람을 가장 달콤한 상대자로 만드는 것이다. 프랑스 여자가 사랑할 적엔 아예 딴 사람같이 변한다. 그처럼 정평있는 여자의 요염한 모습을 프랑스 여자는 자기의 사람을 장식하기 위해 이용하는 것이다. 극히 위험한 허영심을 희생시키고 조금이라도 더 낫게 사랑하기 위해 모든 자부심을 동원시킨다. 애인의 이해나 증오나 애정을 자기 것으로 해버린다. 겨우 하루 동안에 실업가의 노련하고 기민한 수완을 터득하고 법전을 연구하며, 금융기구를 이해하고 은행가의 금고를 농락한다. 경솔하고 낭비가이긴 하지만 실수 한 번 없고 돈 한 푼 허비하지 않는다. 어머니와 가정부와 의사 구실을 아울러 하며, 무엇으로 변모하든지 거기에 아무리 자질구레한 부분에서도 무한한 사랑을 나타내는 행복의 우아함을 곁들이는 것이다. 각국 여자의 진가를 나타내는 특수한 장점을 통틀어 가질 뿐 아니라, 그 혼합물에 재치에서 온 통일성마저 부여한다. 그 재치는 모든 것에 활기를 주고 허용하고 정당화하고 변화시키며, 그리고 오직 하나의 동사의 제일시제(時制)에 바탕을 둔 감정의 단조로움을 깨뜨리는 프랑스적인 효모인 것이다. 프랑스 여자는 항상 권태를 느낄 줄 모르며 어떠한 순간에도, 사람들 앞에서도, 혼자 있을 적에도 사랑하는 것이다. 사람들 앞에서는 귓속에서만 울리는 어조를 찾아낸다. 침묵 자체를 통해 얘기하고 눈을 내리깐 채 상대방을 볼 줄 안다. 말과 눈길이 금지되어 있는 경우에는 모래를 이용해서 그 위에 발자국을 남겨 거기에다 자기 생각을 적을 것이다. 혼자 있을 적엔 자고 있는 동안에도 자기의 정열을 표현한다. 마지막으로, 세상 사람들까지도 자기의 사랑에 복종시킨다. 그와 반대로 영국 여자는 자기의 사랑을 세상 사람들에게 복종시키는 것이다. 그 차가운 습관, 앞서 말한 그토록 이기적인 브리타니아적인 태도(영국적인 태도)를 갖게끔 교육으로써 길들어져 있기 때문에 영국제의 기계처럼 쉽게 마음을 열었다닫았다한다. 그리고 남이 들여다볼 수 없는 가면을 쓰고 태연자약하게 그것을 썼다벗었다한다. 아무도 보는 사람이 없을 때에는 이탈리아 여자처럼 정열적이지만, 세상 사람들이 개입하기만 하면 쌀쌀하게 점잔을 뺀다. 그런 때 규방에서 나온 영국여자 특유의 완전히 자유로운 태도와 심각한 무표정이며 침착한 목소리를 들으면, 누구보다도 가장 사랑받고 있는 남자라도 자기의 지배력을 의심하게 되는 것이다. 그 순간에 위선은 무관심에까지

도달한다. 영국 여자는 모든 것을 잊어버리는 것이다. 확실히 자기의 사랑을 옷처럼 벗어 던질 수 있는 여자는 사랑을 바꿀 수도 있다고 생각하게 한다. 그렇게 되면 여자가 손으로 수놓은 벽걸이처럼 사랑을 시작하거나 중단하거나 또 계속하거나 하는 것을 봄으로써, 상처 입은 자존심에 의해 흔들렸을 때의 마음의 물결은 어떤 폭풍을 일으키겠는가!

그런 여자들은 너무나 자제력이 강해서 완전히 상대방의 것이 될 수 없는 것이다. 세상 사람들의 영향력을 너무 인정하기 때문에 우리들의 지배는 전면적인 것이 되지 못한다. 프랑스 여자 같으면 화를 참고 있는 남자를 눈짓으로 위로하거나, 방문자에 대한 분노를 재치있는 조롱으로 슬쩍 발산시키지만 영국 여자의 침묵은 절대적이어서 영혼을 초조하게 하고 조바심을 갖게 하는 것이다. 그 여자들은 언제 어떤 경우에도 제일 화려한 척 뽐내기 때문에, 그녀들 대부분의 경우 유행 만능의 관념은 그녀들의 쾌락에까지 적용되지 않을 수 없다. 수줍음을 과장하는 사람은 사랑도 과장할 것이 틀림없다. 영국 여자가 그런 것이다. 영국 여자는 모든 것을 형식 속에 넣는다. 그러면서도 형식에의 사랑이 예술적인 감정을 빚어내지는 않는 것이다. 영국 여성이 어떤 말을 하건 프로테스탄트파와 가톨릭파가 그렇듯이, 영국 여자의 이성적이며 타산적인 사랑에 비해, 프랑스 여자의 영혼이 훨씬 우월하다고 인정하고 있는 차이를 설명하는 것이다. 프로테스탄트파는 신앙을 의심하고 음미하며 죽여 버린다. 그러므로 그것은 예술과 사랑의 죽음이다. 사교계가 지배하는 곳에서는 사교계 사람들은 복종하지 않으면 안 된다. 그러나 정열적인 사람들은 이내 사교계에서 달아난다. 사교계는 그들로서는 견딜 수 없는 것이다.

그러니 더들리 부인이 사교계를 도저히 버릴 수 없으며 또 브리타니아식 변덕이 부인에게는 친숙한 것임을 발견하고, 나의 자존심이 얼마나 상처를 입었겠는가를 당신은 짐작할 수 있을 줄 안다. 사교계가 부인에게 강요한 것은 희생이 아니었다. 그렇지 않고 부인은 서로 적대하는 두 가지 형식 아래 자기 자신을 자연스럽게 나타내고 있었던 것이다. 그 여자는 사랑할 적엔 정신없이 열렬히 사랑하고 있었다. 어느 나라의 어떤 여자든지 그 여자와는 비교가 되지 않았다. 그 여자는 한 나라의 후궁 전체와 맞먹었던 것이다. 그러나 그 몽환극의 무대에 막이 내리면 그 추억까지도 깡그리 잊고 만다.

부인은 시선에도 미소에도 대답하지 않는 것이다. 애인도 아니고 노예도 아니었다. 마치 말과 동작을 부드럽게 하지 않을 수 없는 대사 부인 같았다. 그 침착한 태도로 남의 마음을 초조하게 하고, 그 예절로 남의 마음을 모욕했다. 그리하여 사랑을 열광에 의해 이상에까지 높이는 것이 아니라, 최하의 구렁텅이에까지 낮췄던 것이다. 근심도 아쉬움도 욕망도 보이지 않았다. 그러나 주기적으로 갑자기 켜진 불 같은 애정이 솟구쳐 평소의 조심성 있는 태도를 비웃는 것같이 행동했던 것이다. 그 두 여자의 어느 쪽을 나는 믿어야 했을까? 그때 나는 앙리에트와 아라벨 사이의 무한한 차이를 무수한 고통으로 느꼈다. 모르소프 부인이 잠시 내게서 떨어져 있을 적엔, 마치 공기가 그녀를 대신해서 그녀에 관한 이야기를 나에게 속삭이는 것 같았다. 물러설 적엔 옷의 주름이 내 눈에 이야기를 하고 있었고, 그와 마찬가지로 돌아올 적엔 물결 같은 치맛자락 소리가 즐겁게 내 귀에 들려오는 것이었다. 눈을 내리깐 채 눈꺼풀을 살짝 뜨는 모습에는 무한한 부드러움이 있었다. 그 목소리, 그 음악적인 목소리는 끊임없는 애무였다. 그 사람이 얘기하는 어조는 알맹이가 있는 생각을 하고 있음을 입증했고, 인품은 언제나 한결같았다. 자기 마음을 한쪽은 열렬하고 다른 쪽은 냉담한 두 개의 세계로 나누거나 하진 않았다. 그리고 모르소프 부인은 재치와 사상의 정화를 자기의 감정을 표현하기 위해 남겨 두었고, 어린애들과 나에게는 관념에 의해 부드럽고 정답게 대해 주었던 것이다. 그러나 아라벨의 재치는 생활을 즐겁게 하는 데 도움이 되지 않았다. 그 여자는 그런 재치를 나를 위해서는 조금도 발휘하지 않았던 것이다. 그것은 다만 세상 사람들 앞에서 세상 사람들을 위해 존재했을 따름이다. 그 여자는 순전히 조롱적이었던 것이다. 나를 즐겁게 해주기 위해서가 아니라, 하찮은 취미를 만족시키기 위해 욕설을 퍼붓고 덤벼드는 것을 좋아했다. 모르소프 부인은 자기의 행복을 뭇사람의 눈에 띄지 않게 감췄겠지만, 아라벨 부인은 그것을 파리의 사교계에 보여 주고 싶어 하면서도, 나와 같이 브로뉴의 숲을 사뿐사뿐 걸으면서 잔뜩 새초롬한 얼굴로 점잔을 빼고 있었던 것이다. 남에게 으스대려는 태도와 괜히 빼는 태도, 사랑과 냉담과의 그 혼합을 풋나기인 동시에 정열적이기도 했던 내 마음을 끊임없이 해치고 있었다.

그리하여 어떤 기온에서 다른 기온으로 조금도 옮겨 가지 못했기 때문에 내 심정은 그 영향을 받았다. 내가 사랑하는 마음에 들떠 있을 때, 여자는 세상 사람들에 대한 체면을 생각하고 정숙함을 되찾는 판이었다. 내가 상대방 신경을 자극하지 않게끔 조심스럽게 불평을 말할 내색을 보이면 그 여자는 나에게 가시 돋힌 말을 던져, 내가 앞에서 묘사하려고 애쓴 그 영국식 농담에다 자기의 정열에 대한 자랑을 뒤섞어 버리는 것이었다. 나와 의견이 충돌되기가 무섭게 내 기분을 함부로 건드리고 나의 정신을 모욕하면서 재미있어 했다. 나를 밀가루 반죽 주무르듯 마음대로 주물렀다. 사람이 언제든지 지켜야 할 중용에 대해 주의를 주면, 나의 생각을 극도로 과장해서 그것을 웃음거리가 되게 함으로써 맞서는 것이었다. 그녀의 태도를 비난하면, 파리의 사교계 사람들 앞에서나 이탈리아 극장 같은 데서 키스하라느냐고 하면서 대들었다. 지나치게 정색을 하고 그런 말을 하는 바람에 자기 소문이 퍼뜨려지기를 바라는 부인의 집념을 잘 알고 있는 나는, 부인이 그런 짓을 정말 하게 되지 않을까 하고 은근히 겁이 났다. 아라벨의 정열은 진실된 것이었음에도 불구하고, 나는 앙리에트에게서 찾아볼 수 있었던 것 같은 차분하고 맑고 은근한 것은 전혀 느끼지 못했다. 그 여자는 언제나 모래땅처럼 건조하여 만족할 줄 몰랐던 것이다. 모르소프 부인은 늘 침착해서 조그마한 억양이나 시선 속에서 내 마음을 느끼곤 했다. 그런데 후작 부인은 시선이나 악수며 보드라운 한 마디의 말 같은 것에는 결코 항복하지 않았다. 그뿐 아니다! 전날 밤의 행복도 이튿날엔 아무것도 아니었다. 어떤 사람의 증거에 대해서도 놀라지 않는 그 여자는 거친 움직임이나 소동이나 떠들썩한 일을 무척 좋아했으니, 아마 어떤 짓을 해도 그런 종류의 아름다운 이상에는 도달하지 못할 것이다. 그리고 그런 것들을 위해 그 여자의 맹렬한 사랑의 노력이 생겨난 것이다. 아라벨의 거대한 환상 속에서는 내가 아니라 아라벨 자신이 문제였던 것이다. 모르소프 부인의 편지는 여태까지도 나의 생활을 비추고 있는 광명이며, 나의 모든 운명에 대해 끊임없는 주의와 한결같은 이해를 보여 주면서 가장 정숙한 여자가 프랑스 여자의 참된 가치를 살리리라는 그 태도를 증명하는 것이었다. 그 편지는 나의 물질적인 이해나 정치적인 관계, 정신적인 성공에 대해 앙리에트가 얼마나 걱정해 주었고, 허용된 한계에서 나의 생명을 얼마나 뜨거운 마음으로 포옹해 주었는가를 당신에게 충분히 이해하게 해주었음이 틀림없다. 그러나 더들리 부인은 그와

3. 두 여인

같은 모든 점에서 단순히 알고 지내는 사람처럼 무관심한 태도를 취하고 있었다. 그 여자는 나와 관계있는 일에 대해서, 나의 재산에 대해서도, 내가 하는 일에 대해서도, 나의 생활상의 어려운 문제에 대해서도, 내 증오에 대해서도, 남자로서의 나의 우정에 대해서도 한 번도 알고 싶어하지 않았다. 남에게 선심을 잘 쓰진 않지만 자기 자신을 위해서는 낭비가인 그 여자는, 아닌게아니라 이해와 연애를 좀 지나치게 분리하고 있었다.

그런데 그런 경험은 실지로 없기는 했지만 앙리에트 같으면 슬픔을 피하기 위해, 자기 자신을 위해서는 찾지 않는 일이라도 나를 위해서라면 찾아 주었으리라는 것을 알고 있었던 것이다. 가장 높은 지위에 있으며 가장 부유한 사람들에게 들이닥칠 수 있는 불행——역사는 그것을 증명하고 있다!——의 하나에 부딪히기라도 했다면, 나는 누구보다도 먼저 앙리에트와는 의논했을지 모르나 더들리 부인에게는 한 마디도 하지 않고 감옥에 끌려갔을 것이다.

지금까지의 대조는 주로 감정에 관한 것이지만 사물에 관해서도 마찬가지였다. 사치는 프랑스에선 인간의 표현이며, 인간의 관념이나 인간의 특별한 시정(詩情)의 재현이다. 그것은 성격을 물들이며 사랑받고 있는 인간의 지배적인 사상을 우리 주위에 빛냄으로써 애인들 사이에서, 아주 작은 배려에도 가치를 부여하는 것이다. 그러나 영국의 사치는 빈틈없이 정묘(精妙)하기 때문에 나도 한때는 마음이 끌렸으나 역시 기계적인 것이었다. 더들리 부인의 사치는 조금도 자기 자신에게서 우러난 것이 아니고, 순전히 그것은 남으로부터 온 것이며 돈으로 사들인 것이다. 클로슈구르드에서의 정성어린 무수한 배려는 아라벨의 눈으로 볼 때 하인들이 할 일이었다. 하인들의 개개인에게는 저마다의 의무와 전담 분야가 있다. 제일 훌륭한 하인을 선택하는 것은 집사가 할 일이다. 마치 말이라도 선택하는 것처럼. 그 여자는 자기가 부리는 하인들에 대해 조금도 애착이 없었고, 그들 가운데 가장 귀중한 인간이 죽어도 전혀 슬퍼하지 않았을 거고, 돈만 내면 그보다 못지않은 유능한 인간을 다시 고용할 수 있다는 생각뿐일 것이다. 이웃에 대해서는 어떤가 하면, 남의 불행에 대한 눈물 따위는 그 여자의 눈에선 한 번도 보지 못했다. 그뿐 아니라 절대로 웃지 못할 만큼 소박한 이기주의까지 가지고 있었다. 귀부인의 의상이 그 청동의 본성을 감싸고 있었다. 밤이면 양탄자 위에서 마구 뒹굴면서 사랑의 온갖 광란의 방울을 울리는 환락의 화신 같은 그 요염한 모습이 대번에 한 젊은이를 무정하고 냉혹한 그 영국 여자와 화해시켰던 것이다. 그래서 아무리 씨를 뿌려도 조금도 수확을 가져올 리가 없었던 응회암을 나는 조금밖에는 깨닫지 못했던 것이다. 모르소프 부인은 잠깐 그 여자를 봤을 뿐이지만 이내 그 본성을 간파했다. 나는 부인의 예언적인 말이 생각났다.

만사가 앙리에트의 말대로였다. 아라벨의 사랑은 나로서는 견디기 어렵게 된 것이다. 나는 그 후 말을 잘 타는 여자는 대개 부드럽지 못하다는 것을 깨달았다. 아마존(그리스 신화에 나오는 거인 여자 전사. 활을 쏘기 위해 오른쪽 젖가슴을 잘라냈다고 한다)의 여인들과 마찬가지로 그녀 심장의 어느 부분이, 나로서는 알 수 없는 어느 부분이 굳어져 있는 것이다.

나는 그 속박 속에서 몸과 마음이 모두 지쳐 버려 진실한 감정이 사랑에 주는 신성한 것을 깨달았을 때, 멀리 떨어져 있는데도 클로슈구르드의 장미꽃 향기며 그 동산의 체온을 호흡하고 또 나이팅게일의 노랫소리를 들으면서 그곳의 추억에 시달리고 있었다. 그 속박의 무게를 느끼기 시작했을 때, 물이 부쩍 줄어든 격류의 돌투성이 밑바닥을 깨달은 그 무서운 순간에 나는 타격을 받아, 그것은 지금까지도 나의 생활 속에 메아리치고 있을 지경이다. 어쨌든 쉴새없이 메아리치고 있으니 괴롭기 그지없다. 나는 왕실에서 일하고 있었다. 국왕은 네 시에 외출하실 예정이었는데 르농쿠르 공작이 당직이었다. 국왕은 공작이 들어오는 것을 보자 백작 부인의 소식을 물으셨다. 나는 얼른 고개를 들었으나 그것은 너무나 의미심장한 동작이었다. 국왕은 그런 동작이 비위에 거슬려 나에게 힐끔 시선을 던지셨는데 그런 뒤에는 언제나 날카로운 말씀이 튀어나오는 것이었다.

「폐하, 소신의 불쌍한 딸은 거의 죽어 가고 있답니다.」 공작은 대답했다.

「황공하옵니다만 소신에게 휴가를 내려 주시옵기를 바랍니다.」 나는 국왕의 질책을 각오하면서 눈물어린 눈을 들고 간청했다.

「어서 달려가 보도록 하라. 영국 귀족이여(펠릭스가 더들리 부인과 관계를 맺고 있는 것을 풍자한 말인 듯하다)!」 폐하는 한 마디마다 경구를 인용하는 것이 자랑스러워 화사하게 웃으며 말씀하셨다. 자신의 그런 재치를 스스로 흐뭇하게 여기신 나머지 나를 꾸짖지 않으신 것이다. 공작은 아버지이기 전에 조신(朝臣)의 한 사람으로서 휴가를 신청하지 않고 국왕의 마차에 함께 탔다. 나는 더들리 부인에게 작별 인사를 하지 않은 채 떠났다. 다행히 부인은

3. 두 여인

외출중이었기 때문에 나는 국왕의 사명을 띠고 떠났다는 편지를 써놓았다. 크르와 드 베르니에서 마침 베리에르에 행차하셨다가 돌아오시는 폐하와 만났다. 국왕은 바친 꽃다발이 발밑으로 떨어지는 걸 보시지도 않고 나에게 시선을 던지셨지만, 그 눈길은 심각한 풍자로 상대방을 압도하는 왕자의 그것이었고, 이렇게 말하고 있는 것같이 보였다.『정계에서 그럴 듯한 사람이 되고 싶으면 이내 돌아오게! 송장을 둘러싼 문제를 의논하면서 허송세월을 보내선 안 돼!』공작이 나에게 울적한 듯한 손짓을 해보였다. 여덟 마리의 말이 끄는 두 대의 화려한 마차와 금테를 두른 연대장들, 그리고 의장대와 그 모래 먼지의 소용돌이는「국왕 폐하 만세!」소리 속을 이내 지나가고 말았다. 나로서는 자연이 우리들의 파국에 대해 보이는 무감각한 태도로써, 궁전이 모르소프 부인의 유해를 짓밟은 것같이 생각되었다. 공작은 훌륭한 인물이긴 했으나, 국왕이 침실에 드신 뒤에는 아마 왕제 전하를 따라 스위트 놀음을 하러 갔을 것이다. 그리고 공작 부인은 더들리 부인과의 일을 딸에게 알려 줌으로써 벌써 훨씬 전에 큰 타격을 준 유일한 사람이었던 것이다.

나의 황망한 여행은 꿈, 파산한 도박꾼의 꿈과 같았다. 나는 전혀 기별을 듣지 못한 것을 생각하고 절망에 빠져 있었다. 고해신부는 내가 클로슈구르드에 접근하는 것을 금지할 만큼 엄격했을까? 나는 마들레느와 자크와 도미니스 신부, 그리고 모르소프 씨까지도 모두 비난했다. 투르를 지나 퐁세로 빠지는 미루나무 가로수길――그 무렵 알지 못했던 부인을 찾아 헤매었을 때 그처럼 감탄했던 길――에 내려가려고 생 소베르의 다리를 건넜을 때 오리제 씨를 만났다. 그는 내가 클로슈구르드로 가는 길인 줄 짐작했고 나는 그가 거기서 돌아오는 길이라는 것을 알았다. 우리는 서로 자기 마차를 멈추고 내렸다. 나는 소식을 듣기 위해, 그는 그것을 알리기 위해.

「모르소프 부인의 병세는 어떤가요?」나는 물었다.

「당신이 도착할 때까지 살아 계실는지 의심스럽군요.」그는 대답했다. 「무서운 임종이에요. 쇠약사입니다. 지난 유월에 내가 왕진 갔을 때 벌써 어떤 의학의 힘으로도 병을 극복할 수 없었던 거예요. 모르소프 씨는 자기 자신에게도 그런 증상이 있다고 생각하고 있었으니까. 당신에게도 얘기했겠지만, 부인에겐 그런 무서운 증상이 있었던 겁니다. 그때 백작 부인은 내부적인 번민에 의한 기능 혼란의 일시적인 영향하에 있었던 것만은 아니예요. 그 정도의 원인이면 의학의 힘으로 눌러서 회복시킬 수도 있지요. 그렇지 않으면 초기적인 발작이 일어나는 경우에도 그 장애는 치유할 수 있지만 그것도 아닙니다. 그게 아니고 부인의 병은 어떻게 손쓸 방법이 없을 지경에 이른 것입니다. 그건 치명상이 단도의 일격의 결과인 것처럼, 심로(心勞)가 불치의 결과인 거예요. 그런 병은 심장과 마찬가지로 생명을 유지하는 데 필요한 기관이 활동하지 않는 데서 생깁니다. 말하자면 심로가 단도 구실을 한 거지요. 이건 틀림없는 사실이에요! 모르소프 부인은 무언가 알 수 없는 마음의 고통으로 죽어 가고 있는 거예요.」

「알 수 없는 마음의 고통이라구요!」 나는 되뇌었다. 「애들은 앓고 있지 않던가요?」

「애들은 건강해요.」 그는 의미심장한 말투로 말했다. 「그리고 부인의 병이 심해지면서부터는 모르소프 부인을 괴롭히지 않게 됐어요. 나로서는 인제 어쩔 수도 없습니다. 아제이의 델랑드 씨만으로 충분해요. 요법은 없고 고통은 몹시 심하답니다. 돈 있고 젊고 미인인 그런 분이 굶주림 탓으로 늙어서 말라죽게 되다니……. 어쨌든 굶어죽을 거예요! 밥주머니가 막혀 버린 것 같이 돼서 벌써 사십 일 동안이나 어떤 음식도 받아 주질 않거든요. 어떻게 요리를 해줘도 소용 없어요.」

오리제 씨는 내가 내민 손을 힘주어 잡았다. 그는 경의를 나타내는 것 같은 몸짓으로 나와의 악수를 원하고 있었다고 말할 수 있을 정도였던 것이다. 「그럼 조심해서 가세요.」 그는 하늘을 쳐다보며 말했다.

그의 말은, 나와 부인이 나누어 가지고 있으리라고 짐작되는 마음의 고통에 대해 동정을 나타내고 있었다. 그는 자기가 한 말에 독약을 바른 화살이 있으리라고는 꿈에도 생각지 않았지만 그의 말은 내 마음에 화살처럼 박혔던 것이다. 나는 부리나케 마차에 올라타고는 만일 부인이 세상을 떠나기 전에 닿게만 하면 톡톡히 한턱 내겠노라고 마부에게 약속했다.

나는 몹시 초조했지만 불과 몇 분 안에 닿은 것 같았다. 나의 영혼 속에서 볶아치고 있었던 비통한 생각에 그만큼 몰두해 있었던 것이다. 부인은 슬픔 때문에 죽게 됐고 아이들은 건강하다? 그러고 보면 부인이 죽게 된 것은 내 탓인 것이다! 위협하는 듯한 나의 양심은 한평생, 또는 죽은 후에까지도

3. 두 여인 257

메아리칠 그런 가혹한 선고를 내렸다. 인간의 심판에는 얼마나 약한 것, 무력한 것이 있는가! 그것은 명백히 드러난 행위에 대해서밖에 복수하지 않는 것이다. 단숨에 죽이거나 상대방이 자고 있을 때 유유히 덤벼들어 영원히 잠들게 하거나, 또는 상대방에게 임종의 고민을 면하게 해주고 별안간에 쓰러뜨리는 살인자에게 왜 죽음과 치욕을 주는가? 영혼 속에 한 방울씩 쓴물을 부어넣어 육체를 좀먹게 하면서 그것을 파괴하는 살인자에겐 왜 행복한 생활을 주며 왜 존경하는가? 얼마나 숱한 살인자들이 벌을 받지 않고 있는가! 그럴 듯한 악덕에 대해서는 얼마나 친절한가! 정신적인 박해로 생기는 살인은 왜 방면하는가! 사회를 감추고 있는 다채로운 장막을 어떤 복수의 손이 느닷없이 걷었다. 그리하여 나는 당신도 잘 알고 있는 희생자들을 몇 사람 보았다. 내가 떠나기 며칠 전에 빈사 상태로 노르망디를 향해 떠난 보세앙 부인(발자크 작품의 등장 인물), 사회에서 매장된 랑제 공작 부인(발자크의 작품 《랑제 공작 부인》의 여주인공)! 브랜든 부인은 레느에 도착하여, 그 더들리 부인이 두 주일 동안 묵었던 초라한 집(발자크의 작품 《석류 저택》. 여기에는 작자 자신이 베르니 부인과 함께 묵은 적이 있었다)에 죽으러 왔었지만, 얼마나 무서운 결말로 죽게 되었던가! 당신은 잘 알 줄 안다! 현대에는 그런 종류의 사건이 수없이 많다. 질투를 이기지 못해 음독 자살한 그 가엾은 젊은 여자(발자크의 작품 《경박한 여자의 성쇠기》에서 루시앙 드 뤼 방플레에게서 버림받은 에스테르 고브세크)를 모르는 사람이 있을까? 미상불 모르소프 부인도 그런 질투 때문에 목숨을 잃게 되는 것이다. 등에에 찔린 꽃처럼 결혼한 지 이 년만에 쇠약할 대로 쇠약해진 그 가련한 젊은 운명 앞에서 누가 전율하지 않겠는가? 그 여자는 철없는 무지의 희생이었으며 어떤 얼빠진 놈팡이의 희생물이었던 것이다. 롱크롤, 몽리보, 드 마르세(세 사람 다 발자크의 다른 작품에 나오는 등장 인물이다)가 그들의 정치적 계획에 도움이 된다고 해서 그 얼빠진 녀석에게 협력해 주었던 것이다. 어떤 간청에도 굴복하지 않았고, 남편의 부채를 깨끗이 청산해 주고 나서 두 번 다시 남편을 만나려 하지 않았던 그 여자의 마지막 무렵의 이야기에 감동하지 않는 사람이 있을까? 데글르몽 부인(발자크의 작품 《삼십 세의 여인》의 여주인공)은 바로 눈앞에 무덤을 보지 않았던가, 그리고 우리 형이 도와 주지 않았더라면 살 수 있었을까? 세상 사람들이나 학문도 그와 같은 범죄의 공범자이며, 거기에 대한 중죄 재판소는 존재하지 않는 것이다. 마치 슬픔이나 절망, 사랑이나 드러나지 않은 비참한 일, 그리고 재배되어도 열매를 맺지 않아 끊임없이 다시 심어졌다가도 뿌리째 없어지고 마는 희망, 그런 것으로는 누구 하나 죽지 않는 것 같다. 새로운 술어집에는 온갖 것을 설명하기 위한 교묘한 단어가 있다. 위염, 심낭염, 말하기가 거북한 명칭의 여러 가지 부인병, 그런 것들이 위선적인 눈물의 전송을 받는 관(棺)에 통행 허가증 구실을 하며, 그 눈물은 공증인의 손에 의해 깨끗이 닦여진다. 그런 불행의 밑바닥에는 우리가 알지 못하는 어떤 법칙이 있는 것일까? 백만장자가 많은 소기업의 노력을 합병해 버리는 것과 마찬가지로, 백 세의 장수를 누린 사람은 사정없이 죽은 이들을 땅바닥에 넘어뜨리고, 그 주위의 땅바닥을 말려서 자기가 거기에 우뚝 서는 것일까? 온순하고 상냥한 생물을 탐내어 먹는 힘센 유독한 생명이 있는 것일까? 이게 도대체 웬일일까! 그러면 나는 호랑이나 이리의 종족에 속해 있었던가? 회한이 그 불타는 듯한 손가락으로 나의 심장을 죄고 내 뺨을 눈물로 적셨을 때, 나는 클로슈구르드의 가로수길에 접어들었다.

시월의 습기찬 아침이어서, 앙리에트가 지시해서 심어 놓은 미루나무의 마른 잎이 간간이 떨어지고 있었다. 그 가로수 길에서 얼마 전에 앙리에트가 나를 도로 불러들이려는 듯이 손수건을 흔들지 않았던가! 아직 살아 있을까? 수그린 내 머리 위에 그 흰 두 개의 손을 다시 느낄 수 있을까? 한순간 나는 아라벨이 가져다 준 쾌락에 대해 대가를 지불했다고 생각했는데, 그것은 엄청나게 비싼 값이어서 바가지를 썼다고 생각했다! 나는 절대로 그 여자를 만나지 않을 것을 스스로 다짐하면서 영국을 증오했다. 더들리 부인은 영국 여자들 중에서도 변종이긴 하지만, 나는 모든 영국 여성을 나의 판결 속에서 도매금으로 처리해 버렸던 것이다.

클로슈구르드에 들어가자 나는 새로운 타격을 받았다. 자크와 마들레느와 도미니스 신부가 다같이 나무 십자가 앞에 무릎을 꿇고 있는 것이 보였다. 그 십자가는 철책을 만들 때 울타리 안에 들어온 땅바닥 한구석에 세워져 있었다. 그것을 백작도 부인도 치워 버리려고는 하지 않았다. 나는 마차에서 뛰어내려 눈물에 젖은 얼굴인 채 그들에게로 갔다. 내 마음은 하느님에게 빌고 있는 두 어린애와 그 장중한 인물을 보고 갈기갈기 찢어질 것만 같았다.

3. 두 여인

늙은 조마사도 몇 걸음 떨어진 데서 모자를 벗고 서 있었다.

「좀 어떻습니까?」 나는 도미니스 신부에게 물으면서 자크와 마들레느의 이마에 키스했으나, 두 사람은 기도를 멈추지 않은 채 차가운 시선을 던졌다. 신부는 일어섰다. 나는 그의 팔을 잡고 기대면서 말했다. 「아직 괜찮은가요?」 그는 구슬픈 듯한 부드러운 동작으로 끄덕였다. 「우리들의 십자가를 지신 주의 이름으로 비오니 제발 말씀해 주세요! 왜 이 십자가 앞에서 기도를 드리고 계십니까? 왜 부인 곁에 계시지 않고 여기까지 나오셨습니까? 이렇게 추운 날 아침에 왜 애들은 바깥에 있는 겁니까? 죄다 말씀해 주세요. 내가 잘 몰라 무슨 실수라도 안 하게 말입니다.」

「며칠 전부터 부인은 일정한 시간밖엔 아이들을 만나고 싶어하시지 않습니다.」 신부는 잠시 입을 다물었다가 다시 말을 이었다. 「아마 모르소프 부인을 만나기 전에 몇 시간 기다리셔야 할 겁니다. 마치 딴 사람같이 변했습니다. 그렇지만 면회하기 전에 미리 마음의 준비를 갖추도록 해드리는 게 좋을 듯싶습니다. 공연히 더 괴로워하시면 안 될 테니까요……. 죽음이라는 건 은총이긴 하겠지만.」

나는 그 성직자의 손을 힘껏 잡았다. 그 사람의 시선과 목소리는 나의 상처를 건드리지 않고 그것을 위로해 주었던 것이다.

「우리는 모두 여기서 부인을 위해 기도를 드리고 있는 겁니다.」 그는 말을 이었다. 「그렇게 맑은 마음으로 죽음을 각오하고 있던 그분이 요즘 며칠 동안 죽음을 은근히 두려워하는 것 같고, 앓지 않고 있는 사람들에게 처음으로 시기하는 듯한 어두운 눈길을 던지고 계시더군요. 부인의 미망은 내가 보기엔 죽음에 대한 공포 때문이기보다 오히려 내심의 도취에서 오는 거라고 생각됩니다. 말하자면 젊어서 시든 꽃이 시들어 가면서 활짝 피는 것과 같은 셈이지요. 그렇지요, 악마가 그 아름다운 영혼을 천국에서 빼앗아 가려고 하고 있는 겁니다. 부인은 지금 감람산의 싸움을 경험하고 계시는 중입니다. 결혼한 입다(입다의 딸이라고 해야 옳다. 입다는 여호와에 대한 맹세를 지키기 위해 외딸을 제물로 바쳤다. 그리하여 딸은 처녀인 채 죽는 것을 한탄했다. 〈사사기〉 제 11 장 29 절 이하)라고나 해야 할 그분의 머리를 장식하고 있었던 백장미가 한 송이씩 떨어지고 있는 걸 보고 눈물을 흘리고 계시는 거예요. 잠깐 기다리세요. 아직은 가지 마세요. 당신은 궁중 생활의 밝은 빛을 가져다 주게 될 거고, 부인은 당신 얼굴에서 사교계의 화려한 흔적을 보시고 더욱 한탄하실 겁니다. 하느님 자신부터도 인간이 되신 자기 아들을 용서해 주신 약한 마음을 가엾이 여겨 주십시오. 그리고 상대할 적이 없는 싸움에서 이기는 일에 어떤 공적이 있겠습니까? 부인의 고해 신부나 내가——부인의 눈에 해롭지 않을 늙은 사람들이——부인에게, 비로토 신부가 삼가라고 말씀하신 흥분, 뜻밖의 회견에서 오는 흥분에 대비하는 마음의 준비를 거들어 드리는 걸 양해해 주십시오. 그러나 이 세상의 사물 속에는 눈에 보이지 않는 하느님의 뜻이 실처럼 늘어져 있어서, 그건 종교의 눈으로는 볼 수 있는 겁니다. 그리고 당신이 여기에 오신 건 아마 정신 세계에서 반짝이면서 사람을 요람으로 이끌기도 하고 무덤에 데리고 가기도 하는, 그런 천상의 별의 하나가 인도해 주었기 때문일 겁니다……」

그는 이슬처럼 마음에 젖어드는 그 감동적인 웅변을 구사하면서 나에게 말했다. 반 년 전부터 백작 부인은 오리제 씨가 간호한 보람도 없이 날마다 고통이 심해졌다. 의사는 두 달 동안 밤마다 클로슈구르드에 와서 그 희생자를 살려 보려고 노력했다. 부인은 살려 달라고 말하고 있었던 것이다. 「그렇지만 몸을 치료하려면 먼저 마음의 병이 나아져야 합니다!」 어느 날 늙은 의사는 그렇게 외쳤다.

「병이 악화됨에 따라 그렇게 상냥했던 부인의 말에 가시가 돋치기 시작하더군요.」 도미니스 신부는 또 그렇게 말했다. 「하느님에게 자기를 불러 달라고 하는 것이 아니라 대지에 더 머물러 있게 해달라고 외치는 거예요. 그리고는 또 하느님의 뜻에 대한 불평을 한 걸 뉘우치곤 하더군요. 그렇게 되풀이하는 바람에 부인의 마음은 여러 갈래로 찢어지고, 육체와 영혼과의 싸움은 더욱 무서운 것이 되었지요. 육체가 이길 때도 있었습니다. 언젠가는 마들레느와 자크를 자기 침대에서 밀어내면서, 『너희들에게 난 무척 시달렸다!』 이런 말까지 하셨어요. 그러나 그때 나를 보고 하느님에게로 마음이 쏠려서 마들레느한테 이렇게 부드러운 말을 해주셨습니다. 『이젠 두 번 다시 행복해질 수 없는 사람들에겐 다른 사람들의 행복이 기쁨이 되는 법이다.』 그리고 그건 아주 비통한 어조여서, 나는 눈시울이 뜨거워지는 걸 느꼈습니다. 부인이 좌절하시는 건 사실입니다. 그렇지만 발을 잘못 디딜 때마다 더욱 하늘을 향해 가까이 일어설 수 있는 겁니다.」

3. 두 여인   261

　우연히 나에게 알려진 연속적인 그런 전언은 그 불행의 대합주 속에서, 숨지는 사랑의 커다란 외침이라고 하는 주선율을 비통한 전조(轉調)로써 준비하는 것이었는데, 나는 그런 말을 듣고 감동한 나머지 소리쳤다.「어떨까요, 잘려진 그 아름다운 백합은 천국에서 다시 피게 될까요?」
　「당신이 부인 곁을 떠날 적엔 여전히 꽃과 같은 모습이었습니다.」그는 대답했다.「그렇지만 당신은 그것이 고뇌의 불 속에서 죄다 타버리고 정화되어, 아직 재 속에 묻혀 있는 다이아몬드처럼 순수하다는 걸 발견하실 겁니다. 그렇죠, 천사 같은 그 빛나는 정신은 구름 속에서 찬연히 빠져나가 광명의 왕국에 가실 겁니다.」
　고마운 마음이 솟구쳐 내가 그런 복음을 전해 주는 사람의 손을 덥석 잡았을 때, 백작이 아주 하얗게 센 머리를 바깥으로 내밀더니 놀란 듯한 몸짓으로 나를 향해 달려왔다.
　「아내가 한 말이 맞았군! 기어이 왔군그래.『펠릭스, 펠릭스예요, 펠릭스가 왔어요!』아내가 그렇게 큰소릴 냈거든.」그는 공포에 떠는 시선을 나에게 던지면서 말했다.「여기엔 사신(死神)이 있소. 사신은 왜 전에 달라붙은 적이 있는 나 같은 늙은 것을 잡아가지 않았는지 몰라……」
　나는 용기를 내어 저택 쪽으로 걸어갔다. 그러나 잔디밭을 지나 현관으로 가는 긴 복도의 문지방 위에서 비로토 신부가 나를 붙잡았다.
　「부인은 아직 방안에 들어오시지 말라고 부탁하십니다.」그는 말했다.
　문득 보니 하인들이 슬픔에 잠겨 어쩔 줄 몰라 하면서도, 마네트의 지시를 받았는지 모두 당황해서 분주히 오가고 있었다.
　「무슨 일인가요?」백작은 그렇게 물었는데, 본래 지니고 있던 불안감과 마찬가지로 무서운 돌발사에 대한 두려움이 앞섰기 때문에 그런 소동에 겁을 집어먹고 있었던 것이다.
　「환자의 변덕입니다.」신부는 대답했다.「부인께서는 그대로의 모습으로는 자작님을 맞아들이고 싶지 않으시다면서, 옷을 갈아입겠다고 우기시는군요. 마다할 수 없지 않겠습니까?」
　마네트는 마들레느를 데리러 갔다. 그리고 우리는 마들레느가 어머니 방에 들어갔다가 잠시 후에 나오는 것을 보았다. 이윽고 자크와 그의 아버지와 두 사람의 신부와 나, 이렇게 다섯 사람은 말없이 잔디밭을 향한 정면을 따라 걸으면서 건물을 지나갔다. 나는 몽바종과 아제이를 번갈아 보았고 누렇게 물든 골짜기를 바라보았다. 그 쓸쓸한 골짜기는 그때에도 여느 때와 마찬가지로 나를 흔들고 있는 감정에 대답해 주고 있었다. 갑자기 그 귀여운 소녀가 꽃다발을 만들려는 생각에선지, 가을 꽃을 찾아 여기저기로 다니면서 꽃을 따고 있는 모습이 눈에 띄었다. 나의 따뜻한 사랑의 복제가 의미하는 것을 생각해 보니 어쩐지 심장이 마구 흔들려 나는 현기증을 느끼면서 비틀거렸다. 그래서 양쪽에 있던 두 사람의 신부가 나를 부축해서 동산의 가장자리 돌 위에까지 데려다 주었다. 나는 얼마 동안 기운없이 우두커니 거기에 앉아 있었으나, 의식을 완전히 잃어버리지는 않았다.

「안됐소, 펠릭스.」백작은 말했다.「아내가 한사코 당신한테 편지를 내지 못하게 했소. 그 사람은 당신이 자기를 얼마나 사랑하고 있는가를 알고 있다오!」

나는 고통을 겪을 것을 각오하고는 있었지만, 나의 행복의 모든 추억을 모조리 요약한 것 같은 배려에 대해서는 도저히 견딜 수 없었다. 나는 생각했다.『바로 이거다. 해골처럼 말라 버린 이 거친 들판, 흐릿한 햇빛을 받고 있는 그 한가운데에는 꽃이 피어 있는 덤불이 한군데 있었지. 지난날 돌아다녔을 때 그걸 바라보면, 늘 불길한 전율을 느끼곤 했었지. 그것이 침통한 현재를 암시하고 있었던 것이다!』

전에는 그토록 생기있고 활기에 넘치던 이 작은 성관 안에서는 이제 모든 것이 음산했다! 모든 것이 슬퍼하고 모든 것이 절망과 유기(遺棄)를 말해 주고 있었다. 마당 안의 오솔길도 청소를 반쯤 하다 말았고, 시작된 공사도 중지되었으며, 일꾼들은 우두커니 서서 저택을 바라보고 있었다. 포도밭에서는 포도를 따고 있었으나, 말소리도 어떤 소리도 전혀 들리지 않았다. 사람이 하나도 없나 싶을 정도로 깊은 침묵에 싸여 있었다. 우리는 슬픔 때문에 예사로운 말을 할 수 없는 사람들처럼 묵묵히 걸어 갔고, 백작이 하는 이야기에 귀를 기울이고 있었다. 우리들 중에서 얘기하고 있는 사람은 그뿐이었다. 백작은 아내에 대해 품고 있는 기계적인 애정에서 나온 말을 하고 나서, 건강하지 못한 정신 상태 때문에 자연히 부인에 대한 불평을 말하게 되었다. 부인은 그가 좋은 의견을 이야기해도 귀를 기울이려 하지 않았고, 자신을 위하려고도 하지 않았던 것이다. 그는 누구보다도 먼저 병의 징조를 알고 있었다. 왜냐하면 자기 병에 대해 그런 징조를 연구했고 섭생 요법에만 의존해서, 또 모든 강한 흥분을 피함으로써 자기 혼자의 힘으로 완쾌했던 것이다. 그러니 부인의 병도 치료해 줄 수 있었겠지만 남편으로서는 그런 책임을 질 수 없고, 모든 일에서 자기의 경험이 무시당하는 것을 보지 않을 수 없는 불행한 입장에서는 더구나 그럴 수밖에 없었다는 것이다. 그의 의견을 물리치고 부인은 오리제를 주치의로 선택했던 것이다. 오리제는 전에도 자기를 그릇된 방법으로 치료하더니, 이번에는 아내를 거의 죽이려 하고 있다. 만일 그런 병의 원인이 지나친 슬픔에 있다면 자기야말로 그런 병에 걸릴 온갖 조건 속에 있다는 것이다. 그러나 아내의 슬픔이란 대관절 어떤 것이었는가? 백작 부인은 행복했다. 고생도 안 했고 부자유도 없었다! 부부의 재산은 그의 노력과 그의 좋은 아이디어로 만족할 만한 상태가 되었다. 자기는 아내가 클로슈구르드에서 어떤 일이든지 마음대로 하게 해주었다. 아이들은 잘 자라서 건강하니 이제는 아무 걱정도 없다. 그렇다면 도대체 어디서 불행이 왔다는 말인가? 그렇게 백작은 떠들어대면서 어리석은 비난에다 절망의 표현을 뒤섞었던 것이다. 그러다가 무언가 회상하면서 그 고귀한 부인에게 어울리는 칭찬의 말을 중얼거리더니, 오래 전부터 말라 버렸던 그의 눈에서 눈물이 몇 방울 떨어지는 것이었다.

　이윽고 마들레느가 달려와서, 어머니가 나를 기다리고 있다고 알렸다. 비로토 신부가 나를 따라왔다. 소녀이면서도 듬직해 보이는 마들레느는 부인이 나와 단둘이만 있고 싶어한다고 말했고, 또 여러 사람이 있으면 피곤할 것이라는 이유로 아버지 곁에 머물러 있었다. 그 순간의 장중한 분위기는 인생의 중대한 국면에 즈음하여 우리들을 압도하는, 내부는 뜨겁고 외부는 서늘한 그런 인상을 나에게 주었던 것이다. 비로토 신부는 하느님이 부드러움과 단순함을 가지고 장식함으로써, 또한 인내와 자비를 부여함으로써, 하느님의 종족으로 점을 찍어 놓은 사람들 중의 한 사람으로서 나를 옆으로 끌고 가서 말했다.

　「여보시오, 나는 부인과 당신과의 면회를 막기 위해 인간으로서 가능한 모든 방도를 강구했다는 걸 알아야 할 겁니다. 그 성녀를 구하기 위해선 그럴 필요가 있었던 거예요. 내 눈엔 그 사람만 있었고 당신은 없었습니다. 당신은 지금 천사들에 의해 접근이 금지되었어야 할 부인을 다시 만나게 되는 거지만, 이걸 알고 있어야 할 겁니다. 나는 그분을 당신 자신에 대해, 또 그분 자신에 대해서도 지켜 드리기 위해 당신들 사이에 머물러 있을 것이라는 점입니다. 그분의 약해진 마음을 조심스레 위로해 주세요. 내가 당신에게 그분을 동정해 줄 것을 부탁하는 것은, 성직자로서 그러는 게 아닙니다. 단지 당신이 여태까지 가져 보지 못했던, 그리고 당신이 후일 뉘우치게 되지 않기를 바라는 조심스런 친구로서 그러는 겁니다. 우리에게 다시없이 소중한 그 환자는 굶주림과 목마름 때문에 죽으려 하고 있는 거예요. 오늘 아침부터는 그 무서운 죽음의 징조인 열띤 몸부림에 시달리고 있습니다. 그리고 나는 그분이 얼마나 살고 싶어하는지 당신에게 숨길 수 없군요. 반항하는 육체의 절규는 내 마음속에서 꺼져 가지만, 그것은 지금까지도 부드러운 반향으로 내 마음을 괴롭히고 있습니다. 그렇지만 도미니스 신부와 나는 그와 같은 정신적인 단말마를 이 댁의 고귀한 가족에게 보이지 않으려고, 이런 종교적인 임무를 맡은 겁니다. 가족들은 아침저녁으로 우러러보는 별인 그의 모습을 분간 못할 지경이 됐거든요. 아무튼 주인 어른도 아이들도 하인들도 모두 이렇게 묻는 판입니다. 그분은 어디 있느냐고. 부인은 이렇게까지 변했습니다. 당신을 보시면 또 한탄하시게 될 거예요. 그러니 당신은 사교계 사람으로서의 생각을 버리시오. 마음속의 허영심을 버리고, 부인에게 지상의 인간이 아니라 천상의 조수가 돼주시오. 그 성녀가 절망적인 말을 중얼거리면서 하느님에 대한 의심을 품은 채 돌아가지 않도록 힘써 주시길 바랍니다.」

  나는 아무 대답도 하지 않았다. 나의 침묵은 민망한 고해 신부를 어리둥절하게 했다. 나는 보고 듣고 걷고 있었지만, 그러나 이미 지상에는 존재하지 않았던 것이다. 『대체 어쩐 일일까? 사람들이 모두 이렇게 조심하고 있으니 부인은 어떤 상태에 있는 것일까?』 이런 생각이 여러 가지 걱정을 가져왔고, 그런 걱정은 걷잡을 수 없는 것인 만큼 더욱 참혹했다. 그런 생각에는 온갖 고통이 곁들여 있었다. 우리가 방문 앞에 닿자 불안해하고 있던 고해 신부가 그 문을 열었다. 그때 나는 보았다. 앙리에트가 흰옷을 입고 그 조그만 소파 위에 앉아 있는 모습을. 그 소파는 꽃을 잔뜩 꽂은 두 개의 꽃병으로 장식된 벽난로 앞에 놓여 있었다. 그리고 창문 앞에 놓인 둥근 탁자 위에도 꽃이 있었다. 그 즉흥적인 제전(祭典)과 갑자기 그전 상태를

3. 두 여인

재현한 그 방의 변화를 보고 어안이 벙벙해진 신부의 얼굴을 본 나는, 이 빈사의 여자가 병상 주변에 있는 구질구질한 도구 따위를 모조리 몰아냈다는 것을 짐작했다. 그 여자는 꺼지려 하는 열의 마지막 힘을 발휘하여, 이 순간에 누구보다도 사랑하고 있는 사나이를 애인답게 맞이하기 위해, 어지러웠던 방을 말끔히 치운 것이다. 레이스 물결 밑에 갓 피기 시작한 목련처럼 풀빛이 섞인 창백한 앙리에트의 여윈 얼굴이, 초상화의 누런 화포 위에 분필로 그려진 귀여운 얼굴의 최초의 윤곽처럼 나타났다. 그러나 솔개의 발톱이 얼마나 깊이 내 가슴에 박혔는가를 느끼기 위해서는, 그 초벌 그림의 눈이 완성되어 생기에 넘쳤을 때의, 핏기없는 얼굴에 범상치 않은 빛으로 빛나고 있는 움푹 패인 눈을 상상해 주기 바란다. 앙리에트에게는 자신의 고통을 극복한 끊임없는 승리가 가져다 주고 있었던 그 침착한 위엄은 이제 없었던 것이다. 얼굴 전체에서도 그 아름다운 균형을 잃지 않은 유일한 부분인 이마는 욕망의 공격적인 대담성과 억제된 협박을 표현하고 있었다. 여윈 얼굴은 백랍같이 희기만 했으나, 무더운 날 들판 위에 피어오르는 아지랭이와도 같은 광채에 의해 마음속의 불이 발산되고 있었다. 움푹 패인 관자놀이와 살이 빠진 뺨이 얼굴의 골격을 드러냈고, 흰 입술에 떠오른 미소는 어쩐지 죽음의 신을 냉소하는 듯했다. 가슴 위에 겹쳐진 옷은 아름다운 허리가 지금 얼마나 여위었나를 말해 주고 있었다. 얼굴 표정은 자기가 변한 것을 알고 있었고, 이제는 절망에 빠져 있다는 것을 충분히 이야기하고 있었다. 그 모습은 이미 나의 감미로운 앙리에트도 아니었고, 숭고하고 신성한 모르소프 부인도 아니었다. 그것은 허무와 싸우고 있으며 굶주림과 배신당한 욕망 때문에 죽음에 대한 삶의 이기적인 싸움터에 나서고 있는, 보쉬에(1627~1704. 프랑스의 유명한 설교가로 명문장가로서 이름을 떨쳤다)의 이른바 이름도 없는 무엇이었던 것이다. 나는 그녀 곁에 가서 앉아 키스하려고 손을 잡았는데, 그 손은 불처럼 뜨거웠고 말라 꺼칠했다. 부인은 나의 비통한 놀라움을, 그것을 감추려는 나의 노력 자체에서 알아냈다. 그러자 퇴색한 입술이 잇몸 위로 젖혀지면서 억지로 웃으려 했다. 그것은 우리가 복수의 비웃음이나 쾌락의 기대, 영혼의 도취나 실망의 격노를 한결같이 감출 때 보이는 미소였다.

「아아! 이게 죽음이라는 거군요, 가엾은 펠릭스.」 부인은 말했다. 「그런데 당신은 죽음 따윈 좋아하지 않죠! 정말 죽음은 싫은 거예요. 어떤 사람이라도, 아무리 대담한 애인이라도 죽음은 싫어할 거예요. 사랑도 거기서 끝나지요. 나도 그건 잘 알고 있었어요. 더들리 부인은 자기가 변한 걸 보고 놀라는 당신을 결코 보지 않을 거예요. 아아! 나는 왜 그렇게 당신을 기다렸을까요, 펠릭스? 당신은 기어이 왔군요. 그런데 나는 그 답례로 이런 무서운 꼴을 보여 드려야 하다니, 어이없는 일이군요. 옛날에 랑세 백작 (1626~1700, 연구와 향락을 양립시켰으나, 애인이 죽자 절망하고 수도원에 들어갔다)도 그런 걸 보고 트래피스트파의 수도원에 들어가고 말았지요. 당신의 추억 속에 언제까지나 아름답고 훌륭한 사람으로 남아 있고 싶었고, 영원한 백합처럼 살아 있기를 바라고 있었던 내가 지금 이 모양이군요. 당신의 그런 환영을 끝내 무너뜨리고야 말았어요. 참된 사랑엔 어떤 타산도 없지요. 그렇지만 달아나지 말고 여기 있어 주세요. 오리제 씨는 내가 오늘 아침엔 퍽 좋아졌다고 말씀하시더군요. 나는 살아날 수 있을 거예요. 당신 눈앞에서 살아날 거예요. 그리고 다소 기력이 회복되면, 다소 음식을 먹을 수 있게 되면, 다시 아름다워질 거예요. 이제 겨우 서른다섯 살밖에 안 된걸요. 이제부터 즐거운 세월을 보낼 수 있어요. 행복은 젊어지게 해주고, 난 행복이라는 걸 알고 있어요. 그래서 난 즐거운 계획을 세웠죠. 저 사람들은 클로슈구르드에 남겨 두고 우리 둘이서 이탈리아로 가는 거예요.」

눈물이 내 눈을 적셨다. 나는 꽃을 바라보는 체하고 창문 쪽을 돌아다 보았다. 비로토 신부는 다급하게 나에게 와서 꽃다발 쪽으로 허리를 꺾고, 「눈물을 보이지 마세요!」 하고 내귀에 속삭였다.

「앙리에트, 그럼 당신은 우리들의 그리운 골짜기가 이젠 싫어졌군요?」 나는 당돌한 나의 동작을 얼버무리려고 그렇게 대답했다.

「아니예요, 지금도 좋아해요.」 그녀는 애무하는 듯한 몸짓으로 자기 이마를 내 입술 밑에 내밀면서 말했다. 「하지만 당신이 없는 골짜기는 나에겐 쓸쓸하기만 해요……. 당신이 없으면…….」 그 뜨거운 입술이 내 귀를 스치면서 그 한 마디가 한숨처럼 새어나왔다.

나는 그런 엄청난 교태가 몹시 놀라웠다. 그것은 두 사람의 신부가 들려준 이야기를 더욱 확대하는 것이었다. 그때 나의 최초의 놀라움은 온데간데 없어졌다. 그러나 나는 이성을 발동시킬 수는 있었더라도, 나의 의지는 그런 장면이 벌어지는 동안 나를 뒤흔든 신경의 동요를 누를 만큼은 강하지 못했다.

나는 대답하지 않고 귀를 기울이고 있었다기보다는, 차라리 부인을 거역하지 않기 위해, 아들에 대한 어머니 같은 태도를 취하면서 움직이지 않는 미소와 동의하는 눈짓으로 대답하고 있었던 것이다. 나는 그 사람의 변모를 보고 놀란 뒤에, 전에는 숭고하기만 하던 그처럼 의젓하던 부인의 태도에도 목소리에도 몸짓에도, 눈길이나 생각에도 어린애 같은 소박한 무지와 순진한 우아함과, 충동에 대한 갈망과 자기의 욕망이나 자기 자신이 아닌 사람에 대한 철저한 무관심 등, 요컨대 어린애에게 있어 보호를 필요로 하는 것 같은 모든 약한 경향을 가지고 있다는 것을 깨달았던 것이다. 빈사상태에 있는 사람들은 모두 그럴까? 마치 어린애가 아직 사회적인 변장을 하지 않은 것처럼, 빈사상태에 있는 사람은 그와 같은 모든 변장을 벗어 던지는 것일까? 아니다, 백작 부인은 저승의 문턱에 서서 이제는 사랑 이외에는 모든 인간적인 감정을 받아들이지 않고, 클로에(롱스고의 작품으로 전해지는 연애 소설 《다프니스와 클로에》의 여주인공) 식으로 순진하고 달콤한 사랑을 표현한 것일까?

「그전처럼 나를 건강하게 해주시겠죠, 펠릭스?」그녀는 말했다. 「그렇게 되면 나의 골짜기도 나에게 친절해질 거예요. 당신이 주는 음식이라면 내가 왜 안 먹겠어요? 당신은 정말 좋은 간호인이니까요! 그리고 아주 힘과 건강에 넘쳐 있으니, 당신 곁에 있으면 당신의 생명이 나에게로 옮아올 거예요. 그러니 내가 죽지 않는다는 걸, 속아서 죽을 리가 없다는 걸 입증해 주세요! 저 사람들은 제일 심한 내 고통은 목이 마르는 일이라고 생각하고 있어요. 오오! 그래요, 나는 목마른 사람이에요. 엥드르 강의 물을 보기도 아주 괴로워요. 하지만 내 마음은 더 심한 갈증을 느끼고 있어요. 당신을 갈망하고 있었던 거예요.」부인은 그 불타는 듯한 두 손으로 내 손을 잡으면서 더욱 괴로운 것 같은 목소리로 말하고는, 내 귀에다 이렇게 속삭이기 위해 나를 끌어당겼다. 「죽을 때의 고통과 같은 고통은 당신을 만나지 못하는 일이었어요! 당신은 나더러 살아야 한다고 말하지 않았어요? 난 살고 싶어요. 말을 타고 싶은 거예요, 난! 파리도 향연도 쾌락도, 뭐든지 알고 싶어요.」

아아! 나탈리여, 세월이 가면 기만당한 관능의 물질주의가 감명없는 것으로 만들어 버릴 그 무서운 부르짖음은, 늙은 신부와 내 귀에 쩡쩡 울렸던 것이다. 그 장엄한 목소리는 한 사람의 전생애의 전투라고도 할 배신당한 참된 사랑을 말해 주고 있었다. 부인은 장난감을 탐내는 어린애처럼 안타까운 몸짓을 하며 일어섰다. 고해 신부는 자기가 이끌어 주고 있는 여자가 그러는 것을 보자, 별안간 무릎을 꿇고 두 손을 깍지 끼고는 기도하기 시작했다.
「그래요, 난 살 거예요!」 여자는 나를 일어나게 하고는 내 몸에 기대면서 말했다. 「거짓이 아니라 정말로 사는 거예요. 내 생애에선 모든 것이 거짓이었어요. 나는 며칠 전부터 그런 거짓을 세어 봤어요. 진실로 산 일도 없는 내가 어떻게 죽을 수 있겠어요? 벌판으로 누굴 찾아간 일도 한 번 없는 내가 말이에요!」 그녀는 얘기를 중단하고 귀를 기울이는가 싶더니 벽 너머에서 무슨 냄새를 맡았다. 「펠릭스, 포도를 따는 여자들이 저녁을 먹고 있군요. 그런데 나는, 이 가엾은 여자는」 하고 어린애 같은 목소리로 말했다. 「여주인이면서도 굶고 있는 거예요. 사랑에 대해서도 마찬가지예요. 저 여자들은 정말 행복할 거예요!」
「끼리에 엘레이손!」(『주여 보살펴 주옵소서』라는 뜻의 라틴어) 민망한 신부는 두 손을 꼭 쥐고 하늘을 우러러 연도경(連禱經)을 외웠다.
여자는 내 목에 팔을 감고 힘껏 끌어안으면서 말했다. 「이젠 당신을 놓치지 않겠어요! 난 사랑을 받고 싶어요. 더들리 부인처럼 어리석은 짓이라도 하겠어요. 『My Dee』라는 발음을 잘 할 수 있게끔 영어를 배울 테에요.」 그녀는 전에 내곁에서 물러설 때 곧 돌아온다는 말 대신 그랬던 것처럼, 고개를 끄덕거렸다. 「나하고 같이 저녁을 먹읍시다. 마네트한테 그렇게 일러 두겠어요……」 그런 말을 하다가 갑자기 기운이 빠지는지 말을 잇지 못했다. 나는 옷을 입은 채의 부인을 침대에 뉘었다.
「전에도 한 번 이렇게 안아서 옮겨 놓아 주었지요.」 여자는 눈을 가느다랗게 뜨면서 말했다.
그녀의 몸은 아주 가벼웠으나 유난히 뜨거웠다. 나는 부인을 안으면서 그 몸이 불타는 것 같음을 느꼈다. 델랑드 씨가 들어와서 방안이 그렇게 장식되어 있는 것을 보고 놀랐다. 그러나 나를 보자 그 까닭을 깨달은 모양이다.
「죽는 데도 무척 고통을 겪어야 하는군요, 선생님.」 부인은 목쉰 소리로 말했다.
그는 환자 곁에 앉아 맥을 짚어 보더니 벌떡 일어서서 신부에게로 갔다.

그리고 신부에게 뭐라고 수군거리고는 나가 버렸다. 나도 그를 따라갔다.
 「어떻게 하시려는 겁니까?」 나는 그를 보고 물었다.
 「무서운 임종의 고통을 덜어 드리려는 겁니다.」 그는 대답했다. 「저렇게 기력이 있을 줄이야 누가 알았겠습니까? 여태까지 어떻게 살아 계실 수 있었는지 우리도 알 수 없군요. 부인은 벌써 사십이 일 동안이나 음식을 전폐했고 주무시지도 못했습니다.」
 델랑드 씨는 마네트를 찾았다. 비로토 신부는 나를 마당으로 데리고 나갔다. 「의사에게 맡겨 둡시다.」 그는 말했다. 「마네트의 도움을 받아 아편 찜질을 하겠다는군요. 그런데 부인이 하시는 얘길 들으셨지요?」 그는 말했다. 「하긴 그런 광란을 부인 자신이 의식하고 있는지 어떤지 알 수 없지만……」
 「아니예요.」 나는 말했다. 「이젠 그런 자각도 없습니다.」
 나는 너무나 괴로운 심정이어서 그저 멍하니 서 있을 따름이었다. 생각해 볼수록 그런 정경 하나하나의 세부가 더욱 확대되어 갔다. 나는 동산 아래의 작은 문으로 해서 느닷없이 바깥으로 나가, 그 조각배가 있는 데까지 달려갔다. 그리고 배에 앉아 거기서 혼자 자신의 생각을 되뇌어 보기 위해 몸을 숨겼다. 내가 의지하며 살고 있었던 힘에서 자신을 벗어나게 하려고 애썼다. 타타르 사람들은 간통한 자를 벌줄 때 범인의 몸의 일부를 나무토막 사이에 끼워 두고 범인이 굶어죽고 싶지 않으면 제 손으로 죽을 수 있게끔 단도를 놓아 두었다지만, 나의 경우에도 그에 못지 않은 괴로움이었다. 그것은 나의 영혼이 받은 무서운 교훈이었고, 나의 영혼의 가장 아름다운 반쪽을 잘라내지 않으면 안 되었던 것이다. 나의 생애도 실패작이었던 것이다! 절망 끝에 나는 자못 괴상한 생각을 품게 되었다. 때로는 부인과 함께 죽을까 생각하기도 하고, 때로는 트래피스트파의 교인들이 모인 메이유레이의 수도원에 들어가 버릴까 하고 생각하기도 했다. 흐리멍덩해진 내 눈은 이제 외계의 사물을 보지 못하게 되었다. 앙리에트가 괴로워하고 있는 방의 창문을 바라보면서, 지난날 내가 부인과 맺어진 날 밤에 부인의 모습을 비추고 있었던 불빛을 거기서 보는 것같이 느껴졌다. 나는 부인을 위해 자신의 몸을 직무 속에서 보존하면서, 부인이 마련해 준 단순한 생활을 해야 하지 않았을까? 부인이 나더러 훌륭한 사람이 되라고 일러준 것은, 모든 남자들과 마찬가지로 나도 영향을 받은 저열하고 창피한 정념에서 나를 지키기 위해서가 아니었을까? 정결은 내가 지키지 못했던 숭고한 품위가 아니었을까? 아라벨이 생각하고 있었던 것같은 사랑에 대해 나는 갑자기 혐오를 느꼈다. 앞으로 광명과 희망은 어디에서 올 것이며, 살아가는 데 어떤 흥미를 가질 수 있겠느냐고 스스로 물으면서 숙였던 고개를 들었을 때, 대기가 가벼운 소리를 내며 살랑거렸다. 내가 동산 쪽을 돌아다보니 거기서 혼자 천천히 거닐고 있는 마들레느의 모습이 보였다. 십자가 앞에서 왜 그렇게 쌀쌀한 눈길을 던졌느냐고 그 귀여운 소녀에게 묻기 위해 동산 쪽으로 올라가는 동안, 소녀는 벤치에 앉아 있었다. 내가 다가가고 있는 것을 보자, 소녀는 일어나 나를 보지 못한 체했다. 나하고 둘이서만은 있고 싶지 않았던 것이다. 당황해하는 소녀의 태도는 의미가 있는 듯싶었다. 그애는 나를 증오했고, 어머니의 가해자를 피하고 있었던 것이다. 현관에서 저택으로 들어가면서 보니, 마들레느는 깎아세운 듯이 우뚝 선 채 나의 발걸음 소리에 귀를 기울이고 있었다. 자크는 현관의 층대에 앉아 있었는데, 그의 태도는 우리가 함께 산책했을 때 나를 놀라게 했던 것과 같은 무감각을 나타내고 있었다. 그때 내 마음속에 싹트고 있었던 것은, 우리가 자기 영혼의 한구석에 남겨 두었다가 나중에 천천히 생각해 보려는, 그런 생각이었다. 자기의 내부에 죽음을 품고 있는 청년들은 모든 장례식 같은 것에 대해 무감각하다는 것을 나는 깨달았다. 나는 어두운 그 영혼을 보고 물어보리라 마음먹었다. 마들레느는 자기의 생각을 혼자 가슴에 간직하고 있었을까, 증오를 자크에게도 불어넣었을까?

「너는 알고 있을 테지?」 나는 그런 말로 이야기를 꺼냈다. 「내가 너에게 가장 헌신적인 형제라는 걸.」

「당신 우정은 이제 나에겐 필요없어요. 나는 어머니를 따라갈 거예요!」 그는 슬픔에 젖은 사나운 눈길을 나에게 던지면서 대답했다.

「자크야!」 나는 소리쳤다. 「너도 죽겠단 말이냐?」

그는 기침을 하고 나로부터 멀리 떨어졌다. 잠시 후 돌아왔을 때에는 피에 물든 손수건을 재빨리 나에게 보였다.

「아시겠어요?」 그는 말했다.

그들은 저마다 숙명적인 비밀을 지니고 있었던 것이다. 그 후에 알게 된 일이지만, 그들 남매는 서로를 피하고 있었다. 앙리에트가 쓰러지자 클로

3. 두 여인

슈구르드에서는 모든 것이 파멸 상태였다.

「마님이 잠드셨습니다.」 마네트는 부인이 괴로워하지 않는 것이 기뻐서 우리에게 알리러 왔다.

그처럼 참담할 적엔 사람들이 저마다 그 불가피한 종말을 알고 있더라도, 참된 애정은 광증같이 되어 조그마한 행복에 매달리게 마련이다. 순간이 세기(世紀)가 되며 사람들은 그동안을 편하게 해주고자 한다. 환자가 장미 위에서 쉬기를 원하며, 환자의 고통을 자기가 대신 맡으려고 생각하며, 환자가 자신이 모르는 순간에 숨을 거두기를 바라는 것이다.

「델랑드 선생님이 꽃을 치우게 하셨습니다. 마님의 신경을 지나치게 자극한다고 말씀하시더군요..」하고 마네트가 나에게 말했다.

그러고 보니 꽃은 부인의 착란 상태의 원인이 되어 있었던 것이다. 부인에게는 책임이 없었다. 지상의 사랑, 수태의 제전, 식물의 애무가 그 향기로써 부인을 취하게 했고, 젊어서부터 부인의 내부에 잠들고 있었던 행복스런 사랑에의 욕구를 모름지기 눈뜨게 한 것이다.

「어서 가보세요, 펠릭스 선생님.」 마네트는 또 나에게 말했다. 「부인을 보러 가세요. 정말 천사처럼 아름다우십니다.」

내가 죽음을 눈앞에 둔 여자의 곁으로 돌아간 것은, 해가 기울기 시작하여 아제이 저택의 지붕 장식을 금빛으로 물들이고 있을 무렵이었다. 모든 것이 조용하고 맑았다. 아편으로 찜질을 한 앙리에트가 누워 있는 침대에 햇빛이 조용히 비쳐들고 있었다. 말하자면 그때 육체는 사라지고 있었다. 폭풍 뒤의 아름다운 하늘처럼 맑은 얼굴엔 영혼만이 넘쳐 있었다. 한 여자의 두 가지 숭고한 모습인 블랑슈와 앙리에트가 동시에 나타나 있었다. 그것은 나의 추억과 나의 신념과 나의 상상력이 자연력을 보충하면서, 수척해진 윤곽을 일일이 바로잡아 주고 있었던 만큼 더욱 아름답게 보였다. 승리한 영혼이 호흡의 물결과 하나로 융합된 물결을 이루면서 그 빛을 얼굴 표면에 보내주고 있었던 것이다. 두 사람의 신부는 침대 옆에 앉아 있었다. 백작은 그 사랑스런 여자 위에 펄럭이고 있는 죽음의 깃발을 보고, 넋잃은 사람같이 우두커니 서 있었다. 나는 긴의자 위에, 그녀가 차지하고 있었던 자리에 앉았다. 그리고 우리 네 사람은 서로의 얼굴을 살펴보았는데, 그 눈길에는 그녀의 천상의 아름다움에 대한 찬탄이 애석한 눈물과 함께 섞여 있었다.

가냘프게 떠도는 상념의 빛은 하느님이 가장 아름다운 성궤(聖櫃)의 하나에 돌아오신 것을 말해 주고 있었다. 도미니스 신부와 나는 눈짓으로 얘기하면서 생각을 주고받았다. 그렇다, 천사들이 앙리에트를 지켜보고 있었다! 그렇다, 천사들의 칼은 그 고귀한 이마 위에 번득이고 있었던 것이다. 그 이마에는 미덕의 장엄한 표정이 되살아나 있었는데 그 표정이야말로 한때 그 이마를, 같은 영역의 정령들과 서로 얘기를 주고받는, 눈에 보이는 영혼 같은 것으로 만들고 있었던 것이다. 부인 얼굴의 윤곽은 정화되었고 부인의 모든 것은 부인을 수호하고 있는 대천사들의 보이지 않는 향로 밑에서 위대해지고 장중해져 가고 있었다. 육체적인 고통의 푸른 기운은 아주 흰 빛으로, 다가온 죽음의 윤기없고 찬 창백함으로 변해갔다. 자크와 마들레느가 들어왔다. 마들레느가 경배하는 몸짓으로 황급히 침대 앞에 가서 두 손을 모으고 다음과 같이 소리를 지르는 바람에, 우리는 모두 몸서리를 쳤다.

「기어코 그전처럼 되셨군요! 진짜 어머니가 되셨군요!」 자크는 미소를 짓고 있었다. 그는 어머니가 가는 곳으로 자기도 따라간다는 것을 확신하고 있었던 것이다.

「편안해지실 겁니다.」 이윽고 비로토 신부가 말했다.

도미니스 신부는 나를 바라보고 있었는데, 그것은 이런 말을 되풀이하기 위해서인 듯싶었다. 「별은 빛나면서 올라갈 거라고 내가 말하지 않았습니까?」

마들레느는 어머니만을 지켜보고 있었다. 어머니가 숨쉴 때면 자기도 숨쉬면서 어머니의 가냘픈 호흡을 흉내냈다. 그 가냘픈 호흡은 부인이 목숨을 부지하고 있었던 마지막 실이며, 우리는 그녀가 숨쉬려고 애쓸 때마다 그 실이 끊어질까 봐 두려운 마음으로 지켜보고 있었다. 성당의 입구를 지키는 천사처럼 소녀는 간절한 마음이었고 침착했으며, 씩씩했고 또 공손했다. 그때 마을의 종루에서 만종이 울렸다. 그 시간에는 모든 기독교인들이 같은 여성의 과실을 보상한 부인에게 천사가 얘기한 말들을 되풀이하고 있음을 알리는 종소리를, 화창한 공기의 물결이 실어와 소나기처럼 뿌려 주었다. 그날 저녁에 우리에게는 『아베 마리아』의 울림이 하늘의 경배사같이 들렸다. 예언은 자못 명료하고 사태는 매우 절박해 있어, 우리는 모두가 눈물에 젖었다. 저녁 한때의 여러 가지 속삭임, 나뭇잎 사이를 스치는 산들바람의 멜로디, 새들의 마지막 지저귐, 벌레가 우는 소리와 날개소리, 재잘거리는 물소리, 탄식하는 듯한 개구리의 구슬픈 울음소리, 전원 전체가 골짜기의 가장 아름다운 백합에게, 그 간소하고 목가적인 생명에게 이별을 고하고 있었다.

그와 같은 모든 자연의 시점인 아름다움에 결합된 그 종교적인 시정은 이별의 노래를 아주 잘 표현하고 있었기 때문에, 우리들의 흐느낌은 이내 되풀이되었다. 방문은 열려 있었지만 우리는 그 무서운 광경의 추억을 영원히 마음속에 아로새기려는 듯이 거기에 몰두하고 있었던 탓으로, 그 집 하인들이 모두 무릎을 꿇고 열렬히 기도를 드리고 있는 것을 알지 못했다. 그들은 무엇이든 기대하기를 잘하여, 지금도 그들 안주인의 목숨을 건질 수 있으리라 생각하고 있었던 것이다. 그래서 그렇게 뚜렷한 그 징조가 그들에게 큰 타격을 주었다. 비로토 신부의 눈짓으로 늙은 조마사가 사세의 주임 신부를 부르러 나갔다. 의사는 과학자처럼 냉정하게 침대 옆에 서서 잠든 환자의 손을 쥐고 있었는데, 그 잠이 소환된 천사에게 남겨져 있는 괴로움 없는 마지막 시간이라는 것을 고해 신부에게 눈짓으로 알렸다. 교회의 마지막 비적(秘蹟)을 줄 때가 닥쳐온 것이다. 9시가 되자 부인은 조용히 눈을 뜨고 놀란 듯한, 그러나 부드러운 눈초리로 우리를 바라보았고, 우리는 모두 한창일 적의 아름다움을 지닌 우리들의 우상을 다시금 보았다.

「어머니는 너무 아름다우니까 돌아가시지 않을 거예요. 생명과 건강을 되찾아요.」 마들레느가 그렇게 외쳤다.

「귀여운 마들레느야, 나는 살아날거다. 바로 네 속에서 말이다.」 부인은 미소를 지으며 말했다.

어머니는 자식들을, 자식들은 어머니를 비통하게 얼싸안았다. 모르소프 씨는 엄숙하게 아내의 이마에 키스했다. 부인은 나를 바라보고 낯을 붉혔다.

「정다운 펠릭스」 부인은 말했다. 「이것이 당신에게 준 유일한 슬픔이라고 생각해요. 내가 준! 그렇지만 내가 얘기했을지도 모를 말은 잊어 주세요, 나는 불쌍한 미치광이였으니까요.」 부인은 손을 내밀었다. 나는 키스하려고 그 손을 잡았다. 그러자 부인은 여느 때처럼 정숙하고 부드러운 미소를 지으며 말했다. 「예전처럼 생각하겠지요, 펠릭스?」

우리는 모두 밖으로 나갔다. 그리고 환자의 마지막 고해가 계속될 동안 살롱에 가 있었다. 나는 마들레느 옆에 앉았다. 여러 사람들 앞에서는 실례가 되기 때문에 마들레느도 나를 피하지 못했다. 그러나 어머니가 그랬던 것처럼 아무도 쳐다보지 않았다. 그리고 한 번도 나에게 눈을 던지지 않은 채 침묵을 지켰다.

「귀여운 마들레느」 나는 나직이 말했다. 「왜 나를 언짢게 생각하고 있니? 어머니의 죽음을 앞에 두고 누구든지 화해해야 할 지금, 왜 나에게 나쁜 감정을 갖고 있니?」

「지금 어머니가 하시고 있는 말씀이 들리는 것만 같아요.」 마들레느는 앵그르(1780~1867. 프랑스 고전주의 회화의 대가)가 그의 『신의 어머니』―― 고통에 잠겼으면서도 자기 아들이 죽으려 하고 있는 이 세상을 지키려고 나선 그 성모――에 대해 그린 것 같은 표정을 보이며 대답했다.

「그리고 너의 어머니가 나를 용서해 주시는데 넌 나를 비난하는구나. 나에게 죄가 있더라도 말이야.」

「……언제나 당신 때문이에요!」

소녀의 말투에는 코르시카 사람의 그것처럼 깊이 생각한 후의 증오가 깃들어 있었다. 그것은 인생을 고찰해 본 적이 없는 탓으로, 애정의 율법을 어긴 과실에 어떤 정상도 참작해 주지 않는 사람들의 판단처럼 고집스럽고 끈질긴 증오였다. 깊은 침묵 속에 한 시간이 지났다. 비로토 신부는 모르소프 부인의 마지막 고해를 듣고 나서 돌아왔다. 그리고 앙리에트가 기분상으로 이미 수녀라고 할 고귀한 영혼을 지닌 모든 여자의 생각을 따라, 이윽고 자기의 시의(屍衣)가 될 긴 옷을 입었을 때 우리는 모두 방으로 들어갔다. 앙리에트는 상반신을 일으키고 있었는데, 속죄해서 희망을 가지고 있기 때문에 아름답게 보였다. 나는 벽난로 속에서 금시 불사른 듯한 나의 편지의 검은 재를 보았다. 그것은 죽음이 임박할 때에만 부인이 하리라 생각됐던 희생이라고 고해 신부가 나에게 말했다. 앙리에트는 여러 사람들에게 그전과 똑같은 미소를 던졌다. 눈물에 젖은 눈은 마지막 개안을 말해 주고 있었다. 앙리에트는 벌써 약속된 땅의 천상적 환희를 바라보고 있었던 것이다.

「정다운 펠릭스」 앙리에트는 나에게 한손을 내밀어 내 손을 잡으면서 말했다. 「여기에 있어 주세요. 당신은 내 생애의 마지막 장면에 입회해 주지 않으면 안 돼요. 그건 무척 괴로운 일일 거예요. 하지만 당신이 있어 준다는 건 중요한 일이거든요.」

부인은 눈짓을 했다. 문이 닫혔다. 부인이 권하는 대로 백작은 앉았다. 비로토 신부와 나는 그대로 서 있었다. 마네트의 부축을 받고 일어나 앉은 부인은 놀라는 백작 앞에 무릎을 꿇었다. 그리고 그대로 있으려 했다. 이윽고 마네트가 물러서자 부인은 몹시 놀란 백작의 무릎에 얹어놓고 있던 머리를 들었다.

「저는 충실한 아내로 당신을 섬겨 왔지만」 부인은 목쉰 소리로 말했다. 「때로는 제 의무를 게을리한 적이 있었을지도 몰라요. 방금 제 자신의 과실에 대해 당신에게 용서를 빌 힘을 주십사 하고 하느님께 기도를 드렸지요. 가정 밖에서의 교제에서 당신에 대해서보다 더 깊은 애정을 보였을지도 모릅니다. 그런 제 생각이나 배려, 또 당신에게 품게 한 생각을 당신은 비교해 보시고, 아마 저에 대해 분하게 여기셨을 거예요. 저는」 부인은 나직이 말했다. 「누구 한 사람, 그 상대조차도 완전하게 알지 못했을 만큼 열렬한 우정을 품고 있었어요. 저는 인간의 율법으로 보면 정절을 잃지 않았고, 당신에겐 흠없는 아내였지만 가끔 무의식적인, 또는 의식적인 생각이 제 마음을 스쳤고, 지금은 그런 생각을 너무 기뻐하면서 받아들였던 일을 두렵게 생각하고 있어요. 그렇지만 저는 당신을 따뜻하게 사랑했고, 당신의 충실한 아내로 머물러 있었어요. 구름이 하늘 밑을 지나갔지만 맑은 하늘을 조금도 더럽히지 않았기 때문에, 보시다시피 순결한 이마로 당신의 축복을 바랄 수 있는 거예요. 당신 입에서 당신의 블랑슈에 대해, 당신의 자식들의 어머니에 대해 따뜻한 말을 들을 수 있다면, 또 저 자신이, 우리가 모두 속해 있는 심판소의 보증을 받기 전엔 용납하지 않았던 모든 일을 당신이 용서해 주신다면, 저는 조금도 비통한 생각을 안 하고 죽을 수 있을 거예요.」

「블랑슈, 블랑슈!」 백작은 별안간 아내의 머리 위에 눈물을 뿌리면서 외쳤다. 「당신은 나를 죽이고 싶소?」 그는 유난히 함차게 아내를 안아서 일으켜 그 이마에 경건한 키스를 하고는 그대로 붙잡은 채 말을 이었다. 「나야말로 당신에게 용서를 빌어야 하지 않겠소? 늘 당신을 괴롭히지 않았소, 나는? 당신은 어린애의 양심의 가책 같은 사소한 일을 너무 크게 생각하는 게 아니오?」

「그런지도 모르죠.」 부인은 대답했다. 「그렇지만 여보, 죽어가는 사람의 약한 마음을 너그럽게 이해해 주세요. 저를 안심시켜 주세요. 당신에게도 이런 때가 오면 제가 당신을 축복하면서 갔다는 걸 생각하시게 될 거예요. 제 친구에게 여기 있는 이 깊은 마음의 표시를 주는 걸 용서해 주시겠어요.?」 하며 벽난로 위에 있는 한 통의 편지를 가리켰다.「그 사람은 지금은 저의 양자예요, 그뿐이예요. 진심에서 우러난 애정에는 역시 유언이 없을 수 없지요. 제 마지막 소원은 친애하는 펠릭스가 성스러운 일을 해달라는 것뿐이에요. 저는 저 사람을 너무 지나치게 높이 평가했다고는 생각지 않아요. 저 사람에게 제가 생각한 몇 가지를 적어 준다고 해서 당신을 얕보았다고는 생각지 마세요. 저는 언제나 여자니까요.」 그러면서 가련하게도 쓸쓸히 고개를 숙였다.「용서를 빌고 이내 또 너그러운 치사를 부탁드려서 죄송해요.」

「내가 죽은 후에 이걸 읽어 주세요.」 부인은 무언지 모를 편지 같은 것을 나에게 주면서 말했다.

백작은 아내가 창백해지는 것을 보았다. 그는 아내를 안아 침대에 뉘었다. 우리는 침대를 둘러쌌다.

「펠릭스」 부인은 말했다.「당신께 잘못을 저질렀을 지도 모르겠군요. 당신에게 기쁨을 기대하게 하면서 나는 물러서서 자주 당신을 괴롭혔을지도 몰라요. 하지만 내가 여러 사람들과 화해하고 죽을 수 있는 건, 아내로서, 어머니로서의 용기 때문이 아닐까요? 그러니 당신도 날 용서해 주세요. 당신은 나를 여러 번 비난했지만, 그런 억지가 나로서는 기뻤던 거예요!」

비로토 신부가 자기 입술에다 손가락을 댔다. 그것을 보자 빈사의 부인은 고개를 숙였다. 쇠약이 들이닥쳤다. 부인은 두 손을 움직여 성직자와 어린 애들과 하인들을 들여보내라고 일렀다. 그리고는 엄한 명령투의 몸짓으로, 나에게 넋을 잃고 있는 백작과 방금 나타난 아이들을 가리켰다. 우리만이 그 광란을 알고 있었던 그 아버지가 약한 어린애들의 후견인이 된 것을 보고, 부인은 말없이 간청하고 싶었던 것이다. 그것은 성화처럼 내 마음속에 떨어졌다. 부인은 종유의 비적(秘蹟)을 받기 전에, 하인들을 보고 간혹 매정하게 대했던 일을 용서해 달라고 말했다. 그들에게도 자기를 위해 기도해 줄 것을 당부하고, 그들 개개인의 앞날을 보살펴 달라고 백작에게 부탁했다. 그리고 요즘 한 달 동안, 하인들의 눈살을 찌푸리게 했을지도 모를, 기독교도답지 않게 투정을 부렸던 일을 거리낌없이 고백했다. 자기는 아이들을 뿌리쳤었다. 무엄한 생각을 품은 일도 있었다. 그러나 하느님의 뜻을 어기는 그런 짓은

3. 두 여인   277

견디기 어려운 고통 탓이었노라고 말했다. 마지막에 부인은 비로토 신부가 이 세상의 무상(無常)을 가르쳐 준 데 대해 진심으로 여러 사람들 앞에서 감사했다. 부인의 이야기가 끝나자 이내 기도가 시작되었다. 그리고 사세의 주임 신부가 부인에게 종부성사의 성체(聖體)를 주었다. 잠시 후에 부인은 호흡이 곤란해지고 눈에 구름이 번졌으나, 그녀는 또 눈을 떴다. 부인은 나에게 마지막 시선을 던졌다. 그리고 우리들의 흐느끼는 합창을 들으면서, 우리 모두가 지켜보는 가운데 죽어갔다.

전원에서는 흔히 있을 수 있는 우연으로, 그때 두 마리의 나이팅게일이 정답게 누구를 부르는 소리처럼 맑고 길게 뽑는 독특한 소리로 되풀이하여 우는 것이 들렸다. 오랜 괴로움이었던 일생의 마지막 고통이라고 할 부인의 마지막 숨이 멎었을 때, 나는 나 자신의 내부에 큰 충격을 느꼈고, 그것은 나의 모든 기능에 타격을 주었다. 백작과 나는 죽은 사람 곁에서 밤을 새웠다. 두 사람의 신부와 주임 신부도 같이 있었는데, 우리는 침대 위에 누워 있는 사자를 촛불 아래서 지켜보고 있었다. 부인은 그토록 시달렸던 그 자리에 지금은 조용히 누워 있었다.

그것은 나에게 있어선 죽음과의 최초의 교감이었다. 나는 그날 밤에 모든 폭풍이 가라앉았을 때와 같은 맑은 표정과, 또 거기에서 아직도 부인의 무수한 애정을 찾아 보고 있었으나 지금은 나의 사랑에 대답해 주지 않는 하얀 얼굴에 사로잡힌 채 앙리에트를 줄곧 지켜보고 있었다. 그 침묵과 그 냉정한 표정 속에는 얼마나 위엄이 있었던가? 그것은 얼마나 많은 깊은 생각을 말하고 있었던가? 그 절대적인 휴식 속에는 얼마나 거룩한 아름다움이 있었고, 그 부동(不動) 속에는 얼마나 많은 자만이 있었던가! 과거의 전체가 아직 거기에 있고 장래가 거기서 시작된다. 아아! 나는 앙리에트가 살아 있었을 때 사랑했던 것과 같이 죽어서도 사랑하고 있었던 것이다.

아침에 백작은 자러 갔다. 세 사람의 성직자들도 밤샘을 하는 사람이면 누구나 잘 알고 있는 그 괴로운 시간에 지쳐서 잠이 들었다. 그래서 보는 사람들이 없는 틈을 타서, 나는 온 마음의 사랑을 입술에 모아, 앙리에트가 지금까지 용납하지 않았던 그 이마에 키스할 수 있었다.

이틀 후 상쾌한 가을 아침에 우리는 부인을 그 마지막 보금자리로 보냈다. 늙은 조마사와 마르티노 형제와 마네트의 남편이 관을 메었다. 내가 부인과 다시 만난 날 즐겁게 올라왔던 그 길을 지나 내려갔다. 우리는 엥드르 강의 골짜기를 건너 사세의 작은 묘지로 갔다. 그것은 마을의 보잘것없는 묘지인데 교회의 뒤쪽 언덕 위에 있었고, 부인은 기독교적인 겸허한 마음으로, 그저 검은 나무의 십자가만을 세우고 거기에 묻어 주기를 바라고 있었던 것이다. 농사일을 하는 가난한 여자처럼 그렇게 묻어 달라고 부인은 말하곤 했었던 것이다.

골짜기의 중간쯤에서 마을의 교회와 묘지의 광장이 보였을 때, 나는 경련처럼 온몸이 떨렸다. 아아! 우리는 모두 우리의 일생 속에 골고다를 가지고 있는 것이다. 우리는 심장을 창으로 한 번 찔리고 머리 위에는 장미관 대신 가시관을 느끼면서, 태어난 후의 삼십삼 년 동안을 거기에 남기는 것이다. 그 언덕은 나로서는 속죄의 산이 되어야 할 것이었다. 우리 뒤에는 많은 군중이 따라왔거니와, 그들은 부인이 숱한 아름다운 행적을 침묵 속에 묻은 그 골짜기의 애석한 정을 말하러 달려온 것이다. 부인이 무슨 일이든지 의논하던 마네트의 이야기로, 부인은 가난한 사람들을 돕기 위해 저금으로 부족할 적에는 화장비를 절약하고 있었다는 것을 알았다. 입을 옷이 없는 어린애에게 옷을 입혀 주고, 속옷 따위를 보내 주고, 가난한 어머니들을 도와주고, 겨울에는 몸이 불편한 노인들을 위해 방앗간에서 밀가루를 사다가 주고, 어느 가난한 집에는 때에 맞춰 암소를 한 마리 주는 등, 요컨대 기독교도와 어머니와 그리고 성관의 여주인으로서 선행을 베풀었던 것이다. 그리고 서로 사랑하고 있는 남녀를 결합시키기 위해 결혼 자금을 제공했고, 병역의 제비를 뽑은 젊은이들을 위해 몸값을 치렀으며, 『남의 행복은 이제는 행복해질 수 없는 사람들의 위안』이라고 말하던 마음씨 고운 여자로서의 따뜻한 선물을 주었다. 사흘 전부터 그런 이야기를 여러 사람들이 하고 있었기 때문에, 따라오는 군중이 많아진 것이다. 나는 자크와 두 사람의 신부와 함께 관을 따라가고 있었다. 관례에 따라 마들레느와 백작은 우리들과 함께 가지 않았다. 그들만 클로슈구르드에 남아 있었다. 마네트는 한사코 오고 싶어했다.

「가엾은 마님! 가엾은 마님! 이제 겨우 행복해지셨군요.」 흐느끼면서 그렇게 되풀이해서 말하는 소리가 들렸다.

우리가 물레방앗간 둑 위의 길을 지나갔을 때, 눈물 섞인 모든 사람들의 탄성이 일어났다. 그것은 마치 그 골짜기가 자신의 영혼을 애도하고 있는 것같이 생각되었다. 교회는 초만원이었다. 의식을 마치고 나서 우리는 부인이 십자가 곁에 매장되기로 돼 있는 묘지에 갔다. 관 위에 흙이며 돌멩이, 자갈 등이 떨어지는 소리를 들었을 때, 나는 기력을 잃고 비틀거렸다. 마르티노 형제에게 부탁해서 그들의 부축으로 가까스로 쓰러지지 않았다. 그들은 거의 죽게 된 것 같은 나를 사세의 성관까지 데리고 갔다. 성관의 주인 내외는 나를 위해 정중하게 휴식처를 제공해 주었다. 당신에게 고백하지만, 나는 조금도 클로슈구르드에는 돌아가고 싶지 않았던 것이다. 프라펠르에선 앙리에트의 저택이 보이기 때문에 거기에 가기도 싫었다. 여기서라면 앙리에트의 곁에 있는 거나 다름없었다. 나는 전에 얘기한 적이 있는 그 조용하고 쓸쓸한 골짜기를 향해 창문이 난 방에 며칠 묵고 있었다. 그것은 이백 년이나 묵은 떡갈나무에 둘러싸인 협곡인데 큰비가 쏟아질 때에는 격류가 그곳을 흐르는 것이다. 그 조망은 내가 잠기고자 한 엄격하고 장엄한 명상에 적합했다. 나는 그 운명적인 밤 다음날 하루 동안에, 나의 존재가 클로슈구르드에서 얼마나 거추장스런 것이 되려 하고 있는가를 깨달았다. 백작은 앙리에트의 죽음에서 심한 흥분을 느끼기는 했지만 그는 그런 무서운 사태를 예기하고 있었고, 그의 생각의 밑바닥에는 무관심과도 같은 마음의 준비가 있었던 것이다. 나는 여러 번 그것을 눈치챘다. 그리고 내가 굳이 뜯어보지 않은 그 편지를 부인이 무릎을 꿇고 주었을 때, 나에 대한 애정에 관해 얘기했을 때, 그 까다로운 사나이는 그에게서 기대하고 있었던 번개와도 같은 눈길을 나에게 던지지는 않았던 것이다. 백작은 앙리에트의 말을, 그가 매우 순수하다고 여기고 있었던 부인의 양심이 지나치게 섬세한 때문이라고 생각하고 있었다. 그와 같은 이기주의자의 무감각은 극히 자연적이었다. 그 두 사람의 영혼은 그들의 육체처럼 맺어져 있지 않았던 것이다. 그들은 감정을 되살리는 그 끊임없는 교류를 결코 가지지 못했다. 고통이나 쾌락도 한 번도 나눠 본 적이 없었다. 그런 것들은 매우 강한 유대이며, 그것이 끊어질 때에는 우리는 많은 면에서 상처받는 것이다. 왜냐하면 그런 것들은 우리들 마음의 모든 금선(琴線)에 닿으며 깊은 마음속에 연결되어 있는 동시에, 그런 것들을 받아들이는 그 영혼의 매듭을 애무했기 때문이다. 더구나 마들레느의 적의 때문에 클로슈구르드는 내 앞에서 문이 닫혀진 거나 다름없었다. 그 가혹한 소녀는 어머니 관 위에서 나와 화해할 기분이 전혀 되어 있지 않았다. 그리고 나는 나에 관한 얘기를 틀림없이 할 백작과, 나에 대한 단호한 혐오감을 보일 젊은 여주인과의 사이에 끼여 그야말로 계면쩍었을 것이다. 한때는 꽃들마저 애무하는 듯했고 현관의 층대도 거침없이 따뜻한 이야기를 해주었으며, 나의 모든 추억이 발콩(프랑스식 창문)과 우물의 섬돌, 난간과 동산과 나무 울타리와 온갖 조망에 시정을 더해 준 그 장소에서 미움을 받는다는 것, 나는 그런 일은 생각하기만 해도 견딜 수 없었다. 따라서 처음부터 나의 결심은 정해져 있었다. 아아 ! 그러면 이것이 한 남자의 마음을 사로잡은 가장 강렬한 사랑의 결말이었단 말인가 ! 다른 사람이 볼 적에는 나의 행동은 비난할 만한 것이다. 그러나 그것은 나의 양심의 재가(裁可)를 얻은 것이다. 청춘의 가장 아름다운 감정과 최대의 드라마는 이상으로 끝났다. 우리들의 대부분은 내가 투르에서 클로슈구르드에 갔을 때처럼, 아침에 세계를 점령하고 마음은 사랑에 굶주려서 떠난다. 그러다가 우리들의 풍부한 마음의 보물이 사회의 고난인 용광로를 지나갔을 때, 우리가 인간과 사건에 부딪치고 얽혔을 때, 모든 것이 왜소해져서 많은 잿더미 속에 황금은 거의 보이지 않는 것이다. 이것이 인생이다 ! 있는 그대로의 인생인 것이다. 커다란 포부에 작은 현실, 나의 모든 꽃을 쓰러뜨리고 만 타격 후에 무엇을 할까 하고 스스로 물으면서, 나는 오랫동안 자기 자신에 대해 깊은 생각에 잠겼다. 나는 결심했다. 정치와 학문 쪽으로, 야심의 꾸불꾸불한 오솔길 속에 뛰어들리라, 나의 생활에서 여자를 제거하고 냉정하고 정열이 없는 정치가가 되리라, 내가 사랑했던 그 성녀의 추억 속에 충실하게 머물러 있으리라고. 나의 묵상은 끝없이 펼쳐져 그러는 동안 내 눈은, 나뭇가지는 날카롭고 밑동은 청동색이며 금빛으로 물든 잣나무 숲의 훌륭한 양탄자에 쏠리고 있었다. 앙리에트의 정절은 연애에 대한 무지에서 온 것이 아니었을까, 부인의 죽음에 대해 나에게 죄가 있을까 하고 스스로 물었다. 나는 회한 속에서 몸부림쳤다. 그러다가 가을의 어느 상쾌한 한낮에, 그것은 투레느에서는 매우 아름다운 하늘의 마지막 미소를 보인 한때였다. 나는 부인의 요청으로 사후에만 개봉하기로 되었던 그 편지를 읽었다. 그것을 읽었을 때의 내 심정을 상상해 보라.

펠릭스 드 방드네스 자작에게 보내는
모르소프 부인의 편지

3. 두 여인

펠릭스, 내가 너무나 사랑한 벗이여, 나는 지금이야말로 당신에게 내 마음속을 헤쳐 보이지 않으면 안 됩니다. 그것은 내가 얼마나 당신을 사랑하고 있었는가를 보이기 위해서라기보다는 차라리, 당신이 내 마음에 가져다 준 깊고 심상치 않은 상처를 보임으로써, 당신의 의무가 얼마나 큰가 하는 것을 알리기 위해서입니다. 내가 고달픈 여로에 지치고, 싸움이 벌어지는 동안 받은 타격 때문에 기진맥진해서 쓰러졌을 때, 다행히 여자로서의 나는 죽고 어머니만이 살아 남았습니다. 이제 곧 알게 됩니다. 어찌하여 당신이 나의 고뇌의 원인이었는지를. 나중에는 나는 기꺼이 당신의 타격에 몸을 맡겼지만, 지금 나는 당신으로부터 마지막 공격을 받고 죽어 가는 것입니다. 그렇지만 자기가 사랑하고 있는 사람 때문에 치명적인 타격을 받았다고 느끼는 것은 엄청난 쾌감이 따르는 일입니다. 얼마 후면 고통은 나에게서 기력을 송두리째 빼앗아 갈 것입니다. 그래서 나는 나의 지성의 마지막 미광(微光)을 이용하여, 나의 자식들에 대해 당신이 빼앗은 이 어머니의 모성 대신의 역할을 맡아 줍시사 하고 부탁드리는 것입니다. 만일 내가 이토록 당신을 사랑하고 있지 않았던들, 그런 임무를 억지로라도 당신에게 떠맡기진 않았을 것입니다. 그렇지만 나는 당신이 신성한 뉘우침으로, 또 당신 사랑의 영원으로 자진해서 그런 임무를 맡아 주시기를 바라고 싶은 것입니다.

사랑은 우리들의 경우에선, 언제나 회오하는 묵상과 속죄의 두려움이 섞여 있었던 것이 아니었을까요? 그리고 나는 알고 있어요, 우리는 역시 사랑하고 있었습니다. 당신의 잘못이 큰 것은 당신 탓이라기보다는 오히려, 내가 나의 내부에서 그런 잘못에 준 반향 때문입니다. 내가 질투심이 많다는 것, 더구나 죽을 정도로 질투심이 강하다는 것을 당신에게 얘기하지 않았습니까? 그래서 나는 죽어 갑니다. 그러나 낙심하지는 마세요. 우리는 인간 세상의 율법을 지켰습니다. 교회는 그 가장 맑은 목소리의 하나로 나에게 이렇게 말했습니다. 자기의 자연스러운 경향을 하느님의 율법을 지켜서 희생시킨 사람들에겐, 하느님도 너그럽게 용서해 주실 것이라고.

그리운 펠릭스, 그러니 모든 것을 알아 두세요. 더구나 내 생각 중에서 한 가지라도 당신이 알지 못하는 것이 있다면 나는 여간 불만이 아닐 거예요. 내가 마지막 순간에 하느님에게 고백하는 이야기를 당신도 알아 두지 않으면 안 됩니다. 하느님이 천상의 왕인 것처럼 당신은 내 마음의 왕이니까요. 앙굴렘 공작을 위해 베풀어진 그 축전은 내가 출석한 유일한 축전이었지만, 그때까지의 결혼생활은 나를 무지 속에 가둬 두고 있었습니다. 그런 무지는 젊은 처녀들의 영혼에 천사와도 같은 순진한 아름다움을 주는 것입니다. 나는 과연 어머니이긴 했습니다. 그러나 사랑은 그 허용된 쾌락을 가지고 조금도 나를 감싸 주지 않았던 것입니다. 어찌하여 나는 그런 상태에 머물러 있었을까요? 도무지 알 수 없습니다. 내 마음속의 모든 것이 어떤 법칙으로 한순간에 변했는지, 그것도 모릅니다. 당신은 지금도 그때 당신이 한 키스를 기억하고 있습니까? 그것은 나의 생애를 지배했던 것입니다. 내 영혼 속에 낙인을 찍었던 것입니다. 당신의 뜨거운 피는 내 피마저 뜨겁게 했습니다. 당신의 청춘은 나의 청춘에 깊이 스며들었고, 당신의 욕망은 내 마음속에 흘러들어 버렸습니다. 나는 그렇게 굳세게 일어섰을 때 어떤 감각을 느꼈는데, 나는 어떤 언어 속에서도 그것을 적절하게 표현할 만할 말을 알지 못했던 것입니다.

왜냐하면 어린애는, 빛과 눈과의 결혼이나 자기의 입술에 대한 생명의 키스를 표현할 만한 말을 아직 발견하지 못했으니까요. 그래요, 그것은 확실히 메아리 속에 구르는 음향이며, 어둠 속에 던져진 빛이며, 우주에 주어진 운동이었습니다. 그것은 적어도 그런 것들만큼이나 신속했습니다. 그러나 훨씬 아름다운 것이었습니다. 왜냐하면 그것은 영혼의 생명이었으니까요! 나는 이 세상에 무엇인가 내가 모르는 것, 상념보다도 더 아름다운 힘이 있다는 것을 알았습니다. 그것은 온갖 상념, 온갖 힘이며, 함께 맛본 감동 속의 온 장래였던 것입니다. 나는 이미 나 자신을 절반밖에 어머니라고 느끼지 않게 되었습니다. 그 벼락 같은 일격은 내 마음 위에 떨어지면서 나도 모르게 꾸물거리고 있던 욕망에 불을 질러 놓은 것입니다. 나는 큰어머니가 『가엾은 앙리에트!』 하고 외치면서 내 이마에 키스했을 때 하던 모든 말을 돌연 알게 되었습니다. 클로슈구르드에 돌아오니 봄이, 새싹이, 꽃 향기가, 아름다운 흰구름이, 엥드로 강이, 하늘이, 모든 것이 그때까지 이해하지 못했던 말을 나에게 속삭여 주었습니다.

그리고 그것은 당신이 나의 관능에 새겨 놓은 몇 가지 움직임을 나에게 되돌려 주었던 것입니다. 당신은 그 무서운 키스를 잊어버렸을지 모르지만,

나는 그것을 나의 추억에서 도저히 지워 버릴 수는 없었습니다. 나는 그것 때문에 죽어 가는 거예요! 그래요, 그 후 내가 당신을 만날 때마다 당신은 그 기억을 되살렸던 거예요. 나는 당신의 모습만 보아도, 당신이 올 것이라는 예감만으로도 머리에서 발끝까지 동요하지 않을 수 없었습니다. 시간도 나의 굳은 의지도 그 걷잡을 수 없는 쾌감을 누를 수 없었습니다. 나는 나도 모르게 스스로 물었지요.『쾌락이란 어떤 것일까?』하고. 서로 바라보는 눈길, 내 손에 조심스럽게 한 당신의 키스, 당신 팔 위에 놓은 내 팔, 애정이 깃든 당신의 목소리, 그리고 하찮은 작은 일까지도 나를 몹시 뒤흔들어서, 내 눈 위에는 거의 언제나 구름이 떠돌고 있었습니다. 그런 때면 격렬한 관능의 소용돌이가 내 귀를 막았던 것입니다.
　아아! 내가 어느 때보다도 더 냉담을 가장한 그런 때, 만일 당신이 힘껏 나를 끌어안아 주었더라면 나는 너무나 행복해서 죽어 버렸을 거예요. 나는 때로는 당신이 좀 난폭한 짓을 해주기를 기대했습니다. 그렇지만 그런 나쁜 생각을 기도로써 이내 뿌리칠 수 있었습니다. 아이들이 당신 이름을 입 밖에 내면 나의 심장에는 여느 때보다 뜨거운 피가 끓어, 이내 얼굴이 붉어지는 것이었습니다. 그리고 나는 불쌍한 마들레느가 그런 말을 하게끔 꾀었는데, 그만큼 나는 끓어오르는 그 감각을 맛보고 싶었던 것입니다. 뭐라고 말하면 좋을까요? 당신의 필적에도 매력이 있어, 나는 사람들이 초상화를 바라보듯 당신이 쓴 글을 바라보곤 했던 것입니다. 그 최초의 날부터 벌써 말할 수 없는 숙명적인 힘으로 당신이 나를 정복했다면 내 마음을 알 수 있지 않겠습니까? 내가 당신 마음속을 짐작할 수 있게 되었을 때, 그 숙명적인 힘은 무한한 것이 되었던 것입니다. 당신이 매우 순수하고 어디까지나 진실하며 아주 훌륭한 특질을 갖추고 있고, 큰 일을 할 수 있으며, 이미 여러 가지 경험을 겪었다는 것을 알았을 때, 얼마나 벅찬 환희가 나에게서 넘쳤을까요! 어른이면서 어린애이며, 조심스러우면서도 용감한 당신! 우리 두 사람 다 공통의 고뇌에 의해 정화된 것을 알고 얼마나 기뻤는지 모릅니다! 우리가 서로 고백한 그날 밤부터 당신을 잃는다는 것은 나에게 죽음을 뜻하는 일이었습니다. 그러니 당신을 내 곁에 붙잡아 둔 것도 나의 이기적인 마음에서 나온 것이었어요.
　드 라 베르쥬 신부님도 당신이 멀리 가면 내가 죽을 것이라 확신하고 몹시 걱정하셨습니다. 아무튼 그분은 내 마음속을 다 들여다보고 계셨으니까요. 그분은 내가 아이들에게나 주인에게도 필요하다고 판단하셨던 것입니다. 당신을 집안에 들여 놓지 말라고는 명령하지 않았습니다. 나는 행동에서나 생각에서도 순결을 지키겠다고 약속했거든요. 그분은「생각은 뜻대로 되는 게 아닙니다. 그렇지만 그걸 가책의 울타리 안에 가둬 둘 수는 있습니다」하고 말씀하셨습니다. 나는 이렇게 대답했지요.「내가 그런 생각을 하면 모든 것이 파멸할 거예요. 저를 저 자신으로부터 구해 주세요. 그 사람이 곁에 있으면서도 제가 순결을 지킬 수 있도록 도와 주세요!」아주 엄격하면서도 친절한 그 신부님은 그러한 성실성에 대해서는 관대하셨습니다.「그 사람에게 아가씨를 맡기면 부인은 그 사람을 아들처럼 사랑할 수 있을 겁니다.」그렇게 말씀하셨습니다. 나는 당신을 잃지 않기 위해 고뇌의 생활을 용기를 가지고 받아들였죠. 그리고 우리가 같은 굴레에 얽매여 있는 것을 보고 사랑 때문에 번민했던 거예요.

　얼마나 어려운 일입니까! 남편에게는 충실하고, 당신에 대해서는 펠릭스, 당신 자신의 왕국에 한 걸음도 발을 들여 놓지 못하게 하고, 나는 완전히 중립을 지키고 있었던 것입니다. 나의 걷잡을 수 없는 정열은 나의 정신력에 저항을 했습니다. 나는 모르소프에게서 받은 고통을 속죄라 생각하고 자존심을 가지고 참으면서, 죄가 많은 내 마음의 경향을 짓밟으려고 했던 것입니다. 전에는 불평을 말하고 싶은 생각이 많았지만 당신이 내 곁에 있어 주면서부터는 다소 쾌활해졌기 때문에 모르소프도 기분이 좋았던 것입니다. 당신이 나에게 준 그런 힘이 없었던들, 당신에게 이미 얘기한 내면적 생활에 훨씬 전부터 짓눌려 버렸을 것입니다. 당신은 나의 과실의 큰 원인이기도 했지만, 나의 의무의 수행에도 큰 도움이었던 것입니다. 아이들에 대해서도 마찬가지입니다. 나는 아이들에게서 무언가를 빼앗아 버린 것같이 생각했습니다. 그리고 충분히 보살펴 주지 못하고 있음을 두렵게 생각하고 있었습니다. 그때부터 나의 생활은 끊임없는 고통의 연속이었지만, 나는 그것을 사랑하고 있었던 것입니다. 나 자신이 그전보다 어머니 구실을 덜 하고 있고 정숙한 아내도 아니라는 것을 느끼고, 회한이 마음속에 도사리기 시작했습니다. 그리고 의무를 게을리하고 있음을 두렵게 여기면서, 항상 의무보다 더 많은 일을 하려고 애썼던 것

3. 두 여인

입니다.
 그래서 실수를 막기 위해 당신과 나 사이에 마들레느를 놓고 장벽을 쌓고는, 당신과 마들레느를 접근시키려 했습니다. 그것은 무력한 장벽이었습니다! 당신 때문에 느끼는 나의 전율은 무엇으로써도 억제할 수 없었던 것입니다. 당신은 내 곁에 있거나 없거나 항상 같은 힘을 가지고 있었습니다. 나는 자크보다도 마들레느를 더 좋아했는데, 그것은 마들레느가 당신 사람이 될 것이기 때문이었습니다. 그러나 당신을 딸에게 양보한다는 것은 견디기 어려운 고민이었습니다. 나는 이렇게 생각했던 것입니다. 당신을 처음 만났을 때 나는 겨우 스물여덟 살이었습니다. 당신은 스물두 살쯤이었고. 나는 그 차이를 줄이고 싶었고 덧없는 희망에 잠겨 보는 것이었습니다. 오오, 얼마나 어처구니없는 일입니까, 펠릭스. 내가 이렇게 고백하는 것은 당신이 뉘우치지 않게 하기 위해서이지만, 어쩌면 내가 무감각한 여자가 아니며, 우리들 사랑의 고뇌는 냉혹하게도 평등하며, 아라벨은 나보다 조금도 나은 데가 없다는 것을 당신이 알아 주기를 바라기 때문이기도 합니다. 나 역시 남자들이 그토록 사랑하는 천국에서 쫓겨난 종족에 속하는 여자들 중의 한 사람이었던 것입니다. 마음 속의 싸움이 너무나 처참해서 밤마다 눈물로 지새운 때도 있었습니다. 머리털도 빠졌습니다. 당신에게 언젠가 준 것이 바로 그것입니다!
 당신은 모르소프가 앓았을 때의 일을 기억하겠지요. 그때의 당신의 훌륭한 영혼은 나를 높여 주기는커녕 오히려 비소(卑小)하게 했습니다. 아아! 그때부터 나는 그렇게 깨끗한 마음가짐에 대한 당연한 보답으로, 이 몸을 당신에게 바치고 싶었습니다. 그러나 철없는 그런 생각을 품어 본 것은 잠깐 동안의 일이었습니다. 나는 그 철없는 생각을 당신이 출석을 거절한 미사 때 하느님의 발 밑에 놓았던 것입니다. 자크의 병과 마들레느의 고통은 길 잃은 새끼양을 힘있게 이끌어 가시려는 하느님의 위협이 아닐까 하는 생각도 들었습니다. 그리고 그 영국 부인에 대한 극히 자연스러운 당신의 사랑이 나 자신도 알지 못했던 비밀을 밝혀 주었습니다. 나는 당신을 사랑하고 있다고 생각했던 것 이상으로 사랑하고 있었던 거예요. 마들레느도 사라졌습니다. 나의 생활의 폭풍 같은 끊임없는 흥분과, 종교 이외에는 아무 도움도 없이 나 자신을 억제하려고 한 노력, 그 모든 것이 병의 원인이 되어 나는 그런 병으로 죽어 가는 것입니다. 그 무서운 타격은 내가 전적으로 침묵을 지키고 있었던 그 위기를 결정적인 것으로 만들었습니다. 나는 남모르는 그 비극의 오직 하나뿐인 가능한 결말을 죽음 속에서 보고 있었습니다. 더들리 부인과 당신과의 관계에 대해 어머니가 알려 준 편지와 당신이 도착한 사이의 지나간 두 달은, 정신없이 질투에 몸부림치는 생활이었습니다. 나는 파리에 가려고도 생각했습니다. 살인까지 생각해 보았습니다. 그 부인이 죽기를 원했습니다. 아이들의 애무도 느끼지 못하고 있었습니다. 그때까지는 나에게 위안이 되었던 기도도 영혼을 위해 아무 작용도 하지 못하게 되었습니다. 질투가 커다란 균열을 만들어 놓았고, 그곳으로 죽음이 기어들어왔던 것입니다. 그래도 나는 태연한 체하고 있었습니다. 그렇지요, 그 투쟁의 시기는 하나님과 나 사이의 비밀이었습니다.

그러나 내가 당신을 사랑하고 있었던 것과 같은 정도로 나도 사랑을 받고 있으며, 나는 다만 자연에 의해 배반당한 것이지 당신의 생각에 의해 배반당하지는 않았다는 것을 알았을 때, 나는 살고 싶은 생각이 용솟음침을 느꼈습니다⋯⋯. 그렇지만 이미 때는 늦었던 것입니다. 자기 자신에 대해서도 하느님에 대해서도 충실하고, 고뇌 때문에 자주 하느님의 문 어귀까지 이끌려간 여자를 하느님은 아마 가엾이 여기셔서, 나를 보호해 주셨을 것입니다. 그리운 펠릭스, 하느님은 나를 심판하셨습니다. 그리고 모르소프도 틀림없이 나를 용서해 줄 것입니다. 그렇지만 당신도, 나를 너그럽게 생각해 주시겠어요? 지금 나의 무덤에서 나오고 있는 목소리에 귀를 기울여 주고 있을까요? 아마 나보다 당신은 죄가 적을 테지만, 두 사람에게 다 죄가 되는 불행을 당신은 보상해 주겠습니까? 내가 부탁하고 싶은 일이 무엇인지 당신은 알고 있지요. 환자에 대한 자선 간호원처럼 모르소프를 보살펴 주기 바랍니다. 그분이 하는 말을 듣고 그분을 사랑해 주세요. 누구 하나 그분을 사랑하지 않을 것입니다. 내가 그랬던 것처럼 아이들과 그분 사이에 끼여들어 주십시오. 그렇게 당신이 그들을 보살펴 주는 것도 오랜 동안은 아닐 것입니다. 자크는 오래지 않아 할아버지에게로 갈 것입니다. 그리고 당신은 전에 이 세상의 암초 사이에서 그애를 이끌어 줄 것을 나에게 약속했습니다.

마들레느는 어차피 결혼하게 될 것입니다. 언젠가 당신이 그애의 마음에 들게 되길 바랍니다! 그애는 나를 꼭 닮았습니다. 그리고 나보다 더 강합니다. 나에게는 없었던 의지를, 직업상 정치생활의 역경을 뚫고 나가야 할 남자의 반려로서 필요한 에네르기를 가지고 있습니다. 재치 있고 사물을 볼 줄 아는 눈도 가지고 있습니다. 혹시 당신과 그애의 운명이 맺어진다면, 그애는 어미보다는 더 행복해질 것입니다.

당신은 그리하여 클로슈구르드에서 내가 하던 일을 인계받을 권리를 얻고, 충분하게 속죄하지 못했던 과실을 지워 버리리라 믿습니다. 하기야 그것은 천상과 지상에서 용서받을 일일 테지만. 아무튼 하느님은 너그러우셔서 나를 용서해 주실 것이니까요. 당신도 그렇게 생각하겠지만, 나는 여전히 이기주의자군요. 그렇지만 이것은 어리광피우고 싶은 사랑의 증거가 아닐까요? 나는 나 자신의 가족 속에 있는 당신에게서 사랑받고 싶은 것입니다. 당신 것은 되지 못했기 때문에, 당신에게는 나의 생각과 의무를 유품(遺品)으로 남겨 주렵니다!

혹시 나를 너무 극진하게 사랑한 나머지 내가 원하는 대로 하지 못한다면, 마들레느와의 결혼을 바라지 않는다면, 모르소프만이라도 될 수 있는 대로 행복하게 해주어 나의 영혼을 편히 잠들게 해주세요.

안녕히 계세요, 내 마음속의 그리운 아들이여. 이것은 완전히 이해력을 가졌고 아직 생명에 넘치고 있는 이별, 당신이 너무나 큰 기쁨을 베풀어 주었기 때문에 그것이 빚어낸 파국에 대해 당신이 조금도 뉘우칠 필요가 없는 그런 영혼의 작별 인사입니다. 내가 파국이라고 하는 것은, 당신이 나를 사랑하고 있다는 것을 염두에 두고 한 말입니다. 왜냐하면 나는 의무에 희생되어 안주(安住)의 보금자리를 찾아가니까요. 그렇게 생각하니 가슴이 벅차고 새삼 미련을 느끼게 되는군요!

하느님은 내가 그 정신에 따라 신성한 율법을 지켰는지 어떤지를 나보다 더 잘 아시게 될 것입니다. 나는 확실히 자주 흔들렸습니다. 그러나 결코 쓰러지진 않았습니다. 그리고 나의 과실에 대한 가장 유력한 변명은 나를 둘러쌌던 큰 유혹 자체에 있는 것입니다. 하느님은 내가 유혹에 진 것과 다름없이 떨고 있는 것을 보시게 될 것입니다. 다시 한 번 안녕.

어제 우리들의 아름다운 골짜기를 향해 말한 것 같은 작별 인사를 당신에게 하고 싶습니다. 나는 곧 그 골짜기의 품에 안기게 될 것입니다. 그리고 당신은 거기에 자주 돌아와 주시겠지요?

앙리에트

4. 끝 맺 음

　나는 그때, 마지막 불길에 비쳐진 그 생활의 남모를 깊이를 깨닫고 반성의 심연 속에 빠졌다. 나의 이기주의의 구름은 말끔히 가셔 버렸다. 그러고 보니 부인은 나와 마찬가지로, 아니 나보다 더 고뇌에 시달렸던 것이다. 얼마나 괴로웠으면 죽기까지 했을까. 부인은 다른 사람들도 응당 나에 대해 호의에 넘친 태도를 보일 것이라 생각하고 있었다. 자기의 사랑 탓으로 아주 장님이 되어, 딸의 적의를 전혀 깨닫지 못했던 것이다. 부인 애정의 그와 같은 마지막 표시는 나에게는 여간 고통스러운 것이 아니었다. 클로슈구르드와 딸을 나에게 주려고 했으니, 앙리에트는 얼마나 가엾은 여자였는가!
　나탈리여, 지금은 당신도 알게 된 그 고귀한 앙리에트의 유해를 따라 내가 처음으로 묘지에 들어간 그 영원히 무서운 날로부터, 태양의 그 따스함과 밝은 빛은 엷어졌고, 밤은 더욱 어두워졌으며, 움직임은 느릿해졌고, 생각은 더욱 무겁고 고달픈 것이 되었던 것이다. 우리가 흙 속에 묻어 버리는 사람들이 있다. 그러나 특별히 친밀한 사람들도 있어, 그 사람들은 우리들의 마음을 수의(壽衣)로 삼으며, 그 추억은 매일같이 우리들의 고통과 뒤섞이는 것이다. 우리는 호흡하는 것과 같이 그 사람들을 생각하며, 그 사람들은 사랑의 특유한 윤회라는 감미로운 법칙에 의해 우리들 내부에 있는 것이다. 하나의 영혼이 나의 영혼 속에 있다. 어떠한 선(善)이 우리들에 의해 베풀어지고 아름다운 말이 입 밖에 나올 때, 그 영혼이 얘기하고 그 영혼이 선을 베푸는 것이다. 내가 지닐 수 있는 온갖 좋은 것은 그 무덤에서 나오는 것이다. 대기를 향기롭게 하는 냄새가 백합에서 풍겨 나오는 것처럼. 조롱이나 해악 등, 당신이 나를 보고 비난하는 모든 것은 나 자신으로부터 나온다. 그러니 이제는 내 눈이 구름 때문에 흐려지고 오랫동안 흙을 보다가 하늘로 향할 때, 내 입이 당신의 말이나 당신의 마음씨에 대해 침묵을 지키고 있을 때, 『무슨 생각을 하세요』라고 묻지 말아 달라.

　사랑하는 나탈리, 나는 얼마 동안 이 글을 쓰지 않고 있었다. 그런 추억은 너무나 나를 감격에 몰아넣었던 것이다. 지금은 그런 파국 후에 생긴 일들을 당신에게 얘기해야 할 것 같다. 그것은 몇 마디의 말로 충분히 얘기할 수 있다. 어떤 생애가 행위와 운동만으로 구성되어 있을 때, 모든 것을 간단히 얘기할 수 있다. 그러나 그 생활이 영혼의 가장 높은 영역에서 영위되었을 때, 그 이야기는 긴 것이 된다. 앙리에트의 편지는 내 눈에 희망의 불빛을 번득이게 했다. 그 엄청난 조난 속에서 나는 헤엄쳐 갈 섬을 발견했다. 클로슈구르드에서 마들레느와 함께 살면서 나의 생애를 바친다는 것은 내 마음을 흔들어 놓고 있던 모든 생각을 만족시킬 수 있는 운명이었다. 그러나 무엇보다도 마들레느의 본심을 알아야 할 필요가 있었다. 백작에게도 작별 인사를 하지 않으면 안 되었다. 그래서 나는 그를 만나러 클로슈구르드로 갔다. 그리하여 동산에서 그를 만났다. 우리는 한참 동안 걸어다녔다. 처음에 그는 자기가 잃은 것과 그것이 자신의 내면 생활에 끼친 중대한 손해를 알고 있는 사나이로서, 부인 이야기를 나에게 했다. 그러나 처음에 고통의 비명을 지르고 나서는 현재보다도 앞날이 걱정이라고 나에게 말했다. 그는 어머니처럼 상냥한 데가 없는 딸을 두려워하고 있었던 것이다. 마들레느에게는 뭔가 강직한 것이 어머니의 우아한 특질과 섞여 있어, 그 꿋꿋한 성격은 앙리에트의 부드러운 애정에 젖어 있었던 이 백작에게 두려움을 주고 있었다. 그리고 백작은 틀림없이 무엇으로도 굴복시킬 수 없는 딸의 의지를 예감하고 있었던 것이다. 그러나 그 메울 수 없는 상실(喪失)에서 그를 위로할 수 있었던 것은 오래지 않아 아내와 같이 있게 되리라는 확신이었다. 최근 며칠 동안의 격동과 비탄은 그의 병적인 상태를 악화시켜 그전 같은 그의 고통을 되살리고 있었다. 아버지로서의 그의 권위와 이제 그 집 여주인이 되어 가고 있는 딸의 그것 사이에서 준비되고 있는 투쟁은, 그로 하여금 비통 속에서 만년을 마치게 하려 하고 있었던 것이다. 왜냐하면, 그는 아내와는 싸울 수 있었으나, 딸에게는 항상 양보해야 했기 때문이다. 더욱이 아들은 가버릴 것이고, 딸은 결혼할 것이다. 어떤 사위가 올까? 그는 곧 죽을 것이라 말했지만, 앞으로 오랫동안 동정도 없이 고독하게 살 것이라 생각됐다.
 그는 아내의 이름을 빌어 나의 우정을 요구하면서 자신에 대해서만 얘기하고 있는 동안에, 현대의 가장 으리으리한 전형의 하나인 망명 귀족의 대 화상(畵像)을 완전히 보여 주었던 것이다. 겉으로 보기엔 늙고 쇠약해진 것 같았지만 검소한 습관과 전원 생활 때문에 그의 내부에는 틀림없이 생명의 불씨가 좀처럼 꺼지지 않을 것으로 보였다. 내가 이 글을 쓰고 있는 지금까지도 그는 살아 있는 것이다. 마들레느는 우리가 동산을 따라 걷고 있는 것을 봤을 텐데 내려오지 않았다. 그 소녀는 여러 번 현관의 돌층대 위에 나왔다가는 집안으로 도로 들어갔는데, 그것은 나를 경멸하고 있음을 보이기 위해서였다. 마들레느가 돌층대 위에 나온 순간 나는 백작더러 집으로 올라가자고 말했다. 나는 마들레느에게 할 이야기가 있었다. 부인의 유언을 구실로 삼았다. 그것밖에는 만날 방법이 없었던 것이다. 백작은 딸을 부르러 갔고, 두 사람을 동산에 남겨 두었다.
 「마들레느야!」 나는 말했다.「내가 너에게 얘기하지 않으면 안 된다면 여기서밖엔 얘기할 수 없지 않겠니? 그리고 여기서 너의 어머니는 나 자신에 대해서라기보다는 인생의 여러 가지 일들에 대해 한탄하실 때, 내 얘길 들어 주셨단다. 나는 네가 생각하고 있는 걸 잘 알고 있지. 하지만 너는 사실을 잘 모르고 날 비난하고 있는 게 아닐까? 내 생활과 행복은 이곳에 결부돼 있는거야. 그건 너도 알거다. 그런데 너는 박정하게도 여기서 날 쫓아내려고 하는구나. 더구나 우리가 맺어져 있었고, 어머니의 불행이 같은 고뇌의 굴레로 더욱 굳게 맺어 준 그 남매간 같은 애정의 직후에 말이다. 귀여운 마들레느야, 너를 위해서라면 나는 아무 보답도 기대하지 않고, 네가 알아 주지 않아도 지금이라도 당장 목숨을 내던질 수 있어. 우리 남자들은 자기를 아껴 준 부인의 아들딸들을 그렇게 사랑하는 거란다. 그런데 너는 훌륭한 너의 어머니가 지난 칠 년 동안 고이 간직해 둔 계획을 모르고 있어. 그 계획은 틀림없이 너의 감정을 풀어 줄 텐데 말이다. 하지만 나는 그런 이익을 조금도 바라진 않는다. 너에게 부탁하고 싶은 건, 내가 이 동산의 공기를 마시러 오고 사회 생활에 관한 네 생각을 시간이 고쳐 주는 것을 기다릴 권리를 내게서 뺏지 말아 달라는 것뿐이야. 지금은 네 생각을 반대하려고는 안 할 테다. 나는 네가 어지러운 생각에 시달리면서 고민하는 데 대해 간섭하지 않을거야. 그런 고민은 지금 내가 놓여 있는 처지를 건전하게 판단하는 능력을 나로부터 빼앗아 버리기 때문이야. 이 순간에 우리를 지켜보고 계실 성녀도 내가 너에게, 다만 네 감정과 네 태도 사이에서 중립을 지켜 달라고 말하는 겸손한 태도를 칭찬해 주실거야. 나는 네가 반감을 품고 있는데도 너무나 너를 사랑하고 있기 때문에 백작님이 아시면 기뻐하실 어떤 계획도 백작님께 말씀해 드릴 수 없는거야. 아무튼 네 마음대로 하길 바란다. 그리고 얼마 후에, 이 세상의 어떤 사람도 나에 대해서 너보다 더 잘 알게 되지 못할 것이며, 어떤 남자도 나보다 더 헌신적인 감정을 지니진 않을 것이라는 걸 생각해 주기 바란다……」

그때까지 마들레느는 눈을 내리깔고 있었으나 갑자기 손짓으로 내 이야기를 막았다.

「실례지만」 흥분한 목소리로 그녀는 말문을 열었다. 「저도 당신이 생각하고 있는 일은 죄다 알고 있어요. 그렇지만 당신에 대한 감정은 조금도 변하지 않을 것이고, 당신하고 맺어질 바엔 엥드르 강에 몸을 던지는 편이 나아요. 저에 대해선 말하고 싶지 않아요. 하지만 어머님의 이름이 지금도 많은적든 당신에게 영향을 준다면, 저는 어머니의 이름으로 당신에게 부탁드리고 싶어요. 제가 있는 동안에는 클로슈구르드에 절대로 오시지 말아 주세요. 저는 당신을 보기만 하면 어떻게 말할 수 없는, 도저히 걷잡을 수 없는 괴로운 기분이 되니까요.」

소녀는 점잖은 동작으로 나에게 고개를 숙여 보이고 클로슈구르드 쪽으로 올라갔는데, 돌아다보지도 않았고, 그 소녀의 어머니가 어느 하루 그랬던 것처럼 무감동하고 냉혹한 그런 태도였다. 그 어린 소녀의 투철한 눈은 뒤늦게나마 어머니의 마음속을 샅샅이 뚫어보았고, 또 아마 불행을 가져올 것같이 생각되는 남자에 대한 자기의 무의식적인 공범(共犯) 행위에 대한 어느 정도의 뉘우침 때문에 증오가 더욱 깊어졌던 듯싶다. 거기서는 모두가 심연이었다. 마들레느는 내가 그와 같은 불행의 원인이었는지, 아니면 희생이었는지를 이해하려고도 하지 않고 미워하고 있었던 것이다. 만일 어머니와 내가 행복했다면 그녀는 미상불 두 사람을 다같이 미워했을 것이다. 그리하여 나의 행복의 아름다운 전당은 모두 부서지고 말았던 것이다. 이 세상에 알려지지 않은 훌륭한 부인의 생애를 전면적으로 아는 사람은 나 한 사람만이 되었다. 그녀 감정의 비밀을 환히 알고 있는 사람은 나뿐이었다. 그녀 영혼의 모든 영역을 샅샅이 뒤진 사람은 오직 나뿐이었다. 어머니도 아버지도 남편도 자식들도 그 부인을 알지 못했던 것이다. 이상한 일이다! 나는 그 잿더미를 뒤져 그것을 당신 앞에 펼쳐 보이면서 즐기고 있다. 우리는 모두 우리들의 가장 귀중한 재산의 몇 가지를 거기서 발견할 수 있는 것이다. 얼마나 많은 가정에 그들의 앙리에트가 있는가! 얼마나 많은 고귀한 사람들이 자기의 마음을 살펴 주고 그 깊이와 넓이를 재주는 명석한 관찰자를 만나지 못한 채 이 세상을 하직하는가! 이것이 인생의 온전한 실상인 것이다. 자식이 어머니를 모르는 것과 마찬가지로 어머니가 자식을 모르는 수가 흔히 있다. 부부나 애인이나 형제간에 있어서도 매일반이다.

내 경우도 아버지의 관 앞에서, 내가 그렇게도 승진을 위해 애써 준 샤를르 드 방드네스를 상대로, 즉 형을 상대로 언젠가 소송을 일으키게 될 줄이야 어떻게 알았으랴. 정말 무서운 일이다! 가장 단순한 이야기 속에 얼마나 많은 교훈이 있는가! 마들레느가 돌층계 뒤의 문에서 사라지기가 무섭게 나는 서글픈 생각에 잠긴 채 돌아가서 그 집 사람들에게 작별인사를 하고는 엥드르 강의 오른쪽 강가를 따라 파리를 향해 떠났다. 그것은 내가 처음으로 이 골짜기에 왔을 적의 길이었다. 퐁 드 류앙의 아름다운 마을을 쓸쓸히 지나갔다. 그러나 나는 부유했고, 정치 생활은 나에게 미소를 던져 주고 있어 이제는 1814년의 그 고달픈 나그네는 아니었던 것이다. 그 무렵엔 내 마음은 욕망에 넘쳐 있었으나, 지금은 내 눈에 눈물이 넘치고 있었다. 그전에는 스스로 만족시킬 수 있는 생활을 미래에 가지고 있었으나, 지금은 생활이 황량해지고 있음을 느끼고 있다. 나는 겨우 스물아홉 살의 젊은 나이였지만 내 마음은 이미 늙은 것만 같았다. 그 풍경에서 최초의 그 현란한 아름다움을 빼앗아 버리고, 나로 하여금 인생을 혐오하게 하는 데에는 몇 해 동안이면 족했던 것이다. 내가 돌아서서 동산 위의 마들레느를 봤을 때 나의 흥분이 어떠했겠는지, 이제 당신도 이해할 것이다.

나는 걷잡을 수 없는 슬픔에 짓눌려 이제는 여행 목적 따위는 생각하고 있지 않았다. 더들리 부인에 대해서는 전혀 생각하고 있지 않았는데, 나도 모르게 어느새 부인의 집안 뜰에 발을 들여 놓고 말았다. 한번 어리석은 짓을 저지르면 그것을 계속하는 수밖에 없다. 나는 부인의 집에서는 부부 간처럼 행세하고 있어서, 헤어질 때 성가실 것을 생각하면서 쓸쓸한 심정으로 층계를 올라갔다. 만일 더들리 부인의 성격과 태도를 잘 알고 있다면, 당신도 그때의 내가 얼마나 못난 짓을 했는가를 짐작할 수 있을 것이다. 아무튼 집사의 안내를 받아 여행 차림인 채 살롱에 들어가니, 거기에는 화려하게 치장을 한 부인이 다섯 사람의 남자에게 둘러싸여 있었던 것이다. 영국의 가장 세력있는 늙은 정치가들 중의 한 사람인 더들리 경(卿)은 난로 앞에 매우 거만하고 냉정하게, 의회에서 그러는 것처럼 매우 조롱적인 자세로 서 있었다. 내 이름을 듣자 히죽이 웃었다. 아라벨의 두 어린애도 어머니 곁에 있었는데, 그들은 늙은 더들리 경의 사생아의 한 사람인 드 마르세를 꼭 닮았다. 드 마르세도 부인 옆의 이인용 긴의자에 앉아 있었다. 아라벨은 나를 보자 잔뜩 거만하게 나의 캡을 물끄러미 바라다보았는데, 그것은 마치 내가 부인의 집에 뭣하러 왔느냐고 짖궂게 묻는 것 같았다. 그리고 시골 귀족이라도 소개받는 것처럼 나를 아래위로 훑어보는 것이었다.

두 사람의 친밀했던 관계, 그 영원한 정열, 나의 사랑을 받지 못하면 죽어 버리겠다던 그 맹세, 그 아르미다(16세기 이탈리아의 시인 톨크와 아트 타소의 역사시 《예루살렘 해방》에 나오는 요부의 이름)의 몽환 따위는 모두 꿈같이 꺼져 버리고 말았다. 나는 부인과 악수해 본 적도 없는 낯선 사람이어서 부인은 나 같은 사람은 통 모르겠다는 듯한 태도였다. 나는 외교적인 냉정한 태도에 익숙해져 가고 있었지만, 그토록 홱 돌아서는 데에는 놀라지 않을 수 없었고, 다른 사람이라도 나 같은 입장이면 역시 놀랐을 것이다. 드 마르세는 얄궂게 점잔을 빼며 자기의 장화를 바라보면서 빙글거리고 있었.

얼마 후 나는 결심했다. 그 상대자가 다른 여자였다면 나는 겸허한 마음으로 나의 패배를 받아들였을 것이다. 그러나 사랑을 위해 죽겠다고 말하면서도 죽은 여자를 조롱한 여주인공이 서 있는 꼴을 차마 볼 수 없어, 무례한 태도에는 무례한 태도로 대항하리라 마음먹은 것이다. 그 여자는 브랜든 부인의 비운을 알고 있었다. 그것을 상기시킨다는 것은 설사 칼날이 무디어지는 한이 있더라도 그 여자의 심장에 날카로운 비수로 일격을 가하는 일이었다.

「부인」 나는 말했다. 「제가 투르에서 왔고, 브랜든 부인에게서 잠시도

4. 끝맺음

지체할 수 없는 전언을 부탁받았다는 걸 아시면, 이렇게 무례하게 찾아온 걸 용서해 주실 줄 압니다. 저는 부인이 랭카셔를 향해 떠나시지 않았나 걱정했지요. 그렇지만 마침 파리에 계시니, 언제 만나뵐 수 있는지 알려 주시길 바랍니다.」

부인이 고개를 숙이자 나는 물러나왔다. 그날 이후로 나는 사교계에서밖에는 부인을 만나지 않았다. 사교계에서 우리는 친밀한 듯한 인사며 때로는 익살도 주고받는 것이다. 내가 부인을 보고 언제까지나 원한을 잊지 않을 랭카셔의 여자들에 대해 얘기하면, 부인은 프랑스 여자는 위병(胃病)을 자기 절망의 장식품인 줄 알고 있다고 나에게 응수했다. 부인 덕분에 나는 드 마르세를 불구대천의 원수로 삼고 말았다. 그 사나이를 부인은 무척 사랑해 주고 있었다. 내가 간혹 던져 주는 말이지만, 부인은 부자 이 대와 중혼하고 있는 셈이다. 그리하여 나의 재액에는 부족함이 없었다. 나는 사세에 은둔해 있을 때 세운 계획을 실천에 옮겼다. 공부에 열중하고 과학과 문학과 정치에 종사했다. 샤를르 10세가 즉위하자, 선왕(先王) 밑에서 내가 맡고 있던 직무가 폐지됐기 때문에 외교계에 들어갔다. 그때부터 아무리 아름답고 아무리 재치가 있고 아무리 애정이 두터운 여자라도 결코 거들떠보지 않으리라고 나는 굳게 결심했다. 그런 결심은 굉장히 좋은 결과를 가져왔다. 믿을 수 없을 정도의 정신적 안정과 일을 하기 위한 큰 힘을 얻었고, 여자들이 약간의 상냥한 말로 우리들에게 대가를 지불했다고 생각하면서 우리들의 생명을 얼마나 낭비하게 하는가를 나는 깨달았다. 그러나 나의 모든 결의는 좌절됐다. 어떻게 해서, 또 어떤 이유 때문인지는 당신이 잘 알고 있으리라. 그리운 나탈리여, 나는 나의 생활을 나 자신을 보고 얘기하듯 꾸밈없이 또 거리낌없이 당신에게 얘기했다. 당신과는 아무 상관도 없는 감정을 얘기했다. 그렇게 함으로써 나는 질투심이 강하고 세심한 당신의 마음 한구석을 어쩌면 상하게 했을지도 모른다. 그러나 비속한 여자를 분하게 하는 것 같은 일도 당신에게 있어서는 나를 사랑하는 새로운 이유가 될 것이라고 나는 확신하고 있다. 고뇌에 시달리는 영혼을 가진 사람에게 선택된 부인들에게는 맡아야 할 숭고한 역할이 있다. 상처에 붕대를 감아 주는 자선병원의 수녀 같은, 어린애를 용서하는 어머니 같은 역할을 그들은 해주어야 한다. 예술가와 위대한 시인만이 번민하는 것은 아니다.

조국을 위해, 국민의 장래를 위해 사는 사람들은 그들의 정열과 사상의 범위를 확대시키면서, 흔히 자못 무참한 고독에 빠지는 법이다. 그들은 자기 곁에서 순수하고 헌신적인 사랑을 느낄 필요가 있는 것이다.

그들이 그 사랑의 위대한 힘과 가치를 이해한다는 것을 믿어 주기 바란다. 내일이면 나는 내가 당신을 사랑한 것이 잘못이었는지 어떤지 알게 될 것이다.

펠릭스 드 방드네스 백작님에게

친애하는 백작님, 당신은 그 불쌍한 모르소프 부인으로부터 받은 편지가 당신이 사회생활을 해나가는 데 도움이 되었으며, 당신은 그 편지 덕분에 출세하셨다는 말씀이죠? 그러면 제가 당신의 교육을 완성시킬 수 있게 해주세요. 제발 지저분한 버릇을 버리시길 바랍니다. 노상 전남편 얘기만 하면서, 죽은 사람의 미덕을 둘째 번 남편 앞에서 끊임없이 자랑하는 미망인 같은 흉내는 내지 마세요. 나는 프랑스 여자예요. 친애하는 백작님, 나는 내가 사랑하는 분의 일이라면 무조건 좋아하지만, 사실 모르소프 부인에게만은 그럴 수 없잖습니까? 당신이 해주신 편지를 제딴에는 주의깊게 읽었습니다. 그리고 제가 당신에게 어떤 관심을 가지고 있는가도 알고 계시지요? 그리고 나서 당신이 모르소프 부인의 깨끗한 사람됨을 강조함으로써 더들리 부인을 몹시 괴롭혔고, 또 영국식 사랑의 술책을 강요함으로써 백작 부인을 매우 괴롭혔다는 것도 나는 짐작할 수 있습니다. 당신 마음에 들려는 생각밖에는 없는 보잘것없는 불쌍한 여자인 저로서는 서글픈 글이었습니다. 그 글은 제가 애정을 표현하는 방법이 앙리에트 같지도 않으며 아라벨 같지도 않다는 것을 깨우쳐 주었습니다. 사실 저는 저의 미흡함을 인정합니다. 그것을 알고 있습니다. 그렇지만 무슨 까닭으로 그것을 저에게 그렇게 노골적으로 느끼게 합니까? 제가 누구를 동정했는지 아십니까? 당신이 사랑하게 될 네 번째 여자였습니다. 그 여자는 반드시 세 사람의 여성을 상대로 싸우지 않으면 안 될 거예요. 그러니 저는 당신을 위해서도 그 여자를 위해서도, 당신 추억의 위험성에 대해 주의의 말씀을 드리지 않을 수 없는 것입니다. 저는 당신을 사랑한다는 어려운 영광을 단념하렵니다. 가톨릭적인 장점이나 영국 국교적인 숱한 장점을 많이 지녀야 할 것이기 때문이며, 게다가 저로서는 망령들과 싸울

4. 끝맺음 297

마음도 없으니까요. 클로슈구르드의 성처녀(聖處女)의 부덕은 아무리 자신에 넘치는 여성도 절망시키기가 십상일 것이며, 당신의 대담한 아마존은 행복에 대한 어떤 분방한 욕망도 낙담시키겠으니 말입니다. 어떤 여자든지 아무리 애써도 자기가 원하는 것과 같은 기쁨을 당신에게 줄 수 있으리라고는 결코 기대하지 못할 것입니다. 감정으로나 관능으로도 당신의 추억을 꺾지는 못할 것입니다. 당신은 저희들이 자주 말을 타고 다닌다는 것을 잊으셨더군요. 저는 당신의 신성한 앙리에트의 죽음 때문에 냉각된 태양을 다시 뜨겁게 해드리지 못했습니다. 당신은 오래지 않아 제 곁에서는 추위에 떠시게 될 것입니다. 모나미(나의 벗)로서 말씀드립니다마는——왜냐하면 당신은 언제까지나 친구일 테니까요——당신의 환멸을 드러내고 사랑을 낙심시키며, 여자로 하여금 회의에 빠지게 하는 것 같은 그런 고백을 되풀이하지 않도록 조심하세요. 친애하는 백작님, 사랑이란 것은 다만 신뢰에 의해서만 존속하는 것입니다. 무어라고 말하거나 말을 타거나 하기 전에, 훌륭한 앙리에트 같은 여자라면 더 재치있게 얘기하지 않을까, 아라벨 같은 기수(騎手)라면 더 우아하게 말을 타지 않을까 하고 걱정하게 되면 이미 그 여자는 혀도 발도 떨리고 말 것이 틀림없습니다. 당신은 저에게, 취할 듯한 당신의 꽃다발 몇 개를 받고 싶다는 욕망을 일으키게 하셨습니다. 그러나 당신은 이제 그런 꽃다발을 만드시지 않습니다. 이렇듯 당신이 이제는 하지 않으려고 하시는 그런 일과, 당신을 위해 되살아날 수 없는 생각이나 즐거움이 많이 있습니다. 명심하세요. 어떤 여자든지 당신의 마음속에서, 당신이 아직도 소중히 간직하고 계신 망령과 같이 있고 싶진 않을 것입니다. 당신은 저더러 기독교적인 자애로 사랑해 달라고 말씀하십니다. 솔직히 말씀드립니다만, 저는 자애로 무수한 일을 할 수 있습니다. 사랑만을 제외하고는.

당신은 간혹 남을 싫증나게 하며 당신 자신도 시들해지십니다. 당신은 자신의 슬픔을 멜랑콜리라는 말로 표현하고 계십니다만 그런 대로 무방합니다. 하지만 당신에 대해서는 더 견딜 수가 없습니다. 당신은 당신을 사랑하고 있는 여자에게 참혹한 근심을 주고 계시는 분입니다. 저는 당신과의 사이에서 너무나 자주 그 성녀의 무덤에 부딪쳤습니다. 저는 곰곰이 생각해 봤지요. 그래서 자신을 깨달았습니다. 저는 역시 그 부인처럼 죽고 싶진 않아요. 매우 뛰어난 여성인 더들리 부인을 당신이 몹시 싫증나게 만들었다면 그분처럼 맹렬한 욕망을 가지고 있지 않은 저 같은 여자야 그분보다 더 빨리 열이 식을 염려가 있습니다. 저희들을 상대해서는 사랑의 행복을 맛보지 못할 테니까요. 앞으로 친구로서 지내기로 합시다. 저는 그러고 싶은 것입니다. 친애하는 백작님, 대관절 어찌된 일입니까? 애당초 당신의 행운을 바랐었고, 당신에게 상원의원의 지위를 주었으며, 열렬히 당신을 사랑하면서 당신이 자기에게 충실하기만을 바란 그토록 완전한 애인을 당신은 슬픔으로 죽게 하셨으니 말입니다. 정말 저는 그보다 더 기괴한 일은 알고 있지 못합니다. 파리의 포도(鋪道) 위를 야심을 품고 걸어가는 가장 열렬하고 가장 불행한 젊은이들 중에, 당신이 탐탁히 여기지 않은 총애의 절반만이라도 획득하기 위해서는 십 년쯤이야 얌전하게 기다리고 있지 않을 사람이 있을까요? 그렇게 사랑받고 있을 때, 사람은 그 이상으로 무엇을 바랄 수 있을까요?

그분은 정말 불쌍한 여자였어요! 그분은 몹시 고통에 시달렸어요. 그런데 당신은 약간의 감상적인 말만 하시는 것으로 그분의 관(棺)에 대해 의무를 다한 것으로 생각하고 계십니다. 저 역시 아무리 당신에게 사랑을 쏟는다고 해도 결국 그런 꼴을 당하고 말 것입니다. 고맙습니다, 친애하는 백작님. 저는 무덤 속에서도 여기서도 라이벌 같은 것은 가지고 싶지 않습니다. 양심에 그런 죄를 가지고 있는 사람은 적어도 그것을 입 밖에 내서는 안 됩니다. 저는 당신에게 경솔한 부탁을 드린 것 같습니다. 저는 여자로서, 이브의 딸로서 당연한 일을 한 것입니다. 남성인 당신은 당신의 대답의 효과를 계산하여야 했습니다. 저를 속였어야 했을 것입니다. 그러면 저는 후일 당신에게 감사했을 것입니다. 당신은 도대체 염복(艶福)이 많은 사람으로서 지켜야 할 예절 같은 것을 모르고 계셨습니까? 그러한 사람들은, 자기는 여태까지 연애해 본 적이 없으며 지금 처음 연애를 하고 있는 것이라고 우리에게 말하지만 그것이 얼마나 여자를 위해 주는 일인지를 느껴 보지 않으셨던가요? 당신의 계획은 실행이 불가능한 것입니다. 모르소프 부인과 더들리 부인을 동시에 겸하라는 것은, 모나미, 그것은 물과 불을 결합하라고 하는 것이나 다름없지 않을까요? 그러고 보니 당신은 여자를 잘 모르시는 것 같군요. 여자는 결국 여자예요. 여자로서 그 장점과 결점을 가지고 있는 것입니다. 당신은 더들리 부인을 너무 빨리 만나셨기 때문에 그분을 제대로 평가하지 못했던 것입니다. 그리고 당신이 그분을 나쁘게 말씀하시는 것은, 당신의 자존심이 상처를 입은 데 대한 복수라고 저는 생각합니다. 당신이 모르소프 부인을 이해하신 것은 너무 늦었습니다. 당신은 한 여성이 모두를 겸하지 못했다고 해서 나무라셨던 것입니다. 그 어느 쪽도 아닌 저에게는 어떤 일이 일어날까요?

저는 당신을 사랑하고 있기 때문에 당신의 앞날을 깊이 생각해 봤어요. 저는 정말 당신을 무척 사랑하고 있으니까요. 우수에 젖은 얼굴을 한 돈키호테 같은 당신의 모습은 언제나 저의 깊은 관심을 끌었습니다. 저는 우울한 사람들의 마음은 변하지 않는다는 것을 믿고 있습니다. 그렇지만 당신이 사회에 나서는 문 어귀에서 여자들 중에서도 가장 아름답고 가장 정숙한 한 부인을 죽게 하실 줄은 몰랐습니다. 그런데 저는 당신이 앞으로 하셔야 할 일을 생각해 보았습니다. 깊이 생각했지요. 제 생각으로는, 모나미, 당신은 샌디 부인(18세기 영국의 소설가 오렌스 스턴의 작품 《트리스트럼 샌디의 생활과 의견》 속의 등장 인물) 같은 사람과 결혼하셔야 할 것입니다. 연애에 대해서도 정열에 대해서도 전혀 모르며, 더들리 부인이나 모르소프 부인의 일에 대해서도 걱정하지 않으며, 당신이 비오는 날처럼 울적해질 적에도 아주 무관심하며, 당신 소원대로 자선병원의 수녀 역할을 해주는 그런 여자하고 말입니다. 그러나 사랑하는 일이나 오직 한 마디의 말에도 몸을 떠는 일, 행복을 기다리거나 주거나 받거나 할 수 있는 일, 정열의 무수한 폭풍을 느끼는 일이나 사랑을 받는 여자의 조그마한 허영심까지도 공감하는 일, 그런 일은 친애하는 백작님, 깨끗이 단념하세요. 당신은 당신의 정다운 천사가 젊은 여자에 관해 당신에게 충고한 말을 너무 잘 지키신 것 같습니다. 당신은 젊은 여성들을 피하셨기 때문에 젊은 여성들에 대해 조금도 모르시는 것입니다. 모르소프 부인이 처음부터 당신을 떠받든 것은 타당한 일이었습니다. 그렇지 않았다면 모든 여성들이 당신의 적이 되는 바람에 당신은 결코 출세하지 못했을 테니까요. 이제 와서 연구를 시작하신다는 것도, 우리 여자들이 듣기 좋아하는 말에 대한 공부를 하신다는 것도, 때에 따라 의젓한 태도를 보이신다는 것도, 저희들이 어리광피우고 싶을 때 그 어리광을 귀여워해 주신다는 것도, 아무리 그렇게 하시고 싶더라도 이제는 늦었습니다. 저희들은 당신이 생각하시는 것처럼 어리석지 않습니다. 사랑할 때에는 저희들이 선택한 남자를 무엇보다도 최상위에 올려 놓는 것입니다. 저희들이 누구보다도 훌륭하다고 하는 신념이 흔들린다는 것은 저희들의 사랑도 흔들린다는 것입니다. 저희들을 칭찬하시는 것은 바로 자신을 칭찬하는 것입니다. 만일 당신이 사교계에 머물러 여성들과의 교제를 즐기시려거든, 저에게 얘기하신 모든 것을 여성들에겐 숨기시도록 하세요. 여성들은 자기들 사랑의 꽃을 바위 위에 뿌리거나, 자기들의 애무를 병든 마음을 위로하기 위해 낭비하거나 하는 것을 좋아하지 않습니다. 어떤 여자라도 당신의 마음이 거칠고 메마르다는 것을 깨닫게 될 것입니다. 따라서 당신은 항상 불행할 것입니다. 제가 말씀드린 것 같은 일을 거리낌없이 당신에게 말할 만큼 솔직한 여자나 당신의 충실한 친구라고 자랑하는 제가 지금 그러는 것처럼 당신에게 우정을 바치면서 아무 원한도 품지 않은 채 헤어질 만큼 사람 좋은 여성은 그리 흔치 않을 것입니다.

　　　　　　　　　　　　　　　　　　1835년 10월 파리
　　　　　　　　　　　　　　　　　　나탈리 드 마네르빌

고리오 영감

오노레 드 발자크 지음
최정순 옮김

……혼자 남은 라스티냑은
천천히 걸어서 묘지 근처 높은 곳으로 올라가
세느강의 양기슭을 따라 굽이굽이 가로 누워 있는
파리를 내려다보았다.
등불이 반짝이기 시작하고 있다.

그는 꿀벌의 둥지처럼 윙윙거리는 소리를 내고 있는
그 세계에서
미리 그 벌꿀을 빨아먹으려는 듯한 시선을 던지면서
다음과 같은 말을 큰소리로 내뱉었다.
「자아, 이번엔 너와 나의 대결이다!」

―본문 중에서

1. 하 숙 집

　보케르 노부인은 드 콩플랑 집안 출신으로 사십 년 전부터 파리의 라탱 거리와 생 마르셀 거리 사이에 있는 뇌브 생트 즈느비에브 거리에서 하숙집을 경영하고 있었다. 『보케르 관』으로 알려진 이 하숙집은 남녀노소를 가리지 않고 누구에게나 방을 빌려 주었는데, 그러한 것이 문제된 적은 한 번도 없었다. 그러나 삼십 년 동안 이 하숙집엔 젊은 여자가 머물러 본 적이 없었다는 것과 만약 젊은 남자가 이곳에 오래 머물러 있었다면 그것은 집에서 부쳐 오는 송금액이 극히 적은 경우였다는 것을 아울러 말해 두어야겠다. 그렇지만 이 드라마가 시작되는 1815년에는 그곳에 한 불쌍한 소녀가 기숙하고 있었다.
　감상적인 문학이 유행하는 요즈음에는 드라마라는 말이 너무 함부로 왜곡되어 쓰이는 바람에 그 원래의 뜻을 잃어버리고 말았지만, 여기서는 역시 그 단어를 사용하지 않을 수가 없다. 이 이야기가 그 단어의 참뜻대로 드라마틱해서가 아니라, 이 이야기를 읽으면서 사람들은 『성 안에서와 성 밖에서』(『파리에서도 지방에서도』라는 뜻) 어느 정도 눈물을 흘릴는지도 모르기 때문이다. 이 이야기가 파리 이외의 고장에서도 이해될 수 있을까 하는 의문은 당연한 것이다. 구체적인 관찰과 지방적 특색에 가득찬 이 배경의 독특한 맛은 몽마르트르의 언덕과 몽루즈의 고지 사이에 있는, 금방이라도 허물어질 성싶은 석회 벽토와 거무칙칙한 흙탕물의 시내가 흐르는 것으로 유명한 이 골짜기에서 사는 사람들 외에는 제대로 평가하지 못할 것이다. 진정한 괴로움과 때로는 거짓 즐거움에 가득 차 있는 이 골짜기는 그야말로 무서울 정도로 소용돌이치고 있기 때문에 상상할 수 없었던, 그리고 거의 견뎌낼 수 없는 그런 고통만이 오랫동안 계속될 수 있는 감동을 불러일으키는 것이다. 그런데도 이 골짜기에서는 이곳저곳에 악덕과 미덕이 뒤섞여져서 위대하고 장엄한 성격을 띠게 된 고뇌를 여기저기서 볼 수 있다. 그런 고뇌를 보게 될 때, 이기주의나 이해타산에만 사로잡혀 있는 사람들조차도 때로는 걸음을 멈추고 연민의 정을 느끼는 것이다. 그러나 그들이 받은 인상은 순식간에 먹어치우는 맛있는 과일과 같은 것이다. 문명이란 것은 저거너어트(인도의 벵골 만에 위치한 도시로, 매년 축제 때 신의 은총을 얻으려고 신의 동상을 싣고 가는 수레바퀴에 신자들이 뛰어든다고 한다)의 수레와 같아서 때때로 다른 사람들보다 물리치기 힘든 사람이 수레바퀴의 움직임을 막더라도 그저 잠깐 지체할 뿐, 곧 깔아뭉개 버리고 영광의 전진을 계속하는 것이다. 그것은 이 책을 손에 들고 포근한 안락의자에 깊숙이 몸을 담고,『거 재미있을 것 같은데』하고 중얼거리는 독자 여러분들과 같을지도 모른다. 고리오 영감의 남모르는 불행한 이야기를 읽고 난 후, 자신이 감동을 느낄 수 없는 것을 작자의 탓으로 돌리고, 과장을 공격하며, 너무 시적으로 표현했다고 작자를 탓하면서 왕성한 식욕으로 저녁을 먹을 것이다. 그렇지만 이것만은 알아 주기 바란다. 이 드라마는 꾸며낸 것도 아니며 소설 또한 아니다.『모든 것이 진실이다.』너무도 진실하기 때문에 이 모든 것이 누구든지 자기 집에서, 어쩌면 자기 마음속에서 찾아낼 수 있는 비극의 요소들인 것이다.

 하숙집은 보케르 부인의 소유였다. 이 집은 뇌브 생트 즈느비에브 거리의 낮은 지대 끝에 자리잡고 있었다. 돌투성이의 가파른 길이 라르 발레트 거리 쪽으로 너무 급한 경사를 이루고 있었기 때문에 좀처럼 마차도 오르내리지 않는 장소에 위치한 집이었다. 이런 사정으로 말미암아 발 드 그라스(17세기에 수도원으로 세워졌지만 후에 육군 병원이 되었다)와 팡테옹(18세기에 세워져 처음엔 성당이었으나 뒤에 국가적 명소가 되었음)의 둥근 지붕 사이에 끼여 있는 이 거리는 적막에 싸여 있었다.

 이 두 유명한 공공 건물은 주위 풍경에 노란 색조를 던지고 있었고 둥근 지붕의 우중충한 빛깔로 인해 근처를 어두운 분위기에 잠기게 했다. 이 지역의 포도(鋪道)는 말라 있었고 도랑에는 진흙도 물도 없었으며 담을 따라 잡초가 자라고 있었다. 아무리 무관심한 사람이라도 그곳을 지날 때에는 다른 모든 통행인과 마찬가지로 마음이 울적해지고 마차가 지나는 소리만 나도 큰 사건이 일어난 듯 여겨지는 곳이었다. 집들은 모두 음산하고 돌담은 흡사 감옥과 같은 느낌을 주었다. 어쩌다가 길을 잘못 든 파리 사람의 눈에는 하숙집과 학교, 빈곤과 권태, 죽어 가는 노인과 무조건 공부를 강요당하는 천진스런 젊은이의 모습밖에 비치지 않을 것이다. 파리에서 가장 추한 곳이었으며 또 가장 알려지지 않은 곳이었다. 더욱이 뇌브 생트 즈느비에브 거리는 이 이야기를 가장 잘 돋보이게 할 수 있는 유일한 청동 액자와 같은 곳이다. 음침한 색조와 진지한 사색으로 독자의 머리를 아무리 무장하더라도 결코 지나치는 일은 없을 테니까. 마치 관광객이 지하 묘지에 내려갈 때 계단을 한 단씩 내려감에 따라 햇빛은 점점 사라지고 안내인의 노래하는 듯한 목소리는 한층 더 굴 속으로 울려 퍼지는 것과 같다. 훌륭한 비교이다. 비뚤어진 마음과 속이 텅 빈 두개골 중 어느 쪽이 보기에 더 무서운지, 도대체 그것을 누가 결정할 수 있으랴.

하숙집의 정면은 작은 뜰에 면해 있고 뇌브 생트 즈느비에브 거리와는 직각을 이루고 있었기 때문에 거리에서 보면 집의 옆쪽만 보였다. 집 정면으로는 집과 뜰 사이에 빗물을 받기 위하여 육 피트쯤 자갈이 깔려 있었고, 그 앞의 모래를 뿌린 오솔길 양 옆에는 푸른색과 흰색의 커다란 사기 화분에 심은 제라늄이라든가 협죽도(夾竹桃), 혹은 석류나무가 늘어서 있었다. 이 오솔길에 들어가기 위해서는 한 장의 간판이 가로걸린 문을 지나야 하는데, 그 간판에는 『보케르 관』, 그 아래 작은 글자로 『남녀노소 모두 받음』이라고 씌어 있었다. 벨이 붙어 있고 좁은 포석이 깔린 길 끝 쪽에 화가가 그린 녹색의 대리석 아치가 보였다. 그럴 듯하게 우묵해 보이도록 그려져 있는 그 아치 아래 사랑의 신인 큐피드의 동상이 서 있다. 이 동상의 칠이 군데군데 벗겨져 있는 것으로 보아, 상징의 애호가는 어쩌면 그곳에서 얼마 안 되는 곳에서 치료되는 파리 특유의 연애(근처에 있는 성병 전문의 카퓌생 병원을 가리킴)의 신화를 읽을 수 있을지도 모른다. 받침돌 밑에는 반쯤 지워진 다음과 같은 문구가 1777년에 파리로 귀환한 볼테르에 대한 열광적인 감격을 나타내고 있기 때문에 이 장식품이 만들어진 시대를 회상할 수 있게 한다.

『그대가 누구일지라도 여기 너의 주인이 있다. 현재에도 그렇고, 과거에도 그랬고, 또 그래야만 하느니라.』

밤이 되면 빛이 새어 들던 쪽문은 온전한 문으로 바뀌어진다. 건물 정면 가득히 옆으로 자리잡고 있는 작은 뜰은 한길로 면한 담과 옆집과의 경계를 이루는 담으로 완전히 둘러싸여 있었고, 망토처럼 늘어진 담쟁이가 그 담들을 완전히 감춰 버려 파리에서는 보기 드문 회화적인 효과를 이루고 있어 통행인의 시선을 끌었다. 모든 담에는 포도 덩굴이 격자 울타리에 얽히게 했으며 그 나무들의 빈약하고 먼지가 앉은 열매는 보케르 부인의 걱정거리가 되었고 하숙인을 상대로 한 그녀의 좋은 이야깃거리가 되었다. 담을 따라 보리수나무(티유월) 그늘로 이어지는 오솔길이 뻗쳐 있는데 이 보리수라는 말을 보케르 부인은 드 콩플랑 집안 출신인데다 하숙인이 여러 번 주의를 줬는데도 불구하고 여전히 티웨이유라고 발음하곤 했다. 양쪽 담 사이의 중간 부분에는 양엉겅퀴와 원추형의 과일나무들이 줄지어 서 있고, 가장자리에는 미나리·상치·파슬리가 심겨져 있었다. 또 보리수 그늘에는 푸른색으로 칠한 둥근 탁자가 놓여져 있고, 몇 개의 의자가 그것을 둘러싸고 있었다. 복중에는 커피를 마실 수 있을 정도로 돈의 여유가 있는 하숙인들이, 그늘에서도 달걀을 익힐 듯한 무더위에도 커피 맛을 음미하려고 그곳에 모여 들었다. 삼층이지만 그 위에 지붕밑 방이 있는 거친 석조 건물이었으며 파리의 모든 집들과 비교해 볼 때 천한 느낌을 주는 누런색으로 칠해져 있었다. 각층에는 다섯 개의 창문이 있는데 모두 덧문이 붙어 있으며 그 어느 것이나 높이가 달랐기 때문에 그 선이 들쭉날쭉했다. 건물 측면에는 각층마다 두 개의 창문이 붙어 있었는데 아래층에는 장식으로 쇠창살이 붙어 있었다. 건물 뒤에는 폭이 이십 피트 정도 되는 뜰이 있어서 돼지나 닭, 토끼가 사이좋게 놀고 있었고 이 뜰의 막다른 곳에는 땔감을 넣어 두는 벽이 없는 헛간이 있었다. 이 헛간과 부엌 창문 사이에 식품 저장용의 찬장이 매달려 있었고 그 밑으로는 수챗물이 흘러나가게 되어 있었다. 이 뜰에도 뇌브 생트 즈느비에브 거리로 통하는 좁은 문이 있고 그 문을 통해 모든 오물들이 치워지기 때문에 전염병이 발생할 우려가 있어서 하녀는 자주자주 많은 물을 써서 청소했다.

애초부터 하숙집 경영을 목적으로 지어진 집이었다. 일층에는 우선 맨 앞에 한길 쪽의 두 개의 창문을 통해 채광을 하는 방이 있는데, 유리만으로 되어 있는 창문 겸 문으로 출입하도록 되어 있었다. 이 살롱은 식당으로 통하고 식당은 계단에 의해서 부엌과 구분되어 있었으며, 그 계단은 어느 곳은 목재로 어느 곳은 빛깔 있는 타일로 되어 있었다. 윤 나는 것과 없는 것이 교대로 줄무늬를 이룬 직물을 씌운 안락의자와 보통 의자들이 놓여진 이 살롱을 바라다보는 것보다 더 초라하게 느껴지는 일은 없을 것이다. 한가운데 생트 안느 산(産) 대리석으로 상판(床板)을 깐 둥근 테이블이 놓여 있고, 현재는 어디서라도 볼 수 있는 반쯤은 지워진 금박을 두른 백색 도자기 커피 세트가 놓여 있다. 이 방의 바닥은 매우 낡았고 팔꿈치 높이까지 돌아가면서 판자가 붙여져 있었다. 그 위의 벽 부분은《텔레마크의 모험》(17세기의 프랑스 작가 페넬롱이 루이 14세의 손자 부르고뉴 공의 교육을 위하여 호메로스 서사시에서 제재를 취하여 쓴 이야기)의 중요한 장면을 그린, 와니스 칠을 한 벽지를 붙이고 그 중의 고전적인 인물들은 채색되어 있었다. 쇠창살이 있는 두 창문 사이의 벽면에는 율리시즈의 아들을 위해 칼립소가 베푼 향연을 그린 액자가 붙여져 있었다. 사십 년 전부터 이 그림이 젊은 하숙인들의 농담을 불러일으켜 왔는데 그럴 수밖에 없는 이유로는 그들은 빈곤으로 말미암아 어떻게도 할 수 없는 조잡한 식사를 빈정거리면서 자기들이 사실상 지금 놓여 있는 경우보다는 그 이상의 지위에 있을 인간이라는 것을 내세우고 싶었기 때문이었다.

깨끗한 벽난로는 특별한 경우가 아니면 불을 피우지 않는다는 것을 증명하고 있었다. 돌로 된 벽난로 앞에는 오래된 조화를 가득 담은 두 개의 화병이 장식되어 있고, 푸른빛이 도는 대리석으로 만들어진 둘도 없는 몰취미의 괘종시계가 걸려 있었다. 이 맨 처음 방은 프랑스 어로는 적절하게 표현할 말이 없는 냄새,『하숙집의 냄새』라고 불러 마땅할 그런 냄새를 발산하고 있었다. 그것은 밀폐된 방의 냄새, 곰팡내, 음식물이 쉴 때 나는 것 같은 시큼한 냄새로 코끝을 섬뜩하게 했고, 습기를 느끼게 하고 옷에까지 배어들며 여러 사람이 식사를 끝낸 방, 조리실, 식당, 양로원의 악취를 연상케 하는, 견디기 어려운 냄새를 풍기는 것이다. 젊고 늙은 하숙인들이 그곳에 내뿜는『독특한』카타르 성(性) 체취가 발산하는, 구역질 나는 냄새를 측정하는 방법이 발명된다면, 어쩌면 이 냄새도 기술할 수 있을지 모르겠다. 이러한 지독한 불쾌감에도 불구하고 인접한 식당과 비교해 본다면 독자에게는 이 살롱이 마치 귀부인의 내실처럼 우아하고 향기롭게 느껴질 것이다.

그 식당은 온통 널빤지로 돌려붙여져 있었는데 한때는 페인트 칠을 했었던 모양이지만 지금은 색도 분명치 않았다. 게다가 그것을 바탕색으로 해서 그 위에 여러 겹의 땟국이 기묘한 무늬를 만들어내고 있었다. 끈적끈적한 찬장 위에는 병들과 물결 무늬가 그려져 있는 더럽고 이지러진 금속 식기들과 투렌느 산(産)으로 가장자리가 푸른 두꺼운 도자기 접시들이 기둥 모양으로 쌓여 있었다. 한쪽 귀퉁이에는 번호가 적힌 칸막이 한 상자가 있었는데, 포도주의 얼룩이 져 있는 하숙인 각자의 냅킨을 넣어 두게끔 되어 있었다. 다른 곳에서는 내버려졌을 가구들, 부숴 버리려 해도 부숴지지 않는 가구들이 마치 문명의 패잔병이 불치 환자 병원에 수용되어 있는 것처럼 여기에 겨우겨우 정착해 있었다. 비가 오면 성 프란체스코 파의 수도사 모습을 하고 있는 청우계라든가 금줄이 있는 나무 액자에 넣어진, 식욕을 잃어버리게 할 것 같은 형편없는 솜씨의 판화, 구리로 세공한 거북의 등껍질 같은 패종시계, 녹색의 난로, 먼지와 기름이 한덩어리가 되어 있는 아르강 식(式)의 램프, 익살맞은 통학생들이 엄지손톱으로 자기 이름을 쓸 수 있을 정도로 기름에 절어 있는 밀초칠을 한 천으로 덮여 있는 길다란 테이블, 절름발이가 된 의자, 에스파르토 섬유로 만들어져서 찢어지는 일이 없이 언제나 잘 늘어나는 보잘것 없는 신발닦개, 나무 부분은 까맣게 타버리고 접합 부분은 구멍이 뚫린 빈약한 각로(脚爐) 등등을 볼 수 있었다. 이러한 가구들이 얼마나 낡고 터져 있고 썩었으며 건들거리고 벌레 먹었나를, 그리고 절름발이 애꾸눈에 반신불수여서 금방 숨이 딱 끊어질 직전에 있는가를 설명하려고 한다면 좀더 자세한 묘사를 해야겠지만, 그렇게 되면 이 이야기의 진행이 너무나도 더뎌질 것이므로 성급한 독자들은 그것을 용서치 않을 것이다. 바닥에 깔린 붉은빛 타일은 닳고 여러 번 덧칠을 해서 울퉁불퉁해져 있었다. 요컨대 이곳은 시적인 아름다움이 없는 빈곤과, 옷이 다 해어지도록 묵묵히 옷을 입어야 하는 절약과 가난에 지배당하고 있는 것이다. 아직은 진흙탕에 범벅이 되진 않았지만 얼룩투성이였다. 구멍도 나지 않았고 넝마가 된 것도 아니지만 언제 어느 때 썩어문드러질는지 모르는 것이다.

  이 방이 가장 광채를 발하는 때는 아침 일곱 시쯤으로, 보케르 부인이 기르는 고양이가 주인보다 먼저 식기찬장에 뛰어올라, 뚜껑 대신 접시로 덮은 몇 갠가의 사발 속에 들어 있는 우유냄새를 맡고, 아침마다의 일과처럼 가르랑거리는 소리를 들려 줄 때다. 그러면 머지않아 뒤채에서 보케르 부인이 자기딴에는 모양을 낸 엷은 명주 망사로 만든 모자 아래로 흐트러진 머리를

1. 하숙집   309

늘어뜨린 채 모습을 나타낸다. 그녀는 모양이 찌그러진 헌 슬리퍼를 끌면서 걷는다. 얼굴 한가운데에 앵무새의 주둥이같이 생긴 코가 솟아 있다. 개기름이 흐르는 그녀의 통통한 늙은 얼굴, 우둥퉁한 그녀의 조그마한 손, 몸은 성당의 쥐처럼 뚱뚱하며 그녀의 그 정돈되지 않고 늘어진 모습은 불행이 배어 있는 이 방과 잘 어울린다. 부인은 구역질 나는 이 방의 후덥지근한 공기를 들이마셔도 별반 속이 메슥거리는 일이 없는 모양이다. 가을의 첫서리 모양으로 냉기 어린 그녀의 얼굴, 날쌔게 표정이 변화하는 주름투성이의 눈언저리에는 춤추는 여인들처럼 판에 박은 웃음으로 어음을 할인하려는 사람이 실수하여 벌레 씹은 듯한 표정이 있다. 요컨대 그녀의 풍모는 이 하숙을 여실히 설명해 주고, 동시에 이 하숙은 그녀의 풍모를 대변한다. 간수가 없이는 감옥이 성립될 수 없듯이 독자들은 그 두 가지 중에 하나를 빼버리고 다른 한쪽을 상상할 수 없을 것이다. 이 작은 여자가 허여멀겋게 살이 쪄 있는 것은 이런 생활의 결과로서 그것은 티푸스가 병원에서 발산하는 나쁜 공기의 산물인 것과 같다.

터진 틈으로 솜이 드러나 보이는 낡은 천으로 만들어진 겉치마 밑으로 털실로 짠 그녀의 속치마가 드러나 보이는데, 그것은 이 하숙집의 살롱, 식당, 작은 뜰을 요약하여 표현하고 있고, 주방이 어떠한가를 미리 말해 주는 것이고, 하숙인들이 어떤 사람인가를 말해 주는 것이다. 그녀의 모습이 그곳에 있음으로 해서 비로소 이 광경이 완전해지는 것이다.

나이가 쉰 살 정도 되어 보이는 보케르 부인은 온갖 『불행한 경우를 겪는 여자들』을 닮고 있다. 봉사료를 조금이라도 더 받으려는 생각에서 일부러 화를 낸 것처럼 행동하기를 불사하는 능구렁이 할미의 흐리멍덩한 표정이라든가, 죄없는 것처럼 가장하고 있으면서도 자기의 환경을 편하게 하기 위해서라면 어떠한 짓이라도, 가령 피슈그뤼나 조르즈(왕당파 음모가로 피슈그뤼와 공모해서 1803년 나폴레옹을 공격하려다 실패하여 1804년 6월에 처형됨)라도 능히 경찰에 팔아 버릴 여자였다. 그렇지만 하숙인들은 그녀가 『본성은 좋은 사람이다』라고 말하고 있는데, 그것은 그녀가 자기들과 마찬가지로 불평을 늘어 놓든가, 기침 때문에 고통받는 것을 보고 그녀를 가난하다고 생각하고 있기 때문이다. 주인인 보케르 씨는 대체 어떤 인물이었을까? 부인은 한번도 고인에 대해서 얘기한 적이 없었다. 어찌해서 그가 모든 재산을 잃었는가?『여러 가지 불행한 일을 당했기 때문이죠.』하고 그녀는 대답하는 것이었다. 주인은 그녀에게 좋지 않게 대했었고 그녀에게 남겨 준 것이라고는 눈물을 흘리기 위한 두 눈과 살아가는 데 필요한 이 집과, 어떠한 불행에도 동정하지 않는 권리뿐이었다. 자기가 겪을 수 있는 온갖 고생을 직접 겪어 왔기 때문이라고 그녀는 말하는 것이었다.

잰 걸음으로 걸어다니는 여주인의 발걸음 소리를 들으면서 뚱뚱한 하녀인 실비는 하숙인들의 아침 식사 준비를 서두르는 것이었다.

잠은 자지 않고 밥만 먹는 하숙인들은 대개 저녁만 계약하고 있어서 한 달에 삼십 프랑을 냈다.

이 이야기가 시작되는 무렵에는 숙박하는 하숙인의 수는 일곱 명이었다. 일층에는 이 집에서 가장 좋은 방이 두 개 있었다. 보케르 부인은 가장 초라한 방을 차지하고 있었고, 나머지 하나는 공화국 육군의 지불 명령관의 미망인 쿠튀르 부인의 거처로 되어 있었다. 이 미망인은 그녀가 어머니 역할을 해주고 있는 빅토린느 타이유페르라는 매우 젊은 처녀와 살고 있었다. 이 두 여성의 일 년 동안의 하숙비는 천팔백 프랑이었다. 이층에 있는 두 개의 방에 살고 있는 사람은, 한쪽은 프와레라는 이름의 노인이고, 다른 한 쪽은 검은 색의 가발을 쓰고 구레나룻을 염색하고, 상인 출신이라고 스스로 일컫고 있는 마흔살 정도의 남자로 보트랭 씨라고 불리어지고 있었다. 삼층에는 네 개의 방이 있었는데, 그 중에 하나에는 미쇼노라는 이름의 늙은 처녀가, 다른 하나에는 서양식 국수라든가 마카로니 종류의 전분 식품 제면업자 출신으로, 여러 사람으로부터 고리오 영감이라고 불리어지고 있는 인물이 살고 있었다. 나머지 두 방은 후조의 족속들, 즉 고리오 영감이나 미쇼노 양처럼 식비와 거주비조로 월 사십오 프랑밖에 쓸 수 없는 불운한 학생들이 차지하고 있었다. 그렇지만 보케르 부인은 그들의 존재를 그다지 달가워하고 있지 않았고, 다른 적당한 차용자가 없는 경우에 한해서만 그들에게 빌려 주고 있었다. 그들은 빵을 너무 많이 먹었다. 지금 그 두 방의 하나는 앙굴렘 근방에서 파리에 법률 공부를 하러 와 있는 청년의 거처로 되어 있는데, 식구가 많은 그의 가족들은 그에게 매년 천이백 프랑의 송금을 하기 위하여, 말할 수 없이 쪼들리는 내핍 생활을 하고 있는 것이었다. 으제느 드 라스티냑이 그의 이름인데, 역경으로 인해서 각고의 고생을 하며 일에 정진하는 데 익숙해진 청년들, 젊을 때부터 양친이 그들에게 거는 기대를 이해하고 있어서, 이미 그들의 학업의 효력을 계산하고, 또 무엇보다도 맨 먼저 사회에서 이익을 짜낼 수 있는 인간이 되기 위해서 미리 자기의 학업을 미래의 사회 활동에 적용시킴으로써 멋있는 성공과 출세를 준비하고 있는 청년들 중의 하나였다. 그의 호기심에 찬 관찰이라든가 파리의 사교계에 교묘하게 끼여들 수 있었던 그 수완이 없었던들, 이 이야기도 진실미가 넘치는 색조로 채색될 수가 없었음에 틀림없었고, 그 진실미는 아마도 그의 총명한 정신과 어떤 가공할 만한 상황의 비밀을 캐내려고 하는 그의 욕망 덕분이라고 할 수 있을 것이다. 그 상황은 그것을 조작해낸 일련의 사람들에 의해서, 또 그 희생물이 되어 버리고 만 당사자들 자신에 의해서도 한결같이 유별나게 갖추어지고 있었기 때문이다.

이 삼층 위에는 세탁물을 말리는 작은 방과, 두 개의 다락방이 있는데, 심부름꾼인 크리스토프와 뚱뚱한 하녀 실비가 쓰고 있었다.

이상 일곱 명의 하숙인 외에, 나이 차이는 있으나, 보케르 부인은 모두 저녁식사만 예약하고 있는 여덟 명의 법과나 의과의 학생들과 이 구역내에 살고 있는 두서너 사람을 단골 손님으로 하고 있었다. 식당에는 저녁엔 열여덟 사람의 손님이 모였으나 스무 명 정도의 손님은 수용할 수 있었다. 그러나 아침에는, 일곱 사람의 손님만 나타났고 그래서 아침 식사 때는 가족만의 식사라는 느낌을 주었다. 각자가 슬리퍼를 끌고 내려와서, 밖으로부터 식사하러 다니는 사람들의 복장이나 태도에 대해서, 혹은 간밤에 일어났던 일에 대해서 기탄없는 비평을 내리고, 한집안 식구와도 같은 스스럼없는 어조로 지껄이는 것이었다. 이 일곱 사람의 하숙인이 보케르 부인의 버릇없는 아이들인 셈이다. 부인은 천문학적인 정확성을 가지고, 그 나름의 하숙비의 액수에 상응하게 신중과 경의를 그들에게 분배하는 것이었다. 한 가지의 같은 고찰을 우연히 그곳에 모이게 된 이들 인물에 적용할 수가 있었다. 삼층의 두 사람은 한 달에 칠십이 프랑밖에 지불하지 않고 있었다. 이렇게 싼 것은 생 마르셀 거리의 라 부르브(모자 시료원)와 살페트리에르(부인 양로원) 두 곳에서밖에 찾아볼 수 없는 것이었다. 쿠튀르 부인만은 예외였지만, 이들 하숙인들은 많든적든 외견상으로도 명백히 불행의 중압에 허덕이고 있는 듯한 느낌을 보여주고 있었다. 때문에 이 하숙의 내부가 나타내고 있는 한심스러운 상태는, 역시 이 패거리들의 형편없는 복장에서도 마찬가지로 나타났던 것이다. 사나이들은 색이 이상하게 변해 버린 프록코트를 입고, 상류 지역에서라면 길바닥에 내버렸음직한 구두를 신고, 닳아떨어진 내의, 말하자면 명색만 남은 옷가지를 몸에 걸치고 있었다. 여자들은 유행에 뒤떨어진, 다시 한 번 염색한 다음에도 또 색이 바랜 드레스를 입고, 레이스는 낡아서 기워져 있었으며 너무 오래 써서 볼품없이 늘어진 장갑과 언제 보아도 붉은 갈색으로 퇴색한 칼라, 언저리가 풀려서 너덜너덜한 채로 걸치고 있는 숄, 그런 옷차림을 하고 있었다. 복장은 그러했지만 그들은 거의 모두가 인생의 풍상을 겪어 온 건장한 체격이었고, 차갑고 딱딱하고, 유통 정지가 된 못 쓰는 화폐의 표면처럼 특징이 없는 얼굴들을 하고 있었다. 말라빠진 입언저리가 탐욕스러운 이로 무장되어 있었다.

이들 하숙인들은 이미 끝내 버렸거나 혹은 현재 진행중인 드라마를 연상시켰는데 그렇다고 해서 푸트라이트의 빛을 받고 채색이 찬란한 장치와 배경 앞에서 상연되는 그런 드라마는 아니고 살아 있는 드라마, 말없는 드라마, 사람의 마음을 뜨겁게 적셔 주는 소름끼치는 드라마, 종말이 없는 드라마인 것이다.

늙은 처녀 미쇼노는 시력이 약해진 눈 위에 녹색의 때묻은 차양을 두르고 있었다. 그 놋쇠 테는 『동정』의 천사까지도 두려워할 정도의 물건이었다. 가장자리가 떨어져 없어져서 너덜너덜하게 해진 숄이 마치 해골을 싸고 있는 듯이 보일 정도로 그 숄에 감싸여진 몸뚱이는 바싹 말라 있었다. 도대체 무슨 산성의 물질이 이 여자로부터 여성적인 용모를 부식시켜 버렸을까? 옛날에는 아름다웠을 것이고 몸매도 날씬했었을 것임에 틀림없었다. 악덕·슬픔·탐욕 탓이었을까? 너무 지나치게 사랑에 빠졌었기 때문일까? 화장도구나 장신구 행상인이었을까? 아니면 단순한 창부였을까? 쾌락이 자진해 밀어닥쳤던 무례한 청춘시절의 개가에 대해 지나는 사람들도 외면하는 노쇠한 모습으로 보상하고 있는 것일까? 퀭한 눈은 한기를 내뿜고 그 이지러진 얼굴은 보는 사람으로 하여금 두려움을 느끼게 했다. 그녀의 목소리는, 겨울이 가까워질 무렵 숲속에서 우는 매미의 울음소리처럼 기운이 없었다. 그녀는 자식들로부터 버림받은 방광 카타르에 걸린 한 가난뱅이 노신사를 돌봐 준 적이 있다고 말하고 있다. 그 노신사가 그녀에게 천 프랑의 종신 연금을 물려 주었으나 돈 때문에 상속인들이 정기적으로 다투었고 그녀는 상속인들의 중상의 표적이 되고 있다는 것이었다. 애욕의 장난이 그녀의 얼굴을 완전히 고통에 몰아넣고 있었지만, 그래도 아직은 살결이 하얗고 섬세한 모습의 흔적이 약간 남아 있어서 그녀의 몸이 아름다움을 조금이라도 간직하고 있으리라고 추측하게 할 뿐이었다.

프와레 씨는 일종의 자동 인형과 같은 인물이었다. 낡은 차양이 달린 우글쭈글한 모자를 쓰고, 자루가 노랗게 된 상아 지팡이를 금방이라도 떨어뜨릴 것 같은 위태로운 동작으로 손에 쥐고, 아주 빈 것이 아닌가 생각될 정도로 헐렁한 반바지를 입고 푸른 양말을 신은 다리를 술에 취한 사람처럼 휘청거린다. 프록코트의 퇴색한 앞자락을 펄럭거리면서 칠면조의 그것 같은 목에 두른, 끄나풀처럼 배배 꼬인 넥타이와 아무리 보아도 격에 맞지 않는 더러운 흰색 조끼를 입고, 구김투성이의 조잡한 모슬린으로 만든 가슴 장식을 자랑스레 드러내 보이면서, 동식물원으로 통하는 오솔길을 회색의 그림자처럼 기어가는 그의 모습을 보면, 이 그림자 같은 사나이도 또한 이탈리앙 거리를 활보하는 야벳(《창세기》에 나오는 노아의 셋째 아들)의 자손과 같은 대담한 인종에 속하는 것이 아닐까 하고 의심스럽게 생각하는 사람이 적지 않았다.

무슨 노동이, 이 사나이를 이렇게 주름투성이로 만들었을까? 어떤 정열이, 그의 동그란 얼굴을 그대로 만화로 그리면 실물 묘사라고는 전혀 생각되지 않을 거무튀튀한 갈색으로 변하게 했을까? 그는 전에 무엇을 했을까? 어쩌면 사법부의 사무원으로, 사형 집행인들의 지출 견적서라든가, 어버이 죽인 사형수에게 씌우는 흑두건, 피교살자의 광주리에 까는 톱밥, 처형도를 조작하기 위한 끈 등을 납품하는 계산서를 송부하는 과에 근무하고 있었는지도 모른다. 아니면 도살장의 출입구에 위치하는 접수계든가 위생국의 부검사관이었는지도 모른다. 아무튼 이 사나이는 사회라는 커다란 연자방아의 맷돌을 움직이는 당나귀 중의 한 마리이고, 원숭이 베르트랑의 얼굴을 몰랐던 파리에 사는 고양이 라통(라 퐁텐느의 우화에 나오는 순진한 고양이)과 같은 사람으로서 불행과 불결이 빙빙 돌아가는 이 사회의 굴대와 같은 존재이기 때문에 요컨대 그 몰골을 보면 『이런 인간도 필요하긴 하구나.』 하고 우리들이 말하는 그런 사람들 중의 하나였다. 품위 있는 파리는 정신적으로

혹은 육체적 고통으로 창백해진 이러한 인물을 무시한다.
 정녕 파리는 문자 그대로 대해와 같은 것이다. 수심을 재어 보려고 노력해도 결코 그 깊이를 알 수가 없을 것이다. 이 대양을 답사해 보고 묘사해 보라. 두루 살펴보고 묘사하기 위해 제아무리 수고를 한다 해도, 또 이 바다를 탐험하는 사람의 수가 아무리 많다 하더라도, 아무리 많은 관심을 가졌다 해도, 아무리 오랫동안 애쓴다 하더라도, 거기에는 미답의 땅, 미지의 동굴이 발견되어, 꽃이라든가 진주라든가, 괴물이라든가, 문학적 잠수부로부터는 잊혀진 무엇인가 전대미문의 것이 존재하는 것이다. 보케르 부인의 하숙집이야말로 그러한 진귀하고 기괴한 것들 중의 하나이다.
 이 하숙집에서는 두 인물이, 다른 하숙인들과 비교하여 현저한 대조를 이루고 있었다. 빅토린느 타이유페르 양은 위황병(萎黃病)에 걸린 소녀들처럼 병적으로 피부가 흰 여자로, 항상 침울한 표정, 안절부절 못 하는 태도, 가난하고 병약한 생김새로 보아서는 이 작품 전체의 기조처럼 되어 있는 일반적 고뇌와 결부되어 있기는 했지만 그 얼굴은 늙지 않았고, 그 동작이나 목소리는 민첩했다. 이 불행한 여자는 그 성질과 정반대의 토지에 옮겨 심어져 잎이 노랗게 된 작은 관목과 같았다. 검붉은 색으로 물들기 시작한 그녀의 안색, 황갈색의 블론드 머리카락, 너무나도 가냘픈 몸매는 당대의 시인들이 중세기의 동상들에서 발견해내는 그 우아함을 나타내고 있었다. 검은 색이 섞인 그녀의 회색 눈은 기독교적인 상냥함과 체념의 빛을 띠고 있었다. 검소하고 그다지 돈을 들이지 않은 의복으로도 젊음이 넘치는 싱싱한 그녀의 모습을 나타낼 수 있었다. 주위와 비교해 볼 때 그녀는 미인으로 보였다. 행복했었다면 그녀는 눈부실 정도로 아름다웠을 것이다. 의상이 여성의 화장품인 것처럼, 행복이란 여성의 시다. 무도회의 환희가 이 창백한 얼굴에 장미색의 색조를 반영시켰다면, 우아한 생활의 즐거움이 이미 약간 이지러지기 시작한 그녀의 볼을 부풀게 하고 붉은 색으로 물들였다면, 연애가 이 슬픔에 잠긴 두 눈동자에 생기를 불러일으켰다면, 빅토린느는 아마도 가장 아름다운 처녀들과도 능히 대항할 수 있었을 것이다. 그녀에게는 여자를 다시 한 번 창조하는 것, 즉 의상과 사랑의 편지가 없었던 것이다. 그녀가 지내온 이야기로도 넉넉히 한 권의 책을 만들어낼 수 있을 것이다. 그녀의 아버지는, 그녀를 자식으로 인정하지 않을 정당한 이유가 있다고 생각하고, 그녀를 자기 곁에 두는 것을 거절하고, 그녀에게 한 해에 육백 프랑만을 보내 주기로 하고 그녀의 재산까지 전부 아들에게 물려 주었다는 것이다.

쿠튀르 부인은 빅토린느의 모친과 먼 친척이 된다. 그녀의 어머니도 일찍이 부인의 집에 몸을 의탁하고 있다가 절망으로 인해 죽고 말았으며, 쿠튀르 부인은 그녀를 자기 자식처럼 여겨 뒷바라지를 하고 있었다. 불행하게도 공화국 육군 지불 명령관의 미망인인 그녀에겐 자기의 과부 재산과 유족연금 이외에는 아무것도 없었다. 그녀도 언젠가는 이 세상을 하직하고, 경험도 재산도 없는 애처로운 처녀를 세상의 거친 파도에 내맡기지 않을 수 없는 날이 올 것이라는 생각을 하고 있었다. 친절한 미망인은 빅토린느를 일요일마다 미사에, 두 주일마다는 참회를 위해 성당에 데리고 가서, 어떻게 해서든지 그녀를 신앙심이 깊은 여자로 만들어 놓으려 하고 있었다. 부인의 생각은 훌륭한 것이었다. 종교적 감정이 부친에게 거부당한 이 처녀에게도 미래에의 희망을 주고 있었다. 해마다 그녀는 부친을 사랑하고 있으며 모친의 용서를 비는 말을 전달하기 위해 아버지에게 걸음을 옮기곤 했지만, 추호의 인정이나 용서도 받지 못한 채 닫혀진 아버지 집 문에 몸을 부딪힐 뿐이었다. 조정자의 역할을 해야 할 유일한 사람인 그녀의 오빠도 사 년 동안 단 한 번도 그녀를 만나러 온 적이 없었고, 아무런 도움도 주지 않았다. 그녀는 아버지가 눈을 뜨도록 해달라고, 그리고 오빠의 마음을 가라앉혀 달라고 신께 애원했으며, 비난 같은 것은 전혀 하지 않고 오로지 그들을 위하여 빌었다. 쿠튀르 부인은 그러한 야만적인 행동을 형용하는 말을 악담이나 욕설의 사전 속에서도 찾아내지 못할 정도로 했다. 그녀가 이 몰염치한 백만장자를 저주하면, 빅토린느는 괴로움의 절규까지도, 오히려 사랑을 표현하고 있는 상처 입은 산비둘기의 소리를 닮은 상냥한 말로 변호하는 것이었다.

으제느 드 라스티냑은 하얀 피부, 새까만 머리, 푸른 눈 등으로 정말 남국인다운 풍모를 지니고 있었다. 그의 풍모와 태도, 거동, 습관적인 몸가짐은 유년 시절에 취미가 고상하고 전통적이고 예의바른 가정의 교육에서 형성되었다는 것을 보여 주고 있었다. 확실히 그는 의복을 소중히 여기고 보통 때는 지난 해의 옷을 닳아 떨어질 때까지 입고 있었지만, 때로는 고급의 청년 복장으로 외출할 수 있었다. 평시의 그는 낡은 프록코트와 빈약한 조끼를 입고, 참말로 학생다운 퇴색한 싸구려 검정색 넥타이를 단정하지 못하게 매고,

그와 같은 헌 바지를 입고, 창을 간 헌 구두를 신고 다녔다.
 이 두 사람의 남녀와 다른 사람들과의 중간에 위치하는 것이 보트랭이었다. 그는 구레나룻에 염색을 하고 다니는 마흔 살 정도의 사나이였다. 그는 일반 사람들이 곧잘,『저 사람은 대단한 사나이다.』라고 할 만한 종류의 인물이었다. 어깨가 넓었고, 상체가 잘 발달된 훌륭한 근육을 소유하고 있었고, 두툼하고 네모난 손의 마디마디에는 타는 듯한 빨간 털이 수북이 돋아 있었다. 그의 얼굴엔 나이에 비해 많은 주름이 새겨져 있었고, 그래서 냉혹한 인상을 느끼게 했지만 매사에 부드럽고 상냥한 태도가 그것을 완화시켜 주고 있었다. 그의 나직한 저음도 거친 명랑성과 조화되어, 결코 불쾌한 느낌을 주지 않았다. 그는 친절하고 명랑했다. 어느 방의 자물쇠가 고장나기라도 하면, 곧 분해해서 수리하고, 기름을 치고 해서 원상으로 복귀시켜 놓고서는『이런 것쯤은 아무것도 아닙니다.』하고 말하는 것이었다. 게다가 그는 배에 관한 것, 바다에 관한 것, 프랑스·외국·장사·인간·사건·법률·호텔·감옥 등 어떤 것에 대해서도 모르는 것이 없었다. 누군가가 너무 지나치게 불평을 늘어 놓으면, 그는 곧 자진해서 도와 주겠다고 했다. 보케르 부인이라든가 몇몇 하숙인에게 돈을 꾸어 준 일도 여러 번 있었다. 그러나 빌린 편에선 그에게 돈을 갚지 못할 바에는 차라리 죽어 버리는 게 낫겠다고 생각할 정도였다. 그는 사람 좋아 보이는 인상과는 달리, 어떤 심오하고 결단력이 충만해 보이는 시선으로 상대방에게 두려움을 느끼게 했던 것이다. 그가 침을 탁 뱉는 그 태도에서는 수상한 상황에서 탈출하기 위해서는 범죄 앞에서도 주저하지 않을 것임이 틀림없는 태연한 침착성이 느껴졌다. 준엄한 재판관 모양으로 그의 눈은 온갖 문제, 모든 인간의 양심, 모든 감정의 깊숙한 부분까지 꿰뚫어 보는 듯했다. 그의 일상 생활은 아침식사가 끝나면 외출했다가 저녁을 먹으러 하숙집으로 돌아오고, 저녁을 먹은 후에는 내내 모습을 나타내지 않았다가, 보케르 부인이 그에게 맡긴 자물쇠 중에서 열 수 있는 열쇠를 이용하여 한밤중에 돌아오는 것이었다. 이 하숙집에서 또 하나의 열쇠를 맡아 가지고 쓸 수 있는 특권을 누리고 있는 사람은 그 한 사람뿐이었다. 그래서 그는 보케르 부인과는 가장 친숙한 관계를 가지고 있었고, 그녀의 허리를 안고서는『엄마』라고 부르는 것이었다. 그것은 별뜻이 없는 선의의 아첨이었다. 그녀는 또 그런 정도는 대수롭지 않게 생각하고 있었는데,

1. 하숙집　317

　사실 그 절구통 같은 허리를 바싹 끌어안을 수 있을 정도의 긴 팔을 가지고 있는 것은 보트랭뿐이었기 때문이었다. 그의 독특한 성격의 일면은 디저트로 그가 마시는 브랜디가 섞인 커피 때문에 매달 십오 프랑을 지불하고 있는 것에서도 잘 나타난다. 소용돌이와 같은 파리의 생활에 쫓기고 있는 청년들이라든가, 자기에게 직접 관계가 없는 일에는 무관심해 버리는 노인들처럼 무심한 인간이 아니라면, 보트랭이 그들에게 주는 수상한 인상을 그대로 보아넘기지는 않았을 것이리라. 그는 주위에 있는 인간에 관해서는 잘 알고 있든가 알아차리고 있었지만, 그가 생각하고 있는 것, 하고 있는 것은 아무도 알지 못했고 또 알 수도 없었다. 표면적인 호인 기질과 행동, 언제나 변함없는 상냥함, 명랑함 등이 그를 남들로부터 갈라 놓는 장벽을 이루고 있었지만, 때때로 그는 그 성격의 무시무시할 만큼 속이 깊은 상태를 들여다보게 하는 경우가 있었다. 종종 쥬브널(제정 로마 시대의 유명한 풍자가)과 겨룰 만한 신랄한 경구로 법률을 비웃고, 상류사회를 공격하며, 그러한 사회의 모순되는 점을 지적하려고 했는데, 그러한 그의 행동은 그가 사회에 대해서 원한을 품고 있다는 것, 그의 생활의 밑바탕에 조심스럽게 감추어진 비밀이 있다는 것을 추측게 하는 것이었다.
　자기 자신은 그런 것을 깨닫지 못하고 있지만, 타이유페르 양은 한 사람은 믿음직한 점에서, 또 한 사람은 미모에 이끌려서 몰래 훔쳐보듯이 시선을 번갈아 던지면서 이 사십 대의 사나이와 젊은 학생에게 남모르는 마음을 품고 있었다.
　그러나 언젠가는 우연히 그녀의 처지가 바뀌어 그녀는 돈많은 신부 후보생이 될 수도 있으련만 두 사람 중 어느 편도 그녀에게 관심을 갖고 있는 것 같지는 않았다. 게다가 이들 중 누구도 그 중의 한 사람이 내세우는 불행이 거짓이냐 진정이냐 하는 것을 일부러 조사한다든가 하는 행위를 하는 자는 없었다. 모두가 서로에 대해서, 제나름의 경우에서 유래하는 불신의 생각이 섞인 무관심을 보이고 있었다. 남의 고생을 가볍게 해줄 만한 힘 같은 것이 없다는 것을 이미 잘 알고 있었고, 서로가 그것을 이야기하는 것을 통하여, 후회의 술잔을 비우고 있는 것이었다. 마치 나이 먹은 부부처럼 서로 얘기를 주고받을 것이 이미 없어져 버렸고, 그래서 그들 사이에는 기계적인 생활과 기름 떨어진 톱니 바퀴의 회전밖에 남은 것이 없었다. 그들은 모두 길거리에서

맹인을 만나면 곧장 앞만 보며 지나쳐 버렸고, 불쌍한 사람의 이야기를 들어도 아무런 감정의 동요도 일으키지 않았으며, 그들을 극도로 냉정하게 만드는 극한 상황에 처한다 해도 죽고 나서야 그 문제들이 해결되리라 생각해 버리고 말았다.

이들 비참한 인간들 가운데에서 제일 행복한 사람은 이 양로원과 같은 하숙에 군림하고 있는 보케르 부인이었다. 정적과 냉기, 건조와 습기가 시베리아의 초원과 같은 황량한 느낌을 들게 하는 작은 뜰도 그녀에게 있어서는 즐겁고 아늑한 휴식처였다. 그녀에게 있어서는 계산대의 곰팡이 냄새가 나는 이 음산한 누런 집도 매력적인 장소였다. 형무소의 감방 같은 방들이 그녀의 것이다. 그녀는, 무기징역을 선고받은 죄수들 같은 하숙인들을 부양하면서, 꼼짝 못하게 하는 권위로 그들을 휘두르고 있었다. 이 가련한 친구들이 파리의 어느 곳에서 그녀가 받는 동일한 금액을 가지고 깨끗하고 충분한 식사와 그들이 마음을 쓰는 데 따라서, 비록 아름답고 쾌적하지는 못하지만 적어도 청결하고 위생적인 방들을 찾아낼 수가 있었겠는가 ? 그래서 가령 그녀가 눈에 띄게 불공평한 행동을 했다 하더라도, 그들은 불만이나 불평 한 마디 없이 그것을 참아내는 것이었다.

이와 같은 인간 집단은 사회의 모든 요소를 소규모로 반영하고 있기 마련이며 또 사실 반영하고 있었다. 이 열여덟 사람 가운데에도, 학교나 세상에서와 마찬가지로 여러 사람으로부터 손가락질을 받고, 우박이나 비를 맞듯이 조롱의 말을 흠뻑 뒤집어쓰는 불쌍한 사람이 있었다. 으제느 드 라스티냐의 하숙 생활이 이 년째로 막 접어들 무렵에, 그 인물은 아직 이 년간 앞으로 더 함께 살지 않으면 안 되는 사람들 가운데에서 가장 이색적인 인물로 비쳤다. 그 농락의 대상이 되는 존재는 원래 제면업자였던 고리오 영감으로서 역사가도 그렇게 했겠지만 화가라면 화면의 모든 빛을 그의 머리에 집중시켰을 것이다.

무슨 이유에서 사람들은, 반쯤은 증오의 감정이 섞인 경멸과 연민이 포함된 그 박해와 멸시를, 그들 중 가장 나이가 많은 사람에게 퍼붓는 것일까 ? 악덕보다도 더욱 용서받기 힘든 그의 괴상한 행동과 어리석음 때문일까 ? 이 문제는 사회적인 불행과 대단히 밀접한 관계를 가지고 있는 것이다.

어쩌면 진정한 겸허함이라든가 무기력, 또는 무관심 때문에 모든 것을 참고

1. 하숙집

견디는 인간을 못살게 구는 것이 인간의 본성인지도 모른다. 우리는 다른 사람이나 어떤 대상을 희생시킴으로써 자기의 힘을 자랑하는 것을 즐기는 것이 아닐까? 가장 연약한 존재인 개구쟁이 어린애까지도 얼음이 얼 정도의 추운 날에 집집마다 돌아다니며 초인종을 누르든가, 갓 지은 기념 건물에 자기 이름을 적어 놓기 위하여 허리를 펴고 발돋음하지 않는가?

고리오 영감은 예순아홉 살 되는 노인으로서 1813년에 사업에서 손을 떼고 보케르 부인의 하숙으로 은퇴했던 것이다. 그는 처음에는 쿠튀르 부인이 지금 쓰고 있는 방에 들어서 오 루이(일 루이는 이십 프랑)쯤은 문제로도 삼지 않는 정도였고, 당시 천이백 프랑의 하숙비를 지불했었다. 보케르 부인은 그가 낸 선금으로 그가 쓸 방 세 개를 다시 꾸몄는데 노란색의 무명 커튼이라든가, 유트레히트 산(産) 빌로도로 싼 니스칠을 한 나무의 의자 빛깔이라든가, 형편없는 몇 장의 그림 등, 시골에 있는 선술집에서도 거절할 성싶은 벽지를 바른 보잘것없는 것이었다. 그 무렵에는 존경을 다해서 고리오 선생이라고 불리어졌던 고리오 영감이 보여 주는 무심하고 너그러운 마음씨는 그녀로 하여금 그를 금전 문제에 어두운 바보로 생각하게 했다.

고리오는 훌륭한 옷이 가득 든 옷장을 가지고 왔는데, 그것은 그가 사업을 그만두고도 돈을 아끼지 않고 장만한 것이었다. 보케르 부인은 얇은 고급 린네르로 만든 열여덟 벌의 셔츠에 감탄했는데, 게다가 그 셔츠들의 풍요로운 가슴 장식 위에는 한 쌍의 장식 핀이 가는 고리로 연결되어 있었고 거기에는 커다란 다이아몬드가 박혀 있는 것이었다. 보기좋게 뚱뚱한 그는 평상시에는 담청색의 옷을 입고 있었으며 매일같이 깨끗한 하얀 조끼로 갈아입었으며 그 조끼 밑에는 금시곗줄을 늘어뜨리고 있었다.

하숙집 여주인이 바람둥이라고 비난할 때면 그는 자만심이 충족된 상인처럼 빙긋이 웃는 것이었다. 그의 방에 있는 오르므와르(진열장—아르므와르라고 해야 할 것을 그는 서민풍으로 그렇게 발음했다)에는 그의 집에서 가져온 값진 식기들로 차 있었다. 짐을 끄르고 그것들을 찬장에 늘어 놓는 것을 보케르 부인이 도와 주었는데 그때 그녀의 눈은 빛났다. 테이블 스푼도, 국자도 접시에 옮겨 담을 때 쓰는 것과 스튜 용의 것, 세트로 갖추어진 나이프와 포크, 소스 그릇, 여러 개의 큰 접시, 금으로 도금된 아침용 세트 등, 요컨대 있는 것은 모두 훌륭했고, 무게로만 치더라도 상당한 값이 나가는 식기류들이었으며 그녀는 어떻게 해서든지 그것들을 지니고 싶어했기 때문이다. 그것들은 모두 풍성했던 가정생활을 회상하게 하는, 선물받은 물건들이었다.

「이건 우리 부부의 첫번째 결혼 기념일에, 집사람이 나에게 한 선물이라오……」 그는 뚜껑 위에 서로 얼싸안은 두 마리의 산비둘기가 그려져 있는 조그마한 은그릇을 정리하면서 보케르 부인에게 말했다. 「불쌍하게도…… 집사람은 이것 때문에 처녀 때의 저금을 전부 털어 버렸단 말씀이야. 아시겠소? 내 말을…… 그렇지, 이것을 내다팔 정도가 되면, 손톱으로 땅바닥을 긁는 편이 차라리 낫겠단 말씀이야. 고맙게도, 나도 목숨이 붙어 있는 동안은 매일 아침 이것으로 커피를 마실 수 있거든. 동정받을 형편은 아니란 말이야. 벌지 않아도 꽤 오랫동안 먹고 사는 데는 큰 불편이 없을 테니까.」

게다가 보케르 부인은, 까치의 그것처럼 예리한 눈으로 여러 장의 국채 증서를 보았는데, 그것은 대충 합산을 하더라도, 이 근사한 고리오에게 대략 팔천 프랑에서 일만 프랑의 연수입을 가져올 만한 액수가 됨직했다. 그날부터 드 콩플랑 집안 출신의 보케르 부인, 사실은 마흔여덟 살인데도 서른아홉 살이라고 속이고 있었던 보케르 부인은 어떤 생각을 품게 되었다. 고리오 영감의 두 눈은 눈물주머니가 붓고 뒤집혀 있어서, 그는 자주 눈을 닦곤 했지만 그녀는 그의 그런 동작을 매우 멋지고 고상한 것이라고 생각했다. 게다가 알맞게 불룩한 그의 종아리는 모가 난 기다란 콧대와 함께 이 미망인이 특별히 존중하는 것으로서 정신적인 아름다움과 성실한 성격을 예상케 했고, 영감의 동그스름하고, 순진다고 할 정도로 멍청한 얼굴이 그것을 확증하고 있었다. 이 사람은 정신적인 모든 에네르기를 감정의 형태로 소비할 수 있는, 체격이 탄탄한 야인임에 틀림이 없었다. 고등 이공과 학교(공병장교나 기사를 양성하는 프랑스 굴지의 명문교)의 이발사가 찾아와서 매일 아침 머리에 기름을 발라 주곤 했는데 비둘기 날개 모양으로 가른 그의 머리는 좁은 이마 위에 다섯 개의 날카로운 선을 그어, 그의 얼굴을 그럴듯하게 장식하고 있었다. 어느 정도는 뼈없는 인간이라 할 수 있었으나, 약간 촌스런 데가 있기는 했지만 항상 멋을 부리고, 담배통에 언제든지 마쿠바(마르티니크 섬에서 나는 담배) 산 코담배를 가득 넣어 두는 사람식으로 담배를 피우고 있었기 때문에, 고리오 영감이 그녀의 집으로 이사온 날, 보케르 부인은 죽은

1. 하숙집

남편 보케르의 상복을 벗어 버리고 고리오 부인으로서 다시 살아 봤으면 하는 욕망 때문에, 베이컨에 말리어 구워지는 자고(鷓鴣)모양으로 그 욕망의 불에 지글지글 타면서 잠자리에 들곤 했다. 결혼한 후 하숙을 팔아 버리고, 이 서민 계급에 있어서는 꽃이라고 할 만한 인물과 팔짱을 끼고 대로를 활보하며 이 지역에서 일류 명사의 부인이 되어, 빈민구제를 위해서 모금하고, 일요일에는 슈와지, 스와지, 장덜리 등지에 가서 즐긴다. 마음이 내키면 극장 구경을 가는데 그것도 하숙인이 칠월에 갖다 준다는 작자 초대권 같은 것을 기다리지 않고 특별좌석을 예약하는 것이다. 이런 식으로 그녀는 파리에 사는 소시민 가정의 이상향을 꿈꾸었다.

그녀는 일 수우씩 모은 사만 프랑의 재산을 가지고 있다는 것을 누구에게도 말한 적이 없었다. 그래서 그녀는 재산상으로도 자기는 뒤지지 않는 혼인 상대라고 확신하고 있었다.

『다른 점에 대해서도 나는 영감님에게 지지 않아!』그녀는 자기 자신에게 자기의 매력을 입증하기라도 하려는 듯이, 뚱뚱보 실비가 매일 아침 칭찬하는 그 매력있는 몸을 침대 속에서 뒤챘다.

그날부터 약 삼 개월 동안 보케르 미망인은 고리오 영감에게 오는 이발사에게 부탁하여 몸치장에 적지 않은 돈을 들였다. 그 명분은 이 하숙을 이용해 주시는 훌륭한 양반들과의 균형을 유지하기 위해서, 그녀의 모습을 어느 정도의 수준으로 갖추지 않으면 안 된다는 것이었다. 그녀는 여러 가지로 줄곧 궁리해서, 하숙인들의 면모를 일신하려 했고, 이제부터는 모든 면에 있어서 나무랄 데 없는 사람이 아니면 받아들이지 않겠다는 자기의 의향을 자랑했다. 낯선 사람이 나타나면, 파리에서도 그 이름이 알려졌으며 가장 존경할 만한 실업가의 한 사람인 고리오 씨가 일부러 자진해서 정하여 주신 정도의 하숙이라고 자화자찬을 하는 것이었다. 그녀는 우선 『보케르 관』이라고 인쇄한 안내서를 뿌렸다.『이 관은……』하고 그녀는 그 안내서에 썼던 것이다.『라탱 거리에서는 가장 오래되고 가장 신용있기로 평판있는 하숙집의 하나입니다. 고블랭 골짜기를 바라볼 수 있는——틀림없이 사층에서는 보였다——아름다운 전망을 가지고 있으며, 아름다운 뜰이 있고, 그 저쪽에는 보리수의 가로수길이 있습니다.』

그녀는 그 글 속에, 공기가 좋다는 점, 근처가 고요하고 한적하다는 점도 언급하고 있었다. 이 안내서 덕분에 삼십육 세의 드 랑베르메닐 백작 부인이라는 여자가 찾아왔는데, 그녀는 전장의 이슬로 사라진 장군의 미망인으로서, 망부의 재산 정리라든가, 마땅히 그녀가 수령해야 할 유족 연금의 결정을 기다리고 있는 중이라고 했다. 보케르 부인은 그녀의 식사에 신경을 쓰고, 육 개월 동안 살롱에 불을 넣고, 안내서에서 약속한 것을 문자 그대로 지켰기 때문에 『제 배를 제가 벤다』는 격이었다. 그래서 백작 부인은 『이봐요, 주인댁』하고 허물없는 어조로 부르면서, 보케르 관보다 더 비싼 마레 거리에 있는 어느 하숙집에 살고 있으면서 마침 상반기의 지불을 마치려고 하는 그녀의 두 친구 보메를랑 남작 부인과 백작 피크와지 대령 미망인을 데리고 왔으면 하고 보케르 부인에게 말하는 것이었다. 그 두 친구들은 군사원호청에서 일을 끝내기만 하면 매우 유복한 신분이 될 여자들이었다.

과부인 이 두 여자는 저녁을 마치고 난 후 보케르 부인의 방으로 올라가서, 딸기주를 마신다든가, 이 집의 여주인 전용으로 따로 간직하고 있는 과자를 먹기도 하면서 수다를 떨곤 하였다. 드 랑베르메닐 부인은 고리오 영감에 관한 여주인의 계획에 대찬성이었고, 애당초 첫날부터 그 근사한 계획을 눈치채고 있었다고 말했다. 그녀는 고리오를 나무랄 데 없는 남자라고 했다.

「그야, 마나님. 저의 이 눈동자처럼 건강한 분이지요.」하고 보케르 부인은 그녀에게 말했다. 「완전한 젊음을 지니고 있어서, 아직도 충분히 즐거운 생활을 하게 해줄 수 있는 분이지요.」

백작 부인은 보케르 부인에게 그런 의도와는 어울리지 않는 그녀의 복장에 대해 선심 쓰듯이 여러 가지 주의를 해주었다. 「댁도 전투 태세를 갖추지 않으면 안 된단 말이에요.」라고 그녀는 미망인에게 말했다. 계산을 충분히 해보고 난 후, 이 두 여인은 팔레 르와이알에 가서, 걀르리 드 브와(팔레 르와이알에 있던 상점가)에서 깃으로 장식한 모자와 보닛을 샀다. 백작 부인은 친구들을 드 라 프티트 자네트(리슐리외 거리와 이탈리앙 거리 귀퉁이에 있었던 유명한 양품점)의 가게로 끌고 가서, 한 벌의 드레스와 스카프를 골랐다. 이들 군용품이 실제로 사용되어 무장을 다하고 난 후의 그녀는 완전히 레스토랑 베프 아 라 모드(팔레 르와이알 근처에 있던 레스토랑으로, 숄을 걸치고 모자를 쓴 소를 간판으로 하고 있었다)의 간판과 비슷한 모습이었다. 그렇지만 그녀는, 자기가 훨씬 매력적인 여자로 변화했다고 생각했으므로 백작 부인에게 감사를 느끼고, 지금까지는 남에게 물건을 선물한 적이 전혀 없는 여자였음에도 이십 프랑이나 하는 모자를 아무쪼록 받아 달라고 간청했다. 사실은 고리오의 의사를 타진하고, 자기를 그에게 잘 말해 주는 역할을 백작 부인에게 부탁할 작정이었다. 드 랑베르메닐 부인은 그런 흥정에는 매우 호의적으로 힘이 되어 주어, 그 늙은 제면업자를 공략해서 그와 회담하는 데 성공했다. 그러나 자기 자신을 위해서 그를 유혹하려고 하는, 그녀의 특수한 욕망이 포함된 익숙하며 교묘한 수법을 포기했다고는 할 수 없지만, 그가 너무 우물쭈물한다는 것을 알고 난 후 백작 부인은 그의 무례함에 화를 내기에 이르렀다.

「이봐요, 주인댁」그녀는 친애하는 벗에게 말했다.「저런 사나이로부터는 아무 것도 끌어낼 수가 없을 거예요. 가소로울 정도로 의심이 많단 말예요. 형편없는 엉터리 병신이어서, 당신에게 불쾌한 생각을 갖게 하는 게 고작일 거예요.」

고리오 씨와 드 랑베르메닐 부인과의 사이에는 어떤 일이 있었을까? 아무튼 백작 부인은 벌써 그와 함께 있는 것도 싫다고 말하기 시작했다. 다음날 그녀는 육 개월 분의 하숙료를 지불해야 하는 것도 잊어버리고, 오 프랑 짜리로 평가되는 헌옷을 하나 남겨 놓고 모습을 감추었다. 보케르 부인이 아무리 기를 쓰고 행방을 찾아보아도, 파리 시내에서는 드 랑베르메닐 백작 부인에 관한 어떠한 정보도 얻을 수가 없었다. 그녀는 때때로 이 어처구니없는 사건을 화제로 해서, 자기가 사람을 너무 지나치게 믿기 때문이라고 넋두리를 했지만, 그녀는 수코양이 이상으로 의심이 많던 것이다. 다만 그녀는 신변 가까이 있는 사람은 무조건 의심하면서, 어디 사는 누군지도 모르는 상대에게는 함부로 마음을 주는 대부분의 많은 사람과 비슷했다. 이것은 기묘한 일이지만, 실제로 존재하는 정신현상으로, 그 원인은 사람의 마음속에서 쉽사리 발견해낼 수가 있다. 어쩌면 이런 종류의 인간은, 함께 살고 있는 사람들로부터는 이미 아무것도 얻을 수 없는 상태가 되었는지도 모른다. 그들에게 자기의 텅 빈 머릿속을 보여 주고 말았기 때문에 남몰래 자기가, 당연한 원칙에서 그들로부터 이미 평가나 심판을 받아 버리고 말았다고 생각하고, 그러면서도 좋은 소리를 듣는 경우가 없기 때문에, 듣기 좋은 소리를 듣고 싶은 어쩔 수 없는 욕구에 몰리어, 혹은 또 실제로는 가지고 있지 않은 미덕을 가지고 있는 듯이 보이고 싶다는 욕망 때문에 괴롭힘을 당하여, 설사 언젠가는 신용을 잃어버리는 일이 있어도 좋으니까, 전혀 알지 못하는 사람들의 경의나 애정을 사로잡을 수는 없을까 하고 생각하는 것이다. 게다가 또, 선천적으로 타산적인 친구도 있어서, 친구라든가 가까운 친척에게는 꼭 그렇게 해야 하기 때문에 무엇 하나 해주는 것이 없다. 이에 반해서 모르는 사람들에게는 친절하게 해주고, 거기에서 자존심의 만족이라는 것을 얻어들인다. 이러한 친구들은 애정의 범위를 줄이면 줄일수록, 사랑은 적어진다. 그 범위를 넓히면 넓힐수록, 남에게 봉사하려 한다. 보케르 부인은 아무래도 본질적으로 찌들어서, 기만적이고 혐오할 만한, 그러한 두 가지의 성격을 갖추고 있었음에 틀림없다.

「그때 내가 여기에 있었더라면」 하고 보트랭은 말했다. 「당신이 그런 재난을 겪게 하지는 않았을 텐데 말이야. 나 같으면 그런 되지 못한 여자는 얼굴 가죽을 홀딱 벗겨 주고 말았을 거야. 그런 것들의 얼굴에는 특징이 있거든.」

생각이 좁은 인간의 상징으로서 보케르 부인은 눈앞에 벌어진 사건의 테두리에서 벗어나지 못하고 그 사건의 원인을 규명할 줄도 모르는 성격을 지니고 있었다. 그녀는 자신의 잘못이나 실수를 곧잘 남의 탓으로 돌렸다. 그런 손해를 입었을 때도 그녀는 죄없는 제면업자를 자기의 불운의 원인이라고 단정하고, 그때부터 그에 대한 마음의 미혹으로부터 깨어났던 것이었다. 자기가 아무리 교태를 보여도, 옷치장을 위해서 아무리 돈을 써도 효력이 없다는 것을 알았을 때, 그녀는 그 이유를 알아내는 데에는 시간을 소비하지 않았다. 그녀는 이 하숙인이, 그녀가 말하는 식으로 한다면, 이미 『뜻은 딴 데 있다』는 것을 눈치챘던 것이다. 어쨌든 그처럼 소중하게 키워 오던 그녀의 꿈이 실제적으로는 환상에 그 뿌리를 두고 있었다는 것, 그 방면에는 경험자인 듯한 백작 부인의 통렬한 말씨는 아니더라도, 그런 사나이로부터는 절대로 아무것도 빼낼 수 없을 것이라는 사실을 그녀는 깨달았다. 그녀는 필연적으로 최초에 고리오에 대해서 느꼈던 호의 이상으로 맹렬한 혐오를 품었다. 그녀의 증오는 애정에 비례한 것이 아니고, 배척당한 희망에 비례했던 것이다. 인간의 마음은 사랑의 고지를 다 올라가면 휴식을 발견하게 되지만, 증오의 벼랑길을 내려올 때는 결코 멎는 일이 없는 것이다. 그러나 고리오 씨는 그녀의 하숙인이었기 때문에 미망인은 손상된 자존심의

1. 하숙집   325

폭발을 억누르고, 그런 실망이 불러일으킨 한숨을 참고, 마치 수도원장으로부터 학대받는 수도사 모양으로 아무 소리 없이 복수의 욕망을 씹어삼킬 수밖에 없었다. 인색한 마음의 소유자는 선악 어느 쪽의 감정이든 끊임없이 비루한 짓을 해서 그것을 만족시킨다. 미망인은, 고리오 씨에 대한 음흉한 박해에 이런 방법 저런 방법을 생각해 내는 데에 여성 특유의 나쁜 근성을 발휘했다. 그녀는 우선 처음에, 식탁에 마련했던 호화스런 요리를 없앴다. 「오이나 멸치는 이제 차리지 말도록 해. 손해만 보니까 말야.」하고 그전의 방식으로 돌아간 날 아침, 그녀는 실비에게 말했다. 고리오 씨는 검소한 남자인데다, 자기의 힘으로 재산을 쌓아올리는 사람에게 필요한 절약이 그에게는 습관으로 되어 있었다. 그래서 수프와 삶은 고기에다 야채 정도의 식단이 그가 좋아하는 것이었고, 금후에도 그것은 변경될 성싶지 않았다.

따라서 보케르 부인은 어떤 점에 있어서도 이 하숙인의 기호를 다칠 수는 없었고, 그를 괴롭히는 일도 수월치가 않았다. 싸울 만한 대상이 못 되는 사나이를 만났다는 것에 절망하고, 그녀는 그의 평판을 떨어뜨리는 공작에 착수하여 고리오 씨에 대한 자기의 혐오를 하숙인들에게도 전염시켰다. 하숙인들은 하숙인들대로 장난삼아 그녀의 그러한 복수를 도와 줬다. 그로부터 일 년쯤 지난 무렵에 미망인은 더욱더 불신의 정도를 더하여, 칠팔천 프랑씩 나오는 연수입이 있고, 굉장한 은식기라든가 주위의 여자들은 저리 가라 할 정도의 훌륭한 보석류를 가지고 있는 이 상인이, 그런 재산에 비한다면 실로 미미한 하숙료를 내면서, 어찌하여 그녀의 하숙집 같은 데 기숙하고 있는 것일까 하고 의아해할 정도에까지 이르렀다. 처음 일 년 동안, 고리오 씨는 주에 한 번이나 두 번, 밖에서 저녁을 먹는 일이 있었다. 그런데 그 후는 언제부터 시작됐는지, 한 달에 두어 번 정도밖에 외식을 안 하고 있었다. 아무래도 여자와 마주앉아 하는 것 같은 고리오씨의 그 외식은, 너무나도 보케르 부인의 이익과 잘 들어맞고 있었기 때문에 이 하숙인이 점차로 그녀의 집에서 식사를 하게 되는 그 정확한 횟수의 진행이 그녀에게는 참을 수 없는 불만으로 발전해 갔다. 이런 변화는 서서히 재산이 줄어들어 갈 뿐 아니라 여주인인 자기를 곤란케 만들려는 의도 때문이라고 나쁘게 추측되기도 했다. 그와 같은 소인적 근성을 가진 이의 나쁜 습관의 하나는, 자기의 인색한 근성을 타인에게도 적용시킨다는 것이다.

불행하게도 두 번째 해의 마지막에, 고리오 씨는 보케르 부인에게, 삼층으로 옮기고 하숙료를 구백 프랑으로 줄이면 좋겠다고 말함으로써 그에 대한 쑥덕공론을 정당한 것으로 했다. 그는 결단성있는 경제생활을 필요로 했기 때문에, 방안에 불도 피우지 않았다. 보케르 부인은 하숙비의 선불을 요구했다. 고리오 씨가 그것을 수락하면서부터 그녀는 그를 가리켜 고리오 영감이라고 불렀다. 모두 다투어 이 몰락의 원인을 살피려고 했다. 그러나 그것은 어려운 일이었다. 가짜 백작 부인도 말했듯이 고리오 영감은 음흉한 사나이며 뚱한 사나이였기 때문이다. 머릿속이 텅 빈 족속들은 모두 아무것도 말할 것이 없었기 때문에 무엇이든지 함부로 지껄이는 것이지만, 그런 족속들의 논리에 따르면, 자기가 무엇을 하고 있는지를 지껄이지 않는 인간은 무언가 나쁜 일을 하고 있기 때문이라는 것이다. 그래서 저 일류 실업가라고 불리어지던 고리오가 사기꾼이 되고 염복가(艷福家)라고 불리고 있던 자가 성불구의 영감이 되어 버리고 말았다. 고리오 영감은 어떤 때는, 그 무렵 보케르 관에 살게 된 보트랭에 의하면 주식거래소에 출입하다가 빈털터리가 되어, 지금은 그날그날의 국채 정기매매의 양도 기일에서 생기는 상장 차액에, 주권쟁이들의 매우 심한 표현으로 한다면 쩨쩨한 상장에 빈대처럼 붙어먹는 사나이가 되어 버렸다는 것이었다. 어떤 때는 또, 매일 밤 십 프랑 정도의 돈을 걸고 딴 돈도 그 정도라는 시덥지않은 노름꾼이 틀림없다고도 했다. 어떤 때는 고등경찰에 고용되어 있는 스파이라고도 했다. 그러나 보트랭은, 그는 스파이가 될 수 있을 정도로 교활하지는 않다고 주장했다. 고리오 영감은 또 단기 예금으로 고리를 놓아먹는 수전노, 또는 언제나 같은 번호를 사는 추첨광이라고도 불리었다. 모두가 그를 악덕이나 치욕이나 무능력이 만들어내는, 대체로 그 이상은 있을 법하지 않은 불가사의한 인간으로 만들어 놓는 것이었다. 다만 그의 소행이나 악덕이 아무리 나쁜 것으로 규정된다 하더라도, 그에 대한 혐오감이 그를 추방케 하지는 못했다. 기일을 어기지 않고 하숙비를 지불하곤 했기 때문이다. 게다가 그는 각자가 기분이 좋다든가 나쁘다든가 해서 농담이나 화풀이를 해도 태연할 수 있을 정도로 법도를 맞출 줄 알았다.

가장 그럴 듯하게 여러 사람에게 받아들여진 것은 보케르 부인의 의견이었다. 그녀의 말에 의하면, 나이에 비해 기력이 정정하고, 그녀의 눈알처럼 튼튼하며, 여자에게 상당히 즐거운 생각을 하게 할 수 있는 이 사나이는 변태적 취미를 가진 도락적인 사람이라는 것이다.

보케르 미망인이 어떤 사실에 근거를 두고 그런 중상을 했는가 하면 다음과 같다. 감쪽같이 그녀를 속이고 그냥 공짜로 육 개월쯤 살다 도망간 그 가짜 백작 부인이 사라지고 만 몇 개월 뒤 어느 아침의 일이었다. 아직 이불 속에 있던 그녀는, 가벼운 체중의 젊은 여성이 끄는 비단 드레스가 마루를 스치는 소리와 함께 귀여운 발걸음 소리가 계단을 올라와서, 미리 연통을 해두었던 모양인지 열려 있는 문을 거쳐, 고리오 영감의 방에 잠입하는 기색을 감지했던 것이다. 곧 뚱뚱보 실비가 여주인이 있는 곳으로 와서 여신과도 같이 아름답게 차리고, 흙먼지 하나 묻지 않은 모직의 편상화를 신은, 건실한 여자 치고는 아무리 봐도 너무 아름다운 여자가, 미꾸라지처럼 쑤욱 길에서 부엌으로 들어와서 고리오 씨의 방은 어디냐고 물었다고 했다. 보케르 부인과 하녀는 귀를 기울이고, 얼마 동안 계속된 여자의 방문 시간 동안 상냥한 어조로 나누는 몇 마디의 말을 들었다. 고리오 영감이 여자를 전송하러 나오자 뚱뚱보 실비는 곧 시장바구니를 들고 시장에 가는 척하고, 연인들의 뒤를 따랐다.

「아주머니!」 집에 돌아오자마자 그녀는 여주인에게 말했다. 「저렇게 사치스런 치장을 시키는 것으로 보아, 고리오 씨는 역시 보통 부자가 아님에 틀림없어요. 생각해 보세요. 에스트라파드 광장 모퉁이에 호화로운 마차가 기다리고 있다가 여자를 태우고 갔단 말예요.」

저녁 식사 자리에서 보케르 부인은 고리오씨의 눈에 햇빛이 비치고 있었기 때문에 그가 서쪽에서 비치는 햇빛에 의해 시달리지 않도록 하기 위하여, 일부러 일어나서 커튼을 치러 갔다.

「당신은 미인에게 환영받는 분인가봐요, 고리오 씨. 햇빛까지도 당신을 뒤쫓고 있지 않아요.」 하고 그가 맞이했던 여인의 방문을 암시하면서 그녀가 말했다. 「그야말로 참 좋은 취미를 가지고 계시는군요. 그분 참 기막히게 아름다웠어요!」

「그앤 내 딸입니다요.」 하고 그는 일종의 득의만면한 표정으로 말했지만 하숙인들은 거기에서 일부러 꾸며내는 노인의 혐오스러운 은근한 자기자랑을 찾으려 했다.

그런 방문이 있은 지 한 달 가량 지나서 고리오 씨는 다른 방문을 받았다. 처음에는 화장복 차림의 가벼운 옷을 입고 왔던 그의 딸이 이번에는 저녁 식사 뒤에 왔는데 사교계의 파티에라도 가는 것처럼 차려입고 있었다. 살롱에서 이야기 꽃을 피우고 있던 하숙인들은 그녀가 날씬한 몸매의 천사와도 같은 아름다운 금발의 여인이므로 고리오 영감의 딸 치고는 너무나도 고상하다고 생각했다.

「두 사람째로군.」 하고 같은 여자라는 것을 눈치 못 챈 뚱뚱보 실비가 말했다.

그 며칠 후, 키가 크고 멋진 스타일이며, 피부가 약간 검고 검은 머리를 가진 데다 눈이 빛나는 다른 젊은 여자가 고리오 씨에게 면회를 청했다.

「이봐 세 사람째다.」 하고 실비가 말했다.

이 두 번째의 여자도 처음에는 역시 아침에 아버지를 만나러 왔지만 수일 후에는 무도회의 옷차림을 하고, 해가 저물어서 마차로 찾아왔다.

「어머, 네 사람째다.」 하고 보케르 부인과 뚱뚱보 실비는 이 당당한 귀부인의 인상에서 지난 번 아침에 찾아왔을 때는 간소한 차림을 하고 있던 여자의 모습을 어디에서도 찾아내지 못하고 말했다.

고리오씨는 그 무렵에는 아직 천이백 프랑의 하숙비를 물고 있었다. 보케르 부인은 그와 같은 부자가 너덧 명의 여자를 거느리는 것은 지극히 당연하다고 생각하고, 그녀들을 자기의 딸임을 믿도록 만든다는 것은 지극히 교묘한 일이라고까지 생각했다. 여자들을 보케르 관에 불러들인다는 것에 대해서도 화를 내든가 하지 않았다. 다만 이러한 방문이 자기에 대한 고리오 씨의 냉담 상태를 설명하는 일이었기 때문에 두 해째의 첫 무렵에는 그에 대해 마땅찮은 영감이라고만 생각했다. 그리고 드디어 이 하숙인이 구백 프랑대로 몰락하니까, 그런 여자들 중 한 사람이 내려오는 것을 보고는 그에게 심히 무례한 어조로 「도대체 우리 집을 어떻게 여기고 있지요?」라고 힐문했다. 고리오 영감은 그 여자는 자기의 큰딸이라고 대답했다.

「그럼 당신에게는 딸이 한 서너 다스쯤 된단 말예요?」 하고 보케르 부인이 신랄하게 말했다.

「둘밖에 없어요.」 하고 하숙인은 가난하기 때문에 모든 것에 유순하지 않을 수 없는 상태에 몰린, 파산한 인간의 상냥하고 부드러운 어조로 응수했다.

삼 년째의 끝 무렵에, 고리오 영감은 한층더 경비를 바싹 줄여 사층으로 옮겨 가서, 한 달에 사십오 프랑의 하숙비를 지불하는 신세가 되었다. 담배를 끊고, 이발사를 거절하고, 머리 화장도 못 하게 됐다. 고리오 영감이 처음 머리 화장을 안 하고 모습을 나타냈을 때 여주인은 그의 머리카락 빛깔을 보고 저도 모르게 놀라 고함을 질렀다. 칙칙하게 더러운 녹색으로 물든 뻣뻣하게 건조한 머리카락이었다. 남모르는 고뇌 때문에, 확실히 언제라고 할 수 없는 사이에, 날이 갈수록 슬픈 꼴이 되어 가는 그의 몰골은 식탁을 둘러싸는 얼굴 가운데서도 가장 누렇게 뜬 것처럼 보였다. 그렇게 되니 이젠 의심할 여지도 없었다. 고리오 영감은 방탕스런 영감으로서 악성 질병 때문에 여러 가지의 약을 복용하지 않으면 안 되었는데도, 부작용으로 눈이 멀지 않은 것은 의사의 기술이 좋았기 때문이라는 것이었다. 머리카락의 색이 망측한 것은 정도를 지나친 방탕과, 그것을 계속하기 위해서 복용한 약이 원인이라는 것이었다. 노인의 육체적인 또는 정신적인 상태가 이런 뒷공론들을 더욱더 그럴 듯하게 했다.

  가지고 있었던 옷가지들을 입어서 모두 떨어뜨리고 난 다음에는, 그는 일 오오느(일 오오느는 1.68 미터)에 십사 수우하는 싸구려 칼리코우를 사서, 그때까지 입었던 값진 속옷 대신 입었다. 여러 가지 다이아몬드, 금제 담배통, 시곗줄, 보석류가 하나씩 하나씩 자취를 감추었다. 담청색의 연미복을 비롯해서 호화스런 차림을 깡그리 내던지고, 여름이나 겨울이나 두꺼운 밤색 모직의 프록코트, 산양털로 짠 조끼, 쥐색의 줄무늬로 짠 바지를 입은 남루한 옷차림이 되었다. 그는 점점 삐쩍 말라 갔다. 통통하던 장딴지도 살이 빠졌다. 상인풍의 행복한 생활에 스스로 만족해서 부풀어 있었던 얼굴도 볼품없이 주름투성이가 되었다. 이마에는 줄이 그어지고, 턱에는 뼈가 두드러졌다. 뇌브 생트 즈느비에브 거리에 살기 시작한 후 사 년째 그는 형편없이 변해 있었다. 마흔 살로도 보이지 않았던 예순아홉 살의 인상이 좋은 제면업자, 뚱뚱하게 살이 찌고 기름이 흐르며, 피둥피둥하고 생기가 넘쳐서 그 건강한 모습은 통행인의 눈을 즐겁게 했으며, 웃으면 어딘가 청년과 같은 인상을 주던 사람이, 이제는 속이 텅 빈, 아랫도리도 휘청거리는 혈색없는 노인으로 보였다.

  그처럼 생생하고 푸르던 눈도 윤기없는 철회색을 띠게 되어 빛을 잃었고, 그 붉은 언저리는 피가 비치고 있는 듯하였다. 그는 어떤 사람에게는 혐오를 느끼게 하였고 또 다른 사람에게는 연민의 정을 느끼게 했다. 의학을 공부하는 젊은 학생들은 그의 아랫입술이 늘어져 있는 것을 주의해 보고 안면 각도를 측정하더니, 여러 가지 방법으로 놀려도 아무런 반응이 없는 것을 보자 그가 크레틴 병(선천적인 갑상선의 기능 저하로 생기는 병. 살갗이 이상하게 붓고 백치와 같은 상태가 됨)에 걸려 있다고 선고했다. 어느 날 저녁, 식사 후에 조롱하는 어조로 보케르 부인이「그런데 참, 요새는 만나러 오지를 않는군요, 따님들이 말이에요.」라고 말하면서 그가 아버지라고 한 것을 의심해 보였다. 그러자 고리오 영감은 마치 하숙집 여주인에게서 칼끝에 찔린 것처럼 흠칫 놀라면서「때때로 옵니다요.」하고 흥분한 목소리로 대답했다.「아하! 때때로 오시기는 오신다?」하고 학생들은 소리쳤다.「좋으시겠소. 고리오 영감님.」

그러나 노인은 자기의 대답이 불러일으킨 조롱의 말도 들리지 않은 모양이었다. 피상적인 관찰로 그를 보고 있던 족속들은 그가 명상의 상태에 빠져 있는 것을 보면서 기능 상실에 기인한 노년성 마비증세라고 잘못 진단을 내리는 것이었다. 그들이 그에 관한 일을 잘 알고 있었다면 그런 육체적·정신적인 상태가 제기하는 문제에 상당한 흥미를 느꼈을지도 모른다. 그러나 그를 아는 일만큼 어려운 일도 없었다. 그가 정말 제면업자였던 것, 그의 재산이 어느 정도였다고 하는 것 등은 쉽게 알 수 있었지만, 그의 일로 해서 호기심을 가진 노인들은 이 구역에서 밖으로 나가지 아니하고 파리생활 특유의, 굴이 바위에 들러붙어 서식하듯이, 하숙집에 갇혀서 살고 있는 족속이었다. 다른 한패들의 경우는 뇌브 생트 즈느비에브 거리를 나오기만 하면 파리 생활의 번거로움이, 그들이 조소의 대상으로 삼고 있는 불쌍한 노인의 일은 잊어버리게 했다. 시야가 좁은 그러한 족속들에게 있어서나 또는 무관심한 청년들에게 있어서 고리오 영감의 쓸쓸한 빈곤과 멍청한 모양은 부유함과 어떤 종류의 능력에는 전혀 어울리지 않는다고 생각하게 했다. 그가 딸이라고 부르는 여자들에 대해서는 누구든지 모두 보케르 부인과 의견을 같이하고 있었고, 매일 밤 식사 후에 잡담을 즐기며 모든 것을 억측하는 노부인의 습관대로 엄격한 논법을 세워 그녀는 말하는 것이었다.「고리오 영감님을 만나러 온 여자들은 모두 유복한 듯이 보였는데, 정말 그런 유복한 딸이 있다면, 그 사람은 우리집 같은 데 있지 않아요. 한 달에 사십오 프랑짜리 사층에 살면서 가난뱅이 같은 옷차림은 하고 있지 않을 거란 말예요.」그런 추측의 말을 부정할 수 있는 사람은 아무도 없었다. 그래서 1819년 11월이 끝나는 무렵, 즉 이 드라마의 막이 시작될 무렵에는 하숙인 중의 모든 사람이, 이 불쌍한 노인에 대해서 어떠한 결정적인 의견들을 가지고 있었다. 그는 아내도 딸도 가져본 적이 없다, 나쁜 도락에 빠져서 달팽이와도 같은 생물, 인간의 형태를 가진 연체동물이 되어 버린 것이라고 말했다. 저녁 식사만을 하러 다니고 있는 패의 한 사람으로 박물관에 근무하고 있는 사나이는, 그를 분류한다면 착모류라고 말하는 것이었다. 프와레도 고리오 영감에 비하면 독수리 같은 인물이었고 신사였다. 프와레는 지껄이고 이론을 따지고 대답한다. 그러나 사실은 비록 지껄이고 이론을 따지고 대답하는 일은 잘 해도 체계적인 말은 한 마디도 할 줄 몰랐다. 그런 이유는 그에게는 다른 사람이 말한 것을 또 다른 말로써 되풀이하는 버릇이 있었기 때문이다. 그러나 그는 민감한 것처럼 보였다. 그러나 고리오 영감으로 말하면, 박물관원이 한 말이지만, 언제 어떤 경우에도 18세기 프랑스의 과학자 레오뮈르가 고안한 온도의 단위로 말하면 빙점인 영도의 상태에 있다는 것이었다.

으제느 드 라스티냑은 뛰어난 청년이나 또는 어떠한 역경으로 인해 순간적으로 탁월한 인물의 수준에 도달한 청년이라면 틀림없이 경험한 적이 있는 것 같은 심경에 빠져 있었다. 그는 이제 막 방학이 끝나 고향에서 되돌아온 참이었다. 파리에 머문 처음 일 년간은 법과대학에서 예비적인 시험을 치르기 위해 약간만 공부하면 되었기 때문에, 보면 곧 취하고 싶은 물질 면에 있어서 파리 생활의 환락을 마음껏 구경할 수 있는 여유가 있었다. 학생이라는 신분으로 여러 극장의 상연 프로에 통달하고, 미로와도 같은 파리의 출입구를 연구하고, 관습을 배우고, 언어를 외고, 수도 특유의 쾌락에 익숙하여져서 좋은 곳과 나쁜 곳을 죄다 탐험하고, 재미있을 성싶은 강의를 듣고, 미술관이나 박물관을 모두 섭렵하려고 생각한다면, 아무리 시간이 있어도 될 수 있는 일이 아니다. 그러한 때 학생은 쓸데없는 일에 열중해서, 그것을 위대하고 중요한 일이라고 잘못 판단하는 것이다.

비유컨대 그는 청중의 수준에까지 강의 정도를 낮추는 것으로 봉급을 받고 있는 콜레쥬 드 프랑스(소르본느와 같은 최고 학부지만 강의만은 일반에게 공개되었다)의 교수를 존경하게 된다. 또 그는 오페라 극장의 이층 가족석에 있는 여성을 꾀려고 넥타이를 고치고 멋쟁이 스타일을 내게 된다. 차차 그러한 세례를 받으며 살아가는 중에, 그는 백면서생의 풋냄새를 씻고, 생활의 시야를 넓히고, 장차 사회를 구성하는 여러 가지 잡다한 인간층의 중첩 상태를 이해하는 데 이르는 것이다.

처음에는 맑게 갠 날 샹 젤리제를 누비고 다니는 마차의 행렬을 보며 그냥 감탄할 뿐이지만 그는 곧 그 마차의 임자들을 질투의 대상으로 바라보게 된다. 으제느는 문학부와 법학부의 바슐리에(예비시험)에 합격하고 나서 휴가로 귀향했을 때, 이미 저도 모르는 사이에 그런 수업을 쌓고 있었던 것이다. 소년 시대의 환상, 촌뜨기 같은 사고방식은 깡그리 없어져 버렸다. 변모한 지성이라든가, 자극을 받아 일어난 야심의 덕택으로, 그는 조상 전래의 저택에서 가족에게 둘러싸이더라도 정당하게 사물을 볼 수 있는 눈이 떠졌다.

그의 부모, 두 남동생, 두 여동생, 연금만이 재산이라고 하는 백모 등이 라스티냐의 조그마한 영지에서 생활하고 있었다. 연수가 대략 삼천 프랑 정도밖에 안 되는 이 영지는 포도밭의 재배 수익금을 좌우하는 가격의 변동을 면할 수 없었지만 그래도 매년 거기에서 그를 위한 천이백 프랑을 떼어 내지 않으면 안 되었다. 그런 끊임없는 궁핍도 그에게는 완전히 감추어져 있었지만, 그것을 보았다는 것, 소년시절의 그에게는 그처럼 아름답게 보였던 누이동생들과 꿈속에서 그린 미녀를 그대로 구현시켜 준 파리의 여자들을 좋든 싫든 비교하지 않을 수 없었던 것, 그 한 사람에게 달려 있는 이 대가족의 불안정한 장래라든가 아무리 사소한 산물이라도 인색할 정도로 소중하게 간직하는 그 절약성, 집에서 쓰기 위하여 포도를 짜고 난 찌꺼기로 만드는 술 등, 요컨대 여기에 기술할 필요도 없는 무수한 사정이 그의 출세욕을 지나칠 정도로 불러일으켰고, 높은 명예와 지위에의 갈망을 품게 했다. 위대한 정신에는 흔히 있는 법이지만, 그는 자기의 재능 이외의 어떤 무엇에도 의지하고 싶지 않다고 생각했다. 그러나 그의 정신은 현저하게 남국적이었다. 막상 실행의 단계가 되니까, 그러한 그의 결심도 대해 한가운데 있으면서 어느 쪽을 향하여 저어 가야 하는가, 어떤 각도로 돛을 올려야 하는가도 알지 못하게 되어 버린 청년들을 사로잡는 그 주저라는 것의 엄습을 받게 되었다. 최초에는 무작정 공부에만 심신을 던지자고 생각했었지만, 곧 장차의 연고를 만들어 두자는 생각에 마음이 움직여, 사회생활에서 여성이 얼마나 큰 영향력을 가지고 있느냐 하는 문제를 깨닫고, 문득 영향력 있는 여성을 획득하기 위해서 사교계에 뛰어들 것을 생각해냈다. 격정적이고 재능에 넘치며, 게다가 그 재간과 격정이 우아한 동작과 어울려 여성이 즐겨 자진해서 포로가 될 것을 자원해 나오게 할 정도의 단정한 미모로 갖추어져 있는 이 청년에게 도움이 될 여성이 어찌 없을 턱이 있겠는가? 이런 생각은 일찍이 여동생들과 즐겁게 산책한 들길을 거니는 동안에도 그를 엄습했다. 여동생들은 오빠가 변했다고 생각했다. 백모인 마르시약 부인은 옛날 궁정에 출입한 적이 있었기 때문에 그곳의 최상의 귀족들과도 안면이 있었다. 별안간 이 야심적인 청년은 어렸을 때 백모가 그처럼 때때로 들려주던 그리운 옛 일들의 이야기 속에, 적어도 그가 법학부에서 기도하고 있는 것과 같은 정도로 중요한 몇 갠가의 사회적 정복의 단서가 잠재해 있음을 깨달았다. 또 교제를 회복할 수 있을 만한 친척관계에 관해서도 그는 백모에게 자세히 물었다. 가계족보의 지엽을 여러 면으로 따져 본 후에 노부인은, 부자와 인연이 있는 자라고 할 만한 이기적인 종족들 중 조카에게 도움이 될 만한 사람들 가운데서는 보세앙 자작 부인이 가장 다루기가 쉬울 것이라 판단했다. 그녀는 이 여성 앞으로 예스러운 문체로 편지를 쓰고, 만일 자작 부인의 마음에 든다면 다른 친척에게도 소개해 줄 것이라고 말하면서 으제느에게 그 편지를 건넸다.

파리에 도착해서 며칠이 지나자 라스티냑은 백모의 편지를 보세앙 부인에게 부쳤다. 자작 부인은 답장으로서 다음날 있을 무도회에의 초대장을 보내왔다. 이것이 1819년 11월 말경의 하숙집 보케르 관의 대체적인 상황이었던 것이다.

수일 후, 보세앙 부인의 무도회에 갔다가 으제느는 밤 두 시경 집으로 돌아왔다. 쓸데없이 허비한 시간을 보충하기 위하여 오늘 밤은 자지 말고 공부하자고 이 참을성 있는 학생은 춤을 추면서도 마음속으로 결심했다. 그는 이 쥐죽은 듯이 조용한 지역에서는 처음으로 철야하는 것이었는데 그렇게 한 이유는 사교계의 화려함을 보고 갑자기 원기가 솟아오르는 것과도 같은 착각에 사로잡혔기 때문이었다. 그날 밤 그는 보케르 관에서 식사를 하지 않았다. 그래서 하숙인들은 지금까지 몇 번인가 긴 비단 양말을 흙투성이로 만들어 무도화를 이지러뜨린 채 프라도(학생들이 곧잘 가던 댄스홀)의 축제라든가 오데옹의 무도회에서 돌아왔을 때와 같이 그가 다음날 새벽녘이 아니면 돌아오지 않을 것이라고 생각하고 있었다.

현관 문에 빗장을 지르기 전에, 크리스토프가 거리를 한 번 내다보려고 문을 열었는데 그때 라스티냐이 모습을 나타냈다. 그래서 으제느는 뒤에서 따라오는 크리스토프의 발자국 소리가 소란했던 탓으로 소리없이 방으로 들어갈 수 있었던 것이다. 으제느는 옷을 벗고, 슬리퍼로 바꾸어 신고, 초라한 긴 저고리를 걸치고, 화로불을 피우는 등 재빨리 공부할 준비를 끝냈기 때문에 크리스토프의 커다란 구두가 여전히 시끄럽게 발소리를 내는 속에서, 청년이 그다지 소란스럽지 않게 옷 갈아입는 소리는 전혀 들리지 않았다. 으제느는 법률책에 몰두하기 전에 한동안 생각에 잠겼다. 그는 보세앙 자작 부인이 지금 한창 사교계를 떠들썩하게 하는 인기있는 여왕의 한 사람이며, 부인이 살고 있는 저택은 생 제르맹 거리(당시의 귀족들이 살고 있는 저택가)에서도 가장 기분 좋은 주택이라고 인정받고 있는 집 가운데 하나라는 것을 두 눈으로 똑똑히 보고 왔던 것이다. 게다가 또 그녀는 명예와 재산의 면에 있어서도 귀족 사회의 최고봉의 한 사람이었다. 백모인 마르시약 덕분에 가난뱅이 학생인 그도 그 집에서 정중한 환영을 받았지만, 그런 호의가 어느 정도의 가치를 가질 것인가는 그도 아직 알지 못했다. 그런 금빛 찬연한 살롱에 안내되어 들어갈 수 있었다는 것은 상류 귀족의 작위증을 손에 넣은 것과도 같은 것이었다. 교제 사회에서도 제일 배타적인 이 저택에 얼굴을 나타냈다는 것만으로도, 그는 어디든지 얼굴을 내놓을 수 있는 권리를 획득한 것이다. 그 화사한 모임에 눈이 부시기만 하고, 자작 부인과도 두서너 마디의 말을 주고받는 것이 고작이었으며 이 대야회에 모여서 웅성대는 파리의 여신들의 집단 속에서 청년이라면 당장 감탄할 것임에 틀림없을 것 같은 여성을 한 사람 발견해낸 것이 고작이었다.

키가 크고 스타일이 그럴 듯한 아나스타지 드 레스토 백작 부인은, 파리에서도 뛰어나게 근사한 몸매를 가진 여성으로 통하고 있었다. 크고 검은 눈, 아름다운 손, 늘씬하게 잘 빠진 다리, 민첩한 느낌이 드는 동작, 요컨대 롱크롤 후작이 순종의 말이라고 부를 정도의 그런 여성을 상상해 주기 바란다. 그렇게 신경질적으로 민첩한 그녀의 동작도 아름다움을 손상시키지는 아니했다. 그녀의 자태는 통통하여 둥근 느낌을 주고 있었지만 너무 지나치게 뚱뚱하다는 비난을 받을 정도는 아니었다. 순종의 말이라든가 또는 좋은 가문의 여자라든가 하는 식의 표현이 창공의 천사라든가, 오시앙(3세기 아일랜드의 시인)과도 같은 모습이라고 말하는 언어 대신 쓰이기 시작하듯이, 예스러운 사랑의 신화가 그대로 온통 멋스런 취미에 밀리어 나가버리고 만 시대였던 것이다.

그러나 라스티냐에게 있어서 아나스타지 드 레스토 부인은 욕망을 불러 일으켜 주는 여자였다. 그는 그녀의 부채에 적는 파트너 명단에 두 번씩이나 자기의 이름을 써넣을 수 있었고, 최초의 카드리유(프랑스 사교춤의 하나) 때에 말을 주고받을 수 있었다.

「이제부터는 어디서 만나뵐 수 있겠습니까?」 하고 여자들에게는 크게 기쁨을 주는 그런 정열이 담긴 열렬한 어조로 느닷없이 그는 말했던 것이다.

「아무데라도 좋아요.」 하고 그녀는 말했다. 「브로뉴 숲이든, 부퐁 극장이든, 우리 집이든, 아무데서라도 만날 수 있으니까요.」

두려운 것이 없는 이 남국의 사나이는, 그 아름다운 백작 부인과 함께 카드리유와 왈츠를 한 곡씩 추는 사이에, 친숙해질 수 있는 데까지 친숙해지고자 안간힘을 썼다. 그는 보세앙 부인의 친척이라고 했기 때문에, 일류 귀부인들과 그가 점찍고 있는 이 여성으로부터 초대를 받아 그녀의 집에 출입할 수 있게끔 허락받았다. 돌아올 무렵에 그녀가 던져 준 미소를 보고 라스티냐는 어떻게 해서든 방문하지 않으면 안 되겠다고 마음먹었다. 우연치 않게도 만일 이때 그가 그의 무지를 전적으로 무시하지 않는 한 사나이를 만났다는 행운의 혜택을 입지 않았다면 몰랭쿠르·롱크롤·막심 드 트라이유·드 마르세·다쥐다 펭토·방드네스 등등 당대 명사급의 오만 불손한 사람들이, 브랜든 부인·랑제 공작 부인·케르가루에 백작 부인·세리지 부인·카릴리아노 공작 부인·페로 백작 부인·랑티 부인·데글르몽 후작 부인·피르미아니 부인·리스토메르 후작 부인·데스파르 후작 부인·모프리뇌에즈 공작 부인, 거기에 그랑리외 집안의 부인들이라는 대체로 가장 우아한 부인들에게 섞여서 젠 체하는 득의만면의 절정에 있는 가운데에서 라스티냐의 그런 무지는 결정적으로 치명적인 결함이 되었을 것이다. 그러나 이런 속에서 다행히 이 철없는 학생은 랑제 백작 부인의 연인이며 어린애처럼 단순한 데가 있는 장군 몽리보 후작을 알게 되었고, 이 인물이 그에게 레스토 백작 부인은 엘데르 거리에 살고 있다고 말해 주었다.

젊고 사교계를 동경하고, 여성을 갈망하고 있는 한 인간 앞에 두 저택의 문이 열린 것이다. 생 제르맹 거리에서는 보세앙 자작 부인의 저택에 발을 들여 놓고 쇼세 당탱 거리(세느 강 오른쪽에 있고 부유한 상인이나 은행가들이 사는 저택가)에 있는 레스토 백작 부인 저택에는 무릎을 들여 놓는다. 파리에 있는 수많은 살롱들을 한눈으로 훑어보고, 그곳에 있는 어느 여성의 마음속에 후원과 보호를 불러일으킬 수 있는 정도의 미남 청년이라고 자부하면서. 마치 헛디디어 떨어지는 실수를 범하지 아니하는, 줄타기하는 사람이 가지는 자신을 가지고 줄을 딛고 걸어가지 않으면 안 된다. 팽팽히 매어진 줄 위에서, 대담무쌍하게 껑충 뛰어오르는 것도 불사할 정도로 야심만만한 자기를 느끼고 매혹적인 여성 속에서 더 질 좋은 받침 막대를 발견하는 것이다.

으제느 라스티냐은 난로불 옆에서 법전과 빈궁에 시달리면서, 의젓하게 서 있는 그 여성의 숭고한 자태를 바라보며 그런 생각에 잠겨 있는 것이다. 어느 누가 으제느와 같은 명상으로써 장래를 추측하지 않을 수 있을까. 어느 누가 장차의 여러 가지 성공을 가슴 두근거리며 설계하지 않았을까. 걷잡을 수 없는 그의 생각은 미래의 환희를 그처럼 강렬하게 미리 취하고 있었기 때문에, 그는 레스토 부인의 곁에라도 있는 듯한 착각을 일으키고 있었던 것이다. 그때 성 요셉(예수 그리스도의 아버지. 여기서는 목수를 뜻함)의 한 숨소리와 같은, 힘겨운 신음소리와도 같이 꿍 하는 소리가 밤의 정적을 깨뜨렸다.

그는 그것이 빈사 상태에 있는 병자의 숨차하는 소리가 아닌가 하고 생각했다. 그는 조용히 문을 열었다. 그리고 복도로 나오자, 고리오 영감 방의 문 아래쪽으로 한줄기의 불빛이 새어나오고 있는 것을 발견했다. 으제느는 이 옆방 사람이 몸이라도 아파서 그러지 않는가 하고 걱정했다. 열쇠 구멍으로 눈을 갖다대고 방안을 들여다보니 노인은 너무나도 범죄적이라고 생각되는 작업에 열중하고 있었다. 그는 제면업자 출신이라고 칭하는 이 인물이 밤중에 남몰래 무엇을 하고 있는가를 자세하게 검토하는 것도 어떤 면에서 사회에 기여할 수 있는 길이 아닌가 하고 생각했다. 고리오 영감은 뒤집어 놓은 테이블의 가름대에 금 도금한 은제 큰접시와 수프 접시 같은 것을 붙들어매 놓고 사치스럽게 조각한 그 은식기들을 밧줄을 써서 너무나도 강한 힘으로 죄기 때문에, 문자 그대로 그것들을 지금(地金)으로 바꾸려고 그러는 듯이 보였다. 『제기랄, 뭐 저런 사람이 있어!』 라스티냐은 도금한 은그릇을 밧줄을 써서 반죽이라도 하려는 듯이 소리도 없이 짓이기고 있는 노인의 울퉁불퉁한 팔근육을 보면서 생각했다. 『그러고 보니 역시 저 사람은 한층더 장사가 잘 되도록 우둔과 무능으로 위장하면서 일부러 거지 생활을 하고 있는 도둑이나 장물아비가 아닐까?』 그는 한참만에 몸을 일으켰다가 다시 열쇠 구멍을 통해 들여다보았다. 밧줄을 끄른 고리오 영감은 은덩어리를 집어서 테이블 위에 펴놓은 모포에 놓고, 몽둥이 모양으로 둥글게 말아 버리는 것이었는데 그 작업을 그는 놀랄 정도로 쉽게 해치웠다. 『그럼 그는, 폴란드의 아우구스트 왕(프레데릭 아우구스트 1세. 볼테르의 《카알 12세사》에 의하면 희대의 괴력을 가진 왕이라 함) 정도로 장사였단 말인가?』 하고 으제느는 몽둥이 모양의 형태가 다 이루어졌을 때 혼자 중얼거렸다. 고리오 영감은 슬픈 듯이 자기가 만들어 낸 물건을 바라보면서 눈물을 흘렸다. 그는 은식기를 휘기 위해서 켜놓았던 촛불을 불어 껐다. 그리고 그가 한숨을 지으면서 자리에 드는 소리를 으제느는 들었다. 『머리가 좀 이상해진 모양인데.』 하고 학생은 생각했다. 「불쌍한 녀석들!」 하고 고리오 영감은 큰소리로 말했다.

그 한마디의 말을 듣고 라스티냐은 이 사건에 관해서는 침묵을 지키고, 이웃 사람을 경솔하게 범죄자 취급하지 않는 것이 현명하겠다고 판단했다. 그는 방으로 돌아오려고 했지만 그때 갑자기, 간단한 말로써는 나타내기 힘들 것 같은, 아마도 라사의 푸른 헝겊으로 만든 덧신을 신고 계단을 올라오는 사나이들이 내는 것 같은 소리를 들었다. 으제느가 귀를 기울이니 과연 두 사람의 사나이가 교대로 호흡하고 있는 소리가 들려 왔다. 문이 삐그덕거리는 소리도, 사나이들의 발소리도 들리지 않았지만, 돌연 삼층의 보트랭 씨 방에서 희미한 불빛이 보였다. 『하숙집치고는 이런저런 여러 가지 수수께끼 같은 일이 많이도 생긴다.』 하고 그는 중얼거렸다. 그는 계단을 몇 단인가 내려가서 귀를 기울였는데 금화가 서로 부딪히는 소리가 절걱절걱 들려 왔다. 얼마 안 지나 불빛은 사라지고 문이 삐걱거리지도 않았는데 또다시 두 사람의 숨소리가 들려 왔다. 그리고 두 사람의 사나이가 내려가는 데 따라서 소리는 차차 멀어져 갔다. 「누구야?」 하고 보케르 부인이 침실 문을 열고 소리쳤다.

「내가 돌아왔어요, 보케르 엄마.」 하고 보트랭은 타고난 그의 굵은 목소리로 말했다.

「그거 이상한데, 크리스토프가 빗장을 질러 놓았는데.」 하고 자기의 침실로 되돌아가면서 으제느는 중얼거렸다.「파리에선 자기 주변에서 무슨 일이 일어나고 있는가를 알려면 불침번을 서서 보지 않으면 안 되겠군!」그런 자질구레한 일로 해서 야심만만한 사랑의 묵상으로부터 주의가 산만하여졌으므로 그는 공부를 하기 시작했다. 고리오 영감에 관해서 우연히 머리에 떠오른 의혹에 정신이 팔리어, 게다가 그 이상으로 영광스러운 운명의 사자와도 같이 때때로 그의 눈앞에 나타나는 레스토 부인의 환영에 정신이 팔리어, 그는 결국 자리에 들어가 깊은 잠에 빠져 버리고 말았다. 젊은이라고 하는 것은 밤새워 공부하려고 했더라도 열흘이면 이레는 자버리고 마는 것이다. 스무 살 이상이 아니면 밤을 새울 수가 없다.

이튿날 아침의 파리는 예의 그 짙은 안개가 거리를 온통 덮어 버려서 시야를 몽롱하게 해버렸기 때문에 아무리 착실한 친구라도 날씨에 속임을 당하는 수가 종종 있었다. 이런 날은 사업에 관한 약속도 온전히 지켜지지 않는다. 누구든지 정오가 된 무렵에도 아직 여덟 시라고 잘못 판단한다. 아홉시 반이라고 하는데도, 보케르 부인은 아직 침실에서 나오지 않고 있었다. 크리스토프와 뚱뚱보 실비도 역시 늦게 일어나서 하숙인용 우유의 꺼풀을 섞어서 만든 커피를 천천히 마시고 있었다. 보케르 부인이 불법으로 징수한 이 우유 꺼풀을 눈치채지 못하게 실비는 언제든지 커피를 오랫동안 끓이는 것을 원칙으로 하고 있었다.

「이봐, 실비.」하고 첫장째의 토스트를 커피에 적시면서, 크리스토프가 말했다.「보트랭 씨 말야, 누가 뭐라고 해도 좋은 사람이지만, 어제도 또 손님이 둘이나 있었단 말야, 마나님이 걱정을 해도 뭐라고 하면 못써.」

「너에겐 뭐 주었니?」

「이달치라고 하면서 오 프랑 주었단 말이야, 아무 소리 말라는 뜻이지.」

「그 사람과 쿠튀르 부인만은 인색하게 굴지 않지만, 그 외의 족속들은 정월 명절에 오른손으로 준 것을 어떻게 해서든지 왼손으로 되뺏으려 한단 말이야.」하고 실비가 말했다.

「그런데도 대체 무엇을 준다는 거야?」하고 크리스토프가 말했다.「녹슨 오 프랑짜리 한 닢이야! 지난 이 년 동안 고리오 영감은 구두도 제 손으로 닦고 있단 말야. 프와레 구두쇠는 말야 구두약도 없이 지내고 있으면서도 그런 것을 구두에 칠할 정도가 되면 마셔 버리지 않을 수 없을 거야. 저 그 키다리 선생으로 말하면 이 프랑밖에 주지 않아. 이 프랑이면 브러시 값도 안 되고, 게다가, 헌 옷가지도 주지 않고 팔아 버리고 만단 말야. 망할 놈의 집구석이야!』

 「할 수 없지 뭐야.」하고 커피를 조금씩 마시면서 실비가 말했다. 「이래 보아도 나는 말야, 이 고장에선 제일 나은 편이란 말야. 충분히 먹고 살 수 있으니깐 말야. 그런데 저어, 거인 남자 보트랭 씨의 일 때문에 어떤 사람에게 무슨 말 듣지 않았어?」

 「그러구 보니, 며칠 전에 거리에서 만난 신사가 이렇게 묻더군, 『구레나룻을 기르고, 그것을 염색한 뚱뚱한 사나이가 살고 있는 집이 네가 있는 집이냐?』 하고 말야, 나는 이렇게 말해 줬지. 『아니오, 천만에. 그 사람은 염색 같은 건 하지 않았어요. 그렇게 바쁜 사람이 염색 같은 거 할 짬이 있겠어요?』 그래서 그런 일이 있었다는 걸 보트랭 씨에게 말했더니, 『정말 잘했군 이 녀석! 언제나 그런 식으로 대답해. 이쪽의 약점을 가르쳐 준다는 것만큼 불유쾌한 일은 없으니까 말야. 혼담이 깨질지 모르니까.』 그러더군.」

 「참 그래그래, 나도 시장에서 그럴 듯하게 나에게 걸고 늘어져서 그 사람이 셔츠를 갈아입는 것을 보았느냐고 묻는 놈을 만났단 말야. 사람을 바보 취급하고 있잖아. 어머!」 하고 외치던 그녀는 다시 말을 계속했다. 「발 드 그라스에서 열 시 십오 분 전을 알리고 있군. 그런데 아무도 일어나지 않네.」

 「그야 그럴 수밖에. 모두 나갔단 말야. 쿠튀르 부인과 그 아가씨는 생 테티엔느 성당에 영성체를 받으러 여덟 시에 갔단 말야. 고리오 영감은 무언지 모를 둘둘 만것을 가지고 나가셨고, 학생 양반은 열 시에 나가 강의가 끝나지 않으면 돌아오지 않을 거야. 계단을 청소하면서 그들이 나가는 것을 봤단 말이야. 고리오 영감이 들고 있는 것이 나와 부딪쳤는데 쇳덩어리처럼 단단하더군. 그 영감은 도대체 무엇을 하고 있는 거야? 다른 사람들은 영감님을 팽이처럼 팽팽 돌리고 있지만 얼마나 좋은 사람이라구. 난 다른 사람 누구보다도 그가 훨씬 좋아. 그야 물론 일의 대가를 주지는 않지만 말야. 그렇지만 영감님의 심부름을 하면 저쪽의 마나님은 대단한 팁을 주는데, 굉장히 으리으리한 차림이란 말야.」

 「영감이 딸이라고 말하는 여자들 말이지? 한 다스 정도는 되지.」
 「내가 찾아간 사람은 둘뿐인데. 둘 다 여기에 왔던 여자들이야.」

「야, 마나님이 일어난 모양이다. 또 떠들어댈 거야. 가봐야지. 우유를 좀 봐줘, 크리스토프. 고양이가 노리고 있으니까.」

실비는 여주인에게로 올라갔다.

「어떻게 된 거야, 실비. 벌써 열 시 십오 분 전 아니야. 모르모트처럼 나를 깊이 잠들게 해놓고. 이런 일이란 지금까지 단 한 번도 없었단 말야.」

「안개 때문이에요. 식칼로 마구 끊어 버리지 않으면 안 될 정도로 자욱하다니까요.」

「근데, 식사 준비는?」

「그게 말입니다! 사람들이 죄다 마가 낀 모양이에요. 새벽(파트롱 자케트)부터 모두 종적을 감추고 말았단 말예요.」

「좀 똑똑히 말해 봐, 실비」하고 보케르 부인이 나무랐다.「새벽녘(파트롱 미네트)부터라고 하는 거야!」

「네에 마나님, 뭐라시든 말씀대로 하겠어요. 아무튼 열 시에는 식사가 될 테니까요. 미쇼네트하고 프와레는 아직 내려오지 않았단 말예요. 그 두 사람밖에 집에 있는 사람은 없어요. 두 사람 다 나무등걸 모양으로 잠에 빠져 있지만.」

「잠깐! 실비, 두 사람을 함께 취급하다니……, 그렇게 말하면 마치…….」

「마치, 뭐예요?」하고 실비는 천한 바보스러운 웃음소리를 내면서 말을 계속했다.「둘은 걸맞지 않아요?」

「이상한데 실비, 보트랭 씨는 어젯밤 크리스토프가 빗장을 지르고 난 후에 어떻게 들어왔는지 모르겠어.」

「그 반대예요, 마나님. 보트랭 씨가 들어오는 소리를 듣고 크리스토프가 내려가서 현관 문을 열었단 말이에요. 마나님께선 그것도 모르시고…….」

「내 저고리 좀 줘. 그리고 서둘러 식사 준비를 하도록 해요. 양고기 남은 거에다 감자를 넣어 끓이고 배를 삶아 줘. 한 알에 이 리야르짜리야.」

한참만에 보케르 부인이 내려와 보니, 그때 마침 그녀가 기르는 고양이가 우유 그릇을 덮어 놓은 접시를 앞발로 미끄러뜨리고 우유를 서둘러 핥고 있었다.

「이놈의 고양이!」하고 그녀는 소리쳤다.

고양이는 달아났지만 곧 다시 돌아와서 그녀의 발에 몸을 비볐다.

「아, 그래! 아첨을 부리는구나, 요 얌체!」하고 그녀는 말했다.「실비! 실비!」
「네에, 부르셨어요, 마나님?」
「봐요, 요 고양이가 무엇을 핥았는지 말야.」
「크리스토프가 나빠요. 딴 데 가지 말고 식탁을 차리라고 했는데 어딜 가버렸는지 모르겠군요. 걱정마세요, 마나님. 고리오 씨의 몫으로 하면 될 테니까요. 물을 넣어서 채우지요. 어떻게 알 수 있겠어요? 그 사람이야말로 제대로 주의하지 않으니까요. 자기가 먹는 것조차도 말입니다.」
「도대체 그 병신은 어디 갔을까?」하고 보케르 부인은 접시를 늘어 놓으면서 말했다.
「제가 알아요? 아무튼 별의별 걸 다 거래하고 있으니까요.」
「나 늦잠을 자버렸어.」하고 보케르 부인이 말했다.
「그런데도 마나님은 장미꽃송이처럼 싱싱하구먼요.」
이때 초인종이 울리고 보트랭이 예의 그 굵은 목소리로 노래를 부르며 살롱으로 들어왔다.

나는 오랫동안 세상을 돌아다녔지
가는 곳마다 내 모습을 보이면서……

「야아, 안녕히 주무셨어요? 보케르 엄마」하고, 그는 여주인의 모습을 보자 그녀의 몸을 끌어안고 말했다.
「이봐요, 잠깐. 그러지 말라는데도.」
「무례한 놈이라고 말씀해 봐요!」하고 그는 말을 이었다.「자아 자, 말씀해 보세요 어때요, 안 하시겠어요? 그럼 식기 놓는 걸 거들어 드릴까요? 어때요? 이만하면 친절한 사나이가 아니겠습니까!」

갈색머리 여인과 금발머리 여인을 뒤따르면서,
사랑하고 애를 태웠지

「아까 이상한 광경을 보았어요……」이렇게 말하고 나서 보트랭은「……

닥치는 대로」라고 노래를 끝맺었다.
 「무엇을?」
 미망인이 물었다.
 「고리오 영감이 여덟 시 반에 고물 식기나 금 모르를 사들이는 도핀느 거리의 금세공집에 있었단 말예요. 영감님이 상당한 액수의, 무경험자치고는 꽤 근사하게 우그러뜨린 은식기를 팔고 있더군요.」
 「그래, 정말?」
 「정말이구말구요, 국영 역마차 편으로 외국으로 떠나는 친구를 전송하고 집으로 돌아오는 도중이었지요. 호기심에, 그러니까 장난삼아 영감님이 나오는 것을 기다렸었는데, 영감님이 근처의 데 그레 거리까지 오다가 고브세크라고 이름이 알려진 고리대금 집으로 들어가 버리고 말았어요. 이놈은 제 아버지 뼈를 가지고 마작패라도 만들어 팔아먹고도 남을 유대인인데 아랍인 같은 수전노, 그리스인, 집시와도 같은 사기꾼, 웬만한 재간으론 돈을 빼앗아낼 수 없는 사나이예요. 하기는 돈은 은행에 맡기고 있기는 하지만.」
 「그 고리오 영감은 대체 무얼 하고 있는 사람일까?」
 「아무것도 하고 있는 일은 없지 뭐야.」하고 보트랭은 말했다. 「팔아서 먹고살 뿐이지. 여자에 빠져서 신세를 망쳐 버리는 희한한 병신이지.」
 「야, 돌아오신다!」하고 실비가 말했다.
 「크리스토프」하고 고리오 영감은 소리질렀다. 「함께 위에 좀 올라가지 않겠나?」
 크리스토프는 고리오 영감의 뒤를 따라갔다가, 얼마 후에 내려왔다.
 「어디 가는 거야?」하고 보케르 부인이 그에게 물었다.
 「고리오 씨의 심부름을 가는데요.」
 「뭐야, 그건?」하고 보트랭은 크리스토프의 손에서 한 통의 편지를 빼앗았는데 그 겉봉에는 『아나스타지 드 레스토 백작 부인 귀하』라고 씌어 있었다. 「그래 지금 가는 곳은?」하고 그 편지를 크리스토프에게 다시 되돌려 주면서 그는 물었다.
 「엘데르 거리예요. 백작 부인에게 직접 건네도록 하라고 하시던데요.」
 「안에 뭐가 들어 있나?」하고 편지를 햇빛에 비추어 보면서 보트랭이 말했다. 「지폔가? 아닌데.」그는 겉봉을 조금 뜯었다. 「지불이 끝난 약속

어음이구나.」하고 그는 소리쳤다.「맙소사! 대단한 위인인데그래, 그 늙은이. 자, 그럼 다녀와, 이건 틀림없이 말이야」하고 말하고 그는 큰 손으로 크리스토프의 머리를 누르고 주사위처럼 방향을 휙 돌렸다.「톡톡히 술값이 나온단 말야.」

　식탁 준비는 되어 가고 있었다. 실비가 우유를 부글부글 끓이고 있었다. 보케르 부인은 스토브에 불을 넣고 있었는데, 보트랭이 계속해서 콧노래를 부르면서 그것을 도왔다.

　　나는 오랫동안 세상을 돌아다녔지
　　가는 곳마다 내 모습을 보이면서……

　모든 준비가 끝났을 때 쿠튀르 부인과 타이유페르 양이 돌아왔다.
　「이렇게 아침 일찍 어딜 가셨더랬어요?」하고 보케르 부인이 쿠튀르 부인에게 물었다.
　「생 데티엔느 뒤 몽 성당에서 기도를 드리고 오는 길이에요. 오늘 저희들은 타이유페르 씨 댁에 갈 작정이니까요. 가엾게도 이애는 나뭇잎처럼 떨고 있지 않아요?」쿠튀르 부인이 스토브 앞에 앉아서 말을 계속하면서 스토브에 구두를 쬐는 바람에 그녀의 구두에서는 김이 피어올랐다.
　「자아 자, 불을 쬐요, 빅토린느.」하고 보케르 부인이 타이유페르 양에게 말했다.
　「아버지의 마음을 가라앉히기 위해서 하느님에게 기도한다는 것은, 아가씨, 바람직한 일이지.」하고 고아에게 의자를 권하면서 보트랭이 말했다.「그러나 그것만으론 부족해. 당신에겐, 그 돌고래 같은 놈에게 추근추근하게 말해 줄 수 있는 인간의 도움이 필요하단 말야. 아무튼 삼백만 프랑이나 되는 돈을 가지고 있으면서도 당신에게 지참금을 보내지 않는 야만스런 사나이라지 않아. 요즘에는 아무리 미인 처녀라도 지참금이 있어야 하는데.」
　「가엾어라.」하고 보케르 부인이 말했다.「그치만 말야, 빅토린느 양, 사람도 아닌 당신의 아버지는 자기 스스로 신상에 불행을 불러들이는 짓을 하고 있는 거예요.」그런 말을 듣고 빅토린느의 눈이 눈물로 흐려지자 미망인이 한마디 하려다 쿠튀르 부인이 제지하는 눈길을 보내 왔기 때문에 입을 다

물었다.
「최소한 우리들만이라도 만나 준다면 그 사람과 말을 해서, 죽은 이애 어머니의 마지막 편지를 건넬 수 있을 텐데 말야.」하고 육군 지불 명령관의 미망인이 말을 이었다.「나는 그것을 절대로 우편으로 부쳐 버릴 수는 없다고 생각하고 있어요. 저쪽에서도 제 필적은 알고 있고……」
「『오오, 죄가 없음에도 학대받아 쓰러진 불행한 여인들이여』(1811년 파리에서 초연된 멜로드라마의 패러디)」하고 보트랭이 옆에서 불쑥 소리쳤다. 「이런 것이 지금의 당신들의 입장인가? 앞으로 며칠 동안 내가 희생적으로 봉사해서 당신을 도와 주지. 그렇게 하면 이것저것 모든 것이 잘 될 거란 말야.」
「오오, 부탁합니다.」하고 눈물을 흘리면서도 타는 듯한 시선을 보트랭에게 보내면서 빅토린느는 말했다. 그러나 보트랭은 그런 시선에는 끄떡도 하지 않았다.
「어떻게 해서든지 아버지를 만나 뵐 수 있다면, 아무쪼록 말씀하여 주십시오. 아버지의 애정과 어머니의 명예가 저에게 있어서는 이 세상의 모든 재산보다도 귀중한 것입니다. 아버지의 얼어붙은 마음을 다소라도 녹일 수만 있다면, 하느님에게 당신을 위하여 기구하겠습니다. 저의 감사하는 이 마음을 믿어 주시기를……」
「『나는 오랫동안 세상을 돌아다녔지』」하고 보트랭은 야유하는 어조로 노래했다.
그때 고리오 영감과 미쇼노 양과 프와레가, 아마도 양고기의 나머지를 양념하기 위해서 실비가 만들고 있던 고기국물 냄새에라도 이끌렸던지 아래로 내려왔다. 일곱 사람의 하숙인이 아침 인사를 주고받으면서 식탁에 앉았을 때 시계가 열 시를 쳤고 거리에서 학생의 발소리가 들려 왔다.
「어머, 으제느 씨가……」하고 실비가 말했다.「어서 오세요. 당신도 여러분과 함께 식사를 하실 수 있습니다요.」
학생은 하숙인들에게 인사를 하고 고리오 영감의 옆자리에 앉았다.
「아까 말입니다. 기묘한 사건에 부닥뜨렸었습니다.」하고 그는 양고기를 잔뜩 접시에 쌓아올리고, 빵을 한 조각 베어내면서 말했다. 보케르 부인은 그 빵의 크기를 눈으로 저울질하고 있었다.

「연애 사건이었다며?」하고 프와레가 말했다.
「그게 어쨌단 말야. 뭐 놀랄 거까지야 없잖아, 이 양반아!」하고 보트랭이 프와레에게 말했다.「으제느 군은 미남자이기 때문에 인기가 있을 거야.」
타이유페르 양이 젊은 학생 쪽으로 조심스럽게 시선을 보냈다.
「그 연애 사건인가 뭔가 그걸 좀 얘기해 주세요.」하고 보케르 부인이 부탁했다.
「어제 나는 보세앙 자작 부인이라고 하는 친척집에서 연 무도회에 갔었는데 말입니다. 그 집은 아주 호화로운 저택이에요. 방이란 방은 모두 비단으로 장식되어 있어요. 요컨대 굉장히 멋진 야회였었죠. 그래서 나는 즐거운 생각을 마음껏 했습니다. 마치 르와(왕이라는 뜻)처럼.」
「『트레』」하고, 보트랭이 간격을 두지 않고 그 말을 막았다.
「무슨 뜻입니까?」하고 으제느가 정색하고 물었다.
「트레라고 했지. 르와트레(초료조, 익조로서 아름다운 소리로 운다) 쪽이 르와보다는 훨씬 즐거운 생각을 할 수 있으니까 말야.」
「그렇군요. 나 같으면 왕이 되는 것보다는 그 근심 걱정이 없는 작은 새가 되고 싶은데요. 왜냐하면······」하고 남의 말을 가지고 자기 생각으로 삼기를 곧잘 하는 프와레가 말했다.
「아무튼」하고 그 말을 막는 듯이 학생은 말을 계속했다.「나는 그 무도회에 나와 있는 사람 가운데서도 가장 아름다운 미인의 한 사람이고 매혹적인 백작 부인, 내가 지금까지 본 여인 가운데서 제일 매력있는 여성과 춤추었어요. 머리에 복사꽃을 꽂고 좋은 향기를 풍기는 생화로 만든 아름다운 꽃다발을 가슴 한 옆에 꽂고 있었어요. 그렇다고 해서 그 아름다움을 아시겠어요? 직접 눈으로 보지 않고서는, 댄스로 불그레 상기된 여성을 묘사한다는 것은 불가능할 테니까요. 그런데 말입니다. 오늘 아침 나는 신성할 정도로 아름다운 그 백작 부인이 아홉 시경 그레 거리를 걷고 있는 모습과 맞닥뜨렸단 말입니다. 아아, 심장이 두근두근 뛰어서 말입니다. 저는 이거야말로 틀림없이······.」
「여기 오고 있는 줄 알았단 말이지.」하고 보트랭이 의미심장한 눈초리로 학생을 보면서 말했다.「그녀는 틀림없이 고리대금업자 고브세크 영감 집에 가는 도중이었을 거야. 자네가 혹시 파리 여자의 마음속을 살펴본다면, 거기에선 여인보다 먼저 고리대금업을 하는 영감을 발견하게 될 걸세. 자네의 그 백작 부인이라는 여자의 이름은 아나스타지 드 레스토, 주소는 엘데르 거리일 걸.」

그 이름을 듣고 학생은 찬찬히 보트랭을 보았다. 그때 고리오 영감이 느닷없이 고개를 들었고, 눈이 번쩍 빛났다. 그리고 걱정이 되어서 어쩔 줄 모르는 시선을 이야기하는 두 사람에게 향했기 때문에 하숙인들은 깜짝 놀랐다.

「크리스토프가 시간에 대지 못한 모양이구먼. 그애가 그럼 거기를 갔단 말인가.」하고 고리오가 괴로운 듯이 소리쳤다.

「맞았군그래.」보트랭은 보케르 부인의 귓가에 허리를 굽히면서 말했다.

고리오 영감은 무엇을 먹고 있는지조차 모르는 듯이 기계적으로 입을 움직이고 있었다. 이때처럼 그가 우둔하게 게다가 무엇엔가 정신을 빼앗기고 있는 것처럼 보인 적은 없었다.

「보트랭 씨, 도대체 누가 그녀의 이름을 가르쳐 주었습니까?」하고 으제느가 물었다.

「핫핫핫하, 드디어는 나타나셨다.」하고 보트랭은 대답했다. 「고리오 영감님이 알고 계시잖나! 내가 어째서 모를 리가 있겠는가 말야.」

「고리오 씨!」하고 학생이 소리쳤다.

「왜 그래?」하고 가엾은 노인은 말했다. 「그애는 그럼 어제는 예뻤더란 말인가요?」

「누구 말입니까?」

「레스토 부인 말이오.」

「저 초라한 영감을 보란 말예요」하고 보케르 부인은 보트랭에게 말했다. 「저 눈 좀 봐, 번들번들거리는 눈.」

「그럼 역시 그가 그분 주변을 맴돌고 있었단 말씀이죠?」하고 미쇼노 양이 작은 소리로 물었다.

「그, 정말 말할 수 없이 아름다웠거든.」하고 으제느가 말을 이었지만, 고리오 영감은 그 얼굴을 물어뜯을 듯이 바라보고만 있었다. 「보세앙 부인이 함께 있지 않았다면, 나의 신성한 백작 부인은 무도회의 여왕이었을 겁니다. 젊은 남자들은 그 여자 밖에는 눈을 돌리지 않았을 정도였고, 파트너 신청만 해도 제가 열두 번째였으니까요. 그녀와 카드리유 전곡을 추었습니다. 다른 여자들은 질투를 했었죠. 어젯밤에 행복한 여자가 있었다면 틀림없이 그녀였습니다. 돛을 단 쾌속 범선, 달리는 말, 춤추는 여자보다 더 아름다운 사람은 없다는 말은 과연 근사하게 표현된 말입니다.」

「어제는 공작 부인의 살롱에서 기쁨의 절정에 있었고」하고 보트랭이 말했다.「오늘 아침에는 고리대금업자 집에서 실의에 빠져 풀이 죽어 있었다. 그게 파리 여자란 말야. 주인이 그런 사치와 호사에 함부로 쓰는 돈을 대주지 않으면, 그녀들은 몸을 팔지. 몸을 팔 수가 없게 되면 제 어미의 배를 가르고서라도 돈이 되는 물건을 찾을 것이란 말야. 요컨대 그 여자들은 어떤 짓이든 어렵잖게 해버리지. 그게 뭐 오늘 어제 시작된 건 줄 알아?」

학생의 이야기로 맑게 갠 날의 태양처럼 찬란하게 빛나던 고리오 영감의 얼굴도, 보트랭의 그런 폭언을 듣고는 음울한 표정으로 바뀌고 말았다.

「그래서 어떻게 됐다는 거예요?」하고 보케르 부인이 말했다.「도대체 뭐가 연애 사건이란 거야? 그래, 그 사람에게 말을 걸었어? 법률 공부라도 하지 않겠느냐고 물었느냔 말야?」

「그녀는 나를 못 보았어요.」하고 으제느는 말했다.「그렇지만 파리에서도 손꼽히는 미녀를 아침 아홉 시에 그레 거리에서 만나다니, 더구나 한밤중인 두 시에 무도회에서 집으로 돌아갔을 여성을 말이오. 이상하다고 생각되지 않아요? 이런 일이 일어나는 것은 파리밖에 없어요.」

「뭘 그래 그 정도 가지구, 그보다 더 괴상한 일도 있단 말야.」하고 보트랭이 소리쳤다.

타이유페르 양은 전혀 듣고 있지 않았다. 이제부터 하고자 하는 일을 계획하는 데 그처럼 정신을 쏟고 있었던 것이다. 쿠튀르 부인이 그녀에게 자리에서 일어나 옷을 갈아입으러 가지 않으면 안 된다고 눈짓했다. 두 사람이 나가 버리자 고리오 영감도 뒤따라 나갔다.

「어때요, 당신네들 다 보셨지요?」하고 보케르 부인이 보트랭과 그 외의 하숙인들을 향해서 말했다.「그는 그런 여자들 때문에 신세를 망친 것이 틀림없어요.」

「뭐라고 해도 나는 믿을 수가 없어요.」하고 학생이 소리쳤다.「그처럼 아름다운 레스토 백작 부인이 고리오 영감의 여자라니……」

「그렇다고」하고 그 말을 막으면서 보트랭은 그에게 말했다. 「아무쪼록 믿어달라고 말하고 있는 건 아니야. 자네는 젊어서 파리라는 곳을 아직 잘 모른단 말야. 앞으로 차차 알게 되겠지만, 파리에는 우리들이 『정열가』(이 말은 창부의 세계에서는 변태성욕의 소유자를 말한다)라고 부르는 특수한 인종이 있거든.」그 말을 듣고 미쇼노 양이 궁금한 듯이 보트랭의 얼굴을 빤히 쳐다보았다. 정녕 나팔소리를 들은 군마와도 같은 모습이었다. 「핫핫하」웃고 나서 보트랭은 이야기를 도중에서 끊고, 의미심장한 시선을 그녀에게 보내면서 웃었다. 「우리들만 하더라도, 모두 다소의 바람기는 있는 거 아냐, 응 안 그래?」 그랬더니 늙은 처녀는 나체의 조상이라도 본 수녀처럼 눈을 내리깔았다. 「그런데 말야!」 그는 말을 이었다. 「그런 족속들은 어떠한 생각에 집착하면 지렛대를 가지고도 움직일 수 없을 만큼 요지부동이란 말야. 그들은 특정한 샘에서 떠온 특정의 물, 그것도 때때로 썩은 물밖에 원하지 않아. 그것을 먹기 위해서 여편네든 자식새끼든 상관 않고 팔아 버릴 거야. 자기 영혼까지라도, 그것도 악마에게 팔아 버릴 거란 말야. 어떤 작자에게는 그 샘이란 것이 도박이라든가, 주권(株券)이라든가, 그림이나 곤충의 수집, 혹은 음악이지. 그 외의 다른 어떤 자에 있어서는, 그것은 맛있는 쾌락을 조리해 주는 여자야. 그런 족속들에게 지상의 어떤 여성을 맡긴다고 하더라도 거들떠보지도 않아. 자기의 정열을 만족시켜 주는 여자밖엔 원하는 여자가 없거든. 때때로 그런 여자들은 말야, 그들을 전혀 사랑하지도 않고 그들을 매정하게 다루지. 그리고 지극히 적은 즐거움을 매우 비싸게 판단 말이야. 그런데 말야. 그런 괴상한 족속들은 그 과오를 뉘우치고 다시는 그러지 않겠다고 맹세하기는커녕, 그녀에게 있는 대로 돈을 죄다 바치기 위해서 최후의 한 장의 담요까지도 전당포에 잡힌다구. 고리오 영감만 하더라도 그런 족속의 하나지. 백작 부인은 영감이 입이 무거운 것을 기화로 있는 대로 짜내고 있는 거지. 불쌍한 영감님은 그녀밖에 생각하는 게 없어. 이 정열을 빼놓고서는, 보시는 바와 같이 넋빠진 사나이지. 그런데 이야기를 그쪽으로 가져가기만 하면 영감님의 얼굴은 다이아몬드처럼 빛난단 말야. 그런 비밀을 알아내는 것은 어렵지 않은 일이지. 오늘 아침 그는 은식기를 팔려고 가지고 나갔고, 나는 영감이 그레 거리에 있는 고브세크 영감집에 들어가는 것을 봤어. 여기서부터가 요긴한 대목이야. 되돌아와서 그는 레스토 백작 부인에게,

저 병신 같은 크리스토프를 심부름 보냈지만 말야, 그 크리스토프가 지불이 끝난 약속 어음이 든 편지의 겉봉을 우리들에게 보였지. 그래서 알지. 백작 부인도 역시 어음을 할인하는 영감집에 갔다니까, 매우 긴급한 용무 때문이라는 건 명백하잖아. 고리오 영감은 그녀를 위해서 사나이답게 돈을 마련해 주었단 말야. 그런 사실을 알아 내는 데는 뭐 이것저것 생각할 것까지 없어. 그 이유는 말야, 라스티냐 군, 자네의 그 백작 부인이 웃든가, 춤추든가, 교태를 부리든가, 복숭아 꽃을 따든가, 드레스 자락을 집어들든가 하는 사이에도, 자기의 어음인지, 애인이 발행한 어음인지, 어쨌든 그 어음이 부도가 날지도 모른다고 생각하고, 속되게 말해서 『이럴 수도 저럴 수도 없는』 상태에 빠진다는 거야.」

「당신의 말을 듣고 있자니까 괜히 나도 모르게 진상을 캐보고 싶은 생각이 나는군요. 내일 레스토 부인에게 가서 알아보겠소.」 으제느가 말했다.

「그렇지요.」 하고 프와레가 말했다. 「내일 레스토 부인 댁에 가야겠군요.」

「그렇게 하면, 거기에서 호의의 대가를 받으러 간 고리오 영감을 만날지도 모르겠군.」

「그럼 말이오.」 으제느는 을씨년스런 표정으로 말했다. 「당신들의 파리라는 게 마치 진흙수렁이 아닙니까?」

「게다가 괴상망측한 진흙수렁이지.」 하고 보트랭이 말을 이었다. 「마차를 타고 그 진흙에 빠지는 족속은 신사고, 도보로 그 진흙에 빠지는 인간은 악인이라고 되어 있단 말야. 재수없게 뭔가 쓸데없는 것을 들춰 내기라도 한다면, 자네는 무슨 진귀한 샘물 모양으로 재판소 앞의 광장에서 중형을 받게 될 걸세. 그러나 백만 프랑을 훔쳐내 보게, 자네는 어느 살롱에서도 인격자로서 주목받고 대우를 받을 걸세. 여럿이서 헌병대라든가 재판소에 삼천만 프랑을 지불하고, 그런 모랄을 유지하고 있는 셈이지! 재미있는 이야기 아냐.」

「정말이야?」 하고 보케르 부인이 소리쳤다. 「고리오 영감이 은그릇을 부쉈다는 게?」

「뚜껑에 비둘기 두 마리가 조각되어 있지 않았던가요?」 으제느가 물었다.

「있었고말고요.」

「그럼 지극히 소중하게 간직하고 있었군그래. 은그릇과 큰 접시를 망가뜨릴 때 눈물을 흘리고 있었어요. 우연히 그것을 보았습니다만.」으제느가 말했다.
「생명 다음으로 소중하게 여기고 있었지.」 미망인이 대답했다.
「알겠지요, 영감님이 얼마나 정열가인가를?」하고 보트랭이 소리쳤다. 「그 여자는 그의 마음을 자극하는 방법을 알고 있단 말야.」

학생은 자기 방으로 올라가 버렸다. 보트랭은 외출했다. 얼마 있다가 쿠튀르 부인과 빅토린느는 실비가 불러온 마차를 타고 나갔다. 프와레는 미쇼노 양에게 팔을 주고, 둘이서 하루 중 가장 기분이 좋은 두 시간을 산책하기 위해서 동식물원으로 갔다.

「이것 봐라! 저 정도면 이미 결혼을 한 것이나 진배없지 않습니까?」하고 뚱뚱보 실비가 말했다. 「둘이서 함께 외출하는 것은 오늘이 처음입니다. 둘이 모두 바삭 말라 비틀어져 있기 때문에, 부딪치면 부싯돌 모양으로 불이 날 거예요.」

「미쇼노 양의 솔에 조심하세요.」보케르 부인이 웃으면서 말했다. 「불쏘시개처럼 불이 붙겠어요.」

오후 네 시에 고리오 영감이 돌아왔을 때, 그는 연기에 그을린 두 램프의 희미한 불빛 속에 빅토린느가 퉁퉁 부은 눈으로 울면서 앉아 있는 것을 보았다. 오전 중에 타이유페르 씨를 방문했지만 아무 소용도 없었다는 이야기를 보케르 부인이 듣고 있었다. 처녀와 노부인을 다루는 것에 싫증난 타이유페르는 결말을 뚜렷이 짓기 위해서 두 사람을 방까지 들어오게 했다는 것이었다.

「안 그래요, 마나님.」하고 쿠튀르 부인은 보케르 부인에게 말했다. 「내 얘기 좀 들어 보세요. 그 사람은 빅토린느에게 앉으라고도 하지 않기 때문에, 빅토린느는 내내 선 채로였단 말씀이에요. 저에겐 이렇게 말하더군요. 화는 내지 않았지만 아주 냉랭하게, 인젠 더 이상 찾아올 필요가 없소, 하구요. 얘가 너무 지나치게 자기를 귀찮게 하기 때문에(일 년에 한 번뿐인데, 사람도 아니야!) 자기는 정신적으로 피해를 받고 있다는 거예요. 아무튼 너무나 매정한 말만 해서 가엾게도 얘를 울게 만들고 말았어요. 그런데 얘는 아버지의 발 아래 몸을 던지고 용감하게도 이렇게 말했어요. 이렇게 폐를 끼치는 것은 오로지 어머니의 일을 생각하기 때문이에요, 하구요. 자기는 불평 한 마디 않고 아버님의 말씀에 순종하겠다구요. 그러니 아무쪼록 불쌍한 어머니의 유서만은 읽어 주십사, 하고 말예요. 얘는 편지를 꺼내들고, 세상에 그렇게 아름다운, 게다가 다시없이 진심이 어린 말을 늘어 놓으면서, 그 사람에게 그것을 내밀었습니다. 얘가 어디서 그런 말을 배워서 외었는지, 아마도 하느님이 가르쳐 주신 것이겠지만, 그야말로 거침없이 기가 막히는 말들을 좔좔 했기 때문에 듣고 있던 나도 울음이 나와서 견딜 수가 없었어요. 그 무서운 남자는 그동안 무엇을 하고 있었다고 생각하세요? 손톱을 깎고 있었어요. 그 불쌍한 타이유페르 부인의 눈물로 적셔진 그 편지를 받더니,『알았어!』 하고 내뱉고는 난로 위에 내던지지 않겠어요. 그 사람이 얘를 일으키려고 했을 때 얘가 그 손을 잡고 입을 맞추려고 하니까, 그 사람은 손을 뿌리쳤습니다. 너무 가혹하지 않아요? 그때 승검초처럼 귀가 크고 멍텅구리 같은 아들이 들어왔는데도, 제 동생에게 아는 척도 안 하더란 말예요.」

「그 애비에 그 자식에 인간도 아닌 사람들이로군!」고리오 영감이 말했다.

「그리고 말입니다.」하고 노인의 탄성에는 관심도 보이지 않고 쿠튀르 부인은 말했다.「얘 아버지와 그 아들녀석은, 나에게 실례한다고 말하고 나가 버렸습니다. 바쁜 용문가 뭔가가 있어 그런다면서, 이것이 우리가 찾아갔던 전말입니다. 어쨌든 그 사람이 딸을 만난 것만은 사실입니다. 어째서 이얘를 인지하지 않으려 드는지 모르겠어요. 이얘는 아버지를 꼭 닮았더군요.」

숙식을 하는 하숙인들과 식사만 제공받는 사람들이 웅성웅성 모여들어 서로 인사를 교환하거나 하찮은 소리를 지껄이기 시작했는데, 이들은 파리의 어느 계급에서 유행중인, 유머와 위트에 넘치면서도 어리석고 바보스럽기 짝이 없는 시시한 얘기들을 주고받았다. 특히 동작이나 발음에서 발휘하는 그런 것이었다. 이런 종류의 은어는 끊임없이 변천되어 가고 있다. 그 중심이 되는 농담은 한 달 이상 계속된 예가 없다. 정치적 사건, 중죄 재판소에서의 소송 사건, 가두의 유행가, 배우들의 익살 등 온갖 것이 그런 기지 놀음의 재료를 제공하는 셈이지만, 이 놀이는 특히 배드민튼이라도 하듯이 생각난 말을 라켓으로 두들겨서 보내고 받는 형식으로 성립되고 있는 것이다. 최근에 발명된 파노라마보다도 더 고도로 눈의 착각을 이용한 디오라마(움직이는 파노라마에 광선을 보내어 어두운 곳에서 보이는 장치)가 몇몇 화실에서 어미에 『라마』를 붙여서 지껄이는 말장난을 발생시켜, 단골인 젊은 그림쟁이들이 보케르 관에도 그것을 들여온 것이다.

「여어, 프와레 양반」 박물관원이 말했다. 「생테라마(건강, 바른 발음은 쌍테)는 어떻습니까?」 그리곤 대답도 기다리지 않고, 「부인들께서는 무슨 걱정거리라도 계신가 본데요?」 하고 쿠튀르 부인과 빅토린느를 향해서 말했다.

「식사는 준비됐나?」 하고 의학생으로서, 라스티냐의 친구인 오라스 비앙숑이 말했다. 「나의 귀여운 위주머니가 『발 뒤꿈치까지』 내려가 버렸단 말야.」

「야아, 굉장한 프르와토라마(추위, 바른 발음은 프르와)군그래.」 보트랭이 말했다. 「좀 비켜 주시지 않겠소, 고리오 영감. 당신 발이 스토브 아궁이를 혼자서 점령하고 있잖아요.」

「저명하신 보트랭 선생님!」 하고 비앙숑이 말했다. 「어째서 프르와토라마라고 하십니까? 그건 틀립니다요, 프르와도라마입니다.」

「아니야.」 박물관원이 말했다. 「발음의 규칙으로 보아서 프르와토라마지요. 발이 언다(제 프르와 토 피에)고 말하는 것이지요.」(Frild의 어미 d는 뒤에 모음이 와도 t가 되지 않지만, 다음 어두의 모음과 연음할 때만 t와 같은 발음이 된다.)

「핫핫핫하!」

「이건 정말 몰라 뵈었습니다. 불법학(不法學) 박사, 라스티냐 후작 각하의 나타나심을!」 으제느의 목덜미를 붙잡고 숨이 막힐 정도로 목을 죄면서 비앙숑이 소리쳤다.

「야아, 모두 잘 있었소!」

미쇼노 양이 조용히 들어오더니, 아무 말도 않고 눈으로 인사를 하고 세 사람의 여자들 옆에 걸터앉았다.

「저 박쥐 같은 여자를 보면 언제든지 한기가 느껴진단 말입니다.」 하고 미쇼노 양을 가리키면서 비앙숑이 작은 소리로 보트랭에게 소곤거렸다. 「나는 갈(골상학을 주장한 독일 의사로 발자크에게 많은 영향을 주었다)의 학설을 연구하고 있습니다만, 그녀의 머리에는 유다의 융기가 있구먼요.」

「유다를 만나 본 적이 있으신가?」 보트랭이 물었다.

「유다를 못 만난 사람도 있습니까?」 하고 비앙숑은 대답했다. 「맹세코 말씀드립니다만, 저 해말쑥한 노처녀는 천장의 대들보라도 먹어 버리는, 젓가락처럼 가늘고 긴 벌레와 같은 느낌을 주는군요.」

1. 하숙집   353

「즉 이런 말이야, 이 사람아.」 사십 대의 사나이는 구레나룻을 쓰다듬으며 말했다.

장미 같은 여자는 장미 같은 일생을
보내야 한다.
하루 아침의 짧은 그 생명

「야아, 야아, 멋들어진 수프라마(발음만 가지고 판단하면 『라마를 넣은 수프』라고도 해석할 수 있다)가 나타나시는군.」 프와레가 조심스럽게 포타즈를 들고 들어온 크리스토프에게 말했다.

「안됐습니다만, 프와레 씨」하고 보케르 부인이 말했다. 「캐비지를 넣은 수프입니다요.」

청년들은 와아 하고 폭소를 터뜨렸다.

「한 대 맞았군, 프와레!」

「프와르르르의 참패야!」

「보케르 엄마에게 두 점!」 보트랭이 말했다.

「누구 오늘 아침 안개를 관심있게 본 사람 없나?」 박물관원이 말했다.

「정열적인」 하고 비앙송이 대답했다. 「전례가 없는 안개였지. 음산한, 멜랑콜리한, 푸르뎅뎅한 천식성의 안개, 고리오적인 안개였단 말야.」

「고리오라마야.」 하고 그림장이가 말했다. 「아무것도 보이지 않으니까 말야.」

「여보세요, 고리오트(고리오의 외국적인 발음) 선생! 당신에 관한 것이 화제가 되고 있습니다요.」

맨 뒷자리 요리가 들어오는 문 옆에 앉아 있던 고리오 영감은 얼굴을 들더니, 때때로 되살아나는 옛날의 상인적 습관에서 냅킨 아래 있던 빵조각을 집어들고 냄새를 맡았다.

「왜 그러십니까?」 보케르 부인이 스푼과 접시 소리라든가 말소리를 압도할 만한 큰소리로 날카롭게 그를 윽박질렀다. 「이 빵이 맛이 없기라도 하단 말씀이에요?」

「그게 아니라, 마나님」 하고 그는 대답했다. 「최고급인 에탕프 가루로 만들었구먼요, 이건.」
「어떻게 그런 걸 아십니까?」 으제느가 물었다.
「흰빛깔과 맛으로 알지요.」
「코로 맛을 알아요? 냄새를 맡고 있었잖아요?」 보케르 부인이 말했다. 「대단한 절약가이시기 때문에 그동안에 부엌냄새만 맡고서도 배가 부르셨 겠네요.」
「그렇다면 특허를 내셔야지요.」 하고 박물관원이 말했다. 「한밑천 잡으시겠는데요.」
「내버려 둬라 야, 자기가 제면업자였다는 걸 과시하고 싶어서 저러고 있으니까 말야.」 하고 그림장이가 말했다.
「당신의 코는 코르뉘(증류장치)입니까?」 하고 박물관원이 또다시 물었다.
「코르 뭐라고 했지?」 비앙송이 물었다.
「코르 누이유(산 보리수라는 뜻)란 말야.」
「코르 느뮤즈(풍적, 피리 끝에 가죽주머니가 달린 악기)지.」
「코르 날리느(홍옥수, 석영의 한 가지).」
「코르 니시(헌사복).」
「코르 니송(호박).」
「코르 보(까마귀).」
「코르 낙(코끼리 조련사).」
「코르 뉘라마(뿔).」

이 여덟 개의 대답이 속사처럼 빠르게 식당 안의 여러 곳에서 날아와서, 가엾은 고리오 영감은 외국어를 이해하려는 사람모양 멍청한 표정으로 일동의 얼굴을 둘러보았기 때문에 더욱더 여러 사람의 폭소를 자아냈다.
「코르 뭐라고 했지요?」 그는 옆에 앉아 있는 보트랭에게 물었다.
「코르 오피에(발의 복숭아 뼈)요, 영감님」 하면서 보트랭이 고리오 영감의 머리를 힘차게 내리눌렀기 때문에 그의 모자가 찌그러져 눈두덩까지 덮였다.
불쌍한 영감은 이 갑작스런 장난에 어처구니가 없어 얼마 동안은 몸도 움직이지 않고 있었다. 크리스토프는 영감이 수프를 다 마신 줄로 잘못 알고 그 접시를 가져가 버렸다. 그래서 고리오 영감은 모자를 밀어올리고 나서 스푼으로 수프를 뜨려고 하다가 헛뜨고 말았다. 모두 와아 하고 웃음보를 터뜨렸다.
「당신은 나쁜 장난을 하는 사람이군.」 영감이 말했다. 「앞으로 또 이렇게 모자를 짓누르면……」
「그러면 어쩌겠다는 거요, 영감님?」 그의 말을 막으면서 보트랭이 말했다.
「그러면 언젠가는 된통 경을 칠 거요.」
「지옥에서 말이오?」 하고 그림장이가 말했다. 「알아듣지 못하는 어린애를 집어 가두는 그 좁고 어두운 곳에서 말이죠!」
「왜 그래요, 아가씨」 하고 보트랭은 빅토린느에게 말했다. 「잡수시지 않는 것 같은데, 아빠가 역시 고집을 계속 부리셨단 말씀입니까?」
「무서운 사람이더군요.」 쿠튀르 부인이 말했다.
「한바탕 치도곤을 안겨 주지 않으면 안 되겠군그래.」 보트랭이 말했다.
「도대체」 하고 비앙숑의 곁에 있던 라스티냑이 말했다. 「아가씨는 부양료에 관해서 소송을 제기해도 상관없어요. 식사를 전혀 안 하니까요. 이것 봐라. 고리오 영감님께서 뚫어지게 빅토린느 양을 보고 있는 저 꼴 좀 봐!」
가엾은 처녀의 얼굴에는 진실한 슬픔이, 부친을 사랑하고 있는데도 인정 받지 못하는 어린애의 고뇌가 생생하게 나타나 있었기 때문에, 고리오 영감은 먹는 것도 잊어버리고 그녀를 보고 있었던 것이다.
「이 사람아」 하고 으제느가 작은 소리로 말했다. 「우리들은 고리오 영감의 일을 오해하고 있었단 말야. 저건 바보도 아니고 무신경한 인간도 아니야, 자네가 잘 아는 갈의 골상학을 적용해서 그를 어떻게 보는지 말을 좀 해주게나. 나는 어젯밤 그가 은제의 큰접시를 마치 양초 모양으로 비틀어 쭈그러뜨리고 있는 것을 보았어. 그리고 지금도, 저 표정은 심상한 게 아니야. 진정한 감정을 나타내고 있단 말야. 그의 생활은 너무도 수수께끼에 차 있기 때문에 충분히 연구해 볼 가치가 있어. 그렇고말고, 비앙숑, 비웃으려면 웃어도 좋다. 나는 농담을 하고 있는 게 아니란 말야.」
「저 영감은 의학적으로 보아도 재미가 있어. 그가 희망한다면 해부를 해도 좋아.」
「아니야, 지능을 연구해 봐야지.」
「그것도 좋지만, 저 우둔함은 전염성인지도 몰라.」
그 다음날 라스티냑은 굉장히 멋을 부리고 오후 세 시쯤 레스토 부인 집에 갔지만, 가는 도중에 청년들의 생활을 그처럼 감동적으로 아름답게 하는, 철딱서니 없다고 할 정도의 열광적인 희망으로 가슴은 풍선처럼 부풀어 있었다. 그런 때 청년들은 장애도 위험도 계산에 넣지 않고, 상상력의 움직임만 가지고 도처에서 성공을 보고 자기들의 생활을 시화(詩化)하고, 놓아 길러진 송아지와도 같은 욕망 속에 깃들어 있는 하찮은 계획이 무너지면 불행하다고 단정하든가 비관하든가 한다.

그들이 무지하지 않고 또한 겁쟁이도 아니라면 아마 사회는 견디기 어려운 것이 되어 버리고 말았을 것이다. 으제느는 구두를 더럽히지 않으려고 세심한 주의를 기울이면서 걸었으나, 그러나 그는 걸으면서 레스토 부인에게 뭐라고 말할까를 생각하고, 기지에 찬 말을 머릿속에 새겨 넣고, 예상되는 회화에 마음에 드는 교묘한 즉흥적 대답을 모색하고, 자신의 장래가 걸려 있다고 생각되는 애정의 고백에 어울리는 자잘구레한 상황을 제 마음대로 상상해서 결정해 놓고서는, 멋들어진 말씀씨, 탈레랑 식의 경구를 준비하는 것이었다. 결국 그는 흙탕물이 튄 구두를 팔레 르와이얄에서 닦고, 바지에 솔질하지 않을 수 없었다.

「돈만 넉넉했다면」 하고 비상지출에 대한 준비로 가지고 온 삼십 수우짜리 은전을 털면서 그는 중얼거렸다. 「마차로 갔을 텐데, 천천히 생각하면서 말야.」 겨우 엘데르 거리에 이르러, 그는 레스토 백작 부인에게 면회를 청했다. 하인들은 현관에서 마차 소리를 듣지 못했을 뿐더러 그가 도보로 안뜰을 지나는 것을 보았기 때문에 차갑고 경멸적인 시선을 보냈는데, 그는 언젠가는 꼭 승리하고 말겠다는 확신에 찬 사나이에게서 볼 수 있는 냉정한 분노를 띠며 그 시선을 받아넘겼다. 낭만적인 생활의 호사를 자랑하고, 파리의 모든 환락에 익숙하며, 그 생활을 즐기고 있다는 것을 확신케 하는 그 우아한 이륜마차에 매인 호화롭고 사치스런 마구(馬具)를 붙인 준마가 그 안뜰에서 땅을 걷어차고 있었다. 그는 저도 모르게 기분이 나빠졌다. 머릿속에 있는 서랍에 기지가 잔뜩 들어 있는 줄 알았었는데, 아까까지 열려 있던 그 서랍도 닫혀져서 그는 바보처럼 되어 버렸다. 하인이 내객의 이름을 말하러 갔기 때문에 백작 부인의 하회를 기다리는 동안, 으제느는 대기실 창가에서 몸의 중심을 한쪽 발에 둔 채 창문 걸쇠에 팔꿈치를 걸치고 묵묵히 안뜰을 내려다보았다.

1. 하숙집

꽤 오랜 시간이 흐른 것처럼 생각되었다. 외곬으로 돌진할 때는 놀랄 만한 결과를 빚어내는 저 남국인 특유의 강한 집념이 없었던들 그는 아마도 자리에서 일어나 되돌아갔을지도 모른다.

「손님」하고 하인이 말했다.「아씨께선 거실에 계십니다만, 매우 바쁘시기 때문에 말씀을 드리지 못했습니다. 그러니 살롱에서 기다려 주실까요. 먼저 오신 손님도 계시니까요.」

대수롭지 않은 한마디로 주인을 비난하든가 시비의 판단을 곧잘 내리는, 이러한 고용인들의 놀랄 만한 위력에 감탄하면서 라스티냐은 의젓하게 하인이 나간 문을 열었다. 그것은 틀림없이 이 집 주인과 잘 아는 처지의 손님이라는 것을 그 불손한 고용인들에게 과시하려 한 것이었다. 그런데 지극히 쑥스러운 것은, 거기는 램프라든가, 식기를 넣어 두는 찬장이라든가, 목욕 타월을 뜨겁게 하는 기구 같은 것들을 넣어 두는 방이었기 때문이다. 한쪽은 어두운 복도, 다른 한쪽은 뒷문으로 통하는 계단이 있었다. 대기실에서 들리는 한층더 나지막히 들려 오는 울음소리가 그를 곤혹스럽게 했다.

「손님, 살롱은 이쪽입니다.」하인은 형식적으로 공손한 태도를 보이며 그에게 말했지만, 그것은 형태를 바꾼 조소같이 생각되는 것이었다.

으제느는 너무 당황해서 되돌아섰기 때문에 욕조에 걸렸지만, 그래도 다행스럽게 모자를 붙들었기 때문에 그것을 탕 속에 떨어뜨리는 실수만은 면했다. 이때 조그마한 램프에 비친 긴 복도 끝 문이 열리고, 레스토 부인의 목소리와 고리오 영감의 목소리, 키스하는 소리가 동시에 라스티냐의 귀에 들려 왔다. 그는 식당으로 되돌아와서 그 방을 지나 하인의 뒤를 따라 살롱으로 들어왔다. 그 방의 창문도 안뜰에 면하고 있는 것을 알고, 그는 응접실 창문 앞에 우두커니 서 있었다. 아까의 고리오 영감이 정말로 그가 알고 있는 고리오 영감인가 아닌가를 확인해 보고 싶었기 때문이었다. 심장이 이상하게 툭탁거리고 있었다. 보트랭의 무서운 말이 기억에 떠올랐기 때문이었다. 하인이 살롱 입구에서 으제느를 기다리고 있었는데, 그 문에서 갑자기 말쑥한 옷차림의 한 청년이 나와 성급한 어조로 말했다.

「난 가겠어, 모리스. 반 시간 이상 기다리고 있었다고 전해 주게.」이 무례한 사나이는 그렇게 행동할 권리가 있다는 듯이 이탈리아 가곡인가 뭔가를 흥얼대면서, 안뜰을 들여다보기 위해서 뿐만 아니라 이 학생의 얼굴을 보기 위해서도 그가 서 있는 창가 쪽으로 걸어 나왔다.
「그래도 백작님, 좀더 기다리시는 편이 좋으리라고 여겨집니다만. 아씨는 일이 거의 끝나셨습니다.」하고 대기실로 되돌아가면서 모리스는 말했다.
이때는 고리오 영감이 뒷문 계단을 거쳐 앞문이 있는 곳으로 나왔을 무렵이다. 노인은 박쥐우산을 꺼내들고 그것을 펼치려는 자세를 취했는데, 마침 훈장을 단 젊은 사나이가 몰고 오는 이륜마차를 통과시키기 위해서 앞문이 열려 있는 것도 미처 느끼지 못했다. 고리오 영감은 급히 뒤로 물러나 마차에 치이는 것을 겨우 면했다. 호박단으로 만든 박쥐우산에 놀랬던지 말이 옆으로 빗나가면서 현관의 돌계단 쪽으로 돌진했다. 그 젊은 사나이는 화가 난 표정으로 뒤를 돌아보고 고리오 영감이라는 것을 알자 그가 밖으로 나가기 전에 인사를 했지만, 그것은 손내밀지 않을 수 없는 고리대금업자에게 할 수 없이 던지는 경의라고 할까, 질이 나쁜 인간에게 어쩔 수 없이 행하는, 언젠가는 그것을 치욕으로 생각하지 않으면 안 된다는 것을 알고 있으면서 행하는 존경임이 명백한 인사였다. 고리오 영감은 친절히도 그 인사에 답례를 보냈다. 이러한 일들은 번개처럼 짧은 시간 동안에 일어난 것이었다. 완전히 정신을 빼앗기고 자기가 혼자가 아니라는 것에 생각이 미치지 못했던 으제느는 느닷없이 백작 부인의 소리를 들었다.
「어머, 막심, 돌아가시는 거예요?」하고 그녀는 약간 원망이 서린 비난조로 말했다.
백작 부인은 이륜 마차가 들어온 것을 모르고 있었다. 라스티냐은 급히 머리를 돌려, 백작 부인이 장미색의 매듭 무늬가 있는 흰 캐시미어로 만든 고상하고 아름다운 화장옷을 입고, 파리 여자들이 아침에 그렇게 하듯, 머리를 꾸밈없이 묶고 서 있는 모습을 보았다. 그녀의 몸에서는 달콤한 향내가 풍기고 있었다. 틀림없이 목욕을 하고 난 후일 것이다. 이른바 부드러운 느낌을 더한 그녀의 아름다움은 한층 더 관능적으로 보였다. 눈은 촉촉하게 윤기가 돌았다. 젊은 남자의 눈은 모든 것을 한눈에 파악하는 것이다. 즉, 식물이 공기 속에서 자기에게 적합한 요소를 흡수하는 것과 같이 그들의 정기는 여성이 발산하는 광택과 결합한다.
그러므로 으제느는 일부러 직접 만져 보지 않아도 이 여자의 손이 지니는 완전히 성숙된 신선한 느낌을 감지할 수가 있었다. 때때로 화장옷이 열리어

드러나 보이는 가슴 언저리에 시선을 붓고, 캐시미어 너머로 장미색이 어리는 피부의 변화를 볼 수 있었다. 코르셋 등의 인공적인 수단은 백작 부인에게는 불필요한 것으로, 허리띠만이 그녀의 날씬한 허리의 선을 한층 더 드러내 보이며, 목덜미는 사랑의 마음을 불러일으키고, 발은 슬리퍼를 신고 있어서 매우 귀엽게 보였다. 막심이 그녀의 손을 잡고 입을 맞추었을 때 으제느는 비로소 막심의 존재를 깨닫고, 백작 부인은 으제느가 거기 있다는 것을 알았다.

「어머 라스티냐 씨, 당신이었군요. 뵙게 돼서 기뻐요.」 눈치빠른 사람이라면 그 진의를 알고 물러나지 않을 수 없는 그러한 어조로 그녀는 말했다.

막심은 이 불의의 침입자를 쫓아내려고 꽤 의미심장한 표정으로 으제느와 백작 부인을 번갈아보았다.

『이봐요 부인, 이 괴상한 젊은애를 내쫓아 버려 주었으면 좋겠는데.』 하는 것이, 아나스타지 백작 부인이 막심이라고 부른, 이 무례하고 거만한 청년의 노골적인 눈초리에 비친 명백한 의미였다. 그 청년의 얼굴을 부인은, 예정하지 않았음에도 여자의 모든 비밀을 말해 버리는, 그런 기죽은 표정으로 보고 있었다. 라스티냐은 그 청년에 대해서 격한 노여움이 일어나는 것을 느꼈다.

맨 먼저 막심의 기가 막히게 잘 손질된 머리의 커얼, 그리고 금발이 자기의 머리가 얼마나 보기 흉한가를 가르쳐 주었다. 뿐만 아니라 막심은 조금도 더럽혀지지 않은 최고급 구두를 신고 있음에 비하여, 자기의 구두에는 걸으면서 그처럼 주의를 했음에도 불구하고 약간이나마 흙이 묻어 있었다. 끝으로 막심은 우아하게 동체를 바싹 죈, 그의 눈에도 아름다운 여자와 같은 몸매를 보여 주는 날씬한 프록코트를 입고 있는 데 반해 으제느 쪽은 낮 두 시인데도 검정색의 연미복을 입고 있었다.

샤랑트 현 출신의 총명한 청년은, 날씬하고 키가 크고 눈이 맑으며 얼굴색은 허여멀쑥한, 어버이 없는 아가씨들을 파산케 하고도 남을, 이 멋들어진 미남을 보고, 복장이 나타내고 있는 우월성을 통감했다. 으제느의 대답도 기다리지 않고 레스토 부인은 재빨리 옆방으로 달아나 버렸는데, 팔랑팔랑 나부끼는 그녀의 화장복 자락은 몸에 감기든가 너풀거리면서 그녀를 나비처럼 보이게 했다. 막심이 그 뒤를 따라갔다. 화가 난 으제느는 막심과 백작 부인의 뒤를 따라갔다. 이렇게 되어 세 사람은 큰 홀의 한중간 난로 옆에서 서로 마주

서게 되었다.
 학생은 자기가 이 거만한 막심에게 방해되는 존재라는 것을 충분히 알고 있었다. 그러나 가령 레스토 부인의 불쾌를 사는 한이 있더라도 이 안하무인으로 거만을 부리는 사나이를 훼방 놓고 싶었다. 갑자기 그는 보세앙 부인의 무도회에서 이 청년을 본 기억이 되살아나, 막심이 레스토 부인에게 있어 어떤 존재인가를 알았다.
 그래서 엉터리없는 짓으로 끝나든가 굉장한 성공을 가져오든가 어느 한 쪽인, 그러한 대담하고 저돌적인 태도를 취하며 그는 중얼거렸다.『이 자식이 내 연적인가. 어떻게 해서든지 이 자식은 때려눕히고 말아야지.』
 무모한 젊은이 같으니! 그는 막심 드 트라이유 백작이 일부러 상대에게 모욕하게 하고 결투로써 자기가 먼저 발포해서 상대를 죽여 버리는 남자라는 것을 모르고 있었던 것이다.
 으제느는 낚시에는 훌륭한 실력을 가지고 있었지만 사격장에서는 스물두 개의 인형 가운데 스무 개를 쏘아 떨어뜨린 적이 아직 없었다. 젊은 백작은 난로 옆에 있는 안락의자에 거만한 동작으로 걸터앉더니 부젓가락을 쥐고 매우 난폭하고 거친 태도로 난로 속을 휘저었기 때문에 아나스타지의 아름다운 얼굴이 갑자기 슬픔으로 흐려졌다. 젊은 여인은 으제느를 돌아보고 지극히 교묘하게,『어째서 안 돌아가시는 거죠?』라고 하는 듯이, 그 냉정하면서도 캐묻는 것 같은 눈길을 던졌다. 예절 바르게 자란 사람이라면 그 눈빛을 보고 즉시『퇴거 명령』이라고 불러야 할 종류의 문구를 생각해냈을 것이었다.
 으제느는 붙임성있는 태도를 보이면서 말했다.「어떻게 해서든지 꼭 만나뵙고 싶다고 생각한 것은, 실은……」
 그는 돌연 말을 중지했다. 문이 열렸다. 이륜마차를 몰고 왔던 신사가 느닷없이 모자도 안 쓴 모습으로 나타나 백작 부인에게는 인사도 없이, 마땅치 않은 듯이 으제느를 바라보더니 막심에게 악수를 청하면서「안녕하시오.」라고 말했는데, 그 친숙한 태도는 으제느를 적잖이 놀라게 했다. 시골 출신의 젊은이들은 삼각 관계의 생활이 얼마나 즐거운 것인지 모르는 것이다.
 「주인인 레스토예요.」라고 백작 부인은 남편을 가리키면서 학생에게 말했다.

으제느는 공손하게 머리를 숙였다.
「이분은」하고 그녀는 계속해서 으제느를 레스토 백작에게 소개했다. 「라스티냐 씨인데, 마르시약 집안 쪽으로, 보세앙 자작 부인의 친척 되는 분이십니다. 일전 자작 부인 댁 무도회에서 뵈었잖아요.」
『마르시약 집안 쪽, 보세앙 자작 부인의 친척 되는 분!』 자기 집에는 선택된 사람 외에는 아무도 오지 않는다는 것을 증명하려고 할 때의 한 집안의 여주인이 맛보는 그 자랑과 같은 것에서, 백작 부인이 매우 과장해서 말한 그 언어들은 마술적인 효과를 발휘했다. 백작은 냉정하고 의례적인 태도를 버리고 학생에게 인사했다.
「가까이 뵙게 돼서 영광입니다. 라스티냐 씨.」
막심 드 트라이유 백작, 그도 침착성을 잃은 시선을 으제느에게 던지더니 불시에 그 거만한 태도를 고쳤다. 가문의 명망이 강하게 작용한 이 마술 지팡이의 한 번 휘두름이, 남국인의 두뇌 속에 있는 서른 개의 작은 서랍을 열고 그가 준비해 두었던 재치를 회복시켜 주었다. 갑자기 비쳐들어 온 한 줄기의 광명이 그에게 있어서는 아직 어둠에 싸여 있던 파리의 상류사회의 분위기를 확실히 꿰뚫어 볼 수 있게 하여 주었다. 보케르 관도, 고리오 영감도, 이때만은 그의 의식에서 까맣게 먼 곳에 있었다.
「마르시약 집안은 대가 끊긴 것으로 알고 있었습니다만.」 하고 레스토 백작이 으제느에게 물었다.
「네, 그렇습니다.」 하고 그는 대답했다. 「저희 종조부께서 마르시약 집안의 뒤를 이은 따님과 결혼하셨습니다. 그에게는 딸이 하나밖에 없었고, 그 따님이 보세앙 부인의 외조부인 클라랭볼 원수와 결혼했습니다. 저희는 분가(分家) 인데다 해군 중장이었던 백부께서 국왕에게 충성을 다하다가 전재산을 모두 없애 버렸기 때문에 더욱더 가난을 겪었습니다. 혁명 정부가 동인도 회사를 청산했을 무렵, 저희들 채권을 도무지 인정해 주지 않으려 했던 것입니다.」
「댁의 종조부님은 대혁명 전에 방줴르 호의 함장을 지내지 않았던가요?」
「네, 틀림없습니다.」
「그럼, 와르위크 호의 함장이셨던 나의 조부와는 서로 알고 지내는 처지 였겠소 그려.」
막심은 레스토 부인 쪽을 보고 약간 어깨를 움츠리며 『백작이 저 자식하고 해군 이야기따위를 지껄이기 시작했으니 잘 됐지 뭐요』하는 듯한 표정을 지었다. 아나스타지는 트라이유의 눈짓의 의미를 이내 알아차렸다. 그리하여 여자들만이 가지는 그 감탄스러운 재치를 발휘하여, 그녀는 미소를 띠면서 말했다.

「오세요, 막심 씨. 당신에게 잠깐 부탁할 말이 있어요. 두 분께서는 와르위크 호와 방줴르 호를 타고 사이좋게 항해하실 테니.」그녀는 일어나서, 정말로 뱃속으로부터 바보 취급을 하고 있는 듯한 눈길을 막심에게 보냈고, 막심도 그녀의 뒤를 따라 부인의 거실로 향했다.

귀천상혼(貴賤相婚, 신분이 틀리는 결혼)적인 두 사람이——이『귀천상혼적』이란 말은 이에 대응할 프랑스 어가 없는 독일적인 기지에 찬 표현이지만——출입문까지도 채 못 갔을 때 백작은 으제느와의 대화를 중단했다.

「아나스타지! 여기 있어요.」그는 불유쾌한 듯이 소리쳤다.「당신도 알고 있을 터인데…….」

「네에 네. 곧 돌아올게요.」하고 그녀는 그의 말을 막으며 대답했다.「막심에게 부탁할 말을 하는 데에는 잠깐이면 돼요.」

그녀는 곧 돌아왔다. 이런 종류의 여자가 대개 그렇듯이, 자유분방하게 행동하기 위해서는 남편의 성격에 신경쓰지 않을 수 없기 때문에, 남편의 귀중한 신뢰를 잃어버리지 않기 위해서 어느 정도까지 제멋대로 할 수 있느냐를 분별할 줄 알고 있고, 그래서 생활상의 사소한 일로 해서는 절대로 남편의 비위를 거스르지 않는 것이다. 백작 부인은 백작의 음성의 억양으로 미루어 보아 거실에 오래 있는 것은 매우 위험하다고 간주했던 것이다.

이처럼 난처해진 건 으제느의 탓이다. 그래서 백작 부인은 정말 원망스러운 눈초리로 학생을 쳐다보았고, 막심은 지극히 신랄한 어조로 백작과 백작 부인과 학생을 향해서 말했다.「여러분은 매우 중요한 용무가 계신 듯하니 방해하지 않고 이만 돌아가겠습니다. 안녕히 계십시오.」그는 빠른 걸음으로 나갔다.

「천천히 가지그래, 막심 군.」하고 백작이 말했다.

「저녁 식사에 오세요.」하고 백작 부인은 말하면서 또다시 으제느와 백작을 그 자리에 남겨 둔 채, 막심을 따라 응접실로 갔다. 그녀는 그동안에 레스토 씨가 으제느를 쫓아 보낼 것이라고 생각하고 꽤 오랫동안 그와 함께 그곳에 머무르고 있었다.
 으제느의 귀에 그들이 서로 히히덕거리든가, 소곤소곤 이야기를 하든가, 침묵을 지키든가 하는 것이 들려 왔다. 기분이 나빠진 학생은 다시 한 번 백작 부인과 만나 그녀와 고리오 영감과의 사이가 어떤 관계인가를 알아내려고 마음먹고, 레스토 씨를 상대로 기지를 발휘해서 그를 여러 가지 의론으로 유인하는 것이었다. 틀림없이 막심에게 반해 있는 이 여자, 남편을 깔고 앉아서 남몰래 늙은 제면업자와도 관계를 맺고 있는 이 여자는 그에게 있어서는 풀지 못할 수수께끼라고 생각되었다. 그는 그 수수께끼를 풀어 밝히기로 마음먹고, 그렇게 함으로써 정말 파리 사람다운 이 여자를 찍소리도 못하게 지배할 수 있는 것이 아니겠는가 하고 생각하였다.
 「아나스타지!」 백작은 또 한 번 아내를 불렀다.
 「어머, 가엾은 막심」 하고 그녀는 청년에게 말했다. 「체념하지 않으면 안 돼요. 다시 오늘밤에…… 네?」
 「여보, 나지(애칭)!」 하고 그는 그녀의 귀에 대고 속삭였다.
 「저 햇내기를 다음엔 문간에서 쫓아 버려 주시겠지요? 당신의 화장옷이 헤쳐질 때마다 그 자식의 눈은 숯불처럼 번들거리고 있었단 말이오. 영낙없이 당신에게 접근해서 당신을 위태롭게 할 것이고, 그리 되면 나는 당신을 위해 그 자식을 죽여 버릴 수밖에 없을 거요.」
 「무슨 소리예요, 막심!」 하고 그녀는 말했다. 「저런 젊은 학생이야말로 반대로 근사한 피뢰침이 되는 거 아녜요? 물론 레스토가 그를 싫어하도록 내가 만들어 놓을 테지만.」
 막심은 소리내어 웃으면서 백작 부인에게 전송을 받으며 나가 버렸다. 백작 부인은 창가에 서서 그가 마차에 올라타고, 말에게 제자리걸음을 시키고, 채찍을 휘두르는 것을 보았다. 그녀가 돌아온 것은 앞문이 닫힌 후였다.
 「아, 여보」 하고 그녀가 들어오자 백작이 큰소리로 말했다. 「이분의 가족이 살고 계시는 곳은 라 샤랑트 강 언덕의 베르퇴이유에서 멀지 않아. 이분의 종조부님과 내 조부님은 서로 알고 지내는 처지였단 말야.」
 「옛날부터 친지시라니 영광이에요.」 하고 겉치레 말로 백작 부인이 말했다.
 「당신께서 생각하시는 정도 이상으로 인연이 깊죠.」 하고 으제느가 작은 소리로 말했다.

「뭐라구요?」 하고 그녀는 다잡아 물었다
「안 그래요? 저는」 하고 학생은 말을 이었다. 「같은 하숙집에 있는, 제게는 이웃의 처지에 있는 어느 한 분이 아까 댁에서 나가는 것을 보았어요. 고리오 영감님 말입니다.」
『영감님』이라는 말까지 붙인 그 이름을 듣고 나서 난로 속 불을 쿡쿡 찌르고 있던 백작은 마치 화상이라도 입은 사람처럼 부젓가락을 불 속에 던지고 일어났다.
「이봐요, 고리오 씨라고 불러 주었으면 좋겠소!」 하고 그는 소리쳤다.
백작 부인은 처음엔 남편의 초조해하는 분기를 보고 파랗게 질렸었으나 이내 빨갛게 되고, 그것은 곤혹한 표정으로 바뀌었다. 그녀는 억지로 자연스러운 목소리를 만들면서, 아무렇지 않은 듯한 몸자세로 위장하면서 말했다. 「그분 이상으로 우리들이 사랑하고 있는 사람을 발견하라면 불가능한 일이에요…….」 거기에서 말을 끊고, 피아노를 본 그녀는 마치 어떤 심심풀이라도 발견한 듯이 「음악을 좋아하세요? 라스티냐 씨」 하고 물었다.
「매우 좋아합니다.」 뭔가 어리석은 짓을 저질렀는지도 모르겠다는 막연한 생각에 으제느는 얼굴을 붉힌 채 정신없이 대답했다.
「노래도 잘 하세요?」 하고 물으면서 그녀는 피아노가 놓인 곳으로 가서 제일 낮은 도에서부터 제일 높은 파까지 차례로 누르다가, 꽝 하고 건반 전부를 힘차게 두들겼다.
「그건 못합니다.」
레스토 백작은 방안을 걷고 있었다.
「오, 안됐군요. 인기있는 사람이 되는 귀중한 수단을 못 가지셨다니……. 사랑스런, 사랑스런, 사랑스런 그대여, 주저하지 말지어다.」 하고 백작 부인이 노래했다.
고리오 영감이란 이름을 말했을 때 으제느는 마술의 지팡이를 한 번 휘둘렀지만 그 효과는 『보세앙 부인의 친척』이라는 말이 발휘한 것과는 전혀 반대의 효과였다. 그는 마치 특별한 호의를 가지고 골동품 수집가의 집으로 초대된 사나이가 석고상이 가득 들어 있는 진열장에 잘못 부딪혀서 연결부분이 튼튼하지 못한 석고상의 목을 서너 개 부러뜨린 것과도 같은 경우에 놓이게 된 것 같았다. 차라리 깊은 연못에라도 뛰어들고 싶은 기분이었다.

레스토 부인의 얼굴은 무표정하고 냉담한 표정이었고, 이미 서먹서먹해진 그녀의 눈은 돌아갈 줄 모르는 학생의 눈을 피하고 있었다.
「부인」하고 그는 말했다.「바깥어른과 말씀이 계신 것 같으니, 저는 이것으로 실례하도록 해주시기……」
「아무 때 오시더라도」하고 백작 부인은 으제느의 손을 잡으면서 빠른 어조로 말했다.「주인도 저도 매우 기뻐한다는 것을 믿어 주셨으면 좋겠어요.」
으제느는 공손하게 부부에게 절하고 레스토 씨의 전송을 받으면서 방을 나왔다. 레스토 씨는 그가 물러갔음에도 불구하고 대기실로 왔다.
「저분이 또 오시면」하고 백작은 모리스에게 말했다.「언제든지 아씨도 나도 모두 외출중이라고 해!」
돌층계를 내려오다가 으제느는 비가 오고 있다는 것을 알았다.「아아」하고 그는 중얼거렸다.「무슨 영문인지 모르겠지만, 나는 일부러 여기까지 와서 무언가 실수를 한 것 같군. 게다가 옷이고 모자고 엉망진창으로 만들어 버리고 말 것 같은데, 나 같은 놈은 책상에 달라붙어서 법률이나 공부하고, 무뚝뚝한 법률가가 되는 것만 생각하고 있어야 되겠어. 사교계에서 창피하지 않게 지내기 위해서는 이륜마차라든가, 번들거리는 장화라든가, 없어서는 안 될 장신구 등이, 금시곗줄, 아침에는 육 프랑이나 하는 흰색 녹비의 장갑이, 밤에는 언제든지 노란 장갑이 필요하다는데 나 같은 사나이가 어떻게 사교계에 나갈 수 있겠는가? 빌어먹을 고리오 영감! 제기랄!」
그가 거리로 나가는 문이 있는 곳으로 나왔을 때, 아마도 신혼부부를 태워다 주고 오는 길인데 주인에겐 비밀로 하면서 손님이라도 태울 양으로 길가에 서 있던 대절 마차의 차부가, 으제느가 연미복에 흰 조끼, 노란 장갑에 번쩍이는 장화라는 근사한 차림에도 불구하고 우산을 들고 있지 않은 것을 보고 눈길을 던져 왔다. 으제느는 일단 나락(奈落)에 발이 빠지고 나면 마치 그 밑바닥에서 행운의 출구라도 발견할 수 있다고 기대하고 있는 것처럼, 더욱더 그 깊은 곳으로 기어들어가는 청년들을 지배하는, 저 눌러서 말살해 버린 분노에 휘말려들고 있었다. 그는 고개를 끄덕이고 차부의 권유에 응했다. 주머니에는 이십 수우밖에 없었지만, 그는 마차를 탔다. 마차 속에는 오렌지꽃잎 몇 조각과 은실들이 흩어져 있어서 좀전에 신랑 신부가 탔었다는 흔적을 남기고 있었다.

「손님, 어디까지 모실까요?」하고 지금은 흰 장갑을 벗고 있는 차부가 물었다.
『제기랄, 이왕 깊은 데로 빠져들 바에는 조금이라도 보람을 찾지 않아선 안되겠다.』하고 으제느는 중얼거렸다.「보세앙 저택까지 태워다 주게.」하고 그는 소리내어 차부에게 말했다.
「어느 보세앙 댁 말입니까?」차부가 말했다.
그 한 마디가 으제느를 낭패케 했다. 이 공인받지 못한 근사한 사나이는 보세앙 저택이 두 군데 있다는 것을 미처 알지 못했다. 그에 대해서 관심도 갖지 않는 친척들이 자기에게 얼마나 있는가를 그는 모르고 있었던 것이다.
「보세앙 자작 말야, 장소는……..」
「그르넬르 거리말씀입죠.」차부는 고개를 끄덕여 보이며 그의 말을 막으면서 말했다.「아시겠지만, 그 외에도 도미니크 거리에 보세앙 백작과 후작의 저택이 있습니다요.」라고 승강대를 접으면서 그는 말했다.
「알고 있어.」하고 으제느는 태연하게 대답했다.『오늘은 만나는 사람마다 나를 바보 취급하는구나.』하고 그는 앞자리에 모자를 휙 던지면서 생각했다. 『이렇게 마차를 타고 한 번 뛰기만 하면, 임금님의 몸값 정도의 돈을 빼앗긴다. 그러나 적어도 나의 친척이라는 여성을, 온전히 귀족적인 방법으로 방문할 수 있다는 덕이 있다. 고리오 영감이라는 그 악랄한 늙은이 덕분으로, 이미 십 프랑은 써버리고 말았다. 그렇다, 내가 당한 사건을 보세앙 부인에게 말해 주자. 어쩌면 웃을지도 모른다. 그녀라면 틀림없이, 어지간해서 꼬리를 드러내지 않는 늙은 쥐와 저 미인과의 이상한 관계의 수수께끼를 알고 있을 것이다. 그 바람둥이 같은 여자는 꽤 많은 돈이 들 성싶으니 그런 여자에게 정면으로 부딪치는 것보다는 아름다운 보세앙 부인의 마음에 드는 편이 낫겠다. 자작 부인의 이름만 가지고도 그렇게 효력이 있었으니, 그 장본인과 친숙해지면 얼마나 마음 든든할 것인가? 최고를 노려라. 이왕 천국에 있는 것과 한바탕 할 바에는 차라리 하느님을 상대로 해보는 것이 마땅한 일이다!』
이러한 독백은 그의 머릿속에 떠도는 무수한 생각을 간단히 요약한 표현이다. 비가 오기 시작했으므로 그는 어느 정도 침착성과 자신을 되찾았다. 마지막 남은 귀중한 오 프랑 금화 두 닢을 다 써버리더라도 연미복이라든가,

장화라든가, 모자를 망치지 않기 위해서 유효하게 쓰여지는 것이라고, 그는 자신에게 중얼거렸다.

「문을 여십시오!」차부가 소리쳤을 때 그는 크게 소리쳐 웃고 싶은 충동을 느꼈다. 빨간 제복에 금모올을 단 문지기가 저택 대문의 빗장을 뺐다. 으제느는 흐뭇한 만족감을 느끼면서 자기가 타고 있는 마차가 현관을 지나고 안뜰을 돌아 정면 돌층계의 차양 아래 멈추는 것을 보았다. 빨강으로 언저리를 두른 푸르고 두꺼운 외투를 입은 차부가 내려와서 승강대를 열었다.

마차에서 내리던 으제느는 현관의 기둥 옆에서 소리죽여 웃는 소리를 들었다. 삼사 명의 하인들이 벌써 이 천박한 혼례마차에 대해서 농담을 주고받고 있었던 것이다. 마침 으제느는 자기가 타고 온 마차를 그곳에 있던, 파리에서도 굴지의 우아한 사륜마차와 비교해 본 때였기 때문에 그들의 웃음소리는 그의 망상을 깨우쳐 주었다. 귀에 장미꽃을 장식한 포동포동한 두 필의 말이 그 마차에 매어져 재갈을 꼭 물고 있었고, 기름을 바르고 단정하게 깃장식을 단 차부가 마치 말이 달아나려고 해서 그러는 것같이 고삐를 꽉 쥐고 있었다.

쇼세 당탱에 있는 레스토 부인의 안뜰에는 스물여섯 살 된 멋있게 차려입은 사나이가 끄는 이륜마차가 대령하고 있었는데 이곳 생 제르맹 지구에서는 삼만 프랑을 줘도 살 성싶지 않은 대귀족의 호화찬란한 사륜마차가 기다리고 있었던 것이다.

『도대체 누가 와 있을까?』하고 중얼거리면서, 으제느는 약간 늦기는 했지만 파리에서는 한가한 여자 같은 건 결코 없다는 것, 이런 여왕 같은 여자를 정복하기 위해서는 피보다도 더 고귀한 대가를 치르지 않으면 안 된다는 것을 깨달았다. 『제기랄, 내 친척 부인에게도 틀림없이 막심 같은 사나이가 딸려 있을 거야.』

그는 암담한 기분으로 돌층계를 올라갔다. 그의 모습이 나타나자 입구 유리문이 열렸다. 거기엔 말갈기빗으로 빗기운 당나귀처럼 단정히 앉아 있는 하인들이 있었다. 그가 참석했던 무도회는 보세앙 저택의 아래층에 있는 몇 개의 넓은 접객용 홀에서 열렸다. 초대받은 무도회 이후 부인을 방문할 수 있는 짬이 없어서, 그는 아직도 보세앙 부인이 거처하고 있는 곳엔 들어가 본 적이 없었다. 그래서 그는 고귀한 여성의 정신과 생활 습관을 명백히 보여 주는, 저 주위의 놀랄 만큼 우아한 가구 집기들을 생전 처음으로 보았던 것이다. 레스토 부인의 살롱이 비교의 대상을 제공해 주었기 때문에, 그것은 매우 흥미있는 연구였다. 네 시 반이었으므로 자작 부인은 손님을 만났다. 오 분만 빨랐어도 그녀는 이 친척뻘 청년을 쫓아보냈을 것이리라. 파리의 여러 가지 관습에 전혀 무지인 으제느는, 꽃으로 가득 장식되고 난간이 금색이며 빨간 주단이 깔린 넓고 흰 계단을 올라가서 보세앙 부인의 방으로 안내되었다. 그는 부인에 관한 구전(口傳)의 전기, 예컨대 파리의 이 살롱 저 살롱에서 매일 밤 귀에서 귀로 전해지는 이야기를 전혀 모르고 있었던 것이다.

자작 부인은 삼 년 전부터 다쥐다 핑토 후작이라는, 포르투갈에서도 이름 높은 부자 귀족 한 사람과 관계를 맺고 있었다. 그들의 사이는 그렇게 해서 맺어지는 관계로선 너무나도 매력적인 것이었기 때문에 도저히 제삼자와의 동석이 용납되지 않는 순진한 관계였다. 그래서 보세앙 자작은 자신의 감정이야 좋든 좋지 않든, 이 귀천상혼적인 결합을 존중함으로써 뭇사람에게 모범을 보이고 있었다.

이 교우가 시작된 초기 무렵, 두 시에 자작 부인을 만나러 온 사람들은 언제나 거기에서 다쥐다 핑토 후작의 모습을 보았던 것이다. 보세앙 부인은 그렇게 하는 것은 매우 예의에서 벗어나는 일이므로 감히 면회를 사절할 수 없었지만 너무 냉랭하게 손님 접대를 하는데다 벽 같은 데에만 시선을 두고 있었기 때문에, 누구든 그녀가 얼마나 방문객 때문에 괴로움을 당하고 있는가를 이해할 수 있었던 것이다. 두 시부터 네 시 사이에 보세앙 부인을 만나러 가면 그녀가 좋은 표정을 하지 않는다는 것이 파리 시내에 알려지자, 그녀는 완전히 고독한 생활을 하게 됐다. 그녀가 남편 보세앙 씨와 다쥐다 핑토 씨를 동반하고 부퐁 극장이나 오페라 극장에 가게 되면, 처세에 매우 능란한 보세앙 씨는 아내와 포르투갈 사람을 자리에 앉혀 놓곤 언제나 그들의 옆자리를 떠나는 것이었다.

다쥐다 씨는 결혼할 예정이었다. 상대는 로슈피드 집안의 아가씨였다. 상류사회 전체를 통틀어서 단 한 사람이 이 혼담을 모르고 있었는데, 그것은 다른 사람 아닌 보세앙 부인이었던 것이다. 그녀의 여자 친구 몇몇이 막연하게 그것을 귀띔하기는 했다. 그러나 그녀는 그냥 웃기만 할 뿐, 그 친구들이 여러 사람으로부터 질투를 받고 있는 행복에 찬물을 끼얹으려 하고 있다고만 여기고 있었던 것이다.
 그래도 결혼의 공시는 머지않아 행하여질 단계에 있었다. 이 결혼을 자작 부인에게 알리러 왔었음에도 불구하고, 미남자인 포르투갈 사람은 배반적인 언사를 단 한 마디도 꺼내지 못했다. 무슨 이유에서인가? 확실히 여성에 대해서 그러한 최후 통첩을 들이대는 것 이상으로 어려운 일은 없다. 어떤 종류의 사나이들은 결투장에서 심장에 칼을 갖다 대고 협박해 오는 사나이를 상대하는 편이, 몇 시간에 걸친 하소연 후에 쓰러져서 진정제를 요구하는 여자를 상대하는 것보다 훨씬 마음 편하다고 생각하는 것이다. 그래서 이때도 다쥐다 펭토 씨는 가시방석에 앉은 괴로움을 겪으면서, 언젠가는 보세앙 부인의 귀에도 이런 소식이 들어갈 것이니까 하며 물러날 기회를 찾고 있었다. 그녀에게 편지를 쓰면 된다. 그런 사랑의 살인 행위를 거론하기에는 말보다도 편지를 쓰는 편이 더 편리한 것이다.
 자작 부인의 하인이 으제느 드 라스티냐 씨의 방문을 알렸을 때, 그 말은 다쥐다 펭토 씨를 기쁨으로 떨게 했다. 명기해 두기 바라거니와 사랑을 하는 여자란 쾌락에 변화를 주는 교묘함 이상으로 또한 의혹을 품는 데도 지극히 교묘한 것이다. 버림받게 될 것 같으면 베르길리우스의 준마가, 사랑을 예고하는 먼 저쪽의 미립자를 냄새 맡는 것보다도 더 재빨리 대수롭지 않은 사소한 동작의 의미까지 꿰뚫어 보는 것이다. 따라서 보세앙 부인이 그의 무의식적이고 사소한, 게다가 경솔하나 꾸밈없는 몸짓에서 그것을 눈치챘다고 봐도 틀린 것은 아니다.
 으제느는 몰랐지만, 파리에서는 어떤 집을 방문할 때라도 그 집을 출입하고 있는 사람들로부터 미리 남편의 신상 이야기, 아내든가 자식들의 신상 이야기를 반드시 들어 두지 않으면 안 된다. 그 이유는 어떤 종류의 어리석은 짓이든 저지르지 않기 위해서이며, 『당신 마차에 소 다섯 마리를 매라』고 하는 폴란드 속담과 같은 말을 듣지 않기 위해서인 것이다. 회화에 있어서 상대방의 실책을 지적하는 속담이 프랑스의 경우 하나도 없는 것은, 프랑스에서는 뒷공론이 놀랄 만큼 무서운 전파력을 가지기 때문이며, 그런 실책은 불가능이라고 규정지어져 있기 때문임에 틀림없다.
 마차에 다섯 마리 소를 맬 여유를 주지 아니한 레스토 부인의 저택에서 어이없는 실수를 한 끝에 보세앙 부인의 저택에 모습을 나타내고, 또다시 소 기르는 일을 시작하는 것과 같은 흉내를 낼 수 있는 것은, 으제느를 제외하고는 아무도 없었다. 다만 그는 레스토 부인과 트라이유 씨를 지극히 계면쩍게 만들었지만, 다쥐다 씨 경우만은 궁지에서 구출해 주었던 것이다.

「안녕」하고 포르투갈 사람은, 호사도 거기에선 우아의 별명에 지나지 않는 것처럼 보이는 회색과 장미색의 멋들어진 작은 살롱에 으제느가 들어왔을 때, 얼른 문 쪽으로 향하면서 말했다.「그렇지만, 오늘 밤 다시 만나 뵐 수 있지 않아요?」보세앙 부인은 후작의 얼굴을 돌아보면서 말했다.「부퐁 극장에 와주시는 거지요?」

「실은 갈 수가 없게 되었습니다.」문의 손잡이를 잡으면서 그가 말했다.

보세앙 부인은 일어나서, 으제느의 존재 같은 것은 전혀 안중에도 두지 않고 그를 자기 옆으로 가까이 오게 했다. 으제느는 선 채로 눈부신 부(富)의 찬연함에 망연해져서 《아라비안 나이트》의 이야기가 현실로 화한 듯한 착각에 사로잡혀 자기의 존재를 전혀 느끼지 못하고 있는 이 여성 앞에서 어떻게 처신하면 좋을지를 몰랐다. 자작 부인은 오른쪽 집게손가락을 들더니, 아름다운 동작으로 후작에게 자기 앞에 있는 의자를 가리켰다. 그 동작에는 사랑에서 솟아나온 맹렬한 횡포가 들어 있었기 때문에, 후작도 문의 손잡이를 놓고 되돌아왔다. 으제느는 그를 바라보는 동안 선망의 감정을 느끼지 않을 수 없었다.

『이 사람이 사륜마차의 임자로구나!』그는 생각했다.『그럼 역시, 파리 여자들이 뒤돌아보기를 바라려면 튼튼한 말과 하인들, 썩을 정도로 풍부한 황금이 있어야만 된단 말인가?』호화와 사치의 악마가 그의 심장을 물어뜯고, 돈을 벌어야겠다는 열망이 그를 사로잡고, 황금에의 갈망이 그의 목을 바삭바삭 말렸다. 그는 이사반기분으로 백삼십 프랑밖에 가지고 있지 않았다. 그의 아버지·어머니·남동생들·여동생들·백모는 모두가 한 달에 이백 프랑밖에 쓰지 못한다. 그가 현재 놓여 있는 입장과 그가 도달하지 않으면 안 될 목표와의 단순한 비교는 더욱더 그를 아연하게 만들었다.

「어째서」하고 웃으면서 자작 부인은 말했다.「이탈리아 극장(부퐁 극장의 다른 이름)에 못 가겠다는 거죠?」

「사업 때문이오. 영국 대사와 함께 식사하기로 돼 있어서.」

「사업 같은 거 내버려 두면?」
 남자가 여자를 속이려고 할 때는 싫건 좋건 거짓말에다 거짓말을 보태지 않을 수 없는 것이다.
 다쥐다 씨는「그렇게 하라는 명령입니까?」하고 웃으면서 말했다.
「네에, 물론.」
「실은 그렇게 말해 주었으면 했었어요.」하고 다른 여자라면 누구든 안심했음에 틀림없을 성실은 상냥한 시선을 보내면서 그는 대답했다. 그는 자작 부인의 손에 입을 맞추고 나서 나갔다.
 으제느는 머리를 매만지며, 보세앙 부인이 바야흐로 자기에 대한 것을 생각해 줄 것으로 판단을 내리고 인사를 하기 위해서 자세를 가다듬었다. 그런데 그녀는 별안간 몸을 일으켜 복도로 뛰어나가더니 창가로 달려가서 다쥐다 씨가 마차에 탈 때까지 그 모습을 바라다보았다. 그녀는 하인에게 어떤 명령이 내려질 것인가에 귀를 기울이고 있었는데 하인이 차부에게『로슈피드 저택으로』라고 말을 전하는 소리를 들었다. 이러한 말은 다쥐다가 마차의 좌석에 몸을 좌정시키는 모습과 함께 이 여성에게 있어서는 번개나 벼락과 같은 충격이어서, 그녀는 숨이 넘어갈 정도로 불안의 포로가 되어서 되돌아왔다. 상류 사교계에 있어서는 아무리 무서운 파국도 그런 형태로밖에는 나타나지 않는 법이다. 자작 부인은 자기 침대로 돌아가서, 테이블을 향해 앉아 깨끗한 편지지를 꺼냈다.

 당신은 영국 대사관에서가 아니라 로슈피드 저택에서 식사를 하시는 이상, 그 이유를 설명해 주시지 않으면 안 되겠습니다. 기다리고 있겠습니다.

 손이 경련적으로 떨렸기 때문에 형체가 이지러진 몇 갠가의 글자를 정정하고 난 다음, 그녀는『클레르 드 부르고뉴』를 의미하는 C라는 글자로 서명하고 초인종을 울렸다.
「자크」하고 그녀는 곧 달려온 하인에게 말했다.「일곱 시 반에 로슈피드 씨 저택에 찾아가서, 다쥐다 후작님께서 와 계시느냐고 여쭤 봐요. 후작님이 계시거든 답장은 필요없다고 말하고 이 편지를 드려요. 안 계시거든 돌아와서 편지를 나에게 돌려 줘요.」
「아씨, 살롱에서 기다리고 있는 손님이 계십니다만.」
「아아, 참 그랬었군.」하고 부인은 그제야 생각난 듯 문을 밀어 열면서 말했다.

으제느는 매우 거북한 심리적 상태를 느끼기 시작했는데, 그제야 겨우 자작 부인이 나타나는 것을 보았다. 곰곰이 무엇을 생각하는 듯한 착 가라앉은 그녀의 어조는 그의 마음을 뒤흔들어 놓았다.「미안해요. 라스티냐 씨, 잠깐 써야 할 편지를 쓰지 않으면 안 되었어요. 이젠 얼마든지 말상대해 드릴 수 있어요.」그녀는 자기가 무엇을 말하고 있는지를 모르고 있었던 것이다. 왜냐하면 그녀가 생각하고 있었던 것은 이런 것이었기 때문이다.『아아, 그 사람은 로슈피드 댁 아가씨와 결혼할 작정인 모양이야. 그렇다면, 그분은 자기가 자유로운 몸이라고 생각하고 있는 모양이지. 오늘 이 혼담을 깨버릴까. 그렇지 않으면 내가…… 내일이 되면 벌써 어떻게 할 수가 없어.』

「누님……(프랑스에서의 종자매 종형제라는 말은 동양에서의 그것보다 넓은 친척 관계에 쓰임).」하고 으제느가 말했다.

「뭐라고요?」하고 자작 부인은 그를 흘깃 쳐다보며 말했는데 그 눈초리의 매정함이 으제느를 불안에 떨게 했다.

으제느는 이『뭐라고요?』의 의미를 알아차렸다. 세 시간 전부터 그는 너무나도 많은 것을 배웠기 때문에 경계를 게을리하지 않았던 것이다.

「부인」하고 그는 얼굴이 빨개지면서 말을 이었다. 그는 주저하며 계속해서 말했다.「용서하십시오. 저는 아무래도 보호받아야 할 입장이기 때문에 매우 먼 친척 관계라도 보다 가깝게 생각하곤 해서요…….」

보세앙 부인은 방긋 미소지었지만 어딘가 쓸쓸하게 느껴지는 미소였다. 이미 그녀는 주위의 공기 속에서 울려 오고 있는 불행의 소리를 들었던 것이다.

「만일 저의 가족이 놓여 있는 처지를 아시게 된다면」하고 그는 더 계속했다.「자기 대자(代子)들의 주위에 있는 장애물을 자진해서 제거해 주시는, 저 옛 이야기에 나오는 선녀의 역할과 같은 것을 해줄 것을 꼭 허락하실 것으로 확신하는 바입니다.」

「그럼 말예요, 으제느 씨」하고 웃으면서 그녀는 말했다.「당신에게 도움이 되려면 어떻게 하면 되지요?」
「저도 모르겠습니다. 당장 암흑 속에 사라져 버리고 말 것같이 실낱 같은, 먼 친척이라는 인연으로 당신과 연결되어 있는 것만도 저에게 있어서는 큰 재산과 같습니다. 이렇게 뵙게 되니까 얼떨떨해서 무엇을 말씀드리러 왔는지 모르게 되어 버리고 말았습니다. 당신은 제가 파리에서 아는 단 한 분이십니다. 실은 저어, 당신 스커트에 매달리기를 바라는, 당신을 위해서는 주저없이 목숨을 버리는 것도 마다하지 아니할 가엾은 어린애로서 저를 받아 주시길 바라며 의견을 받자옵고자 온 것입니다.」
「나를 위해서라면 누군가를 죽이는 일도 할 수 있겠어요?」
「한 사람이 아니라, 두 사람이라도 죽일 수 있습니다.」 으제느가 말했다.
「어머나! 어린애군요. 맞았어요, 당신은 어린애 같군요.」 얼마쯤 눈물을 참으면서 그녀는 말했다. 「당신은 진심으로 사람을 사랑할 수 있는 분 같군요.」
「물론입니다.」 하고 으제느가 고개를 끄덕이면서 말했다.
자작 부인은 그런 야심가다운 대답을 듣고 이 학생에게 강한 관심을 가졌다. 이 남국 출신의 청년은, 생전 처음으로 계산하며 행동하고 있었던 것이다. 레스토 부인의 푸른 거실에서 보세앙 부인의 장미빛 살롱으로 오는 사이에 그는 파리 법학이라고 하는, 착실하게 습득하고 적절하게 운용하면 모든 것으로 이끌어 가고, 하나의 고등 사회법학이라고 할 만한 것을 구성하고 있음에도 불구하고 누구도 표면적으로는 논의하지 않는 그 학문을, 삼 년분쯤 공부해 버리고 만 것이다.
「아아, 생각났습니다.」 으제느가 말했다. 「실은 댁의 무도회에서 친숙해졌던 레스토 부인 댁에 오늘 아침 갔다 오는 길입니다.」
「그럼, 필경 그 사람, 귀찮아했겠네요.」 하고 보세앙 부인은 웃으면서 말했다.
「그렇습니다. 저는 아는 것이 없으니까요. 당신에게 원조를 거절당하기라도 하면 모든 것을 적으로 보게 될 것 같습니다. 파리에서는 젊고, 미인이고, 부자고, 고상하고, 게다가 연인이 없는 여성을 만난다는 것은 아무래도 대단히 어려운 일이라는 생각이 듭니다만, 저에게는 그런 분이 아무래도 필요합니다. 당신같이 인생에 대해 정말 잘 설명할 수 있는 사람이 말씀이죠. 제가 어딜 가더라도 트라이유 씨 같은 인물과 마주치게 되겠지요. 그래서 실은 어떤 수수께끼의 비밀을 묻고 싶어서, 또 제가 저지른 잘못이 어떤 성질의 것인가를 알고 싶어서 이렇게 찾아온 것입니다. 제가 어떤 영감의 이야기를 했더니만……」

「랑제 공작 부인께서 오셨습니다.」하고 그때 마침 이야기의 허리를 꺾는 듯이 자크가 말했기 때문에 으제느는 매우 불유쾌하다는 듯한 동작을 해 보였다.

「만일 출세하고 싶으시다면」하고 자작 부인이 작은 소리로 말했다. 「우선 먼저 감정을 그렇게 드러내 보이는 것이 아닙니다.」

「어머, 잘 오셨어요!」하고 이렇게 말하면서 일어난 그녀는 공작 부인을 맞아들여, 마치 동생에게 대하는 것처럼 진심이 깃든 상냥함으로 상대의 손을 잡았고, 그에 대해서 공작 부인도 다시없이 사랑스러운 응석을 부리는 듯한 태도를 보였다.

『이 두 사람은 아주 친숙한 사이구나.』라고 으제느는 생각했다. 『그렇다면 나는 보호자가 둘이 생기는 셈이다. 이 두 사람은 틀림없이 좋아하든가 싫어하는 감정도 공통일 테니까. 이쪽 분도 나에게 관심을 가져 주겠지.』

「무슨 기쁜 일이라도 생각나서 만나러 와주셨나요, 앙트와네트?」하고 보세앙 부인이 물었다.

「실은 다쥐다 펭토 씨가 로슈피드 댁으로 들어가는 것을 보았어요. 그래서 당신이 혼자 있을 거라고 생각해서.」

보세앙 부인은 입술을 깨물거나 하지 않았고 얼굴을 붉히지도 않았다. 눈초리도 전과 다름이 없었다. 공작 부인이 그런 치명적인 말을 하는데도, 그녀의 얼굴은 오히려 밝아진 것처럼 보이기까지 했다.

「손님이 계시는 줄 알았더라면……」으제느 쪽으로 고개를 돌리면서 공작 부인이 덧붙였다.

「이쪽은 으제느 드 라스티냐 씨인데 우리 친척이에요.」자작 부인이 말했다. 「그리고 몽리보 장군(랑제 공작 부인의 연인)으로부터 소식이 왔어요?」하고 다시 말을 계속했다. 「어제 세리지 부인의 말로는 요샌 전혀 뵙지 못한다든데 오늘은 댁에 오셨던가요?」

그녀가 아주 열을 올리는 몽리보 씨로부터 버림받았다는 소문이 돌고 있었기 때문에 공작 부인은 이 질문이 심장을 찌르는 것 같이 빨갛게 상기된 채 대답했다. 「어젠 엘리제 궁에 있었어요.」
「당번 근무로 있었겠지요.」 보세앙 부인이 말했다.
「이봐요, 클레르, 당신도 물론 알고 계시겠지만」 짓궂음이 넘치는 시선을 상대방에게 마음껏 퍼부으면서 공작 부인은 말을 계속했다. 「내일 다쥐다 펭토 씨와 로슈피드 아가씨의 결혼이 공시된다는군요.」
이 일격은 너무나도 통렬했기 때문에 자작 부인은 순간 창백해졌으나 웃으면서 이렇게 대답했다. 「보나마나 똑똑하지 못한 사람들이 장난삼아 만들어낸 풍문이겠지요. 다쥐다 씨가 어째서 포르투갈에서도 굴지의 유서 깊은 명예를 로슈피드 집안에 가지고 들어가겠어요? 로슈피드 댁은 최근에 겨우 귀족이 된 집안인 걸요.」
「그렇지만 자세히는 모르겠지만 베르타 씨에게는 이십만 프랑의 연수(年收)가 붙어 있다는 이야기던데요.」
「다쥐다 씨는 부자예요. 그런 타산으로 행동하시지는 않아요.」
「그렇지만 말예요, 로슈피드 댁 아가씬 이만저만 귀엽지가 않거든요.」
「글쎄요.」
「어쨌든 다쥐다 씨는 오늘 그 댁의 저녁 식사에 초대받고 있는 중이에요. 여러 가지 절차도 끝났다죠, 아마. 당신이 그런 것을 모르고 있다니 정말 이상한데요.」
「도대체 무슨 실수를 범했다는 거죠? 라스티냑 씨.」 하고 보세앙 부인이 물었다. 「이 가엾은 애기가 말야, 원 세상에 글쎄, 이봐요, 앙트와네트, 겨우 최근에 사교계에 얼굴을 내밀었기 때문에 우리들이 지껄이는 이야기 같은 것은 뭐가 뭔지 전혀 모른단 말예요. 이 사람을 봐서 그 이야긴 내일 합시다. 내일이면 아마 이것저것 모두가 공표될 것이고, 그리 되면 당신에게도 확실한 뉴스를 알려 달라고 부탁할 테니까요.」
공작 부인은 으제느 쪽을 보고, 사나이의 머리 꼭대기서부터 발끝까지 훑어봄으로써 상대방을 형편없는 존재로 만들어 버리거나 납작한 상태로 만들어 버리는 그런 불손한 눈초리로 그를 보았다.
「부인, 저는 그런 줄 모르고 레스토 부인의 심장에 비수를 찔러 버리고 말았습니다. 그런 줄 모르고 그랬다는 것이 저의 실수였습니다.」 하고 타고난 재능에 다분히 도움받아서, 이 두 여인간에 오가는 애정이 넘치는 말 속에 감추어진 통렬한 비꼼을 간파한 학생은 말했다.
「당신들을 상처입히고도 그것이 왜 당신들에게 상처를 입혔느냐는 것을 알고 있는 인간이라면, 당신들은 교제를 계속 할 것입니다만, 그리고 또 어쩌면 그런 인간들을 두려워할는지 모르겠습니다만, 자기가 준 상처의 깊이를 모르면서 상처를 입히는 그런 인간은 바보 같은 자식, 어떤 이점도 활용할 수 없는, 재능이 없는 자로 간주되어 사람으로부터 경멸당하는 것입니다.」
보세앙 부인은 찬찬이 관찰하는 듯한 시선을 학생에게 던졌는데, 훌륭한 정신의 소유자라면 그 시선에 담긴 감사와 위엄을 동시에 느낄 수 있을 것이다. 이 시선은 향유와도 같이, 좀전에 그를 평가하는 공작 부인의 경매감정인과도 같은 일별로 인해 학생의 마음에 준 상처의 아픔을 진정시켜 주었다.
「생각해 주시면 좋겠습니다만, 저는」 하고 으제느는 계속해서 말했다. 「레스토 백작의 호의를 막 수중에 넣은 찰나였습니다. 그 이유는」 하면서 그는 동시에 겸허하면서도 장난스러운 동작으로 공작 부인 쪽을 바라보면서 말했다. 「확실히 말씀드리지 않으면 안 되겠습니다만, 부인 저는 아직 천애고독한 몸으로, 지극히 가난한 한낱 학생에 불과합니다. 그래서……」
「그런 말을 하는 게 아녜요, 라스티냐 씨. 누구도 바라지 않는 것은 우리들 여자도 역시 결코 바라지 않으니까요.」
「어쩔 수 없습니다.」 하고 으제느는 말했다. 「저는 아직 스물두 살이고, 제 나이에 상응한 불행을 인내하지 않으면 안 됩니다. 게다가 저는 참회를 하고 왔습니다. 그리고 이곳보다 적합한 참회실에 무릎을 꿇는 것은 불가능합니다. 여기라면 죄를 범하고 다른 참회실에서 참회하지 않으면 안 될 정돕니다.」
공작 부인은 그런 반종교적인 얘기를 듣자 냉랭한 표정이 되어, 그 나쁜 취미를 비난하는 뜻에서 자작 부인에게 말했다. 「상경한 지 며칠 안 되는가 보군요.」
보세앙 부인은 으제느와 공작 부인 양쪽을 모두 놀리는 듯한 웃음으로 기분이 좋은 듯이 소리내 웃었다. 「그래요, 막 상경한걸요. 그래서 고상한 취미를 가르쳐 줄 만한 여선생을 찾고 계세요.」
　「공작 부인」하고 으제느는 말을 이었다.「우리들을 매혹하는 것의 비밀을 배우고 싶다고 하는 것은 자연스러운 소망이 아니겠습니까?」『제에길』하고 그는 마음속에서 중얼거렸다.『나는 그녀들에게, 이건 조금도 틀림없는 이발사의 얘기를 늘어 놓고 있는 거 아냐?』
　「그렇지만 레스토 부인은 확실히 트라이유 씨의 학생이잖아요?」하고 공작 부인이 말했다.
　「그것을 전혀 몰랐던 거예요. 부인」하고 학생은 말을 이었다.「그래서 말입니다. 경솔하게도 두 분 사이에 뛰어들어갔던 것입니다. 어쨌든 그 주인되는 분과는 얘기도 꽤 통하고, 그래서 그 부인으로부터도 한동안은 너그럽게 보아 주는 듯한 인상을 받기도 했습니다만, 그때 제가 경솔하게도 좀전에 뒷계단을 통해 밖으로 나가는 사람을 우연찮게 보고, 막다른 복도에서 백작 부인과 키스한 인물과 아는 처지라는 것을 말해 버리고 말았습니다.」
　「누군데요?」하고 두 여인이 물었다.
　「한 달에 사십 프랑으로, 가난뱅이 학생인 저처럼 생 마르셀 거리의 한 모퉁이에 살고 있는 영감입니다. 여러 사람으로부터 바보 취급을 받는 불쌍한 분으로, 우리들은 그를 고리오 영감이라고 부르고 있습니다.」
　「어머나, 당신 정말 어린애로군요.」하고 자작 부인이 소리쳤다.「레스토 부인은 고리오 집안 출신이에요.」
　「제면업자의 딸이죠.」하고 공작 부인이 말을 이었다.「과자집 딸과 함께 궁정에 처음으로 얼굴을 보인 여자예요. 당신 기억하고 있잖아요, 클레르? 국왕 폐하께서 라틴어로 밀가루에 대해서 농담하신 거. 참 뭐라고 했더라⋯⋯ 하여간 그들은⋯⋯」
　「『가루는 가루를 부른다.』」으제느가 말했다.
　「맞았어, 그거야.」공작 부인이 말했다.
　「네에, 부친입니까?」놀랍다는 듯한 표정을 보이고 나서 학생은 입을 다물었다.
　「그렇구말구요. 그 영감님에게는 딸이 둘 있는데, 둘다 아버지를 거의 외면하는데도, 영감님 쪽은 마치 미친 사람처럼 딸들을 귀여워하고 있는 거예요.」

「둘째 딸은」 하고 랑제 부인을 빤히 보면서 자작 부인이 말했다. 「누싱겐 남작이라든가 하는 독일 이름의 은행가와 결혼했다는 말을 들었어요. 그 여자 이름이 델핀느라고 했든가, 확실한 기억이 안 나는군. 오페라 극장에 자기 좌석을 가지고 있고, 부퐁 극장에도 때때로 나타나서 사람의 이목을 끌려고 큰소리로 웃는 블론드 머리를 가진 여자지.」

공작 부인은 웃으며 말했다. 「어머어, 당신에게는 감탄하겠어. 도대체 어떻게 그런 사람들의 일에까지 그처럼 흥미를 가지고 있지? 레스토 씨 모양으로, 가루집 딸 아나스타지와 함께 살다니, 어지간히 정신없이 반하지 않고는 그럴 수 없는 일 아냐? 그렇지만 그 사람, 덕이 되는 건 하나도 없어요. 그녀는 트라이유 씨가 하라는 대로 하니까, 그 때문에 몸을 망치지 뭐.」

「그 여자들이 아버지를 부인했다는 겁니까?」 으제느가 다시 한 번 물었다.

「그렇구말구요. 자기들의 아버지를 아버지로 알지 않는다니까요.」 하고 자작 부인이 말을 계속했다. 「풍문에 의하면 딸들에게 각각 훌륭한 상대와 결혼을 시켜 행복하게 살 수 있도록 하기 위해서, 오십만인가 육십만 프랑씩 주고, 자기몫으로는 팔천인가 일만 프랑의 연금밖에 남겨 놓지 않았다는 마음 착한 아버지를 말예요. 그 아버지는 딸들의 마음이 언제까지고 변하지 않을 것으로 믿고, 그녀들 집에 이중의 생활 환경, 자기가 사랑받고 극진한 대접을 받는 두 곳의 안식처를 마련해 놓았다고 생각하고 있었던 모양이야. 그런데 두 해도 되기 전에 사위들이 그를 마치 비천한 인간처럼 자기네 교제사회로부터 추방해 버렸다는 거야.」

몇 방울의 눈물이 으제느의 눈에서 굴러떨어졌다. 그는 얼마전까지도, 자기 가정의 깨끗하고 신성한 감동에 가슴속을 말끔히 씻기우고 있었으며 젊디젊은 신념의 마력에 지배되고 있었던 것이다. 그는 파리 문명이라는 전장에서, 겨우 첫날을 맞이한 데 불과했다. 참된 감동이라는 것은 전염하기 쉬운 것이어서, 한참 동안 이들 세 남녀는 아무 소리없이 서로 얼굴을 바라보고만 있었다.

「안된 일이지만 도리가 없지.」 하고 랑제 부인이 말했다. 「확실히 여간 무서운 일이 아니지만, 그런 일은 매일같이 보는 일이에요. 거기에는 어떤 원인이 있을 거예요. 이봐요, 클레르, 사위라는 게 어떤 것인지 당신 생각해 본 적이 있어요? 사위란 것은, 당신도 나도 그 사람을 위해서 우리들의 귀여운 어린 딸을 키워 주는 사람이란 말예요. 딸이란 우리들과 무수한 인연으로 맺어져 있는, 십칠 년간이나 한 집의 즐거움이었던, 라 마르티느 식으로 말하면 한 가정의 순수한 영혼이란 말예요. 그런데 그 딸이 한 집안의 화근이 돼버리고 마는 거예요. 사나이는 우리들로부터 그 딸을 빼앗아 버리고는, 우선 먼저 딸의 애정을 포로로 하고, 그것을 도끼처럼 휘둘러서 그 천사의 마음과 몸에 들어 있는, 그녀가 가족과 맺고 있던 모든 감정을 끊어 버리려고 하는거야. 어제까지는 그 딸이 우리들의 전부였고, 우리들이 그 딸에 대해서 전부였단 말야. 그런데 하룻밤을 자고 나니까 그 딸이 우리의 적이 된단 말야. 그런 비극이 매일같이 일어나는 것을 우리들은 언제나 눈으로 보고 있는 거 아녜요? 이쪽에서는 아들을 위해서 모든 것을 희생한 시부모에 대해서 새색시가 더할 수 없는 불손한 태도를 취하는가 하면, 저쪽에서는 딸과 사위가 부모를 추방한다는 식으로 말예요. 지금 세상에서 비극이란 것은 무엇일까, 하는 질문을 던지는 사람이 있지만, 사위 때문에 생기는 가정 비극은 무서운 것이에요. 우리들의 결혼이 매우 어리석은 행위로 되어 버리고만 것은 젖혀 놓더라도, 나로서는 저 제면업자인 영감님 신변에 일어난 일의 내용은 잘 알 수 있단 말야. 나의 기억으로선, 저 포리오 씨는……」

「고리오라고 합니다, 부인.」

「그래요, 그 모리오(틀린 발음)라고 하는 사람은, 대혁명 때 지구위원장을 하고 있었단 말예요. 저 유명한 기근이 일어날 것을 미리 알고 있었기 때문에 그 무렵 사들였던 가격의 열 배로 밀가루를 팔고 처음의 재산을 장만했어요. 그 사람은 자기가 원하는 만큼의 밀가루를 수중에 넣을 수 있었던 거예요. 우리 할머니의 재산 관리인은 그에게 방대한 액수의 밀가루를 팔았어요. 그런 족속들은 누구든지 그렇지만, 저 고리오 씨라고 하는 사람도 틀림없이 공안위원회와 한패였단 말예요. 지금도 알고 있는 사실이지만, 재산 관리인이 할머니에게, 우리 집 밀가루가 무엇보다도 힘이 있는 공민증 대신이니 그랑빌리에에 머물러 있어도 절대 안전합니다고 말하곤 했다는 거예요. 그런데 목 자르는 것을 직업으로 하고 있는 사람들에게 밀가루를 팔고 있던 그 로리오(잘못된 발음)는 오로지 한 가지 일에만 열중하고 있었어. 그건 딸들을 맹목적으로 사랑하고 있었다는 이야기예요. 큰딸은 레스토 집안에 시집 보내고, 둘째는 누싱겐 남작인가 뭔가 하는, 왕당파 추종자로 큰 재산가인 은행가와 맞붙여 주었단 말야. 아시겠지만, 제정 시대에는 아직 두 사람의 사위도 구십삼 년(1793년 즉, 프랑스 혁명의 공포 시대를 가리킴)대에서 살아남은 사람이 자기집에 출입하고 있는 것을 그다지 싫어하지 않았다는 거야. 보나파르트 시대에는 또 그래도 지장이 없었던가 봐. 그랬는데 부르봉 왕가가 환국을 하시니까 그 영감이 레스토 씨에게는 방해가 되게 됐고 은행가에게는 더욱더 방해가 되었단 말야. 딸들은 그래도 아마 아버지를 사랑하고 있었을 것이니까 아버지와 남편 양쪽에게 근사한 말을 해서, 양쪽의 입장을 모두 세워 주려고 했겠지. 그 고리오 씨를, 어느 날 딸이, 손님이 없을 때 불렀다는 거예요.『아빠, 잠깐 와줘요, 우리들뿐이니까 그 편이 마음이 편해요.』 어쩌구 하면서. 난 말예요, 클레르. 진정한 애정이라는 것은, 거짓없는 눈을 통해 지혜도 작동하는 것이라야 한다고 생각해. 그래서 그 불쌍한 구십삼 년당(黨)의 노인의 가슴은 쓰리기 시작했다는 사연이야. 딸들이 아버지인 자기를 부끄럽게 여기고 있다는 것, 그녀들이 남편을 사랑하고 있으며, 자기의 존재가 사위들에게 지장이 된다는 것을 알아차리게 되었다는 거야. 그래서 자기를 희생하지 않을 수 없게 됐단 말야. 그는 아버지였기 때문에 자진해서 희생을 한 거지. 자기가 자진해서 출입을 안 했지. 딸들이 만족해 하는 것을 보고 그는 자기가 한 일이 옳았다고 깨달은 거야. 아버지와 딸들이 공모해서 이 작은 범죄를 범했다고 할 수 있겠지. 이런 것은 도처에서 흔히 얻어 들을 수 있는 일이지. 그 도리오(발음의 잘못) 영감이란 사람은 딸네 집 살롱에서는, 기계 기름이 튀어 생긴 얼룩 같은 것으로 눈에 띄었을 거 아냐? 그 자신도 거북하게 느꼈을 것이고, 답답하기도 했을 거예요. 그 영감님의 신상에 일어난 사건은, 둘도 없는 아름다운 여성과, 그녀가 가장 사랑하고 있는 남성과의 사이에도 일어날 가능성이 전혀 없는 것은 아니지. 그 여성이, 너무 지나치게 사랑함으로 해서 남성을 을씨년스럽게 하면 상대는 달아나 버리고 마는 거야. 비열한 흉내를 내면서까지 그녀를 피하려 하는 거지. 감정이란 것은 모두 그런 거 아녜요? 인간의 마음이란 것은 보배의 창고지. 그것을 한꺼번에 비우면 파산해 버리고 말아. 나만 하더라도, 고린전 한푼 없는 사람은 용서하지 않는 것처럼, 감정을 완전히 드러내서 표시하는 것이 용납되지 않게끔 되어 있는 거란 말야. 그 부친은 모든 것을 줘버리고 만 거란 말야. 이십 년 간이란 긴 세월 동안, 뱃 속에 든 창자까지, 있는 것은 모두 다, 애정의 전부를 줘버리고 만 거야. 저도 모르는 사이에 재산도 전부 줘버리고 말았지. 이렇게 레몽처럼 그 단물을 다 짜내고는, 그의 딸들은 짜고 남은 찌꺼기를 길거리에 내버렸다는 얘기야.」

「세상이란 참 가혹한 것이군요.」하고 숄의 실을 만지작거리면서, 자작 부인은 고개도 들지 않고 말했다. 그럴 수밖에 없는 이유는, 랑제 부인이 그런 이야기를 하면서 자신을 염두에 두고 한 말들이 폐부를 아프게 찔렀기 때문이었다.

「가혹하다고요? 그렇지 않아요.」하고 공작 부인은 말을 계속했다.「그렇게 되어 있다고 하는 그것뿐예요. 제가 이런 이야기를 하는 것도, 제가 세상에서 노상 속고만 살고 있지 않다는 것을 알아 주십사 해서 그러는 거예요. 저도 당신처럼 생각하고 있는 거예요.」하고 자작 부인의 손을 잡으면서 그녀는 또 말을 계속했다.「세상이란 오욕의 흙탕수렁이야. 높직한 곳에 붙어 있도록 합시다.」그녀는 일어나서 보세앙 부인의 이마에 입을 맞추고 말했다.「지금의 당신이야말로, 정말 아름답군요. 제가 지금까지 본 적이 없는 것 같은, 기가 막히게 고상한 안색을 하고 있군요.」그러고 나서 으제느 쪽을 보고 가볍게 머리를 숙이고 나가 버렸다.

「고리오 영감이란 분, 정말 훌륭한 분이시군요.」하고 그는 밤중에 영감이 은기를 휘어 우그러뜨리고 있는 것을 본 기억이 되살아나서 말했다.

보세앙 부인에겐 그 말이 귀에 들어오지 않았다. 그녀는 생각에 몰두해 있었다. 얼마 동안 침묵이 계속되었다. 학생은 무안한 기분으로 망연히 앉아 있었다. 그 자리를 떠나지도 못하고, 그대로 머물러 있기도 거북하여, 어쩔 줄 몰라 그대로 앉아 있었다.

「세상이란 몰인정하고, 짓궂은 것이로군요.」하고 겨우 자작 부인이 말했다. 「무엇인가 불행이 그 사람 머리 위에 떨어지면, 곧 친구 같은 얼굴을 하고 찾아와서 그런 말을 하고, 단도로 그 사람의 심장을 쿡쿡 쑤셔 놓고서는, 그 단도의 힘을 자랑하는 사람이 언제든지 있는 거로군요. 벌써 비난을, 조소를 내가 받다니! 그래 그렇지, 나도 지고만 있을 순 없어요.」그녀는 정녕 귀한 집 태생의 귀부인답게 얼굴을 들고 긍지에 가득 찬 그 눈에서 번개 같은 빛을 발했다.「어머!」하고 으제느가 거기에 있는 것을 보고,

그녀는 소스라치게 놀랐다.「거기에 있었군요!」
「네. 아직…….」하고 그는 다 죽어 가는 소리로 대답했다.
「그럼, 이렇게 됐으니 얘기하지요. 라스티냑 씨, 세상이라는 것은 그 가치가 있는 대로 다루어야 하는 거예요. 출세하고 싶다고 말씀하신다면, 내가 도와 드리지요. 여자의 타락이 얼마나 깊은 것인가, 사나이의 더러운 허영심이 얼마나 폭넓은 것인가, 차차 당신도 알게 될 거예요. 나는 이 세상이라는 책을 잘 읽는 것으로 자부하고 있었습니다만, 그래도 아직, 내가 모르는 페이지가 있었습니다. 이젠 나는 이것도 저것도 다 알았습니다. 당신은 냉정하게 계산하면 계산할수록 출세할 수 있는 거예요. 용서없이 타격을 가하세요. 그렇게 하면 사람들에게 두려운 존재가 됩니다. 사나이도 계집도, 중간 정거장에서 타고 온 피로한 말을 내버리고 다음의 새 말로 갈아타는 것처럼, 필요에 따라선 모든 것을 받아들여야 하는 것입니다. 그렇게 해야만, 당신이 원하고 있는 행복의 절정에 이를 수가 있는 겁니다. 확실히 말씀드리면, 당신에게 관심을 가지는 여성이 없는 한, 여기서는 당신이 사람의 축에 들어가지 못하는 것입니다. 젊고, 돈많고, 고상한, 그런 여성이 당신에게 필요한 것입니다. 그렇지만 당신이 진짜 애정 같은 것을 느끼든가 하면, 그것은 보물처럼 감춰 두지 않으면 안 됩니다. 결코 그것을 감지하지 못하게 해야 하는 겁니다. 그렇지 않으면 당신은 파멸입니다. 그때는 벌써 당신은 사형 집행인이 아닌, 희생을 당하는 편이 되어 버리고 마는 것이니까요. 어쩌다 보니 정말 사랑을 하고 있다고 하더라도 그 비밀을 꼭 지켜야 하는 겁니다. 마음을 주려는 상대가 어떤 사람인지 확실히 보고 알기 전까지는, 그 비밀을 드러내서는 안 되는 것입니다. 지금은 아직 존재하지 않는, 그런 사랑을 미리 지키기 위해서, 세상에 무방비한 마음의 상태를 안 가지도록 훈련을 쌓는 것입니다. 알았어요, 미겔 씨……(그녀는 순진하게도 이름을 잘못 불렀으나, 자기는 그것을 느끼지 못했다)(미겔은 다쥐다 핑토 후작의 이름) 아버지가 죽어 주었으면 좋겠다고 생각하는, 두 딸이 아버지를 버리는 것 이상으로 더 무서운 일이 이 세상에는 있는 거예요. 그것은 자매간의 경쟁심이지요. 레스토 씨는 명문 출신이기 때문에 그 부인도 사교계에 들어가게 했고, 궁정에도 선 보일 수 있었습니다. 그런데 그분의 둘째 딸인, 미모와 돈이 있는 델핀느 드 누싱겐 부인 쪽은 백만장자의 부인임에도 세상이 모두 귀찮다고 몸부림치고 있어요. 질투에 몸이 학대받고 있는 거지요. 언니와는 천 리나 되는 거리가 있으니까요. 언니는 이미 언니가 아녜요. 이 두 여성은, 그 아버지를 부인했듯이 서로가 서로를 부인하고 있는 거예요. 그래서 누싱겐 부인은 우리 집 살롱에 출입할 수만 있다면, 생 라자르 거리에서 그르넬르 거리까지의 길거리에 있는 흙탕을 전부 핥는 일까지도 마다하지 않을 거예요. 그녀는 드 마르세라면 자신을 목표에 도달시켜 줄 수 있으리라고 생각했던 거지요. 그래서 드 마르세의 노예가 되어서 그를 귀찮게 따르고 있는 거예요. 드 마르세 편에서는 그녀의 일 같은 것은 문제로도 삼고 있지 않아요. 만일 당신이 그녀를 나에게 소개한다면, 당신은 그녀의 마음에 들게 되고, 그녀는 당신에게 정신차리지 못할 거예요. 그럴 마음이 생기면 그후에 그녀를 사랑하면 되는 거예요. 그렇지 않으면 그녀를 이용하는 거지요. 한 번이나 두 번 큰 야회에서, 손님이 많을 때 그녀를 초대해도 좋아요. 그렇지만 오전중에는 절대로 만나지 않겠으니 그리 알아요. 인사만은 하지요. 그것으로 충분하죠? 당신은 고리오 영감의 이름을 함부로 입에 올렸기 때문에, 자기 스스로 백작 부인의 문을 닫아 버리고 말았습니다. 안 그래요? 레스토 부인 집은 스무 번을 찾아가더라도, 스무 번 모두 외출중이라고 할 것은 이미 규정된 사실입니다. 당신은 출입 금지의 선언을 받은 거예요. 할 수 없지요. 고리오 영감에게 부탁해서 델핀느 드 누싱겐 부인을 소개받는 거예요. 미모의 누싱겐 부인은 당신에게 좋은 간판이 되겠지요. 그녀가 특별히 눈을 주는 사람이 되세요. 그렇게 되면 다른 여자들도 당신에게 정신없이 달려들 거예요. 그녀의 경쟁 상대, 친구, 그것도 가장 사이 좋은 사람들이 당신을 가로채려고 애쓸 거예요. 부르조아의 마나님들 가운데 우리와 같은 모자를 쓰기만 하면, 우리들의 품위가 자기들에게도 그대로 나타나는 것으로 착각하는 사람이 있는 것과 마찬가지로, 다른 여성이 이미 선택한 사나이를 좋아하는 여성이라는 것도 있는 겁니다. 당신은 화제의 인물이 되겠지요. 파리에서는 화제가 전부예요. 그건 권력을 쥐는 열쇠입니다. 여자들이 당신은 재치가 있을 뿐 아니라 재능이 있는 사람이라고 말하면, 남자들도 당신이 그 평판과 반대되는 행위를 하지 않는 한 그것을 통째로 삼키는 거예요. 그렇게 되면 당신은 어떤 일이라도 바라는 대로 될 수가 있고, 어디라도 출입할 수 있게 되는 겁니다. 그리 되면 당신에게도 세상이란 것은 어떤 것인가, 즉 멍청한 좋은 사람들과 사기꾼의 집합이라는 것을 알게 될 것입니다. 어느 쪽에도 붙어서는 안 됩니다. 세상이라는 이 미로에 들어가기 위한 아리아드네의 실로써 내 이름을 당신에게 드립니다. 이 이름을 욕되지 않게 해주어야 해요. 알겠어요?」하고 그녀는 또다시 고개를 숙이고, 여왕처럼 위엄있는 시선을 학생에게 던지면서 말했다.
「더럽히지 않은 그대로 돌려 주세요. 자아 그럼 이젠 나 혼자 있게 해줘요. 우리들 여자에게는 역시 우리들끼리의 싸움이 있는 것이니까요.」
「만일 당신께서 지뢰에 불을 붙이러 가줄 성의있는 사나이를 필요로 하는 경우에는……」하고 으제느는 그녀의 다음 말을 막고 말했다.
「그럼?」하고 그녀가 물었다.
그는 자기의 가슴을 두드리고 부인의 미소에 답해서 만면에 웃음을 띠어 보이고 나갔다. 다섯 시였다. 으제느는 공복을 느끼면서 저녁 시간에 맞도록 하숙집으로 돌아갈 수는 없지 않을까 하고 걱정했다. 이 걱정은 파리 시내를 마차로 달려서 빠져나가는 기쁨을 착실히 안겨다 주었다. 그처럼 순수한 기계적인 쾌감 덕분으로 그는 가슴속을 오락가락하는 여러 가지 생각에 완전히 빠져들 수 있었다. 그 나이 정도의 청년이라고 하면, 누구에게 경멸을 받거나 상처를 입으면 순간적으로 분격하고 격해져서 주먹을 들어 사회 전체를 위협하고 복수하려고 하지만, 동시에 자기 자신에게까지도 회의를 품게 되는 것이다. 라스티냐은 지금『당신은 자기 스스로 백작 부인 집 문을 닫아 버렸다.』고 한 말에 멍멍해져 있었다.
『밀고 들어가 보이겠다!』라고 그는 마음속으로 중얼거렸다.『그리고 만일 보세앙 부인이 말하는 것이, 그대로 사실이라면, 만일 내가 정말 출입을 거절당한 상태에 있다면…… 나는 레스토 부인을 어느 살롱에 가더라도 나와 맞닥뜨리게 할 테다. 검술을 배우고, 피스톨의 사격법을 익히고, 그리곤 그녀의 막심을 죽이고 말겠다! 그런데 문제는 돈이다!』그때 양심이 그에게 이렇게 소리쳤다.『도대체 어디에서 그 돈을 마련하려고 하는 것이냐?』
불시에 레스토 부인의 저택에 쫙 널려 있었던 재보가 그의 눈앞에서 찬연하게 번쩍거렸다. 그는 거기에서 고리오의 딸이라면 정말로 좋아할 성싶은 사치품, 금으로 번쩍거리는 것이라든가, 더욱이 유난히 눈에 띄는 값비싼 물건이라든가, 일확천금으로 뜻도 모르고 하는 호화와 사치 주위에 둘러싸인 여자의 어리석고 비열한 낭비를 보았던 것이다. 그런 환상적인 이미지는 돌연 장엄하고 웅대한 보세앙 저택의 이미지에 의해서 지워졌다.

그의 상상력은 파리라고 하는 사회의 높은 영역에 옮겨지면 자신의 두뇌와 의식이 이완되는 것과 동시에 마음속에 여러 가지 잡다한 사심(邪心)을 불어넣었다. 그는 세상을 있는 그대로 보았다. 즉, 부자들의 세상에서는 법률도 도덕도 무력하다는 것 그리고 그는 입신출세 속에서 이 세상의 대원칙을 보았다.『보트랭이 말하는 그대로다. 성공이 미덕이다!』라고 그는 중얼거렸다.

뇌브 생트 즈느비에브 거리에 도착해서, 그는 서둘러 자기 방으로 올라갔다가, 다시 내려와서 차부에게 십 프랑을 주고 나서, 가슴이 답답해지는 그 식당으로 들어갔다. 거기에서 그는 마치 여물통 앞에 쭈그리고 있는 가축과도 같이 열심히 먹이를 씹고 있는 열여덟 사람의 얼굴 모습을 보았다. 그 비참한 광경과 식당의 을씨년스러운 외관이 그에게는 섬뜩할 정도로 무섭게 느껴졌다. 변화가 너무나 급작스러웠고 대조가 너무나 뚜렷했기 때문에 마음속에 품고 있는 야망을 아무리 표시하지 않으려 해도 자극받지 않을 수가 없었다.

한쪽에 있는 것은 둘도 없이 우아한 사교계의 신선하고 매력적인 이미지, 멋들어진 예술품이라든가 사치품 등 여러 가지로 둘러싸인, 젊디젊은 생기에 가득찬 사람들, 시정이 넘치는 정열적인 얼굴과 얼굴이었다. 그러나 다른 한쪽에 있는 것은 더러운 흙탕으로 언저리가 거무스름해진 음산한 정경과, 정열도 꺼지고 심줄과 기계적인 운동밖에 남은 것이 없는 얼굴들이었다.

으제느는 버림받은 여인의 노여움에 몰리어, 보세앙 부인이 말한 교훈이라든가, 정말로 유혹적인 원조의 자진 제공이 그의 기억에 되살아났고, 눈앞에 있는 비참한 광경이 거기에다 주석을 달았다. 라스티냐은 입신출세를 하기 위해서 두 가지의 평행호를 파자, 결국 학문과 연애의 둘을 무기로 하고, 학식있는 박사가 되는 것과 함께 사교계의 총아가 되리라 결심했다. 그는 아직도 철부지 어린애였던 것이다. 그 두 선은 절대로 교차되는 일이 없는 점근선이기 때문이다.

「안색이 퍽 깨끗하지 못한 것 같은데요, 후작 각하.」

보트랭이 그를 흘낏 보고 말했는데 그런 눈초리로 이 사나이는 으제느의 마음속을 아무리 속깊이 감추어진 비밀이라도 꿰뚫어 보려는 듯했다.
「나를 후작 각하라고 부르는 사람의 농담 같은 것은, 들을 기분이 안 되는데요.」하고 그는 대답했다.
「이 파리에선 진짜 백작이나 후작이 되려면 십만 프랑의 연수가 없어서는 안 되는데 보케르 관에 살고 있는 이 꼬락서니론 복신(福神)의 마음에 들었다고 생각할 수는 없으니까요.」
보트랭의, 아버지가 어린애를 보는 듯한, 그러면서도 경멸이 섞인 눈초리는 마치『자아식이! 네깐 놈은 한주먹감이란 말야.』라고 말하는 듯했다. 그리고 이렇게 대답했다.「보아하니, 미인 레스토 백작 부인의 뜻에 드시지를 못했기 때문에 심기가 삐딱하시단 말씀이로군.」
「그녀의 아버지가 우리들과 같은 테이블에서 식사하고 있다고 말했기 때문에 나에게 출입 금지를 선고해 버렸단 말예요.」하고 라스티냐이 소리쳤다.
사람들은 모두 서로 얼굴을 마주 쳐다보았다. 고리오 영감은 고개를 떨구고 눈을 훔치면서 옆을 보았다.
「당신의『냄새 담배』가 눈에 들어가서 그래요.」하고 옆자리의 사나이에게 말했다.
「고리오 영감님을 못살게 구는 사람은 이제부턴 내가 상대할 테요.」하고 으제느가 늙은 제면업자의 옆자리에 있는 사나이를 보면서 말했다.「영감님은 우리들 중의 누구보다도 훌륭한 사람이란 말요. 단 아가씨와 부인네들은 아니오.」하고 그는 타이유페르 양 쪽을 향해서 말했다.
이 한 마디가 결론이 되었다. 으제느의 그러한 말에 모두 하는 수 없이 입을 다물지 않을 수 없었기 때문이었다. 보트랭만이 놀리는 듯한 어조로 그에게 말했다.「고리오 영감의 신변을 보호하고 그의 신원보증인이 되겠다고 한다면, 근사하게 칼을 놀리든가 피스톨을 쏠 수 있든가 하지 않으면 안 될 거야.」
「그렇게 되어 보이겠습니다.」하고 으제느는 말했다.
「그렇다면 오늘부터 전투 개시란 말이군그래.」
「그럴는지도 모릅니다.」하고 라스티냐은 대답했다.「그러나 자기가 하고 있는 일을 일일이 누구에게 보고해야 할 의무는 없습니다. 다른 사람이 밤에 무엇을 하고 있건 간에 간섭할 생각은 없으니까요.」 보트랭은 옆눈으로 라스티냐을 노려보았다.
「이 사람아, 인형극에 속아 넘어가지 않으려면, 아주 분장실까지 들어가게. 막에 뚫린 구멍으로 들여다보는 것만으로 끝낼 것이 아니란 말야. 이제 그 정도로 해두세나.」 으제느의 벌떡 일어날 것 같은 자세를 보고 그는 덧붙여 말했다. 「자네가 그런 기분이 되었을 때 잠깐 서로 이야기하도록 하지.」
저녁은 음울하고 흥이 깨진 것이 되고 말았다. 고리오 영감은 으제느의 한 마디가 불러일으킨 깊은 슬픔에 정신이 팔리어, 자신에 대한 모든 사람의 마음가짐이 달라진 것도, 또 박해를 침묵시킬 힘이 있는 청년이 자신의 변호를 위해서 일어났다는 것도 모르고 있었다.
「그럼, 고리오 씨는」 하고 보케르 부인이 자그마한 소리로 말했다. 「현재 백작 부인의 부친이 되시는가요?」
「그리고 남작 부인의 부친이시기도 합니다.」 하고 라스티냐이 반격했다.
「그것밖에 능력이 없어.」 하고 비앙숑이 라스티냐에게 말했다. 「그의 두 개골을 조사해 보았더니, 용기가 하나밖에 없어. 그건 틀림없이 『영원의 부친』 이라는 표시야.」
으제느는 너무나 정색하고 있었기 때문에 비앙숑의 농담에도 웃을 수가 없었다. 그는 보세앙 부인의 충고를 살리고 싶어서 어디서 어떻게 해서 돈을 끌어낼까를 궁리하고 있었다. 그는 눈앞에 전개되고 있는, 공허하면서도 충실한, 세상이라는 대초원을 보고 생각에 잠기어 있었다. 저녁이 끝나자 사람들은 그를 혼자 식당에 남겨 두고 나갔다.
「그럼 당신은 딸을 만나신 겁니까?」 하고 고리오 영감이 감동적인 목소리로 말했다.
영감의 말에 명상으로부터 깨어난 으제느는 그의 손을 잡고 측은한 표정으로 그 얼굴을 한참 동안 들여다보았다.
「당신은 성실하고 훌륭한 사람입니다.」 하고 그는 대답했다. 「앞으로 또 따님들에 대한 이야기를 합시다.」 그는 고리오 영감에게 이야기할 짬을 주지 않고 일어났다.
그리고 자기 방으로 들어가 어머니에게 다음과 같은 편지를 썼다.

어머님, 당신에게 나를 위해서 내놓을 수 있는 제삼의 유방이 있는지 없는지 살펴보아 주십시오. 나는 지금 당장 출세할 수 있을 것 같은 입장에 있습니다. 그것 때문에 천이백 프랑이 필요합니다. 어떻게 해서라도 그것만은 필요합니다. 저의 간청에 대해서 아버지에게는 아무 말씀도 말아 주십시오. 반대하실는지도 모르니까요. 그 돈이 없으면, 저는 절망의 포로가 되어, 피스톨로 머리를 쏘아 버리는 상태에 이르는지도 모르겠습니다. 저의 이 간청의 동기에 대해선 이번에 만나 뵈옵게 되면 즉시 설명하겠습니다. 그 이유는, 제가 지금 놓여 있는 입장을 설명하기 위해서 몇 권의 책 정도를 쓰지 않으면 안 되기 때문입니다. 도박을 해서 잃은 것은 아닙니다. 어머니, 저는 한 푼도 차용한 적도 없습니다. 그렇지만 어머니께서 저에게 주신 이 생명을 구해 주시려면 이 정도의 돈은 마련해 주시기를 바랍니다. 아무튼 저는 보세앙 자작 부인의 집에 출입하며, 부인이 저의 보호자가 되어 주시겠다는 약속을 받았습니다. 그래서 사교계에 얼굴을 내놓아야만 하겠는데, 한푼도 없어서 깨끗한 장갑을 살 수조차 없습니다. 빵밖에는 먹을 것이 없어도 좋고, 물만 먹고 살아도 좋으며, 필요하다면 단식이라도 하겠습니다. 그러나 이곳에서 포도밭을 경작하는 데 필요한 도구만은 없어서는 안되겠습니다. 저에게 있어선 자신의 길을 개척해 갈 수 있는가, 혹은 흙탕물 속에 머무르는가의 문제입니다. 어머님과 가족들이 저에게 얼마나 많은 기대를 걸고 있는지 알고 있으므로, 신속하게 그 기대를 실현하고 싶은 것입니다. 어머님, 당신의 귀중한 보석을 몇 개만 팔아 주십시오. 곧 다른 것을 사올리겠습니다. 집의 형편도 잘 알고 있으므로 그런 희생의 가치를 알고 있다고 자부합니다. 또, 무턱대고 그런 희생을 간청하고 있다고 생각하셔서는 곤란합니다. 그렇다고 하면 저는 사람이 아닐 것입니다. 이 간청 속에서, 어쩔 수 없는 필요 이외의 것은 보지 말아 주십시오. 저희들 일가의 미래는 모두 이 군자금 속에 있는 것입니다. 그것을 써서, 저는 작전을 개시하지 않으면 안 됩니다. 그 이유는, 이 파리에서의 생활은 끊임없는 싸움이기 때문입니다. 이 정도의 금액을 마련하는 데 꼭 백모님의 레이스를 파는 방법밖에 없다면, 이 다음에 더 좋은 것을 사서 보내겠다고 백모님에게 자세히 전해 주십시오.

1. 하숙집

 그는 여동생에게도 각각 편지를 써서, 그녀들의 도움을 청했다. 그리고 자기가 그 돈을 쓰더라도 그녀들이 너무 기뻐하면서 반드시 갚아 줄 것이라고 하는 희망을 아무에게나 말하지 않도록 하라고 당부했다. 그는 명예심이라고 하는 젊은 마음속에 가장 강하게 매어져 있어, 두드리면 고음으로 울리는 금선을 공격하고, 그녀들에게 매우 조심해서 행동하기를 요구했던 것이다.
 그 편지들을 다 썼을 때, 그는 자기도 모르게 몸을 떨었다. 그의 가슴은 방망이질을 했고, 전율로 떨렸다. 이 야심 많은 청년은, 고독 속에 파묻혀 있는 그녀들의 영혼이 더럽혀지지 아니한 고귀한 것임을 잘 알고 있었다. 자기가 두 여동생에게 어떤 마음의 고통을 불러일으킬 것인가 하는 문제, 그리고 또 그녀들이 얼마나 기뻐할 것인가 하는 것도 알고 있었던 것이다. 그녀들은 포도원의 한 모퉁이에서, 얼마나 기뻐하면서, 이 사랑하는 오빠의 이야기를 남몰래 주고받을 것인가. 그의 양심은 그의 눈앞에 성큼 일어나 버티고 서서, 그녀들이 남몰래 얼마 안 되는 저금을 헤아리고 있는 모습을 비쳐 주고 있었다. 그는 여동생들이 『익명으로』그 돈을 보내기 위하여, 젊은 처녀들의 장난기있는 센스를 발휘해서 숭고한 행위를 위해 처음으로 기만을 시도하는 모습을 눈앞에 떠올렸다.
 『여동생의 마음이란 순수한 다이아몬드, 우아한 애정의 심연이다!』하고 그는 중얼거렸다. 그는 편지 쓴 것을 부끄럽게 생각했다. 그녀들의 소원은 얼마나 힘찬 것일까. 저 푸른 하늘로 날아다니는 그녀들의 영혼은 얼마나 깨끗한 것일까. 어느 정도의 일락(逸樂)을 가지고, 그녀들은 자기를 희망하지 않았다고 할 것인가. 만일 필요한 전액을 보낼 수 없게 되면, 그의 어머니는 얼마나 고뇌에 시달릴 것인가. 이러한 아름다운 감정, 이러한 무서운 자기 희생이, 델핀느 드 누싱겐에게 도달하기 위한 발판의 구실을 그에게 해주려 하고 있었다. 몇 방울의 눈물이 가족이라는 신성한 제단에 던져진 최후의 훈향으로서 그의 눈에서 넘쳐나왔다. 그는 절망으로 가득찬 동요에 몰리면서 방안을 서성이며 돌아다녔다. 고리오 영감이 반쯤 열린 문으로 그런 그의 모습을 보고 들어왔다.
 「왜 그러십니까? 라스티냑 씨.」
 「아아, 고리오 영감님. 당신이 아버지인 것처럼, 저도 자식이고 오빱니다. 당신이 아나스타지 백작 부인의 일을 염려하시는 것은 마땅한 일이십니다.

그녀는 막심 드 트라이유 씨라나 뭐라나 하는 사나이에게 사로잡혀 있습니다. 그 사나이 때문에 필시 몸을 망치게 될 것입니다.」

고리오 영감은 무언가 중얼중얼하면서 나갔지만, 으제느는 그 뜻을 알아 들을 수 없었다. 다음날 라스티냑은 써놓은 편지를 부치러 갔다. 그는 최후의 순간까지 주저했지만, 『출세하고야 말 테다!』라고 속으로 말하면서 그것 들을 우체통에 넣었다. 이 말은 도박자의, 또는 위대한 선장의 말로서 구원의 비율보다 많은 위험의 비율이 따르는 숙명론적인 언어이다. 수일 후 으제느는 레스토 부인을 방문했으나, 그녀는 만나 주지 않았다. 세 번씩이나 그는 다시 갔으나, 세 번 다 막심 드 트라이유 백작이 와 있지 않은 시간에 얼굴을 내밀었음에도 불구하고, 문전에서 면회 거절을 당하고 말았다. 자작 부인이 말한 그대로였다. 학생은 공부도 하지 않았다. 강의에는 나갔지만 그것도 출석했다는 대답을 하기 위해서이고, 출석을 증명하고선 곧 빠져나왔다. 대부분의 학생이 구실로 삼는 이론을 그도 자기에 대한 변명으로 했다. 공부란 시험을 치르지 않으면 안 될 때를 위해서 해두는 것이다. 그는 이학년과 삼학년을 더블로 등록해서, 『이때야말로』 할 때에 한꺼번에 열심히 법률을 공부하리라고 배짱을 부리고 있었다. 그렇게 하면 십오 개월 동안 파리라는 대양을 항해하고 러브 헌팅을 할 수 있고 행운을 낚아올릴 시간이 있는 것이다. 이 주간에 그는 두 번 보세앙 부인을 만났다. 그녀의 집을 그는 다쥐다 공작의 마차가 나가고 없을 때만 골라서 방문했다. 그리고 또 수일 동안, 생 제르맹 거리의 가장 시적인 인물인 이 유명한 여성은 아직 승리를 자랑하면서 로슈피드 양과 다쥐다 펭토 후작과의 결혼을 연기시켰다. 그러나 행복을 잃어버리지 않을까 하는 불안으로 어느 때보다도 열렬한 사랑의 행위를 매일같이 되풀이한 이 며칠이 파국을 더욱 빨리 오게끔 했다. 로슈피드 집안과 뜻을 통하고 있던 다쥐다 후작은 사이가 벌어졌던 이 부인과의 화해를 도리어 잘된 상황이라고 여기고 있었다. 그는 보세앙 부인이 이 결혼에 대한 생각에 점차로 익숙해질 수 있으므로, 남자의 일생에 있어서는 마땅히 예상되는 미래를 위해서, 그 동안에 오후의 데이트로써 희생해 주는 것이라고 기대하고 있었던 것이다. 매일 새로운 말할 수 없이 신성한 약속을 했음에도 불구하고 다쥐다 씨는 근사한 연극을 하고 있었고, 자작 부인도 속는 것을 싫어하지 않고 있었다. 「긍지있게, 창문에서 몸을 던지지 않고, 저분은 계단을

1. 하숙집

굴러떨어지고 있어요.」하고 그녀의 친구인 랑제 공작 부인은 말했다. 그렇지만 이 최후의 불빛이 꽤 오랜 동안 계속해서 빛나고 있었기 때문에 자작 부인은 파리에 남아서, 그녀가 일종의 미신적인 애정과 같은 것을 간직하고 있는, 친척인 이 젊은 사나이를 위해서 진력해 줄 수가 있었다. 으제느는 이젠 어떤 인간의 눈 속에서도 진정한 연민이나 위로를 찾아낼 수 없다고 할 상황에 놓인 그녀에게, 헌신과 감수성이 충만한 태도로 대했다. 이런 경우에 사나이가 그녀들에게 상냥하게 말을 건네는 것은, 대개의 경우 생각이 따로 있어서 그렇게 하는 것이다.

누싱겐 집안에의 접근을 시도하는 데 앞서서, 충분히 장기판 위의 국면을 봐두고 싶다는 생각에서 라스티냐은 고리오 영감의 과거 생활을 알고자 확실한 약간의 정보를 수집했는데, 그것을 요약하면 다음과 같다.

장 조아생 고리오는 대혁명 전에는 수완이 좋은 절약가로 일개 제면 직원이었으나, 진취적 기상이 꽤 풍부했기 때문에 마침 1789년의 최초의 봉기에서 희생자가 된 주인의 가게를 사들였다. 그는 소맥 시장에 가까운, 라쥐시엔느 거리에 가게를 열고, 자기의 장사를 이 위험한 시기에 가장 유력한 사람들로부터 보호받기 위해 그 거리의 위원장직을 담당한다는 빈틈없는 계획을 발휘했다. 이 지혜는 좋건 나쁘건간에 그 식량 기근 후에 파리의 양곡이 대단한 고가로 오르게 되었을 때 재산을 모으게 했던 것이다. 민중이 빵집 앞에서 맞붙어 싸우는 속에서도 어떤 종류의 한패는 몰래 식료품상에 가서, 스파게티라든가 마카로니를 샀기 때문이다. 이 한 해 동안에 시민 고리오는 착실하게 자본을 축적하고, 그것이 나중에는 거액의 돈이 되어 그것을 소유한 인간에게 주는 우월성을 마음껏 이용해서 장사를 넓히는 데 기반이 되었다. 어느 정도의 노력밖에 없는 모든 인간에게 일어나는 일이, 그의 신상에도 일어났다. 결국 평범한 중용이 그를 구해 주었던 것이다. 게다가 이미 부자인 것이 아무 위험도 되지 않는 시기가 되고 나서야 비로소 사람들이 그의 재산을 알게 되었기 때문에 누구의 질투도 모략도 받지 않았다. 곡물 거래가 그의 지능을 전부 빨아먹은 것같이 보였다. 밀이나 밀가루나 낱알에 대한 것, 그것들의 품질이나 산지를 분간한다든가, 그 보존에 신경을 쓴다든가, 상장의 변동을 예상한다든가, 수확의 다과를 예견한다든가, 싼 값으로 곡물을 사들이거나 시칠랴 섬이나 우크라이나에서 매입하는 경우에 있어서는 고리오의 오른편에 앉을 사람이 없었다. 그가 장사를 지휘하고, 곡물의 수출입에 관한 법률을 설명하고, 그 정신을 연구하고, 그 맹점을 꼬집어내는 것을 보면, 사람들은 그가 장관이라도 할 수 있는 역량의 소유자임에 틀림이 없다고 판단했다. 인내성이 있었고, 활동적이고 정력적이며 건실해서, 무슨 일이라도 재빠르게 해내는 동작이며, 솔개의 예리한 안력을 갖추고, 모든 일의 앞을 찌르고, 이것저것을 모두 예견하고, 무엇이든 알고 있었으며, 그러면서도 일체를 갖추고 있었다. 책략을 쓸 때는 외교관과도 같았고, 행동을 할 때는 병사와 같았다. 그러나 일단 장사를 떠나서 하는 일이 없을 때는 입구의 마루턱에 기댄 채 몇 시간이고 문지방 위에 우두커니 서 있거나, 조그마하고 어두컴컴한 가게 밖으로 나오면 그는 또 원래의 우둔하고 조야한 직업인, 대수롭지 않은 이치도 이해 못하고, 정신의 온갖 환희에도 무감각한 인간, 극장에서는 잠자는 사나이, 넋 빠진 바보스러운 점만이 취할 점인 저 파리의 돌리봉(1790년에 초연된 슈다르 데폴즈의 희극 《귀머거리 또는 만원숙사》 중의 인물로, 잘못하여 딸을 불행하게 만들 뻔한 우둔한 사나이)의 한 사람으로 되돌아가는 것이었다. 이런 성격의 인간은 거의 모두가 비슷한 것이다. 이런 사람들의 마음속에서는 대개의 경우 숭고한 감정을 발견하게 될 것이다. 배타적인 두 개의 감정이 이 제면업자의 마음을 가득 채우고, 마치 곡물 거래가 뇌 중의 전지능을 거의 다 써버리고 만 듯이 그의 마음의 윤기를 흡수해 버리고 말았다.

 라 보리 지방의 호농의 딸이었던 그의 아내는 그에게 있어서 종교적인 찬탄, 제한이 없는 애정의 대상이었다. 고리오는 그녀의 마음속에서 자기의 성격과는 극단적인 대조를 이루고 있는, 가냘프면서도 심지가 강하고 민감하면서도 사랑스러운 성격을 발견하고 감탄했다. 태어나면서부터 사나이의 마음에 갖추어져 있는 감정이 있다고 한다면, 그것은 언제 어떤 상황에서도 연약한 존재인 여자를 보호한다는 긍지가 아닐까. 게다가 사랑이라는 기쁨을 원천에 두고서 하는 모든 진실하고 솔직한 영혼의 그 열렬한 감사를 가한다면 독자도 수없이 많은 기이한 정신 현상을 이해할 수 있으리라. 구름 그늘 한 점 없었던 행복한 칠 년간의 생활 후에, 고리오는 아내를 잃었다. 그것은 그에게 있어서 가장 불행한 일이었다. 그 이유는, 그녀는 감정의 영역 밖에서, 그에게 영향을 미치기 시작하고 있었기 때문이었다. 어쩌면 그녀는 이 둔한

1. 하숙집   393

사나이의 성질을 닦아내고, 어쩌면 거기에 세상이나, 인생의 만반에 대한 이해를 키워 주었을는지도 모르는 것이다.

그런 상황에서 고리오에게는 부성애의 감정이 어리석음에 가까울 정도로 커졌다. 그는 아내의 죽음으로 해서 배척당한 애정을 두 딸에게 쏟고, 딸들도 처음에는 그의 모든 감정을 마음껏 만족시켜 주었었다. 어떻게 해서든지 고리오의 후처로 자신의 딸을 떠맡기려고 하는 상인이라든가 호농들이 아무리 적당한 혼담을 가지고 와도, 그는 홀아비로 살 것을 고집했다. 그가 어느 정도 호의를 가지고 있는 장인은, 고리오가 아내가 아무리 죽었다고 해도 그녀에게 불성실한 짓을 안 하겠다고 맹세한 것이 확실한 사실이라고 하면서 단언하는 것이었다. 시장 족속들은 그런 숭고한 광기를 이해할 수 없었기 때문에 그것을 농담거리로 하여 고리오에게 천한 별명을 지어 주었다. 그들 중 한 사람이 거래가 이루어진 축하의 술을 마시면서, 최초로 그런 별명을 불렀기 때문에 제면업자로부터 주먹을 한 대 어깨에 맞고 저만큼 나가떨어져, 오블랭 거리의 차가 못 들어오게 세워 놓은 돌에 머리를 다쳤다. 고리오가 딸들에 대해서 보이는 무분별하다고 할 정도의 헌신, 소심하고 섬세한 애정은 너무나 유명했다. 어느 날 그의 장사 경쟁자의 한 사람이 그를 파리 시장에서 쫓아 버리고 자기가 상장(上場)을 좌우하려고, 델핀느가 마차에 치어서 나가떨어졌다고 그에게 말했다. 제면업자는 핏기를 잃고 창백해져서, 허둥지둥 시장에서 달려 나갔다. 이 거짓 정보에 속아서 받은 상반된 감정의 반동으로 그는 며칠 동안 앓아 누웠다. 그 사나이의 어깨에는 살인적인 주먹을 먹이진 않았지만, 후에 그 사나이가 위기일발의 경우에 처하였을 때 파산이 되도록 타격을 가하여 이 사업상의 경쟁자를 시장에서 완전히 쫓아내고 말았다. 두 딸의 교육은 물론 상식을 초월한 것이었다. 육만 프랑 이상의 연금 수입이 있으면서도, 자신을 위해서는 천이백 프랑도 쓰지 않던 고리오의 행복이란, 딸들의 변덕스러움을 무엇이든 다 들어 주는 것이었다. 선발된 교사들이 그녀들에게 훌륭한 교육의 모범이 되는 기능과 예능을 가르치도록 명령받았다. 그녀들에겐 시중을 드는 부인들이 붙여졌다. 딸들에게 다행스럽게도 그 부인들은 재치도 있었고, 취미도 고상했다. 그녀들은 말을 탔고, 마차도 가지고, 마치 부유한 노귀족의 애첩과도 같은 생활을 했다. 아무리 돈이 많이 드는 소망이라도 그녀들이 입만 떼면 아버지는 서둘러 그것을 만족시켜 주는 것이었다. 그는 그런 선물의 보상으로서 애무를 하는 것 외엔 요구하는 것이 없었다. 고리오는 딸들을 천사 위에 놓고, 따라서 필연적으로 자기보다도 높은 위치에 그녀들을 놓았던 것이다. 가엾게도, 그는 그녀들이 주는 고통까지도 사랑하고 있었다. 결혼 적령기가 되자, 그녀들은 자기의 기호에 따라서 지아비를 선택할 수 있었다. 두 딸은 제각기 아버지 재산의 절반을 지참금으로 받도록 되어 있었기 때문이다. 미모 덕택에 레스토 백작의 청혼을 받은 아나스타지는 원래부터 귀족 계급에 대한 동경을 가지고 있었기 때문에 아버지의 집을 떠나서 사회의 상층부로 진출하기를 바라고 있었다. 델핀느는 돈을 사랑하고 있었다. 그녀는 후에 신성 로마 제국의 남작이 된 독일 출신의 은행가 누싱겐과 결혼했다. 고리오는 제면업을 계속했다. 그것이 그의 생활의 전부였음에도 불구하고 그의 딸이나 사위들은, 그 후 그가 그 장사를 계속하는 것을 보고 좋아하지 않았다. 오 년 간 그들로부터 귀찮은 소리를 듣던 끝에 그는 가게를 판 돈과, 최근 수년 간의 이익을 가지고 은퇴하는 것에 동의했다. 그가 거처하게 된 하숙의 여주인 보케르 부인의 계산으로는 그 돈으로 국채를 산다면, 팔천에서 일만 프랑의 연리 수입을 가져올 수 있는 것이었다. 그는 딸들이, 그 남편으로부터 강한 권유를 받고, 그를 자기들 집에 와서 살게 하는 것뿐 아니라, 공개적으로 손님처럼 대접하는 것까지 거절하지 않을 수 없게 된 것을 보고 절망 끝에 이 하숙으로 은퇴해 버리고 만 것이다.

이러한 것들이 고리오 영감의 가게를 매수한 뮈레 씨라는 인물이 알고 있는 전부였다. 라스티냐이 들은 랑제 공작 부인의 추측은 이렇게 해서 확인된 셈이었다. 여기서 이 사람의 눈에는 잘 띄지 않지만 파리의 무서운 비극의 도입부가 끝난다.

2. 사교계에의 등장

 십이월의 첫번째 주간이 끝날 무렵, 라스티냐은 두 통의 편지를 받았다. 한 통은 어머니로부터, 또 한 통은 여동생에게서 온 것이었다. 그것에 쓰인 낯익은 필적이 그를 기쁨으로 들뜨게 했을 뿐 아니라, 공포로 떨게 했다. 이 두 장의 얄팍한 종이에 그의 희망에 대한 삶이냐 죽음이냐의 선고가 내려져 있는 것이다. 양친의 궁핍한 상태를 생각하면 공포에 몰리었지만, 그러나 또 그들의 뜨거운 사랑을 몸으로 익히 알고 있었기 때문에, 그들의 피를 최후의 한 방울까지 빨아낸 것이 아닌가 하고 걱정하지 않을 수 없었다. 어머니로부터의 편지에는 다음과 같이 적혀 있었다.

 나의 아들아, 소원해 온 것을 보낸다. 이 돈을 유효하게 써주기를 바란다. 비유컨대 네 목숨을 살리기 위해서라도 아버님에게 알리지 않고 두 번 다시 이처럼 거액의 돈을 마련할 수는 없을 것이다. 아버님께서 아시기라도 하면 집안의 화목에도 금이 갈 것이니까 말이다. 그런 돈을 마련하는 데는 토지를 담보로 넣지 않으면 안 되겠기 때문이지. 자기가 모르는 가치를 판단한다는 것은 나로서는 할 수 없는 일이다. 그렇지만 네가 나에게 사실을 말하기를 꺼리는 것은 도대체 어떤 종류의 계획이냐? 그것을 설명하기에는 몇 백 페이지가 필요한 것도 아니란다. 우리들 어머니는 한마디만 해주면 알게 되는 것이다. 그 한마디로써, 갈팡질팡하는 상태의 괴로운 마음은 면할 수가 있었을 터인데. 나는 너의 글을 읽고 느낀, 괴로운 인상을 감출 수 없다. 나의 귀여운 아들, 그처럼 무서운 것을 내 마음에 느끼도록 한 것은 도대체 어떤 감정에서였을까. 그걸 쓰면서 너도 필경 꽤 괴로워했을 거다. 하기는 나도 그것을 읽고 퍽이나 괴로워했으니까. 도대체 어떤 길로 나아갈 작정이냐? 너의 생애, 너의 행복은 있는 그대로의 네가, 네가 아니게 보이는 것, 자기가 지탱할 수 없는 정도의 돈을 내지 않고서는, 네 공부를 위한 소중한 시간을 허비하지 않고서는 출입할 수 없을 것 같은 세계에 얼굴을 내놓는다는 것에 걸려 있기라도 하단 말이냐? 착한 으제느, 네 어머니의 마음을 믿어 다오. 꾸불꾸불한 길은, 무엇 하나 위대한 것으로 이끌어 주지 않는 거야. 인내와 체념만이 너와 같은 경우에 놓인 젊은이의 미덕이 되지 않으면 안 된다. 너에게 잔소리를 하고 있는 것이 아니야. 우리들이 보내는 것에 조금이라도 씁쓸한 맛을 더하려고 하는 말은 아니니까. 내 말은 너를 신뢰하고 그에 못지않게 앞을 내다보고 있는 어머니의 말이다. 나는 무엇이 너의 의무인가를 알고 있다. 너의 마음이 얼마나 순수한가, 너의 의도가 얼마나 훌륭한 것인가, 잘 알고 있다. 그래서 걱정하지 않고 너에게 말할 수가 있는 것이다.『자아 귀여운 어린이, 앞으로 나아가요!』라고. 내가 조마조마해 하는 것은 어머니이기 때문이야. 그렇지만 너의 한 걸음 한 걸음에 우리들의 소원, 우리들의 축복이 함께 하고 있을 거야. 너는 남자답게 현명하게 행동하지 않으면 안 된다. 너에게 있어 소중한 다섯 사람의 운명이 너의 어깨에 걸려 있는 것이니까. 그렇구말구, 우리들의 전재산은 네 속에 있고, 네 행복이 우리들의 행복이니까. 우리들은 모두 너의 계획을 하느님께서 도와 주시길 기구하고 있는 거다. 마르시야 백모님도 이번 일에 대해서 턱도 없는 친절을 보여 주셨다. 네가 말한 장갑만 하더라도, 이해해 줄 정도였으니까.『난 정말 큰애가 귀여워서 말야.』하면서 즐거운 듯이 말씀하고 계셨어. 으제느, 백모님을 사랑해 드려라. 네가 출세한 때가 아니면, 백모님이 어떤 일을 해주셨는지를 말하지 않겠다. 그렇지 않으면 백모님의 돈으로 너는 손가락에 화상을 입을 것이니까. 너희들 어린이로서는 추억의 물건을 희생한다는 것이 어떤 것인지를 모른다. 그렇지만 너 때문이라면 즐겨 희생할 수 없는 것이란 무엇이 있겠느냐. 백모님은 너의 이마에 입맞추신다고, 그리고 또 그 입맞춤으로 인해서 꼭 행복하게 될 수 있는 힘을 너에게 주고 싶다고, 그렇게 나에게 말씀하셨다. 그 친절하고 훌륭한 분은 신경통으로 손가락이 마비만 안되었던들, 틀림없이 당신이 친히 편지를 쓰셨을 거야. 네 아버님도 여전하시다. 1819년의 수확은 우리들의 기대를 초과했다. 잘 있어라, 나의 자식아. 네 여동생에 대한 것은 아무 말도 않겠다. 로르가 편지를 쓰는 모양이니까. 가정내의 자질구레한 일에 대해서 수다를 떠는 즐거움은, 로르를 위해서 여기서는 양보한다. 아무쪼록 네가 성공하기를. 물론이지 그렇구 말구. 으제느, 성공해 다오. 너는 나에게, 너무 심해서 도저히 두 번째는 견디기 어려운 괴로움을 맛보게 했다. 내 자식에게 주어지는 재산이 아쉽다고 생각하고 가난하다는 것이 어떤 것인가가 절실히 느껴졌다. 자아, 그럼 안녕. 우리들에게 자주 편지 보내 다오. 그리고 여기에 너의 어머니가 보내는 입맞춤을 받아 주기 바란다.

이 편지를 읽고 났을 때, 으제느의 눈은 눈물에 젖어 있었다. 그는 은식기를 우그려 망가뜨려서, 딸의 약속어음을 지불해 주기 위해서 그것을 팔러 갔던 고리오 영감을 생각하고 있었다. 『어머니는 자기의 보석을 망가뜨린 것이다!』하고 그는 중얼거렸다. 『어머니는 틀림없이 몇 갠가의 기념될 만한 물건을 팔아 버리고, 눈물을 흘렸음에 틀림없다. 너에게 아나스타지를 비난할 자격이 있는가? 너도 자기의 미래라고 하는 에고이즘 때문에, 그녀가 아버지에게 한 것과 마찬가지의 짓을 한 것이 아닌가? 그녀와 너, 어느 쪽이 낫다는 것이냐?』학생은 어떤 견디기 어려운 것이 오장육부로 파고들어가는 듯한 아픔을 느꼈다. 그는 사교계에 나가는 것을 체념하려 했다. 그 돈을 받지 않아야겠다고 생각했다. 그는 고상하고도 아름다운, 저 남모르는 조용한 가책, 인간들이 동류를 재판할 때는 그 가치가 있다고 인정할 수 없지만, 때때로 천사들이 그것을 용서하고, 지상의 법률가들에 의해서 단죄된 범죄자들까지도 용서하는 일이 있는, 그 양심이라는 것의 가책을 느꼈다. 라스티냑은 여동생의 편지를 뜯었다. 그 순진스럽고 마음씨 고운 표현은 그의 마음을 상쾌하게 해주었다.

편지는 마침 적당한 때 왔어요, 오빠. 아가트와 저는 우리들의 돈을 어떻게 쓸 것이냐 하고, 너무 여러 가지 사용처를 생각했기 때문에 결국 무엇을 살 것인가를 정하지 못하고 있을 때였습니다. 오빠는 주인의 시계를 전부 엎어 버렸을 때의 스페인 임금의 종과 같은 일을 하신 거예요. 우리들의 의견을 일치하게 해주었으니까요. 정말 우리들은 저희들의 소망 속에 이것이야말로 하고 생각하는 것을 찾기 위해서 늘 서로 다투고 있었던 거예요. 오빠, 우리들은 우리들의 모든 소망을 한꺼번에 만족시켜 주는 사용처를 미처 생각하지 못했던 거예요. 아가트는 깡충깡충 뛰면서 좋아했습니다. 아무튼 우리들은 온종일 미친 여자와도 같았습니다. 그 증거로는 (백모님의 입버릇), 어머니가 정색한 어조로,『도대체 왜 그러는 거지, 너희들은?』하고 말씀하실 정도였으니까요. 다만 약간이라도 꾸중을 들었다면, 정말 저희들은 더 기뻐했을 텐데요. 여자는 사랑하는 사람을 위해서 고생하는 것에 매우 많은 기쁨을 느끼니까요! 나 혼자만이 기쁘면서도 어떤 생각에 잠겨 우울해 있었습니다. 아마 저는 커서 나쁜 여자가 되는지도 모르겠어요. 너무 어려워요 만사가. 두 개의 벨트라든가, 코르셋에 끈 구멍을 뚫는 예쁘장한 송곳이라든가, 그런 쓸데없는 것을 사버렸기 때문에 절약해 가며, 까치 모양으로 돈을 저축하고 있는 저 뚱뚱이 아가트만큼 돈을 가지고 있지 못했어요. 그애는 이백 프랑 가지고 있었어요. 그런데 말예요, 오빠, 전 백오십 프랑밖에 없거든요. 저는 충분히 벌을 받았습니다. 벨트를 우물 속에 던져 버리고 싶습니다. 그걸 허리에 맬 때마다 언제나 괴로운 생각을 하곤 할 것입니다. 결국 오빠로부터 빼앗은 것이 되었으니까요. 아가트는 착실했어요.『둘이서 삼백오십 프랑 보내지 뭐.』그렇게 말하지 않겠어요? 그러나 이런 사연을 있었던 대로 말하려 했던 건 아니예요. 오빠의 지시에 따르기 위해서 우리들이 어떻게 했는지 아시겠어요? 우리들은 그 값있는 돈을 꺼내 가지고, 둘이서 산책을 나가서 큰거리에 이르자 곁눈도 팔지 않고 뤼펙으로 달려갔습니다. 거기서 우리들은 국영 역마차 사무실을 열고 있는 그랑베르 씨에게 그 돈을 모두 건넸습니다. 돌아오는 길에 우리들은 제비처럼 몸이 경쾌했었지요.『기쁘면 몸무게가 가벼워지는가 보지?』하고 아가트가 저에게 말했어요. 우리들은 많은 것을 이야기했는데 여기에 일일이 되풀이하지는 않겠어요. 파리장이 된 오빠! 오빠에 관한 이야기뿐이었어요. 아아 오빠, 우리들은 정말 오빠가 좋아요. 그것을 전부 한마디로 말하면 그렇게 되는 거예요. 비밀로 하라는 것에 대해서는 백모님의 말버릇은 아니지만 우리들 같은 악녀는 무슨 일이라도 할 수 있단 말예요. 그러니 침묵을 지키고 있는 것쯤은 문제가 아니지요.

2. 사교계에의 등장   399

어머니는 백모님과 함께 무슨 꿍꿍이가 있는지, 앙굴렘에 다녀오셨는데 두 분 모두 그 여행의 원대한 정치적 목적에 대해서는 침묵을 지키고 계십니다. 여행하기 앞서 장시간 회의가 열린 모양입니다만 저희들은 출석할 수 없었어요. 우리 남작님과 함께 말예요. 라스티냐 왕국에서는 그럴 듯한 억측이 여러 가지 떠돌고 있습니다. 왕녀들이 어마마마 여왕 전하를 위해서 수를 놓고 있는, 투명한 꽃무늬가 들어 있는 모슬린 드레스는 극비중에 진행되고 있습니다. 이젠 두 폭이 남았습니다. 베르사이유 쪽은 돌담을 쌓지 않기로 결정했습니다. 산나무 울타리가 될 것입니다. 서민은 그 때문에 과일이나 과일시렁을 놓을 자리를 잃어버리겠지만, 외국 손님들에겐 아름다운 전망이 될 것입니다. 혹시 황태자 전하께옵서 손수건을 소망하옵시다면, 마르시약 노비 전하께서 폼페이와 헤루클라네움(나폴리 근교에 있었던, 베수비오 화산의 대분화에 의해 매몰된 고대 로마 도시)이라고 일컬어지는, 소장하고 계시는 귀중품 궤와 트렁크를 발굴할 경우, 노비 전하께서 모르고 계시는 네덜란드 기지 한 필을 발견할 수 있다는 것을 알려 드리옵니다. 왕녀 아가트와 로르는 하명이 계시는 즉시, 그녀들의 실과 바늘, 그리고 언제나 약간 지나치게 빨간 빛을 띠고 있는 손을 제공할 것이옵니다. 어린 두 왕자, 동 앙리와 동 가브리에는 아직도 잼을 포식하고 누님들의 화를 돋구고, 무엇 하나 공부도 아니하고, 장난삼아 새둥지를 교란하고, 쓸데없이 소란을 피워 국법을 범하는 등 버들가지를 꺾어다가 회초리를 만든다고 하는, 좋지 않은 습관을 고칠 징조가 보이지 않습니다. 세속적으로 사제(신부)님이라고 불리는 로마 교황 특사는 문법의 성스러운 계명을 무시하고, 계속해서 나무를 꺾어 만든 대포로 전쟁놀이만 계속한다면, 그들을 파문에 처한다고 하면서 겁주고 있습니다. 안녕히 계세요, 오빠. 일찍이 한 통의 편지가 오빠의 행복을 위해서 이처럼 간곡한 기원과 이 정도로 가득찬 애정을 전달한 적은 없었다고 생각합니다. 그러시면 오빠께서 집으로 돌아오셨을 때는 매우 여러 가지 일을 이야기해 주시겠지요. 저에겐 모든 것을 죄다 이야기해 줘야 해요! 저는 언닌걸요. 백모님은 오빠가 사교계에서 성공했다는 투의 말씀을 하고 계십니다.

기품 높은 부인의 이름만 듣고, 나머지는 침묵했도다.(『티베르의 이름만

들고 나머지는 침묵했다」고 하는, 코르네이유의 《신나》라는 작품에서 인용한 것.)

　물론, 저희들 처녀들에게만이라는 의미예요. 으제느 오빠, 혹시 원하신다면, 저희들은 손수건이 없어도 상관없으니 셔츠를 짜드리지요. 이 일에 대해서 곧 답장 주세요. 솜씨있게 짠 깨끗한 셔츠가 급히 필요하시다면, 곧 시작하지 않으면 안 되니까요. 만일 파리에 저희들이 모르는 디자인이 있거든 견본을 보내 주시기 바랍니다. 특히 소매를 다는 어깨 부분의 것을. 그럼 안녕, 안녕. 저는 오빠 이마의 왼쪽에, 저 한 사람은 관자놀이에 입을 맞춥니다. 이 편지의 나머지 부분은 아가트의 것으로 남겨 둡니다. 제가 쓴 것은 읽지 않는다고 약속을 했으니까요. 그러나 확인을 위해서 아가트가 편지를 쓰는 동안 옆에 붙어 있도록 하겠습니다.
　　　　　　　　오빠를 사랑하는 여동생 로르 드 라스티냐

　「그렇구말구」 하고 으제느는 중얼거렸다. 「그렇지, 어떻게 해서라도 출세하지 않으면 안 된다. 보석을 산처럼 쌓아올려도 이같은 헌신에 보답할 수는 없을 거야. 온갖 행복을 전부 가족들에게 가져다 주고 싶다. 천오백오십 프랑!」 잠깐 사이를 두고 나서 그는 또 중얼거렸다. 「한 닢 한 닢의 금화가 효과를 올리지 않으면 안 돼! 로르가 말하는 그대로다. 과연 여자다! 나에게는 올이 굵은 셔츠밖에 없다. 남의 행복이라면 여자란 도둑과도 같이 교활해지는 모양이구나. 자기 자신의 문제에 대해선 순진하도록 무관심하고, 내게 관한 것엔 그 앞까지 내다보고, 그녀는 마치 하나도 이해하지 못하면서 지상의 모든 과오를 용서해 주는 천국의 천사다!」
　세계는 그의 것이었다! 곧 양복점 기술자가 불려오고, 타진되고, 길들여졌다. 트라이유 씨의 모습을 보았을 때 으제느는 양복점이 청년들의 인생에 미치는 영향력을 깨달은 것이었다. 유감천만이로다! 양복점은 어쩌면 불구대천의 원수가 되든가, 또 어쩌면 계산서가 인연을 맺어 주는 친구가 되든가 한다. 이 양극단의 중간은 없는 것이다. 으제느는 그 양복점 점원에게서, 이 사업의 아버지와 같은 역할을 이해하고, 자기들 청년들의 현재와 미래를 연결하는, 연결 기호로 간주되고 있는 사나이의 모습을 보았다. 그래서 은혜와

2. 사교계에의 등장

의리를 감지한 라스티냑은 뒤에 그가 자랑으로 삼게 된 다음의 경구를 말하고, 이 사나이에게 한밑천 만들어 준 것이다.

「그 사나이가 만든 바지가」하고 그는 말했다. 「연수 이만 프랑의 혼담을 두 건이나 성사시킨 것을 알고 있다.」

천오백 프랑의 돈이 있고, 하고 싶은 대로 양복을 만들 수 있었다. 그래서 아직은 가난한 이 가엾은 남국인은 아무런 망설임없이 다소라도 돈을 가진다는 것이 젊은이에게 주는 그 말하기 어려운 얼굴 표정이 되어서, 아침을 먹으러 아래층으로 내려갔다. 돈이 그의 포켓으로 들어가는 순간, 그의 내부에 당치도 않은 기둥이 서서 그 기둥에 그는 기대게 됐다.

그는 전보다 더 경쾌하게 걷고, 자기의 지렛대에 고임돌이 생긴 것을 느꼈다. 눈초리는 자신에 찼고, 곧바로 앞을 내다보며, 동작은 민첩해졌다. 몇 시간 전까지도 겸허하고, 겁장이여서 누구에게 얻어맞아도 찍소리 못 하고 가만 있었으리라. 그런데 한 밤을 자고 나니 국무총리라도 때려눕힐 것 같은 기세다. 그의 내부에서 어처구니없는 현상이 일어난 것이다. 그는 모든 것을 소망했고, 어떤 것이라도 할 수 있었다. 그는 닥치는 대로 아무것이나 하고자 했고, 명랑했고, 남자다웠고, 개방적인 성격이 되었다. 요컨대 얼마 전까지만 해도 괴로운 듯이 날개를 겨우 퍼덕이던 새가, 다시 기운 찬 두 날개를 얻었다고 할 수 있었다. 돈이 없는 학생은, 무수한 위험을 무릅쓰고 뼈를 훔치는 개 모양으로, 지극히 작은 쾌락도 덥석 물고, 그 뼈를 분지르고, 골수를 씹고, 또한 달려간다. 그러나 조끼 호주머니에서 몇 개의 보잘것없는 금화를 주물럭거리고 있는 청년은, 그 쾌락을 맛보고, 그 하나하나를 자세하게 감상하고, 그것에 기분좋게 얼근히 취한 상태가 되어, 공중을 한가하게 거닌다. 그는 벌써 『빈궁』이라는 단어가 무엇을 의미하는 것인지조차 몰랐다. 파리 전체가 그의 것이 된다. 모든 것이 빛나고 반짝거린다. 불처럼 타오르는 연령! 남자도 여자도, 아무도 활용할 줄을 모른다. 기쁨에 넘치는 힘의 연령! 모든 쾌락을 열 배로 느끼게 하는 빛과, 격한 불안과의 연령! 세느 강 왼쪽 기슭의 생 자크 거리와 생 페르 거리 사이를 방황해 보지 않은 자는 인생에 관해서 아무것도 모르는 자와 같다!

「아아, 파리의 여자들이 알고 있다면」하고 라스티냑은 보케르 부인이 내놓은 한 개 일 리아르의 배(梨)를 먹으면서 중얼거리는 것이었다. 「그러면 사랑해 달라고 여기에 올 텐데.」
 이때 국영 역마차 편의 배달부가 내부가 들여다보이는 창살문의 초인종을 흔들고 난 후 식당에 그 모습을 나타냈다. 그는「으제느 드 라스티냐 씨가 계십니까?」라고 묻더니 거기에 두 개의 자루와 서명용의 장부를 내밀었다. 라스티냐은 그때 보트랭이 던진 날카로운 시선을 받자 마치 채찍으로 얻어맞기라도 한 듯이 깜짝 놀랐다.
「검도 연습과 사격 레슨의 비용이 조달됐구먼요.」하고 이 사나이는 그에게 말했다.
「보석선의 입항이로군그래.」하고 보케르 부인도 돈자루를 보면서 말했다. 미쇼노 양은 부러워하는 듯한 마음이 얼굴에 드러나는 것이나 아닐까 하는 염려를 하면서 돈에 눈이 가는 것을 두려워했다.
「좋은 어머님을 모시고 있구먼요.」하고 쿠튀르 부인이 말했다.
「당신은 정말 좋은 어머님을 모시고 있군요.」하고 프와레가 되풀이했다.
「그럼요, 어머니는 피가 나는 생각을 했을 거요.」하고 보트랭이 말했다.
「이것으로, 자네도 하고 싶은 짓을 할 수 있게 됐다는 건가? 사교계에 출입하고, 지참금을 낚아올리고, 머리에 복숭아꽃을 꽂은 백작 부인과 춤을 추고 하는. 그렇지만 그게 나쁘다고 하지는 않아. 다만 사격장에 다녀야 한다는 거야.」
 보트랭은 피스톨로 상대를 겨누는 동작을 해보였다. 라스티냐은 배달원에게 팁을 주려고 했지만 포켓을 찾아도 한푼도 없었다. 보트랭이 자기 포켓을 뒤져서 배달원에게 이십 수우를 던져 주었다.
「자네는 신용할 수 있으니까.」하고 그는 학생의 얼굴을 보고 덧붙였다.
 라스티냐은 보세앙 부인으로부터 돌아온 그날, 보트랭과 가시가 돋힌 말을 주고받은 후론 이 사나이가 미워서 죽을 지경이었지만, 그래도 인사를 하지 않으면 안 되었다. 이 한 주일 동안 으제느와 보트랭은 서로 얼굴이 마주쳐도 침묵만 지키고, 서로가 상대를 관찰하고 있을 뿐이었다. 왜 그랬을까 하고 학생은 생각해 보았지만 그것은 알 수가 없었다. 정녕 감정이란 것은 그것이 포용될 때의 힘에 비례해서 밖으로 투자되고, 구포에서 발사되는 대포알을 지배하는 법칙에라도 비유할 만한, 어떤 수학적 법칙에 따라서 두뇌가 겨눈 두 장소에 떨어지는 것임에 틀림없다. 그 효과는 여러 가지다. 관념이 그 속에 머물러서 회전하는, 부드러운 성격이 있는가 하면, 또 강력하게 방비된 성격, 청동의 성벽을 두르고 거기에 부딪히는 타인의 의지도 납작해지고, 벽에 부딪히는 총알 모양으로 그 자리에 떨어지는 두개(頭蓋)도 있다. 그런가 하면, 흐느적흐느적해서 저항성이 없고, 각면보의 부드러운 지면에 움푹 패어들어가서 그 힘이 빠져 버리는 포환처럼, 타인의 관념에 흡수당해 버리는 성격도 있다. 라스티냐은 대수롭지 않은 충격에도 폭발하는, 화약이 잔뜩 들어 있는 머리의 소유자였다. 그는 너무도 활력에 찬 청년이었기 때문에, 여러 가지 아름다운 형상으로써, 모르는 새에 우리들을 움직이는 그 관념의 투사, 감정의 전파를 면할 수가 없었다. 그의 정신적 안력은 산고양이의 눈과 똑같은 예민성을 가지고 있었다. 심신 양면에 있어서의 그의 감각은, 이상할 정도로 멀리까지 미치고, 온갖 방패의 맹점을 간파하는 능숙한 검객이라고도 할 수 있을 정도의 탁월한 인물에게 있으면서, 우리들을 감탄케 하는 저 진퇴를 자유로이 하는 능력을 갖추고 있었다. 게다가 한 달 전부터 으제느에게 있어서는 여러 가지의 장점과 결점이 동시에 자라고 있었다. 그의 결점은 세상이라든가, 증대하는 그의 욕망의 달성이 요구한 것이었다. 그의 장점 속에는, 곧바로 곤란에 돌진해 가서 그것을 해결하려고 하는, 그 남국인적인 **활발함**과 르와르 강 이남 사람 특유의, 어떤 일에 있어서도 이느 쪽이라고도 할 수 없는 상태에 머무는 것을 용서하지 않는 활발성이 있었다. 장점이긴 하지만, 북국인에게 있어서는 결점이라고 할 장점인 것이다.

그들에 따르면 그것이 뮈라(나폴레옹의 의동생으로 1808~1815년에 걸쳐 나폴리 왕이었다)의 출세 원인이지만, 그것은 또 동시에 그의 사망 원인이기 때문이다. 그런 일로 결론을 내려본다면, 남국인이 르와르 강 이남의 대담성에 북국의 교활한 지혜를 합쳐서 가질 수 있다면, 그는 완벽한 인물이 될 것이고, 스웨덴 국왕의 지위에 머물 수도 있다고 하겠다. 라스티냐은 그래서, 보트랭이 자기의 적인지 우군인지를 모르는 채 이 사나이가 퍼붓는 포화를 오래 참을 수는 없었던 것이다. 때때로 그는 이 불가사의한 인물이 그의 감정과 상념을 꿰뚫어 보고, 그의 심중을 읽어 버리는 듯한 느낌이 들곤 했다. 거기에 대해서 이 사나이 자신에게 있어서는 모든 것이 완전히 폐색되어 있기 때문에, 마치 이것저것 모든 것을 꿰뚫어 알고 있으면서도 아무 말도 하지 아니하는, 스펑크스처럼 요지부동한 속깊은 장점을 지니고 있는 것처럼 보였다. 주머니가 넉넉한 것을 깨닫고서 으제느는 용기가 났다.
「잠깐 기다려 주세요.」하고 그는 커피의 나머지 몇 모금을 마시고 나서 외출하려고 일어나는 보트랭에게 말했다.
「왜 그러는 거야?」하고 사십 대의 사나이가 차양이 넓은 모자를 쓰고 철제의 스틱을 집어 들면서 말했다. 때때로 네 사람의 도둑에게 습격을 받아도 눈 하나 깜짝 안 하는 사나이라는 태도로 그가 휙휙 돌려보이는 그 스틱이었다.
「돈을 돌려 드리겠습니다.」하고 라스티냐은 말을 이으면서 재빨리 한쪽 자루를 끄르고 보케르 부인에게 백오십 프랑을 건네 주었다.
「『대차가 없는 것이 우정의 근본』이라고 하니까요.」하고 그는 미망인에게 말했다.「이것으로 섣달 그믐날까지의 하숙비는 셈이 된 거지요. 그리고 이백 수우를 잔돈으로 좀 바꿔 주지 않겠어요?」
「『대차가 없는 것이 우정의 근본』이라고 하니까 말예요.」하고 프와레가 보트랭을 보면서 말했다.
「그럼 이십 수우.」하고 가발을 쓴 스핑크스에게 은화를 내주면서 라스티냐이 말했다.
「마치 내게 빚이 있는 것을 두려워하는 것 같군그래.」청년의 마음속 깊이까지 꿰뚫어 보는 듯한 눈초리를 보내면서 보트랭이 소리쳤다. 그리고 으제느가 가장 싫어하는, 비꼬는 듯한, 디오게네스의 웃음처럼 떠들썩하게 웃어댔다.
「뭐어…… 그렇지요.」하고 두 개의 자루를 손에 들고 방으로 올라가려고 일어난 학생이 대답했다.
보트랭은 살롱으로 통하는 문으로 나가려고 했고, 학생은 계단 홀로 통하는 문으로 나가려고 했었다.
「좋아, 라스티냐라마 후작님. 당신이 지금 말한 것은 반드시 예의바른 것은 아니었어.」하면서 보트랭은 살롱 쪽의 문을 쾅 닫고, 학생 있는 데로 되돌아와서 말했다. 학생은 그것을 냉랭한 눈초리로 쏘아보았다.
라스티냐은 계단 아래 식당과 주방 사이에 있는 홀로 보트랭을 데리고 가 식당문을 닫았다. 이 홀에는 뜰에 면한 두꺼운 문이 있고, 위쪽은 철창살이 끼어 있는, 세로의 긴 유리창이 있었다. 학생은 그곳에서 주방에서 나온 실비가 보는 앞에서 말했다.
「보트랭 씨, 나는 후작이 아니니까요. 게다가 이름도 라스티냐라마라고는 하지 않아요.」
「치고받게 될 성싶은데.」 하고 미쇼노 양이 무관심한 표정으로 말했다.
「치고받게 된단 말이오!」 하고 프와레가 되풀이했다.
「아아뇨.」 하고 보케르 부인은 쌓아올린 은화를 쓰다듬으며 말했다.
「그렇지만 저분들 보리수 밑으로 가는데요.」 하고 뜰 쪽을 들여다보기 위해서 일어나며, 빅토린느 양이 소리쳤다. 「가엾어라, 라스티냐 씨가 하는 말이 옳은데.」
「자아 위로 갑시다.」 하고 쿠튀르 부인이 말했다. 「이런 문제는 우리들에겐 관계 없는 것이니까요.」
쿠튀르 부인과 빅토린느는 일어나 나가다가 문께서 뚱뚱보 실비를 만났는데, 실비는 그 앞을 막아섰다.
「도대체 무슨 일이 있었어요?」 하고 그녀는 말했다.
「보트랭 씨가 으제느 씨에게 『결말을 짓자!』고 말한 것 같아요. 그래서 으제느 씨의 팔을 잡고 둘이서…… 봐요, 저렇게 하고 엉겅퀴를 짓밟고 있어요.」
이때 보트랭이 모습을 나타냈다.
「보케르 엄마」 하고 미소를 지으면서 그가 말했다. 「무서워하진 말아요. 이제부터 보리수 밑에서 피스톨을 시사할 것이니까요.」
「아아, 보트랭 씨.」 하고 두 손을 마주 잡으면서 빅토린느가 말했다. 「어째서 으제느 씨를 죽이려는 거죠?」
보트랭은 두어 걸음 뒤로 물러서서 유심히 빅토린느를 응시했다.
「이건 또 이야기가 달라졌다.」 하고 그는 비웃는 듯한 목소리로 말했기 때문에 불쌍한 아가씨는 그만 얼굴이 빨개졌다. 「매우 좋은 청년이군요. 네에, 으제느 군은?」 하고 그는 말을 이었다. 「덕분에 좋은 생각이 떠올랐다. 내가 당신들 둘을 행복하게 해드리지. 귀여운 아가씨!」
쿠튀르 부인이 피후견인의 팔을 붙들고 그 귓가에 대고 이렇게 말하면서 그녀를 끌고 갔다. 「아아 빅토린느, 오늘 아침 너는 어떻게 된 것 같아.」
「내 집에서 피스톨 같은 거 쏘지 않았으면 좋겠네요.」 하고 보케르 부인이 말했다. 「근처 사람들을 무섭게 하고, 경찰 소동이 날 거 아닙니까, 새벽부터……」

「자아 자아, 진정하세요. 보케르 엄마.」 하고 보트랭은 대답했다. 「그렇게 화내지 마시고 관대하시길 부탁합니다. 사격도장으로 갈 테니까요.」 그는 라스티냐이 있는 곳으로 다시 와서 친숙하게 그 팔을 잡았다.

「내가 서른다섯 발짝 되는 곳에서, 다섯 번 계속해서, 스페이드의 에이스에다 총알을 쏴맞힌다는 것을 증명해 보이면」 하고 그는 청년에게 말했다. 「자네의 용기는 꺾일 거야. 자네는 내게 약간 분격한 것처럼 보이는데, 병신처럼 죽는다는 걸 알아야 한단 말야.」

「달아나려고 그러시는 거요?」 하고 으제느가 말했다.

「아아, 어쨌든 그렇게 내 비위를 건드려 주지 않았으면 좋겠는데.」 하고 보트랭은 대답했다. 「오늘 아침은 그렇게 춥지 않으니까, 저쪽으로 가 앉세.」 하고 그는 푸른색 페인트를 칠한 의자를 가리키면서 말했다. 「저기라면 아무에게도 들리지 않는다. 자네와 이야기할 게 있어. 자네는 대단히 기분좋은 청년이니까. 나도 별로 짓궂게 굴고 싶지는 않아. 나는 자네가 좋단 말이네. 이 불사신…… 야 이건 실수, 이 보트랭이 그렇게 말하는 거야. 어째서 좋아하느냐는 것은, 앞으로 말하겠어. 그건 어쨌든 나는 자네 일을 마치 내가 만든 인간처럼 잘 알고 있단 말야. 그것을 증명해 보일까? 자루를 그쪽에 놓게.」 하고 둥근 테이블을 가리키면서 그는 말했다.

라스티냐은 돈자루를 테이블 위에 놓고, 그를 죽인다고 말한 후에 이제는 그의 보호자를 자청하고 나오는 이 사나이의 돌연한 태도 변화에, 극도로 고조된 호기심의 노예가 되어 그 자리에 앉았다.

「자네는 나의 정체가 뭔가, 어떤 일을 해왔느냐, 혹은 지금 어떤 일을 하고 있는가, 알고 싶지?」 하고 보트랭은 말을 이었다. 「호기심이 지나치게 강하군 그래, 자네는. 자아, 진정하게. 앞으로 여러 가지 이야기를 들려 줄 테니까. 나는 여러 가지 불행한 고초를 겪었어. 끝까지 들어 주게, 대답은 그 후에 들을 것이니까. 세 마디로 내 과거를 말하라고 하면 이렇게 된다. 나는 무어냐? 보트랭이다. 나는 무엇을 하고 있느냐? 내가 좋아하는 것을 하고 있다. 거기까지는 좋아. 내 성격을 알고 싶은가? 나는 나에게 잘해 주는 인간이라든가, 나와 배가 맞는 인간에게는 친절한 사나이다. 그런 친구들에겐 무슨 일을 당하더라도 용서한다. 그런 친구가 내 정강이를 차더라도, 『조심해!』하는 말 같은 건 안 해. 그런데 말야. 나에게 귀찮은 소리를 하든가, 내 기분에 맞지 않는 놈들에게는 나는 악마처럼 짓궂단 말이다. 그리고 자네에게도 말해 두는 편이 좋겠는데 나는 사람을 죽이는 것쯤 요정도밖에 생각하지 않는 거야.」

그는 침을 탁 뱉으면서 말했다. 「다만 아무래도 죽이지 않으면 안 될 때에는, 깨끗이 죽이려고 노력할 뿐이다. 나는 자네들이 말하는 예술가란 말야. 이래보아도 벤베누토 첼리니의 자서전을, 그것도 이탈리아어로 읽은 적이 있단 말야. 첼리니라는 사람은 대단한 도락자였던 모양이지만, 나는 이 사나이로부터 신의 섭리를 따라야 한다는 것을 배웠단 말야. 우연히 닥치는 대로 우리들을 죽이고, 아름다운 것은 어디 있는 것이든 사랑한다는 신의 섭리를. 더욱이 인간들을 모두 적으로 돌리고, 게다가 운의 혜택을 받는다는 것은, 할 만한 보람이 있는 재미있는 승부가 아니겠는가. 나는 말야, 현재의 사회적 구조라는 것을 곰곰이 생각해 보았어. 알겠어? 결투라는 건 말야. 어린애의 장난이고 어리석기 그지없는 짓이야. 살아 있는 인간 두 사람 가운데서 어느 한 쪽은 사라지지 않으면 안 된다고 한다면, 그것을 우연에 맡긴다는 것은 보통 바보가 하는 짓이 아니거든. 결투? 그건 짝수이든 홀수이든 그외에 아무것도 아니잖아. 나는 스페이드의 에이스에다가 다섯 발의 총알을, 먼저 총알 위에 다음 총알 하는 식으로 계속해서 쏘아 맞출 수가 있는 사람이지. 게다가 서른다섯 걸음 떨어진 곳에서 말야. 아마 그런 정도의 재능을 가졌다고 하면 절대 확실하게 상대 사나이를 쓰러뜨릴 수 있다고 생각해도 좋을 거야. 그런데 말야! 나는 어떤 사나이를 스무 걸음 되는 곳에서 쏘았는데도 빗맞았어. 그 자식은 지금까지 한 번도 피스톨 같은 걸 쥐어 본 적도 없는 놈이야, 봐.」 그렇게 말하고 나서 이 엉터리처럼 보이는 사나이는, 조끼를 헤치고 곰의 등 모양으로 털투성이인 가슴을 보여 주었는데 거기에 돋아 있는 담황갈색의 털은 공포가 서린 혐오 같은 감정을 불러일으켰다. 「그 풋나기가 이 가슴털을 끄슬렸단 말야.」 하고 그는 가슴 한 곳, 구멍이 나 있는 곳에 라스티냐의 손가락을 가져가면서 덧붙였다. 「그때만 해도 난 어린애였어. 자네 나이쯤 됐었지. 스물하나였어, 아직 무언가를 믿고 있는 때였어. 여자의 사랑 같은 그런. 자네가 이제부터 혈기를 올려서 하려는 여러 가지 바보스러운 짓 같은 걸 말야. 우리들은 결투를 하려고 했었지? 이제, 응? 자네가 나를 죽일 수도 있었을 거야, 가령 내가 이 지하에 잠자고 있다고 한다면, 자네는 어떻게 되어 있을까? 곧 피신해서 스위스로 가고 액수가 뻔한 아버지의 돈으로 살지 않으면 안 된다. 내가 지금 자네가 놓인 입장이라는 것을 가르쳐 주지. 그것도, 이 세상의 만사를 검토한 끝에 얼빠진 복종이라든가, 아니면 반항이라든가, 결국 두 길밖에 없다고 하는 것을 깨달은 인간의 뛰어난 견지에서 가르쳐 주겠다는 거야. 나는 어떤 것에도 복종하지 않는다. 알겠어? 자네가 지금 그런 삶의 방법을 계속해 간다고 하면 무엇이 필요한 것인지 알겠나? 백만 프랑의 돈이야. 그것도 지금 당장. 그렇지 않다면, 얼마 안 되는 지혜를 아무리 쥐어짜 보아도, 지고지상의 존재가 하늘에 계시는가 어떤가 보러 가기 위해서, 생 클루의 예인망에 걸려 들 것이 고작이야. 그 백만 프랑을 내가 변통해 주겠다.」

그는 으제느의 얼굴을 보면서 잠깐 사이를 두었다.「핫핫핫하! 겨우 이제야 이 보트랭에게 좋은 인상을 보여 주었구먼. 백만 프랑이라고 말하는 것을 들었을 때의 자네의 표정은,『그럼 또 오늘 밤』하면서, 고양이가 밀크를 핥는 것처럼 입맛을 다시며 화장하는 처녀애의 표정과 꼭 같았어. 그건 아무래도 좋아. 말을 계속하지. 진실한 이야기야. 이것이 자네의 결산서야. 자네는 고향에 아버지와 어머니와 큰 백모님, 두 여동생(열여덟 살과 열일곱 살), 두 남동생(열다섯 살과 열 살)이 있다. 이상이 자네 집의 승선 명부다. 백모께서 여동생들을 가르치신다. 사제(신부)가 와서 동생들에게 라틴어를 가르친다. 일가는 흰 빵보다도 도토리가 든 죽을 더 많이 먹고, 아버지는 바지를 소중하게 여기고, 어머니는 여름과 겨울에 한 벌씩 드레스를 새로 지어 입는 것이 고작이다. 여동생들은 자기들이 노력해서 겨우 지내고 있다. 나는 무엇이든 알고 있어. 남쪽에 살아 본 적이 있어서 말야. 자네에게 일 년에 천이백 프랑 송금하지 않으면 안 되고, 자네들의 그 조그마한 토지에서 삼천 프랑의 수익밖에 얻을 수 없다고 한다면 생활 형편은 뻔한 것이지. 식모와 일꾼을 두고 있고, 아버지는 남작이기 때문에 체통도 차리지 않으면 안 돼. 자네는 어떤가 하면 야심이 있고, 보세앙 일가가 자네를 도와 주고 있지만, 도보로 나다니지 않을 수는 없어. 재산이 필요한데 한푼도 없다. 보케르 아줌마의 꿀꿀이죽 같은 걸 먹고 있으면서 생 제르맹 거리의 근사한 만찬을 동경하고 있다. 남루한 침대에서 자면서도, 당당한 저택을 가지려고 하고 있다. 그런 욕망을 비난하고 있는 건 아냐. 야심을 갖는다고 하는 것은, 알겠어 ? 이 사람아. 누구나 할 수 있는 일이 아니야. 여자들이 어떤 사나이를 요구하고 있는가 물어 보게. 야심가야. 야심가라는 것은, 다른 사람보다 튼튼하고 억센 다리와 허리, 철분을 많이 함유한 혈액, 뜨거운 심장을 가지고 있는 사람이다. 그리고 여자란 상대가 자기보다 강하다고 생각할 때 행복하게 생각하고 아름다워지는 법이지. 그래서 누구보다도 뛰어나고 힘있는 사나이를 선택하는 거야. 설혹 자기가 그 사나이에게 두들겨 맞을 위험이 있더라도 말야. 이렇게 해서 자네 욕망의 일람표를 작성해 본 것은 자네에게 질문을 하기 위해서야. 그 질문이란 것은 이런 것이다. 자네는 이리 모양으로 굶주리고 있다. 이에는 날이 서 있다. 그러나 냄비에다 삶을 재료를 무슨 방법으로 손에 넣는가 ? 게다가 먼저 법전을 채워 넣지 않으면 안 된다. 이것은 즐겁지도 않고 아무것도 가르쳐 주지 않는다. 그러나 필요하다. 그런 건 어쩔수 없다고 하자. 그래서 자네는 변호사를 개업해서, 그러는 동안에 중죄재판소의 재판장이 되고 싶다. 돈많은 족속들에게, 안심하고 자도 된다는 것을 확실하게 입증해 주기 위해서, 나 같은 놈보다도 훨씬 더 불쌍한 놈들을, 어깻죽지에다 도형수의 낙인을 찍어서 도형장으로 보낼 수 있게 되기를 바라고 있다. 이것은 재미없고, 게다가 시간이 걸린다. 우선은 이 년 동안 파리에서 고생하면서 자네가 제일 좋아하는 진수성찬이라는 것을 팔짱을 끼고 보고 있지 않으면 안 된다. 언제까지나 욕구에 차 있을 뿐이고, 한 번도 만족해 보지 못하는 생활이란 것은 차차 늘어나게 마련이다. 자네가 희멀겋고, 연체 동물 같은 남자였다면 그래도 걱정이 없어. 그런데 자네에게는 사자와 비슷할 정도의 뜨거운 피가 있고, 하루에 스무 번이라도 바보스러운 짓을 하고도 남을 정도의 기호와 의욕이 있다. 그래서 자네는 그 고문, 하느님께서 만든 지옥에서도 가장 무서운 그 고문에 굴복해 버린다. 가령 자네가 성공하고 나서 밀크를 마시고, 비가(悲歌)라도 쓴다고 가정하자. 자네 같은 고매한 사나이라도, 부자유를 참아 견디며 개라도 미치광이가 될 정도로 죽도록 고생하고 난 다음에는, 처음엔 어느 시골에서 아무 가치도 없는 검사대리를 하면서 푸줏간 개에게 수프라도 주는 것처럼 정부가 자네에게 던져 주는 천 프랑의 연봉을 감지덕지하며 받자옵지 않을 수 없지. 도둑놈들을 향해서 짖어대고, 돈 있는 인간을 위해서 변호하고, 용감한 사람을 사형 집행의 단두대에 올려 놓게 된다. 그렇게 하면서도 뒷받침이 없으면 자네는 그 시골 재판소에서 썩고 말지. 서른 살 정도 되어서 그때까지도 법복을 벗어 버리지 않고 있으면, 겨우 천이백 프랑의 판사님이다. 사십 대에야 손이 미치면, 자네는 연금 삼천 프랑 정도의 지참금이 붙은, 밀가루집 딸이거나 누군가와 결혼하게 될 것이다. 고마운 일이지. 뒤를 보살펴 주는 사람만 있다면, 서른 살에 연봉 삼천 프랑의, 초심 재판소의 검사가 되고, 동장 딸과 결혼한다. 투표 용지에 마뉘엘르(국회의원이었으나 당시의 수상 빌델르와 대립해서 의회에서 제명됨)라고 씌어져 있는 것을 일부러 빌델르(과격 왕당파로, 1821~1827년에 걸쳐 수상을 지내고, 망명 귀족 배상법 등의 반동 법안을 성립시켰다)라고 잘못 읽는다고 하더라도 어미가 동일하기 때문에 양심의 가책이 없다는 거다. 그런 정치상의 인색하고 좀스러운 비열 행위를 몇 번만 하면, 마흔 살에 자네는 검사장을 지내고, 국회의원이 될 수도 있다. 바로 이 점에 주의해 주기를 바라는데, 알겠어? 이 사람아. 그렇게 하면 자네는 소중한 양심에 몇 갠가의 오점을 남기고, 여러 가지 고생과 남에게 말할 수 없는 빈궁의 이십 년을 보내고, 여동생들도 결혼하지 못하고 끝나버리고 말 걸세. 다시 또 삼가 경고의 말씀을 올린다고 한다면 말야, 검사장은 프랑스에 스무 사람밖에 없지만, 그 지위를 목표로 하는 사람은 이만 명이나 된다. 그 가운데는 한 단 위로 올라가기 위해서는 가족까지 팔아먹고도 남을 쓸개빠진 족속도 섞여 있단 말야. 그런 장사는 진절머리가 난다고 한다면 다른 장사를 생각해 보자. 라스티냐 남작 각하께서, 쭈욱 변호사로 지내기로 했다고 하자, 대단히 좋다! 그렇게 하기 위해선 십 년 간은 부자유한 생활을 해야 하고, 도서실과 집무실을 가지고, 사교계에 얼굴을 내고, 사건을 맡기 위해서 대소인(代訴人)의 옷자락에 입을 맞추고, 혀로는 재판소의 마룻바닥을 핥고 돌아가지 않으면 안 된다. 만일 이 장사로 자네가 성공할 수 있다고 한다면 공연히 그만두라고 하지는 않아. 그러나 쉰 살에, 이 년에 오만 프랑 이상 벌어들이는 변호사가 파리에 다섯 사람쯤 있다면 가르쳐 주기를 바라네, 바보짓이다! 그런 식으로 영혼을 깎아먹어야 한다면, 나라면 해적이 되는 편이 차라리 낫겠어. 우선 어디에서 근본을 마련하느냐? 그런 일은 아무래도 즐겁지 않은데, 여자의 지참금을 노린다는 것도 하나의 방법이다. 그럼 결단을 내려서 결혼을 하는가? 그렇게 하면 그건 마치 목에다가 돌을 매다는 것과 같은 짓이다. 게다가 또 돈을 목적으로 결혼하는 것이라면 자네의 명예심은, 고결한 정신은 어떻게 되지? 그 정도라면 지금 당장 세상의 인습에 대해서 반항을 시작하는 것이 좋겠어. 뱀처럼 여자의 발 언저리에서 기어다니고, 장모의 발까지 핥고, 돼지조차 어이없어할 정도로 비겁한 흉내를 내더라도 행복해진다는 보장만 있다면 그래도 괜찮겠지. 그렇지만 자네는, 그런 목적으로 결혼한 여자와 같이 살면 하수도 수채구멍에 잠겨 있는 돌멩이 모양으로 평생 불행하게 마련이다. 여편네와 싸우느니 차라리 남자를 상대로 전쟁을 하는 편이 낫단 말이야. 여기가 인생의 갈림길이야. 이 사람아. 선택을 하게! 자네는 이미 선택을 한 모양이구먼. 왜냐하면 친척인 보세앙 집에 가서 거기서 사치의 냄새를 맡고 왔으니까. 자네는 또 고리오 영감의 딸인 레스토 부인 집에도 가서 파리 여자의 냄새를 맡고 왔네. 그날 돌아온 자네의 이마에는 어떤 말이 씌어져 있었는데, 나는 그것을 확실히 읽을 수 있었어. 『출세하자!』 뭐가 어찌됐든 출세하자고 말야. 부라보! 하고 나는 말했어. 그야말로 내 안경에 드는 좋은 놈이라고. 자네는 돈이 필요하게 되었네. 어디에서 마련해야 할까? 자네는 여동생들의 생피를 짜게 됐지. 남자 형제란 언제든지 많든 적든 여자 자매의 돈을 우려내는 법이야. 오 프랑짜리 은화의 수보다는 밤나무의 수가 많을 것 같은 고향에서 어떻게 해서인지는 모르겠지만 자네가 앗아낸 그 천오백 프랑도 약탈하러 나간 군사처럼 순식간에 없어져 버리고 말겠지. 그후에는 어떻게 할 참인가? 일을 하려는가? 자네가 지금 생각하고 있는 것 같은 그런 일이라는 건, 나이를 먹고 프와레 정도의 사나이에게 보케르 아줌마 집의 아파트 방을 세들 수 있게 해주는 정도가 고작이야. 손쉽게 출세할 수 있다고 하는 것은, 지금 자네와 같은 입장에 있는 오만 명의 청년이 어떻게 해서라도 해결하려고 노력하고 있는 문제란 말야. 자네도 그 오만 명 속의 하나에 불과해! 어떤 노력을 하지 않으면 안 되는가, 얼마나 싸움이 격렬한가, 생각을 좀 해보게. 오만 개의 근사한 지위가 없는 이상 자네들은 단지 속의 거미 모양으로 서로 뜯어먹지 않으면 안 돼. 이 파리에선 어떻게 길을 열어 뚫고 나가느냐? 알겠나? 천재의 광채에 의하든가, 매수의 교묘함에 의하든가, 그 어느 쪽이란 말야. 대포의 탄환처럼 쾅하고 이 인간 집단의 한가운데로 뛰어들든가, 그렇지 않으면

페스트 균처럼 잠입하든가 하는 길밖에 없어. 정직함 같은 게 무슨 소용이 있는 줄 알아? 천재의 힘에는 누구든 굴복한다. 천재는 빼앗기만 하고 나누어 주지 않기 때문에 모두 천재를 미워하고 비방하려 한다. 그러나 끝까지 공략하면 굴복하고 말지. 한마디로 말하면, 흙탕 속에 파묻어 버릴 수 없다는 것을 알면 결국은 무릎을 꿇고 숭배하게 된다는 말이야. 부패는 셀 수 없이 많지만 재능은 웬만해선 없다. 그래서 매수라는 것은 얼마든지 있는 범인들의 무기야. 자네도 도처에서 그 첨단을 느끼게 되겠지만. 그리고 가장이 아무리 긁어모아도, 한 해에 육천 프랑의 봉급밖에는 들어오는 것이 없는데도 그 여편네는 입는 것에 일만 프랑 이상이나 쓰는 경우가 있다. 그런가 하면, 천이백 프랑의 봉급밖에 없는 말단 공무원이 택지를 팔고 사는 경우도 있지. 롱샹의 중앙차도를 통행할 자격을 가진 상원의원 아들의 마차에 타고 싶다는 생각 때문에 정조를 파는 여자들도 있다.

　자네도 본 것처럼 불쌍한 호인인 고리오 영감은 딸이 이서한 어음의 지불을 자기가 했지만 그 부인의 남편이라는 인간에게는 오만 프랑이라는 연리 수입이 있단 말일세. 파리에서 두 다리로 버티며, 지옥과 같은 뱃속 검은 음모에 맞닥뜨리지 않을 수 있겠나? 그렇다면 한번 시험해 보게. 이 샐러드 야채 뿌리와 교환하는 조건으로 목을 걸어도 좋은데, 자네 마음에 든 최초의 여자 집에서, 설혹 그녀가 아무리 돈이 많고 미인이고 젊은 여자라 할지라도, 자네는 말벌의 둥지 모양으로 곤란에 부딪힐 것이라는 것을 나는 단언할 수 있단 말야. 어떤 여자라도 전부, 법률이란 목칼을 쓰고 무슨 일로 해서든 남편과 교전 상태에 있는 거야! 연인 때문에, 입는 것 때문에, 애들 때문에, 가정 때문에나 허영 때문에. 그렇다고 해서 그것이 절대로 아름다운 마음의 근본 때문이 아니라는 것은 보증을 해도 좋지만, 얼마나 추잡한 거래가 행해지고 있느냐를 설명하기 시작하면 끝이 없을 것이네. 그래서 정직한 놈은 공동의 적이야. 그러나 그 정직한 놈이 어떤 사람이라고 생각하나? 파리에서 정직한 사람은 입을 꽉 다물고, 친구가 되는 것을 거절하는 인간을 말하는 거야. 도처에서 하찮은 일을 하고 있으면서도 결코 그 노동이 보상받는 일이 없는, 신의 헌신〔古靴〕신자단이나 내가 생각하고 있는 저 가엾은 천민들을 말하는 것이 아니란 말야. 확실히 그 친구들 속에는 일종의 미덕이 있어서 그 우둔의 극단을 꽃피우고 있지만, 그러나 또 비참이 있지. 만일 신이 최후의 심판날에 결석을 한다든가 하는 근성 나쁜 장난이라도 한다면, 그 사람 좋은 친구들이 얼마나 울상이 될 것인지 눈에 보이는 듯한 느낌이 드는군. 그런 까닭에 자네가 짧은 기간 동안에 출세하려고 한다면 이미 부자든가, 아니면 부자처럼 보이지 않으면 안 되는 거야, 돈많은 부자가 되려고 한다면, 이 땅에선 상상을 초월한 연극을 해야 하는 거야. 그렇게라도 하지 않으면, 비루하게 살면서『네에 수고하십니다.』야! 자네가 선택할 수 있는 백 가지 직업 가운데서, 열쯤은 손쉽게 성공할 수 있는 것이 있지. 세상에선 그런 직업에 종사하는 사람을 도둑놈이라 부른다네. 여기에서 결론을 끌어내게. 있는 그대로의 인생이란 그런 것이다. 그놈은 부엌 이상으로 깨끗한 것이 아니고, 그 정도의 고약한 냄새가 나는 것이지. 그리고 요리를 만들려면 손을 더럽히지 않으면 안 된다. 다만, 나중에 그 더럽혀진 손을 깨끗이 씻는 방법과 기술을 알아야 하는 거야. 그것이 지금 이 시세(時世) 도덕의 전부야. 내가 세상사를 이렇게 말하는 것도, 세상이 그런 권리를 나에게 준 것도 다시 말해 내가 세상을 알고 있기 때문이야. 내가 비관하고 있다고 생각하는가? 천만에. 세상이란 것은 어느 때든지 이러했단 말야. 도학자들이 무어라고 하든 변할 수가 없어. 인간은 불완전한 거야. 인간은 많든 적든 위선자가 되는 수가 있지만, 그렇게 되면 우둔한 말〔馬〕과 같은 어리석은 친구는 야아, 성실하다, 혹은 불성실하다고 주접을 떨지. 나는 그렇다고 해서 가난한 사람을 위해서 돈 있는 놈들을 공격하고 있는 것은 아니란 말야! 사람이란 위든 아래든 중간이든 언제나 같은 것이다. 이 고등 가축 집단에는 백만 명 중 열 사람 정도의 비율로, 뛰어난 사람이 있어. 즉 법률 위까지 올라서는 뻔 뻔스럽고 대담한 놈이 있다. 나도 그 한패야. 자네가 혹시 우수한 인간이라고 생각한다면, 머리를 들고 곧바로 나아가 보게. 그러나 선망이라든가 중상이라든가 우둔함이라든가 하는 것과 싸우지 않으면 안 될 것이네. 모든 인간들과도. 나폴레옹도 오브리라는 이름의 육군대신과 맞닥뜨렸기 때문에, 자칫하면 식민지로 좌천을 당할 뻔했지. 가슴에 손을 대보게. 과연 자기가 매일 아침 그 전날보다도 강한 의지를 가지고 일어날 수 있는가 어떤가를 생각해 보게.

만일 그것이 될 수 있다면 자네에게 한 가지 누구도 거절할 수 없음직한 제안을 한번 해보고 싶단 말야. 잘 들어 주게. 실은 내게 어떤 생각이 있어.

그 생각이라는 것은 아메리카 남부에 가서 광대한, 예를 들면 십만 에이커 정도의 토지로 족장과도 같은 생활을 하자는 계획이다. 거기에서 농장을 경영하고, 노예를 쓰고, 소나 담배나 재목을 팔아서 몇 백만 프랑 정도의 돈을 벌면서 왕후처럼 살고, 하고 싶은 일을 마음대로 하고, 습해서 벌레가 침식하는 땅굴 속에 웅크리고 살고 있는 이곳에서는 상상도 할 수 없는 생활을 하고 싶은 것일세. 나는 대단한 시인이야. 내 시를 나는 종이에 쓰지 않는다. 그것은 행동과 감정으로 되어 있어. 지금 나에게는 오만 프랑 있지만, 그것으로는 기껏해야 사십 명 정도의 검둥이밖에 살 수가 없어. 내게는 이십만 프랑이 필요한 거야. 족장과 같은 생활에의 애호를 만족시키기 위해서는 이백 명의 검둥이는 필요하니까. 검둥이라는 건 말야, 알아? 완전히 자란 어린 애로서, 천착하기를 좋아하는 검사에게 일일이 소명을 요구받는 것과 같은 신경을 쓰지 않고, 좋을 대로 취급하면 되는 거야. 이 정도의 검둥이 자본이 있으면 십 년에 삼백만이나 사백만 프랑쯤 되겠지 뭐. 내가 성공하면 아무도, 『너는 어떤 놈이냐?』하고 묻지는 않아. 나는『아메리카 시민 사백만 프랑 씨』가 되는 거야. 그때는 계산상 쉰 살이 되어 있겠지만, 나는 그때까지도 아주 늙어서 틀려 버리진 않을 테니까 나 좋을 대로 놀 수 있단 말야. 한마디로 말해서 내가 만일 자네에게, 백만 프랑의 지참금을 발견해서 진상한다면, 이십만 프랑 주겠나? 이십 퍼센트의 수수료야. 어때? 너무 많은가? 자네는 그 귀여운 색시가 자네에게 반하도록 하는 거다. 일단 결혼해 버리고 나면 걱정스러운 듯, 뭔가를 후회하는 듯한, 가책을 받고 있는 듯한 거동을 보이면서 한 두어 주일 우울하게 침묵을 지킨단 말야. 그러던 어떤 날 밤 잠깐 동안, 장난을 하고 난 후 키스와 키스 도중에『아주 좋아!』어쩌구 하면서, 이십만 프랑의 빚이 있다는 것을 까놓는단 말야. 이런 속이 뻔히 들여다보이는 연극이 매일같이, 다시 없이 훌륭한 가문 출신의 청년들에 의해서 연출되고 있단 말야. 젊은 여자라는 것은 자기의 마음을 훔친 사나이에겐 지갑도 내주기를 주저하지 않는 족속이야. 그렇게 하면 자네는 손해라도 보는 줄 아나? 천만에, 천만의 말씀. 무언가 사업을 하면 그 이십만 프랑쯤 곧 벌 수 있단 말야. 그 정도의 돈이 있고 자네의 그 재주로는 얼마든지 원하는 만큼의 재산을 긁어 모을 수 있구말구. 그래서 말이다, 반 년내에 자네는 자네의 행복을 실현할 수 있게 된다. 겨울 땔감이 없어서 손가락에 입김을 불고 있는 자네 가족의 문제도 물론이다. 내가 뭐 이런 문제를 제안하든가 이런 조건을 냈다고 해서 깜짝 놀라면 안 돼! 파리에서 성립되는 육십 건의 근사한 혼담 가운데서 마흔 일곱 정도는 이런 거래의 재료가 되어 있는 거란 말야. 공증인 회의소가 수리하게 어느 사나이에게……」

「저더러 어떡하라는 겁니까?」하고 라스티냐은 보트랭의 말을 막으면서 말했다.

「거의 아무것도.」이 사나이는 실 끝에 물고기의 인력을 느낀 낚시꾼처럼 숨도 안 쉬고 극도로 긴장한 표정과도 흡사한 기쁨의 충동을 애써 감추면서 대답했다. 「이 사람아, 잘 들어 보게나. 불행하고 가난한 여자의 마음이라는 것은, 애정에 잠기고 싶어서 가장 목말라하고 있는 스펀지라네. 감정의 물방울이라도 떨어지면, 금방 부풀어 오르는 폭신한 스펀지와도 같은 것이야. 고독하고 절망적이고 가난한 처지에 있으면서도 장차 한 재산 잡아 보겠다고는 생각해 보지도 않은 젊은 처녀를 설득한다는 것은, 이 사람아, 트럼프 카드를 양손에 들고 있는 셈이지. 추첨으로 말한다면 번호를 미리 알고 있다는 것이고, 특종 정보를 가지고 거래를 하는 것과도 같아. 자네는 튼튼한 말뚝 위에다가 흔들림이 없는 결혼을 이룰 수 있는 것이야. 그 처녀에게 몇 백만 프랑이 굴러들어가 보란 말야. 그녀는 그것을 마치 돌멩이 모양으로 자네 발 아래 선뜻 내던질 것이네. 『여보, 이거 알아서 해요, 제가 가장 좋아하는 당신께서! 가져요! 아돌프! 알프렛! 가져요! 으제느!』하고. 만일 그 아돌프든, 알프렛이든, 으제느든, 누구든, 그녀를 위해서 자기를 희생한다는 실증만 보인다면 그녀는 그렇게 말할 거야. 내가 자기 희생이라고 하는 것은 헌옷을 판 돈으로 카드랑 블뢰에 가서 버섯을 얹은 토스트를 같이 먹는다든가, 밤에는 앙비귀 극장에 간다든가 하는 것을 말하는 거야.

또 그녀에게 예쁜 숄을 사주기 위해서 자네 시계를 전당포에 잡히는 식이야. 연애 편지를 자주 쓴다든가, 여자들이 그처럼 고마워하는 잔재주, 예를 들면 그녀들과 멀리 떨어져 있을 때 눈물 대신에 편지지 위에 물방울을 떨어뜨린다든가 하는 일은 일일이 말할 필요도 없을 거야. 자네는 어쩐지 사랑의 은어에는 완전히 정통하고 있는 것 같아서 말야. 파리라는 곳엔 일리노이 족이든가 휴론 족이든가, 그런 수십 종의 야만스러운 종족들이 우글거리고 있어서, 여러 가지의 사회적인 수렵의 대상들이 많이 살고 있어. 신세계의 삼림 같은 곳이란 말야. 자네는 백만 프랑이라는 짐승을 뒤쫓고 있는 사냥꾼이란 말야. 그 짐승을 잡기 위해서 함정을 판다든가, 끈끈이를 칠한 장대라든가 미끼를 쓴다. 수렵에는 몇 가지 종류의 목적이 있어. 어떤 자는 지참금을 뒤쫓고 다른 족속은 투기에 나아갈 기회를 노린다. 그런가 하면 이놈들은 양심을 돈으로 낚고, 또 다른 놈들은 예약 구독자를 온통 그대로 하나로 뭉뚱그려서 팔아 버린다. 망태기에다 가득 짐승을 잡아넣고 오는 놈은 경례를 받고 환대받고 상류사회에 받아들여질 수 있는 놈이다. 이 땅은 누군가를 환대하기 좋아하는 곳이라는 것을 인정하게나. 자네가 상대하려고 하는 사회는 세계에서도 가장 친절한 사회란 말야. 유럽의 모든 수도의 자랑스런 귀족 사회는 파렴치한 백만장자를 한패로 넣는 것을 거절하는데, 파리에서는 팔을 벌리고, 그런 사나이의 축연에도 참석하며, 만찬을 먹고, 그 파렴치한 행동을 위해서 건배하는 것일세.」

「그렇지만 그런 아가씨가 어디 있습니까?」 하고 으제느가 말했다.

「자네 눈앞에 있고, 이미 자네 것이 돼 있는 거야.」

「빅토린느 양입니까?」

「맞았어!」

「그렇지만 어째서?」

「그 아가씬 벌써 자네에게 열을 올리고 있어. 그 귀여운 라스티냐 부인이 말야!」

「그녀가 무슨 돈이 있어요?」 하고 으제느는 어리둥절해서 반문했다.

「아니야. 바로 그거야. 좀더 자세히 말하면」 하고 보트랭이 말했다. 「이것저것 모두다 확실히 알게 되지. 타이유페르란 그녀의 아버지는 대혁명 때 친구를 죽였다는 풍문이 있는 사나이, 아무튼 성질이 아주 고약한 영감이란 말일세. 그는 사람들의 의견이나 평판 같은 것은 발가락의 때만큼도 안 여겨. 이만저만한 악질이 아니란 말야. 그는 은행가로서, 프레데릭 타이유페르 은행의 대표일세. 외아들이 있는데, 빅토린느를 제쳐놓고 그 자식에게 전재산을 물려 줄 작정으로 있지. 나는 그런 불공평이 싫단 말야. 나는 돈키호테 같은 놈으로, 강자를 꺾고 약자를 돕는 걸 좋아한단 말야. 하느님의 뜻에 의해서 아들이 없어져 버리고 말면, 타이유페르는 딸을 불러들일 것이네. 누구든 좋으니까 상속인이 아쉬워서. 이건 인간의 본능에 기인한 우둔하고

우둔하고 비열한 행위지만. 그러나 나는 알고 있는데, 그 놈은 이미 자식을 만들 수 없어. 빅토린느는 상냥하고 귀여우니까 곧 아버지의 눈에 들고, 독일제 팽이는 아니지만 애정의 채찍으로 신나게 회전시킬 것이다. 그애는 자네 애정에 얽매여서 자네를 잊을 수가 없기 때문에, 자네와 결혼하게 될 것은 정한 이치야. 섭리의 역할은 이 내가 맡는다. 신의 뜻을 움직여 볼 테니까 말야. 내가 옛날에 도움을 준 친구 가운데 르와르 군의 대령으로, 최근 친위사단에 채용된 사나이가 한 명 있다. 이 자식은 내 의견을 듣고 과격 왕당파로 전향했어. 즉, 자기 의견을 무조건하고 고집하는 그런 바보가 아니란 말이다. 또 한 가지 자네에게 충고를 해주고 싶은 건 말야, 자기의 말이나 의견에 사로잡히지 말라는 거야. 팔아 달라고 하는 놈이 있다면 팔아 주는 것이 좋아. 절대로 의견을 바꾸지 않는다고 큰소리로 떠들어대는 사나이란, 언제든지 곧바로 나아가는 것만을 의무라고 생각하고 있는 놈은, 자기는 절대로 실수하지 않는다고 믿고 있는 병신 자식이란 말야. 원리라는 건 없어. 사건이 있을 뿐이야. 법칙이란 것도 없어. 상황만이 있을 뿐이야. 우수한 인간은 사건이나 상황에 즉시 적응하고, 그것을 이끌어가려고 하지.

만일 고정된 원리라든가 법칙이 있다고 한다면, 우리들이 셔츠를 바꿔 입듯이, 여러 민족이 그것을 쉽사리 대치할 리가 없다. 개인도 하나의 국민으로서의 의무 이상으로 얌전하게 있을 필요는 없는 거야. 프랑스의 공적이 되는 최저의 인간은 언제나 공화주의자로 일관해 왔다는 이유로 우상처럼 숭배되고 있는 놈으로서, 그런 자식은 기껏해야 기계 같은 놈으로서 라파이예트라는 명찰을 붙여 박물관에 진열해 놓을 가치밖에 없어.

그런데 모두 돌을 던지고 괴롭히고 있는 탈레랑 공작은 대담하게 인간들을 경멸하고 있기 때문에 얼마든지 요구되는 만큼의 맹세를 마치 침을 뱉듯이 사람들의 얼굴에 뱉어 버리고, 그러면서도 비인 회의에서 프랑스의 분할을 막았어. 그에게야말로 영광을 씌워 주지 않으면 안 되는데도 흙탕물을 끼얹고 있다. 보게! 나는 이러한 정도로 여러 가지 사정에 정통하고 있단 말이야. 이래보아도, 꽤 많은 인간의 비밀을 알고 있어. 그건 그렇다고 치고, 나도 어떤 원리의 적응법에 대해서 의견이 일치하는 인간을 세 사람만 발견한다면, 확고부동한 견해를 가져도 좋겠는데, 이런 내 욕심은 오래도록 기다려 볼 거야. 재판소만 하더라도, 하나의 조문에 관해서 같은 의견을 가지고 있는 판사가 세 사람도 안 돼. 내 친구 이야기로 환원하자. 그 자식은 내가 그렇게 하라면, 그리스도라도 또다시 십자가에 매달 놈이야. 보트랭이란 이 내 말 한 마디면 가엾은 여동생에게 단돈 백 수우도 부치지 않는 그 자식에게도 싸우자고 달려들 거야.'그리고……」 여기서 보트랭은 벌떡 일어나서 검을 쥔 자세가 되어, 금방이라도 찌를 듯한 검술 사범의 동작을 해보였다. 그러다 다시「늘씬하게 패줄 것이란 말야!」하고 그는 덧붙였다.

「무슨 그런 말씀을 다 하십니까?」하고 으제느가 말했다.「농담하지 마세요. 보트랭 씨!」

「잠깐, 이 사람아 진정하게, 진정해!」하고 이 사나이는 말을 이었다.「그런 어린애 같은 소린 하는 게 아냐. 하기는 그래서 화가 가라앉는다면 그래도 좋지만. 화를 내보게! 내게 염치를 모른다, 악당이다, 깡패다, 산적이다 하고 마음대로 말해 봐! 그러나 사기꾼이다, 스파이다라고는 절대로 말아다오. 자아! 어서 말하고 싶은 대로 말을 해주게. 나만 해도 예전엔 그랬으니까. 다만 잘 생각해 보게. 언젠가는 자네도 더 지독한 일을 할 거야. 어떤 미인에게 가서 아첨을 팔고 돈을 받을 것이다. 아니야, 벌써 그렇게 하기로 마음먹었단 말야, 자넨.」하고 보트랭이 말했다.「그럴 수밖에 없는 것이, 자네가 사랑을 기대하지 않는다면 어떻게 출세를 하겠나? 미덕이라는 것은, 끊어서 팔 수가 없는 거야. 덕이 있느냐 없느냐 어느 한 쪽이야. 우리들의 죄의 대가를 보상하라고 곧잘 떠들지만, 그것도 허구의 조립이야. 개전의 빛을 보이면 죄가 사해진다니 어처구니없는 말이지. 사회라는 계단이 있는 곳까지 도달하기 위해서 남의 아내를 유혹한다든가, 혈연 관계에 있는 어린이들을 이간시킨다든가, 요컨대 쾌락이라든가 개인적 이익을 목적으로 해서 많든 적든 남몰래 행하여지고 있는 온갖 파렴치한 행위를 자네는 신앙심·희망·자애의 표현이라고 생각하는가? 어째서 하룻밤 사이에 어리고 순진한 어린애로부터 재산의 절반을 빼앗아 낸 사치스런 사나이는 이 개월의 금고형을 받고, 천 프랑짜리 한 장을 훔쳤다고 가중 처벌을 받아 불쌍한 사나이가 도형장으로 끌려간냔 말야. 그것이 법률이야. 어떤 법률의 조문이라도 따지고 들면 부조리가 아닌 것이 없어. 장갑을 끼고 달콤한 목소리로 지껄이는 사나이가, 피는 흘리지 않지만 상대가 피까지 바치겠다는 살인 행위를 범했다고 하자, 살인범이 쇠지렛대로 금고를 젖히고 열었다고 하자, 어느 쪽도 남몰래 야음을 타서 행하여진다. 내가 이제 제안하려는 것과, 자네가 장차 하려고 하는 행위의 차이는 피를 흘렸느냐 아니냐의 차이뿐이다. 자네는 이상에 무언가 불변의 것이 있다고 생각하고 있다. 인간들을 경멸하도록 하게! 그리고 어떤 눈으로 법전의 그물코를 뚫을 수 있는가를 조사하는 거야. 이렇다고 할 만한 원인이 없는 일신상의 비밀은 솜씨좋게 해치웠기 때문에 잃어버리고 만 범죄란 말야.」

「그만 하세요. 이젠 더 이상 듣고 싶지 않습니다. 당신의 이야기를 듣고 있으니까 내 자신까지 의심하고 싶어집니다. 지금은 감정이 내 지혜의 전붑니다.」

「아무쪼록 좋을 대로. 이사람아! 자넨 좀더 강한 사람이라고 난 알고 있었는데.」 하고 보트랭은 말했다. 「이 이상 더는 말하지 않겠다. 다만 최후의 한 마디.」 하고 그는 조용히 학생을 응시하면서 말했다. 「자네는 내 비밀을 알았단 말야!」

「당신의 제안을 거절할 정도의 젊은 사람은 틀림없이 그것을 잊어버리고 말 것입니다.」

「꽤 말을 그럴 듯하게 하는데, 그런 말을 듣는 것은 기분나쁘지 않군. 다른 사나이 같으면 그렇게 양심적일 수는 없으니까 말야. 자네를 위해서 내가 해주려고 했던 것을 기억해 두게. 두 주일간의 말미를 주지. 어느 쪽이란 것을 확실히 정하여 주게.」

『도대체 어쩌면 저렇게 뻔뻔스러울 수 있을까.』 하고 라스티냐은 스틱을 겨드랑이에 끼고 유유히 사라지는 보트랭을 바라보면서 생각했다. 『그가 중언부언해서 말한 것은 보세앙 부인이 점잖은 말로 한 것과 같은 것이다. 그는 강철손톱으로 내 심장을 긁어 댔다. 어째서 나는 누싱겐 부인 집에 가고 싶어하는가? 내가 그것을 아는지 모르는지, 그는 동기를 간파하고 있다. 한마디로 말하면 그 악당은 미덕에 관해서 인간이나 책이 가르쳐 준 이상으로 많은 것을 가르쳐 주었다. 미덕이 타협을 허락하지 않는 것이라고 한다면, 그럼 나는 여동생들의 돈을 훔친 것이 된단 말이냐?』 하고 테이블에 돈자루를 내던지면서 그는 중얼거렸다. 그는 앉아서 그대로 정신이 몽롱해지도록 명상에 잠겼다. 『미덕에 대해서 충성을 지킨다는 것은 숭고한 순교다. 그렇지만 모든 사람은 미덕을 믿고 있다. 그러나 그 누가 미덕을 갖추고 있는가? 어느 나라 국민도 자유를 우상시하고 있다. 그러나 지상의 어디에 자유로운 국민이 있는가? 내 청춘은 아직 구름 한 점 없는 하늘처럼 푸르게 개어 있다. 위대한 인간이라든가, 부자 같은 것이 되려고 하는 것은 거짓말을 하고, 굴복하고, 기어다니고, 뿔을 교정하고, 아첨을 하고, 본심을 감추려고 하는 각오가 아니겠는가? 거짓말을 하고, 굴복하고, 기어다니는 족속들의 노예가 되는 것에 동의하는 것이 아닌가? 그놈들의 공모자가 되기 전에, 그놈들의 수족이 되지 않으면 안 된다. 아아, 싫다, 싫어, 나는 숭고하고 깨끗하게 살고 싶다. 밤을 낮처럼 일하고, 나 자신의 피나는 노력만으로 출세하고 싶다. 아마도 그것은 가장 시간이 많이 걸리는 방법이겠지만. 그러나 나는 매일 밤, 아무런 사념도 없이 베개에 머리를 대고 잠잘 수 있겠지. 자신의 일생을 뒤돌아 보고, 그것이 백합처럼 깨끗하다고 생각할 수 있는 것처럼 바람직한 일이 어디 있겠는가. 나와 인생과는 말하자면 청년과 그 약혼녀와도 같은 관계다. 보트랭은 결혼하고 십 년 후에는 어떤 일이 일어나는가를 보여 주었다. 제기랄! 머리가 혼란해졌다. 더이상 아무것도 생각하고 싶지 않다. 마음만이 확실한 안내자다.』

으제느는 뚱뚱보 실비가 전하는, 양복점 사람이 왔다는 말을 듣고서야 몽상에서 깨어났다. 그는 두 개의 돈자루를 든 채 양복점 사람 앞에 그 모습을 나타냈지만, 그런 결과가 된 것에 대해서는 별로 나쁜 기분은 아니었다. 야회복의 가봉을 끝마치고 나서 새로 마춘 외출복을 입은 으제느의 모습은 완전히 일변했다. 「나도 트라이유 씨에게 뒤떨어지지 않는다.」 하고 그는 중얼거렸다. 「이제야 겨우 신사 같은 모습이 됐군.」

「라스티냐 씨」 하고 고리오 영감이 으제느의 방으로 들어와서 말했다. 「일전에 나에게 누싱겐 부인이 방문하는 집을 알고 있느냐고 물으셨지요?」

「네.」

「그래서 말씀드리는데, 그애는 오는 월요일에 카릴리아노 원수(元帥) 댁 무도회에 갑니다. 당신도 갈 수 있다면 가보세요. 그애들이 얼마나 즐거워 했는지, 어떤 옷을 입고 있었는지 돌아와서 죄다 이야기해 주시구려.」

「어떻게 그걸 알았습니까, 고리오 씨?」 하고 으제느는 그를 불 옆에 앉히면서 물었다.

「딸의 심부름을 하는 애가 가르쳐 주었어요. 그애들이 하는 일은 죄다 테레즈와 콩스탕스로부터 듣고 있지요.」하고 그는 기쁜 표정이 되어서 말을 이었다. 그 노인의 모습은 상대에게 눈치채지 못하게 하면서, 애인과 연락을 취할 수 있는 계략을 생각해 내고 좋아하는 아직도 젊은 남자의 모습과도 같았다.

「당신은 그애들을 만나게 되겠군요.」 그는 부러워하는 표정을 솔직히 드러내면서 말했다.

「글쎄요, 어떨는지.」하고 으제느는 대답했다.「보세앙 부인한테 가서 원수 부인을 소개받을 수 있는지 없는지 들어 봐야죠.」

으제느는 내심 일종의 기쁨 같은 것을 의식하면서 이제부터 이런 복장으로 지낼 수 있다는 것과 이런 차림으로 자작 부인 집에 갈 수 있게 되었다고 생각했다. 철학자들이 인간의 마음을 심연이라고 이름 붙인 것도, 결국은 개인적인 이기심을 불러일으키는, 실망하는 것이라든가, 의식적인 충동에 지나지 않는 것이다. 그처럼 종종 굉장한 설교의 대상이 되는 저 심경의 급변한 태도나 돌연한 변화도, 우리들의 쾌락을 목표로 하는 타산인 것이다. 훌륭한 옷을 입고, 장갑을 끼고, 장화를 신은 자신의 모습을 본 순간, 으제느는 조금 전의 결심을 잊어버렸다. 청년이라는 것은 부정한 것에 기울어질 때는 자기의 모습을 거울에 비추어 볼 용기가 없지만, 장년은 이미 그러한 경험이 있다.

이것이 이들 두 개의 인생의 형상이 나타내는 차이의 전부다.

수일 전부터 이웃으로서 지내고 있는 으제느와 고리오 영감 두 사람은 아주 친한 사이가 되어 버렸다. 그들의 남모르는 우정은 보트랭과 학생 사이에 반대의 감정을 낳는 것과 같은 심리적 이유에 근거를 두고 있었다. 물리적 세계에 있어서의 우리들 감정의 영향을 확인하려고 하는 대담한 철학자라면, 정녕 감정이 우리들과 동물 사이에서 만들어 내는 관계 가운데, 그것이 실제로 물질적인 것이란 증거를 하나 이상으로 발견할 것임에 틀림없다. 도대체 어떤 인생학자가 개보다 더 재빨리, 타인의 성격을 간파할 수가 있겠는가? 개는 한눈에 낯선 상대가 자기를 좋아하는가 싫어하는가를 분간한다.

『갈구리 모양의 원자』라고 하는, 누구나가 다 쓰고 있는 그 비유적인 표현은 원시적인 말의 찌꺼기를 들먹거리는 데 흥미를 가진 친구들이 고마워하고 있는 철학적인 잠꼬대를 부정하기 위해서, 아직도 언어에 남아 있다고 할 실례의 하나인 것이다. 사랑을 받고 있을 때는, 그것은 자연히 감지된다. 감정이란 모든 것에 새겨지고 공간을 주름잡는다. 편지는 혼이고, 말하는 이의 목소리의 진정한 메아리이기 때문에 섬세한 마음의 소유자들은 편지를 사랑이 가장 풍부하게 들어 있는 보물 가운데 하나로 여기고 있다. 무분별한 감정 때문에 개와 같은 숭고한 영역에까지 달해 있었던 고리오 영감은 학생의 마음속에 움직인 동정, 감탄이 섞인 호의, 젊어서 생기있는 공감을 냄새맡고 있었던 것이다. 그렇지만 발생한 지 얼마 안 된 이 우정은 아직 아무런 속내 이야기를 나누지는 않았다. 으제뉘가 누싱겐 부인을 만나고 싶다는 욕망을 명백히 했더라도 그것이 노인에게 그녀의 집으로 데리고 가주었으면 하는 기대를 가지고 그랬던 것은 아니었다. 다만 노인이 얼결에 말하는 것이 자기에게 도움이 되는지도 모른다고 생각했을 뿐이었다. 고리오 영감은 딸들에 대한 말을 하지만 그것은 언제나, 전에 두 집을 방문했던 날, 여러 사람 앞에서 라스티냐가 아무 생각없이 지껄인 것에 한정되어 있었다.

「이봐요, 라스티냐 씨」하고 그 이튿날 그는 학생에게 말했던 것이다.「나의 이름을 입에 올렸다고 해서 레스토 부인이 당신을 원망하고 있다니, 어째서 그렇게 생각을 한단 말이오? 딸애들은 나를 사랑하고 있고, 나는 행복한 아버지라오. 다만 두 사위가 나에게 가혹한 짓을 하곤 했지요. 나도 그 귀여운 딸들에게, 나와 그애 남편과의 옥신각신으로 괴롭히고 싶지 않았기 때문에, 차라리 숨어서 만나기로 한 것뿐이지요. 이 비밀로 하는 것 같은 데이트가 언제나 만나고 싶을 때 딸을 볼 수 있는 다른 아버지들은 알 수 없을 무수한 기쁨을 주는 것이기 때문에 말입니다. 나는 내가 보고 싶을 때에도 내 딸들을 만나 볼 수가 없어요. 알겠소? 그래서 날씨가 좋기라도 하면, 심부름하는 애들에게 딸이 외출을 하는지 않는지 물어서, 샹 젤리제에 가는 거라오. 딸들이 지나가는 것을 기다리고 있다가 마차가 다가오면 가슴이 뛰기 시작해요. 딸들은 지나는 길에 나를 보고 활짝 웃어 주는 것이지만, 나는 딸애의 의상을 보고 황홀한 상태가 되고, 그것이 화창한 날씨의 햇빛과도 같이 근처를 황금색으로 물들여 준단 말이오. 그리고 나는 꼼짝 않고 그 자리에서 기다리고 있는 겁니다. 딸들이 돌아올 것이니까요. 나는 다시 한 번 그 애들을 봅니다. 바깥 공기를 쐬어서, 원기가 가득 차 보이고, 볼은 장미색으로 물들어 있지요.

2. 사교계에의 등장

내 주위에서 『야, 저 여자 미인인데!』하는 소리가 들리곤 해요. 그 말을 들으면 아주 기쁜 마음이 되는 겁니다. 내 피를 받은 딸이니까요. 그애들을 끌고 가는 말까지도 귀여워지고, 그애들이 무릎 위에 안고 있는 강아지의 신세가 되고 싶어집니다. 그애들이 기뻐하는 것이 내 사는 보람이란 말이오. 사랑하는 방법은 사람에 따라 다르다오. 내가 사랑하는 방식은 딸들은 물론, 아무에게도 해를 주지 않는데도 어째서 세상 사람들은 내 일에 간섭을 하는지 모르겠단 말이오. 이래보아도 난 내 나름대로 행복하단 말입니다. 저녁에 그애들이 무도회에 가기 위해 집에서 나갈 때 내가 딸들을 만나러 가는 것이 법률에 위배되기라도 한다는 거요? 지각을 해서『아씨는 벌써 외출하셨어요』하는 말이라도 들을 양이면 어찌나 서운해지는지. 어느 날 밤은 이틀 전부터 만나지 못했기 때문에 나지의 얼굴을 보기 위해서 아침 세 시까지 기다렸다오. 기뻐서 자칫하면 죽을 뻔했다오. 부탁하겠는데 내 일을 쑤군거리거든 내 딸들이 얼마나 상냥한가를 말해 주지 않겠소? 딸들은 나에게 무엇이든 선물을 하려고 한단 말이오. 그래도 나는 거절하고 이렇게 말해 줍니다. 『괜찮으니까, 네것으로 가지고 있도록 해! 그런 것을 받아서 무얼 하라는 거냐? 나는 아무것도 불편한 것이 없단 말야.』하고 말이오. 사실 라스티냐 씨, 내가 도대체 뭡니까? 비참한 산 송장이오. 그 이유는 영혼이 언제나 딸들이 있는 곳에 있기 때문이오. 당신이 누싱겐 부인을 만나면 두 사람 중 어느 쪽을 좋아하는지 말해 주지 않겠소?』하고 영감님은 으제느가 외출하려는 것을 보고 잠깐 동안 침묵한 후에 말했다. 으제느는 보세앙 부인 집에 모습을 나타낼 시간까지 튀일리 공원이라도 산책할까 했던 것이었다.

이 산책이 학생에게 운명적인 것이 되었다. 몇 사람인가의 여성들이 그를 주목했다. 그는 정말 미남이었고, 젊고, 취미가 고상했으며, 쪽 빠진 옷을 입고 있었던 것이다. 자기가 감탄에 가까운 관심의 대상이 되고 있다는 것을 깨달은 그는 무일푼이 된 여동생들이나 백모도, 도덕적인 혐오감도 이미 생각하지 않게 되었다. 그는 머리 위에서 아주 용이하게 천사와 혼동해 버리는 저 악마, 루비를 뿌리고, 궁전의 정면에 황금의 화살을 쏘고, 여인들에게 진홍빛 옷을 입히고, 원래는 지극히 검소한 것이었던 옥좌에 바보스러운 영광을 곁들인, 저 진하게 채색된 날개를 단 마왕이 통과하는 것을 본 것이었다. 그는 보기에 금색으로 번쩍거리는 것이 권력의 상징이라고 생각되는 그 야단스런 허영심의 신의 속삭임에 귀를 기울였다. 아무리 냉소적이라 하더라도, 보트랭의 말이 그 마음에 뿌리를 내린 것이고, 그것은 마치 소녀의 기억 속에 『돈도 사랑도 바라는 대로란 말야』하고 그녀에게 말하는 방물장수 노파의 교활한 프로필이 새겨져 있는 것과 흡사했다.

튀일르리 공원을 어슬렁어슬렁 한 바퀴 돌고 난 후 다섯 시경에야 으제느는 보세앙 부인 집을 방문했는데, 거기에서 그는 젊은 마음이 저항하는 무기를 가지고 있지 않았을 때 느끼는 무서운 타격을 받았다. 그때까지의 자작부인은 귀족적인 교제에서 생긴다고는 하나 마음속에서 우러나온 것이 아닌 이상 완벽한 것이라고는 할 수 없는 그 예의성 있는 상냥함, 그 감미로운 우아함으로 언제나 그를 마중하였던 것이다.

그가 들어갔을 때 보세앙 부인은 흥미가 없다는 듯한 눈길을 보내고, 무뚝뚝한 목소리로 말했다. 「라스티냑 씨. 당신과 앉아 이야기하고 있을 짬이 없어요. 지금은 말예요. 선약이 있어요.」

관찰력이 있는 인간에게는, 그리고 라스티냑도 순식간에 그런 인간이 되어 있었지만, 이 말, 몸짓, 말의 억양은 귀족 계급의 성격과 습관들을 그대로 말해 주고 있었다. 그는 빌로드 장갑 속에서 쇠처럼 차가운 손을, 우아한 동작 속에서 방자함과 에고이즘을, 옻칠 속에서 거친 생나무가 드러나 있는 것을 보았다. 요컨대 왕좌의 것으로 장식한 모자 밑에서 시작하여, 최하급 귀족의 투구 끝 장식에 끝나는 저 『왕인 나는』이라는 말소리를 들었던 것이다. 으제느는 너무도 안이하게 그녀의 말을 통째로 삼켰기 때문에 이 여성의 고결함을 신용했던 것이다. 모든 불행한 인간과 같이 그도 정색을 하고, 은혜를 베푸는 자와 베품을 받는 자를 결합하는 감미로운 협정에 조인했던 것이고, 그 협정의 제1조는 고매한 마음을 가진 동지의 완전한 평등을 확인하고 있는 터였다. 두 인간을 하나로 결합하는 자비라는 것은 참사랑과도 같이 희귀하고 이해하기 어려운 신성한 정열인 것이다. 자비도, 진실한 애정도, 아름다운 정신에서만 가능한 사치인 것이다. 라스티냑은 어떻게 해서든 카릴리아노 공작 부인의 무도회에 나가고 싶었기 때문에 그런 창피도 꾹 참기로 했다.

「부인」하고 그는 감동에 어린 목소리로 말했다. 「중대한 용건이 아니라면, 이처럼 폐를 끼치지는 않았을 것입니다. 그렇게 말씀하시지 마시고, 나중

2. 사교계에의 등장   425

에라도 좋으니까 뵈올 수 있게 해주시지 않겠습니까? 기다리겠습니다.」
「그럼 이따가 저녁 식사에 오세요.」하고 조금 전의 자기 말투에 들어 있었던 냉혹함을 어느 정도 부끄러워하면서 그녀는 말했다. 그 이유는 이 여성이 정말 타고난 고귀함에 못지않게 마음이 착했기 때문이다.

이 돌연한 번의에 감동하는 한편 으제느는 이렇게 생각하면서 일어났다. 『치사하지만 어떤 일에도 견뎌야 한다! 여성 가운데서도 가장 상냥한 저 사람까지도 한순간 우정의 약속을 배반하고, 헌신짝처럼 너를 쫓아 버리는 것으로 미루어 보면, 다른 여자들은 알고도 남음이 있다. 그럼 내가 제일이라는 거냐? 확실히 그녀의 집은 상점이 아니라는 것, 그래서 내가 그녀에게 의지하는 것이 잘못이라는 것은 사실이다. 보트랭의 말투는 아니지만, 대포알이 되지 않으면 안 되겠다.』

이러한 학생의 괴로운 반성도 자작 부인의 집에서 있을 저녁식사를 기대하는 기쁨 때문에 곧 해소돼 버렸다.

이렇게해서 일종의 운명과 같은 것에 의해, 그의 생활의 미미한 사건들이 인생의 소용돌이 속으로 그를 밀어넣는 것이다. 보케르 관의 무서운 스핑크스가 지적한 바에 의하면 전장에서와 마찬가지로, 죽지 않으려면 죽이지 않을 수가 없고, 속지 않으려면 속이지 않을 수 없게 되는 경우로, 그를 내몰려고 하는 것이었다. 그런 인생 항로에 있어서는 양심이나 진정은 울타리 근처에 내버려 두고, 가면을 쓰고 가차없이 인간들을 가지고 놀고, 승리를 획득하기 위해 스파르타에서처럼 사람들 눈에 띄지 않게 행운을 잡지 않으면 안 되는 것이다. 그가 다시 자작 부인 집에 돌아왔을 때는 부인은, 언제나 그에게 보여 주었던 그 상냥한 호의로 가득 차 있었다. 두 사람은 자작이 부인을 기다리고 있는 식당으로 갔으나, 거기에는 누구나 다 아는 것처럼 왕정 복고 시대에 와서 그 최고의 수준에 달한, 저 식탁의 사치가 찬연히 빛나고 있었다. 보세앙 씨는 향락에 지친 많은 사람들과 함께 벌써 미식의 즐거움 외에는 거의 즐거움이 없었다.

식도락에 있어서 그는 루이 18세와 그의 주방장이던 데스카르 공작의 유파였다. 그래서 그의 식탁은 용기의 사치와 내용의 사치라고 하는 이중의 사치를 다하고 있었다. 그런 광경은 지금까지 으제느의 눈에 비친 적이 없었고, 그는 이때 처음으로 사회적인 권세가 세습되고 있는 저택에서 식사를 한 것이다. 옛날 제정 시대에는 무도회가 끝나면 야식이 나왔고, 사실 당시의 군인들은 안에서도 밖에서도 그를 기다리고 있는 싸움에 대비해서 힘을 양성해 둘 필요가 있었지만, 유행이라는 것이 그런 습관도 폐지해 버렸던 것이다. 으제느는 또 무도회밖에 출석한 적이 없었다. 후에 가서 한층 더 그를 두드러지게 하는 그 침착한 언동을 그는 이미 나타내기 시작했으므로, 둔마처럼 깜짝 놀라는 일은 없었다. 그러나 조각을 해놓은 은기라든가, 그 외의 호화로운 식탁의 무수한 식단을 눈앞에 두고 아무 소리도 내지 않고 행하여지는 급사의 서비스에 처음으로 접하고 감탄하면서 열렬한 상상력을 가진 남자로서는, 오늘 아침 그가 지키고자 했던 내핍 생활보다는 어디까지나 우아한 이러한 생활 쪽이 바람직하다고 생각하지 않을 수 없었다. 얼마 동안 그의 사고는, 그를 하숙집의 생활로 되돌아 가게 했다. 그것을 생각하면 너무나도 심한 혐오감을 느꼈기 때문에 정월에는 하숙을 나가리라 생각했는데 그것은 청결한 집에 살기 위한 것인 동시에, 커다란 손으로 자기의 어깨를 쥐고 있는 것과도 같은 보트랭으로부터 벗어나기 위한 것이기도 했다.

요설이든 과묵이든 양식 있는 인간은, 파리에서 부패라는 것이 드러나 있는 여러 가지 종류의 형태를 생각한다면, 국가가 어떠한 착오로 이 땅에 학교를 세우고 청년들을 모아들이는 건가, 어째서 거기서는 미인들이 존경을 받는가, 왜 환전상에 진열되어 있는 금화가 마법에 의한 것처럼 나무 대접에서 날아오르지 않는가 하고 이상하게 생각지 않을 수 없을 것이다. 그러나 또 청년들에 의해서 저질러진 범죄가, 아니 그뿐 아니라 경범죄조차 수적으로 적다고 함에 이르러서는 그들 자신과 싸우고, 그렇게해서 거의 어떤 때라도 승리를 거두는 그 인내성 있는 탄탈로스에 대해서 어떻게 깊이 존경하는 마음에 사로잡히지 않을 수 있겠는가. 학생과 파리와의 싸움이 솜씨있게 그려진다면, 이 불쌍한 학생은 우리 근대 문명의 가장 극적인 주제의 하나를 제공할 것임에 틀림없다.

보세앙 부인은 그에게 말을 시키려고 여러 번 그의 얼굴을 보았지만, 그는 자작이 있는 곳에서는 아무 말도 하려 하지 않았다.

「오늘 밤 이탈리아 극장에 데리고 가주시겠어요?」하고 자작 부인이 그 남편에게 물었다.

「그렇게 할 수 있다면 나도 기쁘겠다는 것을 의심하지 않아 주었으면 좋겠는데.」하고 그는 놀리는 듯한 은근한 태도로 대답했는데 학생은 그 말을 이해할 수가 없었다.「실은 어떤 사람을 만나러 바리에테 극장에 가지 않으면 안 되기 때문이야.」

『애인이로구나.』하고 그녀는 생각했다.

「오늘은 그럼 다쥐다는 안 오나?」하고 자작이 물었다.

「네」하고 기분이 언짢은 듯이 그녀는 대답했다.

「그럼 말야. 아무래도 동행이 있어야 한다면, 라스티냐 씨에게 부탁하면 좋겠군.」

자작 부인은 만면에 웃음을 띠고 으제느를 보았다.

「당신의 평판에 흠이 될 텐데요.」하고 그녀가 말했다.

「『지금, 프랑스 인은 위험을 사랑한다. 왜냐하면 거기에서 영광을 찾을 수 있기 때문이다.』라고 샤토브리앙 씨도 말했습니다.」라고 대답하고, 라스티냐은 공손하게 절을 했다.

그리고 얼마 있다가 그는 보세앙 부인과 나란히 질풍처럼 달리는 사륜마차를 타고, 당시 유행하던 그 극장으로 달려갔는데, 정면 특별 좌석에 들어갔을 때에는 어느 이야기 속의 나라에라도 있는 것 같은 기분이었다. 그는 자작 부인과 함께 모든 오페라 글라스의 주시를 받았고, 사실 부인의 의상은 기가 막힐 정도로 훌륭했다. 그는 기분좋게 취한 상태에서 꿈의 세계를 걷고 있었다.

「내게 말을 거세요. 알겠어요?」하고 보세앙 부인이 그에게 말했다.「어머, 보세요. 여기서 세 번째 저쪽의 특별 좌석에 누싱겐 부인이 있군요. 그 언니와 트라이유 씨는 반대쪽이구요.」

그렇게 말하면서 자작 부인은 로슈피드 양이 있는 특별석을 바라다보았으나, 거기에 다쥐다 씨가 없는 것을 보고 나서는 이상스런 빛을 띠기 시작했다.

「아름다운 사람이군요.」하고 으제느는 누싱겐 부인을 바라보고 나서 말했다.

「속눈썹이 흰데요.」

「그렇군요. 그렇지만 얼마나 날씬하고 멋진 몸맵시 모르겠군요.」

「손이 너무 커요.」

「아름다운 눈인데요.」
「얼굴이 좀 긴 편이죠?」
「그러나 긴 얼굴은 품위가 있어요.」
「품위가 있으면 저 사람도 기뻐하겠지만, 오페라 글라스를 얼굴에 갖다 댔다가 뗐다가 하는 저 모습을 좀 보세요. 고리오 영감의 피가 동작 하나 하나에 나타나 있어요.」 하고 자작 부인이 말했기 때문에 으제느는 어리벙벙했다.

사실, 보세앙 부인은 오페라 글라스로 장내를 보고 있을 뿐 누싱겐 부인은 거들떠보지도 않는 듯했는데, 실은 그 동작 하나도 놓치지 않고 보고 있었다. 객석의 조망은 그림 이상의 아름다움이었다. 델핀느 드 누싱겐은 젊고 아름다운 모습이었고, 우아한 보세앙 부인의 친척인 청년의 주의를 독점하고 있다는 사실에 적잖이 기분이 좋아져 있었다. 그는 그녀만을 바라다보고 있었던 것이다. 「그런 눈초리로 계속해서 그 사람만을 보고 있으면, 당장 소문이 나요. 라스티냑 씨, 그렇게 사람의 눈에 띄게 행동하면 무얼 하더라도 성공하지 못해요.」

「소원이 있습니다.」 하고 으제느는 말했다. 「당신은 이미 충분히 저를 이끌어 주셨습니다. 그 친절의 끝손질을 해주시는 것이라면 당신에게는 약간의 수고밖에 안 되지만, 저에게 있어서는 크게 도움이 되는 한 가지만 부탁하고 싶습니다. 저는 반하고 말았습니다.」

「벌써?」
「네.」
「그래서 저 사람에게?」
「저의 열렬한 이 소망이 다른 사람에게도 부탁할 수 있는 것이라고 생각하십니까?」 하고 그는 친척 여인에게 파고들어가는 듯한 시선을 던지면서 말했다.

「카릴리아노 공작 부인은 베리 공작 부인과 가까우니까」 하고 잠깐 사이를 두고 나서 그는 말을 계속했다. 「당신도 만났을 것으로 확신합니다. 아무쪼록 그녀에게 소개를 해주셔서 월요일에 그녀가 베푸는 무도회에 데리고 가주시지 않으시렵니까? 거기에서 누싱겐 부인을 만나, 처음으로 승부를 도전해 보겠습니다.」

「좋아요.」하고 그녀는 말했다.「벌써부터 그 여자에게 마음이 움직이고 있다면, 당신의 연애 수업은 기대를 가질 만합니다. 저것 봐요. 드 마르세가 갈라티온느 대공비의 특별관람석에 있군요. 누싱겐 부인은 시기를 해서 화가 난 모양이에요. 여자에게 접근하려면, 특히 그것도 은행가의 부인에게 접근하려면 이 이상 좋은 기회는 없을 거예요. 쇼세 당탱의 저 부인들은 모두 복수를 좋아하니까요.」

「당신이라면 그런 경우 어떻게 하시겠습니까?」

「나라면 침묵을 지키고 괴로워합니다.」

이때 다쥐다 공작이 보세앙 부인의 특별 좌석에 모습을 나타냈다.

「당신을 만나려고 일을 대충 정리하고 왔어요. 이런 말을 한다고 해서 생색을 내는 건 아닙니다.」

자작 부인의 얼굴에 나타난 광채는 진실한 사랑의 표정이었으며 그것을 파리식으로 교태를 부리는 잔재주와 혼동해서는 안 된다는 것을 으젠느는 깨달았다. 그는 친척 여인에게 감탄한 후 말없이 일어나 한숨을 쉬면서 다쥐다 씨에게 자리를 양보했다.『저런 식으로 사랑을 하고 있는 여자는 얼마나 숭고한, 얼마나 품위 있는 존재일까!』하고 그는 마음속으로 중얼거렸다. 『그런데 저 사나이는 인형과 결혼하기 위해서 그녀를 배반하는 것이다! 어떻게 그녀를 배반할 수 있을까?』

그는 마음속에서 어린애와도 같은 의분이 불끈불끈 솟구쳐 일어나는 것을 느꼈다. 차라리 보세앙 부인의 발밑에 몸을 내던지고 싶었다. 솔개가 땅 위에서 아직 엄마의 젖을 빨고 있는 새끼 양을 자기 둥지로 채가듯이 부인을 자기의 마음속으로 이끌어들이기 위해 악마와도 같은 힘을 가지고 싶다고 느꼈다. 그는 미인들이 전시된 이 대미술관에 있으면서도 자기의 그림, 자기의 연인이 없는 것에 굴욕을 느끼고 있었다.『연인을 갖는 것과 왕후에 필적하는 지위를 차지하는 것이』하고 그는 생각하였다.『그것이 권력의 표지다.』 그리고 그는 모욕받은 사나이가 적을 노려 보는 것처럼, 꼼짝않고 누싱겐 부인을 응시했다. 자작 부인은 그가 있는 쪽을 뒤돌아 보고, 눈치있게 행동해 준 데 대해 한없는 감사의 마음을 전달하기 위해서 눈을 깜박거려 보였다.

「당신은 누싱겐 부인을 잘 알고 계시니 라스티냐 씨를 소개해 주지 않겠어요?」하고 그녀는 후작에게 말했다.

「그러죠, 그분도 틀림없이 기뻐할 거요.」하고 후작이 선뜻 말했다.

멋장이 포르투갈 인은 일어나 학생의 팔을 잡고 순식간에 누싱겐 부인 앞에 데려다 주었다.

「부인」하고 후작이 말했다. 「실례올시다만, 으제느 드 라스티냑 기사라는, 보세앙 자작 부인의 친척되시는 분을 소개해 드립니다. 당신으로부터 비상한 감명을 받은 것 같아서, 이분을 그 우상인 부인 옆으로 데리고 와, 이분의 행복을 더 한층 완전한 것으로 해드리고 싶다고 생각했기 때문에…….」

이러한 말들은, 어느 정도 노골적인 데가 있었지만, 그러나 근사하게 말하면 결코 여자에게 나쁜 느낌을 주지 않는, 그렇게 내용을 듣기 쉽게 하는, 어떤 농담을 하는 듯한 어조로 말해졌다. 누싱겐 부인은 활짝 웃고, 으제느에게 방금 나간 남편의 자리를 권했다.

「내내 이곳에 계셔 주십사고는 도저히 말씀드릴 수가 없겠군요.」하고 그녀는 그에게 말했다. 「보세앙 부인과 같은 분의 옆에 계신다는 행운을 입으면, 누구든지 자리를 움직이지 않을 거예요.」

「그렇지만 부인!」하고 으제느는 작은 소리로 말했다. 「아무래도 그녀의 마음에 들게 하려면 당신 옆에 있는 것이 좋을 성싶군요. 후작이 오기 전에 우리들은 당신의 일, 당신의 모습 전체에서 풍기는 고상한 품위에 대해서 이야기하고 있었습니다.」하고 보통 음성으로 다시 그는 말했다.

다쥐다 씨가 나갔다.

「정말로 당신, 여기 있어 주시겠어요?」하고 남작 부인이 말했다. 「그럼 가까이 지낼 수 있겠군요. 레스토 부인으로부터 얘기를 듣고, 꼭 만나뵙고 싶다고 전부터 생각하고 있었어요.」

「그럼, 그분은 대단한 『두 가지 혀』를 가지고 있는 것이 되는군요. 저의 출입을 금지하셨으니까요.」

「어머, 왜요?」

「부인, 정직하게 그 이유를 말씀드리겠습니다. 그러나 그런 비밀을 말씀드리는 이상, 아무쪼록 관대한 기분으로 들어 주셨으면 합니다. 저는 당신 아버님의 이웃에 살고 있습니다. 저는 레스토 부인이 그분의 딸이란 것을 전혀 모르고 있었습니다. 그래서 매우 허심탄회하게 그에 대한 것을 이야기해서 당신의 언니되시는 분과 그 주인을 화나게 했던 것입니다. 랑제 공작 부인과 저 보세앙 부인이 그런 따님의 배신을 얼마나 나쁜 취미라고 했는지 당신으로선 상상할 수 없을 것입니다. 저 두 분에게 그때의 상황을 설명했더니, 정신이상자처럼 마구 웃었습니다. 그때 보세앙 부인이 당신과 당신의 언니를 비교하시면서 당신을 매우 칭찬하시고 당신이 저의 이웃인 고리오 씨에게 얼마나 상냥한 분인가를 가르쳐 주셨습니다. 사실 어떻게 그분을 사랑하지 않을 수 있겠습니까? 그분은 정말 정열적으로 당신들을 사랑하고 있습니다. 그래서 저는 질투할 정도였습니다. 오늘 아침에도 그분과 두 시간 동안이나 당신의 이야기를 했습니다. 그리고 아버님께서 말씀해 주신 것으로 머리가 꽉 차 있어서, 오늘 저녁 보세앙 부인과 저녁을 먹을 때도, 당신이 아무리 미인이라도 당신의 애정이 깊은 정도만큼 미인은 아닐 거라고 그녀에게 말했었습니다. 아마 그런 열렬한 감정에 힘이 되려 생각하셨던 모양인지 보세앙 부인이 저를 이곳에 데리고 와주셨습니다. 언제나처럼 저분은 저 매력적인 어조로, 여기서 당신을 만날 수 있을 거라고 하시면서.」

「어머」하고 은행가의 아내는 말했다. 「당신에게 벌써 감사의 뜻을 올려야겠군요. 조금 더 있으면 우리는 오래된 친구처럼 되겠는데요.」

「우정도 당신의 옆에서는 결코 속된 것은 아니리라고 믿습니다만」 하고 라스티냐은 말했다. 「보통 친구는 절대로 되고 싶지 않습니다.」

이런 초보자풍의 틀에 박힌 유치한 대화도, 여성에게는 언제든지 매력적으로 들리는 것이다. 그러나 냉정한 기분으로 읽으면 냉랭하게 들릴 뿐이다. 젊은 사나이의 몸짓·어조·눈초리가 거기에다 형용하기 어려운 가치를 부여하는 것이다. 누싱겐 부인은 라스티냐을 매우 근사한, 마음에 쏙 드는 남자로 생각하였다. 그리고 여자란 대개가 그런 것이지만, 학생이 그렇게 명백하게 드러낸 찬사에는 뭐라고 대답할 수가 없었기 때문에 그녀는 다른 일에 대해서 대답했다.

「네, 그래요. 언니는 그 불쌍한 아버지를 대하는 태도가 틀렸어요. 정말로 아버지는 우리들에게 있어선 하느님이었습니다. 주인인 누싱겐이 아버지는 오전중밖엔 만나선 안 된다고 잘라 말했기 때문에 저도 할 수 없이 그 점만은 양보를 했습니다. 그러나 그 때문에 오랜 동안 정말로 괴로운 마음으로 지냈습니다. 울었던 거예요. 내 남편의 횡포한 처사와 더불어 그런 무리한 강요를 받는 것이 우리들 부부 사이를 냉랭하게 만든 두 가지 원인입니다.

저는 확실히 세상사람의 눈으로 보면 파리의 행복한 여자겠지만, 실은 가장 불행한 여자예요. 당신에게 이런 말을 다 하다니 어떻게 머리라도 이상해진 것이 아니냐고 생각할는지 모르지만, 당신은 저의 아버님을 아십니다. 그 것만으로도 당신은 생판 남은 아니지 않아요?」

「저 이상으로」하고 으제느는 말했다.「당신의 것이 되고 싶다는 강렬한 소망에 불타고 있는 사나이를 만나신 적은 없을 것입니다. 당신들 여성이 모두 원하고 계신 것은 무엇입니까? 행복입니다.」하고 영혼에까지라도 스며들 듯한 목소리로 그는 말했다.「그런데 말입니다. 여성의 행복이란 것은 사랑을 받고, 숭배를 받고, 자기의 욕망이나 우울이나 슬픔이나 기쁨을 털어놓을 수 있는 남자 친구를 가지는 것이며, 사랑스런 결점이든 아름다운 장점이든 모든 것을 적나라하게 영혼의 밑바닥까지 보여도 배신당할 우려가 없는 것이라고 한다면 말입니다. 제 말을 믿어 주십시오. 그런 헌신적인, 언제나 변함이 없는 열렬한 마음은 아직도 환영을 품고 있는 당신의 눈짓 하나로 죽을 수까지 있으면서도, 아직 세상에 대해서는 아무것도 모르는, 또 아무것도 알고자 하지도 않는 그러한 젊은이에게서만 발견해낼 수 있는 것입니다. 왜냐하면 그에게는 당신이 곧 세계가 되는 것이니까요. 저는 보시는 바와 같습니다. 따라서 저의 이 철부지 같은 행동을 아마도 비웃고 계실 것입니다. 촌구석에서 올라온 지 얼마 안 되고, 전적으로 순진하기 때문에 고결한 정신의 소유자만을 알고, 연애 같은 것은 하지 않고 지내려 했었습니다. 우연한 일로 친척인 보세앙 부인을 만났는데 그분은 저에게 너무나도 친절하게 자신의 마음을 보여 주었습니다. 그녀가 정열이라는 무수한 보배를 저에게 살피게 해주어서 저는 마치 셰루비노(보마르셰의 작품《피가로의 결혼》에 나오는 인물)와도 같이, 누군가 한 여성에게 이 몸을 바칠 수 있을 때까지 모든 여성을 사랑하고 있는 것입니다. 이 극장에 들어와서 당신의 모습을 보는 순간 저는 마치 조류의 흐름에서인지 모를 무엇엔가에 의해서 당신이 있는 곳으로 끌리어가는 것을 느꼈습니다. 이미 당신에 대한 일은 매우 간절히 생각하고 있었습니다. 그렇지만 실제의 당신처럼 아름다운 분이라고는, 상상하지도 못했었습니다. 보세앙 부인으로부터는 그렇게 당신을 뚫어지게 보고 있어서는 안 된다고 주의까지 받았습니다. 당신의 아름다운 빨간 입술, 흰 살결, 그 우아한 눈이 얼마나 매혹적인지를 그분은 모릅니다. 저는 미친 사람 같은 말을 하고 있습니다만, 끝까지 말하게 해주십시오.」

그런 달콤한 말로 속삭임을 듣는 것만큼 여성이 좋아하는 일은 다시 또 없을 것이다. 아무리 근엄한 신앙인이라도, 설혹 대답해서는 안 된다는 것을 알고 있다 하더라도 그런 말에는 귀를 기울이게 마련이다. 그렇게 이야기를 시작한 후, 라스티냐은 애교를 부리는 듯한 나직한 목소리로 생각하고 있던 것을 모조리 계속해서 말했다. 그리고 누싱겐 부인은 갈라티온느 대공비의 특별 좌석을 떠나지 않는 드 마르세 쪽을 때때로 보곤 하면서 미소를 짓는 것으로 으제느를 격려하는 것이었다.

라스티냐은 그녀의 남편이 그녀를 데리고 가기 위해 찾으러 왔을 때까지 누싱겐 부인 옆에 있었다.

「부인」 하고 으제느는 그녀에게 말했다. 「카릴리아노 공작 부인의 무도회 전에 한 번 뵐 수 있을 것 같습니다.」

「집사람이 당신을 초대하는 한」 하고 뚱뚱하게 살이 찐, 얼굴이 경계의 표정으로, 경험이 많은 교활함을 예고하고 있었다. 그는 프랑스어를 잘 못하는 그녀의 남편이었다. 「당신은 틀림없이 환영받으실 것입니다.」

『내 계획은 우선 처음부터 순조롭게 진행되고 있다. 『저를 사랑해 주실 수 있겠습니까?』 하는 말을 듣고서도 그녀는 두려워하지 않았으니까 말야. 말에 재갈을 물린 이상, 이젠 올라타고 자유자재로 조종할 뿐이다!』 그렇게 생각하면서 으제느는 일어나서 다쥐다 씨와 돌아가려고 하는 보세앙 부인에게로 가서 절을 했다. 가엾은 학생은 남작 부인이 자신의 이야기를 귓등으로 들으면서 드 마르세로부터 정신을 혼동케 할 만한 열렬한 종류의 편지가 올 것을 학수고대하고 있었다고는 꿈에도 몰랐던 것이다. 위장된 성공에 매우 좋은 기분이 되어, 으제느는 자작 부인을 전송하기 위해서 정면 홀까지 나왔다. 그곳에서 각자 제 마차를 기다리는 것이다.

「친척되시는 그 청년은 마치 사람이 달라진 것 같군요.」 하고 포르투갈인이, 으제느가 그들과 헤어지자 웃으면서 자작 부인에게 말했다.

「은행을 뒤집어엎을 것 같은 걸요. 미꾸라지 모양으로 날쌘하니까, 꼭 출세할 것이라고 생각됩니다. 여러 사람 중에서도 마침 지금 위로를 필요로 하고 있는 여자를 골라 주다니, 참으로 영리한 당신이로군요.」

「그렇지만, 여보」 하고 보세앙 부인이 말했다. 「버림받은 여자가 아직도 자기를 버린 남자를 사랑하고 있는지 그걸 모르겠단 말예요.』

 학생은 이탈리아 극장에서 뇌브 생트 즈느비에브 거리까지 그보다 더한 것은 없을 성싶은 아름다운 희망을 꿈꾸면서 걸어서 집으로 돌아갔다. 자작 부인의 특별 관람실에 있을 때 레스토 부인이 얼마나 찬찬히 이쪽을 보고 있었는가 하는 것도 그는 짐작하고 있었기 때문에, 백작 부인 집 문도 이제 잠겨 있지 않은 것이 아닌가 생각했다. 이리해서 이미 네 개의 강력한 연줄이라는 것이——그 이유는 원수 부인에게라도 자연스럽게 접근하려고 했기 때문이지만——파리 상류 한가운데서 그의 손안에 들어오게 된 것이다. 어떤 수단으로 해야 할 것인가는 아직 모르면서도 이 사회의 복잡한 이해상반의 소용돌이 속에서, 기계의 윗부분에 도달하기 위해서는 어느 톱니바퀴에라도 달라붙지 않으면 안 된다는 것을 사전에 꿰뚫어 보면서, 자기에게는 그 바퀴를 제지할 수 있는 힘이 있다고 그는 자부하고 있었던 것이다.『누싱겐 부인이 나에게 흥미를 가져 주기만 한다면 그녀에게 남편 조종법을 가르쳐 주리라. 그녀의 남편은 대단히 돈벌이를 잘하는 것 같으니 내가 일확천금하는 데도 도움이 될 성싶다.』

 그는 거기까지 노골적으로 마음속에서 중얼거린 것은 아니다. 그는 또 하나의 상황을 숫자화해서 가격을 놓아 보고 계산할 정도의 정치가는 아니었다. 이런 생각은 가벼운 구름처럼 지평선상에 떠 있었을 뿐이었고, 그리고 보트랭의 사상 정도의 통렬함은 없었더라도 양심이라는 도가니에 넣고 검사를 해보면, 거기에서는 순수한 것이라고는 무엇 하나 나오지 않았음에 틀림없다.

 인간이란 것은 이런 종류의 타협을 거듭한 다음에야 오늘날의 시대가 표방하는 그 이완된 모랄에 도착하는 것이고, 사실 어느 시대보다도 더한 오늘날에, 절대로 악에 굴함이 없이, 정도(正道)에서 조금이라도 빗나가는 것은 범죄라고 믿고 있는 것과도 같은 저 강직한 인간, 훌륭한 의지의 소유자가 드문 것은 아니다. 그런 성실함의 놀랄 만큼 훌륭한 이미지야말로, 몰리에르의 알세스트라든가, 그리고 최근에 이르러 월터 스코트에 나오는 제니 디인즈와 그 부친이라고 하는 두 걸작을 만들어낸 것인데도. 어쩌면 그것과 대조적인 작품, 사교계의 남자라고나 할 야심가가 체면을 지키면서 그 목적에 도달하기 위해서 악과 종이 한 장 차이의 아슬아슬한 곳에까지 그의 양심에 따라서 걸어가는 우여곡절을 묘사한 작품도 그에 못지않게 아름답고, 그에 못지않게 극적인 것이 아니겠는가.

그의 하숙집 현관에 다다랐을 때는 라스티냐은 누싱겐 부인을 사랑하는 상태가 되어 버리고 말았다. 그녀는 그에게 제비처럼 부드러웠고, 화사하게 생각되었던 것이다. 이쪽을 취하게 만드는 듯한 우아함, 안으로 흐르는 피가 들여다보이는 듯한 그 피부의 부드럽고 매끈매끈한 살결, 그 목소리의 매혹하는 듯한 메아리, 블론드의 머리카락…… 그는 무엇 하나 빠짐없이 기억하고 있었다. 그리고 걸어왔다는 것이 어쩌면 그의 혈액 순환을 좋게 하여 그런 매혹을 조장했는지도 몰랐다.

학생은 고리오 영감의 방문을 힘있게 두드렸다.

「고리오 영감님」하고 그는 말했다.「델핀느 부인을 만났습니다.」

「어디서?」

「이탈리아 극장에서요.」

「즐거워하고 있었습니까? 자, 들어오세요.」그렇게 말하고 셔츠 바람으로 일어난 노인은 문을 열고 나서 곧 또 자리에 누웠다.

「그럼, 그애에 대한 이야길 해주지 않겠습니까?」하고 그는 청했다.

처음으로 고리오 영감 방에 들어간 으제느는 딸의 의상에 감탄하고 난 직후였기 때문에 영감이 생활하고 있는 침침하고 답답한 방을 보고 놀라운 감정을 누를 수가 없었다. 창에는 커튼조차 없었다. 벽에 붙어 있는 도배지는 습기 때문에 군데군데 벗겨지고 뒤틀려서, 연기로 노랗게 된 곰팡이를 드러내고 있었다. 영감은 남루한 침대에 누워서, 얄팍한 담요와 보케르 부인의 헌옷의 아직 쓸 수 있는 부분으로 만든, 솜을 둔 발걸이 방석밖에 걸치고 있지 않았다. 타일을 깐 바닥은 먼지투성이였다. 창문과 마주하여 배가 나온 그 자색 단목(檀木)으로 만든 옷장이 있고, 나뭇잎이나 꽃무늬 등으로 장식된 포도덩굴 모양에 청동을 비틀어 만든 손잡이가 달려 있었다. 그것은 나무 선반이 붙은 낡은 가구로, 그 선반 위에는 세면기에 놓는 주둥이가 넓은 주전자와, 수염을 깎는 데 필요한 모든 기구가 놓여 있었다. 방 한구석에는 구두가 있고 침대 머리맡에는 야간용 탁자가 있었다. 불을 땐 흔적이 없는 난로 옆에는 호도나무로 만든 네모난 사무용 테이블이 있었는데 그 가름대가 고리오 영감이 금으로 도금한 은식기를 우그러뜨릴 때 사용했던 것이었다.

영감의 모자가 놓여 있는 빈약한 책상과 짚북더기가 드러난 팔걸이 의자와, 두 개의 의자가 그런 비참한 가구들을 다소나마 덜 초라해 보이게 하고 있었다. 천장에 붙들어 맨 침대 커튼을 다는 쇠붙이에는 한 장의 넝마와 같은 빨강과 흰색으로 된 체크 무늬의 퇴색한 천이 늘어져 있었다. 확실히 아무리 궁핍한 가난뱅이가 거처하는 다락방일지라도 보케르 관의 고리오 영감 방보다 더 형편 없는 가구를 갖추고 있지는 않았을 것이다. 이 방의 인상은 한기를 느끼게 하고, 심장을 죄어댔다. 그것은 가장 을씨년스러운 감방을 연상케 하는 것이었다. 다행히 고리오 영감은 으제느가 야간용 탁자 위에 촛불을 놓았을 때 얼굴에 지었던 표정을 미처 보지 못했다. 영감은 턱까지 담요를 걸친 채 그가 있는 쪽으로 얼굴을 돌렸다.

「어떻습니까? 당신은 레스토 부인과 누싱겐 부인 중 어느 쪽이 더 좋습니까?」

「델핀느 부인 편이 더 좋습니다」하고 학생은 대답했다. 「그녀가 당신을 더 사랑하고 있는 걸요.」

뜨거운 어조가 담긴 이 말을 듣고 영감은 침대에서 팔을 빼 으제느의 손을 잡았다.

「고마워요, 고마워.」하고 감격한 노인이 말했다. 「그애가 도대체 나에 관한 일을 뭐라고 하던가요?」

학생은 남작 부인이 말한 것을 한층 더 미화해서 들려 주었다. 그동안 노인은 마치 신의 목소리라도 듣는 것처럼 그 말에 귀를 기울였다.

「귀여운 내 딸! 암 그렇구말구! 나를 지극히 사랑하고 있습니다. 그렇지만, 아나스타지에 대해서 그애가 말한 것은 정말이 아닙니다. 언니와 동생은 질투를 하고 있으니까 말이오. 게다가 그것이 또 그애들의 애정의 표현이니까요. 레스토 부인만 하더라도 지극히 나를 사랑하고 있습니다. 나는 그걸 알고 있단 말이오. 아버지가 자식을 대하는 마음은 하느님께서 우리들을 대하는 것과 같은 것입니다요. 마음속까지 파고들어가서, 그 생각하고 있는 것을 판단하는 것이지요. 그애들은 둘다 남에게 뒤지거나 뒤떨어지지 않는 깊은 애정을 가지고 있는 성격들이오. 그렇지, 그런데 게다가 사위들까지 상냥했다면 나는 너무 행복해서 벌을 받았을 것이란 말요. 그애들하구 같이 살 때는 사실 옛날 내집에서 데리고 살던 때처럼, 그애들의 목소리를 듣고,

그애들이 옆에 있는 것을 알고, 그애들이 왔다갔다하는 것을 보는 것만으로도 내 심장은 뒤집혔을 것입니다. 둘이 다 훌륭한 차림을 하고 있던가요?」

「네네」하고 으제느가 말했다.「그렇지만 고리오 영감님, 당신은 그런 부잣집에 딸들을 시집보내고서도 어째서 이렇게 초라한 집에 살고 계시는 겁니까?」

「뭘요」하고 그는 얼핏 보기에 무관심한 태도로 말했다.「더 좋은 곳에 산다고 한들 무슨 소용이 있겠습니까? 나는 아무래도 이런 것을 잘 설명할 수가 없군요. 그저 한두 마디라도 조리에 닿게 말을 할 줄 몰라서 그렇단 말요. 모든 건 여기 있는 겁니다.」하고 가슴을 툭툭 치면서 그는 덧붙였다. 「이 내 생명은 두 딸의 마음속에 있는 겁니다. 그애들이 즐거운 생각을 할 수 있고, 행복하고, 깨끗한 모양을 하고 있으면, 양탄자 위를 걸을 수 있으면, 나야 어떤 옷을 입고 있거나 어떤 곳에서 잠을 자거나 무슨 상관이 있겠습니까? 그애들이 따뜻하게 지낼 수 있으면 나는 춥지 않고, 그애들이 웃으면 나도 괴로운 것이 없는 걸요. 내 슬픔은 그애들의 슬픔뿐입니다. 당신도 아버지가 되어서 자식들의 재잘거리는 소리를 듣고,『이 애들은 나로부터 나온 것이다.』하고 생각하면, 그 귀여운 것들이 당신의 피 한 방울 한 방울과 연결되어 있고, 그들을 당신 피의 정화라고 느끼면——사실이 그러니까 말이오——당신도 그애들의 피부에 닿아 있다는 것을 느끼고, 그애들이 걸으면 자기도 걷고 있는 것처럼 느끼게 될 것입니다. 그애들의 목소리가, 내가 어디 있든 귀에 들려오고 있는 것입니다. 그애들의 눈 표정이 슬프든가 하면, 내 피는 얼어붙어 버립니다. 장차 당신도 알게 되겠지만, 우리들 자신의 행복 이상으로, 어린애들의 행복으로부터 행복감을 느끼는 것이지요. 그것을 잘 설명할 수는 없지만 어쩐지 이렇게 마음이 느긋해져서 몸 속 전체가 기분좋게 편안해진다고나 할까요. 요컨대 나는 세 사람 몫을 살고 있는 거요. 한 가지 이상한 이야기를 해드릴까요? 그럼 말씀드리겠습니다만, 나는 아버지가 되었을 때 하느님이란 것을 알았습니다. 하느님은 아무데나 존재하고 계시다오. 아무튼 삼라만상이 모두 하느님으로부터 나온 것이니까요. 라스티냐씨. 나도 딸들에 대해서는 마찬가지랍니다. 다만 나는 하느님이 이 세상을 사랑하시는 것 이상으로 내 딸들을 사랑합니다. 왜냐하면 세상은 하느님처럼 아름답지 않지만, 내 딸들은 나 이상으로 아름답기 때문입니다. 그애들이 내 영혼에 착 달라붙어 있기 때문에 나는 당신이 오늘 저녁 그애들을 만나시는거나 아닌가 하는 느낌을 포착할 수 있었던 것입니다. 정녕 그 귀여운 델핀느를 행복하게, 마음속으로부터 사랑받고 있는 여자들처럼 행복하게 해주는 남자가 있다면, 그렇지요, 나는 그 남자의 장화를 닦아 주고, 그 남자의 심부름을 뛰어다니며 해주겠어요. 심부름하는 애로부터, 그 고약스런 드 마르세 씨라는 인간이 상상 외로 나쁜 인간이라는 얘기를 듣고서, 그 인간의 목을 비틀어 주고 싶은 생각이 여러 번 들었습니다. 밤에 우는 꾀꼬리처럼 사랑스러운 목소리를 하고, 모델처럼 멋들어진 몸매의 그런 보석 같은 여자를 사랑하지 않는다니. 그애가 저 키가 작고 뚱뚱한 알자스 사람 같은 것하고 결혼하다니, 도대체 어디를 보고 선택했는지 모르겠단 말입니다. 그애들 둘에게 필요한 것은, 더 상냥스럽고 멋있게 생긴 젊은 남자였습니다. 그런데 그애들은 저희들 마음대로 골라 버렸다오.」

아버지로서의 고리오 영감은 숭고했다. 으제느는 그처럼 부성애에 불타고 있는 모습을 아직 본 적이 없었다. 여기서 한 가지 주목할 것은, 감정이라는 것이 가지고 있는 침투력이다. 아무리 거칠고 보잘것없는 사람이라도 강력하고 진실한 감정을 표현하게 되면 그 인간으로부터 특수한 유동체가 발산되어, 얼굴 표정을 변화시키고, 동작을 활발하게 하며, 목소리에는 윤이 흐르게 된다. 때때로 둘도 없는 우둔한 인간이 정열의 작용에 의해서 언어 면에서가 아니라 정신적인 면에 있어서, 가장 우수한 웅변의 영역에 달하고, 찬란하게 빛나는 세계 속을 움직이고 있는 것처럼 보일 때가 있다. 바로 이때 영감의 목소리와 동작 속에는 위대한 배우가 보여 주는 전달력이 있었다. 우리들의 아름다운 감정이라는 것은 적어도 의지의 시가 아니겠는가?

「그럼 당신도 아마」 하고 으제느가 그에게 말했다. 「그녀가 드 마르세와 헤어질 것이라고 들어도 언짢게 생각하지는 않겠지요. 그 멋쟁이 사나이는 갈라티오느 대공비와 은근한 사이가 되기 위해서 그녀를 버린 겁니다. 저는 오늘 밤 델핀느 부인을 사랑하게 되고 말았습니다만.」

「설마」 하고 고리오 영감이 말했다.

「정말입니다. 그녀도 싫은 표정은 아니었습니다. 우리들은 한 시간 이상 사랑에 대한 말을 했습니다. 그리고 모레 토요일엔 그녀를 만나러 가게 되어 있습니다.」

「아아, 친애하는 라스티냑 씨. 당신이 그애의 마음에만 들어 준다면 나도 당신을 지극히 사랑하게 될 것입니다. 당신은 상냥하니까 그애를 괴롭히거나 하지 않겠지요. 그애를 배반하기라도 한다면, 누구보다도 먼저 내가 당신의 목을 자르겠어요! 여자에게 사랑은 둘이 아니예요. 알겠어요? 아니, 그러다 보니 나도 바보 같은 소리를 지껄이고 있군요. 으제느 씨 당신에겐 이 방이 추울 겁니다. 그렇지 그래, 그렇다면 당신은 그애와 얘기를 하셨다는 거지요? 뭔가 나에게 전하는 말은 없던가요?」

『아무것두』하고 으제느는 마음속으로 중얼거렸다. 그러나「그 사람은」하고 소리내서 그에게 대답했다.「딸로서 진정한 마음으로 입맞춤을 보낸다고 했습니다.」

「안녕히 가세요, 이웃 양반. 잘 자고 멋진 꿈이나 꾸어요. 내 꿈은 그 한 마디로 벌써 이루어졌습니다. 아무쪼록 하느님께서 당신의 모든 소원을 이루어 주시도록. 오늘밤의 당신은 나에게 천사처럼 상냥하게 해주셨소. 딸애의 숨결을 가져다 주셨소.」

『불쌍한 영감님이다.』하고 으제느는 자리에 들면서 생각했다.『대리석처럼 차가운 마음이라도 눈물을 글썽이지 않고는 견딜 수 없겠다. 저 사람의 딸은 터키 황제에 대한 것만큼도 저 사람에 대한 것은 생각하지 않고 있었다.』

이 대화를 주고받은 후부터는 고리오 영감은 그의 이웃사람을 뜻하지 않았던 상담역이라고나 할까, 친구처럼 대하게 됐다. 두 사람 사이에는 이 노인이 자신 이외의 다른 사람과 결합할 수 있는 유일한 관계가 성립되고 있었다. 정열이라는 것은 결코 계산을 잘못하는 것이 아니다. 고리오 영감은 으제느가 남작 부인에게 있어서 소중한 존재가 되면 자기도 딸인 델핀느와 좀더 가까워질 수 있다고 기대했던 것이다. 게다가 또 그는, 자기의 참된 괴로움을 으제느에게 고백했었다. 그가 매일같이 여러 번 행복을 기구해 주고 있는데도 불구하고, 누싱겐 부인은 아직 사랑의 기쁨을 맛본 적이 없다고 하는 것이다. 확실히 으제느는 영감님의 표현을 빌면, 그가 지금까지 만난 중에서 가장 기분 좋은 청년이었고, 따라서 영감에게는 그가 지금까지 딸에게 주어지지 않았던 모든 기쁨을 줄 수 있는 남자로 생각되었던 것이다. 그래서 영감은 이웃 학생에 대해서 더욱더 증대해 가는 우정을 품기 시작한 것이며, 그것이 없다면 이 이야기의 결말을 아는 것도 불가능했을 것임에 틀림없다.

 이튿날 아침 식사때, 고리오 영감은 으제느 옆에 앉아서, 자기를 보아 달라는 듯이 그를 보는 태도라든가, 그에게 말을 거는 두서너 마디라든가, 게다가 여느 때는 마치 석고상과도 같았던 그 표정의 변화로 하숙인들을 놀라게 했다. 앞서 있었던 대화 이후에 처음으로 학생과 얼굴을 마주한 보트랭은 그의 흉중을 읽어 내려고 하는 듯이 보였다. 이 사나이의 제안을 회상한 으제느는, 어젯밤은 밤을 새워서 자기의 눈앞에 펼쳐진 광대한 영역을 마음껏 생각하면서 지냈지만 역시 타이유페르 양의 지참금 문제를 생각하지 않을 수가 없었고, 다시 없는 도덕적인 청년이 부자집 대를 잇는 딸을 응시하는 것처럼, 빅토린느를 보고 있지 않을 수가 없었다. 우연히 두 사람의 눈이 마주쳤다. 가엾은 처녀도 새로운 옷을 입은 으제느를 매력적이라고 생각하지 않을 수 없었다. 두 사람이 주고받은 눈길의 표정은 매우 의미심장했기 때문에, 으제느는 자기가 그녀에게 있어서 모든 젊은 아가씨들을 사로잡고, 그녀들을 최초로 만난 유혹적인 사나이와 결부시켜 버리고 마는 저 막연한 욕망의 대상이 되고 있다는 것을 의심할 수 없었다. 『팔십만 프랑!』하고 그에게 소리치는 음성이 있었다. 그러나 별안간 그는, 전날의 기억으로 되돌아가서 누싱겐 부인에 대한 자기의 계획적인 정열은 자기에게 일어나는 상념에 대한 안성마춤의 해독제가 된다고 생각했다.

 「어젯밤에는 이탈리아 극장에서 롯시니의 《세빌리아의 이발사》를 하고 있더군요. 그런 근사한 음악은 지금까지 들어 본 적이 없었어요.」하고 그는 말했다.「정말 이탈리아 극장에 특별 관람실을 가질 수 있으면 행복하겠는데요.」

 고리오 영감은 마치 개가 주인 마음의 움직임을 알아차리는 것처럼 재빨리 이 말을 알아들었다.

 「당신들은 참 좋은 팔자시군요.」하고 보케르 부인이 말했다.「남자라는 건 제가 좋은 것을 좋아할 수 있으니 말야」

 「어떻게 해서 돌아왔지? 뭘 타구…….」하고 보트랭이 물었다.

 「걸어서요.」하고 으제느가 대답했다.

 「나 같으면」하고 유혹자가 말했다.「중도에서 그치는 즐거움은 질색이야! 나 같으면 자기 마차를 타고 가서, 자기 특별 관람실에서 보고, 지극히 쾌적하게 돌아오고 싶단 말야. 전부냐, 아무 것도 없느냐! 그것이 내 주의야!」
「거 참 좋은 주의로군요.」하고 보케르 부인이 말했다.
「혹시 당신은 누싱겐 부인을 만나러 가시는 거 아닙니까?」하고 으제느는 작은 목소리로 고리오에게 말했다. 「그녀는 틀림없이 두 팔을 벌리고 대환영할 것입니다. 당신에게 나에 관해서 여러 가지 자질구레한 것을 물을 것으로 생각합니다. 제가 들은 바에 의하면 그녀는 어떻게 해서든 제 친척인 보세앙 자작 부인 집에 초대받고 싶어하는 모양입니다. 그러니까 잊지 말고 전해 주십시오. 저는 그분이 좋아서 어떻게 해서든 그 소원을 이루어 주려고 하고 있다구요.」
라스티냐은 서둘러 법과 대학을 향해 출발했다. 그는 이 을씨년스러운 하숙에 있는 시간을 조금이라도 적게 하고 싶었던 것이다. 그는 너무도 격렬한 희망에 사로잡힌 청년들이 경험하는, 그 머리가 혼란해진 상태에 있으면서, 거의 온종일을 빈둥빈둥 돌아다녔다. 보트랭의 이론에 재촉되어 사회생활에 관해서 이것저것 생각하고 있던 그는, 릭상부르 공원에서 친구인 비앙송을 우연히 만났다.
「어째서 또 그렇게 심각한 얼굴을 하고 있는 거야?」하고 그의 팔을 잡고 릭상부르 궁전 앞을 산책하면서 의학생이 말했다.
「나는 그릇된 상념으로 괴로워하고 있어.」
「어떤 종류의? 곧 나아져. 상념이란 것은.」
「어떻게 해서?」
「그것에 따르는 거야.」
「자넨 어떤 문젠지도 모르고 놀리고 있는 거야, 루소를 읽은 적이 있나?」
「응.」
「그가 독자에게 이렇게 묻고 있는 대목을 기억하고 있나? 가령 자기의 사고능력만 가지고 파리에서 한 걸음도 움직이지 않고 중국의 늙은 고관을 죽일 수 있다고 가정하고, 만일 그것과 교환 조건으로 부자가 된다면 어떻게 하겠느냐고 하는?」
「기억하고 있지.」
「그럼, 어떡하겠나?」
「까짓거, 나야 뭐 서른세 번째의 중국 고관을 해치우고 있는 중인데.」

「농담은 집어치워! 알겠어? 그런 일이 가능하고, 그저 약간 고개를 끄덕하기만 하면 틀림없이 이루어진다고 하면 자넨 어떡하겠나?」

「그 고관이란 사람은 나이가 많은가? 그러나 말이야, 젊었든 늙었든, 중년이든 건강하든, 글쎄라…… 음, 아무래도 그건 싫은데.」

「자네는 훌륭한 사나인데, 비앙숑. 그러나 만약 자네가 말야, 자네의 영혼까지 뒤엎어 버릴 듯한 여자에게 반해서 그녀의 몸치장이라든가, 마차라든가, 요컨대 온갖 모든 허영 때문에 돈이, 그것도 대단히 많은 돈이 필요하다면?」

「야아 야, 그렇다면 내 이성을 빼앗아 버리고 나서 거기에다 이성을 발휘하라는 소리 아냐?」

「바로 그거야. 비앙숑, 나는 미쳤단 말야. 고쳐 주게. 나에게는 아름답고 순진한 천사와도 같은 여동생이 둘 있는데, 그녀들을 행복하게 해주려고 생각하고 있어. 지금으로부터 오 년내에 그 지참금 때문에 어디서 이십만 프랑을 발견해 내면 되는 거다. 인생에는 말야, 흥하느냐 망하느냐의 승부를 걸고, 째째하게 벌기 위해서 행복을 깎아 버려서는 안 된다는 것이 있어!」

「자네가 내놓은 그 문제라는 것은 누구든 인생의 출발점에서 부딪치는 문제 아냐? 고르디아스의 매듭을 자네는 한 번에 끊어 버리려 하고 있다. 그렇게 하려면 이쪽이 알렉산더 대왕이 아니면 안 되고, 그렇지 않으면 형무소행이야. 나는 얌전하게 아버지의 뒤를 잇고, 시골에서 조촐한 생활을 할 작정이지만, 그것으로 만족해. 인간의 애정이란 것은 아무리 조그마한 데에서라도 광대한 세계에서처럼 충분히 만족할 수 있는 것이란 말야. 나폴레옹이라고 두 번 저녁을 먹은 것도 아니고, 카퓌생 병원에서 인턴을 하고 있는 의학생 이상으로 많은 수의 애인을 거느렸던 것은 아니야. 우리들의 행복이란 건, 이 사람아, 언제든지 발바닥으로부터 후두부까지의 사이에 들어 있는 거야. 그래서 일 년에 백 루이를 쓰든, 백만 루이를 쓰든, 행복의 내적 자각이란 것은 우리들의 내부에서는 마찬가지란 말야. 그러니까 나는 중국인을 살려 두겠어.」

「고맙다. 자네의 그런 말을 들으니 내 정신이 깨끗해졌다. 비앙숑, 언제까지라도 친구가 되어 주게나.」

「그야 물론.」 하고 의학생은 말을 이었다. 「동식물원에서의 강의에서 나온

2. 사교계에의 등장   443

조금 전에 미쇼노와 프와레를 우연히 만났어. 벤치에 앉아서 어떤 사나이와 지껄이고 있더군. 그 사나이라는 게 작년 의사당 근처에서의 소동 때 본 녀석인데 나는 아무래도 연금 생활로 지내고 있는 구두쇠류의 부르주아로 변장한 경찰의 첩자 같은 느낌이 들었어. 그 두 사람을 감시해 보는 것이 어떨까? 이유는 후일 말할게. 자, 그럼 안녕. 네 시가 되었군. 출석 부를 때 대답하러 가야겠어.」

으제느가 하숙으로 돌아와 보니 고리오 영감이 그를 기다리고 있었다.
「자아」하고 영감이 말했다.「딸애로부터의 편지요. 어때요? 이 아름다운 글씨는!」
으제느는 그 편지를 뜯었다.

    으제느 씨, 이탈리아 음악을 좋아하신다는 것을 아버지로부터 들었습니다. 저의 특별 관람실에 와주시면 그 이상 없는 행복으로 알겠습니다. 토요일에는 라 포도르와 펠레그리니가 노래합니다만 꼭 와주시는 것으로 믿고 있겠습니다. 남편 누싱겐도 저와 함께 가벼운 기분으로 저녁 식사에 와주십사고 말하고 있습니다. 이 청을 들어 주신다면 저를 극장에 데리고 간다는 남편으로서의 고역으로부터 해방될 것이기 때문에 틀림없이 기뻐할 것입니다. 답장은 관계치 마시고 와주시기 바랍니다. 삼가 이만.

「보여 주지 않겠소?」으제느가 편지를 다 읽자, 영감이 그에게 말했다. 「가시겠지요, 네?」하고 편지의 냄새를 맡고 난 다음 그는 덧붙였다.「얼마나 좋은 냄새냐? 그애의 손가락이 여기에 닿았었단 말이에요.」
『여자는 이런 식으로 남자에게 달려드는 것이 아니다.』하고 학생은 마음속으로 중얼거렸다.
『드 마르세를 다시 돌아오게 하기 위해서 나를 이용하려는 거야. 이런 일을 시키는 것은 원망의 마음만 일어나게 하는 건데.』
「왜 그러십니까?」하고 고리오 영감이 말했다.「무얼 그렇게 골똘히 생각하고 있습니까?」
으제느는 어떤 종류의 여자가 지금 사로잡힌, 반 미친 허영심이 어떤 것인가를 몰랐고, 생 제르맹 거리의 살롱에 받아들여지기 위해서라면 은행가의 아내는 어떠한 희생도 마다하지 않을 것이라는 것을 알지 못했다. 당시에는 생 제르맹 거리의 사교계에 출입할 수 있는 여자들을 모든 여자의 상위에 놓는 유행이 시작되었는데, 그녀들은 『프티 샤토의 마나님들』이라고 불리었다. 그중에서도 보세앙 부인과 그 친구인 랑제 공작 부인, 모프리뇌즈 공작 부인들이 최고의 지위를 차지하고 있었다.

쇼세 당탱 거리에 살던 여자들이 동성의 성좌처럼 번쩍이는 상급의 사교계에 들어가려고 얼마나 열광적으로 바라고 있었던가를 모르는 것은 라스티냐 한 사람뿐이었던 것이다. 그러나 그의 시기심은 다행이었다. 그것이 그에게 냉정함을 갖게 해주었고, 저쪽에서 조건을 붙이는 대신 이쪽에서도 조건을 낸다고 하는 슬픈 힘을 주었던 것이다.

「네, 가구말구요.」하고 그는 대답했다.

강렬한 호기심에 끌리어 그는 누싱겐 부인의 저택을 방문하기에 이르렀지만 그와 반대로, 만일 이 여자가 그를 경멸하고 있었더라도 아마 그는 정열의 힘에 끌리어 그곳에 갔을 것이다. 하지만 그는 역시 이튿날 출발할 시간이 거의 못 견딜 정도로 기다려졌다. 청년에게는 최초의 연애에서 홍정 같은 것을 하는 중에 어쩌면 첫사랑의 경우에 못지않은 매력이 존재하는지도 모른다.

성공에 대한 확신은 남자들이 자백하지 않는 무수한 기쁨을 만들어낼 뿐 아니라 또 그것이 어떤 종류의 여자에겐 매력의 전부가 된다. 욕망이란 승리의 곤란함에서도 용이함에서도 같은 정도로 생긴다. 남자의 모든 정열은 확실히 사랑의 왕국을 이등분하는 두 가지 원인의 어느 한 쪽에 의해서 자극되든가 유지되든가 하는 것이다. 이 분할은 사람들이 뭐라고 말하든 역시 사회를 지배하고 있으며 저 기질이라는 큰 문제의 귀결일지도 모른다. 우울성의 인간에겐 교태라고 하는 강장제가 필요하며, 근육질 내지 다혈질의 인간은 너무 끈질긴 저항을 만나면 도주해 버리고 말 것이다. 말을 바꾸어 하면 엘레지라는 것은 본질적으로 임파질적인 것이며, 그와 같은 모양으로 바쿠스 찬가는 담즙질적인 것이다. 몸단장을 하면서 으제느는 놀림을 받을까 두려워서 청년들이 그다지 입에 올리지는 않지만, 그러나 그들의 자존심을 유쾌하게 자극시키는 그 여러 가지 사소한 행복을 맛보았다. 머리카락에 빗질을 하면서도 그는 한 미인의 시선이 이 검은 머리카락 속으로 파고들 것이라고 생각했다. 그는 무도회를 위해서 새옷을 입는 젊은 아가씨에 뒤지지 않을 정도로, 어린애와 같은 교태를 부려 보기도 했다. 옷의 구김살을 펴면서 늘씬한 자기의 스타일을 취한 듯이 바라다보고 있었다. 『세상에는』하고 그는 생각했다. 『더 모양 사나운 자식들이 잔뜩 있는 것은 명백한 사실이다.』 그리고 그는 마침 하숙의 단골들이 정원 식탁에 모여 앉았을 때에 아래층으로 내려가서, 그의 때 빼고 광 낸 몸치장이 불러일으킨 놀리는 듯한 환호성도 기분좋게 받아들였다. 하숙집 특유의 풍속 중 하나는 빈틈없이 치장한 복장이 거기에서 불러일으키는 경탄이다. 하숙집에서 누군가가 새로 마춘 옷을 입으면 반드시라고 할만큼 모두 뭐라고 한 마디씩 한다.

「쯧쯧쯧.」비앙송은 마치 말이라도 달래듯이 혀를 입천장에 퉁기는 소리를 냈다.

「참의원이나 공작님 각하 같군요.」하고 보케르 부인이 말했다.

「여자 사냥에 출동하시는 모양이죠?」하고 미쇼노 양이 지적했다.

「꼬끼요오!」하고 그림장이가 소리쳤다.

「아씨께 안부를 전해 주게.」하고 박물관원이 말했다.

「그에게 아씨가 계신가요?」하고 프와레가 물었다.

「아씨는 아씨이신데 방수가 되어 있어 물 위를 떠서 달리지. 색이 바래지 않는다는 보증도 되어 있고. 가격도 이십오 수우에서 사십 수우. 최신 유행의 체크 무늬로 세탁도 할 수 있고, 입은 기분도 최고. 면 오십 퍼센트. 치통이라든가, 그 외의 왕립 의학 아카데미 공인의 여러 가지 병에도 잘 듣지. 게다가 어린아이들에게도 효력이 즉각 눈앞에 나타나고, 게다가 두통, 포만통 기타 식도나 눈이나 귓병에는 더욱 잘 듣는다.」하고 보트랭은 떠벌이 약장사의 익살스런 능변으로 근사하게 주워섬겼다. 「그러면 그렇게 굉장한 것이 대관절 얼마냐고 여러분은 내게 물었습니까? 이 수우냐고요? 아니 아니. 완전히 거저. 이것은 모굴 대제께 진상한 바 있는 물건의 나머지로 바덴 공을 비롯해서 유럽의 군주·국왕·황제가 모두 한 번 보고 싶다는 대단한 물건! 자아 자, 자꾸 자꾸 들어온다 또 들어온다! 대금은 저쪽의 창구, 자아, 음악! 부루웅 랄라, 트리잉 랄라, 부웅 부웅! 야아, 클라리넷 형님, 음정이 틀렸는데.」하고 그는 쉰 목소리로 계속했다. 「이건 안 되겠어, 한 번 혼을 내야지!」

「어머나, 저 양반 참, 어쩌면 저렇게도 재미있을까?」하고 보케르 부인은 쿠튀르 부인에게 말했다. 「저 양반하고 있으면 정말 심심하지가 않아요.」
 익살스런 어조의 이 대사가 계기가 되어 와아 하고 일어난 웃음소리와 농담의 소용돌이 속에서 으제느는 타이유페르 양의 훔쳐보는 듯한 시선을 포착할 수 있었지만, 그녀는 쿠튀르 부인 쪽으로 몸을 웅크리더니, 그 귓전에 한두 마디 속삭였다.
 「마차가 왔습니다요.」하고 실비가 말했다.
 「저 자식은 어디서 저녁을 먹나?」하고 비앙숑이 물었다.
 「누싱겐 남작 부인의 저택이야.」
 「고리오 영감 딸네 집 말야.」하고 학생이 대답했다.
 그 이름을 듣고 모든 사람의 시선은 옛날의 제면업자에게로 집중되었지만, 노인은 선망의 눈초리로 으제느만을 응시하고 있었다.
 라스티냐은 생 라자르 거리에 도착하였다. 그 집은 파리의 이른바 『아름다운 저택』의 특징으로 되어 있는 고색이 창연한 주랑(住廊)에 가는 원주를 늘어세운 화사한 집으로, 부조 장식이라든가, 석회와 찰흙을 섞어 바른 솜씨라든가, 대리석을 무늬를 깐 계단의 중간 홀 등 돈을 아끼지 않고 온갖 재간을 다 부린 문자 그대로의 은행가의 집이었다.
 누싱겐 부인은 이탈리아 회화를 전시해 놓은 작은 살롱에 있었는데 그곳의 배경은 마치 카페와 꼭 같았다. 남작 부인은 우울한 모습을 하고 있었다. 마음의 상처를 애써 감추려고 그녀가 노력하고 있는 듯한 연기(演技) 같은 데가 한군데도 없었으므로, 더욱더 으제느의 흥미를 끌었다. 자기가 모습을 나타냄으로 해서 한 여자를 기쁘게 할 것으로만 생각하고 있었는데, 와보니 상대는 절망에 빠져 있었다. 그런 계산 착오가 그의 자존심을 자극했다.
 「저는 당신에게 신뢰를 받을 만한 자격이 너무나 없습니다. 부인」하고 그녀의 멍한 표정을 놀려 준 다음에 다시 이어 말했다. 「그렇지만 혹시 당신에게 폐가 되신다면 솔직히 말씀해 주십시오. 당신의 성의는 믿고 있으니까요.」
 「이쪽으로 오세요.」하고 그녀는 말했다. 「당신이 돌아가시면 저 혼자 외토리가 되잖아요. 제 남편은 밖에서 식사를 하실 것이고 저는 혼자가 되고 싶지 않아요. 기분을 전환하고 싶어요.」

「도대체 왜 그러십니까?」
「다른 사람에겐 말해도 당신에겐 말할 수가 없어요!」하고 그녀는 소리쳤다.
「저는 알고 싶은데요. 그럼 그 비밀은 저하고도 관계가 있습니까?」
「어쩌면 그럴지도 모르죠, 아아니 턱도 없어!」하고 부인은 말을 이었다. 「마음속 깊이 간직해 두지 않으면 안 될 부부간의 사소한 말다툼이에요. 그저께도 말씀드리지 않았어요? 저는 행복하지 않아요. 돈의 사슬이라는 건 제일 무거운 것이더군요.」
한 여자가 젊은 남자를 향해 자기는 불행하다고 말할 때, 그리고 그 청년은 총기가 있고 훌륭한 옷을 입었으며, 호주머니 속에는 천오백 프랑이 놓고 있다면, 누구든지 으제느가 중얼거린 것과 같은 생각을 하고, 자만심을 품게 되는 것은 당연한 일이다.
「이 이상 무엇을 바라십니까?」하고 그는 대답했다. 「아름답고, 젊고, 사랑받고 있고, 부자로 살고 있는 당신께서 말입니다.」
「제 일에 대한 말은 안 했으면 좋겠어요.」그녀는 기분이 언짢은 듯 머리를 저으면서 말했다. 「마주앉아 둘이서 식사를 하십시다. 그리고 난 후 더없이 아름다운 음악을 들으러 가십시다. 이거 마음에 드셔요?」라고 말을 잇더니 그녀는 일어나서, 페르샤 풍의 무늬가 있는, 말할 수 없이 호화롭고 사치스러우며 우아한 그녀의 흰 캐시미어 드레스를 펼쳐 보였다.
「저는 당신의 모든 것이 저의 것이었으면 하고 생각합니다. 당신은 참으로 매력적인 분이십니다.」
「거추장스런 짐을 지게 될 거예요.」하고 쓸쓸한 듯이 웃으면서 그녀는 말했다. 「여기 있는 것은 무엇 하나 불행 같은 것을 나타내고 있진 않아요. 그러나 그런 거죽과는 정반대로, 저는 무서운 절망에 빠져 있어요. 걱정거리 때문에 잠을 잘 수가 없어요. 정녕 추한 여자가 되고 말 거예요.」
「온 천만에! 그런 일은 불가능합니다.」하고 학생은 말했다. 「그러나 헌신적인 애정으로도 씻어 버릴 수 없는 그런 걱정거리라는 것이 어떤 것인지 알고 싶다고 간절히 바라고 있습니다.」
「아아, 그것을 말씀드리기라도 한다면 당신은 저로부터 달아나 버리고 말 거예요.」하고 그녀는 말했다. 「당신은 아직 저를 지체 높은 양반의 몸치장의 하나인 유녀(遊女)로밖에 사랑해 주시지 않고 있어요. 그렇지만 정말 본심으로 사랑해 주시기라도 한다면 무서운 절망에 빠지게 되실 거예요. 그런 의미에서 저는 침묵을 지키고 있을 수밖에 없는 거예요. 부탁입니다.」하고 그녀는 말을 이었다.「다른 말을 하지 않겠어요? 제 방을 보여 드리지요.」
「아니, 여기에 있습시다.」하고 으제느는 불 옆에 있는 이인용 긴의자의 누싱겐 부인 옆에 앉으면서 자신만만하게 부인의 손을 잡았다.
그녀는 그가 하는 대로 손을 맡겼을 뿐 아니라, 뜻밖에도 격렬한 감정의 표현이라고 할 수 있을 정도로 청년의 손을 꽉 쥐기까지 했다.
「아시겠어요?」하고 라스티냑은 말했다.「만일 걱정거리가 있으시면, 그것을 저에게 털어놓으시는 겁니다. 저는 당신의 인격 때문에 당신을 사랑한다는 것을 증명할 수 있다고 생각합니다. 당신이 이유를 말하고, 가령 여섯 사람의 사나이를 죽이지 않으면 안 된다고 하더라도 제가 그것을 해결할 수 있도록 괴로움을 털어놓으시든가, 그렇지 않으면 제가 이대로 나가 버리고 두 번 다시 오지 않든가 그 어느 쪽입니다.」
「그렇게까지 말씀하신다면」하고 별안간 절망적인 생각에 사로잡힌 듯 그녀는 소리쳤다.「지금 곧 당신을 시험해 보겠어요. 그렇지」하고 그녀는 또 중얼거렸다.「이젠 이밖에 다른 수가 없어!」그녀는 초인종을 눌렀다.
「어르신 마차에 말이 매어 있느냐?」하고 그녀는 하인에게 물었다.
「네, 아씨.」
「내가 그걸 쓰겠어. 어르신께는 내 마차와 말을 쓰시라고 해라. 식사는 일곱 시 반에 해도 좋으니까.」
「자아, 오세요.」하고 부인은 으제느에게 말했다. 그는 누싱겐 씨의 사륜마차를 타고, 이 여자 옆에 앉아서 꿈을 꾸고 있는 것이나 아닌가 하고 생각했다.
「팔레 르와이얄로 가줘.」하고 그녀는 차부에게 말했다.「프랑세즈 극장 근처에서 서요.」
도중에 그녀는 너무나 괴로운 듯이 보였고 으제느의 무수한 질문에도 대답을 거절했기 때문에, 그는 그런 무언의 완고한 저항을 어떻게 생각해야 좋을지 몰랐다.
『눈 깜짝할 사이에 이 여자는 내 손 안에서 달아나 버릴 것이다.』하고

2. 사교계에의 등장

그는 생각하는 것이었다.

마차가 멈추자 남작 부인은 그의 미친 듯한 물음에 침묵을 강요하는 듯한 표정으로 학생을 보았다.

「저를 정말 사랑하고 계신가요?」 하고 그녀가 물었다.

「그렇습니다.」 하고 그를 엄습하는 불안을 감추면서 학생이 대답했다.

「제가 어떤 부탁을 하더라도 저를 나쁘다고 생각하지 않으시겠어요?」

「네.」

「제가 말하는 대로 해주실 수 있어요?」

「어떤 일이라도.」

「때로 도박장에 가보신 일이 있으세요?」 하고 그녀는 떨리는 소리로 물었다.

「전혀.」

「아아! 그 대답으로 안심했습니다. 틀림없이 운이 틔었어요. 이것이 제 지갑이에요.」 하고 그녀는 말했다.

「이것을 가지시고! 백 프랑 들어 있습니다. 그것이 이 행복한 여자가 가지고 있는 돈의 전부예요. 도박장으로 들어가 주세요. 어디 있는지는 모릅니다만, 팔레 르와이얄 안에 있다는 것만은 알고 있습니다. 이 백 프랑을 루울렛인가 뭔가 하는 도박에 걸어서 전부를 날리든가 육천 프랑을 가지고 돌아오시든가 어느 한쪽으로 해주시기를 바라는 거예요. 돌아오시면 저의 괴로움이란 것을 말씀드리겠어요.」

「저로서는 알쏭달쏭해서 영 무엇을 어떻게 해야 할지 모르겠습니다만, 그래도 말씀하시는 대로 하겠습니다.」 하고 그는 다음과 같은 생각이 주는 기쁨에 젖으면서 대답했다. 『이 여자는 나에게 약점이 잡히는 결과가 될 테니까, 장차 어떤 일이라도 거절할 수는 없게 될 것이다.』

으제느는 예쁘장한 지갑을 받아들고 헌옷 가게에서 가장 가까운 도박장을 물어서 구호실로 달려갔다. 거기에 올라가서 요구하는 대로 모자를 맡겼다. 그는 안으로 들어가서 루울렛 장은 어디 있느냐고 물었다

손님들이 어처구니없어 하며 쳐다보는 가운데 보이는 그를 좁고 긴 테이블 앞으로 데리고 갔다. 구경꾼들이 지켜보는 속에서 으제느는 창피한 체도 않고 대는 돈은 어디 놓는 것이냐고 물었다.

「이 서른여섯 개의 숫자 중 어느 하나에 일 루이를 놓고, 만일 그 숫자가 나오면 삼십육 루이를 받을 수 있는 것입니다.」하고 고상한 인품의 백발 노인이 그에게 말했다.

으제느는 백 프랑을 자기 연령의 수인 이십일 위에 내던졌다. 그가 미처 제정신으로 돌아가기도 전에 경악의 외침이 일어났다. 그는 이겼던 것이다.

「돈을 거둬들이세요.」하고 노신사가 그에게 말했다.「이런 식으로 두 번 계속해서 이기는 일은 없습니다.」

으제느는 노인이 내민 쪽패를 받아들고, 삼천육백 프랑을 자기 앞으로 끌어들였다. 그리고 다름없이 도박에 대해서는 아무것도 모르는 채, 그것을 빨강 위에 놓았다. 구경꾼들은 그가 계속 거는 것을 보고, 부러운 듯이 그를 쳐다보았다. 루울렛이 돌자 그는 또 이겼다. 이리해서 딜러는 그에게 다시 또 삼천육백 프랑을 던져 보냈다.

「당신 앞에는 칠천이백 프랑이 있습니다.」하고 노신사가 그의 귓가에서 속삭였다.「제 말을 신용하신다면, 이젠 돌아가십시오. 빨강은 여덟 번 나왔으니까요. 당신이 만일 자비가 깊은 사람이라면, 이 친절한 충고에 대한 보답으로, 궁핍의 밑바탕에 있는, 나폴레옹 시대에 지사(知事)였던 사람의 보잘것없는 형편을 도와 주시지 않으시겠습니까?」

망연자실했던 으제느는 그 백발의 사나이가 십 루이 가지는 것을 내버려두고, 아직 도박을 전혀 알지도 못한 채, 칠천 프랑을 가지고 그러면서도 자기의 행운에 정신이 멍멍해서 내려왔다.

「자아, 이번엔 저를 어디로 데리고 가시겠습니까?」하고 그는 마차의 문이 닫히자 누싱겐 부인에게 칠천 프랑을 보이면서 말했다.

델핀느는 미친 듯이 그를 힘껏 껴안고 볼에 격렬한 입맞춤을 했지만 정열은 없었다.

「당신이 저를 살려 주셨어요!」기쁨의 눈물이 끊임없이 그녀의 볼을 타고 흘렀다.「무슨 얘기라도 죄다 말씀드리겠어요. 친구이신 당신에게. 그렇지요, 친구가 되어 주시는 거죠? 당신이 보시고 계신 저는 돈 많고, 유복하고, 무엇 하나 부족하지 않은 여자, 적어도 부자유스럽지 않은 것처럼 보이는 여자지요? 그런데 실은 주인인 누싱겐은 한푼이라도 내 마음대로 쓰게 해주지는 않는답니다. 그 사람이 집의 비용이라든가, 내 마차라든가, 특별

관람실의 경비 등을 전부 지불합니다. 저에게는 의상대로서 넉넉하지 않은 금액밖에 주지 않고, 목적이 있어서 일부러 나에게 비참한 생활을 시키고 있는 거예요. 저에게도 긍지가 있기 때문에 애원 같은 걸 하지는 않습니다. 그 사람이 요구하려고 하는 대상까지 제공하고 그 사람의 돈을 받는다면, 저는 최하등의 여자와 같아질 것이 아니겠어요? 칠십만 프랑이라는 지참금을 가지고 온 제가 어째서 헐벗은 상태가 되었느냐 하면 저의 긍지와 돈의 요구에 대한 경멸감 때문이었어요. 갓 결혼했을 무렵에는 우리들은 아직 정말 젊었고, 순진했을 게 아니겠어요? 주인에게 돈을 요구하기 위해서 뭔가 말하지 않으면 안 될 때는 입이 찢어지는 듯한 느낌이 들곤 했어요. 그래서 한번도 요구하지 못하고, 제가 저금했던 돈이든가, 아버지가 저에게 주시는 돈을 쓰고 있었던 거예요. 그러다가 빚이 생겼어요. 결혼 생활은 저에게 있어서 다시 없는 무서운 실망이었습니다만 당신에게 그것을 말할 수는 없는 겁니다. 다만 한마디만 말씀드리면, 각자 따로따로 방을 가지는 것이 아니고, 누싱겐과 함께 지내지 않으면 안 될 형편이라면 저는 창문에서 몸을 던져 죽겠어요. 젊은 여자의 보석이라든가, 사소한 장신구라든가, (불쌍한 아버지 덕택에, 우리들이 가지고 싶은 것은 무엇 하나 거절당해 본 적이 없는 생활에 젖어 있었기 때문에) 그런 빚을 그 사람에게 털어놓고 말하지 않으면 안 되었을 때에는 저는 죽고 싶도록 괴로웠습니다. 그렇지만 어쨌든 용기를 내서 털어놓았습니다. 저에게도 재산은 있었으니까요. 누싱겐은 화가 나서 제가 그 사람을 파산시켜 버리고 말 것이라고 떠들어대면서 그야말로 무서운 말을 했습니다. 저는 쥐구멍이라도 찾아 들어가 버리고만 싶은 심정이었습니다. 제 지참금을 가지고 있었기 때문에 어쨌든 지불해 주기는 했습니다. 그러나 그후부터는 제 용돈을 한정해서 주게 됐는데, 저로서도 싸우고 싶지 않아서 그것으로 참았습니다. 그후 저는 당신도 알고 계시는 분의 자존심에 보답하려고 했습니다.」하고 그녀는 말했다.「제가 그 사람에게 속았다고 하더라도 그 사람의 숭고성을 인정해 주지 않으면 저도 한 팔이 떨어져 나간 사람이 되고 마는 겁니다. 그러나 결국 그 사람은 비열한 방법으로 저를 버리고 말았습니다. 궁지에 빠졌을 때 그 여자가 큰 돈을 던져 주었다면 그 여자를 버리든가 해서는 안 되는 일 아녜요? 언제까지라도 그 여자를 사랑해야 하는 겁니다. 아직 스물한 살의 아름다운 마음씨를 가진 당신, 젊고 순수한 당신은 여자가 어째서 남자로부터 돈을 받을 수 있느냐고 생각하시지는 않나요? 그렇지만 그래요. 우리들을 행복하게 해주시는 분이시라면 어떤 것이라도 서로 나누어 주고받는 것이 당연하잖아요? 무엇이든 모든 것을 주고받았을 때에는 누가 그 전부의 일부분 같은 것을 주저하겠습니까? 돈이 문제가 되는 것은 애정이 없어진 그때부터예요. 생명이 있는 한까지라고 생각하고 결합한 것이 아닌가요? 자기가 정녕 사랑을 받고 있다고 생각할 때, 이 세상에 누가 헤어진다는 생각을 하죠? 영원한 사랑을 맹세해 준다고 하면 어떻게 두 사람의 이해를 나누어 생각할 수 있겠어요? 누싱겐이 오늘 저에게 육천 프랑을 주는 것을 깨끗이 거절했을 때, 제가 얼마나 괴로워했는지 아시겠어요? 그 사람은 오페라 극장에 나가고 있다든가 하는, 딴곳에 살림을 차린 첩에게는 매월 육천 프랑씩 주고 있다고 하던데! 저는 자살을 해버릴까 했습니다. 미친 사람과도 같은 여러 가지 생각이 머릿속에 떠올랐습니다. 하녀라든가, 심부름하는 애의 운명을 부러워할 때까지도 있었습니다. 아버지에게 부탁하러 가는 것만 해도 철없는 짓이에요. 아나스타지와 제가, 둘이서 아버지로부터 모두 짜내버리고 만 걸요. 아버지는 만일 자기가 육천 프랑에 팔릴 수만 있다면 몸이라도 팔았을 것임에 틀림없어요. 가보았자 쓸데없이 아버지를 절망시킬 뿐이었겠죠. 당신이 치욕과 죽음으로부터 나를 구원해 준 거예요. 저는 고통으로 제정신을 잃어버리고 말았습니다. 아아 라스티냐 씨, 당신에게는 이것을 말할 의무가 있었습니다. 저는 정말 당신에게는 미친 사람과도 같이 엉망진창의 엉터리 같은 말을 늘어놓았습니다. 조금 아까 당신이 저와 헤어져서 모습이 안 보이게 되었을 때는 걸어서 달아나 버리고 싶었어요……. 어디라뇨? 모르지요, 그건. 이것이 파리에 사는 여자들의 반수의 생활입니다. 겉으로 보기엔 사치스럽지만 마음속은 비참한 고민으로 가득찼다는 것이. 저는 저보다도 더 불행하고 불쌍한 사람들을 알고 있습니다. 하는 수 없어서 출입하는 상인에게 거짓 청구서를 만들게 하는 여자들도 있습니다. 남편의 돈을 훔쳐 갖지 않을 수 없는 여자도 있습니다. 그래서 어떤 남편들은 이천 프랑짜리 캐시미어 숄을 오백 프랑이면 사는 것이라고 믿어 버리고 다른 남편들은 오백 프랑의 캐시미어를 이천 프랑 정도의 가치가 있다고 생각하고 있는 것입니다. 자식들에게 먹을 것도 주지 않고 속인 돈을 모아서 드레스를 새로 맞추려고 하는 여자도 있습니다. 저는 그런 두려운 사기는 하고 있지 않습니다. 제가 가장 괴로워하는 것은 이런 것입니다. 남편을 제 마음대로 휘두르려고 남편에게 몸을 파는 여자가 있을지라도 적어도 저는 자유의 몸입니다. 가령 누싱겐이 저의 몸을 금화로 덮었다고 하더라도 저는 제가 존경할 수 있음직한 남자의 가슴에 얼굴을 묻고 우는 편을 택하겠어요. 참, 드 마르세 씨도 오늘 밤은 저를 돈을 내준 여자로 간주할 자격은 없습니다.」 그녀는 으제느에게 눈물을 보이지 않으려고 두 손으로 얼굴을 가렸지만, 으제느는 그 손을 치우고 차분히 그녀의 얼굴을 들여다 보았다. 그런 그녀의 모습은 숭고했다. 「감정과 금전문제를 한데 섞어 놓다니, 더러운 짓이지요? 당신에게는 사랑 같은 거 받을 수도 없지 않겠어요?」 하고 그녀는 말했다.

여성을 그처럼 위대하게 보이게 하는 아름다운 감정과, 현대의 사회 구조가 싫든 좋든 그녀들에게 범하게 하는 과오와의 이러한 혼합은 으제느의 판단을 혼동케 하고 있었다. 고통의 소리를 지르면서 그렇게 순진하게 무분별한 태도를 보이는 이 아름다운 여자에게 감탄해서 그는 위로가 되는 상냥한 말을 걸어 주는 것이었다.

「이런 이야기를 반대로 이용해서 저를 학대하든가 하시지는 않으시겠죠?」 하고 그녀는 말했다. 「약속해 주시겠어요?」

「아아, 부인! 저로서는 도저히 그런 짓은 할 수 없습니다.」 하고 그는 말했다.

그녀는 그의 손을 잡고 깊은 감사의 뜻을 표현하는 감정이 가득히 흘러 넘치는 우아한 동작으로 자기 가슴에 꼭 갖다댔다. 「당신 덕분에 또다시 자유롭고 명랑한 여자로 되돌아올 수가 있었습니다. 지금까지는 쇠처럼 무서운 손에 얽매여 살고 있었어요. 이제부터는 검소하게 살면서 낭비하지 않기로 결심했습니다. 그래도 말예요. 저를 귀엽다고 생각해 주세요. 네? 이것은 넣어 두세요.」 하고 그녀는 여섯 장의 천 프랑 지폐를 쥐면서 말했다. 「정확하게 말하면, 당신에게는 삼천 프랑 꾼 것으로 생각하고 있겠어요. 안 그래요? 당신과는 무엇이든 반반으로 하는 것이 원칙일 테니까요.」 으제느의 순수한 양심은 저항했다. 그러나 남작 부인이「공범이 되어 주시지 않는다면 저는 당신을 적으로 간주하겠어요.」라고 말했기 때문에 그는 그 돈을 받으면서 말했다.

「만일의 경우엔 또 우리의 자금이 될 테니까요.」
「그렇게 말씀하시는 것을 저는 두려워하고 있었던 거예요.」 하고 그녀는 순간 파랗게 질리면서 소리질렀다. 「제가 당신에게 있어서 지나쳐가는 여자가 되지 않는 것을 바라신다면 맹세를 해주시기 바랍니다.」 하고 그녀는 말했다. 「두번 다시 절대로 도박에 손을 대지 않는다는 것을. 아아, 제가 당신을 타락시키다니, 그런 결과를 가져온다면 전 괴로워서 죽어 버리고 말 거예요.」

그들은 도착해 있었다. 그런 가난과 호사스런 주택과의 대조는 학생을 망연하게 하고 있었다. 그의 귀에는 또 보트랭의 불길한 말이 울려 오고 있었다.

「거기에 앉으셔서」 하고 남작 부인은 자기 방에 들어가 난로 옆에 있는 이인용 긴의자를 가리키면서 말했다. 「이제부터 굉장히 어려운 편지를 씁니다. 지혜를 좀 빌려 줘요.」

「쓰지 않아도 됩니다.」 하고 으제느는 그녀에게 말했다. 「돈을 봉투에 넣으시고, 수취인명을 쓰시고, 당신의 심부름하는 애에게 보내면 되는 겁니다.」

「어머나, 당신 참 멋진 분이군요.」 하고 그녀는 말했다. 「그렇게 하면 되겠네요. 당신이 교양 있게 자랐다는 것을 그것이 증명해 주는군요. 그 수법은 보세앙식과 꼭 같군요.」 하고 만면에 웃음을 띠면서 그녀는 말했다.

『매력적인 여자다.』 하고 더욱더 감탄을 하면서 으제느는 중얼거렸다. 그는 유복한 창부의 관능적인 우아함이 감돌고 있는 그 방을 둘러보았다.

「이 방 마음에 드셔요?」 하고 그녀는 심부름하는 애를 부르기 위해서 초인종을 누르면서 말했다.

「테레즈, 이것을 네가 드 마르세 씨 집에 갖다 주는데 직접 건네도록 해줘요. 안 계시거든 편지를 받아 가지고 오는 거예요.」

테레즈는 나가는 길에 장난기 어린 눈초리로 으제느 쪽을 힐끗 보는 것을 잊지 않았다. 저녁 준비는 되어 있었다. 라스티냑은 누싱겐 부인에게 팔을 주었고, 부인은 그를 휘황찬란한 식당으로 안내했다. 그는 거기에서 또다시 친척인 보세앙 집에서 감탄한 그 사치에 극한 식탁을 보았다.

「이탈리아 극장에 가시는 날은」 하고 그녀는 말했다. 「저와 저녁을 드시러 오시고 저를 데리고 가주셔야 해요.」

「이런 생활을 앞으로 계속한다면 저도 역시 즐거운 생활에 익숙해질 것입니다만, 저는 아직 이제부터 출세하지 않으면 안 될 가난한 학생입니다.」
「출세하실 거예요.」 하고 그녀는 웃으면서 말했다. 「아시다시피 무슨 일이나 어떻게든 되게 마련이에요. 저만 해도 이렇게 행복해지리라고는 생각하지 못하고 있었는 걸요.」
가능한 것에 의해서 불가능한 것까지 확신하고, 기대에 의해서 사실까지도 뒤엎는다고 하는 것이 여성의 본능 속에 있는 하나의 특질인 것이다. 누싱겐 부인과 라스티냐이 부퐁 극장의 특별 관람실에 들어갔을 때 부인의 만족한 표정은 한층 더 그녀를 아름답게 보이게 했기 때문에 누구든지 약간의 중상을 입에 올렸다. 여자가 방어할 수단을 갖지 못하는, 종종 재미삼아 날조된 그런 중상은, 품행이 단정치 못하다는 것이 사실로 인정되어 버리는 수가 있다. 으제느는 남작 부인의 손을 잡고, 때때로 손가락에 힘을 주면서 음악이 주는 감각을 교환하였고, 손과 손을 통해서 말했다. 그들에게 있어서 그날은 기분좋게 몽롱히 취한 것 같은 하루 저녁이었다. 밖으로 나온 두 사람은 누싱겐 부인이 으제느를 퐁 뇌프까지 바래다 주기는 했지만, 그 도중 내내 팔레르와이얄에서 그처럼 열렬하게, 여러 번 해주었던 입맞춤을 허락하려고는 하지 않았다. 으제느는 그녀의 그러한 모순된 태도를 나무랐다.
「아까의 것은」 하고 그녀는 대답했다. 「뜻하지 않았던 헌신을 보여 준 데에 대한 인사였어요. 그러나 이번에는 약속이 되어 버리고 말기 때문에……」
「그래서 은혜를 모르는 당신은 아무것도 약속해 주시려고 하지 않는군요.」 그는 기분이 상했다. 사랑하는 남자를 열중하게 하는, 또는 초조하게 하는 몸짓으로 그에게 손을 내밀고, 그가 거기에 시큰둥하게 입을 맞추자 그 모양이 그녀를 더한층 기쁘게 했다.
「그럼 월요일에 무도회에서요..」 하고 그녀는 말했다.
교교한 달빛 아래 걸어 돌아오면서, 으제느는 심각한 생각에 잠겼다. 그는 만족하기도 하고, 불만스럽기도 했다. 아마도 그 이유는 그의 욕망의 대상인, 파리에서도 굴지의 아름답고 우아한 여성을 손에 넣을 수 있게 될 듯한 이번 사건에 대한 것을 생각하면 만족해지는 것이었다. 그러나 그의 출세 계획이 무너진 것을 생각하면 불만이 몰려왔기 때문에 비로소 그는 엊그제 자기가 골똘히 생각했던 막연한 생각의 실체를 깨달았다. 실패는 언제든지, 우리

인간들의 과대망상을 일깨운다. 으제느는 파리에서의 생활을 향락하면 할수록 더우더 눈에 뜨이지 않는 가난한 지위에 머무르게 되는 것을 바라지 않게 되어 있었다. 그는 호주머니 속의 천 프랑 지폐를 쥐어 구기면서 제멋대로 이론을 만들어 그것을 자기의 것으로 간주해도 된다고 애써 생각하려 했다. 겨우 그는 뇌브 생트 즈느비에브 거리에 도착했다. 계단을 다 올라가니 불빛이 비치고 있는 방이 보였다. 고리오 영감이 그의 표현을 빌린다면 『딸의 이야기를 듣기 위해서』 문을 열어젖히고 촛대에 불을 붙인 채 놓아 두었던 것이다. 으제느는 그에게 무엇 하나 감추려고 하지 않았다.

「그렇다면 그애들은」 하고 고리오 영감은 질투에서 오는 격한 절망에 몰리면서 소리쳤다. 「내가 한푼도 없다고 생각한단 말이지. 나에게는 아직, 일 년에 천삼백 프랑의 공채가 있는데. 아아 가엾은 내 딸! 어째서 그애는 나한테 안 왔었을까! 내 공채를 팔아서, 원금을 그애들이 갖고 나머지로 또 종신연금을 설정해 둘 수 있는데. 당신은 또 어째서 그애가 곤란을 겪고 있다는 것을 알리지 않았단 말요? 라스티냑 씨, 용케도 그애의 백 프랑에 지나지 않는 돈을 가지고 도박 같은 일을 하러 갈 생각이 났었군요. 내 가슴이 터질 것 같구나! 사위라는 건 모두 그런 것입니다. 아아, 내가 만일 그놈들을 붙잡을 수 있었다면 목을 졸라 주었을 텐데. 제기랄! 울다니, 그애가 울었단 말이지?」

「제 조끼에 얼굴을 파묻고서요.」 하고 으제느는 말했다.

「아 그래요? 그것을 내게 주지 않겠소?」 하고 고리오 영감은 말했다. 「기가 막히는군. 내 딸애가, 내 귀여운 델핀느가 여기에 눈물을 흘렸다니. 어렸을 땐 한 번도 울어 본 적이 없는 그애가! 아아, 딴 것을 사드릴께. 그건 이젠 입지 말고 내게 주고 가지 않으려오? 그애는 결혼 계약에 따르면 자기의 재산을 자유로 할 수 있었는데 말입니다. 그렇구말구! 내일 곧 소송대리인 데르비유한테 가보아야겠다. 그애의 자산 투자를 요구시키도록 하자. 나는 법률에는 자세하단 말야. 이래보아도 연조가 있는 늑대다. 옛날의 송곳니를 다시 한 번 드러내 보일 테다.」

「자아, 영감님. 이것이 번 돈에서 그녀가 준 천 프랑입니다. 그녀를 위해서 조끼에 넣어 두십시오.」

고리오는 으제느의 얼굴을 바라보면서 손을 내밀고 그의 손을 잡더니, 그 위에 눈물을 한 방울 떨어뜨렸다.
「당신은 반드시 성공하실 분이오.」하고 노인은 그에게 말하였다.「하느님은 공평하시니까 말이오. 알아요? 성실이란 것이 어떤 것인지? 이 나는 그걸 잘 알고 있단 말이오. 그래서 당신 같은 양반은 절대로 많지 않다는 것을 단언할 수 있는 거요. 그러면 당신도 내 귀여운 애기가 되어 주시는 거죠? 자아 어서 가서 쉬어요. 당신은 잠잘 수 있을 거예요. 아직 아버지는 아니니까. 그애가 울었다고 가르쳐 주길 잘했소. 그런 줄도 모르고 나는 그애가 괴로워하고 있는 동안 둔마 모양으로 유유히 식사를 하고 있었단 말요. 두 딸에게 눈물을 흘리지 않게 하기 위해서는 아버지이신 하느님도, 하느님의 성자도, 성령도 묶어 팔아 버릴 수도 있는 나란 말이오!」

『정직한 사람』하고 으제느는 자리에 들면서 마음속으로 생각했다.『나도 일생 정직한 남자로서 살고 싶구나. 양심의 소리에 따른다는 것은 기분 좋은 일이로군.』

어쩌면 남몰래 선을 베푸는 일은 신을 믿는 인간만이 할 수 있는 것인지도 모른다. 사실, 으제느는 신을 믿고 있었다. 이튿날 무도회 시간에 라스티냐은 보세앙 저택에 갔고, 부인은 그를 카릴리아노 공작 부인에게 데리고 가서 소개해 주었다. 원수 부인으로부터는 그 이상 없을 정도로 극진한 대우를 받았으며, 그 저택에서 그는 누싱겐 부인을 만났다. 델핀느는 한층 더 으제느의 환심을 사기 위해서, 또 여러 사람의 환심을 사려는 의도에서 정성을 들여 치장했으며, 으제느가 한 번 봐주기를 초조히 기다리고 있으면서도 그 초조해하는 표정을 드러내지 않으려고 애쓰고 있었다. 그의 감정을 꿰뚫어 볼 수 있는 자로서는 이 순간은 달콤하고 아름다운 기쁨으로 충만한 것이었다. 자기의 의견을 내놓지 않음으로써 상대를 지루하게 하고, 생각하는 듯한 행동으로 자기의 기쁨을 감추고, 상대에게 불안을 일으키게 하고, 거기에서 사랑의 고백을 들으려 하고, 약간의 미소로써 상대의 걱정하는 모습이 풀어지는 것을 보면서 즐기는 일을 여러 번 해보지 못한 자가 도대체 있을까? 학생은 이 야회가 열리고 있는 동안 뜻하지 않게 자기 지위의 높이를 깨닫고, 자기가 보세앙 부인의 공인된 친척이라는 것에 의해서 사교계에서 하나의 위치를 차지했다는 것을 알아챘다. 여러 사람이 이미 그의 것이라고 단정을 내리고 있는, 누싱겐 남작 부인을 정복했다는 조건이 그를 더욱 돋보이는 존재로 만들었기 때문에 청년들은 누구나 그에게 선망의 시선을 던지는 것이었다. 그 중의 한둘에게서 이것을 눈치채고, 그는 비로소 자존과 자만의 쾌감을 만끽했다. 이 방에서 저 방으로 자리를 옮기고, 사람들 사이를 누비고 다니면서, 그는 자기의 행운을 화제에 올리고 있는 소리를 들었다. 여자들은 그의 온갖 성공을 예언하는 것이었다. 델핀느는 그를 잃어버리지 않나 하고 걱정이 되어서, 전날에는 그처럼 거절했던 입맞춤을 오늘 밤에는 거절하지 않겠다고 약속했다. 이 무도회에서 라스티냐은 몇 사람의 여성에게 소개되었는데, 그녀들은 모두 우아함을 자부하고 있었고, 쾌적한 사교장을 가진 것으로 알려져 있는 여자들이었다. 그래서 이 야회는 그에게 있어서는 영광스러운 첫 무대의 매력으로 넘쳐 있었던 것이며, 마치 젊은 처녀가 대성공을 거둔 무도회를 잊지 않는 것처럼, 그도 만년에 이르도록 이 날의 기억을 곧잘 회상하곤 했던 것이다. 다음날 점심석상에서 하숙인들을 마주하고, 그가 고리오 영감에게 자기의 성공담을 들려 주고 있을 때 보트랭이 악마적인 조소를 띠기 시작했다.

「그래서 자네는」 하고 이 잔인한 논리가는 소리쳤다. 「사교계의 총아가, 뇌브 생트 즈느비에브 거리의 보케르 관에서 살 수 있다고 생각하고 있나? 모든 점으로 보아서 확실히 존경하지 않을 수 없는 하숙이라고 하더라도, 의리를 가지고 편들어 말할지라도, 도저히 유행의 첨단을 가고 있다고는 할 수 없는 이 집에 말야. 그야 물론 이 집은 호화롭고, 넘쳐흐를 정도의 부귀로 빛나고 있어서, 라스티냐 씨와도 같은 인물의 임시 저택인 것을 자랑으로 여기고는 있지만. 그러나 어쨌든 뇌브 생트 즈느비에브 거리에 있기 때문에 사치라는 것은 모른단 말야. 순수한 족장적인 검소한 집이니까 말이야. 안 그래? 이 사람아.」하고 보트랭은 비꼬는 어조로 말을 이었다. 「파리에서 알려진 인물이 되고 싶다고 생각하면, 말이 세 필에 낮에는 이륜마차, 밤에는 사륜마차 하는 식으로 타고 다니는 것만도 줄잡아 구천 프랑 정도는 필요로 한다. 거기다 양복점에 삼천 프랑, 향수 가게에 육천 프랑, 구둣방에 삼백 프랑, 모자점에 삼백 프랑 사용하지 않으면 자네는 자기의 명예를 손상한다는 결과를 가져온다. 세탁소에는 천 프랑이 들 것이다. 유행의 첨단을 가는 청년이라면 내복을 입는 데도 상당한 주의를 하지 않으면 안 돼. 가장 눈여겨 보는 것이 언제나 바로 내복이니까 말야. 연애와 성당은 깨끗한 제단 보를 요구하는 것이다. 이것은 일만 사천 프랑이 된다. 도박이나 투기나 프레젠트로 자네가 낭비하는 돈에 관해서는 말하지 않겠네. 용돈으로 이천 프랑을 예정하지 않는다는 것은 불가능할 것이다. 나도 그런 생활을 해본 적이 있어서, 그 돈이 필요한 이유는 알고 있어. 또 기본적인 필요 경비로, 식비로서 천 프랑, 침구대로서 천 프랑을 합쳐 보게. 어때? 이 사람아. 이것만으로도 대충 일 년에 이만 오천 프랑은 주머니에서 비틀어 짜내지 않으면 안 돼. 그렇지 않으면 진흙 구덩이에 빠져서 웃음거리가 되고, 자네의 장래·성공·애인과는 안녕이야! 그렇지. 하인과 마부를 잊고 있었다! 자네의 사랑의 편지를 크리스토프에게 보낼 작정인가? 그런 짓을 하면 자살 행위와 마찬가지야. 그뿐만 아냐. 그 편지를 자네가 지금 쓰고 있는 그 종이에 쓰겠는가? 나쁜 말은 안 한다. 경험이 풍부한 노인이 하는 말을 듣는 거야!」 하고 예의 그 베이스의 듬직한 목소리를 점차로 강하게 하면서 그는 말을 계속했다. 「그럴 수 없다면 높고 깨끗한 다락방에 들어앉아 공부나 하면서 깨끗하게 살든가, 아니면 다른 길을 선택해야겠지.」

그리고 나서 보트랭은 타이유페르 양이 있는 쪽을 옆눈으로 보면서 한쪽 눈을 감아보였다. 그 모양은 마치 학생을 타락시키기 위해서 그의 마음에 심어 놓은 유혹적인 이론을 이 눈짓으로 회상케 하여 자기의 목적을 이루려는 것 같았다. 며칠이 지났다. 그 동안 라스티냐은 말할 수 없이 둥둥 뜬 허송세월을 보냈다. 그는 거의 매일 누싱겐 부인과 저녁을 먹고, 그녀와 함께 사교계에 얼굴을 보였다. 아침 세 시나 네 시에 귀가하고, 대낮에 일어나 몸치장을 한 후 날씨가 좋을 때에는 델핀느와 브로뉴 숲을 산책한다는 식으로 시간의 가치도 모르면서 시간을 낭비했다. 마치 대추야자의 암술이 그 결합의 대상인 난숙한 화분을 기다리는 때와도 같은 열정을 가지고 모든 가르침, 모든 사치의 유혹을 흡수하는 것이었다. 그는 판돈이 큰 도박을 했고, 크게 잃든가 따든가 했으며, 얼마 안 가서 파리 청년들의 무절제한 생활에 젖어 버리고 말았다. 최초에 딴 금액 가운데서 그는 어머니와 여동생들에게 천오백 프랑을 갚고, 그 돈에다 아름다운 선물을 붙여서 보냈다. 벌써 오래 전에 그는 보케르 관에서 철수하고 싶다고 예고했음에도 불구하고 정월 말에도 아직 거기 있었고, 어떻게 하면 그곳에서 나올 수 있는가조차도 모르고 있었다. 청년은 누구나 어떤 법칙에 지배되고 있다. 얼핏 보아 그 법칙은 설명이 불가능한 것 같지만, 그러나 실은 그것은 그들의 젊음 그 자체, 그들이 쾌락에 달려들 때의 일종의 광포성 같은 데서 오는 것이다. 부자든 가난뱅이든 그들은 예외없이 생활에 필요한 돈은 언제나 없으며, 그러면서도 그들의 허영을 위해서는 언제든지 돈을 마련한다. 외상으로 살 수 있는 것은 무엇이든 시원시원히 사용하면서도, 그 자리에서 지불하지 않으면 안 되는 것은 무엇이든 인색하게 굴어, 마치 그들이 손에 넣을 수 있는 것은 무엇이나 낭비한다는 행위를 통해 있지 않은 것에 대한 원한을 풀고 있는 것 같다. 그래서 문제를 확실히 하기 위해 말한다면, 학생은 자기의 옷 이상으로 모자를 소중히 여긴다. 왜냐하면 벌이가 크다고 생각하는 양복집의 외상거래는 신용대부를 하지만, 그보다 액수가 낮은 모자집은 학생을, 일시불 하지 않으면 안되는 상대 가운데서도 가장 비타협적인 인간의 한 사람으로 만들어 버리는 것이다. 극장의 발코니에 진을 치고 있는 청년이 미녀들의 오페라 글라스를 향해서 근사한 조끼를 열어보인다고 하더라도, 그가 양말을 신고 있는지 어떤지조차 의심스럽다. 왜냐하면 양품점도 또한 청년의 지갑을 파먹는 바구미 종류이기 때문이다. 라스티냐도 그런 상태에 있었다. 보케르 부인을 위해서는 언제나 비어 있었지만 허영심의 요구를 위해서는 언제든지 가득히 부풀어 있었던 그의 지갑은, 어떤 면에서는 그 이상 없이 당연한 지불을 위해 그의 운명을 따라서 점점 줄어들어 가벼워지고 있었다. 그의 자만심은 정기적으로 굴욕을 핥곤 했다. 이 악취가 진동하는, 더러운 하숙에서 철수하려면, 여주인에게 일 개월의 하숙비를 지불한 후, 거기다 멋쟁이 사나이로서의 새로운 주거를 위하여 가구를 사서 갖추어야만 하지 않겠는가? 그런 일은 언제나 불가능한 것이었다. 도박에 필요한 돈을 수중에 넣게 되면, 라스티냐은 딴돈에서 많은 액수를 꺼내 가지고 좀전에 보석상에서 산 금시계나 금시곗줄을 맡긴 청춘의 그 음산하고 입 무거운 친구인 전당포에 가지고 가는 재치 있는 감각은 있었지만, 식비나 방세를 물고, 우아한 생활을 경영하는 데 필요불가결한 도구를 산다는 단계에 이르면 아무런 생각도 떠오르지 않았고, 또 결단성도 생겨나지 않았다. 흔히 있는 욕망, 예를 들면 허영심을 채우기 위해서 진 빚 같은 것은 아무런 지혜도 가르쳐 주지 않았다. 그런 나날을 보내는 생활을 경험한 인간은 대개가 그렇지만, 그도 역시 최후의 최종적인 날이, 그것도 몇 시간도 남지 않은 시각이 되지 않으면, 상인들에게 있어서는 신성한 차용금을 청산하지 않았던 것이다. 마치 저 미라보가 환어음이라는 가치없는 형태로 나타나지 않는 한, 빵값을 지불하지 않았던 것과 같은 것이다. 이 무렵 라스티냐은 있는 돈을 다 쓰고, 빚을 지기 시작하고 있었다. 학생은 그제서야 고정된 수입 없이 그런 생활을 계속하는 것은 불가능할 것 같다는 것을 이해하기 시작하고 있었다. 그러나 그런 근심스러운 상황의, 몸을 쑤시는 듯한 고통에 신음하면서도 그는 자기가 지금 생활의 과대한 향락을 아무래도 단념할 수 없다는 것을 느끼고, 어떻게 해서든지 그것을 계속하려고 노력했다.

출세 때문에 그가 기대하고 있었던 요행은 모두 꿈으로 사라지고, 현실의 장애만이 자꾸만 더 불어 갔다. 누싱겐 부부의 생활의 비밀에 정통해 가고 있는 동안에 그는 연애를 출세의 도구로 바꾸려면 어떠한 치욕도 감수하고, 청춘의 과오를 메꾸어 주는 고매한 상상도 단념하지 않으면 안 된다는 것을 깨닫고 있었다

외면적으로는 태연하지만 내적으로는 양심의 가책이라는 온갖 모든 벌레에 침식되어, 순간적인 기쁨과 부단한 고민이라는 값비싼 대가로 갚아가고 있는 이 생활을 그는 자진해서 선택하고, 마치 라 브뤼에르의『멍청한 사람』이 진흙구덩이를 잠자리로 한 것과 같이, 그 속에서 몸부림치며 돌아다니고 있었던 것이다.

그러나『멍청한 사람』과 같이 그는 아직도 의복밖에는 더럽힌 것이 없었다. 「그래 일전에 말하던 중국 고관은 죽였는가?」하고 어느 날 식탁에서 일어나면서 비앙숑이 그에게 물었다.

「아직은」하고 그는 대답했다.「하지만 벌레 같은 목숨이야.」

의학생은 이 말을 농담으로 받아들였지만, 그것은 단순한 농담만은 아니었다. 꽤 오랜만에 하숙에서 저녁을 먹은 으제느는 식사하는 동안 내내 깊은 사색에 잠겨 있었던 것이다. 디저트가 나온 후 그는 나가 버리지 않고 타이유페르 양 옆에 앉은 채 식당에 남아서 때때로 그녀에게 무엇을 생각하는 듯한 시선을 보냈다.

몇 사람의 하숙인이 아직도 식탁에 남아서 호도를 먹고 있었고, 다른 몇 사람은 하던 얘기를 계속하면서 왔다갔다하고 있었다. 거의 매일 밤 그렇게 하는 것처럼, 각자가 모임에 대해서 품는 관심의 정도에 따라, 혹은 음식을 소화시키기 위한 필요에 따라, 제 마음대로 자리를 일어나 나가 버렸던

것이다. 겨울에는 여덟 시에 식당이 완전히 비는 일이 드물었지만, 그래도 여덟 시가 되면 네 사람의 여자만 남아서, 이 남성 중심의 모임 속에서 여자이기 때문에 할 수 없이 지킬 수밖에 없었던 침묵의 앙갚음을 하는 것이었다.

으제느가 무슨 생각을 골똘히 하고 있는 그 모양을 이상하게 생각한 보트랭은 처음에는 마치 서둘러 나가는 것처럼 행동해 보이고는 그대로 식당에 남아서 내내 으제느가 있는 데서는 보이지 않는 곳에 자리를 잡고 있었다. 그래서 으제느는 그가 나가 버리고 만 것으로 알고 있었다. 그리고 보트랭은 제일 나중에 나가는 하숙인들을 따라 나가지도 않고, 몰래 객실에서 대기했다. 그는 학생의 심중을 읽고, 어떤 결정적인 징후를 예감했던 것이다.

라스티냑은 사실 많은 청년들이 경험한 바 있는 어떤 당혹할 만한 상황에 놓여 있었다.

애정에서 나온 것이든 교태든, 누싱겐 부인은 그에 대해서, 파리에서 쓰이고 있는 외교술의 비술을 모두 이용하여 참된 정열의 모든 고민을 맛보게 해오고 있었던 것이다. 보세앙 부인의 친척되는 남자를 자기 옆에 붙들어매 두기 위하여 일부러 여러 사람에게 화제가 되게 하는 행동을 취한 그녀는 이제 와서 이미 그가 행사하고 있는 것처럼 보이는 권리를 실제로 그에게 주기를 주저하고 있었다. 한 달 전부터 그녀는 너무나 으제느의 관능을 계속 자극해 왔기 때문에, 결국 그녀는 그의 마음까지 사로잡기에 이르렀던 것이다.

이 교제의 처음에는 학생은 자기가 곧 지배자라고 생각하고 있었다. 그러나 지금은 누싱겐 부인 쪽이 좋든 나쁘든 파리 청년의 마음속에 자리잡고 있는 두서너 사람의 남자가 가지는 여러 가지 감정을 으제느의 마음속에 불러 일으키는 교묘한 솜씨를 부렸기 때문에, 두 사람 사이에서 강자가 되어 있었다. 부인에게 있어서 그것은 계산에서 나온 것이었는지도 모른다.

아니, 그렇지는 않다. 여자라고 하는 것은 설혹 아무리 거짓말을 하고 있는 때라도 언제나 진실한 것이다. 왜냐하면 그런 때라도 그녀들은 무엇인가 자연스런 감정에 의해 움직여지고 있기 때문이다. 어쩌면 델핀느는 이 청년에게 뜻하지 않게 자기에 대한 그런 커다란 권력을 가지게 하고, 너무나 뚜렷하게 애정을 보여 버렸기 때문에 자존심이라는 감정에 따라서 자기가 일단 주었던 양보를 취소하든가, 일시 중단했는지 모르겠다.

파리 여자가 정열에 끌리는 바로 그때, 그 전략의 도중에서 머뭇거리고, 자기의 미래를 위탁하려고 생각하는 남자의 마음을 시험해 보는 것은 지극히 자연스러운 것이 아닌가. 누싱겐 부인의 모든 희망은 첫번 연애에서는 배반당했고, 젊은 이기주의자에 대한 그녀의 성의는 무시당했을 뿐이었다. 그녀는 깊이 의심할 이유가 충분히 있었던 것이다. 혹은 그녀는 조급한 성공으로 상기된 으제느의 초조해하는 태도에서 두 입장의 변칙적인 차이가 야기한 경시와 같은 것을 확인했는지도 모른다. 그녀는 틀림없이 이 연령의 남자의 눈에 위엄이 있는 것을 보여 주고 싶었던 것이고, 그녀를 버린 남자 앞에서 그처럼 오랫동안 기를 펴지 못하고 있던 후여서 이 청년에 대해서는 의젓하게 보이고 싶다고 생각했음에 틀림없다. 특히 으제느가 이전의 그녀가 드 마르세의 것이었다고 하는 사실을 알고 있는 바로 그것 때문에, 그녀는 그에게 용이하게 정복될 수 있는 여자라는 인상을 주고 싶지 않았던 것이다.

끝으로 또, 글자 그대로 젊은 방탕자라는, 사랑이 아닌 비천한 쾌락을 견디어 내지 않으면 안 되었던 그녀는, 꽃이 난만한 사랑의 나라를 소요하는 것에 너무나도 큰 안위를 느꼈기 때문에, 그 여러 가지 경치에 황홀하여 조용히 풀의 흔들림을 듣고, 향기로운 미풍에 언제든지 애무되고 싶다는 것이 하나의 소망이었으리라. 다시 말해 진정한 사랑이 잘못된 사랑의 보상을 지불하고 있었다고 할 수 있다.

불행하게도 그런 모순은 최초로 배신받은 타격이 젊은 여자의 마음속에 얼마나 많은 꽃을 꺾는 것인가를 남자들이 모르고 있는 동안은 절대로 사라지지 아니할 것이다.

이유야 어쨌든 넬씬느는 라스티냐을 농락하였으며, 또 그를 농락하는 것에서 즐거움을 맛보고 있었다고 하겠다. 그것은 자기는 틀림없이 사랑받고 있다는 것을 알고 있었고, 자기의 고상한 즐거움으로써 언제든지 연인의 비탄을 멈추게 할 자신이 있었기 때문이었다.

으제느의 이기심은 어떻게 해서라도 최초의 사랑이 실패하는 결과로 끝맺고 싶지 않았기 때문에 처음의 성 위베르의 제일에 어떻게 해서든 큰 짐승을 쏴잡으려는 사냥꾼처럼, 그 추격의 손을 늦추지 않았다. 초조든 상처받은 자존심이든, 진짜든 가짜든, 절망의 발작이 더욱더 그를 이 여자에게 붙들어맸다. 파리 사교계에서는 누싱겐 부인은 이미 그의 것이라는 소문이

퍼져 있었지만, 그는 그녀에 대해서 처음 만났던 날보다 조금도 진척된 것이 없었다.

여자의 교태가 제공하는 이익이, 때로는 그녀가 애정을 주는 기쁨보다도 더한 것이라는 것을 아직 모르고 있었던 그는, 쓸데없는 분노에 빠져 있었다. 여자가 애무를 거절하는 동안에는 확실히 라스티냐에게 첫물처럼 신선한 과일맛을 느끼게 해주었다고는 하나, 그것은 아직도 푸르고 신맛을 띤 채 높이 달려 있었다.

때로는 자기가 돈 한푼 없고, 장래도 없는 것을 생각하여 양심의 소리가 제지하는 것도 그는 듣지 않고, 보트랭의 제의를 곰곰이 새겨 보았다. 타이유페르 양과의 결혼에 의한 재산 취득의 성부에 대해서 생각했다. 마침 이때 그는 가난의 괴로움이 너무나 큰 신음소리를 내는 시기에 다다랐기 때문에, 마음에는 거의 없었지만 종종 그를 현혹해 버리는 저 무서운 눈초리를 한 스핑크스의 계략에 차츰 걸려들어갔다. 프와레와 미쇼노 양이 방에 올라가고 난 후, 라스티냐은 보케르 부인과 쿠튀르 부인밖에 남아 있지 않은 줄 알고, 게다가 쿠튀르 부인이 소매를 짜면서 스토브 곁에서 졸고 있었기 때문에, 타이유페르 양이 저도 모르게 눈을 내리깔지 않을 수 없는 상냥함이 깃든 눈으로 한참 동안 그녀의 얼굴을 보았다.

「으제느 씨, 무슨 고민거리라도 있으신가요?」하고 얼마 동안 침묵이 흐른 뒤 빅토린느가 그에게 물었다.

「도대체 걱정거리가 없는 사람이 어디 있습니까?」하고 라스티냐은 대답했다.「우리들 젊은 사람은, 이쪽이 언제든지 기뻐서 치르는 희생에 상대가 헌신적으로 보답해 주는, 정말로 사랑받고 있다고 확신할 수만 있으면, 어쩌면 걱정거리도 전혀 없어질는지도 모르겠습니다.」

타이유페르 양은 대답하는 대신 조금도 애매한 기색이 없는 시선을 그에게 던졌다.

「아가씨, 당신은 지금 자기 마음에 확신을 가질 수 있다고 생각하고 계시겠지요? 그렇지만 자신의 마음이 절대로 변하지 않는다고 보증할 수 있습니까?」

가엾은 아가씨의 입 언저리에, 그녀의 영혼에서 용솟음쳐서 나온 한 줄기의 광선과도 같은 미소가 번지고, 그것이 그녀의 얼굴을 밝게 빛냈기 때문에 으제느는 그런 격한 감정의 폭발을 유발해 낸 것에 무서움을 느낄 정도였다.
 「천만에요. 만일 내일이라도 당신이 부자가 되든가 행복하게 됐다고 하더라도, 만일 대단한 재산이 덩굴째 굴러들어왔다고 해도, 고난받고 있던 시대에 당신이 좋아하던 가난뱅이 청년을 계속해서 사랑할 수 있다고 생각합니까?」
 그녀는 사랑스러운 표정으로 고개를 끄덕였다.「게다가 매우 불행한 청년을 말입니다.」하고 묻자 또 그녀는 끄덕였다.
 「어머나, 당신들은 무슨 그런 쓸데없는 소리를 하고 있는 거예요?」하고 보케르 부인이 소리치자「내버려 두세요.」하고 으제느가 대답했다.「우리들은 진실을 이야기하고 있으니까요.」
 「그렇다면 으제느 드 라스티냐 기사 양반과 빅토린느 타이유페르 양 사이에 결혼 약속이 교환됐다는 뜻입니까?」하고 보트랭은 그 굵은 음성으로 말하면서 식당 쪽에 모습을 나타냈다.
 「어머나, 깜짝 놀라지 않습니까?」하고 쿠튀르 부인은 보케르 부인과 동시에 말했다.
 「그렇지요. 그다지 나쁜 선택은 아니잖습니까?」하고 웃으면서 으제느는 대답했지만, 그러나 보트랭의 목소리는 그에게 지금까지 느꼈던 것보다 더 잔혹한 충격을 주었다.
 「엉터리 같은 농담은 말아 주십시오」하고 쿠튀르 부인이 말했다.「자아, 빅토린느, 방으로 올라가요.」
 보케르 부인도, 초와 난로의 불을 절약하기 위해 그녀들 방에서 저녁 한때를 보내려고 둘의 뒤를 따라갔다. 으제느는 보트랭과 둘만 남아서 서로 얼굴을 마주하게 되었다.
 「자네가 머지않아 이렇게 나올 것이라는 것은 미리 내가 알고 있었단 말야.」하고 보트랭은 태연자약하게 침착성을 유지하면서 그에게 말했다.「그러나 어쨌든 내 말을 좀 듣게! 나도 인간으로서의 보통 인정은 가지고 있다고 자부한다. 지금 곧 결심하라고는 하지 않아. 지금의 자네는 보통 상태가 아니기 때문이란 말야. 자네는 빚이 있어. 정열이나 절망에 쫓긴 나머지, 아니 그래서가 아니고 이성을 가지고 결심하고 나와 손을 잡아 주었으면 한다. 어쩌면 자네는 천 에퀴 정도 필요한 거 아냐? 어때, 필요한가?」

악마 같은 이 사나이는 주머니에서 지갑을 꺼내더니 천 프랑 지폐를 석 장 세어서 그것을 학생의 눈 앞에서 흔들어 보였다. 으제느는 그 무렵 말할 수 없는 괴로운 입장에 있었다. 그는 다쥐다 후작과 트라이유 백작에게 구두 약속으로 건 내기에 져서 백 루이의 빚이 있었다. 그것을 지불할 만한 돈이 없었기 때문에, 그날밤은 초대를 받고 있음에도 불구하고 레스토 부인 댁에 갈 용기가 나지 않아 그냥 있었던 것이다. 그것은 과자를 집든가 차를 마시든가 하는 정도의 대수롭지 않은 모임이었지만, 휘스트로 육천 프랑을 없앨 수도 있는 모임이었다.

「보트랭 씨」하고 으제느는 겨우 떨림을 감추면서 말했다.「그런 이야기를 듣고 난 후에 당신으로부터 은혜를 받든가 할 수가 없다는 것을 당신으로서도 잘 알 터인데요.」

「그건 그렇군. 그렇게 나오지 않는다면 자네는 나에게 괴로움을 줄 사람인지도 모르지.」하고 유혹자는 말을 이었다.「자네는 섬세하고, 또 사자처럼 긍지가 있고, 어린 처녀처럼 상냥스러운 참으로 훌륭한 청년이야. 이후 좀더 고등정치학적인 고찰을 쌓으면 세상을 있는 그대로 보게 될 것이네. 대수롭지 않은 미덕의 그림 연극을 두서너 번 상연하기만 하면 어지간히 우수한 인간이 아닌 한, 맨 땅바닥에 앉은 얼빠진 족속들의 박수 갈채를 받으면서 온갖 모든 허영을 만족시킬 수 있다네. 정말 자네가 만일 내 학생이 될 생각만 있다면 어떤 목적이라도 성취시켜 주겠는데. 자네가 소원하기만 한다면, 명예든 재산이든 여자든, 자네가 무엇을 바라든 그 소원대로란 말일세. 자네가 우리들의 철부지 어린애, 우리들의 귀염둥이가 된다면, 우리들은 모두 자네를 위해서는 목숨이라도 바친다는 말일세. 자네에게 방해가 되는 것은 무엇이든 짓이겨 버리고 말겠단 말야. 이렇게 말해도 아직도 의심이 간다고 하면, 자네는 나를 악당이라고 생각하기 때문이겠지. 그렇다면 말하겠는데, 자네가 아직도 가지고 있다고 생각하는 그 정도의 청렴결백함을 갖춘 인물로서, 튀렝느 장군만 하더라도 산적들과 약간의 거래를 좀 했다고 해서 새삼 자기에게 허물이 된다고는 생각지 않았단 말이야. 자네는 내 은혜 같은 건 입고 싶지 않다는 거지? 그렇다면 그것으로 좋아!」하고 빙그레 웃음을 홀리면서 보트랭은 말을 이었다.

「어쨌든 이 종이 조각을 받아 두고, 여기에다 한 자 적어 주게나.」하고 어음 용지를 꺼내면서 그는 말했다.「여기에다 옆으로 『일금 삼천오백 프랑 정 정히 영수하나이다. 단 변제기간은 일 년으로 한다.』고 말야. 그리고 날짜를 넣고. 이자는 상당히 비싸니까, 자네로선 양심의 부담은 느끼지 않아도 된다. 나를 수전노라고 부르고 일체 감사할 의무 같은 것은 없다고 생각해도 좋단 말야. 언젠가 나를 좋아하게 될 것은 뻔하니까, 오늘의 경우는 아직 경멸을 받더라도 너그럽게 봐주도록 하지. 나라는 인간 속에는 얼빠진 족속들이 악덕이라고 부르는 그 끝없는 심연, 그 똘똘 뭉쳐진 굉장한 감정이 있기는 하지. 그러나 자네가 나라는 인간을 비겁자라든가, 배은망덕한 놈이라고 생각할 수는 결코 없을 거야! 요컨대 나는 장기의 졸이나 말이 아니고 포란 말이야, 이 사람아.」

「도대체 당신은 무얼 하는 사람입니까?」하고 으제느는 소리쳤다.「당신은 나를 괴롭히기 위해 태어났습니까?」

「천만의 말씀, 나는 자네가 이제부터 일생을 두고 흙탕 속에 빠지지 않게 하기 위해서 내가 그 흙탕을 뒤집어쓰려는 친절한 사나이란 말야. 어째서 그렇게 극진히 대하느냐고 의아스럽게 생각하는가? 그래도 좋아! 앞으로 언젠가 자네에게 귓속말로 살짝 가르쳐 줌세. 내가 사회질서라는 종의 음색과 기계조직을 가르쳐 주겠는데, 자네는 우선 처음에는 깜짝 놀랄 걸세. 그러나 자네의 그 첫번째 공포도 전장 마당에 임한 신병의 공포처럼 깨끗이 사라져 없어져 버리고 말 거야. 그리고 인간이라는 것은, 제 마음대로 임금자리에 오르는 족속들을 위해 자신이 기쁘게 죽을 각오를 하고 있는 병사 같은 것이라고 하는 생각에 곧 익숙해지는 동물이야. 시대는 완전히 달라졌어. 옛날에는 자객에게 『여기에 백 에퀴가 있다. 아무개라는 사나이를 없애 주게!』라고 말하고서 지극히 사소한 일로 한 인간을 감쪽같이 암살하곤 태연하게 저녁 식탁을 마주했던 거야. 그러나 지금 나는 자네가 약간만 고개를 세로 저으면 굉장한 재산을 제공하려고 제안하고 있다. 그렇게 한다고 해서 자네의 명예를 위태롭게 하는 것은 하나도 없는데 자네는 망설이고 있다. 겁장이들만 살고 있는 세상이 돼버리고 만 셈이다.」

으제느는 어음에 서명하고 나서, 석 장의 지폐와 교환했다.

「좋았어! 그런데 한 가지, 진짜 얘기를 하잔 말이다.」하고 보트랭은 말을 이었다.「나는 이제부터 몇 달 지나면 아메리카로 가서 담배 재배를 하려고 한다. 우정의 정표로 자네에게도 시가를 보내겠어. 만일 부자라도 된다면 자네를 원조해 주겠네. 애를 만들 수 없으면(있을 수도 있는 일이지, 접목을 해서까지 자손을 남기고 싶은 생각은 별로 없으니까), 그리되면 내 재산을 자네에게 물려 줌세. 그것이 사나이의 우정이라는 것이 아니겠나. 정말 나는 자네가 좋단 말야. 내 도락이라는 것은, 자기 이외의 다른 남자를 위해서 최선을 다한다는 거야. 지금까지도 이미 그렇게 해왔단 말야. 알겠어? 이 사람아. 나는 다른 녀석보다 한 단 높은 세계에 살고 있단 말야. 나는 행동을 수단이라고 생각하고, 목적밖에 안중에 없어. 나에게 있어서 인간이란 무엇이냐? 이런 것이란 말야.」 하고 그는 엄지손가락의 손톱을 이에 대고 소리냈다.「인간이란 것은 모든 것이냐 아니냐 하는 것이지. 그 자식의 이름이 프와레라고 한다면, 그놈은 제로 이하다. 납작하게 빈대처럼 문질러 죽여도 상관없어. 고약한 냄새를 내겠지만 말야. 그러나 그 자식이 자네 같은 사나이라고 한다면, 신과 같은 존재야. 그런 인간은 이젠 가죽을 씌운 단순한 기계가 아니고, 둘도 없는 아름다운 감정이 약동하는 무대라네. 그리고 나는 감정으로서만 살고 있는 거야. 감정이란 것은 사고로 화한 세계 그것이 아닐까? 고리오 영감을 봐. 그에게 있어서는 두 딸이 우주의 전부고, 그녀들이야말로 피조물의 세상을 살아가는 영감을 인도하는 실이란 말야. 그런데 말이다. 인생을 성실하게 파내려간 나에게 있어서는 다만 하나의 진정한 감정밖에, 사나이와 사나이의 우정밖에 아무것도 존재하지 않아. 피에르와 쟈퓌에, 그것이 내 정열이란 말야. 나는 《구원받는 베네튀아》(영국의 극시인 오트웨이의 비극으로 1685년의 작품)를 전부 외고 있다.『자아, 시체를 묻으러 가세』라는 친구의 권유를 받았을 때, 한마디도 군소리 안 하고, 설교로 그 자식을 괴롭히지도 않고 따라가는 정도로 담대한 사나이들을 그렇게 많이 알고 있느냐 말야. 나는 그것을 했단 말야. 상대가 누군지 분별 없이는 이런 말은 하지 않아. 그러나 자네는 보통 인간이 아니기 때문에 자네에게는 무슨 소리라도 할 수 있지. 자네라면 무엇이라도 알아 주니까 말야. 자네는 여기서 우리들 주위에 있는, 저 거머리나 개구리들이 살고 있는 늪 같은 데서 언제까지나 첨벙거리면서 살지는 않을 거란 말야. 자아 그러면! 이것으로써 하고 싶은 말은 다 했다. 그러니까 결혼을 하는 거야. 서로가 쿡쿡 찌르고 나아가자! 내 검 끝은 쇠로 되어 있어서 절대로 무뎌지지는 않는단 말야.

핫핫하!」
 보트랭은 학생의 기분을 편하게 해주기 위해서 그의 부정적인 답변을 들으려 하지 않고 나가 버리고 말았다.
 그는 인간이 자기에 대한 체면을 차리기 위해서 이용하고, 비난해야 할 행위는 자기의 눈에 정당화시키기 위해서 소용에 닿게 하는 그러한 사소한 저항, 약간의 사소한 싸움의 비밀을 알고 있는 듯이 보였다.
 『그놈은 그놈대로 제 좋을 대로 하면 되는 거야. 나는 타이유페르 양하고는 절대로 결혼하지 않을 테다!』하고 으제느는 중얼거렸다.
 이 사나이에게 혐오를 느끼고 있으면서도, 그 사나이의 사상의 통렬함 그 자체, 사회를 하나로 뭉뚱그려서 상대하고 맞서는 그 대담성으로 말미암아 그의 눈에도 점차로 크게 보이기 시작하는 이러한 사나이와 드디어 협약을 맺어 버렸다는 생각에 라스티냐은 몸 속이 뜨거워져서 불안한 기분을 맛보았지만, 이내 그는 옷을 갈아입고 마차를 불러서 레스토 부인의 저택으로 갔다. 수일 전부터 부인은, 한 걸음 한 걸음 상류 사교계의 한가운데로 진출하여 언젠가는 그 영향력이 무서워해야 할 존재가 될 것임에 틀림없다고 생각되는 이 청년에 대해서 지금까지의 그것보다도 갑절 호의를 보이게 되었던 것이다. 그는 트라이유 씨와 다쥐다 씨에게 빚을 갚고, 밤의 한때를 휘스트로 보내서 먼저 잃어버렸던 돈을 되찾았다. 이제부터 자기의 길을 헤치고 나아가야 함에도 불구하고, 대개 운명론자라고 하는 족속의 태반과도 같이 미신가였던 그는 그런 행운 속에서 정도를 지켜 나가고자 하는 자기의 집요성에 대한 하늘의 보상을 보려고 했다. 이튿날 아침 그는 서둘러 보트랭에게 어제의 어음을 아직 가지고 있느냐고 물었다. 가지고 있다는 대답에 그는 안도의 기쁨을 노골적으로 보이면서, 삼천 프랑을 보트랭에게 갚았다.
 「만사는 순조롭게 되고 있어.」하고 보트랭이 그에게 말했다.
 「그러나 나는 당신과 한패가 되고자 하는 건 아닙니다.」하고 으제느는 말했다.
 「알고 있어, 알고 있단 말야.」하고 그의 말을 막으면서 보트랭은 말했다. 「자네는 아직 어린애 모양으로 앵돌아져 있군그래. 문께에서 하찮은 일에 걸려 있다는 뜻이야!」

3. 불사신의 사나이

그로부터 이틀 후, 프와레와 미쇼노 양은 인적이 드문 동식물원의 오솔길에 있는 양지바른 벤치에 앉아서, 의학생이 어쩐지 수상하다고 본 그 사나이와 이야기하고 있었다.
「미쇼노 씨」하고 공뒤로 씨가 말하는 것이었다. 「어떤 의미에서 당신이 그런 걱정을 하시는지, 잘 모르겠군요. 왕국 경찰 장관 각하께서……」
「호오, 왕국 경찰 장관 각하께서라니……」하고 프와레가 되물었다.
「네, 각하께서 이 문제에 관심을 기울이고 계셔서 말입니다.」하고 공뒤로가 말했다.
머리는 텅 비었다곤 하지만 말단 공무원 출신인 프와레는 확실히 시민적인 미덕을 갖춘 인물이었기 때문에, 뷔퐁 거리의 연금생활자라는 그 사나이가 경찰이라는 말을 입에 올리면서 정직한 남자인 체하며 제르잘렘 거리의 끄나불 같은 얼굴을 드러냈을 때, 더욱 그 이야기에 귀를 계속 기울였다고 한다면, 정말이라고 믿을 사람이 과연 있을까? 그러나 이 이상 당연한 일은 없었던 것이다. 이미 약간의 관찰자에 의해서 행하여지긴 했지만, 오늘까지 아직 공표된 적이 없는 다음과 같은 고찰을 읽으면, 누구든 어리석은 자의 군중 속에 속해 있는 이 프와레라는 특별한 족속을 더 자세히 이해할 수 있게 될 것이다. 즉 이 세상에는 펜으로 먹고 사는 족속들이 있다. 그들은 국가 예산에 의해 생활하고 있다. 천이백 프랑의 봉급으로 시작되는 북위 일 도의 지역은 행정상의 녹색지대이며 삼천 프랑에서 육천 프랑이라는 더 따뜻한 봉급이 시작되는 북위 삼 도 사이는 특별 수당을 받을 수 있으며, 재배가 어려움에도 불구하고 때로는 꽃이 활짝 피는 온대 지역이다.

이런 말단 공무원의 선천적 편협성을 가장 잘 나타내는 특징의 하나는, 모든 부서에서 그 위대한 거물, 지위가 낮은 공무원으로부터는 『장관 각하』라는 이름의 읽기 힘든 서명으로서만 알려져 있는 그 거물에 대한 이 네 글자가 《바그다드의 칼리프》의 『이르 본드 카니』(이 가극 중에서 회교 왕이 다른 이름으로 변장하고 밤의 바그다드 거리에 나타난다)에게 필적하며, 이들 보잘것없는 족속들의 눈으로 보면 승낙 여부가 필요없는 신성한 권력을 구현하고 있는 글자라는 것이다. 그리스도 교도들에게 있어 교황이 절대적인 것처럼, 말단 공무원의 눈에 각하는 행정상 과오가 없는 절대적 존재인 것이다. 그가 발산하는 광휘는 그의 행위·말, 그의 이름으로 명령되는 언어에까지 미치는 것이다. 그는 모든 것을 장관복의 자수로 장식하고, 그가 명령하는 모든 행동을 합법화한다. 그의 의도의 순수성과 의지의 신성성이 증명되는 각하라는 칭호가, 아마도 가장 용인하기 어려운 관념임에도 불구하고 패스포드 역할을 하는 셈이다.

이 불쌍한 족속은 자기 이익을 위해선 하지 않던 것이라도, 일단 각하라는 칭호가 입에 오르기만 하면 당장 급급해서 그것을 실천에 옮기는 것이다. 관청도 군대와 같이 그 나름의 맹목적인 복종 제도가 있다. 그것이 양심을 질식시키고, 하나의 인간을 망치고, 때론 그를 마치 나사의 태엽처럼 정부라는 기계에 적응시켜 버리는 것이다. 때문에 사람을 알아볼 줄 아는 공뒤로 씨는 재빠르게 프와레 속에서 그러한 관료적인 바보스러움을 알아차리고, 이제는 자기의 계획을 털어놓으며 프와레를 현혹시켜야만 했을 때 각하라고 하는 이 낱말을 주문처럼 내놓은 것이다.

그에게 있어서 프와레라는 인물은, 미쇼노를 사나이로 한 것같이 보였고, 동시에 또 미쇼노도 프와레를 여자로 한 것처럼밖에 보이지 않았다.

「각하께서 친히, 장관 각하가…… 이렇게 되니까, 말이 참 이상하게 돼 버리는데.」 하고 프와레가 말했다.

「들으시는 바와 같이 당신도 이 편의 판단에는 신뢰를 두고 계시는 것 같은데요」 하고 이번에는 미쇼노 양에게 말을 걸면서, 위장 연금생활자가 말했다. 「그런데 말입니다. 각하께선 지금 보케르 관에 기숙하고 있는 보트랭이라는 사나이가 뚤롱의 사형장에서 탈주한, 『불사신』이라는 별명으로 알려져 있는 사형수란 것을 돌이킬 수 없는 확실한 사실로 알고 계시다는 겁니다.」

「그래요? 불사신이라고?」하고 프와레는 말했다.「정말 그 별명대로라면 운이 좋은 사나인데요.」

「물론이죠.」하고 형사가 말을 이었다.「그런 별명으로 불려지게 되기까지는 그 자식이 몇 번씩이나 대담하기 이를 데 없는 짓을 해치우면서도 언제나 운좋게 목숨을 잃지 않았기 때문입니다. 그 자식은 참으로 위험한 사나이란 말예요. 여러 가지 특출한 능력을 타고났을 뿐더러, 곧잘 엄청난 짓을 하는 놈입니다. 중죄를 선고받은 일만 해도 그 패들간에는 그 자식이 대단한 모양으로……」

「그럼 명예로운 사나이란 말이군요?」하고 프와레가 물었다.

「그놈 나름의 명예를 가지고 있지요. 남의 죄를 자진해서 떠맡았단 말예요. 그 자식이 지극히 귀여워하고 있던 대단한 미남 청년이 범한 위조죄를 말입니다. 그 이탈리아 청년은 상당한 도박꾼이었는데 그후 군에 들어갔고, 게다가 이젠 정신이 들어서 나무랄 데 없는 성실한 청년이 된 모양입니다.」

「그러나 경찰 장관 각하께서도 보트랭 씨를 틀림없는『불사신』이라고 확신하고 계시다면, 어째서 우리들 같은 사람에게 용무가 계실까요?」하고 미쇼노 양이 물었다.

「아아, 그거 말입니까?」하고 프와레가 말했다.「장관 당신이 실제로 알려준 것처럼 무엇이든 확증을 갖고 계신다면……」

「확증이라고 하시면 지나친 말씀이고, 그저 그런 게 아닐까 하고 주목하고 있는 겁니다. 문제는 이런 것이지요. 즉,『불사신』이란 자크 콜랭은, 세 군데 사형장의 전폭적인 지지를 받고 있어서 그들의 대리인, 회계담당으로 뽑혔던 겁니다. 당연히 그런 일에는 낙인 찍힌 사나이가 필요하니까. 그는 이 일에 종사하면서 꽤 많이 벌었습니다.」

「핫핫하 미쇼노 씨, 이제 말뜻을 알아들었어요? 이분은 그가 낙인이 찍혔기 때문에 뛰어난 사나이라고 한 것입니다.」

「그 엉터리 보트랭은」하고 형사는 계속해서 말했다.

「죄수들의 임금을 어떤 사업에 투자도 하고, 그들을 위해 보관도 합니다. 경우에 따라선 탈옥해 오는 탈옥수의 비용으로 쓴다든가 혹은 유서로 지정된 그들의 유족에게 전한다든가 또 그 앞으로 된 수표를 정부들도 쓸 수 있도록

3. 불사신의 사나이

정부들에게 발행하면……」

「정부들에게요? 결국 그들의 마누라라는 의미로 말씀하고 계시는 거지요?」하고 프와레가 주를 달았다.

「아니, 그렇지 않아요. 죄수에게는 보통 우리들이 내연의 처라고 부르고 있는 호적에 들어 있지 않은 여자밖에는 없으니까요.」

「그럼 그들은 모두 내연 관계의 상태로 살고 있다는 겁니까?」

「그렇지요.」

「그럼 말씀 올리겠는데」하고 프와레가 말했다.「그런 망측스런 일을 장관 각하께서 방임해 둘 수는 없는 일 아닙니까? 당신은 각하를 뵐 수 있을 뿐더러 인도적인 생각을 가지고 계시는 것 같아서 한 말씀 드립니다만, 사회 일반에 대단히 유감스러운 표본이 되고 있는 그런 인간들의 부도덕한 행위에 관해서 각하께 주의의 말씀을 올리는 것이 마땅한 일이 아니겠습니까?」

「그러나 정부는 뭐 그들을 모든 미덕의 표본으로서 감옥에 넣는 것은 아니니까요.」

「하긴 그렇지요. 그러나 한 말씀 더 올린다면……」

「이봐요, 이분이 말씀하시는 것을 들읍시다. 프와레 씨」하고 미쇼노 양이 말했다.

「아시겠습니까? 미쇼노 여사.」하고 공뒤로가 말을 이었다.「정부가 대단한 액수가 되는 그 비합법적 기금을 압류할 것에 중대한 관심을 기울이는 이유가 바로 여기에 있는 겁니다.『불사신』은 몇 사람 정도의 그네들 소유의 돈만이 아니고,『일만조』에서 나온 돈도 갖고 있어서 상당한 금액을 은닉하고 있는 모양입니다.」

「일만 인의 도둑조합이란 말입니까?」하고 프와레가 깜짝 놀라 소리쳤다.

「아니,『일만조』라는 것은 고급도둑이라고 할까, 규모가 큰 악당 조합으로서 일만 프랑의 벌이도 안 되는 일은 손을 대지 않는 족속들의 조합입니다. 이 조직은, 곧장 중죄재판소로 가는 악당 가운데서도 가장 솜씨가 비상한 놈들로 구성되어 있습니다. 아무튼 법률을 너무나 잘 알고 있기 때문에 붙들려도 사형을 선고받을 성싶은 위험한 짓은 절대로 안 합니다. 콜랭이 바로 그들의 신뢰를 받는 대리인이자 상담역인데, 이 사나이는 방대한 자금의 힘으로 사설 경찰이라고 할까, 굉장한 연락망을 구성하고 있는데다가 그것을 아무리 애써 찾으려 해도 정체를 파악할 수 없는 수수께끼로 감추어져 있어요. 우리들도 일 년 전부터 그놈의 주위에 스파이를 넣어두었는데 아직까지 그놈의 내막을 알 수가 없단 말이오. 그 때문에 그의 기금과 재능이 끊임없이 악덕을 키워서 범죄의 자금을 제공하고, 부단한 교전 상태에 있는 악당들의 집단을 사회에 유지시키는 힘이 되고 있는 겁니다.『불사신』을 붙잡아서 그놈의 금고를 압수하는 것은 악을 그 근본부터 제거하는 것이 됩니다. 그래서 이 수사는 국가적 문제, 고등정치 문제가 되고, 그 성공에 협력한 사람들에게도 대단한 명예가 될 것입니다. 당신만 하더라도 프와레 씨, 다시 한 번 관청에 근무하시게 되면 총경의 비서쯤은 될 수 있을 겁니다. 그런 근무라면 연금을 받는데도 별 지장이 없어요.」

「그럼 어째서」하고 미쇼노 양이 물었다.「『불사신』은 그 기금을 가지고 도망치지 않지요?」

「그야」하고 형사가 말했다.「죄수의 돈 같은 것을 훔쳤다가는 어디에 숨더라도 그를 죽일 사명을 띤 사나이에게 뒤를 밟히게 되니까요. 게다가 그런 기금이란 것은 양가의 처녀를 유괴하는 것처럼 그렇게 간단하게 가지고 달아날 수 없는 것이니까요. 콜랭만 하더라도 도저히 그런 흉내는 낼 수 없는 사나이입니다. 자기 명예가 더럽혀진다고 생각하기 때문이지요.」

「옳아요」하고 프와레가 말했다.「말씀하시는 그대롭니다. 정말 명예를 더럽히게 되겠군요.」

「말씀은 잘 알겠습니다만, 그러면 왜 깨끗이 그 사람을 붙잡아들이지 않는지 그것이 잘 납득되지 않는군요.」하고 미쇼노 양이 말했다.

「그겁니다. 미쇼노 여사, 대답해 올리지요…‥. 그러나」하고 그는 그녀의 귀에 대고 속삭이듯이 말했다.「이쪽 분이 일일이 따지고 들어 말이 중단되지 않게 해주셨으면 합니다. 그렇지 않으면 빨리 이 얘기가 끝나지 않으니까요. 그처럼 자기의 말을 들어 주기를 바란다면, 나 같은 사람은 부자 영감이 아니면 안 되니까요.『불사신』그놈이 이곳에 와선 건실한 인간의 탈을 쓰고, 파리의 선량한 시민으로 행세하면서, 그다지 남의 눈에 띄지 않는 하숙에 들었습니다. 빈틈없는 놈이니까요. 절대로 허물을 드러내지 않아요. 그런 경로로 보트랭 씨는 일단 상당히 발이 넓은 장사를 하고 있는 존경할 만한 인물이 된 셈이지요.」

「물론이지.」하고 프와레는 혼잣말로 중얼거렸다.
「장관 각하는 만일 실수해서 보트랭 씨를 체포하든가 해서, 파리의 상인들이나 여론의 공격을 받고 싶지 않다는 거죠. 경시총감님의 지위도 위태롭고, 이래저래 적이 많은 겁니다. 만일 실수라도 하게 되면 그의 지위를 노리는 사람들이 비방이나 자유주의자의 비난을 이용해서 그를 실각시키려 할 것입니다. 이번 일만 하더라도 그 엉터리 생트 엘레느 백작 코냐르(정확히는 코와니야르. 탈옥 죄수이면서 생트 엘레느 백작의 가명으로 입대하여 중령까지 됐으나 발각된 실재 인물)의 사건 때 모양으로 처리하지 않으면 안 됩니다. 만일에 그것이 진짜 생트 엘레느 백작이었다면 우리들은 치도곤을 맞았을 게 아닙니까. 그래서 확증을 잡지 않으면 안 된다는 겁니다.」
「네, 그렇지만 필요한 것은 아름다운 여자겠지요?」하고 미쇼노 양이 대담하게 말했다.
「『불사신』은 여자를 가까이 하지 않을 겁니다.」하고, 형사는 말했다. 「미쇼노 여사, 내가 비밀을 하나 가르쳐 드릴까요? 그는 여자를 좋아하지 않아요.」
「그럼, 그런 확증을 잡기 위해서 제가 무슨 역할을 할 수 있는지 모르겠군요. 가령 제가 이천 프랑으로 그 일을 맡는다고 하더라도.」
「그 이상 간단한 것은 없습니다.」하고 이 낯선 사나이가 말했다. 「당신에게 조그마한 병을 하나 드리겠습니다. 그 안에는 생명에는 전혀 위험이 없는 졸도 정도의 발작을 일으키게끔 특별히 조제된 물약이 일정량 들어 있습니다. 이 약물은 포도주에도 커피에도 섞을 수 있는 겁니다. 곧 상대의 남자를 침대로 옮기고, 그러고 나서 숨을 쉬는가 안 쉬는가 확인하는 척하고 옷을 벗기는 겁니다. 옆에 아무도 없는 틈을 타서 손바닥으로 철썩 어깨를 치는 겁니다. 그렇게 하면 낙인 찍힌 글자가 나타날 것이 아닙니까?」
「그런 일이라면 아무것도 아니군요.」하고 프와레가 말했다.
「그럼 승낙해 주시겠습니까?」하고 공뒤로가 노처녀에게 물었다.
「그렇지만」하고 미쇼노가 말했다. 「글자가 나타나지 않는 경우에도 이천 프랑을 받을 수 있는 겁니까?」
「그건 안 됩니다.」
「그럼 대체 어느 정도의 수고료를 주시겠어요?」

「오백 프랑입니다.」

「그런 얼마 안 되는 것 때문에 그런 엄청난 짓을 하다니, 양심의 괴로움은 어느 쪽이든 마찬가진데, 제 양심의 괴로움을 치료해야만 될 거 아닙니까?」

「그렇구말구요. 내가 보건대」 하고 프와레가 말했다. 「미쇼노 여사는 대단히 청렴결백한 분으로, 매우 매력적이고 지극히 사물에 정통한 분이라는 것은 말할 것도 없는 사실이니……」

「이렇게 합시다.」 하고 미쇼노 양이 말을 받았다. 「만일 『불사신』이라면 삼천 프랑 주시지요. 아무것도 아닌 사람이라면 한푼도 안 받을 테니까요.」

「좋습니다」 하고 공뒤로가 말했다. 「단 내일 그 일에 착수해 주시는 조건으로.」

「잠깐 기다리세요. 제 고해 신부님에게 상담을 하지 않으면 안 돼요.」

「빈틈이 없는 분이시군요!」 하고 형사는 일어나면서 말했다. 「그럼 또 내일, 만약 저에게 급한 용무가 계시면 생트 샤펠르 성당 가운데뜰 안에 깊숙이 있는 생트 안느 오솔길로 와주십시오. 둥근 천장 아래, 입구는 하나밖에 없으니까요. 공뒤로를 만나고 싶다고 말하면 됩니다.」

퀴비에의 강의에서 돌아오는 도중 비앙숑은 『불사신』이라는 매우 이색적인 단어에 얼핏 귀를 기울이고, 그 유명한 보안 과장이 『좋습니다』고 하는 말을 들었다.

「어째서 이야기의 귀결을 짓지 않았지요? 삼백 프랑의 종신 연금을 탈 수 있다는데.」 하고 프와레가 미쇼노 양에게 말했다.

「어째서라뇨?」 하고 그녀가 말했다. 「잘 생각해 보지 않으면 안 돼요. 만일의 경우 보트랭 씨가 그 『불사신』이라면, 그와 승부를 내는 것이 돈벌이가 더 되는지 모르잖아요. 그렇다고 해서 그에게 돈을 요구하면 눈치를 채게 될 것이고, 게다가 그냥 줄행랑을 놓고 말 사나이인지도 모르고. 그렇게 되면 어처구니없는 실수를 하게 되는 거 아녜요?」

「설사 알린 결과가 됐다고 해도」 하고 프와레가 말을 이었다. 「아까 그 사람이 말했듯이 그는 감시를 받고 있잖아요? 그렇게 되면 당신은 아주 손해를 보게 된단 말입니다.」

『게다가』 하고 미쇼노 양은 생각했다. 『원래부터 그 사나이는 마음에 안 들어. 나에게 불유쾌한 말밖에 하지 않았으니까.』

「그렇지만」 하고 프와레가 계속했다. 「당신은 결과적으로 사회에 유익한 일을 하시는 것이 됩니다. 아까 그분은 복장이 단정한 것은 말할 것도 없을 뿐더러 매우 훌륭한 분으로 보였는데, 그분도 말했듯이 설령 아무리 덕행을 쌓았다고 하더라도 범죄인을 사회에서 제거한다는 것은 법률에 복종하는 행위니까요. 제 버릇 개 못 준다고 하잖아요. 그가 또 심심풀이로라도 우리들을 모두 죽이려고 한다고 생각해 보세요. 우리들은 제일 먼저 당하는 피해자일 것은 말할 것도 없고, 그 살인 행위를 방조한 셈이 될 테니까요.」

생각에 정신이 팔렸던 미쇼노 양은 급수장의 덜 잠긴 수도꼭지에서 똑똑 방울져 떨어지는 물방울 모양으로, 프와레의 입에서 흘러 떨어지는 말에는 귀를 기울일 여유가 없었다. 이 노인이 무슨 부탁을 늘어 놓기 시작했을 때, 미쇼노 양이 그것을 중지시키지 않으면 그는 마치 기계의 태엽이 풀린 것처럼 언제까지나 지껄여대는 것이었다. 처음에는 이런 화제에 대해서 말하고 있는 듯하다가는 탈선에 탈선을 거듭해 가는 동안 아주 정반대의 것을 논하게 되고, 그러면서도 무엇 하나 결론은 나오지 않는 것이다. 보케르 관에 도착할 무렵에는 그는 과도한 일련의 비약과 인용에 말려들어가 있었고, 그 결과 라굴로라는 인물과 모랭 부인의 사건(1818년에 일어난 사건으로 모랭 미망인이 라굴로 씨를 살해하려고 하다가 징역형에 처해졌다)으로 피고측 증인으로서 출정했던 당시의 공술 내용을 말하기 시작하고 있었다. 하숙에 들어서면서 그 여자는 으제느 드 라스티냐과 타이유페르 양이 사이좋게 정다운 듯이 이야기하고 있는 모습을 놓치지 않고 보았다. 얼마나 대단한 이야기를 주고받고 있는지 젊은 두 사람은, 나이든 두 하숙인이 식당을 가로질러 갔을 때까지도 그들을 전혀 의식하지 못했다.

「아무래도 나중에는 저렇게 될 것이라고 짐작하고 있었어요.」 하고 미쇼노 양이 프와레에게 말했다. 「한 주일 전부터 둘 다 정신없이 뚫어지게 보고만 있더라니!」

「그렇습니다.」 하고 그는 대답했다. 「그래서 유죄 선고를 받았지요.」

「누가요?」

「모랭 부인이.」

「저는 빅토린느 양의 일을 말하고 있는 거예요.」 하고 미쇼노 양은 무슨 애기인지 눈치채지 못하고 프와레의 방으로 들어가면서 말했다. 「그런데도 당신은 모랭 부인이라고 대답을 하니 그 모랭 부인이란 대체 누구예요?」
「그럼 빅토린느 양은 무슨 죄를 겼습니까?」하고 프와레가 물었다.
「으제느 드 라스티냐 씨에게 반했다는 죄밖에요. 어떤 함정인지도 모르면서 깊은 곳으로 빠져들어가고 있는 거예요. 가엾어라!」

그날 아침 으제느는 누싱겐 부인에 의해서 절망의 구렁에 빠져 어쩔 줄을 몰랐다. 마음속 깊은 곳에서는 완전히 보트랭에게 몸을 맡겨 버리고 있어서, 벌써 이 사나이가 자기에게 품고 있는 우정이란 동기에서도 그런 약속의 장래는 생각하려 하지 않고 있었다. 타이유페르 양도 그 이상 없는 달콤한 약속을 주고받으면서 벌써 한 시간 전부터 그가 밟고 들어간 심연에서 다시 그를 끌어내려고 하면 기적밖에 바랄 수가 없을 것이다. 빅토린느는 천사의 음성을 듣는 것 같은 기분이어서 그녀를 위하여 하늘이 열리고 있으며, 보케르 관까지도 무대장치가 극중의 궁전에 주는, 그 환상적인 색채로 장식된 것 같았다. 그녀는 사랑하고 있고, 사랑을 받고 있었다. 적어도 그녀 자신은 그렇게 믿고 있었다. 그리고 모든 하인의 귀찮은 눈을 피해서 이 한 시간 동안 라스티냐의 얼굴을 보고, 목소리를 듣고 있으면, 어떤 여자라도 그녀와 마찬가지로 그렇게 믿지 않을 수 없었으리라. 자기 양심과 싸우면서 자기가 나쁜 일을 하고 있다는 것을 알면서도 그래도 그 나쁜 일을 하려고 하는, 한 여성을 행복하게 해줌으로써 이 지극히 작은 죄를 보상하는 것이라고 자신에게 변명하고 있던 그는, 절망으로 더욱더 아름답게 비치고, 심중에 타고 있는 지옥불로 이상스럽게 번쩍거렸다. 그에게 있어서 다행스럽게도 기적이 일어났다. 보트랭이 즐거운 얼굴로 들어왔던 것이다. 그는 악마적인 재능으로 자기가 맺어 놓은 이 두 젊은이의 마음을 알아차리자 예의 그 조롱하는 듯한 굵은 목소리로 노래를 부르기 시작해서 뜻하지 않게 그들의 기쁨에 찬물을 끼얹었다.

내 귀여운 팡셰트
순진한 게 매력으로……
(1813년에 초연된 악극《질투하는 두 사나이》라는 작품 중에 있는 가사의 일부)

빅토린느는 그때까지의 일생이 불행하기만 했기 때문에, 그것에 못지않은 행복을 가슴에 안고 그 자리에서 달아났다. 불쌍한 처녀! 꽉 맞잡은 손, 볼을 스친 라스티냐의 머리카락, 학생의 뜨거운 입김까지 느껴질 정도로 귀 가까이에서 속삭여진 말들, 허리를 가볍게 안은 손, 목줄기로부터 빼앗긴 입맞춤 같은 것들은 그녀에게 있어서 사랑의 약혼식이었다. 뚱뚱보 실비가 당장에라도 이 찬란한 식당에 들어옴직한 눈치가, 세상의 유명한 사랑 이야기에서 나오는 가장 헌신적인 맹세보다도 더 격하고 열렬하게 이 약혼을 마음 설레도록 만드는 것이었다. 우리 선조들의 아름다운 표현을 빌면 그런 『평범한 사랑의 노래』(우화 시인 라 퐁텐느의 인용)도 한 주일 건너마다 참회를 하러 가는 믿음 지극한 처녀에게는 마치 범죄와도 같이 생각되는 것이었다. 지금 그녀는 후에 부귀와 행복을 얻은 다음 완전히 그에게 몸을 맡겼을 때 보여 주는 이상으로 진심이라는 보배를 아낌없이 주고 말았던 것이다.

「잘됐군그래.」하고 보트랭이 으제느에게 말했다.「두 건달이 싸웠어. 모든 것이 예정대로 잘 진척됐지. 의견의 충돌로 인해 예의 그 비둘기가 내 매를 모욕했단 말야. 내일 클리냥쿠르 광장에서 대결을 하기로 결정을 보았어. 여덟 시 반, 타이유페르 양이 여기서 한가하게 버터를 바른 좁다란 빵을 커피에 적시고 있는 동안, 부친의 애정과 재산을 상속받게 된다. 생각해 보면 이상하단 말야. 저 타이유페르라는 애송이는 어지간히 검술이 능숙해서, 같은 패의 트럼프를 넉장이나 모은 것처럼 자신만만했단 말야. 그러나 그 자식도 살짝 상대의 검을 퉁겨 젖히고 이마를 찌른다는, 내가 발명한 일격으로 쓰러지고 말 거야. 자네에게도 그 찌르는 일격을 가르쳐 줌세. 아무튼 대단한 효력이 있단 말야.」

라스티냐은 망연한 자세로 귀를 기울인 채 아무 말도 대답할 수 없었다. 이때 고리오 영감과 비앙송과 몇 사람의 다른 하숙인들이 들어왔다.

「내가 기대했던 것은 이러한 것이었단 말야.」하고 보트랭이 그에게 말했다. 「자네는 지금 자각하고 행동하고 있다 그거야. 젊은 영웅인 자네야말로 인간들을 조종할 수 있게 될 거야. 자네는 강인한 근성이 있고, 배짱이 있다. 이것으로 내 존경을 받게 된 거지.」

그는 학생의 손을 잡으려 했다. 라스티냐은 날쌔게 손을 안으로 움츠리며 파랗게 질려 의자에 주저앉았다. 마치 눈앞에 피의 바다를 보는 듯했다.

「핫핫하, 아직 자네는 미덕이란 얼룩진 기저귀에 애착이 있는 모양이군그래.」 하고 보트랭은 낮은 소리로 말했다. 「그러나 아버지 돌리방이 삼백만 프랑 가지고 있다. 나는 재산을 조사했단 말야. 지참금이 자네의 성격을 신부의 의상처럼 새하얗게 해줄 걸세. 자네 눈으로 보기에도……」

라스티냐은 더 이상 주저할 수가 없었다. 밤중에라도 타이유페르 부자에게 알려 주러 가기로 결심했다. 이때 보트랭이 그에게서 떠나자 고리오 영감이 그의 귀에다 속삭였다. 「기운이 없는 것 같군요, 으제느 씨. 그럼 내가 즐거운 이야기를 하나 해줄까요? 이리 오시오.」 그렇게 말하면서 늙은 제면업자는 램프의 불을 자기 초에 붙이는 것이었다. 으제느는 호기심이 생겨서 그 뒤를 따라갔다.

「당신 방으로 갑시다.」 하고 영감은 학생방의 열쇠를 실비에게 달라고 말했다. 「오늘 아침 당신은 그애가 당신을 사랑하고 있지 않다고 착각한 모양이지요?」 하고 그는 말을 이었다. 「그애가 당신을 내쫓았다고 해서, 당신은 화가 나서 절망하고 돌아온 모양인데, 참 바보 같은 짓이었소. 그애는 내가 가기를 기다리고 있었던 거요. 알겠소? 우리들은 오늘부터 사흘 후에, 당신이 살게 될 깨끗한 아파트 방에 장식을 끝마치기 위해서 가기로 돼 있었단 말이오. 이것은 비밀이요. 그애는 당신을 깜짝 놀라게 할 작정이니까. 그러나 나는 이 이상 당신에게 비밀을 감춰 두고 싶지 않단 말요. 거기는 다르트와 거리라서 생 라자르 거리에선 아주 가까운 거리요. 당신은 그곳에서 임금님 같은 생활을 할 거란 말요. 마치 신혼 살림처럼 멋진 가구들만 갖추었지. 당신 모르게 우리들은 한 달 전부터 꽤나 여러 가지 일을 해왔거든. 내 소송대리인이 작전을 개시해 주었기 때문에 딸은 지참금의 이자조로 일 년에 삼만 육천 프랑을 받게 될 것이고, 나도 그애의 팔십만 프랑을 확실한 부동산에 투자하도록 요구할 작정이니까요.」

으제느는 침묵을 지킨 채 팔짱을 끼고 어질러 놓은 그의 초라한 방안을 왔다갔다하고 있었다. 고리오 영감은 학생이 저쪽을 향하고 있는 틈을 노려 난로 선반 위에 빨간 모로코 가죽 상자를 내놓았는데, 그 뚜껑에는 금박으로 라스티냐 집안의 문장이 새겨져 있었다.

「으제느 씨」 하고 가엾은 영감이 말했다. 「나는 이번 일로 완전히 정신이 나가 버린 것 같소. 그렇지만 나에게도 실은 속셈이 있다오. 당신에게 이사해 달라는 것은 나에게도 좋은 조건이 있기 때문이라오. 당신도 거절하지는 않겠지요? 내가 어떤 일을 부탁하더라도.」
「무슨 일이신데요?」
「당신의 아파트 방 위 육층에 부속된 방이 하나 있는데, 거기에 내가 살아도 괜찮겠지요? 나도 이제 나이를 먹어 가니까 딸자식이 그립단 말이오. 당신에게 방해는 되지 않겠소. 다만 거기에 산다는 것뿐이란 말이오. 매일 밤 그애의 이야기를 들려 줘요. 그다지 지장이야 없겠지, 어때요? 당신의 발소리를 들으면서 이렇게 생각할 거요. 저 사람은 내 귀여운 델핀느를 만나고 왔구나, 또는 저 사람이 무도회에 데리고 갔었겠지, 저 사람 덕분으로 그애는 행복할 거야 하고 말이오. 내가 병이 나더라도 당신이 돌아와서 덜거덕거리고, 왔다갔다하는 소리를 듣기만 하면 내 마음은 위로를 받을 것 같군요. 당신 속에서 마음껏 내 딸을 느낄 수 있을 테니까. 그애들이 매일 다니는 샹젤리제도 조금만 걸어가면 되니까 언제든지 그애들을 볼 수 있지요. 여기서는 때때로 늦는 경우가 있어요. 게다가 아마도 그애는, 때때로 당신에게 올 것이니까 그애의 목소리를 들을 수 있고, 그애가 아침에 외투를 걸치고 새끼고양이처럼 귀엽게 아장아장 걷는 것을 볼 수 있다는 거요. 한 달 전쯤서부터 그애는 처녀 때의 그애로 다시 돌아가서, 쾌활하고 사랑스럽게 변해 버렸단 말이오. 마음의 상처도 다 나은 모양이고, 그런 행복은 당신 덕분이라오. 아니, 당신을 위해서라면 불가능한 일이라도 기꺼이 해드리지. 아까도 그애는 내가 돌아오려고 하니까 『아빠, 저 정말로 행복해요.』 하지 않겠어요? 딸들이 나를 대할 때 새삼스럽게 예의를 차려 『아버님』 어쩌구 하기라도 하면, 섬뜩해지는 겁니다. 그런데 『아빠』라고 불러 주면 어렸을 때의 그네들의 모습이 눈앞에 떠오르는 것 같아서 온갖 모든 추억이 되살아난답니다. 그러면 더욱더 그애들의 아버지라는 기분이 든답니다. 그애들이 아직도 누구의 것으로도 안 된 것처럼 생각이 들어서.」 하며 영감은 눈물을 훔쳤다. 울고 있었던 것이다. 「그런 말을 들은 것도, 그애가 내 팔을 붙든 것도 꽤 오래 전의 일이었소. 그렇지, 어느 애든 어깨를 나란히 하고 걸어 본 것은 이럭저럭 십 년은 되었을 거야. 걸음을 맞추어 걷노라면 딸애의 드레스가 내 몸을 스치며 딸애의 체온이 이쪽으로 전해오는데 그 기분은 그야말로 감미롭더군요. 아무튼 오늘 아침엔 델핀느를 이곳저곳 여러 곳에 데리고 갔습니다. 그애와 함께 많은 가게에도 들렀지요. 그러고 나서 집에까지 데려다 주었지요.

아아, 나를 당신 곁에 있게 해주지 않겠소? 때로는 당신도 일을 돌봐 줄 사람이 필요할 때가 있을 거 아니오? 그땐 내가 있을 테니까요. 그렇구 말구요. 만약 그 뚱보 알사스 인의 병신 자식이 죽는다면, 그 자식의 신경통이 배로 올라와 주기라도 한다면, 내 딸은 얼마나 행복해질까. 당신은 내 사위가 되고 그애의 주인이 될 텐데. 그애는 이 세상의 쾌락이란 한 번도 누려 보지 못한 불행한 아이이기 때문에 나는 모든 것을 용서해 주려고 합니다. 하느님도 애정 깊은 아버지의 편이 되어 주실 거예요. 그애는 당신을 지극히 사랑하고 있으니까.」하고 잠깐 동안 쉬었다가, 그는 고개를 끄덕이면서 말했다.「내내 당신과 나의 이야기를 했지요.『아버지, 그이 참 좋지요? 마음씨도 상냥하고. 그이가 제 말을 해요?』하고 말요. 아무튼 다르트와 거리부터 파노라마 골목길까지 내내 얘기를 했단 말요. 그애는 제 마음을 내 마음속에 불어넣어 주었어요. 그런 즐거운 아침에 나는 내 나이도 잊어버리고, 몸무게까지 가뿐해지는 기분이었으니까요. 나는 당신이 나에게 천 프랑 지폐를 준 것도 말해 주었습니다. 아아! 귀여운 그애는 눈물을 흘리면서 감격했던 겁니다. 그런데 말씀이야, 거기 그 난로 선반에 놓여 있는 게 뭡니까요?」하고 라스티냐이 꼼짝 않고 있는 것을 보고 답답했던지 고리오 영감이 드디어 말했다.

으제느가 무척 우울한 표정으로 그 노인을 바라보았다. 보트랭이 다음날 행해진다고 예고한 결투가 그의 가장 소중한 염원의 성취와는 너무도 현격한 대조를 이루고 있었으므로, 그는 마치 악몽이라도 꾸고 있는 듯한 느낌이었던 것이다. 그는 난로 있는 쪽을 돌아보고 거기에서 네모난 작은 상자갑을 발견했다. 뚜껑을 여니 그 안에 브레게(당시 파리에서 유명했던 스위스 인 시계 기술자) 시계를 덮고 있는 한 장의 종이쪽지가 보였다. 그 종이쪽지에는 이렇게 씌어 있었다.

언제 어느 때라도 저를 생각해 주셨으면 해요. 왜냐하면⋯⋯.
델핀느

『왜냐하면⋯⋯』이라는 최후의 한 마디는 틀림없이 두 사람 사이에 있었던 어떤 장면을 두고 하는 말이었다. 으제느는 그것을 보고 퍽 감동했다. 그의 문장(紋章)은 뚜껑 내부의 금바탕에도 에나멜로 두드러지게 새겨져 있었다. 그처럼 오랫동안 그가 가지고 싶어했던 이 시계는 그 시곗줄·열쇠·무늬·모양 등 전부가 그의 모든 희망에 답하고 있었다. 고리오 영감은 환한 얼굴을 하고 있었다. 틀림없이 딸에게, 그녀의 선물이 으제느를 얼마나 놀라게 했던가를 자세하게 보고한다고 약속했으리라. 그런 젊은 사람의 감격과는 제삼자의 위치에 있음에도 불구하고, 그 기쁨은 결코 누구보다 못지않은 것처럼 보였다. 그는 이미 라스티냑을 딸의 애인으로서만이 아니라 라스티냑 그 사람으로서 사랑하고 있었다.

「오늘밤 그애를 만나러 가줘요, 기다리고 있으니까. 뚱뚱이 그 알사스 인 병신 자식은 예의 그 춤추는 계집애 집에서 식사를 한다더군요. 핫핫하, 그 자식도 내 소송대리인이 쿡쿡 아픈 곳을 찔러 주면 아마 꽤 당황할걸. 내 딸을 열렬히 사랑하고 있다는 둥 엉터리 같은 수작을 늘어 놓을지도 모르지. 그 자식이 내 딸에게 손이라도 댄다면, 내가 죽여 버리고 말 테요. 귀여운 델핀느가 그런……. 그런 생각을 하면 내가 죄를 저지르게 되는지도 몰라. 어쩌면 살인자가 되는지도 모르지. 돼지 몸뚱이에다 송아지 대가리를 붙이고 있는 격이지 뭐야. 당신은 나를 함께 살게 해주시겠지요?」

「네, 마음씨 고운 고리오 영감님. 제가 당신을 좋아한다는 것은 잘 아시잖습니까?」

「암, 알고말고요, 당신만이 나를 창피하게 생각하지 않는군! 당신을 껴안게 해주지 않겠소?」 그렇게 말하고 그는 학생의 머리를 품에 꼭 안았다. 「그애를 정말 행복하게 해줘요. 그렇게 하겠다고 약속해 주지 않겠소? 오늘 밤 가는 거지요?」

「그야 물론이지요! 이제부터 부득이한 용무로 나가 봐야겠어요.」

「내가 무슨 도와 드릴 일은 없을까요?」

「참, 있습니다. 제가 누싱겐 부인 집에 가 있는 동안 타이유페르 씨 댁에 가셔서, 매우 중대한 용건으로 만나고 싶으니까 오늘 밤 한 시간쯤 시간을 좀 내줄 수 없겠느냐고 말씀해 주십시오.」

「그럼, 역시 그게 정말이군.」 하고 고리오 영감은 별안간 안색을 바꾸며 말했다. 「아래층에 있는 바보들이 말하던 대로 당신은 타이유페르 집 처녀에게 구혼을 청하고 있었단 말이오? 제기랄! 당신은 고리오의 주먹 한 방이 어떤 건지 모를 거야. 만일 우리들을 배반하면 주먹으로 해결하는 수밖에 없어. 아아, 그런 터무니없는 소리가 어디 있담!」
「맹세코 말씀입니다만, 저는 이 세상에서 다만 한 여성밖에는 사랑하는 사람이 없습니다.」 하고 학생이 말했다. 「조금전에 그것을 알았습니다.」
「아아, 이 기쁨!」 하고 고리오 영감이 소리쳤다.
「그러나」 하고 학생은 말을 이었다. 「타이유페르의 아들이 내일 결투한다는 겁니다. 그래서 죽을 것이라는 말을 들었습니다.」
「그게 당신과 무슨 상관이 있소?」 하고 고리오가 못마땅한 듯이 말했다.
「무슨 말씀입니까, 아들이 결투하러 가는 것을 포기하도록 그 아버지에게 말해 줘야 할 게 아닙니까?」 하고 으제느가 소리쳤다. 이때 그는 방 입구 근처에서 들려오는 보트랭의 노래부르는 소리에 입을 다물었다.

오오, 리처드, 오 나의 왕이여!
세계는 당신을 저버렸노라(그레토리의 희가극 《사자왕 리처드》의 일절)

부릉! 부릉! 부릉! 부릉! 부릉!

이 사람은 오랫동안 세상을 배회했네.
이르는 곳마다 모습을 나타내고……

뜨라라, 라라라……

「여러분!」 하고 크리스토프가 외쳤다. 「식사입니다요. 모두 식탁에 앉아 계십니다.」
「그렇지.」 보트랭이 말했다. 「잠깐, 내 보르도 술을 가지고 와주게나!」
「이 시계는 정말 멋있는데.」 하고 고리오 영감이 말했다. 「그애는 참 취미가 고상하지요, 안 그래요?」
보트랭과 고리오 영감과 라스티냑은 함께 내려갔다. 늦었기 때문에 세 사람은 나란히 앉아서 먹게 되었다. 으제느는 식사중 내내 보트랭에게 더할 수 없이 냉랭한 태도를 보였다. 그러나 보케르 부인에게 정말 붙임성 있는

3. 불사신의 사나이   485

인물이라 여겨지고 있는 이 사나이는 이때만큼 다재다능하게 보인 때가 없을
정도로 종횡무진하게 재치를 부려 모여 앉은 사람들의 마음을 완전히 들뜨게
했다. 그 대담함, 그 침착함은 으제느 자신도 망연하게 했다.
 「도대체 오늘은 무슨 좋은 일이 있었다는 거예요?」하고 보케르 부인이
보트랭에게 말했다. 「마치 참새처럼 명랑하시군요.」
 「장사가 잘 됐을 때는 난 언제든지 명랑하죠.」
 「장사?」하고 으제느가 말했다.
 「암, 그렇구말구. 약간의 수수료가 드는 상품을 일부 넘겨 줬단 말야. 미쇼노
양!」하고 노처녀가 기분나쁘게 자기를 뚫어져라 보고 있는 것을 눈치채고
그가 말했다. 「그렇게 마땅찮은 눈초리를 하고 볼 필요는 없지 않아요? 내
얼굴 어디가 당신 기분에 안 드는 곳이라도 있단 말이오? 있다면 가르쳐
줘야지. 당신이 좋아하도록 고칠 테니까요.」
 「프와레, 이런 일로 화내지 않겠지, 응?」하고 그는 공무원 출신의 영감을
옆눈으로 보면서 말했다.
 「조용히들 해요! 당신은 어릿광대 헤르쿨레스(고대의 유명한 조각 에
르큐르 파르네즈에게 던진 농담)의 모델이 돼야만 해요.」하고 젊은 그림
장이가 보트랭에게 말했다.
 「아니, 뭐라도 좋아! 미쇼노 양이 페르 라셰즈의 베누스가 되어 준다면
말야.」하고 보트랭이 대답했다.
 「그럼 프와레 씨는?」하고 비앙숑이 물었다.
 「프와레는 프와레야. 정원의 신으로 꼭 맞겠어!」 보트랭이 소리쳤다.
「프와레는 프와르(梨)라는 말에서 온 것이니까……」
 「늙은 배로구나!」하고 비앙숑이 계속했다. 「그렇게 되면 당신은 배와
치즈 사이에 끼게 된다는 거지?」
 「뭐예요, 그런 바보 같은 소리들만 하고……」 보케르 부인이 말했다.
「그보다도 당신의 그 보르도 산 술을 한 턱 내시면 어때요. 병이 주둥이를
뻬죽이 내밀고 있는 것처럼 보이는군요. 그렇다면 당신들도 즐거운 기분이
될 것이고, 게다가 위에도 좋을 테니까요.」
 「여러분」하고 보트랭이 말했다. 「의장 여사가 정숙을 명령하고 계십니다.
쿠튀르 부인과 빅토린느 양은 여러분의 농담을 뭐라고 하지는 않으시지만,

고리오 영감님의 순정은 존중하도록 합시다. 내가 여러분에게 근사한 보르도 산 술을 한 잔씩 대접하겠습니다. 별로 정치적인 생색을 내는 것은 아니지만, 라피트(샤토라이토라는 유명한 술을 지칭하는 것인데도 그것과 자유주의를 옹호하는 대은행가 라피트의 이름을 걸고 말했다)라는 이름 때문에 이중으로 유명해진 것이야. 야! 이 얼간아!」하고 그는 꼼짝 않고 있는 크리스토프를 보고 말했다.「이쪽이다. 크리스토프! 뭐야, 이름을 부르고 있는데도 안 들리느냐? 이 얼간아! 술을 가지고 오란 말야!」

「네 여기 있습니다.」하고 그에게 병을 내밀면서 크리스토프는 말했다.

으제느와 고리오 영감의 글라스를 채운 뒤, 옆의 두 사람이 마시고 있는 동안 보트랭은 천천히 자기 글라스에 술을 따르고 한 모금 맛을 보더니 별안간 이마를 찌푸리며 말했다.

「야아, 이것 봐라. 제기랄, 코르크 냄새가 나는데. 너에게 줄 테니까 크리스토프, 이놈은 집어치우고 다른 것을 갖다 주게. 오른쪽에 있는 거 말야, 알았어? 여기 열여섯 사람 있으니까, 여덟 병만 가지고 와!」

「당신이 한턱 낸다면」하고 그림장이가 말했다.「나도 밤을 백 개 내겠다.」

「와아, 와아!」

「부우, 우우, 우우!」

「부라보!」

모두가 환성을 올리고, 그것이 연방 불꽃 모양으로 폭발했다.

「자아 자, 보케르 엄마, 샴페인을 두 병만, 어때요?」하고 보트랭이 말했다.

「어어 드디어 나타나셨군. 아예 이 집을 달라고 하는 게 어때? 샴페인을 두 병씩이나 달래다니. 십이 프랑이나 하는 걸. 그렇게 벌고 있지도 못한데 (여덟 병의 포도주를 팔았을 때 이익을 말하고 있는 것이다). 그렇지만 으제느 씨가 지불해 준다면 코르디알은 어때요?」

「그녀의 코르디알이란 것은 만나(수액에서 뽑은 완화제를 만드는 원료)처럼 뱃속을 깨끗이 청소해 준단 말야.」하고 의학생이 조그만 소리로 말했다.

「그만해! 비앙숑」하고 으제느가 소리쳤다.「만나란 말만 들어도 나는 어째 가슴이…… 좋다. 그럼 샴페인을 한턱 낸다. 내가 지불하지요.」하고 학생이 덧붙였다.

「실비」하고 보케르 부인이 말했다.「비스킷과 꼬마 케이크를 내와!」

3. 불사신의 사나이

「아주머니네 꼬마 케이크는 너무 근사해.」하고 보트랭이 말했다.「곰팡이가 피어 있단 말야. 그렇지만 비스킷은 괜찮으니까 가져와요.」
　순식간에 보르도 주가 한바퀴 돌고, 일동은 활기를 띠어 즐거움이 배가했다. 떠들썩한 웃음소리가 일어났고, 그 속에서는 여러 가지 동물의 울음소리를 흉내내는 소리가 들려 왔다. 박물관원이 어딘지 암내 난 고양이의 울음소리를 연상케 하는, 파리에서 행상하는 사람들의 목소리를 흉내내기 시작하니까, 당장 여덟 사람의 소리가 동시에 다음과 같이 떠들어댔다.「가위 가시요오!」——「새먹이 사려어!」——「즐겨먹는 막과자 사려어! 막과자 사려어!」——「질그릇 때우쇼오!」——「굴 사려어 굴!」「마누라 치는 옷털개 솔이요!」——「헌옷, 혁대, 헌모자 파시오오!」——「달콤한 버찌 사려어!」그 중에서도 영광을 획득한 것은 코맹맹이 소리로「우사안 사려어! 우사안!」하고 외친 비앙숑이었다. 눈 깜짝할 사이에 머리가 혼동될 정도의 소란이 일어나서, 뜻모를 농담과 재담이 오락가락했다. 글자 그대로의 오페라가 전개됐는데, 보트랭은 밴드 마스터처럼 지휘봉을 휘두르면서 이미 취해 버린 듯한 으제느와 고리오 영감을 감시하고 있었다. 둘은 모두 의자 등에 기대고 앉아서, 조금밖에 안 먹었는데도 그처럼 보기 드문 혼란을 피우는 사람들의 거동을 담담한 표정으로 바라보고 있었다. 둘 다 모두 오늘 저녁에 해야 할 일에 정신을 팔고 있었지만, 선뜻 일어날 수가 없다고 느끼고 있었다. 가끔 옆눈으로 슬쩍 보면서, 그들 표정의 변화를 살피고 있던 보트랭은, 그들의 눈이 게슴츠레해서 금방이라도 잠들 것 같은 순간을 포착해서, 라스티냑의 귀에 대고 소곤거렸다.「이봐, 이 보트랭 아저씨에게 대들기에는 약간 교활성이 부족했던 모양이군그래. 그런데 보트랭 아저씨는 자네를 제일 좋아한단 말야. 그래서 자네가 바보짓을 해도 버려둘 수가 있단 말야. 내가 이렇게 하겠다고 생각을 정한 이상 내 갈길을 막을 수 있을 정도의 힘을 가진 존재는 하느님뿐이란 말이다. 핫핫하, 자네가 타이유페르 영감에게 알려 주겠다는 국민학생 같은 바보짓을 하려고 했지? 아궁이에는 불이 들어갔것다, 반죽도 했것다, 빵은 오븐 위에 놓여 있것다, 우리는 내일 그것에 달려들어 머리에서부터 빵부스러기를 뒤집어쓰는 것이다. 그러면서도 아궁이에 넣으려는 것을 방해하려 한단 말이야?…… 아니아니, 전부 근사하게 맛있게 구워질 거야. 그까짓 약간의 꺼림칙한 기분은 있어 봤자 소화시키고 있는 중에 달아나

버리고 말 거란 말야. 우리가 잠깐 동안 꿈나라로 가 있을 때 육군 대령 프랑세시니 백작이 자네를 위해서 그의 칼끝으로 미셸 타이유페르의 유산 상속의 길을 열어 주는 거란 말야. 오빠의 유산을 상속받게 되면, 빅토린느는 일 년에 대충 일만오천 프랑의 부자가 된다. 벌써 정확하게 조사해 놓았어. 게다가 어머니의 유산이 삼십만 프랑에 달한다는 것도 알고 있단 말야.」

으제느는 그런 말을 들으면서도 대답을 할 수가 없었다. 혀가 입천장에 딱 달라붙어 어떻게 할 수 없는 졸음의 포로가 되어 있음을 알았다. 벌써 식탁도, 그곳에 마주 앉아 있던 사람들의 얼굴도 번쩍번쩍 빛나는 안개 너머로밖엔 볼 수 없게 되어 버렸다. 얼마 안 가서 잠잠해지고 하숙인들은 한 사람 한 사람씩 일어나 가버렸다. 그리고 보케르 부인, 쿠튀르 부인, 빅토린느 양, 보트랭, 고리오 영감 외엔 아무도 없을 때 으제느는 마치 꿈이라도 꾸는 듯이, 보케르 부인이 몇 병인가에 남아 있던 술을 따라 다른 병에 가득 채우는 것을 보았다.

「정말, 그 양반 참으로 신나게 노는군요. 젊어서 그런가 보지.」 하고 미망인이 말하는 것이었다.

그것이 으제느가 알아들은 마지막 말이었다.

「그런 엉터리 소동을 불러일으키는 것은 보트랭 씨뿐이에요.」 하고 실비가 말했다. 「허 참, 크리스토프란 놈은 팽이 모양으로 코를 골면서 자고 있지 않아요?」

「그럼 안녕, 마마」 하고 보트랭이 말했다. 「불바르(오페라 극장에서 생 드니 문에 이르는 큰 거리 부근의 번화가)에 가서 〈황량한 산〉(달랑쿠르 자작의 소설 《고독한 사나이》를 각색한 비크세레쿠르의 멜로드라마로, 1821년 7월 초연)의 마르튀(당시 인기가 있었던 멜로드라마의 배우)를 보고 오겠어. 《고독한 사나이》를 각색한 대작이야. 원한다면 데리고 가주지, 그쪽에 계시는 부인들도 다 함께.」

「저는 괜찮아요.」 하고 쿠튀르 부인이 말했다.

「뭐라구요? 당신」 하고 보케르 부인이 큰소리로 말했다. 「알타라 드 샤토브리앙(전기 낭만주의의 걸작 《알타이》를 쓴 프랑스와르네 드 샤토브리앙을 지칭하며 이중의 착오로 보케르 부인의 무식을 폭로하고 있다)이 쓴, 《고독한 사나이》라는 작품을 각색한 연극을 보러 가는 것이 싫다는 거야? 우리들은 그저께 독서 삼매에 빠져서 그것을 읽었잖아요. 글쎄 너무 아름다워서 지난 여름에도 보리수 아래서 에로디(《고독한 사나이》의 주인공)의 일로 해서 얼마나 울었는지, 어쨌든 도덕적인 작품이니까 아가씨 교육에도 좋을는지 몰라요.」
「저희들은 연극에 가면 안 되는 것으로 되어 있습니다.」하고 빅토린느가 말했다.
「이것 봐라, 두 분은 지금 한창 쉬고 계신가 보군.」하고 보트랭이 놀란 듯한 몸짓으로 고리오 영감과 으제느의 어깨를 흔들면서 말했다.
그는 편안한 자세로 잘 수 있도록 머리를 의자 위에 올려 놓고, 이런 노래를 부르면서 학생의 이마에 열렬히 입을 맞추었다.

자거라, 귀여운 것아
지켜서 보살피마, 그대를 위해(스퀴리프와 드라비뉴가 합작한 통속 희극 〈몽유병자〉 중의 사랑의 노래)

「으제느 씨가 어디 편찮으신 거나 아닐까요?」하고 빅토린느가 말했다.
「여기 남아서 보살펴 주세요.」하고 보트랭이 말을 이었다.「그것이」하고 그는 그녀의 귀에 대고 속삭였다.「충실한 아내로서의 당신의 본분이 아니겠소? 이 청년은 당신에게 대단히 열을 올리고 있어, 그리고 당신은 그의 귀여운 아내가 되는 거야. 그것은 예언을 해도 좋아요. 아무튼」하고 그는 평상시의 목소리로 돌아가 말했다.「『둘은 존경을 받으며 행복하게 살고, 많은 자식을 낳았습니다』란 말야. 그것은 모든 사랑 이야기의 맺음말이다 그 말이야.」하고 보케르 부인에게 돌아서서 그녀를 안으면서 그가 말했다. 「모자를 쓰고, 꽃무늬의 드레스를 입고, 일전의 그 백작 부인의 목도리를 두르세요. 내가 친히 거리에서 마차를 불러다 올리지.」 그렇게 말하고는 노래를 부르면서 나갔다.

해님이여, 해님이여, 성스러운 해님이여,
당신의 은총으로 호박이 익도다(미술 학생간에 유행했던 노래의 가사).

「참말로 아아, 어때요, 쿠튀르 부인. 저분과 함께라면 지붕 위에서라도 행복하게 살 거예요. 아이 참.」 하고 그녀는 제면업자 쪽을 보면서 말했다. 「저 욕심장이 영감으로 말하면 한 번이라도 나를 어딘가 데리고 가준 적이 없단 말예요. 그렇지 정말! 마룻바닥에 떨어질 것 같아. 나이 먹은 양반이 체신을 잃다니, 꼴불견이에요. 원래가 가지고 있지 않은 물건 잃어버릴 염려없다는 식이로군요. 실비! 이 양반을 메고 방에 올려다 드리죠.」

실비는 겨드랑이 밑으로 노인을 안아 옷입은 채로 그를 침대에 뉘였다.

「가엾은 어린애」 하고 쿠튀르 부인이 눈 위에 흐트러진 으제느의 머리카락을 끌어올려주면서 말했다. 「마치 여자애 같군그래. 정도를 지나친다는 것이 어떤 일인지를 모른단 말예요.」

「그건 제가 보증합니다요, 하숙집을 시작한 삼십 년 전부터 지금까지」 하고 보케르 부인이 말했다. 「늘 말하는 것처럼 그렇게 많은 젊은 사람들을 만나 봤어도, 으제느 씨처럼 친절하고 고상한 사람은 처음이에요. 이 잠자는 얼굴의 깨끗함이며, 머리를 당신의 어깨로 받쳐드려요, 쿠튀르 부인. 어머, 빅토린느 양의 어깨를 벌써 베었구먼요. 애들에게도 하느님은 계신가 보죠. 자칫 잘못하면 의자 모서리에 부딪쳐서 다칠 뻔했어요. 이 두 분은 엇비슷한 귀여운 부부가 될 거예요.」

「어머어, 보케르 마나님두 원, 그만하세요.」 하고 쿠튀르 부인이 소리쳤다. 「엉터리없는 말씀을 다 하시고……」

「어때요? 좋잖아요.」 하고 보케르 부인이 대답했다. 「이 사람에게는 들리지가 않아요. 자아 자, 실비, 이리 좀 와서 옷을 입혀 줘. 외출하려면 코르셋도 해야 하니까.」

「어머나, 저녁 진지를 잡수시고도 외출용 코르셋을 하시다니요, 마나님」 하고 실비가 말했다. 「싫어요 전, 누구 다른 사람을 불러서 입혀 달라고 하세요. 저는 마나님을 질식시키고 싶지는 않으니까요. 그런 무리한 일을 하시면 목숨을 잃게 될지도 모르잖아요?」

「아무래도 좋다니까, 보트랭 씨에게 예의를 갖추어야 하니까.」

「그럼 마나님도 상속인이 그처럼 귀엽습니까?」

「이봐요, 실비 잔소리말고.」 하고 미망인은 일어나 나가면서 말했다.

「저 나이에 말예요.」 하고 실비는 자기 주인을 가리키면서 빅토린느에게 말했다.

쿠튀르 부인과 으제느가 어깨 위에서 자도록 하고 있는 그녀의 피후견인인 딸만 식당에 남았다. 크리스토프의 코고는 소리가 조용한 집안에 울려퍼져서, 어린애 모양으로 천진스럽게 자고 있는 으제느의 곤한 잠을 한층 더 두드러지게 했다. 여자의 모든 감정을 유발케 하는 그 연애 행위를 할 수 있었다는 것이 기뻤고, 게다가 청년의 심장이 자기의 가슴 위에서 고동치는 것을 죄의식도 없이 느끼게 하여 주었기 때문에 빅토린느의 얼굴에는 어딘가 모성애적인 보호자와도 같은 표정이 감돌고 있었는데, 그것이 그녀의 얼굴을 사랑스럽게 보여 주고 있었다. 그녀의 마음속에 떼지어 일어나는 무수한 생각을 꿰뚫고, 젊고 깨끗한 체온의 교차가 불러일으키는 어떤 거친 관능의 충동이 내달리는 것이었다.

「가엾은 아가씨야.」 하고 쿠튀르 부인이 그녀의 손을 꽉 잡으면서 말했다.

늙은 부인은 괴로움에 견디고 있는 이 천진난만한 얼굴에 행복의 후광이 비쳐서 물들기 시작하는 것을 감탄하면서 보고 있었던 것이다. 빅토린느는 소박한 중세의 회화를 닮았다. 화가가 일체의 모든 부속적인 장식을 배제하고, 노란색을 기조로 하는 얼굴에만 집중하여, 조용하고 긍지가 높은 마법의 화필을 휘둘러 그린, 마치 하늘이 금빛 광휘를 거기에 반영하고 있는 듯이 보이는 저 중세의 회화와 흡사했다.

「그렇지만 으제느 씨는 두 잔 이상 마시지 않았어요. 아주머님」 하고 손가락으로 으제느의 머리카락을 쓸어 주면서 빅토린느가 말했다.

「하지만 이봐요, 이분이 도락자였다면 다른 여러 사람에게 지지 않으려고 얼마든지 마셨을 거 아녜요? 빨리 취했다고 하는 것은 칭찬할 만한 일이에요.」

앞길에서 마차소리가 들려왔다.

「아주머니」 하고 처녀는 말했다. 「보트랭 씨인가 봐요. 으제느 씨를 받아 주시지 않겠어요? 이렇게 하고 있는 것을 그 사람에게 보이고 싶지 않아요. 저분은 영혼을 더럽히는 싫은 소리만 하시고, 마치 옷이라도 벗겨 놓은 듯이 여자를 초조하게 하는 시선으로 뚫어지게 찬찬히 보곤 해요.」

「아아니」 하고 쿠튀르 부인이 말했다.

「그것은 아가씨가 오해하고 있는 거예요. 보트랭 씨는 좋은 분이에요. 어느 정도는 돌아가신 우리 주인과 같은 타입으로, 좀 저돌적이긴 하지만 마음씨

좋고, 퉁명스럽기는 하지만 매우 친절한 양반이에요.」
 이때 보트랭이 쑥 들어와서, 램프의 어렴풋한 불빛의 애무를 받고 있는 듯한, 젊은 두 사람이 이루고 있는 광경을 바라보았다.
 「과연!」하고 팔짱을 끼면서 그가 말했다.「이건《폴과 비르지니》의 작자, 저 선량한 베르나르댕 드 생 피에르가 멋들어진 장면을 묘사하는 데 힌트가 될 것 같은 장면인걸. 청춘이란 아름다운 것이로군요. 쿠튀르 부인, 가엾게 시리 잘도 자는구먼.」하고 그는 으제느의 얼굴을 들여다보면서 말했다.「때로 인과응보는 자면서 기다린다는 얘기가 있으니까. 안 그래요, 부인」하고 그는 계속해서 말을 하였다. 「내가 이 청년에게 끌리는 것은, 또한 감동된 것은, 그의 영혼의 아름다움이 용모의 아름다움과 완전히 조화되어 있기 때문입니다. 보십시오. 마치 천사의 어깨에 머리를 올려 놓은 천동(天童)이라고나 할 신성한 모습이 아닙니까. 사랑받을 만한 가치가 있는 청년입니다. 이 자식은 내가 여자라면, 그를 위해서 죽고 싶다(아니 이건 바보 같은 생각이다), 아니 살고 싶다고 할 정도입니다. 두 사람의 이러한 모습을 넋을 잃고 바라보고 있노라면, 부인」하고 그는 조그만 소리로, 미망인의 귓가에 허리를 굽히고 말했다.「신께서는 이 두 분을 위해서 따로 두 사람을 창조하신 것이 아닌가 하고 생각하지 않을 수가 없어요. 신의 섭리라는 것은 어디서 어떻게 실현될는지 모르는 것이니까요. 우리들 인간의 마음속까지 꿰뚫어보고 계시면서.」하고 그는 목소리를 높여 소리쳤다.
 「자네들이 그렇게 같은 순수함과 온갖 모든 인간적인 감정으로 결합되어 있는 것을 보면, 장래에도 자네들이 서로 따로 떨어지는 일은 없으리라고 생각돼. 하느님은 공정하시니까 말야. 그러나」하고 그는 아가씨에게 말했다. 「확실히 당신의 손금에는 번영의 선이 있었던 것으로 생각되는데, 잠깐 손을 내봐요. 빅토린느 양, 나는 손금도 잘 볼 줄 안단 말야. 그래서 곧잘 운수 같은 것을 예언해 주었었단 말야. 자, 무서워할 필요는 없어. 하야아, 이것 봐라! 이게 뭐야! 거짓말 같은 것은 하지 않는다. 당신은 가까운 시일 내에 파리에서도 가장 부유한 유산 상속자가 되겠는걸. 당신을 사랑하고 있는 남자를 행복으로 가득 차게 해줄 수 있으리라. 아버지가 당신을 부르고 있다. 당신의 결혼 상대는 작위가 있는 젊은 미남자로 당신을 정신없이 사랑하겠는데……」

이때 멋을 잔뜩 부린 미망인이 계단에서 내려오는 무거운 발소리가 보트랭의 예언을 중단시켰다.
「이것이야말로 정녕 별처럼 아름답고, 홍당무처럼 스타일이 좋군요(프랑스의 홍당무는 길이가 짧은데, 끝을 향해서 갑자기 가늘어지는 것이 특징이다). 보케르 엄마께서 나오신다오. 그렇지만 약간 숨이 가쁘지 않을까?」
보트랭은 코르셋을 겉으로 만지면서 말했다.「가슴께가 꽤 죄어져 있군요, 엄마. 울든가 하시면 터져 버릴지도 몰라요. 하기는 그 파편은 내가 고물상처럼 조심해서 주워드리긴 하겠지만서두.」
「저 양반은 프랑스 식의 뜻있는 설득 방법을 알고 있는 분이에요. 저 보트랭씨 참 기가 막히는 분이셔!」하고 미망인은 쿠튀르 부인 귀에 대고 속삭였다.
「자아, 그러면 젊은이들이여」하고 보트랭은 빅토린느와 으제느가 있는 쪽을 돌아보면서 말했다.「자네들을 축복해 줘야겠다.」그렇게 말하면서 그는 두 사람의 머리 위에 손을 얹었다.「믿어도 좋아요, 아가씨. 착실한 한 사나이의 소망이란 것은 우습게 볼 것이 아닙니다. 꼭 행운을 가져올 것입니다. 하느님께서 들어 주실 거예요.」
「그럼, 다녀올게요.」하고 보케르 부인이 쿠튀르 부인에게 말했다. 그리고 「어떻게 생각하시죠?」하고 그녀는 작은 소리로 덧붙였다.「보트랭 씨는 나에게 무슨 생각이 있는지도 몰라.」
「글쎄, 그거야……」
「아아, 아주머님」하고 빅토린느가 둘이만 남게 되자 한숨을 지으며 자기 손을 들여다보고 말했다.「그 친절한 보트랭 씨가 말씀하시는 것이 혹시 정말이라면?」
「그렇지만 그렇게 되려면 다만 한 가지만으로 충분하지.」하고 노부인이 대답했다.「사람도 아닌 그 오빠가 말에서 떨어지기만 하면…….」
「어머, 아주머님!」
「하긴 적이 불행해지기를 바란다든가 하는 것은 옳지 않은 일이기는 해요.」하고 미망인이 말을 이었다.「죄라고 생각되면 내가 고해성사를 받겠어. 노골적으로 사실대로 말한다면, 나는 기뻐서 그의 무덤에 꽃을 꽂아 주기 위해서 가겠어. 벌을 받은 것이지. 너를 무시하고, 비겁하고 교활한 짓을 해서 어머니의 유산을 제것으로 돌려 놓고도 어머니를 변호하려 하지 않았으니까.

내 사촌 동생인 네 어머니는 대단한 재산을 가지고 있었단 말야. 네게는 불행하게도 결혼계약서에 지참금에 관한 것을 아무것도 쓴 것이 없었던 게 잘못이란 말야.」

「설사 행복하게 된다손 치더라도 그것 때문에 누군가가 죽어야 한다면, 저는 항상 괴로워서 견디지 못할 거예요.」 하고 빅토린느가 말했다. 「제가 행복하게 되기 위해서 오빠가 꼭 죽어야 한다면 계속해서 여기 그대로 남아 있는 것이 편하겠어요.」

「그렇지만 말야, 그 친절한 보트랭 씨도 말했잖니.」 하고 쿠튀르 부인이 말을 이었다. 「너도 들은 것처럼, 그분은 정말 신앙심이 깊은 분이에요. 악마를 외경하는 정도만큼도 하느님을 외경하지 않고 함부로 말하는 사람들과는 달라요. 그분이 나쁜 마음을 가진 사람이 아니라는 것을 알고 기쁘게 생각했어요. 그렇지만 그분도 말했듯이 섭리가 어떤 길을 취해서 우리들을 인도해 줄 것인가는 도대체 누가 알 수 있겠어?」

실비의 도움을 받아서 두 여자는 겨우 으제느를 그의 방까지 메고 올라가서 침대 위에 뉘었다. 식모가 호흡을 편하게 해주려고 그의 옷을 늦추어 주었다. 방을 나오기 전 쿠튀르 부인이 등을 보이고 있는 틈에, 빅토린느는 그의 이마에 살짝 입맞추었다. 큰 죄가 되는 도둑 행위 같은 그런 키스가 그녀에게 커다란 행복감을 주었다. 그녀는 그의 방을 둘러보면서, 이 하루의 무수한 행복을 그러모아서, 말하자면 꼭 하나만 생각함으로써 그것을 한 폭의 그림으로 만들어, 그것을 언제까지나 바라보면서 가장 행복한 여성이 되어 잠을 청했다. 으제느와 고리오 영감에게 수면제가 든 포도주를 먹이려고 보트랭이 지휘봉을 휘두른 이 향연이 그의 파멸을 결정적인 것으로 했다. 반쯤 취해서 녹초가 된 비앙숑은 『불사신』에 대해서 미쇼노 양에게 물어 보려 했던 것을 잊어버렸다. 그가 이 말을 입에 올렸으면 틀림없이 보트랭이라고 할까, 본명으로 말하면 죄수 작업장의 명사의 한 사람인 자크 콜랭의 경계심을 깨우쳐 주었을 것임에 틀림없었다. 게다가 미쇼노 양도 콜랭의 씀씀이가 후한 것을 기대하고, 차라리 그에게 위험을 알리고 밤 사이에 달아나게 해주는 편이 좋지 않을까 하고 계산하고 있었던 참이었지만, 그런 상황에 페르 라셰즈의 베누스라는 별명으로 불리게 됐기 때문에 그 죄수를 경찰에 넘겨 줄 결심을 한 것이었다. 그녀는 프와레의 안내로 공뒤로라는 이름의 고등 공무원을 만나기 위하여, 생트 안느 오솔길의 그 유명한 보안 과장을 만나러 갔던 것이다. 사법 경찰 부장은 은근한 태도로 그녀를 맞이했다. 그리고 모든 절차가 결정되는 대화 끝에 미쇼노 양은 낙인의 검증을 위해서 사용할 물약을 청구했다. 생트 안느 오솔길의 거물이 책상 서랍에서 그 작은 병을 꺼낼 때 보인 매우 만족스러운 표정에서, 미쇼노 양은 이 일에는 단순히 죄수를 체포하는 것 이상으로 중요한 무엇인가가 감춰져 있다는 것을 눈치챘다. 있는 지혜를 모두 짜내서 생각한 결과, 그녀는 경찰이 죄수 작업장의 배신자들이 제공한 약간의 정보를 토대로, 단시일 내에 막대한 액수의 금품을 압수할 수 있다고 기대하고 있는 듯하다고 미루어 짐작했다. 그녀가 그런 추측을 말하니까, 상대인 늙은 여우는 별안간 미소를 지으며 노처녀의 예감을 다른 데로 돌리려 했다.

「그건 아닙니다.」하고 그가 대답했다.「콜랭이란 놈은 지금까지 일찍이 도둑들 사이에 있었던 인물 가운데서 가장 위험한 소르본느였어요. 그것뿐입니다. 악인들도 그것을 잘 알고 있습니다. 그는 그들의 깃발, 지주, 요컨대 그들에게 있어선 보나파르트예요. 그들은 모두 그를 좋아하고 있었습니다. 그 자식은 절대로 자기의 트롱슈를 그레브 광장에서 효수시킨다든가 할 놈은 아니니까요.」

미쇼노 양이 이해할 수 없었기 때문에, 공뒤로가 그녀에게 방금 쓴 두 마디의 은어에 대해서 설명했다. 소르본느와 트롱슈라고 하는 것은 둘 다 도둑 족속들 사이에서만 쓰이는 특수 표현으로, 그들이야말로 인간의 머리를 두 가지 면에서 생각해야 한다는 것을 최초로 감득한 인종인 것이다.『소르본느』라는 것은 살아 있는 인간의 머리, 그 분별, 그 사고를 가리킨다. 이에 반해 트롱슈라는 것은, 목을 잘리고 나면 머리가 얼마나 무가치한 것이 되느냐를 표현하기 위한 말이었다.

「콜랭이란 자식은 우리를 우롱하고 있는 겁니다.」하고 그는 말을 계속했다. 「가령 그런 족속들이 영국식으로 단련된 강철의 철봉처럼 튼튼하다고 하더라도, 그들을 체포할 때 다소라도 저항해 주기라도 하면, 사격한다는 수단이 있습니다. 그래서 우리들은 내일 아침, 콜랭이 어떤 난폭한 행동으로 나와서 쏴 죽일 수 있게 되기를 바라고 있는 것입니다. 그렇게 되면 재판도, 감방의 비용도, 식비도 모두 들지 않으며, 게다가 사회의 해충과도 같은 독소를 단번에 제거할 수 있는 것입니다. 소송 수속, 증인 소환, 증인들에의 수당, 형의 집행 등등, 합법적으로 이들 악당을 처벌하는 데 필요한 모든 것은 당신에게 주는 삼천 프랑 이상의 돈이 소요되니까 말입니다. 또 시간의 절약이라는 것도 있지요.『불사신』의 배에 총검을 쿡 찌르기만 하면, 백 건 정도의 범죄는 막을 수 있고, 거기에 또 쉰 명 정도의 악당들의 타락을 막을 수 있을 뿐만 아니라, 겨우 경범죄 재판소 정도에서 근신 처분 정도로 끝낼 수 있게 되는 겁니다. 그것이 능란한 경찰의 역할이라는 겁니다. 진정한 박애주의자에게 말하라면 그렇게 하는 것이 범죄를 예방하는 지름길이 되는 겁니다.」

「그것은 나라를 위해서 일하는 것입니다.」 하고 프와레가 말했다.

「옳습니다 !」 하고 공뒤로가 대답했다.「오늘 저녁엔 매우 조리있는 말씀만 하시는군요. 틀림없이 그렇습니다. 우리들은 나라를 위해서 일하고 있는 것입니다. 우리들은 사회에 목숨을 내걸고 위대한 봉사를 하고 있는데, 세상이 우리들을 공격하는 것은 대단히 모순된 행위입니다. 아무튼 편견을 초월한다는 것이 우수한 인간의 본분이고, 기성 관념대로 선을 행하는 것이 아닌 경우에는, 그 선에 동반해서 일어나는 불행도 감수하면서 견디는 것이 그리스도 교도의 본분이겠지요. 파리는 요컨대 파리니까요. 아시겠어요 ? 이 한 마디가 내 일생을 설명해 주고도 남지요. 그럼 이것으로 실례합니다. 미쇼노 여사, 내일 부하를 데리고 동식물원으로 가 있겠습니다. 크리스토프를 뷔퐁 거리의 예전 그 내 집으로 보내서, 공뒤로 씨를 만나고 싶다고 말하게 하시오. 프와레 씨, 그럼 실례합니다. 무슨 도둑맞은 일이라도 있으면 말씀해 주십시오. 꼭 찾아 올리도록 하겠습니다. 사양 마시고 아무쪼록…….」

「정말이지」 하고 프와레가 미쇼노 양에게 말했다. 「이 세상에는 경찰이라는 말만 들어도 기겁을 하고 벌벌 떠는 바보 자식들이 있단 말예요. 근데 저분은 인심도 매우 좋고, 당신에게 부탁한 것만 해도 아침 인사하는 정도로 간단하게 하지 않습니까 ?」

그 이튿날은 보케르 관의 역사에 있어서도 가장 놀랄 만한 날로 꼽히는 날이었다. 그때까지의 이 한가한 생활에서 가장 두드러진 사건이라고 하면,

3. 불사신의 사나이   497

가짜 랑베르메닐 부인의 혜성과도 같은 출현이었다. 그러나 이 위대한 날의 일대 사건을 앞에 놓고서 모든 것이 빛을 잃게 되고, 보케르 부인의 회화 속에서는 이 날의 사건이 영원히 다루어질 것임에 틀림없었다. 우선적으로 먼저, 고리오와 으제느 드 라스티냐은 열한 시까지 잤다. 보케르 부인은 한밤중에 게테 극장에서 돌아왔기 때문에 열한 시 삼십 분까지 자리 속에 있었다. 보트랭으로부터 받은 보르도 주를 마셔 버린 크리스토프의 잠은 하숙집 서비스를 지연시키는 결과를 가져왔다. 프와레와 미쇼노 양은 식사 시간이 늦어진 것에 대해서 불평을 말하지 않았다. 빅토린느와 쿠튀르 부인으로 말하면 그녀들도 늦잠을 잤다. 보트랭은 여덟 시 전에 외출했다가 마침 식사 준비가 다 됐을 무렵에 돌아왔다. 이런 상황으로, 열한 시 십오 분경이 되어서야 실비와 크리스토프가 모든 사람의 방문을 두들기고 식사 준비가 돼 있다고 돌아다니며 알렸을 때에도, 아무도 항의하는 사람이 없었다.

 실비와 크리스토프가 없는 틈을 타서 맨 먼저 내려온 미쇼노 양이, 보트랭 전용의 은컵에 예의 그 액체를 부어 넣었다. 그 컵 속에는 다른 사람의 것과 같은 커피용 밀크가 따뜻하게 덥혀지고 있었던 것이다. 노처녀는 그럴 듯하게 일을 진척시키기 위해서 이 하숙 특유의 그러한 습관을 미리 알아 두었던 것이다. 일곱 사람의 하숙인들이 모이기에는 얼마간 시간이 걸렸다. 으제느는 기지개를 켜면서 모두가 다 식탁에 앉은 후에 내려왔는데, 심부름꾼이 그에게 누싱겐 부인의 편지를 건네주었다. 그 편지에는 다음과 같은 사연이 씌어 있었다.

 당신에 대해서 허영심 때문에 고집을 부리든가 화를 내는 것은 아닙니다. 한밤중 두 시까지 기다렸습니다. 그런 고문을 경험한 적이 있는 사람이라면 남에게 그러한 괴로움을 강요하지는 않을 것입니다. 당신은 틀림없이 처음으로 사랑을 하는 것이라 생각됩니다. 도대체 무슨 일이 일어났단 말입니까? 저는 불안해서 못 견디겠습니다. 내 마음의 비밀을 남의 눈에 드러낼 걱정만 없었다면 당신의 몸에 어떤 행운이, 아니 또 불행한 일이 일어났는가를 알아보려고 달려갔을 것입니다. 그러나 그런 시간에 걸어서든 마차로든 외출을 한다는 것은 몸을 망치는 결과를 가져오는 게 아니겠습니까? 여자이기 때문이라는 불행을 절실히 통감했습니다. 이런 저를 안심시켜 주십시오. 그렇잖으면 화를 내겠어요. 그러나 용서해 드리겠습니다. 병이 나셨나요? 어째서 그렇게 먼 곳에 사시는 겁니까? 한 마디만 상냥한 말씀을 해주세요. 또 곧 만나 뵐 수 있는 거지요? 바쁘시다면 그저 한마디만 답장해 주신다면 그것으로 충분합니다. 말씀해 주세요, 곧 달려온다고. 아니면 괴로워하고 있다고. 그러나 당신이 아프시다면, 아버지가 오셨을 때 그렇게 말씀해 주셨을 텐데! 도대체 어떻게 되신 거예요……」

「정말이야, 도대체 어떻게 된 것일까?」하고 으제느는 소리치며 다 읽지도 않고 편지를 마구 구기면서 식당으로 달려갔다. 「지금 몇 시입니까?」
「열한 시 반이야.」하고 보트랭이 커피에 설탕을 넣으면서 말했다.
탈옥수는 으제느에게 냉랭하게, 게다가 노려 보는 듯한 시선을 던졌는데, 그것은 고도로 발달된 힘을 갖춘 어떤 종류의 인간만이 던지는 시선으로, 정신병원의 난폭한 광인들도 그 시선을 받으면 진정할 정도로 강렬한 것이었다. 으제느는 몸 전체를 부르르 떨었다. 앞길에서 마차 소리가 들리고, 쿠튀르 부인도 즉시 그것을 알았는데 타이유페르 씨 댁의 제복을 입은 하인이 허둥지둥 서둘러 뛰어들어왔다.
「아가씨」하고 그는 소리쳤다. 「아버님께서 오라십니다. 큰 불행이 일어났습니다. 프레데릭 님께서 결투를 하시다 이마에 상처를 입으셨는데 의사 분들도 가망이 없을 것 같다고 말씀하십니다. 유언을 할 수 있을지 어떨지 모를 정돕니다. 이미 의식을 잃었습니다.」
「불쌍한 청년이로군!」하고 보트랭이 소리쳤다. 「삼만 프랑의 충분한 연수입을 가지고 있으면서 어째서 싸움을 한단 말야? 도대체 젊은 사람이란 처신할 줄을 모른단 말야.」
「보트랭 씨!」하고 으제느가 그를 향해서 소리쳤다.
「왜 그래? 이 큰 어린애야.」하고 보트랭은 아주 침착하게 커피를 다 마시고 나서 대답했지만, 미쇼노가 그 동작을 너무도 열심히 보고 있었으므로 모든 사람은 아연해져, 놀라운 사건임에도 감동을 나타낼 여유 같은 것이 없었다.
「결투 같은 건 파리에서는 매일같이 있는 일이 아닌가?」

「나도 같이 가겠어, 빅토린느.」하고 쿠튀르 부인이 말했다.
 그리고 이 두 여자는 숄도 안 하고 또 모자도 쓰지 않은 채 뛰어나갔다. 나가기 전에 빅토린느는 눈물을 글썽거리면서, 으제느에게 이렇게 말하는 듯한 시선을 던졌다. 『우리들의 행복이 눈물을 흘리게 하다니, 꿈에도 생각하지 못했던 일이에요.』
 「놀랐는데요! 당신은 대단한 예언자시군요. 보트랭 씨.」하고 보케르 부인이 말했다.
 「나는 무엇이든 모르는 게 없단 말야.」하고 자크 콜랭이 말했다.
 「정말 이상한데요.」하고 이 사건에 대해서 종잡을 수 없는 말을 늘어놓으면서 보케르 부인은 말을 이었다. 「죽음이란 것은 우리들에게는 아무런 예고도 없이 오는 거로군요. 젊은 사람들이란 언제나 노인보다도 먼저 가버리고. 우리들 여자는 결투를 할 걱정이 없으니 행복해요. 하지만 우리들도 남자에게 없는 다른 병이 있으니까요. 우리들은 애를 낳고, 또한 어린애를 기르는 고통이 오래오래 계속되는 겁니다. 빅토린느는 인제 됐어요. 싫어도 아버지는 그애를 데리고 가지 않을 수가 없으니까요.」
 「정말 그렇지!」하고 으제느의 얼굴을 보면서 보트랭이 말했다. 「어제까지는 한 푼 없었지만, 오늘 아침엔 몇 백만 프랑의 부자가 됐으니까.」
 「잠깐 으제느 씨.」하고 보케르 부인이 소리쳤다. 「당신은 아주 근사한 것을 붙들었단 말예요.」
 그런 말을 듣고 고리오 영감은 학생을 보고 있었는데 그의 손에 마구 구겨져 있는 편지를 보았다.
 「당신은 끝까지 읽지 않았군요. 그건 무슨 이유에서요? 역시 당신도 다른 족속들과 같단 말이오?」하고 고리오 영감이 그에게 물었다.
 「아주머니, 난 절대로 빅토린느 양과는 결혼하지 않아요.」하고 으제느가 보케르 부인을 향해서 말했지만, 그 말 속에 담긴 공포와 혐오의 감정은 모든 사람을 놀라게 했다.
 고리오 영감은 학생의 손을 잡고 그것을 힘주어 굳게 잡았다. 입맞춤이라도 할 것 같은 기세였다.
 「그렇지 참!」하고 보트랭이 말했다. 「이탈리아 사람은 근사한 말을 했단 말야, 『알맞는 시기에』하고 말야.」

「답장을 기다리고 있습니다만」하고 누싱겐 부인의 심부름꾼이 라스티냑에게 말했다.
「가 뵙겠다고 전해 주게.」
심부름꾼이 가버렸다. 으제느는 격한 흥분 상태에 있었기 때문에 신중할 수 있는 마음의 여유가 없었다.「어떻게 하면 좋을까?」하고 그는 혼잣말로 중얼거리면서 큰소리로 외쳤다.「증거도 없고!」
보트랭은 속이 울렁울렁해 오는 것을 느꼈다. 위가 흡수한 약효가 돌기 시작한 모양이다. 그렇지만 죄수는 강건한 사나이였기 때문에 일어나서 라스티냑을 보고 맥빠진 소리로 말했다.「젊은이, 인과응보는 누워서 기다리라고 했단 말야.」
그리고 그는 그 자리에 꽝 쓰러졌다.
「역시 신의 제재라는 것이 있는 것일까?」하고 으제느가 말했다.
「어머, 도대체 어떻게 된 걸까, 가엾게도 보트랭 씨가……」
「졸도예요.」하고 미쇼노가 소리쳤다.
「실비야, 넌 어서 의사 선생님을 빨리 모셔오도록 해라.」하고 여주인이 말했다.
「아아 라스티냑 씨, 뛰어가서 비앙송 씨를 데리고 와주세요. 실비가 단골의사인 그랭프렐 선생을 만나지 못할지도 모르니까요.」
라스티냑은 이 무서운 소굴을 벗어날 수 있는 구실이 생겼기 때문에 이것이야말로 다행이라 생각하고 마구 뛰어 달아났다.
「크리스토프, 넌 약방으로 빨리 가서 졸도했을 때 먹는 약을 아무거라도 사다 줘.」
크리스토프도 나갔다.
「고리오 영감님, 이 사람을 위로, 이 양반 방으로 옮기는 걸 도와 줘요.」
보트랭이 그들에 의해서 간신히 계단을 거쳐 침대 위에 뉘어졌다.
「나는 아무런 도움도 안 되는 것 같으니 딸이나 만나러 갔다 오렵니다.」하고 고리오 영감이 말했다.
「이 늙어빠진 이기주의자!」하고 보케르 부인이 소리쳤다.「마음대로 해요. 당신 같은 사람은 개처럼 횡사를 해도 좋으니까.」
「에스테르가 있을까? 잠깐 보고 와요.」하고 보케르 부인에게 말하면서

3. 불사신의 사나이   501

 미쇼노 양은 프와레의 도움을 받아 보트랭의 옷을 벗기고 있었다.
 보케르 부인이 자기 방으로 내려갔기 때문에 미쇼노 양이 이 자리의 주도권을 장악했다.
「자아, 셔츠를 벗기고, 빨리 이 사람을 뒤엎어 놔달란 말예요! 좀 신경을 써서, 내가 이 사나이의 알몸을 보지 않아도 되게 해달란 말예요.」하고 그녀가 프와레에게 말했다.「그런 데서 멍청하게 서 있지만 말고!」
 보트랭이 뒤엎어졌기 때문에 미쇼노 양은 환자의 어깨를 있는 힘을 다해서 손바닥으로 쳤다. 그랬더니 숙명적인 두 글자 T·P가 빨갛게 된 부분의 한가운데에 하얗게 떠올랐다.
「야아, 당신은 꽤 재빠르게 삼천 프랑의 상금을 벌었구먼.」하고 미쇼노 양이 셔츠를 입히고 있는 동안 보트랭의 몸을 곧바로 붙들고 있던 프와레가 소리쳤다.「어이차! 무거운 사람이군.」하고 다시 또 옆으로 뉘면서 그가 말을 이었다.
「조용히 해요. 만일 금고가 있으면?」하고 서둘러 말하면서 노처녀의 눈은 마치 벽이라도 꿰뚫을 듯한 눈초리였다. 마치 그녀는 방안의 어떠한 가구라도 집어삼킬 듯이 샅샅이 뒤지고 돌아가는 것이었다.「무슨 구실이라도 붙여서 이 책상을 열 수 없을까?」하고 그녀가 계속해서 말했다.
「그건 나쁜 일일는지 몰라요.」하고 프와레가 대답했다.
「그렇지 않아요. 도둑질한 돈이란 건 모든 사람의 돈인 걸요. 지금은 누구의 돈도 아니니까요. 하지만 시간이 없을 것 같네요.」하고 그녀가 대답했다. 「보케르 아줌마 발소리가 나는군요.」
「자, 에르테르예요.」하고 보케르 부인이 말했다.
「참 어이가 없군그래. 도대체 오늘은 어째서 이렇게 여러 가지 시끄러운 일만 일어날까. 이런! 이 양반은 병이 아니구면요. 병아리처럼 팔팔한 걸 보니……」
「병아리처럼」하고 프와레가 되풀이했다.
「심장은 정상적으로 뛰고 있어요.」하고 미망인이 그의 가슴에 손을 대면서 말했다.
「정상적으로?」하고 깜짝 놀란 프와레가 말했다.
「네에 확실히 정상이에요.」

「그렇게 생각하십니까?」하고 프와레가 물었다.
「어때요? 마치 자고 있는 것 같잖아요. 실비는 의사를 부르러 갔지만. 이봐요 미쇼노 양, 이 양반은 에스테르 냄새를 맡고 있어요. 아무것도 아녜요. 그냥 단순한 경련에 불과해요. 맥도 순조롭고, 터키 사람처럼 단단한 몸이니까. 이것 봐요! 배에 이 털 말예요. 백 살까지도 넉넉히 살 거예요, 이 양반은. 머리가 참 단단하네요. 어머, 이건 붙인 거군요. 머리카락이 붉으니까, 가발을 쓰고 있었군그래. 털이 빨간 남자란 아주 좋은 사람이든가, 아주 나쁜 사람이라던데, 그 어느 한쪽이라고들 하던데, 이분은 좋은 사람이란 뜻일까?」
「교수대에 매달려도요?」하고 프와레가 말했다.
「그 말은 미녀의 목에 매달려도라는 말이겠지요?」하고 미쇼노 양이 서둘러 말했다.「저리 가 있으라니까요, 프와레 씨. 당신들이 병이 났을 때 간호를 해드리는 것은 우리들 여자의 할 일이예요. 적어도 당신이 할 수 있는 일이란, 어슬렁어슬렁 산책이나 하는 정도가 아녜요?」하고 그녀가 덧붙였다.「보케르 마나님과 내가 이 보트랭 씨를 잘 간호할 테니까요.」
프와레는 주인에게 채인 개모양 불평도 않고 곧 사라졌다. 라스티냐은 천천히 걸었다. 바람을 좀 쏘이려고 외출을 했던 것이다. 숨이 막힐 것 같았기 때문이다. 예정된 시간에 어김없이 행하여진 이 범죄를 그는 전날 저지하려 했던 것이다. 그런데 어떤 일이 일어났는가? 그는 어떻게 해야 했던가? 그는 자기가 그 범죄의 공범자나 되는 것처럼 몹시 불안해했다. 보트랭의 침착성이 아직도 그를 공포로 떨게 하고 있었다.
「그러나 보트랭이 아무 말도 하지 않고 죽는다면?」하고 라스티냐은 중얼거리는 것이었다.
그는 뤽상부르 공원의 이쪽저쪽 좁은 길을 마치 사냥개에게 쫓기는 동물처럼 걸어다니며, 그 사냥개의 짖어대는 소리를 듣는 듯한 착각에 빠지기까지 했다.
「왜 그러는 거야?」하고 비앙숑이 소리쳤다.「자네는 〈르 필로트〉를 읽었나?」
〈르 필로트〉는 티소 씨가 주재하는 급진적인 신문으로, 지방판은 다른 조간 신문보다 수시간 후에 발행하고, 그날의 뉴스를 게재하기 때문에 지방에 가면 다른 신문의 보도보다는 스물 네 시간이나 빨랐던 것이다.

「대단한 사건이 실려 있던데」하고 코생 병원의 이 인턴이 말했다.「타이유페르의 아들이 뛰어난 실력의 근위대 장교인 프랑셰시니 백작과 결투해서 이마에 두 치 정도의 중상을 입었다는 거야! 그래서 빅토린느는 파리에서도 가장 부자 신부 후보가 되었단 말야. 어때? 이렇게 될 줄 알았더라면……. 죽음이란 건 도대체 예상할 수 없는 거란 말야. 빅토린느가 자네를 호의적인 시선으로 보고 있었다는 것은 사실인가?」

「그만그만! 비앙숑, 나는 그녀와는 절대로 결혼하지 않아. 나는 멋진 여성을 사랑하고 있단 말야. 그녀로부터도 사랑을 받고 있는 나는……」

「그런 말을 하는 자네의 어조는 마치 바람직한 일을 애써 안 하려고 하는 듯한 태도로구먼. 그럼 말야. 타이유페르 씨의 재산을 포기할 만큼 가치가 있다는 여자는 도대체 어디 있는 누구인지 가르쳐 주게.」

「지옥의 악마들이 모두 내 뒤를 따라다니라고?」하고 으제느가 소리쳤다.

「도대체 누구 때문에 화를 내고 있는 거야? 어째 이상한데. 손을 좀 이리 내게.」하고 비앙숑이 말했다.「맥을 좀 짚어 보자. 열이 좀 있군.」

「보케르 아줌마한테 가보는 게 좋을 거야, 넌.」하고 으제느가 그에게 말했다.「그 보트랭이란 악당이 죽은 것처럼 졸도를 했단 말야.」

「그래?」하고 비앙숑은 대답하자마자 으제느를 그 자리에 버려둔 채 빠른 걸음으로 잽싸게 사라졌다.「그렇다면 내 짐작이 비슷하게 맞는 것 같다. 어서 가서 확인해야지.」

법과대학생의 긴 산책은 엄숙한 것이었다. 말하자면 그는 양심의 총점검을 했다. 자기를 동요시키고 있는 이것저것을 생각하고, 머뭇거리기는 했지만 적어도 그의 성실성은 모든 시련에 견디어 내는 철봉 모양으로 이 가혹하고 무서운 이론에서 단련되어 나왔다. 그는 전날 밤 고리오 영감이 그에게 털어놓은 이야기를 회상했다. 델핀느의 거처에서 가까운 다르트와 거리에 그 때문에 장만했다는 아파트 방을 생각했다. 그는 또 편지를 꺼내서 다시 읽고 거기에 입맞추었다.『이처럼 열렬한 사랑은 나를 구원하는 닻이다.』하고 그는 중얼거렸다.『그 불쌍한 영감은 대단히 괴로운 경우를 당해 왔었다. 그는 자기의 괴로움에 대해서는 한 마디도 하지 않았지만, 과연 그것을 눈치 못 채는 사나이가 있을까? 그렇다! 내가 내 아버지처럼 생각하고 극진히 보살펴 드려야겠다. 마음껏 그를 즐겁게 해주어야겠다. 나를 사랑하고 있다면, 그녀는 언제나 나에게 와 있으면서 그의 옆에서 종일을 지낼 것이다. 저 거만한 레스토 백작 부인은 철면피를 뒤집어쓴 여자다. 자기 아버지를 문지기로라도 능히 부려먹을 여자다. 귀여운 델핀느! 그녀 쪽이 영감님에겐 훨씬 상냥하다. 사랑받을 만한 자격이 있는 여자다. 아아, 오늘 밤 드디어 내 소원이 이루어질 것인가?』그는 시계를 꺼내 보고 새삼스럽게 감탄했다. 『나에게 있어서는 모든 일이 잘 되어 가고 있다. 정말로 서로가 영원히 사랑할 수 있다면, 서로가 도와 가면서 살면 된다. 그리고 난 꼭 출세해 보일 테다. 그렇게 되면 모든 것을 백 배로 해서 갚을 수 있으리라. 이 사랑에는 범죄도 없을 뿐더러, 아무리 엄격한 도덕이라도 탓할 만한 것이 하나도 없다. 얼마나 많은 신사들이 그런 변칙적인 관계를 맺고 있는지 모른다. 우리들은 아무도 기만하고 있지 않다. 적어도 우리들의 품성을 저속하게 하는 것은 거짓말을 하는 것이다. 거짓말을 한다는 것은 자기 스스로가 위신을 깎아내리는 것이 아닌가. 그녀는 벌써 오래 전부터 남편과 별거하고 있다. 게다가 나는 그 알사스 인에게 말해 줄 테다. 그가 행복하게 해줄 수 없다면 그녀를 나에게 양보해 달라고.』

라스티냐의 심리적 갈등은 오랫동안 계속됐다. 승리는 여전히 청년다운 미덕에 있었지만, 그래도 그는 억제할 수 없는 호기심에서 해가 지기 시작한 네 시 반경, 아주 나가 버리려고 마음속으로 정하고 있던 보케르 관으로 되돌아왔다. 보트랭이 죽었는지 살았는지 알고 싶었던 것이다. 병자에게 토제(吐劑)를 먹인 다음 비앙송은 토해 낸 물질을 과학적으로 분석하기 위해서 자기 병원으로 가져가게 했다. 미쇼노 양이 애써 그것을 버리게 하려는 것을 보고 그의 의심은 더욱더 짙어졌다. 게다가 보트랭이 너무나 빨리 회복됐기 때문에, 비앙송은 하숙집의 이 명랑한 인기인에 대한, 무엇인지는 모르지만 어떤 음모가 틀림없이 행해지고 있다는 짐작을 하지 않을 수 없었다.

그런 경위로 라스티냐이 돌아왔을 때, 보트랭은 식당의 난로 옆에 우뚝 서 있었다. 타이유페르네 아들의 결투 뉴스에 이끌려 여느 때보다 좀 일찍 모인 하숙인들은, 사건의 상세한 내용이라든가, 이 사건이 빅토린느의 운명에 미치는 영향을 알고 싶어서 고리오 영감을 제외하고는 모두 모여서 이 뜻밖의 불행에 대해서 저마다 지껄이고 있었다. 으제느가 들어갔을 때 그의 눈은

3. 불사신의 사나이

미동도 하지 않는 보트랭의 시선과 마주쳤는데 그 시선이 으제느의 마음속에 너무도 깊이 파고들어, 그의 상념들을 너무나 강하게 흔들어 놓았기 때문에 그는 저도 모르게 몸을 떨었다.

「어때? 귀여운 아가야!」하고 탈옥수가 그에게 말했다. 「염라대왕의 사자도 아직은 나에게 손을 못 댈 것이다. 이 부인들의 말에 의하면, 나는 황소도 나가떨어질 무시무시한 졸도 발작을 당당하게 이겨 냈다니까 말야!」

「그야, 황소 정도가 아니고 투우라도 죽어넘어졌을 거예요.」하고 보케르 부인이 소리쳤다.

「내가 아직 살아 있는 걸 보고 기대에 어긋났다고 생각되나?」하고 보트랭은 라스티냐의 속마음을 눈치챘다고 생각하고 그 귓가에 속삭였다. 「그렇다고 한다면 자네는 대단한 강자가 되는 건데 말야.」

「아니야 정말」하고 비앙숑이 말했다. 「미쇼노가 그저께『불사신』이란 별명을 가진 사나이에 대한 이야기를 하고 있던데, 그거야말로 당신에겐 꼭 들어맞는 말인걸.」

이 한 마디가 보트랭에게 벼락과 같은 효과를 미쳤다. 그는 순간 파랗게 질려서 비틀거렸지만, 그 인력을 발하는 시선이 태양의 광선과도 같이 미쇼노 양 얼굴에 발사되어, 그런 의지력의 힘에 마주선 그녀는 무릎을 덜덜 떨었다. 노처녀는 휘청거리면서 의자에 주저앉았다. 프와레가 그녀의 위험을 눈치채고 재빨리 그녀와 보트랭 사이를 가로막았다. 그의 정체를 감추고 있던 호인 같던 가면을 벗어던지자 죄수의 얼굴엔 잔인할 만큼 의미심장한 무서운 표정이 나타났다. 아무것도 모르고 있는 하숙인들은 모두 아연한 채로 그대로 있었다. 이때 몇 사람의 발자국소리와, 포장된 길 쪽에서 병사들의 몇 자루 총이 덜거덕거리는 소리가 들려왔다. 콜랭이 창이나 벽을 돌아보면서 기계적으로 탈출구를 찾고 있을 때, 네 사람의 사나이가 살롱 출입문에 모습을 나타냈다. 선두의 사나이는 보안 과장이었고 나머지 세 사람은 그 부하였다.

「법과 국왕의 명의로」하고 부하의 한 사람이 말했지만, 그 소리는 경악과 소란으로 잘 들리지 않았다.

곧 이어 침묵이 방안으로 번져 갔다. 사람들은 모두 한 손에 장전된 권총을 겨누고 들어오는 세 사람에게 길을 열어 주었다. 경관들의 뒤를 이어 나타난 두 사람의 헌병이 살롱의 문앞을 지키고, 다른 두 명은 계단으로 통하는 출입문에 모습을 나타냈다. 여러 병사의 발소리와 덜거덕거리는 총소리가 건물 정면을 따라 포장된 도로에서 들려 왔다. 따라서 『불사신』은 도주의 가능성이 완전히 차단된 상황에서 여러 사람의 시선을 한몸에 받아야 했다.
　보안 과장이 곧바로 그의 옆으로 가더니 느닷없이 주먹으로 그의 머리를 세차게 후려치자 그 때문에 가발이 떨어져나가, 콜랭은 무시무시하게 추한 머리를 드러냈다. 붉은 벽돌색의 짧은 머리, 흉포성과 강인함이 뒤섞인 섬뜩한 느낌을 주는 그 머리와 얼굴은 억척스러운 상체와 완전히 조화돼 마치 지옥불에라도 비친 듯이 뚜렷하게 그 참모습을 드러냈다. 모든 사람은 보트랭의 모든 것을, 그의 과거·현재·미래를, 그의 가차없는 변설, 쾌락 본위라고 할 종교, 그의 통렬한 사상이나 행위가 주는 위력, 여하한 것에도 견디어 내는 육체의 강인함을 이해했다. 그의 얼굴에 핏기가 오르며 그 눈은 마치 삵쾡이 눈처럼 빛났다. 느닷없이 뛰어올랐던 그 동작에는 너무나도 흉포한 정력이 충만했고, 너무나도 엄청나게 처절한 부르짖음이었기에 하숙인들은 공포로 가득 차서 모두 아우성쳤다. 사자와도 같은 그 동작을 보고 하숙인들이 모두 소리를 질렀기 때문에 경관들은 주머니에서 권총을 꺼냈다. 콜랭은 이 총기의 방아쇠가 번쩍거리는 것을 보자 몸의 위험을 깨닫고, 순간 인간으로서 생각할 수 있는 놀랄 만한 능력을 보였다. 무섭기도 하고 또 장엄한 광경! 그의 표정은 큰 솥에 펄펄 끓고 있는, 산이라도 능히 날려 보낼 수 있는, 무럭무럭 피어오르는 증기가 한 방울의 차가운 물방울로 한순간 변하여 버리는 그런 현상으로밖에는 비교될 수 없는 어떤 반응을 보였던 것이다. 그의 격한 노여움을 냉각한 물방울이란 번개와도 같이 **빠른** 반성이었다. 그는 해죽 웃으면서 가발을 바라보았다.
　「오늘따라 어째서 이렇게 사람 대접이 소홀할까?」하고 그는 보안 과장에게 말했다. 그리고 턱으로 그들을 부르면서 헌병들에게 두 손을 내밀었다. 「헌병 여러분, 수갑이든 쇠사슬이든 아무거나 채워 주게. 나는 저항하지 않을 테니까. 여기 계신 여러분이 증인이 되어 주기를 바라오.」이 인간 화산으로부터 용암과 불길이 치솟고, 그리고 다시 들어가 버린 그 재**빠른** 동작에, 자신들도 모르게 저마다 감탄의 술렁거림이 방안에 메아리쳤다. 「어때? 손들었지, 때려잡는 친구야.」하고 죄수는 유명한 사법 경찰 우두머리의 얼굴을 보면서 말했다.

3. 불사신의 사나이   507

「야! 옷 벗어!」하고 생트 안느 오솔길의 그 사람이 경멸에 찬 어조로 그에게 말했다.

「왜 그래?」하고 콜랭이 말했다.「여자분들도 계시다. 나는 부인하지 않아. 항복한다.」

잠시 후에 그는 이제부터 놀랄 만한 말을 하려는 연설가처럼 여러 사람을 둘러보았다.

「써두지 그래, 라샤펠르 영감.」하고 그는 머리가 흰 왜소한 노인 쪽을 향해서 말했다. 그 노인은 서류 가방에서 체포조서의 용지를 꺼내가지고 식탁 끝에 앉았다.「나는 징역 이십 년을 선고받은 자크 콜랭, 별명은『불사신』 이라는 것을 인정한다. 그 별명이 엉터리가 아니라는 것은 이미 증명한 바다. 내가 한쪽 손이라도 올리기만 하면」하고 그는 하숙인들에게 말했다.「비겁한 이 세 사람의 개들은 보케르 엄마의 집 마루를 내 피로 깡그리 물들여 놓았을 것이다. 이 자식들은 사람을 올가미 씌우는 것이 전문이란 말야.」

보케르 부인은 그런 말을 듣고 기분이 나빠졌다.

「아아, 병이 날 것 같애. 어젯밤만 해도 저 사람과 게테 극장에 갔었는데.」 하고 그녀가 실비에게 말했다.

「냉정해요, 엄마!」하고 콜랭이 말을 이었다.「어제 게테 극장에 간 것이 불운한 일이었다는 거야?」하고 그가 소리쳤다.「당신은 우리보다 낫다는 건가? 우리들은 부패한 사회의 착실치 못한 당신들이 마음을 감추고 있는 파렴치한 정도 이상으로 몰염치한 짓은 하고 있지 않단 말야. 당신들 가운데서 가장 나은 사람만이 내게 저항하지 않았어.」그의 시선은 라스티냐에게 멈췄다. 그가 이 청년에게 던진 상냥한 미소는, 얼굴의 무서운 표정과 이상한 대조를 이루었다.「우리들의 거래는 아직도 유효하단 말야. 이 사람아! 단 승낙해 준다는 걸 전제로 한 말이지만, 이거란 말야!」하고 그는 노래를 부르기 시작했다.

나의 귀여운 팡셰트는
순진한 게 매력이지……

「하지만, 뭐 염려할 건 없어.」하고 그는 말을 이었다.「내가 받을 돈은 받을 길이 있으니까. 내가 하는 일은 무섭기 때문에, 어느 누구도 나를 속이려고 생각하지는 않는단 말야.」

형무소의 독특한 풍속과 언어, 조롱하는 듯한 어조로부터 무서운 위협으로의 급격한 전환, 그 몸서리칠 정도의 위대함·친숙성·야비함 등이 별안간 그런 말들에 의해서, 그리고 또 이 사나이에 의해서 남김없이 표현되어, 이 사나이는 벌써 단순한 한 사람의 사나이가 아니고 타락한 한 인종, 야만적이고 논리적인, 거칠고 사나우면서도 부드러운 종족의 한 전형이 되어 있었다. 한순간에 콜랭은 단 하나의 감정, 즉 회한의 감정만을 제외한 온갖 인간 감정이 묘사된 지옥의 시편이 되었다. 그의 눈빛은 패전했음에도 아직까지 도전하고 있는 용사의 그것과 흡사했다. 라스티냐은 눈을 내리깔고, 이 범죄적인 결론을 자기의 그릇된 생각의 사죄로써 받아들였다.

「나를 배신한 자는 누구야?」 콜랭이 그 무서운 눈초리로 일동을 둘러보면서 말했다. 그리고 미쇼노 양을 노려 보면서 「너로구나!」 하고 말했다. 「이 할미 스파이년아! 네년이 나를 졸도 발작하게 한 거지? 철딱서니 없게시리. 한마디면 너 같은 건 일주일 안으로 목을 잘라 죽일 수 있단 말야. 그렇지만 용서해 준다. 나도 그리스도 교도니깐 말야. 게다가 나를 판 것은 네가 아니야. 누굴까? 핫핫핫. 내 방을 수색하고 있군그래.」 하고 그는 사법 경찰들이 그의 방 선반을 뒤지든가, 소지품을 압수하든가 하는 소리를 들으면서 소리쳤다. 「둥지는 알맹이를 빼먹은 껍질, 새들은 벌써, 어제 일찌감치 날아가 버렸단 말야. 행선지를 네놈들이 어떻게 알아? 내 거래 장부는 이 속에 있단 말야!」 하고 자기의 이마를 두들겨 보였다. 「나를 판 놈이 누군지를 겨우 알았다. 그 병신 같은 『명주실』, 그 자식이 틀림없다. 안 그래? 포도청 영감!」 하고 그는 보안 과장에게 말했다.

「그 이유는 위에 있는 우리들 금고 속에 있었던 현찰의 체재 기간과 너무나도 꼭 일치한단 말야. 벌써 없어졌어. 스파이들아. 『명주실』 그 새끼는 설사 너희들 헌병대가 총동원해서 보호한다 해도, 두 주일 이내에는 없애 버릴 테다. 그런데 얼마나 주었냐? 이 미쇼노 할미에젠.」 하고 그는 경찰들에게 물었다. 「기껏해야 천 에퀴 정도 줬겠지. 나는 말야, 이래보아도 그 보다는 값이 더 나가. 카리에스에 걸린 니농, 넝마를 걸친 퐁파두르, 페르라셰즈 묘지의 베누스, 나에게 가르쳐 주었으면 육천 프랑은 벌었을 텐데.

3. 불사신의 사나이

핫핫핫, 그런 줄은 몰랐지? 늙어빠진 이 똥갈보야! 그런 줄 알았다면 내게 굴러들었을 게 뻔하니깐 말이야. 그렇구말구. 내 예정에 차질이 나고, 쓸데없는 경비가 드는 이런 여행을 피할 수만 있다면 육천 프랑 줬을 거야.」 하고 수갑을 채이면서도 쉬지 않고 지껄이는 것이었다.

「이 친구들이 나를 지쳐 빠지게 하기 위해서 장난 반, 재미 반으로 질질 재판을 길게 끌 것이 뻔하단 말야. 곧 형무소로 넘겨만 주면, 케데소르페브르(경시청의 소재지)의 바보녀석이 아무리 시끄럽게 굴더라도 곧 내일로 되돌아갈 수 있단 말야. 저쪽에 가면 모두 물구나무를 서더라도 자신들의 대장인 『불사신』을 탈옥시키려고 한단 말야. 도대체 너희들 중에 나처럼, 너희들을 위해서라면 어떤 일이든 하겠다는 형제가 일만 명 이상 있는 사람 있어?」 그는 어떤 긍지를 가지고 물었다. 「나에겐 좋은 점이 있단 말야.」 하고 그는 자신의 가슴을 두드렸다. 「나는 단 한 번이라도 남을 배반한 적이 없다. 알겠어? 이 스파이년아. 이 족속들을 좀 봐라!」 하고 그는 노처녀를 향하여 말했다. 「이것들은 무서운 듯이 나를 보고 있다. 그러나 나는 이 족속들을 보면 가슴 속에서 구역질이 난다. 자, 상금이나 받아 두지.」 그는 하숙인들의 얼굴을 둘러보면서 얼마 동안 사이를 두었다. 「뭘 바보같이 그러구들 있어? 너희들은 죄수를 한 번도 본 일이 없어? 하긴 이렇게 말하고 있는 콜랭같이 조리있는 말을 하는 죄수는 본 일이 없을지도 모르지. 나는 다른 놈들처럼 비겁한 사나이가 아니고, 장 자크의 표현은 아니지만, 사회 계약이란 심각한 기만에 항의하고 있는 것이다. 자랑은 아니지만 나는 장 자크의 제자란 말야. 어쨌든 나는 법정이나 헌병이나 예산 같은 것들을 산더미처럼 안고 있는 정부를 상대로 나 혼자서 싸우고, 뿐만 아니라 그놈들을 내 손 안에 넣고 있는 거란 말야.」

「제기랄!」 하고 그림장이가 말했다. 「대단한 상판이다. 근사한 그림이 되겠는데……..」

「자아 목 자르는 개새끼의 부하 양반들, 아니 과부 할미들(이것은 죄수들이 교수대에 이름 붙인, 매우 시정에 넘치는 역설적인 별칭이었다)의 집사 양반.」 하고 보안 과장 쪽을 향하면서 그가 덧붙였다. 「짓궂게 굴지 말고, 나를 판 놈이 『명주실』 새낀지 아닌지 가르쳐 줘. 그 자식에게 다른 놈의 죄를 뒤집어씌우고 싶진 않으니까 말야. 그건 공평한 처사가 아니니까.」

이때 그의 방을 구석구석까지 조사하고, 모든 것을 목록으로 작성해 가지고 온 경관들이 수사대의 대장에게 쑤군쑤군 작은 소리로 말하고 있었다.
「여러분.」 콜랭은 하숙인들을 향해서 말했다.「나는 이제부터 끌려간다. 당신네들은 내가 여기 있는 동안 모두 매우 친절하게 해주었다. 그 인사를 드리고 싶다. 내 이별의 인사를 받아 주기 바라오. 프로방스 지방의 무화과 (콜랭은 툴롱의 감옥으로부터 탈주했기 때문에 원칙적으로 툴롱 감옥으로 끌려갈 것이나 실제로는 라 로셰르 감옥에 투옥되어 또다시 탈주한다)를 보내드리겠으니, 받아 주시겠소?」 그는 몇 걸음 걷기 시작하다가 뒤돌아서서 라스티냑의 얼굴을 보았다.
「잘 있어. 으제느 군」 하고 그는 그때까지의 연설조의 저돌적인 어조와는 이상한 대조를 이루는 상냥하면서도 슬픈 어조로 말했다.「난처한 입장에 빠졌을 때를 위해서 충실한 친구를 자네에게 남겨 두었으니까 말야……」 수갑을 채인 채였지만 그는 공격 자세를 하고 검술 사범처럼 「하나, 둘!」 호령을 외치더니 날쌔게 찌르는 자세를 해보였다.「곤란한 일을 당하면, 이 자식에게 부탁하는 거야. 인간이든 돈이든 자네가 원하는 대로 돼!」
이 불가사의한 인물은 그런 최후의 말을 다분히 농담조로 말했기 때문에, 그 진의는 라스티냑과 당사자밖엔 이해할 수 없었다. 헌병이나 경관·병사들이 하숙집으로부터 철수해 가자, 여주인의 관자놀이를 각성제로 문질러 주고 있던 실비가 멍청스레 하숙인들의 얼굴을 둘러보았다.
「그야 어쨌든」 하고 그녀가 말했다.「그분은 좋은 분이었어요.」
그 한 마디가 이 장면을 교란했던 여러 가지 감정의 강렬함과 다양함 때문에 모두를 사로잡았던 마술을 풀었다. 이때 하숙인들은 서로가 얼굴을 마주보고 나서 일제히 미쇼노가 있는 쪽을 보았다. 미이라처럼 말라 비틀어지고 처진 채 추운 듯이 웅크리고 있는 그녀는, 마치 눈을 가리기 위한 베일의 차양만으로는 자기 눈의 표정을 감추기가 충분치 않다고 두려워하고 있는 것처럼, 한껏 눈을 내리깐 채 스토브 옆에 앉아 있었다.
이미 오래전부터 그들이 이 얼굴에 반감을 가지고 있었던 이유가 불시에 설명되었던 것이다. 하나의 술렁임이 일어나서 완전히 일치되었다. 누구나가 느끼고 있는 혐오가 명백히 나타나서, 둔중하게 방안 공기를 흔들었다. 미쇼노 양도 그것을 느꼈지만 그대로 앉아 있었다. 비앙숑이 맨 먼저 옆에 앉은 사람에게 몸을 굽히고 말했다.
 「저 여자가 이제부터 우리들과 같이 식사를 한다면 난 달아날 테야.」하고 나직한 소리로 말했다.
 프와레를 제외하고는 곧 여러 사람이 의학생의 제안에 찬성했기 때문에 그는 모두의 지지를 얻어 프와레 영감 앞에 나아가서 말했다.
 「당신은 미쇼노 양과 특별히 절친한 사이니까 저 사람에게 말해 주시오. 지금 당장 여기서 나가야 한다는 것을 말해 줘야겠어요.」
 「지금 곧?」 깜짝 놀라서 프와레가 말했다.
 그리고 그는 노처녀에게 가서 그녀의 귀에 대고 두서너 마디 속삭였다.
 「그렇지만 내 하숙비는 석 달분을 이미 냈는데요. 나도 여러분과 마찬가지로 제 돈으로 여기 있는 거예요.」하고 그녀가 하숙인들에게 독사 같은 시선을 던지며 말했다.
 「그런 것뿐이면 우리들이 합동해서라도 돈을 내서 갚아 주지요.」하고 라스티냑이 말했다
 「당신은 콜랭을 두둔하는군요?」하고 그녀가 힐문하는 듯한 독기 어린 눈초리로 학생을 보았다. 「그 뜻을 꿰뚫어 보는 것은 어렵지 않아요.」
 그 말을 듣자 으제느는 마치 노처녀에게 달려들어 목이라도 졸라 죽일 듯한 서슬로 몸을 떨었다. 그의 속 검은 저의를 알아챈 듯한 그 눈초리가 그의 영혼에 한 줄기의 무서운 빛을 던졌던 것이다.
 「내버려 둬요.」하고 하숙인들이 소리쳤다.
 라스티냑은 팔짱을 낀 채 입을 다물었다.
 「유다 노파의 이야기에 결정을 내려 줘요.」하고 그림장이가 보케르 부인을 향해서 말했다. 「이봐요, 아주머니. 당신이 미쇼노 양을 내쫓지 않는다면, 우리들은 모두 여기서 나가 버리겠단 말이오. 그리고 여기에 살고 있는 것은 스파이하고 죄수뿐이라고 나발을 불 테니까요. 그 대신 내쫓아 준다면 모두 이 사건에 대해선 말하지 않기로 할 테니까요. 잘 생각해 보면 이런 사건은 죄수들이 이마에 낙인이 찍힌 채 파리의 착실한 시민으로 변장할 수 있는 현실에선, 그리고 그 족속들은 누구나 방종한 놈들이므로 그런 엉터리 같은 짓을 못 하도록 완전히 금지되기 전까지는 아무리 상류 사회라도 일어나기 마련이니까요.」

보케르 부인은 그 말을 듣자 기적처럼 원기를 회복하여 발딱 몸을 일으키더니 팔짱을 끼고, 눈물 흔적 하나 없는 그 맑은 눈을 떴다.
「그렇게 말하는 게 아녜요. 설마 당신은 내 하숙을 파산시키려는 건 아니겠지요? 보트랭 씨가…… 어머, 이건 아냐.」하고 그녀는 말을 중도에서 끊고 혼잣말로 중얼거렸다. 「아무래도 그분이 착실한 사람으로 통하던 이름을 부르지 않을 수가 없군.」하고 그녀는 말을 이었다. 「지금 방이 하나 비었는데, 게다가 당신은 방 두 개를 더 비우라고 하는 거예요? 누구든 자기가 하숙할 곳을 이미 결정해 버리고 만 이 시기에 말예요.」
「여러분, 모자를 쓰고, 소르본느 광장의 플리코토 식당으로 식사를 하러 갑시다.」하고 비앙숑이 말했다.
보케르 부인은 단번에 어느 쪽이 득인가를 계산하고 빠른 걸음으로 미쇼노 양이 있는 곳으로 갔다.
「잠깐, 이봐요, 미쇼노 여사. 당신은 내 하숙이 망했으면 좋겠다고 생각하시지는 않겠지요. 이 사람들이 나를 얼마나 궁지에 몰아 넣었는가를 보셨을 텐데, 오늘 밤은 우선 방으로 올라가 줘요.」
「안 돼요, 안 돼.」하고 하숙인들이 소리쳤다. 「우리들은 그녀가 곧 나가 줬으면 좋겠다고 생각한단 말이오.」
「그렇지만, 미쇼노 여사는…… 식사도 아직 안 했어요. 불쌍하게도」하고 측은해하는 듯한 어조로 프와레가 말했다.
「어디든 가서, 제 마음대로 먹으면 될 거 아냐.」하고 몇 사람이 또 소리쳤다.
「쫓아내요. 그 스파이!」
「둘 다 내쫓으란 말야!」
「여러분」하고 프와레가 암내난 숫양 같은 용기로 감정이 격해져서 울듯이 소리쳤다.
「불쌍하고 연약한 여성을 생각해 주십시오.」
「스파이에겐 남녀 구별이 없다!」하고 그림장이가 말했다.
「어처구니없이 연약한 여자도 다 있군!」
「때려서 내쫓아라!」
「여러분, 그건 실례입니다. 아무리 사람을 내쫓는다 해도, 그 나름의 예의가 있는 겁니다. 우리들은 하숙비를 냈기 때문에 나갈 수 없습니다.」하고 프와레가 말하더니 차양이 달린 모자를 쓰고, 보케르 부인이 설교하고 있는 미쇼노 양 옆 의자에 가 앉았다.
 「근성이 나빠!」하고 그림장이가 말했다.「근성이 고약한 난장이는 꺼져!」
 「자아 자, 너희들이 안 나가면 우리가 나가겠다.」하고 비앙송이 말했다. 그리고 하숙인들은 한덩어리가 되어 살롱에서 나갈 움직임을 보였다.
 「미쇼노 여사, 어떡하시겠어요?」하고 보케르 부인이 소리쳤다.
 「난 파산하는 거예요. 당신에게 남아 주십사라고는 할 수 없어요. 저 사람들은 난폭한 짓이라도 능히 할 수 있는 사람들이에요.」
 미쇼노 양이 일어났다.
 「나가고 있군!」
 「나가지 않을 거야!」
 「나가겠지!」
 「안 나갈 거야!」
 그녀에 대해서 이런 말들이 오고갔고, 다른 이야기도 오고가기 시작했지만, 그 속에 담긴 적의는 미쇼노 양으로 하여금 여주인과 몇 가지 조건을 결정하고 나서 군소리 없이 나가지 않을 수 없게 하였다.
 「난 뷔노 부인 집으로 이사를 갈 테니까.」하고 그녀는 위협이라도 하는 듯한 어조로 말했다.
 「아무데로든 가세요!」하고 보케르 부인은 상대가 하필이면 자기가 경쟁의식을 가지고 있는, 미워서 어쩔 줄 모르는 집으로 간다는 사실에 혹심한 모욕을 느끼면서 말했다.「뷔노 네 집에 가면, 배아픈 고양이에게나 먹일 찌꺼기 포도주나 값싸고 지저분한 음식밖에 못 먹게 될 걸요.」
 하숙인들은 조용히 두 줄로 늘어섰다. 프와레는 매우 부드러운 표정으로 미쇼노 양을 바라보면서 자기도 그녀의 뒤를 따를 것인가 머무를 것인가를 결정하지 못하고, 난처해하는 태도를 보였기 때문에 미쇼노 양이 나가는 것에 기분이 좋아진 하숙인들은 그 얼굴을 마주보고 한바탕 웃었다.
 「하하하, 프와레 씨」그림장이가 웃으면서 그에게 말했다.「왜 당신은 안 가는 거요?」
 박물관원이 해학적인 가락으로 다음과 같은 연가의 첫머리를 부르기 시작했다.

시리아 향해서 길 떠났지만
젊고 아름다운 젊은이 뒤느와는……(이 무렵의 유행가)

「가세요, 가고 싶어 몸부림치고 있으면서. 『인간은 모두 제나름의 쾌락에 끌려간다.』고 하잖아?」하고 비앙송이 말했다.
「그 베르길리우스의 문구를 의역하면 『모든 사람은 제 좋은 대로』란 뜻이지」하고 복습 교사가 말했다.
미쇼노 양이 프와레의 얼굴을 보면서 그의 팔을 붙드는 듯한 동작을 해 보이자 그는 그런 부름에 저항할 수가 없었던지, 옆으로 가서 노처녀에게 팔을 맡겼다. 박수가 일어나고 와아 하고 웃음소리가 폭발했다.
「좋았어, 프와레!」
「누가 프와레를 늙었다고 생각할까!」
「용기가 좋아, 프와레!」
이때 심부름꾼이 들어와서 보케르 부인에게 한 통의 편지를 주었는데, 그녀는 그것을 다 읽고 나더니 축 늘어져서 의자에 무너지듯이 주저앉았다.
「벌써 이렇게 되면 이 집을 불태워 버리는 수밖에 별 도리가 없어요. 벼락이 떨어진 것 같단 말예요. 타이유페르 씨의 아들이 세 시에 죽었다는군요. 그 불쌍한 청년이 희생된 것은 어찌됐든, 그 부인들께서 행복해지도록 기도한 벌이 그대로 들어맞았단 말예요. 쿠튀르 부인과 빅토린느가 짐을 보내 달라는군요. 아버지의 저택에 살게 됐다고 하면서. 타이유페르 씨는 딸의 시중드는 사람으로 쿠튀르 미망인을 집에 두기로 결정하셨다는군요. 방이 넷이나 비게 되고, 다섯 사람씩 한꺼번에 없어지다니!」그녀는 당장이라도 울음보를 터뜨릴 것 같았다. 「아마 귀신이 이 집에 들어왔나 봐!」하고 그녀가 소리쳤다.
달려오던 마차가 앞길에서 멎는 소리가 들려 왔다.
「누굴까? 또 뜻하지 않은 일일까?」하고 실비가 말했다.
고리오가 갑자기 젊어진 것처럼 번쩍번쩍 빛나는, 행복에 상기된 얼굴을 하고 나타났다.

3. 불사신의 사나이

「고리오가 마차로 왔어.」하고 하숙인들이 말했다. 「세상은 말세야.」
 영감은 곧바로 한구석에 골똘히 생각에 잠겨 있는 으제느에게 가더니 그의 팔을 잡았다. 그리고는 「이리 와요.」하고 활기 띤 표정으로 학생에게 말했다.
 「여기서 어떤 일이 일어났는지 모르세요?」하고 으제느가 그에게 말했다. 「보트랭이 복역중에 있는 죄수란 것이 탄로나서 아까 체포되고, 타이유페르의 아들이 죽었다는군요.」
 「그래요? 그런데, 그것이 우리와 무슨 관계가 있죠?」하고 고리오 영감이 대답했다. 「나는 딸과 같이 저녁을 먹게 됐소. 당신과 함께 말요, 알겠소? 그애가 기다리고 있으니 어서 가도록 해요.」
 그가 너무 난폭하게 라스티냐의 팔을 끌어당기는 바람에 억지로 끌려가는 것처럼 보여, 마치 연인이 청년을 채가는 것처럼 보였다.
 「식사나 합시다.」하고 그림장이가 말했다.
 순식간에 각자가 식탁을 향해 의자에 앉았다.
 「이거 참」하고 뚱뚱보 실비가 말했다. 「오늘은 찬이 없어요, 양고기의 스튜가 타버려서. 미안해요. 탄 것이라도 들어 주세요.」
 보케르 부인은, 전 같으면 열여덟 사람인데 식탁둘레에 열 사람밖에 없는 것을 보고, 말할 기운조차도 없는지 멍청히 앉아 있었다. 그러나 하숙인들은 제각기 그녀를 위로하고, 그녀의 기분을 좋게 하려고 애썼다. 맨 먼저 식사만 하러 다니는 패들이 보트랭과 오늘 일어난 사건을 화제로 올렸다. 그러는 동안 그들은 이런 저런 대화의 추이에 따라서 결투와 형무소와 재판과 개정해야 할 법률과 감옥 같은 일들에 대해서 여러 가지로 의논하기 시작했다. 어느 틈에 화제는 자크 콜랭이라든가 빅토린느, 그리고 그녀의 오빠에 관한 이야기에서 천리만큼 떨어진 화제로 옮겨가 있었다. 열 사람밖에 없었는데도 그들은 스무 사람의 몫을 넉넉히 떠들어대고 있어 요전보다 더 많은 사람이 있는 것처럼 보였다. 이것이 이날의 저녁 식사와 전날의 저녁 식사가 다른 전부였다. 내일이면 또다시 파리의 그날그날의 사건이 일어날 것이고, 먹고 살 먹이를 찾아 헤매지 않으면 안 될 이 이기적인 무리의 평상시와 다름없는 태평의식이 지배할 것이다. 보케르 부인 역시 뚱뚱보 실비의 말에 의해서 표명된 희망으로 안정을 회복할 수 있을 것이다.
 이 하루는 밤이 되도록, 으제느에 있어서는 몽환극의 연속처럼 흘러갔기 때문에, 아무리 건실한 성격과 우수한 두뇌를 갖추고 있는 그로서도 자기 주변의 일들을 어떻게 정리해야 좋을지 몰랐다. 그가 정신을 차렸을 때는 이미 달리는 이륜마차 안 고리오 영감 옆에 앉아 있었다. 영감의 말투에는 예사롭지 않은 기쁨이 나타나 있었지만, 그것도 이처럼 많은 감동을 겪은 후여서 그의 귀에는 꿈속에서 듣는 말처럼 멍멍히 울릴 뿐이었다.

「오늘 아침 이야기는 이미 결론을 보았단 말요. 셋이서 함께 저녁을 먹는 거요. 셋이서. 알겠소? 내가 델핀느와, 그 귀여운 델핀느하고 함께 식사를 하는 것은 사 년만이거든. 오늘 밤은 밤새껏 그애와 이야기할 수 있단 말요. 우리들은 아침부터 당신이 있을 아파트에 갔었지요. 나는 저고리를 벗고 인부처럼 일을 했죠. 가구를 들어올리는 것을 돕기도 하면서. 핫핫핫, 당신은 그애가 식사할 때 얼마나 시중을 잘 드는지 모르겠지만, 이것저것 살펴 주고, 『자, 아빠, 이것 드세요. 맛있어요.』 어쩌구 한단 말이오. 그러면 먹을 수가 없게 되더라구요. 아아, 오늘 밤 지금부터 지내는 것처럼 그애와 오붓이 있는 것은 얼마나 오랜만의 일인지……」

「그럼 오늘이야말로」 하고 으제느가 그에게 말했다. 「세계가 뒤집혔군요.」

「뒤집혔다고?」 하고 고리오 영감이 되뇌었다. 「그뿐만이 아니오. 세상 일이 이처럼 잘 돼 나가는 시대가 또 어디 있겠소. 거리에서 만나는 사람은 모두 즐거운 표정들이고, 서로 악수하거나 입맞추는 사람들뿐이고, 마치 모든 사람이 자기 딸에게 가서 그애가 내 눈앞에서 『카페 데장글레』의 쿠키장에 주문한 것과 같은, 멋진 저녁을 막 먹어대려고 하는 것 같았단 말요. 더구나 그애와 함께라면 나는 숲속의 쓴물이라도 꿀처럼 달게 먹을 수 있단 말요!」

「이제야 겨우 살 것 같습니다.」 하고 으제느가 말했다.

「이봐! 차부양반, 빨리 가줬으면 좋겠는데.」 하고 고리오 영감은 앞 창문을 열고 소리질렀다.

「좀 서둘러 주게. 십 분만에 아까 말한 거기에 가주면 대포값으로 오 프랑을 줄 테니까.」 그 약속을 듣고 차부는 파리를 번개처럼 횡단했다.

「느린데, 이 차부는.」 하고 고리오 영감이 중얼거렸다.

「그런데, 나를 어디로 데리고 가려는 겁니까?」 하고 라스티냑이 그에게 물었다.

「당신이 살 곳으로.」 하고 고리오 영감이 말했다.

마차가 다르트와 거리에 멈추었다. 영감은 먼저 내려서 쾌락이 절정에 달하면 아무것에도 개념치 않는 홀아비의 시원스런 씀씀이로 차부에게 십 프랑을 던져 주었다.

「자아 자, 올라가요.」하고 가운데뜰을 질러가면서 그는 라스티냐에게 말하고, 훌륭한 외관의 신축 저택의 사층 출입문 앞으로 그를 안내해 갔다. 고리오 영감은 초인종을 누를 필요조차 없었다. 누싱겐 부인의 하녀 테레즈가 문을 열고 그들을 맞아들였다.

으제느가 안으로 들어가니, 멋있게 꾸며진 독신자용의 아파트였다. 대기 방·작은 살롱·침실, 그리고 뜰에 면한 창문이 있는 조그마한 방으로 되어 있었다. 살롱에 있는 가구나 장식은 아마도 그 이상 없을 만큼 말할 수 없이 깨끗했고, 우아한 살롱과 비교해서도 손색이 없었지만, 그는 이 방들을 비치고 있는 촛불 속에서 델핀느를 보았다. 그녀는 난로 옆에 있는 이인용 안락 의자에서 일어나더니 손에 쥔 부채를 난로 위에 놓고, 천천히 애정어린 목소리로 그에게 말했다.「일부러 모시러 가지 않으면 안 되었었군요. 이해하실 줄 모르는 양반……」

테레즈가 자리를 비웠다. 학생은 델핀느를 팔에 안아 꼭 끌어안고는 기쁨에 눈물을 흘렸다. 너무나도 거푸 일어나는 자극이 그의 마음과 머리를 피로하게 만들었다. 지금 눈 앞에 보이는 것과, 조금 전까지 보고 온 것과의 최후의 대조는 라스티냐에게 신경과민의 발작을 일으키게 했던 것이다.

「나는 알고 있었단 말야. 그가 너를 사랑하고 있다는 것을.」하고 고리오 영감이 나지막한 목소리로 딸에게 말했다. 그러나 허탈 상태에 빠진 으제느는 한마디도 할 수가 없었고, 또 어떻게 해서 이 마술 지팡이가 최후의 기적을 나타냈는가도 아직 납득되지 않아서 안락의자에 축 늘어진 채 옆으로 누워 있었다.

「여보, 당신 방에 좀 가보세요.」하고 누싱겐 부인이 그의 손을 잡은 채 어느 방으로 데리고 갔는데 그곳의 양탄자나 가구 등은 아주 세밀한 장식에 이르기까지 모든 것이 규모는 작다고 하더라도 그로서는 델핀느의 방을 연상하지 않을 수 없었다.

「아직 침대가 없군요.」하고 으제느가 말했다.

「네에, 그래요.」하고 그녀는 얼굴을 빨갛게 물들이며 그의 손을 꼭 쥐고 말했다.
 으제느는 그녀의 얼굴을 뚫어지게 바라보면서, 사랑을 하는 여인의 마음에는 얼마나 진실한 부끄러움이 있는 것인가를 아직 젊지만 이해할 수 있었다.
 「당신은 정녕 언제까지나 사랑하지 않을 수 없는 여성이로군요.」하고 그는 그녀의 귓가에 대고 속삭였다. 「네, 그래요. 사랑이 열렬하면 열렬할수록 진정이면 진정일수록 더욱 신비롭게 감춰지고 비밀로 하지 않으면 안 된다고 생각해요. 솔직히 말해서 우리는 서로가 진정으로 이해하고 있으니까요. 우리들의 비밀은 누구에게도 말하지 않도록 합시다.」
 「잠깐! 이 나는 그『누구에게도』속에는 들어가지 않겠죠.」하고 고리오 영감이 불만인 듯이 말했다.
 「당신께선『우리들』의 한 분이란 것을 알고 계시지 않습니까······.」
 「아, 그것이 내 소원이었소. 내가 있어도 일일이 신경을 쓰지 않겠지요? 나는 왔다갔다 서성대는 어디든지 퍼져 있는 정령과도 같은 것이니까. 눈엔 안 보여도 같이 있다는 것을 알아만 준다면 그것으로 만족해. 어떠냐? 델피네트! 니네트! 드델르!(모두 델핀느에 대한 애칭) 내가 한 말은 틀림없는 것이었지?『다르트와 거리에 깨끗하고 조그마한 아파트가 있으니까, 그 사람을 위해서 가구를 장만하자』고 말야. 너는 그 말을 들으려 하지는 않았다. 그렇지, 내가 너를 낳은 어버이인 것처럼, 지금 너의 기쁨을 낳게 한 어버이도 나란 말이야, 아버지라는 건 자식을 행복하게 해주기 위해서는 언제까지든지 무엇이든 계속해서 뒤를 봐주어야 하는 거야. 언제까지든 봐준다는 것은 아버지를 아버지답게 해주는 것이거든.」
 「무슨 말씀이세요?」하고 으제느가 말했다.
 「그래. 이애는 처음부터 좋아한 건 아니었어. 공연한 소문이 날까 봐 두려워했었단 말야. 마치 세상의 평판이 행복보다 더 소중한 것처럼 말야. 그러나 여자란 여자는 모두 다, 이애가 하고 있는 것과 같은 일을 꿈꾸는 거지······.」
 고리오 영감은 혼자 말하고 있었다. 누싱겐 부인이 라스티냐을 서재로 데리고 나갔기 때문이다. 거기에서 아무리 가볍게 주고받아졌다고는 하지만, 키스 소리가 들려 왔다. 그 방 역시 다른 방과 마찬가지로 우아하게 꾸며져 있었다. 그리고 무엇 하나 부족한 것이 없었다.

「당신 취미에 맞는지 모르겠어요.」하고 식탁에 앉기 위해 살롱으로 돌아오면서 그녀가 말했다.

「네에, 너무 꼭 맞아서……」하고 그가 말했다. 「아아, 이 분에 넘치는 사치, 현실로 화한 아름다운 꿈, 젊디젊은 우아한 생활의 모든 시정을 나는 지나칠 정도로 느끼고 있기 때문에 그것을 배신하는 것 같은 일은 하고 싶지 않습니다. 그러나 이것은 당신으로부터 받을 수는 없는 것이고, 또 나는 아직 가난하기 때문에 이런……」

「호호호! 당신은 벌써 저에게 저항하기 시작하는군요.」하고 그녀는 상대의 약간의 양심적 미혹을 놀려 주고, 그것을 한층 더 교묘하게 흩어 버리려고, 여자들이 보이는 그 사랑스러운 표정으로 얼굴을 찡그리면서 놀려 주는 듯한 어조로 말했다.

으제느는 이 하루 동안 너무나도 가혹하게 자기 반성을 했고, 보트랭의 체포가 자칫 잘못하면 그가 굴러떨어질 뻔했던 나락의 깊이를 알게 했고 그의 고상한 감정과, 섬세한 양심을 너무도 강화했을 뿐이었기 때문에 자기의 고매한 생각을 부정하는 그런 애무하는 듯한 말에도 양보할 수가 없었다. 깊은 우수가 그의 마음을 덮쳤다.

「진담이세요?」하고 누싱겐 부인이 말했다. 「정말 싫다시는 거예요? 그런 말씀들이 어떤 의미를 가지는 것인지 아시겠어요? 당신은 미래를 의심하고, 저와의 관계를 맺는 일에 용단을 못 내리시는 거죠? 그렇게 되면, 제 애정을 배신한다고 생각하시는 건가요? 당신이 저를 사랑하시고 제가…… 당신을 사랑하고 있다면, 이런 대수롭지 않은 호의에 어째서 뒷걸음질을 하시는 거지요? 이 독신 세간을 모두 다 준비하는 일을 제가 얼마나 즐거운 마음으로 했는지 아신다면 주저하지 말고 미안하다고만 말씀하시면 되는 거예요. 당신의 돈을 맡아 가지고 있었잖아요. 그것을 유용하게 썼을 뿐이에요. 당신은 잘났다고 생각하고 계시는지 몰라도, 생각보다는 소심하시군요. 보다 더 큰 것을 요구하고 계시면서도…… 아아!」하고 그녀는 으제느의 눈이 정열적으로 빛나는 것을 보고 말했다. 「그러면서도 공연한 일에 아집을 부리시는군요. 저를 사랑해 주시는 것이 아니라면, 네에 그렇지요, 차라리 거절하면 되잖아요? 제 운명은 한 마디에 걸려 있는 거예요. 뭐라든 말씀을 해보세요. 저어, 아버님, 이분에게 무슨 그럴 듯한 말씀을 좀 해주세요.」하고 그녀는 잠깐 동안 사이를 두었다가 아버지 쪽을 뒤돌아 보고 덧붙였다.「저 역시, 명예문제에 있어서는 이분에게 뒤지지 않게 민감하다는 걸 믿어 주시지 않는가 봐요?」

고리오 영감은 그런 사랑스러운 싸움을 정신없이, 마치 아편 중독자처럼 멍청스런 미소를 띠며 보고 있었다.

「어린애군요, 당신은 인생의 출발점에 서 계시는 거 아네요?」하고 그녀가 으제느의 손을 잡으면서 말을 계속했다.「거기에는 대부분의 사람이 뛰어넘지 못하는 울타리가 있는데, 한 여자의 손이 그것을 열어 주는 거예요. 그런데도 뒷걸음질을 하시고. 그렇지만 당신은 꼭 출세하실 거예요. 훌륭한 지위에 앉게 되실 거예요. 성공이라는 글자가 당신의 그 아름다운 이마에 씌어 있단 말이에요. 그렇게 되면 오늘 제가 빌려드린 것도 갚게 될 수 있는 것 아니겠어요? 옛날의 귀부인들은 기사들에게 투구나 검이나 갑옷이나 말 같은 것을 주어서 기마 시합에 나아가 싸울 때는 자기의 이름으로 싸워 달랬던 게 아네요? 그런데 으제느 씨, 제가 당신에게 드리는 것은 현대의 무기예요. 한 자리를 차지할 만한 인물이 되고자 하는 사람에게 필요한 무기예요. 당신이 지금 살고 있는 다락방만 해도 아빠의 방과 비슷하다면 물론 깨끗할 것입니다만. 이봐요, 식사 안 하실 참이에요? 저에게 슬픈 생각을 하게 하시겠어요? 대답 좀 해보시란 말예요!」하고 그의 손을 잡고 흔들면서 그녀가 말했다.「야단났어요. 아빠! 이 사람에게 결심하도록 힘을 좀 넣어 주세요. 아니면 전 여기서부터 나가 버려 두 번 다시 뵙지 않겠어요.」

「내가 결심하도록 해줄게.」하고 고리오 영감이 겨우 황홀한 상태에서 제정신으로 돌아와 말했다.「이봐요! 으제느 씨, 당신은 고리대금업자에게 돈을 빌러 갈 작정인 모양이지만……」

「그럴 수밖에 다른 도리가 없잖아요.」하고 그가 말했다.

「좋아, 그렇다면 더 이상 이야기할 필요 없소.」하고 영감은 아주 닳아빠진 가죽제의 빈약한 지갑을 꺼내면서 말을 이었다.「내가 고리대금업자가 되어 주겠단 말요. 내가 청구된 대금을 전부 지불해 놓았어요. 자, 봐요. 당신은 여기 있는 모든 것에 대해서 단 한푼의 빚도 없어요. 그렇게 많은 돈도 아니고 기껏해야 겨우 오천 프랑인걸. 내가 당신에게 빌려 준 것으로 하지. 나라면 거절하지는 않겠지요. 여자가 아니니까. 종이조각에 잠깐 차용 증서를 써주고,

그동안에 변제해 주면 된단 말요.」

 으제느와 델핀느의 눈에서는 동시에 몇 방울의 눈물이 떨어지고, 둘은 망연히 서로 얼굴을 마주보았다. 라스티냑은 영감에게 손을 내밀어 그 손을 꼭 쥐었다.

 「이건 또 뭐야? 싱겁게시리. 당신들은 내 자식들이 아닌가 말야!」하고 고리오가 말했다.

 「그렇지만 불쌍하신 아버님」하고 누싱겐 부인이 말했다. 「도대체 어떻게 해서 장만하신 거예요?」

 「아아, 그것 말야.」하고 그는 대답했다. 「내가 이 사람을 가까이 데려오도록 네게 결심하게 했을 때 네가 마치 새색시라도 맞이하는 것처럼 여러 가지 세간을 사는 것을 보았을 때, 나는 생각했단다. 『이애는 언젠가는 돈에 곤란을 받게 될 거다!』하고 말야. 소송대리인의 말로는 네 재산을 반환하게 하기 위해 네 주인에게 대해서 행하는 소송은 반 년 이상 걸릴 거라는 것이었어. 나는 연리 천삼백오십 리브르의 장기공채를 팔았을 뿐야. 그 돈의 일만오천 프랑으로 확실한 보증부의 연리 천이백 프랑의 종신 연금을 설정하고, 원금의 나머지로 너희들을 위해 산 물건 값을 지불한 거야. 나는 이밖에도 일 년에 오십 에퀴 되는 방이 있고, 하루 이 프랑으로 왕자와도 같은 훌륭한 생활을 할 수 있으니까. 그래도 거스름돈이 나올 정도다. 나는 물건을 잘 간수하기 때문에 옷 같은 것도 사 입을 필요가 없지. 그런 까닭으로 지난 반 달 동안『저애들은 정말 행복하게 될 것이다!』하고 마음속으로 기뻐하고 있었단 말야! 어때? 행복하지 않은가?」

 「어머나, 아빠! 아빠는 정말!」하고 누싱겐 부인이 소리치면서 아버지에게 달려들었고, 아버지는 그녀를 가슴에 안았다. 그녀는 그의 얼굴을 입맞춤으로 덮고, 블론드의 머리카락으로 그의 볼을 애무했다. 기쁨으로 빛나는 그 늙은 얼굴에는 눈물이 흘러내렸다. 「착하신 아버님. 당신이야말로 진정한 착한 아버지예요. 아니, 이 세상에 아버님과 같은 아버지가 두 사람도 없을 거예요. 지금까지 으제느 씨는 당신을 매우 좋아했어요. 그렇지만 앞으로는 어떻게 느낄는지 모르겠군요!」

 「왜. 이러니, 아가……」하고 이십 년 동안 딸의 심장이 자기의 심장 위에서 뛰는 것을 느껴본 적이 없는 고리오 영감이 말했다. 「델피네트, 너는 나를 숨막히게라도 하려는 거냐? 내 연약한 심장은 터져 버릴 것 같다. 자, 으제느 씨. 이것으로 이젠 꾸어 주고 꾼 것이 없단 말요!」 그렇게 말한 노인은 너무도 광포하게, 마치 미친 듯한 동작으로 딸을 껴안았기 때문에 델핀느는 「아이구 아파!」 하고 말했다. 그는 순간 파랗게 질리면서 「아파?」 하고 소리쳤다. 그는 인간이라고는 생각할 수 없는 고뇌의 표정을 띠고 딸의 얼굴을 찬찬히 보았다. 이 『부성의 그리스도』의 표정을 적절히 그려 내려고 한다면, 인류를 위한 고난의 괴로움을 참고 견디신 구세주를 그리려고, 팔레트의 거장들이 창조한 여러 가지 이미지에서도 그 비교를 찾을 수 없으리라. 고리오 영감은 그의 손이 지나치게 쥔 벨트 언저리를 부드럽게 입맞추었다. 「아니야, 아프게 하지는 않았는데, 정말이야.」 하고 그는 미소를 띠고 딸의 얼굴을 바라보면서 말을 이었다. 「네가 떠들어서 내게 고통을 주었지? 사실은 좀더 돈이 들었단 말야.」 하고 그는 딸의 귀에 입을 대고 조심스럽게 입맞추면서 말했다. 「그렇지만 저 사람에게 말해선 안 돼. 말하면 또 화를 낼 테니까.」

으제느는 이 영감의 한없는 헌신을 보고, 화석처럼 망연하게 굳어 버렸다. 으제느는 청년에게 있어서 신앙과 같은 그 순진한 감탄으로 영감을 바라보고 있었다.

「저는 이 모든 것에 대한 보답을 하겠습니다.」 으제느가 소리쳤다.

「아아, 으제느 씨! 정말 근사한 말씀을 하셨어요.」 그렇게 말하며 누싱겐 부인은 학생의 이마에 입맞추었다.

「이분은 너를 위해서, 타이유페르 씨의 딸과 몇 백만 프랑이라는 그애의 재산을 포기했어.」 하고 고리오 영감이 말했다. 「그렇구말구. 그 딸은 당신에게 반했단 말요. 그리고 오빠가 죽었기 때문에 이젠 크레쥬스 왕(기원전 6세기의 리디아 최후의 왕으로 막대한 부자로 알려져 있다)처럼 부자란 말야.」

「아니, 어째서 그런 말을 꺼내지요?」 하고 라스티냑이 소리쳤다.

「으제느 씨」 하고 델핀느가 그의 귓가에서 속삭였다. 「그런 말씀을 들으니 오늘 밤 미안한 마음이 드는군요. 아아, 저는 정말 당신을 언제까지라도 사랑할 테에요.」

「너희들 결혼식 이후, 오늘이 내게 가장 행복한 날이군.」 하고 고리오 영감이 소리쳤다. 「하느님의 뜻으로 나는 아무리 괴로움을 받아도 관계없다. 너희들로 해서 고생하는 것이 아닌 한. 나는 이렇게 중얼거릴 것이다. 『금년

이월 나는 지극히 짧은 시간이긴 했지만, 다른 인간이 일생을 걸려서도 맛볼 수 없는 행복을 맛보았다.」고 말야. 이쪽을 좀 봐라, 델핀느!」하고 그는 딸에게 말했다. 「이애는 정말 아름답지요? 자 대답해 주구료, 이애처럼 근사한 안색과 귀여운 보조개를 가진 여자를 몇 사람이나 만난 적이 있는가. 어때요? 없지요? 그런데 이 내가, 이렇게 멋들어진 여자를 만들었단 말요. 이제부터는 당신 덕분으로 행복해지게 되면 백 배 더 천 배 더 아름다워지겠지만. 그렇게만 된다면 나는 지옥에 떨어져도 좋아요.」하고 그는 말했다. 「내가 갈 천국의 권리가 필요하다면 나는 기쁘게 그것을 당신에게 양보해 주겠소. 자, 그럼 식사를 하지.」하고 자기로서는 무엇을 말하고 있는지조차 모르게 되어 버린 듯 웅얼웅얼 말을 이었다. 「모든 것이 우리의 것이야!」

「어머, 아버님도!」

「알겠어?」하고 그는 일어나 그녀에게 가더니 머리를 안아 가르마를 탄 머리 한가운데에 입맞추면서 말했다. 「얼마나 나를 편안하고 행복하게 할 수 있는가를 알지? 종종 나를 보기 위해서 나 있는 데로 와주어. 나는 이 위에 있겠으니, 잠깐 몇 걸음 걸으면 되는 거다. 약속해 주겠니?」

「하구말구요, 아버님!」

「다시 한 번 말해 다오!」

「약속해요, 착하신 아버님!」

「이제 그만, 내 마음을 흡족하도록 하려면 백 번 말해도 부족할 거야. 저녁을 먹도록 하자.」

그날 밤에는 밤이 깊도록 어린애 같은 장난만 되풀이했다. 더구나 세 사람 중에서 고리오 영감이 제일 제정신이 아니었다. 딸 앞에서 무릎을 꿇고 딸의 발에 입맞추는가 하면, 찬찬히 딸의 얼굴을 들여다보고 있든가, 그녀의 드레스에 얼굴을 비비든가 하는 것이었다. 그것은 마치 정열에 넘치는 젊은 연인이 하는 것과 같은 광태를 연출하는 것이었다.

「아시겠어요?」하고 델핀느가 으제느에게 말했다. 「아버지가 저희들과 같이 계실 때는 전적으로 하라시는 대로 하지 않으면 안 되는 거예요. 그러노라면 때로 번거로운 생각이 들 때도 있겠지요?」

으제느는 이미 몇 번씩이나 질투의 충동을 느끼고 있었기 때문에 모든 망은의 씨를 품은 그 말도 비난할 수가 없었다.

「이 방의 장식은 언제 끝나는 겁니까?」하고 으제느가 방을 둘러보면서 말했다.「오늘 밤은 그럼 헤어지지 않으면 안 되는 겁니까?」
「그렇죠. 그렇지만 내일은 저와 함께 식사하러 오세요.」하고 그녀가 함축성 있는 어조로 말을 했다.「내일은 이탈리아 극장에 가는 날이에요.」
「그럼 나도 일반 객석으로 갈게.」하고 고리오 영감이 말했다.
시간은 한밤중이었다. 누싱겐 부인의 마차가 기다리고 있었다. 영감과 학생은 델핀느에 대한 이야기를 하면서 보케르 관으로 걸어서 돌아갔는데 그런 대화의 열중함이 양자의 격한 정열 사이에서 기묘한 갈등을 생기게 했다. 으제느는 여하한 개인적인 이해로도 더럽혀지지 않는 부친의 애정이, 그 끈질김과 확장의 점에서 자기의 애정을 압도하고 있는 것을 인정하지 않을 수가 없었다.
아버지에게 있어서의 우상은 언제나 아름답고 깨끗하며, 그의 열렬한 사랑은 과거와 미래의 모든 것을 흡수하고도 더욱더 격렬해지는 것이었다.
그들이 돌아와 보니, 보케르 부인은 실비와 크리스토프 사이에 끼여 스토브 옆에 혼자 처량하게 앉아 있었다. 늙은 여주인의 모습은 마치 카르타고의 폐허에 선 마리우스(로마의 장군이며 정치가)와도 같았다. 그녀는 실비를 데리고 불평을 늘어 놓으면서 이제까지 식사를 하지 않은 두 사람의 하숙인이 귀가하기를 기다리고 있었다. 바이런 경(《타소의 비탄》이라는 작품이 있음)이 타소로 하여금 토하게 한 비탄의 언어도 대단히 아름답지만 그것도 보케르 부인이 흘리는 심각한 진실미에 비한다면 훨씬 거리가 먼 것이었다.
「내일 아침부터는 삼 인 분의 커피만 준비하면 돼, 실비. 우리 하숙이 텅 비어서 가슴이 터지는 것 같구나. 하숙인이 없는 생활이란 대체 이런 것이냐! 마치 가구를 치워 버린 것처럼 하숙에서 사람들이 없어졌구나. 가구가 있어야 집이고, 사람이 있어야 하숙이지. 이렇게 차례로 재난을 겪다니, 난 신에게 잘못한 것이 없는데. 강낭콩과 감자는 스무 사람 분을 샀단 말야. 내 집에 경찰이 다 들어오다니! 이렇게 됐으니, 감자만 먹고 있지 않으면 안 되게 되었어. 크리스토프도 내보내야겠다!」
사브와 출신의 이 심부름꾼은 깜박 잠이 들어 있다가 갑자기 눈을 뜨고 말했다.
「무슨 용무가 있습니까?」

「가엾어라! 이애는 마치 집지기 개란 말야.」하고 실비가 말했다.
「어쨌든 한가한 계절이니, 누구든 벌써 하숙집을 정했단 말야. 어디서 하숙인이 나타날 거야? 생각하면 머리가 돌 것 같아. 게다가 미쇼노 할미는 프와레까지 채갔으니! 개처럼 꼬리를 저으면서 따라가게끔 길들이다니, 도대체 어떻게 된 거야?」
「그건 뭐」하면서 크게 고개를 끄덕인 실비가 말했다.「그런 노처녀는 여러가지 수법을 알고 있을 거예요.」
「저 불쌍한 보트랭 씨는 여러 사람으로부터 죄인이 되어 버렸는데.」하고 보케르 부인이 말을 이었다.「그게 말이야, 실비! 나는 아직 아무래도 믿기지 않아, 그렇게 명랑하고 매달 십오 프랑씩이나 내서 글로리아를 마시고, 또 어김없이 하숙비를 지불하던 그 사람이……」
「게다가 선심도 잘 썼어요.」하고 크리스토프가 말했다.
「무슨 착오로 그랬을 거예요.」하고 실비가 말했다.
「그렇진 않은가 봐. 자기가 시인한걸.」하고 보케르 부인이 말을 이었다.「그런 것이 모두 우리 집에서, 고양이새끼 한 마리도 얼씬거리지 않는 이 동네에서 일어났으니. 어떻게 생각하면 난 꼭 꿈을 꾸고 있는 것 같아. 안 그래? 우리들은 루이 16세가 처참한 재난(루이 16세가 1793년 1월 단두대에서 사라진 일)을 당하고, 나폴레옹 황제가 몰락한 것 등을 보아 왔지. 황제가 돌아왔다가 다시 몰락하는 것도 보았단 말야. 그런 것은 모두 이상한 일이 아니었어. 그런데, 하숙집이란 원래 망하는 법이 없단 말야. 임금은 없어도 불편하지 않지만, 아무래도 먹을 건 먹어야 하기 때문에. 의젓한 콩플랑 집안 출신의 내가 온갖 정성을 다해서 맛있게 식사를 내곤 했었는데, 이 세상의 끝장이 오지 않는 한…… 그래, 정말 이것은 말세야 말세!」
「게다가 미쇼노 할미는 마나님을 이런 지경에 빠뜨리고도 자긴 삼천 프랑의 연금을 탈 수 있게 됐다는 거예요.」하고 실비가 소리쳤다.
「그 여자 이야기는 하지도 마라. 한마디로 악당이야!」하고 보케르 부인이 말했다.「게다가 뷔노 할멈네로 옮기다니. 무슨 일이든 하고도 남을 여자란 말야. 그러니 무서운 일만 해온 여자임에 틀림없어. 젊었을 땐 사람도 죽였겠고, 도둑질도 했을 거야. 그 불쌍한 보트랭 씨 대신 그녀가 형무소에 가야 했을 거야.」

이때 으제느와 고리오 영감이 초인종을 눌렀다.
「자아, 내게 변함없는 호의를 다하는 두 사람이 돌아왔어.」
미망인이 마음놓고 한숨을 쉬면서 말했다.
변함없는 호의를 다하리라 기대된 그 두 사람은 하숙집의 이변에 대해서는 매우 조금밖에 관심을 가지고 있지 않았기 때문에, 아무 스스럼없이 자기들이 쇼세 당탱에 가서 살게 됐다고 여주인에게 말했다.
「아아, 실비」하고 미망인이 말했다.「내 마지막 희망도 사라졌다. 당신들은 나에게 마지막 일격을 가했어요. 내 가슴을 콱 찔렀단 말예요. 이 가슴이 몽둥이 같은 것에 짓눌리는 것 같군. 나는 오늘 하루 동안에 십 년 이상이나 늙어 버렸어요. 아아, 미칠 것 같아. 정말 완두콩을 어떻게 하지? 차라리 나 혼자가 될 바엔, 크리스토프, 넌 내일 나가 줘! 그만 자야겠다.」
「도대체 아주머니가 왜 그러시지?」하고 으제느가 실비에게 물었다.
「그렇잖아요? 여러 가지 사정으로 모두 나가 버리고 만 걸요. 그래서 머리가 이상하게 됐단 말예요. 어머, 울고 있군요. 울기라도 하면 마음이 좀 풀리겠지요. 마나님이 울다니, 난 여기 와서 처음이에요.」
다음날이 되니 보케르 부인은 그녀의 표현을 빈다면, 이미 『각오를 하고』 있었다. 겉으로 보기에는 하숙인들을 죄다 놓쳐 버리고 생활이 엉망이 된 여자처럼 비탄에 잠겨 있었지만, 완전히 냉정함을 회복하고 괴로움과 상처 받은 이해, 깨어진 습관이 불러일으키는 깊은 괴로움이란 어떤 것인가 하는 것을 몸짓으로 표시했다. 사랑하는 남자가 출발에 앞서 여인이 살고 있는 곳에 던지는 시선도, 지금 보케르 부인이 텅 빈 식탁을 둘러보는 시선처럼 슬픈 시선은 아니었으리라. 으제느는 며칠 후 인턴을 마치기로 되어 있는 비앙숑이 그가 있던 방으로 틀림없이 옮아오게 될 것이고, 박물관원도 종종 쿠튀르 부인이 쓰던 방에 들고 싶다고 희망을 말하고 있었으니 며칠 안 가서 새로운 얼굴들을 맞이하게 될 것이라고 말하면서 그녀를 위로했다.
「하느님께서 그 말씀을 들어 주셨으면. 정말 친절하신 라스티냐 씨! 그렇지만 불행이 이 집에 들어왔어요. 열흘도 안 가서 죽음의 신이 들어올 거예요. 두고 보세요.」하고 침통한 시선으로 식당을 둘러보면서 그녀가 말했다.「누가 당하게 되는지……..」
「방을 옮긴다는 건 기분이 좋은 거로군요.」하고 으제느가 작은 소리로 고리오 영감에게 말했다.
「마나님!」하고 허둥지둥 달려들어온 실비가 말했다.「고양이 미스티그리가 보이지 않아요. 벌써 사흘이나 됐는데.」
「아아, 그래? 내 고양이까지 죽어 버렸다면, 나는……..」
가엾은 미망인은 다음말을 잇지 못했다. 그녀는 그런 무서운 예상에 사로잡혀서 두 손을 마주 잡은 채 팔걸이 의자에 고개를 젖히고 넘어졌다.
우편 배달부가 팡테옹 지역으로 오는 정오쯤, 으제느는 보세앙 집안의 가문(家紋)으로 봉인한 한 통의 화려한 봉서를 받았다. 거기에는 한 달 전부터 예고된, 자작 부인의 저택에서 개최키로 되어 있는 대무도회를 위한, 누싱겐 부처 앞으로 된 초대장이 들어 있었다. 그 초대장에 동봉해서 으제느 앞으로 된 편지가 있었다.

전략. 당신이라면 기쁘게 내 기분을 누싱겐 부인에게 전해 주는 역할을 맡아 주시리라 믿습니다. 그래서 초대장을 당신 앞으로 보냈으니, 레스토 부인의 동생과 알고 지냈으면 기쁘겠습니다. 아무쪼록 그 아름다운 분을 모시고 와주십시오. 그렇지만 그분이 당신의 애정을 독점하지 않도록 해 주시기 바랍니다. 제가 당신에게 대하여 품고 있는 애정의 보답으로, 당신도 저에게 호의를 베풀어 주지 않으면 안 되니까요.
보세앙 자작 부인으로부터.

「이 문면으로 보면」하고 그 편지를 다시 읽으면서 으제느가 중얼거렸다.「보세앙 부인은 매우 확실히 누싱겐 남작만은 오지 않기를 바라고 있는 모양인데…….」그는 틀림없이 보상을 받을 수 있다고 생각되는 반가운 소식을 델핀느에게 가지고 갈 수 있는 것이 기뻐서 곧 그녀를 방문했다. 누싱겐 부인은 목욕중이었다. 라스티냐은 두 해를 두고 바라던 여인을 바야흐로 손에 넣으려는 열렬하고 조급해하는, 청년으로서 당연히 생기는 초조함을 느끼며 부인의 거실에서 기다리고 있었다. 그런 감동이란 것은 청년의 생활에선 두 번 다시 경험할 수 없는 것이다. 남자가 애착을 느끼는 정말 여자다운 최초의 여자, 즉 파리의 사교계가 요구하는 온갖 화려한 장식을 하고 그의 앞에 나타날 여자는 결코 라이벌을 두려워하지 않아도 된다. 파리의 사랑은 다른 곳의 사랑과 조금도 비슷한 데가 없다. 남녀를 불문하고 거기에선 이해를 초월한 애정이란 것 위에 누구든 체재상 열어 보이는, 본을 뜨기 위해 늘어 놓은 외관 같은 것에는 조금도 속지 않는다. 이곳에서는, 여자는 상대의 마음과 감각만을 만족시키면 되는 것이 아니고, 생활을 구성하는 무수한 허영에 대해서도 다할 의무가 있다는 것을 스스로 인정하고 있는 것이다. 그 중에서도 여기서는 사랑이란 본질적으로 자랑을 주로 하는 것이며, 추근추근하고, 낭비벽이 있고, 흰소리장이고, 호화롭고, 사치스러운 것이다. 베르망드와 공작(루이 드 부르봉. 루이 14세와 라 발리에르 양 사이에서 태어난 서자)이 선을 보이는 사교계의 첫무대에 등장하는 것을 돕기 위해서, 루이 14세가 느닷없이 자기의 소매 장식을 뜯는 일이 있었지만, 이 위대한 군주에게 그 소매 장식이 각각 천 에퀴나 되는 것이었다는 사실을 잊어버리게 할 정도의 정열을 불러일으켰던 라 발리에르 양을 루이 14세 궁정의 여자들이 모두 다 부러워했다면, 그 밖의 인간들에게는 무엇을 요구할 수 있겠는가. 젊고 부자고 작위가 없어서는 안 된다. 가능하다면 그 이상의 조건을 갖추어야 한다. 그리고 이쪽이 우상 앞에 많은 향을 가지고 와서 피우면 피울수록 우상은 이쪽에 호의를 보여 주게 마련인 것이다. 게다가 그것도, 이쪽에 우상이 없으면 이야기조차 안 되는 일이기는 하지만. 사랑이란 마치 종교와 같은 것이며, 게다가 그 제식(祭式)은, 다른 종교적 제식보다 돈을 더 들이지 않으면 안 된다. 사랑이란 순식간에 지나치고, 게다가 지나간 흔적만으로도 여러 가지를 파괴하고 지나가는 개구장이 어린애와 같다. 감정이란 사치는 다락방의 시와 같은 것이다. 그런 재산이 없다면 다락방의 사랑은 어찌될 것인가. 파리 법전의 그 가혹한 조문에도 예외는 있지만, 그것은 고독 속에서 사는 사회적인 교양에 조금도 물들지 않은 영혼, 깨끗하고 맑은 물이 끊임없이 흐르고 있는 샘 옆이라든가, 어딘가에 사는 사람들 가운데서가 아니면 찾아볼 수가 없다. 그들은 녹색 나무그늘에서 충절을 지키고 그들을 위해서 삼라만상 속에 기재되어, 그들이 자기 자신 속에서도 역시 찾아볼 수 있는 무한한 언어에 황홀하게 귀를 기울이고, 지상의 인간들을 가엾게 여기면서 날개가 주어지기를 참을성있게 기다리고 있는 것이다. 그래서 라스티냐은 이미 영화의 맛을 알아 버린 대개의 청년들과 같이 세상이라는 투기장에 조그만 틈도 없이 무장하고 등장하고 싶었던 것이다. 그는 어쩌면 사회를 지배하는

3. 불사신의 사나이   529

힘을 느끼고 있었는지 모르지만, 정복에의 야망에 이미 몸을 맡겼다. 그러나 그런 야심의 수단도 목적도 몰랐다. 일생을 충만케 할 순수하고 신성한 사랑이 없을 경우에는 그런 권력에의 갈망이 대단히 훌륭한 것으로 비칠 때가 있다. 일체의 개인적 이해를 떨어 버리고, 조국의 번영을 목적으로 간주하면 충분한 것이다. 그러나 학생은 아직 인생의 과정을 고찰하고 그것을 판단할 수 있는 단계에까지는 도달하지 못하고 있었다. 지금까지 지방에서 자라난 그에게는 인간의 청춘이란, 무성한 나뭇잎으로 싸인 것으로 생각되었다. 신선한 야성적인 사념의 매력을 완전히 떨어 버리지도 못하고 있었던 것이다. 그는 파리의 루비콘 강을 건너는 것을 언제나 주저하고 있었다. 열렬한 호기심에 가득 차 있었음에도 불구하고 여전히 진짜 귀족이 시골의 성관에서 보내는 그 행복스러운 생활에의 동경을 다소나마 계속 가지고 있었던 것이다. 그렇지만, 그 양심의 마지막 미혹도 어젯밤 자기의 아파트 방에 들어가 봤을 때 소멸해 버렸다. 오래 전부터 가문이 주는 정신적 이점을 향수해서, 그는 시골 사람이라는 껍질을 벗어 버리고, 멋들어진 미래가 전망되는 새로운 입장에 남몰래 몸을 들이밀었던 것이다. 그래서 어느 정도는 그의 것이 되어 버렸다고도 할 수 있는 거실에 깊숙이 앉아 델핀느를 기다리면서, 작년에 파리에 상경해 온 라스티냐과는 너무도 동떨어진 자신을 느끼고, 그런 과거의 모습을 영혼의 망원경을 통해 보면서 지금의 자기는 진짜의 자기가 아닌가를 의심해 보는 것이었다.

「마나님은 침실로 나오셨습니다.」하고 테레즈가 와서 알리자 그는 깜짝 놀랐다.

델핀느가 싱싱한 모습으로 난로 옆 이인용 안락의자에 비스듬히 앉아 있었다. 모슬린 물결 무늬 위에 그런 식으로 가로 누워 있는 모습을 본 그는 그녀를 꽃송이 한가운데서 열매가 된다고 하는 저 인도의 아름다운 식물과 비교해 보지 않을 수가 없었다.

「겨우 이제야 둘만의 세계가 됐군요.」하고 그녀가 감동을 섞어서 말했다.

「무얼 가지고 왔는지 아시겠어요?」하고 으제느가 그녀 옆에 앉아서 그 팔을 잡고 손에 입맞추었다.

누싱겐 부인은 초대장을 읽더니, 별안간 기쁜 듯이 일어났다. 물기를 머금은 눈을 으제느에게 향한 채 팔을 그의 목에 걸더니, 채워진 허영심의 기쁨에 상기되어 그를 끌어당겼다.

「이 은혜를 어떻게 갚죠!」그의 귓가에서 그녀가 말했다.「여보 그렇지만, 테레즈가 화장실에 있는 걸요. 조심해야죠! 당신이 이런 행복을 맛보게 해주셨군요, 전 정말로 행복이라 말하고 싶어요. 당신을 통해 이런 초대를 받게 됐으니…… 이건 자존심의 만족 이상 가는 것이 아니겠어요? 아무도 저를 그 사회에 소개해 주려고 하지 않았단 말예요. 이런 말을 하면 저를 파리 여자의 좀스러운 연잎처럼, 품위가 없는 경박한 여자라고 생각하실는지도 모르겠군요. 그렇지만 여보, 저는 당신을 위해서는 어떠한 것이라도 희생할 수 있다는 것, 지금까지 이상으로 생 제르맹에 얼굴을 내놓고 싶다고 원하는 것도 당신이 그곳에 출입하고 있기 때문이란 것을 생각해 주셔야 해요.」

「보세앙 부인은」하고 으제느가 말했다.「누싱겐 남작이 무도회에 오지 않기를 바라고 있는 것처럼 암시한 것으로 생각되지 않습니까?」

「물론이죠.」하고 편지를 으제느에게 돌려 주면서 남작 부인이 말했다. 「그런 여자는 은근하고 무례한 점에서 천재적이에요. 그렇지만 상관없어요. 전 가겠어요. 언니도 오겠지요. 굉장한 옷을 준비하고 있는 것을 알아요. 으제느 씨」하고 그녀는 조그만 소리로 말을 이었다.「언니는 무서운 의혹을 밝히기 위해서 출석하는 거예요. 그녀에 대한 소문을 못 들었어요? 남편이 오늘 아침에 제게 와서 어제 클럽에서 여러 사람이 공개적으로 그런 말을 하고 있었다고 하더군요. 여자의 명예, 가족의 명예란 정말 아무런 힘이 없는 거예요. 저는 불쌍한 언니의 입장이 되어 자신까지 공격을 받고, 상처를 받은 것처럼 생각이 들어요. 일부 사람들의 말로는 트라이유 씨가 계속해서 발행한 어음이 십만 프랑이나 되는데다가 거의 기한이 차서 소송을 당하게 됐다는 거예요. 그런 궁지에 빠져 있기 때문에 언니는 고리대금업자에게 자기의 다이아몬드를 판 모양이에요. 레스토 씨의 어머님으로부터 받은 그 멋진 다이아몬드를 당신도 본 적이 있을 거예요. 아무튼 이틀 전부터 그 이야기가 파다하게 알려졌나 봐요. 그래서, 아나스타지가 금박이 든 드레스를 맞추어 입고 이때다 하고 그 다이아몬드를 전부 몸에 붙이고 보세앙 저택에서 뭇 사람의 눈을 끌어 보려는 속셈은 어렵지 않게 짐작할 수 있지요. 그렇지만 저도 언니에게 뒤지고 싶지는 않아요. 언니는 언제든지 저를 누르려고 단

3. 불사신의 사나이   531

한 번도 친절하게 대해준 적이 없었는 걸요. 저는 그래도 여러 가지 해주느라고 했어요. 언니가 돈이 없을 때는 언제든지 기쁘게 돌려 주곤 했는데. 그렇지만 사교계야 아무러면 어때요. 오늘은 저도 행복에 젖고 싶어요.」

라스티냐은 오전 한 시까지도 아직 누싱겐 부인 집에 있었다. 부인은 그에게 연인끼리 하는 이별의 인사, 장래의 기쁨을 마음껏 약속하는 이 이별의 인사를 아낌없이 주면서 우수에 찬 표정으로 말했다. 「전 매우 겁쟁이고 미신적이에요. 그런 예감에 어떤 이름을 붙여도 좋지만, 지금의 이 행복을 어떤 무서운 파국으로 보상해야 하는 것이 아닐까 해서 조마조마해요.」

「어린애 같군요.」 하고 으제느가 말했다.

「어머, 오늘 밤은 제가 어린애가 됐군요.」 하고 그녀가 웃으면서 말했다.

으제느는 내일 반드시 이사를 하겠다고 굳게 다짐하면서 보케르 관으로 돌아갔다. 그는 거리에서도 입술에 아직도 남아 있는 행복의 맛을 재차 음미하며 모든 청년에게 일어나는, 그 여러 가지의 아름다운 꿈에 몸을 맡겼다.

「어땠었소?」 하고 라스티냐이 문 앞을 지날 때 고리오 영감이 그에게 물었다.

「참 그렇군요. 내일 죄다 말씀드릴게요.」 하고 으제느가 대답했다.

「죄다 말하는 거지요?」 하고 영감이 소리쳤다. 「그럼 잘자요. 우리들은 내일부터 행복한 생활을 시작하는 거요.」

4. 노인의 죽음

　이튿날 고리오와 라스티냐은 하숙을 떠나기 위해서 운송점에서 오는 것을 기다리는 일밖에 없었다. 그런데 그날 정오쯤, 바야흐로 보케르 관의 문전에 멎는 한 대의 마차소리가 뇌브 생트 즈느비에브 거리에 울려퍼졌다. 누싱겐 부인이 마차에서 내려오더니 아버지는 아직 이 하숙에 있느냐고 물었다. 있다는 실비의 대답을 듣고 그녀는 재빨리 계단을 뛰어올라갔다. 으제느는 자기 방에 있었지만, 옆방의 고리오는 그것을 모르고 있었다. 아침 식사때 그는 네 시에 다르트와 거리에서 만나자고 하면서 고리오 영감에게 자기의 짐을 옮겨 달라고 부탁을 했던 것이다. 그리고 노인이 운송점에 차를 부르러 간 사이에 으제느는 학교에 가 출석한 것으로만 해놓고 아무에게도 눈에 뜨이지 않게 집으로 돌아와서 보케르 부인에게 계산을 끝마치려고 했었다. 그 일까지 부탁하면, 고리오의 친절이 너무 지나쳐 자기가 계산할 것이 틀림없었기 때문이었다. 여주인이 외출중이었기 때문에 으제느는 빠뜨린 물건이나 없는가 하고 또다시 자기 방에 올라왔는데, 테이블 서랍에서 보트랭 앞으로 된 백지 어음을 발견하고, 다시 올라와 본 것이 다행이었다고 생각했다.
　보트랭에게 돈을 갚던 날, 관심없이 그곳에 던져 두었던 어음이었다. 불이 없었기 때문에 그것을 자잘하게 찢어서 버리려고 한 바로 그때, 델핀느의 목소리가 들려왔다. 그는 소리를 내지 않고 그대로 멈춰서서 그녀는 자기에게 비밀 같은 것은 없을 테니까 하고 귀를 기울였다.
　그리고 첫머리의 두서너 마디를 듣고, 아버지와 딸 사이의 대화가 무척 흥미 있는 것으로 들렸기 때문에, 계속 귀를 기울이지 않을 수 없게 되었다.

「아아, 아버님」하고 그녀는 말했다.「아버님이 좀더 빨리 내 재산의 명세를 요구했었던들 저도 파산하지 않을 수 있었는데! 말씀드려도 좋아요?」

「그래, 이 집은 빈집이다.」하고 고리오 영감은 쉰 목소리로 말했다.

「왜 그러세요? 아버님」하고 누싱겐 부인이 계속했다.

「네가 방금 도끼로 내 머리를 쾅 쳤단 말야.」노인은 대답했다.「용서해 주지. 할 수 없지. 내가 얼마나 너를 사랑하고 있는지 너는 모를 테니까 말야. 알고 있다면 느닷없이 나에게 그런 말을 할 까닭이 없어. 하물며 희망이 전혀 없는 것도 아닌데 말이다. 도대체 어떤 다급한 일이 생겼다는 말이냐? 이제 곧 다르트와 거리에서 만날 수 있는데도, 여기까지 나를 만나러 오다니.」

「그렇지만 아버님, 큰일에 부닥쳤을 때 충동적인 기분을 어떻게 억제할 수 있겠어요? 미칠 것 같아요. 아버님의 소송 대리인이 어느 정도 빨리 불행을 발견했을 뿐이고 언젠가는 그것이 틀림없이 폭발할 것임에 분명했어요. 아버님이 오랫동안 하신 상업의 경험이 필요해져서, 물에 빠진 사람이 지푸라기라도 움켜쥔다는 심정으로 아버님한테 달려온 거예요. 데르비유 씨는 누싱겐이 어떤 종류의 곤란한 지경에 빠진 걸 발견하고 재판소장의 인가까지 얻어 소송을 제기하겠다고 솔직히 터놓고 위협을 하는가 봐요. 누싱겐이 오늘 아침 저에게 와서,『당신은 나의 파산과, 당신 자신의 파산을 바라고 있느냐?』고 묻겠지요. 저는 그런 문제는 요령부득이 돼서 모르기는 하지만, 어쨌든 저에게는 제 재산이 있고, 저는 그 재산을 되찾지 않으면 안 되기 때문에, 이 문제에 관한 것은 모두 소송 대리인에게 맡기고 있습니다, 저는 아무것도 모르니까, 그 건에 대해서는 무엇을 물어도 대답할 수가 없습니다고 대답했어요. 아버님께서 그렇게 말하라고 말씀하셨지요?」

「그래, 그랬었지.」하고 고리오 영감은 말했다.

「그렇게 말하니까」하고 델핀느는 말했다.「그 사람은 자기 장사의 실정을 저에게 털어놓더군요. 자기의 전 재산과 제 재산을 어떤 사업에 투자를 했는데, 그것은 아직 시작한 지 얼마 안 돼서, 대단한 액수를 투자하지 않으면 안 되었었다는 거예요. 제가 어떻게 하든 지참금을 반환하라고 고집했더니, 그 사람은 파산 선고 신청을 내지 않으면 안 되겠다는 거예요. 그러지 않고 제가 일 년 기다려 주면, 명예를 걸고 제 재산을 두 배든 세 배든 갚겠다는 거예요. 그리고 제 재산을 토지 투기에 넣었기 때문에 그것이 일단락되는 날엔 제가 전 재산을 자유롭게 할 수 있다는 거예요. 아버님, 그 사람은 정색을 하고 말했던 거예요. 전 무서웠을 정도예요. 지금까지의 자기 잘못을 용서해 달라고 하면서 사과하고, 저에게 자유를 준다면서, 제 명의로 사업을 할 수 있게 해준다면, 제가 마음대로 행동해도 좋다는 거예요. 자기의 성의를 증명하라면, 저를 등기명의인이라고 명기한 서류가 정당하게 작성되어 있는지의 여부를 조사하기 위해서, 언제든지 데르비유 씨가 와도 좋다고 했어요. 요컨대 모든 운명을 저에게 맡긴다는 것이지요. 그리고 그 사람은, 계속해서 가계를 이 년 동안만 더 제한했으면 좋겠다면서, 자기가 주는 돈 이상은 마음대로 쓰지 않았으면 좋겠다는군요. 체면이나 차리는 것이 겨우고, 춤추는 여자하고도 손을 끊었고, 신용을 잃지 않아 투기의 전망이 보일 때까지는 극도로 줄이되 그러면서도 남의 눈에 안 뜨이게 하지 않을 수 없다는 것을 숫자를 들어 가면서 설명하는 거였어요. 저는 일부러 냉정하게, 그 사람을 몰아세우고, 더 상세한 것을 알아내려고 그 사람이 하는 말을 일일이 의심해 보았어요. 그랬더니 저에게 장부까지 보이더군요. 결국엔 울어 버리고 말더군요. 남자가 그렇게 하는 것은 처음 봤어요. 분별도 아무것도 없고, 자살한다고 하면서 횡설수설하는 거예요. 불쌍한 생각이 들었어요.」

「그래서 너는 그런 넋두리를 신용했단 말이냐?」하고 고리오 영감은 소리쳤다.「그런 건 연극이야. 나도 거래 관계로 몇 사람의 독일인을 만난 적이 있어. 그놈들은 거의가 다 정직하고 순진하다. 그러나 그것은 겉으로 보기에만 그렇고, 일단 교활하게 사기를 하려고 배짱을 정하고 나오면, 그놈들은 다른 인간 이상으로 교활한 사기꾼이 되는 거란다. 너는 남편에게 농락을 당하고 있어. 막다른 골목에 몰린 것을 깨닫고 죽은 체하고 있는 것이다. 그러면서 자기 명의로 할 때 이상으로, 너의 명의의 그늘에 숨어서, 제 하고 싶은 대로 하려고 하는 거다. 그런 사정을 근사하게 이용해서, 장사에는 없을 수 없는 위험으로부터 몸을 빼려고 하는 거야. 요령도 좋고 뱃속이 검은 놈이다. 아주 전적으로 나쁜 자식이다. 아니, 아니, 나는 돈 한푼 없는 내 딸들을 내버려 두고, 페르 라셰즈 같은 데로 가지는 않는다. 아직 이래보아도 장사에 관해서는 다소 견식이 있다. 그놈은」하고 그는 말했다. 「자본을 사업에 투자하고 있구먼. 그렇다면 그 자식의 손득은 유가 증권이라든가, 차용증서라든가, 계약서 등의 형태로 되어 있을 것이다. 그것을 보여 달라고 말하고, 너와의 계산을 확실히 하자는 것이 어떨까. 우리는 가장 전망이 좋은 투기를 골라서, 그 나름의 위험을 각오하지 않으면 안 되겠지만, 『재산에 관해서는 분리한 누싱겐 남작의 처 델핀느 고리오』라는 이름으로 추인 증서를 작성케 하는 것이다. 그 사나이는 우리를 얼빠진 사람으로 보고 있는 모양이다. 단 하루도 하루 저녁도 한 시간이라도 참을 수가 없다. 그런 일이 정말로 일어난다면 나는 더 이상 살아 나갈 수가 없어. 나는 사십 년간을 일하는 것으로 일관했다. 이 등에 가루 부대를 메고, 땀투성이가 되어서, 너희들을 위해서 일생 동안 부자유를 참고 견디어 왔단 말이다. 너희들만 행복하면 어떠한 노동도, 아무리 무거운 짐도 가벼워졌었단 말이다. 그런데 지금 이 마당에 내 재산이, 내 일생이 연기처럼 사라져 없어진다고? 그렇게 된다면 나는 뱃속이 들끓어서 죽어 버리고 말 것이다. 하늘과 땅, 적어도 가장 신성한 것에 맹세코, 나는 이 문제를 백일하에 드러내고, 장부나 금고나 사업에 대한 내용을 검사하고야 말겠다. 네 재산이 고스란히 무사하다는 것을 납득할 수 있을 때까지는 나는 잘 수도 기댈 수도 무얼 먹을 수도 없다. 다행스럽게도 너는 재산을 분리하고 있다. 데르비유 씨가 소송 대리를 해 주겠지만 다행스럽게도 그는 성실한 사람이다. 제기랄! 네가 그 소중한 백만 프랑, 즉 일 년으로 따지면 오만 프랑을 네가 죽을 때까지 확보할 수 없다면 나는 파리 시내를 떠들고 다닐 것이다. 암, 그렇게 하고말고. 만일 재판소가 우리를 괴롭히든가 하면, 의회에 탄원하겠다. 돈에 있어서만은 네가 행복하고 안정되어 있다는 것이, 내 온갖 모든 고통을 풀어 주고, 내 슬픔을 진정시켜 주었던 것이다. 돈이 인생이란 말이야. 돈만 있으면 무엇이라도 할 수 있다. 그 알사스 인 뚱뚱이 바보는 우리들로부터 무엇을 긁어 내려고 하는 거냐? 델핀느, 너를 쇠사슬로 매고 불행한 여자로 만든 그런 천하에 죽일 놈에게는 일 리아르의 사분의 일이라도 양보해서는 안 된다! 아무래도 네가 필요하다면, 그 자식을 실컷 찔러 주고 이쪽에서 하라는 대로 걸게 할 테다. 아아, 머리가 타는 것 같다. 두개골 속에 무언가 있어서 확확 타오른다! 내 델핀느가 거리를 방황하게 되다니, 아아 델핀느, 제기랄! 내 장갑은 어디 있지? 자아, 가자! 나는 가서 이것저것 모든 것을, 장부도, 사업 내용도, 금고도, 왕복 문서도 지금 곧 조사하겠다. 네 재산에는 아무런 위험도 없어졌다는 것이 증명되어, 이 눈으로 그 돈을 보기 전까지는 마음을 진정할 수가 없다.」
 「어머, 아버님은! 그렇지만 침착하게 해주세요. 이 문제에 조금이라도 복수심을 품는다든가, 지나친 적대의식 같은 것을 보이면 저는 마지막이에요. 주인은 아버님의 인품을 알고 있어요. 아버님에게 선동을 받아서, 제가 제 재산에 관한 것을 걱정하게 된 것은 당연하다고 생각하고 있어요. 그렇지만 맹세코 말씀드리는데, 그 사람은 그것을 자기 손에 꽉 쥐고 있는 거예요. 그리고 끝내 쥐고 있으려고 했던 거예요. 그 사나이는 자본을 몰래 가지고 도망해서, 우리들에게 골탕을 먹이고도 남을 사람이에요. 악당이니까요. 제가 그 사람을 고소해서 현재 쓰고 있는 이름을 제 손으로 더럽히지 않는다는 것을 그는 잘 알고 있어요. 그 사람은 강하면서도 동시에 약해요. 저도 모든 것을 검토해 봤어요. 그 사람을 끝까지 다그치면 저는 파산할 거예요.」
 「그럼 이건 순 사기꾼이 아니냐?」
 「구태여 말하면 그렇다니까요, 아버님.」 하고 그녀는 울면서 의자에 몸을 던지고 말했다. 「그런 질이 나쁜 인간과 결혼시켰다는 것을 아시면 아버님이 슬퍼하시겠기 때문에 지금까지 아무 말씀 안 했던 거예요. 남모르는 방탕이든 양심의 마비든, 영혼이든 육체든, 저 사람 속에 있는 것은 모두가 다 비슷비슷해요. 무서울 정도예요. 저는 그를 증오하고 경멸하고 있어요. 그래요, 그런 말을 들은 뒤로는 그 비열한 누싱겐을 존경하지 못하게 되었어요. 그는 그런 얄팍한 양심 같은 걸 가지고 있지 않는 겁니다. 제가 걱정이 된 것도, 그 사람의 마음속 깊이까지 완전히 읽을 수 있었기 때문이에요. 확실히 저에게 자유를 준다고 했어요. 제 남편은 그것이 어떤 의민지 알 것입니다. 만일의 경우 제가 그 사람의 도구가 되어 준다면, 다시 말해, 위장 명의인이 되어 준다면 자유를 준다는 거예요.」
 「그러나 법률이란 것이 있지. 그런 악질 사위들 때문에, 그레브 광장(예전의 사형 집행 장소)이 있단 말이야.」 하고 고리오 영감은 소리쳤다. 「사형 집행인이 없다면, 내가 이 손으로 그놈을 기요틴에 걸어 주겠다.」
 「안 돼요. 아버님! 그 사람을 벌할 수 있는 법률은 없어요. 간단히 그 사람이 한 말을, 이리저리 빙빙 돌려서 하는 말을 생략하고 말하면 이렇게 돼요. 둘 중에 하나다. 모든 일의 실패로 너에게 한 푼도 줄 수 없게 되어 네가 파산을 하느냐, 그렇잖으면 나에게 맡기고, 내가 사업을 내 하고 싶은 대로 하도록 해주느냐이다. 왜냐하면 나는 너 이외의 여자를 배우자로 선택할 수는 없으니까 하는 거예요. 이것으로 확실히 아셨어요? 그 사람은 아직 나를 이용의 대상으로 하고 있는 거예요. 아내로서의 제 성실성에 안심하고 있는 거예요. 제가 그 사람의 재산을 축내지 않고, 저의 것만으로 만족한다는 것을 알고 있는 거지요. 부도덕하고, 도둑 같은 공동 사업이지만, 파산하지 않으려면 거기에 동의하지 않을 수가 없어요. 그 사람이 제 양심을 매수하고, 그 대가로 제가 좋아하는 대로 으제느의 여자가 돼도 좋다는 뜻이지요. 『너는 과오를 범해도 좋으니까, 대신 내가 불쌍한 족속들을 파산시키고, 죄를 범하는 것도 내버려 두었으면 좋겠다.』 이렇게 말해도 아직 그 의미가 확실히 드러나지 않은 것 같군요. 그 사람이 어떤 것을 『요행수를 친다』고 하는지 아버님 아세요? 그 사람은 대지를 자기 이름으로 사고, 의장(擬裝) 명의인의 이름으로 거기에다 집을 짓는 거예요. 그 패들은 모든 청부업자들과 그 건축을 위해서 계약을 체결하고, 장기의 어음으로 지불하는 것처럼 정하지만, 그 한쪽에선 지극히 적은 금액으로 주인에게 양도 증서를 내고, 그리해서 집 사람이 가옥의 소유자가 되는 거예요. 그렇게 해놓고 그 패들은 파산을 하고, 기만당한 업자들의 채권을 휴지를 만들어 버리는 거예요. 누싱겐 상회라는 이름이 불쌍한 업자들을 현혹시키는 데 한 구실을 하는 거지요. 저도 이젠 그 사기 수법을 알았어요. 그리고 또 필요할 때는, 막대한 돈도 지불할 수 있다는 것을 증명하기 위해서, 누싱겐은 암스테르담·런던·나폴리, 혹은 비인에 상당한 액수의 증권을 보내고 있는 겁니다. 그런 돈을 어떻게 해서 압수할 수 있겠어요?」

으제느는 정녕 쾅하고 무릎을 꿇었음에 틀림없을 고리오 영감의 무릎이 방바닥에 부딪치는 둔한 소리를 들었다.

「아아! 나는 너에게 못할 짓을 했었구나! 내 딸이 그런 인간 같지도 않은 놈의 먹이가 되다니! 그놈은 마음만 그렇게 먹으면, 딸에게 여하한 짓이라도 요구할 것임에 틀림없다. 용서해 다오, 델핀느!」 하고 노인은 소리쳤다.

「그렇지요. 제가 나락의 밑바닥에 빠져 있기라도 한다면, 아버님의 책임이 있을는지도 모르지요.」 하고 델핀느는 말했다. 「우리들은 결혼할 때만 해도 정말 철이 없었던 거예요. 세상이라든가, 사업이라든가, 인간이라든가, 풍습이라든가, 저희들이 그걸 어떻게 알았겠어요? 아버지가 우리를 대신해서 생각해 줘야 했지요. 그렇지만 아버님. 그렇다고 아버님을 원망하고 있는 건 아녜요. 이런 말씀을 드려 죄송해요. 이번 일은 모든 것을 제가 잘못했어요, 싫어요! 울지 마세요! 아버지.」 하고 그녀는 아버지의 이마에 입맞추었다.

「너도 울지 마라, 귀여운 델핀느. 이쪽을 봐. 내가 입맞춰 주고, 눈물을 훔쳐 줄 테니. 제기랄! 나도 지혜를 짜서 네 남편이 일부러 복잡하게 만들어 놓은 얽힌 실을 풀어 볼 테다!」

「안 돼요, 저에게 맡겨 두세요. 저라면 그 사람을 조종할 수 있다고 생각해요. 그 사람은 나를 좋아해요, 그러니까 그런 영향력을 이용해서, 얼마쯤의 자본은 곧 제 명의로 토지에 투자하도록 만들겠어요. 어쩌면 제 명의로 알사스에 있는 누싱겐의 토지를 사들일 수 있을지도 모르겠어요. 그 사람도 미련이 있거든요. 그렇지만, 내일 오셔서 그의 장부나 사업을 조사해 주시지 않겠어요? 데르비유 씨는 사업에 대한 것은 아무것도 알지 못해요. 아니, 내일 오시지 마세요, 흥분하고 싶지 않으니까요. 보세앙 부인의 무도회가 모레 있으니까 만사 조심해서 아름다운, 밝은 얼굴로 출석하고 싶어요. 그리고 제 소중한 으제느 씨의 얼굴을 세워 드려야겠어요. 아버님, 그분 방으로 가요, 네?」

이때 한 대의 마차가 뇌브 생트 즈느비에브 거리에 멎고, 레스토 부인이 실비를 향해서 「아버님 계셔?」 하고 묻는 소리가 계단에서 들려왔다. 으제느는 이미 침대로 달려가 누울까, 그리고 자는 것처럼 하고 있을까 하고 망설이던 때였으나 다행스럽게도 이 상황이 그를 구했다.

「어머! 아버님, 아나스타지에 대한 이야기는 들으셨어요?」 하고 언니의 목소리를 듣고 델핀느가 말했다. 「언니네도 무슨 이상한 일이 생겼나 봐요.」

「뭐라구?」 하고 고리오 영감은 말했다. 「그렇다면 이미 나도 끝났다. 내 시원찮은 머리는 이중의 불행을 감당할 수는 없어.」

「안녕하세요, 아버님.」 하고 백작 부인이 들어오면서 말했다. 「어머, 너도 있었구나, 델핀느.」

레스토 부인은 동생을 만나 거북한 듯하였다.

「안녕, 나지.」 하고 남작 부인은 말했다. 「내가 여기 있는 게 그렇게 이상해요? 난 매일 아버님과 만나고 있어요.」

4. 노인의 죽음

「언제부터?」
「언니도 왔었으면 그렇다는 걸 알았을 텐데.」
「나를 괴롭히지 말아요. 델핀느.」하고 백작 부인은 풀죽은 소리로 말했다. 「난 정말 불행해, 파멸이에요. 아버님! 이번에야말로 정말 끝장이에요!」
「왜 그러니, 나지.」하고 고리오 영감은 소리쳤다. 「모든 것을 말해다오. 파랗게 질렸구나. 델핀느! 자아, 언니를 돕는 거다. 정답게 해주는 거야! 그래야 너를 더 귀여워해 주지. 지금보다 더 귀염을 받으려면.」
「가엾어라 나지.」하고 언니를 앉히면서 누싱겐 부인이 말했다. 「말해 봐요. 여기 있는 우리들만이, 어느 때든, 어떤 일이라도 용서할 수 있는 정도로 언니를 사랑하고 있는 오직 두 사람의 인간이에요. 안 그래요? 육친의 애정이야말로 가장 확실한 애정이에요.」 그녀는 언니에게 의식 회복제를 냄새맡게 했고, 그래서 백작 부인도 조금 뒤에 정신을 차렸다.
「나는 벌써 죽을 것 같다.」하고 고리오 영감은 말했다. 「자아, 자!」그는 숯가루를 뭉쳐 불을 일으키면서 말을 이었다. 「둘 다 난로 옆으로 와요. 나는 한기가 든다. 어떻게 된 거야, 나지. 어서 말을 해다오. 나는 살아 있는 것 같지 않구나.」
「그럼 말할게요」하고 가엾은 여자는 말했다. 「주인은 모든 것을 알았어요. 아버님 얼마 전의 일 기억하세요? 저 막심의 어음 말예요. 실은 그것이 처음이 아니었어요. 그때까지만 해도 여러 번 지불했거든요. 정월 초에 트라이유 씨의 기분이 매우 나쁜 것 같았어요. 저에게는 아무 말도 하지 않더군요. 그렇지만 사랑하는 사람의 마음을 읽는 건 간단하지요. 사소한 일도 알 수 있으니까요. 그리고 여러 가지 마음에 짚히는 것도 있었어요. 어쨌든 새삼스럽게 상냥해지고, 애정이 짙어졌어요. 그래서 난 더욱더 행복했지요. 그런데 막심은 마음속으로, 나에게 이별을 고하고 있었다는 거예요. 나중에 그러더군요. 권총으로 자살을 하려고 했다는 거예요. 그래서 나는 그 사람을 공격하고, 간절히 애원하느라고 무려 두 시간 동안이나 그 사람 무릎에 달라붙어 있었어요. 십만 프랑의 빚이 있다고 하더군요! 아버지, 십만 프랑이에요. 저는 미칠 것 같았어요. 제가 모든 것을 빨아먹었기 때문에 아버님께는 그런 돈이 없다는 것을 알고 있으니까요.」
「그렇지!」하고 고리오 영감은 말했다. 「도둑질이라도 하러 가지 않는 한, 그런 큰돈은 마련할 수 없을 거야. 그러나 도둑질이라도 할 수 있지, 나지! 지금부터라도 하지!」

「아버님, 전 제것이 아닌 것까지 처분해서 막았어요.」하고 말한 백작 부인은 울면서 쓰러졌다.

델핀느도 언니의 목덜미에 얼굴을 대고 울었다.

「그럼 모든 것이 정말이었군그래.」하고 그녀는 언니에게 말했다.

아나스타지는 고개를 떨구었다. 누싱겐 부인은 별안간 그녀를 끌어안더니 부드럽게 입맞추고, 그녀의 머리를 자기 가슴에 바싹 대면서「이 가슴으로는, 언니는 언제든지 심판을 받지 않고 사랑을 받고 있는 거예요.」하고 말했다.

「내 천사들」하고 고리오 영감은 가냘픈 소리로 말했다.「어째서 너희들이 화해할 수 있는 동기가 불행이 아니면 안 되었느냐?」

「막심의 목숨을 구하기 위해서라고 할까, 어쨌든 나의 행복의 전부를 구하기 위해서」하고 백작 부인은 열렬하고 생기에 가득찬 애정의 그런 증언에 격려되어 말을 이었다.「저는 아버님께서 아시는 그 고리 대금업자, 지옥에서 자란 사나이, 무엇을 봐도 마음을 움직일 성싶지 않은 그 고브세크네 집에 주인 레스토가 그처럼 소중하게 여기고 있는 집안 전래의 다이아몬드를 가지고 갔어요. 그 사람 것도 내것으로 해서 전부 팔아 버렸지요. 팔아 버린 거예요! 아시겠어요? 그래서 그 사람은 살았지요! 그러나 저는 마지막이에요. 레스토가 전부 알고 말았단 말예요.」

「누가 말해 줬지? 어떻게 해서? 내가 그놈을 죽여 주겠다!」하고 고리오 영감은 소리쳤다.

「어제 주인이 저를 자기 방으로 불렀어요.『아나스타지』하고 내게 말했는데 그 목소리는 …… 그래요, 목소리만 들어도 알겠던 걸. 전 모든 걸 알아챘어요.『당신의 다이아몬드는 어디 있지?』내 방에 있다고 했지요.『아니야.』하고 내 얼굴을 뚫어지게 보면서 그 사람은 말했어요.『거기 그 장롱 위에 있어!』그렇게 말하고, 손수건으로 덮어 두었던 보석 상자를 저에게 보였어요.『이것이 어디서 왔는지 알고 있소?』하고 그 사람은 말했어요. 저는 그 자리에 무릎을 꿇었어요……. 울었죠, 내가 어떤 방법으로 죽어야 하는가를 그에게 물었어요.」

「그런 말을 했단 말이냐?」하고 고리오 영감은 소리쳤다.「하느님의 신성한 이름에 맹세코 말하지만, 너희들의 어느 쪽에도 해를 끼치는 놈은 내가 살아 있는 한, 내가 뿜어대는 불로, 지글지글 타죽을 것을 각오해야 한다! 그렇고말고, 갈가리 찢어 놓고야 말 테다. 마치……」

고리오 영감은 입을 다물었다. 말이 목구멍에서 나오지 않았던 것이다.

「요컨대 델핀느, 그 사람은 죽는 것보다 더 어려운 어떤 일을, 나에게 요구했단 말야. 내가 들은 것과 같은 말은 어떤 여성도 듣지 않았으면 좋겠어요!」

「내가 그놈을 죽여 주지.」하고 고리오 영감은 태연하게 말했다. 「그러나 그놈의 목숨은 하나밖에 없다. 나는 그놈의 목숨을 둘 죽이지 않으면 안 되는 거다. 그래서 뭐라고 했냐?」하고 아나스타지의 얼굴을 보면서 그는 말을 이었다.

「이러더군요.」하고 잠깐 사이를 두었다가 백작 부인은 계속해서 말했다. 「제 얼굴을 보고 『아나스타지』하더군요. 『나는 모든 것을 침묵으로 끝낸다. 우리들은 앞으로도 같이 산다. 아이들도 있는 것이다. 나는 트라이유 씨와 결투도 안 한다. 그 이유는 실수해서 죽이지 못할 수도 있고, 그런 방법으로 그를 제거하는 것은 법에 저촉될 염려가 있기 때문이다. 네 팔에 안겨 있는 것을 죽이면 애들의 명예에 손상이 될 것이다. 그러나 네 자식도, 그 애비도, 이 나도 죽음을 피하기 위해서, 나는 두 가지 조건을 요구한다. 대답해 주길 바란다. 내 자식은 있는 거냐?』 전 있다고 대답했어요. 『어느 쪽이지?』 하고 그 사람은 물었어요. 장남인 에르네스토라고 말했지요. 『좋아.』하고 그 사람은 말하더군요. 『그럼 오늘부터 단 한 가지 점에 있어서만은 나에게 복종한다고 맹세해라.』 저는 맹세를 했어요. 『내가 요구할 때는 네 재산의 매각 증서에 서명해 다오.』」

「서명 같은 건 하지 마라!」하고 고리오 영감은 소리질렀다. 「절대로 그런 것에 서명하지 마라. 야아, 야 레스토. 너란 놈은 여자를 행복하게 한다는 것이 어떤 것인지를 모르는구나. 여자는 행복이 있다고 생각되는 곳으로 그것을 찾으러 간다. 그런데 너는 자기의 명청스런 무능의 벌을 여자에게 가하려는 거냐?…… 그러나 내가 있다. 그렇게는 안 된다! 할 말이 있으면 내가 상대해 주마! 나지, 안심해도 좋아. 그래? 그 자식은 자기 상속인을 걱정하고 있군그래. 좋아 좋아. 그놈의 자식을 유괴해야겠다. 개새끼! 내 손자도 되니까. 내가 만난다고 무엇이 이상한가. 그 꼬마에게? 그 자식을 내 마을로 데려다가, 소중하게 키워 줄 것이니까. 걱정할 건 없어. 그, 사람도 아닌 놈에게 이렇게 말해서 항복을 받아야겠다.『자아, 승부다! 자식을 원한다면, 내 딸에게 재산을 돌려 줘라! 그리고 내 딸에게 저 하고 싶은 대로 하라고 해라!』하고 말야.」

「아버님!」

「그렇구말구, 네 아버님이시다. 정녕 나야말로 진짜 아버지란 말야. 그런 놈팡이 양반놈에게 딸을 괴롭게 내버려둘 수는 없어! 제기랄! 나의 혈관 속에 흐르고 있는 피가 무엇인지 나로서는 알 수가 없단 말야. 호랑이의 피가 흐르고 있다. 나는 그놈들 둘을 물어뜯어 죽이고 싶다. 아아, 내 딸들아! 그게 너희들의 생활이냐? 그렇다면 나도 끝났다. 내가 이 세상에서 사라지면, 너희들은 도대체 어떻게 되느냐? 아버지라는 것은 아이들이 죽을 때까지 살아 있어야 하는 건데 말야. 하느님, 당신께서 창조하신 세계는 어째서 이렇게 이치가 맞지 않습니까? 그리고 당신께도 역시 자식이 있지 않습니까? 그러면 내가 자식들 때문에 이런 고통을 받고 있는 것을 없애 주셔야 할 게 아닙니까? 귀여운 내 천사들이 불행하기 때문이라니. 너희들은 눈물밖에 나에게 보여줄 것이 없단 말이냐? 아니 아니, 그렇구말구, 너희들은 나를 사랑하고 있다. 그것은 나도 안다. 오너라. 여기 와서 슬픔을 털어놓는 것이 좋다! 내 마음은 넓다. 무엇이든 받아들일 수 있다. 그렇구말구. 내 심장을 찔러도 좋다. 산산조각이 되더라도, 그 하나하나는 또 아버지의 심장이 되는 것이다. 너희들의 괴로움을 내가 다 안고 싶구나. 너희들을 대신해서 내가 고통을 받고 싶다. 아아, 어렸을 때는 너희들도 매우 행복했었는데……」

「우리들이 즐거웠던 것은 그때뿐이었어요.」하고 델핀느가 말했다.「창고에 있는 가루 부대의 산에서 딩굴어 떨어지며 놀던 시대는 어디로 갔는지 몰라.」

「아버님! 아직 끝이 아녜요.」하고 아나스타지가 고리오의 귓가에서 속삭이자 고리오는 가슴이 뜨끔했다.「다이아몬드가 십만 프랑으로 팔리지는 않았어요. 막심은 피소됐어요. 앞으로 일만 이천 프랑만 지불하면 되는 거예요. 그분은 저에게 이제부터는 조심해서, 도박에도 손을 대지 않겠다고 약속했어요. 저에게는 이미 그의 애정밖에 남은 것이 없고, 그 때문에 이렇게 비싼 대가를 치르고 온 걸요. 그가 저를 버리면 전 죽을 수밖에 없어요. 그 사람 때문에 재산도, 명예도, 안식도, 애들도 다 희생한 거예요. 네, 아무쪼록 막심이 자유롭게 되어, 명예를 회복하고, 사교계에 머무를 수 있도록 해주세요. 그렇게 하면 그 사람은 착실한 지위를 쌓을 것으로 생각해요. 지금으로서는 그 사람의 의무는 저를 행복하게 해준다는 것뿐이 아녜요. 우리들의 자식도 무일푼이 될는지도 모르니까요. 그가 생트 펠라지(부채를 지불하지 못해 피소된 자가 투옥되는 형무소)에라도 들어가게 되면 모든 것은 끝나는 거예요.」

「나에게는 그런 돈이 없단 말이야. 나지, 인젠 아무것도 없다. 전혀 없단 말이야. 세계의 끝장이다. 아아, 세계가 왈칵 무너져 가고 있다. 그것은 확실하다. 가버리고 마는 거다. 그 전에 도망가는 것이다. 아 참! 아직 은제 버클과 여섯 벌의 은식기가 있지. 내가 태어났을 때 산 것이란다. 그 외엔 천이백 프랑의 종신연금밖엔 없다…….」

「그럼, 장기 공채는 어떡하셨어요?」

「그걸 팔아서 생활에 필요한 약간의 연금만 남겨둔 거야. 델핀느에게 아파트 방 가구를 사주려고 일만 이천 프랑이 들었단다.」

「네 집 말이냐? 델핀느!」하고 레스토 부인은 동생에게 물었다.

「그만 그만, 아무러면 어떠냐!」하고 고리오 영감은 계속했다. 「아무튼 일만 이천 프랑은 써버리고 말았으니까.」

「알았어요.」하고 백작 부인은 말했다. 「라스티냐 씨 때문이죠. 아아, 가엾어라 델핀느, 그만두는 게 좋아요. 내가 좋은 본보기야.」

「언니, 라스티냐 씨는 연인을 파산시키는 그런 일은 할 수 없는 사람이에요.」

「델핀느. 내가 이런 궁지에 있을 때는 좀더 상냥한 말을 해줄 줄 알았는데. 그렇지만 넌 한 번도 나를 사랑해 본 적이 없었지, 아마…….」

「아니야, 이애는 널 사랑하고 있단다. 나지!」하고 고리오 영감은 소리쳤다. 「아까도 나에게 그렇게 말했었다. 둘이서 네 말을 하고 있었는데, 언니는 정말 미인이지만 자긴 그저 보기에 나쁘지 않은 정도라고 하던데, 이애가.」

「이애가요?」하고 백작 부인이 되풀이했다. 「이애는 냉랭한 미인이죠.」

「아무리 그렇더라도」 하고 델핀느는 얼굴을 붉히면서 말했다. 「언니는 나에게 어떻게 대해 왔어? 나를 동생이라고 인정하지 않고, 내가 얼굴을 내밀고 싶은 집 문을 모두 닫아 버리지 않았어? 어쨌든 아무리 작은 기회도 놓치지 않고, 나를 괴롭히려고 하지 않았어? 게다가 내가 언제 언니처럼 이 불쌍한 아버님에게 와서 천 프랑, 또 천 프랑 주세요 하면서 재산을 뜯어내서 아버님을 이런 상태로 만들어 놓은 적이 있어? 이것이 언니가 해온 일이에요. 난 될 수 있는 대로 아버님을 만나 뵙곤 했고, 문전에서 면회 거절 같은 건 하지 않았어요. 나는 아버님께서 나를 위해 일만 이천 프랑 쓴 것조차 모르고 있었고 아버님을 괴롭히지도 않았어. 명확히 말해 두지만 난 아버님께서 주시는 것을 받았을망정, 한 번도 뜯어가진 않았어.」

「넌 나보다도 행복했던 거야. 드 마르세 씨가 부자라는 건 너도 어느 정도 알고 있을 거야. 넌 언제든지 돈처럼 천한 사람이었지. 난 가졌어, 나에겐 동생도 없고 또……」

「그만두지 못해, 나지!」 하고 고리오 영감은 외쳤다.

「세상에서 아무도 신용하지 않는 말을 중언부언하는 사람은 언니밖에 없을 거야. 언니는 너무해! 가혹하단 말야.」 하고 델핀느가 말했다.

「이봐, 너희들 그만두라니까. 그렇잖으면 내가 너희들 앞에서 죽어 버리겠다.」

「그래, 좋아. 나지, 내가 이해하지.」 하고 누싱겐 부인은 계속해서 말했다. 「언니는 불행해. 난 언니보다는 그래도 인간적이야. 난 언니를 돕기 위해서라면 어떤 일이라도 하려고 했는데, 내게 그런 말을 하다니. 언니를 위해서 주인의 침실에라도 들어가려고 했던 거야. 그건, 나를 위한 일이기도 하지만 바로 언니를 위한 것이기도 하지. 사실 구 년 전부터 언니가 내게 해온 짓궂은 짓과는 너무나 대조적인 행동이지.」

「얘들아, 너희들 서로 입맞추어라!」 하고 아버지는 말했다. 「너희들은 둘이 다 천사 같은 착한 애들이야.」

「아니야, 이거 놔요.」 하고 고리오에게 팔을 붙들린 백작 부인은 아버지의 손을 뿌리치고 소리질렀다. 「넌, 내 남편만큼도 나를 동정하지 않고 있어. 마치 저만 미덕의 화신인 것처럼 제 자랑을 늘어 놓는구나!」

「난, 드 마르세 씨한테 돈을 꾸어 쓰고 있다는 풍문이 나도는 것이 트라이유 씨 때문에 이십만 프랑이나 썼다고 고백하는 것보다는 낫다고 생각해.」하고 누싱겐 부인은 대답했다.
「델핀느」하고 백작 부인은 한 걸음 동생 쪽으로 다가서면서 소리쳤다.
「언니는 나를 중상하지만, 난 사실대로 말하는 거야.」하고 남작 부인은 냉정하게 응수했다.
「델핀느, 너라는 인간은……」
고리오 영감은 달려가서 백작 부인을 막아서며 그녀의 입을 막고 말을 못 하게 했다.
「어머! 아버님은 오늘 아침 정신이 돌았나 봐?」하고 아나스타지가 그에게 말했다.
「음, 그렇구나. 내가 잘못했다.」하고 불쌍한 아버지는 손을 바지에 문지르면서 말했다.「그렇지만 너희들이 오리라곤 생각하지 못했어, 난 이사를 갈 참이었단 말야.」
그는 자기가 비난받고, 딸의 노여움이 자기에게 옮겨진 것을 기뻐했다.
「아무튼 말이다.」하고 의자에 앉으면서 그는 말을 이었다.「너희들은 내 가슴을 갈기갈기 찢었다. 난 죽을 것 같아. 얘들아, 머리에 불이 붙는 것처럼 속에서부터 타오르고 있다. 너희들 좀 의좋게 서로 사랑하려무나. 델핀느, 나지, 너희들의 말은 다 일리가 있지만 잘못돼 있어, 알겠어? 데델.」하고 눈물이 가득한 눈으로 남작 부인을 향해서 그는 말을 이었다.「언니는 일만 이천 프랑이 필요하다. 마련해 주자꾸나. 그렇게 서로 싸우는 게 아니야!」그는 델핀느 앞에 무릎을 꿇었다.「나를 즐겁게 하기 위해서라고 생각하고, 언니에게 사과를 해라.」하고 그는 그녀의 귀에 대고 속삭였다.「언니가 더 불행하지 않니?」
「가엾은 나지.」하고 델핀느는 고통이 아버지 얼굴에 새긴, 난폭하고 미친 듯한 표정에 몸서리치면서 말했다.「제가 잘못했어요. 입맞춰 줘!」.
「아아, 이제야 내 맘이 흐뭇해지는구나.」하고 고리오 영감은 외쳤다. 「그런데 일만 이천 프랑을 어디서 마련하지? 내가 대리 병사(병역에 복무하기 싫은 귀족이나 부유한 인간이 금전을 주고 대신 군복무를 시키는 것. 그러나 영감이 부적격자라는 것은 말할 것도 없다)를 지원하면 어떨까?」
「어머나! 아버님!」하고 두 딸은 그를 둘러싸고 말했다.「안 돼요, 그런 일은.」
「그렇게 생각만 하셔도, 하느님께서 돌보아 주실 거예요. 안 그래요? 나지.」하고 델핀느가 계속했다.
「게다가 아버지, 그것은 양동이에 물방울 격이에요.」하고 백작 부인이 지적했다.
「그렇다면, 자기 피도 팔 수 없단 말이냐?」하고 절망한 노인이 소리쳤다. 「나는 너를 구해 주는 사람이 있다면, 그 사람에게 이 몸을 바치겠다. 나지, 그 사람을 위해서는 살인이라도 하겠어. 보트랭처럼 형무소에 가도 좋다!」 영감은 이때 벼락을 맞은 것처럼 입을 다물었다. 「아무것도 없다.」 하고 머리를 마구 긁으면서 그는 말했다. 「어디 가야 훔칠 돈이 있는지 알 수가 있어야지, 그렇다고 은행을 털기에는 사람이나 시간이 필요하고. 할 수 없다. 내가 죽어야지, 죽을 수밖에 없다. 그렇지, 이미 아무데도 쓸데없는 무용지물이다. 벌써 아버지가 아니야. 그렇구말구, 딸이 부탁을 하고 있다. 돈이 필요하다. 그런데도 나는 무일푼이다. 아아, 너란 놈은 왜 종신 연금을 설정했느냐? 이 늙은 악당아! 딸이 있는데도…… 너는 딸을 사랑하고 있지 않은 것이 아니냐? 뒈져라. 나는 개만도 못하구나. 개라도 나 같지는 않을 거야! 오오, 이 머리가 끓어오르고 있구나!」
「아니, 아빠!」하고 그가 벽에 머리를 찧는 것을 말리려고 그를 막아선 두 여자는 소리쳤다. 「위험한 짓 하지 마세요!」
그는 오열에 목메어 있었다. 으제느는 격화된 감정으로, 보트랭의 사인이 들어 있는 어음을 집어들었다. 거기에는 액면보다 훨씬 고액에 해당하는 도장이 찍혀 있었다. 그래서 그는 숫자를 고치고, 그것을 고리오 앞으로 일만 이천 프랑의 정규 수형으로 변경 작성해 가지고 방으로 들어섰다.
「여기 당신이 필요로 하는 전액이 있습니다.」하고 그것을 내밀고 그는 말했다. 「난 자고 있었는데 여러분 목소리에 깼습니다. 그래서 제가 고리오 씨에게 아직 빚이 있다는 걸 알았어요. 이 어음을 받으시오. 틀림없이 지불할 테니까요.」
백작 부인은 꼼짝않고 있다가 그 어음을 집었다.
「델핀느.」창백한 얼굴로, 분노로, 노여움으로 몸을 떨면서 그녀는 말했다. 「난 너의 모든 것을 용서한다. 하느님도 아셔. 그런데 이게 뭐야? 이분이 있는 걸 넌 알고 있었지? 넌 나빠! 내 비밀, 내 생활, 내 자식, 내 창피와 명예를 털어 놓고 지껄이는 것을 내버려 두다니. 그렇게 해서 복수하려고 했지? 알았어. 넌 인젠 내 동생이 아냐. 난 널 증오하겠어. 너에게 내가 할 수 있는 최대의 앙갚음을 해줄 테니까. 난……」 화가 그녀의 말을 중단시키고 목구멍을 잠기게 했다.

「이분은 내 자식, 내 아들, 너희들의 형제, 너를 구해 준 은인이 아니냐?」 하고 고리오 영감은 말했다. 「이분에게 입맞춰 주어야 해! 나지! 나는 이렇게 이 사람에게 입맞춘다.」 하고 그는 열광적으로 으제느를 껴안으면서 말을 이었다. 「오오, 내 아들! 나는 자넬 위해서 아버지 이상의 존재가 되어 주겠다. 수호신이 되어 주고 싶구나. 그리해서 자네 발 아래 우주 전체를 무릎 꿇게 하고 싶구나. 야아, 이분에게 입맞춰 드리란 말야! 나지! 이분은 사람이 아니고 천사야! 정말 진짜 천사란 말이야!」

「언니는 내버려 두세요. 그녀는 지금 머리가 좀 이상해요.」 하고 델핀느가 말했다.

「이상해? 이상하다니? 넌 어떻고?」 하고 레스토 부인이 반문했다.

「얘들아. 너희들 계속 다툰다면, 난 죽겠다!」 하고 총에 맞은 사람처럼 침대에 쓰러지면서 노인은 소리질렀다. 「너희들이 나를 죽이는구나!」

백작 부인이 으제느를 노려 봤지만, 그는 이 처절한 광경에 망연해져서, 꼼짝않고 그 자리에 서 있었다.

「라스티냑 씨」 하고 그녀는 델핀느가 서둘러 아버지의 조끼를 늦추는 것을 보는 체도 않고, 몸짓과 목소리와 눈초리로 따져 묻듯이 그를 불렀다.

「부인, 나는 틀림없이 지불하겠고, 딴 일은 안 합니다.」 하고 그는 다음 말을 기다리지 않고 대답했다.

「언니가 아버지를 돌아가시게 했어!」 하고 델핀느는 기절한 아버지를 언니에게 가리키면서 말했지만, 그녀는 방을 뛰쳐 나가 버렸다.

「나는 저애를 용서해 준다.」 하고 영감은 눈을 뜨고 말했다. 「저애는 지금 무서운 입장에 놓여 있어서, 아무리 똑똑한 머리라도 이상해지지 않을 수가 없어. 나지를 위로해 줘라. 네 불쌍한 아버지에게, 이 죽어 가는 애비에게, 그것을 약속해다오.」 하고 그는 델핀느의 손을 잡고 부탁했다.

「왜 그러세요? 아버님!」 하고 그녀는 공포에 떨면서 말했다.

「아냐 아무것도」하고 아버지는 대답했다.「곧 낫겠지. 뭐가 이렇게 이마를 죄는 것 같구나, 두통이겠지. 불쌍도 해라, 나지는 이제부터 어떻게 될까?」
 이때 백작 부인이 다시 돌아와서, 아버지 무릎에 몸을 던졌다.「용서하세요!」하고 그녀는 외쳤다.
「얘야!」하고 고리오 영감은 말했다.「그런 말을 하면, 나는 점점 더 괴로워지지 않니?」
「여보세요」하고 눈물 어린 눈을 들어, 백작 부인이 라스티냑에게 말했다.「아까는 슬픔에 정신없어 실례의 말씀을 드렸어요. 정말 형제가 되어 주시겠어요?」하고 말을 이으면서 그녀는 그에게 손을 내밀었다.
「나지!」하고 델핀느가 그녀를 껴안으면서 말했다.「내 사랑하는 언니, 나지, 모든 것을 잊읍시다.」
「아냐」하고 그녀는 말했다.「난 기억해 둘 거야!」
「내 천사들아」하고 고리오 영감은 외쳤다.「너희들이 머리가 아픈 것을 제거해 주었다. 너희들 말소리에 기운이 나는구나, 자아, 또 한 번 둘이서 입맞추고. 어때 나지! 그 어음으로 넌 인젠 살아났지?」
「글쎄요. 근데 아버지, 어음에 이서를 해주시겠어요?」
「그렇지 참, 내 정신 좀 봐, 그런 것을 잊고 있다니! 기분이 나빠서 그랬다. 나지, 양해해라. 일처리가 잘 되면 알려다오. 아니. 내가 가지. 하긴 내가 갈 수는 없다. 난 네 남편을 만나고 싶지 않으니까, 만나면 죽여 버리고 말테니 말이다. 네 재산 문제에 대해선 염려마라, 내가 있다. 자아, 어서 가거라. 그리고 막심을 진정시켜라.」
 으제느는 어이가 없어 그저 멍청하니 서 있었다.
「저 불쌍한 아나스타지는 옛날부터 성미가 좀 괄괄했어요.」하고 누싱겐 부인이 말했다.「그렇지만 마음은 착해요.」
「이서를 받기 위해서 온 거예요.」하고 으제느는 델핀느 귀에 대고 속삭였다.
「그렇게 생각해요?」
「그렇게 생각하고 싶진 않지만, 그녀를 조심해야겠더군요.」하고 입 밖에 낼 수 없는 여러 가지 생각을 마치 하느님에게 고백하는 것처럼 허공을 쳐다보면서 그는 대답했다.

「그래요, 언니는 언제나 얼마쯤은 연극을 곧잘 해요. 그리고 아버지는 언니의 연극에 곧잘 넘어가거든요.」
「몸은 좀 어떻습니까?」하고 라스티냑은 노인에게 물었다.
「좀 졸립군.」하고 그는 대답했다.
으제느는 노인을 도와서 눕혀 주었다. 그리고 영감이 델핀느의 손을 쥔 채 잠들자, 그들은 방에서 살며시 나왔다.
「그럼 오늘 저녁 이탈리아 극장에서」하고 으제느에게 그녀가 말했다. 「그때 아버님 용태를 전해 주세요. 내일 이사하세요. 여보! 당신 방을 좀 구경할까요? 어머나 이건 참 너무 지독하군요!」하고 그곳에 들어간 그녀는 말했다. 「당신은 아버지보다 더한 데서 살고 있었군요. 으제느, 당신이 하신 일은 훌륭했어요. 전 지금까지보다 더 당신이 좋아졌어요. 그렇지만 출세하려면 일만 이천 프랑이나 되는 돈을 그렇게 내버리듯이 해서는 안 돼요. 트라이유 씨는 도박꾼이에요. 언니는 그것도 모르죠. 일만 이천 프랑 정도는 돈으로도 안 여겨요. 산 같은 큰돈을 땄다잃었다하는 족속인 걸요, 그네들은.」
신음소리가 들려 왔기 때문에 그들은 고리오의 방으로 되돌아왔는데 보기에는 자고 있는 것 같았으나 가까이 가니까「그애들은 행복하지가 않단 말이야!」하고 노인은 중얼거리고 있었다. 자고 있든 깨어 있든 그 한 마디의 어조가 너무도 가슴을 뭉클하게 하여 그녀는 아버지가 누워 있는 누추한 침대 가까이 가서 그 이마에 입맞추었다. 그는 눈을 뜨고 말했다. 「델핀느!」
「네, 아버지. 몸은 좀 어떠세요?」하고 그녀는 물었다.
「인젠 괜찮다.」하고 그는 말했다. 「걱정하지 마라. 나는 곧 일어난다. 어서 가봐라. 부디 행복해다오.」
으제느는 델핀느를 집까지 데려다 주었다. 그러나 혼자 남겨 둔 고리오 영감의 용태가 마음에 걸려서 그녀가 함께 저녁을 먹자는 것도 거절하고, 보케르 관으로 돌아왔다. 고리오 영감은 일어나서 식탁에 앉으려는 참이었다. 비앙숑이 제면업자의 얼굴을 잘 관찰할 수 있는 위치에 앉아 있었다. 노인이 빵을 집어들고, 무슨 가루로 만들어졌는가를 알아보기 위해서 그 냄새를 맡아 보고 있을 때, 의학생은 그 동작 속에서, 행위의 자각이라고 이름할 만한 것이 완전히 결여되어 있는 것을 보고 언짢은 표정을 지어 보였다.
「내 옆으로 오게나, 코생 병원의 인턴 선생.」하고 으제느가 말했다.

비앙숑은 그 쪽이 늙은 하숙인을 더 가까이서 잘 볼 수 있기 때문에 곧 자리를 옮겼다.
「영감님은 어떤가?」하고 라스티냐이 물었다.
「내가 잘못 본 것이 아니라면, 이미 당해 버린 것 같아. 그의 내부에서 무언가 대단한 일이 일어난 모양이야. 금방이라도 일으킬 것 같은 장액성(漿液性)의 졸도(18세기의 의학으로서는 졸도에는 혈액성과 장액성의 두 가지가 있다고 했는데 후자가 부정된 것은 1820년경이었다)에 위협받고 있는 것 같아. 얼굴의 하반부는 꽤 평정한 상탠데, 그 상반부는 이마 쪽으로 찌부러지고 있어. 봐! 그리고 눈은, 뇌로 통하는 장액이 터져서 넘친 것을 나타내는 독특한 상태를 보이고 있어. 마치 눈에 먼지가 잔뜩 끼여 있는 것처럼 보이지 않는가? 내일 아침이 되면 확실한 것을 알 수 있을 거야.」
「무슨 방법은 없을까?」
「전혀 없어! 반응을 사지(四肢) 쪽으로, 특히 발 쪽으로 뽑아 내는 수단이 발견되면 그의 죽음을 늦출 수 있을지 모르겠지만. 그렇지만 내일 밤에도 증상이 없어지지 않으면 불쌍하지만 영감님도 끝장이야. 저 증상을 일으킨 것이 어떤 사건인지 모르나? 무슨 격한 타격을 받아서, 기력이 꺾였음에 틀림없어!」
「알고 있어.」하고 라스티냐은 두 딸이 쉴 사이 없이 아버지의 심장을 계속 자극했던 일을 회상하면서 말했다.
「적어도 델핀느 쪽은 아버지를 사랑하고 있다!」하고 으제느는 중얼거렸다.
그날 밤 이탈리아 극장에서 라스티냐는 어느 정도 신경을 써서 누싱겐 부인에게 불안을 주지 않도록 힘썼다.
「걱정하지 않아도 돼요.」하고 으제느는 한두 마디밖에 안 했는데도 그녀는 말했다. 「아버진 건강한 분이에요. 오늘 아침엔 그저, 우리들이 너무 충격을 드렸기 때문에 그랬죠. 우리들 재산이 위험해서. 그것이 얼마나 큰 불행인가를 생각해 보셨어요? 당신 애정의 덕분으로 지금까지는 죽도록 고통스럽던 일에도 무감각해질 수 있게 되었어요. 그렇지 않았다면 난 살아 있을 수 없을 뻔했어요. 지금은 저에게 단 하나의 걱정, 다만 하나의 불행밖엔 없어요. 그것은 저에게 삶의 희열을 맛보게 한 애정을 잃어버린다는 거예요. 이 감정

외에는 모든 것이 아무래도 좋아요. 이 세상에선 당신이 저의 전부예요. 제가 부자이기 때문에 느끼는 행복보다도, 당신의 마음에 든다는 것이 더 중요한 거예요. 부끄러운 일이지만 아버지보다 연인이 더 소중한 걸요. 왜 그럴까? 그건 나도 몰라요. 제 생명의 전부는 당신에게 있는 거예요. 아버지가 내 심장을 만들어 주셨지만, 그것을 고동치게 한 사람은 당신인 걸요. 온 세상이 나를 비난한다고 해도 난 태연해요. 당신은 저를 원망할 권리가 없다고 하시지만 당신만이, 어쩔 수 없는 감정 때문에 내가 저지른 죄를 용서해 주신다면 말예요. 저를 불효한 딸이라고 생각하시는 거예요? 아니예요. 우리 아버지처럼 자상한 아버지를 사랑하지 않는다니, 있을 수 없는 일이에요. 그렇지만 아버지가 우리들의 불행한 결혼의 당연한 결과를 알아 버리는 것을 저 같은 여자의 힘으로 끝까지 막을 수 있었겠어요? 어째서 그런 결혼을 말리지 않았는지 모르겠어요. 우리들을 대신해서 생각해 줘야 하는 것이 아버지의 본분이 아니었을까요? 지금은 아버지가, 저도 알고 있지만, 저희들만큼이나 괴로워하고 있지요. 그렇지만 우리들도 그것은 어떻게 할 수가 없는 걸요. 위로해 드려야 할까요? 그렇지만 위로해도 조금도 낫지 않아요. 우리들의 절망한 모습은, 우리들의 비난이나 불평이 괴롭힌 이상으로, 아버지에게 더 무서운 고통을 줄 것임에 틀림없어요. 인생에는 어떻게 해봐도 괴로울 수밖에 없는 경우라는 것이 있는 성싶어요.」

으제느는 진실된 감정에서 우러난 솔직한 표현에 접하자 귀여운 생각이 들어 조용히 입을 다물고 있었다. 파리의 여자란 때때로 겉치레뿐이며, 터무니없이 허영심이 강하고, 제멋대로 행동하고 교태를 부리거나 냉정하지만, 그러나 정말 진정한 사랑을 하게 되면, 그 정열 때문에 다른 여성 이상으로 많은 감정을 희생한다는 것도 확실한 일이다. 그녀들의 야비함과 옹졸함은 변하여 위대함을 낳고 숭고한 여자가 되게 한다. 그리고 또 으제느는 특별한 감정의 덕분으로 대상에서 유리되어 거리를 두고 볼 수 있게 되어, 여성이 지극히 자연스런 감정을 표현할 때도, 꽤 의미가 적절한 재치를 발휘한다는 것을 알고 감탄했다. 누싱겐 부인은 으제느가 침묵을 지키고 있어서 기분이 상했다.

「뭘 그렇게 생각하시는 거예요?」하고 그녀는 그에게 물었다.

「당신이 말한 것을 생각하고 있습니다. 지금까지 나는, 당신이 나를 사랑하고 있는 이상으로 당신을 사랑하고 있다고 믿고 있었습니다.」
 그녀는 미소를 짓고, 회화를 예절이 요구하는 한도내에 머무르게 하기 위해서, 자기가 느낀 기분에 무리하게 저항했다. 그녀는 지금까지 한 번도 젊고 심각한 사랑의 떨리는 듯한 표현을 들어본 적이 없었다. 그러나 두서너 마디 계속해서 말했더라면 그녀는 자기 자신을 억제할 수 없었으리라.
「으제느」하고 그녀는 화제를 바꾸어 말했다.「그럼 당신은 지금 어떤 일이 일어나고 있는지를 모르고 있군요. 파리사람들이 내일 보세앙 부인의 저택에 모이는 거예요. 그리고 로슈피드 집안과 다쥐다 후작이 힘을 모아 일체 소문이 나지 않게 하고 있던 사실이지만, 국왕 폐하는 내일 결혼계약서에 서명하도록 돼 있는 거예요. 그런데 그 불쌍한 당신의 친척은, 아직 아무것도 모르고 있단 말예요. 그녀는 손님의 접대상 얼굴을 내밀지 않을 수가 없고, 후작은 무도회에 나타나지 않을 거예요. 모두 이 화제로 야단이에요.」
「세상은 그런 파렴치한 행위를 농담의 화제로 삼고, 게다가 그걸 부채질 한단 말이오? 보세앙 부인이 그 일 때문에 죽을는지도 모른다는 것을 다들 모르고 있나요?」
「모르지요.」 하고 델핀느는 미소를 짓고 말했다.「당신은 그런 종류의 여성을 아직 모르시는군요. 아무튼 파리에 있는 사람들이 그 사람 집으로 모이는 거예요. 저도 가겠어요. 그런 행운은 그렇지만 당신의 덕분이에 요.」
「그러나」 하고 라스티냐은 말했다.「그것은 파리에서 곧잘 퍼지는 밑도 끝도 없는 낭설이 아닐까요?」
「내일이 되면 사실대로 알게 되겠지요.」
 으제느는 보케르 관으로 돌아가지 않았다. 그는 자기의 새 아파트 방을 사용하게 될 기쁨을 잊을 수가 없었다. 전날은 그가 밤 한 시에 델핀느 집을 떠나지 않을 수 없었지만, 이날은 델핀느가 두 시경, 자기 집으로 돌아가기 위해서 그와 헤어졌다. 이튿날 그는 꽤 늦게까지 자고, 낮이 되어서야 그와 함께 식사하기 위해 오는 누싱겐 부인을 기다렸다. 젊은이들은 그런 정신없는 행복에 탐욕을 부리는 것이기 때문에 그는 고리오 영감에 관한 것은 거의 잊어버리고 있었다. 자기의 소유물이 된 우아한 여러 가지 물건 하나하나에 익숙해지는 것이 그에게 주어진 하나의 축제였던 것이다. 누싱겐 부인이 거기

있기 때문에 모든 것에 새로운 가치를 부여하는 것이었다. 그렇지만, 네 시경이 되어서 연인들은 고리오 영감에 대한 것을 생각하고, 노인이 이 집에 옮겨와 살게 됨으로 해서, 얼마나 행복을 바라고 있었던가를 회상했다. 으제느는 영감이 자리에 눕지 않으면 안 된다면, 당장이라도 그를 이곳으로 옮길 필요가 있다고 생각하고, 보케르 관으로 달려가기 위해서 델핀느와 헤어졌다. 고리오 영감도 비앙송도 식탁에 앉아 있지는 않았다.

「야아!」하고 그림장이가 그에게 말했다.「고리오 영감이 가셨단 말야. 비앙송이 위에서 간호하고 있다. 영감은 레스토라마(잘못된 발음) 백작 부인인가 뭔가 하는 딸을 만났다는 거야. 그리고 무리하게 외출을 했기 때문에, 병이 더 악화되어서 말야. 우리들은 머지않아 이색적인 명물인 한 사나이를 잊어버리게 될 성싶은데.」

라스티냐은 계단으로 달려갔다.

「잠깐! 으제느 씨!」

「으제느 씨! 마나님이 부르세요.」하고 실비가 소리쳤다.

「으제느 씨」하고 미망인은 그에게 말했다.「고리오 씨와 당신은 이월 십오 일에 이사갈 작정이었지요. 십오 일부터 벌써 사흘이 지났어요. 당신도 저분도 한 달치를 내셔야겠어요. 만일 당신이 고리오 씨 것을 보증해 주신다면, 구두 약속으로도 충분합니다만.」

「어째서 영감은 신용하지 않지요?」

「신용이라뇨? 영감이 만일 의식을 잊어버리고, 이대로 죽는다면 딸들은 한푼도 내놓지 않을 거예요. 그 사람이 입었던 헌옷들은 모두 팔아야 십 프랑도 안 될 거고. 저 사람은 오늘 아침에 최후의 식기까지 가지고 나갔어요. 왜 그러는지는 모르지만, 젊게 차리고 있었어요. 이상한 말이지만, 확실히 화장까지 하고 있었어요. 아주 젊게 보이던 걸요.」

「제가 전부 보증하지요.」하고 말한 으제느는 끝장이 온 것을 예상하면서 공포에 떨었다.

그는 고리오 영감 방으로 올라갔다. 노인은 자기 침대에 누워 있었고, 비앙송이 그 옆에 있었다.

「안녕하세요, 영감님.」하고 으제느가 말했다.

영감은 그에게 부드럽게 웃으며 퀭한 눈으로 그를 보면서 그에게 대답했다.

「그애는 별일 없던가?」
「네, 당신은?」
「그저 그렇지, 뭐.」
「피로하게 하지 마!」하고 비앙숑이 으제느를 방 구석으로 데리고 가면서 말했다.
「용태는?」하고 라스티냐이 그에게 물었다.
「기적이 일어나지 않는 한 희망이 없어. 장액의 일출(溢出)이 일어났단 말야. 겨자즙으로 찜질을 하고 있는 거야. 다행히도 환자는 차도를 느끼고 있어. 효력이 있거든.」
「그를 옮길 수 있을까?」
「무리야. 여기 뉘어 놓고, 운동이나 감정의 자극을 일체 피해야 해!」
「그럼 비앙숑」하고 으제느는 말했다. 「우리 둘이서 간호해 주자꾸나.」
「내가 있는 병원의 원장님도 모셔다 보였어.」
「그래서?」
「내일 진단을 내린다는 거야. 근무가 끝나면 또 와주겠다고 했어. 운이 나쁘게도, 이 고집불통의 영감은 오늘 아침 무리한 일을 하고서는 그 이유를 말하지 않아. 당나귀처럼 아주 완고하단 말야. 내가 무엇을 물으면 안 들리는 척하고, 대답도 않고 자는 척해. 그리고 눈을 뜨고 있을 때는 뭐라고 중얼중얼한단 말이야. 아침에 그는 외출을 했어. 어디 갔었는진 모르겠지만 걸어서 갔었어. 자기가 가지고 있는 돈이 될 만한 것은 모두 가지고 무슨 거래라도 하고 온 모양인데, 그것 때문에 체력 이상의 무리를 했단 말이야! 딸이 하나 왔었지, 참……..」
「백작 부인 말인가?」하고 으제느가 말했다. 「키가 크고 머리는 갈색, 눈은 초롱초롱하고 약간 째졌지? 그리고 귀여운 다리에다, 날씬한 몸매를 하고 있었지?」
「응.」
「잠깐만 영감과 단둘이 있게 해주게.」하고 라스티냐이 말했다. 「사실대로 이야기를 시켜 보지. 그는, 나에겐 다 말할 거야.」
「그 동안에 난 식사를 하고 올게. 다만 너무 흥분시키지 말도록 조심해 주게. 아직은 약간 희망이 있어.」

4. 노인의 죽음

「염려 말아.」

「내일은 딸애들이 즐겁겠구먼.」 두 사람만이 있게 되자 고리오 영감은 으제느에게 말했다. 「대무도회에 가서 즐길 테니까요.」

「도대체 오늘 아침에 무얼 했습니까? 이렇게 누워 있지 않으면 안 되도록 몸이 나빠지시다니.」

「별로 아무것도.」

「아나스타지가 왔었다죠?」 하고 라스티냐이 물었다.

「응.」 하고 고리오 영감이 대답했다.

「그럼, 무엇이든 숨기지 말고 말씀해 주세요. 그 사람은 당신에게서 또 무엇을 앗아 갔습니까?」

「아아」 하고 기력을 짜서 말하려고 애쓰면서 그는 말을 이었다. 「그애는 정말 불행했던 거야. 그런데 말야. 나지는 그 다이아몬드 사건 이후에 한푼 없어서 말야. 오늘 무도회를 위해서 그애는 보석이 박힌 금빛 가운을 주문했다는 거야. 그런데 양장점에서는 외상으로는 안 된다고 하더라지 뭐야. 그애의 심부름하는 애가 옷값의 선금으로 천 프랑을 입체해 주었다더군. 불쌍하게도 나지가 그처럼 빈털터리가 되다니! 그걸 듣고 나는 가슴이 터질 것 같았어. 그런데 레스토가 나지를 일체 신용하지 않으니, 심부름하는 애는 자기 돈을 못 받을까 걱정이 돼서 재봉사하고 짜가지고, 천 프랑을 내지 않으면 드레스를 줄 수 없다고 나왔다는군. 무도회는 내일로 박두했고, 드레스도 다 돼 있다. 나지는 방법이 없었던 거야. 그애는 내 은식기를 전당포에 넣고 싶다고 그러더군. 그애 주인은 그가 팔았다고 소문이 난 다이아몬드를, 파리 사람들에게 보이기 위해서, 어떻게든 그애가 이번 무도회엔 나가야 한다고 그런데. 그애는 그런 인간 같지 않은 놈에게 『천 프랑의 빚이 있으니 지불해 주세요.』 할 수는 없단 말야. 안 그래? 난 그걸 알았어. 그애 동생인 델핀느는 근사한 옷을 입고 출석할 것이 결정적인데, 아나스타지는 동생보다 초라한 옷을 입고 나갈 수 없는 거 아니야? 게다가 그애는 눈물을 뚝뚝 떨어뜨리지 않겠나. 불쌍한 자식, 어제는 일만 이천 프랑의 돈이 없는 것이 너무나 비관이 되어서 그런 단점을 보상하기 위해서, 나는 이 비참한 생명의 찌꺼기를 희생해도 좋다고 생각했었지. 알겠어? 내 마음을. 나에게는 어떠한 일이라도 참을 수 있는 기력이 있었는데, 요긴할 때 돈이 없어서, 내 심장을 터뜨리게 하더란 말야. 그래서 무조건하고 곧 용기를 내서, 은식기와 버클을 육백 프랑에 팔고, 그리고 고브세크 영감에게 일시불로 사백 프랑을 빌기 위해서, 앞으로 일 년간의 내 종신연금 증서를 담보로 넣었단 말씀이야. 나는 뭐 빵만 먹고 있으면 되니까. 젊을 때도 그것으로 충분했었다. 적어도 이것으로, 내 나지는 즐거운 무도회를 지낼 수 있겠지. 틀림없이 멋을 부리고 갈 거야. 내 이 베개 아래 천 프랑짜리 지폐가 있는데 말이야. 불쌍한 나지를 기쁘게 하는 것이 이 머릿속에 있다고 생각하는 것만으로도 온몸이 훈훈해지는군. 그애는 패씸한 빅토와르를 내쫓을 수도 있단 말야. 주인을 신용하지 않는 종 같은 것이 있을 수 있는가 말야. 내일이면 나도 원기가 회복될 거야. 나지가 열 시에 온단 말야. 나는 그애들에게 병 같은 걸 보이고 싶지는 않아. 나지가 내일 자기 자식에게 입맞추는 것처럼 내게 입맞춰 주겠지. 그애의 애무를 받으면 내 병도 낫겠지. 만일 약방에 가면 천 프랑은 달랠 거야, 틀림없이. 그렇다면 내 만병통치약인 나지에게 천 프랑 주는 것이 오히려 낫지 않아? 게다가 비참한 환경에 있는 그애를 위로할 수도 있구. 이렇게 해야 나 자신을 위해서 종신 연금을 설정했던 죄가 보상될 거야. 그애는 나락의 밑바닥에 있는데, 나는 그애를 끌어낼 수 있는 힘이 없어졌어. 아니야! 난 또 장사를 시작하겠어. 오데사에 가서 곡물을 사입하는 거야. 거기서는 밀이 여기보다 세 배는 싸게 팔린다. 곡물의 수입은, 현물로선 금지돼 있지만, 법률을 만드는 훌륭한 사람들도 밀을 원료로 하는 가공품을 금지하는 것까지는 생각이 미치지 못했던가 봐……. 거기에 착안했거든. 내가 오늘 아침에……. 전분으로 하면 굉장한 벌이가 될 거야.」

『머리가 좀 이상해졌군.』 하고 노인을 바라보면서 으제느는 생각했다. 「자아 자, 안정하세요. 말씀은 그만 하시고…….」

그때 비앙숑이 올라왔으므로 으제느는 식사를 하러 내려갔다. 그리고 나서 둘이는 밤을 새웠는데, 한쪽은 의학 서적을 읽고, 다른 한쪽은 어머니와 여동생들에게 편지를 쓰면서 교대로 환자를 간호했다. 이튿날 환자에게 나타난 징후는 비앙숑에 따르면 희망이 있는 것이었다. 그러나 아무래도 계속해서 간호가 필요했고, 그것이 가능한 사람은 이 두 학생뿐이었지만, 그것을 여기에서 상세하게 이야기해서 당시의 부끄러움에 가득 찬 의학 용어를 손상시킬 수는 없다. 영감의 쇠약한 몸을 진찰한 의사들은 파포제(巴布劑)의

찜질법이라든가, 뜨거운 물에 발을 담그든가, 그 외의 요법을 사용하였고, 원래 그것은 두 청년의 능력과 헌신 없이는 할 수 없는 일이었다.

레스토 부인은 오지 않았다. 그녀는 돈을 받아 오라고 메신저 보이를 보내 왔던 것이다.

「그애가 직접 가지러 올 줄 알았는데 말야. 그러나, 이것도 나쁘지는 않다. 그애가 왔으면 걱정을 했을 테니까.」 하고 도리어 그런 잘못을 기뻐하는 듯이 노인은 말했다.

밤 일곱 시에 테레즈가 델핀느의 편지를 가지고 왔다.

도대체 뭘 하고 계시는 거예요? 사랑을 받았다고 느끼자마자, 벌써 저에게는 관심이 없어지셨나요? 마음과 마음으로 직접 서로 통했던, 그 털어놓고 이야기하는 동안, 당신이 너무나 아름다운 마음씨를 보여 주었기 때문에, 틀림없이 당신은 감정에 얼마나 많은 음영이 있는가를 알고 난 뒤에도 언제까지나 변심하실 분이 아니라고 생각했어요. 《모세》(로시니의 비극 《이집트의 모세》)의 기구 아리아를 듣고 있으면서 말씀했듯이 『어떤 사람에게 있어서는 그것은, 같은 하나의 음으로밖에 들리지 않지만, 다른 사람들에게 있어서는 음악에 있어서의 무한』인 걸요. 오늘 저녁 제가 보세앙 부인의 무도회에 가기 위해서, 오시기를 기다리고 있다는 것, 잊지 마시기를. 다쥐다 씨의 결혼 계약은 드디어 오늘 아침 궁전에서 서명되고, 불쌍한 자작 부인은 오후 두 시가 되어서야 겨우 그런 것을 알았다는군요. 마치, 사형집행이 있으면 사람들이 그레브 광장에 잔뜩 모이는 것과 같이, 파리의 신사숙녀가 부인 집으로 떼를 지어 모여들 거예요. 그분이 고통을 참고 견딜 수 있을지 어떨지, 일부러 보러 간다는 것은 너무 무서운 짓이 아니겠어요? 저는 물론 지금까지 이미 방문한 적이 있었다면 가려 하지 않을 거예요. 그렇지만 그분은 앞으로는 손님을 초대하지도 않을 것이고, 그렇게 되면 지금까지의 제 노력은 모두 물거품이 되는 걸요. 제 입장은 다른 분의 입장과 다른 겁니다. 게다가 그곳에 가는 것은 당신을 위한 것도 됩니다. 기다리고 있겠습니다. 두 시간이 지나도 오시지 않으면 용서해 드릴 수 있는지 없는지를 보증할 수가 없습니다.

라스티냐은 펜을 들어 이렇게 답장을 썼다.

　춘부장께서 아직 더 사실 수 있을지 어떨지를 알기 위해서 의사를 기다리고 있는 중입니다. 춘부장께선 빈사상태에 계십니다. 의사의 선고를 전하기 위해서 방문하겠습니다만, 그것이 죽음의 선고가 아닐까 하고 염려하고 있습니다. 무도회에 갈 수 있을지 어떨지 차분히 생각해 보아 주시기 바랍니다.

애정을 다해서

　의사는 여덟 시 반에 와서, 낙관적인 의견은 말하지 않았지만, 죽음이 목전에 와 있다고는 판단하지 않았다. 병상은 교대로 호전되기도 하고 악화되기도 할 것이라고 말하면서, 노인의 생명과 의식은 그 경과에 달렸다고 했다.

「차라리 빨리 죽는 편이 좋을 것입니다만」라고 하는 것이 의사의 맺음말이었다.

　으제느는 고리오 영감의 간호를 비앙송에게 맡기고, 누싱겐 부인에게 슬픈 소식을 전하러 출발했다. 그것은 아직 골육의 정에 젖어 있는 그의 생각으로선, 일체의 즐거움으로부터 손을 끊지 않을 수 없는 비보였다.

「어쨌든 마음껏 즐기라고 말해 주지 않겠나?」하고 잠이 든 듯이 보였던 고리오 영감은 라스티냐이 방을 나가려 하자, 침대에서 몸을 일으키면서 그를 향해서 말했다.

　청년이 비통한 표정을 여실히 드러낸 채, 델핀느 앞에 모습을 나타내자, 그녀는 이미 머리도 빗고, 구두도 신고, 나머지는 무도회복만 입으면 되게끔 준비가 다 되어 있었다. 그러나 화가들이 그림의 끝손질을 위해 최후의 붓을 놀려야 하는 것과 마찬가지로, 최후의 화장이 화면의 바탕칠 이상으로 많은 시간을 요구하고 있었다.

「어머나, 당신은 아직도 옷을 갈아입지 않았군요.」하고 그녀는 말했다.

「그러나, 당신의 아버님께서……」

「또 아버지 이야기?」하고 그의 말을 막고 그녀는 소리쳤다. 「당신에게 그런 말을 듣지 않아도 아버지의 은혜는 알고 있단 말예요. 옛날부터 아버지를 알고 있어요, 아무 말씀도 말아 주세요, 으제느. 당신이 몸치장을 끝낼 때까지는 무슨 말씀을 하시더라도 대답을 하지 않겠어요. 테레즈가 당신 방에 모든 것을 준비해 놓았어요. 제 마차는 준비돼 있으니까 그걸 쓰세요. 곧 돌아오셔야 해요, 아버지에 대한 것은 무도회에 가면서 이야기해요. 서둘러 출발하지 않으면 안 돼요. 마차 행렬에 길이 막히면 열한 시에 닿기 힘들 거예요.」

「델핀느!」

「그만, 아무 말씀도 하지 마세요.」하고 그녀는 목걸이를 가지러 화장실로 가면서 말했다.

「자아, 어서 하세요, 으제느 씨. 마나님의 기분이 나빠집니다.」하고 이 훌륭한 아버지를 죽이는 행위에 화가 난 청년을 밀어 내면서 테레즈가 말했다.

그는 더 없이 외롭고 쓸쓸하고 우울해지는 생각에 잠기면서, 옷을 갈아 입으러 갔다. 그의 눈에는 세상이라는 것이, 일단 한 발을 넣으면, 질질 끌려들어가 목까지 잠겨 버리는 진흙탕의 수렁처럼 비쳤다. 「거기서 행하여지는 것은 얼룩진 범죄뿐이다!」하고 그는 중얼거렸다.

『보트랭이 훨씬 훌륭하다. 그는 『복종』과 『투쟁』과 『반항』이라는, 사회를 표현하는 세 개의 커다란 요소를 확인한 사람이었다. 즉, 『가족』과 『세상』과 『보트랭』이다.』 지금 학생은 태도를 결정할 단계에 있었다. 『복종』은 부자유하고, 『반항』은 불가능하며, 『투쟁』은 위태로운 것이다. 그의 사고는 깨끗한 감동을 회상하고, 자기를 소중히 여겨 주는 사람들 사이에서 지냈던 나날을 회상했다. 가정이라고 하는 것의 자연스런 법칙을 충실히 지키며, 그 그리운 사람들은 거기서 충실한, 간단없는, 그리고 아무런 고통도 없는 행복을 발견해 내고 있는 것이다. 그런 뛰어난 사고에도 불구하고, 그는 델핀느 앞에 나아가서 자기의 신조를 고백하고, 『사랑』의 이름으로, 『미덕』을 명령할 정도의 용기를 아무리 애써도 보일 수 없었다. 막 시작된 그의 교육이 이미 열매를 맺고 있었던 것이다. 그는 벌써 이기적으로 사랑을 하고 있었다. 타고난 총명함의 덕분으로, 그는 델핀느의 마음속의 성질을 간파했던 것이다. 무도회에 가기 위해서는 아버지의 시체라도 짓밟고 갈 수 있는 여자라는 것을 예감하고 있었고, 그러면서도 그에게는 설교사의 역할을 할 수 있는 기력도, 여인의 기분을 상하게 할 용기도, 그녀를 버릴 만큼의 도덕감도 없었다. 『이럴 때 공격을 하면, 그녀는 절대로 나를 용서하지 않을 것이다.』 하고 그는 중얼거렸다. 그리고 의사의 말에 여러 가지 주석을 붙여서는, 고리오 영감의 용태는 자기가 생각하고 있는 정도로 그렇게 위독하지는 않다고 자신에게 변명하려 했다. 요컨대 델핀느의 태도를 정당화하기 위해서 그는 살인적인 이론과 이유를 쌓아올렸다. 그녀는 아버지가 어떤 상태에 있는지를 모르는 것이다. 영감만 해도, 그녀가 문병이라도 가면 무도회에 가라고 하면서 쫓아보냈을 것임에 틀림없다. 사회의 법도라는 것은 때때로, 그 표현 자체가 가차없는 것인 한 용서 없이 단죄되는 것이지만, 그런 의견상의 죄라도, 성격의 차이라든가, 이해와 입장의 다양성 등등, 인간이란 종족의 내부에 도입하는 무수한 수정으로 인해서, 용서받을 수도 있는 것이다. 으제느는 자기가 잘못 판단한 것이라고 생각하려 했다. 그는 연인을 위해서 자기의 양심도 희생할 수밖에 없었다. 이틀 전부터 그의 생활은 일변해 버리고 만 것이었다. 『여자』가 그의 세계로 혼란을 가지고 들어와서 가족의 그림자를 희미하게 했고, 자기 이익을 위해서 모든 것을 몰수해 버리고 말았던 것이다. 라스티냐과 델핀느는, 서로가 상대로부터 가장 강렬한 쾌락을 맛보는 데 안성마춤의 조건하에서 만났던 것이다. 충분히 사전 준비가 되어 있었던 그들의 정열이 보통이라면 정열을 죽일 수밖에 없는 쾌락에 의해서 도리어 격한 것이 되어 갔다. 이 여자를 소유해 보고 으제느는 자기가 그때까지는 그녀를 욕심으로 바라고 있었다는 것을 깨달았다. 행복을 맛본 다음날이 되어서, 비로소 그녀를 사랑했던 것이다. 애정이란 어쩌면 쾌락에 대한 감사의 감정일는지도 모른다. 창피를 모르는 여자든, 숭고한 여자든, 그는 자기가 지참금처럼 그녀에게 제공한 관능의 희열, 그리고 자기가 그녀로부터 받은 관능의 희열로 말미암아, 이 여자를 열렬히 사랑하고 있었던 것이다. 마찬가지로 델핀느 쪽도, 탄탈로스가 그의 갈증을 면하기 위해 어쩌면, 그의 바삭바삭 마른 인후의 갈증을 치유해 주려고 온 천사를 사랑했던 것처럼, 라스티냐을 사랑했던 것이다.

「그래, 아버지의 병세는 어떤가요?」 하고 그가 무도회용의 복장을 차려입고 돌아왔을 때, 누싱겐 부인이 그에게 물었다.

「매우 나쁩니다.」 하고 그는 대답했다. 「저에 대한 우정의 증거를 보여주시려거든, 이제부터라도 곧 아버지에게 가십시다.」

4. 노인의 죽음   561

「가죠.」하고 그녀는 말했다.「그렇지만 무도회를 끝내고요. 여보, 으제느씨. 부탁인데 제발 설교는 말아 주세요. 자아, 어서 가요.」
 두 사람은 집을 나왔다. 으제느는 도중 내내 침묵을 지키고 있었다.
「도대체 왜 그러세요?」하고 그녀가 물었다.
「아버님의 괴로워하는 신음소리가 들리는 것 같아서……」하고 그는 화난 것 같은 어조로 대답했다. 그러고 나서 과연 청년다운 열렬한 웅변을 토해서, 허영심에 사로잡힌 레스토 부인이 얼마나 잔인한 태도로 나오기에 이르렀는가, 부친이 취한 최후의 헌신적 노력이 얼마나 치명적인 발작의 원인이 되었는가, 즉 아나스타지의 보석 박힌 드레스가 얼마나 고가의 대상을 지불해야 했던가를 자세히 들려 주었다. 델핀느는 울고 있었다.
『이러면 화장이 망가지는데.』하고 그녀는 생각했다. 그녀의 눈물은 곧 말랐다.「제가 가서 간호해 드리겠어요. 베갯머리에 계속 붙어 있겠어요.」하고 그녀는 말을 이었다.
「아아, 그것이야말로 내가 기대하고 있었던 바와 같은 당신이오.」하고 라스티냑은 소리쳤다.
 오백 대 가량 되는 마차의 등불이 보세앙 저택의 주위를 비치고 있었다. 환하게 불이 켜진 문의 양쪽에는 씩씩한 차림의 기마 헌병이 한 사람씩 버티고 있었다.
 상류사회의 저명 인사가 줄을 지어 들어갔고, 누구든 사랑을 잃어버린 순간의 이 고귀한 귀부인을 한 번만이라도 보고 싶어서 초조해했기 때문에, 누싱겐 부인과 라스티냑이 모습을 나타냈을 때 저택의 일층에 위치한 넓은 홀은 이미 만원이었다. 루이 14세가 사촌 여동생인 왕녀로부터 애인을 간택해낸 그때(루이 14세가 종매인 몽 팡세 양과 로장 공과의 결혼을 승인했으나 갑자기 번의해서, 로장 공을 투옥한 역사적 사실을 말함), 궁전의 신사 숙녀들이 대거 출현해서 왕녀의 저택으로 몰려 든 일이 있은 후로는 어떠한 사랑의 파탄도 보세앙 부인의 파탄만큼 평판이 자자한 적은 일찍이 없었다. 이 경우에 대해서 말하면, 거의 왕가에 필적할 만한 부르군디 집안의 이 최후의 딸은 자기의 괴로움을 견디어낸 긍지있는 태도를 보였고, 그때까지는 자기 사랑의 승리의 필요에 의해서 그 공허한 사교계를 용인해 왔지만 그 세계를 그는 최후의 순간까지 지배했다.

파리에서도 손꼽히는 미인들이, 그녀들의 의상과 미소로써 여러 살롱에 활기를 더해 주고 있었다. 궁정에서도 가장 고귀한 귀족 현직들, 대사들, 대신들, 십자훈장, 약장이라든가, 도색이 찬란한 수장(綬章)을 장식한 각계의 명사들이 자작 부인의 주위에서 웅성대고 있었다. 이 궁전도 주인인 여성에게 있어서는 사람이 없는 저택에 불과했지만, 그 금빛 천장 아래에서는 관현악단이 악곡의 주제 선율을 울리고 있었다. 보세앙 부인은 맨 처음 살롱 앞에 서서, 그 여자가 친구라고 부르는 손님들과 인사를 나누고 있었다.

흰옷을 입고 자연스럽게 땋아올린 머리에 아무런 장식도 꽂지 않은 그녀는, 차분히 가라앉은 것처럼 보였고, 괴로움도 거만함도, 위장의 기쁨도 드러나 있지 않았다. 누구도 그녀의 심중을 읽어낼 수가 없었다. 그것은 정녕 대리석의 니오베와도 같았다. 가까운 친구들에게 보이는 그녀의 미소에 조소의 빛이 보일 때도 있었다.

그러나 누구의 눈에도 그녀는 언제나와 다름없이 행복의 빛으로 장식되어 있었던 그녀와 꼭 같았기 때문에 가장 무감각한 사람들까지도, 마치 로마의 젊은 처녀들이 웃으면서 죽을 줄 아는 투우사들에게 갈채를 보냈던 것처럼 자작 부인에게 감탄했다. 사교계가 그 여왕의 한 사람에게 이별을 고하기 위해서 몸치장을 할 수 있는 대로 다 하고 모인 느낌이 들었다.

「안 오시는 게 아닌가 하고 조마조마해 하고 있었어요.」하고 그녀는 라스티냑에게 말했다.

「아닙니다.」하고 그는 그 말을 비난으로 잘못 알고 감동에 떨리는 소리로 말했다.「끝까지 남아 있으려고 왔습니다.」

「기쁘군요.」하고 그녀는 손을 잡으면서 말했다.「어쩌면 당신은 여기 있는 사람 가운데서, 내가 신뢰할 수 있는 단 한 분이에요. 괜찮아요. 여자를 사랑하려면 당신이 언제까지든지 사랑할 수 있는 사람을 사랑하도록 해요. 결코 버리든가 그러지는 말고.」

그녀는 라스티냑의 팔을 붙들고, 여러 사람이 트럼프를 하고 있는 방의 긴의자로 데리고 갔다.

「후작이 있는 데 가줬으면 좋겠어요.」하고 그녀는 말했다.「내 하인 자크와 함께 가서 그분에게 보내는 편지를 전해 주세요. 내 편지를 돌려 줬으면 좋겠다고 써 있어요. 전부 당신에게 건네 주리라고 생각해요. 편지 묶음을

4. 노인의 죽음   563

받으시면 내 방으로 올라가 있으세요. 알려 주도록 말은 해놓았으니까.」

때마침 그녀의 친구인 랑제 공작 부인이 왔으므로 그녀는 일어나 부인을 맞으러 갔다. 라스티냐은 거기서 나와 다쥐다 후작이 저녁을 보내기로 되어 있는 로슈피드 저택에 가서 후작에게 면회를 청했다. 짐작대로 후작은 거기에 와 있었다. 후작은 그를 자택으로 데리고 가더니 상자를 하나 내주면서「이 속에 전부 들어 있습니다.」하고 말했다. 후작은 무도회의 광경과, 자작 부인에 대한 것을 묻고 싶었는지, 으제느에게 말을 꺼내고 싶은 듯한 태도를 지었다. 그러나 순간 긍지가 되살아난 듯 눈을 빛내며, 자신의 가장 고귀한 감정에 대해서 비밀을 지킨다는, 슬퍼해야 할 용기를 발휘했다.「그분에게는 저에 대한 것은 아무 말도 하지 말아 주시오, 으제느 씨.」

후작은 차분하면서도 우수에 찬 동작으로 라스티냐의 손을 꽉 쥐더니 돌아가라는 표정을 해보였다. 으제느는 보세앙 저택으로 되돌아와 자작 부인의 방으로 들어갔다. 그곳에는 출발될 짐이 이미 꾸려져 있었다. 그는 난로곁에 앉아서 삼목으로 짠 작은 상자를 들여다보았다. 그러는 동안 자신이 깊은 우수로 빠져들어감을 느꼈다. 이윽고 보세앙 부인은 나타났다. 그녀는 마치《일리아드》속의 여신인 양 당당해 보였다.

「아아, 기다리게 했군요.」자작 부인은 라스티냐의 어깨에 손을 얹으며 말했다.

그는 친척인 이 여인이 한 손을 떨면서 다른 한 손을 들어 허공을 바라다보면서 울고 있는 것을 보았다. 그녀는 별안간 작은 상자를 들어 불 속으로 던지고는 그것이 타오르는 불길을 지켜보고 있었다.

「모두 춤추고 있어요! 저분들은 모두 제 시간에 틀림없이 와주었는데, 죽음은 왜 그런지 와주지 않는군요. 쉬이! 조용히」하고 뭔가 말하려는 라스티냐의 입에 손가락을 갖다 대면서 그녀는 말했다.「나는 두 번 다시 파리에도, 사교계에도 나오지 않을 작정이에요. 아침 다섯 시에 출발해서, 노르망디의 시골로 몸을 묻기 위해서 갑니다(중편《버려진 여인》에 그 뒤의 보세앙 부인이 그려져 있다). 오늘 오후 세 시부터, 준비라든가, 여러 가지 증서에 서명을 하든가, 사무를 정리하든가 했었어요. 심부름 시킬 사람이 아무도 없었어요. 저어……」그녀는 말을 더듬었다.「틀림없이 그 사람이 있었던 곳은 저어……」그녀는 슬픔을 이기지 못해 또다시 말을 더듬었다.

이런 때는 모든 것이 괴로움이 되어, 어떤 종류의 언어는 입에 담는 것조차 불가능하게 되는 것이다.「즉」하고 그녀는 말을 이었다.「오늘 이 최후의 수고를 해주셨으면 해서, 당신을 생각하고 있었던 겁니다. 뭔가 당신에게 내 우정의 정표를 드리고 싶어요. 나에게는 당신이 마음씨도 착하고 고상했으며 젊고 순진하게 생각되는군요. 이 세상에 그런 장점을 가진 사람은 아주 드물지요. 틀림없이 나는 때때로 당신을 생각하게 될 것입니다. 당신도 때때로 나에 대해서 생각해 주기를 바라고 싶어요. 그렇지!」하고 그녀는 주위를 둘러보면서 말했다.「여기에 언제든 장갑을 넣어 두곤 하던 작은 상자가 있어요. 무도회나 연극에 가기 전에, 여기서 장갑을 꺼낼 때는 언제나 내 자신이 아름답다고 느끼곤 했던 겁니다. 행복했기 때문이죠. 그리고 이 상자에 손을 댈 때마다 언제나 이 상자 속에 무언가 즐거운 것을 남기고 가곤 했던 겁니다. 이 속에는 대단히 많은 내 추억이 들어 있습니다. 지금은 없어진 또 하나의 보세앙 부인이 가지런히 들어가 있는 거지요. 받아 주시겠지요. 이것을 다르트와 거리의 당신 댁에 보내도록 부탁해 놓겠습니다. 누싱겐 부인은 오늘 밤 매우 멋있어요. 잘 사랑해 주세요. 나는 이것으로, 다시 만나지 못하더라도 나에게 친절하게 해준 당신을 위해 내가 그늘에서 기도드린다는 것을 당신이 믿어 줬으면 해요. 그럼 아래로 내려가요. 여러 사람으로부터 울고 있다고 인정받고 싶지 않아요. 내 앞에는 영원이 있을 것이고, 게다가 나 혼자뿐이니까 아무도 내 눈물의 이유를 캐내려든가 하지는 않을 거예요. 다시 한 번 방을 봐두고 싶군요.」그녀는 그 자리에 섰다. 그러고 나서 잠깐 동안 한 손으로 눈을 가리고 난 뒤 그 눈을 훔치고 찬물에 적시고 나더니 학생의 팔을 잡았다.「가십시다!」하고 그녀는 말했다.

  라스티냑은 그처럼 고상하게 억제된 이 고뇌와의 접촉만큼 강렬한 감동을 지금까지 맛본 적이 없었다. 무도회로 돌아온 으제느는 보세앙 부인과 회장을 한 바퀴 돌았지만, 그것은 이 아름답고도 고상한 여성의 최후의 착하고 상냥한 마음씨였던 것이다. 얼마 안 있어 그는 레스토 부인과 누싱겐 부인 자매를 발견했다. 백작 부인은 있는 대로의 다이아몬드로 죄다 장식해서 대단히 화려했지만, 그녀에게는 그 하나하나가 타는 듯이 뜨거웠음에 틀림없었겠고, 그것을 몸에 붙여 보는 것도 이것이 최후였다. 아무리 그녀의 자존심과 애정이 강렬했다 하더라도 그녀는 남편의 시선을 받아넘길 수가 없었다. 그런 광경은

4. 노인의 죽음

라스티냐의 깊은 생각을 즐겁게 해주는 성질의 것은 아니었다. 그때의 그에게는 그 자매가 장식한 다이아몬드의 저쪽에 고리오 영감이 누워 있는 남루한 침대가 눈에 떠올랐다. 그의 우수에 싸인 태도가 자작 부인을 오해하게 하여 그녀는 으제느로부터 팔을 뿌리쳤다.

「자아, 가보세요! 저는 당신의 즐거움을 보람없는 것으로 하고 싶지는 않으니까요.」하고 그녀는 말했다.

으제느는 곧 델핀느에게 불리어 갔다. 그녀는 자기가 준 효과가 기뻐서 어쩐지 친구로서 끼여들 수 있을 성싶은 이 사교계에서 자기가 받은 찬사를 으제느에게 바치고 싶어서 어쩔 줄 몰라하고 있었던 것이다.

「나지를 어떻게 생각해요?」하고 그녀는 그에게 물었다.

「저 사람은」하고 라스티냐은 말했다. 「부친의 죽음에 이르기까지 모든 것을 할인했어요.」

새벽 네 시경이 되니까 홀에서 혼잡을 이루던 사람들이 뜸해지기 시작했다. 잠시 후에는 악대의 음악도 들리지 않았다. 랑제 공작 부인과 라스티냐만이 큰 홀에 남았다. 자작 부인은 거기 있는 것이 으제느뿐이라고 생각하고, 보세앙 씨에게 헤어지는 인사를 하고 난 뒤 살롱으로 들어왔다. 보세앙 씨는 「그건 잘못된 생각이오. 당신 같은 그 나이에 촌구석에 틀어박히겠다니! 나와 함께 여기 있도록 하구려.」하고 여러 번 되풀이한 뒤 자기 침실로 가버렸다.

공작 부인이 있는 것을 보고 보세앙 부인은 놀라지 않을 수가 없었다.

「역시 그랬었군요, 클라라」하고 랑제 공작 부인은 말했다. 「두 번 다시 돌아오지 않을 작정으로 가버리고 마는 거군요. 그래도 출발하기 전에 내 말을 들어 봐요. 그래서 화해를 했으면 좋겠어요.」그녀는 친구의 팔을 잡고, 옆 홀로 데리고 가서, 거기서 눈에 눈물을 머금고 한참 동안 자작 부인의 얼굴을 응시한 뒤 두 팔로 그녀를 껴안고 두 볼에 입맞추었다. 「냉담한 기분으로 당신과 헤어지고 싶지는 않아요. 너무나 가혹한 후회로 괴로움을 받을 테니까. 저에 대한 것을, 당신은 당신 자신과 같이 생각하고 기대해도 좋아요. 오늘밤의 당신은 참말로 훌륭했어요. 나도 당신에게 어울리는 여자라고 생각했기 때문에, 그것을 당신에게 증명하고 싶어요. 나는 때때로 당신에게 미안한 일을 해왔어요. 꼭 언제든지 친절하지는 않았단 말예요.

용서하세요. 당신에게 상처를 준 것 같은 일은 모두 취소하겠어요. 내 말을 되돌려받고 싶은 거예요. 같은 하나의 슬픔이 우리의 영혼을 하나로 결합하도록 해준 거예요. 그래서 우리들의 어느 편이 더 불행한지 나로선 모르겠어요. 몽리보 씨가 오늘 밤 안 왔어요. 알겠어요? 내 말을. 이 무도회 중에 당신의 모습을 본 사람은 말이죠, 클라라, 절대로 당신을 잊어버리지 않을 거예요. 나는 최후의 노력을 해볼 작정이에요. 실패하면 수도원으로 들어가는 거예요(《인조 이야기》에 자세한 경과가 그려져 있음)! 당신은 어디로 가시는 거죠?」

「노르망디 지방의 쿠르셀르에 가서 하느님이 나를 이 세상에서 부르실 때까지 사랑하고 기도하면서 지내겠어요.」

「이리 와요, 라스티냑 씨.」 하고 청년이 기다리고 있는 것에 생각이 미쳐 자작 부인은 감동적인 음성으로 말했다. 학생은 무릎을 굽혀 친척 여인의 손을 잡고 거기에 입맞추었다. 「그럼, 앙트와네트, 안녕.」 하고 보세앙 부인은 계속했다. 「행복하세요. 당신은 행복하군요. 젊고, 그리고 아직 무언가 믿을 수 있으니까요.」 하고 그녀는 학생에게 말했다. 「이 세상을 떠남에 있어, 특별히 은혜를 입은 죽음에 임박한 사람들처럼, 나에게도 경건하고 진심이 깃든 감동을 다해서 전송해 주는 사람이 있군요!」

으제느는 보세앙 부인이 여행용 마차에 올라타는 것을 보고, 눈물에 젖은 그녀의 최후의 이별 인사를 받고 나서 다섯 시경 저택을 나왔다. 부인의 눈물은 아무리 신분이 높은 사람이라도 민중에게 아양을 떨고 굽신거리는, 몇몇 사람들이 믿도록 하려는 것과는 반대로, 마음의 법도 범주 밖에 있으면서, 슬퍼하지 않고 살고 있는 것은 아니라고 하는 것을 증명하는 것이었다.

으제느는 축축하고 추운 새벽녘에 걸어서 보케르 관으로 돌아왔다. 그의 교육은 끝난 셈이었다.

「불쌍하게도, 고리오 영감은 희망이 없을 것 같아.」 라스티냑이 옆방으로 들어가자 비앙숑이 말했다.

「이 사람아!」 하고 잠들어 있는 노인의 얼굴을 바라보고 나서 으제느는 말했다. 「자네는 하나의 일에 욕망을 한정시켜서, 자네의 조심성있는 인생을 걸어가게나. 나는 지옥에 떨어졌어. 그리고 끝까지 거기에 머무르지 않으면 안 돼. 세상이란 것을 아무리 나쁘게 말하는 놈이 있어도, 그놈이 말하는 것을 정말이라고 생각해야 해! 쥐베날(제정 로마의 부패를 폭로한 《풍자시》의 저서로 알려져 있음)이라도, 황금과 보석으로 덮어서 보이지 않는 그 교활한 것을 묘사할 수 있겠는가?」

그날 라스티냐은 오후 두 시경 비앙숑에 의해 잠에서 깼다. 아무래도 외출을 아니할 수가 없어서 고리오 영감의 간호를 부탁한다면서, 용태는 오전중보다 매우 악화됐다는 것이었다.

「영감은 이틀도 못 가. 앞으로 여섯 시간도 못 갈는지 몰라.」 하고 의학생은 말했다. 「그렇지만, 투병은 아니할 수가 없는 거야. 돈이 드는 치료를 하지 않으면 안 될 걸세. 간호는 우리들이 해도 돼. 그러나 난 무일푼이야. 그의 포켓을 뒤져 보기도 했고 다락도 뒤져 봤지만, 도대체 아무것도 없어. 영감이 의식을 회복했을 때 물었더니, 가진 것이 한푼도 없다는 거야. 자넨 얼마 가지고 있나?」

「이십 프랑 남았군그래.」 하고 라스티냐은 대답했다. 「이걸 가지고 투전을 하고 오겠다. 따가지고 올 테니까.」

「잃으면 어쩌겠나?」

「영감의 사위나 딸들에게 청구하지.」

「그들이 안 주면?」 하고 비앙숑은 말을 이었다. 「지금 서둘러야 할 일은 돈을 장만하는 게 아냐. 영감의 다리에서 무릎 중간까지 뜨거운 겨자즙으로 찜질을 해야 하는 거야. 뜨겁다고 떠들면 가망이 있어. 어떤 식으로 하는지는 알고 있지? 그것은 크리스토프가 도와 줄 거야. 나는 약국에 가서 우리가 사는 약의 계산은 전부 내가 보증한다고 말하고 올게. 불쌍한 노인을 우리들의 시료원으로 옮길 수 없었던 것은 운이 나빠서 그랬어. 거기서라면 좀더, 충분한 치료가 가능했을 텐데. 자아, 교대하러 와주게나. 그리고 내가 돌아올 때까지 환자 곁을 떠나선 안 돼!」

두 청년은 노인이 누워 있는 방으로 들어갔다. 으제느는 병자의 이지러지고 핏기없는, 극도로 쇠약해진 얼굴을 보고 깜짝 놀랐다.

「어떻습니까? 아버지!」 그는 남루한 침대에 허리를 굽히고 노인에게 물었다.

고리오는 멍청한 눈으로 으제느를 보았다. 그러나 한참 동안 주의깊게 그의 얼굴을 보면서도 누군지 모르는 모양이었다. 학생은 그런 광경에 접하자 참을 수 없어 눈시울이 뜨거워지지 않을 수 없었다.
「비앙숑, 창문에 커튼을 치면 어떨까?」
「필요없어, 밝으니 어두우니, 더우니 추우니, 그런 것이 상관없는 상태가 되어 버렸단 말이야. 덥다든가 춥다든가 그래줬으면 좋겠는데 말야. 그렇지만 달인 약을 만든다든가 여러 가지를 준비해야 하니까, 불은 피우지 않으면 안 돼. 나뭇가지를 보내올 테니까 장작을 살 때까지 이럭저럭 지낼 수 있겠지. 어제 낮과 밤에 네 방에 있던 장작과 영감의 숯가루는 죄다 써버렸어. 축축해서 벽에 물방울이 맺혀 견딜 수가 있어야지. 겨우 방을 말렸어. 크리스토프가 쓸어 주었지만, 이건 마치 마구간이야. 노간주나무를 때봤는데 이건 냄새가 나서 못 견디겠어.」
「제기랄」하고 라스티냐이 말했다.「딸들은 무얼하고 있는 거야!」
「조금 후 뭘 마시고 싶어하면, 이걸 먹여.」하고 인턴은 큰 흰 단지를 가리키면서 라스티냐에게 말했다.「환자가 신음하고 배에 열이 있고 꼿꼿하면, 크리스토프에게 도와 달래서 전처럼 해주게. 알지 왜? 만일 흥분이 지나치든가 횡설수설하든가, 요컨대 약간 미친 것처럼 보이면 내버려 두는 거야. 나쁜 증세는 아니니까. 그러나 그런 땐 크리스토프를 코생 병원으로 보내 주게. 우리 의사든 내 친구든 나든, 곧 와서 뜸을 떠볼 테니까. 우리들은 오늘 아침 자네가 자고 있을 때, 갈 박사의 제자와 시립병원 원장 그리고 우리 병원 원장이 대대적인 합동 진찰을 했단 말야. 선생들은 아무래도 이상한 증상이 보인다면서, 과학적인 문제를 해명하기 위해서 병상의 진행 상태를 추적해 보기로 했어. 한 선생이 말하는 바로는 장액의 압력이 특정한 기관에 집중되면, 특수한 현상을 일으킬 가능성이 있다는 거야. 그러니까 영감이 지껄이기 시작하면, 귀를 기울이고, 말하는 것이 어떤 종류의 관념에 속하는지 확인해 주게. 즉 기억이나 통찰력이나 판단의 결과인가 아닌가, 물질적인 것을 주제로 하고 있는가, 감정을 주제로 하고 있는가, 계산하고 있는가, 과거로 돌아가 있는가 어떤가 그런 식으로 말야. 요컨대 우리들에게 정확하게 보고할 수 있도록 들어 두란 말야. 일출(溢出)이 한꺼번에 일어나는 수도 있어. 그런 땐 지금과 같은 백치 상태로 죽을 거야. 이런 종류의 병으로는 모든 것이 기묘한 것뿐이야. 만일 이 부분이 파열되면」하고 병인의 후두부를

4. 노인의 죽음

가리키면서, 비앙숑은 말했다. 「불가사의한 현상이 실제로 있단 말야. 즉 뇌가 그 약간의 기능을 회복하고, 죽음이 확정되기까지는 시간이 걸리는 수가 있어. 장액이 뇌에서 흘러나와 시체 해부를 하지 않으면 모르는 특수한 경로를 거치는 수도 있단 말야. 불치병자 구제원에도 백치가 된 노인이 있는데, 그의 경우는 일출이 척추골로 내려갔단 말야. 무서운 고통을 느끼는 모양인데, 그래도 살아 있어.」

「딸들은 즐거워했어요?」 하고 으제느가 온 것을 알고 고리오 영감이 말했다.

「전적으로 딸만 생각한다니까.」 하고 비앙숑이 말했다. 「어젯밤도 『딸애들이 춤추고 있다. 쟤앤 그 드레스를 입었구나.』 하고 백 번도 더 말하더란 말야. 딸들의 이름을 부르는 거야. 나도 덩달아 울었어, 창피하지만. 『델핀느! 내 귀여운 델핀느! 나지!』 이런 식으로 떠든단 말야. 거짓말이 아니야.」 하고 의학생은 말했다. 「나도 눈물이 자꾸 나오더란 말야.」

「델핀느」 하고 노인이 말했다. 「그애가 왔지? 나는 알고 있어.」 그렇게 말하고 그의 눈은 미친 듯이 활기를 되찾고 벽과 문을 휘둘러봤다.

「아래 내려가서, 실비한테 찜질 준비를 시키고 올게.」 하고 비앙숑은 말했다. 「지금하면 좋을 때다.」

라스티냐은 침대 발치에 앉아서 보기에도 무서운, 그 불쌍한 노인의 얼굴을 응시하면서 혼자서 그 옆에 남아 있었다.

『보세앙 부인은 달아나고, 이 영감은 죽어가고 있다.』 하고 그는 생각했다. 『아름다운 영혼을 가지고 있으면 이 세상에 오래 머물러 있을 수가 없는 모양이다. 사실 고결한 감정이 어떻게 치사하고 얼룩져 있는, 천박한 사회와 협동해서 살아갈 수 있겠는가?』

그가 출석했던 야회의 광경이 기억에 또렷이 떠오르고 이 죽음의 침상과 이채로운 대조를 이루었다. 갑자기 비앙숑이 또 모습을 나타냈다.

「으제느, 조금 전 나는 우리 병원 원장과 만나고 곧 달려왔어. 제 정신으로 돌아온 징후가 나타나고 말을 하면, 겨자즙이 든 긴 찜질자루 위에 눕히고 목덜미에서 허리 아래까지 그 겨자 찜질자루로 싸도록 하게. 그리고 우리들을 불러 주게나.」

「고맙네, 비앙숑.」 하고 으제느는 말했다.

「천만에! 학문적 흥미가 있는 증상이어서 그러네.」 하고 의학생은 입교한 지 얼마 안 되는 신자의 열성을 가지고 말을 이었다.
「이 사람아」 하고 으제느는 말했다. 「그럼, 이 불쌍한 영감을 애정으로 간호하고 있는 것은 나 혼자란 말인가?」
「오늘 아침의 나를 봤다면, 너도 그런 소리 안 할 거야.」 하고 그는 상대의 말을 나무라지 않고 말을 계속했다. 「경험을 쌓은 의사는, 병밖에 관심 갖는 것이 없는 법이야. 난 아직 환자가 보이지만.」
그는 노인 옆에 으제느를 남겨둔 채 발작이 언제 일어날지 모르는 불안을 느끼면서 일어나 나갔다. 그 발작은 오래지 않아 일어났다.
「아아! 당신이구먼, 으제느 씨.」 하고 고리오 영감은 그를 보고 말했다.
「기분이 어떻습니까?」 하고 노인의 손을 잡으면서 학생이 물었다.
「아아, 머리를 집게로 죄는 것 같더니, 이제 좀 나아졌다. 딸애들은 만났는가? 곧 오겠지? 내가 병이 났다는 걸 알았으니 곧 달려오겠지. 라 쥐시엔느 거리에선 정말 잘 간호해 주었더랬어. 야단인데! 그애들이 온다면 방을 좀 깨끗이 해둘 걸 그랬지……. 웬 젊은 사나이 하나가 내 숯가루탄을 마구 쓰고 있던데…….」
「크리스토프의 발소리가 들리는군요.」 하고 으제느는 그에게 말했다. 「그 젊은 사나이가 보내는 장작을 가지고 오는 거예요.」
「그래? 그럼 장작 값은 어떻게 물지? 난 무일푼이란 말야. 죄다 줘버리고 말았어. 인젠 구걸을 하면서 살아야겠어. 근데 그 보석 박힌 드레스는 근사했었나? 아아, 괴롭다! 고맙다, 크리스토프. 하느님께서 틀림없이 상을 내려 주실 거야. 난 한푼도 없어서 말야.」
「팁은 내가 줄 테니까. 너와 실비에게」 하고 으제느는 하인 귓가에 속삭였다.
「딸애들은 자네에게 곧 온다고 했지? 응? 크리스토프, 한 번 더 다녀와 줘. 백 수우 줄 테니까. 내가 아무래도 상태가 좀 나쁘다고 말하더라고 전해주게. 그애들에게 입맞추고 싶어하더라고, 죽기 전에 한 번 더 보고 싶다고 하더라고 그렇게 전해 줘, 너무 걱정하지는 않게.」
크리스토프는 라스티냐의 눈짓을 받고 나갔다.
「딸애들이 오겠지.」 하고 노인은 말을 이었다. 「나는 그애들의 성품을 알고 있다. 그 착한 성품의 델핀느는 내가 죽으면 얼마나 슬퍼할까? 나지도 그래. 난 죽고 싶지 않다. 그애들을 울리지 않기 위해서도. 죽는다는 것은 말야, 친절한 으제느, 애들을 만나지 못하게 되는 것을 말하는 거지? 저승에 가면 난 꽤 심심할 거야. 아버지에게 있어서 지옥이라는 것은 자식들을 못 본다는 거야. 딸애들이 결혼을 한 뒤부터 난 벌써 그 연습을 시작하고 있었어요. 내 천당은 라 쥐시엔느였어. 어떨까? 내가 천당에 가면 정령이 되어서 지상에 있는 애들의 곁으로 올 수 있을까? 그런 말을 들은 적이 있어. 정말 그럴까? 지금도 내 눈에는 라 쥐시엔느 거리에 살던 애들의 모습이 또렷이 보인단 말야. 아침이 되면 아래층으로 내려와서『안녕히 주무셨어요 아빠?』하고 말하곤 했지. 나는 그애들을 무릎 위에 올려 놓고 놀리고 웃기면서 지냈단 말야. 그애들은 그 고사리 같은 손으로 나를 애무하곤 했었지. 나는 매일 아침 함께 식사했지. 저녁도 함께 먹었어. 요컨대 나는 아버지였어. 애들과 같이 있는 즐거움을 누렸던 것이야. 라 쥐시엔느 거리에 살던 때는 그애들은 말썽을 부리지 않았어, 세상 물정을 아무것도 몰랐지. 정말 나를 사랑하고 있었어, 정말! 그애들은 어째서 어린 그대로 있지 않았는지 몰라. 아아, 아파. 머리가 뻐개지는 것 같다. 아아, 용서해다오. 딸들아! 나는 괴로워 죽겠다. 이건 진짜 고통인가보다. 너희들 덕분으로 나도 인젠 꽤 고통에는 강해졌지만. 으음, 그애들의 손을 잡고만 있으면 아픈 것쯤 아무것도 아닌데. 그애들은 올 것 같은가? 크리스토프는 멍청해서, 내가 갈 걸 그랬어. 근데 당신은 어제 무도회에 갔었지? 딸애들은 어땠어? 예쁘던가? 내가 병이 났다고 했나? 안 했지? 알았으면 춤을 안 추고 내게 왔을 텐데. 아아, 난 앓고 있을 수가 없어. 딸들은 아직도 내가 도와 줘야 해! 그애들의 재산은 지금 위태로운 상태에 빠져 있어. 사위놈들이 집어먹으려 한단 말야. 나를 고쳐 주게나, 고쳐 줘! 아아, 왜 이렇게 아플까? 아아, 아. 알겠어? 나는 나아야 해! 애들은 돈이 필요하고, 나는 어디 가면 돈벌이가 되는지 알고 있어. 나는 오데사에 가서 전분 국수를 만든다. 나는 실수가 없어. 몇 백만 벌어야지. 아아! 아파서 죽겠다!」

고리오는 잠깐 동안 입을 다물고 고통을 견디기 위해서 필사의 노력을 하고 있는 것처럼 보였다.

「딸애가 와 있었다면 구차한 소리는 안 했을 거야.」하고 그는 말했다.

「어떻게 내가 우는 소리를 했겠는가?」
 약간의 수면이 노인을 엄습하고 어느 정도 계속됐다.
 크리스토프가 돌아왔다. 라스티냑은 고리오 영감이 자고 있는 줄 알고, 하인이 큰소리로 심부름의 결과를 보고하는 것을 말리지 않았다.
「먼저 백작 부인 집에 갔는데요.」하고 하인은 말했다. 「끝내 만나 보지 못하고 말았습니다. 주인과 긴급한 의논을 하고 있다는 거예요. 그래도 꼭 만나야 된다고 했더니 레스토 양반이 직접 나와서, 내게 이렇게 말하더군요. 『고리오 씨가 죽어 가고 있는 모양이지만, 그렇게 되는 것이 그 사람에겐 가장 좋은 거야. 나는 안사람과 중대한 용건을 처리하지 않으면 안 되기 때문에, 일이 끝나면 가뵙겠다고 해요.』하잖겠어요? 어쩐지 화가 난 것 같은 표정이었어요. 그래서 나오려고 했는데, 딴 문으로 아씨께서 들어오셔서 『크리스토프, 난 지금 주인과 중대한 교섭을 하고 있어서 갈 수가 없다고 아버지에게 전해 줘. 아이들의 생사에 관한 문제라고 말해요. 그리고 만사가 끝나면 곧 갈 테니까.』하더군요. 남작 부인은 이것과는 또 이야기가 달랐습니다. 만나지도 못하고, 말도 해보지 못했어요. 『안 돼, 안 돼.』하고 심부름하는 계집애가 말했어요. 『아침, 다섯 시 십오 분에 무도회에서 돌아오셨어요. 지금 쉬고 계셔. 점심때 전에 깨우면 욕먹는단 말야. 종을 눌러 나를 부르면 아버님이 위독하다고 전하겠어요. 나쁜 소식은, 언제나 전하는 시간을 잘 선택해야 해요.』그러잖아요. 아무리 간청해도 안 된다는 거예요. 어쨌든 남작님이라도 뵙고 싶다고 했더니, 안 계신다지 않아요.」
「그래서 딸들은 하나도 안 온단 말이지!」하고 라스티냑은 소리쳤다. 「양쪽에 모두 내가 편지를 써야겠다.」
「둘이 다아?」하고 노인은 침대 위에서 일어나면서 말했다. 「중요한 용무가 있다, 자고 있다 하면서, 딸애들이 오지 않을 것이라고 나도 짐작하고 있었어. 죽을 무렵에야 자식들이 어떤 것인지 알게 되는 법이야. 아아! 으제느, 결혼 같은 건 하지 마! 애도 낳지 말고. 우린 자식들에게 생명을 주지만, 애들은 우리에게 죽음을 준단 말야. 애들을 키워서 세상에 내보내면, 은혜를 갚는다고 우리를 세상에서 내쫓는단 말야. 그애들이 올 것 같은가? 십 년 전부터 이러리라고 난 알고 있었어. 때로 그럴 리가 없다고 부정도 해보았었지만.」

빨개진 그의 양쪽 눈 언저리에 한 방울씩 눈물이 맺혀서 떨어지지 않고 머물러 있었다.
「아아! 내가 부자였다면, 내 재산을 딸들에게 주지 않고 가지고 있었다면, 딸애들은 여기 와서 입맞추면서 내 뺨을 핥았을 텐데! 나는 훌륭한 저택에 살고, 화려한 방들이 여러 개 있고 하인들도 있어서, 내가 추워하지 않아도 될 불도 있었을 텐데. 그리고 딸들은 제 남편들과 같이 아이들을 데리고 와서, 줄곧 눈물을 흘렸을 것인데. 틀림없이 그렇게 됐을 텐데. 그런데 아무것도 없다. 돈으로만 모든 것을 살 수 있다. 자기 딸도. 아아! 내 돈은 다 어디로 갔느냐? 내가 재산을 남기고 간다면 딸들은 나를 간호하고 보살펴 주었을 텐데. 그애들의 목소리를 듣고, 얼굴을 볼 수 있었을 텐데. 아아, 으제느. 당신이야말로 내 단 하나의 자식이다. 나는 차라리 이렇게 무일푼으로 죽는 편이 낫겠다. 적어도 불행한 사람이 사랑받을 때는 그것이 진짜 애정이라는 것을 알 테니까. 아니, 아니, 난 부자가 되고 싶다. 그래야만 딸을 만날 수 있다. 하긴 아직 모르지. 그애들은 둘이 다 바위처럼 마음이 냉정하지. 내가 애정을 너무 지나치게 쏟았기 때문에 그애들은 나에게 애정을 가질 여유가 없었던 거야. 아버지라는 건 어느 때든 돈을 가지고 있지 않으면 안 돼. 언제나 자식들의 고삐를 붙들고 있지 않으면 안 돼! 그런데 나는 딸들의 발 아래 무릎을 꿇고 있었다. 시원찮은 자식들이지! 십 년 전부터 나에 대한 불효에 덧칠을 해왔단 말야. 당신은 모르겠지만 결혼하고 처음에는, 그애들이 나를 참 잘 돌봐 줬지. 오오, 이것은 정말 지독한 순교의 고통이로구나! 나는 각각 팔십만 프랑 가까이 그애들에게 주었어. 딸애들도 게다가 사위들도 극진했지. 나를 초대해선 『아버님 이리 앉으세요. 이쪽으로』하는 식으로 말야. 딸애들의 식탁에는 언제나 내 자리가 마련되어 있었지. 그래서 나는 사위들과도 같이 식사를 하고 그들은 나에게 경의를 표했었지. 그때까지도 내가 상당한 돈을 가지고 있는 것으로 안 모양이야. 왜냐고? 나는 내 자신의 재산에 대해서는 일언반구도 하지 않았으니까. 딸에게 팔십만 프랑이나 벌 수 있으니, 극진한 대우가 있을 수밖에. 그래서 잔시중까지 들었던 모양이야. 그것도 다 내가 돈이 있었기 때문이지. 그런데 인간 세상이 그렇게 아름다운 것이 아니란 것을 알았어. 모든 것이 만족스러웠는데 그애들이 내 심장을 찌르기 시작하더군. 나를 위하는 것이 겉치레였다는 것을 알았단 말야. 그러나 그런 불행에 바르는 약은 없었어. 딸 집에서 나는 이 식당에서처럼 마음이 편하지가 않았어. 무얼 말해야 할지 몰랐단 말야. 그런데 사교계의 높은 어떤 양반이, 사위들의 귀에 대고 『저분은 누구요?』 했겠지. 그러니까 『장인입니다. 부자예요. 아아! 그렇지요, 뭐.』 하지 않겠어! 그러더니 그들은 돈으로 해서 존경하는 눈초리를 보내더군. 그리고 때로 그들에게 내가 실수를 해도, 나는 그런 결점을 보상했어. 도대체 완전한 인간이란 없는 것이니까. 아아, 머리가 깨지는 것 같다! 내가 지금 이렇게 고통을 겪고 있는 것은 죽기 전의 당연한 고통이지만, 알겠어? 친절한 으제느. 그것도 아나스타지가, 나에게 깨닫게 한 눈초리에서 느낀 고통에 비한다면 아무것도 아냐. 그 눈초리는 내 혈관을 파고드는 것 같았어. 나는 결국 이 세상에서 쓸데없는 인간이란 걸 알았단 말야. 다음날 나는 기분 전환을 위해 델핀느에게 갔는데 거기서도 병신짓을 해서, 그애를 화나게 했단 말야. 그래서 나는 미친 사람처럼 됐단 말야. 한 일주일 동안 나는 어떻게 할까 생각했지. 또 화를 낼 것 같아서 딸들을 만나러 갈 용기도 없었어. 그런데도 난 딸들 집의 현관 앞에 섰었지. 아아, 하느님! 당신만은 제가 받은 모욕과 창피가 어떤 것이었는지 아시고 계실 텐데. 내가 이렇게 나이를 먹고 늙어 버리고 고통을 받고 머리까지 희어진 지금까지, 얼마나 여러 번 비수로 마구 찔렸는지를 아시고 계실 텐데. 어째서 지금 또다시 이렇게 나에게 고통을 주십니까? 딸들을 지나치게 귀여워했던 죄는, 이미 보상했을 텐데요. 내 자식들은 나에게 가혹한 답례를 했어. 사형 집행인처럼 나를 책하고 학대하고 죽였단 말야. 그런데도 애비란 건 바보야. 딸들이 귀엽고 보고 싶어서, 마치 투전꾼이 도박장에 다시 가듯이 또 딸들에게 찾아갔던 거야. 그애들은 내 연인과 같은 거였어. 요컨대 나의 전부였어. 그애들은 둘 다, 장신구라든가, 그런 소소한 물건이 필요하면 나에게 말했고, 그러면 나는 그들에게 대우를 받으려고 그걸 사주곤 했지. 그런데도 딸애들은 아무래도 사교계에서의 내 예의가 촌스럽다고 하면서 잔소리를 하는 거야. 나 때문에 창피해서 못 견디겠다는 거지. 애들을 애지중지 길러도 결과는 이런 것이란 말야. 아아. 이젠 죽겠구나! 하느님! 의사를! 의사를 불러! 머리를 뼈개면 차라리 시원하겠는데······. 딸애들, 내 딸애들, 아나스타지! 델핀느! 그애들이 보고 싶다. 헌병을 데리고 가서 오라고 해! 강제로 말야! 정의는

4. 노인의 죽음

내 편이다. 인정도 민법도 모든 것이 내 편이다. 나는 항의한다! 아버지가 자식들에게 짓밟혀서는 나라도 멸망한다! 그건 명백한 사실이다. 사회든 세계든 아버지를 굴대로 해서 회전하고 있는 것이다. 자식들이 아버지를 사랑하지 않게 되면 모든 것이 무너진단 말야. 아아, 딸들의 얼굴이 보고 싶다. 목소리를 듣고 싶다. 무슨 말을 해도 좋으니, 목소리를 듣고 싶다, 그래야 이 고통이 진정되겠다. 특히 델핀느가 보고 싶구나. 하지만 둘이 여기 오면 언제나처럼 차가운 눈빛으로 나를 보지 말라고 해주게. 아아, 친절한 으제느. 황금처럼 빛나던 눈이, 별안간 납처럼 잿빛으로 변한다는 일이 어떤 것인지 당신은 모를 거야. 딸들의 눈이 나에게 빛을 던지지 않게 되고 난 뒤 나는 여기서 늘 겨울처럼 지냈다. 나는 인젠 슬픔을 참을 수 있는 힘밖에 없고, 또 실제로 그 고통을 견디고 있다. 바보 취급을 받고, 모욕을 받기 위해서 살아왔을 뿐이다. 그애들을 사랑하는 나머지 그애들이 나에게 맛보게 하는 부끄러운, 지극히 작은 기쁨을 위해서 온갖 모든 굴욕을, 꾹 참고 견디어 왔단 말이야. 아버지가 그 딸을 남몰래 숨어서 만나야 하다니. 내가 그애들에게 생명을 주었는데도, 그애들은 오늘 나에게 한 시간의 짬도 내주지 않는다! 목이 마르다. 나는 배고프다. 심장이 타는 듯하다. 딸들은 내 단말마의 고통을 가라앉히기 위해서 와주지 않는단 말이냐? 이런 말을 하는 것도, 내가 죽어가고 있기 때문이다. 그애들은 그럼, 아버지의 시체를 짓밟는다는 것이 어떤 것을 말하는 것인지 모른단 말이냐? 하늘에는 하느님이 계시다. 우리가 뭐라고 하든 우리들 아버지의 원수를 갚아 주실 거야! 아니야, 딸애들은 올 거야. 어서 오너라. 귀여운 딸들아. 여기 와서 한 번만 더 입맞추어 다오. 최후의 입맞춤을! 그것이 너희들의 아버지가 저승에 가지고 가는 선물이 될 것이다. 그렇게 되면 아버지는 너희들을 위해서 하느님에게 기구하고, 너희들은 착한 애들이었다고 하느님께 말씀드리고 너희들을 변명해 주겠다! 너희들이 무슨 죄가 있냐? 그애들은 죄가 없어. 으제느, 이런 사실을 모든 사람에게 알려 주게. 나 때문에 그애들이 빈축을 사지 않게 해주게나. 모든 것은 내 죄란 말야. 내가 그애들에게 나를 짓밟는 버릇을 가르쳐 준 거란 말야. 그것이 기뻤었단 말야. 그렇지만 이것은 누구에게든 인간의 정의에도 하느님의 정의에도 관계없는 것이야. 나로 말미암아 그애들을 벌하기라도 하신다면 하느님은 불공평하신 분이야. 내가 일

처리를 잘못했던 거야. 아버지의 권위를 포기하는 어리석은 짓을 했기 때문이야. 내가 딸들 때문에 자진해서 타락했단 말이야. 뭐라고 해도 도리가 없다. 아무리 근사한 성이라도 아무리 훌륭한 영혼이라도, 이 애비라는 바보의 타락보다는 나을 것이다. 나는 한심한 사나이다. 정당한 벌을 받았을 뿐이야. 내가 딸들에게 불효한 마음을 길러 준 것이다. 내가 너무 버릇없이 키워서 말야. 그애들이 지금 쾌락을 탐하고 있는 것은 옛날 봉봉과자를 먹고 싶어한 것과 같은 것이야. 언제든지 나는 그애들에게 그애들이 하고 싶어하는 것을 채워 줬고 허락했었다. 열다섯 살 때는 벌써 마차를 가지고 있었다. 무엇 하나 이루어 주지 않은 것은 없었어. 내게만 죄가 있는 거야. 그렇지만 그것은 애정으로 인한 죄였지. 그애들의 목소리를 들으면 기분이 상쾌해졌던 거야. 지금도 들린다. 그애들이 온다. 그렇구말구, 오구말구. 법률은 애비가 죽을 때 임종해야 한다고 명령하고 있다. 법률도 내 편이다. 게다가 잠깐 왔다가면 될 거 아니냐? 마차삯은 내가 내마. 그애들에게 남겨 주는 몇 백만 프랑의 유산이 있다고 말해 주려무나. 누구도 그것을 미처 생각하지 못했지. 거짓말이 아니야! 나는 오데싸에 가서 마카로니를 만들겠다. 제조 방법을 알고 있어. 내 계획대로 한다면, 몇 백만 프랑을 벌 수 있단 말이다. 이건 나만 알아. 이것은 밀이나 밀가루와는 달라서, 수송중에 상하지도 않는단 말야. 뭐라 더라? 참 전분이라고 했지. 어쨌든 몇 백만 프랑 번단 말이야! 거짓말을 하면 안 되니까, 그저 몇 백만이라고만 말해 줘! 그래서 그애들이 허욕이 나서 오고, 또 속아서 돈을 주고 무일푼이 되더라도 난 좋아. 그애들을 볼 수 있기 때문이지. 딸들을 보고 싶다! 내가 만든 딸이야. 그애들은 내거란 말이야!」하면서 그는 침대에서 일어나 앉아 희끗희끗한 머리와 협박을 표현할 수 있는 모든 것을 가지고 협박하려는 듯한 얼굴을 으제느에게 보였다.

「자아」하고 으제느는 그에게 말했다. 「좀 누우십시오. 착하신 고리오 씨, 따님들에게 편지를 쓸 테니까요. 비앙숑이 돌아오는 대로, 그때까지 안 오면 제가 데리러 가겠습니다.」

「만일 오지 않으면?」하고 목메어 울면서 노인은 되풀이했다. 「그렇게 되면 난 죽어 버릴 것이다. 노여움에 미쳐서 죽어 버린단 말야. 격분해서. 배창자가 들끓는 것 같다. 이제야 내 일생이 보이기 시작했어. 나는 속았던 거야. 딸들은 나 같은 건 사랑하고 있지도 않았어. 단 한 번이라도 나를 사랑해 본 적이 없단 말이야! 그건 명확해. 아직도 안 오는 애들이 이제 올 것 같은가? 그애들은 내가 알고 있어. 한 번도 내 슬픔이나, 고통이나 궁핍을 알아 주지 않았어. 내가 죽는 것을 그애들이 아는 체할 성싶은가? 내가 얼마나 사랑하고 있는가를 모르는 애들이지. 그렇구말구. 이제야 겨우 알았다. 저애들에게 있어서는, 내가 뱃속까지 보이고 있는 습관이, 내 자신의 행동의 가치를 스스로 떨어뜨리는 결과를 가져오고 만 것이다. 그애들이 내 눈을 못 보게 하고 싶다면, 나는 『그래, 그래』라고 했을 거야. 나는 너무 어리석었단 말야. 내 딸애들은, 어느 아버지도 모두 나와 같은 것으로 알고 있단 말이야. 언제든지 권위를 가지고 있지 않으면 안 돼. 딸애의 자식들이 이제 내 원수를 갚겠지. 정말 여기 오는 것이 그애들을 위해서 좋을 텐데. 자기 자신의 죽을 때의 모습을 비참하게 만들고 있다는 것을 그애들에게 가르쳐 주었으면 좋겠어. 이 한 가지 과오를 범하는 것으로 해서 모든 죄를 범하게 되는 것인데. 정말 가서 좀 말해 줘요. 안 오면 애비 죽인 살인자가 된다고. 지금까지만도 상당히 많은 죄를 범해 왔는데 또 그런 죄까지 덧붙이려느냐고. 그러니 나처럼 외쳐 달란 말이야. 『야, 나지! 야, 델핀느! 너희들에게 그처럼 좋았던 너희들의 아버지가 고통을 받고 있으니 와다오!』하고 말야. 아무 대답이 없다. 누구도 말이 없다. 그럼 난 들개처럼 죽어야 하느냐? 이것이 나의 인과응보냐? 버림을 받단 말이냐? 염치없고 못된 계집애들이구나. 그들을 증오한다. 저주한다. 안 그래요? 여러분! 내가 틀렸습니까? 그들의 행위가 괘씸하지 않습니까? 응? 난 무슨 소릴 하고 있는 거야? 으제느! 당신이 델핀느가 와 있다고 하지 않았나? 둘 중에서는 그애가 좀 낫지. 당신은 내 자식이야, 그애를 귀여워해 줘. 아버지 대신이 돼주란 말이야. 또 한 애는 무척 불행한 여자야. 게다가 딸애들의 재산 문제도 있다. 아아, 억울해! 숨이 막힌다. 이건 너무 괴롭다! 목을 잘라 줘! 심장만 남겨 놓고……」

「크리스토프, 비앙송을 불러와!」하고 노인의 신음과 절규가 무서운 양상을 나타내기 시작하는 데 공포감을 느끼고 으제느가 소리쳤다. 「그리고 마차를 한 대 불러 줘!」

「따님들을 부르러 갔다 오겠습니다. 착한 고리오 영감님, 제가 데려오겠어요.」

「붙잡아 가지고 와요! 강제로 말야! 국민군에게든 정규군에게든, 어디에든 부탁을 해줘요! 수단을 다해서」하고, 이성의 최후의 빛이 번쩍이는 시선을 으제느에게 던지면서 노인은 말했다. 「정부에든 검사에게든 빨리 부탁해서, 끌고 와! 내 소원이야!」

「그렇지만, 두 사람을 저주하지 않았습니까?」

「누가 그런 소릴 했어?」하고 노인은 어이없다는 듯이 대답했다. 「내가 그애들을 사랑하고 있다는 건 당신도 알지 않소? 귀여워 죽겠소. 딸애들을 만나면 나도 나아요. 가봐 주오. 이웃 양반, 내 자식, 가주지 않겠소? 당신은 착한 분이야. 당신에게 인사를 하고 싶은데, 내가 드릴 수 있는 건, 죽어 가는 사나이가 하는 축복의 말 정도야. 아아! 최소한 델핀느라도 만나서, 당신에게 내 은혜에 대한 보답을 대신해 달라고 부탁하고 싶다. 언니 쪽이 무리라면 그애만이라도 데려다 주지 않겠나. 아무래도 안 오면, 인젠 더 사랑해 주지 않는다고 말해요! 그앤 정말 당신을 사랑하고 있으니까 올 거야. 물을 좀 줘, 창자가 탄다! 머리에 뭘 좀 얹어 줘! 딸애의 손을 잡으면 꼭 낫는다. 난 그걸 알아…… 한심스럽다! 내가 죽으면 누가 그애들의 재산을 찾아 주지? 오데싸에 가고 싶다. 마카로니를 만들고 싶구나.」

「이걸 마시세요.」하고 으제느는 빈사 상태의 환자를 일으켜 왼팔로 부축하고 오른손으로 달인 물약을 가득히 따른 공기를 들고 말했다.

「당신은 진정으로 아버지나 어머니를 사랑하고 있겠지.」하고 노인은 힘 없는 손으로 으제느의 손을 꼭 쥐면서 말했다. 「그것들을, 딸애들을 만나지 못하고 죽는 내 기분을 알겠소? 언제나 언제나 목이 말라서, 절대로 물을 마실 수 없었던 것이 그것이 오늘까지 십 년간의 내 생활이었어. 두 사위가 내 딸들을 죽이고 말았어. 그렇구말구, 그애들이 결혼을 하고부터는 나에겐 딸이 없었어. 세상의 모든 아버지들이여, 결혼에 대한 법률을 만들도록 의회에 진정을 해다오! 어쨌든 딸이 귀엽거든 결혼을 시켜서는 안 된다, 사위라는 놈은 딸의 모든 것을 못쓰게 만드는 악당이다. 모든 것을 다 더럽히고 만다. 결혼 같은 건 없애 버려라! 결혼이 우리로부터 딸을 빼앗고, 우리는 죽을 때도 딸을 만나지 못한다. 아버지의 죽음에 대한 법률을 만들어다오. 무서운 사실이다. 이건 복수다! 사위가 막아서 딸들은 오지 못하는 거야. 그놈들을 없애 버려라! 레스토를 죽여라! 알사스 놈을 죽여라! 그놈들이 나를 죽인단 말이다. 죽고 싶지 않거든 딸을 다오! 아아, 인젠 틀렸다. 난 딸도

4. 노인의 죽음

보지 못하고 죽는다! 딸들아! 나지, 델핀느. 자, 어서 온! 아빠는 간다……」

「고리오 영감님, 진정하십시오! 자아, 조용히, 흥분하지 마십시오. 생각하지 마세요!」

「딸들을 만나지 못하는 것이, 눈앞에 닥친 죽음의 고통이구나!」

「곧 만날 수 있어요.」

「정말인가?」 헛소리로 노인은 마구 소리쳤다.「아아, 그애들을 만난다! 딸들의 얼굴을 보고, 목소리를 들을 수 있다. 난 행복하게 죽는다. 그렇구말구, 나는 더 이상 살고 싶다고는 안 한다. 미련은 없어. 고생만 더할 뿐이니까. 그러나 딸들을 만나서 그애들의 옷을 만져 보고 아아, 옷만이라도 좋다. 그까짓 게 뭣이 힘든 일인가? 딸들을 느끼고 싶단 말이다! 머리카락을 만지게 해다오! 머리카락……」

그는 곤봉으로 한 대 얻어맞은 사람처럼 퍽 하고, 머리를 베개 위에 떨어뜨렸다. 딸들의 머리카락이라도 움켜쥐려는 것처럼 담요 위에서 주먹을 쥐었다.

「딸들을 축복한다.」하고, 안간힘을 써서 그는 말했다.「축복한다.」

그는 순간, 축 늘어졌다. 이때 비앙송이 들어왔다.

「오다 크리스토프를 만났어.」하고 그는 말했다.「그가 마차를 불러오더군.」그리고 환자를 바라다보고 그 눈을 뒤집어 보았다. 두 학생은 생기없는 몽롱한 안구를 보았다.「인젠 가망이 없다.」하고 비앙송이 말했다.「아무래도……」하고 그는 손목을 잡고 맥을 짚었고, 노인의 심장에 손을 얹었다.

「심장은 아직 뛰고 있다. 그러나 이 경우엔 오히려 불행이야. 차라리 죽는 게 편하단 말야.」

「그런가?」하고 라스티냑은 말했다.

「자넨 왜 그래? 죽은 사람처럼 창백한데.」

「이 사람아, 나는 지금 영감이 소리 지르고 개탄하는 것을 듣고 있었어. 하느님은 정녕 있다.! 암, 그렇구말구! 하느님이 계셔서 우리들을 위해 어딘가에 더 좋은 세계를 만들어 놓았을 거야. 그렇지 않으면 이 세상은 무의미하니까 말이야. 이처럼 비극적인 것이 아니었다면 난 목놓아 통곡했을 거야. 그러나 심장과 위가 너무 죄어 와서 울려고 해도 울 수가 없구나.」

「야아, 이거 참, 여러 가지 비용이 들 텐데, 어떻게 돈을 마련하지?」
 라스티냑은 시계를 꺼냈다.
「자아, 이걸 전당포에 맡기게. 난 엘데르 거리로 가는 도중에 들르고 싶지 않아. 일 분이라도 허비하고 싶지 않아서. 게다가 크리스토프를 기다려야 한다. 난 한푼도 없어. 돌아왔을 땐 마차삯이라도 물어야 하지 않겠나?」
 라스티냑은 계단을 뛰어내려서 엘데르 거리의 레스토 부인 집으로 갔다. 그 도중에서 그는 그가 지금 본 무서운 광경에 충격을 받아서, 자신의 상상력이 점점 더 노여움을 불러일으키는 것을 의식했다. 대기실에 들어가서, 레스토 부인을 면회하고 싶다니까, 그녀는 지금 면회할 수 없다는 대답이었다.
「그렇지만, 나는」 하고 그는 하인에게 말했다. 「위독하신 그분 부친의 청을 받고 온 것입니다.」
「손님, 아무튼 백작님으로부터 준엄하게 명령을 받고 있기 때문에.」
「레스토 씨가 계시다면, 장인되시는 분께서 지금 어떤 상태에 있는가를 말씀드리고, 내가 즉시 뵙고 싶어한다고 전해 주시오.」
 으제느는 오랫동안 기다렸다.
『지금 이 순간에 숨을 거두고 있을지도 모르겠는데.』 하고 그는 생각했다.
 하인이 그를 맨 앞의 객실로 안내해서 데리고 들어가니, 불기조차 없는 난로 앞에서 레스토 씨가 선 채로 학생을 맞았으나 앉으라고도 하지 않았다.
「백작님」 하고 라스티냑은 그에게 말했다. 「당신 장인 되시는 노인께서 이 순간 장작을 살 돈도 없고 음산한 오막살이에서 숨을 거두려고 하고 있습니다. 정말 위독 상태여서 딸을 애타게 보고 싶어하십니다.」
「실례지만」 하고 레스토 백작은 냉랭하게 대답했다. 「내가 고리오 씨에게 지극히 조금밖에 관심을 갖고 있지 않다는 것은 당신도 알고 있을 텐데요. 그는, 집사람과의 문제로 성격상의 결점을 드러내셨고 제 생활의 불행의 원인을 만들어 냈습니다. 나는 그를 나의 안정된 생활의 적으로 보고 있기 때문에 그가 돌아가시든 살아계시든, 나하고는 아무런 관계가 없습니다. 이것이 고리오 씨에 대한 나의 감정입니다. 세상은 나를 비난할지 모르겠으나 나는 평판 같은 것을 경멸하고 있습니다. 지금의 나에게는, 바보 족속이나, 관계없는 인간들이 저에 대해서 어떻게 생각하는가 하는 데에 신경을 쓰는 이상으로 더 중요한 할 일이 있습니다. 집사람에 대해서 말하면, 지금은 외출할 수 있는 상황이 못 됩니다. 게다가 집사람이 집을 떠난다는 것은 내가 허락하지 않겠습니다. 부친에게는 집사람이 나나 애들에 대한 의무를 다하기만 하면 즉시, 문병을 갈 수 있다고 전해 주십시오. 정말로 아버지를 사랑하고 있다면, 집사람은 당장이라도 자유롭게 될 수가 있는 것입니다……」

「백작, 당신의 행동을 비판할 수 있는 권리가 나에게는 없습니다. 당신은 레스토 부인의 주인이니까요. 그러나 당신의 성의에 기대를 걸어도 좋겠습니까? 그렇다면 부인의 부친은 이미 내일까지도 살지 못한다는 것과, 부인이 문병을 오지 않아서 이미 저주까지 하고 계시다는 것만은 전해 준다고 약속해 주십시오.」

「당신 자신이 그렇게 말씀해 주시오.」 으제느의 어조에 나타난 팽창한 분격의 감정에 놀라서 레스토 씨는 대답했다.

라스티냑은 백작에게 안내되어 평시에 백작 부인이 있는 객실로 들어갔다. 거기에서 그녀는 하염없이 눈물을 흘리면서 마치 죽으려는 여자처럼 안락의자에 몸을 깊이 묻고 있는 부인의 모습을 보았다. 그것은 그에게 애처로운 감정을 가지게 했다. 라스티냑의 얼굴을 보기 전에 그녀는 남편에게 조심스런 시선을 던졌으나, 그것은 정신적인 육체적인 억압에 의해서 학대받아 축 늘어진, 완전한 기력의 상실을 알리는 시선이었다. 백작이 고개를 끄덕이자, 그녀는 말해도 좋다는 뜻으로 그 신호를 받아들였다.

「라스티냑 씨, 모든 걸 알고 있었습니다. 아버지에겐, 지금 제가 어떤 상황에 있는가를 아시면 틀림없이 용서해 주실 것이라고 전언해 주십시오. 이런 책망의 고통까지는 예기치 못하고 있었습니다. 제 힘엔 너무 겨워요. 그렇지만, 여보, 나는 최후까지 저항하겠단 말예요.」 하고 그녀는 남편을 향해서 말했다. 「나는 어머니예요. 아버지에 대해서는 나는, 무엇 하나 책잡힐 일을 하지는 않았다고 전해 주세요.」 하고 그녀는 학생을 향해서 절망적인 어조로 소리쳤다.

으제느는 이 여자가 빠져 있는 무시무시한 위기를 눈치채고서 부부에게 인사하고, 정신없이 나와 버렸다. 레스토 씨의 어조가 그의 노력의 불필요함을 증명해 주었고, 아나스타지도 벌써 자유의 몸이 아니라는 것을 깨달았던 것이다. 그는 누싱겐 부인의 집으로 달려갔다. 그녀는 아직 침대 속에 있었다.

「전 몸이 좀 불편해요.」하고 그녀는 그에게 말했다.「무도회에서 돌아오는 길에 감기가 들었나 봐요. 폐렴에라도 걸리는 게 아닌가 걱정이 돼요. 이제 의사 선생이 올 거예요.」

「설혹 당신이 죽음에 빠져 있더라도」하고 말을 막으면서 으제느는 그녀에게 말했다.「당신은 아버님 계신 곳을 향해서 기어서라도 가야 합니다. 당신을 부르고 계십니다! 아버지의 가장 가벼운 절규를 듣는 것만으로도 자신의 병 같은 것은 느끼지 않게 될 것입니다.」

「으제느 씨, 아버님은 어쩌면, 말씀하시는 정도로 그렇게 위독하시지는 않을지도 모르잖아요? 그렇지만 당신에게 조금이라도 나쁜 여자라고 생각되게 한다면 제가 설 땅이 없어질 테니, 무엇이든 말씀대로 하겠습니다. 아버지는 이미 알고 계세요. 그런 외출의 결과로 제 병이 목숨이라도 빼앗는다면, 너무 슬퍼서 돌아가실 거예요. 좋아요. 의사 선생님이 오시면 곧 가겠습니다. 어머, 어째서 시계를 안 가지고 있지요?」하고 그녀는 시곗줄이 보이지 않는 것에 생각이 미쳐 말했다. 으제느는 얼굴이 붉어졌다.「어머, 으제느! 으제느 씨! 벌써 팔아 버렸든가, 잃어버리셨든가 하셨다면……아아! 너무하시군요!」

학생은 델핀느의 침대에 허리를 굽히고 그녀의 귓가에 속삭였다.「이유를 알고 싶어요? 그럼 가르쳐 드리겠습니다. 아버님께선 아마 오늘 입혀 드리지 않으면 안 될 수의도 살 돈이 없습니다요. 당신이 주신 시계는 잡혔습니다. 나에게도 돈이 한푼도 없었기 때문에.」

델핀느는 돌연 침대에서 뛰어 일어나 책상으로 달려가더니, 거기에서 지갑을 꺼내가지고 라스티냑에게 건넸다. 그녀는 종을 울리면서 소리쳤다.「가겠어요, 가요! 으제느! 옷갈아 입을 시간만 주세요. 안 가면 비인간이 돼요. 자아, 제가 먼저 도착할 거예요. 테레즈!」하고 그녀는 심부름하는 여자를 향해서 소리쳤다.「자작님께 말씀드릴 것이 있으니, 곧 올라와 주십사고 말씀드려!」

으제느는 빈사 상태에 있는 병자에게 한 사람의 딸은 온다고 알릴 수 있는 것이 기뻐서 들뜬 기분으로 뇌브 생트 즈느비에브 거리에 도착했다. 그는 곧 차부에게 요금을 치르려고 지갑을 뒤졌다. 그처럼 부자고 그처럼 우아한 젊은 여자의 지갑에 들어 있는 것은 칠십 프랑이었다. 계단 위까지 올라가니까, 고리오 영감이 비앙숑에게 부축되어 내과의 입회하에, 병원 외과의 시술을 받고 있는 것이 눈에 띄었다. 그것은 의학의 최후의, 무모한 수단인 뜸을 그의 등에 뜨고 있는 장면이었던 것이다.

「뜨거운 것을 느끼십니까?」

고리오 영감은 힐끗 학생의 모습을 보더니 대답 대신 말했다.

「그애들은 오는 거지요?」

「가망이 있을지도 모르겠소.」하고 외과의가 말했다.「말을 하는 걸 보니.」

「네.」하고 으제느는 대답했다.「델핀느가 곧 뒤따라올 겁니다.」

「이것 참!」하고 비앙숑이 말했다.「영감은 딸 얘기만 하고 있었단 말야. 그리고 목을 찔러 효수당하는 인간은 무조건 물, 물 달라고 아우성친다더니, 그런 식으로 딸을 보고 싶다고 떠들어댔단 말이야.」

「그만둡시다.」하고 내과의사가 외과의사에게 말했다.「별로 효과가 없습니다. 인젠, 가망 없어요.」

비앙숑과 외과의는 악취가 코를 찌르는 남루한 침대에 도로 빈사 상태의 병자를 눕혔다.

「그렇지만, 내복만은 갈아입혀야 하지 않겠나?」하고 내과의는 말했다.「가망이 아주 없더라도, 병자의 인간성은 존중하지 않으면 안 돼. 또 오겠다」하고 그는 학생에게 말했다.「또 괴로워하는 것 같으면, 횡격막 위에 아편을 발라 주도록 하게.」

외과의와 내과의가 나갔다.

「야아, 으제느, 기운을 내라!」하고 둘이만 남자 비앙숑이 라스티냐에게 말했다.「깨끗한 셔츠를 입히고, 시트를 바꿔 주자. 시트를 가지고 와서 도와 주면 좋겠다고, 실비에게 말을 좀 해주게.」

으제느가 내려가니까 보케르 부인은 실비와 둘이서, 식탁에 식기를 놓고 있었다. 라스티냐이 한두 마디 말을 시작하자, 보케르 부인은 돈을 그대로 내버릴 수도 없고 손님의 기분을 상하게 할 수도 없다는 그런 의심이 깊은 여자 상인의 이상스럽게 달짝지근한 모습을 해보이면서 그에게로 다가왔다.

「이봐요, 으제느 씨. 당신도 나와 같이 잘 알고 계실 것입니다만, 고리오 영감은 인젠 무일푼이란 말예요. 눈알이 희게 돌아간 사람에게 시트를 갈아 주다니, 그건 그냥 버리는 것과 같은 거예요. 게다가 아무래도 한 장은 수의로 쓰지 않으면 안 될 거 아녜요? 그런 의미에서 지금까지만도 벌써 백사십 프랑 계산할 것이 있고, 거기에 시트 값 사십 프랑, 그외 실비가 주었다는 초라든가 뭐라든가 그런 자질구레한 것까지 합치면 적어도 이백 프랑은 될 거예요. 나 같은 가난뱅이 과부는 그런 큰돈을 떼일 수가 없는 거예요. 턱도 없지! 공정하게 부탁합니다요. 으제느 씨, 요망스런 귀신이 이 집에 달라붙은 요새 닷새 동안에, 그렇지 않아도 손해가 이만저만이 아니예요. 나는 삼십 프랑 떼어도 좋으니, 당신이 말씀하시던 대로 저 영감에게 나가 달라고 하고 싶은 거예요. 다른 하숙인에게도 영향이 있겠으니 말예요. 할 수만 있다면 저 사람을 병원으로 옮겼으면 해요. 어쨌든 제 입장도 좀 생각해 주세요, 저는 하숙이 첫째예요, 저의 생명이니까요.」

으제느는 서둘러 고리오 영감 방으로 돌아왔다.

「비앙숑, 시계 잡힌 돈은?」

「테이블 위에 있어. 삼백육십 프랑 남았어. 잡힌 돈으로 우리들의 꾼돈을 전부 갚았어. 전당표는 돈 아래 있어.」

「아주머니!」하고 라스티냑은 무서운 혐오감을 품고 계단을 뛰어내려가며 말했다.「두 사람분의 계산을 해주시오. 고리오 영감은 그리 오래 이 집에 안 계실 것이고 나는 ……」

「그렇겠지요. 그 사람은 관 속에 들어가 이 집을 나가시겠지요. 가엾어라」하고 반쯤은 명랑하고, 반쯤은 을씨년스런 표정으로 이백 프랑을 세면서 그녀는 말했다.

「그만두세요.」하고 라스티냑은 말했다.

「실비, 시트를 드려라. 그리고 올라가서 도와 드려.」

「실비의 팁도 잊지 마세요.」보케르 부인은 으제느의 귀에 속삭였다.「벌써 이틀째 밤을 세웠어요.」

으제느가 등을 돌리자 곧 그녀는 실비가 있는 곳으로 다가갔다.「일곱 번을 뒤집어 재생한 시트면 훌륭해. 죽은 사람에겐 그것도 과분하니까.」하고 그녀는 실비의 귀에 대고 말했다.

으제느는 이미 계단을 몇 단 오르고 있었기 때문에 늙은 여주인의 말소리를 듣지 못했다.

「자아, 시트를 바꿔 주자.」하고 비앙숑이 그에게 말했다.「곧바로 부축해

4. 노인의 죽음

주게.」

으제느는 침대 머리맡에 자리잡고, 빈사 상태에 있는 환자를 부축하고 비앙숑이 그 셔츠를 벗기었다. 그랬더니 노인은 무엇인가를 가슴 위에 놓고 누르는 것 같은 동작을 보이고, 대단한 고통을 호소하려는 듯 비명과 같은 신음소리를 냈다.

「이봐」하고 비앙숑이 말했다. 「영감은 아까 우리가 뜸을 뜨느라고 끊은 머리카락으로 짠 끈과 조그만 로켓을 달라는 거야. 불쌍도 하지! 돌려줘야겠다. 난로 위에 놓여 있어.」

으제느가 가서 보니까, 그것은 정녕 고리오 부인의 머리카락일 것이리라 생각되는 잿빛으로 퇴색한 머리카락으로 짠 끈이었다. 로켓의 한쪽을 보니, 『아나스타지』라고 씌어 있었고, 반대쪽에는 『델핀느』라고 씌어 있었다. 언제나 가슴에 간직하고 있던 노인의 마음 그대로의 참모습이었다. 안에 들어있는 꼬불꼬불한 머리카락은 매우 가는 것으로 미루어 보아, 두 딸이 아주 어렸을 때 끊어 둔 것임에 틀림없었다. 로켓이 가슴에 닿자, 노인은 보기에도 섬뜩할 정도로 만족을 표시하는 긴 한숨을 지었다. 우리들의 공감 감각이 거기서 발하고, 또 그곳으로 향하는 이지의 중추에로 밀려가는 듯한 그의 감수성의 최후의 반향이었다. 이지러진 그의 얼굴은 병적인 기쁨의 표정을 띠기 시작했다. 두 학생은 사고가 정지한 뒤에도 계속해서 살아 움직이는 감정의 힘이 그렇게도 무서운 데에 감동하여 각각 빈사 상태의 환자에게 뜨거운 눈물을 떨어뜨렸다. 노인은 날카로운 기쁨의 절규를 외쳤다.

「나지! 델핀느!」하고 그는 말했다.

「아직도 살아 있었구나.」하고 비앙숑이 말했다.

「살아 있으면 무슨 소용이 있어?」하고 실비가 말했다.

「고통만 겪을 뿐이지.」라스티냐은 말했다

자기가 하는 대로 하라고 친구에게 말하고, 비앙숑은 무릎을 꿇고 환자의 오금 아래에 팔을 넣었고, 그 동안에 라스티냐도 침대 맞은쪽에서 같은 동작으로 노인의 등 아래에 두 손을 넣었다. 실비가 옆에 서서 환자가 들린 순간에 재빨리 시트를 벗겨서 그녀가 가지고 온 깨끗한 시트로 갈아 깔려고 했던 것이다. 눈물로 해서 착각을 했는지, 고리오 영감은 마지막 남은 힘을 짜내서 두 손을 벌리고 침대 양쪽에서 두 학생의 머리를 보자, 그 머리를 난폭하게 움켜쥐었다. 그리고 겨우 들리는 목소리로「아아! 내 천사들!」하고 말했다.

그 두 마디의 언어, 두 마디의 중얼거림 속에는 마지막으로 저승으로 날아가는 영혼의 울림이 깃들어 있었다.

「불쌍한 사람이야!」하고 그 외침에 처량한 기분이 되어 실비가 말했다. 그 외침 속에는 어쩌면, 가장 무섭고도 무의식적인 거짓이 최후로 고조케 한 지고의 사랑이 묘사되어 나타난 것인지도 모른다.

이 부친의 최후의 탄식은 기쁨의 탄식이었음에 틀림없다. 이 탄식에 그의 일생이 표현되었다. 그는 아직도 계속 속임을 당하고 있었던 것이다. 고리오 영감은 정중하게 침대로 내려졌다. 이때를 경계로 그의 표정은 생과 사가 교차하는 싸움의 끔찍한 흔적을 새겼다. 인간 존재에 있어서 희노애락 감정의 근원이 되는, 그 두뇌의 자각이라고 할 수 있는 것이 없어져 버리고 만 육체 속에서 치열하게 전개되는 싸움. 죽음은 이제 시간 문제에 불과했다.

「앞으로 몇 시간 이런 상태가 계속되고, 아무도 모르게 죽을 것이다. 최후의 헐떡임도 없을 것이다. 뇌가 틀림없이 완전히 터져 버렸단 말야.」

이때 계단에서 숨차게 올라오는 젊은 여자의 발소리가 들려왔다.

「그녀는 너무 늦었어.」하고 라스티냑이 말했다.

그러나 그것은 델핀느가 아니고, 그녀의 하녀 테레즈였다.

「으제느 씨」하고 그녀는 말했다.「주인나리와 아씨 사이에 굉장한 법석이 일어났어요. 가엾은 아씨께서 아버님을 위해서 돈을 요구했기 때문이에요. 아씨께선 기절하시고 의사선생님이 오셨습니다. 정맥에서 피를 뽑아내야 한다는 거예요. 아씨는 울부짖으시면서 아버님이 죽어 가고 있다, 아버님을 뵙고 싶다고 말씀하시고 계셨어요. 아무튼 가슴이 터질 것 같은 절규였습니다.」

「이젠 끝났어, 테레즈. 그녀가 오더라도 이젠 아무 소용 없어. 고리오 영감은 이미 의식을 잃었단 말야.」

「어머나, 저를 어째! 그렇게 위독하셨던가요?」하고 테레즈가 말했다.

「그럼 나에겐 용무가 없지요? 저녁 식사를 준비하러 가야지. 네 시 반이니까요」하고 내려가던 실비는 계단에서 자칫했으면 레스토 부인과 충돌할 뻔했다.

4. 노인의 죽음

　백작 부인의 출현은 심각하고 무서운 것이었다. 그녀는 단 한 자루의 촛불이 어슴푸레 비추고 있는 주검이 놓인 침상을 보다가 아직 생명의 최후의 흔적이 꿈틀거리고 있는 부친의 얼굴을 보자 뚝뚝 눈물을 떨어뜨렸다. 비앙숑이 자리를 떴다.

　「겨우 도망해 왔는데도 늦었군요.」하고 백작 부인은 라스티냑에게 말했다.
　학생은 비탄에 잠긴 표정으로 그 말을 긍정하여 끄덕였다. 레스토 부인은 부친의 손을 잡고 거기에 입맞추었다.

　「용서하세요 아버님! 아버님께서, 제 목소리를 들으시면, 무덤 속에서라도 나오실 것이라고 말씀하시지 않았어요? 잠깐이라도 좋으니 말씀대로 돌아오셔서 회개하고 있는 딸에게 축복을 내려 주세요. 이 딸의 목소리가 들리시나요? 이보다 비참한 일이 어디에 또 있겠어요? 아버님의 축복만이 지금의 저에겐, 이 세상에서 받을 수 있는 단 하나의 축복이에요. 모두가 저를 증오하고 있어요. 사랑해 주시는 분은 아버님뿐이에요. 자식들도 틀림없이 저를 증오하게 될 거예요. 저도 같이 데려가 주세요! 아버님을 사랑해 드리고, 받들어 드리겠어요. 벌써 안 들리십니까? 아버님! 아버님!」그녀는 돌연 무릎을 꿇고 착란된 표정으로 부친의 시체를 들여다보았다. 「제 불행은 여기서 더할 수가 없어요!」하고 으제느를 보면서, 그녀는 말했다. 「트라이유는 가버렸어요, 파리에 막대한 빚을 남겨둔 채. 그리고 나를 속이고 있었다는 걸 알았어요. 주인은 끝내 저를 용서해 주지 않았어요. 그리고 저는 주인을 제 재산의 지배자로 해버리고 말았어요. 저는 모든 희망을 잃어버리고만 거예요. 아아! 그런 인간 같지 않은 사람 때문에, 저를 그처럼 열성껏 사랑해 주셨던 (그녀는 부친을 가리켰다) 단 한 분을 어째서 배반했는지 몰라! 아버님의 마음을 오해하고 반발했고, 아버님에게 모든 가혹한 짓을 해왔어요. 인정머리없는 저였어요.」

　「아버님께선 그것을 알고 계셨어요.」하고 라스티냑이 말했다.
　이때 고리오 영감은 눈을 떴지만, 그것은 경련의 탓이었다. 혹시나 하는 기대를 노골적으로 드러낸 백작 부인의 동작은 죽어가는 노인의 눈에 못지 않게 보기에도 끔찍스러운 것이었다.

　「내 말이 들렸을까요?」하고 백작 부인은 소리치더니「아니야!」하고 중얼거리면서 아버지 곁에 앉았다.

레스토 부인이 부친을 간병하겠다는 희망을 표명했기 때문에, 으제느는 아래층으로 내려가 아무것이라도 먹기로 했다. 하숙인들은 벌써 모두 모여 있었다.

「어떻게 됐어!」하고 그림장이가 그에게 말했다.「영감님은 아무래도 천당행을 할 것이라고 하던데?」

「샤를르」하고 으제느는 그에게 말했다.「농담을 하고 싶으면, 자네는 좀더 어둡지 않은 화제를 골라야 한다고 생각하는데.」

「그럼 이 하숙에선, 이젠 웃어서는 안 된단 말인가?」하고 그림장이가 계속했다.「비앙숑의 말로는 영감은 이미 의식이 없다던데, 그런 말좀 하면 어떤가?」

「그렇지!」하고 박물관원이 맞장구를 쳤다.「살아 있을 때와 같은 상태로 죽는다는 말이지.」

「아버님께서 돌아가셨어요!」하고 백작부인이 소리질렀다.

그 처절한 소리를 듣고 실비와 라스티냐과 비앙숑이 뛰어 올라가니 레스토 부인은 기절해 있었다. 의식을 회복시키고 그들은 대기시켰던 마차로 그녀를 옮겼다. 으제느는 테레즈에게 부인의 시중을 부탁하고, 그녀를 누싱겐 부인집으로 데리고 가도록 당부했다.

「확실히 돌아가셨군.」하고 비앙숑이 내려와서 말했다.

「자아, 여러분. 식사를 하세요.」보케르 부인이 말했다.「수프가 식어 버립니다요.」

두 학생은 나란히 자리에 앉았다.

「이젠, 어떡하면 되는 거지?」하고 으제느가 비앙숑에게 물었다.

「내가 눈은 감겨 주었고, 몸 자세도 바로해 드리고 왔어. 사망신고를 하고 구청의사에게 확인을 받으면, 수의를 입히고 매장하는 거다. 그외에 뭐 딴 일이 있나?」

「이제는 빵을 이런 식으로 맡아 볼 수도 없게 되었군그래.」하고 하숙인의 한 사람이 양미간을 찌푸린 영감의 얼굴 표정을 흉내내면서 말했다.

「그만해 두지그래. 이 사람들아.」하고 복습교사가 말했다.「고리오 영감을 들먹이지 말아. 영감을 저녁 반찬으로 할 작정들인가? 하여간 한 시간 전부터 소스는 다르지만, 하는 소리가 모두 영감 말뿐이란 말야. 파리라는 도시의

4. 노인의 죽음

장점의 하나는 누가 출생하든 살든 죽든 아무도 일일이 관심갖지 않는다는 것이야. 그러니 운명의 은혜를 우리도 활용하도록 하잔 말이야. 오늘 하루 동안에도 육십 명의 사람이 죽었을 텐데, 이걸 파리의 대살인으로 여기고 눈물을 흘리란 말인가? 고리오 영감이 돌아가셨다는 건 그분에겐 도리어 행복한 거야! 영감을 추모할 사람은 가서 밤샘을 할 것이고, 나와 같은 사람에겐 조용하게 식사를 하도록 해달란 말야.」

「정말 옳은 말이에요.」 하고 미망인이 말했다. 「그 사람에겐 죽은 것이 행복해요! 불쌍도 하시지, 살아 있는 동안엔 지긋지긋하게 고통만 받고 사셨으니 말이에요.」

그것이 으제느에겐 부성의 권화처럼 보였던 인간에 대한 유일한 추도 연설이었다. 열다섯 사람의 하숙인들은 또 전과 같이 잡담을 시작했다. 으제느와 비앙숑이 식사를 끝내고 나자, 포크와 수프의 소리라든가 회화에 섞이는 웃음소리와, 먹기에 여념이 없었던 냉랭한 여러 사람의 여러 가지 표정들, 모든 것들이 두 사람에게 섬뜩할 정도의 혐오감을 불러일으켰다. 그들은 밖에 나가서 밤샘을 하면서 고인의 옆에서 기도를 해줄 사제를 찾으러 갔다. 영감에 대해 보이는 최후의 그런 경의도 둘이 감당할 수 있는 돈에 맞추어서 제한하지 않을 수 없었다. 밤 아홉 시경 텅 빈 방안에 켜놓은 두 자루의 초 사이에 유해는 놓여졌다. 가죽띠를 열십자로 친 시렁 위에 안치되었고 사제가 와서 그 옆에 앉았다. 자리에 들기 전에 라스티냑은 그 성직자에게 장례비에 대해서 자세하게 묻고, 누싱겐 남작과 레스토 백작에게 장례 비용 일체를 처리하기 위한 집사를 보내 주었으면 하고 부탁하는 편지를 썼다. 그는 크리스토프를 시켜서 편지를 보내고 나서 자리에 들어 피곤한 잠 속으로 떨어져 버렸다. 이튿날 아침 비앙숑과 라스티냑은 자기들이 몸소 사망신고를 내러 가야만 했고, 그 확인은 점심때쯤 행하여졌다. 그리고 두 시간이 지나도 어느 쪽 사위들도 돈을 보내 오지 아니했고 그들을 대신하는 사람도 전혀 나타나지 않았다. 그렇지만 라스티냑은 사제에게 돈을 지불하지 않으면 안 되었다. 실비가 영감의 시체를 싸서 수의를 입히는 데 십 프랑을 요구했기 때문에, 으제느와 비앙숑은 계산을 해보고 나서, 고인의 측근자가 아무도 관계하지 않으려 한다면, 매장 비용을 지불하는 것조차 될까말까하는 돈밖에 없다는 것을 깨달았다. 그래서 의학생은 병원에서 아주 싼값으로 입수한 빈민용의 관에다가, 시신을 모시는 일을 자진해서 맡고 나왔다.
「그 인정사정 모르는 인간들에게 짓궂은 짓을 해주어야겠어.」하고 그는 으제느에게 말했다.「페르 라셰즈 묘지에 가서 한 구획을 오 년 계약으로 사고 교회와 장의사에 삼 등 장사를 신청하고 오게. 사위나 딸들이 자네에게 변제하는 것을 거절하면, 묘비에 이렇게 새기는 거야.『여기에 레스토 백작 부인과 누싱겐 남작 부인의 부친인 고리오 씨 잠들다. 단 매장비는 두 학생에 의해서 마련되었다.』라고 말야.」

으제느는 누싱겐 부처 집과 레스토 부처 집에 보람없는 방문을 한 뒤에 비로소 친구의 그 의견에 따랐다. 그는 문에서 안으로 들어갈 수조차 없었던 것이다. 두 집의 문지기들이 면회사절의 엄명을 받고 있었다.

「주인 마님도 마나님도」하고 그들은 말했다.「일체 면회를 거절하고 계십니다. 아버님께서 돌아가셔서, 깊은 슬픔에 잠겨 계시기 때문에.」

으제느는 파리 사교계의 경험을 충분히 쌓고 있었기 때문에 그 이상 찐 득거려도 소용없다는 것을 알았다. 델핀느를 만나는 것조차 불가능하다는 것을 알았을 때, 그의 가슴은 이상스럽게 죄어 오는 듯했다.

『장신구라도 파십시오.』하고 그는 문지기가 보는 앞에서 그녀 앞으로 편지를 썼다.『그래서 아버님이, 남보기에 흉하지 않게 마지막 유택으로 가실 수 있도록 해드리십시오.』

그는 그 전언을 봉인해서 남작집 문지기에게 부인 앞으로라고 이르면서 테레즈에게 주라고 부탁했다. 그러나 문지기는 그것을 누싱겐 남작에게 건넸기 때문에, 남작은 그걸 불 속에 넣어 버리고 말았다. 수배를 모두 끝내고 으제느는 세 시경 집으로 돌아왔지만, 그 집 통용문 앞에서 한 장의 검은 보자기로 약간 덮였을 뿐인 인기척없는 길가에 놓인 두 개의 의자 위에 관이 놓여 있는 것을 보고 저도 모르게 눈물이 흐르는 것을 억제할 수 없었다. 아직 아무도 손을 대지 않은 초라한 성수기가 성수를 가득히 채운 은도금의 구리 접시에 담겨져 있었다. 문에는 검은 포장도 쳐 있지 않았다. 그것은 화려한 장식도 문상객도, 친구도 측근자도 없는 빈민의 장사였다. 병원에 가지 않을 수 없었던 비앙송이 라스티냑에게 써놓은 종이쪽지가 성당과 교섭한 결과를 보고하고 있었다. 인턴 학생의 편지는 미사는 엄청나게 비싸서 그보다 싼 장례 기도만으로 만족하지 않을 수 없다는 것과, 크리스토프에게 편지를 써주어 장의사에 보냈다는 사연이었다. 으제느는 비앙송의 갈겨쓴 편지를, 다 읽어가는 참이었는데, 우연히 두 딸의 머리카락을 넣은 금고리가 붙은 로켓이 보케르 부인의 손에 쥐어져 있는 것이 보였다.
「어째서 그걸 끌렀습니까?」하고 그는 그녀에게 다가가서 말했다.
「아아니, 그럼! 이것도 묻어요?」하고 실비가 대답했다. 「금이에요, 이건.」
「물론이지! 묻어야 해!」하고 으제느는 화가 나서 말했다. 「그나마 딸들을 추억케 하는 단 하나의 물건쯤 가지고 가야 나쁘지 않을 거 아냐?」
장의 마차가 오자 으제느는 관을 다시 집안으로 옮겨 그 뚜껑을 열고 델핀느와 아나스타지가 젊고 생생하고, 그리고 노인이 단말마의 절규 속에서 말한 바와 같이『아직 말썽을 부리지 않던』무렵과 연결되는 기념의 물건을 경건한 태도로 영감의 가슴 위에 놓아 주었다. 라스티냑과 크리스토프 두 사람만이 장례 인부 두 사람과 함께 뒤따랐고 장의 마차는 불행한 노인을 뇌브 생트 즈느비에브 거리에서 얼마 멀지 않은 생 테티엔느 뒤 몽 성당으로 끌고 갔다. 성당에 도착하니까 유해는 천장이 낮고 어두컴컴한 조그마한 예배당으로 옮겨졌는데, 학생이 아무리 둘러보아도 거기에는 고리오 영감의 두 딸도, 그 남편들도 보이지 않았다. 그와 같이 있는 사람은, 때때로 수지 맞는 팁을 벌게 해주곤 했던 고인에 대해서 최후의 경의를 표하지 않을 수 없다고 생각하고 있는 크리스토프뿐이었다. 두 사람의 사제와 성가대의 소년과, 성당의 급사가 오는 것을 기다리는 동안, 라스티냑은 한 마디도 할 수가 없어서 크리스토프의 손을 쥐었다.
「네, 으제느 씨」하고 크리스토프가 말했다. 「큰소리로 야단을 치는 것 같은 일은 절대로 없었고, 누구에게도 폐를 끼치지 않았고, 한 번도 짓궂은 짓을 한 적이 없는 성실하고 좋은 분이었습니다.」
두 사람의 사제와 성가대의 소년과 성당의 급사가 와서, 무료로 기도를 올려 줄 정도로 종교가 아직 부유하지 못했던 그 당시에 칠십 프랑에 해당되는 모든 일을 해주었다. 성직자들은 리베라(《주여 저를 풀어주시옵소서》로 시작되는, 죽은 사람을 위한 기도)와 드프로핑 디스(《깊은 못에서》로 시작되는 성서 중의 찬미가)를 불렀다. 의식은 이십 분 동안 계속됐다. 사제와 성가대의 소년을 위한 장의 마차는 한 대밖에 없었기 때문에 사제들은 으제느와 크리스토프가 편승하는 데 동의했다.

「뒤따를 사람들이 없으니」 하고 사제는 말했다. 「빨리 마차를 몰 수가 있군요. 벌써 다섯 시 반이니, 늦지 않도록 해야 할 텐데요.」

그래도 시체가 장의 마차에 옮겨졌을 때 가문(家紋)이 새겨진 두 대의 마차, 그러나 차부 외에는 탄 사람이 없는 레스토 백작과 누싱겐 남작의 마차가 나타나더니 페르 라셰즈 묘지까지 장의 행렬을 뒤따랐다. 여섯 시에 고리오 영감의 유해가 무덤의 구덩이에 내려지고, 그 주위에서 두 딸의 사용인들이 지켜보고 있었지만, 그들은 학생의 돈으로 영감에게 올리는 짧은 기도가 끝나자마자 사제들과 함께 모습을 감추고 말았다. 무덤을 판 두 사람의 인부가 관이 덮이도록 여러 번 삽으로 흙을 얹더니 상체를 일으키고, 그 중 한 사람이 라스티냐에게 말을 걸어 술값을 요구했다. 으제느는 포켓을 뒤졌지만 한푼도 없었기 때문에 크리스토프로부터 이십 수우 빌리지 않으면 안 되었다. 이 사실은 그 자체로서는 대수롭지 않은 것이기는 하지만 라스티냐의 마음에는 무서운 우울증의 발작을 일으켰다. 해가 넘어간 데다 축축한 황혼이 덮여 그의 신경은 초조했다. 그는 무덤을 들여다보고 거기에 청년으로서의 최후의 눈물을 묻었다. 그것은 신성한 감동이 순수한 마음에서 사정없이 흘리게 하는 눈물, 뚝뚝 떨어진 지면에서 또다시 솟아올라 하늘까지라도 올라갈 듯한 눈물이었다. 그는 팔짱을 끼고 구름을 한참 동안 바라보고 있었고, 그런 모습을 보고 크리스토프는 돌아가 버렸다.

혼자 남은 라스티냐은 천천히 걸어서 묘지 근처 높은 곳으로 올라가, 세느강의 양기슭을 따라 굽이굽이 가로 누워 있는 파리를 내려다보았다. 등불이 반짝이기 시작하고 있다. 그의 눈은 마치 물어뜯을 듯이, 방돔므 광장의 원주와 앵발리드 호텔의 둥근 천장 사이 근처, 그가 들어가 보려고 했던 그 상류 사교계가 서식하고 있는 지역을 쏘아보고 있다. 그는 꿀벌의 둥지처럼 윙윙거리는 소리를 내고 있는 그 세계에서 미리 그 벌꿀을 빨아먹으려는 듯한 시선을 던지면서 다음과 같은 말을 큰소리로 내뱉었다.

「자아, 이번엔 너와 나의 대결이다!」

그리고 『사회』에 대한 최초의 도전적 행위로서, 라스티냐은 누싱겐 부인과 더불어 만찬을 들기 위해서 떠났다.

1834년 9월 사세에서

◆ **감상과 해설**

《발자크의 생애와 작품》

—— 편집부

시민혁명　　1789년의 바스티유 공격은 그뒤 제1공화제, 나폴레옹 제정, 왕정복고, 칠월왕정, 제2공화제 등 눈부시게 변천하는 정치 형태를 통해 프랑스의 부유한 시민계급이 마침내 완전한 정치 권력을 장악하기에 이른 오십 년간에 걸친 시민혁명의 발단을 말해 주는 사건이었다.

　발자크의 생애는 거의 이 시기와 일치한다. 변천하는 시대의 각인을 기록한 발자크의 개성은 부르주아 지배가 얼마나 깊숙이 사회의 모든 면에 침투하여 토지 소유 형태나 토지 수탈 방법, 그리고 판매 방식과 문학 작품의 경향까지도 변화시키고, 사회의 각층에 새로운 대립을 불러일으켜 인간 그 자체가 얼마나 달라져 갔는가를 구체적으로 묘사하는 데 그치지 않고, 그 유례 없는 상상력을 통해 자기 속에 보다 명확하고 보다 집약적으로 자기가 살고 있는 시대를 반영했다. 때로는 그 에너지를 찬양하고 무녀져 가는 가치 체계에 대한 만가를 노래했다. 그리고 때로는 그 향방에 불길한 예언을 던지는 시대의 심판자로서 거대한 모습을 드러내고 있다.

　발자크는 1799년 5월 20일 투르에서 태어났다. 보나파르트 장군이 쿠데타에 의해 훗날의 강대한 권력을 잡기 위해 첫걸음을 내딛기 몇 달 전이다.『그가 칼로써 이루지 못한 것을 나는 펜으로 해내겠다.』라는 말을 좌우명으로 삼고, 나중에 신봉하기에 이르는 정통 왕당파적인 정치 의견에도 불구하고 발자크가 나폴레옹의 힘과 그 시대에 넘쳤던 젊음을 찬양했다는 것을 생각하면 이 우연의 일치도 어딘가 숙명적인 데가 있는 것처럼 생각된다.

　그가 태어날 당시 제22사단의 군량부장으로 있던 아버지 베르나르 프랑소아는 본래 바르사라는 평민적인 이름을 가진 파르느 현의 농민의 아들로서 그 아들 발자크의 소설에서 자주 볼 수 있듯이 사회의 밑바닥에서부터 자력으로 중류 계급까지 오른 인물이었다.

오노레가 태어났을 때 이미 쉰두 살이었던 이 아버지와, 실로 삼십 년 이상이나 나이차가 있는 어머니 앤느 샤를로트 롤은 대대로 의류품 판매를 업으로 하는 파리의 상인 가문 출신으로서 18세기의 합리주의를 신봉했는데, 사물에 구애받지 않는 낙천적인 아버지와는 대조적으로, 신경이 섬세한 만큼 잔소리도 곧잘 했고 생 마르탱(《골짜기의 백합》참조)이나 스웨덴보르그 등을 애독하는 몽상적인 기질의 소유자였다. 이 두 성격을 적절하게 이어받은 것이 발자크를 작가로 만든 하나의 요인일 뿐만 아니라, 그의 작품에 다양성을 부여한 것은 부정할 수 없는 사실일 것이다.

동시에 주목할 만한 것은 당시의 작가 대부분이 귀족이나 또는 사회적으로 높은 지위를 차지한 자의 자제들이었음에 비해, 발자크의 양친이 모두 평민 출신이었다는 사실이다. 부르주아에 대한 그의 은밀한 공감과 모멸, 귀족 계급에 대한 야유와 반감이 뒤섞인 동경은 모두 이 사실에서 유래하는 것이며, 이러한 감정적인 요인이 있었기 때문에 그의 부르주아 비판도 귀족 비판도 모두 박진감에 넘쳐 있었던 것이다.

유년시대 태어나자 곧 그는 수양아들로 보내어졌다. 한 달 남짓만에 큰아들을 잃은 어머니가 육아에 자신을 잃고 있었기 때문이다.《골짜기의 백합》을 근거로 해볼 때 이러한 어머니의 소행은 그의 마음에 깊은 상처를 남긴 것 같다. 그가 평생 어머니에 대해서 지녔던 일종의 반감은 이 어렸을 때의 경험이 그 발단이었다고도 생각된다. 어떻든 두고두고 스무 살 이상이나 나이차이가 나는 베르니 부인과 사랑을 하고, 다른 애인이 생긴 뒤에도 이를테면 어머니와 아들 같은 교제를 계속했다는 사실을 생각한다면 발자크에게는 충족되지 않는 모성애에의 동경이 항상 따라다니고 있었던 것처럼 생각된다.

다섯 살이 되자 그는 투르의 르 게 사립학교에 통학생으로 다니게 되었고, 여덟 살 때 오라토리오 교단이 경영하는 반돔의 기숙학교에 입학했다. 이 학교에서 소년 발자크는, 아마도 《루이 랑베르》에서 보여 주고 있는 것처럼, 이 소설의 이야기꾼과 주인공 루이 랑베르를 하나로 만들어 놓은 학생 즉, 수업에는 별로 흥미를 보이지 않고, 다른 학생으로부터 고립되어 오로지

독서와 명상에 잠기는 조숙한 학생이었던 것 같다. 누이동생 로르에 의하면 그는 이곳에 재학하고 있을 때《루이 랑베르》에 기술된 것처럼 그의 철학의 기초를 이루는 《의지론(意志論)》을 썼다고 하는데, 그 진위는 분명하지 않다.

기숙학교에 들어간 지 육 년째 되는 해에, 발자크는 지나친 독서 탓인지 일종의 혼수 상태에 빠지게 되어 집으로 돌아와서 일 년쯤 가족과 생활을 함께 한다. 다음해인 1814년 가을에는 아버지의 일 관계로 일가는 파리로 옮기고 발자크는 르피트르 사립학교에 편입된다. 이미 나폴레옹은 엘바 섬으로 유배되고 훗날 발자크가 『그것은 춥고 초라하고 시(詩)가 없는 시대였다.』라고 평한 왕정복고기(王政復古期)가 시작되고 있었다.

다음해인 1815년 3월, 황제는 엘바 섬으로 탈출하여 파리로 귀환, 젊은이와 학생들을 흥분의 소용돌이에 말려 들게 한다. 르피트르 학관의 학생들도 예외는 아니었던 것 같다. 학과장 르피트르 씨는 《골짜기의 백합》에 그려진 것처럼 참된 왕당파라기보다는 일종의 기회주의자(탕플 감옥에서 왕비 마리 앙트와네트를 구출하는 음모에 가담한 것도 돈에 현혹되어서였다고 한다)로서 백일천하가 끝나자 그동안의 자기 행위를 왕가에 충실했던 행위라고 정당화시키며, 악질 학생을 처분했다고 말하고 있는데, 이러한 움직임과 관계가 있는지 발자크는 구월에 간제 학관으로 이적하고 있다.

법률 견습 1816년 중등교육을 마친 발자크는 파리대학 법학부에 적을 두고 문학부의 강의도 청강하는 한편 대소인(代訴人) 기요네 메르빌의 사무소, 이어서 1818년에는 공증인 파세 밑에서 법률의 실지 견습을 했다. 이 경험은 그의 사회사상 형성에 결정적인 의미를 가지는 것이었다. 후년에 그는 《샤베르 대령》에 기요네 메르빌과 비슷한 대소인 데르빌을 등장시켜 그로 하여금 『오늘의 사회에는 존경할 수 없는 세 가지 종류의 인간이 있다. 사제와 의사와 법률가가 그것이다. 그들은 모두 똑같이 검은 옷을 입고 있는데 아마도 온갖 미덕과 환상의 상(喪)을 입고 있는 것이리라.』라고 술회케 하고 있는데, 그는 견습을 계속하는 동안 법률사무소에서 모든 허식을 집어던지고 돈과 쾌락을 추구하는 욕망이 활보하고 있는 모습을 수없이 목도한 것이다.

그리고 더욱 중요한 것은, 루소가 그의 《인간불평등 기원론》에서 해명한 것처럼 『법이란 절대로 정의를 지키기 위한 것』이 아니라,《고리오 영감》에서 루소의 제자라고 자칭하는 보트랭이 말하고 있는 것처럼 『부자들이 안심하고 잠을 잘 수 있도록 가난한 사람을 징역범으로서 감옥을 보내기 위해 세상의 지배자들이 멋대로 만들어낸 것이 법이다.』라는 사실을 간파한 것이다.

작가의 길로 들어서다   그가 법학부에 적을 두고 법률 견습을 한 것은 단지 양친의 희망에 따랐을 뿐인 것 같다. 1819년, 스무 살이 된 발자크는 갑자기 부모에게 작가가 되겠다고 선언한다. 양친은 강하게 반대하면서도 아들의 간절한 소망에 겨서 그 사이 재능을 증명하는 작품을 쓴다는 조건으로 작가 수업을 위해 그에게 이 년간의 유예를 준다.

이리하여 발자크는 레스디기에르 가의 다락방에 틀어박혀 밤낮으로 습작에 정진하게 된다. 큰 희망과 불안에 떨면서 대작가가 되기를 꿈꾸고 있던 그 시기에 《파치노 카네》와 《생가죽》을 내놓는다.

잠시 망설인 뒤 그는 재능을 증명하는 작품으로 크롬웰을 주인공으로 한 운문 비극을 쓰기로 결정한다. 그러나 십 개월을 소요해서 써낸 《크롬웰》에 대한 일가와 주위의 반응은 냉랭했다. 발자크는 이러한 반응을 무시하고 희곡에서 소설로 전향한다.

당시에 씌어진 《팔취르니》《스테니》 등 미완의 작품을 읽으면 문장과 구성은 모두 유치하지만 초인간적인 능력에 대한 동경, 법체계에 돌려진 의문, 인간 특히 여성과 사회제도의 비극적인 관계 등 훗날의 발자크적 테마에 진지하게 접근하고 있음을 알 수가 있다. 그러나 이러한 문제를 작품으로 재구성하기에는 아직 문제에 대한 인식도, 그것을 표현할 만한 충분한 필력도 갖추지 못하고 있었다.

1821년이 되자 그의 창작 태도는 일변하여 암흑 소설 《바라그 가의 대를 이을 딸》을 발표한다. 이것을 계기로 자신의 문제보다는 사회적 유행만을 소설 테마로 정한다. 훗날 발자크 자신이 『문학적 잡동사니』라고 칭하게 되는 이 종류의 작품을 그는 1822년부터 이십사 년에 걸쳐서 그 밖에도 여섯 편을 발표했는데 따로 떼어서는 도저히 읽을 수 없는 이 작품들도 검토하면 몇 가지 기법상의 문제에서 훗날의 발자크를 형성하는 데 있어서 적잖이 힘이 되었음을 알 수 있다.

그리고 또 아무리 발자크가 자기의 문제를 소설에 담는 것을 단념했다고는 하지만 이러한 작품에서도 가끔 그의 마음을 차지하고 있는 문제가 얼굴을 내민다. 그리고 일단 분리된 두 사람의 발자크가 표현기술을 획득함에 따라 서서히 접근해 가는 과정이야말로 그가 작가로서 성장해 가는 모습을 나타내는 것이다.

사랑과 작품　　한편 그러는 사이에 발자크의 생활에는 큰 사건이 일어나고 있었다. 그의 생애 뿐만 아니라 작품에도 가장 깊은 영향을 미친 베르니 부인과의 만남이다.

두 사람의 사랑이 시작되는 1822년에 이미 마흔다섯 살이었던 베르니 부인은 발자크 일가가 새로 거처를 정한 파리 근교의 빌파리지에 사는 사법관의 아내였다.

부인은 발자크의 격렬한 정열에 응답했을 뿐만 아니라 이 부르주아 출신 젊은이의 취미를 키워 주었고 때로는 그를 격려하고 때로는 그를 위로했으며 발자크의 사업에 금전적인 원조도 주었다. 또한 그녀의 반생은 《결혼의 생리학》에 수록된 숱한 삽화를 그에게 제공했고 《삼십 대의 여인》이나 《골짜기의 백합》에 묘사되는, 결혼 생활에서 불행밖에 발견하지 못한 여성에 대해 뚜렷한 이미지를 부여해 준 것이었다.

이러한 실생활의 경험에 눈을 뜬 것인지, 베르니 부인의 충고가 열매를 맺은 것인지, 아니면 자기가 하고 있는 일의 무의미함을 깨달은 것인지 1825년이 되자 문학에 대한 발자크의 태도에 지금까지와는 다른 것이 나타나게 된다. 이 해에 그는 《정직자 필휴(正直者必携)》라는 기묘한 책을 냈고 또 1829년에 간행되는 《결혼의 생리학》의 집필도 시작하고 있다. 양자 모두 조그만 삽화나 단편적인 고찰을 당시 유행하던 가벼운 읽을거리로 엮은 것인데 발자크는 약간의 익살을 섞으면서도 자기가 생각하고 있는 바를 문자에 정착시키려고 시도하고 있다.

《정직자 필휴》는 『사기꾼에 속지 않는 방법』이라는 부제가 말해 주듯이 합법성의 탈을 쓰고 백주에 얼마나 많은 절도가 행해지고 있는가 하는, 나중에 그가 사회의 계교를 추구하는 소설에서 테마로 하는 문제가 충분히 전개되지 못한 채 제시되고 있다. 《결혼의 생리학》역시 마찬가지이다. 여기에서 삽화나 몇 행의 고찰로써 이야기되는 여성과 교육, 여성과 결혼, 여성과 연애 등의 문제는 《사생활 정경(私生活情景)》에 수록되는 작품으로서 그것들이 하나 하나의 소설의 테마로 활용된다.

또한, 이 해에 그는 익명으로 《방 크롤》이라는 제목의 소설을 발표하는데 초기 소설 중에서 가장 우수한 이 작품도 발자크가 기대했던 만큼의 반향은 얻지 못했다. 이것으로 인해 그는 한때 문학에서 멀어져 한동안 사업에 주력했다.

그러나 사업의 실패로 발자크는 다시 문학으로 돌아오게 된다. 그는 공화제 말기, 반혁명적인 농민폭동의 무대가 된 부르타뉴의 후젤에 정착, 숙소를 제공해 준 포무름 장군에게 당시의 상황을 묻고 부근의 지형을 탐사, 이 지방 특유의 풍습을 대충 머리에 넣고는 이윽고 《최후의 올빼미 당원》(나중에 《올빼미 당》으로 개제)을 집필하기 시작했다.

폭동을 지도하는 청년 귀족과 그를 유인하기 위해 중앙 정부로부터 파견된 아름다운 여인과의 뜨거운 사랑을 밑바닥에 깐 이 소설은 그 멜로드라마적 요소에도 불구하고 지금까지의 그의 소설과는 질적으로 다른 것이었다.

영주 지배하에서 인정되고 있던 봉건적 제권리를 박탈당하고 자유경제 속에 맨손으로 내팽개쳐져 불만을 쌓아 가는 농민들, 그들의 불만을 부채질하여 그 손에 총을 쥐어 주는 가톨릭 사제, 청렴결백하면서도 이 땅의 사정에 어두워서 일률적으로 징병을 부과해 농민의 불만에 기름을 붓는 공화국군의 사령관, 왕실에 대한 충성심으로 살아가는 고결한 청년 귀족과 그를 둘러싼 야심가들, 정치의 논리 그대로 인간을 도구로밖에는 보지 않는 중앙정부의 밀정, 이러한 인물들이 거석문화(巨石文化)의 유적을 간직하고 있는 이 땅에서 펼쳐나가는 이야기의 줄거리는 역사의 흐름에 대한 깊은 통찰까지를 내포하여 혁명시대의 한 페이지를 생생하게 되살려 주는 것이었다.

흔히 처녀작으로 간주되고 있는 이 작품을 그는 처음으로 오노레 발자크라는 본명으로 발표했다. 그러나 그의 작가로서의 평가를 결정한 것은 오히려 거기에 이어서 간행된, 전술한 '결혼의 생리학'이었다. 이 성공을 계기로 발자크는 둑이 무너진 듯한 다작·다산의 창작 활동에 들어간다.

풍속 소설과 철학 소설   1830년에는 이미 잡지에 발표한 작품에다 몇 편의 새로 쓴 작품을 첨가한 최초의 작품집《사생활 정경》이 간행된다. 여기에 수록된 중편과 단편은 그 작품집의 제목이 말해 주듯이 대개는 가정 깊숙이 감추어진 비극에 초점을 맞춘 풍속 소설적인 경향의 것이었다. 그러나 다음해인 31년에는 정신 활동과 생명 사이, 나아가서는 문명과 생명 사이에서 비극적인 대립을 보는 그의 철학의 근본 명제를 제시한《생가죽》이나 사변적 내지는 신비적 경향을 띤 작품을 모은《철학적 장단편집》이 간행된다.

그의 철학이란 생명의 제활동을 물질 작용으로 파악하고 정신 활동이나 초자연적인 현상도 빛이나 소리와 똑같은 차원에서 설명하려는 것이었다. 개개인에게 갖추어진 물질적 존재인 생명의 액(液)에 의해 인간의 욕망과 의지 등이 결정되고 그 액이 개인 속에서 넘쳐나는 경우에는 방사물이나 자기(磁氣)가 되어서 타인에게 작용한다. 이러한 전제에 선다면 텔레파시나 예감 등 어떤 불가사의한 현상도 설명이 가능해진다. 그는 이러한 철학의 기초를 1832년에 발표(1833년에 재판)한《루이 랑베르》에서 밝히려고 노력하지만 신비적 유물주의라고도 부를 수 있는 그의 이 철학은 인간이 발휘하는 이상한 능력에 항시 매혹되어 온 발자크가 당시의 풍조에 따라 이러한 인간 정신의 이상한 제현상에 과학적인 설명을 부여하려고 한 것이었다. 어떻든 자전적 경향이 강한《루이 랑베르》에서 자기 자신의 검토를 끝낸 발자크는 드디어 초기의 걸작을 잇따라 발표한다.

왕성한 창작 활동 1833년부터 수년에 걸쳐서 그가 보여 준 창작력은 그야말로 대단하다. 주요 작품만을 보더라도《시골 의사》《으제니 그랑데》《절대의 탐구》《고리오 영감》《골짜기의 백합》《늙은 아가씨》《골동실》《인간 희극》등의 걸작이 잇따라 그의 두뇌에서 쏟아져 나왔다(후기의《환멸》이나 《창녀 성쇠기》도 이미 그 일부는 이 시기에 씌어진 것이다).

또한 1833년 말에는 자기의 작품을 계통화하려는 의도를 명확히 하고 이후 《19세기 풍속 연구》《철학 연구》의 두 기둥을 세우고 작업을 추진,《인간 희극》의 초석을 구축함과 함께《고리오 영감》에서 처음으로《인간 희극》의 수법적 특징인 인물 재등장의 방법을 의식적으로 사용하기 시작한다.

인물 재등장의 방법이란 몇 개의 작품에 걸쳐 동일 인물을 등장시키는 방법이며 이렇게 해서 서로 관련지어진 여러 작품은 소설로서의 독립성을 유지하면서도 다른 작품과 결합하여 하나의 유기적인 전체를 만들어내게 된다. 이러한 작품의 상호 연관을 단순한 시간적·공간적인 확대를 더하는 데에 그치지 않고 철학적인 작품이 현실적인 경향의 작품과 결합될 때, 양자는 하나가 되어 돈이나 여자를 원하는 욕망에서 신을 찾아 비약하는 영혼까지의 모든 정신 영역을 표현하기에 이른다. 인물 재등장에 의한 시간적·공간적 확대를 종횡의 축으로 한다면 정신의 영역을 나타내는 연결은 안길이를 나타내는 제삼의 축이라고 부를 수 있을 것이다.

그런데 단테의《신곡(La Divine Comédie)》에서 유래된다고 하는《인간 희극(La Comédie Humaine)》이라는 제명이 처음 발자크에 의해 사용된 것은 1840년의 일이며 다음해인 41년에는 이 종합적인 제호하에 전집 간행의 계약이 체결되어 42년 4월에는 드디어 배본이 개시된다.

1845년에 작성된 그의 리스트에 의하면《인간 희극》은 법칙을 탐구하려고 하는『분석 연구』, 현실 배후에 있는 원리를 제시하려고 하는『철학 연구』, 원리의 발현을 그리려고 하는『풍속 연구』의 세 부문으로 세별되며 다시 『풍속 연구』는《사생활》《지방 생활》《파리 생활》《정치 생활》《군대 생활》《전원 생활》의 여러 정경으로 세별된다. 모두 135편(?)을 수록한 방대한 작품군이었다(현재 남아 있는 것은 90편).

그는 그『총서(總序)』에서 고대 문명이 남겨 주지 않은 풍속의 역사를 19세기 프랑스에 대해 정리하는 것이 목적이라고 말하고 있는데 이렇게 해서 혁명기부터 칠월왕정에 걸쳐 이천 명을 웃도는 사회 각층의 등장 인물이 갖가지 활약을 보이는 대작품군의 구상이 이루어진 것이다.

그러나 1842년부터 46년에 걸쳐서《인간 희극》전16권이 차례로 간행되는 한편 45년경부터는 그때까지 쌓였던 피로가 원인이 되어 튼튼했던 발자크의 육체도 차츰 불안한 징조를 보이기 시작한다.

《종매(從妹) 베트》《종형(從兄) 퐁스》의 2대 걸작이 쇠약해져 가는 육체와의 싸움을 통해 이 시기에 씌어졌음을 생각하면 이 두 작품은 그야말로 백조의 마지막 절규라고 부르기에 족한 것이라고 생각된다.

1848년, 전년에 이어 또다시 우크라이나를 방문한 발자크는 다음해 일년간을 기관지염과 고열에 시달리면서 한스카 부인과 함께 지냈다. 그리고 다음해인 1850년, 죽기 오 개월 전에 오랜 꿈이 이루어져 그녀와의 결혼을 성사시킨다. 그러나 그때의 발자크는 이미 죽을 때가 다가왔음을 예감하고 있었던 것이 아닐까? 그는 병을 무릅쓰고 부인을 동반, 자기를 키워 준 도시, 그 아름다움과 추악함을 한없이 사랑한 도시, 파리로 향한다.

오월에 포르쳐네 가의 새 집에 당도한 발자크는 나카르 박사의 치료의 보람도 없이 불과 삼 개월 뒤인 8월 18일에 숨을 거두었다.

유해는 8월 21일, 위고의 감동적인 추도연설을 받은 뒤 발자크 자신이 고리오 영감을 장사지낸, 파리를 내려다보는 페르 라세즈 묘지에 매장되었다. 향년 오십일 세, 가진 것 모두를 불태운 여한없는 일생이었다.

《골짜기의 백합》에 대하여

《골짜기의 백합(Le Lys dans la vallée)》은 발자크의 작품 가운데서도 《루이 랑베르》《생가죽》 등과 아울러 자전적 요소가 강한 작품이다. 모르소프 부인을 만날 때까지의 펠릭스의 소년 시대는 발자크 자신의 그것을 거의 그대로 본뜨고 있을 뿐만 아니라 부인과의 사랑, 부인에 대한 배신, 거기에서 생기는 회한 등도 개개의 사실과는 다를망정 발자크 자신의 체험을 반영한 것으로 여겨지고 있다. 그러나 흔히 인생에서 볼 수 있는 역설적인 현상으로 해서 그에게 《골짜기의 백합》을 쓰게 한 직접적인 동기가 된 것은 타인의 문학 작품, 그것도 그의 숙적인 비평가의 작품이었다.

생트 뵈브의 《애욕》이 발표된 것은 1834년 8월의 일이다. 유부녀에 대한 기약없는 사랑, 그녀에 대한 배신, 죽음에 이르는 여주인공, 거기에서 오는 회한의 나날 등, 그 차림판에 있어서 《골짜기의 백합》과 흡사한 이 작품은 발표 당초부터 발자크의 흥미를 강하게 끌어 그는 카스트리 부인에게 일독을 권하고 한스카 부인에게도 호의적인 독후감을 써보냈는데 동년 11월에 그의 신작 《절대의 탐구》에 대한 생트 뵈브의 부당하고 혹독한 비평이 발표되자 발자크는 친구 생드를 앞에 놓고 『이 원수는 꼭 갚고야 말겠어······《애욕》을 다시 써보이고 말 테니까.』 하고 말했다는 얘기가 전해지고 있다.

그가 그 얘기를 실행했다고 보여지는 작품에 대해 처음 언급한 것은 다음해인 35년 3월, 《고리오 영감》의 서문에서이며 그 계획에 《골짜기의 백합》이라는 제명이 부여되는 것은 며칠 뒤에 씌어진 카스트리 부인 앞으로 보낸 편지 속에서임을 종합한다면 생트 뵈브의 《애욕》이 《골짜기의 백합》을 낳게 하는 계기가 되었음은 부인할 수 없는 사실이다.

그러나 한편, 현재의 눈으로 작품을 비교해 읽고 발자크가 루소와 스탕달에 대해서 품고 있던 관심과 경의를 아울러 생각한다면 전자의 《신(新)에로이즈》, 후자의 《적과 흑》이 모두 《애욕》 못지않게 이 작품에 큰 영향을 미치고 있다고 해도 결코 과언이 아닐 것이다.

이렇게 예고된 《골짜기의 백합》도 실제로 간행되기까지는 그의 다른 작품과 마찬가지로 꽤 복잡한 과정을 겪었다. 서한이나 다른 작품의 서문에서는 이미 35년 4월에 거의 완성되었다고 말하고 있는 이 작품에(출판사로부터 돈을 끌어내기 위해 계획중인 작품을 완성한 것처럼 말하는 것이 발자크의 상투적인 수단이었다) 그가 실제로 손을 댄 것은 아마도 동년 5월 한스카 부인을 만나기 위해 찾아간 빈에서이며 그가 본격적으로 이 작품과 씨름을 시작한 것은 파리로 돌아온 6월부터 부로니엘 관의 베르니 부인 밑에 체재한 7월에 걸쳐서이다.

사실 7월 말에는 원고의 적잖은 부분을 〈파리 평론〉의 주간 프랑소아 뷔로의 손에 넘겨 주고 있다. 그러나 이 작품 역시 예외는 아니어서 교정쇄의 정정은 회를 거듭했고 이야기는 예정 이상으로 부풀어서 제1부 『두 개의 어린 시절』이 전기한 〈파리 평론〉에 발표된 것은 11월 22일과 29일의 두 호에 걸쳐서였다. 이어서 그 후속도 12월에 발표되어 《골짜기의 백합》은 평온한 길을 더듬는 것처럼 보였다. 그때 제기된 것이 뷔로와의 재판 사건이다.

동기는 《골짜기의 백합》이 〈파리 평론〉보다도 먼저 페테르부르그에서 발행되고 있는 〈외국 평론〉에 게재된 데에 있다. 당시는 자사의 잡지에 실은 작품의 게재권을 저자의 허가없이 타사에 매도하는 일을 예사롭게 자행하고 있었던 것 같다. 그러나 《골짜기의 백합》의 경우는 교정이 끝나지 않은 미확정 원고를 뷔로가 〈외국 평론〉에 건네 준 것이 명백한 이상 문제는 보통의 경우와는 달랐다. 한편 뷔로 쪽에서도 또, 노상 약속 기한을 어기고 송고를 늦추기만 하는 발자크에 대해 화가 날 대로 났던 것 같다.
 이리하여 1월 10일에는 원고의 인도를 거부하는 발자크에 대해 약속 불이행의 손해 배상을 청구하는 소송이 뷔로로부터 제기되어 준비 기간을 거친 뒤 5월 20일 최초의 변론이 열렸다.
 발자크로서는 약속을 어기고만 있다는 뷔로의 비판에 대답하기 위해서는 공판이 끝남과 함께《골짜기의 백합》을 간행, 실례를 가지고 반증을 제시하지 않으면 안 되는 입장에 있었다. 까다로운 소송 절차에 시간을 빼앗기면서 그가 밤낮을 고생해서 완성한《골짜기의 백합》은 이리하여 6월 3일 승소한 직후, 6월 10일에 베르데 서점에서 간행되었다.
 그런데 이 초판에서는 죽음에 직면한 모르소프 부인의 반항의 절규가 펠릭스와의 사랑이 성취되지 않았음을 원망하는 격렬한 것이었으나 그 부분이 너무나도 처절하다는, 죽음이 임박한 베르니 부인의 의견을 받아들여 거의 현재 보는 것과 같은 개정판이 샤르팡체 서점에서 출간된 것은 그녀가 죽은 지 삼 년이 지난 1839년 여름의 일이다. 또한 그의 생존중에는《인간 희극》의『지방 생활 정경』에 분류되어 있던 이 작품이 현재『전원 생활 정경』으로 분류되는 것은 휘르느 판 전집의 면지에 가필된 발자크의 유지에 따른 것이다.
 이 작품의 모르소프 부인의 모델로서는 베르니 부인, 카스트리 공작 부인, 한스카 부인, 기드보니 비스콘티 부인, 카로 부인 등 어떤 의미로서든 발자크와 관계가 있던 여성의 이름이 각기 상이한 비중으로 거론되고 있는데, 모든 비평가에게 공통되는 것은 베르니 부인의 존재를 인정하는 압도적인 무게이다.
 소설과는 달리 청년 발자크와 베르니 부인의 사랑은 마음에만 그치는 것이 아니었고 또 그녀는 모르소프 부인처럼 젊지도 않았고 뛰어난 미인도 아니었다.
 그러나 이러한 세부적인 차이는 소설인 한 당연한 일이있고 발자크가 이 작품에 있어서 자기를 인간으로 작가로 만들어 준 사람과의 사랑을 아름답게 묘사하고 지나간 날의 행복에 아쉬운 눈을 돌리려 했다고 생각하는 것은 누구에게 이의가 없는 일일 것이다
 그리고 작품 전체에 걸쳐 자연묘사에까지 짙게 흔적을 남기고 있는 뜨거운

관능의 숨결은 마음과 육체의 충족을 얻은 베르니 부인과의 사랑의 추억을 아득히 반영하는 것이며(두 사람은 1830년 6월,《골짜기의 백합》에서 더들리 부인의 거처로 되어 있는 석류관에 체재하고 있었다), 이러한 현실생활의 체험에서 생겨나는 일종의 애매함이 가톨릭의 비평가 필립 베르토로 하여금 이 작품에 대해 냉혹한 태도를 취하게 한 까닭일 것이다.

사실 작품에서 볼 수 있는 모르소프 부인은 펠릭스와의 마음의 결합에만 만족하는 희미한 존재가 아니라 항상 마음 속에서 은밀하게 사랑의 성취를 염원하는 풍부한 감성과 풍만한 육체를 가진 여성이며 따라서 두 사람의 연애는 상대가 눈앞에 존재하는 것만으로 만족할 수 있는 플라토닉한 사랑과는 거리가 먼 것이기 때문이다(프랑스어의 vallée는 골짜기와는 약간 뜻이 다르며 우리말에서 상상되는 심산의 유곡보다도 오히려 이 작품에서 볼 수 있는 것처럼 완만한 경사를 가진 언덕에 둘러싸이고 넓은 들이 펼쳐지고 찬란한 햇볕이 쏟아지는 강 유역을 가리키는 말이다).

모르소프 부인의 사랑이 플라토닉한 것이었다면 그녀가 죽을 필요가 어디에 있었을까? 오히려 최후의 고백을 읽은 독자는 두 사람의 사랑이 『언제나 억압당하고 있기 때문에 감미로운 관능의 기쁨』에 대한 기대를 항상 잉태하고 있고 『금욕의 보상으로서 쾌락에의 유인을 더욱 격렬하게 부여받은』(《랑제 공작 부인》) 성질의 것이었음을 알게 될 것이다.

원래 발자크의 종교관에는 정통적인 가톨릭 교의에 반대되는 측면이 있고 관능의 고조 속에(때로는 육체적 쾌락의 절정에)서야말로 신의 속성인 영원이 계시되고 인간은 그것을 실마리로 해서 신에게 접근할 수 있다고 생각하고 있었던 듯한 대목이 그 작품의 이곳저곳에서 발견된다. 영성(靈性)과 육체의 상극이 아니라 양자의 통일이다. 앞서 말한 모르소프 부인의 헛소리의 삭제된 부분에도 『왜 당신은 밤에 나를 기습하지 않았지요? 아아, 사랑을 모르고 죽다니, 기쁨에 넘치는 사랑, 절정의 쾌락 속에 영혼을 하늘에까지 데려다 주는 사랑을 모르고 죽다니. 왜냐하면 천국이 우리에게로 내려와 주지는 않으니까요. 관능이야말로 우리를 하늘에까지 인도해 주는 거예요……』라는 말이 발견된다.

그러나 이러한 그녀의 소망도 발자크가 『가끔 끝없는 게으름에 잠기면서 자기의 영혼이 육체의 멍에를 벗어나 이 지상에서 하늘높이 날아오르는 것을

감상과 해설   605

느끼게 되면 나는 이러한 육체의 쾌락도 물질의 존재를 소멸시켜 정신에 그 숭고한 비상(飛翔)을 되찾게 해주는 하나의 방법이라고 생각한 것입니다.』라고 펠릭스로 하여금 말하게 하고 그것을 그 자신에게 궤변이었다고 인정케 하고 있듯이, 실현된 순간에 무너져 버리는 환상 이외의 것은 아니었을 것이다.

그렇다면 사랑 속에서 사랑 이상의 것을 구하지 않을 수 없었던 모르소프 부인의 사랑은 결코 성취되어서는 안 되는 것, 아니 아마도 그녀 자신이 결코 그 성취를 바란 것은 아닐 것이다. 이러한 모순에 대한 그녀의 통찰과 거기에 입각한 페시미즘이 그녀를 종교의 테두리 안에 묶어 두는 것이다. 그리고 모르소프 부인의 사랑이 이러한 성질의 것인 이상, 펠릭스가 더들리 부인과의 사랑에 빠지고 거기에서 욕망의 충족을 구하는 것도 또한 당연한 일이다. 아마 모르소프 부인도 머리 속에서는 펠릭스의 이 배신행위를 용서하면서 그녀의 마음은 그의 배신을 견딜 수가 없어 그 결과 그녀 속에 죽음이 기어들었을 것이다.

밝은 빛으로 충만된 전반과는 대조적으로 펠릭스의 배신으로 시작되는 후반부는 그의 어두운 마음과 모르소프 부인의 슬픔을 반영하는 깊은 그늘에 가려져 있다. 그리고 아마도 펠릭스의 이러한 심정은 지금은 이미 베르니 부인에 대해 모자간의 감정밖에 지닐 수가 없어 새로운 여성들을 찾고 있는 발자크 자신의 은밀한 자책감을 반영한 것이리라.

그리고 자기의 존재가, 원하든 원하지 않든 한 여성의 죽음의 원인이 되었다는 것을 알게 되어, 예정조화적인 아름다운 꿈을 버리고,『우리들 거의 모든 사람은 마치 내가 투르를 출발한 아침과 마찬가지로 사랑에 굶주린 마음을 안고 전세계를 자기 것처럼 생각하면서 인생의 아침에 출발을 하는 것입니다. 이윽고 우리가 가지고 있는 재보가 도가니에서 불살라지고 스스로 세상 사람들이나 사건에 끼여들게 되기 시작하면 부지불식간에 모든 것이 비소한 것으로 되어 버리고 마지막에 재에 파묻혀서 남게 되는 것은 있는 듯 만 듯한 조그만 금 한 조각에 지나지 않습니다.』라고 한탄하는, 펠릭스의 참을 수 없는 기분의 어느 정도까지는——옛날의 행복했던 나날을 한몸에 구현하는 것 같았던 여성의 몸에 이미 죽음이 다가온 것을 알게 된——서른다섯 살을 넘긴 발자크 자신의 것이기도 했으리라. 펠릭스를 중심으로 본 《골짜기의 백합》은 사라져 가는 청춘에게 바친 만가(挽歌)이다.

그러나 인생이란 청춘이 지나갔다고 해서 그것으로 끝나는 것은 아니다. 작품의 다른 부분과는 이질적인 느낌을 주는 아이러니컬한 나탈리의 대답은 아마도 잠시 독자를 어리둥절하게 만들 것이다. 그러나 그 감상벽 때문에 때로 견딜 수 없는 안타까움을 느끼게 하는 펠릭스의 새로운 사랑의 상대로서 《인간 희극》 속에서도 악녀의 부류에 속하는 나탈리 드 마네르빌을 선택하고 그녀의 입을 통해 펠릭스에 대한 신랄한 비판을 서술하고 있는 이 편지의 대목은, 지나간 시간을 멀리 밀어냄과 동시에 인생이란 결국 당사자가 그렇게 생각한 것에 지나지 않는다는 것을 나타내기 위한 것이라고 할 수 있으리라.

모르소프 부인은 펠릭스의 마음 속에밖에 존재한 적이 없으며 그리고 그녀의 그 추억도 시간과 더불어 차츰 희미한 것으로 되어갈 수밖에 없을 것이다. 결말에서 큰 시간의 흐름을 떠올리고 인생에 대한 엄숙한 생각을 유발하는 발자크의 몇가지 수법은 여기에서도 또 훌륭하게 성공을 거두고 있다고 볼 수 있다.

《고리오 영감》에 대하여

《고리오 영감》은 작자 오노레 드 발자크의 생애에 있어서도, 또 그의 작품을 모은 《인간 희극》에 있어서도 중요한 위치를 차지하고 있는 작품이다.

그는 이 장편을 고향 투르의 근교인 사세의 마르공느 씨의 성관(현재의 발자크 기념관)에 묵고 있을 때 쓰기 시작했는데 실제로는 그 대부분을 파리의 카시니 가에서 썼다. 1834년 9월부터 다음해 1월까지의 일인데 그때 그는 서른다섯 살이었다.

그때까지 그가 당시의 사교계에서 경험할 수 있었던 것은 명성과 사교, 그리고 낭비와 여행에 의해 사방팔방으로 넓어진 바쁜 일상이었으며 더욱이 작가로서의 그는 이 무렵 야심과 정력이라는 점에서 가장 활력이 넘치는 시기이기도 했다. 그리고 그러한 것이 《고리오 영감》이라는 작품의 성격에 크게 영향을 미치고 있는 것은 헤아리기에 어렵지 않다.

당시 그의 연인이었던 한스카 부인에게 보낸 편지 속에서 그는 이 작품을 『이십오 일 동안』에 썼다고 말하고 있다. 그것이 과장이라는 것은 입증되고 있지만 적어도 그해 8월 26일까지는 야심작《절대의 탐구》에 심혼을 기울이고 있고 더욱이〈파리 평론〉12월호 및 다음해 1월·2월호에는《고리오 영감》이 발표되었고 3월 2일에『제2판』이라고 못박은 그 초판(벨데 스팍스만 서점)이 출판되었으니까 어떻든 놀라운 속도로 집필된 것만은 확실하다.

그러한 강행군이 가능했던 이유의 하나는, 사랑하는 두 딸에게 전재산을 주고 이를테면 생명까지를 나누어 주어 귀족과 부호의 아내로 만들어 주었는데 그 때문에 오히려 사치와 허영, 그리고 정욕에 빠진 그녀들에게 배신당하여 하숙집 다락방에서 가난 속에 죽고 만다는, 셰익스피어의《리어왕》과도 견줄 만한『부성(父性)의 그리스도』고리오 영감의 생애가 이 작품에 처음부터 일관된 명확한 모티프를 주고 있었기 때문이라고 생각된다.

발자크가 어디에서 이 불행한 아버지의 이야기를 착상했는지는 분명하지 않다. 그의 노트에『고리오 영감의 주제. 고지식한 사나이──싸구려 하숙──육백 프랑의 연금──지금은 오만 프랑의 연금이 손에 들어오는 두 딸들 때문에 무일푼이 된다──개와 같은 비참한 죽음』이라고 씌어 있는 것만이 유일한 단서이다.

그러나 어리석을 만큼 딸들을 귀여워하고, 냉대를 받으면서도 용서하고, 그들이 졸라대면 마지막 생활비까지도 주고 마는 이 노인의 부성애는 그 자체가 단순한『바일애비』의 영역을 초월한 비극적인 것을 느끼게 하는 것은 아닐까?

『내 목숨은 두 딸 속에 있답니다. 그 애들이 즐거운 생각을 하고 행복하게, 그리고 예쁜 모습으로 융단 위를 걸을 수만 있다면 내가 어떤 옷을 입고 있든 또 어떤 곳에서 잠을 자든 그게 무슨 상관이란 말입니까? 그 애들이 따뜻하게 지내면 나도 춥지 않답니다. 그 애들이 웃고 있으면 나도 따분하지 않답니다.』하고 불기조차 없는 방의 허술한 침대에 기어 들어가 턱에까지 담요를 걸친 채 라스티냐에게 고백하는 노인의 말에는 어딘가 정욕의 울림마저 깃들어 있다.

그래서 같은 침대에서 단말마의 고통에 몸부림치면서 아버지의 임종조차 보러 오지 않는 딸들을 저주하면서 『지금에 와서야 내 일생이 보이는 것 같다. 나는 속고 있는 것이다! 딸들은 나를 사랑하고 있지 않아. 단 한 번도 나를 사랑한 적이 없는 것이다!』하고 소리지를 때도, 실은 그가 훨씬 전부터 자기가 『속고 있다』는 것을 알고 있었던 것처럼 생각된다. 그리고 그것이 자기 자신의 탓이라는 것도……

『나는 딸들 때문에 타락했어! (중략) 나는 한심한 사나이야. 정당한 벌을 받은거야.』

그가 죽기 직전에 인정하지 않을 수 없었던 것은 바로 그 사실이며 그가 죽는 것은 딸들의 탓이 아니라 자기의 부성애를 제어하지 못하고 자멸한 탓인 것이다.

보트랭도 지적하고 있는 『정열가』들 특유의, 이 파멸로 향하는 감정의 자동적 격화 현상은 『사고(思考)는 사람을 죽인다』고 믿고 있던 발자크가 즐겨 다룬 주제이며 《절대의 탐구》의 발타잘 크라스나 《루이 랑베르》의 동명의 주인공과 마찬가지로 고리오 영감도 도달할 수 있는 『절대』, 즉 그의 경우는 신이 그 피조자에 대해서 가지는 부성애를 추구했기 때문에 쓰러지지 않을 수가 없었던 것이다.

때문에 이 작품이 《고리오 영감》이라고 되어 있는 것이 이상할 것은 없지만 그러나 이 작품을 그 이전의 발자크의 작품과 비교해 볼 때 분명히 인정되는 차이점은 고리오 영감 외에도 다시 으제느 드 라스티냑과 보트랭이라는 두 사람의 개성적인 인물이 이 노인에 못지않은 비중을 차지하고 있다는 사실이다.

고리오 영감을 매장한 뒤에 페르 라셰즈의 묘지에서 황혼의 파리를 내려다보면서『자아, 이번엔 너와 나의 대결이다!』하고 라스티냑이 도전장을 들이대는 것이 이 소설의 결말로 되어 있는 것을 보아도 알 수 있듯이 고리오 영감의 비극과 평행하여 전편에 흐르고 있는 것이 어떻게 하여 그와 같은 청년이 『재빨리 출세하는가』라는 주제이다. 이것은 스탕달의 《적과 흑》의 주인공 줄리앙 소렐이 직면한 문제이기도 하다.

라스티냑의 출세욕을 부추기는 것은 무엇보다도 우선 고향에서 그를 위해 부유한 생활을 참고 견디면서 그의 장래에 무한한 기대를 걸고 있는 가족에 대한 책임감이며, 동시에 또 보세앙 자작 부인의 살롱에서 이따금 목도한 사교계의 화려한 생활과 감미로운 사랑에 대한 동경일 것이다.

보세앙 부인은 그에게 『세상이라는 것을 그 값어치대로 다루어야 해요. (중략) 당신은 냉정하게 계산하면 할수록 출세를 할 수 있어요.』라고 현실주의적인 방책을 가르친다.

그러나 시골에서 갓 올라와, 아직도 다정다감한 그는 다른 한편으로는 또 고리오 영감이 불행해진 참 원인을 알게 되어 그러한 화려한 세계가 얼마나 위선과 타협과 착취에 의해 지탱되고 있는가를 깨닫고는 무서워진다.

그때 유혹적으로 그의 귀에 울려 오는 것은 보트랭의 반항 철학이다. 출세욕과 정의감, 타산과 감수성 사이에 끼여『복종』은 따분하며『반항』을 불가능하고『투쟁』은 위태롭다는 생각이 들어 그는 좀처럼 태도를 결정하지 못한다.

그가 태도를 결정하는 것은 이 소설이 끝날 때이며 그뒤 그는 대신을 역임하고 칙선 귀족원 의원 백작으로까지 출세한다(《종매 베트》《알루시의 대의사》). 다른 한 사람의 중심 인물 보트랭도 이 작품에서는 라스티냐에게 악마적인 반항 사상을 고취시키고 하숙 보케르 관의 다른 식구들과 독자에게 강렬한 개성을 인상지어 줄 뿐으로, 경찰에 체포되어 소식을 끊는데 이윽고 다시 탈옥하여《창녀 성쇠기》《환멸》에 재등장, 이들 3대 장편을《인간 희극》의 기둥으로 만들 정도의 활약을 한다.

즉 이 작품은 고리오 영감의 비극으로서 읽을 때는 완결되어 있으나 그밖의 점에서는 팔방으로 열려 있는 소설이며 더욱이 그것이야말로 발자크가 의도한 독창인 것이다. 그러기 위해 그가 고안한 것이 이른바『인물 재등장』의 수법이며 위에 든 세 사람의 중심 인물 뿐만 아니라 보세앙 부인(《버림받은 여자》), 랑제 부인(《랑제 공작 부인》), 빅토린느(《붉은 여인숙》), 고프세크 (《고프세크》) 같은 조연 인물의 이력을 더듬기만 해도《인간 희극》의 다른 작품으로 인도된다. 나중에 명의(名醫)가 되는 의학생 비앙숑이나 은행가 누싱겐, 그리고 멋쟁이 남자 막심 드 트라이유, 앙리 드 마르세에 이르러서는 라스티냐과 함께《인간 희극》의 이를테면 단골이며 무도회의 출석자로서, 이름만 열거되고 있는 신사 숙녀들조차 거의 모두『재출 인물(再出人物)』이다.

발자크가 이『인물 재등장』의 수법을 여기에서 처음으로 조직적으로 활용했기 때문에 이 작품은 《인간 희극》의 중심을 이루는 작품이 되었는데, 그뿐만 아니라 《고리오 영감》의 구조 그 자체가 《인간 희극》의 팔방 확산 구조의 모형으로 되고 있는 점도 간과할 수는 없다.

위에 든 세 인물이 보케르 관이라는 같은 하숙에서 함께 살며 서로 밀접하게 간섭하면서 저마다의 행동과 욕망에 의해 사교계와 금융 세계, 그리고 범죄 사회로 연결되어 그 폭은 이 소설의 바깥으로까지 확대되어 간다.

작자가 이 하숙의 식구들을 소개하면서 『이러한 인간 집단은 규모는 작지만 완전한 사회를 형성하는 모든 요소를 제시할 것이며 사실상 제시하고 있다.』라고 적고 있는 것도 그런 점에서 극히 의미심장하며 이러한 『열린 소설』의 구조가 처음부터 그의 의도에 포함되어 있었음을 알 수가 있다.

즉 고리오 영감의 부성애의 드라마를 축으로 하고 있으면서도 작자가 뜻한 것은 현실 사회의 한 단면을 도려내어 묘사하는 것이 아니라 현실 사회의 다원적이고 중층적(重層的)인 『구조』 그 자체를 재현하는 것이었다.

따라서 이 작품의 주인공은 실은 고리오도 라스티냐도 보트랭도 아니며 그들을 감싸고 소용돌이치고 있는 파리 그 자체라고 해도 지나친 말이 아니다. 그들의 드라마는 파리에서밖에는 성립하지 않으며 뿐만 아니라 파리라는 도시의 복잡괴기한 양상이 어쩔 수 없이 그들의 드라마를 낳았다고 하는 것이 이 작품에 대한 가장 타당한 해석일 것 같다.

이만한 분량의 작품을 최대한 오 개월만에 일사천리로 써낼 수 있었던 것도 그러한 전체 소설을 실현하기 위한 방법, 즉 『인물 재등장』의 그물코에 의해 모든 작품을 하나의 종합적인 대장편 《인간 희극》의 일부로 만든다는 방법이 이 작품의 집필시에 거의 확정되어 있었기 때문이다. 따라서 발자크는 이 작품을 씀으로써 비로소 현재 우리가 알고 있는 발자크가 되었다고 해도 결코 과언이 아니다.

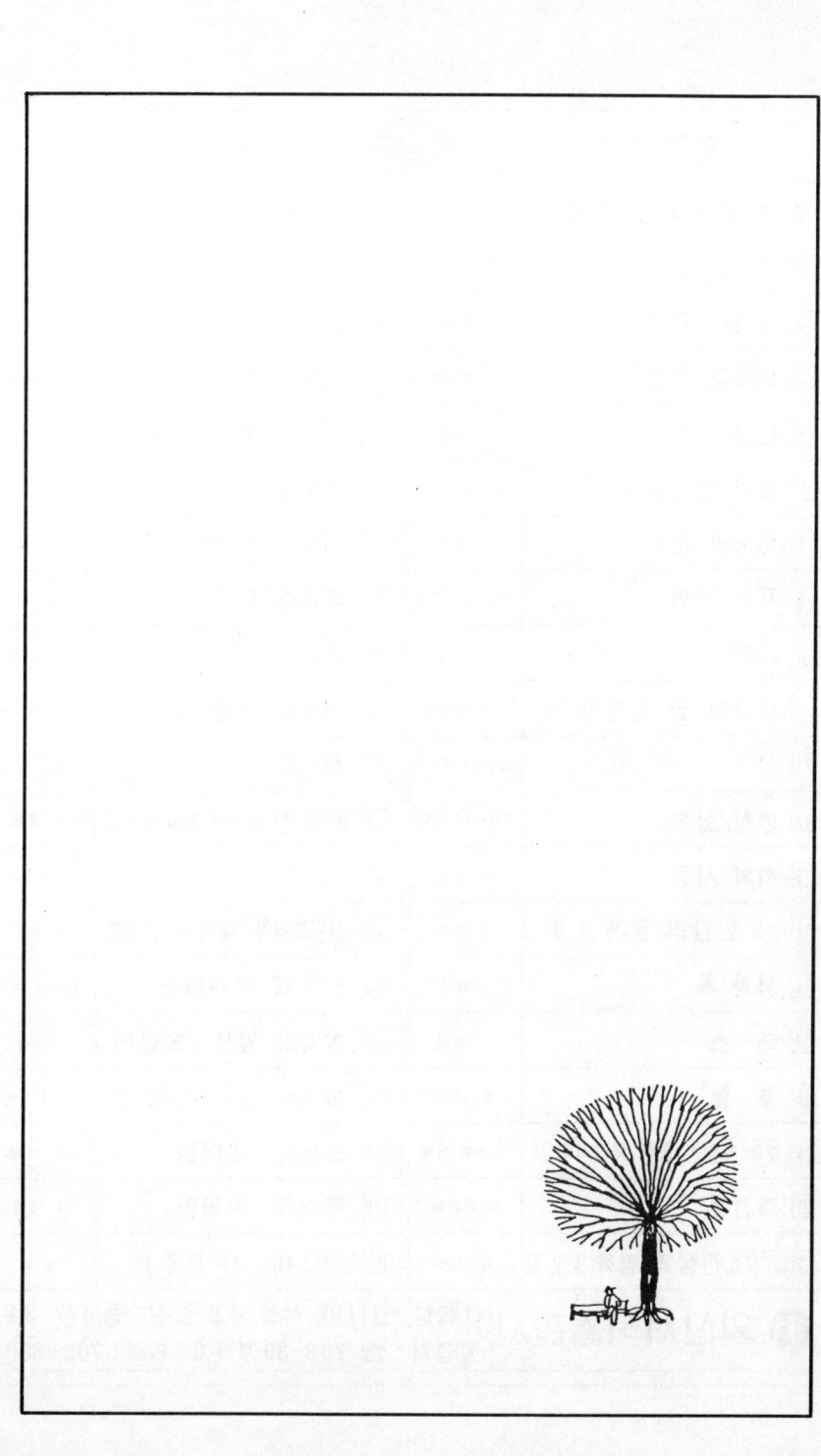

完譯版 世界 名作100選

№	제목	저자	№	제목	저자
1	누구를 위하여 종을 울리나	E. 헤밍웨이	25	백 경	허먼 멜빌
2	폭풍의 언덕	에밀리 브론테	26	죄와 벌	도스토예프스키
3	그리스 로마신화	T. 불핀치	27 28	안나 카레니나 ⅠⅡ	톨스토이
4	보바리 부인	플로베르	29	닥터 지바고	보리스 파스테르나크
5	인간 조건	A. 말로	30 31	카라마조프가의 형제 ⅠⅡ	도스토예프스키
6	생의 한가운데	루이제 린저	32	마지막 잎새	O. 헨리
7	분노의 포도	존 스타인 벡	33	채털리부인의 사랑	D.H. 로렌스
8	제인 에어	샤일럿 브론테	34	파우스트	괴 테
9	25時	게오르규	35	데카메론	보카치오
10	무기여 잘 있거라	E. 헤밍웨이	36	에덴의 동쪽	존 스타인 벡
11	성	프란시스 카프카	37	신 곡	단 테
12	변신/심판	프란시스 카프카	38 39 40	장 크리스토프 ⅠⅡⅢ	R. 롤랑
13	지와 사랑	H. 헤세	41	마 음	나쓰메 소세키
14 15	인간의 굴레 ⅠⅡ	S. 모음	42	전원교향곡·배덕자·좁은문	A. 지드
16	적과 흑	스탕달	43 44 45	레 미제라블	빅토르 위고
17	테 스	T. 하디	46	여자의 일생·목걸이	모파상
18	부 활	톨스토이	47	빙 점 48 (속)빙 점	미우라 아야꼬
19 20	바람과 함께 사라지다 ⅠⅡ	마가렛 미첼	49	크눌프·데미안	H. 헤세
21	개선문	레마르크	50	페스트·이방인	A. 카뮈
22 23 24	전쟁과 평화 ⅠⅡⅢ	톨스토이	51 52 53	대 지 ⅠⅡⅢ	펄 벅

일신서적출판사

121-110 서울 마포구 신수동 177-3호
공급처 : ☎ 703-3001～6, FAX : 703-3009

完譯版 世界 名作100選

번호	제목	저자
54	안네의 일기	안네 프랑크
55	달과 6펜스	서머셋 모음
56	나 나	에밀 졸라
57	목로주점	에밀 졸라
58	골짜기의 백합(外)	오노레드 발자크
59 60	마의 산 I II	도스토예프스키
61 62	악 령 I II	도스토예프스키
63 64	백 치 I II	도스토예프스키
65 66	돈키호테 I II	세르반테스
67	미 성 년	도스토예프스키
68 69 70	몽테크리스토백작 I II III	알렉상드르 뒤마
71	인간의 대지(外)	생텍쥐페리
72 73	양철북 I II	G. 그라스
74 75	삼총사 I II	알렉상드르 뒤마
76	크리스마스 캐럴	찰스 디킨스
77	수레 바퀴 밑에서(外)	헤르만 헤세
78	셰익스피어의 4대 비극	셰익스피어
79 80	쿠오 바디스 I II	솅키에비치
81	동물농장 · 1984년	조지 오웰
82	도리안 그레이의 초상	오스카 와일드
83	오만과 편견	제인 오스틴
84	설 국	가와바타 야스나리
85	일리아드	호메로스
86	오디세이아	호메로스
87	실락원	J. 밀턴
88	나의 라임오렌지나무	바스콘셀로스
89	서부전선 이상없다	E. 레마르크
90	주홍글씨	A. 호돈
91 92 93	아라비안 나이트	
94	말테의 수기(外)	R.M. 릴케
95	춘 희	알렉상드르 뒤마
96	사랑의 기술	에리히 프롬
97	타인의 피	시몬느 보브와르
98	전락 · 추방과 왕국	A. 카뮈
99	첫사랑 · 아버지와 아들	
100	아Q정전 · 광인일기	루 쉰
101 102	아메리카의 비극	드라이저
103	어머니	고리키
104	금색 야차(장한몽)	오자키 고요
105 106	암병동 I II	솔제니친

일신서적출판사

121-110 서울 마포구 신수동 177-3호
공급처: ☎ 703-3001~6, FAX : 703-3009

골짜기의 백합 • 고리오 영감

- 저　자 / 오노레 드 발자크
- 역　자 / 권미영 • 최정순
- 발행자 / 남　　　용
- 발행소 / 一信書籍出版社

주소 : 121-110 서울 마포구 신수동 177-3
등록 : 1969. 9. 12. NO. 10-70
전화 : 영업부 703-3001~6
　　　편집부 703-3007~8
　　　FAX 703-3009
© ILSIN PUBLISHING Co. 1990.

값 14,000원